मनोविकृति–विज्ञान

(PSYCHOPATHOLOGY)

(विश्वविद्यालय अनुदान आयोग के नवीन पाठ्यक्रम प्रारूप पर आधारित)

लेखिका
डॉ॰ विनती आनन्द
एम॰ ए॰, पीएच–डी॰, एम॰ बी॰ ए॰
मैनेजिंग डायरेक्टर
विवेक्स मैनेजमेंट सॅ : वृइवेज प्राइवेट लिमिटेड
वैशाली, गाजियाबाद

सम्पादक
रामजी श्रीवास्तव
रीडर एवं अध्यक्ष
स्नातकोत्तर मनोविज्ञान विभाग
शिबली नेशनल स्नातकोत्तर महाविद्यालय
आजमगढ़ (उ॰प्र॰)

मोतीलाल बनारसीदास
दिल्ली, मुम्बई, चेन्नई, कोलकाता,
बंगलूरू, वाराणसी, पटना

*चतुर्थ संशोधित संस्करण : **2019***

पुनर्मुद्रण : दिल्ली 2013

प्रथम संस्करण : 2003

ISBN: 978-81-208-2417-1 (सजिल्द)

ISBN: 978-81-208-2959-6 (अजिल्द)

मोतीलाल बनारसीदास

41 यू.ए. बंगलो रोड, जवाहर नगर, दिल्ली 110 007

49, 8th एफ मेन, III ब्लॉक, जयनगर, बंगलूरू 560 011

1-बी, ज्योति स्टुडियो कम्पाउन्ड, केन्नेडी ब्रिज, नाना चौक, मुम्बई 400 007

203 रायपेट्टा हाई रोड, मैलापोर, चेन्नई 600 004

9 पँचानन घोष लेन, फर्स्ट फ्लोर, कोलकाता 700 009

अशोक राजपथ, पटना 800 004

चौक, वाराणसी 221 001

आर.पी. जैन के द्वारा एन ए बी प्रिंटिंग यूनिट,
ए-44, नारायणा, फेज़-1, नई दिल्ली 110 028 में मुद्रित
एवं जे.पी. जैन द्वारा मोतीलाल बनारसीदास
41 यू.ए., बंगलो रोड, जवाहर नगर, दिल्ली-110 007 के लिए प्रकाशित

परम शिक्षाविद्, कुशल
प्रशासक उदारचेता एवं मनीषी
डा० लाल बचन त्रिपाठी,
एम०ए०, पी-एच०डी० (मैकगिल)
भूतपूर्व प्रोफेसर एवं अध्यक्ष
मनोविज्ञान विभाग,
गोरखपुर विश्वविद्यालय, गोरखपुर
के कर कमलों में असीम
श्रद्धाभाव से सादर समर्पित

पुरोवाक्

प्रारम्भ से ही मनोविज्ञान के विभिन्न क्षेत्रों की तुलना मे मनोविकृति विज्ञान का स्थान अत्यन्त महत्वपूर्ण रहा है क्योंकि आधुनिक समाज में विकृति के पाये जाने की सम्भावना दिन-प्रतिदिन बढ़ती ही जा रही है जिसका कारण वैज्ञानिक एवं सामाजिक प्रगति तथा सामाजिक औद्योगिकीकरण ही है जिससे व्यक्ति के मूलरूपों में बदलाव ही नहीं आया है, आपसी प्रतिस्पर्धा में वृद्धि ही नहीं हुई है, वरन् उन्हें अपेक्षाकृत अधिक तनावों, कुंठाओं और प्रतिबलों का सामना करना पड़ा है। परिणामस्वरूप उनका व्यवहार विकृत हो गया है और उन्हें मनोचिकित्सकों की शरण लेनी पड़ रही है। समाज में ऐसे व्यक्तियों की संख्या में निरन्तर वृद्धि पाई जा रही है। अतः मनोविज्ञान की अन्य शखाओं की तुलना में मनोविकृति-विज्ञान का क्षेत्र अपेक्षाकृत अत्यधिक महत्वपूर्ण और विस्तृत होता जा रहा है क्योंकि दिन-प्रतिदिन मनोरोगियों की संख्या में निरन्तर वृद्धि होती जा रही है। एसी परिस्थिति में मनोविकृति-विज्ञान का ज्ञान पहले की अपेक्षा अधिक अनिवार्य हो गया है। मनोविज्ञान की इस महत्वपूर्ण शाखा पर अंग्रेजी भाषा में अनेक महत्वपूर्ण ग्रन्थ उपलब्ध है परन्तु हिन्दी भाषा में DSM-IV और ICD-10 के वर्गीकरण के अनुसार पुस्तकों का अभाव है। अतः DSM-IV तथा ICD-10 के नवीन वर्गीकरण तथा विश्वविद्यालय अनुदान आयोग के पाठ्यक्रम प्रारूप (curriculum model) के अनुसार इस पुस्तक की रचना की गई है। इस पुस्तक के लेखन में विश्वविद्यालय अनुदान आयोग के पाठ्यक्रम प्रारूप को ध्यान में रखकर ही विषय-वस्तु का चयन किया गया है।

प्रस्तुत पुस्तक के लेखन में अनेक महत्वपूर्ण ग्रन्थों यथा *Diagnostic and Statistical Manual of Mental Disorders,* (Fourth Edition, 1994) *Comprehensive Text Book of Psychiatry Volome* I & II–Sdock & Sadock (2000) *Review of General Psychiatry,* Goldman (2000), *Hand Book of Mind Body Medicine–Moss,* McGrady, Davies & Wickramasekera (2003), *Psychopathology,* Lema (2003) तथा *Synopsis of Psychiary Caplan & Sadock* (2003). से सहायता लेकर ही पुस्तक लेखन में सफलता प्राप्त हुई है। इस सन्दर्भ में अनेक प्रकाशकों, विशेष रूप से American Psychiatric Association, Washington, D.C. तथा Williams and Wilkins, Boltimore, Maryland के प्रति हम चिर कृतज्ञ हैं जिनके सक्रिय सहयोग एवं उत्साहवर्धन के बिना इस पुस्तक की रचना सम्भव नहीं थी।

वाराणसी शाखा के व्यवस्थापक श्री जे0पी0 शर्मा को धन्यवाद ज्ञापित किये बिना हमारा यह कार्य पूरा नहीं हो सकता क्योंकि उन्होंने ही स्नातकोत्तर स्तर के मनोविज्ञान के विद्यार्थियों के लिये इस पुस्तक की आवश्यकता को अनुभव किया है और बार-बार पुस्तक लेखन की आग्रह किया है। परिणामस्वरूप इस पुस्तक के लेखन का कार्य आनन-फानन में पूरा करना पड़ा। पुस्तक रचना में मेडिकोरिफ्रेशर पब्लीकेशन, आलोक नगर, आगरा से प्रकाशित पुस्तकों का सहारा रोगों

के लिये प्रयोग की जाने वाली औषधियों के वर्णन में लिया गया है। इनकी पुस्तकों ने हमारे कार्य को सरल बना दिया जिसके लिये हम प्रकाशक के प्रति हृदय से आभार प्रकट करते हैं।

आशा है कि पुस्तक का यह चतुर्थ संशोधित एवं परिवर्द्धित संस्करण अधिक छात्रोपयोगी सिद्ध होगी। प्रस्तुत संस्करण में यथास्थान विषय को अद्यतन करने की चेष्टा की गई है जिससे पाठकगण पूर्णरूपेण लाभान्वित हो सकें।

जन्माष्टमी, 2017

—डॉ० विनती आनन्द

❑

संक्षेपण
(ABBREVIATIONS)

निम्न संक्षेपणों (abbreviations) के पूर्ण रूप को याद कीजिए:—

5-HIAA	5-Hydroxyindo Leacetic Acid
A.A.MD	American Association on Mental Deficiency
AAAP	American Association for Applied Psychology
AACP	American Association of Clinical Psychology
AAMD	American Association of Mental Deficiency
ACTH	Adrenocorticotropin Hormone
ADHD	Attention Deficit/Hyperactivity Disorder
ANS	Autonomic Nervous System
APA	American Psychiatric Association
ATP	Adenosine Triphasphate
BED	Binge Eating Disorder
BMI	Body Mass Index
C.A.T.	Children's Apperception Test
CNS	Central Nervous System
CSF	Cerebro Spinal Fluid
CT Scan	Computer Tomography Scan
D.I.D.	Dissociative Identity Disorder
DAT	Dementia of Alzhimer's Type
Delta-9THC	Delta-9 Tetra Hydro Cannabinol
DID	Dissociative Identity Disorders
DMT	Dimethyl Trymptamine
DSM	Diagnostic & Statistical Manual of Mental Disorder
DST	Dexamethasone Suppresion Test
DTP	Disthyltrymtamine
ECS	Electro Convulsive Shocks
ECT	Electro Convulsive Therapy

EEG	Electroencephalogram
EMG feeback	Electro Myogram Feeback
EOG	Electroculogram
FDA	Food and Drug Association
FSH	Follicle Stimulating Hormone
GABA	Gamaaminobutricacid
GNRH	Gonadotropin Releasing Hormone
HIAA	Hydroyindoleacetic acid
I.H.S.	The International Headach Society
I.V.P.	Intravenovs Polography
ICD-10	International Classfification of Disease and Related Health Problem-10
ICSD	Interational Classification of Sleep Disorder
LH	Luteinzing Hormone
LSD	Lysergic Acid Diethylaminde
MAO	Mono Amino Oxide
MDD	Major Depressive Disorder
MDE	Major Depressive Episode
MDMA	Methylene Dioxy Methamphetamine
MRI	Magnetic Ressonance Imagery
N.E.	Norepinephrine
NES	Night Eating Syndrome
NREM	Nonrapid eyemovement
O.C.D.	Obsessive Compulsive disorder
P.F.T.	Picture Frustration Test
PCP	Phencyclidine
PET	Positron Emission Tomography
PKU	Phenyl Ketoneuria
PRL	Prolactin
REM	Rapid Eye Movement
RET	Rational Emotive Therapy
RFLP	Restriction Fragment Length Polymorphism

SAD	Seasonal Affective Disorder
SPECT	Single Photo Emission Computed Tomography
SSRI	Serotonin Specific Reputate Inhibitor
SWS	Slow-Wave Sleep
T.A.T.	Thematic Apperception Test
THC	Tetra Hydro Cannabinol\
TMS	Transcranial Managetic Stimulation
TRH	Thyrotropin Releasing Hormone
TSH	Plasma Thyroid Stimulating Hormone
WHO	World Health Organization

❑

चिकित्सकीय संकेत

शब्द संक्षेप	पूर्ण रूप	अर्थ
Dx	diagnosis	निदान
Hx	History	इतिहास
Rx	treatment	उपचार
q	every	प्रत्येक
qd	everyday	प्रतिदिन
qOD	every otherday	हर एक दिन छोड़कर
qH	every hour	हर घण्टे
S	without	के बिना
a.c.	ante cibum	भोजन के पूर्व
a.d.	alternate day	एक-एक दिन छोड़कर
amp.	ampoule	दवा का एम्प्यूल
b.d.	bis in die	दिन में दो बार (बारह-बारह घंटे से)
caps.	capsule	कैप्सूल
h.s.	hora somni	रात में सोने से पहले
i.m.	interamuscular	माँसपेशी में लगने वाला टीका
I.U.	Inernation unit	इंटरनेशनल यूनिट
i.v.	intervenous	नस में लगने वाला टीका
lin	liniment	लेप
mist.	mixture	मिश्रण
o.d.	moni die	दिन में एक बार
o.m.	omni mane	हर दिन सुबह
o.n.	omni nocte	हर दिन रात्रि के समय
p.c.	post cibum	भोजन के बाद
p.r.n.	pro re nata	जरूरत के मुताबिक
q.d.s.	quater in die sumandus	दिन में चार बार (छह-छह घंटे में)
s.c.	subcutaneous	त्वचा के ठीक नीचे
s.o.s.	si opus sit	जरूरत पड़ने पर
stat	statim	तत्काल
syr.	syrum	शरबत
tab.	tablet	गोली
t.d.s.	ter in die sumendus	दिन में तीन बार (आठ-आठ घंटे से)

शब्द संक्षेप	पूर्ण रूप	अर्थ
t.s.f.	teaspoon full (5 ml.)	एक पूरा चम्मच (5 ml.)
ung. (oint)	ointment	मलहम
c	with	के साथ
BID	Twice a day	दिन में दो बार
TID	Thrice a day	दिन में तीन बार
QID	Four times	दिन में चार बार
BT	Bed Times	सोते समय
BBF	Before breakfast	नाश्ते के पहले
BD	Before Dinner	रात के भोजन के पहले
TW	Twice a week	हफ्ते में दो बार
QAM	Every morning	हर सुबह
Q4H	Every four hour	हर चार घन्टे पर
PRN	As needed	आवश्यकता पर
HS	Bed times	सोते समय
PC	After meal	भोजन के बाद
PO or 'per OS'	Bymouth	मुँह से
SS	One half	आधा
SQ	Sub-Cutaneous	उप-त्वचा
ID	Intradesmis'	अन्तःत्वचा
IV	Intravenous	अन्तःशिरा
Mg	miligram	मिलीग्राम
Mcg/ug	micrograms	माइक्रोग्राम
G or Gm	gram	ग्राम
IT5F	I Teasponful	5ml

❑

LIST OF MEDICATIONS

Disorder	Generic Name	Branded Name
Anti psychotics	Resperidone	Peridon, Regrace, Risdone, Resperdal, Respid, Rizpond, Rozidal, Sizomax, Zisper
	Fluphenazine	Anatensol, Fludecan, FPZ, F-tensil
	Chlorpromazine	Chlorpromazine, Megatil, Relitil Serectil
	Loxapine	Loxapac, Loxnor
	Penfluridol	Flumap, Penflur, Semap
	Clozapine	Clomach, Sizopin, Syclop, Skizoril
	Trifluperidol	Triperidol
	Flupenthixol Decanoate	Fluanxol, Fluanxol Depot
	Halaperidol	Cizoren, Halidol, Halopidol
	Thioridazine	Mellerill, Melozine Redazin, Tensaril, Thioril, Zeneril
	Pimozide	Larap, Orap, Pimodae, Neurap, Mozep.
	Trifluoperazine	Neocalm, Psycalm, Relicam, Trazine
	Amisulpoide	Solaz, Sulpifal
	Aripiprazole	Aria, Schizopra, Aripra-MT.
Hyprotics	Donezil	Alzil, Donecept, Dorent
निद्राजनक औषधियाँ	Nitrazepam	Dormin, Hypnotex, Nipam Nitravet, Nitrosun
	Flurazepam	Nendral-15
	Triclofos	Fiskit, Pedieloryl

Disorder	Generic Name	Branded Name
	Zopiclone	Lyzop, Somna, Ziclone, Zolium, Zopenta, Zopicon
	Calcium Bromide Lactobionate	
Sedatives & Anxiolyties प्रमाशक एवं प्रशान्तक औषधियाँ	Chlordiazepoxide	Depoxil, Librium, Amixide, Limbitrol, Libotryp
	Lorazepam	Larpose, Ativan, Lorel, Lorivan, Lopez, Trapex, Zepnap
	Diazepam	Calmpose, Dipax, Dizep, Lakpam, Lore, Valium, Zycalm
	Hydroxyzine	Atarax, Prugo, Psytrax
	Buspirone	Buspin, Tamspar, Buscon
	Alprazolam	Alprax, Algolam, Quiet, Trans, Zomitol, Zocam, Zolipax, Atalin
	Zolpidem	Zolway, Zomnia, Zleep, Zoldem, Nitresat, Dactine
	Nevromine	Nevromine
	Melatonin	Meloset, Stresnil, Meloprax, Zytonin
	Oxazepam	Serepax
Antileptics & Anticonvulsants मिरगीरोधी एवं आक्षेपरोधी	Primidone	Mysoline
	Clonazepam	Clonapax, Clonopam, Clonotril, Lona, Melzap, Ozepam, Rivotril
	Clobazam	Cloba, Clozam, Doxgem, Lobazam
	Phenytoin Sodium	Dilantin, Epileptin, Epsolin, Eptoin, Garoin, Phalin
	Carbamazepine	Carmaz, Mazetol, Mezapin, Mezaril, Zen, Zepttol, Zigma

Disorder	Generic Name	Branded Name
	Sodium Valproate	Encorate, Epival, Valparin, Valpex, Valtee, Valtril
	Gabapenitin	Gabanitin, Gabapin, Gabata, Neuronitin, Rejunate
	Lamotrigine	Lamepil, Lametec DT, Lamidus, Lamitor, Lamogin, Lamosyn
	Topiramate	Suminat, Sumitrex
	Ergota mine	Varograin
Parkinsonism & Movement disorder पार्किन्सन एवं गति विकार	Trihexyphenidyl	Bexol, Doxogem, Dyskinil, Hexanil, Pacitane, Triphane
	Orphenadrine	Orphipal
	Lovodopa	Bidopal
	Selegiline	Elegdelin, Jumax, Selgin, Selerin
	Procyclidine	Dine, Kemadrim
	Bromocriptine	Brom, Bromogen, Parlodel
	Cabergoline	Caberlin, Camforte
	Citicoline	Citilin, Cilinaxon, Somazina, Strolin
	Amantadine	Amantrel, Comentrel
	Tetrabenazine	Revocon
	Carbidopa+Levodopa	Dudopa, LCD, Syndopa, Tidomet
Cerebral Stimulants & Activators प्रमस्तिष्क उद्दीपक एवं उत्तेजक	Atomoxetine	Attentrol, Axepta,
	Co-dergocrine Mesylate	Cereloid, Hydergine
	Piribedil	Trivastal
	Piracetam	Pirac, Pirament, Noo tropil, Normabrain, Nupic, Pirae
	Sulbutiamine	Arcalion
	Nimodipine	Modipin, Nimocer, Nimodip, Vasotop

Disorder	Generic Name	Branded Name
	Dihydroergotoxine/ Codergpcrone	Cereloid, Hydergine
	Ginkgo Biloba extract	Bilovas, Geritisin, Ginvas
	Nicergoline	Nicerbium, Sermion, Cholergol
	Pyritinol	Encephabol
Alimentary System	Sodium-Bicarbonate	Acidal, Antacid, Centacid
पाचन संस्थान	Oxethazaine	Digene, Gelucil, Peptard, Mucaine
	Calcium Carbonate	Multigel, Milk of Magnesia
	Megaldrate Aluminum Hydroxide Magnesium Hydroxide Magnesium Oxide	
H_2Blockess & ulcer	Cimetidine	Cimetine, Tymidin, Ulciban
Healing drugs एच$_2$ ब्लाकर्स एवं अल्सर	Ranitidine	Aciloc, Ranitidine, Raniten, Ranitab, Zintac
रोधी औषधियाँ	Roxatidine Acetate	Rotane, Zorpex
Proton Pump Inhibitors	Omeprazole	Olozole, omeprale, Omepren
प्रोटोन पम्प को दबाने वाली औषधियाँ	Lansoprozole	Lan-15, Lancer, Lanciz, Lansalin Lansec, Lazole, Penzole
	Panitoprazole	Pancid, Pantocard, Pantocar, Pantaz, Proloe
	Esomeprazole	Esocool, Raciper, Septor
	Rabeprazole	Rabizer, Rabicool, Rabiloc, Rabol, RB_2, $Repra_3$
	Dexrabeprazole	Dexpure
Ulcer Protective Drugs	Sucral fate	Sucro, Sucrazen, Sucrase, Sufrate

Disorder	Generic Name	Branded Name
अल्सर से सुरक्षा प्रदान करने वाली औषधियाँ	Misoprostol	Misolast, Misoprost, Zitateic
	Colloidal Bimuthe	Denol, Pylocid
Antispasmodics ऐंठनरोधी	Propantheline Bromide	Pepler, Probanthine
	Mebeverine	Mebaspa, Morease
	Fenoverine	Spasmoprin, Syncrospas
	Mosapride	Mopride, Mosafe, Mosapid, Moza
	Itopride	Itza, Itokine, Itopride
	Isopropamide	Gastabid, Stelbid
Constepation कब्ज	Psyllium & Ispagulla	Igol, Fibril, Softovac, Naturecare
	Paraffin	Agragoel, eremaffin, Laxyt
	Lactulose	Rapiduce, Livoluk, Evict
Cardiovascular system हंदय परिसंचरण तंत्र	Clonidinae	Arkamin, Catapress
	Methyldopa	Emdopa, Dopagyt
Anti hypertensives and Antianginals उच्च रक्त दाबरोधी तथा हृदशूलरोधी औषधियाँ	Reserpine	Adelphane, Genophane, Serpasil
	Terazasin	Hytrin, Teradip, Teraz,
	Prazosin	Prazocin, Prazopress
	Doxazosin	Alfazoshin, Duracard
	Eplerenore	Eptis
	Propranolol	Betaploc, Ciplar, Lol, Manoprolol, Prolol, Propranolol
	Sotalol	Sotagard, Sotalar

Disorder	Generic Name	Branded Name
	Moetoprolol	Betaloc, Metolar, Metocard
	Atenolol	Altol, Atelol, Atetn, Atormin, Tenolol, Telol
	Labetalol	Normadate, PIH
	Pindolol	Visken
	Oxpermolol	Trasicor
	Bisoprolol	Biselect, Concor, Corbis
	Caliprolol	Calipres
	Carvedilol	Carvedil, Carvil, Caslot
	Hydralazine	Nepresol
	Esmolol	Esocard, Miniblock, Neotach
Calcium Channel Blockess कैलशियम चैनलरोधी	Felodipine	Pledil, Renedil
	Nifedipine	Nicardia, Nifedine, Nifelat Cardipin
	Verapmil	Calaptin, Vasopten, VPL
	Benidipine	Caritec
	Amlodipine	Amcard, Amlo, Amlogard, Amlol, Amlopres, Amlovas
	Lacidipine	Lacivas, Sinopil
	Lercanidipine	Lerz, Lerka, Lervasc
ACE Inhibitors ए.सी.ई.इनहीविटरस	Lisinopril	Acinopril, Cipril, Linvas, Lisir Lisbril
	Perindopril	Perigard, Coversyl

Disorder	Generic Name	Branded Name
	Ramipril	Cardace, Race, Ramiril, Ramvas
	Benzapril	Benace
	Candesartan	Candesar, Cantar
	Telnistran	Teleday, Telstar, Telsite, Temax
	Irbesartan	Irbest, Irovel, Xarb
	Enalapril	Enapril, Enpril, Envas, Enace, Newace, Normace, Vasonorm
	Captopril	Captopril, Angiopril
Phosphodiesterace inhibitor फासफोडाइएस्ट्स इन्हीविटर	Milrinone	Primacore IV
Antianginals हृदशूल निवारक औषधियाँ	GlycerylTrinitrate	Angised, NIG, Nitrocure, Nitroject
	Dilazep	Cormelian
	Isosorbide-5	Angicor, Angitab, Imdur,
	Mononitrat	Moniet, Monosorbitrate
	Isosorbide Dinitrate	Isordil, Sorbitrate
	Oxyfedrine	Ildamin
	Diltiazem	Dilzem, Dilter, DTM, Masdil
	Trimetazidine	Triadin, Prodium, Trivedon
		Trizidine
	Lidoflazine	Clinium

Disorder	Generic Name	Branded Name
	Nicorandil	Korandil, Nikoran
	Ranolazine	Ranx, Revulant
Drugs used in Cardiac failure & Shocks हृदयाघात में प्रयोग की जाने वाली औषधि	Mephentermine	Mephentermine, Termin
	Bosentan	Bosentas, Lupibose
	Digoxin	Cardioxin, Digiox, Dixin, Lanoxin
	Dopamine	Dopamine, Dopaplus, Dopar
	Dobutamine	Dobucin, Dobucare, Doburan, Dobier, Dobustat
	Mpradrema;ome	Mprad. Adrempr
Peripheral Vasodilators परिधीय वाहिका विस्फारक	Isoxsuprine	Perivalan, Suprox, Tidilan, Vasodilam
	Pentoxifylline	Flexital, Trental
	Cyclandelate	Cyclasyn, Cyclospasmol
	Cinnarizine	Cini, Cinzan, Cintigo, Cinarik
Central Nervous System केन्द्रिय तंत्रिका तंत्र	Imipramine	Antidep, Depranil, Depsonil, Elamin, Impramine
	Nitroxazepine	Sintamil
	Nortriptyline	Nordep, Nortin, Primox, Sensanl
	Doxepin	Doxedep, Doxetar, Doxin
	Tianeptine	Stablon
	Amitriptyline	Amitone, Amline, Latiline
	Trimipramine	Surmonfil

Disorder	Generic Name	Branded Name
	Mianserin	Depnon, Seridac
	Clomipramine	Anafranil, Clofranil, Clomip, Clonil, Depnil
	Fluoxetine	Fludac, Flugen, Flumeg, Flunat
	Citalopram	Celica, Citara, Motiva, Madam
	Amoxapine	Demolax
	Dosulepin	Doreme, Dopin, Pindep
	Duloxetine	Dulot, Dulife, Dulojoy, Dumore Dutin
	Escitalopram	Esdep, Esitor, Excita, Recha
	Mirtazapine	Mirt, Mirzest, Mirnite, Mirtaz, Nassa
	Fluvoxamine	Fluvoxine, Sorest
	Venlafaxine	Dalium, Flavix, Venlamax
	Olanzapine	Joyzol, Olan, Olapin, Psycholanz
	Lithium	Elcab, Lalithium, Lithium, Licab
Antimigraine Drugs अर्द्ध कपालीय पीड़ा निवारक औषधियाँ	Flunarzine	Flunarin, Migazine, Migarid, Narzine
	Sumatriptan Ergotamine	Suminat, Sumitrex Vasograin
Cerebral Stimulants &Activators प्रमस्तिष्क उद्दीपक एवं उत्तेजक	Atomixetine Co-dergocrine Mesylate	Attentrol, Axepta Trivastal
	Piracetam	Pirac, Pirament, Alcetam, Nicetam

Disorder	Generic Name	Branded Name
	Sulbutiamime	Arcalion
	Nimodipine	Modipin, Nimocer, Nimodip Vasotop
	Nicergoline	Cholergol, Nicerbium, Sermion
	Pyritinol	Encephabol.
Drug dependence	Naloxone	Nalox, Narcotan, Nex
औषधिनिर्भरता	Prolidoxime	CBC-PAM, LYPHE
Antidrug dependence	Bupropion	Zyban
व्यसन नाशक औषधि	Hydrochloride Disulfiram	Antadict, Esperal, Soberol, Sufital
	Naltrelxone	Naleon, Naltima

❑

रोग विशेषज्ञ

Anesthesiologist—एनिस्थीसियोलोजिस्ट-एनिस्थसिया देने वाला डॉक्टर। संवेदनाहरण विज्ञान का विशेषज्ञ।

Cardiologist—कार्डियोलोजिस्ट–हृदय रोगों का निदान एवं चिकित्सा करने वाला विशेषज्ञ।

Chest Physician—चेस्टफिजीशियन–फेफड़ा एवं श्वसन प्रणाली का डॉक्टर।

Dermatologist—डर्मेटोलोजिस्ट–त्वचा के रोगों का डॉक्टर। यौन रोगों का इलाज भी यही करता है।

Endocrinologist—एण्डोक्राइनोलोजिस्ट–शरीर की हारर्मोनल प्रणाली के विकारों की चिकित्सा करने वाला डाक्टर। यही डाक्टर थायराइयड ग्रन्थि पीयूष ग्रन्थि, एड्रीनल ग्रन्थि के विकारों एवं मधुमेह का इलाज करता है।

Gastroenterologist—गैस्ट्रोएटरॉलॉजिस्ट–जठरान्त्र रोग विज्ञानी, आमाशय एवं आँतों के रोग का विशेषज्ञ। शरीर के पाचक प्रणाली के अंगों का इलाज करने वाला डॉक्टर।

Gynecologist—गाइनेकोलॉजिस्ट–स्त्री रोग विशेषज्ञ। स्त्री-जनन-अंगों के रोगों का इलाज करने वाला डॉक्टर। यह Obstetrician—आब्स्टेट्रीशियन (प्रसूति विज्ञानी) के उत्तरदायित्व का भी निर्वाह कता है। यह स्त्री की गर्भावस्थाकाल में तथा प्रसव के पश्चात चिकित्सा करता है।

Nephrologist—नेफरालॉजिस्ट–गुर्दे की बीमारियों का इलाज करने वाला डॉक्टर। गुर्दा के काम न करने पर यह डायलिसिस द्वारा रोगी के खून को साफ करता है।

Neurologist—तंत्रिका विज्ञान का डॉक्टर। मस्तिष्क, मेरूदण्ड एवं तंत्रकीय रोगों का विशेषज्ञ।

Neurosurgeon—न्यूरोसर्जन–तन्त्रिका तन्त्र की सर्जरी का विशेषज्ञ। तन्त्रकीय तन्त्रिकातन्त्र, मस्तिष्क एवं मेरुदण्ड के रोगों एवं चोटों की शल्यक्रिया करने वाला सर्जन।

Opthlmalogist—आफ्थैल्मोलोजिस्ट–नेत्र रोग विशेषज्ञ।

Otolarzngologist—ओटोलैरिन्जोलोजिस्ट–कर्ण-कंठ विज्ञानी–कान, नाक, गले का विशेषज्ञ (ENT)

Orthopedic Surgeon—ऑर्थोपिडिक सर्जन–हड्डियों एवं जोड़ों की टूट-फूट तथा बीमारियों की चिकित्सा करने वाला विशेषज्ञ।

Radiographer—रेडियोग्राफर–एक्स-रे करने वाला विशेषज्ञ।

Oncologist—ओनकोलोजिस्ट–ट्यूमर एवं कैंसर चिकित्सा से सम्बन्धित विशेषज्ञ।

Pediatrician—पीडियाट्रिशियन–Pediatrist—पीडियाट्रिस्ट–बाल रोग विशेषज्ञ।

Plastic Surgeon—प्लास्टिक सर्जन–शरीर की रचनाओं की मरम्मत के लिए शल्य-क्रिया करने वाला विशेषज्ञ।

Patologist—पैथोलोजिस्ट—रोग की प्रकृति एवं उसके कारण तथा शरीर के ऊतकों एवं अंगों में रोग के द्वारा उत्पन्न क्रियात्मक एवं रचनात्मक परिवर्तनों का अध्ययन करने वाला विशेषज्ञ।

Psychiatrist—साइकियाट्रिस्ट—मानसिक रोगों की चिकित्सा करने वाला विशेषज्ञ। मनोरोग चिकित्सक।

Surgeon—सर्ज़न—शल्य विशेषज्ञ।

Urologist—यूरोलोजिस्ट—मूत्र रोग विज्ञान विशेषज्ञ। गुर्दे एवं मूत्रीय प्रणाली के अंगों का शल्य विशेषज्ञ।

❑

विषय-सूची
(CONTENTS)

अध्याय

अध्याय **पृ० सं०**

❑

अध्याय 1

मनोविकृति-विज्ञान
(PSYCHOPATHOLOGY)

ऐतिहासिक पृष्ठभूमि
(Historical Background)

Coleman (1976) ने 17 वीं शताब्दी को प्रबोधन युग (Age of Enlightment), 18वीं को तर्क-युग (Age of Reason), 19वीं को प्रगति-युग (Age of Progress) एवं 20वीं शताब्दी को दुश्चिन्ता का युग (Age of Anxiety) कहा है जिससे यह संकेत प्राप्त होता है कि पहले की अपेक्षा आज का जीवन अधिक जटिल और कठिन हो गया है। मानव अपने जीवन मार्ग को सार्थक और सन्तोषप्रद नहीं अनुभव कर रहा है क्योंकि दिन-प्रतिदिन उसके जीवन की जटिलताएँ बढ़ती ही जा रही है। युद्धों ने व्यक्तिगत, सामूहिक तथा राष्ट्रीय जीवन को अस्त-व्यस्त कर दिया है। आज का मानव विनाश लीला को अपने खुली आँखों से देख रहा है इसलिए दुख, पीड़ा एवं सामाजिक अशान्ति अनुभव कर रहा है। वर्तमान आर्थिक विचलन, मुद्रा स्फीति, निर्धनता एवं बेरोजगारी, जातीय पूर्वाग्रह, सामाजिक विभाजन, घृणा, विद्वेष, हिंसा एवं आतंकवाद, स्वार्थपरता, जनसंख्या वृद्धि आदि प्रकार की सामाजिक समस्याओं ने जनमानस पर सांवेगिक कुठाराघात किया है जिससे व्यक्ति को अपना जीवन एवं अस्तित्व निरर्थक प्रतीत होने लगा है।

इसमें कोई संदेह नहीं है कि विज्ञान और तकनीकी के क्षेत्र में असाधारण प्रगति हुई है। विगत कुछ दशकों में तो इतनी अधिक प्रगति हुई है कि हमारा जीवन इनके अभाव में असम्भव प्रतीत होता है। परन्तु वास्तविकता यह है कि हमारे परम्परागत मूल्यों, विश्वासों, तथा पूर्वस्थापित सामाजिक एवं पारिवारिक प्रक्रियाओं पर प्रश्नचिह्न लग गया है। पहले की तुलना में समाज में असन्तुष्ट, चिन्तित, तनावयुक्त, दुखी, व्यक्तियों की भीड़ अपेक्षाकृत अधिक दिखाई देती है जिनमें प्रेम सौहार्द्र का अभाव दिखाई पड़ता है। आज के मानव को ऐसी भयंकर वैयक्तिक, अन्तर्वैयक्तिक और सामाजिक समस्याओं का सामना करना पड़ रहा है कि वह उनका समाधान नहीं सोच पाता है। परिणामस्वरूप, उसमें कुण्ठा, चिन्ता, प्रतिबल आदि पाये जाते हैं जिनसे बचने के लिए वे मद्यपान तथा प्रशान्तक दवावों का प्रयोग करने लगते हैं। ऐसे व्यक्तियों में हृदय-रोग, अपराध-भावना, तथा आत्महत्या की भावना विकसित होती है। समाज में कुछ व्यक्ति ऐसे होते हैं जो कुण्ठा, चिन्ता, प्रतिबल आदि को स्वयं दूर कर लेते हैं और अपने व्यक्तित्व का विघटन नहीं होने देते हैं परन्तु, कुछ व्यक्ति ऐसे भी होते हैं जो जीवन की यथार्थताओं (realities) का सफलतापूर्वक सामना करने में समर्थ नहीं होते हैं। ***परिणामस्वरूप उनमें व्यक्तित्व विघटन (personality disorganization), कुसमायोजन, अनानुकूलित व्यवहार एवं व्यक्तित्व अशान्ति (personality disturbance) पाया जाता है जिसे मनोविकृति (psycho-pathology) की संज्ञा दी जाती है।***

चीन, मिस्र एवं यूनान के प्राचीन इतिहास के अवलोकन से यह विदित होता है कि ई॰पू॰ 11वीं शताब्दी में इजराइल के राजा सौल (Saul) पर उत्साह-विषाद (manic-depressive) के दौरे बार-बार पड़ते थे। ऐसी अवस्था में एक बार सार्वजनिक स्थान पर उसने अपने सारे वस्त्र फाड़ डाले थे। इसी प्रकार एक बार उसने ऐसे दौरे की स्थिति में उसने अपने पुत्र Jonathan के हत्या का भी प्रयास किया।

यूनान की पौराणिक कथाओं में ऐसे अनेक उदाहरण हैं। उदाहरणार्थ—Hercules पर जब माँसपेशीय संकुचन के दौरे पड़ते थे, तब वह अत्यन्त भयंकर हो जाता था, हिसंक हो जाता था और यहाँ तक हत्या जैसे कार्य को भी कर सकता था, अन्त में वह मूर्छित हो जाता था और गहरी निद्रा में सो जाता था। ऐसे हालत में एक बार उसने अपने दो बच्चों, भाई के बच्चों, अध्यापक और सबसे अच्छे मित्र की हत्या कर दी थी।

इन्हीं की नहीं, *Socrates, Alexander the Great, Julius Caesar* आदि को भी किसी-न-किसी प्रकार के मानसिक विकारों से पीड़ित माना जाता था। कहा जाता है कि तैमूर लंग (1236-1405) ने मानव खोपड़ी का पिरामिड बनाने के लिए चालीस हजार लोगों की हत्या कर डाली थी क्योंकि मानव खोपड़ी द्वारा बने पिरामिड को देखकर वह अत्यन्त प्रसन्न होता था।

इंगलैंड के *George III* पागल सम्राट माने जाते थे क्योंकि उनमें अत्यधिक सक्रियता, चंचलता एवं तीव्र उत्तेजना के लक्षण अत्यधिक परिलक्षित होते थे, फ्रांसीसी दार्शनिक *Rousseau* (1712-1778) के जीवन के अन्तिम वर्षों में व्यामोह (delusion) के लक्षण देखे गये। उसे सन्देह, शंका तथा गुप्त शत्रुओं का तो भय था ही, उसे इस बात का भी भय था कि इंगलैंड, फ्रांस आदि विरुद्ध वह भयंकर युद्ध लड़ रहा है। इन्हीं शत्रुओं के कारण उसे दस्त, पेचिश, अपच आदि प्रकार के रोग हो गये हैं। वह इतना अधिक आतंकित हो गया था कि वह अपना सारा सामान और रुपया पैसा सब कुछ छोड़कर भाग गया। उसका संदेह चरम सीमा पर पहुँच गया था। इसलिए वह अपने पालतू कुत्ते पर भी भरोसा नहीं करता था। *Mozart* को सन्देह था कि उसे विष देने के लिए कोई षडयन्त्र कर रहा है। *Keats* ने भी बराबर तनाव, अनियन्त्रित हंसी और चीखपुकार के लक्षण को व्यक्त किया। *Gogh* मिर्गी से पीड़ित था, उसने अपना कान काटकर एक वेश्या को भेज दिया था। *Schopenhauer, Chopin* एवं *John Stuart Mill* विषाद से पीड़ित थे। इंगलैण्ड की *Queen Mary I* ने प्रोटेस्टैन्ट इसाइयों को जलवा कर सामूहिक हत्या करवाई। इसीलिए लोग उसे *Bloody Mary* के नाम से पुकारते थे। इन उदाहरणों से इस तथ्य पर प्रकाश पड़ता है कि मनोविकृत व्यक्ति आज ही नहीं वरन् प्राचीन काल में भी पाये जाते थे। 'मनोविकृत व्यवहार' के सम्प्रत्यय से उस समय के लोग भी अपरिचित नहीं थे। इसीलिए प्राचीन साहित्य और नाटकों में मनोविकृत व्यवहार को चित्रित करने वाले अनेक उदाहरणों को देखा जा सकता है। यह सत्य है कि साहित्य समाज का दर्पण होता है। इसीलिए प्राचीन नाटकों में मनोविकृत व्यवहारों का उल्लेख मिलता है। उदाहरणार्थ—Othelio के चरित्र में मनोग्रस्तता, आक्रामकता, ईर्ष्या आदि प्रकार के लक्षण देखे जा सकते हैं। Euripides (480-406 ई॰ पूर्व) के नाटक Media के एक पात्र में ईर्ष्या और प्रतिकार के संवेगों के कारण एक बच्चे की हत्या को चित्रित किया गया था। Sophocles (495-406 ई॰पू॰) ने अपनी रचना *Oedipus Rex* and *Elektra* में कौटुम्बिक व्यभिचार अभिप्रेरणा (incest motives) का वर्णन किया है। इसी प्रकार Shakespeare ने अपने नाटक में *Lady McBeth* में अपराध भावना (guilt feeling) के कारण उत्पन्न मनोग्रस्तता (obsession) से हाथ धोने की प्रतीकात्मक प्रतिक्रिया तथा स्वप्नचारिता (dream walking) के लक्षण को प्रदर्शित किया है। इन सब उदाहरणों के आधार पर यह कहा जा सकता है कि

प्राचीन साहित्यकारों की कृतियों, कवियों की रचनाओं एवं नाटककारों के नाटकों में भी मनोविकृत के सन्दर्भ में उदाहरण प्राप्त होते हैं जिससे यह संकेत प्राप्त होता है कि प्राचीन काल के कवि, साहित्यकार, नाटककार, दार्शनिक आदि मनोविकृत व्यवहार से अपरिचित नहीं थे।

उपर्युक्त उदाहरणों के आधार पर यह निःसंदेह कहा जा सकता है कि जितना पुराना मानव इतिहास है, उतना ही पुराना मनोविकृति विज्ञान का इतिहास भी है क्योंकि ***मानव जीवन है जहाँ, रोग है वहाँ, रोग चाहे वह शारीरिक हो या मानसिक।*** मनोविकृति व्यवहार का अध्ययन आधुनिक युग में ही नहीं किया गया है वरन् प्राचीन काल में भी मनोविकृतियाँ के सन्दर्भ में अध्ययन किया गया है, परन्तु उनके प्रति उस समय के लोगों का दृष्टिकोण आज के मनोचिकित्सकों एवं नैदानिक मनोवैज्ञानिकों से भिन्न था। प्राचीनकाल से आज तक के मनोविकृति-विज्ञान के इतिहास को ***Kinser*** (1985) ने तीन प्रमुख भागों में वर्गीकृत किया है:—

(क) पूर्व वैज्ञानिक काल: आदिकाल से लेकर 1800 तक
(Prescientific Period from Primitive Time to 1800 A.D.)

(1) प्राचीन युग में प्रेत विद्या *(Demonology Among the Ancients)*—मनोविकृत व्यवहार एवं उसके उपचार की ऐतिहासिक पृष्ठभूमि का प्रारम्भ पाषाण युग (stone age) के एक महत्वपूर्ण सम्प्रत्यय जीववाद (animism) से प्रेरित एवं प्रभावित हुआ। प्राचीनकाल के निवासियों, चाहे वह ग्रीक के हो, या चीन के या मिस्र के, का यह विश्वास था कि व्यक्ति में पाया जाने वाला मनोविकृत व्यवहार ईश्वर के अभिशाप के कारण है (*Brown*, 1940)। प्राचीन काल के लोग जीववाद के इस विचारधारा से ही अधिक प्रभावित थे। *''सम्पूर्ण संसार शक्तियों (spirits) देवताओं या आलौकिक शक्तियों से संचालित होता है। जिस प्रकार शक्तियों के द्वारा ही हवा बहती है, झरना बहता है, पत्थर लुढ़कते हैं, पेड़-पौधे उगते हैं, ठीक इसी प्रकार समस्त मानव व्यवहार संचालित होता है।''* (*"Primitive man believed that the winds blew, streams flewed, stones rolled, and trees grew because of spirits residing within objects. He explained in the same way all behaviour"*......**Kisker,** 1985)। इस समय के लोगों ने कुछ विशेष प्रकार के मानसिक रोगों—गम्भीर सिरदर्द, मूर्च्छा आदि का उपचार करने के लिए सामान्यतया दो प्रकार की विधियाँ अधिक लोकप्रिय थी—अपदूत-निसारन (exorcism) एवं ट्रीफाईनेशन (trephination)।

अपदूत-निरासन (झाड़-फूँक, भूत अपसारण) में विभिन्न प्रकार की विधियों का प्रयोग करके शरीर के अन्दर प्रवेश कर गई बुरी आत्मा को बाहर निकालने का प्रयास किया जाता था। जबकि ट्रीफाईनेशन में नुकीले पत्थरों से बने औजारों के द्वारा शल्य-क्रिया की जाती थी। इस विधि में नुकीले पत्थरों से खोपड़ी में छेद बनाकर रोगी के शरीर में प्रवेश कर गई प्रेत आत्मा को बाहर निकलने का अवसर दिया जाता था। इसके अतिरिक्त मानसिक रोगों के उपचार के लिए पुजारी मन्त्रों का भी प्रयोग करते थे। यह पुजारी ही चिकित्सक के रूप में कार्य करते थे जो रोगों को दूर करने के लिए जहाँ मंत्रोच्चार, प्रार्थना, ससूंचन, सहानुभूति आदि का प्रयोग करते थे वहीं प्रेतात्मा को भगाने के लिए अमानवीय व्यवहार जैसे पीटना, जंजीर से बाँधना, भूखा रखना, गर्म लोहे से दागना आदि भी करते थे। क्योंकि इन लोगों का विश्वास था कि रोगी को दी गई यातना और शारीरिक कष्ट प्रेतात्मा को होती है, जिससे वह रोगी के शरीर को छोड़कर चली जाती है और व्यक्ति स्वस्थ हो जाता है।

(1) प्रारम्भिक दार्शनिक एवं चिकित्सा सम्प्रत्यय (Early Philosophical and Medical Concepts)

प्राचीन यूनान के स्वर्ण युग में मानसिक रोगों के उपचार और ज्ञान में काफी प्रगति हुई और इस काल में अनेक तार्किक एवं वैज्ञानिक विचारधाराओं का जन्म हुआ जिसका श्रेय अनेक दार्शनिकों को जाता है।

(i) **हिप्पोक्रेटिस** (*Hippocrates,* 460-377 B.C)—हिप्पोक्रेटीज ऐसे यूनानी दार्शनिक थे जिन्हें आयुर्विज्ञान का पिता कहा जाता है। इन्होंने ही सर्वप्रथम यह स्वीकार किया और लोगों को संदेश दिया कि मानसिक रोगों का कारण देवताओं, भूतों एवं पिशाचों, तथा प्रेतात्माओं के प्रकोप के कारण नहीं होते हैं वरन् प्राकृतिक कारणों (स्वाभाविक कारणों) से उत्पन्न होते हैं। इसलिए शारीरिक रोगियों की भाँति मानसिक रोगियों की भी देखभाल समान रूप से करनी चाहिए। उन्होंने **पाइथागोरस** के इस दृष्टिकोण पर बल दिया कि, ***''मस्तिष्क बौद्धिक क्रिया का केन्द्रिय अवयव है और मानसिक रोगों का कारण मानसिक विकृतियाँ हैं।''*** इन्होंने मानसिक रोगियों को तीन सामान्य वर्गों में वर्गीकृत किया—उन्माद (Mania), विषाद रोग (Melancholia) एवं मस्तिष्क शोथ (Phrenitis)। इन्होंने यह वर्गीकरण अपने नैदानिक विवरणों के आधार पर किया था। इन्होंने अपतन्त्रक (hysteria) को केवल महिलाओं का रोग बताया जिसका कारण गर्भाशय का घूमना माना और विवाह को सर्वोत्तम उपचार बताया। इनके अनुसार शरीर में चार प्रकार के द्रव—काला पित्त (black bile), पीला पित्त (yellow bile), रक्त (blood) एवं श्लेष्मा (phelegm) में असन्तुलन पाये जाने पर मनोविकृतियाँ उत्पन्न होती है। इनके क्रान्तिकारी विचारों से प्रेतात्मा सम्बन्धी विचारों को आघात अवश्य पहुँचा परन्तु उनके द्वारा प्रस्तुत व्यक्तित्व सम्बन्धी देहद्रव सम्बन्धी विचार आधुनिक शरीर विज्ञान के अनुसार अनुपयुक्त ही नहीं थे, वरन हास्यास्पद भी थे।

(ii) **प्लैटो** (*Plato,* 429-347 B.C.)—मनोविकृति के सन्दर्भ में दार्शनिक Plato का भी विशेष योगदान है। इन्हें मानव व्यक्तित्व के बारे में अच्छा ज्ञान था। इन्होंने सामान्य व्यक्तियों की भाँति मनोविक्षिप्त व्यक्तियों को भी उनके कार्य के लिये उन्हें उत्तरदायी ठहराकर दण्डित करने की बात को स्वीकार नहीं किया वरन् मानसिक रोगियों को सहानुभूति का पात्र मानने पर बल दिया। ऐसे रोगियों के उपचार के लिए उनसे मधुर सम्बन्ध विकसित करने पर बल दिया।

इन्होंने मानसिक रोगों के कारण के रूप में तीन कारणों—शारीरिक, मानसिक तथा दैहिक को स्वीकार किया। मानसिक रोगों के कारण के रूप में दैहिक कारक को स्वीकार करना इस बात की ओर संकेत करता है कि उनके विचारों में आधुनिकता अवश्य थी परन्तु वह भी अपने को समकालीन प्रेत-विद्या सम्बन्धी प्रभावों से मुक्त नहीं कर पाये थे। उन्होंने अपने प्रसिद्ध पुस्तक *Republic* में बौद्धिक एवं अन्य क्षमताओं से सम्बन्धित वैयक्तिक भिन्नताओं पर बल दिया और उन्होंने व्यक्ति के व्यवहार एवं चिन्तन पर सामाजिक-सांस्कृतिक कारकों का प्रभाव माना।

(iii) **अरस्तू** (*Aristotle,* 384-322 B.C.)—अरस्तू अपने गुरु प्लेटो से मानसिक रोग सम्बन्धी विचारों से प्रभावित न हो कर Hippocrates से अधिक प्रभावित थे। Hippocrates की भाँति *Aristotle* भी इस विचारधारा से सहमत थे कि देहद्रवों में असन्तुलन पाये जाने पर

ही मनोविकृतियों/मानसिक रोगों की उत्पत्ति होती है। उनका मत था कि पित्त के कारण व्यक्ति कामुक इच्छाओं के वशीभूत हो जाता है और फिजूल की बातें करता है। उनके अनुसार विवेक व्यक्ति का ऐसा अजर-अमर गुण है जिस पर किसी रोग का प्रभाव नहीं पड़ता है। गर्म द्रवों के प्रभाव से व्यक्ति में आत्महत्या के आवेग उत्पन्न होते हैं।

(iv) उत्तर यूनानी तथा रोमन विचार *(Later Greek and Roman Thought)*—कुछ यूनानी तथा रोमन चिकित्सकों ने Hippocrates द्वारा दर्शाये गये मार्ग का अनुसरण किया। मिस्र में चिकित्सा विज्ञान में इतनी प्रगति हुई कि मंदिरों और गिरजाघरों को आरोग्यशालाओं (sanitoriums) में परिवर्तित कर दिया गया और रोगियों को सुखद वातावरण उपलब्ध कराया जाने लगा। उन्हें विभिन्न प्रकार की क्रियाओं—पार्टी उद्यानों में भ्रमण, नृत्य, नौका विहार, संगीत कार्यक्रम में व्यस्त रखकर उनका उपचार किया जाता था। यही नहीं, इस समय के चिकित्सकों ने मालिश, कसरत, शिक्षा, जल चिकित्सा, अल्प भोजन, यान्त्रिक दबाव (mechanical restraints), परिस्थिति विशेष में खून बहाना, सम्मोहन आदि प्रविधियों का प्रयोग मनोविकृतिजन्य व्यवहार के उपचार में किया गया (*Menninger*, 1944)।

कुछ रोमन चिकित्सकों ने मानसिक रोगों के अध्ययन में महत्वपूर्ण योगदान प्रदान किया जिनमें Aesclepiades (124 B.C.), Cicero (106-43 B.C), Aretaeus (50-130 A.D.), Gallen (130-200 A.D.) के नाम प्रमुख हैं। Aesclepiades ने जहाँ मानसिक रोगियों के प्रति मानवतावादी तथा सहानुभूतिपूर्ण व्यवहार प्रकट करने पर बल दिया वहीं उनके उपचार के लिए संगीत तथा अनेक प्रकार के स्नान-पद्धतियों पर भी बल दिया। उन्होंने रोगियों के एकान्तवास को अमानवीय माना। इन्होंने तीव्र (acute) तथा दीर्घकालिक (chronic) मानसिक रोगों में तथा भ्रम (illusion), विभ्रम (hallucination) तथा व्यामोह (delusion) में विभेदन का प्रयास किया।

Cicero ने शारीरिक रोगों की उत्पत्ति के कारण के रूप में सांवेगिक कारकों (emotional factors) को माना। लगभग एक शताब्दी बाद Aretaeus ने सर्वप्रथम उन्माद (Mania) तथा विषाद (Melancholia) को एक रोग की अभिव्यक्ति के रूप में स्वीकार किया। इनका मत था कि चिड़चिड़े और आक्रोशी व्यक्तियों में उन्माद जैसे मानसिक रोग के पाये जाने की सम्भावना अधिक रहती है जबकि सुस्त और गम्भीर व्यक्तियों में विषाद जैसे मानसिक रोग पाये जाने की सम्भावना अधिक होती है। Gallen तो यूनानी चिकित्सक थे, लेकिन रहते थे रोम में। इन्होनें उपचार के दृष्टिकोण से कोई महत्वपूर्ण योगदान तो नही प्रदान किया परन्तु मानसिक रोगों के वैज्ञानिक दृष्टिकोण को बल प्रदान किया। इन्होने मानसिक रोगों की उत्पति का कारण प्रेम, कुण्ठा, आघात, अत्यधिक मद्यपान, भय, मस्तिष्क शोथ, आर्थिक क्षति, आदि को माना था। इन्होने मानसिक रोगों के उपचार के लिए औषधि सेवन, नैतिक शिक्षा एवं नियमित व्यायाम पर बल दिया। *Coleman* (1976) का मत है कि 200 A.D. में *Gallen* की मृत्यु के पश्चात अंधकार युग (Dark age) प्रारम्भ हुआ। उस समय ग्रीस एवं रोम की सभ्यता का भी सूर्यास्त होने लगा था। इस अंधकार युग में लोग *Hippocrates, Aesclepiades, Aeretaeus, Gallen आदि* के योगदानों को भूल गये थे और प्रेतविद्या तथा अंधविश्वासों का प्रभाव बढ़ गया था।

(v) इस्लामी देशों में ग्रीक विचारों की मान्यता *(Acceptance of Greek Thoughts in Islamic Countries)*—ग्रीक विचारों के प्रभाव से इस्लामिक देशों के निवासी भी अछूते

नही रहे। इसका प्रभाव ही था कि 792 AD में बगदाद में पहला मानसिक अस्पताल (Mental Hospital) खोला गया। बाद में Damascus एवं Aleppo में भी मानसिक अस्पताल खोले गये। इन मानसिक अस्पतालों में मानसिक रोगियों के साथ मानवतापूर्ण व्यवहार एवं उपचार के लिए मानवीय दृष्टिकोण अपनाने पर बल दिया गया। इस्लामी चिकित्सा के प्रमुख चिकित्सक के रूप में Avicenna (980-1037) के नाम को लिया जा सकता है। इन्हें Prince of Physicians कहा जाता है। इन्होंने अपनी पुस्तक *The Canon of Medicine* में कुछ मानसिक रोगों उदाहरणार्थ, अपतन्त्रक (hysteria) , मिरगी (epilepsy) उन्माद (mania) तथा विषाद (melancholia) आदि का वर्णन किया है और उनके उपचार की विधि भी बताई है।

(2) मध्ययुगीन प्रेतविद्या
(Demonology in the Middle Ages)

यूनानी तथा रोमन सभ्यताओं के पतन के साथ-साथ मानसिक चिकित्सा एवं आयुर्विज्ञान के क्षेत्र में हुए विकास को भी आघात पहुँचा। परिणामस्वरूप अंधविश्वास, जादू-टोना (witchcraft) एवं प्रेतविद्या (Demonology) का पुनः बोल-बाला हो गया। इसीलिए मध्यकालीन युग (middle age) को अंधकार का युग भी कहा गया है। मध्यकालीन युग 20 ई॰ से 1500 ई॰ तक माना जाता है। इस युग में धर्म का वर्चस्व था तथा स्वतन्त्र विचारकों पर अनेक प्रकार के प्रतिबन्ध लगाए गये थे। इसलिए मानसिक विकारों की मात्रा में वृद्धि देखी गई। इस युग में सामूहिक पागलपन (mass madness) और जादू टोने का प्रचलन अधिक बढ़ा। अंधकार युग और मध्ययुग दोनो में ही मानसिक रोगों के प्रति लोगों के विचारों में समानता थी। अंधकार युग में ग्रीक एवं रोमन सभ्यता का सूर्यास्त हुआ तो ईसाई धर्म (Christianity) का सूर्योदय हुआ। इस युग में पुनः मानसिक रोग का कारण प्रेतात्मा अथवा दैवी प्रकोप माना गया। ईसाई धर्म के प्रचार प्रसार ने इस धारणा को प्रबल बनाने में अपना सहयोग दिया कि व्यक्ति के शरीर में बुरी आत्मा के प्रवेश से उसका व्यवहार असामान्य, अपवित्र और असंगत हो जाता है जिसे मनोविकृति की संज्ञा दी जाती है। *मध्ययुग में 500A.D. के बाद मानसिक रोगों के प्रति लोगों का विचार इसी प्रकार का था।*

मध्ययुग के अंतिम अर्द्धभाग (later half) में एक विशेष प्रकार की दशा देखी गई जिसे सामूहिक पागलपन (mass madness) की संज्ञा दी गई। यह सामूहिक पागलपन/मनोविकार अपतन्त्रक (hysteria) जैसा था। इसका प्रयोग सामूहिक रूप से होता था जिसमें नृत्य उन्माद (dance mania) अत्यन्त सामान्य था। इस नृत्य उन्माद में लोग अंग प्रदर्शन, उछल-कूद, ठहाके मारकर हँसना, वस्त्र फाड़ना आदि प्रकार के व्यवहार को प्रदर्शित करते है। यहाँ तक कि निर्वस्त्र भी हो जाते हैं। मद्यपान का काफी प्रचलन था। बाँसुरी बजाते और नाचते-नाचते इतना थक जाते थे कि गिर जाते थे। इस नृत्य उन्माद (dancing mania) को नृत्योन्माद (Tarantism) कहते है। *Sigerist* का मत है कि इस सामूहिक पागलपन का रोग ग्रीष्म ऋतु की तपती-धूप की अवधि में अधिक होता था। लोग चाहे जगे हो या सोये, लोग अकस्मात् मधुमक्खी के डंक मारने जैसा कष्ट अनुभव करते थे और नृत्य में कूद पड़ते थे। कुछ को मक्खी दिखाई पड़ती थी, कुछ को नहीं। किन्तु वे इसका अनुभव करते ही घरों से निकलकर सड़कों, गलियों और बाजारों में नाचने लगते थे। कुछ समय में ऐसे अनुभव वाले लोग भी उनके साथ आकर मिल जाते थे। यह नृत्य इटली में तो फैला ही, जर्मनी और यूरोप में भी फैल गया। उसी समय ग्रामीण क्षेत्रों में एक अन्य मनोविकृति का प्रसार पाया गया जिसे

वृकोन्माद (Lycanthropy) की संज्ञा दी गई। उस रोग से ग्रसित व्यक्ति अपने को भेड़िया समझने लगता था (*Stone*, 1937) और वह भेड़िया जैसा बोलने का प्रयास ही नहीं करता है वरन् उछलता कूदता भी था। 14-15वीं शताब्दी में सामूहिक पागलपन से सम्बन्धित सारे मानसिक रोग अपनी चरम सीमा पर थे।

मध्ययुग में सामूहिक पागलपन से सम्बन्धित समस्त मानसिक रोगों का उपचार पादरियों एवं धर्म पुरोहितों के जिम्मे था। इसलिए मानसिक विकृतियों के उपचार के लिए रोगग्रस्त व्यक्तियों के साथ सहानुभूति पूर्ण व्यवहार किया जाता था। उनके लिए प्रार्थनाएँ, पवित्र जल, पवित्र मरहम, पादरियों एवं ओझा-सोखा की झाड़-फूँक, पवित्र स्थलों की यात्रा, पवित्र अवशेषों का स्पर्श आदि का प्रयोग करके उनमें पाये जाने वाले प्रेतात्मा से छुटकारा दिलाते थे। उस समय मानसिक रोगों की चिकित्सा के लिए इन्हीं विधियों का प्रयोग किया जाता था।

इस युग में रोगी के अन्दर बसने वाले भूत/प्रेत/शैतान को मनोविकृतियों का कारण माना जाता था। इस शैतान को भगाने के लिए रोगी को अनेक प्रकार की यातनाएँ और अमानवीय कष्ट दिये जाते थे जिसका उद्देश्य भूत को भयभीत करना था। यातनाओं के रूप में कोड़े मारना, भूखा रखना, जंजीरों से जकड़ना, गर्म पानी में डुबोना आदि प्रकार के कष्ट दिये जाते थे।

15वीं शताब्दी के उत्तरार्द्ध में लोगों के ईश्वरपरक (theological) विश्वास को काफी सुदृढता प्राप्त हुई और लोगों को यह प्रबल विश्वास हो गया कि शरीर में दुष्ट आत्माओं के प्रवेश का एक कारण व्यक्ति के अपने पापकर्म है जिससे दुष्ट आत्माएँ शरीर में प्रवेश कर मनोविकृतियाँ उत्पन्न करती हैं। मनोविकृतियों के पाये जाने का कारण व्यक्ति का प्रेतात्मा से मित्रता करना है अर्थात् प्रेतात्माओं को अपने शरीर में स्वेच्छानुसार प्रवेश कराना है। फलस्वरूप वह मनोविकृत व्यवहार करने लगता है। इस तरह के मानसिक शक्तियों को डाइन (witches) कहा जाता था। इनमें अनेक चमत्कारिक शक्तियों की कल्पना की जाती थी। जैसे यह चुड़ैल हवा में उड़ सकती थी, अदृश्य हो सकती थी, विभिन्न प्रकार के पशुओं का रूप धारण कर सकती थी। प्राकृतिक आपदाएँ, महामारी आदि इन्हीं के कारण फैलती थी। इस युग के पादरियों और अन्य ईसाई नेताओं ने चुड़ैलों को पहचान कर उन्हें दण्ड देने का आदेश दिया तथा पूरे यूरोप में इस दिशा में एक अभियान भी चलाया गया। परिणाम यह हुआ कि निर्दोष मानसिक रोगियों में डायन का निवास माकर उनका गला काट दिया जाता था। अंग विच्छेद कर दिया जाता था, जिन्दा जला दिया जाता था, यहाँ तक कि फाँसी पर चढ़ा दिया जाता था। यही स्थिति 16वीं और 17वीं शताब्दी तक बनी रही। परन्तु धीरे-धीरे धार्मिक और वैज्ञानिक विचारों में परिवर्तन अवश्य हुआ, परन्तु मनोविकृतियों के मूल में ईश्वरीय अभिशाप/ईश्वरीय दण्ड की धारणा ज्यों-की-त्यों विद्यमान रहीं। मनोविकृतियों के बारे में यह दृष्टिकोण लगभग 19वीं शताब्दी तक चलता रहा। इस युग में पादरियों एवं पुजारियों ने जादू-टोना (witchcraft) से बचने के लिए एवं निर्देशिका (manual) तैयार किया जिसे The Witches Hammer कहा जाता है। इस निर्देशिका में इन चुड़ैलों के लिए न्यायिक दण्ड (judicial punishment) की भी व्यवस्था की थी। *सारांश स्वरूप यह कहा जा सकता है कि* ***मध्य युग में मनोविकृतियों के संदर्भ में न तो तार्किक एवं वैज्ञानिक दृष्टिकोण ही अपनाया गया और न ही मानवीय दृष्टिकोण को अपनाया गया।***

(3) मानवीय उपागमों का उदय
(Emergence of Humanitarian Approach)

16वीं शताब्दी के प्रारम्भ में ही मध्य युग में विकसित ईश्वर सम्बन्धी, अध्यात्मिक एवं अंधविश्वासपरक विचारधाराओं का विरोध होने लगा क्योंकि पादरी और पुजारी मनोविकृतियों को दूर करने के लिए अमानवीय दृष्टिकोण अपनाते थे।

इस प्रकार 16वीं शताब्दी के प्रारम्भ में ही वैज्ञानिक तथा बौद्धिक क्रियाओं का प्रारम्भ अवश्य हो गया था। किन्तु प्रेत विद्या का अन्त पूर्णरूप से नहीं हुआ था। प्रेत विद्या तथा जादू-टोने को धर्मशास्त्रियों, भौतिक शास्त्रियों, दार्शनिकों एवं चिकित्साशास्त्रियों द्वारा चुनौती दिया जाने लगा। परिणामस्वरूप मानवतावादी उपागमों का उदय हुआ और मनोविकृति विज्ञान को एक नई दिशा प्राप्त हुई। इस दिशा में अनेक चिकित्सकों का महत्वपूर्ण योगदान प्राप्त हुआ।

इन चिकित्सकों में सर्वप्रथम Paracelsus (1490-1541) का नाम आता है जिन्होंने नृत्य उन्माद (dancing mania) को प्रेत आत्मा का प्रकोप नहीं, वरन् एक मानसिक रोग माना है तथा इसके उपचार के समुचित व्यवस्था को प्रस्तावित किया। इनका विचार था कि मानवीय स्वभाव के मूल प्रवृत्यात्मक (instinctual) तथा अध्यात्मिक (spiritual) स्वभाव में द्वन्द्व पाया जाता है। इन्होंने मानसिक रोगों के मनोवैज्ञानिक कारणों पर बल डाला। इनका मत था कि नक्षत्रों में एक विशिष्ट प्रकार का आकर्षण या चुम्बकत्व पाया जाता है जो मन और शरीर पर समान रूप से प्रभाव डालता है, जिन्होंने मानसिक रोगों के उपचार के लिए शारीरिक चुम्बकत्व (bodily magnetism) पर बल दिया जिसे आगे चलकर सम्मोहन (hynotism) कहा गया (*Mora*, 1967)। यद्यपि Paracelsus से पहले Juan Leuis Vives नामक स्पैनिश चिकित्सक ने भी मानसिक रोगियों के प्रति पादरियों एवं पुजारियों के दृष्टिकोण का विरोध किया था और मानसिक रोगियों के प्रति मानवीय उपचार (human treatment) पर बल दिया। यह सत्य है कि Paracelsus ने प्रेतात्मा तथा जादू-टोना सम्बन्धी विचारों का खण्डन किया था फिर भी मनोविकृति के संदर्भ में इनकी व्याख्यापूर्ण रूप से तार्किक एवं वैज्ञानिक नहीं थी, क्योंकि मनोविकृतियों की व्याख्या इन्होंने नक्षत्रीय प्रभावों (astral influences) के आधार पर की थी। इनका मत था कि व्यक्ति के मस्तिष्क पर चन्द्रमा (moon) का आलौकिक प्रभाव (supernatural influence) पड़ता है जिससे व्यक्ति में मानसिक विकृतियाँ उत्पन्न होती है।

John Weyer (1515-1588) को आधुनिक मनोचिकित्सा विज्ञान (modern psychiatry) का जनक माना जाता था। यह एक जर्मन चिकित्सक और परम विद्वान व्यक्ति थे। इन्होंने अपनी पुस्तक *'The Deception of Demons'* (1563) में मनोविकृति का कारण प्रेतात्मा, डायन, चुड़ैल, आदि के प्रकोप का घोर विरोध किया और मानसिक रोगियों के प्रति अपनाये जाने वाले बर्बर व्यवहारों की घोर आलोचना की। उन्होने मानसिक रोगों के उपचार के लिए धर्मशास्त्रों का प्रयोग न करके मनोविकृति विज्ञान (Psychopathology) के साथ-साथ आयुर्विज्ञान के उपयोग पर भी बल दिया। परिणाम यह हुआ कि पादरियों एवं पुजारियों ने उनकी पुस्तक पर प्रतिबन्ध लगवा दिया और यह प्रतिबन्ध 20वीं शताब्दी के प्रारम्भ तक लगा रहा।

इन्हीं लोगों की भाँति *Reginald Scott* (1538-1599) ने अपनी पुस्तक *'Discovery of Witchcraft'* (1584) में प्रेतात्माओं के अस्तित्व को नकारने का साहस किया। इन्होंने प्रेतविद्या और जादू-टोना की घोर आलोचना की। इन्होंने अपनी विचार धारणा को सिद्ध करने के लिए अपने जीवन के अनेक बहुमूल्य वर्षों को लगा दिया। लेकिन दुर्भाग्य की बात यह थी

कि King *James* I ने भी इनकी पुस्तक पर प्रतिबन्ध लगा दिया और पुस्तक की प्रतियों को जला दिया गया। परन्तु सौभाग्य की बात यह थी कि उनके समय के पादरियों ने भी प्रेतात्मा एवं जादू-टोना सम्बन्धी दृष्टिकोण की आलोचना की। *St. Vincent dePaul*(1576-1660) ने अपने घोर विरोधियों के बीच साहस करके यह घोषणा की कि शारीरिक रोगों की भाँति मानसिक रोग भी होते हैं जिसके प्रति हमें मानवीय दृष्टिकोण (humanitarian view point) अपनाना चाहिए। परिणामस्वरूप मनोविकृतियों के प्रति अज्ञानता के अंधकार में प्रकाश का आर्विभाव होने लगा और लोगों ने मानसिक रोगियों को अलग कैम्पों में न रखने तथा मानसिक अस्पतालों अथवा स्वास्थय केन्द्रों में रखकर उनके उपचार की बात सोचने लगे। इन्हीं विचारधाराओं की उत्पत्ति का परिणाम यह था कि Henry VIII ने 1547 में लन्दन के St. Mary of Bethlehem को मानसिक अस्पताल में परिवर्तित कर दिया। इस तरह के अन्य अस्पतालों की स्थापना भी देश में हुई। उदाहरणार्थ—1566 में अमेरिका के मैक्सिको में The Son Hippolitto, 1641 में फ्रांस में La Maison de Charenton तथा रूस में 1764 में एक मानसिक आरोग्यशाला की स्थापना हुई। परन्तु इन आरोग्यशालाओं में भी मानसिक रोगियों के प्रति अमानवीय व्यवहार किया जाता था और जानवरों से भी बदतर व्यवहार किया जाता था।

यदि मानवीय दृष्टिकोण रखने वाले चिकित्सकों के कार्यों का सर्वेक्षण किया जाय तो निसन्देह यह कहा जा सकता है कि Paracelsus, Weyer एवं Scott की तुलना में फ्रेंच चिकित्सक Phillippe Pinel (1745-1826) का दृष्टिकोण सही अर्थों में मानवतावादी था। इन्हें आधुनिक मनोरोग विज्ञान (Modern Psychiatry) का जनक (father) माना जाता है। *Pinel* ने इस दिशा में सक्रिय योगदान प्रदान किया। 1792 मे जब फ्रेंच क्रान्ति (French Revolution) का पहला चरण समाप्त हुआ तो Pinel को पेरिस के एक मानसिक अस्पताल La Bicetre) का इन्चार्ज बनाया गया। इन्होनें अस्पताल के मानसिक रोगियों के प्रति मानवीय दृष्टिकोण अपनाया और उन्हें केवल जंजीरों से ही मुक्त ही नहीं किया वरन् उनके लिए स्वच्छ वातावरण वाले कमरों में रहने के लिए व्यवस्था भी की। लोगों ने *Pinel* के इन प्रयासों का भरपूर मजाक उड़ाया और इन्हें ही मानसिक रोगी की संज्ञा दे दी। परन्तु धीरे-धीरे विरोधियों का स्वर मंद होता गया और लोगों ने Pinel को सहयोग देना प्रारम्भ कर दिया। बाद में Pinel को Salpetriere Hospital का उत्तरदायित्व सौंपा गया जहाँ उन्होने La Bicetre की भाँति ही व्यवस्था की और उसका उत्साहजनक परिणाम भी प्राप्त किया। *Pinel* के शिष्य Jean Esquitrol (1772-1840) ने Pinel के दृष्टिकोण का खूब प्रचार-प्रसार किया और इन्होने 10 मानसिक अस्पतालों को खोला जहाँ मानसिक रोगियों के उपचार के लिए मानवीय दृष्टिकोण पर बल दिया गया। Pinel के ऐसे प्रयासों के परिणामस्वरूप अन्य देशों के चिकित्सकों को भी इस दिशा में कार्य करने के लिए प्रोत्साहन प्राप्त हुआ। Pinel ने यह कार्य फ्रांस में किया था लेकिन उसी समय इंगलैंड में भी Willium Tuke (1732-1822) ने York Retreat नामक मानसिक अस्पताल की स्थापना की। *इस प्रकार यह कहा जा सकता है कि Pinel के प्रयासों के परिणामस्वरूप मानसिक रोगियों के प्रति मानवतावादी दृष्टिकोण का प्रार्दुभाव हुआ और 1500 AD तक के मध्य युग के अंधकार में कमी आई।*

(ख) मनोविकृति विज्ञान का आधुनिक उद्भव: 1801 से 1950 तक (Modern Origin of Psychopathology : From 1801 to 1950)

Pinel एवं William Tuke के विचारों का क्रान्तिकारी प्रभाव मनोविकृति के क्षेत्र में प्राप्त किया गया। इनके विचारों ने पूरे संसार में हलचल मचा दी। इस क्रान्ति का प्रभाव अमेरिका

में Benjamin Rush (1745-1813) पर सर्वाधिक पड़ा। *Pinel* और *Tuke* के विचारों को इन्होनें स्वीकार किया और उपचार में क्रान्तिकारी परिवर्तन का प्रयोग किया। Benjamin Rush के कार्यों से इस तथ्य पर प्रकाश पड़ता है कि Benjamin Rush ही अमेरिका में मनोचिकित्सा के जनक थे। 1783 में वह पेन्सिलवेनिया विश्वविद्यालय से सम्बद्ध हुए और इन्होंने मानसिक रोगियों के उपचार के लिए मानवीय दृष्टिकोण अपनाया। इन्होंने रोगियों के लिए विशेष कक्ष को तैयार करवाया, उनके लिए संगीत तथा मनोरंजन की व्यवस्था की। उन्होंने रोगियों को उनकी पसंद के अनुसार कार्य सौंपा। 1812 में उन्होंने मनोचिकित्सा पर सर्वप्रथम अपनी पुस्तक *'Medical Inquiries and Observatious upon the Diseases of the Mind'* की रचना ही नहीं की वरन् अमेरिका में सर्वप्रथम मनोचिकित्सा के पाठ्यक्रम से सबका परिचय कराया। उन्होनें उपचार के लिए रक्त मोचन (blood letting) और जुलाब (purgative) जैसी पद्धतियों का प्रयोग किया। इन्होंने एक ऐसी कुर्सी का निर्माण किया जिसमें रोगी के शारीरिक अंगों को इस तरह जकड़ दिया जाता था कि रोगी हिलने-डुलने में असमर्थ हो जाता था। इसे प्रशांतक कुर्सी (Tranquilizer chair) कहा जाता था। इसी प्रकार इन्होंने एक बिस्तर भी तैयार करवाया था। इस प्रकार हम कह सकते है कि इनके प्रयास ने नवीन और प्राचीन पद्धतियों के बीच एक महत्वपूर्ण कड़ी के रूप में कार्य किया। परन्तु इनके द्वारा प्रयोग की गई उपचार पद्धतियाँ भी भ्रामक विचारों और आलोचनाओं से मुक्त नहीं रही।

अमेरिका में 19वीं शताब्दी के प्रारम्भ में एक विशेष आन्दोलन का प्रारम्भ एक महिला स्कूल शिक्षिका Dorthea Dix (1802-1887) ने किया जिस पर टी०बी० रोग का बार-बार प्रहार करने से शिक्षण कार्य से समय से पूर्व ही अवकाश दे दिया गया था। इनके आन्दोलन का नाम Mental Hygine Movement था जिसमें मानसिक रोगियों के प्रति प्रत्येक मानवीय प्रयासों को अपनाया गया था। 1841 से वह Sunday School में शिक्षण कार्य करने लगी। यह स्कूल महिला कैदियों के लिए था। इस अवधि में उन्होंने कारागार तथा उस समय के पागलखानों को देखने का अवसर मिला। 1848 में उन्होने अमेरिकी काँग्रेस को एक पत्र भेजकर अमेरिका के 9000 मानसिक रोगियों की दुर्दशा का विवरण प्रस्तुत किया। इनका आन्दोलन लगभग 1841 से 1881 तक 40 वर्षो तक चलता रहा। इस आन्दोलन के द्वारा उन्होंने मानसिक रोगियों के प्रति किये जा रहे अमानवीय व्यवहारों से लोगों को परिचित कराया और सामान्य जनता का ध्यान मानसिक रोगियों के प्रति किये जाने वाले व्यवहार के प्रति आकृष्ट कराया। इनका यह प्रयास अमेरिका के मानसिक रोगियों तक ही नहीं सीमित था वरन् उन्होंने कनाडा के मानसिक रोगियों की दुर्दशा को भी समाप्त करने का प्रयास किया। उन्होंने 32 आधुनिक मानसिक चिकित्सालयों की स्थापना की। संयुक्त राष्ट्र अमेरिका की काँग्रेस ने 1901 में अपने एक प्रस्ताव ने ***''सम्पूर्ण इतिहास में उसे मानवता का सबसे उत्तम उदाहरण बताया''*** *(Among the noblest examples of humanity in all history)* ।

19वीं शताब्दी के अंतिम अर्द्धभाग में अमेरिका में मानसिक अस्पतालों (mental asylums) का बहुत अधिक प्रचलन हो गया था जिनकी दीवारें इतनी ऊँची होती थी कि वे किला प्रतीत होते थे जिनमें मानसिक रोगियों को रखा जाता था। सामान्य जनता इनमें रहने वालों से भयभीत रहा करती थी। अमेरिका के अतिरिक्त फ्रांस, जर्मनी तथा आस्ट्रिया में भी मनोविकृति के क्षेत्र में महत्वपूर्ण कार्य हुए। फ्रांस में मानसिक विकृतियों के प्रति मनोवैज्ञानिक दृष्टिकोण का प्रारम्भ Anton Mesmer (1734-1885) ने किया। इन्होंने मानव व्यवहार पर ग्रहों के प्रभाव के बारे में Paracelsus के विचारों को और विकसित एवं प्रसारित किया। इनका मत था कि मानव मस्तिष्क पर नक्षत्रों का प्रभाव पड़ता है तथा नक्षत्र शरीर के भिन्न-भिन्न भागों की क्रियाओं

को प्रभावित करते हैं। उनका मत था कि सार्वभौमिक चुम्बकीय द्रव (universal magnetic fluid) को नक्षत्र प्रभावित करते है तथा प्रत्येक व्यक्ति में चुम्बकीय शक्ति होती है, जिससे दूसरे लोगों के चुम्बकीय द्रव वितरण को प्रभावित किया जा सकता है। अतःइन्होने चुम्बकीय द्रव के द्वारा मनोविकृतियों के उपचार को सम्भव माना। Mesmer के चिकित्सा पद्धति को Mesmerism कहा जाता है। उन्होने अपने क्लिीनिक में पशु चुम्बकत्व (animal magnetism) के द्वारा मनोविकृतियों के उपचार का प्रयास किया। इस उपचार पद्धति में एक सुसज्जित कमरे में रंगीन पानी से भरे हुए टब को चारों ओर निकले हुए सलाखों में से एक को रोगी को पकड़कर बैठना होता था। कमरे में मधुर संगीत बजता रहता था। *Mesmer* रंगीन कपड़े पहनकर जब कमरे में प्रवेश करता था तो उसके हाथ में एक छड़ी होती थी, उस समय प्रकाश मंद कर दिया जाता था। Mesmer हर मरीज के पास जाता था। उसे हाथ या छड़ी से छूता था और उसे दृष्टि जमाकर यह कहता था कि ''अब आप ठीक हो गये है।'' इस दशा में रोगी में मूर्छा (trance) की स्थिति उत्पन्न होती थी। इस उपचार पद्धति को ही पशु चुम्बकत्व कहा जाता था। उनका मत था कि मानव प्राणी में चुम्बक की धारा की कमी के कारण मनोविकृतियाँ उत्पन्न होती है जिनका उपचार पशु चुम्बकत्व के द्वारा ही सम्भव है। प्रारम्भ में कुछ समय तक Mesmer के उपचार पद्धति को महत्व प्राप्त हुआ लेकिन बाद में लोगों का इस उपचार पद्धति के प्रति मोह भंग हो गया। परिणामस्वरूप आलोचना से Mesmer खिन्न हो गये और वियना को छोड़कर 1778 में पेरिस पहुँच गये। पेरिस में उनकी उपचार पद्धति को लोकप्रियता बहुत बढ़ गयी थी। फ्रांस की Scientific Academy ने Mesmer के उपचार पद्धति में पशु चुम्बकत्व की जाँच के लिए 1784 में बैठाये गये कमीशन ने इसे कपोल कल्पित एवं व्यर्थ बताया। Mesmer इससे बहुत प्रभावित हुये और उन्होनें पेरिस छोड़ दिया। बाद में फ्रांस में Nancy शहर के दो चिकित्सकों Lie Beault (1823-1904) तथा उनके शिष्य Bernheim (1837-1919) ने सम्मोहन विधि द्वारा उपचार करने का प्रयास किया। Bernheim एक रोगी का परम्परागत विधि से चार साल तक उपचार करने पर भी सफलता नहीं प्राप्त कर सकें लेकिन Lie Beault द्वारा सम्मोहन विधि का प्रयोग करके रोगी को ठीक कर दिया। परिणामस्वरूप हिस्टीरिया और सम्मोहन के सम्बन्धों ने Bernheim के ध्यान को आकृष्ट किया। तत्पश्चात इन दोनों लोगों ने एक साथ मिलकर सम्मोहन के क्षेत्र में कार्य करना प्रारम्भ किया और इन्होंने हिस्टीरिया और सम्मोहन में केवल सम्बन्धों को ही नहीं माना वरन् इन दोनों को ससूंचन (suggestion) का परिणाम माना। इनके अनुसार सम्मोहन में उपचारकर्ता के संसूचन के कारण रोगी सम्मोहित मूर्छा (hypnotic trance) में पहुँचता है जब कि हिस्टीरिया में रोगी स्वंय ससूंचन देता है और संसूचन के द्वारा रोग के लक्षण उत्पन्न होते है। इस प्रकार हिस्टीरिया एक प्रकार का आत्म सम्मोहन (autohypnotism) है। इन विचारधाराओं को स्वीकार करने वाले उपचारकर्ताओं को नैनसी सम्प्रदाय (Nancy School) से सम्बद्ध माना जाता है।

James Braid (1795-1850) *Mesmer* के उपचार पद्धति को एक दिखावा मानते थे। उन्होंने मेस्मर की उपचार पद्धति में मूर्च्छा (trance) की स्थिति उत्पन्न करने के लिए सम्मोहन के उपयोग पर बल दिया। यह रोगी से किसी चमकती हुई वस्तु पर अपनी दृष्टि को केन्द्रित करने का निर्देश देते थे जो काफी ऊँचाई पर स्थिति होती थी। रोगी को एक टक उसी चमकीली वस्तु पर अपनी आँखों को अधिक देर तक केन्द्रित करना होता था जिससे उसकी आँखें थक जाती थी। ऐसी स्थिति उत्पन्न होने पर वह रोगी को ससूंचन देते थे जिससे रोगी में मूर्च्छा जैसी इस स्थिति उत्पन्न हो जाती थी। *Braid* मूर्च्छा जैसी इस स्थिति को ही सम्मोहन कहते थे। सम्मोहन की स्थिति में अनेक ऑपरेशन किये गये।

Jean Charcot (1825-1893) पेरिस के सबसे बड़े अस्पताल में एक प्रसिद्ध तांत्रिका विज्ञानी (Neurologist) थे। यह *Lie Beault* तथा *Bernheim* के विचारों से सहमत नहीं थे। उनका मत था कि हिस्टीरिया में संसूचन के अलावा रोगी में कुछ आंगिक ह्रास जैसे मस्तिष्कीय आघात (brain injury) भी पाया जाता है। जिसे बाद के मनोचिकित्सकों ने स्वीकार नहीं किया और हिस्टीरिया को एक स्नायुरोग माना, यद्यपि यह भी मान्य नहीं रहा। मनोविकृति के क्षेत्र में शार्को का सबसे महत्वपूर्ण योगदान यह था कि उनके कुछ छात्र बाद में मनोविज्ञान एवं मनोचिकित्सा के महत्वपूर्ण व्यक्ति के रूप में प्रसिद्धि प्राप्त की जिनमें *Sigmund Freud* (1856-1939) तथा *Pierre Janet* (1859-1947) का नाम प्रसिद्ध है। 19वीं शताब्दी के उत्तरार्द्ध तक यह स्पष्ट हो गया था कि मनोविकृतियों के कुछ मनोवैज्ञानिक तथा कुछ आंगिक आधार होते है।

Pierre Janet (1859-1947) ने अपने गुरु *Jean Charcot* के कार्य को आगे बढ़ाया क्योंकि शार्को ने अपनी मृत्यु के तीन वर्ष पहले ही *Janet* को अस्पताल का निदेशक नियुक्त कर दिया था। इन्होंने हिस्टीरिया के सम्बन्ध में अनेक अनुसंधान कार्यों को किया और अपने मनोवैज्ञानिक दृष्टिकोण का प्रतिपादन किया। इनकी महत्वपूर्ण उपलब्धियों के रूप में मनस्ताप के बारे में इनके द्वारा प्रतिपादित सिद्धान्त को लिया जा सकता है जिसे अब वैज्ञानिक मान्यता नहीं प्राप्त है। वह मनोवैज्ञानिक प्रक्रियाओं के संगठन और एकीकरण में किसी मात्रा में मानसिक तनाव को आवश्यक मानते थे। इन्होंने विच्छेद सिद्धान्त (Dissociation Theory) का प्रतिपादन किया जिसका बहुत महत्त्वपूर्ण स्थान मनोस्नायुविकृति विज्ञान में है जिसमें यह कहा गया है कि मन कभी-कभी कई एक धाराओं में विभक्त हो सकता है जिससे हिस्टीरिया या अन्य प्रकार की मनोस्नायुविकृतियाँ उत्पन्न हो सकती है।

फ्रांस की भांति जर्मनी में भी कुछ महत्वपूर्ण कार्य मनोविकृति के क्षेत्र में हुए जिनमें *Wilhelm Griesinger* (1817-1868) तथा *Emil Kraeplin* (1859-1926) के योगदान को अधिक उल्लेखनीय माना जाता है। इन दोनों चिकित्सकों ने मानसिक रोगों का आधार दैहिक (somatic) माना है। इनके अनुसार शारीरिक रोगों की भाँति मानसिक रोग किसी शारीरिक अंग में विकृति के कारण ही उत्पन्न होते हैं। दोनों शारीरिक और मानसिक रोग का स्वरूप एक ही है। मनोविकृति विज्ञान के इतिहास में इनके इस दृष्टिकोण को असामान्यता का आंगिक दृष्टिकोण (Organic Viewpoint of Abnormality) की संज्ञा दी जाती है। इस दृष्टिकोण के समर्थकों ने मानसिक रोगों के पीछे निहित आंगिक विकृतियों पर बल दिया। परन्तु यह विचारधारा पूर्णतः नई नहीं थी, क्योंकि लगभग 400 B.C. *Hippocrates* ने भी ऐसे ही विचार की अभिव्यक्ति की थी। इनके अतिरिक्त अनेक ग्रीक और रोमन दार्शनिकों, चिकित्सकों ने भी मनोविकृतियों के सन्दर्भ में ऐसे ही विचार प्रकट किये थे। 1757 में Albrecht von Hallen की पुस्तक *'Elements of Physiology'* प्रकाशित हुई जिसमें मानसिक क्रियाओं पर मस्तिष्क के प्रभावों के महत्व को स्वीकार किया गया था। उन्होनें मानसिक रोगियों के मस्तिष्क के अध्ययन के लिए शव विच्छेदन (postmortem dissection) पर बल दिया।

1885 में *Wilhelm Griesinger* की पुस्तक *'The Pathology and Therapy of Psychic Disorder'* का प्रकाशन हुआ जिसमें उन्होंने दृढ़तापूर्वक अपना मत प्रकट किया था कि मानसिक रोगों का कारण दैहिक (somatic) होता है। वह मानसिक रोगों का कारण मस्तिष्क विकृतियों को मानते थे। इसलिए इनका मत था कि मानसिक रोगों की व्याख्या मस्तिष्क विकृति के आधार पर की जानी चाहिए। इनका मत था कि मस्तिष्क विकृतियों के कारण व्यक्ति मानसिक व्याधि का शिकार हो जाता है तथा उसका व्यवहार आलौकिक या असामान्य हो

जाता है। इस प्रकार उन्होंने मनोविकृति-विज्ञान (Psychopathology) का आधार मस्तिष्क विकृति विज्ञान माना।

Emil Kraeplin (1855-1926) ने *Wilhelm Griesinger* के दैहिक दृष्टिकोण (somatogenic viewpoint) को स्वीकार किया और उसका प्रस्तुतीकरण अत्यधिक व्यवस्थित रूप में किया। इनकी पुस्तक *'Lehrbuch'* 1883 में प्रकाशित हुई जिसमें मनोविकृतियों की उत्पति में मस्तिष्क विकृतियों की भूमिका पर प्रकाश डाला गया था। इन्होंने मानसिक रोगों का वर्गीकरण भी प्रस्तुत किया जिसे कुछ अंशों मे आज भी स्वीकार किया जाता है। उन्होंने प्रत्येक वर्ग के मानसिक रोग के उत्पत्ति के कारणों एवं लक्षणों का वर्णन किया। सर्वप्रथम उन्होंने ही उत्साह-विषाद मनोविकृति (Manic-depressive psychoses) का वर्णन प्रस्तुत किया और इसका नामकरण किया जिसे आज भी हम मनोविकृति विज्ञान में इसी नाम से जानते हैं। उनके द्वारा एक अन्य प्रकार के मनोविकृति का भी नामकरण किया गया जिसे Dementia Paraecox कहते हैं। परन्तु आज इसे मनोस्नायुविकृति विज्ञान में मनोविदलता (Schizophrenia) के नाम से जाना जाता है। इन्होंने मनोविकृतियों का कारण दैहिक माना है जिसको उन्होंने दो उपवर्गों में वर्गीकृत किया है—अन्तर्जात (endogenous) एवं बर्हिजात (exogenous)। अन्तर्जात कारक का सम्बन्ध वंशानुक्रम से तथा बर्हिजात कारक का सम्बन्ध मस्तिष्कीय आघात से था।

19वीं शताब्दी के उत्तरार्द्ध से मनोविज्ञान में प्रयोगशालाओं की स्थापना तथा प्रयोगात्मक विधि का उपयोग प्रारम्भ हो चुका था। इसी काल में वियना के *Sigmund Freud* (1856-1939) जो एक प्रसिद्ध तन्त्रिका विज्ञानी (neurologist) और मनोरोग विज्ञानी (psychiatrist) थे, ने मनोविश्लेषणात्मक दृष्टिकोण (psychoanalytic viewpoint) का सूत्रपात किया और मनोस्नायु विकृति की व्याख्या में दैहिक कारकों (somatic factors) की तुलना में मनोवैज्ञानिक कारकों (psychological factors) पर अधिक बल प्रदान किया। मनोविकृति विज्ञान के क्षेत्र में मुक्त साहचर्य विधि (Free Association Method), अचेतन (unconscious), मनोरचनाएँ (defense mechanism), मनोलैंगिक विकास (psychosexual development), स्वप्न-विश्लेषण (dream analysis) आदि को फ्रायड के महत्वपूर्ण योगदानों के रूप में माना जा सकता है। फ्रायड जब *Josef Breuer* के सम्पर्क में आये तब उन्होंने सम्मोहन विधि को सीखा और इसका प्रयोग मनोस्नायुविकृति (psychoneurosis) के रोगियों पर किया। सम्मोहन की अवस्था में इन्होंने रोगियों के संवेगों, भावनाओं एवं संघर्षों को बिना किसी हिचकिचाहट के प्राप्त किया। *Freud* और *Breuer* दोनों लोगों ने सम्मिलित रूप से इस पद्धति को विरेचन विधि (catharsis) की संज्ञा दी। 1885 में वे *Charcot* के पास शिक्षा प्राप्त करने के लिए पेरिस गये जहाँ वह सम्मोहन विधि से और अधिक प्रभावित हुए। लेकिन कुछ समय के बाद वे पुनः वियना लौट आये, सम्मोहन पद्धति का उपयोग बन्द कर दिया क्योंकि इस विधि का उपयोग करने पर अस्थाई उपचार होता था। उन्होंने अपने अध्ययन, अनुभव एवं रोगी निरीक्षण के आधार पर यह मत प्रकट किया कि व्यक्ति के अचेतन (unconscious) के कारण ही उसमें मानसिक संघर्ष, दुश्चिन्ता, संवेग और दुखद अभिप्रेरणाएँ पाई जाती है। जिन्हें व्यक्ति अपने चेतन (consciousness) से हटाकर अचेतन (unconscious) में दमित (repress) कर देता है। फ्रायड ने इस प्रक्रिया को दमन (repression) की संज्ञा दी है। उनका मत था कि व्यक्ति के व्यवहारों का अचेतन नियन्त्रण यही दमित अभिप्रेरक एवं इच्छाएँ करती है। इसलिए इन्होंने व्यक्ति के व्यवहार के बारे में उपयुक्त ज्ञान प्राप्त करने के लिए इन्हीं दमित इच्छाओं और अभिप्रेरकों के बारे में ज्ञान प्राप्त करने का सुझाव दिया जिनके

लिए उन्होंने दो विधियों—मुक्त साहचर्य विधि (free association method) और स्वप्न विश्लेषण (dream analysis) को प्रस्तावित किया। 1900 में उनकी पुस्तक *'The Interpretation of Dream'* प्रकाशित हुई। फ्रायड ने मानसिक रोगियों के चिकित्सा के लिए मनोविश्लेषण विधि (Psychoanalytic Mehtod) का प्रतिपादन किया जिसमें उपर्युक्त दोनों विधियों—मुक्त साहचर्य तथा स्वप्न विश्लेषण के द्वारा मानसिक रोगियों के अचेतन (unconscious) में दमित इच्छाओं को सवाल-दर-सवाल पूछ कर ज्ञात करने का प्रयास किया जाता है और रोग का निर्धारण तथा उसका उपचार किया जाता है, क्योंकि इस विधि (free association) में रोगी बिना लज्जा, बिना तर्क, निसंकोच भाव से मन में आने वाले सभी विचारों को प्रकट करता था। फ्रायड को लगा कि इससे रोगी के मन के प्रतिबन्ध शिथिल हो जाते हैं तथा उसके मन के आन्तरिक अवरोध समाप्त हो जाते हैं जिससे वह अपनी समस्याओं की स्वतन्त्र और उन्मुक्त चर्चा करने लगता है। इस विधि में रोगी से प्राप्त विवरण और उसकी अभिव्यक्ति के आधार पर रोगी के व्यवहारों का विश्लेषण किया जाता है और उपचारकर्त्ता उसकी समस्याओं में सूझ के आधार पर रोगी के समायोजन को उत्तम बनाने का प्रयास करता है। फ्रायड द्वारा प्रयोग की गई इस चिकित्सा पद्धति को ही मनोविश्लेषण (psychoanalysis) की संज्ञा दी गई। फ्रायड के मनोविश्लेषण विधि की ख्याति पूरे संसार में फैल जाने के कारण अनेक देशों से छात्र उनके पास शिक्षा प्राप्त करने के लिए आये। जैसे बर्लिन से *Karl Abraham*, ज्यूरिक से *Carl Jung* लन्दन से *Earnest Jones,* अमेरिका से *A.A. Brill*, तथा वियना से ही *Alfred Adler* आये। इन छात्रों में *Alfred Adler* और *Carl Jung* बाद में फ्रायड से अलग हो गये और इन दोनों ने अलग-अलग नये मनोविज्ञान का प्रतिपादन किया। क्योंकि Adler फ्रायड के तीन मुख्य धारणाओं-यौन मूल प्रवृत्ति की अवधारणा, दमन की अवधारणा तथा ओडिपस काम्पलेक्स (Oedipus complex) की अवधारणा, से सहमत नहीं थे। इसी प्रकार *Carl Jung* भी फ्रायड द्वारा मनोविकारों की उत्पत्ति में यौन को अधिक महत्व देने सम्बन्धी धारणा से सहमत नहीं थे। *Adler* का दृष्टिकोण मानवतावादी तथा सामाजिक था। इन्होंने सामाजिक रुचि और आत्म निर्देशन पर बल दिया। इसी प्रकार *Carl Jung* ने सामूहिक या जातीय अचेतन, आन्तरिक आत्मानुभूति और व्यक्तित्व प्रकार की धारणाओं पर बल दिया। *Carl Jung* ने अपने मनोविज्ञान का नाम *विश्लेषणात्मक मनोविज्ञान (Analytical Psychology)* तथा *Alfred Adler* ने *वैयक्तिक मनोविज्ञान (Individual Psychology)* दिया। यह दोनों मनोवैज्ञानिक इन दोनों मनोविज्ञानों के संस्थापक माने जाते हैं।

मनोविकृति के आधुनिक काल (1801-1950) में *Adolf Meyer* (1866-1950) भी एक ऐसे मनोचिकित्सक रहे हैं जिनके लिए इतिहास उनका आभारी है। *Adolf Meyer* द्वारा अपनाये गये दृष्टिकोण को मनोजैविक दृष्टिकोण (psychobiological viewpoint) की संज्ञा दी जाती है। इन्होंने अपनी विचारधारा में मनोविकृतियों के लिए शारीरिक और मानसिक दोनों कारणों को समान रूप से उत्तरदायी ठहराया। इसलिए उन्होंने मनोविकृतियों के उपचार के लिए मानसिक (psychogenic) तथा दैहिक (somatogenic) दोनों ही आधारों का प्रयोग करने की राय दी और इस पर बल दिया। इनकी विचारधारा में *Wilhelm Griesinger* तथा *Emil Kraeplin* के दैहिक विचारों तथा *Sigmund Freud* के मनोवैज्ञानिक विचारों का सम्मिश्रण प्रतीत होता है। इनके सिद्धान्त के अनुसार व्यक्ति का सामाजिक वातावरण (social environment) मनोविकृति के लिए उत्तरदायी है। इसीलिए *Rennie* (1957) में *Meyer* के सिद्धान्त को मनोजैविक सामाजिक सिद्धान्त (Psychobiosocial Theory) कहा है। इनका मत था कि

हारमोन्स, विटामिन्स आदि जैविक पदार्थों को सन्तुलित रखा जाये तथा उसके पारिवारिक वातावरण के अन्तर-वैयक्तिक सम्बन्धों (interpersonal relationships) को सुधारा जाय जिससे मानसिक रोगियों का उपयुक्त उपचार सम्भव हो सके लेकिन, इसके लिए यह आवश्यक है कि रोगी और उपचारकर्त्ता के बीच सौहार्द्रपूर्ण सम्बन्ध अवश्य स्थापित होने चाहिए। इन्होंने मनोविकृतियों को समझने के लिए ऐसे सम्पूर्ण दृष्टिकोण (holistic approach) अपनाने पर बल दिया जिसमें जैविक, सामाजिक और मनोवैज्ञानिक तीनों ही दृष्टिकोणों का समावेश हो।

(ग) आज का मनोविकृति विज्ञान : 1951 से लेकर आज तक (Psychopathology Today : From 1951 to Today)

बीसवीं शताब्दी के प्रारम्भ में मनोविश्लेषणात्मक दृष्टिकोण मनोविकृति विज्ञान में अत्यन्त लोकप्रिय रहा किन्तु, व्यवहारवादी सम्प्रदाय ने इसके पद्धतियों—मुक्त साहचर्य और स्वप्न विश्लेषण से प्राप्त प्रदत्तों को वैज्ञानिकता को चुनौती दी। इसके प्रवर्तक *J.B. Watson* (1878-1958) थे जिन्होंने प्राणी के जीवन में अधिगम को विशेष महत्व दिया। व्यवहारवादी मॉडल के विकास में *Watson* के अतिरिक्त *I.V. Pavlov* (1849-1936), *E.L. Thorndike* (1874-1949), *B.F. Skinner* आदि मनोवैज्ञानिकों ने अपना विशेष योगदान प्रदान किया। *Pavlov* ने अपने अनुबन्धन प्रयोग में कुत्ते में प्रयोगात्मक मनस्ताप (Experimental Neurosis) का प्रमाण प्राप्त किया। *Rayner* (1920) और *Watson* ने यह प्रदर्शित किया है कि अतार्किक भय (phobia) अनुबन्धन के द्वारा सीखा जाता है। जहाँ व्यवहारवादियों ने प्राचीन एवं नैमित्तक अनुबन्धन-पुनर्बलन, सामान्यीकरण एवं विभेदन, पुरस्कार एवं दण्ड जैसे सम्प्रत्ययों का प्रयोग किया और *Bandura* (1952) जैसे व्यवहारवादियों के प्रयास से मनोविश्लेषणात्मक उपचार पद्धति का स्थान व्यवहार उपचार पद्धति ने ले लिया वहीं मानसिक अस्पताल के रोगियों के प्रति अमानवीय व्यवहारों में कोई कमी नहीं आई। अस्पतालों में उनके प्रति किये गये क्रूर व्यवहारों से उनके मनोविकृतियों में ह्रास के बजाय वृद्धि ही प्राप्त की गई। इन मानसिक रोगियों के लिए स्वस्थ वातावरण की कोई व्यवस्था नहीं थी (*Kisker,* 1985)। आजकल अमेरिका में मानसिक अस्पतालों की जगह सामुदायिक मानसिक स्वास्थ्य केन्द्रों (Community Mental Health Centres) ने ले ली है जिनका मुख्य उद्देश्य मानसिक रोगियों का मानवीय विधियों द्वारा उपचार करना है। इन स्वास्थ्य केन्द्रों द्वारा मानसिक रोगियों को पाँच तरह की सेवाएँ—चौबीस घण्टे आपातकालीन देखभाल (emergency care), अल्पकालीन चिकित्सालय सेवा (short-term hospitalization), आंशिक चिकित्सालयी सेवा (partial hospitalization), वाह्य रोगियों की देखभाल (out patient care), तथा, प्रशिक्षण एवं परामर्श (training and counselling) उपलब्ध कराई जाती है। अमेरिका और कनाडा में आजकल सामुदायिक मानसिक स्वास्थ्य केन्द्रों का स्थान संकटकालीन हस्तक्षेप केन्द्रों (crisis intervention centres) ने ले लिया है। संकटकालीन हस्तक्षेप केन्द्रों को Hotline Telephone Centres भी कहते हैं क्योंकि यह केन्द्र टेलीफोन से सूचना प्राप्त करने पर भी उपचार के लिए तत्पर रहते हैं। अब लोगों का ध्यान सामाजिक एवं सामुदायिक मानसिक स्वास्थ्य केन्द्रों ने अधिक आकृष्ट किया है और लोगों ने समाज-परिवार, समुदाय तथा अन्य सामूहिक सन्दर्भों में मानसिक विकृतियों के अध्ययन पर बल दिया जाने लगा। अब लोगों में यह मान्यता बलवती होने लगी है कि मनोविकृतियों की उत्पत्ति सामाजिक वातावरण एवं परिस्थिति में विद्यमान असामान्य दशाओं के कारण होता है। *Lennard & Bernstein* (1969) का मत है कि मनोविकृतियों के उद्भव का केन्द्र व्यक्ति नहीं वरन् उसका सामाजिक

सन्दर्भ है। *Smith* (1968) ने सामुदायिक मानसिक स्वास्थ्य आन्दोलन को तृतीय मानसिक स्वास्थ्य क्रान्ति (The Third Mental Health Revolution) कहा है क्योंकि प्रथम मानसिक स्वास्थ्य क्रान्ति में पागलों को बेड़ियों से मुक्त किया गया, उन्हें बीमार समझा जाने लगा तथा उनके उपचार की व्यवस्था पर विचार हुआ। इसके लिए मानसिक अस्पतालों की व्यवस्था हुई। द्वितीय क्रान्ति की गति के बल फ्रायड के कार्यों तक ही सीमित रहा जिसका केन्द्रक व्यक्ति था। तृतीय क्रान्ति के अन्तर्गत मानसिक रोगों की उत्पत्ति, उपचार, बचाव आदि में व्यक्ति के सामाजिक तथा व्यक्ति के व्यक्तिगत सम्बन्धों को महत्व दिया जाने लगा।

इस प्रकार हम इस निष्कर्ष पर पहुँचते हैं कि *मनोविकृति विज्ञान की ऐतिहासिक पृष्ठभूमि के अवलोकन से यह ज्ञात होता है कि* ***पूर्ण वैज्ञानिक काल में मनोविकृतियों का प्रेतात्माओं का प्रवेश एवं प्रकोप माना गया। आधुनिक युग (1801-1950) में मनोविकृतियों को मानसिक रोग समझकर मानवीय उपचार (human treatment) पर बल दिया गया। आधुनिक युग में, 1950 के बाद, मानसिक अस्पतालों का स्थान सामुदायिक मानसिक स्वास्थ्य केन्द्रों ने ले लिया है।***

साहित्य और नाटक में असामान्य व्यवहार का उल्लेख (Ideas of Abnormal Behaviour Carried From Literature & Drama)

असामान्य व्यवहार के वर्तमान वैज्ञानिक रूप लेने के बहुत पहले के साहित्य-कहानियों और नाटकों में मनोविकृत व्यवहार को चित्रित करने वाले अनेक पात्रों का उल्लेख मिलता है। कोई भी साहित्य अपने समाज का दर्पण होता है। इस नाते हम निःसंकोच कह सकते हैं कि पूर्व वैज्ञानिक युग के लोगों में व्यहवार की असमान्यताओं की चेतना थी, जो मानव व्यवहार के सूक्ष्म प्रेक्षण पर आधारित थी। उदाहरण के लिए ओथेलो (Othelio) का चरित्र मनोग्रस्तता, आक्रामकता, ईर्ष्या (obsessive, violent, jealousy) का एक ज्वलंत नमूना प्रस्तुत करता है।

निःसन्देह साहित्य का उद्देश्य असामान्य व्यवहार को समझने के सैद्धान्तिक या व्यवहारिक आधारों और उपचार तकनीकों का वर्णन प्रस्तुत करना ही नहीं है, किन्तु मनोवैज्ञानिक ज्ञान के पूरक के रूप में ऐसे व्यवहार को समझने में एक भिन्न प्रकार का प्रसंग अवश्य प्रदान करना है। साहित्य के व्यक्तित्व गतिकी (personality dynamics), किसी युग विशेष में व्याप्त मानसिक विकास और मानसिक रोगों से पीड़ित व्यक्तियों की आन्तरिक अनुभूतियों के विषय में महत्त्वपूर्ण सूचनाएँ अवश्य उपलब्ध कराते हैं।

यूनानी साहित्यकारों की कृतियों, कवियों की रचनाओं में असामान्य व्यवहार के निहित सन्दर्भ (allusions) पर्याप्त मात्रा में मिलते हैं। *यूरीपीड्स* (Euripides, 480-406 ई० पू०) के नाटक मेडी *(Medea)* में एक पात्र द्वारा ईर्ष्या और प्रतिकार के संवेगों का व्यापक विवरण एवं चित्रण मिलता है, जिसने अपने बच्चों की ही हत्या कर दी थी। सोफोक्लिस (*Sophocles;* 495-406 ई० पू०) ने अपनी प्रमुख रचना एडिपस रेक्स तथा एलेक्टरा *(Oedipus Rex and Elektra)* में मानव-व्यवहार में (incest motives) का उल्लेख किया है। ऐस्किलस *(Aeschylus)* ने गम्भीर विषाद एवं अपराध भावना से उत्पन्न व्यामोह तथा विभ्रम के लक्षणों का उल्लेख किया है।

शेक्सपियर (Shakespeare) के अनेक नाटकों में असामान्य व्यवहार के विकास का विवरण मिलता है। लेडी मैक्बेथ *(Lady McBeth)* की तीव्र अपराध भावना (guilt feeling) तथा तीव्र प्रतिक्रिया जो राजा डंकन (King Duncan) की योजना बनाने तथा उसमें

सक्रिय सहभागिता से उत्पन्न हुई तथा उसके परिणामस्वरूप उसमें मनोग्रस्त हाथ धोने की प्रतीकात्मक प्रतिक्रिया तथा स्वप्नचारिता (dream walking) के रूप में अभिव्यक्त हुई। यह प्रमाण है कि उस प्राचीन युग में भी लोग इस असामान्य व्यवहार के विषय में सचेत और जागरूक थे।

अनेक आधुनिक लेखकों की उत्कृष्ट रचनाएँ विभिन्न प्रकार के असामान्य व्यवहार के विषय में उनकी अनुभूतियों से भरी पड़ी है। इनमें अनेक रचनाओं के कथानक मनोविदलन, अवसाद, आत्महत्या, मद्यपान, औषधि निर्भरता, मानसिक मन्दन, यौनिक सैडिज्म (sexual sadism) और (homicide) की घटनाओं का उल्लेख करते हैं, जो सभी असामान्य व्यवहार का ज्वलंत उदाहरण है।

कुछ लोकप्रिय सम्भ्रान्तियाँ
(Some Popular Misconceptions)

इतिहास के सिंहावलोकन से ज्ञात होता है पहले अंधविश्वास और अज्ञानता के कारण मानसिक रोगों को भयप्रद समझा जाता था। असामान्य व्यक्तियों से लोग डरा करते थे और परिवार में यदि कोई मानसिक रोग से ग्रस्त हो जाए तो उसे भरसक गुप्त रखने का प्रयास किया जाता था। अर्थ यह है कि मानसिक रोग भयावह और अपमानजनक माने जाते थे। यद्यपि असामान्य व्यवहार की वैज्ञानिक समझ विकसित होने से अनेक मिथ्या विश्वास समाप्त हुए तथापि अनेक लोकप्रिय सम्भ्रान्तियाँ उसके बाद भी प्रचलित हैं। इनकी संक्षिप्त विवेचना यहाँ की जायेगी:—

1. यह विश्वास की असामान्य विचारशून्य होता है *(The belief that abnormal behaviour is bizarre)*—इतिहास, साहित्य तथा जनसंचार के साधनों द्वारा प्रसारित असामान्य व्यवहार के उदाहरण जैसे—हत्या, यौनिक प्रहार, वायुयान अपहरण या सामाजिक मानकों से विचलित व्यवहार अत्यन्त सीमावर्ती होते हैं।

व्यवहार की अभिव्यक्ति सभी असामान्य व्यक्ति नहीं करते। ऐसे व्यवहार का प्रदर्शन अस्पताल में भर्ती गम्भीर मानसिक रोगियों का एक छोटा प्रतिशत ही करता है, शेष का व्यवहार अनेक दृष्टियों से सामान्य व्यक्तियों के समान ही होता है। वस्तुतः शब्द 'असामान्य' अत्यन्त व्यापक है जिसके अनेक तात्पर्य हो सकते हैं। हाँ, कुछ असामान्य व्यवहार अवश्य विचारशून्य (bizarre) हो सकते हैं किन्तु अधिकांश दशाओं में असामान्य व्यवहार कुअभियोजित होते हैं। ऐसे (self defeating) प्रतिमान चिन्ता का कारण हो सकते हैं किन्तु, वे साधारण मानवीय समझ की परिधि में होते हैं। इस प्रसंग में किसी कॉलेज छात्र का उदाहरण प्रस्तुत किया जा सकता है जो किसी प्रत्यक्ष कारण के बिना भी इतना चिन्ताग्रस्त है कि अध्ययन में ध्यान लगाने में असमर्थ है और परीक्षा छोड़ देता है। इसी प्रकार और गम्भीर स्तर पर किसी पति का उदाहरण ले सकते हैं जो अपनी पत्नी के साथ बुरा व्यवहार करता है और उस समय आत्म हत्या का प्रयास करता है जब पत्नी उसे त्यागने का निश्चय कर लेती है। अन्त में, वह व्यवहार आते हैं जो गम्भीर रूप से असामान्य होते हैं। जैसे—वह युवक जिसे भ्रम हो गया है कि उसके शत्रु विद्युतीय उपकरणों द्वारा उसके 'मन में गन्दगी' भरने का प्रयास करते रहे हैं या यह वह माता जो भावोवेश में आकर अपने ही बच्चों की हत्या कर देती है या व्यामोह ग्रस्त व्यक्ति जो अनेक निर्दोषों की हत्या इस शंका में कर देता है कि उसके विरुद्ध षडयंत्र कर रहे हैं। यह व्यवहार असामान्य नहीं कहे जा सकते हैं।

असामान्य व्यहार को विचारशून्य (bizarre) मानने वाला विश्वास सत्य नहीं है।

2. सामान्य तथा असामान्य प्रकार के भेद *(Normal and abnormal behaviours are different in kind)*—जन साधारण यह मानते हैं कि सामान्य तथा असामान्य व्यवहार एक-दूसरे से भिन्न हैं, अथवा दो भिन्न प्रकार के व्यवहार हैं। किन्तु, वास्तव में सामान्य तथा असामान्य व्यवहार में विभाजन रेखा नहीं खींची जा सकती। यह समझना भ्रान्तिक है कि व्यक्ति दो प्रकार के होते हैं—सामान्य तथा असामान्य। यह कहना कि अमुक व्यक्ति सामान्य अथवा असामान्य हैं, निराधार और अतिशयोक्तिपूर्ण है।

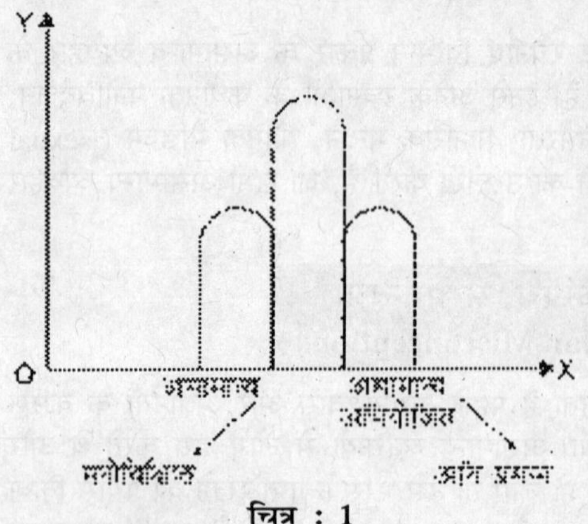

चित्र : 1

वास्तव में समायोजन के आधार पर लोग सामान्य वितरण (normal distribution) नियम के अनुसार वितरित होते हैं, अर्थात् अधिकांश व्यक्ति एक केन्द्रीय बिन्दु या औसत की श्रेणी में आते हैं तथा शेष दोनों छोरों पर लगभग समान मात्रा में वितरित होते हैं। अभिप्राय यह है कि जनसंख्या में अधिकांश लोग सामान्य अथवा भली प्रकार अभियोजित होते हैं, कुछ एक छोर पर होते हैं जो असामान्य या मनोविकृत होते हैं और उन्हें मानसिक अस्पतालों में भर्ती होने की आवश्यकता होती है और इसके विपरीत अन्य छोर पर वितरित व्यक्ति ऐसे होते हैं जिनका जीवन सन्तोषप्रद और प्रभावपूर्ण होता है।

हम सभी अनुभव करते हैं कि समाज में सामान्य समझे जाने वाले व्यक्ति भी सदैव सामान्य व्यवहार नहीं करते॰ वरन् असामान्य व्यवहार भी कर सकते हैं। ठीक इसी तरह असामान्य कहे जाने वाले भी सर्वदा विचलित व्यवहार नहीं करते। इस प्रकार यह कहना उचित प्रतीत होता है कि सामान्य तथा असामान्य में प्रकारात्मक नहीं मात्रात्मक भेद होता है। कोई भी व्यक्ति विशुद्ध रूप से सामान्य तथा असामान्य नहीं होता। व्यवहार रूपी सातत्यक (continuum) पर एक छोर सामान्य तथा अन्य असामान्य होता है और प्रत्येक व्यक्ति का स्थान इस सातत्यक पर समय-समय से बदला करता है। उदाहरण के लिए कोई व्यक्ति अपनी समस्याओं का सफलतापूर्वक सामना कर रहा होता है कि अचानक उसका तलाक हो जाता है, दिवालिया हो जाता है या अन्य समस्याएँ उसके व्यावहारिक अभिव्यक्ति को विचलित कर देती है, अथवा वह परिस्थिति की माँगों को सन्तोषप्रद रूप से सामना नहीं कर पाता। अतः सामान्य व्यक्ति में भी व्यावहारिक विचलन होता है तथा असामान्य कहे जाने वाले सर्वदा असामान्य या विचलित व्यवहार नहीं करते।

अब दोनों सामान्य तथा असामान्य व्यवहार प्रतिमान (behaviour patterns), व्यक्ति द्वारा अभियोजक समस्याओं का सामना करने के प्रयास माने जाते हैं। व्यक्ति समस्याओं से निबटने की अलग-अलग विधियों का उपयोग करते हैं और उनकी सफलता की मात्राएँ भी अलग-अलग होती हैं। चाहे असामान्य व्यवहार कितना ही असाधा२ण क्यों न हो सामान्य सिद्धान्तों द्वारा सामान्य तथा असामान्य व्यवहार को समझने में लागू किया जाता है।

3. मानसिक रोगियों को अस्थिर तथा खतरनाक समझना (*Mental patients are unstable and dangerous*)—जन सामान्य में मानसिक रोगियों को अस्थिर तथा खतरनाक समझा जाता है। यह एक लोकप्रिय भ्रान्ति है जो समाज में काफी व्याप्त है। यह धारणा भी है कि मानसिक रोगों को उपचार सम्भव नहीं है। इन्हीं कारणों से उन्हें संदेह की दृष्टि से देखा जाता है। उन्हें नौकरी देने, प्रोन्नति प्रदान करने या राजनीति के अखाड़े में भी उनके साथ भेद बरता जाता है। कुछ विकृत व्यक्ति जैसे वृद्धावस्था की गम्भीर मानसिक क्षति (senile brain damage) से ग्रस्त व्यक्ति कभी पूर्णरूप से रोग मुक्त नहीं होते, किन्तु सच यह है कि अधिकांश मानसिक रोगी पूर्ण स्वास्थ्य लाभ प्राप्त कर सन्तोषजनक जीवन व्यतीत करने तथा अपने दायित्वों के निर्वाह में सक्षम होते हैं। थोड़े आक्रामक तथा हिंसक लक्षणों वाले मानसिक रोगियों के साथ कुछ सावधानी की आवश्यकता होती है किन्तु इनकी संख्या बहुत कम होती है। कुछ ऐसे लोग भी उपचार के पश्चात् सामाजिक दृष्टि से अनिष्टकारी व्यवहार नहीं करते हैं फिर भी समाज, परिवार, मित्र आदि उन्हें पहले के समान स्वीकार नहीं करते हैं।

4. यह विश्वास कि मानसिक रोग अपमानजनक है (*The belief that mental disorder is something to be ashamed of*)—अनेक लोग मनोचिकित्सक या मनोवैज्ञानिक से मिलकर अपनी मानसिक समस्या को बतलाने में लज्जा एवं हिचकिचाहट दिखाते हैं। शारीरिक रोग जैसे—बुखार, खाँसी आदि रोगों को गुप्त रखने का प्रयास नहीं किया जाता पर मानसिक रोग से ग्रस्त होने पर मनोचिकित्सक से सम्पर्क करने में आखिर हिचकिचाहट क्यों? शायद इस मनोवृत्ति का कारण यह है कि मानसिक विकारों के विषय में जानने के बाद समाज में व्यक्ति विशेष को पागल मानकर उसे गिरी नजर से देखते हैं। इसका दोष समाज और उसके गलत दृष्टिकोण पर है। समाज मानसिक रोगियों को हीन, तुच्छ, अपमान तथा उपेक्षा के प्रसंग में प्रत्यक्षीकृत करता है। अतः सांवेगिक समस्याओं से पीड़ित होना लज्जाजनक समझा जाता है जो सर्वथा निराधार है।

हमारे समाज में इतनी वैज्ञानिक प्रगति के बाद भी यह मनोवृत्ति अब भी व्याप्त है। समाज के अधिकांश सदस्य किसी अपंग या कैंसर ग्रस्त व्यक्ति सें तो सहानुभूति दिखाते हैं किन्तु मानसिक रोगियों को तिरस्कार की दृष्टि से देखते हैं या उनकी ओर ध्यान नहीं देते। (*Rabkin*, 1972; *Langer & Abelson*, 1974) ।

सौभाग्य की बात है कि मानसिक विकारों का उपचार सम्पूर्ण सामाजिक तथा सामुदायिक स्वास्थ्य योजना का अंग हो रहा है, किन्तु मानसिक रोग अब भी लज्जा, अपमान एवं लांछन के साथ जुड़ा हुआ है। इस विषय में जन मानस में बदलाव की आवश्यकता है।

5. मानसिक रोग से पीड़ित होने की सम्भावना का भय (*A fear of susceptibility to suffer from mental disorder*)—समाज में कुछ लोग मानसिक विकार से ग्रस्त होने की शंका से भयभीत रहते हैं। मानसिक विकास की सम्भावना की शंका से अनेक व्यक्ति अपना चैन-सुख खो बैठते हैं। सम्भावना की शंका से भयभीत होने का कारण उनका दोषयुक्त प्रत्यक्षीकरण है। वे अन्य लोगों को सामान्य समझते समय वस्तुतः यह भूल जाते हैं कि सामान्य तथा असामान्य में प्रकार भेद नहीं वरन् केवल मात्रात्मक अन्तर होता है। यह सोचने वालों में सम्भवतः प्रतिबल सहने की क्षमता कम होती है।

सम्भवतः अधिकांश व्यक्ति अपने जीवन के कठिन क्षणों में अधिक चिन्तित और हतोत्साहित होते हैं और उनके व्यवहार में ध्यान एकाग्रता का अभाव, चिड़चिड़ापन, विस्मरण

आदि लक्षण अन्य लोगों से अधिक होते हैं। समस्याओं में एकाएक वृद्धि तथा जटिलता के कारण हममे से किसी को भी सांवेगिक कठिनाइयों का अनुभव हो सकता है। ऐसी स्थिति में निःसंकोच कुशल मनोवैज्ञानिक से सहायता लेनी चाहिए, केवल फिक्र करने से कुछ लाभ नहीं हो सकता। ऐसी स्थिति में यह ध्यान रखना चाहिए कि अनेक लोगों की समस्याएँ और दुःख हम से भी जटिल और गम्भीर है। इस शंका के अभाव की भी भूमिका सामान्यता में है।

6. मानसिक रोग अस्वाभाविक और असाध्य होते हैं *(Mental disorders are unnatural and incurable)*—सामान्य लोगों में एक लोकप्रिय मान्यता है कि मानसिक विकास अस्वाभाविक एवं असाध्य होते हैं। इससे ग्रस्त होने के पश्चात् छुटकारा पाना सम्भव नहीं है। अलग धारणा के कारण जिन्हें मानसिक रोग हो जाते हैं, वे अपने काम-काज, समाज तथा परिवार में स्वीकृति नहीं पाते। कुछ प्रकार के मनोविदलन को छोड़ शेष मानसिक रोग साध्य है और उनके पूर्ण रूप से स्वास्थ्य लाभ होना सम्भव है और सामान्य अभियोजित जीवन व्यतीत करना सम्भव है।

अधिकांश मानसिक रोगियों को सामान्य व्यक्तियों की तरह जीवन के काम-काज में विशेष कठिनाई नहीं होती। असामान्य तथा सामान्य में मात्रा का अन्तर होता है, प्रकार भेद नहीं होता है, किन्तु जन सामान्य इस तथ्य को भूल कर वह यह समझते हैं कि असामान्य सामान्य से सर्वथा भिन्न हैं। अधिकतर मानसिक रोगी अपने परिवेश से अवगत ही नहीं उनके प्रति भली-भाँति जागरूक और सचेत होते हैं। वे किसी-न-किसी मात्रा में अभियोजन की तकनीकों का उपयोग करते हैं, जिसमें अनेक कामयाब भी होते हैं। हाँ, कुछ लोग अवश्य सफल अभियोजन नहीं स्थापित कर पाते हैं।

7. मानसिक रोग आनुवंशिक होते हैं *(Mental disorders are hereditary)*—जन सामान्य में एक और मिथ्या धारणा व्याप्त है कि असामान्य व्यवहार तथा मानसिक विकास आनुवंशिक होते हैं। किसी-किसी परिवार में कई मानसिक रोगियों के होने पर जन सामान्य यह मानने लगते हैं कि असामान्यता अथवा मनोविकृति आनुवंशिक होती है। इसका कारण निरन्तर शंकाग्रस्त रहना है कि वे स्वयं मानसिक रोग से पीड़ित हो सकते हैं। इस मानसिकता के बराबर बने रहने से असामान्य व्यवहार के प्रति सुभेद्यता बढ़ जाती है।

मनोविदलन तथा उन्माद-अवसाद मनोविक्षिप्त के कुछ रूपों के अतिरिक्त अन्य मानसिक रोग आनुवंशिकता से सम्बद्ध नहीं होते, यदि किसी घर में कई एक मानसिक रोगी पाए जाते हैं तो उसका परिवार में उपलब्ध सुरक्षा, अनुशासन और स्नेह के अभाव में अभियोजक व्यवहार संरूपों को न सीख पाना होता है। इसका अभिप्राय यह है कि असामान्य व्यवहार परिवेश से सीखे जाते हैं और आनुवंशिक नहीं होते।

8. प्रतिभाशाली भी मानसिक रोगी होते हैं *(Gifted persons too are mental patients)*—*लम्ब्रासो* तथा *निस्ब्ट* ने ऐतिहासिक साक्ष्यों से यह प्रमाणित करने का प्रयास किया था। किन्तु इस प्रसंग में हुए अनेक प्रायोगिक अध्ययनों के परिणामों से यह प्रमाणित हो चुका है कि प्रतिभा विक्षिप्तता से सम्बद्ध नहीं है (*Juda;* 1946)। टरमैन (*Terman,* 1940) ने 1300 प्रतिभाशाली (बुद्धिलब्धि 140 और अधिक) बालकों के अध्ययन के बाद यह निष्कर्ष प्राप्त किया कि जन सामान्य की अपेक्षा प्रतिभावान व्यक्तियों में मानसिक रोग का घटना का क्रम कम है। ऐसे और भी अध्ययनों से ज्ञात हुआ है कि प्रतिभावान व्यक्तियों को मनोविकृत समझना भ्रामक है।

9. मानसिक रोगों का उपचार सम्भव नहीं है *(Treatment of mental diseases is not possible)*—एक सामान्य विश्वास है कि मानसिक रोगों से मुक्ति सम्भव नहीं है। उपचार से छुट्टी पाए हुए लोगों को भी सन्देहास्पद समझा जाता है। यह भ्रमित विश्वास गलत है कि रोगमुक्त व्यक्ति परिवार तथा समाज के लिए अस्वस्थ है। इसके कारण स्वस्थ होते हुए भी व्यक्ति परिवार, व्यवसाय, समुदाय तथा समाज में समुचित अभियोजन स्थापित करने में असमर्थ होता है। ऐसे मानसिक रोग लगभग 25 प्रतिशत ही होते हैं जिनका पूर्ण और स्थायी उपचार दुर्लभ है किन्तु अधिकांश मानसिक रोग विशेषकर तंत्रिका तापों (neuroses) का पूर्ण उपचार तथा तत्पचात् परिवार तथा समाज का समर्थन मिलने पर व्यक्ति का सामान्य जीवन व्यतीत करना सम्भव है।

मनोविकृति-विज्ञान : अर्थ
(Psychopathology : Meaning)

मनोविकृति का तात्पर्य असामान्य व्यवहार या मानसिक विकृतियों से लिया जाता है। शब्द, 'असामान्य' के अंग्रेजी रूपान्तर 'Abnormal' की उत्पत्ति 'Anomelos' से हुई है जिसमें 'ano' का अर्थ 'नहीं' (not) से है तथा 'melos' का अर्थ 'नियमित' (regular) से है। इस प्रकार 'abnormal' का अर्थ 'नियमित नहीं' अर्थात् अनियमित (not regular or irregular) से है। इस आधार पर यह कहा जा सकता है कि व्यक्ति का अनियमित व्यवहार ही असामान्य व्यवहार या मनोविकृति व्यवहार है। कुछ विद्वानों ने इसकी उत्पत्ति के सम्बन्ध में अपना मत भिन्न प्रकार से प्रकट किया है। उनके अनुसार शब्द abnormal दो शब्दों ab + normal से मिलकर बना है जिसमें ab का अर्थ है दूर (away) तथा normal का अर्थ है सामान्य। इस प्रकार abnromal का तात्पर्य 'सामान्य से दूर का व्यवहार' है जिसे असामान्य या मनोविकृति की संज्ञा दी जाती है। कुछ अन्य विद्वानों ने 'abnormal' के सम्बन्ध में अपना मत इस प्रकार प्रकट किया है। उनका मत है कि normal शब्द की उत्पत्ति लैटिन भाषा के norma से हुई है जिसका अर्थ बढ़ई के गोनिया (carpenter's square) से लिया जाता है। इस प्रकार norm का अर्थ नियम (rule), प्रतिरूप (pattern) अथवा मानक (standard) से लिया जा सकता है। अंग्रेजी भाषा में इसका अर्थ यही लिया जाता है। (*"The word normal comes from the Latin norma, which means a carpenter's square. A norm therefore became a rule or pattern or standard, and it was in this sense that the word was introduced in to english language."*)

—***Kisker, G.W.*** *The Disorganized Personality* (1964)

इस प्रकार 'abnormal' का अर्थ सामान्य से दूर (away from normal) अर्थात् सामान्य से विचलन (variation form normal) के रूप में लिया जाता है। कुछ लोग असामान्य/अपसामान्य शब्द का प्रयोग न करके मनोविकृति विज्ञान का प्रयोग करते हैं जिसका अर्थ रोगग्रस्त (morbid) मानसिक दशाओं का व्यवस्थित अनुसंधान करने से है। फिर भी असामान्य अथवा अपसामान्य शब्दों का निरसन सम्भव नहीं है क्योंकि मनोवैज्ञानिक साहित्य के वह अभिन्न अंग बन गये हैं।

सामान्यतया व्यक्ति अपने को सामान्य समझता है और उसका अपने व्यवहार में पाये जाने वाले मनोविकृतियों की ओर नहीं जाता। वे समाज के अन्य व्यक्तियों की तुलना में अपने को अपेक्षाकृत अधिक सामान्य समझते हैं। परन्तु स्थिति ऐसी नहीं है। असामान्यता/मनोविकृति की कुछ-न-कुछ मात्रा सभी व्यक्तियों में पाई जाती है। यहाँ तक कि मनोविज्ञान के विशेषज्ञ

भी अपने अन्दर सामान्यता की वांछनीय मात्रा की अवस्था नहीं ला सकते हैं। इसीलिए इस सन्दर्भ में अनेक मनोवैज्ञानिकों ने भिन्न-भिन्न विचार प्रकट किये हैं:–

Karl Menninger (1930) का मत है कि, *''To be normal seems shockingly repellent to me. I see neither hope nor comfort in sinking to that level.''*

David Seabury (1934) ने इस सम्बन्ध में अपना मत इस प्रकार प्रकट किया है, *"Only a fool would continue to wish to be normal after he discovered what it would be like"*.

इसी प्रकार ***Bertrand Russell*** (1965) ने का मत है कि, *"I do not believe that there is, or can be anywhere, any normal person. We all have something queer about us."*

Lambrasso & ***Nisbet*** (1891) के अनुसार, *"Gifted persons too are mental patients."*

इस प्रकार हम यह कह सकते हैं असामान्यता/मनोविकृति की मात्रा सभी व्यक्तियों में कुछ-न-कुछ पाई जाती है। मनोविकृति-विज्ञान की परिभाषा अनेक विद्वानों ने अपने-अपने ढंग से प्रस्तुत की है:– ***Carson*** & ***Butcher*** (1992) के अनुसार, *''अपसामान्य मनोविज्ञान अथवा मनोविकृति विज्ञान मनोविज्ञान का एक क्षेत्र है जो अपसामान्य व्यवहार को समझने, करने तथा रोकथाम करने से सम्बन्धित है।''* (*"Abnormal psychology or psychopathology had long been referred to as that part of the field of psychology concerned with the understanding, treatment and prevention of abnormal behaviour."*)

मनोविकृति-विज्ञान के सन्दर्भ में ***Brown*** (1940) ने अपना मत प्रकट करते हुए कहा है कि, *''असामान्य मनोवैज्ञानिक प्रक्रियाएँ एवं व्यवहार सामान्य व्यवहार का अतिरंजित (अत्यधिक घटा हुआ या बढ़ा हुआ) या विकृति स्वरूप ही मनोविकृति है।''* (*The chief trend of modern psycho-pathology is that abnormal psychological phenomenon are simply exaggerations (i.e. over developments or under developments or disguised (..e. perverted) developments of the normal psychological phenomenon.*)

Kisker (1949) के अनुसार, *''असामान्य का अर्थ कुअभियोजित व्यवहार से है जो व्यक्ति या समूह के लिए घातक होते हैं।''* (*Abnormal behaviour is a maladaptive behaviour detrimental to the individual and or the group.*)

James Drever (1968) के अनुसार, *''असामान्य सामान्य से कम या अधिक विषमता है। असामान्य मनोविज्ञान : मनोविज्ञान की वह शाखा है जो व्यवहार या मानसिक घटना की विषमताओं का अध्ययन करता है।''* (*Abnormal : diverging more or less widely from the normal. Abnormal psychology : that branch of psychology which investigates such divergences of mental phenomenon or of behaviour.*)

Rosen & Gregory (1972) के अनुसार, ''असामान्य मनोविज्ञान में सामान्य मनोविज्ञान की विधियों, प्रत्ययों, नियमों और निष्कर्षों (विशेषकर प्रत्यक्षीकरण, अधिगम, विकास और समाज मनोविज्ञान से सम्बद्ध) को विचलित व्यवहार और अनुभवों के सन्दर्भ में लागू किया जाता है।'' (*Abnormal psychology is the application of methods, concepts, principles, and findings of general psychology primarily the psychology of perception, learning, development and social psychology to deviant behaviours and experiences.*)

Eysenck et. al. (1972) के अनुसार, *''असामान्य मनोविज्ञान'' 'असामान्य व्यवहार' या 'असामान्य व्यक्तित्व' का अध्ययन है।''* *(Abnormal psychology is the study of 'abnormal behaviour' or 'abnormal personality.')*

Reber & Reber (2001) के अनुसार, ''शब्द मनोविकृति का तात्पर्य उस वैज्ञानिक क्षेत्र से दृढ़ता से लिया जा सकता है जिसमें मनोवैज्ञानिकों, मनोचिकित्सकों, स्नायुवैज्ञानिकों, अन्तःस्रावी वैज्ञानिकों तथा औषधिशास्त्रियों के अनुसंधानों को सम्मिलित किया जा सकता है जो मानसिक विकृतियों का उपचार करनेवाले नैदानिक मनोवैज्ञानिकों तथा मनोचकित्सकों के वास्तविक व्यवसाय से भिन्न है।'' *(Strictly speaking, the term (psychopathology) refers to a scientific domain that includes the research work of among others, psychologists, psychiatrists, neurologists, endocrinologists and pharamalogosts and is distinguished from the actual practice of clinical psychologits and psychiatrists in the treatment of those with mental disorders.)*

इन परिभाषाओं के आधार पर यह निष्कर्ष सरलता से प्राप्त किया जा सकता है कि, *असामान्य व्यवहार अनानुकूलित (unadaptive) होता है जो केवल व्यक्ति के लिए ही नहीं, वरन् समाज एवं समूह के लिए भी हानिकारक एवं घातक होता है। इसके अन्तर्गत अनेक प्रकार की असामान्यताओं का अध्ययन किया जाता है जो सांवेदिक, प्रात्यक्षिक, संज्ञानात्मक, अभिप्रेरणात्मक आदि प्रकार के मनोवैज्ञानिक प्रकार्यों तथा मनोदैहिक, चारित्रिक, सामाजिक, मानसिक विकृतियों से सम्बन्धित होते हैं।*

सामान्य व्यक्तित्व की विशेषताएँ या कसौटियाँ
Characteristics or Criteria of Nomal Personality

हमने देखा कि असामान्य वह है जो सामान्य से परे है। असामान्य व्यक्तित्व पर दृष्टिपात करने के पूर्व यह समझना आवश्यक प्रतीत होता है कि सामान्य व्यक्तित्व एवं व्यवहार के आधार क्या हैं? मैसलो एवं मिटिलमैन (*Maslow & Mittleman;* 1951) ने सामान्य व्यक्ति के कुछ आधारों की चर्चा की है जिनके द्वारा हम सामान्य व्यक्तित्व को पहचान सकते हैं। इन्हें हम सामान्य व्यक्तित्व की विशेषताएँ अथवा कसौटियाँ कह सकते हैं:—

1. सुरक्षा की समुचित भावना *(Adequate security feeling)*—सामान्य व्यक्तित्व में सुरक्षा की उपयुक्त भावना व्याप्त होती है अर्थात् ऐसे व्यक्तित्व वाले व्यक्ति में सुरक्षा की उपयुक्त भावना देखी जाती है। उसमें असुरक्षा की भावना अनुपस्थित होती है। इसका संकेत विभिन्न पारिवारिक स्थितियों, व्यावसायिक कृत्यों तथा उनके अन्तर्वैयक्तिक व्यवहार से मिलता है। वह अपने आपको परिवार, व्यवसाय, समुदाय तथा समाज में सुरक्षित महसूस करता है, अतः उसके अधिकांश व्यवहार में सामान्यता की झलक मिलती है। किन्तु असुरक्षा की भावना का अत्यधिक बढ़ जाना असामान्य समझा जाता है जो किसी-किसी के व्यवहार से अभिव्यक्त होता है।

2. उपयुक्त संवेगशीलता *(Adequate emotionality)*—संवेगशीलता मानव स्वभाव एवं व्यवहार का एक अभिन्न अंग है जिसका उपयुक्त मात्रा में विद्यमान होना सामान्य व्यक्तित्व का प्रमुख लक्षण है। उपयुक्त संवेगशीलता के होने का अभिप्राय यह है कि ऐसा व्यक्ति आवश्यकतानुसार संवेगों की अभिव्यक्ति करता हो किन्तु बहुत अधिक संवेगशीलता का

परिचय न देता हो। सामान्य व्यक्तित्व वालों को न तो बहुत अधिक और न ही बहुत कम संवेगात्मक होना चाहिए। ऐसे व्यक्तित्व वाले दुःख की घड़ी में दुःखी तो सुख के क्षणों में सुख का अनुभव एवं अभिव्यक्ति करते हैं। उनमें दूसरों के सुख-दुःख के प्रति परानुभूति भी होती है।

3. यथार्थ के प्रति जागरूकता *(Consciousness of reality)*—सामान्य व्यक्तित्व वाले लोग भौतिक, सामाजिक तथा मनोवैज्ञानिक परिवेश से अच्छी तरह अवगत होते हैं। वे अपने समाज के नियमों, आदर्शों, मानकों, मूल्यों, रीतियों, परम्पराओं आदि के प्रति जागरूक होते हैं और समय-समय पर अनुपालन भी करते हैं। परिवेश से परिचित होने के कारण परिवेश में प्रभावपूर्ण समायोजन स्थापित करने में सफल होते हैं। वे अपने व्यवहार और आचरण के अनुसार यथार्थपरक होते हैं अर्थात् जीवन की सच्चाईयों से उनका सम्पर्क काफी प्रभावपूर्ण होता है।

4. उपयुक्त आत्म-मूल्यांकन *(Adequate self-evaluation)*—समय-समय पर आत्म-मूल्यांकन करना भी सामान्य व्यक्तित्व की एक प्रमुख पहचान एवं विशेषता है। आत्म-मूल्यांकन तो सभी करते हैं किन्तु सबका आत्म-मूल्यांकन उपयुक्त और वास्तविक नहीं होता। उपयुक्त आत्म-मूल्यांकन अपनी योग्यता, कुशलता, क्षमता या उपलब्धि का यथार्थपरक आंकन से है। न्यूनांकन या आत्यांकन करना सामान्य व्यक्तित्व का लक्षण नहीं है। इसके लिए उपयुक्त आत्मज्ञान (adequate self-knowledge) का होना आवश्यक है।

5. उपयुक्त शारीरिक आवश्यकताएँ तथा उनकी उपयुक्त संतृप्ति *(Adequate bodily needs and adequate gratification thereof)*—सामान्य व्यक्तित्व वालों में प्रत्येक कार्य सामान्य होता है। उनकी शारीरिक आवश्यकताएँ जैसे—भूख, प्यास, यौन एवं निद्रा आदि की आवश्यकताएँ भी सामान्य होती हैं और उनकी पूर्ति भी सामान्य ढंग से करता है। शारीरिक आवश्यकताओं तथा उनकी पूर्ति के प्रति उसका स्वस्थ एवं सामान्य दृष्टिकोण होता है। अभिप्राय यह है कि वह इन शारीरिक आवश्यकताओं की पूर्ति समाज द्वारा अनुमोदित रीतियों से करता है।

6. व्यक्तित्व संकलन एवं स्थायित्व *(Integration and consistency of personality)*—सामान्य व्यक्तित्व भली प्रकार संगठित या संकलित होता है और उसमें समुचित स्थायित्व अभिव्यक्त होता है। ऐसे व्यक्तित्व इड, इगो तथा सुपर इगो (Id, Ego & Super ego) में उपयुक्त एवं समुचित समन्वय विद्यमान होता है। व्यक्तित्व के यह पक्ष आपस में सहयोग और सन्तुलन का परिचय देते हैं। असंकलित व्यक्तित्व में किसी एक पक्ष का वर्चस्व एवं प्रभुत्व होता है जो वांछनीय नहीं होता। सामान्य व्यक्तित्व में स्थिरता भी दृष्टिगोचर होता है। उमंग (mood) के प्रभाव में व्यवहार करने की प्रवृत्ति न्यून होतीं है।

7. यथार्थपरक जीवन लक्ष्य *(Realistic life goals)*—प्रत्येक व्यक्ति के कुछ-न-कुछ जीवन लक्ष्य होते हैं—कोई इंजीनियर, तो कोई डॉक्टर, कोई प्रशासक बनना चाहता है तो कोई उपासक आदि। सामान्य व्यक्तित्व वाले व्यक्तियों के जीवन लक्ष्य यथार्थ पर आधारित होते हैं, समाज के मानकों और मूल्यों के अनुरूप होते हैं और व्यक्ति की योग्यता से विसंगत नहीं होते। वह उनको प्राप्त करने के लिए सदैव प्रयास करता है।

8. समूह की आवश्यकताओं की पूर्ति का प्रयास *(Satisfying group requirements)*—सामान्य व्यक्तित्व वाले लोग अपेक्षाकृत कम आत्म उन्मुख होते हैं। वे समाज और समूह की आवश्यकताओं के प्रति भी सजग और जागरूक होते हैं। स्व तथा समूह की आवश्यकताओं की पूर्ति में समन्वय अथवा तालमेल रखना सामान्य व्यक्तित्व की प्रमुख

पहचान है। व्यक्ति की आवश्यकताएँ भी पूरी हों और समूह/समाज की आवश्यकताएँ भी पूरी हों।

उपर्युक्त सभी विशेषताएँ सम्भवतः किसी सामान्य व्यक्तित्व में विद्यमान नहीं होती। हाँ, सामान्य व्यक्तित्व में इनमें से अधिकांश विशेषताएँ किसी मात्रा में देखी जा सकती है।

सामान्य तथा असामान्य में भेद के आधार (Criteria of Distinguishing Normal and Abnormal)

सामान्यता एवं असामान्यता में भेद के अनेक आधार हैं, जिन्हें सामान्यता की कसौटियाँ या प्रतिमान (criteria of normality) कहते हैं। इनमें सामान्यता तथा असामान्यता के अन्तरों को स्पष्ट करने का प्रयास किया गया है। प्राचीन काल से वर्तमान समय तक अनेक दार्शनिकों, मनोचिकित्साशास्त्रियों ने इस विषय में अपने दृष्टिकोण प्रस्तुत किए हैं जिनमें कुछ प्रमुख की चर्चा यहाँ की जायेगीः—

1. आत्मनिष्ठ दृष्टिकोण *(Subjective viewpoint)*—प्राचीन समय से अनेक विद्वानों की मान्यता रही है कि सामान्यता तथा असामान्यता का अन्तर आत्मनिष्ठ होता है। व्यक्ति स्वयं को तुलना का मानक समझकर दूसरों के विषय में निर्णय करता है। यदि अन्य व्यक्ति हमारे समान होते हैं तो उन्हें प्रायः सामान्य समझा जाता है और यदि वे अपने विचारों और कार्यों के कारण हम से अधिक भिन्न प्रतीत होते हैं तो उन्हें बहुधा असामान्य समझने की सम्भावना होती है। इस दृष्टिकोण के अनुसार सामान्य तथा असामान्य समझने की सम्भावना होती है। इस दृष्टिकोण के अनुसार सामान्य तथा असामान्य एक-दूसरे से सर्वथा भिन्न होते हैं अर्थात् कोई व्यक्ति सामान्य होगा या असामान्य। *एक-दूसरे से सर्वथा भिन्न होते हैं अर्थात् कोई व्यक्ति सामान्य होगा या असामान्य।* इस तथ्य का चित्रवत् वर्णन विगत पृष्ठ संख्या 18 में चित्र संख्या 1 में किया गया है। उक्त चित्र के अनुसार व्यक्ति तीन प्रकार के होते हैं। असामान्य, सामान्य तथा प्रतिभाशाली।

यह प्राचीन दृष्टिकोण रूढ़िवादी, सीमित एवं अत्यन्त कठोर है। यह अति संकीर्ण अथवा संकुचित है। यह मॉडल सामान्य और असामान्य में गुणात्मक भेद (qualitative difference) को मान्यता देता है जो सम्प्रति में मान्य नहीं है। इसके अनुसार मानसिक विकारों से ग्रस्त व्यक्ति उनसे कभी मुक्त नहीं हो सकता, अर्थात् व्यक्तित्व-असामान्यता स्थायी होती है यह दृष्टिकोण वैज्ञानिक नहीं है, अतः इसे आज मान्यता नहीं प्राप्त है। आधुनिक दृष्टिकोण मनोगत्यात्मक (psychodynamic) विचारधारा पर आधारित है जो सामान्य और असामान्य में प्रकार भेद नहीं वरन् मात्रात्मक अन्तर को मान्यता देता है।

2. नैतिक दृष्टिकोण *(Ethical viewpoint)*—नैतिक दृष्टिकोण के अनुसार जो व्यवहार नैतिक नियमों एवं मूल्यों के अनुरूप होते हैं उन्हें सामान्य माना जाता है। असामान्य कहे जाने वाले व्यक्तियों का व्यवहार, धर्म, संस्कृति और नैतिक नियमों के अनुरूप नहीं होते। इस प्रकार जो व्यवहार नैतिक होते हैं वह सामान्य तथा अनैतिक कहे जाने वाले असामान्य माने जाते हैं। प्रश्न यह है कि नैतिक किस व्यवहार को कहेंगे? 'नैतिक' का अर्थ विभिन्न समाजों में भिन्न-भिन्न होता है। एक समूह या समाज में एक ही व्यवहार नैतिक और अन्य में अनैतिक हो सकता है। जैसे—छात्रों द्वारा कक्षा में धूम्रपान करना भारतवर्ष में अनैतिक किन्तु अमेरिका में नैतिक समझा जाता है। भारतीय संस्कृति में सार्वजनिक स्थानों पर चुम्बन अनैतिक

पर पाश्चात्य सभ्यता में एक सामान्य व्यवहार है। इस प्रकार इस दृष्टिकोण के अनुसार एक समाज में सामान्य समझा जाने वाला व्यवहार अन्य समाज या समाजों में असामान्य हो सकता है। यह दृष्टिकोण भी वैज्ञानिक नहीं है, क्योंकि असामान्य मनोविज्ञान एक विज्ञान है अतः इसके सम्प्रत्यों का अर्थ प्रत्येक समाज में समान होना चाहिए।

3. सामाजिक दृष्टिकोण *(Social viewpoint)*—प्रत्येक समाज में सामाजिक नियम, प्रथाएँ, परम्पराएँ, रीति-रिवाज एवं अनेक प्रकार के चलन प्रचलित होते हैं जो सदस्यों के व्यवहार को नियमित करते हैं। जिस व्यक्ति का व्यवहार समाज के नियमों, प्रथाओं और रीतियों के अनुरूप होता है उसके व्यवहार को सामान्य कहा जाता है और जिसका व्यवहार सामाजिक नियमों से विचलित होता है उसे असामान्य कहा जाता है। विचलित व्यक्ति समाज कल्याण में बाधक होते हैं। अतः इस दृष्टिकोण के अनुसार सामान्यता का मापदण्ड सामाजिक नियमों का अनुपालन है। सामाजिक नियम प्रत्येक समाज में एक-दूसरे से अलग होते हैं जिनके कारण किसी समाज में सामान्य समझा जाने वाला व्यवहार दूसरे में असामान्य हो सकता है। अतः यह दृष्टिकोण भी वैज्ञानिक नहीं कहा जा सकता।

4. सांस्कृतिक दृष्टिकोण *(Cultural viewpoint)*—यह दृष्टिकोण उन व्यवहारों को सामान्य समझता है जो संस्कृति के आदर्शों के निकट होते हैं। इसके विपरीत वह व्यवहार जो इन आदर्शों से जितना दूर होता है वह उतना ही असामान्य माना जाता है। व्यक्ति अपनी संस्कृति का दर्पण कहा जाता है, अतः उससे संस्कृति के आदर्शों, मूल्यों और नियमों के अनुरूप होने की अपेक्षा की जाती है। कुछ विद्वान इसे आदर्श-मूलक तथा अन्य इसे सामाजिक समरूपता भी कहते हैं। किन्तु संस्कृतियाँ स्थिर एवं स्थायी न होकर परिवर्तनशील होती हैं अतः किसी समय सामान्य कहा जाने वाला व्यवहार काल क्रम में असामान्य हो जाता है। उदाहरणस्वरूप, बाल-विवाह कभी सामान्य रहा होगा पर अब असामान्य हो चुका है। यदि ऐसा दृष्टिकोण सही माना जाए तो नया रास्ता अपनाने वाला हर व्यक्ति असामान्य होगा। राजा राममोहन राय ने सती प्रथा का विरोध किया था, अतः उन्हें असामान्य कहना होगा। **कैमरान** (1963) ने कहा है कि, *''सांस्कृतिक अनुरूपता आवश्यक रूप से सामान्यता का संकेत नहीं है और संस्कृति के अनुरूप न चलना सदैव असामान्यता का प्रतीक नहीं है।''*

5. व्याधिकीय दृष्टिकोण *(Pathological viewpoint)*—ब्राउन *(Brown)* के इस दृष्टिकोण में मानसिक स्वास्थ्य को महत्त्व दिया गया है। मानसिक रूप से स्वस्थ व्यक्ति सामान्य समझे जाते हैं और वह असामान्य होते हैं जो मानसिक रोगों से ग्रस्त होते हैं। जैसे चिन्ता, भय, उत्साह, विषाद, उन्माद, बाध्यता, मनोग्रस्तता आदि। इस दृष्टिकोण के अनुसार व्यक्ति के अतिविकसित अथवा अल्पविकसित लक्षण भी मनोविकारों के द्योतक हैं। इसके अनुसार अत्यधिक वीरता, अत्यधिक कायरता, अत्यधिक हीनता/श्रेष्ठता के व्यवहार की अभिव्यक्ति भी असामान्य व्यवहार कहे जाएँगे। इस दृष्टिकोण को मानने पर समाज के सभी लोगों को असामान्य की कोटि में रखना होगा। यह दृष्टिकोण भी वैज्ञानिक नहीं प्रतीत होता।

6. सांख्यिकीय दृष्टिकोण *(Statistical viewpoint)*—यह दृष्टिकोण सामान्य व्यवहार को परिभाषित करने में सांख्यिकी के सामान्य अथवा प्रकृत वितरण (normal distribution) का अनुप्रयोग करता है। इसके अनुसार सामान्य से किसी प्रकार का विचलन असामान्य कहा जायगा। एक प्रतिभाशाली व्यक्ति भी उतना ही असामान्य कहा जायगा जितना मानसिक मन्दन से ग्रस्त व्यक्ति। आज जो कुछ सामान्य है कल वही असामान्य बन सकता है।

इसके अनुसार किसी व्यक्ति का व्यवहार यदि उसकी संस्कृति को केन्द्रीय प्रवृत्ति या मध्यमान व्यवहार के अन्तर्गत होगा तो उसे सामान्य कहा जायगा, अर्थात् जो व्यक्ति सामान्य वितरण वक्र के मध्य स्थित होते हैं उन्हें सामान्य तथा उससे विचलित होने वाले (दोनों—धनात्मक तथा ऋणात्मक दिशाओं वाले) असामान्य कहे जाएँगे। (देखें चित्र संख्या 2)।

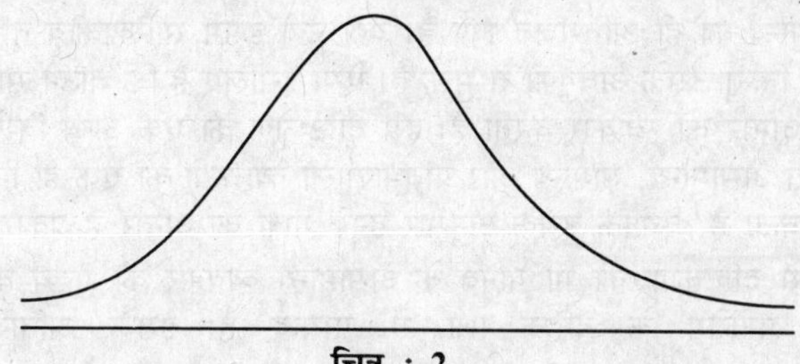

चित्र : 2

जे॰ एफ॰ ब्राउन (*J. F. Brown*) के अनुसार, *सामान्य तथा असामान्य में वर्ग या प्रकार भेद नहीं वरन् मात्रा का भेद होता है।* (*The normal and abnormal differ in degree but not in kind.*) औसत बुद्धि, औसत सामाजिक समायोजन, औसत संवेगशीलता तथा इसी प्रकार किसी भी लक्षण या योग्यता के अनुसार औसत कहे जाने वाले व्यक्ति सामान्य तथा उससे कम या अधिक विशेषता वाले व्यक्ति असामान्य कहे जाएँगे। अतः मन्द बुद्धि तथा प्रतिभाशाली दोनों ही असामान्य की कोटि में आते हैं।

सांख्यिकीय दृष्टिकोण सामान्यता तथा असामान्यता को समझने में काफी सहायक है। इसके अनुसार सामान्यता और असामान्यता के मध्य कोई रिक्त स्थान नहीं वरन् निरन्तरता है। सामान्य व्यक्ति कभी असामान्य हो सकता है और उसी तरह असामान्य व्यक्ति सामान्य हो सकता है। किन्तु इसमें कुछ सीमाएँ भी हैं। इसके अन्तर्गत सामान्यता या असामान्यता का निर्णय किसी गुण या विशेषता के आधार पर लिया जाता है। किसी भी व्यक्ति में सभी गुण औसत मात्रा में नहीं होते। अतः यह निर्णय करना कि कौन (व्यक्ति) सामान्य है और कौन असामान्य। सामान्यता-असामान्यता में निरन्तरता का अभिप्राय यह है कि इनमें सीमा रेखा नहीं होती। अतः सामान्यता कहाँ समाप्त होती है और असामान्यता कहाँ आरम्भ होती है यह बताना सम्भव नहीं है। इसके अनुसार प्रकृत वितरण वक्र के दोनों छोरों पर स्थित व्यक्ति असामान्य होते हैं जो वर्तमान असामान्य मनोविज्ञान में स्वीकार नहीं किया जाता। इसी प्रकार सम्प्रति में यह भी मान्य नहीं है कि सामान्य और असामान्य में केवल मात्रात्मक अन्तर है। इनमें मात्रात्मक के अतिरिक्त गुणात्मक अन्तर भी होता है।

7. मनोगतिकी दृष्टिकोण (*Psychodynamic Viewpoint*)—**ब्राउन** (*Brown*) के अनुसार, असामान्य व्यवहार, सामान्य व्यवहार का अतिरंजित अथवा विकृत रूप है। (*"Abnormal psychological phenomena are simly exaggeration (i.e. over-development or underdevelopment) or disguised (i.e. perverted) development of the normal psychological phenomena."*)।

उदाहरण के लिए भय उत्पादक परिस्थिति में व्यक्ति स्वभावतः सुरक्षा का प्रयास करता है जो कि एक सामान्य प्रतिक्रिया है। किन्तु जब कोई व्यक्ति बिना कारण या असंगत (अथवा भय का अतिविकसित रूप) अभिव्यक्त करता है तो उसके इस व्यवहार को असामान्य कहा

जायेगा। किन्तु भयोत्पादक परिस्थितियों में व्यक्ति द्वारा अपनी सुरक्षा के उपाय न करना भी असामान्य होगा।

ब्राउन (*Brown*) का दृष्टिकोण काफी वैज्ञानिक प्रतीत होता है। सामान्य व्यक्तियों का अध्ययन असामान्य व्यक्तियों को समझने में भी सहायक है क्योंकि इसके अनुसार असामान्य व्यवहार, सामान्य का ही अतिरंजित रूप है। यही नहीं इसमें सांख्यिकीय दृष्टिकोण के सभी गुण व्याप्त हैं किन्तु उसके अवगुणों से मुक्त है। ऐसा इसलिए है कि ब्राउन सामान्य-असामान्य में मात्रात्मक अन्तर को स्वीकार करता है। इस दृष्टिकोण की एक अन्य विशेषता यह भी है कि इसके द्वारा असामान्य, सामान्य और प्रतिभाशाली व्यक्तियों को एक ही नियम के अनुसार समझा जा सकता है, क्योंकि उसके अनुसार इनमें मात्रा का अन्तर है प्रकार का नहीं।

परन्तु इस दृष्टिकोण को भी मानव के असामान्य व्यवहार की मुख्य कसौटी नहीं कह सकते। यह मनोरोग के दैहिक पक्ष से सम्बद्ध है। इसके अतिरिक्त व्याधिकीय (pathological) दृष्टिकोण का समर्थन अब भी प्रबल एवं व्यापक है।

इन सभी दृष्टिकोणों के अपने-अपने गुण-दोष हैं। इनका उपयोग विभिन्न प्रकार की मनोविकृतियों के स्वरूप एवं प्रकार पर निर्भर करता है। किसी एक चर्चित दृष्टिकोण के द्वारा सभी प्रकार की मनोविकृतियों की समुचित एवं वैध व्याख्या सम्भव नहीं है। कोई दृष्टिकोण एक मनोविकृति की सफल व्याख्या करता है तो कोई अन्य मनोविकृति की।

मनोविकृति-विज्ञान के उपागम
(Approaches to Psychopathology)

नैदानिक मनोवैज्ञानिकों मनचिकित्सकों, मनोविश्लेषकों आदि के ध्यान को मनोविकृति-जन्य कारणों ने आकर्षित किया है। यह सभी लोग यह जानने के प्रति उत्सुक रहे हैं कि मनोविकृतिजन्य व्यवहार का कारण क्या है? मनोविकृतिजन्य व्यवहार के नैदानिक स्वरूप (clinical picture), जिसमें ऐसे व्यवहारों के लक्षण (symptoms), हेतु विज्ञान (etiology) और उसके उपचार (treatment) को सम्मिलित किया जा सकता है, को समझने के लिए अनेक उपागमों (approaches) का प्रयोग किया गया है। इन उपागमों के माध्यम से मनोविकृतिजन्य व्यवहारों की व्याख्या की जा सकती है जिनका वर्णन निम्नलिखित है:—

जननिक (उत्पत्तिमूलक) उपागम (*Genetic Approach*)

इस उपागम को जैविक उपागम (biological approach), चिकित्सकीय उपागम (medical approach) अथवा रोग उपागम (disease approach) की भी संज्ञा दी गयी है। इस उपागम के द्वारा मनोविकृतिजन्य व्यवहार की व्याख्या **दो स्तरों** पर की जाती है। **प्रथम स्तर,** मनोविकृतिजन्य व्यवहार का कारण केन्द्रिय तन्त्रिका तन्त्र (Central Nervous System) है जिसमें मनोविकृति-जन्य व्यवहार की विशेषता या तो जन्मजात रूप से पाई जाती है या किसी मस्तिष्कीय विकार (brain pathology) के कारण मनोविकृतिजन्य व्यवहार की उत्पत्ति होती है। इस उपागम में मनोविकृतिजन्य व्यवहार के लिए किसी अन्य उपागम मनोवैज्ञानिक अथवा मनोसामाजिक को उत्तरदायी नहीं ठहराया गया है। **द्वितीय स्तर,** मनोविकृतिजन्य व्यवहार का कारण जैवरसायनिक प्रक्रियाओं (biochemical process) का असंतुलन (imbalance) है। जब व्यक्ति में जैव रसायनिक प्रक्रियाएँ असंतुलित हो जाती है, तब व्यक्ति में मनोविकृतियाँ (mental disorders) पाई जाती है।

इस उपागम को सामान्य तौर पर दो भागों में बाँटा जा सकता है—*प्रारम्भिक जैविक विचार-धारा* (early biological viewpoints) एवं *आधुनिक जैविक विचारधारा* (modern biological viewpoints)। *प्रारम्भिक विचारधारा* के वैज्ञानिकों *(Haller, Griesinger)* की धारणा यह थी कि मस्तिष्क विकृतियों (brain disorder) के कारण ही मनोविकृतिजन्य व्यवहारों (pathological behaviours) की उत्पत्ति होती है। इन लोगों ने 1845 तक मनोविकृतिजन्य व्यवहारों की व्याख्या के लिए मस्तिष्क विकृति (brain pathology) को आधार माना। इनके विचारधारा की पुष्टि सामान्य पैरेसिस (general paresis) जैसे मानसिक विकारों के कारणों के रूप में हुई। इसका रोगी बाँह तथा पैर में कमजोरी अनुभव करता है, व्यामोह (delusion) पाया जाता है, वह झक्की (eccentric) हो जाता है, धीरे-धीरे सम्पूर्ण शरीर में पक्षाघात (paralysis) हो जाता है और वह मृत्यु का शिकार हो जाता है। ऐसे रोगियों में मस्तिष्क विकृति (brain disorder) पाया गया। *Alzheimer* एवं *Kraepelin* ने भी सेनाइल मानसिक विकृतियों (senile mental disorders) तथा मस्तिष्कीय आर्टेरियो स्कलेरासिस (cerbral arteriosclerosis) का कारण मस्तिष्कीय विकृति को ही प्राप्त किया।

परन्तु *आधुनिक जैविक विचारधारा* (modern biological viewpoints) के समर्थकों का विश्वास है कि मनोविकृतिजन्य व्यवहारों (मानसिक रोगों) का कारण केवल मस्तिष्कीय विकृति (brain disorder) ही नहीं है, वरन् व्यवहार आनुवांशिकी (behaviour genetics) मस्तिष्क में जैव रसायनिक सन्तुलन (biochemical imbalances in brain) तथा जैव-दैहिक चिकित्सा (biophysical therapies) है।

व्यवहार आनुवंशिकी (behaviour genetics) के समर्थकों का यह मत है कि व्यवहार में पाये जाने वाले अन्तर का कारण आनुवंशिकी कारक (genetic or hereditory factors) है। मानव शरीर की रचना जन्मजात जीन्स (inherited genes) से होती है। यह जीन्स दो प्रकार—जेनोटाइप (Genotype) और फीनोटाइप (Phenotype)। **जीनोटाइप** (Genotype) का तात्पर्य व्यक्तियों के उस वर्ग से है जो जीनी संगठन में एक-दूसरे से मिलते-जुलते हैं और जबकि **फीनोटाइप** (Phenotype) किसी व्यक्ति के शारीरिक गठन की ओर संकेत करते हैं। जीनोटाइप और फेनोटाइप के जीन्स जन्मजात होते हैं। व्यक्ति के सम्पूर्ण निरीक्षण योग्य व्यवहार को फेनोटाइप कहते हैं। इस विचारधारा के समर्थक मनोविकृतिजन्य व्यवहार का कारण जेनोटाइप की विकृति मानते हैं। वास्तविकता यही है कि प्रत्येक युग्मनज (zygote) में 46 क्रोमोजोम्स होते हैं और प्रत्येक क्रोमोजोम्स में हजारों जीन्स होते हैं। इन्हीं जीन्स के माध्यम से माता-पिता के गुण उनके संतान को प्राप्त होते हैं। इसलिए निःसंदेह यह कहा जा सकता है कि माता-पिता में पाई जाने वाली विकृतियाँ जीन्स के माध्यम से उनके संतानों में भी पाई जा सकती है। इस प्रकार एक पीढ़ी में पाई जाने वाली मानसिक विकृतियाँ आनुवांशिक अन्तरण (genetic transmission) के कारण दूसरी पीढ़ी में भी पाई जाने लगती है। यह अन्तरण व्यक्ति/प्राणी विशेष में ही नहीं पाया जाता है वरन् समस्त प्राणियों में यह जैविक प्रक्रिया (biological process) पाया जाता है। *Neil & Oltamanns* (1980) ने मनोविदलता (schizophrenia), Pykel (1982) ने अवसाद (depression), *Cloninger* et. al. (1986) ने मद्यपानता (alcoholism) का कारण व्यवहार आनुवंशिकी (behaviour genetics) को माना है क्योंकि इनके माता-पिता में या परिवार के सदस्य इन रोगों से ग्रस्त थे।

आनुवंशिक कारकों के अध्ययन के लिए सामान्यतया दो विधियों का प्रयोग किया जाता है—पारिवारिक विधि (Family Method) एवं जुड़वाँ अध्ययन विधि (Twin Study

Method)। *पारिवारिक विधि* में एक ही परिवार के विभिन्न सदस्यों की तुलना करके यह ज्ञान प्राप्त करने का प्रयास किया जाता है कि परिवार के किसी एक सदस्य के मानसिक रोगी होने पर क्या उस रोग के लक्षण परिवार के अन्य सदस्यों में भी पाये जाते हैं। जबकि *जुड़वाँ अध्ययन विधि* में समान जुड़वाँ (identical twins) तथा भ्रात्रीय जुड़वाँ (fraternal twins) बच्चों को प्रतिदर्श के रूप में चयन करके यह तुलनात्मक अध्ययन किया जाता है कि एक जुड़वाँ बच्चे में पाया जाने वाला मानसिक रोग दूसरे बच्चे में भी पाया जाता है या नहीं। प्राप्त परिणाम यह प्रदर्शित करते हैं कि समान जुड़वाँ बच्चों के व्यवहार आनुवंशिकी में 100% समानता पाई जाती है जबकि भ्रात्रीय बच्चों में इसी समानता का प्रतिशत 50% प्राप्त किया गया है। *इस प्रकार यह कहा जा सकता है कि समान जुड़वाँ में भ्रात्रीय जुड़वाँ की अपेक्षा व्यवहार आनुवंशिकी अधिक मात्रा में पाया जाता है।*

मस्तिष्क में जैव रसायनिक असंतुलन के कारण मनोविकृतिजन्य व्यवहार के पाये जाने की सम्भावना पाई जाती है क्योंकि तीव्र बुखार, मस्तिष्कीय सूजन (brain inflammation) बलाघात (stress), न्यूरोट्रांसमीटर (neurotransmitter) आदि के कारण मानसिक विकार उत्पन्न हो जाते हैं (*Kapur & Remington* 1996; *Heizal* et. al. 1994)।

देह जैविक चिकित्सा (biophysical therapy) के समर्थकों का मत है कि मानसिक रोगों का आधार जैविक होता है। जैविक चिकित्सा के लिए अत्यन्त लोकप्रिय विधि विद्युत आक्षेपी (ऐंठन) चिकित्सा (electro consulsive therapy–ECT) का प्रयोग किया जाता है जिसमें रोगी के मस्तिष्क में कुछ समय के लिए हल्की विद्युतधारा प्रवाहित की जाती है जिससे रोगी के मस्तिष्क में पाये जाने वाले जैव रसायन में परिवर्तन होता है और असन्तुलन पाया जाता है। रोगी के सामान्य होने पर यह असन्तुलन एवं विघटन समाप्त हो जाता है और रोगी सामान्य व्यवहार करने लगता है। बाद में मनोचिकित्सकों ने मानसिक रोगों के उपचार के लिए औषधियों (जैसे—Phenothiaznes) का प्रयोग किया और संभ्रान्त चिन्तन (confused thinking) तथा अन्तर्वेधी चिन्तन (intrusive thinking) के उपचार में सफलता प्राप्त की। इस औषधि के प्रयोग से रोगी के मस्तिष्कीय जैव रसायन में इतना तीव्र परिवर्तन होता है कि रोगी तीव्रता से सामान्यता (normalcy) को प्राप्त करता है।

यद्यपि इस उपागम के बारे में यह कहा जाता है कि मानसिक विकृति का कारण आनुवांशिक है, यह सत्य तो अवश्य है, परन्तु पूर्णतः सत्य नहीं है, वरन् अर्द्ध सत्य है। इस प्रकार यह कहा जा सकता है कि मनोविकृतिजन्य व्यवहार अंशतः आनुवंशिक है।

मनोसामजिक उपागम *(Psychosocial Approach)*

मनोविकृतिजन्य व्यवहार की व्याख्या करने के लिए मनोसामाजिक उपागम का भी प्रयोग किया गया है। इस उपागम में मनोविकृतिजन्य व्यवहार की व्याख्या व्यक्ति के जीवन की प्रारम्भिक अनुभूतियों (experiences) तथा जीवन के सामाजिक एवं मनोवैज्ञानिक प्रक्रियाओं के प्रभावों का अध्ययन किया जाता है। यद्यपि मनोविकृतिजन्य व्यवहारों की व्याख्या के लिए अनेक मनोवैज्ञानिक उपागमों का प्रयोग किया गया है जिनमें मनोसामाजिक दृष्टिकोण की झलक मिलती है। यह उपागम मनोविकृतिजन्य व्यवहारों की उत्पत्ति में मनोवैज्ञानिक और सामाजिक कारणों की भूमिका में विश्वास करता है। इसीलिए इसे मनोसामाजिक उपागम (psychosocial approach), अथवा मनोसामाजिक प्रारूप (psychosocial model) अथवा मनोसामाजिक दृष्टिकोण (psychosocial viewpoint) की संज्ञा दी जाती है। यह उपागम अनेक विचारधाराओं का मिश्रित रूप है जिनमें निम्न विचारधाराओं को प्रमुखता प्रदान की

गई है:—

(1) मनोगतिक उपागम (Psychodynamic Approach)
(2) व्यवहारवादी उपागम (Behaviouristic Approach)
(3) संज्ञानात्मक उपागम (Cognitive Approach)
(4) मानवतावादी-अस्तित्वात्मक उपागम (Humanistic-Existential Approach) एवं
(5) अन्तर्वैयक्तिक उपागम (Interpersonal Approach)

अब हम अलग-अलग उपागमों की व्याख्या अलग-अलग खण्डों में करेंगे:—

(1) मनोगतिक उपागम *(Psychodynamic Approach)*

इस उपागम को मनोविश्लेषणात्मक उपागम (psychoanalytic approach) की भी संज्ञा दी जाती है जिसका प्रतिपादन *Freud* (1856-1939) ने किया। इस उपागम की पुष्टि *Adler* (1870-1937) तथा *Carl Gustav Jung* (1875-1961) ने भी किया है।

मनोगतिक उपागम का प्रारम्भ वियना निवासी चिकित्सक Sigmund Freud के कार्यों से हुआ। चूँकि *Freud* एक स्नायुवैज्ञानिक (neuroscientist) और चिकित्सक थे इसलिए उन्होंने मनोविकृतिजन्य व्यवहार की व्याख्या अचेतन के आन्तरिक गतिकी (innerdynamics of unconscious) के रूप में की। फ्रायड ने लगभग 50 वर्षों तक इस क्षेत्र में कार्य किया और मनोगतिक उपागम को निरन्तर परिमार्जित करने का प्रयास किया।

फ्रायड *(Freud)* ने यह निष्कर्ष प्राप्त किया कि रोगी की अधिकांश एवं महत्वपूर्ण मानसिक क्रियाएँ चेतन (conscious) में न घटित होकर अचेतन (unconscious) में घटित होती है। चेतन में घटित होने वाले मानसिक क्रियाओं का ज्ञान व्यक्ति को होता है परन्तु अचेतन में घटित होने वाली मानसिक प्रक्रियाओं का ज्ञान व्यक्ति को बिल्कुल नहीं होता। चेतन और अचेतन के बीच घटित होने वाली मानसिक प्रक्रियाओं को अर्द्धचेतन (subconscious) कहते हैं जिसे व्यक्ति प्रयास करके अपने चेतन में ला सकता है। *Freud* के अचेतन सम्प्रत्यय को अत्यधिक महत्व प्रदान किया गया।

मनोविकृतिजन्य व्यवहारों की व्याख्या के लिए **फ्रायड** *(Freud)* ने अनेक अभिग्रहों (assumptions) को प्रतिपादित किया जिनका वर्णन अधोप्रस्तुत हैं:—

(i) फ्रायड *(Freud)* ने Id (उपांह/इदम), Ego (अहं) एवं Super ego (परांह) को व्यक्तित्व के महत्वपूर्ण उपप्रणाली (subsystem) के रूप में स्वीकार किया है। इनका मत है कि व्यक्तित्व इन्हीं तीनों उपप्रणालियों के अन्तर्क्रिया का परिणाम है। *Freud* के अनुसार Id कामुक आवेगों, अचेतन इच्छाओं दमित भावनाओं और प्रणोदनों (drives) का प्रधान स्रोत है। वह व्यक्ति की दमित इच्छाओं और वासनाओं की अभिव्यक्ति के लिए सर्वदा प्रयत्नशील रहता है। इसका सम्बन्ध पाशविक इच्छाओं से होता है। Ego संसार की वास्तविकताओं और इदम की इच्छाओं की पूर्ति में मध्यस्थ की भूमिका निभाता है। इसका सम्बन्ध यथार्थ से भी होता है और अचेतन इच्छाओं से भी। Super ego व्यक्ति की अन्तरात्मा है। यह व्यक्तित्व का नैतिक कमाण्डर (moral commander) होता है जो व्यक्ति को सही और गलत निर्णय करने के लिए निर्देश देता है। अतः इसका सम्बन्ध व्यक्ति के नैतिक पक्ष से होता है जिसके कारण व्यक्ति अनैतिक और असामाजिक आचरण से बचता है। इन तीनों व्यक्तित्व उपतन्त्रों (subsystem) में इच्छा पूर्ति के सन्दर्भ में सर्वदा अन्तर्द्वन्द्व विद्यमान रहता है। *Freud* के अनुसार सामान्य अन्तर्द्वन्द्व व्यक्तित्व के विकास में सहायक होते हैं किन्तु इनके दमन से व्यक्तित्व में मनोविकृतिजन्य

व्यवहार उत्पन्न होते हैं। इनका मत है कि दमित अन्तर्द्वन्द्व के कारण ही मनोविकृतिजन्य व्यवहार के लक्षण उत्पन्न होते हैं।

(ii) Id मूल प्रवृत्यात्मक अन्तर्नोदों (instinctual drives) का स्रोत होता है जो जन्मजात होता है तथा इसमें दो परस्पर विरोधी मूल प्रवृतियाँ (instincts) पाई जाती है—जीवन मूल प्रवृत्ति (life instinct) एवं मृत्यु मूल प्रवृत्ति (death instinct)। जीवन मूल प्रवृत्ति में संरचनात्मक अन्तर्नोद (constructive drives) पाये जाते हैं लेकिन उनका सम्बन्ध लैंगिक (sexual) होता है। जीवन मूल प्रवृत्ति को Eros की संज्ञा दी जाती है। फ्रायड *(Freud)* ने इसे प्रेम मूल प्रवृत्ति (love instinct) भी कहा है। इनके अनुसार Eros से उन सभी शक्तियों का उद्‌गम होता है जो हमें निर्माण, आत्मरक्षा तथा प्रजाति विस्तार के लिए विवश करती है। यह व्यक्ति में काम आवेगों को जन्म देता है जिससे व्यक्ति भोजन, वस्त्र और आवास की व्यवस्था पर ध्यान देता है। इस मूल प्रवृति के द्वारा ही व्यक्ति का बौद्धिक विकास होता है। Eros जिस ऊर्जा के रूप में कार्य करती है, उसे लिविडो (Libido) कहा जाता है। फ्रायड *(Freud)* ने इसे घृणा मूल प्रवृत्ति (hate instincts) भी कहा है। इस मूल प्रवृत्ति के कारण व्यक्ति विध्वंस, आक्रमण और घृणा की भावनाओं से ओत-प्रोत रहता है। चूँकि फ्रायड के अनुसार जीवन का लक्ष्य मृत्यु है। अतः प्रत्येक व्यक्ति में अचेतन रूप से मरने की इच्छा पाई जाती है। यही मूल प्रवृत्ति मानव को मानव का नाश करने के लिए प्रेरित करती है।

यह मूल प्रवृत्ति व्यक्ति को घृणा, वैमनस्य, आक्रमण और आक्रामक व्यवहार के लिए प्रेरित करती है, तथा उसे विनाशकारी बौद्धिक क्रियाओं में संलग्न रखती है जब व्यक्ति में Eros की शक्ति कम हो जाती है अथवा Thanatos की शक्ति बढ़ जाती है, तो व्यक्ति का व्यवहार कुसमायोजित हो जाता है और उसका व्यवहार मनोविकृतिजन्य होता है।

(iii) फ्रायड ने चेतन के अतिरिक्त अचेतन के महत्व को अत्यधिक प्रदर्शित किया है। इनके अनुसार दमित इच्छाओं, कामनाओं, वासनाओं तथा अभिप्रेरकों का भण्डार व्यक्ति का अचेतन मन है। इनके अनुसार व्यक्ति के मनोविकृतिजन्य व्यवहार के लिए उसका अचेतन मन उत्तरदायी है। व्यक्ति के व्यवहार के निर्धारिण में अचेतन मन की गत्यात्मक भूमिका होती है।

(iv) फ्रायड का मत है कि व्यक्ति के Id, Ego और Super ego में वास्तविक सन्तुलन बना रहता है तो उसके व्यक्तित्व में विघटन नहीं पाया जाता है लेकिन जब इनमें अन्तर्द्वन्द्व (conflict) पाया जाता है, संघर्ष पाया जाता है तथा वह ऐसे अन्तर्द्वन्द्वों एवं संघर्षों के समाधान में असमर्थ होता है तो वह मनोरचनाओं (mental mechanism) अथवा सुरक्षा रचनाओं (defence mechanism) का प्रयोग करता है। इन उपायों (मनोरचनाओं) से वह अन्तर्द्वन्द्व या संघर्ष से उत्पन्न समस्याओं का समाधान करता है। परन्तु मनोरचनाओं का प्रयोग अधिक नहीं, वरन् सीमित मात्रा में करना चाहिए। इनके अधिक प्रयोग से व्यक्ति में मनोविकृतिजन्य व्यवहार उत्पन्न हो जाते हैं और व्यक्ति के व्यवहार में अस्वाभाविकता पाई जाने लगती है। व्यक्ति के व्यवहार की यह कृत्रिमता उसके असामान्य व्यवहार का कारण बन जाती है।

(v) फ्रायड के मानसिक रोगों के उपचार के लिए मनोविश्लेषणात्मक उपचार पद्धति (psychoanalytic therapy) को विकसित किया जिसे मनोविज्ञान में मील का पत्थर

माना जाता है। इसके द्वारा रोगी के अचेतन में दमित अन्तर्द्वन्द्वों की खोज की जाती है और उनके उन्मूलन का प्रयास किया जाता है। इसे कभी-कभी मनोगतिकी चिकित्सा (psychodynamic therapy) की संज्ञा दी जाती है। इस उपचार पद्धति में सर्वप्रथम यह ज्ञान प्राप्त करने का प्रयास किया जाता है कि मनोवैज्ञानिक प्रक्रियाओं में क्षुब्धता (disturbance) की मात्रा कितनी है। इन क्षुब्धताओं की मात्रा जितनी ही अधिक होगी, मनोविकृतिजन्य व्यवहार की अभिव्यक्ति उतनी ही अधिक मात्रा में होगी।

Adler (1870-1937) फ्रायड के सहयोगी और समर्थक थे। इन्होंने वैयक्तिक मनोविज्ञान (Individual Psychology) सम्प्रदाय की स्थापना की। इनके अनुसार व्यक्ति में हीनता और श्रेष्ठता की भावनाएँ होती है जो क्षतिपूर्ति (compensation) में सहायक होती है। जब व्यक्ति जीवन में अभाव या अपूर्णता का अनुभव करता है तो उसमें हीनभावना जागृत होती है परिणामस्वरूप वह श्रेष्ठता की ओर अग्रसर होता है। व्यक्ति में निहित हीनता और अपर्याप्तता की भावना उसे शक्ति और स्वार्थसिद्धि के लिए प्रेरित करती है। इन भावनाओं की वृद्धि व्यक्ति में मनोविकृतिजन्य व्यवहार का कारण बनती है।

Carl Gustav Jung (1875-1961) भी फ्रायड के अनुयायी और सहयोगी थे। इन्होंने Analytical Psychology नामक सम्प्रदाय की स्थापना की। इन्होंने सामाजिकता के आधार पर व्यक्तित्व का वर्गीकरण किया और उसके तीन प्रमुख प्रकार—अन्तर्मुखी, बहिर्मुखी और उभयमुखी बताये हैं। अन्तर्मुखी व्यक्ति की विशेषताएँ यथा एकान्तप्रियता, आत्मकेन्द्रिता, आदर्शवाद, चिन्तन, मनन, कल्पना में विचरण, दिवास्वप्न आदि उसके मनोविकृतिजन्य व्यवहार के कारण बन जाते हैं।

(2) व्यवहारवादी उपागम *(Behaviouristic Approach)*

मनोविश्लेषणवादी तकनीकों-मुक्त साहचर्य और स्वप्न विश्लेषण से प्राप्त प्रदत्तों की वैज्ञानिकता को व्यवहारवादियों ने चुनौती दी। व्यवहारवाद के संस्थापक *J.B. Watson* (1878-1958) थे जिन्होंने व्यक्ति के जीवन में अधिगम को विशेष महत्व दिया। इस उपागम/मॉडल के विकास में वाटसन के अतिरिक्त *पावलव* (1849-1936), थॉर्नडाइक (1874-1949), *स्कीन्नर* (1904-1989) आदि मनोवैज्ञानिकों का विशेष योगदान रहा है। पावलव ने कुत्ते पर अपने अनुबन्धन सम्बन्धी अध्ययन क्रम में प्रयोगात्मक मनस्ताप (experimental neurosis) का प्रमाण प्राप्त किया।

वाटसन(Watson) ने मानसिक क्रियाओं के अध्ययन के लिए प्राणी के व्यवहार के अध्ययन को प्रस्तावित किया। *Raynor* (1920) के साथ *Watson* ने भी यह परिणाम प्राप्त किया कि अनुबन्धन के कारण दुर्भीति (phobia) सीखा जाता है। 1920 से 1960 तक अमेरिका और रूस के शैक्षिक मनोविज्ञान (academic psychology) पर व्यवहारवाद ने अपना अमिट प्रभाव डाला। व्यवहारवाद के प्रमुख बुनियादी नियम इस प्रकार है—प्राचीन एवं नैमित्तक अनुबन्धन, पुनर्बलन (reinforcement), सामान्यीकरण एवं विभेदन (generalization and discrimination), मॉडेलिंग, शेपिंग एवं अधिगम प्राणोदन (modelling, shaping and learning drives),। इस सम्प्रदाय का प्रभाव इतना पड़ा कि मानसिक रोगों के उपचार में भी अधिगम का प्रयोग होने लगा। परिणामस्वरूप मनोविश्लेषण उपचार पद्धति का स्थान व्यवहार उपचार पद्धति ने ले लिया जिसका श्रेय बैण्डुरा(*Banduara*, 1952) एवं अन्य व्यवहारवादियों को जाता है। *Wolpe* (1965) ने ऋणात्मक पुनर्बलन (negative reinforcement) द्वारा मद्यपान की आदत छुड़ाने में सफलता प्राप्त की। इसी प्रकार व्यवहारवादियों ने अनुबन्धन तथा अन्य अधिगम सिद्धान्तों के द्वारा अनेक मानसिक रोगों का उपचार किया।

इस उपागम के समर्थकों का यह मत है कि वांछित तथा सामाजिक व्यवहारों का अधिगम न कर पाने के कारण ही मनोविकृतिजन्य व्यवहार उत्पन्न होता है तथा अनाभियोजित अनुक्रियाओं (unadjusted responses) के कारण असामान्य व्यवहार विकसित होते हैं। व्यवहारवादियों ने अधिगम आधृत परिमार्जन विधि (behaviour modification technique) को विकसित किया जिसमें विकर्षणात्मक अनुबन्धन (aversive conditioning), विधेयात्मक पुनर्बलन (positive reinforcement) तथा परिवेशगत दशाओं के निराकरण (removal of environmental conditions) की विधियों का प्रयोग प्रमुखता से मानसिक रोगों के उपचार में किया जाने लगा।

व्यवहारवाद के तीन महत्वपूर्ण अभिग्रह है जिनका प्रयोग मनोविकृतिजन्य व्यवहार पर प्रत्यक्ष रूप से लागू किया जाता हैः—

(i) सभी प्रणियों का व्यवहार पर्यावरण द्वारा निर्धारित होता है चाहे वे मनुष्य हो या पशु। प्राणी का अधिगम पूर्व साहचर्यों के द्वारा निर्धारित होता है। हमारा व्यवहार पुरस्कार तथा दण्ड द्वारा परिमार्जित होता है।

(ii) प्रयोगों के द्वारा यह ज्ञान प्राप्त किया जा सकता है कि वातावरण का कौन पक्ष व्यवहार को कुप्रभावित करता है। तत्पश्चात् हम वातावरणीय कारकों को नियन्त्रित करके मनोविकृतिजन्य व्यवहार की मात्रा में ह्रास ला सकते हैं।

(iii) जब व्यक्ति वातावरण का उत्पाद (product) है, तो वातावरण में परिवर्तन करने से व्यक्ति के मनोविकृतिजन्य व्यवहार में भी परिवर्तन होगा।

व्यवहारवादियों ने इन तीनों अभिग्रहों का प्रयोग करके मनोविकृतिजन्य व्यवहार की व्याख्या की। इस अभिग्रहों के आधार पर व्यवहारवादियों ने मनोविकृतिजन्य व्यवहारों के प्रकट होने के दो कारणों को मानाः—

(i) व्यक्ति द्वारा संतोषजनक वैयक्तिक सम्बन्धों (interpersonal relations) को विकसित करने की असफलता।

(ii) मनोविकृतिजन्य व्यवहार का अधिगम।

व्यवहारवादियों के अनुसार अधिगम की दो मुख्य प्रक्रियाएँ है—पावलोवियन अनुबन्धन (Pavlovian conditioning) एवं नैमित्तक अनुबन्धन (instrumental or operant conditioning)। *पावलोवियन अनुबन्धन* में प्राणी उद्दीपक और अनुक्रिया के बीच साहचर्य कालिक (temporal) आधार पर सीखता है। मनोविकृतिजन्य व्यवहार यथा चिन्ता (anxiety), डर (fear) आदि का अधिगम पावलोवियन अनुबन्धन के द्वारा किया जा सकता है। अधिकतर सांवेगिक क्रियाओं का अधिगम पावलोवियन अनुबन्धन द्वारा ही होता है। यदि अनुबंधित सांवेगिक अनुक्रियाओं का विलोप प्रयोगात्मक विधि से कर दिया जाता है तो व्यक्ति का मनोविकृतिजन्य व्यवहार भी दूर हो जाता है। दुर्भीति (phobia) और चिन्ता विकृतियों (anxiety disorders) का उपचार पावलोवियन चिकित्सा (Pavlovian therapy) के द्वारा सफलतापूर्वक किया जा सकता है। व्यवहारवादियों ने मनोविकृतिजन्य व्यवहार के उपचार के लिए दो अन्य विधियों फ्लडिंग (Flooding) और क्रमबद्ध असंवेदीकरण (Systematic desenstization) का प्रयोग किया है। फ्लडिंग (Flooding) में व्यक्ति को लगातार कई घन्टों तक उसी वास्तविक परिस्थिति में रखा जाता है जिससे व्यक्ति विशेष में चिन्ता उत्पन्न होती है। जैसे—यदि किसी व्यक्ति को भीड़ से भय लगता है, तो निरन्तर कई घन्टों तक उसे भीड़ में रखने से उसका मौलिक भय समाप्त हो जाता है और वह व्यक्ति यह समझने लगता है कि बिना किसी सार्थक कारण के वह भीड़ से डरता था। Flooding की भाँति ही

अन्तःस्फोटात्मक चिकित्सा (Implosive therapy) का भी प्रयोग किया जाता है जिसमें रोगी को भय अथवा चिन्ता उत्पन्न करने वाली वास्तविक परिस्थिति में न रखकर उस परिस्थिति के बारे में कल्पना करने के लिए कहा जाता है। Flooding की भाँति इसका प्रभाव भी चिन्ता अथवा भय सम्बन्धी मनोविकृतिजन्य व्यवहार को दूर करने में सहायक है। क्रमबद्ध असंवेदीकरण (systematic desenstization) का विकास *Joseph Wolpe* ने किया जिसमें रोगी अत्यधिक चिन्ता उत्पन्न करने वाले दृश्यों के बारे में कल्पना करता है, साथ-ही-साथ वह उस डर के प्रति असंगत अनुक्रियाएँ (incompatible responses) भी करता रहता है। धीरे-धीरे ऐसा करने से उसके भय अथवा चिन्ता का विलोप होने लगता है।

नैमित्तक अनुबन्धन (instrumental or operant conditioning) प्रक्रिया का प्रतिपादन *Skinner* ने किया। लेकिन इनसे पहले *Thorndike* ने प्रभाव के नियम (Law of effect) का प्रतिपादन किया था। *Thorndike* के प्रभाव के नियम का नामकरण *Skinner* ने पुनर्बलन के नियम (Principle of Reinforcement) के रूप में किया गया जिसमें उद्दीपक और अनुक्रिया के बीच साहचर्य स्थापित होने की बात को न स्वीकार करके अनुक्रिया और उसके परिणाम के बीच साहचर्य स्थापित होने पर बल दिया गया। यही कारण है कि प्राणी वांछित व्यवहार को सम्पादित करके पुरस्कार तथा अवांछित व्यवहार को करने पर दण्ड का भागी होता है। परिणामस्वरूप वह वांछित व्यवहार करना चाहता है और अवांछित व्यवहार से बचना सीखता है। जब प्राणी ऐसे व्यवहारों को सम्पादित करना सीख जाता है और उसे उपर्युक्त पुनर्बलन नहीं प्राप्त होता है, तो उसमें अवसाद (depression) पाया जाता है, और उसमें अवसादपरक प्रतिक्रिया (depressive reaction) का विकास हो जाता है। ऐसे मनोविकृतिजन्य व्यवहारों के उपचार के लिए क्रिया प्रसूत चिकित्सा (operant therapy) का प्रयोग किया जाता है। इसे प्रसम्भावता प्रबन्धन (contingency management) की भी संज्ञा दी गयी है। प्रसम्भाव्यता प्रबन्धन उपचार पद्धति में अनेक विधियों का प्रयोग अधिकतर किया जाता है यथा शेपिंग टाइम आउट (Shaping time out), प्रसम्भाव्यता अनुबन्ध (Contingency contract), अनुक्रिया लागत (Response cost), सांकेतिक व्यवस्था (Token economics) आदि।

यद्यपि इस उपागम में वस्तुनिष्ठता, शोधपरक महत्व, व्यवहार परिमार्जन आदि गुण पाये जाते हैं परन्तु यह उपागम पूर्णतया दोषमुक्त नहीं है क्योंकि इसमें व्यक्तिगत अनुभूतियों की उपेक्षा की गई है, व्यवहार की अनेक जटिल विमाओं यथा आशा, प्रेम, निराशा, घृणा, विश्वास, साहस आदि को महत्व नहीं दिया गया है तथा यह उपागम प्राणी को मशीन की भाँति समझता है क्योंकि इस उपागम में निरीक्षण तथा प्रयोग पर अधिक बल दिया गया है।

(3) संज्ञानात्मक उपागम (*Cognitive Approach*)

व्यवहारवादी उपागम के विकास के प्रतिक्रिया (reaction) स्वरूप संज्ञानात्मक उपागम का आर्विभाव एवं विकास हुआ। संज्ञान (cognition) एक ऐसा शब्द है जिसका तात्पर्य सूचना संसाधन, स्मृति, प्रत्यक्षीकरण आदि मानसिक प्रक्रियाओं से लिया जाता है जिसके द्वारा व्यक्ति ज्ञान प्राप्त करता है, समस्या का समाधान करता है तथा भविष्य की योजना बनाता है। जब इन संज्ञानपरक प्रक्रियाओं में क्षुब्धताएँ (disturbances) पाई जाती है तो व्यक्ति में मानसिक विकृतियाँ उत्पन्न होती हैं और व्यक्ति का व्यवहार मनोविकृतिजन्य हो जाता है। ऐसे व्यक्तियों में विषाद (depression) पाया जाता है, तथा किसी कार्य के प्रति उनमें एकाग्रता (concentration) नहीं पाई जाती है। इसके अतिरिक्त यह भी कहा जा सकता है कि संज्ञानात्मक विकृतियों के वास्तविक कारण भी होते हैं।

संज्ञानात्मक उपागम के समर्थकों का मत है कि व्यक्ति के व्यवहार पर उसके चिंतन,

तर्कना, अवधान एवं प्रत्याशा का प्रभाव पड़ता है। जब व्यक्ति की संज्ञानात्मक प्रक्रियाएँ परिशुद्ध नहीं रहती है, वरन् दोषपूर्ण हो जाती है, तो उसमें मनोवैज्ञानिक विकृतियाँ (psychological disorders) पाई जाती है। इन संज्ञानात्मक क्रियाओं में यदि परिवर्तन लाया जाये, तो मानसिक रोगी की संज्ञानात्मक विकृतियों में कमी लायी जा सकती है और व्यक्ति का उपचार सफलतापूर्वक किया जा सकता है। इस उपागम के अनुसार व्यक्ति के व्यवहार का मापन एवं निरीक्षण तो किया ही जा सकता है, साथ-ही-साथ उनके आमत्मगत अनुभूतियों (subjective experience) का निरीक्षण एवं मापन भी वैज्ञानिक ढंग से किया जा सकता है। इस उपागम के अनुसार मानव व्यवहार का सफलतापूर्वक अध्ययन के लिए यह आवश्यक है कि उसके वाह्य व्यवहार का ही नहीं वरन् उनके आत्मगत अनुभूतियों-संज्ञान (subjective experiences cognition) का भी अध्ययन किया जाये। इसीलिए इस उपागम को *संज्ञानवादी व्यवहारवादी परिप्रेक्ष्य* (cognitive-behaviouristic perspective) भी कहा जाता है।

इस उपागम का समर्थन मुख्यतया *Bandura, Albert Ellis* एवं *Aron Beck* ने किया है परन्तु *Ellis* एवं *Beck* का प्रयास अधिक महत्वपूर्ण एवं सराहनीय है। *Ellis* एवं *Beck* ने केवल मनोविकृतिजन्य व्यवहार की व्याख्या ही नही की वरन् इनके उपचार की विधियों को भी प्रस्तावित किया है। इन उपचार विधियों को *मनश्चिकित्सा* (psychotherapy) की संज्ञा दी जाती है।

Ellis (1962) द्वारा प्रतिपादित मनश्चिकित्सा को Rational Emotive Therapy–RET कहते हैं। इनका विश्वास था कि व्यक्ति में अतार्किक विश्वास (irrational belief) के कारण ही मनोविकृतिजन्य व्यवहार उत्पन्न होते हैं, वाह्य घटनाओं के कारण ही नहीं। वाह्य घटनाओं के प्रति जब व्यक्ति अतार्किक विश्वास विकसित कर लेता है, तो उसमें मनोविकृतिजन्य व्यवहार उत्पन्न हो जाते हैं। *Ellis* द्वारा प्रतिपादित इस उपगम को *ABC model* भी कहते है। जिसमें A का तात्पर्य वाह्य घटनाओं/उत्तेजनाओं द्वारा क्रियाशील अनुभवों (activating experiences) से है, B का तात्पर्य उत्पन्न उस विश्वास (belief) से लिया जाता है जो घटनाओं/उतेजना के अतार्किक विश्वास (irrational belief) के रूप में होता है। इसी प्रकार C का तात्पर्य उस परिणाम (consequence) से होता है जो सांवेगिक भी होता है और व्यवहारिक भी। यह उपागम अतार्किक विश्वास को मनोविकृतिजन्य व्यवहार का कारण मानता है। *Beck* (1967-1976) संज्ञानपरक विकृतियों (cognitive distortions) को मनोविकृतिजन्य व्यवहारों के लिए उत्तरदायी मानते हैं। इनका मत है कि संज्ञानात्मक विकृतियों में भिन्नता होने पर मनोविकृतिजन्य व्यवहारों में भी भिन्नता पाई जाती है। संज्ञानात्मक विकृतियाँ मुख्यतया तीन प्रकार की होती है:—

(i) *अतिरंजन (Magnification)*—इस विकृति के कारण व्यक्ति छोटी-मोटी बातों को अत्यधिक महत्व देने लगते हैं।

(ii) *अतिसामान्यीकरण (Overgeneralization)*—इस विकृति के कारण साधारण घटनाओं के आधार पर बड़े-बड़े निष्कर्ष लिया करते हैं।

(iii) *चयनात्मक अमूर्तीकरण (Selective abstraction)*—इस विकृति के कारण मानसिक रोगी घटना के समस्त पक्षों पर ध्यान नहीं देता है। वह कुछ विशेष पक्षों पर ही ध्यान देता है और अन्य महत्वपूर्ण पक्षों की उपेक्षा कर देता है।

ऐसे मानसिक विकारों के उपचार के लिए उनके संज्ञानात्मक विकृतियों का ज्ञान कराना आवश्यक है। यह संज्ञानात्मक विकृतियाँ स्वतः संचालित होती है और व्यक्ति में मनोविकृतिजन्य व्यवहार का कारण बनती है। उदाहरणस्वरूप व्यक्ति में उत्पन्न उस विषाद (depression)

को लिया जा सकता है जो मित्र के द्वारा नई कार खरीदने की सूचना न मिलने पर उत्पन्न हुआ। इस उदाहरण में उपर्युक्त तीनों प्रकार की संज्ञानात्मक विकृतियाँ पाई जाती है।

संज्ञानात्मक उपागम के अनुसार मनोविकृतिजन्य व्यवहारों की उत्पत्ति में तीन कारकों की महत्वपूर्ण भूमिका है– *संज्ञानात्मक मूल्यांकन* (Cognitive appraisal), *आत्म पुनर्बलन* (Self reinforcement) तथा *सूचना संसाधन* (Information processing)। *संज्ञानात्मक मूल्यांकन* का तात्पर्य उद्दीफ्क के प्रति व्यक्ति द्वारा की गई अनुक्रियाओं से है। व्यक्ति उद्दीपक का मूल्यांकन जिस प्रकार करेगा, उसी प्रकार की अनुक्रियाएँ भी करेगा। उद्दीपक का धनात्मक मूल्यांकन होने पर व्यक्ति में समायोजनशीलता पाई जाती है जब कि ऋणात्मक मूल्यांकन व्यक्ति में मनोविकृतिजन्य व्यवहार का कारण बनता जाता है। इन संज्ञानात्मक मूल्यांकनों पर पाँच संज्ञानात्मक परिवर्त्यों का प्रभाव पड़ता है (*Walter Mischel,* 1979)—क्षमता (competence), कूटसंकेतन (encoding), प्रत्याशाएँ (expectancies), मूल्य (value) एवं योजना (plans)। क्षमता का तात्पर्य व्यक्ति के उस अनुभव से है जिसके आधार पर वह उद्दीपक का मूल्यांकन करता है। उद्दीपक के विशेष ढंग से प्रत्यक्षीकरण एवं वर्गीकरण को कूट संकेतन कहते हैं। व्यक्ति अपने पूर्व अनुभवों के आधार पर उद्दीपक के प्रति पुरस्कार अथवा दण्ड की प्रत्याशा करता है। व्यक्तियों में पाई जाने वाली मूल्य प्रणाली में भिन्नता पाई जाती है। इन्हीं मूल्यों के आधार पर वह उद्दीपकों का मूल्यांकन करता है। इसी प्रकार व्यक्ति अपने पूर्व अनुभवों के आधार पर योजनाएँ बनाता है और उद्दीपक का संज्ञानात्मक मूल्यांकन करता है। *Mischel* के अनुसार इन्हीं पाँचों संज्ञानात्मक कारकों के आधार पर व्यक्ति उद्दीपकों का मूल्यांकन भिन्न-भिन्न प्रकार से करता है जिससे उनमें मानसिक विकार उत्पन्न होते हैं।

संज्ञानात्मक उपागम में *आत्म पुनर्बलन* (self reinforcement) पर भी बल दिया गया है जो यह प्रस्तावित करता है कि उद्दीपक के प्रति किया जाने वाला व्यवहार पुरस्कार अथवा दण्ड की प्रत्याशा से प्रभावित होता है परन्तु पुरस्कार तथा दण्ड की प्रत्याशा वाह्य वातावरण से नहीं प्राप्त होते हैं वरन् व्यक्ति को यह पुरस्कार तथा दण्ड अपने अन्दर से प्राप्त आत्म अनुमोदन (self approval) के रूप में होते हैं। इसे आत्मपुनर्बलन कहते हैं। व्यक्ति के आत्म-अनुमोदन अनुभव करने पर वह मानसिक स्वास्थ्य के स्तर श्रेष्ठता की ओर अग्रसर होता है जबकि आत्म-आलोचना के अनुभव होने पर मनोविकृतिजन्य व्यवहार की उत्पत्ति होती है।

संज्ञानात्मक विकृति का तीसरा कारक सूचना संसाधन (information processing) है जिसका सम्बन्ध व्यक्ति द्वारा वातावरण से सूचनाओं के ग्रहण करने, संचित करने तथा उसके उपयोग करने से है। सूचना संसाधन में तीन प्रमुख प्रक्रियाएँ कार्य करती है—अवधान (attention), स्मृति (memory) एवं संगठनात्मक संरचनाएँ (organizing structures)। सूचना संसाधन के प्रथम चरण के रूप में अवधान को लिया जा सकता है। व्यक्ति उद्दीपक के सभी पक्षों पर ध्यान नहीं दे पाता है, वरन् चयनात्मक ध्यान (selective attention) देता है वह कुछ पक्षों पर ध्यान देता है, और कुछ पर नहीं।

जब व्यक्ति चयनात्मक अवधान में सफलता नहीं प्राप्त करता है, तो वह बहुत सी सूचनाओं से प्रभावित होने लगता है। ऐसी परिस्थिति में उसका व्यवहार असामान्य (मनोविकृतिजन्य) हो जाता है। चयनात्मक अवधान की असफलता के कारण व्यक्ति में मनोविदलता (schizophrenia) के लक्षण पाये जाते हैं। जो व्यक्ति अपने ऊपर बहुत अधिक ध्यान देते हैं, उनमें भी अनेक प्रकार के मनोविकृतिजन्य व्यवहार पाये जाते हैं। (*Ingram,* 1999)। उद्दीपकों पर आवश्यकता से अधिक ध्यान देने वाले व्यक्तियों में मनस्ताप सम्बन्धी विकृतियाँ पाई जाती है (*Butzin, Acocella & Alloy,* 1995)।

स्मृतिलोप (amnesia or memory loss) भी मानसिक विकृतियों के कारण होता है और यह विकार मस्तिष्कीय ऊतकों (brain tissues) के क्षीण या नष्ट होने से उत्पन्न होते हैं। इस सन्दर्भ में यह परिणाम भी प्राप्त किया गया है कि कुछ व्यक्तियों में अव्यक्त स्मृति (implicit memory) व्यक्ति का व्यवहार बिना चेतना के प्रभावित होता है) तो पाई जाती है परन्तु व्यक्त स्मृति (explicit memory—इससे व्यक्ति अवगत होता है) का अभाव पाया जाता है (*Damasio, Tranel & Damasio,* 1990) । कुछ मानसिक रोगी ऐसे भी होते हैं जिनके घटनात्मक स्मृति (episodic memory) में विकृति पाई जाती है परन्तु उनके अर्थगत स्मृति (semantic memory) और प्रक्रियात्मक स्मृति (procedural memory) पर कोई कुप्रभाव नहीं पड़ा। ऐसे रोगी यह नहीं बता सकते हैं कि एक दो दिन पहले के समाचार पत्रों में प्रमुख शीर्षक क्या थे? अथवा एक दो दिन पहले उनसे कौन मिला था। परन्तु रामायण महाभारत में वर्णित घटनाओं की उन्हें पूरी स्मृति होती है।

किसी क्षेत्र विशेष या पक्ष से सम्बन्धित सूचनाओं के संगठित संरचना को Schema कहते हैं। व्यक्ति सभी उद्दीपकों और कार्यों के लिए एक Schema विकसित करता है। इस प्रकार उसमें हजारों Schema पाए जाते हैं। इनमें से एक विशेष प्रकार का Schema पाया जाता है जिसे Self Schema की संज्ञा दी जाती है जिसमें व्यक्ति अपने बारे में सूचनाओं को संग्रहित एवं संगठित करता है। इसकी संगठनात्मक संरचना विशेष प्रकार की होती है जो व्यक्ति के दोषभाव (feeling of guilt), वंचन (deprivation) तथा अयोग्यता (worthlessness) आदि से प्रभावित होती है, परिणामस्वरूप व्यक्ति में अवसाद प्रवृत्ति (depressive tendency) पाई जाती है (*Breck* 1976, *Beck, Emery& Greenberg,* 1989)। संगठनात्मक संरचना का दूसरा प्रकार व्यक्ति का विश्वास (belief) है जो मनोविकृतिजन्य व्यवहार का कारण बन जाता है क्योंकि व्यक्ति में पाये जाने वाले आत्म पराजित विश्वास (self defeating beliefs) के कारण उसका व्यवहार अनुपयुक्त और अतार्किक हो जाता है और उसके व्यवहार में मनोविकृति पाई जाने लगती है (*Ellis,* 1985)। संगठनात्मक संरचना का तीसरा महत्त्वपूर्ण पक्ष जीवन कार्य (life tasks) है। व्यक्ति के Schema उसके जीवन कार्य को निर्धारित करते हैं। व्यक्ति जैसी Schema विकसित करता है, वैसे ही जीवन कार्य वह सम्पादित करेगा, जब व्यक्ति ऐसे Schema को विकसित कर लेता है जो अवास्तविक कार्यों से सम्बन्धित होता है तो व्यक्ति उनकी पूर्ति नहीं कर पाता है और समायोजन स्थापित करने के लिए आत्मपराजित उपायों (self defeating strategies) को विकसित कर लेता है, जो व्यक्ति के मनोविकृतिजन्य व्यवहार का कारण बन जाता है। ऐसी परिस्थिति से छुटकारा पाने के लिए व्यक्ति को अपने Schema को परिवर्तित करना होगा।

(4) मानवतावादी—अस्तित्वात्मक उपागम (*Humanistic-Existential Approach*)

मानवतावादी उपागम का समर्थन *William James, Gardon Allport, Abraham Maslow, Carl Rogers* आदि ने किया है जब कि अस्तित्वात्मक उपागम का समर्थन *Heidegger, Jaspers, Kierkergaard, Sartre, Paul Tillich, Rollo May* आदि ने किया है। चूँकि दोनों सम्प्रदायों (schools) के विचारधाराओं में अत्यधिक समानता थी, इसलिए आधुनिक मनोवैज्ञानिकों ने इन दोनों विचारधाराओं को यह संयुक्त नाम मानवतावादी-अस्तित्वात्मक उपागम दिया। इस उपागम का प्रारम्भ 1950 से 1960 के बीच एक 'तीसरी शक्ति' (third force) के रूप में हुआ। मनोविश्लेषणात्मक उपागम को 'प्रथम शक्ति' तथा 'व्यवहारवादी उपागम' को 'द्वितीय शक्ति' तथा इस उपागम को 'तृतीय शक्ति' का नाम दिया गया।

वास्तविकता यह है कि व्यवहारवादी विचारधारा के प्रति एक प्रतिक्रिया (reaction) के रूप में इस विचारधारा का जन्म हुआ क्योंकि मानवतावादी-अस्तित्वात्मक उपागम के समर्थकों ने व्यवहारवादी उपागम को स्वीकार नहीं किया। इनका मत था कि व्हारवादी उपागम में निरीक्षण योग्य व्यवहार (observable behaviour) तथा उद्दीपक परिस्थिति (stimulus situation) पर ही ध्यान दिया गया है तथा व्यक्ति के आन्तरिक अनुभूतियों एवं आत्म-निर्देश जैसे महत्वपूर्ण तत्त्वों की उपेक्षा की गई है जबकि यह दोनों तत्त्व मनोविकृतिजन्य व्यवहार के कारण माने जा सकते हैं।

मानवतावादी मनोवैज्ञानिकों ने व्यक्तिवादिता (individuality) को महत्व दिया है। जिसका तात्पर्य यह है कि वे व्यक्ति की विशिष्ट विशेषताओं को मुख्य मानते हैं। इस प्रकार अस्तित्ववादी भी व्यक्ति की अद्वितीयता (uniqueness) मूल्यों के अर्जन (quest for values), अर्थ की प्राप्ति, आत्मनिर्देशन और आत्मपूर्ति की स्वतन्त्रता (freedom for self-direction and self fulfillment) आदि को अधिक महत्व देते हैं। इस प्रकार हम कह सकते हैं कि दोनों उपागमों में व्यक्ति की प्रवृत्तियों पर अत्यधिक बल दिया गया है। परन्तु व्यक्ति में पाई जाने वाली प्रवृत्तियाँ व्यक्ति के असामान्य (मनोविकृतिजन्य) व्यवहार का कारण बनती है।

मानवतावादी उपागम के समर्थकों का मत है कि:—

(i) अत्यधिक मनोरचनाओं के प्रयोग से व्यक्ति यथार्थ से हट जाता है और उसमें असामान्यता आ जाती है।

(ii) प्रतिकूल दशाओं में किया गया अधिगम दोषयुक्त होता है जिससे व्यक्ति में असामान्यता के लक्षण पाये जाते हैं।

(iii) व्यक्ति जब अत्यधिक बलाघात (stress) का सामना करता है तो उसमें मनोविकृतिजन्य लक्षण पाये जाते हैं।

(iv) मानवतावादियों (*Carl Rogers*) का मत है कि व्यक्ति अपने अंतःशक्ति (potential) की जाँच करता है और उसे पूरा करने का प्रयास करता है। इसे आत्म-सिद्धि (self-actualization) कहा गया है। जब बचपन की अनुभूतियाँ आत्मसिद्धि के मार्ग से हट जाती है और उसमें मनोविकृतिजन्य व्यवहार उत्पन्न हो जाते हैं जिससे उसके चिन्तन, संवेगों और मूल्यों पर विपरीत प्रभाव पड़ता है।

(v) जब व्यक्ति का दृष्टिकोण मानवतावादी होता है, तो उसका व्यवहार रचनात्मक (constructive) तथा मित्रतापूर्ण (friendly) होता है, इसलिए कुसमायोजित व्यवहार के उत्पन्न होने की सम्भावना कम होती है परन्तु, जब इनका अभाव पाया जाता है और इनका स्थान क्रूरता, आक्रामकता और स्वार्थपरता ले लेती है, तो व्यक्ति का व्यवहार मनोविकृतिजन्य हो जाता है।

अस्तित्ववादियों ने भी मनोविकृतिजन्य व्यवहार की व्याख्या प्रस्तुत की है। इस विचारधारा के समर्थकों का मत है कि व्यक्ति संसार के साथ केवल सम्बद्धता (affiliation) ही नहीं चाहता है वरन अन्य व्यक्तियों के साथ उपयुक्त अन्तर्क्रिया (appropriate interaction) भी करना चाहता है अर्थात् वह संसार में होने (being-in-the world) की इच्छा रखता है। जब व्यक्ति समाज के साथ उपयुक्त अन्तर्क्रिया करने में अपने को असमर्थ पाता है तो उसमें विरक्ति (alienation) की भावना जन्म लेती है जिससे उसमें 'अध्यात्मिक मृत्यु' (spiritual death)

की भावना जन्म ले लेती है और वह अपने जीवन को अर्थहीन समझने लगता है। परिणाम यह होता है कि वह मृत्यु जैसे वास्तविक सत्य से डरने लगता है और उसका व्यवहार मनोविकृतिजन्य हो जाता है (*Role May, Victor Frankal, R.D. Laing*)।

अस्तित्ववादियों ने मनोविकृतिजन्य व्यवहार के निम्न कारण बताये हैं:—

(i) *May* का मत है कि प्रत्येक व्यक्ति में अपने अस्तित्व का सदुपयोग/दुरुपयोग करने की क्षमता होती है। वह संसार में अपने अस्तित्व के कारण अपने ऊपर जीवन का उत्तरदायित्व समझता है। व्यक्ति के रूप में अपने जीवन को बनाना और रचनात्मक तथा सार्थक जीवन के लिए प्रयास करना वह अपना कर्त्तव्य समझता है। परन्तु जब वह अपने इस स्थायी आधार को असुरक्षित समझता है, तो उसमें मनोविकृति का विकास पाया जाता है।

(ii) *Freud* के शिष्य *Frankal* ने असामान्यता की व्याख्या के लिए अध्यात्मिक जिन्दगी (spiritual life) को महत्व दिया है। इनका मत है कि व्यक्ति में न तो आनन्द की इच्छा (will-to-please) महत्वपूर्ण स्थान रखती है और न शक्ति की इच्छा (will-to-power) वरन् उसमें अर्थ-की-इच्छा (will-to-meaning) की प्रमुखता पाई जाती है। *अर्थ-की-इच्छा* का तात्पर्य उस प्रयास से लिया जाता है जब व्यक्ति अपने कुंठित, जटिल एवं सीमित अस्तित्व के लिए उचित कारण ढूँढने का प्रयास करता है। यह तभी सम्भव होता है जब व्यक्ति में अपने मूल्य की भावना विकसित हो। स्व मूल्य का विकास व्यक्ति के अपने कार्यों से तथा अन्य लोगों द्वारा प्राप्त स्नेह और सम्मान से होता है। जब व्यक्ति में ऐसे मूल्यों के विकास में अवरोध उत्पन्न होता है तो उसके व्यवहार में असामान्यता पाई जाती है।

(iii) *Laing* का मत है कि व्यक्ति में पाये जाने वाले व्यक्तिगत सम्बन्ध (personal relationship) उसके अस्तित्व का निर्माण करते हैं। इनका मत है कि अन्य व्यक्तियों से विकसित सम्बन्धों पर व्यवहार की असामान्यता निर्भर करती है। जब समाज अथवा परिवार के सदस्य उसे असत्य स्व (false-self) विकसित करने के लिए प्रेरित करते हैं, अर्थहीन लक्ष्यों (meaningless goals) को प्राप्त करने के लिए बाध्य करते हैं, तथा उससे दुहरी भूमिकाएँ (double roles) करने के लिए बाध्य करते हैं तो परिणाम यह होता है कि सत्य आत्म (true self) पर असत्य आत्म (false self) आच्छादित कर लेता है, और व्यक्ति मनोविकृतिजन्य व्यवहार प्रदर्शित करने लगता है क्योंकि वह अपने असत्य आत्म (false-self) को बनाये रखने में अपने को असमर्थ पाता है और वह यथार्थ जगत से सम्बन्ध तोड़कर काल्पनिक जगत में भ्रमण करने लगता है।

इस प्रकार यह कहा जा सकता है कि मानवतावादी-अस्तित्ववादी उपागम के अनुसार व्यक्ति में मनोविकृतिजन्य व्यवहार के पाये जाने का कारण व्यक्ति का अपने आप को स्वीकार करने की असमर्थता, उत्तरदायित्व निर्वाह करने की अयोग्यता तथा व्यक्तिगत लक्ष्यों को प्राप्त करने की असमर्थता है।

(5) अन्तरवैयक्तिक उपागम *(Interpersonal Approach)*

मनुष्य एक सामाजिक प्राणी है। वह समाज के अन्य सदस्यों के साथ अन्तर्क्रिया करता है। जब व्यक्ति की सामाजिक अन्तर्क्रिया अनम्य (rigid) हो जाती है तो वह सामाजिक परिस्थिति के माँग के अनुरूप नहीं हो पाती है, परिणामस्वरूप व्यक्ति का व्यवहार मनोविकृतिजन्य हो

जाता है। व्यक्ति की सामाजिक अन्तर्क्रियाओं का अध्ययन करके असामान्य व्यवहारों का पता लगाया जाता है। *Alfred Adler, Erich Fromm, Karen Horney, Erick Erickson, Harry Stack Sullivan* ने इस उपागम को मान्यता प्रदान की है। इनके अतिरिक्त *Carson* (1979), *Kresler* (1983), *Leiry* (1957), *Wiggins* (1982) ने भी इस उपागम को मान्यता प्रदान की है। यद्यपि असामान्य व्यवहार की व्याख्या में इनमें मतैक्य नहीं है परन्तु इस बात पर सभी सहमत है कि जब व्यक्ति का समाज के अन्य व्यक्तियों खासकर वैसे व्यक्तियों से जिन्हें वह अपने लिए महत्वपूर्ण समझता है, भूत या वर्तमान में असंतोषजनक सम्बन्ध होता है, तो उससे मनोविकृतिजन्य व्यवहार का जन्म होता है। इस सम्बन्ध में *Sullivan* का विचार अत्यधिक महत्वपूर्ण है।

अन्तर्वैयक्तिक उपागम के अनुसार व्यक्तित्व का विकास अन्तर्वैयक्तिक सम्बन्धों पर निर्भर करता है। व्यक्तित्व विकास की प्रक्रिया अनेक अवस्थाओं से होकर गुजरती है और प्रत्येक अवस्था में अन्तर्वैयक्तिक सम्बन्धों के भिन्न-भिन्न प्रतिरूप पाये जाते हैं। किसी अवस्था में वह अपने माता-पिता से अन्तर्क्रिया करता है तो किसी अवस्था में वह अपने उम्र के किशोरों से अन्तर्क्रिया करता है। जब व्यक्ति विभिन्न अवस्थाओं में से किसी भी अवस्था में यदि उपर्युक्त सामाजिक अन्तर्क्रिया को नहीं विकसित कर पाता है, तो उसका व्यवहार मनोविकृतिजन्य हो जाता है। *Sullivan* ने शैशवावस्था के अन्तर्वैयक्तिक सम्बन्धों को अधिक महत्व प्रदान किया है। उनका मत है कि माता-पिता के तिरस्कृत व्यवहार से बच्चों में निषेधात्मक आत्म-प्रतिमा (negative self image) का विकास होता है जो व्यक्ति के असामान्य व्यवहार का कारण बनती है। ऐसे बच्चे अपनी चिन्ता को सुरक्षा प्रदान करने के लिए अहं प्रतिरक्षक मनोरचनाओं (ego defense mechanism) का प्रयोग करने लगते हैं, उसके प्रत्यक्षीकरण तथा संसार की वास्तविकताओं में विसंगतियाँ पायी जाती है।

अन्तर्वैयक्तिक उपागम के सन्दर्भ में सामाजिक विनिमय उपागम (social exchange approach) के विकास में अधिकांश योगदान *Thibault & Kelly* (1959) और *Homans* (1961) का है। इस दृष्टिकोण के अनुसार व्यक्ति अपनी आवश्यकताओं की पूर्त्ति के लिए अन्तर्क्रिया करता है। इसका तात्पर्य यह है कि सम्बन्ध रखने के फलस्वरूप प्रत्येक व्यक्ति अन्य व्यक्ति से कुछ चाहता है। इस प्रकार वह एक प्रकार का विनियम (exchange) करता है, वह व्यापार करता है, सौदेबाजी (bargaining) करता है। इस प्रकार वह पुरस्कार तथा लागत (लाभ/हानि) के सन्दर्भ में सामाजिक सम्बन्धों को देखता है। जब लाभ अधिक और लागत कम होता है, तो सामाजिक सम्बन्ध बने रहते हैं, अन्यथा टूट जाते हैं।

अन्तर्वैयक्तिक सम्बन्धों पर सामाजिक भूमिकाओं (social roles) का भी प्रभाव पड़ता है। समाज प्रत्येक व्यक्ति से उसकी योग्यता के अनुसार विशिष्ट भूमिका की प्रत्याशा करता है जिससे सामाजिक कार्यों का सम्पादन सरलता और सुलभता से हो सके। जब प्रत्याशा के अनुसार व्यक्ति भूमिका नहीं करते हैं, तो व्यक्ति के सम्बन्धों में घनिष्ठता का अभाव पाया जाता है जो असामान्यता की ओर संकेत करता है।

अन्तर्वैयक्तिक उपागम का एक अन्य पक्ष अन्तर्वैयक्तिक समंजन (interpersonal accomodation) से है। जब व्यक्ति अन्तर्क्रिया के लिए उपयुक्त प्रतिमान विकसित कर लेते हैं, जिसके आधार पर वह अन्य व्यक्तियों से संतोषजनक सम्बन्ध स्थापित करता है। इस अन्तर्वैयक्तिक समंजन में व्यक्ति वाचिक और अवाचिक दोनों संकेतों का प्रयोग करता है। जब व्यक्ति द्वारा प्रयुक्त संकेत सम्प्रेषण के लिए अनुपयुक्त रहता है, तो सम्प्रेषण सफल नहीं होता है और असामान्य व्यवहार का कारण बन जाता है।

जब व्यक्ति सामाजिक माँगों के अनुरूप व्यवहार में नम्यता (flexibility) को नहीं प्रदर्शित करता है वरन् दृढ़ता (rigidity) के प्रतिरूप को प्रदर्शित करता है, तो व्यक्ति का अन्तर्वैयक्तिक अनुकूलन (interpersonal accomodation) कुप्रभावित होता है जो मनोविकृतिजन्य व्यवहार के लिए उत्तरदायी होता है (*Carson & Butcher,* 1992)। जब अन्तर्वैयक्तिक समायोजन उपयुक्त रहता है, तो इससे व्यक्ति को अपने लक्ष्यों की प्राप्ति में, पारस्परिक आवश्यकताओं की पूर्ति में तथा संतोषजनक सम्बन्ध बनाने में सहायता मिलती है। अन्तर्वैयक्तिक समायोजन के अनुपयुक्त होने पर व्यक्ति आवश्यकताओं की पूर्ति में अपने आप को असफल मानता है, तथा विरक्ति की भावना उत्पन्न होती है और उसका व्यवहार दोषपूर्ण हो जाता है।

सामाजिक-सांस्कृतिक उपागम (*Socio-Cultural Approach*)

मनुष्य और उसके व्यवहार के विकास में सामाजिक तथा सांस्कृतिक कारकों का महत्वपूर्ण योगदान है। इसीलिए व्यक्ति को अपने समाज एवं सभ्यता का दर्पण माना जाता है। बीसवीं शताब्दी में मानव व्यवहार के अध्ययन में समाजशास्त्रियों एवं मानवशास्त्रियों का प्रमुख योगदान रहा है। इन्होंने मानव व्यवहार के विकास में सामाजिक-सांस्कृतिक कारकों पर अधिक बल दिया है। सामाजिक-सांस्कृतिक कारक जहाँ समाज के मूल्यों एवं मानकों को प्रतिबिम्बित करते हैं वहीं इस तथ्य पर भी प्रकाश डालते हैं कि मनोविकृतिजन्य व्यवहार के लिए सामाजिक-सांस्कृतिक कारक भी कम उत्तरदायी नहीं है। यही नहीं, सामाजिक तथा सांस्कृतिक दशाएँ शारीरिक तथा मानसिक रोगों में परिवर्तन के लिए उत्तरदायी है। *Franz Boas, Ruth Benedict, Ralph Linton, Kardner, Margaret Mead* जैसे समाजशास्त्रियों एवं मानव-शास्त्रियों ने सामाजिक-सांस्कृतिक दृष्टिकोण के विकास में महत्वपूर्ण भूमिका अदा की है।

अन्र्तसांस्कृतिक अध्ययनों से इस तथ्य पर प्रकाश पड़ता है कि सामाजिक-सांस्कृतिक दशाओं की मनोविकृतिजन्य व्यवहार में महत्वपूर्ण भूमिका है। जैसा कि ***Draguns & Phillips*** (1972) का मत है कि "*......the features of our own culture often escapes notice unless they are highlighted by comparison with other cultures and the role that social and cultural factors play in causing psychopathology and in shaping its manifestations can only be brought to the fore by systematic comparison of social and psychopathological variables in several cultures*."

सामाजिक-सांस्कृतिक कारकों को धीरे-धीरे बढ़ती मान्यता के साथ लोगों का ध्यान रोगी से हटकर सामाजिक एवं सांस्कृतिक कारकों पर केन्द्रित होने लगा और इस मान्यता को बल प्राप्त होने लगा कि व्यक्ति में पाये जाने वाले मनोविकृतिजन्य व्यवहारों का कारण आन्तरिक दोषयुक्त प्रक्रियाएँ नहीं है, वरन् इनकी उत्पत्ति एवं विकास समाज एवं संस्कृति में निहित कारकों से होती है। इसीलिए *Lennard & Bernstein* (1969) ने अपना यह मत प्रकट किया है कि मनोविकृतिजन्य व्यवहार के उद्भव का केन्द्र व्यक्ति नहीं है, वरन् इसके कारण उसके सामाजिक सन्दर्भ में निहित होते हैं। परिणामस्वरूप मानसिक स्वास्थ्य आन्दोलन (Mental Health Revolution) चल पड़ा है जो मानसिक रोगों की उत्पत्ति (causation), उपचार (treatment) तथा बचाव (prevention) के सम्बन्ध में व्यक्ति के सामाजिक-सांस्कृतिक वातावरण के मूल्यांकन पर बल देता है।

सामाजिक-सांस्कृतिक उपागम के तीन उप-उपागम (sub-approach) है—सामाजीकरण उपागम (socialization approach), सामाजिक विघटन उपागम (social disorganization approach), एवं सांस्कृतिक उपागम (cultural approach)।

सामाजीकरण से सम्बन्धित उपागम सामाजिक अधिगम प्रारूप (social learning model) से सम्बन्धित है जो यह प्रस्तावित करता है कि मनोविकृतिजन्य व्यवहार की व्याख्या दोषपूर्ण सामाजीकरण के कारण होता है। सामाजीकरण सामाजिक अधिगम की ऐसी प्रक्रिया है जिसके द्वारा यह ज्ञात किया जा सकता है कि व्यक्ति सामाजिक मानकों के प्रति किस प्रकार व्यवहार करता है। सामाजीकरण की यह प्रक्रिया माता-पिता की विकृत मनोवृत्तियाँ (distorted parental attitudes-*Vaillant* 1974; *Loney,* 1973), बच्चों की पालन-पोषण प्रणाली (child rearing practices-*Kogelschatz, Adme & Tucker,* 1992; *Kisker,* 1994), पारिवारिक विकृति (family pathology-*Anthony & Koupernik,* 1994; *Kammeier,* 1991; *Grunebaum,* 1995; *Lids,* 1995; *Clausen & Yarrow,* 1995) आदि के कारण उत्पन्न एवं विकसित होती है।

सामाजिक-विघटन उपागम मनोविकृतिजन्य व्यवहार की व्याख्या सामान्य सामाजिक विकृति (general social pathology) के रूप में करता है। यह उपागम सामाजीकरण उपागम से इस दृष्टिकोण से भिन्न हैं कि यह उपागम(सामाजिक विघटन उपागम) सांस्कृतिक विघटन (cultural disintegration—*Heighton* et. al. 1961; *Schmidt,* 1973), गतिशीलता (स्थान परिवर्तन) एवं प्रवसन (Mobility and Migration—*Keller,* 1975; *Luccioni & Scotto,* 1974;), सामाजिक आर्थिक वंचन(Socio-economic deprivation-*Hollingshead & Redlich,* 1958; *Lantz,* 1953; *Brenner* (1973) आदि कारकों पर बल देता है।

इसी प्रकार सांस्कृतिक उपागम मनोविकृतिजन्य व्यवहार की व्याख्या सांस्कृतिक एवं सामाजिक मानकों (cultural and social norms) के रूप में करता है। यह उपागम यह प्रस्तावित करता है कि कौन-सा व्यवहार मनोविकृतिजन्य कहलायेगा, इसका निर्धारण उस व्यक्ति की संस्कृति के द्वारा किया जाता है। मनोवैज्ञानिकों एवं मानवशास्त्रियों ने यह परिणाम प्राप्त किया है कि संस्कृति में व्यवहार सम्बन्धी मानकों एवं आदत सम्बन्धी विचित्रताओं के कारण मानसिक विकृतियाँ उत्पन्न होतो है। ऐसी विकृतियों को मोहक विकृति (exotic disorder) कहते हैं जिससे व्यक्ति में Arctic hysteria पाया जाता है (*Bargoras,* 1949)। *Brill* (1943) ने Pibloktoq नामक मानसिक विकृति का पता लगाया जो इस्कीमो जनजाति के औरतों में पाया गया जिसमें औरतें नाचने, चिल्लाने, गाने, दौड़ने लगती थी और अपने वस्त्र फाड़ डालती थी। यह विकृतियाँ दो प्रकार की होती है—Amok और Latal Amok में व्यक्ति दूसरे व्यक्ति को जान से मार डालने के विचार से आक्रमण कर बैठता है (*Van Loon,* 1972) जबकि Lata में महिलाएँ इतनी भयभीत हो जाती है कि वह घटित हो रही घटना को दुहराती जाती हैं तथा बोलते समय हकलाती हैं। खास बात यह है कि यह महिलाएँ गंदी बातों को दुहराने में भी हिचक नहीं अनुभव करती है।

सांस्कृतिक प्रारूप(उपागम) संस्कृति की विशेषताओं को मनोविकृतिजन्य व्यवहार का कारण मानता है क्योंकि भिन्न-भिन्न संस्कृतियों में भिन्न-भिन्न प्रकार की सांस्कृतिक विशेषतायें पाई जाती हैं। इसीलिए ***Lennard & Bernstein*** (1996) ने अपनी पुस्तक *'Patterns in Human Interaction'* में यह निष्कर्ष प्रस्तुत किया है कि, *''चिकित्सकीय या दोषपूर्ण अन्तःशक्ति प्रायः सामाजिक वातावरण में होती है न कि व्यक्तियों के भीतर''* ...... (***Therapeutic or damaging potentials often inhere in social contexts rather than individuals***).

तन्त्रिका दैहिक उपागम (*Neurophsysiological Approach*)

चिकित्सकीय (medical) अथवा जैविक (biological) उपागम के अनुसार आंगिक अनियमितता के परिणामस्वरूप मनोवैज्ञानिक समस्याएँ उत्पन्न होती है। इस उपागम के समर्थकों ने यह प्रस्तावित किया है कि मनोविकृतिजन्य व्यवहारों का कारण आघात (strokes), मेरुरज्जु क्षति (spinal cord injury), जैवरसायनिक असन्तुलन (biochemical imbalance), हारमोन सम्बन्धी क्षुब्धताएँ (harmonal disturbances), आनुवंशिकता (heredity) आदि हो सकते हैं। चिकित्सकीय उपागम के अन्तर्गत तन्त्रिका दैहिक (neurophysiological), तन्त्रिका रसायनिक (neurochemical) तथा आनुवंशिक कारकों को लिया जा सकता है।

मनोविकृतिजन्य व्यवहारों की व्याख्या के लिए तन्त्रिका दैहिक उपागम यह प्रस्तावित करता है कि स्नायविक अवयवों में विकार मस्तिष्क मस्तिष्क ऊत्तकों (brain tissues) में रुकावट से सम्बन्धित होता है। कुछ मनोविकृतियाँ तन्त्रिकापरक (neurological) होती है जो जैविक या रसायनिक कारकों से मस्तिष्क के कार्यों में रुकावट के कारण उत्पन्न होती है, फलस्वरूप अधिकांश रोगियों में मनोवैज्ञानिक या व्यवहारिक परेशानियाँ उत्पन्न होती हैं। स्नायुतन्त्रीय क्षति (neruological damage) के फलस्वरूप व्यक्ति को समायोजन (coping) में परेशानी होती है। जब मस्तिष्क में संरचनात्मक क्षति पाई जाती है, तो व्यक्ति में व्यवहारिक क्षति (behavioural damage) जैसे स्मृति-ह्रास पाई जाती है।

मनोविकृति व्यवहार का कारण तन्त्रिका-कोशिका (neuron) का क्षतिग्रस्त होना है। क्षति के परिणामस्वरूप मस्तिष्क ऊतक (brain tissue) के सामान्य कार्य में बाधा पहुँचती है। मस्तिष्क ऊतक (brain tissues) में क्षति का कारण मस्तिष्क आघात (brain strokes), सुषुम्ना में चोट (spinal cord injury), मस्तिष्क क्षति (brain injury), संक्रमण (infection), स्नायु तन्त्र के मुख्य मार्ग पर आक्रमण करने वाली बीमारियाँ (diseases that strike of the core of NS), विषैले पदार्थों का उपयोग (exposure to toxic substances), मद्यपान तथा अन्य औषधियों के उपयोग (addiction to alcohol and other drugs) के कारण होता है।

सामान्य अवस्था में तन्त्रिका (neuron) का अक्षतन्तु (axon) जो मायलिन खोल (myelin sheath) से संरक्षित होता है, नहीं टूटता है। परन्तु मस्तिष्क ऊतकों (brain tissues) में क्षति से अक्षतन्तु (axon) या तो ऐंठ जाता है या मुड़ जाता है। परिमणामस्वरूप तन्त्रिकाओं (neurons) के बीच संचार प्रक्रिया में अवरोध पाया जाता है। यदि मस्तिष्क ऊत्तकों को गम्भीर क्षति हुई है तो अक्षतन्तुओं (axon) में सूजन आ जाती है और तन्त्रिकाओं के बीच एकीकरण समाप्त हो जाता है। जब अक्षतन्तु कम क्षतिग्रस्त होते हैं, तो उनके सामान्य हो जाने की सम्भावना अधिक रहती है।

मस्तिष्क ऊतकों (brain tissues) में क्षति होने पर व्यक्ति में लकवा (paralysis), गतिक विकृतियाँ (motor disorder), विचार एवं वाणी विकृतियाँ (thought and speech disorders), कुंठित संवेग (blunted emotion), व्यक्तित्व में परिवर्तन (changes in personality), सांवेदिक क्षमता, चेतना और स्मृति में कमी (loss of sensory capabilities, consciousness and memory) जैसे विकार उत्पन्न हो जाते हैं।

मस्तिष्क के अलग-अलग भाग अलग क्षमताओं एवं व्यवहारों को नियन्त्रित करते हैं। मस्तिष्क के जिस भाग के ऊतक क्षतिग्रस्त होते हैं, उससे सम्बन्धित क्षमता और व्यवहार में विकृति पाई जाती है। मस्तिष्क के प्रमुख भाग, उनसे सम्बन्धित क्षमता एवं व्यवहार का वर्णन इस प्रकार है:—

(1) मस्तिष्क स्तम्भ (*Brainstem*)

(i) अन्तस्था (*Medulla*)—जीवनोपयोगी अनैच्छिक कार्यों का नियन्त्रण (साँस लेना)।

(ii) **निसेतु** *(Pons)*—निद्रा और उत्तेजना (जागरण)

(iii) **जालीय संरचना** *(Reticular formation)*—यह जाल जैसी कोशिकाओं का एक समूह है जो संवेदी सूचनाओं को निस्यन्दक (filter) करती है और निद्रा, जागरण और ध्यान के नियन्त्रण में सहयोग देती है।

(iv) **लघु मस्तिष्क** *(Cerebellum)*—संतुलन और समन्वय में इस भाग की महत्वपूर्ण भूमिका होती है। लघु मस्तिष्क के ऊतकों में क्षति होने पर माँसपेशीय संतुलन और माँसपेशीय समन्वय में अस्तव्यस्तता पाई जाती है। यही नहीं, स्वैच्छिक गतियों की स्थिति भी गम्भीर हो जाती है।

(2) लिम्बिक प्रणाली *(Limbic System)*

इसके द्वारा स्मृति, अभिप्रेरणा और संवेग के नियन्त्रण में सहायता मिलती है।

(i) **थैलेमस** *(Thalamus)*—संवेदी सूचनाओं के लिए यह Relay station (प्रसारण केन्द्र) का कार्य करता है।

(ii) **एमेगडाला** *(Amygdala)*—इसका सम्बन्ध भय, क्रोध और आक्रामकता से है।

(iii) **हिप्पोकैम्पस** *(Hippocampus)*—मस्तिष्क के इस भाग की महत्वपूर्ण भूमिका स्मृति निर्माण में है। इसके क्षतिग्रस्त होने पर व्यक्ति नई घटना या सूचना को अपने मस्तिष्क में अधिक समय के लिए नहीं संग्रहित कर पाता है।

(iv) **हाइपोथैलेमस** *(Hypothalamus)*—यह स्वायत तन्त्रिका तन्त्र (ANS) संवेगों और मूल प्रवृत्तियों को नियन्त्रित करता है।

(3) प्रमस्तिष्क वल्कुट *(Cerebral Cortex)*

मस्तिष्क का 80% भाग प्रमस्तिष्क वल्कुट होता है। मस्तिष्क का यह भाग उच्च क्रम की मानसिक प्रक्रियाओं को नियन्त्रित करता है। यह दो गोलार्द्ध (hemisphere) तथा चार खण्डों (lobes) में बँटा हुआ है। दो गोलार्द्धों (hemisphers)—left hemisphere और right hemishpere में प्रमस्तिष्क वल्कुट बँटा हुआ है।Left hemisphere भाषा का केन्द्र है जो भाषागत योग्यता को नियनित्रत करता है। जबकि Right hemisphere अवाचिक कार्यों से सम्बन्धित है जो संज्ञानात्मक कार्यों एवं क्षमताओं को नियन्त्रित करता है। जब बायाँ गोलार्द्ध (left hemisphere) क्षतिग्रस्त हो जाता है, तो पढ़ने-लिखने की क्षमता, मानसिक अंकगणित(mental airthematic), अल्पकालिक स्मृति में समस्याएँ उत्पन्न हो जाती हैं। इसी प्रकार दायें गोलार्द्ध (right hemisphere) के क्षतिग्रस्त होने पर रोगी में Apraxia नामक रोग उत्पन्न हो जाता है जिससे उसके अवाचिक कौशलों में कमी आती है। यही नहीं, व्यक्ति के पुर्नसंज्ञान, दृष्टिगत तथा श्रवण उद्दीपकों के प्रति तथा स्थानगत प्रतिरूप के स्मृति में समस्याएँ उत्पन्न हो जाती है।

(4) कारपस कैलोसम *(Carpus Callosum)*

मस्तिष्क के दोनों गोलार्द्ध आपस में corpus collosum के माध्यम से जुड़े होते हैं। इसमें क्षति होने पर पूर्ण या आंशिक रूप से बायां हाथ Apraxia से ग्रस्त हो जाता है।

(5) निओकोरा *(Neocorta/Lobes)*

प्रमस्तिष्क वल्कुट चार भागों में बँटा होता है:—

(i) **अग्रखण्ड** *(Frontal lobe)*—इसके द्वारा गत्यात्मक क्रियाओं(motor activities) तथा उच्च विचार प्रक्रियाओं(higher thought process) का ज्ञान होता है। जब इसके तन्त्रिकाओं में क्षति होती है तो अनेक समस्याएँ उत्पन्न होती है, यथा आवेगों का बढ़

जाना, नियन्त्रण में कमी, सामाजिक सम्बन्धों में अपरिपक्वता के लक्षण, उदासीनता में वृद्धि, पहलकदमी और प्रेरक की कमी, संवेगात्मक अभिव्यक्ति कमी आदि।

(ii) **शंख खण्ड** (*Temporal lobe*)—इसके द्वारा हमें श्रवण संवेदना होती है। इस खण्ड की तन्त्रिकाओं के क्षतिग्रस्त होने पर श्रवणपरक या दृष्टिपरक लक्षण उत्पन्न हो जाते हैं। यदि क्षति शंख खण्ड के निचले हिस्से के Hippocampus और Amygdala में होती है तो STM से LTM में मजबूत होने की क्रिया में कमी हो जाती है।

(iii) **मध्य खण्ड** (*Parietal lobe*)—इसके द्वारा मूलतः शारीरिक संवेदनाओं का ज्ञान होता है।

(iv) **पृष्ठ खण्ड** (*Occipital lobe*)—इसके द्वारा दृष्टि संवदेना का ज्ञान होता है और श्रवण प्रत्यक्षीकरण होता है।

तन्त्रिका-रसायनिक उपागम (*Neurochemical Approach*)

इसे तन्त्रिका-प्रेषक उपागम (neurotransmitter approach) उपागम भी कहते हैं। अनेक परिस्थितियाँ स्नायुकोष (neurons) को बिना स्थायी क्षति पहुँचाए मस्तिष्क के सूचना संसाधन (information processing) क्षमता में अवरोध डालती है। ऐसी परिस्थितियाँ स्नायु कोशिका (neuron) के सामान्य प्रकार्य विशेष रूप से रसायनिक सन्दर्भ को परिवर्तित करती हैं, परिणामस्वरूप व्यवहार परिवर्तित हो जाता है। स्पष्ट है कि मस्तिष्क में जैव रसायनिक असन्तुलन (bio-chemical imbalance) के परिणामस्वरूप मनोविकृतिजन्य व्यवहार की उत्पत्ति होती है। बलाघात (stress) से भी जैव रसायनिक असन्तुलन पाया जाता है।

हमारे मस्तिष्क के केन्द्रिय तन्त्रिका तन्त्र (CNS) में सूचनाओं का सम्प्रेषण तन्त्रिका रसायन के माध्यम से होता है जिसे तन्त्रिका प्रेषक (nerurotransmitter) कहा जाता है। एक तन्त्रिका कोश (neuron) के अक्षतन्तु अन्तस्थ (axon terminal) और दूसरे अक्षतन्तु (axon sendrites) के बीच (.0002 m.m.) का है। इस रिक्त स्थान को स्नायु सन्धि (synapses) कहते हैं। जब स्नायु प्रवाह तन्त्रिका कोशिका (neuron) के अक्षतन्तु छोर (axon terminal) में पहुँचता है तो उसमें विद्यमान रसायनिक पदार्थ (neurotransmitter) निकलकर सिनाप्टिक स्पेस (synaptic space) में पहुँच जाता है जिसे तन्त्रिका कोशिका (neuron) के वृक्षिकाओं (dendrites) के ग्रहण स्थलों (reception sites) द्वारा ग्रहण कर लिया जाता हैं। इस प्रकार तन्त्रिका तन्त्र (nervous system) में सूचनाओं का सम्प्रेषण तन्त्रिका प्रेषकों (neuro-transmitters) के द्वारा होता है।

वैज्ञानिकों द्वारा 50 प्रकार के (neurotransmitters) की पहचान की गई है जो सभी सूचनाओं को तन्त्रिका कोशिकाओं (neurons) तक पहुँचाते हैं। लेकिन विभिन्न प्रकार के रसायनिक प्रेषक (chemical transmitters) विभिन्न प्रकार की सूचनाओं का प्रसारण करते हैं। कुछ का प्रभाव उत्तेजक (excitatory) होता है और कुछ का अवरोधक (inhibitory)। कुछ प्रेषकों (transmitters) के क्रिया करने की गति मंद होती है और कुछ की तीव्र। परिणामस्वरूप कुछ (transmitters) तीव्र गति से प्रभावित करते हैं और कुछ मंद गति से।

तन्त्रिका वैज्ञानिकों (neuro scientists) ने तन्त्रिका प्रेषकों (nerotransmitters) को तीन मूल समूहों में बाँटा है:—

(1) संस्थापित तन्त्रिका प्रेषक (Classical Neurotransmitters)
(2) एमिनोऐसिड तन्त्रिका प्रेषक (Aminoacid Neurotransmitters)
(3) न्यूरोपेप्टाइडस (Neuropeptides)

(क) संस्थापित तन्त्रिका प्रेषक
(Classical Neurotransmitters)

कुछ प्रमुख तंत्रिका प्रेषक (neurotransmitters) और उनके कार्य इस प्रकार हैं:—

Name	Location	Function	Effects
(i) Acetyl-choline (Ach)	सम्पूर्ण मस्तिष्क विशेषकर नियोकारटेक्स (Neocortex)	मस्तिष्क और ANS के उत्तेजनात्मक (muscle movement) और अन्य कार्यों में अवरोधात्मक	मांसपेशीय गतियों (muscle movement), संज्ञानात्मक प्रकार्यों (cognitive funct-ioning), अधिगम एवं स्मृति में सहायक, संवदेनशून्यता (anesthesia) और निद्रा (sleep) में Ach का स्तर निम्न, ऐंठन (convulsion) में Ach का स्तर उच्च, Ach से सम्बन्धित तन्त्रिका प्रेषक (neuron) कोलिनेरजिक (cholinergic) में क्षति होने पर स्मृति ह्रास और Alzheimer नामक संज्ञानात्मक विकृति हो जाता है।
(ii) Norepine-phrine (NE)	मस्तिष्क के ऊर्ध्वाधर (ventral) भाग, Hypothalamus, Cerebellum, Spinal cord, Neocortic	सामान्यतः व्यवहारिक स्तर पर उत्तेजनात्मक	अत्यधिक NE होने पर उन्माद (manic) तथा NE के कम होने पर अवसाद (depression) नामक मनोविकृति NE के शून्य होने पर उन्माद (manic)
(iii) Serotonin	Lower pons and medualla	अवरोधात्मक, धीमा	इसकी गतिविधि निद्राकारक होती है। इसकी कम मात्रा होने पर अवसाद तथा अधिक मात्रा होने पर संवेगात्मक उत्तेजना का कारक Serotonin में असन्तुलन होने पर मनोविदलता (schizophrenia) के लक्षण उत्पन्न होते हैं।
(iv) Doma-pine	Brain	शुद्ध रूप से उत्तेजक या अवरोधक नहीं, लेकिन कुछ अधिक जटिल सामंजस्य भूमिका	माँसपेशीय विकृति (Muscle disorders) मानसिक विकृति (Mental disorder), पारकिन्सन्स (Parkinson's disease) पेशीय क्रियाओं से

Name	Location	Fuction	Effects
			सम्बद्ध कमी होने पर पारकिन्सन रोग, अधिकता से मनोविदलता, मस्तिष्क में जैवरसायनिक प्रकार्यों पर इसका व्यापक प्रभाव।
(v) Endor-phine	Brain, spinal cord	प्राथमिक रूप से अवरोधात्मक परन्तु Hippocampus में नहीं	दर्द निरोध (pain suppr-ession), आनन्द का अनुभव (pleasurable feeling), भोजन इच्छा (appetites)
(vi) Aden-osine Triphos-hphate (ATP)	पूरे तन्त्रिका तन्त्र	उत्तेजनात्मक	स्मृति।

(ख) एमिनोएसिड तंत्रिका प्रेषक
(Amino-Acid Neurotransmitters)

(i) Gamm-aminobutyric Acid (GABA)	पूरे तंत्रिका तंत्र	अवरोधक	भोजन, आक्रामकता एवं निद्रा
(ii) Glatamic acid and aspartic acid	retina, auditory nerve, brain	उत्तेजनात्मक	इसकी प्रचुरता मस्तिष्क को कार्य करने के लिए जैव रसायनिक शक्ति देता है।
(iii) Glycine	hind brain	महत्वपूर्ण अवरोध	गतिक सूचना के सुषुम्ना सम्प्रेषण में महत्वपूर्ण भूमिका

(ग) न्यूरोपेप्टाइड्स
(Neuropeptides)

(Any of the group of organic compounds consisting of two or more amino acids bounded in sequence.)

Peptides को मस्तिष्क में सक्रिय neurotransmitters की तरह क्रियाशील माना जाता है जिसकी पहचान अतांत्रिका तन्त्र (non-nervous) के रूप में की गई है जैसे आमाशान्त्र क्षेत्र (gastrointestinal tract)। शरीर में सक्रिय कोई भी रसायनिक peptide जो neurotransmitters की क्षमता रखता है, की कुछ प्रमुख neuropeptide इस प्रकार है:—

मस्तिष्क में न्यूरोपेप्टाइड प्रकार्य
(Neuropeptides Functioning in the Brain)

Hypothalamic–Releasing Harmones.

LH	— Releasing	Harmones
Thyrotropin	— "	"
Somatostation	— "	"
Corticotropin	— "	"
Growth hormone	— "	"

Posterior Pituitary Hormones.

Vasopression — Vasoconstriction, water control
Oxytocin — (1) Uterine contractions
(2) Increase in milk production

Interior Pituitary Hormone.

ACTH — Stimulation of adrenal cortex
Prolactin — Increases in milk production
Luteinizing hormone — Sperm और egg कोशिका की परिपक्वता का कारण
Growth hormone — Stimulation of growth (माँसपेशियों, हड्डियों और ग्रन्थियों के विकास का कारण)
Thyrotropin — Stimulation of thyroid फलस्वरूप thyroxin का स्रवण

Gastrointestinal Peptides.

Vasoactive intestinal peptides
Cholecy stokinin
Gastrine
Substance P—as a sensory neurotransmitters at the spinal level for transmission
Neurotensin
Insulin
Glucagon
Bombesin
Secretin

स्पष्ट है कि अलग-अलग व्यवहार के लिए (hormones) भी उत्तरदायी होते हैं। पुरुषों और स्त्रियों के व्यवहार क्यों अलग-अलग होते हैं इसका निर्धारण मस्तिष्क संरचना के द्वारा होता है क्योंकि गुणसूत्रों की विभिन्नता का कारण उनमें अलग-अलग hormones का स्रवण होता है।

एकीकृत दृष्टिकोण *(A Unified Viewpoint)*

उपर्युक्त उपागमों के अवलोकन से इस तथ्य पर प्रकाश पड़ता है कि मनोविकृतिजन्य व्यवहार की व्याख्या के लिए कोई भी एक उपागम पूर्णतया उपयुक्त नहीं है। इसलिए आधुनिक मनोचिकित्साशास्त्रियों ने अन्तर्अनुगामी उपागम (interdisciplinary approach) अपनाने पर बल दिया है जो जैविक, मनोवैज्ञानिक और सामाजिक-सांस्कृतिक कारकों के समझने पर बल देता है जिसके द्वारा मनोविकृतिजन्य व्यवहारों को समझा जा सकता है।

इस नये उपागम के कारण एक-दूसरे से भिन्न अध्ययन विषय जैसे उत्पत्ति सम्बन्धी, जीव रसायन, स्नायुदैहिकी, मनोसामाजिक एवं सामाजिक-सांस्कृतिक उपागमों के द्वारा मनोविकृतियों के कारण एवं उपचार की व्यवस्था की जा सकती है।

मनोविकृतिजन्य व्यवहार के अध्ययन की विधियाँ
(Methods of Studying Psychopathological Behaviour)

मनोविकृति मनोविज्ञान मानव के विकृत व्यवहार अथवा मनोविकारों का मनोवैज्ञानिक अध्ययन करता है तथा साथ-ही-साथ उनके निदान व उपचार की पद्धतियों का भी मूल्यांकन करता है। वैज्ञानिक अध्ययन के लिए मनोविकृत मनोविज्ञान की अध्ययन विधियों में अब प्रायोगिक विधि तथा सह-सम्बन्धात्मक विधि का भी उपयोग होने लगा है। वैसे परम्परागत रूप से इसके अध्ययन में अर्ध-वैज्ञानिक विधियों का उपयोग प्रारम्भ से ही किया जाता है।

संक्षेप में चार विधियाँ निम्नलिखित हैंः—

1. चिकित्सीय प्रेक्षण विधि
(Clinical Observation Method)

विभिन्न प्रकार के मानसिक रोगों का अध्ययन उनके सम्बन्धित लक्षणों के आधार पर किया जाता है। इसके लिए रोगी के व्यवहार व लक्षणों को विभिन्न स्वाभाविक स्थितियों के अंतर्गत व्यापक व गहन प्रेक्षण करना होता है। सीजोफ्रेनिया (Schizophrenia) जैसे गम्भीर रोगों के विभिन्न प्रकारों का निदान अधिकांशतः प्रेक्षण विधि के द्वारा ही किया जाता है। इसीलिए मनोविज्ञान में इस विधि के उपयोग का अपना विशेष महत्व है। इस विधि को अधिक सार्थक, उपयोगी तथा वैज्ञानिक रूप प्रदान करने के लिए यह आवश्यक है किः—

(i) जिस व्यवहार का अध्ययन किया जाना है उसे निश्चित किया जाये।

(ii) किन स्थितियों में उस व्यवहार का अध्ययन किया जाना अधिक उपयुक्त होगा, इसका निर्धारण पहले से ही किया जाये।

(iii) प्रेक्षित व्यवहार तथा मनोरोग में क्या प्रकार्यात्मक एकता है। स्पष्ट किया जाये।

(iv) ऐसी प्रक्रिया को अपनाया जाये, जिससे प्रेक्षण पद्धति को मात्रात्मक रूप प्रस्तुत किया जा सके।

(v) प्रेक्षण की विश्वसनीयता तथा वैधता को स्थापित करने का प्रयास किया जाये।

चिकित्सीय प्रेक्षण विधि के गुण *(Merits of Clinical Observation Method)*

इस विधि के उपयोग का विशेष महत्त्व है:—

(i) वास्तविक व्यवहार का अध्ययन
(ii) व्यापक अध्ययन
(iii) सरल अध्ययन
(iv) प्रत्यक्ष अध्ययन
(v) प्रारम्भिक अध्ययन में उपयोगी
(vi) वैज्ञानिक परिकल्पनाओं की रचना में उपयोगी
(vii) नियंत्रित व प्रायोगिक समूहों के व्यवहारों के अध्ययन में उपयोगी
(viii) न समझी जाने वाली भाषा बोलने वाले व्यक्तियों के व्यवहार के अध्ययन में सहायक।

चिकित्सीय प्रेक्षण विधि के दोष *(Demerits of Clinical Observation Method)*

इस विधि के दोष निम्नवत है:—

(i) अध्ययन में कठोर नियंत्रणों का अभाव
(ii) प्रेक्षक का पक्षपात
(iii) केवल बाह्य व्यवहार का अध्ययन ही सम्भव
(iv) कभी-कभी अनावश्यक सूचनाओं का भी संकलन
(v) केवल साहचर्यात्मक सम्बन्धों का ही अध्ययन सम्भव
(vi) सीमित वैधता व विश्वसनीयता।

प्रेक्षण विधि के दोष कम करने के लिए यह आवश्यक होता है कि प्रेक्षक को आवश्यक प्रशिक्षण दिया जाये तथा वस्तुपरक रूप प्रदान करने के लिए यांत्रिक साधनों जैसे टेप एवं मूवी कैमरा आदि का प्रेक्षक उपयोग करें।

2. साक्षात्कार (प्रत्यक्षालाप) विधि (Interview Method)

इस विधि में रोगी से बातचीत की जाती है तथा बातचीत के समय ही उसके व्यवहार का अध्ययन किया जाता है। प्रत्यक्षालाप में आमने-सामने बैठकर मौखिक रूप से विचार विनिमय किया जाता है। इसमें रोगी के विश्वास, भय या भाव तथा अभिव्यक्ति आदि जानने का प्रयत्न किया जाता है। मनोवैज्ञानिक एक कमरे में रोगी से आमने-सामने विचार विनिमय करता है। साक्षात्कार दो प्रकार का होता है:—

(i) निर्देशित साक्षात्कार *(Structured Interview)*—प्रश्नों की रचना पहले से कर ली जाती है।
(ii) अनिर्देशित साक्षात्कार *(Unstructured Interview)*—प्रश्न पहले से तैयार नहीं होते, साक्षात्कारकर्त्ता स्वयं ही सहज भाव से प्रश्न पूछता है।

साक्षात्कार (प्रत्यक्षालय) विधि के दोष *(Demerits of Interview Method)*

इस विधि के निम्नांकित दोष हैं:—

(i) इस विधि से प्राप्त निष्कर्षों की जाँच करना सम्भव नहीं है क्योंकि रोगी अपने ढंग से वार्तालाप करता है।

(ii) रोगी यथार्थ व्यवहार को प्रकट नहीं करता जिसके कारण उसके स्वाभाविक व्यवहार का अध्ययन सम्भव नहीं हो पाता है।

(iii) अनेक मानसिक रोग ऐसे होते हैं जिसमें रोगी से साक्षात्कार करना सम्भव नहीं है।

उपरोक्त दोनों से यह निष्कर्ष नहीं निकाला जा सकता कि यह उपयोगी विधि नहीं है। सच तो यह है कि मानविक रोगों की चिकित्सा के पूर्व रोगियों से आत्मीयता तथा घनिष्ठता स्थापित करने के लिए साक्षात्कार आवश्यक है तथा इसके माध्यम से असामान्यता के प्रकार को भी समझा जा सकता है। अतः साक्षात्कार विधि एक महत्त्वपूर्ण विधि है।

3. व्यक्ति इतिहास विधि
(Case History Method)

व्यक्ति इतिहास (व्यक्ति वृत्त) विधि विचलित व्यवहार के क्रमबद्ध अध्ययन की महत्त्वपूर्ण विधि है। इसके माध्यम से व्यक्ति के सम्बन्धित लक्षणों को समझने में पर्याप्त सहायता मिलती है। इसके अन्तर्गत एक व्यक्ति के असामान्यता के विकास का क्रमबद्ध तथा तर्कसंगत इतिहास दिया रहता है जिसे इस विधि द्वारा पता लगाने का प्रयास किया जाता है। इस विधि से अध्ययन निम्नांकित बातों को दृष्टिगत रखते हुए किया जाता है:—

(i) व्यक्ति की पारिवारिक पृष्ठभूमि, उसका सामाजिक-स्तर, आर्थिक व शैक्षिक स्तर, परिवार में स्थिति।

(ii) व्यक्ति का बाल्यकाल, उसके मूल अनुभूव, पालन-पोषण पद्धति, रहन-सहन तथा शिक्षा का स्तर। किसी गम्भीर बीमारी अथवा दुर्घटना का वर्णन यदि घटित हुई हो।

(iii) व्यक्ति का सामान्य तथा विशिष्ट पर्यावरण, माता-पिता, भाई-बहन की संख्या, मित्र मण्डली, पास-पड़ोस, विवाहित-अविवाहित, रिश्ते-नाते, बच्चे।

(iv) व्यक्ति की मनोवृत्तियाँ, मनोरंजन के साधन, मान्यताएँ, प्रबल इच्छाएँ, आकांक्षाएँ, जीवन क्षेत्र की सफलता, दैनिक जीवनचर्या।

(v) व्यवहार सम्बन्धी जानकारी, सामाजिक व्यवहार, नैतिक व्यवहार, पत्र-व्यवहार आदि।

(vi) जीवन सम्बन्धी अभिलेख, विद्यालय अभिलेख, चिकित्सालय तथा पुलिस अभिलेख।

उपरोक्त सम्बन्धित सूचनाओं के सन्दर्भ में व्यक्ति के असामान्य व्यवहार के विकास का वस्तुपरक अध्ययन किया जा सकता है।

व्यक्ति इतिहास विधि के गुण *(Merits of Case History Method)*

इस विधि के गुण निम्नलिखित हैं:—

(i) सूक्ष्म अध्ययन

(ii) तर्कसंगत तथा क्रमबद्ध अध्ययन

(iii) मानसिक रोगियों तथा अपराधियों के अध्ययन में अधिक उपयोगी

(iv) विकासात्मक अध्ययन के लिए अति उपयोगी

(v) मानव व्यवहार के निर्धारकों के अध्ययन में महत्त्वपूर्ण

(vi) अभिवृत्तियों के विकास के ज्ञान के लिए अति उपयुक्त

(vii) गत जीवन का वर्तमान जीवन पर क्या प्रभाव पड़ता है, जानकारी मिलती है।

व्यक्ति इतिहास विधि के दोष *(Demerits of Case History Method)*

(i) कभी-कभी जब इस विधि द्वारा सुव्यवस्थित सूचनाएँ नहीं प्राप्त होती हैं तो ऐसी

स्थिति में साधारण घटना को ही मुख्य मान लिया जाता है जिससे वास्तविक सही घटना पर प्रकाश नहीं पड़ता।

(ii) कभी-कभी सूचनाएँ देनेवाले कुछ घटनाओं, तथ्यों आदि की जानकारी नहीं देते तथा तथ्य छिपा दिये जाते हैं फलतः सही तथ्यों की जानकारी नहीं हो पाती।

(iii) इस विधि की सफलता मुख्यतः असामान्य व्यक्ति के माता-पिता, सम्बन्धी, मित्रगण तथा आसपास के व्यक्तियों पर होती है जो अपनी स्मृति के आधार पर सूचनाएँ देते हैं जिससे त्रुटिपूर्ण सूचना मिलने की सम्भावना अधिक रहती है।

(iv) इस विधि में वैज्ञानिकता या वस्तुनिष्ठता का अभाव होता है।

4. मनोवैज्ञानिक परीक्षण विधि
(Psychological Test Method)

मानसिक रोगों के निदान व उपचार में मनोवैज्ञानिक परीक्षण का भी विशेष महत्त्व रहता है। प्रायः देखा जाता है कि कुछ व्यक्ति विषम रूप से चिन्तित होने, अत्यधिक अंतर्मुखी होने अथवा बर्हिमुखी होने, अति न्यून बुद्धि, अपराधी प्रवृत्ति या संवेगात्मक दृष्टि से अपरिपक्व होने अथवा सामाजिक दृष्टि से अपर्याप्त तथा उच्च आकांक्षा स्तर वाले होते हैं। ऐसे ही, अनेक तंत्रिकातापी व्यक्ति कुछ विशेष मानसिक ग्रंथियों के शिकार होते हैं। इस प्रकार से प्रभावित रोगियों के अध्ययन में मनोवैज्ञानिक परीक्षणों की स्पष्ट भूमिका होती है। ये परीक्षण व्यवहार का वस्तुगत व प्रमाणीकृत मापन करते हैं। कुछ प्रमुख मनोवैज्ञानिक परीक्षण निम्नांकित हैः—

(i) बुद्धि परीक्षण।

(ii) प्रतिक्रियाकाल परीक्षण।

(iii) प्रक्षेपण परीक्षण।

(iv) व्यक्तित्व परीक्षण।

(v) चिन्ता एवं नैराश्य परीक्षण

व्यक्तित्व मापन के क्षेत्र में प्रक्षेपी विधियाँ सर्वाधिक महत्त्वपूर्ण हैं। प्रक्षेपी प्रविधियों के माध्यम से व्यक्तित्व की आन्तरिक सतह तक की दमित इच्छाओं एवं व्यक्तित्व संरचना का ज्ञान होता है। प्रक्षेपी प्रविधियाँ प्रक्षेपण(projection)की रक्षायुक्ति पर आधारित है। प्रक्षेपी प्रविधि में व्यक्ति के सम्मुख उद्दीपक स्थिति प्रस्तुत की जाती है तथा उसे ऐसा आकार प्रदान किया जाता है कि वह अपने व्यक्तिगत जीवन से सम्बन्धित छिपी बातों को उन स्थितियों के माध्यम से प्रकट कर सके। इन प्रविधियों का सम्बन्ध प्रायः व्यक्ति के अवचेतन पक्ष से होता है।

सामान्य एवं असामान्य व्यक्तित्व मापन की प्रक्षेपी विधियाँ फ्रायड द्वारा वर्णित अचेतन मन और उससे सम्बन्धित प्रतिरक्षात्मक क्रियातंत्र पर आधारित है। फ्रायड का विचार है कि प्रक्षेपण एक प्रकार की रक्षायुक्ति (defence machanism) है जिसके द्वारा अहम् (ego) दमित इच्छाओं, विचारों, भावनाओं, संवेगों एवं आन्तरिक संघर्षों को अन्य व्यक्तियों या पदार्थों पर आरोपित कर अपनी रक्षा करता है।

जेम्स डी॰ पेज (*J. D. Page*, 1962) ने प्रक्षेपण के स्वरूप को स्पष्ट करते हुए लिखा, *''अपनी प्रवृत्तियों और गुणों को दूसरों पर आरोपित करना और देखना ही प्रक्षेपण है।''* *(Attributing to and observing in others one's own impulse and traits is called projection.)*

कोलमैन (*Coleman,* 1976) के अनुसार प्रक्षेपण वह प्रतिरक्षात्मक प्रतिक्रिया है जिसके द्वारा एक व्यक्ति–

(i) अपनी कमियों, त्रुटियों और कुकृत्यों को दूसरों पर आरोपित करता है।

(ii) वह अपने अस्वीकार्य, आवेगों, विचारों और इच्छाओं को दूसरों पर आरोपित कर देता है *"Projection is a defensive reaction by means of which (a) others are seen as responsible for ones one short comings, mistakes and misdeeds (b) others are seen as responsible for one's unacceptable impulses, thoughts and desires."*

फ्रेंक (1939) ने प्रक्षेपी प्रविधियों पर प्रकाश डालते हुए यह बताया कि प्रक्षेपी प्रविधि में इस प्रकार तैयार या चयन की गयी उद्दीपक परिस्थिति का प्रस्तुतीकरण रहता है जिसका अर्थ प्रयोज्य के लिए प्रयोगकर्त्ता द्वारा निश्चित न होकर, प्रयोज्य जिसे कि वह प्रस्तुत की जाती है, के व्यक्तित्व से सम्बन्धित होती है या उस पर प्रयोज्य की व्यक्तिगत सनक और संगठन का आरोपण रहता है।

प्रक्षेपी प्रविधि व्यक्तित्व मापन की एक बहुत ही प्रचलित विधि है। इस प्रविधि का प्रयोग द्वितीय विश्वयुद्ध की अवधि में अत्यधिक किया गया था। किन्तु प्रक्षेपण पद का एक तकनीक के रूप में उपयोग सर्वप्रथम हेनरी ए॰ मरे *(Henry A. Murray)* ने 1938 में किया।

इस प्रविधि के अन्तर्गत व्यक्ति के सामने कुछ अस्पष्ट एवं संदिग्ध (vauge and ambigous) अवस्थाएँ उपस्थित की जाती हैं और उनका प्रत्यक्षीकरण कर उन्हें उसकी व्याख्या करने को कहा जाता है। व्यक्ति अपने उत्तरों द्वारा प्रत्यक्ष रूप से अपने मनोभावों, इच्छाओं, आवश्यकताओं, संघर्ष एवं अभिप्रेरणा को निर्भय होकर अभिव्यक्त करता है। परीक्षक उसके उत्तरों अथवा प्रतिक्रियाओं का विश्लेषण कर व्यक्तित्व के बारे में पता लगाता हैं। **फ्रीमैन** (*Freeman,* 1962) के अनुसार, *''प्रक्षेपी प्रविधि में व्यक्ति के सम्मुख उद्दीपक स्थिति प्रस्तुत की जाती है तथा उसे ऐसा अवसर प्रदान किया जाता है कि वह अपने व्यक्तिगत जीवन से सम्बन्धित छिपी हुई बातों को उन स्थिति के माध्यम से प्रकट कर सके।'' ("A projective test is one that provides the subject with a stimulus situation, giving him an opportunity to impose upon it in his own private needs and his particulars perception and interpretations.")*

इन विधियों में परीक्षण सामग्री पूर्णतः असंचरित (unstructured) या अस्पष्ट (ambigous) होती हैं। इसमें विविध प्रकार की अनुक्रिया को स्वतंत्र रूप से व्यक्त करने के लिए प्रोत्साहित किया जाता है। इसमें प्रयोज्य स्याही के धब्बों को देखकर उनकी व्याख्या करते हैं, चित्र देखकर कहानी लिखते हैं, अधूरे वाक्यों की पूर्ति करते हैं, मौखिक प्रश्नों के उत्तर देते हैं, चित्रकारी या खेल द्वारा अपनी प्रतिक्रिया को व्यक्त करते हैं। इस प्रकार परीक्षार्थी अपनी आन्तरिक भावनाओं की अभिव्यक्ति स्वतंत्र रूप से करता है। प्रक्षेपी विधि में व्यक्ति को सम्पूर्ण परिस्थिति की जानकारी नहीं हो पाती है। वह इस बात से अनभिज्ञ रहता है कि उसके कौन-कौन से गुणों का किस ढंग से मापन किया जा रहा है।

प्रक्षेपी तकनीक के माध्यम से व्यक्ति के विचारों, अभिवृत्तियों, संवेगों, गुणों, अभावों, अनुभवों एवं स्थायी भावों को अन्य वाह्य पदार्थों के माध्यम से अप्रत्यक्ष रूप से मापन किया जाता है जिससे व्यक्ति के सम्बन्ध में सही रूप से जानकारी प्राप्त होती है एवं उसे अपने व्यक्तित्व सम्बन्धी तथ्यों को छिपाने का अवसर नहीं मिल पाता है। इनकी प्रक्षेपण सामग्री पूर्णतः असंरचित (unstructured) या अस्पष्ट (ambigous) होती है। चूँकि प्रक्षेपी प्रविधियों

की विषय सामग्री सदैव अस्पष्ट होती है जिनकी व्याख्या अनेक प्रकार से की जा सकती है। इसमें पूर्व निर्धारित सही या गलत अनुक्रियाएँ नहीं होती हैं। ये प्रविधियाँ व्यक्ति के चेतन और अचेतन पहलुओं का मापन करती हैं। अचेतन मन को समझाने का यह एक मात्र उपकरण है। प्रायः सम्पूर्ण सामग्री प्रकाशित रूप में होती हैं अतएव इनका प्रशासन प्रायः स्थिर होता है। इनके निर्देश प्रायः मानकीकृत (standardized) होते हैं। अतः इनके निर्देश प्रदान करने में कोई अन्तर नहीं मिलता है। इन प्रविधियों का प्रयोग सामान्य तथा असामान्य व्यक्तियों के व्यक्तित्व का मूल्यांकन करने के लिए किया जाता है। इनका प्रशासन प्रायः व्यक्तिगत रूप से किया जाता है। अंकीकरण एवं विश्लेषण के दृष्टिकोण से यह वस्तुनिष्ठ होती है। ये व्यक्ति के सम्पूर्ण व्यक्तित्व (total personality) का स्पष्ट चित्र उपस्थित करती है। इनके द्वारा किसी विशेष शीलगुण का मापन नहीं होता।

प्रक्षेपी प्रविधियों की सीमाएँ
(Limitation of Projective Techniques)

यदि प्रक्षेपी प्रविधि अनेक विशेषताओं से युक्त है तथा व्यक्तित्व की उन अन्तरंग गहराइयों में प्रवेश कर उनका मापन करने में सफलता प्राप्त की है, वहीं इस प्रविधि की निम्नलिखित सीमाएँ (limitations) भी हैं:—

1. प्रक्षेपी प्रविधियों की रचना एवं मानकीकरण प्रायः एक अत्यन्त दुर्लभ तथा कठिन कार्य है। *मैक फारलेन* (1951) के अनुसार प्रक्षेपी प्रविधियाँ व्यक्तित्व के अध्ययन के लिए सर्जनात्मक कलाकारों (creative artists) द्वारा विकसित की गयी।
2. इन विधियों के प्रशासन, गणना एवं विवेचन के लिए योग्य, अनुभवी तथा प्रशिक्षित व्यक्तियों की आवश्यकता पड़ती है। किसी सामान्य व्यक्ति या कम अनुभव प्राप्त मनोवैज्ञानिक द्वारा यह सम्भव नहीं होता।
3. इस प्रकार के परीक्षणों में समय अधिक लगता है जिससे व्यक्ति में थकान एवं अरुचि उत्पन्न होने लगती है जिसका उसके व्यक्तित्व मूल्यांकन पर प्रभाव पड़ सकता है।
4. प्रक्षेपी प्रविधियों का सम्बन्ध मुख्य रूप से व्यक्ति के अचेतन पक्ष से ही रहता है, जबकि व्यक्तित्व चेतन एवं अचेतन दोनों पक्षों का मिश्रित रूप है।
5. सामान्य व्यक्तियों की अपेक्षा असामान्य व्यक्तियों के व्यक्तित्व का मूल्यांकन करने में प्रक्षेपी विधियाँ अत्यधिक उपयोगी होती हैं।
6. इनकी विश्वसनीयता एवं वैधता का निर्धारण करना बहुत कठिन कार्य है।
7. अनुसंधान कार्यों की अपेक्षा चिकित्सकीय क्षेत्र में इनका व्यापक रूप से उपयोग सम्भव होता है।

प्रमुख प्रचलित प्रक्षेपी प्रविधियाँ

1. रोर्शा इंक ब्लॉट परीक्षण
(Rorschach Ink Blot Test)

स्विस मनश्चिकित्सक हरमन रोर्शा (*Herman Rorschach,* 1921, 1942) ने स्याही धब्बा (ink blot) परीक्षा विकसित किया। इसे रोर्शा टेस्ट भी कहते हैं। रोर्शा प्रथम व्यक्ति थे

जिन्होंने स्याही के धब्बों के प्रति की गयी अनुक्रिया के आधार पर व्यक्तित्व के मूल्यांकन की कल्पना की। रोर्शा ने इन उद्दीपकों (स्याही के धब्बों) को कागज पर स्याही गिराने और उसे बीच से मोड़ने में विकसित किया। ये धब्बे सममित (symmetrical) अर्थात् कागज के आधे से बायीं ओर जैसा धब्बा है वैसा ही धब्बा दाहिनी ओर भी है तथा इन धब्बों का आकार अस्पष्ट है। इस प्रकार के बने हजारों धब्बों का प्रयोग किया गया। इन पर मनोरोगियों की अनुक्रियाएँ प्राप्त की गयी। प्रयास एवं भूल के आधार पर केवल दस धब्बे ही चुने गये जिन्हें रोर्शा कार्ड कहते हैं। 1921 में साइकोडायग्नास्टिक (psychodiagnostic) मोनोग्राफ (monograph) प्रकाशित हुआ जिसमें इस परीक्षण के विकास तथा प्राप्तांक निर्धारण प्रक्रिया का उल्लेख था। आज भी रोर्शा के वही दस कार्ड प्रयुक्त होते हैं।

यह उल्लेखनीय है कि रोर्शा फ्रायड (Freud) के कार्य, अचेतन के सम्प्रत्यय तथा व्यक्तित्व के गतिकी दृष्टिकोण से भलीभाँति परिचित थे। यद्यपि इस दृष्टिकोण से रोर्शा ने अपना टेस्ट विकसित नहीं किया। फिर भी इस परीक्षा के विकास का स्वरूप निश्चित ही फ्रायड के दृष्टिकोण से प्रभावित हुआ।

रोर्शा ने परीक्षण के इन्द्रियानुभविक (empirical) तथा असैद्धान्तिक (atheoretical) पक्षों पर बल दिया फिर भी उसने मनोगतिकी सिद्धान्त की भूमिका को महत्त्व दिया। रोर्शा ने अनुभव किया कि स्याही धब्बा परीक्षा से प्राप्त आँकड़े अचेतन तथा मनोविश्लेषी सिद्धान्त को समझने के लिए महत्त्वपूर्ण हैं। प्रयोज्य की अनुक्रियाओं को व्याख्या में उसने मनोविश्लेषी सिद्धान्त का उपयोग किया। यद्यपि फ्रायड की समझ से स्वप्न व्याख्या की तुलना में यह परीक्षा अचेतन को समझने में कम महत्त्वपूर्ण है। कुछ विद्वानों (*Lindner,* 1955) ने स्वप्न व्याख्या और रोर्शा अनुक्रिया को व्यक्ति के आन्तरिक कार्य (work) का उत्पाद माना। प्रतीक रूप में दोनों को सार्थक बताया गया है। **वर्नन** (Vernon, 1935) का कहना है, *"No test gives so much information about personality including intelligence is so short time as Rorchach." (कोई भी परीक्षण इतने कम समय में व्यक्तित्व के सम्बन्ध में सूचना नहीं दे पाता जितनी रोर्शा देता है।)*

माँस (*Mons,* 1953) के अनुसार, *"The aim of Rorschach is to given an impression of the total personality." (रोर्शा का लक्ष्य सम्पूर्ण व्यक्तित्व को परिलक्षित करना है।)*

परीक्षा-सामग्री *(Test Materials)*—रोर्शा परीक्षण में दस कार्ड हैं जिन पर धब्बे हैं। इनमें से पाँच कार्ड के धब्बे काले-सफेद (रंगहीन = achromatic) हैं दो कार्डों पर काले-सफेद तथा रंगीन धब्बे हैं। शेष तीन कार्डों पर रंगीन (chromatic) धब्बे हैं। कार्डों के आकार 7 × 9.5 इंच है। इन कार्डों पर 1 से X (नम्बर) अंकित हैं।

परीक्षा प्रशासन *(Test Administration)*—प्रयोज्य को आराम से बैठा देते हैं। उससे बातचीत करके प्रारम्भिक सम्पर्क (rapport) स्थापित करते हैं। तत्पश्चात् एक-एक करके कार्ड प्रयोज्य को देते हैं।

निर्देशन *(Instruction)*— "मैं कार्ड दे रहा हूँ जिस पर स्याही के धब्बे हैं। ये धब्बे कागज पर स्याही गिराने उसे बीच में मोड़ने से बने हैं। इस कार्ड पर आपको जो दिखाई पड़े उसे बताएँ।"

2. होल्टजमैन इंक ब्लॉट प्रविधि
(Holtzman Ink Blot Techniques)

स्याही के धब्बों की विधि पर आधारित दूसरा परीक्षण होल्ट्जमैन (Holtzman) के द्वारा विकसित किया गया। मनोमितिय विशेषताओं के कारण इसे एक बिल्कुल नवीन तकनीक

समझा जाता है। ये परीक्षण 45 स्याही के धब्बों के दो समरूप शृंखलाओं (parallel series) के रूप में हैं। परीक्षण के अंतर्गत काले-सफेद तथा रंगीन दोनों ही प्रकार के कार्ड हैं। प्रत्येक कार्ड के लिए प्रयोज्य केवल एक ही प्रत्युत्तर (response) देता है। परीक्षण 22 विभिन्न विमाओं (dimensions) स्थान, आकृति सम्भाव्यता (form appropriateness), दूरी (space), पेथोगनोमिक शब्दीकरण (pathognomic verblization), चिन्ता (axiety), उग्रता (hostility) आदि से सम्बन्धित प्राप्तांक प्रदान करता है। इस परीक्षण को व्यक्तिगत रूप से या छोटे समूह पर दोनों प्रकार से प्रशासित किया जा सकता है। परीक्षण के लघुरूप में 30 पद हैं। इस परीक्षण की विश्वसनीयता अर्द्ध-विच्छेद या विकल्प रूप विधि से अत्यधिक सन्तोषजनक पायी गयी। परीक्षण की निर्मित वैधता भी ज्ञात की गयी। 5 वर्ष से प्रौढ़ावस्था तक की आयु वाले सामान्य समूह तथा अनेक प्रकार से विचलित समूहों जैसे—मानसिक मन्दित, संवेगात्मक-विघ्नित, मनोविदलता ग्रस्त (schizophrenics) तथा मादक द्रव्य सेवी (alchoholics) बालकों एवं वयस्कों पर परीक्षण के शतांशीय मानक ज्ञात किये गये हैं।

3. कथासार अभिबोध परीक्षण
(Thematic Apperception Test)

व्यक्तित्व मापन के प्रक्षेपी परीक्षणों (projective tests) में 'थिमेटिक अपरसेप्शन टेस्ट' का प्रमुख स्थान है। अमेरिका के 'हारवर्ड साइकोलॉजिकल क्लीनिक' के अध्यक्ष हेनरी अलेक्जान्डर मरे (Henry Alexander Murray) ने अपने कुछ सहयोगियों के साथ चित्र पद्धति दिशा के अन्तर्गत 1935 में कार्य प्रारम्भ किया। उनके सहयोगियों में क्रिष्टियाना मॉर्गन *(Christiana D. Morgan)* तथा सैमुयल थाल *(Samuel Thal)* का नाम उल्लेखनीय है क्योंकि सैमुयल और थाल ने इस परीक्षण में व्यवहार करने वाले अनेक चित्रों को अपने हाथ से स्वयं रेखांकित किया है।

इस परीक्षण का सर्वप्रचलित नाम टी॰ए॰टी॰ (T.A.T.) है जिसका भाषान्तरण 'कथासार अभिबोध परीक्षण' के रूप में किया गया है।

मरे ने अपने सहयोगी मॉर्गन के साथ इस परीक्षण को सर्वप्रथम 1935 में 'A Method for Investigation of Fantasies, Thematic Apperception Test' के नाम से प्रकाशित किया। इसके बाद 1938 में उनलोगों ने *'Exploration of Personality'* नामक पुस्तक में इस परीक्षण की विस्तृत व्याख्या उपस्थित की। मरे का कार्य इस परीक्षण पर लगातार चलता रहा।

मरे का T.A.T. का तीसरा और अन्तिम संशोधित रूप 1971 में आया। इसमें व्यवहार में लाने वाले चित्रों के व्यक्तित्व पर प्रभावोत्पादकता का व्यापक अध्ययन मरे ने व्यक्तित्व मापन की अन्य विधियों के साथ किया। फिर चित्रों के अन्तिम चयन में उन्होंने डॉक्टर रैपापोर्ट, सैनफोर्ड, शैको *(Drs. Rappaport, Sanford, Shakow)* आदि का सहारा लिया। परीक्षण के लिए कुल 30 तस्वीरों को चुना गया तथा कुल 31 कार्ड रखे गये। उन 31 कार्डों में से एक तस्वीर विहीन (blank card) कार्ड है और 30 कार्डों में तस्वीरें हैं। इन्हीं 31 कार्डों में व्यक्ति की यौन और आयु के अनुसार केवल 20 कार्ड को ही दो पालियों में दस-दस कार्ड से परीक्षा का संचालन किया जाता है।

टी॰ए॰टी॰ के अन्तर्गत दो शब्द Thematic तथा Apperception) आते हैं। Thematic की व्युत्पत्ति Thema से हुई है अर्थात् विषय-वस्तु जिस पर व्यक्ति कुछ सोचता या कहता है। थिमेटिक का अर्थ विषय-सम्बन्धी विचारों की अभिव्यक्ति से है। मरे ने Thema की व्याख्या

एक नये रूप में की है। थीमा से मरे का तात्पर्य उन प्रेरणाओं और आन्तरिक शक्तियों से है जिनके प्रभाव से व्यक्ति उन विषयों को सोचता है जो चित्र देखने के उपरान्त उसके मन में उत्पन्न होते हैं। Apperception का अर्थ है आत्म बोध एवं आत्म चेतना। जबकि प्रत्यक्षीकरण में वस्तु का बोध होता है किन्तु इसमें स्पष्टता आवश्यक नहीं है वहीं पर Appreception में वस्तु की ठोस और स्पष्ट पहचान हो जाती है। यहाँ पर प्रयोज्य द्वारा Thema का आत्मबोध किया जाता है। अतः इन्हीं अर्थों में मरे ने अपने परीक्षण को Thematic Apperception Test कहा है। हिन्दी रूपान्तरण में विषय-वस्तु के सारांश को कथासार कहा गया है। यहाँ कथासार से तात्पर्य कार्ड पर के चित्रों से उत्पन्न होने वाला विषय जिन्हें प्रयोज्य कथा या कहानी के रूप में कहता है। कथा के साथ-तत्व का आत्मबोध होना अभिबोध है। इसी आशय से T.A.T. को हिन्दी में 'कथासार अभिबोध परीक्षण' का नाम दिया गया।

उद्देश्य—टी॰ए॰टी॰ का निर्माण मरे द्वारा व्यक्तित्व की आन्तरिक दशाओं को जानने के उद्देश्य से किया गया है। इस परीक्षण के द्वारा व्यक्ति की बलवती प्रेरणाएँ, प्रणोदन, भाव, संवेग, ग्रन्थियाँ तथा संघर्ष की जानकारी करना है जिसे व्यक्ति ने अपनी अचेतनावस्था में दमित कर दिया है। इन दबी हुई आन्तरिक शक्तियों को व्यक्ति स्वीकार नहीं कर सकता क्योंकि वे उसकी चेतनावस्था में नहीं है। मरे के अनुसार T.A.T. में वह गुण है जो व्यक्ति की आन्तरिक निषेधात्मक प्रवृत्तियों (underlying inhibited tendencies) की अभिव्यक्त कराकर उन्हें उजागर (expose) कर देता है।

उपयोगिता *(Utility)*—टी॰ए॰टी॰ व्यक्तित्व के व्यापक अध्ययन के लिए अत्यन्त उपयोगी है। सामान्य व्यक्ति के अलावा व्यवहारजन्य विकृतियों (behaviour disorders) मनोदैहिक व्याधियों (psychosomatic illiness), स्नायु विकृति तथा मनोविकृति के अध्ययन में यह परीक्षण अत्यन्त ही उपयोगी है। व्यवहार मनोविश्लेषण के पहले रोगोपचार सम्बन्धी साक्षात्कार के लिए टी॰ए॰टी॰ को लाभदायक बताया गया है।

इनका उपयोग कम उम्र के बालक-बालिकाओं से लेकर वयस्क तथा प्रौढ़ लोगों तक किया जा सकता है। मरे ने अपना कार्य 14 से 40 के बीच वाले प्रयोज्यों पर किया क्योंकि उनके अनुसार कार्य में जो स्त्री और पुरुष वाले चित्र आते हैं उन चित्रों में अपने यौन (sex) के पुरुष या स्त्री से प्रयोज्य अपना आत्मसात् तो करता ही है, इसके अतिरिक्त उन चित्रों से उसे अपने माँ-बाप से मिलते-जुलते उम्र वाले पात्र को भी देखना होता है। टी॰ए॰टी॰ पर कार्य करने वाले अन्य लोगों ने कम उम्र के लड़कों-लड़कियों पर इसका सन्तोषजनक परिणाम पाया है।

तर्कधार *(Rationale)*—टी॰ए॰टी॰ के उपयोग का एक तार्किक आधार है। इसके द्वारा प्रयोग के समक्ष कुछ ऐसी अस्पष्ट मानवीय स्थितियाँ उत्पन्न कर दी जाती हैं जिनका विश्लेषण करके प्रयोज्य अपनी अदृश्य भावनाओं को स्वयं कर देता है।

प्रयोज्य को चित्रों की एक शृंखला प्रस्तुत की जाती है। प्रत्येक चित्र को देखकर कहानी लिखने को कहा जाता है जो कहानी उसी क्षण उसके मन में उत्पन्न होती है। प्रयोज्य द्वारा जो कहानी लिखी जाती है उसके दो आधार होते हैं—

(i) व्यक्ति अपने निजी अतीत पर आधारित अनुभवों के द्वारा उस धुँधली (ambiguous) मानवीय स्थिति की व्याख्या करता है।

(ii) व्यक्ति अपने अनुभव या वर्तमान आवश्यकता पर कहानी का जो विश्लेषण करता है उसमें स्वयं की प्रेरणाओं और आवश्यकताओं को चेतन या अचेतन रूप में व्यक्त करने में सफल होता है।

तस्वीरों को देखकर उसे अपनी पूरी कल्पना के द्वारा कहानी लिखने को कहा जाता है।

इसमें प्रयोज्य यह भूल जाता है कि स्वयं की अभिव्यक्ति वह उन कहानियों के माध्यम से कर रहा है। वह कहानी में स्वयं का चरित्रांकन करने लगता है जो कि किसी भी रूप में चेतनावस्था में स्वीकार नहीं कर सकता। इस प्रकार प्रयोज्य अपनी ही कहानियों के द्वारा अपनी एक्सरे-तस्वीर (x-ray picture) छोड़ देता है।

परीक्षण सामग्री *(Test Materials)*—टी॰ए॰टी॰ के परीक्षण सामग्री में मोटे श्वेत प्लास्टिक के कार्डों पर 19 मुद्रित चित्र तथा एक श्वेत कार्ड प्रयोज्य को दो सत्रों में 10 और 10 करके उपस्थित किये जाते हैं। प्रत्येक पाली के लिए पूर्णरूप से एक घंटा प्रयोज्य को देना पड़ता है तथा दोनों सत्रों में कम-से-कम एक दिन का अन्तराल रखना आवश्यक हो जाता है।

दूसरे सत्र वाले दस कार्ड ज्यादा अस्वाभाविक, नाटकीय तथा बेतुके होते हैं जिनमें प्रयोज्य को अपनी कल्पना को भी अस्वाभाविक उड़ान भरने को उत्प्रेरित किया जाता है।

T.A.T. के कार्डों का विवरण—प्रत्येक कार्ड के पीछे उसका नम्बर तथा B, G, M और F के अक्षर लिखे हुए हैं जिन पर संकेत चिह्नों का अर्थ इस प्रकार है—

B—(Boy) 14 वर्ष से नीचे का बालक
G—(Girl) 14 वर्ष से नीचे की बालिका
M—(Male) 14 वर्ष से ऊपर के पुरुष
F—(Female) 14 वर्ष से ऊपर की महिला

जिन कार्डों पर केवल नम्बर दिया हुआ हो और BGMF का अक्षर न लिखा हो तो उसका अर्थ है कि वह कार्ड प्रत्येक उम्र के दोनों यौन वाले लोगों के लिए सामान्य कार्ड है।

I सत्र के कार्ड	II सत्र के कार्ड
1	11
3 BM, 3GF	12M, 12F, 12BG
4	14
5	15
6 BM 6CF	16
7 BM 7 GF	17 BM, 17 GF
8 BM 8GF	18BM, 18 GF
9BM 0GF	19
10	20

इस प्रकार प्रयोज्य के यौन और उसकी आयु के अनुसार कार्डों को चुनकर दोनों प्रकार के कार्डों को दो पालियों में उसके समक्ष प्रस्तुत किये जायेंगे।

4. किशोर अभिबोध परीक्षण
(Children's Apperception Test)

व्यक्तित्व मापन के प्रक्षेपी परीक्षणों (projective test) के द्वारा मरे और रोर्शाक ने प्रौढ़ों के व्यक्तित्व मापन का कार्य किया किन्तु, प्रक्षेपी प्रविधि के द्वारा किशोरों के व्यक्तित्व के मापन का कार्य *निपोपोल्ड वेलक* और *सोन्या सोरेल बेलक* ने सर्वप्रथम सन् 1949 में किया। इन्होंने Children's Apperception Test (किशोर अभिबोध परीक्षण) के अन्तर्गत पशु चित्रों के

ऊपर कहानी लिखवाकर बालकों के व्यक्तित्व निरूपण का कार्य प्रस्तुत किया। इनके परीक्षणों को C.A.T. के संक्षिप्त नाम से जाना जाता है। इस परीक्षण का चतुर्थ संशोधित रूप *साइकोलॉजिकल कॉरपोरेशन न्यूयार्क* से सन् 1961 में प्रकाशित किया। तब से आज तक अनेक संस्करण प्रकाशित हो चुके हैं।

बेलक और बेलक के अनुसार इस परीक्षण की मौलिक प्रेरणा डॉक्टर क्रिस (*Dr. Ernst Kris*) से उन्हें मिली जिन्होंने यह बतलाया कि नन्हें बच्चे बड़ी आसानी से अपना तादात्म्य पशुओं से कर लेते हैं न कि मनुष्य से। इसी विचार से प्रेरित होकर बेलक और बेलक ने वैसी स्थितियों का निर्माण किया जिसमें बालक आसानी से अपने मनोभावों को अभिव्यक्त कर सकता था इसके लिए उन्होंने पशु चित्रों से कुछ स्थितियाँ उत्पन्न की और पाया कि 3 वर्ष से 10 वर्ष की उम्र के बालकों के द्वारा तादात्म्य स्थापन के लिए पशु पर्याप्त सशक्त उद्दीपक हो सकते हैं।

बेलक और *बेलक* ने पशु चित्रों के लिए इस कला के पारंगत वायलेट लेमान्ट (Violet Lamont) से सहायता ली और उनके द्वारा खींचे हुए दस चित्रों को अपने परीक्षण में प्रयोग किया है।

परीक्षण का स्वरूप (*Nature of the Test*)—सी॰ए॰टी॰ परीक्षण के अन्दर दस पशु चित्र होते हैं जो पशुओं की दस विभिन्न अवस्थाओं को प्रस्तुत करते हैं। यह दोनों यौन-बालक-बालिकाओं पर प्रयोग किये जा सकते है जिनकी आयु सीमा 3 से 10 वर्ष की होनी चाहिए।

इन दस पशु चित्रों का वर्णन आगे किया गया है। इसमें प्रयोज्य के साथ अपनापन स्थापित करके ही परीक्षण के लिए उन्हें तैयार किया जा सकता है। प्रयोज्य के द्वारा बोले गये शब्दों को अक्षरशः नोट किया जाता है और उन्हीं शब्दों से उसका विश्लेषण किया जा सकता है।

परीक्षण का उद्देश्य (*Purpose of the Test*)—सी॰ए॰टी॰ का निर्माण बालक की प्रेरणाओं और प्रणोदनों को समझने के उद्देश्य से किया गया है। बालक का सम्बन्ध उसके इस नन्हें जीवन में माँ-बाप जैसे महत्त्वपूर्ण व्यक्तियों के साथ किस प्रकार का है। उसकी मौखिक अवस्था (oral phase) की आवश्यकताएँ किस प्रकार पूरी हो रही है। भाई-बहनों के साथ सहयोग तथा स्पर्धा की भावना किस रूप में है। माँ-बाप को किस रूप में बोध कर रहा है, उसकी ओडियस कम्प्लेक्स आदि भावनाओं का निर्माण तथा लोप किस प्रकार हुआ, इत्यादि-इत्यादि। बाल-जीवन से सम्बन्धित आवश्यक पहलुओं की जानकारी इस परीक्षण के द्वारा की जा सकती है। इसी से सम्बन्धित किशोर की आक्रामक-वृत्तियाँ, माँ-बाप के आपसी सम्बन्ध की कल्पना, उसकी गुदा अवस्था की मलमूत्र रोकने और त्यागने की आदतें, माँ-बाप के द्वारा आदत निर्माण तथा उम्र बढ़ने के साथ इसमें शैशव लैंगिकता की अवस्थाओं आदि का भी सूक्ष्म अध्ययन इस परीक्षण के द्वारा किया जाता है।

सी॰ए॰टी॰ एक प्रक्षेपी विधि है जिसके अन्तर्गत किशोरों में प्रमाणीकृत उत्तेजनाओं के अभिबोध से उनके व्यक्तित्व की जानकारी की जाती है। सी॰ए॰टी॰ की उत्पत्ति हेनरी मरे के टी॰ए॰टी॰ द्वारा ही हुई है जिसका आधार बेलक और बेलक ने व्यक्त किया है। यह परीक्षण न तो टी॰ए॰टी॰ का पूरक है न ही उसका विकल्प है। जिस प्रकार टी॰ए॰टी॰ किशोरों के लिए अनुपयुक्त है इसी भाँति सी॰ए॰टी॰ वयस्कों के लिए अनुपयोगी है।

सी॰ए॰टी॰ का मुख्य सम्बन्ध इस परीक्षण की विषय-सूची (content) से है। चित्रों के अभिबोध से जो विषय सामग्री बालक के द्वारा प्रस्तुत की जाती है उसमें यह देखा जाता है कि बालक क्या (what) देख और सोच रहा है। यह परीक्षण अन्तःवैयक्तिक सम्बन्धों के

गत्यात्मक कारकों (dynamic factors) का विश्लेषण करता है जैसे—किसी बालक का अपने स्कूल की कक्षा के किस दल के साथ कैसा सम्बन्ध है या घर में होने वाली घटना के प्रति उसकी कैसी प्रतिक्रिया रही है इत्यादि। इस प्रकार के परीक्षण का उपयोग मनोविश्लेषकों, नैदानिक चिकित्सकों, मनोवैज्ञानिकों, शिक्षकों तथा समाज-सेवियों के लिए अत्यधिक है। यह प्रक्षेपी विधि होते हुए भी खेल-चिकित्सा (play therapy) के रूप में उपयोगी हो सकता है।

5. चिन्ता एवं नैराश्य परीक्षण

नैराश्य-चित्र अध्ययन विधि का सूत्रपात सम्भवतः रोजनविग (*Rosenwig*) से हुआ। इन्होंने दमन एवं नैराश्य सम्बन्धी अध्ययन के निष्कर्ष एक लेख में प्रकाशित किए। यह विधि शब्द-साहचर्य विधि एवं थेमैटिक बोध विधि के मध्य में है और एक नियंत्रित प्रक्षेपण विधि है। 1944 में प्रौढ़ों के लिए परीक्षण प्रकाशित हुआ और 1948 में इसका परिवर्द्धन हुआ। तभी बालकों के लिए परीक्षण निकला। यह अत्यन्त सफल रहा। इसमें कार्टून की तरह बने 24 चित्र हैं जिसमें किसी-न-किसी नैराश्य परिस्थिति का चित्रण होता है। प्रयोज्य इसके बारे में अपना विचार प्रकट करता है। इस विधि का प्रयोग व्यक्तिगत एवं सामूहिक दोनों प्रकार से सम्भव है। अब इस अध्ययन के सम्बन्ध में अनेक अन्य लेख एवं शोध-निबन्ध प्रकाशित हो चुके हैं।

डा॰ उदय पारिख ने इसका भारतीयकरण किया है। मूल परिस्थितियों को ज्यों-का-त्यों रख लिया गया है। इसका प्रथम संस्करण "मानसायन" नामक संस्था ने सन् 1959 में प्रकाशित किया। इसको 4 वर्ष से लेकर 13 वर्ष की अवस्था के 1000 बालकों पर प्रमापीकृत किया गया। इसमें भी कार्टून जैसे 24 चित्र हैं। विश्वसनीयता गुणांक जैसा कि विवरण-पुस्तिका से ज्ञात होता है उच्च है। वैधता ज्ञात करने के लिए अनेक विधियों का प्रयोग किया गया। जैसे—फलांकों की तुलना, अध्यापकों द्वारा किया गया निर्णय आदि। प्रशासन में 20 मिनट लगते हैं। सामूहिक परीक्षण 9 वर्ष या अधिक आयु के बालकों के लिये अधिक उपयुक्त है पर व्यक्तित्व परीक्षण कम आयु के बालकों पर भी सम्भव है।

असामान्य व्यवहार के अध्ययन में मनोवैज्ञानिक परीक्षणों का विशेष महत्त्व है। इनमें प्रक्षेपण विधियाँ अपना विशेष स्थान रखती हैं, क्योंकि ये विधियाँ विशेष रूप से अचेतन का अध्ययन करने में सहायक हैं। फिर भी इन परीक्षणों के निर्माण में समय व धन का अधिक व्यय होता है।

जहाँ तक मनोरोगियों के बुद्धि स्तर के मापन का सम्बन्ध है, इसके लिए निष्पादन परीक्षण का उपयोग अधिक महत्त्वपूर्ण रहता है क्योंकि ऐसा परीक्षण प्रायः वैयक्तिक परीक्षण होता है। इसमें मनोरोगी के बौद्धिक स्तर का गहन व विस्तृत अध्ययन सम्भव है। इससे उसकी बुद्धि के मापन के साथ-साथ दिये गये कार्यों के सम्पन्न करने में उठने वाले संवेगात्मक तनावों का भी सूक्ष्म अध्ययन किया जाता है। सम्बन्धित कार्यों के सम्पन्न करने में दिये गये निर्देशों के अनुपालन करने के प्रति भी उसकी अभिवृत्ति का अंकन किया जाता है। चूँकि अधिकांश बुद्धि मापन से सम्बन्धित निष्पादन परीक्षण बालकों व किशोरों के लिए होते हैं, अतः ऐसी स्थिति में वयस्कों के बुद्धि मापन में वैश्लर बुद्धि स्केल का व्यापक उपयोग किया जाता है। यह बुद्धि मापन का एक मिश्रित परीक्षण है जिसका उपयोग बालकों, किशोरों तथा वयस्कों पर समान रूप से किया जाता है।

मानसिक रोगियों के व्यक्तित्व के मूल्यांकन के लिए एम॰एम॰पी॰आई (MMPI), टी॰ए॰टी॰ (T.A.T.), पिक्चर फ्रस्टेशन टेस्ट (P.F.T.) एवं रोर्शा (Rorschach) परीक्षण आदि महत्त्वपूर्ण हैं। शब्द साहचर्य परीक्षण, वाक्यपूर्ति परीक्षण आदि भी उपयोगी एवं प्रभावी रहे हैं। प्रक्षेपी प्रविधियों (projective techniques) के माध्यम से रोगी के अवचेतन की

मनोवृत्ति व अभिवृत्तियों के मूल्यांकन में विशिष्ट जानकारी प्राप्त होती है तथा इनके माध्यम से समस्त व्यक्तित्व का अध्ययन साध्य रहता है। इनके द्वारा अध्ययन की पुनरावृत्ति भी साध्य रहती है तथा विश्वसनीयता तथा वैधता का स्तर भी सामान्य रहता है।

प्रतिक्रिया काल परीक्षणों के माध्यम से व्यक्तिगत भिन्नता का पता लगाया जाता है। अर्थात् व्यक्तिगत भिन्नता से यह पता चलता है कि एक ही परिस्थिति में विभिन्न प्रकार के व्यक्ति विभिन्न प्रकार की प्रतिक्रियाएँ करते हैं। इससे सामान्य तथा असामान्य व्यवहार के अंतर को स्पष्ट रूप से समझा जा सकता है।

परीक्षण-पद्धति द्वारा व्यक्तित्व मूल्यांकन में कठिनाइयाँ

परीक्षण-पद्धति द्वारा व्यक्तित्व मूल्यांकन में निम्नांकित कठिनाइयाँ अनुभव की जाती है:—

(i) **परीक्षण विरोधी अभिवृत्ति**—लोगों में कभी-कभी यह भावना विकसित हो जाती है कि इससे व्यक्ति के निजी जीवन पर प्रहार होता है। फलतः परीक्षण विरोधी अभिवृत्ति उत्पन्न हो जाती है।

(ii) **गोपनीयता भंग का अंदेशा**—ऐसी भावना उत्पन्न होती है कि परीक्षण में दी गई सूचना का परीक्षणकर्त्ता द्वारा दुरूपयोग किया जायेगा जिससे गोपनीयता भंग होगी तथा निजी जीवन प्रभावित होगा।

(iii) **सांस्कृतिक पक्षपात की भावना**—मनोवैज्ञानिक परीक्षण के माध्यम से किसी एक सांस्कृतिक समुदाय को ऊँचा उठाया या नीचे गिराया जा सकता है। इस प्रकार एक विचित्र तथा कष्टकर स्थिति उत्पन्न हो जाती है और यह स्थिति उस समय और भयावह बन जाती है जब परीक्षण के परिणाम वैध नहीं होते।

(iv) **परीक्षण पद्धति की मनोचिकित्सकों द्वारा स्वयं आलोचना**—परीक्षण-पद्धति की यह अवधारणा रही है कि कुसमायोजित व्यक्तित्व के कुसमायोजन को उसके आंतरिक विशेषकों के मूल्यांकन के आधार पर समझा जा सकता है। परन्तु यहाँ सम्बन्धित व्यक्तित्व के सामाजिक परिवेश, भूमिका, दायित्व, सामाजिक लक्ष्यों तथा प्रतिमानों के तरफ ध्यान नहीं दिया जाता। इसके अतिरिक्त कुसमायोजित व्यक्ति के व्यवहार में सहसा होने वाले परिवर्तनों की भी परीक्षण पद्धति में उपेक्षा रहती है। परिणामतः कुसमायोजित व्यक्ति के परीक्षण पद्धति द्वारा व्यक्तित्व मूल्यांकन में शंका तथा आशंकाएँ उत्पन्न होने लगती है।

6. प्रायोगिक विधि
(Experimental Method)

सुनियोजित रूप से नियंत्रित दशाओं में किया गया प्रेक्षण ही प्रायोगिक विधि है। इस विधि में स्वतंत्र चर पर पड़नेवाले सम्भावित प्रभाव का मूल्यांकन किया जाता है। व्यवहार में आनेवाले परिवर्तनों के अध्ययन की यह एक अत्यन्त शक्तिशाली विधि है। प्रायोगिक अध्ययन पद्धति द्वारा अवसादक (depressant) तथा उद्दीपक (stimulant) औषधियों के प्रभावों का व्यवहार के प्रति मूल्यांकन किया गया। मनोविदलता से पीड़ित व्यक्तियों तथा सामान्य व्यक्तियों के सामान्य प्रतिक्रिया काल का अध्ययन किया गया और पाया गया कि मनोविदलता से पीड़ित रोगियों का प्रतिक्रिया काल धीमा रहा। *लाइवर्ट* तथा *वैरेन* (1972) ने एक प्रायोगिक अध्ययन कर प्रदर्शित किया जिसमें टेलीविजन पर प्रदर्शित हिंसक व्यवहार स्वतंत्र चर था तथा उसके देखने वाले बालकों में आक्रामक व्यवहार पर प्रभाव आश्रित चर था। यह प्रयोग नियंत्रित समूह

तथा प्रायोगिक समूह पर किया गया तथा परिणाम में पाया गया कि टेलीविजन पर हिंसक कार्यक्रम देखनेवाले बालकों में हिंसक व्यवहार अधिक तथा हिंसा रहित कार्यक्रम देखनेवालों में तुलनात्मक रूप से कम रहा।

प्रयोग विधि को सभी विज्ञानों में सर्वाधिक महत्त्वपूर्ण विधि माना जाता है। प्रयोग विधि को 'नियंत्रित प्रेक्षण' (controlled observation) का नाम दिया जाता है। नियंत्रित से तात्पर्य जिन दशाओं में अध्ययन किया जा रहा है, अनुक्रिया का प्रेक्षण किया जाता है, उन दशाओं पर प्रेक्षण करने वालों का यथासम्भव पूर्ण नियंत्रण होता है। नियंत्रित दशा का तात्पर्य यह है कि प्रयोगकर्त्ता अनुक्रिया को उद्दीप्त करने वाले सभी उद्दीपकों एवं अनुक्रिया करनेवाले प्राणी की प्रासंगिक विशेषताओं को क्रमबद्ध रीति से परिवर्तित कर उपस्थित करता है ताकि अनुक्रिया पर क्रमबद्ध रीति से किये जाने वाले परिवर्तन के प्रभावों का प्रेक्षण या मापन किया जा सके। इस विधि में अनुक्रिया और उद्दीपक अथवा प्राणिगत विशेषताओं के पारस्परिक प्रकार्यात्मक सम्बन्ध का अध्ययन किया जाता है। प्रकार्यात्मक से तात्पर्य उद्दीपक की विशेषताओं अथवा प्राणीगत विशेषाओं में परिवर्तन होने उसमें कमी या वृद्धि होने पर अनुक्रिया की विशेषताओं में क्या परिवर्तन होते हैं। जैसा कि उपरोक्त उदाहरणों से स्पष्ट है।

7. निर्धारण मापनियाँ
(Rating Scales)

मानवीय निर्णय पर आधारित मनोवैज्ञानिक मापन विधियों में सबसे अधिक प्रचलित निर्धारण मापनियाँ हैं। व्यावहारिक मनोविज्ञान के क्षेत्र में यह अधिक लोकप्रिय हैं किन्तु कुछ मौलिक शोधों में व्यापक रूप से इनका प्रयोग किया जाता है। सबसे पहले गाल्टन (1883) ने निर्धारण मापनी का उपयोग किया। इनका प्रयोग प्रायः व्यक्तियों, उनकी प्रतिक्रियाओं तथा उनके उत्पादन के मूल्यांकन हेतु किया जाता है। निर्धारण मापनियों का प्रयोग सरल है इसलिए ये अधिक लोकप्रिय हैं।

वान डैलेन (1954) के अनुसार, *''निर्धारण मापनी एक परिवर्त्य की मात्रा, तीव्रता तथा आवृत्ति को निश्चित करती है।'' (A rating scale ascertains the degree, intensity and frequency of variable.)*।

आइजेंक तथा अन्य (1972) के शब्दों में, *''निर्धारण मापनी वह बहुस्तर वाली मापनी है जिसपर निर्धारण करने वाला व्यक्ति एक विशेषता की मात्रा में आत्मगत रूप से व्यवस्थित करता है। प्रायः इस प्रकार की मापनियों में पाँच, छः या सात अवस्थाएँ होती हैं जो प्रयोज्य को मौखिक रूप से बताई जाती हैं अथवा संख्यानुसार दिखा दी जाती हैं।'' (Rating scale- A multi-stage scale on which degree of a characteristics are arranged subjectively by a rater. Such scales usually have five, six or seven stages which can be formulated verbally or shown by numbers.)*

इस अध्याय में हम निर्धारण मापनियों के रूपों का उल्लेख करते हुए यह बतायेंगे कि इनका निर्माण कैसे किया जाता है। इसके गुण, दोष क्या हैं। इससे हमें इस बात की जानकारी होगी कि मापनियों में त्रुटि के सामान्य स्रोत क्या हैं। इन त्रुटियों को कैसे दूर किया जा सकता है। निर्धारण मापनियों के प्रयोग से उत्पन्न कुछ सांख्यिकीय कठिनाइयों तथा विशेष परिस्थितियों पर भी विचार किया जायेगा।

निर्धारण मापनियों के रूप (*Forms of Rating Scales*)

सामान्यतया जिन निर्धारण मापनियों का प्रयोग किया जाता है उन्हें पाँच भागों में विभक्त किया जा सकता है—

(1) आंकिक निर्धारण मापनी (Numerical Rating Scale)
(2) आलेखी निर्धारण मापनी (Graphic Rating Scale)
(3) प्रामाणिक निर्धारण मापनी (Standard Rating Scale)
(4) संचयी बिन्दु निर्धारण मापनी (Cumulative Points Rating Scale)
(5) बाध्य चयन निर्धारण मापनी (Forced Choice Rating Scale)

निर्धारण मापनियों की रचना और प्रयोग से सम्बन्धित समस्याएँ (*Problems in Rating Scales Construction and Uses*)

स्थिर त्रुटि और उनका नियंत्रण (*Constant Error and their Control*)

निर्धारण मापनियों के प्रयोग की यह अवधारणा है कि मानव निरीक्षण मात्रात्मक निर्णय के लिए एक अच्छा यंत्र है। उसके द्वारा कुछ अंशों तक परिशुद्ध और वस्तुनिष्ठ परिणाम प्राप्त किये जा सकते हैं। एक ओर जहाँ हम मानवीय निर्णय की परिशुद्धता को मापने के लिए बाध्य हैं वहीं हमें उसके द्वारा दिये गये निर्णयों में सन्निहित कमियों और पक्षपातों की ओर से भी सावधान रहना चाहिए।

(i) उदारता की त्रुटि (The Error of Leniency)
(ii) केन्द्रीय प्रवृत्ति की त्रुटि (The Error of Central Tendency)
(iii) परिवेश प्रभाव (Halo Effect)
(iv) निर्धारण में तार्किक त्रुटि (A Logical Error in Rating)
(v) विरोधी त्रुटि (A Constant Error)

(i) उदारता त्रुटि (*The Error of Leniency*)—इस त्रुटि का उक्त नाम इसलिए पड़ा क्योंकि निर्धारक उन लोगों को उदारतापूर्वक उच्च मूल्य प्रदान करता है जिन्हें वह जानता है अथवा जिनमें उसका अहम् सन्निहित रहता है। यह प्रवृत्ति प्रायः स्थिर होती है। कुछ निर्धारक इस सम्बन्ध में सचेत रहने के कारण पीछे की ओर (Lean over backward) झुक जाते हैं और व्यक्तियों को उनकी वास्तविक स्थिति से निम्न स्थिति पर आँकते हैं। इसे ऋणात्मक उदार त्रुटि कहा जाता है। धनात्मक उदार त्रुटि बहुत सामान्य होती है इसलिए इन्हें नियंत्रित करने के लिए पहले से सावधानी बरती जाती है इस प्रकार का उदाहरण निम्नांकित है :—

Physical Health

Poor   Fair   Good   Very good   Excellent

इस उदाहरण का पहला विवरण प्रतिकूल तथा अन्य सभी अनुकूल मात्रा को व्यक्त करते हैं।

(ii) केन्द्रीय प्रवृत्ति की त्रुटि (*The Error of Central Tendency*)—केन्द्रीय प्रवृत्ति की त्रुटि का कारण यह है कि निर्धारक अति का निर्णय देने में झिझकता है। इसमें व्यक्ति का निर्धारण केन्द्र की ओर खिसक जाता है। अपरिचित व्यक्ति के निर्धारण में यह और भी अधिक होता है। इसीलिए आलेखी मापनियों में एक से वर्णनात्मक कथनों को दूर-दूर रखने के लिए कहा गया है। इसके लिए छोरों के कथनों के अर्थों में अधिक अन्तर रखना चाहिए।

(iii) परिवेश प्रभाव *(Halo Effect)*—सर्वप्रथम वेल्स *(Wells,* 1907) ने इस त्रुटि की बात कही थी। थॉर्नडाइक (1920) ने इसे Halo effect का नाम दिया। रग (*Rugg,* 1921-1922) के शब्दों में—*"We judge our fellows in terms of a general mental attitude toward them and there is dominating this mental attitude towards the personality as a whole, alike mental attitude towards particular qualities."*

परिवेश का प्रभाव एक निर्धारक के निर्धारण को व्यक्ति के प्रति सामान्य धारणा की ओर ले जाता है। उसका दूसरा प्रभाव यह पड़ता है कि इसके द्वारा मापित गुणों में हम मिथ्या धनात्मक सहसम्बन्ध स्थापित कर देते हैं। इस प्रभाव को पूर्णरूप से कभी भी दूर नहीं किया जा सकता है किन्तु, अनुभव के द्वारा जाना जा सकता है कि कहाँ इसका प्रभाव है और कहाँ नहीं। परिवेश के प्रभावों को अभ्यास द्वारा दूर किया जा सकता है।

(iv) निर्धारण में तार्किक त्रुटि *(A Logical Error in Rating)*—इस त्रुटि का संकेत *न्यूकोम्ब* (1931) ने दिया। इसका कारण है कि निर्धारक उन घटकों का निर्धारण प्रायः एक-सा करता है जो तार्किक रूप से उसे एक प्रतीत होते हैं। इससे विशेषताओं में अन्तःसहसम्बन्ध बढ़ जाता है। उदाहरणार्थ, जब अनेक निर्धारकों द्वारा किसी विशेषता के प्रति प्रवणता के लिए 30 छात्रों को श्रेणीबद्ध किया गया तो उनके निर्धारण में .493 का सहसम्बन्ध पाया गया। जब इन्हीं निर्धारकों द्वारा निरीक्षण व्यवहार के आधार पर इनका लेखा-जोखा रखा गया तो औसत रूप से सहसम्बन्ध .141 प्राप्त हुआ। यह अन्तर निर्धारकों के मस्तिष्क में पूर्व तार्किक सम्बन्धों के कारण था। इस त्रुटि का निवारण निरीक्षित विशेषताओं के आधार पर श्रेणियाँ देकर किया जा सकता है।

(v) विरोधी त्रुटि *(A Contant Error)*—मरे (*Murray,* 1938) ने एक प्रकार के पक्षपात का उल्लेखं किया है जिसके कारण यह त्रुटि उत्पन्न होती है व्यक्ति विरोधी त्रुटि निर्धारक की वह प्रवृत्ति है जिसमें वह अन्य लोगों को अपने से विरोधी दिशा में आँकता है। विशेष रूप से ऐसा तब होता है जब अनुशासन सम्बन्धी विशेषताओं का निर्धारण करना होता है। अनुशासन की दृष्टि से उच्च निर्धारक दूसरों को कम अनुशासित व्यक्ति के रूप में और निम्न अनुशासित निर्धारक दूसरों को अधिक अनुशासित व्यक्तियों के रूप में प्रत्यक्षित करता है।

निर्धारण मापनियों का सामान्य मूल्यांकन *(General Evaluation of Rating Scales)*

निर्धारण मापनियाँ युग्म तुलना और श्रेणी विधि की तुलना में अधिक उपयुक्त हैं। इनमें निम्नांकित गुण पाये जाते हैं:—

(i) निर्धारण मापनियों में युग्म तुलना और श्रेणी विधि की अपेक्षा कम समय व्यय होता है।

(ii) इसकी प्रक्रिया अधिक रुचिकर होती है। प्रमुख रूप से आलेखी मापनियों के प्रयोग में।

(iii) अधिक व्यापक क्षेत्र पर इसका उपयोग किया जा सकता है।

(iv) मनोविज्ञान का बहुत कम ज्ञान रखने वाले लोग भी इसका उपयोग कर सकते हैं।

(v) उत्तेजकों की संख्या बड़ी होने पर भी इसका उपयोग हो सकता है। जबकि 30 या 40 उत्तेजनाओं की उपस्थिति में श्रेणी विधि का उपयोग कठिन होता है।

अनेक अध्ययनों के आधार पर यह प्रमाणित हुआ कि यह एक उत्तम विधि है। साइमण्ड ने अपने अध्ययन से यह स्पष्ट किया कि साधारण परिस्थितियों में भी निर्धारण मापनियाँ विश्वसनीय परिणाम प्रदान करती हैं। कोंकलिन तथा सदरलैंड ने (*Concklin and Sutherland,* 1932) यह पाया कि उस मापनी में एक निर्धारक और दूसरे निर्धारक में विचलनशीलता कम पाई जाती है। कोटिक्रम की विश्वसनीयता .73 तथा निर्धारण की .79 है। निर्धारकों की वैधता भिन्न गुणों के लिए अलग-अलग होती है। स्पष्ट है कि जिन कमियों और त्रुटियों के लिए निर्धारण मापनियों की अपेक्षा की जाती है उन सभी का निवारण किया जा सकता है।

8. नैदानिक परीक्षण
(Diagnostic Tests)

नैदानिक परीक्षण उपलब्धि परीक्षण का ही एक प्रकार है जिसका महत्त्व उपलब्धि परीक्षणों की तुलना में कहीं अधिक है। उपलब्धि परीक्षण एक ऐसा अभिकल्प है जो एक विशेष विषय या पाठ्यक्रम के विभिन्न विषयों में व्यक्ति के ज्ञान, समझ एवं कौशल का मापन करता है। इसके प्रमुख उद्देश्यों के रूप में ज्ञान (knowledge), सम्बोधन (comprehension), अनुप्रयोग (application), विश्लेषण (analysis), संश्लेषण (sysnthesis) एवं मूल्यांकन (evaluation) की ओर संकेत किया जा सकता है जबकि निदानात्मक परीक्षण वे परीक्षण कहे जाते हैं जो सुधार, निदान, सुझाव आदि से सम्बन्धित होते हैं। नैदानिक परीक्षण छात्रों के गुणों (strengths) एवं अवगुणों (weaknesses) दोनों से ही सम्बन्धित चित्र प्रस्तुत करता है। इस प्रकार यह कहा जा सकता है कि यही परीक्षण एक से अधिक सम्पूर्णांक प्रदान करते हैं। (*Any test that yields more than a single over all score is, in a sense, diagnostic.*—Pyne & Morrio, 1967)। कुछ व्यावसायिक शिक्षाशास्त्री जिस परीक्षण को नैदानिक मानते हैं, वहीं दूसरे शिक्षाशास्त्री उस परीक्षण में नैदानिक विशेषताओं का अभाव देखकर उसे न प्रयोग करने की सलाह देते हैं। यदि एक विद्यार्थी गणित परीक्षण के एक भाग गणितीय गणना (airthmetic computation) पर अधिक अंक नहीं प्राप्त करता है वरन् वह परीक्षण के दूसरे भाग गणितीय तर्कना (arithmetical reasoning) पर अधिक अंक प्राप्त करता है तो निःसंदेह यह परीक्षण उसके कमियों की ओर संकेत करता है तथा हमें यह संकेत प्रदान करता है कि गणितीय तर्कना में अधिक अंक प्राप्त करने के कारण वह अपने जीवन में समस्याओं का समाधान अधिक तर्कपूर्ण ढंग से करेगा। इस सूचना से एक निदानात्मक संकेत मात्र होता है। निदान वास्तव में मात्रा का विषय है। इस प्रकार यह कहा जा सकता है कि एक या अधिक क्षेत्रों में छात्रों की विशेषताओं (characteristics), कमियों (weaknesses), कठिनाइयों (difficulties), हीनताओं (deficiencies) आदि के बारे में नैदानिक परीक्षणों के द्वारा सूचना प्राप्त की जा सकती है। यह सत्य है कि नैदानिक परीक्षण भी एक प्रकार के उपलब्धि परीक्षण ही है परन्तु दोनों के उद्देश्यों में पूर्ण रूप से भिन्नता पाई जाती है। नैदानिक परीक्षणों में सम्पूर्ण प्राप्तांक (total score) का कोई महत्त्व नहीं होता है वरन् परीक्षण के अलग-अलग भागों के अंश प्राप्तांक (part score) महत्त्वपूर्ण होते हैं जो छात्र में पाये जाने वाली विशेषताओं तथा कमियों को इंगित करते हैं। नैदानिक परीक्षण प्रायः बैटरी (परीक्षण माला) के रूप में होते हैं जिसके अलग-अलग खण्डों (उपपरीक्षणों) से हमें भिन्नतापरक चित्र प्राप्त होता है जिससे शिक्षक आवश्यकतानुसार अपने अध्यापन शैली में परिवर्तन लाकर विद्यार्थियों

का समुचित विकास कर सकता है। पठन-पाठन की क्रिया को प्रभावशाली बनाने के लिए नैदानिक परीक्षणों का अधिकतम उपयोग शिक्षाशास्त्रियों एवं शिक्षकों द्वारा किया जाता रहा है।

नैदानिक परीक्षणों के निर्माण में उपलब्धि परीक्षण के सभी सोपानों का ही प्रयोग किया जाता है परन्तु इसमें बालक की विशिष्टता अथवा कमजोरी का पता लगाने का प्रयास किया जाता है। इसका विस्तार क्षेत्र अपेक्षाकृत संकीर्ण होता है क्योंकि यह बालक के विशिष्टता अथवा कमजोरी से ही सम्बन्धित होता है। नैदानिक परीक्षण में ज्ञान को नहीं, वरन् कौशल के अर्जन एवं विकास की दिशा की पहचान करता है। यह व्यक्ति केन्द्रित भी होता है और समूह केन्द्रित भी। व्यक्ति केन्द्रित वैज्ञानिक परीक्षण छात्र की विशिष्टता अथवा कमजोरी से सम्बन्धित है जबकि समूह केन्द्रित नैदानिक परीक्षणों का सम्बन्ध समूह विशेष की विशिष्टताओं अथवा कमजोरियों से होता है। व्यक्ति केन्द्रित नैदानिक परीक्षणों में छात्र सम्बन्धित परीक्षण पद होते हैं जबकि समूह केन्द्रित नैदानिक परीक्षणों में समूह की विशिष्ट की कमियों को ध्यान में रखकर परीक्षण पद तैयार किए जाते हैं। इस पर समूह की संस्कृति तथा भाषा का प्रभाव पड़ता है। दोनों प्रकार के नैदानिक परीक्षणों-समूह केन्द्रित तथा व्यक्ति-केन्द्रित दो प्रकार की त्रुटियाँ-व्यक्तिगत एवं सामूहिक प्राप्त होती हैं जिनके निवारण के लिए क्रमशः वैयक्तिक उपचारात्मक अध्यापन प्रणाली तथा सामूहिक उपचारात्मक अध्यापन प्रणाली का प्रयोग किया जाता है। इस परीक्षण के द्वारा छात्रों के कौशल की कमजोरी अथवा पारंगतता के बारे में ज्ञान प्राप्त किया जा सकता है। परन्तु किसी कौशल विशेष के संदर्भ में छात्र की कमजोरी ज्ञात करना ही शिक्षक का उत्तरदायित्व नहीं है, वरन् उन हीनताओं/कमजोरियों/त्रुटियों का उन्मूलन करना भी मनोवैज्ञानिक का पुनीत कर्तव्य है।

नैदानिक परीक्षण के उद्देश्य (*Objectives of Diagnostic Testing*)

(1) मूल्यांकन पद्धतियों में परिवर्तन करके उन्हें अधिक प्रभावी बनाना।

(2) विद्यालयों में पढ़ाए जाने वाले विषयों के अध्ययन-अध्यापन प्रक्रिया में सुधार लाना।

(3) विषयों के विषय-वस्तु के अनुसार अध्यापन प्रक्रिया अपनाने के लिए सुझाव देना।

(4) अध्ययन प्रक्रिया को अधिक प्रभावी बनाने के लिए सुझाव देना।

(5) अधिगम प्रक्रिया को अधिक उपयोगी बनाना।

(6) भाषा के सन्दर्भ में छात्रों की विशिष्टताओं एवं न्यूनताओं का मूल्यांकन करना।

(7) अधिगम प्रक्रिया में विद्यमान अवरोधक तत्त्वों को ढूँढ़ना तथा उन्हें दूर करने के लिए सुझाव देना।

(8) विद्यालय में पढ़ाए जाने वाले विषयों को अधिक सुग्राह्य बनाने हेतु सुझाव देना।

(9) किसी विषय विशेष के संदर्भ में समूह की विशिष्टताओं तथा कमियों को ज्ञान करना तथा उनका सामूहिक उपचार करना।

(10) किसी विषय के संदर्भ में पिछड़े बालकों को ढूँढ़ना और उनका सुधार करना।

(11) बालकों की कठिनाइयों को ज्ञात करके दूर करने का उपाय सुझाना।

(12) बालक की विशिष्ट कमजोरी की छानबीन करना तथा उनके सुधार हेतु उपचारात्मक कदम उठाना।

अनानुकूलित व्यवहार का मूल्यांकन एवं उपचार
(Assessing and Treating Maladaptive Behaviour)

लोगों को अनानुकूलित व्यवहार से छुटकारा दिलाने के लिए उसका मूल्यांकन तथा उपचार आवश्यक है। विकृतियों की अनेकता तथा उनके स्वरूप को अल्प ज्ञान के कारण असामान्य व्यवहार के स्वरूप, कारण, उपचार तथा बचाव के उपायों के विषय में विरोधी विचारों का प्रभाव मानसिक विकारों के मापन तथा उपचार प्रक्रिया पर अवश्यंभावी है। अतः मनोवैज्ञानिक मापन एवं मूल्यांकन की सीमाओं की चर्चा करना सन्दर्भ से बाहर न होगा।

मनोवैज्ञानिक मापन की सीमाएँ
(Limitations of Psychological Assessment)

मनोविकृति जन्य व्यवहार के मनोवैज्ञानिक मापन में आनेवाली कुछ गम्भीर समस्याएँ निम्नलिखित हैं:—

1. परीक्षणों एवं उपचारकों के सांस्कृतिक पक्षपात—किसी सांस्कृतिक अल्पसंख्यक समूह के विषय में मनोवैज्ञानिक परीक्षणों से प्राप्त सूचनाओं की वैधता संदिग्ध हो सकती है, क्योंकि कोई परीक्षण जिस संस्कृति के नाम पर मानकीकृत किया जाता है उसी समूह से वैध सूचनाएँ प्रदान करता है। इसी प्रकार उपचारात्मक जिस सामाजिक-सांस्कृतिक पृष्ठभूमि से सम्बद्ध होता है उसके अतिरिक्त अन्य सामाजिक-सांस्कृतिक पृष्ठभूमि के रोगियों के वस्तुनिष्ठ मापन में कठिनाई का अनुभव कर सकता है।

2. उपचारात्मक की सैद्धान्तिक उन्मुखता—उपचारक की सैद्धान्तिक उन्मुखता भी मापन प्रक्रिया को प्रभावित करती है। उदाहरण के लिए एक मनोविश्लेषक तथा एक व्यवहारवादी किसी व्यवहार की अलग-अलग व्याख्या करते हैं जो उनके सैद्धान्तिक दृष्टिकोण की भिन्नता का परिणाम है।

3. आन्तरिक लक्षणों पर अत्यधिक बल—अनेक बार देखा जाता है कि मनोवैज्ञानिक यह मानकर मापन करते हैं कि व्यक्ति की समस्याओं का कारण उसके व्यक्तित्व लक्षण हैं। ऐसे में व्यक्ति की जीवन परिस्थितियों में उसके प्रतिबलों की अनदेखी होती है, जो उचित नहीं है।

4. अशुद्ध मापन प्रदत्त तथा लेबल—मापन प्रदत्त तथा इस पर आधारित नैदानिक प्रक्रिया अशुद्ध होते हैं। किसी रोगी के निदान (diagnosis) की त्रुटि के घातक परिणाम हो सकते हैं।

5. गोपनीयता बनाए रखने की कठिनाई—यदि मापन के प्रदतों की गोपनीयता समाप्त हो जाती है तो अनेक व्यक्तियों की नौकरी या राजनैतिक पद के प्राप्ति के अवसरों पर बुरा प्रभाव पड़ता है। इसी तरह जीवन के अन्य पक्ष भी मापन के प्रदत्तों के सार्वजनिक होने से प्रभावित होते हैं। मापन की सीमाओं को दूर करने के प्रयास किए जाते हैं। असामान्य व्यवहार प्रतिमानों के मापन, निदान एवं उपचार के पूर्व मनोवैज्ञानिक मापन के स्वरूप तथा सीमाओं से परिचित होना आवश्यक है।

6. असामान्य व्यवहार के मापन की समस्या—असामान्य व्यवहार के उपचार के पूर्व उनकी पहचान आवश्यक है। कभी-कभी व्यक्ति की निजी प्रार्थना पर मापन किया जाता है। जैसे—चिन्ता-भावना, अवसाद और दुःख की भावना के कारण। कुछ अन्य दशाओं का कार्य करते हैं। बच्चों के असामान्य व्यवहार की पहचान, निदान एवं उपचार हेतु टीचर्स तथा माता-पिता द्वारा मापन के लिए निवेदन करते हैं।

उपचारक, अनेक मापन विधियों—जैसे मेडिकल, मनोवैज्ञानिक तथा सामाजिक प्रक्रियाएँ प्रयुक्त करते हैं। मनोवैज्ञानिक प्रक्रियाओं में, साक्षात्कार, मनोवैज्ञानिक परीक्षण, श्रेणी मापन, वास्तविक जीवन में व्यक्ति के व्यवहार का निरीक्षण तथा विविध प्रकार की अन्य तकनीकें सम्मिलित हैं। सामान्यतः मनोवैज्ञानिक प्रदत्तों को मेडिकल तथा समाजशास्त्रीय प्रदतों से पुष्ट करते हैं—जिसमें व्यक्ति के परिवार और सामान्य जीवन की परिस्थितियों आदि की सहायता कुल मिलाकर नैदानिक चित्र (clinical picture) तैयार करते हैं।

यदि आंगिक विकृति के प्रमाण नहीं मिलते, तो उपचारक रोगी के व्यवहार का मूल्यांकन करते समय यह ध्यान देते हैं कि वह अपनी नैदानिक आवश्यकताओं की पूर्ति कर पाता है या नहीं और अपने सामाजिक दायित्वों का निर्वाह किस मात्रा में कर पाता है।

यहाँ यह स्पष्ट करना आवश्यक प्रतीत होता है कि किसी व्यक्ति पर मानसिक मन्दता, मद्यपानी (alcoholic) या मनोविदलित (schizophrenic) की छाप लगने का दुर्भाग्यपूर्ण प्रभाव उस व्यक्ति पर पड़ सकता है। इस प्रकार की छाप (लेबल) से उस व्यक्ति के स्व-प्रत्यय का अवमूल्यन हो सकता है। इससे उसके निजी और अन्तर्वैयक्तिक सम्बन्ध, व्यावसायिक तथा अन्य अवसर प्रभावित हो सकते हैं। यही नहीं 'नैदानिक छाप' (diagnostic lable) भ्रान्ति भी हो सकती है।

सहायक क्षेत्र तथा कर्मी

वर्तमान समय में भिन्न किन्तु घनिष्ठ रूप से सम्बद्ध व्यावसायिक क्षेत्रों में असामान्य व्यवहार एवं मानसिक स्वास्थ्य विषयक अध्ययन हो रहे हैं।

असामान्य मनोविज्ञान, मनोविज्ञान के क्षेत्र का वह भाग है, जो असामान्य व्यवहार को समझने, उपचार तथा बचाव के उपायों से सम्बद्ध है। इसी प्रकार असामान्य व्यवहार की पहचान, उपचार और रोकथाम के उपायों का अध्ययन करने वाले व्यावसायिक क्षेत्र को नैदानिक मनोविज्ञान (clinical psychology) कहा जाता है। मनश्चिकित्सा (psychiatry) एक अन्य क्षेत्र है जो असामान्यता के निदान, उपचार एवं पुनर्वास से सम्बद्ध है। यह औषधि विज्ञान (medicine) के अन्तर्गत आती है किन्तु क्लीनीकल साइकॉलोजी से घनिष्ठ रूप से सम्बद्ध है। 'सामाजिक कार्य' (social work) विज्ञान, समाजशास्त्र की शाखा है जो मानसिक रोगियों के उपचार के बाद उनके पुनर्वास—समाज, समुदाय तथा परिवार में समायोजन में सहायता देता है। इस प्रकार असामान्य मनोविज्ञान, नैदानिक मनोविज्ञान, मनश्चिकित्सा तथा सामाजिक कार्य जैसे क्षेत्र असामान्य व्यवहार के निदान, उपचार तथा रोकथाम सम्बन्धी कार्यों से जुड़े हुए हैं। इन्हें निम्नलिखित नामों से पुकारा जाता है:—

1. **नैदानिक मनोवैज्ञानिक** *(Clinical psychologists)*—इनके लिए निदान-मनोविज्ञान में पी-एच॰ डी॰ की उपाधि के साथ मानसिक उपचार में प्रशिक्षण आवश्यक है।
2. **मनश्चिकित्सक** *(Psychiatrist)*—मेडिसिन में एम॰ डी॰ की उपाधि के साथ मानसिक चिकित्सालय में प्रशिक्षण आवश्यक है।
3. **सामाजिक कार्यकर्ता** *(Social worker)*—यह सामाजिक कार्य में स्नातकोत्तर उपाधि रखने के साथ नैदानिक कार्य में प्रशिक्षण अनिवार्य है।
4. **परामर्श मनोवैज्ञानिक** *(Counselling Psychologist)*—यह मनोविज्ञान में

पी-एच॰ डी॰ उपाधिक रखने के साथ वैवाहिक, परिवार तथा परामर्श के अन्य क्षेत्रों में प्रशिक्षित होते हैं।

5. **मनोविश्लेषक** (*Psychoanalyst*)—यह एम॰ डी॰ अथवा पी-एच॰ डी॰ की उपाधि रखने के साथ मनोविश्लेषण के सिद्धान्त एवं मनोविश्लेषण की प्रैक्टिस में विशेषज्ञता रखते हैं।

इनके अतिरिक्त व्यावसायिक उपचारक भी असामान्य व्यवहार के निदान एवं उपचार के कार्य करते हैं। मापन एवं उपचार के कार्य में टीम एप्रोच (team approach) अथवा सभी प्रकार के विशेषज्ञों द्वारा मिलकर असामान्य व्यक्तियों के उपचार पर बल दिया जाता है। इसके अन्तर्गत मेडिकल, मनोवैज्ञानिक, सामाजिक कार्यकर्त्ता तथा अन्य स्वास्थ्यकर्मी आपस में मिलकर प्रयास करते हैं। इन सबका एक उद्देश्य होता है—व्यक्ति को उसके मनोविकारों से छुटकारा दिलाना तथा सामान्य व्यक्तियों के समान जीवन व्यतीत करने में सहायता देना।

❑

अध्याय 2

रोग वर्गीकरण विज्ञानीय प्रणालियाँ

(NOSOLOGICAL SYSTEMS)

मनोचिकित्सकों एवं नैदानिक मनोवैज्ञानिकों ने मनोविकृतिजन्य व्यवहारों का वर्गीकरण किया है ताकि मनोविकृतियों के स्वरूप को सरलता से समझा जा सके। *वर्गीकरण/श्रेणीकरण की प्रक्रिया को निदान (diagnosis) कहते हैं और जब मनोवैज्ञानिक विधियों का प्रयोग करके निदान किया जाता है तो उसे मनोनिदान (psychodiagnosis) की संज्ञा दी जाती है।*

Seligman & ***Rosenhan*** (1998) ने निदान को इस प्रकार परिभाषित किया है, ''*व्यवहारपरक एवं मनोवैज्ञानिक प्रतिरूप के अनुसार मनोवैज्ञानिक विकृतियों के श्रेणीकरण को ही निदान की संज्ञा दी जाती है।*'' (***Diagnosis is the categorization of psychological disorders according to behavioural or psychological patterns.***)।

मनोविकृतिजन्य व्यवहार का वर्गीकरण या श्रेणीकरण करके हम उसके स्वरूप तथा कारणों के बारे में ज्ञान प्राप्त कर सकते हैं और उनके उपचार की योजनाएँ बना सकते हैं। मनोविकृतियों के नैदानिक वर्गीकरण (diagnostic classification) अथवा रोगवर्गीकरण विज्ञानीय प्रणालियों का उपयोग मनोचिकित्सक एवं नैदानिक मनोवैज्ञानिक करते है क्योंकि यह वर्गीकरण संचार-न्यूनता (Communication shorthand), उपचार के बारे में सूचना, रोग के कारण के बारे में सूचना (etiology of disorders), वैज्ञानिक अनुसंधान में सहायता, तथा तीसरे पार्टी (बीमा कम्पनी तथा मेडिकल संस्थान) के भुगतान में सहायता करता है।

मनोविकृति व्यवहार का वर्गीकरण सर्वप्रथम *Kraepelin* (1883) ने किया जिसमें उन्होंने मनोविकृतियों को दो वर्गों—मनस्ताप (Psychoneuroses) तथा मनोविक्षिप्तता (Psychoses) में वर्गीकृत किया। रोग के कारणों की दृष्टि से उन्होंने दो वर्गों—आंगिक प्रकार (organic type) और प्रकार्यात्मक प्रकार (functional type) का वर्णन किया है। American Psychiatric Association एवं World Health Organization ने 1952 मनोविकृतिजन्य व्यवहारों का वर्गीकरण किया और 1968 में इसका संशोधन किया। इस वर्गीकरण को *DSM-II* (1968) के नाम से भी जाना जाता है। इस वर्गीकरण का संक्षिप्त विवरण इस प्रकार हैः—

(1) मानसिक मंदन (Mental Retardation)
(2) आंगिक मस्तिष्क संलक्षण (Organic Brain Syndrome)
(3) प्रकार्यात्मक मनोविक्षिप्तता (Functional Psychoses)
(4) मनस्ताप (Neuroses)
(5) व्यक्तित्व विकृतियाँ (Personality Disorders)
(6) मनोदैहिक विकृतियाँ (Psychophysiological Disorders)
(7) विशिष्ट लक्षण (Specific Symptoms)
(8) क्षणिक स्थितिजन्य विकृतियाँ (Transient Situational Disorders)

(9) बाल्यावस्था एवं किशोरावस्था से सम्बद्ध व्यवहारपरक विकृतियाँ (Behaviour Disorders of Childhood and Adolescence)।

(10) व्यक्त मनोरोगों के बिना अविशिष्ट दशाएँ (Conditions without manifest Psychiatric Disorders and Nonspecific Conditions)।

J. F. Brown (1940) ने अपनी पुस्तक *'The Psychodynamics of Abnormal Behaviour'* में मनोविकृतियों को पाँच वर्गों—आंगिक मनोविक्षिप्तता (Organic psychoses), प्रकार्यात्मक मनोविक्षिप्तता (Functional Psychoses), मनस्ताप (Neuroses), कामुक व्यवहार से सम्बन्धित असामान्यताएँ (Abnormalities of sexual behaviour) एवं चरित्र विकार (Character disorders) में वर्गीकृत किया है। इसी प्रकार **Cameron** (1963) ने अपनी पुस्तक *'Personality Development and Psychopathology'* में मनोविकृतिजन्य व्यवहारों को कुल तीन वर्गों में ही वर्गीकृत किया है—मनस्ताप (Neuroses), मनोविक्षिप्तता (Psychoses) एवं अन्य मुख्य विकृतियाँ (Other major disorders)।

इस वर्गीकरण के भी अनेक उप-वर्गीकरण है, जिनका वर्णन यहाँ प्रस्तुत नहीं किया गया है क्योंकि DSM-II के बाद DSM-III, DSM-IIIR तथा DSM-IV का वर्गीकरण भी प्रस्तुत किया जा चुका है।

इसलिए DSM-II के वर्गों एवं समस्त उपवर्गों का वर्गीकरण अनुपयुक्त प्रतीत होता है।

Coleman (1976) ने इन दस वर्गों को तीन वर्गों—आंगिक मस्तिष्क लक्षण (Organic Brain Syndrome), मनोजन्य विकार (Disorders of Psychogenic) एवं मानसिक मंदता (Mental Retardation) में वर्गीकृत किया है। इन्होंने मनोजन्य विकार को पाँच वर्गों—अल्पस्थायी स्थिति-जन्य विकार (Transient Situational Disturbance), मनस्ताप (Neuroses), प्रकार्यात्मक मनोविक्षिप्ति (Functional Psychosis), व्यक्तित्व (चरित्र) विकार (Personality Character Disorder) एवं मनोकायिक विकार (Psychosomatic Disorder) में वर्गीकृत किया है।

American Psychiatric Association ने 1952, 1968 एवं 1980 में DSM I, II, एवं III को प्रकाशित किया है। DSM-II का वर्णन हम ऊपर प्रस्तुत कर चुके हैं। Diagnostic and Statistical Mannual of Mental Disorder (DSM) III के अनुसार मनोविकृतिजन्य व्यवहारों को दो वर्गों—आंगिक मानसिक विकृतियों (Organic Mental Disorders) एवं आंगिक मस्तिष्क संलक्षण (Organic Brain Syndromes) में वर्गीकृत किया है। आंगिक मानसिक विकृतियों में जरावस्था तथा प्राक् जरावस्था से उत्पन्न होने वाले मानसिक विकार तथा वस्तु-उद्दीप्त विकृतियाँ आती है। यह विकृतियाँ शैशवावस्था, बाल्यावस्था तथा किशोरावस्था में उत्पन्न होती है। मानसिक मन्दन, हल्का, साधारण उग्र या अति उग्र हो सकता है जबकि आंगिक मस्तिष्क संलक्षण के अन्तर्गत मादक अथवा अन्य वस्तुओं के सेवन से उत्पन्न विकृतियाँ आती है। इसमें आनेवाले मानसिक रोगों—मनोविदलता, व्यामोह सम्बन्धी विकृतियाँ, भावात्मक विकृतियाँ, दुश्चिन्तात्मक विकृतियाँ, मनोयौनिक विकृतियाँ, आवेग-नियन्त्रक विकार अभियोजक विकृतियाँ, बाल्यावस्था या किशोरावस्था से उत्पन्न दैहिक विकार प्रमुख है।

DSM-III का वर्गीकरण उपयुक्त नहीं माना गया क्योंकि कुछ ऐसी विशिष्ट मनोविकृतियाँ है जो केवल बाल्यावस्था में ही घटित हो सकती है जैसे स्वलीनता (autoism) जिसको American Psychiatric Association द्वारा वर्णित वर्गों में से किसी में स्थान देना सम्भव नहीं है। इसके अतिरिक्त इस सन्दर्भ में यह कहना अनुपयुक्त न होगा कि वर्तमान वर्गीकरण में केवल विभिन्न प्रकार के विकारों का नामकरण किया गया है उनकी व्याख्या नहीं प्रस्तुत की गई है। यह सीमा

A. P. A. द्वारा प्रस्तुत वर्गीकरण में पाई जाती है जिससे यह संकेत प्राप्त होता है कि मनोविकृति का मनोवैज्ञानिक ज्ञान अभी सीमित है। DSM-III की सीमाओं के सन्दर्भ में यह कहना निरर्थक नहीं होगा कि इस वर्गीकरण में समूह परिप्रेक्ष्य की ओर ध्यान नहीं दिया गया है, अर्थात् मनोविकृतिजन्य व्यवहारों में समूह के मनोविकृतियों की उपेक्षा की गई है। विघ्नयुक्त परिवारों, अपराधी उपसंस्कृतियों एवं विकृति-समाजों को उपर्युक्त दोनों वर्गीकरणों—आंगिक मानसिक विकृतियाँ (Organic Mental Disorders) और आंगिक मनस्ताप संलक्षण (Organic Brain syndromes) में सम्मिलित नहीं किया गया है। केवल वैयक्तिक व्यवहारों को असामान्य मान कर ही वर्गीकरण प्रस्तुत किया गया है तथा विकृत परिवारों (pathogenic families), तथा अनानुकूलित/कुसमायोजित समूह व्यवहारों को इस असामान्य व्यवहार के वर्गीकरण में स्थान नहीं दिया गया है। वर्तमान वर्गीकरण के सीमा के रूप में यह भी उल्लिखिल किया जा सकता है कि इस वर्गीकरण में अनानुकूलित व्यवहार के परिवर्तनशील प्रतिमानों की उपेक्षा की गई है जबकि वर्तमान समय में द्रुतगति से हो रहे सामाजिक परिवर्तनों एवं तकनीकी विकासों के कारण व्यक्ति को अत्यधिक प्रतिबल/बलाघातों(stress)को झेलना पड़ रहा है जिससे अनेक प्रकार की मानसिक विकृतियाँ उत्पन्न हो रही है।

DSM-III ने मनोविकृतियों के निदान एवं शोध को निसंदेह अत्यधिक प्रोत्साहित किया और मनोविकृतियों के स्वरूप, कारण तथा निदान को समझने में नैदानिक मनोवैज्ञानिकों को अत्यधिक सहायता प्राप्त हुई। परन्तु कुछ सीमाओं के कारण इसमें संशोधन की आवश्यकता अनुभव की गई। परिणामस्वरूप DSM-III R का प्रकाशन 1987 में हुआ। परन्तु मनोचिकित्सक और नैदानिक मनोवैज्ञानिकों ने इस वर्गीकरण के प्रति भी अपनी संतुष्टि प्रकट नहीं की क्योंकि इस वर्गीकरण की भी अपनी कुछ सीमाएँ थी। उदाहरणार्थ—

(i) DSM-III R में रोगी की अवस्थाओं को 5 आधारों (axis) में मूल्यांकन किया गया है परन्तु उनके जाँच योग्य लक्षणों (verifiable symptoms) का वर्णन नहीं किया गया है।

(ii) DSM-III R में दो ध्रुवीय विकृतियों (Bipolar disorders), तीक्ष्ण बलाघात विकृति (acut stress disorder),नारकोलेप्सी(narcolepsy),श्वसन सम्बन्धी नींद विकृतियों (breathing related sleep disorders) आदि को सम्मिलित नहीं किया गया है।

(iii) DSM-III R में मनोविकृति के निदान के लिए उपयुक्त कसौटियों का वर्णन नहीं किया गया है।

परिणामस्वरूप मनोविकृति सम्बन्धी संशोधित चतुर्थ वर्गीकरण DSM-IV 1994 में प्रकाशित हुआ। जो चार Source Books में त्रिस्तरीय प्रक्रिया (three stage process) को लिपिबद्ध किये जाने का परिणाम है जिसमें DSM-IV Work groups ने प्रदत्तों का पुर्नविश्लेषण किया है जिनमें से 3 Source Books (*Widiger* et. al. 1994 b; 1996 a, 1997) का प्रकाशन हो चुका है (*Nathan & Langenbucher* 1999)। प्रथम Source Book (*Widiger* et. al. 1994b) का सिंहावलोकन (review) करते हुए *Skodal* (1996) ने अपना मत प्रकट करते हुए कहा है कि DSM-IV की गणना "the most ambitious undertaking in the history of American Psychiatric nosology" के रूप में की जा सकती है जिसमें सम्बन्धित साहित्य का सर्वेक्षण "comprehensive, objective and dispassionate" तरीके से प्रस्तुत किया गया है। *Thompson* (1997) ने द्वितीय Source Book का सर्वेक्षण किया है। चतुर्थ Source Book में DSM-IV प्रकाशित हुआ है। इसमें 1CD-10, DSM-III तथा DSM-IV R में प्रयोग किये गये वर्गों के अतिरिक्त कुछ अन्य नवीन वर्गों को भी सम्मिलित किया गया है।

DSM-IV मनोविकृतियों का वर्गीकरण अथवा श्रेणीकरण अपेक्षाकृत अधिक उपयुक्त ढंग से करता है जिसका उपयोग नैदानिक, उपचारात्मक, शैक्षिक एवं शोध परिप्रेक्ष्य में किया जाता है। इसका उपयोग प्रशिक्षित व्यक्तियों द्वारा ही किया जाना चाहिए।DSM-IVमें सम्मिलित विशिष्ट नैदानिक कसौटियों (Specific diagnostic criteria) से नैदानिक निर्णय में दिशा निर्देशन प्राप्त होता है क्योंकि इस वर्गीकरण में कुछ ऐसे मनोविकृतियों को सम्मिलित किया गया है जिनका समावेश पूर्व वर्गीकरणों में नहीं किया गया था। DSM-IV के 5 पाँच आयामों (axis) का प्रयोग किया गया है जिनका वर्णन आगे प्रस्तुत किया जा रहा है।

बहुआयामीय मूल्यांकन *(Multiaxial Assessment)*

बहुआयामीय प्रणाली में अनेक आयामों (axes) को सम्मिलित किया गया है जिनमें से प्रत्येक भिन्नतापरक क्षेत्रों (domain) की ओर संकेत करता है। इन बहुआयामीय प्रणालियों का उपयोग करके नैदानिक मनोवैज्ञानिक उपचार के लिए योजना बना सकता है और परिणाम के बारे में भविष्यवाणी कर सकता है। DSM IV बहुआयामीय प्रणाली में 5 आयामों को सम्मिलित किया गया है :—

आयाम I : नैदानिक विकृतियाँ
(Axis I : Clinical Disorders)
आयाम II : व्यक्तित्व विकृतियाँ एवं मानसिक मंदन
(Axis II : Personality Disorders and Mental Retardation)
आयाम III : सामान्य चिकित्सकीय दशाएँ
(Axis III : General Medical Conditions)
आयाम IV : मनोसामाजिक तथा परिवेशगत समस्याएँ
(Axis IV : Psychosocial and Environmental Problems)
आयाम V : प्रकार्यों का समग्र मूल्यांकन
(Axis V : Global Assessment of Functioning)

इन आयामों का वर्णन निम्नवत हैं :—

आयाम-I : नैदानिक विकृतियाँ *(Axis-I : Clinical Disorders)*

इस वर्ग में नैदानिक मनोविकृतियों (clinical disorders) को रखा जाता है। इस वर्ग में व्यक्तित्व विकृतियों (personality disorders) एवं मानसिक मंदता (mental retardation) को छोड़कर अन्य सभी प्रकार के 16 मनोविकृतियों को रखा गया है। शैशवावस्था, बाल्यावस्था, तथा किशोरावस्था की सभी विकृतियाँ, मानसिक मंदन को छोड़कर, इस वर्ग के अन्तर्गत आती है। प्रलाप (Delirium), संज्ञानात्मक विकार, विस्मरण विकार (Amnestic) मनोविदलता (Schizophrenia), दुश्चिन्ता विकृतियाँ (Anxiety disorder) विषाद (Depression), दो ध्रुवीय मनस्थिति विकृतियाँ (Bipolar mood disorders) आदि को प्रमुखता से स्थान दिया गया है। इस आयाम में उन दशाओं को भी रखा गया है जिन्हें मानसिक विकृतियों की संज्ञा नहीं दी जा सकती। परन्तु व्यक्ति को उपचार की आवश्यकता अवश्य पड़ती है। स्कूल, विवाह, व्यवसाय आदि से जुड़ी अनेक समस्याएँ इसके अन्तर्गत आती है जिनके उपचार की आवश्यकता होती है क्योंकि इनके उत्पत्ति के स्रोत मनोवैज्ञानिक होते हैं।

Axis I : *Clinical Disorders*

— Delirium Dementia and Amenstic and other cognitive disorders
— Mental disorders due to General Medical conditions
— Substance Related Disorders
— Schizophrenia and other Psychotic Disorders.
— Mood disorders
— Anxiety disorders
— Somatoform disorders
— Factitious disorders
— Dissociative disorders
— Sexual and Gender Identity disorders
— Eating disorders
— Sleep disorders
— Impulse Controlled disorders not elsewhere classified
— Adjustment disorders
— Other conditions that may be a focus of clinical attention.
— Disorders diagnosed first in infancy, childhood, and Adolescence.

आयाम-II : व्यक्तित्व विकृतियाँ एवं मानसिक मंदन (*Axis II : Personality Disorders and Mental Retardation*)

इस श्रेणी में उन मनोविकृतियों को सम्मिलित किया गया है जो बाल्यावस्था एवं किशोरावस्था में सामान्यतया प्रारम्भ होती है एवं वयस्कावस्था में स्थायी रूप ग्रहण कर लेती है। इस वर्ग में उन मनोविकृतियों को सम्मिलित किया गया है जो व्यक्तित्व एवं मानसिक मंदता से सम्बद्ध होती है। पहले प्रायः इन आयामों की उपेक्षा हुई, इसलिए DSM - IV में इन्हें एक अलग आयाम के रूप में स्थान प्रदान किया गया।

Axis II : *Personality Disorders and Mental Retardation*

— Paranoid Personality disorder
— Schizoid Personality disorder
— Schizotypal Personality disorder
— Antisocial Personality disorder
— Borderline Personality disorder
— Histrionic Personality disorder
— Narcissitic Personality disorder
— Avoidant Personality disorder
— Dependent Personality disorder
— Obsessive-compulsive Personality disorder
— Personality disorders not otherwise specified.
— Mental Retardation.

आयाम-III : सामान्य चिकित्सकीय दशाएँ *(Axis-III : General Medical Conditions)*

इस आयाम के अन्तर्गत उन समस्त चिकित्सकीय समस्याओं को रखा गया है जो मनोवैज्ञानिक विकृतियों की उत्पत्ति में सहायक होते हैं। सामान्य चिकित्सकीय दशाएँ मनोविकारों के साथ विभिन्नताओं में सम्बद्ध हो सकती है।

Axis III : *General Medical Conditions*

— Infections and Parasitic disease
— Neoplasms
— Endocrine, Nutritional and Metabolic diseases with immunity disorders
— Diseases of blood and blood-forming disorders
— Diseases of the Nervous system and sense organs
— Diseases of the Circulatory System
— Diseases of the Respiratory system
— Diseases of the Digestive system
— Diseases of the Genitourinary system
— Complications of pregnancy, childbirth and puerperium.
— Diseases of the skin and sub-cutaneous tissues
— Diseases of the Musculoskeltal system and connective tissues
— Congenital Anamolies
— Certain conditions originating in the perinatal period
— Symptoms, signs and Ill-defined conditions
— Injury and poisoning.

आयाम-IV : मनोसामाजिक तथा परिवेशगत समस्याएँ *(Axis-IV : Psychosocial and Environmental Problems)*

इस आयाम के अन्तर्गत उन कारकों को रखा गया है जो विगत वर्षों में व्यक्ति विशेष के लिए समस्या के स्रोत रहे हैं या भविष्य में इस प्रकार की सम्भावना हो। उदाहरणार्थ सेवा से अवकाश ग्रहण करना, व्यक्ति की वर्तमान समस्याओं में वृद्धि कर देता है। ऐसी समस्याओं का विचार इस वर्ग के अन्तर्गत किया जाता है। इस वर्ग में उन मनो-सामाजिक एवं परिवेशीय दबावों (environmental stressors) को रखा जाता है जो मनोविकृतियों के निदान एवं उपचार को प्रभावित करते हैं या कर सकते हैं।

Axis IV : *Psychosocial and Environmental Problems*

— Problems with primary support group
— Problem related to the social environment
— Educational problems
— Occupational problems
— Housing problems
— Economic problems
— Problems with access to health care services
— Problem related to interaction with the legal system/crime
— Other psychosocial and environmental problems.

आयाम-V : प्रकार्यों का समग्र मूल्यांकन (*Axis V : Global Assessment of Functioning*)

यह आयाम अभियोजक (adaptive) कार्यों के स्तर के मापन से सम्बद्ध है जिसमें तीन मुख्य कारकों—परिवार एवं मित्रों के साथ सामाजिक सम्बन्ध, व्यवसायिक कार्य एवं खाली समय का सदुपयोग, को सम्मिलित किया गया है। इस आयाम के द्वारा इन तीन क्षेत्रों का मापन 100 बिन्दुओं वाली मापनी का प्रयोग करके किया जाता है जिसमें 1 अत्यन्त निम्न तथा 100 अत्यन्त उच्च की ओर संकेत करता है।

इन उपर्युक्त पाँचों आयामों के सर्वेक्षण से इस तथ्य पर प्रकाश पड़ता है कि उपर्युक्त पाँचों आयामों में से प्रथम दो आयामों के द्वारा ही मानसिक रोगों का वर्गीकरण किया जाता है। शेष 3 आयामों द्वारा व्यक्ति विशेष के बारे में वास्तविक लक्षणों (actual symptom) के आधार पर एक व्यापक चित्र (global picture) प्राप्त करने में सहायता मिलती है। यहाँ इन दोनों आयामों में सम्मिलित किये गये मनोविकृतियों का संक्षिप्त वर्णन प्रस्तुत किया जा रहा है। यद्यपि आयाम I तथा आयाम II में लगभग 200 से अधिक मनोविकृतियों के नैदानिक वर्गों (diagnostic categories) का वर्णन किया गया है जिन्हें प्रमुख रूप से 18 प्रमुख शीर्षकों में बाँटा जा सकता है। इनका संक्षिप्त विवरण निम्नवत है :—

आयामों का विवरण
(Description of Axes)

(I) आयाम-I के अन्तर्गत प्रमुख मनोविकृतियाँ

(i) प्रलाप, मनोभ्रंश, स्मृति लोपपरक एवं अन्य संज्ञानपरक विकृतियाँ (*Delirium, Dementia and Amnestic and other Cognitive Disorders*)—इस वर्ग के अन्तर्गत आने वाली मानसिक विकृतियों की उत्पत्ति संज्ञानात्मक कार्यों में दोष होने के कारण होती है। ऐसे रोगों की उत्पत्ति प्रलाप, द्रव्य दुरुपयोग (Substance abuse), शारीरिक रोग आघात (trauma) तथा आयु से सम्बन्धित समस्याओं तथा दुर्बलताओं से होती है।

(ii) सामान्य चिकित्सकीय दशाओं से उत्पन्न मनोविकृतियाँ (*Mental Disorders due to General Medical Conditions*)—इसके अन्तर्गत वे मानसिक विकार रखे जाते हैं जिनकी उत्पत्ति सामान्य चिकित्सकीय दशाओं से होती है जैसे मनोदशा (mood) से सम्बन्धित मनोविकृतियाँ।

(iii) द्रव्य सम्बद्ध मनोविकृतियाँ (*Substance Related Disorders*)—इस वर्ग के अन्तर्गत उन रोगियों को सम्मिलित किया जाता है जिन्हें विभिन्न द्रव्य पदार्थों जैसे अलकोहल, अफीम, भाँग, कोकीन (Cocaine), एम्फीटामाइन्स (amphetamines) अथवा अन्य नशीले पदार्थों के सेवन की आदत पड़ जाती है जिससे व्यक्ति के सामाजिक एवं व्यवसायिक कार्यों का संतुलन बिगड़ जाता है। इन नशीले पदार्थों का उपयोग बन्द करने पर, कम करने पर उसमें प्रत्याहार के लक्षण विकसित होने लगते हैं।

(iv) मनोविदलता एवं अन्य मनोविक्षिप्त विकृतियाँ (*Schizophrenic and other Psychotic Disorders*)—इस श्रेणी के अन्तर्गत मनोविदलता तथा मनोविक्षिप्त (Psychosis) के वर्ग की अन्य मनोविकृतियों को रखा जाता है। इसमें मनोविदलता,

स्थिर-व्यामोही विकृतियाँ (delusional disorders), लघु मनोविक्षिप्त विकृतियाँ (brief psychotic disorders) आदि को सम्मिलित किया जा सकता है।

(v) **मन:स्थिति विकृतियाँ** (*Mood Disorders*)—व्यक्ति की मन:स्थिति हमेशा एक-सी नहीं रहती है, वरन् उसमें परिवर्तन आया करता है मन:स्थिति में उतार-चढ़ाव के कारण एक ध्रुवीय एवं द्विध्रुवीय विकृतियों (unipolar and bipolar disorders) को इसके अन्तर्गत रखा गया है। जब व्यक्ति में एक ध्रुवीय विकृति पाई जाती है तो उसमें सिर्फ विषादी लक्षण (depressive symptoms) पाये जाते हैं लेकिन द्विध्रुवीय विकृति के पाये जाने पर विषादी (depressive) एवं उन्मादी (manic) दोनों लक्षणों की अभिव्यक्ति होती है।

(vi) **दुश्चिन्ता विकृतियाँ** (*Anxiety Disorders*)—इस वर्गीकरण में वे विकृतियाँ आती है जो प्रत्यक्ष अथवा अप्रत्यक्ष रूप से दुश्चिन्ता से सम्बद्ध होती है। इनके उदाहरण के रूप में दुर्भीति (phobia), विभीषिका विकृति (panic disorder), सामान्यीकृत दुश्चिन्ता विकृति (generalized anxiety disorder) मनोग्रस्तता-बाध्यता विकृति (obsessive-compulsive disorder), प्रतिबल विकृति (stress disorder), उत्तर अभिघातज प्रतिबल विकृतियाँ (post-traumatic stress disorder), आदि को सम्मिलित किया जा सकता है।

(vii) **कायप्रारूप विकृतियाँ** (*Somatoform Disorders*)—इस वर्गीकरण के अन्तर्गत उन मनोविकृतियों को सम्मिलित किया जाता है जिनके दैहिक लक्षणों का कारण दैहिक न होकर मनोवैज्ञानिक होता है। इस वर्गीकरण के अन्तर्गत रूपान्तर हिस्टीरिया (Conversion hysteria), दर्द सम्बन्धी विकृतियाँ (pain disorders), रोग भ्रम (hypochondriasis) शारीरिक डायसमॉर्फिक विकृति (body dysmorphic disorder) को रखा गया है।

(viii) **कृत्रिम विकृतियाँ** (*Factitious Disorders*)—इस श्रेणी में उन व्यक्तियों को रखा जाता है, जो जान बूझ कर असामान्य दैहिक या मनोवैज्ञानिक लक्षणों को प्रदर्शित करते हैं ताकि अन्य लोग उन्हें अस्वस्थ समझकर विशेष ध्यान दें और उनकी चिकित्सा कराएँ।

(ix) **मनोविच्छेदी विकृतियाँ** (*Dissociative Disorders*)—इस वर्गीकरण में उन मनोविकृतियों को रखा गया है जिसका प्रमुख लक्षण मनोवैज्ञानिक विच्छेदन (Psychological dissociation) होता है जो उनके चेतन मन में अचानक परिवर्तन लाता है और उनकी स्मृति एवं पहचान को प्रभावित करता है। इसमें मनोविच्छेदी स्मृति लोप (dissociative amnesia), आत्म विस्मृति (fugue), बहुव्यक्तित्व (multiple personality), मनोविच्छेदी पहचान विकृति dissociative identity disorder), व्यक्तित्व लोप विकृति (depersonalization disorder) आदि को सम्मिलित किया गया है।

(x) **यौनिक एवं यौन पहचान विकृतियाँ** (*Sexual and Gender Identity Disorders*) —इसमें यौन तथा यौन पहचान विषयक तीन प्रकार की विकृतियाँ आती है—पैराफिलियास (Paraphyllias), यौन- दुष्क्रिया (Sexual dysfunction) तथा यौनिक पहचान-विकृति (Gender identity disorder)।

(xi) भक्षण विकृतियाँ *(Eating Disorders)*—भोजन करने की आदतों से सम्बन्धित विकृतियाँ इसके अन्तर्गत आती है जिनमें क्षुधा-अभाव (anoexia nervosa) एवं क्षुधातिशयता (bulimia nervosa) प्रमुख हैं।

(xii) निद्राविकृतियाँ *(Sleep Disorders)*—इस श्रेणी में नींद से सम्बन्धित मनोविकृतियों को रखा गया है। इसके अन्तर्गत दो प्रमुख नींद विकृतियाँ—डिससोमनिया (dyssomania) एवं पैरासोमनिया (parasomania) को प्रमुख रूप से रखा जाता है।

(xiii) आवेग नियंत्रित विकृतियाँ *(Impulse Controlled Disorder)*—इस वर्गीकरण में उन मानसिक विकारों को रखा जाता है जिसमें व्यक्ति का व्यवहार अनुपयुक्त ही नहीं होता है वरन् वह अपने व्यवहारों पर नियन्त्रण भी नहीं रख पाता है। इस वर्गीकरण के अन्तर्गत अन्तरायी विस्फोटक प्रवृत्तियाँ (Intermittent explosive disorder), चोर्योन्माद (Kleptomania), अग्निोन्माद (Promania), रोगात्मक जुआ (pathological gambling) को रखा गया है।

(xiv) समायोजन विकृतियाँ *(Adjustment Disorders)*—इस वर्गीकरण में उन मानसिक रोगों को रखा गया है जिसमें जीवन के प्रमुख प्रतिबलकों (major stressors) के कारण सांवेगिक तथा व्यवहारपरक विकार उत्पन्न होते हैं।

(xv) अन्य दशाएँ जिनपर नैदानिक ध्यान दिया जा सकता है *(Other conditions that may be the focus of clinical attention)*—इस वर्गीकरण के अन्तर्गत वे सारी अन्य दशाएँ आती हैं जिन्हें मनोविकृतियों की किसी अन्य श्रेणी में नहीं रखा जा सकता है जैसे व्यवसाय या नौकरी से जुड़ी समस्याएँ, शिक्षा से सम्बन्धित समस्याएँ, अन्तर्द्वन्द्व की समस्याएँ, अन्तर्वैयक्तिक संघर्ष की समस्याएँ आदि।

(xvi) शैशवावस्था, बाल्यावस्था, एवं किशोरावस्था में व्यक्त विकृतियाँ *(Disorders diagnosed first in infancy, childhood and adolesence)*—इस श्रेणी में उन मनोविकृतियों को रखा गया है जिनकी अभिव्यक्ति शैशवावस्था, बाल्यावस्था एवं किशोरावस्था में होती है जो व्यक्ति के समायोजन क्षमता को असंतुलित कर देती है। इसमें पृथक्करण चिन्ता विकृतियाँ (separation anxiety disorder), अधिगम विकृतियाँ (learning disorders), संचार विकृतियाँ (communication disorder) मलमूत्र त्यागने से सम्बन्धित विकृतियाँ (elimination disorders), ध्यानाभाव विकृतियाँ (attention deficit disorders), शैशव आत्मविमोह (infantile autism) को रखा गया है।

II. आयाम-II के अन्तर्गत प्रमुख मनोविकृतियाँ

आयाम II के अन्तर्गत रखे जाने वाले मनोविकृतियों का वर्णन इस प्रकार है—

(i) व्यक्तित्व विकृतियाँ *(Personality Disorders)*—इसके अन्तर्गत व्यवहार एवं अनुभूतियों के स्थायी एवं कुसमायोजित, संरूपों (patterns) को रखा जाता है। इसमें कई प्रकार के व्यक्तित्व विकार आते हैं उदाहरणार्थ—सम्भ्रांत्याभ व्यक्तित्व विकार (Paranoid Personality Disorder), अभिविदलित व्यक्तित्व विकार (Schizoid Personality Disorder), विदलनात्मक व्यक्तित्व विकार (Schizytypal personality disorder), समाजविरोधी व्यक्तित्व विकार (Antisocial Personality Disorder), सीमावर्ती व्यक्तित्व विकार (Boarderline Personality Disorder), हिस्ट्रीओनिक व्यक्तित्व विकार (Histrionic Personality Disorder), आत्मासक्ति व्यक्तित्व

विकार (Narcissistic Personality Disorder), परिहारक व्यक्तित्व विकार (Avoidant Personality Disorder), निर्भर व्यक्तित्व विकार (Dependent Personality Disorder), मनोग्रस्ति बाध्यता-व्यक्तित्व विकार (Obsessive-Compulsive Personality Disorder), एवं कहीं अन्य न वर्णित व्यक्तित्व विकार (Personality disorders not otherwise specified)।

(ii) मानसिक मंदन (*Mental Retardation*)—DSM-III R की अपेक्षा DSM-IV में इसे अधिक स्पष्ट करने का प्रयास किया गया है तथा ऐसे बच्चों को रखा गया है जिनकी मानसिक योग्यता सामान्य से कम होती है, समायोजी व्यवहार (adjustive behaviour) का अभाव पाया जाता है तथा यह लक्षण 18 वर्ष से पहले ही प्रकट हो जाते हैं।

DSM-IV की मुख्य विशेषताएँ (*Chief Features of DSM-IV*)

DSM-IV की विशेषताओं का अवलोकन करते हुए निस्संदेह यह कहा जा सकता है कि DSM-IV में प्रस्तुत की गई सूचनाएँ विशाल वैज्ञानिक साहित्य पर आधारित है। इस वर्गीकरण को तैयार करने में 27 विशेषज्ञों तथा 1000 मनोचिकित्सकों की सेवाएँ प्राप्त की गई है। DSM-IV तथा ICD-10 दोनों में काफी सीमा तक समानता पाई जाती है, इसलिए इन दोनों को समतुल्य (equivalent) माना जाता है। इन दोनों के बीच उच्च स्तरीय सह सम्बन्ध पाया जाता है। दोनों वर्गीकरण व्यवहारिक है और दोनों का सफलतापूर्वक प्रयोग किया जाता है। DSM-IV में Neurosis नामक किसी संवर्ग का प्रयोग नहीं किया गया है क्योंकि इसके अन्तर्गत आने वाले विकारों की संख्या बहुत अधिक है जिनके लक्षण दोषपूर्ण है। इसीलिए इन्हें Anxiety disorders, Somatoform disorders, Dissociative disorders एवं Sexual disorders वर्गों में वर्गीकृत किया गया है। इसमें मानसिक विकारों की स्पष्ट परिभाषा प्रस्तुत की गई है। इसमें व्यक्ति के व्यवहारिक तथा मनोवैज्ञानिक क्रियाओं के संचलन में अवरोध का कारण मानसिक विकारों द्वारा उत्पन्न व्यवहारिक तथा मनोवैज्ञानिक दशा को माना है जिससे उसे पीड़ा, कार्य करने की अयोग्यता तथा स्वतन्त्रता के लोप का आभास होता है। इस संस्करण में पिछले अन्य संस्करणों में प्रयोग किये गये मनोविकारों, नामों तथा तकनीकी पदों को समावेशित किया गया है।

DSM-IV के अन्तर्गत मनोविकृतियों को 18 नैदानिक श्रेणियों में वर्गीकृत किया गया है। इसमें प्रत्येक मनोविकृति की पहचान कुछ विशेष कसौटियों के आधार पर की जाती है। इनके आधार पर नैदानिक मनोवैज्ञानिक किसी ठोस निष्कर्ष तक पहुँच सकता है और मानसिक विकारों का वर्गीकरण, निदान एवं पहचान कर सकता है। इसमें पाँचों आयाम तुलनात्मक रूप से अधिक विशिष्ट, वैज्ञानिक एवं विस्तृत प्रदत्तों पर आधारित है। DSM-IV में लगभग 300 मनोविकृतियों का वर्णन किया गया है जो अपने आप में एक उत्कृष्ट उदाहरण है। प्रत्येक मनोविकृति के निदान (diagnosis) स्पष्ट कसौटियों का वर्णन किया गया है। इसमें प्रत्येक विशिष्ट आयु, संस्कृति, लिंग, पूर्ववर्ती कारक (predisposing factors) एवं पारिवारिक प्रतिरूप आदि का वर्णन मिलता है। DSM-IV पूर्णतया जाँच योग्य लक्षणों पर आधारित है। इसमें नई-नई मनोविकृतियों का उल्लेख किया गया है। उदाहरणार्थ दो ध्रुवीय दो (Bipolar II), विकृति, तीक्ष्ण तनाव विकृति (acute stress disorder), नारकोलेप्सी (narcolepsy), श्वसन सम्बन्धी नींद विकृति (breathing related sleep disorders), आदि। DSM III-R में वर्णित कुछ मनोविकृतियों को DSM IV में विशिष्ट कारणों से नया नाम दिया है उदाहरणार्थ DSM III R के साधारण दुर्भीति

(General phobia), मनोजनिक स्मृति लोप (Psychogenic amensia) तथा कार्य प्रारूप दर्द विकृति (Somatoform pain disorder को DSM-IV में क्रमशः विशिष्ट दुर्भीति (Specific phobia), विच्छेदी स्मृति लोप (Dissociative amensia) तथा दर्द विकृति (pain disorder) नाम दिया गया है। DSM-III R के कुछ मानसिक विकृतियों को DSM IV में पुनर्संगठित और पुनर्स्थापित किया गया है। DSM-IV में मनोविकृतियों के निदान के लिए कुछ नवीन कसौटियों का उपयोग किया गया है। इसी प्रकार DSM III R के कई श्रेणियों को DSM IV में नहीं सम्मिलित किया गया है। इस प्रकार DSM III R की तुलना में DSM-IV को अधिक परिमार्जित रूप में प्रस्तुत करने का प्रयास किया गया है। ***Seligman & Rosenhan*** (1998) ने DSM-IV के सम्बन्ध में अपना मत प्रकट करते हुए कहा है कि *"किसी भी हालत में DSM IV आने वाले दशकों में नैदानिक बाइबिल के रूप में बना रहेगा।"* (*In any event, DSM-IV is likely to remain the diagnostic Bible' for the coming decade* —Abnormality, *1998 p.90.*)

दोष *(Demerits)*

फिर भी DSM-IV सीमाओं एवं आलोचनाओं से मुक्त नहीं है क्योंकि:—

(i) इस वर्गीकरण में जिन और जितने वर्गीकरणों का प्रयोग किया गया है, वे केवल मनोविकृतियों के वर्णन तक ही सीमित है। उनकी व्याख्या नहीं प्रस्तुत की गई है। उदाहरणार्थ जब हम इस वर्गीकरण के आधार पर किसी व्यक्ति को विच्छेदी मनोविकृति (dissociative disorder) की श्रेणी में वर्गीकृत करते हैं, तो यह नहीं बताते कि इस मनोविकृति के विकसित होने का कारण क्या है तथा इसका विकास कैसे होता है।

(ii) इनके द्वारा केवल वैयक्तिक व्यवहार (individual behaviour) का विवरण प्राप्त होता है। अनेक कुसमायोजी व्यवहार (maladaptive behaviour) उदाहरणार्थ क्षुब्ध परिवार (disturbed families), अपराधी उपसंस्कृति (delinquent subculture), हिसोन्मुख समाज (violence prime societies) आदि DSM-IV के किसी श्रेणी में नहीं आते क्योंकि DSM-IV केवल व्यक्ति-व्यवहार का ही वर्णन करता है।

(iii) इस वर्गीकरण के नैदानिक निर्णय (diagnostic decisions) हेतु जो नियम बनाये गये हैं, वह बहुत आदर्श (ideal) नहीं प्रतीत होते। जैसे उन्माद के निदान के लिए इस वर्गीकरण में सात लक्षणों का वर्णन किया गया है जिसमें तीन लक्षणों के विद्यमान होने पर ही उसे उन्माद की श्रेणी में रखा जा सकता है। इस तीन लक्षणों की अनिवार्यता का औचित्य क्या है? इसे स्पष्ट नहीं किया गया है।

(iv) DSM-IV में DSM-III R के कुछ मनोविकृतियों के पुनर्संगठन और पुनर्स्थापन (realocation) को परिवर्तित किया गया है। उदाहरणार्थ—DSM-III R के अधिगम विकृतियों, सम्प्रेषण विकृतियों, एवं पेशीय-कौशल सम्बन्धी विकृतियों को आयाम II से परिवर्तित कर DSM-IV में इन्हें आयाम I में रखा गया।

(v) इस वर्गीकरण में कुछ मनोविकृतियों के पहचान के लिए नये आयामों का प्रयोग किया गया है। जिनका वर्णन DSM III R में नहीं था। जैसे मनोविदलता (schizophrenia) के निदान के लिए सक्रिय अवस्था लक्षण (Active phase symptom) कम-से-कम एक माह तक बने रहना आवश्यक है। इसी प्रकार उन्माद (mania) विकृति के लिए लक्षणों के एक सप्ताह तक बने रहने की आवश्यकता होती है।

(vi) DSM-III R के अनेक मनोविकृतियों की कुछ श्रेणियों को DSM IV में हटा दिया

गया है। जैसे बच्चों के परिहार्य विकृति (Avoidant disorder), तथा निष्क्रिय आक्रामक व्यक्तित्व विकृति (passive-aggressive personality disorder) को DSM-IV में 'व्यक्तित्व विकृति अथवा वर्गीकृत नहीं की कोटि' (Personality disorders not otherwise specified) में सम्मिलित किया गया है।

(vii) DSM-IV के प्रथम एवं द्वितीय आयाम भी विश्वसनीयता दैनिक उपयोग में हमेशा संतोषप्रद नहीं सिद्ध होती है क्योंकि प्रत्येक मनोविकृति के लिए प्रस्तुत की गई कसौटियों के उपयुक्तता की जाँच नैदानिक मनोवैज्ञानिक करने में अपने आत्मगत मूल्यांकनों (subjective evaluations) का उपयोग करते हैं जिससे विश्वसनीयता प्रभावित होती है।

(viii) *Taylor* (1999) ने DSM-IV के पाँचवें आयाम की आलोचना की है। इस आयाम में नैदानिक मनोवैज्ञानिक रोगी के वर्तमान व्यवहार का मूल्यांकन करें और तब वह निर्णय ले कि रोगी के लिए क्या समायोजी (adaptive) है और किस प्रकार उसका व्यवहार एक सामान्य व्यक्ति के व्यवहार से मेल खाता है या भिन्नता प्रदर्शित करता है। इस प्रकार के निर्णय से सांस्कृतिक पक्षपात (cultural bias) और नैदानिक मनोवैज्ञानिक के व्यक्तिगत पक्षपात (personal bias) के प्रभाव के कारण विश्वसनीयता के कम होने की सम्भावना पाई जाती है।

(ix) कुछ आलोचकों ने अपना मत इस प्रकार प्रकट किया है कि DSM-IV के समस्त वर्गीकरण धनात्मक नहीं प्रतीत होते हैं। उदाहरणार्थ—अधिगम विकृति (learning disorder) के पढ़ने, अंकगणित तथा लिखने से सम्बन्धित कठिनाइयों से उत्पन्न विकृति को रखा गया है। प्रश्न यह है यदि बच्चे को अंकगणित सीखने में कठिनाई हो रही है, तो क्या उसे मनचिकित्सकीय विकृति की संज्ञा दी जा सकती है। इसका उत्तर 'नहीं' ही होना चाहिए।

American Psychiatric Association Diagnostic and Statistical Manual of Mental Disorders (DSM-IV) के चतुर्थ संकरण का संशोधन (2000) में प्रकाशित हुआ, जिसे DSM-IV-TR (TR का तात्पर्य Text revision से है) कहते हैं जिसमें उन अधिकृत नामावलियों (official nomenclature) का प्रयोग किया गया है जिसका प्रयोग सामान्य रूप से मनोचिकित्सक (psychiatrists) एवं मानसिक स्वास्थ्य विशेषज्ञ (mental health professionals) किया करते हैं। इसका उद्धरण *Carlton & Munson* (2001) के The Mental Health Desk Reference—Visual guides and more for learning to use the Diagnostic and Statistical Manual (DSM-IV-TR) में भी देखा जा सकता है। DSM-IV-TR का वर्गीकरण इस प्रकार है।

Axis 1 : Clinical Disorders; Other Conditions That May Be a Focus of Clinical Attention

Disorder Usually First Diagnosed in Infancy, Childhood or Adolescence

— Mental Retardation.

— Learning Disorders : Mathematics Disorder, Reading Disorder| Disorder of Written Expression, Learning Disorder.

— Motor Skills Disorders : Developmental Coordination Disorder.

— Communication Disorders : Expressive Language Disorder, Phonological.

Disorder, Mixed Receptive-Expressive Language Disorder, Stuttering.

— Pervasive Developmental Disorders : Asperger's Disorder, Autistic Disorder, Childhood Disintegrative Disorder, Rett's Disorder.

— Attention-Deficit and Disruptive Behaviour Disorders : Attention-Deficit/ Hyperactivity Disorder, Conduct Disorder, Oppositional Defiant, Disorder.

— Feeding and Eating Disorders of Infancy of Early Childhood : Feeding Disorder of Infancy or Early Childhood/Pica/Rumination Disorder.

— Tic Disorders : Chronic Motor or Vocal Tic Disorder, Tourette's Disorder.

— Elimination Disorders : Encopresis, Enuresis.

— Other Disorders of Infancy, Childhood, or Adolescence : Selective Mutism, Separation Anxiety Disorder, Reactive Attachment Disorder of Infancy of Early Childhood, Stereotypic Movement Disorder.

Delirium, Dementia, and Amnestic and Other Cognitive Disorders

— Delirium, Delirium Due to a General Medical Condition, Substance Intoxication Delirium, Substance Withdrawal Delirium, Delirium Due to Multiple Etiologies.

— Dementia : Alzheimer's, Creutzfeldt-Jakob Disease, Head Trauma, Huntington's Disease, HIV Disease, Parkinson's Disease, Pick's Disease, Substance-Induced Persisting, Vascular, Dementia Due to Other General Medical Conditions, Due to Multiple Etiologies.

— Amnestic Disorders : Amnestic Disorder Due to a General Medical Condition, Substance-Induced Persisting Amnestic Disorder.

Mental Disorders Due to a General Medical Condition

— Catatonic Disorder Due to a General Medical Condition

— Personality Change Due to a General Medical Condition

Substance-Related Disorders

— Substance Use Disorders : Dependence, Abuse.

— Substance-Induced Disorders : Intoxication, Withdrawal Anxiety Disorder, Persisting Amnestic Disorder, Intoxication Delirium, Persisting Dementia, Mood Disorder, Psychotic Disorder, Sexual Dysfunction, Sleep Disorder, Withdrawal Delirium.

— Alcohol Related Disorders : Abuse, Dependence, Anxiety Disorder, Intoxication, Intoxication Delirium, Mood Disorder, Persisting Amnestic Disorder, Persisting Dementia, Psychotic Disorder, Sexual Dysfunction, Sleep Disorder, Withdrawal, Withdrawal Delirium.

— Amphetamine (or Amphetamine-like) Related Disorders : Abuse,

Anxiety Disorder, Intoxication Delirium, Dependence, Intoxication, Psychotic Disorder, Mood Disorder, Sexual Dysfunction, Sleep Disorder, Withdrawal.

— Caffeine Related Disorders Anxiety : Disorder, Intoxication, Sleep Disorder.

— Cannabis Related Disorders : Abuse, Anxiety Disorder, Intòxication, Dependence, Intoxication Delirium, Psychotic Disorder.

— Cocaine Related Disorders : Abuse, Anxiety Disorder, Dependence, Intoxication, Intoxication Delirium, Mood Disorder, Psychotic Disorder, Sleep Disorder, Withdrawal.

— Hallucinogen Related Disorders : Abuse, Anxiety Disorder, Dependence, Intoxication, Intoxication Delirium, Mood Disorder, Persisting Perception Disorder, Psychotic Disorder with Delusions.

— Inhalant Related Disorders : Abuse, Anxiety Disorder, Dependence, Intoxication, Intoxication Delirium, Mood Disorder, Persisting Dementia, Psychotic Disorder.

— Nicotine Related Disorders : Dependence, Withdrawal.

— Opioid Related Disorders : Abuse, Intoxication Delirium, Dependence, Intoxication, Mood Disorder, Psychotic Disorder, Sleep Disorder, Sexual Dysfunction, Withdrawal,

— Phencyclidine (or Phencyclidine-like) Related Disorders : Abuse, Anxiety Disorder, Intoxication Delirium, Dependence, Intoxication, Mood Disorder, Psychotic Disorder.

— Sedative, Hypnotic, or Anxiolytic Related Disorders : Abuse, Persisting Amnestic Disorder, Anxiety Disorder, Persisting Dementia, Dependence, Intoxication, Intoxication Delirium, Mood Disorder, Psychotic Disorder, Withdrawal, Withdrawal Delirium, Sexual Dysfunction, Sleep Disorder.

— Polysubstance Related Disorder : Dependence.

— Other (or unknown) Substance Related Disorders : Other (or unknown) Substance Use Disorders or unknonwn) Substance-Induced Disorders

Schizophrenia and Other Psychotic Disorders

— Schizophrenia : Catatonic, Disorganized, Paranoid, Residual, Undifferentiated.

— Schizophreniform Disorder.

— Schizoaffective Disorder.

— Delusional Disorder.

— Brief Psychotic Disorder.

— Shared Psychotic Disorder.

— Psychotic Disorder Due to a General Medical Condition with : Delusions, Hallucinations.

— Substance-Induced Psychotic Disorder.

— Psychotic Disorder.

Mood Disorders

— Mood Episodes : Major Depressive Episode, Hypomanic Episode, Manic Episode, Mixed Episode.

— Depressive Disorders : Dysthymic Disorder, Major Depressive Disorder, Single Episode, Recurrent.

— Bipolar Disorders : Bipolar, Disorder, Bipolar II Disorder, Cyclothymic Disorder.

— Mood Disorder Due to a General Medical Condition with : Depressive Features, Manic Features, Mixed Features.

— Substance-Induced Mood Disorder.

Anxiety Disorders

— Acute Stress Disorder, Agoraphobia Without History of Panic Disorder, Anxiety Disorder Due to General Medical Condition, Generalized Anxiety Disorder, Obsessive-Compulsive Disorder, Panic Disorder With Agoraphobia, Panic Disorder Without Agoraphobia, Posttraumatic Stress Disorder, Specific Phobia, Social Phobia, Substance-Induced Anxiety Disorder.

Somatoform Disorders

— Body Dysmorphic Disorder, Conversion Disorder, Hypochondriasis, Pain Disorder, Somatization Disorder, Undifferentiated Somatoform Disorder.

Factitious Disorders

— Psychological Physical/Combined.

Dissociative Disorders

— Dissociative Amnesia, Depersonalization Disorder, Dissociative Fugue, Dissociative Identity Disorder.

Sexual and Gender Identity Disorders

— Sexual Desire Disorders : Aversion, Hypoactive.

— Sexual Arousal Disorders : Female Sexual Arousal Disorder, Male Erectile Disorder.

— Orgasmic Disorders : Female, Male, Premature Ejaculation.

— Sexual Plain Disorders : Dyspareunia, Vaginismus.

— Sexual Dysfunction Due to a General Medical Condition : Female Dyspareunia, Female Hypoactive Sexual Desire Disorder, Male Erectile

Disorder, Male Hypoactive Sexual Desire Disorder, Male Dyspareunia, Other Female Sexual Dysfunction, Other Male Sexual Dysfunction, Substance-Induced Sexual Dysfunction.

— Sexual Dysfunction.

— Paraphilias : Exhibitionism, Fetishism, Frontteurism, Pedophilia, Masochism, Sadism, Transvestic Fetishism, Voyeurism.

— Gender Identity Disorder : Children, Adolescents or Adults.

— Sexual Disorder.

Eating Disorders

Anorexia Nervosa / Bulimia Nervosa

Sleep Disorders

— Dyssomnias : Breathing-Related Sleep Disorder, Circadian Rhythm Sleep Disorder, Hypersomnia, Hypersomnia Related to Another Mental Disorder, Insomnia, Insomnia Related to Another Mental Disorder, Narcolepsy.

— Parasomnias : Nightmare Disorder, Sleep Terror Disorder, Sleepwalking Disorder.

Impulse-Control Disorders Not Elsewhere Classified

Intermittent Explosive Disorder / Kleptomania / Pathological Gambling/ Pyromania | Trichotillomania

Adjustment Disorders (with)

Depressed Mood, Anxiety, Disturbance of Conduct, Mixed Anxiety and Depressed Mood, Mixed Disturbance of Emotions and Conduct, Unspecified.

Axis II : Personality Disorders

Cluster A : Paranoid, Schizoid, Schizotypal

Cluster B : Antisocial, Borderline, Histrionic, Narcissistic

Cluster C : Avoidant, Dependent, Obsessive-Compulsive

Personality Disorder NOS.

Other Conditions That May Be a Focus of Clinical Attention

— Psychological Factors Affecting Medical Condition

— Medication-Induced Movement Disorders : Neuroleptic Induced Parkinsonism, Neuroleptic Malignant Syndrome, Neuroleptic Induced Acute Dystonia, Neuroleptic Induced Acute Akathisia, Neuroleptic Induced Tardive Dyskinesia, Medication Induced Postural Tremor.

— Other Medication-Induced Disorder : Adverse Effects of Medication.

— Relational Problems : Related to a Mental Disorder or General Medical Condition Parent-Child, Partner, Sibling.

— Problems Related to Abuse or Neglect : Physical Abuse of Child, Sexual

Abuse of Child, Neglect of Child, Physical Abuse of Adult, Sexual Abuse of Adult.

— Additional Conditions that May Be a Focus of Clinical Attention : Noncompliance with treatment, Malingering, Adult Antisocial Behaviour, Child or Adolescent Antisocial Behaviour, Borderline Intellectual Functioning, Age-Related Cognitive Decline, Bereavement : Academic Problem, Occupational Problem, Identity Problem, Religious or Spiritual Problem, Acculturation Problem, Phase of Life Problem (*Printed with permission from the Diagnostic and Statistical Manual of Mental Disorder, Fourth Edition, Text Revision, Copyright 2000, American Psychiatric Association*)

DSM–5 की मुख्य विशेषतायें (Chief features of DSM–5)

DSM-IV का DSM-5 के रूप में संशोधित करने का मुख्य लक्ष्य विगत दो दशकों में हुये वैज्ञानिक और चिकित्सकीय अनुसंधानों का विवरण प्रस्तुत करना था जिससे मानसिक रोगों का उपचार करने वाले चिकित्सकों के लिये रोगों का निदान और उपचार सरल हो सके। DSM-5 में कुछ नये खण्डों का प्रयोग किया गया है। इसमें लिखे कुल 3 खण्डों (sections) को ही समाविष्ट किया गया है।

प्रथम खण्ड में DSM-5 का परिचय उन सूचनाओं के साथ प्रस्तुत किया गया है जिनके द्वारा आधुनिक निर्देशिका (updated manual) का प्रयोग किया जा सकता है। द्वितीय खण्ड संशोधित अध्याय संगठन (revised chapter organization) के अनुसार वर्गीकृत नैदानिक (categorical diagnosis) से सम्बन्धित है। तृतीय खण्ड (a) उन दशाओं से सम्बन्धित है जिनकी आवश्यकता किसी औपचारिक विकृति (formal disorder) के भावी अनुसंधान से है (b) सांस्कृतिक सूत्रीकरण (cultural formulations) (c) शब्द-संग्रह (glossary) (d) DSM-5 के विकास में सन्निहित व्यक्तियों के नाम तथा (e) अन्य सूचनायें (other informations) से संबंधित हैं।

बहु-अक्षीय प्रणाली में परिवर्तन (Changes to Multi-Axial System)

DSM के पूर्व विवरणों (prior versions) में 5- अक्षीय/आयामीय प्रणाली का प्रयोग नैदानिक एवं उपचारात्मक उद्देश्यों के लिये किया गया। यह पाचों आयाम–नैदानिक संलक्षण (clinical syndromes), व्यक्तित्व विकृतियाँ एवं मानसिक मदन (Personality disorders and Mental Retardation), चिकित्सकीय दशायें (Medical Condions), मनोसामाजिक एवं परिवेशगत प्रतिबलक (Psychological and Environmental Stressors) एवं प्रकार्यों का समग्र मूल्यांकन (Global assessment of functioning) के रूप में लिये गये थे।

परन्तु DSM-5 में अ-अक्षीय प्रलेखन उपागम (non-axial documentation approach) का प्रयोग किया गया था जिसमें DSM-IV-TR के प्रथम 3 आयामों को एक में ही संयुक्त (combine) कर दिया गया था और चौथे तथा पाँचवे आयामों के लिये भिन्न-भिन्न संकेत-चिह्नो

(notations)–मनोसामाजिक एवं वातावरणीय कारक (psychosocial and environemtal factors) एवं अशक्तता (disability) का प्रयोग किया गया।

नवीन पारिभाषिक-शब्दावली (New Terminology)

DSM-5 में परिवर्तन करते समय यौन-भेद, प्रजाति एवं नृजातीय (ethenicity) कारकों पर पूर्णरूप से ध्यान दिया गया। इसी प्रकार कुछ अन्य संकेतों को भी परिमार्जित किया गया। वाक्यांश (phrase) सामान्य चिकित्सकीय दशा (general medical condition) के स्थान पर भिन्न चिकित्सकीय दशा (another medical condition) जैसे वाक्यांशों का प्रयोग किया गया। यद्यपि DSM-5 में किये गये परिवर्तन व्यापक हैं। अनेक नैदानिक कसौटियाँ (diagnostic criteria) एवं DSM-IV-TR अनेक तत्व बिल्कुल वैसे ही हैं। निम्न सूची में अनेक रोगों का प्रस्तुतीकरण किया गया है जो DSM-IV-TR के वर्गीकरण की भाँति ही है परन्तु कुछ विशिष्टतायें हैं जिनका अवलोकन DSM-5 Overview Course में किया जा सकता है।

बालयौन शोषण विकृति (Pedophilic disorder)

बाल यौन शोषण विकृति कसौटी DSM-IV की भाँति ही है। इसमें कोई परिवर्तन नहीं किया गया है। केवल विकृति का नाम Pedophilia से Pedophilic disorder कर दिया गया है।

व्यक्तित्व विकृतियाँ (Personality Disorders)

DSM-5 में DSM-IV के 10 व्यक्तित्व विकृतियों के वर्गीकरणीय प्रारूपों और कसौटियों (categorical model and criteria) को सम्मिलित कर लिया गया है। परन्तु इसमे खण्ड-3 के पृथक क्षेत्र में शीलगुण-विशिष्ट विधि (trait-specific methodology) को सम्मिलित किया गया है जिससे चिकित्सकीय सेवा (clinical practice) में व्यक्तित्व विकृतियों के निदान को प्रोत्साहित किया जा सके।

अवधान-अभाव/अतिसक्रियता विकृति (Attention Deficit/Hyperactivity disorder-ADHD)

DSM-IV की भाँति ही इस विकृति की नैदानिक कसौटियों का प्रयोग DSM-5 में किया गया है। यद्यपि कुछ परिवर्तन किये गये हैं जिनका वर्णन DSM-5 Overview Course में किया गया है।

प्रमुख अवसादपरक विकृति (Major Depressive Disorder-MDD)

MDD के DSM-IV मे वर्णित न तो केन्द्रिय कसौटी लक्षणों (core criterion symptoms) को और न ही अपेक्षित (requiste) कालावधियों (durations) को DSM-5 को वर्णित किया गया है। यद्यपि कुछ सम्बन्धित परिवर्तनों का उल्लेख DSM-5 Overview Course में किया गया है।

विशिष्ट दुर्भीति (Specific Phobia)

विशिष्ट दुर्भीति के केन्द्रिय लक्षणों में परिवर्तन नहीं किया गया है। यह कोई आवश्यक नहीं है कि 18 वर्ष की आयु के बाद उनमें पाई जाने वाली चिन्ता/भय की मात्रा अत्यधिक या अतार्किक हो।

सभी आयु के रोगियों के लिये 6 महीने या इससे अधिक की अवधि लागू हो सकती है। इसके प्रकारों में कुछ परिमार्जन किया गया है।

सामाजिक चिन्ता विकृति (Social Phobia)

सामाजिक चिन्ता विकृति को पहले सामाजिक दुर्भीति कहा जाता था। सामाजिक चिन्ता विकृति और सामाजिक दुर्भीति के आवश्यक लक्षणों में कोई अन्तर नहीं है।

ट्रिचोटिल्लोमेनिया (Trichotillomania-Hair Pulling disorder)

DSM-IV में ट्रिचोटिल्लोमेनिया को सम्मिलित किया गया था परन्तु DSM-5 में इसे Hair-Pulling Disorder के रूप में सन्निविष्ट किया गया है।

सुधा-अभाव (Anorexia-Nervosa)

DSM-IV के क्षुधा-अभाव के केन्द्रिय कसौटी को सम्प्रत्यात्मक रूप से बिल्कुल उसी प्रकार DSM-5 बिना किसी परिवर्तन के ले लिया गया है केवल अनार्तव (amenorrhoea) को निकाल दिया गया है।

क्षुधातिशयता (Bulimia Nervosa)

DSM-5 के क्षुधातिशयता विकृति में असतत भोजन (binge eating) के आवश्यक न्यूनतम औसत आवृति (required minimum average frequency) में ह्रास एवं अनुपयुक्त पूरक व्यवहार (inappropriate compensatory behaviour) को केवल DSM-5 में परिवर्तित किया गया है।

निरसन विकृति (Elimination Disorder)

DSM-IV से DSM-5 में निरसन विकृतियों के सन्दर्भ में कोई महत्वपूर्ण परिवर्तन नहीं किया गया है। DSM-IV के इस अध्याय मं वर्णित शैशवास्था, बाल्यावस्था अंथवा किशोरावस्था के नैदानिक विकृतियों को DSM-5 में स्वतंत्र वर्गीकरण के रूप में वर्गीकृत किया गया है।

चारित्र विकृति (Conduct Disorder)

DSM-IV के चारित्रिक विकास को DSM-5 में लगभग अपरिवर्तित ही रखा गया है। इसमें उन व्यक्तियों के लिये वर्णनात्मक लक्षण उल्लेखक (descriptive feature specifier) को जोड़ा गया है जिनमें इस विकृति के कसौटी के अनुसार पूरे लक्षण पाये जाते हैं परन्तु उनमें सीमित मात्रा में प्रतिसामाजिक संवेग भी पाये जाते हैं।

संशोधित निदान (Revised Diagnoses)

निम्नांकित निदानों में कुछ निदानात्मक परिमार्जन अथवा परिवर्तन किये गये हैं। परन्तु इन परिवर्तनों के विशिष्ट विवरणों का उल्लेख DSM-5 Overview Course में प्रस्तुत किया गया गया है।

चिन्ता विकृतियाँ (Anxiety Disorders)

- खुले स्थान की भीतियाँ (Agrophobia), विशिष्ट भीति (specific phobia) एवं सामाजिक

चिन्ता विकृति (Social Anxiety Disorder-सामाजिक दुर्भीति (Social Phobia)

- आतंक विकृति (PanicDisorder) एवं खुले स्थान की भीति (Agrophobia)

द्विध्रुवीय विकृतियाँ एवं सम्बन्धित विकृतियाँ (Bipolar and Related Disorders)

- द्विध्रुवीय विकृतियाँ (Bipolar Disorders)
- अन्य वर्णित द्विध्रुवीय एवं सम्बन्धित विकृतियाँ (Other Specified Biopolar and Related Disorder)
- चिन्तित व्यथित उल्लेखक (Anxious Distress Specifier)

विघटनकारी, आवेग-नियन्त्रण एवं चारित्रिक विकृति (Disruptive, Impulse-Control and Conduct Disorder)

- प्रतिकूलपरक अवज्ञाकारी विकृति (Oppositional Defiant Disorder)
- सविरामी विस्फोटक विकृति (Intermittent Explosive Disorder)

विच्छेदक विकृतियाँ (Dissociative Disorders)

- विच्छेदक तादात्म्य विकृति (Dissociative Identity Disorder)

पोषण एवं भक्षण विकृतियाँ (Feeding and Eating Disorders)

- पीका एवं जुगाली विकृतियाँ (Pica and Rumination Disorder)
- परिहारक/प्रतिबन्धित भोजन ग्रहण विकृति (Avoidant/Restrictive Food Intake Disorders)

तत्रिंका-सज्ञानात्मक विकृतियाँ (Neuro-Cognitive Disorders)

- बौद्धिक अयोग्यता (बौद्धिक विकासात्मक विकृति-Intellectual disability-Intellectual Developmental disorder)
- सम्प्रेषण विकृतियाँ (Communication Disorder)
- विशिष्ट अधिगम्र विकृति (Specific Learning Disorder)
- आत्म-विमोह वर्णक्रम विकृति (Autism Spectrum Disorder)
- यह एक अत्यन्त महत्वपूर्ण एवं विवादास्पद नैदानिक परिवर्तन DSM-5 में किया गया है। इस कसौटी में DSM-IV के अनेक निदानों जैसे आत्मविमोह विकृति (Autistic Disorder), अस्पेर्गेर संलक्षण (Asperger's Disorder), बाल्यावस्था असंगठनात्मक विकृति (Childhood Disintegrative Disorder) एवं व्यापक विकासात्मक विकृति (Pervasive Developmental Disorder (अन्यत्र न वर्णित) का समावेष्टन (बच्चों के आत्मविमोह का अधिक परिशुद्धता से निदान करने के लिये) आत्ममोह वर्णक्रम विकृति (Autism Spectrum Disorder) के निदान में किया गया है।

मनोग्रस्ति-बाध्यता एवं सम्बन्धित विकृतियाँ (Obsessive-Compulsive and Related Disorders)

- मनोग्रस्ति-बाध्यता के उल्लेखक एवं सम्बन्धित विकृतियाँ (Specifiers for Obsessive-Compulsive and Related Disorders)
- शरीर-दुष्आकृतिक विकृति (Body Dysmorphic Disorder)
- द्रव/चिकित्सन-प्रवृत मनोग्रस्ति-बाध्यता एवं सम्बन्धित विकृति तथा किसी अन्य चिकित्सकीय दशा से उत्पन्न मनोग्रस्ति-बाध्यता एवं सम्बन्धित विकृति (Substance/Medication-Induced Obsessive-Compulsive and Related Disorder and Obsessive-Compulsive and Related Disorder due to Another Medical Condition.
- अन्यत्र वर्णित एवं अन्यत्र न वर्णित मनोग्रस्ति-बाध्यता एवं सम्बन्धित विकृतियाँ (Other specified and Unspecified Obsessive-Compulsive and Related Disorders)

पैराफिलिक विकृति (Paraphilic Disorder)

समस्त पैराफिलिक विकृतियों को दो नवीन उल्लेखकों (specifiers)—नियंत्रित वातावरण (controlled environment) और उपशमन (remission) को सम्मिलित करती हैं। कुछ अन्य विशिष्ट परिवर्तन भी किये गये हैं।

मनोविदलता वर्णक्रम एवं अन्य मनोविक्षिप्त विकृतियाँ (Schizophrenia Spectrum and other Psychotic Disorder)

- मनोविदलता (Schizophrenia)
- विदलित भावात्मक विकृति (Schizoaffective disorder)
- भ्रांतिमूलक विकृति (Delusinal disorder)
- तान-प्रतिष्ठभ (Catatonia)

लैगिक दुष्प्रकार्यता (Sexual Dysfunction)

- उपप्रकार निद्रा भ्रमण विकृति (Subtypes Sleepwake Disorders)
- श्वसन-सम्बन्धी निद्रा विकृति (Breathing-Related Sleep Disorders)
- सिरकेडियन सामंजस्य निद्रा भ्रमण विकृति (Circadian Rythm Sleepwake Disorders)
- द्रुत नेत्रगति निद्रा व्यवहार विकृति एवं अशान्त पैर संलक्षण (Rapid Eye Movement Sleep Behaviour Disorder and Restless legs Syndrome)

दैहिक लक्षण एवं सम्बन्धित विकृतियाँ (Somatic symptom and Related Disorders)

- दैहिक संलक्षण विकृति (Somatic Symptom Disorder)
- चिकित्सकीय अव्याख्येय लक्षण (Medically unexplained symptoms)

- स्वकायचिन्तारोग एवं अस्वस्थता चिन्ताविकृति (Hypochondriasis and Illness Anxiety Disorder)
- पीड़ा विकृति (Pain Disorder)
- परिवर्तन विकृति (Conversion-Disorder) प्रकार्यात्मक तंत्रिकापरक लक्षण विकृति (Functional Neurological Symptom Disorder)

विशिष्ट अधिगम विकृति (Specifice Learning Disorder)

Learning Disorders के बदले Specific Learning Disorders वाक्यांश का प्रयोग किया गया है जिसमें गणित, मौखिक भाषा, लिखित भाषा एवं पठन से सम्बन्धित अधिगम समस्याओं को सम्मिलित किया गया है। अधिगम दुरूहताओं (learning difficulties) के क्षेत्र के लिये भिन्न उल्लेखक का प्रयोग किया गया है।

द्रव उपयोग विकृतियाँ (Substance Use Disorders)

इस अध्याय में द्रव (substance) के अनुसार उनका पुनः क्रमाकंन (reordering) एव पुनः नामांकन (renumbering) किया गया है, निदान (diagnosis) के आधार पर नहीं। इसी प्रकार कुछ और विशिष्ट परिवर्तन भी किये गये हैं जिनमें उल्लेखकों (specifiers), अधिकतर कसौटियों के नाम में अल्प परिवर्तन, अतिरिक्तीकरण (addition) अल्पीकरण (deletion) को लिया जा सकता है।

आत्महत्यापरक व्यवहार विकृति (Sucidal Behavirous Disorder)

इस विकृति के कसौटियों में वृद्धि की गई है।

अभिघात एवं बलाघातक सम्बन्धित विकृतियाँ (Trauma and Stressor Related Disorders)

- पश्च-अभिघातज बलाघातविकृति (Post-traumatric Stress Disorder)
- पश्च-अभिघातज बलाघात विकृति को DSM-5 में Trauma and Stress Related Disorder के नाम से नये अध्याय के रूप में जोड़ा गया है। DSM-5 में पश्च-अभिघातज बलाघात विकृति के व्यवहारपरक लक्षणों पर अधिक ध्यान दिया गया है। पश्च-अभिघातज बलाघात विकृति बच्चों और किशोरों के लिये विकासात्मक दृष्टिकोण से अधिक संवेदनशील है।
- तीक्ष्ण बलाघात विकृति (Acute Stress Disorder)
- समायोजन विकृति (Adujstment Disorder)
- प्रतिक्रियाशील आसक्ति विकृति (Reactivce Attachment Disorder)

नवीन निदान (New Diagnoses)

DSM-5 में निम्न नवीन निदानों का प्रयोग किया गया है। यद्यपि इन परिवर्तनों का विस्तृत विवरण DSM-5 Overview Course में उपलब्ध है।

विघटनकारी मनोदशा दुष्नियमन विकृति (Disruptive Mood Dysregulation Disorder)

विघटनकारी मनोदशा दुष्नियमन विकृति (DMDD) में दृढ़ (persistent), उत्तेजनशील मनोदशा (irritable mood) एवं निरन्तर, प्रमुख क्रोध प्रस्फोटन (major anger outbursts) अथवा एक वर्ष तक सप्ताह में 3 या अधिक बार झल्लाहट (tantrums) को सम्मिलित किया जा सकता है। इस निदान का मुख्य उद्देश्य द्विध्रुवीय विकृतियों में ह्रास करना है।

संचयन विकृति (Hoarding Disorer)

जखीरेबाजी (संचयन) सम्बन्धी गम्भीर व्यवहार जनसंख्या के अधिकांश प्रतिशत को प्रभावित करता है। पहले इसे मनोग्रस्ति-बाध्यता विकृति के लक्षण या उप प्रकार के रूप में माना जाता था परन्तु अब इसे एक पृथक एवं महत्वपूर्ण विकृति के रूप में माना जाने लगा है। इस विकृति का प्राथमिक लक्षण उन सम्पतियों/वस्तुओं के मूल्यों पर ध्यान दिये बिना उनसे अपने को अलग कर पाने की असमर्थता है।

निस्त्वचन विकृति (Excoriation Disorder)

यह एक मानसिक विकृति है जिसमें व्यक्ति में अपनी त्वचा को खोदने/खुरचने (pick) की तीव्र इच्छा पाई जाती है और अक्सर यह आदत तब तक पाई जाती है जब तक कि शारीरिक क्षति न पाई जाय। इसका कोई प्रत्यक्ष कारण नहीं होता परन्तु ऐसा प्रतीत होता है कि कोई चिकित्सकीय लक्षण उपलब्ध है। इस विकृति को Dermatellomania भी कहा जाता है। DSM-5 के "Obsessive-Compulsive and Related Disorders" अध्याय में इसे सम्मिलित किया गया है।

अन्य चिकित्सकीय दशाओं को प्रभावित करने वाले मनोवैज्ञानिक कारक एवं कृत्रिम कारक (Psychological factors Affecting Other Medical Conditions and Factitious Disorder)

DSM-5में अन्य चिकित्सकीय दशाओं को प्रभावित करने वाले मनोवैज्ञानिक कारक को एक नवीन मानसिक विकृति के रूप में प्रस्तुत किया गया है। DSM-IV में 'Other Conditions that May be a focus of Clinical Attention" नामक अध्याय में इसे सम्मिलित किया गया था।

जननिक-श्रोणियपीड़ा/बेधनविकृति (Genito-Pelvie Pain/Penetration Disorders)

DSM-5 में यह विकृति नया है जिसमें DSM-IV के दो विकृतियों को संयुक्त कर दिया गया है जिनमें विभेदन करना कठिन है।

लैंगिक असहजता (Gender Dysphoria)

DSM-5 में इस नवीन निदानात्मक वर्ग को प्रस्तुत किया गया है। यह DSM-5 के Gender Identity Disorder की भाँति लैंगिक असंगति (gender incongruence) पर बल देता है।

रोगों का अन्तर्राष्ट्रीय वर्गीकरण-10वाँ संस्करण
(International Classification of Diseases-ICD-10)

ICD-10 का वर्गीकरण मूलतः 18वीं शताब्दी में स्वीडेन के जीवविज्ञानी *Carolus Linnaeus* ने सर्वप्रथम प्रस्तुत किया। उन्होंने Geneva Plantarum में यह कहा है, *"All the real knowledge which we possess depends on methods by which we distinguish the similar from dissimilar...."* इन्होंने अनेक अनुसंधानकर्त्ताओं को इस क्षेत्र में कार्य करने के लिए प्रोत्साहित किया जिनमें *Francois Bissler de Sauvages* एवं *William Cullen* का नाम प्रमुख है।

ICD-8 का प्रकाशन 1968 में ICD-9 का प्रकाशन 1978 में तथा इसके अंतिम संस्करण का प्रकाशन–International Statistical Classification of Diseases and Related Health Problems (ICD-10) का प्रकाशन विश्व स्वास्थ्य संगठन (WHO) द्वारा 1992 में हुआ जिसमें चिकित्सकीय दशाओं (medical conditions) एवं मानसिक विकृतियों (mental disorders) के व्यापक वर्गीकरण प्रणाली को प्रस्तुत किया गया है। ICD-10 एक प्रकार का अधिकारिक (official) चिकित्सकीय (medical) एवं मनश्चिकत्सीय (psychiatric) रोग विज्ञान (nosology) है जिसका उपयोग समस्त संसार में किया जाता है। यद्यपि कुछ देशों यथा जापान एवं संयुक्त राष्ट्र में इसके संगत (compatible) एवं परिमार्जित रूप का प्रयोग किया जाता है। World Health Organization के निरीक्षण में विश्व के विशेषज्ञों एवं मनोचिकित्सकों ने मानसिक विकृतियों का वर्गीकरण अन्तर्राष्ट्रीय स्तर पर किया। *ICD*-10 के प्रकाशन का मुख्य उद्देश्य ICD-9 के पुराने संस्करणों की कमियों को दूर करना था। इस संस्करण में उन रोगों को भी सम्मिलित किया गया जिन्हें पहले के संस्करणों में सम्मिलित नहीं किया गया था। इस वर्गीकरण में प्रत्येक मानसिक विकार को उसके निर्धारित स्थान पर ही नहीं रखा गया वरन् उसे एक निर्धारित कोड संख्या भी प्रदान किया गया। इस वर्गीकरण में कुल 10 वर्गों (categories) का प्रयोग किया गया है। इनके लक्षण (symptoms) उभयनिष्ठ (common) है। इन्हीं उभयनिष्ठ लक्षणों के आधार पर ICD-10 का व्यवस्थापन 10 वर्गों (categories) में किया गया है। इस वर्गीकरण की प्रमुख विशेषता यह है कि इसमें कुछ रिक्त स्थानों की भी व्यवस्था की गई है ताकि भविष्य में किये गये अनुसंधानों से प्राप्त परिणामों को इन रिक्त स्थानों पर निर्धारित किया जा सके। इस वर्गीकरण में मानसिक विकारों का वर्गीकरण करते समय व्युत्पत्ति (etilogy), लक्षण (symptoms), आयु (age) जटिलता (complexity) आदि मान्य आधारों (bases) का उपयोग तार्किकता के आधार पर किया गया है।

ICD-10 के अनुसार मानसिक विकारों का वर्गीकरण
(Categories of Mental Disorders in ICD-10)

WHO ने 1992 में ICD-10 का प्रकाशन किया। समस्त मानसिक विकारों को ICD-10 के खण्ड V-F में रखा गया है। इस वर्गीकरण में उभयनिष्ठ लक्षणों के आधार पर 10 प्रमुख वर्गों का प्रयोग किया गया है जिनका वर्णन अधोप्रस्तुत है:—

(1) आंगिक लक्षणयुक्त मानसिक विकार ***(Organic, including Symptomatic Mental Disorders—ICD Category F00—F09)***

इस वर्ग में उन मानसिक विकारों को रखा गया है जो मस्तिष्कीय रोगों अथवा मस्तिष्कीय आघातों के कारण उत्पन्न होते हैं। इस वर्ग में अनेक प्रकार की मनोविकृतियों को सम्मिलित किया जा सकता है परन्तु उनका वर्गीकरण दो प्रमुख वर्गों में किया जा सकता है। *प्रथम समूह* में संज्ञानात्मक प्रकार्यों (cognitive functions) यथा स्मृति, बुद्धि, अधिगम, संवेदना-प्रत्यक्षीकरण से सम्बन्धित मानसिक विकारों को सम्मिलित किया गया है। जबकि *द्वितीय समूह* में व्यक्ति के अभिव्यक्तियों, भावों, अनुभवों, विचारों, भावनाओं एवं व्यक्तित्व में उत्पन्न विकारों के संलक्षणों को सम्मिलित किया गया है। इस वर्ग में सम्मिलित मानसिक विकारों को बाल्यावस्था में ही नहीं, किसी भी आयु में प्राप्त किया जा सकता है। परन्तु वास्तविकता यह है कि यह मानसिक विकार बाल्यावस्था में कम, प्रौढ़ावस्था तथा वृद्धावस्था में अधिक उत्पन्न होते हैं। इनमें से कुछ मानसिक विकार थोड़े समय के लिए ही होते हैं और उपचार से ठीक भी हो जाते हैं। परन्तु कुछ मानसिक विकार ऐसे होते हैं जिनका उपचार सम्भव नहीं होता है और उनमें क्रमशः वृद्धि ही पाई जाती है। इस वर्ग में निम्न मानसिक विकार आते हैं:—

F00 Dementia in Alzheimer's disease
F01 Vascular Dementia
F02 Dementia in other disease classified elsewhere
F03 Unspecified dementia
F04 Organic amnestic syndrome, not induced by alcohol and other psychoactive substances
F05 Delirium, not induced by alcohol and other psychoactive substances.
F06 Other mental disorders due to brain damage and dysfunction and to physical disease.
F07 Personality and behavioural disorders due to brain disease, damage and dysfunction.
F08 Unspecified organic or symptomatic mental disorders.

(2) मनोसक्रिय पदार्थों के कारण उत्पन्न मानसिक एवं व्यवहारपरक विकार

(Mental and Behavioural Disorders due to Psychoactive Substance use—ICD Category F10-F19)

इस वर्ग में उन मानसिक विकारों को सम्मिलित किया गया है जिनकी उत्पत्ति मादक पदार्थों जैसे शराब, चरस, गाँजा, भाँग, हेरोइन, तम्बाकू, कोकीन आदि के सेवन से उत्पन्न होती है। इन मादक पदार्थों के उपयोग से रोगी में मानसिक ह्रास तथा मनोविदलता के लक्षण उत्पन्न होते हैं। इसमें मनोविक्षिप्तता (psychotic), मनोभ्रंशता (dementia) आदि मनोविकारों को सम्मिलित किया गया है। इस वर्ग में निम्न मानसिक विकार आते हैं:—

F10 Mental and Behavioural Disorders due to use of alcohol.
F11 Mental and Behavioural Disorders due to use of opioids.
F12 Mental and Behavioural Disorders due to use of cannabinoids.
F13 Mental and Behavioural Disorders due to use of sedatives or hypnotics.
F14 Mental and Behavioural Disorders due to use of cocaine.
F15 Mental and Behavioural Disorders due to use of other stimulants, includings caffeine.

F16 Mental and Behavioural Disorders due to use of hallucinogens.
F17 Mental and Behavioural Disorders due to use of tobacco.
F18 Mental and Behavioural Disorders due to use of volatile solvents.
F19 Mental and Behavioural Disorders due to multiple drug use and use of other psychoactive substances.

(3) मनोविदलता, मनोविदलतासम एवं व्यामोहित विकार *(Schizophrenia, Schizotypal and Delusional Disorders-ICD Category-F20-F29)*

इस वर्ग में मनोविदलता (schizophrenia) को प्रमुखता प्रदान की गई है जिसके प्रमुख लक्षण विभ्रम (hallucination) एवं व्यामोह (delusion) है। परन्तु जिन विकारों में व्यामोह जैसे लक्षण नहीं भी पाये जाते हैं परन्तु मनोविदलता के कुछ लक्षण अवश्य विद्यमान रहते हैं, उन्हें भी समानता के आधार पर इसी वर्ग में सम्मिलित किया गया है, क्योंकि रोग की प्रारम्भिक अवस्था में चिकित्सकीय परीक्षण के उपरांत भी इन दोनों प्रकार के मनोविकारों के मध्य अन्तर करने में कठिनाई होती है। इसीलिए मनोविदलतासम विकार को इसमें सम्मिलित किया गया है, क्योंकि मनोविदलतासम में मनोविदलता के कई विशिष्ट लक्षण पाये जाते हैं। इसीलिए इसे मनोविदलता के साथ एक वर्ग में रखा गया है। इस वर्ग में निम्न मानसिक विकार आते हैं:—

F20 Schizophrenia.
F21 Schizotypal disorders.
F22 Persistent delusional disorders.
F23 Acute and transient psychotic disorders.
F24 Induced delusional disorder.
F25 Schizoaffective disorders.
F28 Other non-organic psychotic disorders.
F29 Unspecified non-organic psychosis.

(4) मनोदशाजन्य (भावात्मक) विकार *(Mood (affective) Disorder ICD Category F30-F39)*

इस वर्ग में उन मनोविकारों को सम्मिलित किया गया है जो मनोदशाओं (moods) में परिवर्तन के कारण उत्पन्न होते हैं। जब रोगी में अवसाद (depression) अथवा उल्लास (elation) की मनोदशा पाई जाती है तब इन विकारों की व्युत्पत्ति होती है क्योंकि इन मनोदशा परिवर्तनों के कारण रोगी में भिन्नतापरक शारीरिक परिवर्तन भी घटित होते हैं। यह मानसिक विकार सभी आयु के व्यक्तियों में पाया जा सकता है तथा इन विकारों के पुनरावृत्ति होने की सम्भावना भी पाई जाती है। इस वर्ग के अन्तर्गत निम्न विकार आते हैं:—

F30 Manic episode.
F31 Bipolar and affective disorder.
F32 Depressive episode.
F33 Recurrent depressive disorder.
F34 Persistent mood (affective) disorder.
F38 Other mood (affective) disorder.
F39 Unspecified mood (affective) disorder.

(5) मनस्तापी, प्रतिबल सम्बन्धी एवं दैहिक विकार (*Neurotic, Stress Related and Somatoform Disorders—ICD Category-F40-F49*)

इस वर्ग के अन्तर्गत व्यापक मानसिक विकारों को रखा गया है जिनका सम्बन्ध मनस्ताप (neurosis) के अभिग्रहों से है। इस वर्ग से सम्बन्धित मनोविकार मनोजन्य होते हैं परन्तु इनकी अभिव्यक्ति शारीरिक विकारों के रूप में होती है। अन्तर्राष्ट्रीय जगत के मनोचिकित्सकों ने सर्वसम्मत रूप से इन विकारों के समूहीकरण की उपयोगिता को स्वीकार किया है। ऐसे विकारों के लक्षण अपतंत्रक (hysteria) एवं मनोग्रस्तता-बाध्यता (Obsessive-compulsive) में पाये जाते हैं। परन्तु इस वर्गीकरण में हिस्टीरिया शब्द का प्रयोग न करके वियोजनात्मक (dissociative) शब्द का प्रयोग किया गया है। इस संवर्ग में निम्न मानसिक विकारों को सम्मिलित किया गया है:—

F40 Phobia Anxiety disorders.
F41 Other Anxiety disorders.
F42 Obsessive-Compulsive disorders.
F43 Reaction to severe stress and adjustment disorders.
F44 Dissociative (conversion) disorders.
F45 Somatoform disorders.
F48 Other neurotic disorders.

(6) शारीरिक एवं भौतिक कारणों से उत्पन्न व्यवहारिक संलक्षण (*Behavioural Syndromes Associated with Physiological Disturbance and Physical Factors—ICD Category F50-F59*)

इस वर्ग में उन मनोविकारों को सम्मिलित किया गया है जिनके संलक्षण भोजन क्रिया सम्बन्धी विकार, निद्रा विकार, रति विकार आदि से सम्बन्धित होते हैं। इन विकारों से सामान्य शारीरिक क्रिया कलापों में अवरोध उत्पन्न होता है। इस संवर्ग में निम्न मानसिक विकारों को सम्मिलित किया गया है:—

F50 Eating disorders.
F51 Nonorganic sleep disorders.
F52 Sexual dysfunction, not caused by organic disorder or disease.
F53 Mental and behavioural disorders associated with the puerperium not elsewhere classified.
F54 Psychological and behavioural factors associated with disorder or disease classified elsewhere.
F55 Abuse of non-dependence-producing substances.
F59 Unspecified behavioural syndromes associated with physiological disturbances and physical factors.

(7) वयस्क व्यक्तित्व एवं व्यवहार सम्बन्धी विकार (*Disorders of Adult Personality and Behaviour—ICD Category F60-F69*)

इस संवर्ग के अन्तर्गत उन विभिन्न प्रकार के व्यक्तित्व विकारों को रखा गया है जो व्यक्ति

के विशिष्ट जीवन शैली (specific life style) तथा विशिष्ट व्यवहार पद्धति से सम्बन्धित होती है। यह संलक्षण अपेक्षाकृत स्थाई होते हैं। इनमें से कुछ जीवन शैलियाँ और व्यवहार पद्धतियाँ (behavioural patterns) व्यक्ति के विकास की प्रारम्भिक अवस्था में शरीर संरचना (body constitution) एवं सामाजिक अनुभवों (social experiences) के कारण प्रकट होती है तथा बाद में उनका विकास होता है। यह विकार व्यक्ति के जीवन शैली पर प्रकाश डालते हैं। इन व्यक्तित्व विकारों को मानसिक विकारों की संज्ञा दी जाती है। इस वर्ग में अधोप्रस्तुत मानसिक विकारों को सम्मिलित किया गया है:—

F60 Specific personality disorder.
F61 Mixed and other personality disorder.
F62 Enduring personality changes, not attributable to brain damage and disease.
F63 Habit and impulse disorder.
F64 Gender Identity disorder.
F65 Disorder of sexual preference.
F66 Psychological and behavioural disorders associated with sexual development and orientation.
F68 Other disorders of adult personality and behaviour.
F69 Unspecified disorders of adult personality and behaviour.

(8) बौद्धिक मंदता *(Mental Retardation—ICD Category F70-F79)*

इस वर्ग में बौद्धिक क्षीणता को एक मानसिक विकार मानकर रखा गया है क्योंकि मानसिक विकास अवरुद्ध हो जाने पर व्यक्ति में सामान्य व्यक्तियों की तुलना में 3 गुना अधिक मानसिक विकारों के पाये जाने की सम्भावना रहती है। ऐसे मानसिक रोगी नवीन तथा प्रतिकूल परिस्थितियों में न तो उपयुक्त व्यवहार ही प्रदर्शित कर पाते हैं और न दूसरे व्यक्तियों द्वारा शारीरिक और यौन शोषण होने पर अपनी सुरक्षा कर पाते हैं। व्यक्ति में पाई जाने वाली बौद्धिक मंदता के अनेक स्तर—मूर्खता (moronity), मूढ़ता (imbecility) एवं जड़ता (idiocy) है। इस वर्ग में बौद्धिक मंदता को सम्बद्ध अनेक मानसिक विकारों को सम्मिलित किया गया है:—

F70 Mild mental retardation.
F71 Moderate mental retardation.
F72 Severe mental retardation.
F73 Profound mental retardation.
F78 Other mental retardation.
F79 Unspecified mental retardation.

(9) मनोवैज्ञानिक विकास के विकार *(Disorders of Psychological Development—ICD Category F80-F89)*

इस वर्ग में उन मानसिक विकारों को रखा गया है जिनका विकास या शैशवावस्था में प्रारम्भ हो जाता है अथवा बाल्यावस्था में। इन मानसिक विकारों में भाषा सम्बन्धी दोष, दृष्टि सम्बन्धी दोष तथा गति सम्बन्धी क्रियायों में उत्पन्न दोषों को सम्मिलित किया जाता है। इन दोषों के उत्पन्न होने का कारण बच्चे के स्नायु तन्त्र (nervous system) का अपरिपक्व विकास (immature development) है। इन मानसिक विकारों का प्रमुख लक्षण यह है कि इनमें न तो

अग्रगति (steady course) पाया जाता है और न ही लक्षणहीनता (remission) अथवा पुनरावृत्ति (relapse) पाया जाता है। इस संवर्ग में निम्न मानसिक विकारों को सम्मिलित किया गया है:—

F80 Specific developmental disorders of speech and language.
F81 Specific developmental disorders of scholastic skills.
F82 Specific developmental disorders of motor function.
F83 Mixed specific developmental disorders.
F84 Pervasive developmental disorders.
F88 Other disorders of psychological development.
F89 Unspecified disorder of psychological development.

(10) बाल्यावस्था एवं किशोरावस्था के व्यावहारिक एवं संवेगात्मक विकार *(Behavioural and Emotional Disorders of Childhood and Adolescence-ICD Category F90-F99)*

इस वर्ग में बाल्यावस्था और किशोरावस्था में दिखाई पड़नेवाले व्यवहारपरक (behavioural) एवं सांवेगिक (emotional)/भावात्मक (affective) विकारों को रखा गया है। उदाहरणस्वरूप अतिक्रियाशील (hyperkinetic) एवं आचरण (conduct) सम्बन्धी विकारों को लिया जा सकता है। इन विकारों के अभिव्यक्ति में वैयक्तिक भिन्नता (individual differences) पाई जाती है। इन विकारों का उपचार और नियन्त्रण अवश्य किया जाना चाहिए। इस संवर्ग में निम्न मानसिक विकारों को सम्मिलित किया गया है:—

F90 Hyperkinetic disorders.
F91 Conduct disorders.
F92 Mixed disorders of conduct and emotions.
F93 Emotional disorders with onset specific to childhood.
F94 Disorders of social functioning with onset specific to childhood and adolescence.
F95 Tic disorders.
F98 Other behavioural and emotional disorders with onset usually occuring in chilhood and adolescence.
F99 Unspecified mental disorder.
F99 Mental disorder, not otherwise specified.

❑

[illegible]

F80 Specific developmental disorders of speech and language
F81 Specific developmental disorders of scholastic skills
F82 Specific developmental disorder of motor function
F83 Mixed specific developmental disorders
F84 Pervasive developmental disorders
F88 Other disorders of psychological development
F89 Unspecified disorder of psychological development

(10) [illegible] (Behavioural and Emotional Disorders of Childhood and Adolescence (ICD Category F90-F98))

[illegible]

F90 Hyperkinetic disorders
F91 Conduct disorders
F92 Mixed disorders of conduct and emotions
F93 Emotional disorders with onset specific to childhood
F94 Disorders of social functioning with onset specific to childhood and adolescence
F95 Tic disorders
F98 Other behavioural and emotional disorders with onset usually occurring in childhood and adolescence
F99 Unspecified mental disorder
F99 Mental disorder, not otherwise specified

अध्याय 3

मनस्ताप
(NEUROSES)

William Cullen ने (1969) में अपनी पुस्तक *'System of Nosology'* में सर्वप्रथम Neurosis शब्द का प्रयोग किया जिसका तात्पर्य Disordered Sensations of the Nervous System था। 18वीं शताब्दी तक इसका उपयोग व्यापक अर्थों में किया जाता था। 19वीं शताब्दी के प्रारम्भ में इस शब्द का लगभग परित्याग कर दिया गया था परन्तु इस शताब्दी के अन्त में इस शब्द का उपयोग भिन्न-भिन्न अर्थों में फिर किया जाने लगा तथा तन्त्रिका तन्त्र (nervous system) के विकारों के कारण उत्पन्न होने वाले मानसिक रोगों को मनस्ताप (neurosis) की संज्ञा दी गई। परन्तु कुछ अनुसंधानकर्ताओं ने यह निष्कर्ष प्राप्त किया कि कुछ मानसिक विकारों का कारण तन्त्रिकाओं का विकार नहीं होता, इसलिए ऐसे विकारों को मनोतन्त्रिका ताप कहा जाने लगा। परन्तु आज लोग अंग्रेजी भाषा के Psychoneuroses, Neuroses, Psychoneurotic Reactions, Neurotic Reactions का उपयोग पर्यायवाची के रूप में करते हैं। आधुनिक चिकित्सकों एवं मनोचिकित्सकों ने इसे मान्यता प्रदान की है। मनस्ताप के लक्षण या लक्षण समूह मनस्तापी व्यक्तियों को सामान्य व्यक्तियों से विभेदित करते हैं (*Wig & Verma* 1973)। मनस्ताप एक ऐसा शब्द है जिसका प्रयोग उन व्यवहार वर्गों के लिये किया जाता है जो अनुक्रिया प्रकट करने के पारम्परिक तरीकों से विचलित (deviated) होते हैं। जब यही विचलन अधिक तीव्र (severe) हो जाता है तो मनोविक्षिप्त (psychotic) शब्द का प्रयोग किया जाता है। शब्द मनस्तापियता का प्रयोग किसी प्रकार की असामान्यता की ओर संकेत करता है जिसका सम्बन्ध व्यक्ति के तन्त्रिका तन्त्र (nervous system) से भी हो सकता है अथवा उसके मानस (psyche) से भी। मनस्तापी दशा की प्रारम्भिक व्याख्या तन्त्रिका क्षीणता/तन्त्रिका दौर्बल्य (neurasthenia) के रूप में की गई है जिसके प्रमुख मानसिक लक्षणों के रूप में शारीरिक और मानसिक थकान को लिया जा सकता है। इसमें तन्त्रिकाओं की शक्ति क्षीण हो जाती है जिसका प्रमुख कारण निरन्तर द्वन्द्वपूर्ण जीवन और अत्यधिक कार्य का करना है जिसके परिणामस्वरूप तन्त्रिका कोशिकाओं (nerve cells) के मुख्य जैव-रसायनिक (biochemical) तत्त्व समाप्त हो जाते हैं (*Weir & Mitchell,* 1900)। एक दूसरे प्रकार के व्यवहार विकृति को मनोदौर्बल्य (psychasthenia) की भी संज्ञा दी जाती है। यह भी एक प्रकार की मानसिक दुर्बलता है जिसमें मानसिक समायोजन निर्बल हो जाता है और भीति (phobia), चिन्ता, हठ प्रवृत्ति, व्यक्तित्व अप्रतीत इत्यादि प्रकार के लक्षण दृष्टिगोचर होते हैं। लगभग सभी मानसिक दुर्बलताओं यथा मनोग्रस्ति (obsession), दुर्भीति (phobia), हिस्टीरिया (hysteria), चिन्ता मनस्ताप (anxiety neurosis) के लक्षण इसमें मिलते हैं। तन्त्रिकाक्षीणता में तन्त्रिका सम्बन्धी समस्याएँ होती हैं जबकि मनोदौर्बल्य में विचार सम्बन्धी जटिलताएँ रहती हैं। इसमें व्यक्ति का मानस (psyche) क्षीण हो जाता है। प्राचीन ग्रन्थों में

मनस्ताप के अन्तर्गत तीन प्रकार के मानसिक रोग—मनोदौर्बल्य, तन्त्रिकाक्षीणता एवं उन्माद (hysteria) माने गये हैं (*Lundin,* 1972)।

ऐतिहासिक दृष्टिकोण से *Hayman-Wiersma* (1906-1909) के नामों को इंगित करना अनुपयुक्त न होगा क्योंकि इन डच मनोवैज्ञानकों ने कारक श्रेणी निर्धारण अध्ययनों (factorial rating studies) में एक कारक सांवेगिकता (emotionality–'E') को प्राप्त किया जो मनस्ताप के समान था (*Eysenck,* 1977)। *Webb* ने इस कारक को **'W'** की संज्ञा दी है जिसका तात्पर्य विवेचित संकल्प शक्ति (deliberate volition) अथवा इच्छा शक्ति (will) के परिणामस्वरूप सुसंगति कार्य (consistency action) से है। ***Adler*** (1972) ने मनस्ताप के सम्बन्ध में अपना मत प्रकट करते हुए कहा है कि, *''श्रेष्ठ भाव को प्राप्त करने के लिए हीन भावना से मुक्ति पाने के प्रयास के रूप में प्रत्येक मनस्ताप को समझा जा सकता है।'' (Every neurosis can be understood as an attempt to free one self from a feeling of inferiority in order to gain a feeling of superiority)* यह प्रतिस्पर्धा (striving) सामान्य एवं मनस्तापी दोनों प्रकार के व्यक्तियों में सर्वदा पाई जाती है। *Adler* ने इसे पुरुषोचित प्रतिवाद (masculine protest) कहा है। *Janet* (1892, 1907) का मत है कि जीवन में समायोजन स्थापित करने की असफलता पर मनस्ताप निर्भर करता है।

Jung (1923) के अनुसार किसी कार्य के अभिग्रहण (adoption) की असफलता का परिणाम मनस्ताप है। जब कामप्रवृत्ति (libido) अपने अभिव्यक्ति (outlet) का उपर्युक्त अनुकूलन करने में असमर्थ पाता है, तो इसके विकास में असामान्यता पाई जाती है। वास्तविकता यह है कि मनस्ताप उस समय पाया जाता है जब चेतन क्रिया निष्फल हो जाती है तथा व्यक्ति पर अचेतन पूर्ण स्वामित्व प्राप्त कर लेता है। *Jung* (1923) ने मनस्ताप को 'आत्मसिद्धि की असफलता' (failure of self relization) के रूप में स्वीकार किया है जो 'साहस की असफलता' (lack of courage) एवं जीवन संचालन में 'सन्तुलन बनाये रखने की अयोग्यता' (inability to maintain a balance) के कारण उत्पन्न होता है। इनके अनुसार मनस्ताप केवल निषेधात्मक कारक (negative factor) या कष्टप्रद विकार एवं रोग (troublesome disorder) नहीं है, वरन् एक प्रकार की विधेयात्मक शक्ति है जो व्यक्तित्व निर्माण में सहायक है। यह युंग (*Jung*) के दृष्टिकोण की आधारशिला (corner stone) थी। मनस्ताप के उपचार के लिए अचेतन के कुछ विषय-वस्तु को चेतन में मिला देना चाहिए। इन्होंने व्यक्तित्व प्रकारों का वर्णन करते हुए इसे दो-प्रकार अन्तर्मुखता (introversion) एवं बहिर्मुखता (extroversion) का बताया। इनका विश्वास था कि मनस्तापी विकार (neurotic breakdown) के होने पर बहिर्मुखी व्यक्तियों में मनोक्षीणता/मनोदौर्बल्य (psychasthenia) पाया जाता है जो उनमें अत्यधिक संवेदनशीलता (marked senstivity) की ओर संकेत करता है।

Gardon (1927) का मत है कि मनस्तापी व्यक्ति वातावरण के अन्दर एवं बाहर समायोजन स्थापित करने में असफल रहता है। निसन्देह अन्तः आत्मिक (intrapsychic) कठिनाइयाँ अधिक महत्वपूर्ण है परन्तु बाह्य कठिनाइयों को हमें महत्वहीन नहीं समझना चाहिए क्योंकि अन्तः आत्मिक कठिनाइयों की वृद्धि उन्हीं के माध्यम से होती है। मनस्तापी व्यक्ति अपने अस्वस्थता (illness) के द्वारा लाभान्वित होने का प्रयास नहीं करता है वरन् अपने ऐसे प्रयासों में सफलता भी प्राप्त करता है। मनस्ताप में निश्चित रूप से प्रान्तस्था-क्रियाएँ (cortical activity) का स्तर नीचा हो जाता है। परिणामस्वरूप अन्तर्द्वन्द्व (conflict) उत्पन्न होता है। मनोविश्लेषणात्मक साहित्य में एक मानसिक विकार के रूप में मनस्ताप का सामान्य वर्णन इस प्रकार से किया गया है।

Allport (1961) ने वास्तविक मनस्ताप की परिभाषा अनम्य आत्म-केन्द्रिता (stubborn self-centeredness) के रूप में की है तथा मनस्तापी को संज्ञानात्मक रूप से विकलांग (cognitve cripple) व्यक्ति की संज्ञा दी है। *Freud* (1952) की भाँति इनका भी यह विश्वास है कि मनस्तापी व्यक्तियों पर अचेतन का प्रभाव अधिक होता है। *Burt* (1944) का मत है कि मनस्तापी शीलगुण सामान्य (normal) से मनस्तापी छोर (neurotic end) तक एक सातत्य (continuum) का निर्माण करते हैं। एक सामान्य व्यक्ति किसी घटना के घटित होने वाले कारणों को देखकर या अनुभव कर संशयालु (suspicious) हो सकता है जबकि मनस्तापी बिना किसी कारण के भी शंका कर सकता है। इसी प्रकार सामान्य व्यक्ति वास्तविक एवं अवास्तविक प्रशंसा कर सकता है लेकिन मनस्तापी व्यक्ति नहीं। सुखानुभव के लिए समस्त सम्भावित एवं अनुकूल जीवन परिस्थितियों के होते हुए भी मनस्तापी व्यक्ति जीवन का आनन्द नहीं ले सकता है।

Slater (1933) का मत है कि सामान्य मनस्तापी विशेषताओं के रूप में अनुपयुक्तता (inadequacy), हक्लाहट (stammering), असंयतमूत्रता (eurosis) संवेगात्मक अस्थिरता (instability of emotions), नाखून काटना (nail biting), दवाई की टिकिया निगलने में असमर्थता (inability to swallow pill) अक्सर सिरदर्द (frequent headache) एकान्त में रहने की इच्छा (desire to be alone), नाड़ी गति में वृद्धि (increased pulse rate), फैली हुई कनीनिका (dilated pupil) आदि को सम्मिलित किया जा सकता है। सभी आयु वर्गों में पुरुषों की अपेक्षा महिलाओं में मनस्तापी प्रवृत्तियाँ अधिक दिखाई पड़ती है। इस प्रकार मनस्तापी व्यक्तित्व की परिभाषा एक मौलिक गुण (basic quality) अथवा शीलगुणों के जटिल गुणों (complex qualities of traits) के रूप में की जा सकती है जो मनस्ताप की बाह्य अभिव्यक्तियों की ओर अग्रसर करता है। यह केवल मात्रा (degree) का विषय है।

Landies & Bolles (1978) के अनुसार, *''मनस्ताप एक अवांछित संवेगात्मक दशा है जो सामान्यीकृत एवं स्थायी है। यह जनसंख्या के कम लोगों में पाई जाती है तथा इसका आधार आंगिक रोग विज्ञान नहीं होता है।''* (*Neurosis is an undesirable emotional condition which is generalized and persisted : it occurs in a minority of population and has no regular basis in known organic pathology.*)

Brown (1979) के अनुसार, *''मनस्तन्त्रिका ताप का तात्पर्य संज्ञानात्मक, संवेगात्मक तथा क्रियात्मक प्रक्रियाओं की साधारण असमान्यताओं से है जो अक्सर व्यक्ति को केवल आंशिक रूप से असक्षम बना देती है जिसके मौलिक लक्षण चिन्ता से सम्बन्धित होते हैं।''* (*''By psychoneurosis, we mean that milder abnormalities of the cognitive, emotional and motor processes which usually only partially incapicitate the individual and where the basic systems are some how connected with anxiety."*)

Kaplan & Sadock (2003) ने अपनी पुस्तक *'Synopsis of Psychiatry'* में मनस्ताप को परिभाषित करते हुए लिखा है कि *''मनस्ताप एक मानसिक विकृति है जिसमें सर्वाधिक अशांति के लक्षण अथवा लक्षण समूह व्यक्ति को व्यथित करते हैं; वे उन्हें अस्वीकार योग्य एवं असम्बद्ध समझता है; यथार्थता परीक्षण पूर्णतः अखण्ड रहते हैं। व्यवहार सकल सामाजिक मानकों की अवहेलना सक्रियता से नहीं करते हैं। बिना इलाज के यह अस्तव्यस्तता सापेक्ष रूप से स्थायी होती है एवं उनका पुनरावर्तन होता है। यह अस्तव्यस्तताएँ बलाघातकों के प्रति क्षणिक प्रतिक्रिया तक ही सीमित नहीं होते हैं। इसका कोई आंगिक निदानशास्त्र अथवा कारक प्रमाण्य नहीं है।''* (*"A mental disorder in which the predominant disturbance is a symptom* *or a group of symptoms distressing to the individual and recognized by him or her as unacceptable and alien (ego dystonic); reality testing is grossly intact. Behaviour does not activily violate gross social norms (although it may be quite disabling). The disturbance is already enduring or recurent without treatment, and is not limited to a transitory reaction to stressors. There is no demonstrable organic etiology or factor."*)

इन परिभाषाओं के आधार पर यह कहा जा सकता है कि मनस्ताप एक चिरकालिक (chronic) अथवा पुनर्रावर्ती (recurrent) अविकृतिपरक विकृति (nonpsychotic disorder) है जिसकी प्रमुख विशेषता दुश्चिन्ता (anxiety) है। इस मनोविकृति का अनुभव किया जा सकता है अथवा इसकी प्रत्यक्ष अभिव्यक्ति हो सकती है अथवा मनोरचनाओं के द्वारा परिवर्तित हो सकती है अथवा मनोरचनाओं के द्वारा परिवर्तित (alter) की जा सकती है। यह अनेक क्षेत्रों में व्यक्ति की प्रकार्यता (person's functioning) को अवरोधित करती है।

Guilford (1934) ने अपने विश्लेषण में अनेक समूह कारकों (group factors) यथा सामाजिक अन्तर्मुखता (social introversion), सांवेगिक अन्तर्मुखता (emotional introversion), पुरुषत्व (masculinity), अधीरता (nervousness) एवं मनस्तापियता तथा अन्त-र्मुखता के सामान्य कारक (general factor of neuroticism and introversion) के पृथक्कीकरण का प्रयास किया है।

मनस्तापियता की संक्रियात्मक परिभाषा (operational definition) उन व्यक्तित्व विशेषताओं के रूप में की जाती है जो नैदानिक रूप से वर्गीकृत मनस्तापियों (clinically judged neurotics) को सामान्य (normal) व्यक्तियों से पृथक करती है (*Cattell,* 1965; *Cattell & Scheier,* 1961; *Scheier & Cattell,* 1961)।

Eysenck (1974) ने मनस्तापी व्यक्तित्व को विशेषीकृत (characterize) करते हुए अनुपयुक्त संगठन (badly organized), निर्भर (dependent), अभिविदलित (schizoid), मन्दाग्नि (dyspepsia), निम्न माँसपेशीय शैली (poor muscular tone), असन्तोषप्रद परिवार (unsatisfactory home) एवं चक्राभ (cyclothymic) को विशेषताओं के रूप में लिया जा सकता है। सामान्यतया यह कारक व्यक्तित्व संगठन के सामान्य अभाव (general lack of personality integration), अनुकूलता का अभाव (lack of adaptability), एवं सामान्य अन्तर्नोद के अभाव (lack of general drive) को चित्रित (delineate) करता है जिसे तर्क संगत रूप से मनस्तापियता की संज्ञा दी जा सकती है।

Eysenck (1960) ने मनस्तापियता के सम्बन्ध में अपना मत प्रकट करते हुए बताया है कि मनश्चिकित्सकीय क्षेत्र (psychiatric field) में चार स्वतन्त्र कारक मनोविक्षिप्तता (psychoticism), मनस्तापियता (neuroticism), अन्तर्मुखता-बहिर्मुखता (introversion-extroversion) (यह स्वतन्त्र कारक के रूप में है जो मनस्तापियता से अन्तर्क्रिया करते हैं), एवं बुद्धि (intelligence) है, (यह तीन स्वतन्त्र कारकों से सापेक्ष रूप से स्वतन्त्र (relatively independent) है, परन्तु जटिल(complex) एवं अमनस्तापीय रीति(non-neurotic ways) में अन्तर्क्रिया करता है।

Scheier & Cattell (1961) का विश्वास है कि मनस्तापियता आधुनिक समाज की एक केन्द्रीय समस्या है। परन्तु इस समस्या का स्वरूप उस समय अधिक जटिल हो जाता है जब हम यह स्वीकार कर लेते हैं कि मनस्तापियता किसी संस्था अथवा चिकित्सक के चिकित्सालय तक ही सीमित नहीं है वरन् मनस्तापियता की कुछ-न-कुछ मात्रा सम्पूर्ण जनसंख्या में पाई जाती

है जिससे व्यक्ति के वास्तविक जीवन में उसका समायोजन एवं प्रभावोत्पादकता प्रभावित होती है। इस प्रकार यह कहा जा सकता है कि मनस्ताप की समस्या मनोचिकित्सकों के क्षेत्र से ही सम्बन्धित नहीं है वरन् विद्यालयों, परिवारों एवं व्यवसायों से भी सम्बन्धित है। प्रभावशाली ढंग से यह 5% जनसंख्या के लिए अधिक प्रासंगिक है परन्तु, शेष 95% जनसंख्या के समायोजन के लिए भी किसी सीमा तक वास्तविक रूप से प्रासंगिक है।

यद्यपि मनस्तापियता एक विस्तृत रूप से स्वीकार्य (widely accepted) एवं चिकित्सकीय रूप से उपयोगी सम्प्रत्यय है परन्तु इसे परिभाषित करना एक कठिन कार्य है। *Cattell* (1965), *Wig & Verma* (1973) ने मनस्तापियता को जन्मजात अथवा अर्जित प्रवृत्ति (inborn or acquired propensity) के रूप में वर्णित किया है जिसमें बलाघात के समय कुसमायोजित प्रतिरूप (maladjusted pattern) पाया जाता है जबकि *Scheier & Cattell* (1961) ने इसे उन व्यक्तित्व शीलगुणों के रूप में वर्णित किया है जिनके आधार पर चिकित्सक सामान्य एवं मनस्तापी व्यक्तियों में अन्तर करता है। हमारे समाज में मनस्तापी व्यक्ति वही है जिसके व्यक्तित्व विशेषताओं में मनस्तापियता के लक्षणों की पहचान मनोचिकित्सक द्वारा कर ली जाये (*Scheier & Cattell,* 1961)।

Cattell (1973) का मत है कि मनस्तापियता द्वितीय क्रम कारक (second order factor) नहीं वरन् चिन्ता एवं अनेक निश्चित व्यक्तित्व मौलिकताओं (personality primaries) का मिश्रण है जो मनस्तापियता का विभेदन अधिक मात्रा में करता है। मनस्तापियता के सम्बन्ध में *Cattell* (1965) का मत है कि मनस्तापियता-प्रतिरूप (neurotic-pattern) की स्वतन्त्र प्राप्ति उन्होंने University of Ilinois की प्रयोगशाला में तथा *Eysenck* (1946) ने Maudsley Hospital London में की।

व्यक्तित्व के एक मौलिक विमा के रूप में शब्द मनस्तापियता का सत्यापन इस तथ्य से होता है कि यह किसी सीमा तक वंशागत (*Heritable-Jenkins & Fulker* 1970, 1973), कारक रूप से सर्वव्यापी (factorial ubiquitous-*Eysenck & Rachman* 1965; *Wiggins* (1968) एवं स्थिर अधिसमय (stable overtime-*Buros* 1970) है। दृष्टिकोण में अनेक भिन्नताओं के होते हुए भी मनस्तापियता सम्प्रत्यय के सन्दर्भ में कुछ बिन्दुओं पर मतैक्य है यथा अनेक अनुसंधानकर्ता उस बात पर सहमत है कि:—

(i) मनस्तापियता एक जन्मसिद्धि (inborn) अथवा अर्जित झुकाव (acquired propensity) है जो बलाघात (stress) के समय व्यक्ति में कुसमायोजित प्रतिरूप के रूप में पाये जाते हैं।

(ii) मनस्तापियता के किसी माप के द्वारा सामान्य एवं चिकित्सकीय रूप से निर्णीत (judged) मनस्तापी व्यक्ति में अन्तर कर सकते हैं।

(iii) सामान्य एवं मनस्तापी व्यक्तियों में इसकी भिन्नतापरक मात्रा पाई जाती है।

(iv) मनस्तापियता के कारण किसी अवस्था विशेष में मनस्तापियता एवं सामान्य व्यक्ति के संवेगात्मक प्रतिक्रिया में अन्तर पाया जा सकता है, एवं

(v) चिकित्सकीय जनसंख्या में मनस्तापी व्यक्तियों के शिकायतों एवं लक्षणों के आधार पर उनके मनस्ताप का मापन किया जा सकता है।

इस प्रकार यह कहा जा सकता है कि मनस्तापियता एक अमूर्त गुण है जो मनस्ताप को विशेषीकृत करता है। मनस्ताप एक वास्तविक विकार है जबकि मनस्तापियता मनस्ताप की एक मृदुल दशा (mild condition) है।

Allport, Cattell, Eysenck एवं *Guilford* जैसे प्रयोगवादियों ने मनस्तापियता के सम्प्रत्यय को सुस्थापित किया। *Allport* ने इसे सामान्य शीलगुण (common trait), तथा *Guilford* ने स्रोतशीलगुण (source trait) के रूप में माना है। *Eysenck* ने भी इसे एक व्यंक्तित्व विमा के रूप में स्वीकार किया है। *Guilford* ने इसे रोगात्मक विमा के अन्तर्गत रखा है। *Thurstone* ने मनस्तापयिता की परिभाषा ''सामाजिक सत्यता (social reality) के सन्दर्भ में कल्पनाओं को प्रभावपूर्ण ढंग से प्रकट करने की असफलता'' के रूप में की है। *Foulds* (1965) ने इसे व्यक्तित्व विकार के रूप में माना है जिसके लक्षण व्यक्तित्व के विकास में बाधक होते हैं।

मनस्तापियता के लक्षण
(Symptoms of Neuroses)

मनस्तापियता के अनेक लक्षण अनुसंधानकर्ताओं ने बताये हैंः—

(1) निष्क्रियता विभ्रम (delusion of passivity)
(2) विचार प्रक्रिया विकार (thought process disorder)
(3) भावात्मक विकार (affective disorder)
(4) प्रात्याक्षिक विकार (perceptual disorder)
(5) विचार-विषय-वस्तु विकार (thought-content disorder)
(6) अहम केन्द्रिता (ego centricity)
(7) असंगतता की मात्रा में भिन्नता (disappropriatness in degree)
(8) अतिसंवेदनशीलता (senstivity)
(9) दिवास्वप्न (daydreaming)
(10) विपरीत यौन के प्रति लज्जा (shyness toward opposite sex)
(11) संकोचनशीलता (self consciousness)
(12) सांवेगिकता (emotionality)
(13) यथार्थ का अभाव (lack of realism)
(14) निर्भरता की भावना (feeling of dependence)
(15) सूत्रपात्रता एवं उत्साह का अभाव (lack of initiativeness and enterprise)
(16) अनिश्चयता (indecisiveness)
(17) हीनता की भावना (inferiority feeling)
(18) विश्वास एव साहस का अभाव (lack of confidence and courage)
(19) असाधारण चिन्ता में शारीरिक कँपकँपी (unusual anxiety manifested in physical tremor)
(20) अवसाद (depression)
(21) प्रत्याहार (withdrawl)
(22) एकाग्रता का अभाव (lack ofconcentration)
(23) अधीरता (nervousness)
(24) विघ्नित निद्रा (disturbed sleep)
(25) संदेह (suspicion)
(26) निराशावाद (pessimism)

(27) बेचैनी (restlessness)

(28) अपराध भावना (guilt feeling)

Coleman (1976) के मतानुसार मनस्ताप का विकास क्रम इस प्रकार हैः—

(1) व्यक्तित्व का दोषपूर्ण विकास-इससे व्यक्ति के परिपक्वता तथा कठिनाइयों को सहन करने की शक्ति में कमी पाई जाती है।

(2) दिन प्रतिदिन की साधारण कठिनाइयों को भयावह समझने लगना।

(3) तीव्र चिन्ता की उत्पत्ति।

(4) चिन्ता से बचाव करने के लिए अनेक मनस्तापी लक्षणों की उत्पत्ति एवं

(5) व्यक्ति की कार्यक्षमता में पर्याप्त कमी तथा उसमें दीर्घकालीन थकान एवं असन्तोष के साथ अन्य लक्षणों का उत्पन्न होना।

यद्यपि समस्त मनस्तापों के अपने लक्षण होते हैं परन्तु अधोलिखित आठ लक्षण समस्त मनस्तापों में पाये जाते हैंः—

(1) अनुपयुक्तता तथा निम्न बलाघात सहिष्णुता (inadequacy and low stress tolerance)

(2) दुश्चिन्ता एवं भीरुता (anxiety and fearfulness)

(3) तनाव एवं चिड़चिड़ापन (tension and irritability)

(4) अहम-केन्द्रिता एवं अव्यवस्थित अन्तःवैयक्तिक सम्बन्ध (ego-centricity and disturbed interpersonal relationship)

(5) सतत् असंगठित व्यवहार (persistent non-integrative behaviour)

(6) अन्तर्दृष्टि का अभाव एवं दृढ़ता (lack of insight and rigidity)

(7) असन्तोष एवं दुख (dissatisfaction and unhappiness)

(8) मानसिक एवं दैहिक लक्षण (mental and physical symptoms)

मनस्ताप के प्रकार
(Type of Neuroses)

मनस्ताप का वर्गीकरण सर्वप्रथम **Emil Kraepelin** (1890) ने प्रस्तुत किया और मनस्ताप को उन्होंने तीन वर्गों में वर्गीकृत कियाः—

(1) *तन्त्रिका दौर्बल्य(Neurasthenia)*—इसमें तन्त्रिकाओं में दुर्बलता आ जाती है जिससे व्यक्ति में ऊर्जा ह्रास पाया जाता है और व्यक्ति थकान अनुभव करता है।

(2) *मनोदौर्बल्य (Psychasthenia)*—इसका तात्पर्य मन की दुर्बलता से है। यह एक प्रकार का मानसिक रोग है। इसमें दुर्भीति (phobias) और मनोग्रस्ति-बाध्यता (obsessive-compulsive) रोगों को सम्मिलित किया जा सकता है।

(3) *उन्माद (hysteria)*—इसमें परिवर्तन उन्माद (conversion hysteria) तथा वियोजी उन्माद (dissociative hysteria) को सम्मिलित किया गया है।

यह वर्गीकरण 1952 तक प्रचलित रहा। तत्पश्चात् American Psychiatric Association ने एक नया वर्गीकरण प्रस्तुत किया जिसके अनुसार मनस्ताप सात प्रकार के होते हैंः—

(1) दुश्चिन्ता प्रतिक्रिया (Anxiety reaction)

(2) दुर्भीति प्रतिक्रिया (Phobic reaction)

(3) मनोग्रस्ति-बाध्यता प्रतिक्रिया (Obsessive-compulsive reaction)

(4) परिवर्तन प्रतिक्रिया (Conversion reaction)

(5) वियोजी प्रतिक्रिया (Dissociative reaction)

(6) मनस्तापी अवसादी प्रतिक्रिया (Neurotic depressive reaction)

(7) दौर्बल्य प्रतिक्रिया (Asthenic reaction or Neurasthenia)

संयुक्त राष्ट्र अमेरिका में मानसिक विकारों की वर्गीकृत योजना Diagnostic and Statistical Manual of Mental Disorder सर्वाधिक प्रचलित है जिसका प्रथम संस्करण 1952 में तथा बाद के संस्करण 1968 एवं 1980 में प्रकाशित हुए। इसका संशोधित संस्करण 1987 में American Psychiatric Association द्वारा प्रस्तुत किया गया है जिसे DSM-III R कहते हैं। इसके अतिरिक्त World Health Organization द्वारा International Classification of Diseases (ICD-9) प्रकाशित हुआ जिसमें समस्त शारीरिक एवं मानसिक रोगों एवं विकारों का वर्णन है। इस वर्गीकरण का विस्तृत प्रयोग भी किया जा रहा है। American Psychiatric Association एवं World Health Organization दोनों ने ही वर्गीकरणों में संगतता (compatibility) लाने का भरसक प्रयास किया है। DSM-III R का संशोधन 1994 में DSM-IV™ के रूप में हुआ। इसी प्रकार ICD-9 का संशोधन भी ICD-10 के रूप में हुआ। DSM-IV™ में 'मनस्ताप' (neuroses) नामक नैदानिक वर्ग (diagnostic class) का प्रयोग नहीं किया गया है और न लक्षणों के किसी समूह को 'मनस्ताप' नाम नैदानिक वर्ग का नाम दिया गया है। परन्तु अनेक मनोचिकित्सकों ने अनेक नैदानिक वर्गों (diagnostic categories) को मनस्ताप ही की संज्ञा देते हैं यथा दुश्चिन्ता विकृतियाँ (anxiety disorders), देहरूपी विकृतियाँ (somatoform disorders), वियोजी विकृतियाँ (dissociative disorders), लैंगिक विकृतियाँ (sexual disorders) एवं कुमनोदशा विकृतियाँ (dysthymic disorders)।

इसी प्रकार वर्तमान अन्तर्राष्ट्रीय वर्गीकरण *ICD-10* से 'मनस्ताप' शब्द को हटा कर उसके स्थान पर मुख्य वर्ग 'मनस्तापी, बलाघात सम्बन्धित एवं देह रूप विकार (neurotic, stress related and somatoform disorder) रखा गया है जिसका वर्गीकरण अधोप्रस्तुत है:—

(1) भीतिक दुश्चिन्ता विकार (Phobic anxiety disorders ICD-F40)

(2) अन्य दुश्चिन्ता विकार (Other anxiety disorders ICD-F41)

(3) मनोग्रस्ति-बाध्यता विकार (Obsessive-compulsive disorders ICD-F42)

(4) तीव्र बलाघात प्रतिक्रियाएँ एवं समायोजन विकार (Reaction to severe stress and adjustment disorder–ICD-F43

(5) वियोजनात्मक (संपरिवर्तन) विकार (Dissociativec conversion) disorders ICD-F44)

(6) देहरूपी विकार (Somatoform disorders–ICD-F45)

(7) अन्य मनस्तापी विकार (Other neurotic disorders–ICD-F 48

मनस्तापी विकारों (neurotic disorder) का वर्णन अधोलिखित है:—

(1) भीतिक दुश्चिन्ता विकार *(Phobic Anxiety Disorder—ICD Category-F40)*—इस विकार से पीड़ित व्यक्ति को कुविशिष्ट परिस्थितियों, पदार्थों तथा वस्तुओं से भय एवं आशंका उत्पन्न होती है। आत्मनिष्ठ (subjectively), शारीरिक (physiologically) एवं व्यवहारिक (behaviourally) दृष्टिकोण से इस चिन्ता विकार में तथा अन्य चिन्ताओं के लक्षणों

में समानता पाई जाती है जिसके तीव्रता में वृद्धि होने पर व्यक्ति में हल्की असुविधा (mild unease) से आतंक (terror) तक अनुभव कर सकता है। इस रोग से पीड़ित व्यक्तियों में अतार्किक, असंगत एवं अतिरंजित भय पाया जाता है। इन भीतियों के कारण व्यक्ति में सिरदर्द, सिर चकराना, पेट में गड़बड़ी, पीठ का दर्द, हीनता की भावना, आदि लक्षण परिलक्षित होते हैं। इस वर्ग में खुली जगह का भय (agrophobia) तथा सामाजिक भीतियों (social phobia) को सम्मिलित किया जाता है।

(2) अन्य दुश्चिन्ता विकार *(Other Anxiety Disorders-ICD Category F41)*—इसके अन्तर्गत प्रासांगिक आवेगी दुश्चिन्ता (episodic paroxysbmal anxiety), सामान्यीकृत दुश्चिन्ता विकार (generalized anxiety disorder) तथा मिश्रित दुश्चिन्ता एवं अवसादिक दुश्चिन्ता विकार (mixed anxiety and depressive disorder) को सम्मिलित किया जा सकता है जो प्रतिष्ठा अथवा लक्ष्य पर आँच, खतरनाक इच्छाओं के प्रकट हो जाने की आशंका, दुश्चिन्ता जगाने वाले निर्णय, आघातों की पुनः क्रियाशीलता तथा ग्लानि एवं दण्ड का भय आदि कारणों से इन विकारों की उत्पत्ति होती है।

(3) मनोग्रस्ति-बाध्यता विकार*(Obsessive-Compulsive Disorder-ICD Category F42)*—यह बार-बार उत्पन्न होने वाला विकार है जिसके विषय में यह जानते हुए कि वे निरर्थक, अनिश्चित तथा अविवेकपूर्ण है, व्यक्ति सोचने से रोक नहीं पाता। इस तरह के व्यर्थ विचारों की गति एवं आवृत्ति इतनी अधिक होती है कि वे व्यक्ति के सामान्य क्रिया-कलापों में बाधा उत्पन्न करती है। अतएव मनोग्रस्तता सतत् बना रहने वाला निरर्थक एवं अविवेकपूर्ण विचार है। इसके उपवर्गों के रूप में मुख्यतः मनोग्रस्तिता विचार या चिन्ता मग्नता (predominantly obsessional thoughts or ruminations), प्रमुखतः बाध्यता क्रियाएँ मनोग्रस्त कर्मकाण्ड (predominantly compulsive acts and obsessional rituals) तथा मिश्रित मनोग्रस्तता विचार एवं क्रियाओं (mixed obsessional thoughts and acts) को सम्मिलित किया जा सकता है जिनकी उत्पत्ति के लिए पृथक्करण(isolation), प्रतिक्रिया रचना(reaction formation), दमन (repression), उभयनिष्ठता(ambivalance), पराअहम में परिवर्तन(changes in the super ego) तथा अधिगम सिद्धान्तों (learning theories) को उत्तरदायी ठहराया जा सकता है।

(4) तीव्र बलाघात के प्रति प्रतिक्रिया एवं समायोजन विकार*(Reaction to Severe Stress and Adjustment Disorder–ICD Category F* 43)—इन विचारों के लक्षण एवं फलानुक्रम का ज्ञान होता है। इनके उत्पन्न होने का आधार या तो अत्यधिक बलाघातयुक्त जीवन घटनाएँ होती है अथवा वे महत्त्वपूर्ण परिवर्तन होते हैं जिसके कारण दुखदायी जीवन परिस्थितियाँ सतत् बनी रहती है और मुख्य उपश्रेणियों में उग्र बलाघात प्रतिक्रिया (acute stress reaction), आघातोत्तर बलाघात विकार (post-traumatic stress disorder) एवं समायोजन विकार (adjustment disorders) को सम्मिलित किया जा सकता है।

(5) वियोजनात्मक परिवर्तन विकार *(Dissociative (conversion) disorders-ICD category F 44)*—ऐसे विकारों में चेतन एवं चयनात्मक नियन्त्रण की क्षमता में ह्रास पाया जाता है। इसे परिवर्तन उन्माद (conversion hysteria), परिवर्तन प्रतिक्रिया उन्माद (conversion reaction hysteria), उन्माद (hysteria) आदि नामों से वर्णित किया गया है। इसी विकार के उपवर्गों के रूप में वियोजनात्मक स्मृति लोप (dissociative amnesia), वियोजनात्मक स्मृति भ्रंश(dissociative fuge), आत्मविस्मृति एवं स्वत्वात्मक विकार(trance and possession disorders), गतिविधि एवं संवेदना के वियोजनात्मक विचार (dissociative disorders of movement and sensation) तथा अन्य वियोजनात्मक (संपरिवर्तन) विकार (other dissociative (conversion) disorders) को सम्मिलित किया जा सकता है।

(6) देहरूपी विकार *(Somatoform Disorders-ICD category F45)*—इस विकार में ध्यानाकर्षण व्यवहार कुछ मात्रा में पाया जाता है। इन विकारों की मुख्य विशेषता के रूप में शारीरिक लक्षणों के बार-बार प्रस्तुतीकरण को लिया जा सकता है। इन लक्षणों का कोई शारीरिक आधार नहीं होता है फिर भी चिकित्सकीय परीक्षणों एवं जाँचों के लिए रोगी बराबर प्रार्थनाएँ करता रहता है। इसके उपवर्गों के रूप में दैहिकीकरण विकार (somatization disorders), अभिन्नित देहरूपी विकार (undifferentiated somatoform disorders), रोगभ्रमी विकार (hypochondriacal disorders), देहरूपी स्वाचालित अकार्यता (somatoform autonomic dysfunction) एवं दुराग्रही देहरूपी पीड़ा विकार (persistent somatoform pain disorder) को सम्मिलित किया जा सकता है।

(7) अन्य मनस्तापी विकार *(Other Neurotic Disorders-ICD category F48)*—इसमें तन्त्रिका क्षीणता (neuroasthenia) तथा विसक्तिभाविता संलक्षण (depersonalization syndrome) को सम्मिलित किया गया है।

चिन्ता विकृतियाँ
(Anxiety Disorders)

अनेक मानसिक विकृतियों में चिन्ताविकृति अति सामान्य (common) है। विगत 20 वर्षों में चिन्ता को प्रभावित करने वाले जैविक कारकों के सन्दर्भ में हुए अनुसंधानों ने इन मनोविकृतियों के सम्प्रत्ययों को परिवर्तित कर दिया है जिसमें मनस्ताप के मनोगतिकी (psychodynamics) प्रतिपादनों (formutions) को वैध, विश्वसनीय एवं मान्यता प्राप्त स्वरूप प्रदान किया है जिसका वर्णन अधोप्रस्तुत तालिका में दिया गया है:—

Psychoanalytic Neuroses and Disorders in DSM-IV

Classic Neuroses	DSM-IV Classification
Anxiety	Generalized anxiety disorders
Phobic	Agrabhoia, specific and social phobias
Obsessive-compulsive	Obsessive-compulsive disorders
Depressive	Dysthymic disorder
Hysterical (conversion)	Conversion disorder
Hysterical (dissociative)	Depersonalization disorder
Hypochondriacal	Hypochondriasis
Paraphilic	Sexual disorders.

इन परिवर्तनों के होते हुए भी नैदानिकों का यह मत है कि सामान्य चिन्ता(normal anxiety) और विकृतिविज्ञानीय चिन्ता (pathological anxiety) में अन्तर किया जा सकता है। सामान्य चिन्ता की तुलना में विकृतिविज्ञानीय चिन्ता का मूल्यांकन करते समय नैदानिक मनोवैज्ञानिक रोगी, उसके परिवार के सदस्यों, उसके मित्रों, आदि के मूल्यांकन को भी व्यवहारिक स्तर पर ध्यान में रखते हैं और यह निर्धारित करने का प्रयास करते हैं कि रोगी में विकृतिविज्ञानीय चिन्ता पाई

जाती है या नहीं। यह मूल्यांकन रोगी की आन्तरिक दशा (internal state) उसके व्यवहार एवं उसकी योग्यताओं के प्रकार्य (function) के रूप में होता है। विकृतिजन्य चिन्ता के रोगियों को पूर्ण तन्त्रिका मनश्चिकित्सकीय मूल्यांकनों (complete neuropsychiatric assessments) की आवश्यकता होती है। नैदानिकों (clinicians) को यह बात हमेशा ध्यान में रखना चाहिए कि चिन्ता केवल मानसिक विकृतियों का ही लक्षण नहीं है, वरन् अनेक चिकित्सकीय दशाओं (medical conditions) का लक्षण भी हो सकता है। जबकि सामान्य चिन्ता का स्वरूप सरल होता है जैसे बच्चों में माता-पिता से अलग होने की चिन्ता, बच्चों में स्कूल के पहले दिन की चिन्ता, प्रौढ़ व्यक्तियों में वृद्धावस्था अथवा मृत्यु की चिन्ता, रोग की चिन्ता आदि। ऐसी चिन्ता में विवृद्धि (growth), परिवर्तन, नवीन अनुभव, तादात्मय प्राप्ति (finding an identity) एवं जीवन में सार्थकता (meaning in life) पाई जाती है। जबकि विकृतिविज्ञानीय चिन्ता में किसी उद्दीपक के प्रति अनुपयुक्त अनुक्रिया(inappropriate response) के प्रति तीव्रता(intensity) एवं अवधि (duration) पाया जाता है।

ऐतिहासिक पृष्ठभूमि
(Historical Background)

लगभग एक शताब्दी पूर्व *Sigmund Freud* ने सर्वप्रथम चिन्ता मनस्ताप (anxiety neurosis) का शब्द-निर्माण (coin) किया। इन्होंने चिन्ता के दो रूप बताये हैं। चिन्ता का एक रूप लिविडो का परिणाम होता है जो लिविडो में बुद्धि के साथ-साथ बढ़ता है जबकि चिन्ता के दूसरे रूप की उत्पत्ति उस चिन्ता अथवा आशंका की विसरित भावना (diffused sense of worry or dread) से होती है जो दमित विचारों (repressed thought) अथवा आकांक्षा (wish) से उत्पन्न होती है। चिन्ता का यह रूप ही अपतन्त्रक (hysteria), दुर्भीति (phobia) एवं मनोग्रस्ति-मनस्ताप (obsessional neurosis) जैसे मनस्तन्त्रिकाताप (psychoneurosis) के लिए उत्तरदायी है। इस सन्दर्भ में फ्रायड *(Freud)* का मत था कि यह दशाएँ चिन्ता से शारीरिक रूप से नहीं, वरन् मनोवैज्ञानिक रूप से सम्बद्ध थी। चिन्ता एवं मनस्तन्त्रिकाताप (psycho-neurosis) के लिए अन्तर्मनोद्वन्द्व (intrapsychic conflict) को फ्रायड ने उत्तरदायी माना है परन्तु, इन अन्तर्द्वन्द्वों से उत्पन्न चिन्ता वास्तविक मनस्ताप (actual neurosis) से उत्पन्न चिन्ता की तुलना में कम तीव्र (intense) और कम नाटकीय (dramatic) है। 1926 में फ्रायड *(Freud)* ने अपने लेख 'Inhibitions, Symptoms and Anxiety' में चिन्ता के सन्दर्भ में एक नवीन सिद्धान्त का प्रतिपादन किया जिसमें उन्होंने संकटपूर्ण परिस्थितियों (dangerous situations) के प्रति अनुक्रिया के रूप में वास्तविक बाह्य चिन्ता (real external anxiety) तथा मनस्तापी आन्तरिक चिन्ता (neurotic internal anxiety) का वर्णन किया। फ्रायड ने दो प्रकार के चिन्ता-उत्तेजक (anxiety-provoking) परिस्थितियों को प्राप्त किया है जिनमें से एक की उत्पत्ति मूल प्रवृत्यात्मक उत्तेजना की अधिकता (overwhelming instinctual stimulation) तथा दूसरे की उत्पत्ति चिन्ता (जो संकट के परिणाम से नहीं वरन् प्रत्याशा से उत्पन्न होती है) से होती है।

चिन्ता को पहले मनस्ताप/स्नायुविकृति (neurosis) अथवा मनोस्नायुविकृति (psycho-neurosis) के वर्ग (category) में रखा गया जिससे अनेक प्रकार के मनोविकृतियों की उत्पत्ति होती है। सर्वप्रथम, *William Cullen* ने 1769 में System of Nosology में स्नायुमण्डल के विकृति संवेदनाओं (disordered sensations) का वर्णन किया। तत्पश्चात् फ्रायड *(Freud)* और उनके सहयोगियों ने चिन्ता से उत्पन्न मनोविकृतियों को मनस्ताप/स्नायुविकृति की संज्ञा दी।

सामान्य चिन्ता
(Normal Anxiety)

चिन्ता की अनुभूति प्रत्येक व्यक्ति को होती है जिसका स्वरूप विसरित(diffuse), असुखद (unpleasant), अस्पष्ट बोधभाव (vague sense of apprehension) का होता है तथा जिसके अनेक स्वचालित लक्षण (autonomic symptoms) यथा सिरदर्द, (headache), पसीना (perspiration), सीने में तनाव (tightness in chest), मन्द आमाशय अशान्ति (mild stomach discomfort) एवं बेचैनी (restlessness), अधिक समय तक कहीं खड़े रहने अथवा बैठने की अयोग्यता (inability to sit or stand still for long), अतिसार (diarrhoea) घुमनी (dizziness), अति तनाव (hyper tension), अतिस्वेदन (hyperhidrosis), अति प्रतिवर्त (hyper reflexia), धड़कन (palpitation), पुतली-विस्फार (pupillary mydriasis), मूर्च्छा (syncope) हृद-क्षिप्रता (tachicardia), झुनझुनी (tingling), थरथराहट (tremors), मूत्रीय आवृत्ति, हिचकिचाहट एवं अत्यावश्यकता (urinary frequency, hesitancy, urgency) पाये जाते हैं (*Kaplan & Sadock,* 1997)।

चिन्ता के मुख्यतया तीन प्रकार-वस्तुनिष्ठ चिन्ता (objective anxiety), नैतिक चिन्ता (moral anxiety) तथा तन्त्रिकातापी/मनस्तापी चिन्ता (neurotic anxiety) की होती है। वस्तुनिष्ठ चिन्ता का आधार व्यक्ति का बाह्य भौतिक जगत अथवा उसका सामाजिक वातावरण होता है जिसके प्रति व्यक्ति का अहम (ego) समायोजन करने में असफल/निर्बल रहता है परिणामस्वरूप चिन्ता की उत्पत्ति होती है। उदाहरणार्थ प्राकृतिक आपदा, प्रतिष्ठा-क्षति, आर्थिक संकट, निकटतम सम्बन्धी की असाध्य बीमारी आदि के कारण ऐसी चिन्ता की उत्पत्ति होती है। नैतिक चिन्ता की उत्पत्ति व्यक्ति के अनैतिक इच्छा की अभिव्यक्ति के प्रत्याशित दुष्परिणामों अथवा कठोर दण्ड की आशंका से उत्पन्न होती है क्योंकि इससे व्यक्ति के अहम और पराअहम को तीव्र नैतिक आघात लगने की आशंका रहती है। जबकि मनस्तापी चिन्ता की उत्पत्ति का कारण व्यक्ति का अचेतन संघर्ष है (फ्रायड, *Freud*)। इसका स्रोत व्यक्ति के बाह्य जगत में न होकर व्यक्ति के अचेतन में होता है। इसे मुक्त प्रवाही चिन्ता (free floating anxiety) अथवा अचेतन चिन्ता (unconscious anxiety) भी कहते हैं। *Landis & Bolles* (1968) ने मनस्तापी चिन्ता को विकृत चिन्ता (morbid anxiety) की संज्ञा दी है। Spielberger (1970) ने चिन्ता को दो वर्गों—चिन्ता स्थिति (anxiety state) तथा चिन्ता विशेषक (anxiety trait) में वर्गीकृत किया है। चिन्ता-स्थिति में गतिक ऊर्जा (kinetic energy) पाई जाती है जिसमें व्यक्ति के प्रतिक्रिया की प्रबलता के बारे में ज्ञान प्राप्त होता है। जबकि चिन्ता-विशेषक से व्यक्ति के ऊर्जा विभव (potential energy) से उस अव्यक्त प्रवृत्ति के बारे में यह ज्ञान प्राप्त होता है कि किसी परिस्थिति विशेष में किसी उद्दीपक विशेष के प्रस्तुतीकरण पर व्यक्ति के प्रतिक्रिया की मात्रा क्या होगी? *Spielberger* द्वारा वर्गीकृत चिन्ता के यह दोनों प्रकार प्रकट चिन्ता (manifest anxiety) अथवा वस्तुनिष्ठ चिन्ता (objective anxiety) के ही रूप है, चिन्ता मनस्ताप (anxiety neurosis) के नहीं। इसका मुख्य कारण यह है कि यह वर्गीकरण बाह्य (overt) एवं चेतन हैं तथा मापनीय है जबकि चिन्ता मनस्ताप का स्वरूप अप्रकट (covert) तथा अचेतन है तथा उसका प्रत्यक्ष मापन सम्भव नहीं है। इस प्रकार यह कहा जा सकता है कि चिन्ता मनस्ताप तथा चिन्ता-स्थिति एवं चिन्ता-विशेषक में भिन्नता है। परन्तु चिन्ता-स्थिति एवं चिन्ता मनस्ताप में कुछ समानता पाई जाती है क्योंकि इनमें स्वायत तन्त्रिका तन्त्र (ANS) में तीव्र सक्रियता के कारण परिवर्तन होते रहते हैं।

विकृत चिन्ता
(Pathological Anxiety)

विकृत चिन्ता अनेक मनश्चिकित्सकीय विकृतियों (psychiatric disorders) के लक्षणों का एक समूह होता है। The National Comorbidity Study ने यह प्रदर्शित किया है कि चार व्यक्तियों में कम-से-कम एक व्यक्ति में चिन्ता विकृति (anxiety disorders) के नैदानिक लक्षण अवश्य पाये जाते हैं तथा इसके अधिक पाये जाने की सम्भावना पुरुषों (19.2%) की अपेक्षा महिलाओं (30.5%) में अधिक होती है। जैसे-जैसे सामाजिक-आर्थिक स्तर में वृद्धि होती है चिन्ता विकृतियों की मात्रा में भी वृद्धि पाई जाती है।

विकृत चिन्ता के बारे में सिद्धान्तों को मनोवैज्ञानिक (psychological) तथा जैविक (biological) वर्गों में वर्गीकृत किया जा सकता है। मनोवैज्ञानिक सिद्धान्तों (psychological theories) में तीन प्रमुख सम्प्रदायों (schools) को सम्मिलित किया जा सकता है—मनोविश्लेषणात्मक सिद्धान्त (Psychoanalytic Theory), व्यवहारवादी सिद्धान्त (Behavioural Theory) एवं अस्तित्वात्मक सिद्धान्त (Existential Theory)। मनोविश्लेषणात्मक सिद्धान्त का प्रतिपादन फ्रायड ने किया और यह मत प्रकट किया कि लिबिडो के शारीरिक गठन (physiological build-up) से उत्पन्न होती है। उन्होंने चिन्ता को पुनर्भाषित करते हुए यह मत प्रकट किया है कि अचेतन (unconscious) में संकट की उपस्थिति (presence of danger) का संकेत (signal) चिन्ता है तथा चिन्ता अचेतन लैंगिक (unconscious sexual) अथवा आक्रामक इच्छाओं (aggressive wishes) तथा पराअहम (superego) से संवादी आशंकाओं (corresponding threats) के मध्य मानसिक अन्तर्द्वन्द्व (psychic conflict) का परिणाम होता है। इस संकेत (signal) के अनुक्रिया स्वरूप चेतन अभिज्ञा (conscious awareness) से उत्पन्न अस्वीकार योग्य विचारों एवं भावनाओं (unacceptable thoughts and feelings) को रोकने के लिए अहम संचारित मनोरचनाएँ (ego moblized defense mechanisms) पाई जाती है।

चिन्ता के व्यवहारपरक (behavioural) अथवा अधिगम सिद्धान्तों (learning theories) ने चिन्ता विकृतियों के अति प्रभावशाली उपचारों (treatments) को प्रस्तावित किया है। इस सिद्धान्त के अनुसार चिन्ता किसी विशिष्ट वातावरणीय उद्दीपक के प्रति अनुबन्धित अनुक्रिया है। विगत वर्षों व्यवहारवादी सिद्धान्तों के प्रतिपादकों ने चिन्ता विकृतियों के सम्प्रत्ययीकरण (conceptualization) और उपचार (treatment) के लिए संज्ञानात्मक उपागमों (cognitive approaches) में अत्यधिक रुचि प्रदर्शित की है। परिणामस्वरूप संज्ञानात्मक मनोवैज्ञानिकों ने पारम्परिक अधिगम सिद्धान्तों के विकल्प के रूप में एक भिन्न सम्प्रत्ययीकरण को प्रस्तुत किया है जिसके अनुसार चिन्ता विकृति का रोगी किसी परिस्थिति विशेष में संकट की मात्रा तथा हानि की प्रसम्भाव्यता (probablity of harm) का अतिमूल्यांकन (over estimation) तथा अपने शारीरिक अथवा मनोवैज्ञानिक कल्याण (well being) के सन्दर्भ में प्रत्याक्षित आशंका (perceived threat) से समायोजन (cope) स्थापित करने की योगयता का न्यूनांकन (under-estimation) करते हैं।

इसी प्रकार चिन्ता के अस्तित्वात्मक सिद्धान्त सामान्यीकृत चिन्ता विकृति (generalized anxiety disorder) का प्रारूप (model) प्रस्तुत करते हैं जिसमें किसी चिरकालिक चिन्ता भावनाओं (chronic anxious feelings) का कोई ज्ञात विशिष्ट उद्दीपक नहीं होता है। अस्तित्वात्मक सिद्धान्त का केन्द्रीय सम्प्रत्यय (central concept) यह है कि चिन्ता विकृति का रोगी अपने जीवन में गम्भीर शून्यता (profound nothingness) की भावना से भिज्ञ

(aware) होता है, तथा उसकी यह भावनाएँ उनके अपरिहार्य मृत्यु (inevitable death) की स्वीकृति की तुलना में अधिक अशान्त करती है। अस्तित्व (existence) एवं अर्थ (meaning) में विस्तृत रिक्ति (vast void) के प्रति चिन्ता व्यक्ति की एक अनुक्रिया है।

चिन्ता के जैविक सिद्धान्तों (biological theories) को चिन्ता के पशु प्रारूपों (animal models) से सम्बन्धित नैदानिक अध्ययनों (clinical studies) के आधार पर विकसित किया गया है। इन अध्ययनों से जैविक कारकों को सुनिश्चित किया गया है, मौलिक तन्त्रिका विज्ञान (neuroscience) के ज्ञान में वृद्धि हुई है, तथा मनोचिकित्सकीय औषधियों (psychotherapeutic drugs) के बारे में ज्ञान प्राप्त हुआ है। कुछ लोगों का मत है कि चिन्ता विकृति के कारण रोगी में पाये जाने वाले मापन-योग्य जैविक परिवर्तन (measurable biological changes) मनोवैज्ञानिक अन्तर्द्वन्द्वों (psychological conflicts) के परिणाम होते हैं। जबकि कुछ अन्य लोगों ने इस तथ्य को स्वीकार किया है कि व्यक्ति में घटित हो रहे जैविक परिर्वतनों के परिणामस्वरूप मनोवैज्ञानिक अन्तर्द्वन्द्व पाये जाते हैं। किसी व्यक्ति विशेष में दोनों परिस्थितियाँ पाई जा सकती है तथा व्यक्ति में जैविक आधृत अतिसंवेदनशीलताएँ (biologically based senstivities) पाई जाती है जो चिन्ता विकृति के लक्षण के रूप में मानी जा सकती है।

चिन्ता-विकृति के जैविक कारकों के रूप में स्वायत्त तन्त्रिका तन्त्र (ANS), तन्त्रिका-प्रेषक (neurotransmitters), मस्तिष्कीय कल्पनात्मक कारकों (brain imagining factors), जैविक कारकों (genetic factors), तथा तन्त्रिका-संरचनात्मक कारकों (neuroanatomical factors) को लिया जा सकता है। स्वायत्त-तन्त्रिका तन्त्र के उत्तेजित होने पर अनेक निश्चित लक्षण पाये जाते हैं। उदाहरणार्थ हृदीय संवहन (cardiovascular) जैसे हृदक्षिप्रता (tachycardia), माँसपेशीय (muscular—जैसे सिरदर्द), जठरीय-आन्त्र (gastro-intestinal-जैसे अतिसार), श्वसन (respiratory उदाहरणार्थ tachypnea)। चिन्ता की यह बाह्य अभिव्यक्तियाँ (peripheral manifestations) न तो चिन्ता विकृतियों के लिए विशिष्ट (peculiar) है और न आवश्यक रूप से चिन्ता के आत्मनिष्ठ अनुभवों (subjective experiences) से सम्बन्धित है। *Walter Cannon* ने अपने अध्ययन में बिल्लियों को भौंकते कुत्तों (barking dogs) को प्रदर्शित करके उनमें भय सम्बन्धी व्यवहारपरक और शारीरिक परिवर्तनों को प्राप्त किया। साथ-ही-साथ Epinephrine के अधिवृक्क स्राव (adrenal release) को भी प्राप्त किया गया। James-Lange Theory में भी यह कहा गया है कि बाह्य गोचर (peripheral phenomenon) के प्रति एक अनुक्रिया आत्मनिष्ठ चिन्ता है (subjective anxiety is a response to peripheral phenomenon)। जब वातावरण में बाह्य कारक उपस्थित रहते हैं, तो चिन्ता विकृति के रोगी का स्वायत्त तन्त्रिका तन्त्र उद्दीपक के प्रस्तुतीकरण के पुनःवृति होने पर धीरे-धीरे समायोजन स्थापित कर लेता है तथा उद्दीपक के मन्द (mild stimulation) होने पर भी अत्यधिक अनुक्रिया प्रकट करने लगता है।

पशु अध्ययनों से यह ज्ञात हुआ है कि चिन्ता से सम्बन्धित तीन प्रकार के तन्त्रिका प्रेषक (neurotransmitters) norepinephrine, serotonin एवं Y-aminobutyric acid (GABA) पाये जाते हैं। चिन्ता के सन्दर्भ में प्राप्त अधिकतर मौलिक तन्त्रिका-विज्ञानीय सूचनाएँ (basic neuroscience informations) पशु अध्ययनों (animal studies) पर आधारित है जिनमें व्यवहारपरक अभिकल्पों (behavioural paradigms) तथा मनोसक्रिय कर्मकों (psychoactive agents) का प्रयोग किया गया है। प्राणी जब सहसामयिक रूप से विधेयात्मक (भोजन) एवं निषेधात्मक (विद्युत आघात) उद्दीपक को प्राप्त करता है, तो उसमें अन्तर्द्वन्द्व पाया जाता है।

चिन्ताविश्लेषक औषधियों जैसे Benzodiazepines के उपयोग से प्राणी ऐसे वातावरण से अनुकूलन स्थापित करने में सुविधा अनुभव करता है जबकि अन्य औषधियों यथा Amphetamines से व्यवहारपरक अनुक्रियाओं में अवरोध उत्पन्न होता है। चिन्ता विकृति में Norepinephrine की भूमिका के बारे में सामान्य सिद्धान्त इस तथ्य पर प्रकाश डालता है कि मानव प्राणी में तीव्र आतंक विकृति (panic disorder) Isoproterenol (Isuprel) तथा Yahimbine (Yocon) के सक्रियता के परिणामस्वरूप पाया जाता है। ठीक इसके विपरीत Clonidine (Catapres) चिन्ता लक्षणों के ह्रास में सहायक होता है। इसी प्रकार Serotonin की भूमिका को भी चिन्ता विकृति के एक कारण के रूप में प्राप्त किया गया है। उदाहरणार्थ बाध्यता-मनोग्रस्तता प्रतिक्रिया (obsessive-compulsive reaction) में Clomipramine (Anafranil) के उपचारात्मक प्रभाव को प्राप्त किया गया है।

Y-Aminobutyric acid (GABA) की भूमिका चिन्ता विकृति में महत्वपूर्ण है तथा इसे Benzodiazepines की प्रभावोत्पाकदता से समर्थित किया गया है। Benzodiazepines के निम्न शक्ति (potency) के होने पर सामान्यीकृत चिन्ता विकृत (generalized anxiety disorder) पर अत्यधिक प्रभाव पड़ता है। जबकि इसकी उच्च शक्ति जैसे Alprazolam आतंक विकृति (panic disorder) के उपचार में सहायक है। चिन्ता विकृत में स्वायत्त तन्त्रिका तन्त्र (ANS) के प्रभावित होने की सम्भावना Benzodiazepines के उपयोग के द्वारा पाई जाती है।

चिन्ता विकृति का तंत्रिका प्रेषक प्रारूप (neurotransmitter model) Aplysia California पर आधारित है जो एक समुद्री घोंघा (sea snail) होता है और संकट (danger) के प्रति प्रतिक्रिया स्वरूप दूर चला जाता है, अपने आवरण से अपने को ढक लेता है तथा अपने भरण व्यवहार (feeding behaviour) को कम कर देता है।

मस्तिष्क-कल्पना (Brain-imagining) अध्ययनों से इस तथ्य पर प्रकाश पड़ता है कि विशिष्ट चिन्ता विकृतियाँ कभी-कभी मस्तिष्कीय निलयों (cerebral ventricles) में वृद्धि के कारण पाई जाती है। एक अध्ययन में Benzodiazepines के सेवन अवधि से सहसम्बन्धित चिन्ता विकृतियों के लक्षणों को प्राप्त किया गया है। संरचनात्मक अध्ययनों (structural studuies) में टोमोग्राफी (tomography) और मैगनेटिक रिजोनेन्स इमैजनिंग (Magenetic Resonance Imaging- MRI) की गणना की गई, और प्रमस्तिष्कीय निलयों के आकार में वृद्धि के कारण चिन्ता विकृत को प्राप्त किया गया। एक MRI अध्ययन में दायें कालिक शंखपालि (right temporal lobe) में दोष के कारण चिन्ता विकृत को प्राप्त किया गया। इसी प्रकार कुछ MRI अध्ययनों में बायें में नहीं परन्तु दायें गोलार्द्ध (hemisphere) में असामान्यता के कारण चिंता विकृति पाई जाती है। इस प्रकार यह कहा जा सकता है कि प्रमस्तिष्कीय विषमता (cerebral asymmetry) में कारण चिन्ता विकृत पाई जाती है।

आनुवांशिक अध्ययनों (genetic studies) ने यह ठोस प्रदत्त प्रस्तुत किया है कि आवश्यक रूप से कुछ आनुवांशिक घटक (genetic components) चिन्ता विकृत के विकास का निर्धारण करते हैं। आंतक विकृति के विकास अधिकतर रोगियों के सन्दर्भ में यह परिणाम प्राप्त किया गया है कि उनका कोई-न-कोई सम्बन्धी भी इस विकृति से पीड़ित था। इस परिणाम का समर्थन जुड़वा अध्ययनों (twin studies) से प्राप्त परिणामों के द्वारा भी हुआ है।

तंत्रकीय संरचनात्मक (neuroanatomical) अध्ययनों से इस तथ्य पर प्रकाश पड़ता है

कि उपवल्कुटीय तंत्र (limbic system) में GABA संग्राहकों का उच्च सान्द्रता (high concentration) पाया जाता है जो चिन्ता विकृति तथा भय अनुक्रियाओं की वृद्धि में सहायक है। उपवल्कुटीय तंत्र (limbic system) के दो महत्त्वपूर्ण क्षेत्रों के सन्दर्भ में महत्त्वपूर्ण परिणाम प्राप्त किये गये हैं। Septohippocampal pathway चिन्ता तथा Cingulate Gyrus बाध्यता मनोग्रस्ति विकृति में वृद्धि लाता है। इसी प्रकार प्रमस्तिष्कीय वल्कुट (cerebral cortex) parahippocampal region, Cingulate Gyrus, तथा Hypothalamus से जुड़ा होने के कारण चिन्ता विकृतियों को उत्पन्न करता है।

DSM- IV

DSM-IV में चिन्ता विकृति वर्ग के अन्तर्गत निम्न विकृतियों को सम्मिलित किया गया है:—

(1) आंतक आक्षेप (Panic Attack)
(2) खुले स्थान की भीतियाँ (Agoraphobia)
(3) बिना खुले स्थान की भीति के आंतक आक्षेप एवं खुले स्थान की भीतियुक्त आंतक आक्षेप (Panic disorder without agoraphobia, and panic disorder with Agoraphobia)।
(4) आंतक विकृति के इतिहास के अभाव में खुले स्थान की भीति (Agoraphobia without history of panic disorder)
(5) विशिष्ट भीतियाँ (Specific phobia)
(6) सामाजिक भीतियाँ (Social phobia)
(7) मनोग्रस्ति-बाध्यता विकार (Obesessive-compulsive disorder-OCD)
(8) पश्च-अभिघातक बलाघात विकृति (Post-traumatic stress disorder-PTSD)
(9) तीक्ष्ण बलाघात विकृति (Acute stress disorder)
(10) सामान्यीकृत चिन्ता विकृति (Generalized anxiety disorder-GAD)

DSM-IV में मनस्ताप/स्नायुविकृति (neurosis) जैसे नैदानिक श्रेणी को हटाकर इसे तीन प्रमुख श्रेणियों में श्रेणीकृत कर दिया गया है—चिन्ता विकृति (Anxiety disorder), कायरूप विकृति (Somatoform disorder) एवं विच्छेदी विकृति (Dissociative disorder)। चिन्ता विकृति के विभिन्न प्रकारों का वर्णन ऊपर प्रस्तुत किया गया है। DSM-IV में चिन्ता विकृति के विभिन्न प्रकारों का विस्तृत विवरण—कारण विज्ञान (etiology) एवं रोग लक्षण विज्ञान (symptomatology) अधोप्रस्तुत है।

दुर्भीति मनस्ताप
(Phobic Neurosis or Pbobia)

दुर्भीति शब्द की व्युत्पत्ति ग्रीक भाषा के 'फोबोस' (Phobos) शब्द से हुई है, जिसका तात्पर्य 'प्रबल-भय' है। यह एक ऐसा मनस्ताप है जिसमें रोगी सामान्य उत्तेजनाओं के प्रति तीव्र भाव का प्रदर्शन करता है। इसमें रोगी का भय निराधार होता है। जब एक व्यक्ति भीड़, ऊँचे स्थानों या कमरे में भयभीत रहने लगे नदी या तालाब के पानी को देखकर ही घबराने लगे, पालतू जानवरों से भयभीत होने लगे या घर के सामान्य उपयोग की वस्तुएँ जैसे चाकू, छूरी, चम्मच से ही भयभीत हो जाये—*ऐसी समस्त घटनाएँ जो व्यक्ति में असामान्य अनैच्छिक, अनियंत्रित, अविवेकपूर्ण, अतार्किक तथा अतिरंजित भय की स्थिति उत्पन्न करती हैं, उन्हें दुर्भीति या फोबिया कहते हैं।*

एन० कैमरॉन (*N. Comeron,* 1963) के अनुसार, *"दुर्भीति एक ऐसा प्रयास है जो विस्थापन प्रक्षेपण और परिहार की प्रतिक्रियाओं द्वारा उत्पन्न तनाव और चिन्ता को कम करता है।"*[1]

जेम्स सी० कोलमैन (*James C. Coleman,* 1976) के अनुसार, *"दुर्भीति किसी वस्तु या परिस्थिति के प्रति सतत् भय है जो रोगी के लिए वास्तविक खतरा उपस्थित नहीं करता है अथवा इस रोग में खतरा वास्तविक स्थिति से अत्यधिक बढ़े-चढ़े अनुपात में व्यक्त होता है।"*[2]

इस प्रकार रोगी का भय अतार्किक एवं असामान्य होता है। रोगी का भय किसी भी जीवन, वस्तु या परिस्थिति आदि के प्रति हो सकता है। उसे इस भय की निरर्थकता का ज्ञान होता है किन्तु फिर भी वह भय से मुक्त नहीं हो पाता।

घटनाक्रम *(Incidence)*—सामान्य जनसंख्या में दुर्भीति के घटित होने की आवृत्ति का निर्धारण कठिन है क्योंकि इससे पीड़ित लोग उपचार नहीं कराते। एग्रास सिलवेस्टर तथा *आलीवियन* (1969) ने एक अध्ययन के आधार पर यह अनुमान लगाया कि लगभग *7.7%* प्रतिशत लोग दुर्भीति से पीड़ित होते हैं, केवल 2.2% उग्र दुर्भीति के शिकार होते हैं। यह बच्चों तथा वयस्कों दोनों में पायी जाती है।

दुर्भीति के प्रकार (*Types of Phobia*)

भय उत्पन्न करने वाली वस्तुओं तथा परिस्थितियों की गणना करना कठिन है। फ्रायड (1895) ने साधारण तथा विशिष्ट दुर्भीतियों में अन्तर किया है। साधारण दुर्भीति के अन्तर्गत उन दुर्भीतियों को रखा जो अधिकांश लोगों में पायी जाती है, जैसे साँप तथा मृत्यु का भय। दूसरे वर्ग में उन्होंने, उन दुर्भीतियों को रखा जो प्रायः कम लोगों को होती है, जैसे बाह्य भीति।

काजदीन, बेल्लक, हरसेन (1980) ने भीति को प्रकार की दृष्टि से तीन वर्गों में बाँटा है:—

1. **सुनिश्चित भीति**—इस प्रकार की भीति, किन्हीं विशिष्ट वस्तुओं, पशुओं तथा परिस्थितियों के प्रति होती है।
2. **सामाजिक भीति**—सामाजिक भीति विविध प्रकार की सामाजिक परिस्थितियों से सम्बन्धित होती है, जैसे सार्वजनिक भाषण भीड़, विषय लिंगी के साथ अन्तःक्रिया तथा सार्वजनिक स्थानों पर भोजन।
3. **बाह्य-भीति**—बाह्य भीति सार्वजनिक प्रतिबल पूर्ण होता है। यह व्यक्ति को निष्क्रिय तथा अक्षम बनानेवाला भय है। इस प्रकार की भीति में खुले स्थानों का भय तथा इसके विविध प्रकार के भय निहित हैं। जैसे भीड़ भीति, बन्द स्थानों से भय, अकेले यात्रा करने में भय, बेहोशी का भय आदि सम्मिलित है।

जेनकिंस (1968), *जानसन, फलस्टीन, जूरेक तथा स्वैंडन* (1941) *वाल्डफागेल* (1959) जैसे मनोवैज्ञानिकों का ध्यान बच्चों में प्राप्त स्कूल भीति की ओर आकृष्ट हुआ है किन्तु दुर्भीति के इस समरूप को स्कूल भीति कहना उचित नहीं है क्योंकि बच्चों को अक्सर

---

1. "A Phobic reaction is an attempt to reduce internally generated tension and anxiety by a process of displacement, projection and avoidance." —*N. Comeron,* 1963
2. "A Phobia is a persistent fear for some object or stituation that presents no actual danger to the person or in which the danger is magnified out of all proportion to its actual seriousness." —James C. Coleman, 1976

स्कूल जाने का भय नहीं होता बल्कि घर से अलगाव का भय उनमें विभिन्न प्रतिक्रियाओं को जन्म देता है।

दुर्भीति (phobia) के कुछ प्रमुख प्रकार निम्नलिखित हैं:—

(1) ऊँचे स्थान का भय (Acrophobia)
(2) खुले स्थान का भय (Agrophobia)
(3) दर्द का भय (Algophobia)
(4) बादल एवं बिंजली कड़कने का भय (Astrophobia)
(5) बन्द स्थान का भय (Claustrophobia)
(6) खून का भय (Hemetophobia)
(7) छूत का भय (Mysophobia)
(8) भीड़ का भय (Monophobia)
(9) रोग का भय (Myctophobia)
(10) आग का भय (Pyrophobia)
(11) उपदंश का भय (Syphilophobia)
(12) पशुओं का भय (Zoophobia)
(13) जहर दिये जाने का भय (Foxophobia)
(14) चलने-फिरने का भय (Locomotion Phobia)
(15) भाषण देने का भय (Lalophobia)
(16) पानी का भय (Hydrophobia)
(17) स्त्रियों सम्पर्क का भय (Gyno-Phobia)

दुर्भीति सम्बन्धी कुछ उदाहरण

खुले स्थान का भय *(Agrophobia)*—एक महिला को खुली खिड़की, लम्बे-चौड़े पार्कों में जाने पर भयग्रस्तता एवं तीव्र तनाव का अनुभव होता था। नैदानिक साक्षात्कार द्वारा पता चला कि जब वह 10-12 वर्ष की थी, वह अपने माता-पिता के साथ नगर की एक उपनगरीय खुली बस्ती में रहती थी तथा अपनी आयु के बालक-बालिकाओं के साथ निर्द्वन्द्व खेलती थी। एक दिन सेक्स अपराधी प्रवृत्ति के कुछ बालकों ने उसे पकड़ लिया तथा उसके साथ दुर्व्यवहार किया तथा बलात्कार भी किया। इस दुखद घटना के बाद इस 13-14 वर्षीय बालिका ने घर ने निकलना बिलकुल कम कर दिया। कुछ समय पश्चात् वह अपने माता-पिता के साथ दूसरे स्थान पर रहने लगी, तब सहसा उस घर से बाहर खुले स्थानों व मुख्य मार्गों आदि पर जाने से किसी आन्तरिक भय का तीव्र अनुभव होने लगा था।

भीड़ का भय *(Ocholo-Phobia)*—एक युवती को भीड़ में फँस जाने का भय बना रहता था, जिसके कारण उसका बाजार, मेले, व्यस्त सड़कों पर जाना कठिन हो गया था। नैदानिक प्रक्रिया के द्वारा यह ज्ञात हुआ कि जब वह पाँच वर्ष की थी तब वह नगर में आये हुए सर्कस के जुलूस के साथ चलकर जानवरों को देखती हुई शहर से बाहर चली गयी थी तथा आगे जाकर एक अति व्यस्त सड़क-केन्द्र पर भीड़ में फँस गयी थी। उस स्थिति में अपने घर की याद आयी और घबड़ाकर उसी भीड़ में अचेत हो गयी। जब इस युवती को भीड़ के प्रति अचेतन में दमित असामान्य भय की व्याख्या प्रस्तुत की गयी, तब उसकी भीड़ का भय कुछ समय बाद पूर्णः समाप्त हो गया।

दुर्भीति के लक्षण (*Symptoms of Phobia*)

1. अतार्किक भय (*Irrational Fear*)—सभी प्रकार की दुर्भीति में भय एक प्रमुख लक्षण है। रोगी यह जानते हुए भी कि इस प्रकार का भय अतार्किक एवं असंगत है, अपने व्यवहार को बदल नहीं पाता।

2. चिन्ता (*Anxiety*)—दुर्भीति मनस्ताप से पीड़ित व्यक्ति का चिन्तन व्यक्तित्व हो जाता है। भय उद्दीपक स्थिति के प्रकट होने की आशंका मात्र से ही वह बेचैन हो उठता है। वह भय एवं तनाव का अनुभव करता है। उग्र चिन्ता की स्थिति में दौरा पड़ने की सम्भावना बनी रहती है।

3. भय की स्थिति का सामान्यीकरण (*Generalization of Phobic Situation*)—प्रायः रोगी भय उद्दीपक का सामान्यीकरण कर लेता है। उदाहरण के लिए यदि रोगी पशुओं से डरता है तो वह सभी स्थानों पर पाये जाने वाले पशुओं से डरने लगता है। कुत्तों से डरने वाला रोगी उसकी आवाज से भी डर सकता है।

4. सामान्य लक्षण (*General Symptoms*)

(i) रोगी भय की स्थिति से बचने का प्रयास करता है।
(ii) रोगी के दैनिक कार्यों में भय अवरोध उत्पन्न करता है।
(iii) रोगी के सिर, पेट, पीठ में दर्द होता है।
(iv) रोगी हीनता की भावना से ग्रस्त रहता है।
(v) कभी-कभी रोगी में मनोग्रस्तता के भी लक्षण पाये जाते हैं।

दुर्भीति के कारण (*Etiology of Phobia*)

सभी प्रकार की दुर्भीतियों के विकास की व्याख्या के लिए किसी एक कारक को जिम्मेदार नहीं ठहराया जा सकता। दुर्भीति की उत्पत्ति में अनेक कारक सन्निहित रहते हैं और इनके विभिन्न संयोजनों के परिणामस्वरूप यह विकसित होता है। दुर्भीति के कारक निम्नलिखित हैं:—

1. चिन्ता का विस्थापन एवं प्रतीकीकरण (*Displacement and Symbolization of anixiety*)—दुर्भीति मनस्ताप में प्रतिबल स्थिति से उत्पन्न चिन्ता का विस्थापन किसी अन्य वस्तु या स्थिति में हो जाता है। *फ्रायड* के विचार से दुर्भीति में चिन्ता का जो विस्थापन होता है वह मातृ भावना ग्रन्थि (oedipus complex) से सम्बन्धित होता है। उसने इस तथ्य के समर्थन में हॉन्स नामक एक पाँच वर्षीय बालक का उदाहरण प्रस्तुत किया है। इस बालक की ऑडिपस भावना ग्रन्थि का ठीक प्रकार से समाधान नहीं हुआ था जिसके कारण उसके अपने पिता के प्रति भय स्थानान्तरित होकर घोड़ों के साथ जुड़ गया था।

इसी प्रकार दुर्भीति के रोगी का भय व्यक्ति की अन्तर्निहित चिन्ता को प्रतीकात्मक रूप से भी व्यक्त कर सकता है। ऐसा करने से अहम् को अपने वास्तविक रूप का ज्ञान नहीं हो पाता है तथा व्यक्ति आत्म-अवमूल्यन से बच जाता है। जैसे ऊँचे स्थान का भय असफलता के भय का प्रतीक बन सकता है।

2. खतरनाक आवेगों से सुरक्षा (*Defence aganist dangerous impulses*)—कभी-कभी दुर्भीति का कारण दमित आक्रामक प्रवृत्ति तथा दमित कामुक इच्छाओं के प्रति सुरक्षा है। जिस वस्तु के प्रति व्यक्ति चेतन रूप से भयभीत रहता है उसके प्रति चिन्ता व्यक्त कर दूसरी वस्तु के प्रति चिन्ता विस्थापित कर लेता है। उदाहरण के लिए एक स्त्री में तेज धार

वाले हथियारों के प्रति दुर्भीति थी। मनोचिकित्सा से ज्ञात हुआ कि कभी उसमें अपने पति का गला काटकर मार डालने की तीव्र इच्छा उत्पन्न हुई थी।

3. अनुबन्धन और परिहार अधिगम *(Conditioning and Avoidance Learning)* —*वाटसन* एवं *रेनयर* (1920) ने एलबर्ट नामक ग्यारह महीने के एक बच्चे में अकारण भय अनुबन्धन के द्वारा उत्पन्न किया। इस अनुबन्धन के कारण वह बालक सफेद चूहे से डरने लगा। भय परिस्थिति में किसी आघात के फलस्वरूप व्यक्ति दुर्भीति का अधिगम कर सकता है। अधिकांश भय उसी प्रकार के पूर्व अनुभवों के आधार पर अर्जित किये जाते हैं। यदि भय की स्थिति अति तीव्र एवं गहरी है या यह स्थिति बार-बार घटित होती है तो अनुबन्धन के आधार पर अधिगमित भय भविष्य में भी उत्पन्न हो सकता है।

लैजारस (1960) ने एक आठ वर्षीय बालक जॉन का केस उद्धृत किया है। जॉन को वाहनों के प्रति दुर्भीति उत्पन्न हो गई थी। यह दुर्भीति एक मोटर दुर्घटना के बाद उत्पन्न हो गई थी। वह किसी भी मोटर को देखकर काँपने लगता है और दुर्भीति के अनेक लक्षण उत्पन्न हो जाते थे।

अनेक अध्ययनों से यह ज्ञात हुआ है कि दुर्भीति की उत्पत्ति बिना किसी असुखद अनुभवों से भी होती है। सर्प, कीटाणु, हवाई जहाज और ऊँचाई के भय से भयभीत अनेक व्यक्तियों ने चिकित्सकों को बताया कि इन वस्तुओं या परिस्थितियों से कभी असुखद अनुभव नहीं हुआ था। *केथेन* (1980) ने अपने अध्ययन में पाया कि बहुत से व्यक्ति जो मोटर दुर्घटना के शिकार हुए थे या सीढ़ियों पर चढ़ते गिर गये थे, उन्हें मोटर गाड़ियों या सीढ़ियों से असामान्य भय नहीं उत्पन्न हुआ। अतः परिहार अनुबन्धन सभी प्रकार की दुर्भीति के अर्जन के लिए उत्तरदायी नहीं है, *एलबर्ट* तथा *बैण्डुरा* (1977) ने इसे आत्मक्षमता कहा है। इन संज्ञानात्मक कारक की दुर्भीति के विकास में महत्त्वपूर्ण भूमिका होती है।

आत्मक्षमता के अभाव में व्यक्ति चिंतित हो जाता है तथा बाह्य भीति के सन्दर्भ में यह तथ्य विशेष रूप से सत्य है। वे लोग ही दुर्भीति के अधिक शिकार होते हैं जो अपने अनुभवों की वस्तुगत और विवेकपूर्ण व्याख्या करना नहीं सीख पाते हैं।

दुर्भीति मनस्ताप का उपचार *(Treatment of Phobia Neurosis)*

दुर्भीति के रोगियों के उपचार के लिए विभिन्न विधियों का प्रयोग किया जाता है। उपचार की विधि का निर्धारण करने के पूर्व इसके मुख्य कारण का ज्ञान आवश्यक है। उपचार हेतु मनोचिकित्सा से लेकर व्यवहार रूपान्तरण तथा विद्युत आघात तक की चिकित्सा की आवश्यकता पड़ सकती है। मनोचिकित्सक को रोगी के साथ इतनी घनिष्ठता स्थापित करने की आवश्यकता होती है ताकि रोगी अपने प्रेम, घृणा, कुंठा, अपराध व पाप भावनाओं को खुलकर अभिव्यक्त कर सकें। इससे रोग के मूल स्रोत को समझने में आसानी होती है। इस प्रकार चिन्ता के मूल स्रोत की जानकारी के पश्चात् रोगी को धैर्यपूर्वक तथा विश्वास के साथ ऐसी चिन्ता का सामना करने के लिए उसके व्यवहार को धीरे-धीरे परिवर्तित करना होता है। व्यवहार के ऐसे रूपान्तरण की दो मुख्य विधियाँ हैं—

(i) असम्बद्धता *(De-conditioning)*—इस विधि द्वारा व्यक्ति के गलत परिवेश से अधिगमित भय एवं चिन्ता को दण्ड द्वारा या अन्य मनोवैज्ञानिक चरों के सहयोग से समाप्त करने का प्रयत्न किया जाता है। इस विधि के उपयोग में यह उद्देश्य रहता है कि व्यक्ति अपने अतार्किक पूर्व अनुभवों को भूल जाये तथा पुनः उसका तार्किक अधिगम कर सके।

(ii) असंवेदनशीलता *(Desensitization)*—इसका अर्थ है भय की स्थिति का वस्तु के प्रति को व्यक्ति असंवेदनशील बनाना। उदाहरणार्थ यदि एक व्यक्ति को तिलचट्टा से डर लगता है, तो पहले उसके समक्ष प्लास्टिक का तिलचट्टा लाया जाये, फिर धीरे-धीरे इस तिलचट्टे को इतना निकट तक लाते रहना चाहिए जब तक वह इस विषय के प्रति असंवेदनशील न हो जाये।

यदि दुर्भीति ग्रस्त व्यक्ति को उपरोक्त विधियों से लाभ नहीं मिल पाता है तब रोगी को विद्युत आघात मिलने पर रोगी में सुधार दिखाई देने लगता है। किन्तु इस उपचार विधि के उपयोग में पर्याप्त सावधानी की आवश्यकता है, क्योंकि कभी-कभी विद्युत आघात से रोग और भी उग्र और तीव्र होने की आशंका रहती है।

मनोग्रस्ति—बाध्यता विकृति
(Obsessive-Compulsive Disorder—O.C.D.)

मनोविकृति के ऐतिहासिक पृष्ठभूमि के अवलोकन से इस तथ्य पर प्रकाश पड़ता है कि प्रारम्भिक काल में मनोवैज्ञानिक मनोग्रस्ता (obsession) और बाध्यता (compulsion) को दो अलग-अलग मानसिक रोग मानते थे। *मनोग्रस्तता* का तात्पर्य मस्तिष्क में बार-बार घटित होने वाले उन चिन्तन, कल्पना, प्रतिमा आदि से सम्बन्धित उन प्रक्रियाओं को लिया जा सकता है जो चेतना में स्वैच्छिक रूप से प्रवेश करती है जिनका स्वरूप असंगत, अर्थहीन और अतार्किक होता है तथा उन पर नियन्त्रण प्राप्त करना कठिन होता है(*Fisher,* 1958; *Page,*1960;*Kisker, 1985*; *Seligman& Rosenhan,1998*; *Davison& Neale,* 1996) । इसी प्रकार बाध्यता का तात्पर्य व्यवहार पुनरावृति (behaviour repetition) से लिया जाता है जिसमें व्यक्ति एक ही कार्य को बार-बार करता है अपनी व्यथा को कम करने के लिए अथवा किसी विपत्ति को रोकने के लिए वह ऐसा करता है। यद्यपि वह इसे निरर्थक समझता है (*Fisher,* 1958; *Page,* 1960; *Kisker, 1985*; *Davison& Neale,* 1996)। परन्तु बाद में अनुसंधानकर्ताओं ने इसे एक ही मनस्ताप (neuroses) के दो रूप माना है क्योंकि वे इन दोनों के बीच कोई स्पष्ट रेखा नहीं मानते हैं। यद्यपि कुछ भारतीय मनोचिकित्सकों(*S. Akhtar, N.N Wig, V.K Verma, D. Prasad, S.K.Verma,* 1975) ने मनोग्रस्तता के 5 प्रकार—मनोग्रस्ति संदेह (obsessive doubts), मनोग्रस्ति चिन्तन (obsessive thinking), मनोग्रस्ति आवेग (obsessive impulses), मनोग्रस्ति भय (obsessive fears), तथा मनोग्रस्ति प्रतिमा (obsessive image) तथा बाध्यता के दो प्रकार अनुवर्ती बाध्यता (yielding compulsion) तथा नियन्त्रण बाध्यता (controlling compulsion) बताये हैं।

Carson & Butcher (1992) ने मनोग्रस्ति बाध्यता को परिभाषित करते हुए कहा है कि, *''मनोग्रस्ति-बाध्यता से मनस्ताप में व्यक्ति जिस चीज पर विचार नहीं करना चाहता है, उसके लिये अपने को बाध्य समझता है अथवा वह कोई कार्य अपने इच्छा के विपरीत करता है।''* (*"In obsessive compulsive neuroses the person feels compelled to think about something that he does not want to think about or carry out some action against his will."*)

Cameron (1978) के अनुसार, *''मनोग्रस्ति-बाध्यता प्रतिक्रियाओं से तात्पर्य उन बाह्य रूप से व्यर्थ किन्तु अदम्य पुर्नरावृत्यात्मक कार्यों शब्दों, विचारों से लिया जाता है जिनका उद्देश्य तनाव अथवा चिन्ता को कम करने के लिये कुछ निषेधात्मक कार्य में आसक्त होकर अथवा ऐसे आसक्त को अस्वीकार करके अथवा उसके प्रति सावधान रहकर अथवा आवेग के प्रति वशीभूत*

होकर अपने को दण्डित करता है।'' (*"Obsessive-compulsive reactions consists of apparently useless but irresistable acts, words or thoughts, whose aim is to reduce tension and anxiety (i) by indulging in something forbidden (ii) by denying such indulgence or guarding against it, or (iii) by punishing one self for having had the impulse to indulge."*)

DSM-IV (1995) में इस मनोविकृति को इस प्रकार परिभाषित किया गया है, *''मनोग्रस्ति बाध्यता विकृति का वर्णन पुनरावर्ती मनोग्रस्ति अथवा बाध्यता के रूप में किया जाता है जो तीव्र होता है तथा अधिक अवधि के लिये होता है जो महत्त्वपूर्ण व्यथा अथवा महत्त्वपूर्ण क्षति का कारण होता है।''* (Obsessive-compulsive disorder is described as recurring obsessions or compulsions "*severe enough to be time consuming—or cause marked distress or significant impairment.*")

मनोग्रस्ति-बाध्यता विकृति में पुनरावर्ती (recurrent) मनोग्रस्तताएँ अथवा बाध्यताएँ पाई जाती है (प्रथम कसौटी), जो दीर्घावधि तक तीव्र होता है (द्वितीय कसौटी) अथवा तीव्र निराशा उत्पन्न करता है अथवा महत्त्वपूर्ण ढंग से क्षति करता है (तृतीय कसौटी), मनोग्रस्तता अथवा बाध्यता को प्रतिबन्धित नहीं किया जा सकता है (चतुर्थ कसौटी), तथा यह क्षुब्धता (disturbance) औषधियों के प्रत्यक्ष शारीरिक प्रभाव अथवा सामान्य चिकित्सकीय दशाओं (general medical conditions)के कारण नहीं पाई जाती है(पंचम कसौटीDSM-IV 1995)।

मनोग्रस्तता
(Obsession)

Fisher (1958) के अनुसार, *''मनोग्रस्तता की परिभाषा एक ऐसे विशिष्ट मानसिक अथवा अव्यक्त क्रिया के रूप में किया जा सकता है जिसे व्यक्ति अतार्किक समझता है तथा उस पर व्यक्ति का नियंत्रण नहीं होता है।''* (*An obsession is a mental or implicit activity of fairly specific nature which the individual recognizes to be irrational but over which he has little or no control.*)

Page (1960) के अनुसार, *''मनोग्रस्तता वह विचार या आवेग है जो रोगी की इच्छा के प्रतिकूल स्वयं उसके मन में बार-बार आता है।''* (*An obsession is a spontaneously recurring thought or impulse that persistently intrudes itself in to the patients mind ever against his wishes.*)

Kisker (1985) के अनुसार, *''मनोग्रस्तता एक ऐसा विचार या चिन्तन है जिसका स्वरूप हास्यस्पद बेतुका तथा स्पष्टतया अर्थहीन होता है तथा रोगी इससे छुटकारा नहीं प्राप्त कर पाता है।''* (*An obsession is an idea or thought that is a silly, absurd or apparently meaning yet one that an obsessive person can't get rid of it.*)

Davison & Neale (1996) के अनुसार, *''मनोग्रस्तता अन्तर्वेधी एवं पुनरवर्ती चिन्तन आवेग तथा प्रतिमाएँ होती है जो मन में अनैच्छिक रूप से प्रवेश कर जाती है तथा अनुभव करने वाले व्यक्ति के लिए अतार्किक एवं अनियंत्रण योग्य होती है।''* (*Obsessions are intrusive and recurring thoughts, impulses and images that come unbidden to the mind and appear irrational and uncontroable to the individual experiences them.*)

Seligman & Rosenhan (1998) के अनुसार *''ऐसी पुनरावर्ती प्रतिमाओं और आवेगों को मनोग्रस्तता की संज्ञा दी जाती है जो चेतन में प्रवेश करते हैं तथा उन्हें नियंत्रित करना अथवा*

समाप्त करना कठिन होता है।'' (Obsessions are repetetive thoughts, images or impulses that invade consciousness, are abhorrent and are very difficult to dismiss or control.)

मनोग्रस्तताएँ स्थाई विचारों (ideas) चिन्तनों (thoughts), आवेगों (impulses) अथवा प्रतिमाओं (images) के रूप में होती है जिनका अनुभव अनाधिकार प्रवेश (intrusive) एवं अनुपयुक्तता(inappropriateness)के रूप में किया जाता है जो व्यक्ति में सुस्पष्ट(marked) चिन्ता अथवा व्यथा (distress) का कारण होता है। मनोग्रस्तता के अनाधिकार प्रवेश एवं अनुपयुक्ता के गुण कोEgo-dystonicकी संज्ञा दी जाती है। व्यक्ति में उत्पन्न यह भाव(sense), मनोग्रस्तता का विषय-वस्तु(content)वाह्य(alien)एवं असंगत है, वह न तो व्यक्ति में निहित होता है और न उस पर उसका नियंत्रण होता है, तथा न यह ऐसा विचार होता है, जिसकी वह प्रत्याशा करता है। रोगी यह जानता है कि यह मनोग्रस्तता उसके मस्तिष्क का ही परिणाम है (DSM-IV, 1995)। इसके उदाहरणस्वरूप दूषण(contamination)से सम्बन्धित विचारों की पुनरावृत्ति (हाथ मिलाने पर दूषित होने का विचार), संदेह पुनरावृति (ट्रैफिक दुर्घटना में किसी पर संदेह करना अथवा ताला खुला रहना) वस्तुओं को क्रमबद्ध रखने की आवश्यकता(वस्तुओं के छिन्न-भिन्न होने पर उत्पन्न व्यथा), आक्रामक अथवा भयंकर/रोमांचकारी आवेग(किसी बच्चे को चोट पहुँचाना अथवा धार्मिक स्थल पर अश्लीलता से चिल्लाना) अथवा कामुक कल्पना (अश्लील कल्पनाओं की पुनरावृत्ति) आदि को लिया जा सकता है। इन विचारों, कल्पनाओं अथवा आवेगों का कोई प्रत्यक्ष सम्पर्क यथार्थ जीवन (real life) से नहीं होता है। मनोग्रस्तता के रोगी ऐसे विचारों अथवा कल्पनाओं की उपेक्षा अथवा दमन सामान्यतया करने का प्रयास करते हैं अथवा तटस्थता प्राप्त करने का प्रयास करते हैं। ऐसा करने के लिए वह अन्य विचारों अथवा कल्पनाओं अथवा क्रियाओं का प्रयोग करने का प्रयास करते हैं।

बाध्यता *(Compulsion)*

बाध्यता एक ऐसा व्यवहारपरक लक्षण है जिसमें रोगी में अपनी इच्छा के विरुद्ध किसी कार्य को करने की प्रबल प्रेरणा पाई जाती है। व्यक्ति का यह व्यवहार अवांछित, अतार्किक एवं असंगत होता है जैसे—रुपये को बार-बार गिनना, हाथ धोना, कन्धे उचकाना, ताला बन्द करके बार-बार खींचना, चोरी करना, आग लगाना, रुपये को धुल लेना, किसी विशेष ब्रांड के साबुन से कपड़े धुलना आदि। इन सब क्रियाओं को व्यक्ति अपने सामान्य जीवन में करता है, लेकिन जब इन क्रियाओं में अतिरंजन (magnification) पाया जाता है तो व्यक्ति का व्यवहार मनोविकृतिजन्य हो जाता है।

Fisher (1958) के अनुसार, *''बाध्यता एक पुनरावर्ती एवं विशिष्ट बाह्य क्रिया है जिसे व्यक्ति उस परिस्थिति में अतार्किक एवं असंगत समझता है, जिसमें वह क्रिया घटित होती है तथा उस पर व्यक्ति का नियन्त्रण नहीं होता है।'' (A compulsion is an overt activity of persistent and fairly specific character which the individual recognizes to be irrational and encongrous with the situation in which it occurs but over which he has little or no control.)*

Kisker (1985) के अनुसार, *''मनोग्रस्तता जब कार्य में बदल जाती है, तो उसे बाध्यता कहते हैं। बाध्यता से ग्रसित लोग एक ही कार्य को बार-बार करते रहते हैं। यद्यपि वे अनुभव करते हैं कि ऐसा करने का कोई अर्थ नहीं है।'' (Compulsions are obsessions carried into action. People who suffer from compulsions repeat certain actions over and over again, even though they realize that there is no sense of it.)*

Davison & Neale (1986) के अनुसार, *"बाध्यता एक पुनरावर्ती व्यवहार है जिसे सम्पादित करके व्यक्ति अपनी व्यथा को कम करने अथवा किसी संकट को रोकने के लिए करता है।" (A compulsion is a repetitive behaviour that the person feels driven to perform in order to reduce distress or prevent some calamity from occuring.)*

इस प्रकार इन विशेषताओं के आधार पर सारांश स्वरूप यह कहा जा सकता है कि बाध्यता एक बार-बार घटित होने वाला व्यवहार है जिसका स्वरूप अवांछित, अतार्किक एवं असंगत होता है जिसे सम्पादित करके व्यक्ति अपनी व्यथा को कम करता है अथवा संकट को टालता है। ऐसा न करके वह अशान्त(uneasy) एवं व्याकुलता(uncomfortable) अनुभव करता है।

मनोग्रस्तता एवं बाध्यता एक दूसरे से पूर्णतया भिन्न नहीं है क्योंकि मनोग्रस्ति व्यवहार से व्यक्ति की चिन्ता में कमी अवश्य आती है परन्तु इस व्यवहार के प्रति उसमें बाध्यता पाई जाती है। इसे संज्ञानात्मक बाध्यता (cognitive compulsion) कहते हैं (*White & Cole*, 1990)।

बाध्यता के दो प्रकार—अनुवर्ती बाध्यता (yielding compulsion) एवं नियन्त्रण बाध्यता (controlling compulsion) होते हैं। *अनुवर्ती बाध्यता (yielding compulsion)* में रोगी किसी क्रिया को करने का प्रबल दबाव अनुभव करता है जैसे बार-बार जेब में हाथ डालकर देखना कि कोई महत्त्वपूर्ण कागज तो नहीं रहगया है। जबकि *नियन्त्रित बाध्यता (Controlling compulsion)* में रोगी किसी बार-बार घटित हो रहे व्यवहार को नियन्त्रित करने के लिए प्रयास करता है। जैसे किसी अनैच्छिक इच्छा के मन में आने पर किसी दूसरे कार्य में अपने को लीन करना।

मनोग्रस्ति-बाध्यता विकृति की नैदानिक कसौटी *(Diagnostic Criteria/Features for Obsessive-Compulsive Disorder)*

मनोग्रस्ति बाध्यता विकृति के नैदानिक लक्षण का वर्णन DSM-IV में इस प्रकार किया गया है :—

मनोग्रस्ति की परिभाषा निम्नलिखित चार कसौटियों के आधार पर की जा सकती है—

(1) मनोग्रस्ति में पुनरावर्ती और स्थाई विचार आवेग अथवा प्रतिमाएँ पाई जाती हैं जिनका अनुभव व्यक्ति को क्षुब्धता के समय होता है, इसका प्रवेश अनाधिकृत तथा अनुपयुक्त होता है जिससे व्यक्ति में सुस्पष्ट चिन्ता अथवा व्यथा पाई जाती है। *(Recurrent and persistent thoughts, impulses or images that are experienced, at some time during the disturbance, as intrusive and inappropritate, and that cause anxiety or distress.)*

(2) मनोग्रस्ति में विचार, आवेग अथवा प्रतिमाएँ वास्तविक जीवन की समस्याओं के बारे में सरल अतिशय चिन्ता के रूप में नहीं होती है। *(The thoughts, impulses or images are not simply excessive worries about real life situations.)*

(3) मनोग्रस्ति का रोगी ऐसे विचारों, आवेगों, अथवा प्रतिमाओं की उपेक्षा अथवा उनका दमन करने का प्रयास करता है अथवा अन्य विचारों तथा कार्यों के द्वारा तटस्थता प्राप्त करने का प्रयास करता है। *(The person attempts to ignore or suppress such thoughts impulses or images, or to neutralize them with some other thought or action.)*

(4) मनोग्रस्ति में व्यक्ति को इस बात का अनुभव रहता है कि उसमें पाये जाने वाले मनोग्रस्ति विचार, आवेग अथवा प्रतिमाएँ उसके अपने मस्तिष्क की ही उपज है। *(The person recognizes that the obsessional thoughts, impulses or images are a product of his or her own mind.)*

DSM-IV में बाध्यता के सन्दर्भ में निम्नलिखित नैदानिक लक्षणों का वर्णन किया गया है—बाध्यता वह मनोविकृतिजन्य व्यवहार है जिसमें—

(1) पुनरावृत्ति व्यवहार (हाथ धोना, वस्तुओं को क्रमबद्ध करना, जाँच करना, अथवा मानसिक क्रियाएँ (प्रार्थना करना, गिनना, शान्ति से शब्दों को दुहराना) पाई जाती है। व्यक्ति इन क्रियाओं को बाध्यता के प्रतिक्रियास्वरूप करता है अथवा किसी नियम का दृढ़ता से पालन करता है। *(repetetive behaviours (e.g. hand washing, ordering, checking) or mental acts (e.g. praying, counting repeating words silently) that the person feels driven to perform in response to an obsession, according to rules that must be applied rigidly.)*

(2) व्यवहारों और मानसिक कार्यों का उद्देश्य कुछ भयानक घटनाओं अथवा परिस्थितियों से सम्बन्धित व्यथा को कम करना अथवा रोकना होता है। यद्यपि इन व्यवहारों और मानसिक कार्यों का सम्बन्ध यथार्थता से नहीं होता है जिनकी अत्यधिक मात्रा को वह तटस्थ करने अथवा रोकने का प्रयास करता है। *(The behaviours or mental acts are aimed at preventing or reducing distress or preventing some dread event or situation : however these behaviours or mental acts either or not connected in realistic way with what they are designed to neutralize or prevent or are clearly excessive.)*

(3) विकृति की अवधि में रोगी यह जानता है कि उसकी मनोग्रस्तता अथवा बाध्यता अयथार्थपरक तथा अतिशय होती है। *(At sometime during the course of disorder, the person has recognized that obsessions or compulsions are excessive or unreasonable.)*

(4) मनोग्रस्तता अथवा बाध्यता व्यक्ति में स्पष्ट व्यथा के कारण होते हैं, समय व्ययित होते हैं (जो दिन में एक घण्टे से अधिक समय ले सकता है) अथवा व्यक्ति के दैनिक दिनचर्या, व्यवसायपरक अथवा शैक्षणिक प्रकार्यों अथवा सामाजिक क्रिया-कलापों अथवा सम्बन्धों में अवरोध उत्पन्न करते हैं। *(The obsessions or compulsions cause marked distress, are time consuming (take more than 1 hour a day) or significantly interfere with the person's normal routine, occupational (or academic) functioning, or usual social activities or relationships.)* यदि प्रथम आयाम की विकृतियाँ रोगी में पाई जाती है तो विषय-वस्तु मनोग्रस्तता अथवा बाध्यता तक ही प्रतिबन्धित नहीं होता (If another axis I disorder is present, the content of the obsessions or compulsions is not restricted to it) । इसमें अनेक विकृतिजन्य व्यवहारों को सम्मिलित किया जा सकता है उदाहरणार्थ Eating disorder के कारण भोजन में तन्मयता, Trichotillomania की उपस्थिति में बार-बार बालों को खींचना, Body dysmdrphic disorder की उपस्थिति में रूप-रंग, दिखाव-बनाव सम्बन्धी व्यवहार, Hypochondriasis होने पर गम्भीर बीमारी अनुभव करने की तल्लीनता, Paraphilia की उपस्थिति में स्वैर कल्पना(fantasy) में तल्लीनता, Major Depressive Disorder की उपस्थिति में दोषपूर्ण-चिन्तन आदि।

(5) यह क्षुब्धता किसी पदार्थ, औषधि अथवा मादक पदार्थ अथवा सामान्य चिकित्सकीय दशाओं के प्रत्यक्ष दैहिक प्रभावों के कारण नहीं उत्पन्न होता है। ***(The disturbance is not due to the direct physiological effects of a substance (e.g. a drug of abuse, a medication) or a general medical condition.)***

अमनश्चिकत्सकीय नैदानिक विशेषज्ञों (nonpsychiatric clinical specialists) ने OCD के रोगियों के अनेक लक्षण बताये हैं। उदाहरणार्थ OCD के रोगी में त्वचा विशेषज्ञ (dermatologists) हाथ की त्वचा में दरार (chapped hands) तथा एक्जिमायुक्त चेहरा (eczematoid appearance), पारिवारिक चिकित्सक (family practitioner), अत्यधिक धुलना (excessively washing) तथा गिनने (couning) और जाँचने (checking) की बाध्यता, आनकॉलोजिस्ट (oncologist), अर्बुदचिकित्सक (tumorspecialist), अर्जित असंक्राम्य दुर्बलता संलक्षण का आग्रहपूर्ण विश्वास (insistent belief that person has acquired immune deficiency syndrome), तन्त्रिका-विज्ञानी (neurologist) मस्तिष्क आघात (head injury), मिर्गी (epilepsy), आधारीय गैंगलिया क्षति (basal ganglia lesion) से सम्बन्धित तन्त्रिका शल्यचिकित्सक (neurosurgeon) तीव्र एवं असाध्य OCD, प्रसूति-विशेषज्ञ (obstetrician), प्रसवोत्तर (postpartum), बाल चिकित्सक (pediatrician) बच्चों के व्यवहार के प्रति माता-पिता का ध्यान, प्लास्टिक शल्य चिकित्सक (plastic surgeon), असामान्य लक्षणों के लिये बार-बार सलाह तथा दंत चिकित्सक (dentist) अत्यधिक दांत साफ करने के रूप में वर्णन किया है (Rapport J. L: The neurobiology of obsessive compulsive disorder, 1988 से साभार)।

कारण विज्ञान *(Etiology)*

मनोग्रस्तता-बाध्यता विकृति से सम्बन्धित अनुसन्धानों का सर्वेक्षण करने पर इस तथ्य पर प्रकाश पड़ता है कि इस रोग से ग्रस्त रोगियों में रोग से पूर्व के व्यक्तित्व (premorbid personality) को Anankastic type का होता है। ऐसे व्यक्तित्व के लोगों में कुछ विशेष लक्षण पाये जाते हैं। उदाहरणार्थ—ऐसे व्यक्तियों का व्यक्तित्व अन्तर्मुखी होता है, ऐसे व्यक्ति नैतिक तथा सामाजिक मूल्यों का सम्मान करते हैं, पूर्णतावादी, बुद्धिमान, पुरातनपन्थी, अन्तर्विवेकशील, दृढ़, मिथ्याडम्बरी, नियमोपासक, भावुक, शंकालु तथा सावधानी रखने वाले होते हैं। व्यक्ति में पायी जाने वाली यह विशेषताएँ ही उसे मनोग्रस्तता-बाध्यता जैसे विकृतिजन्य व्यवहार की ओर झुकाव(predisposition) उत्पन्न करती है। ऐसे व्यक्तियों के व्यक्तित्व का विकास ऐसे वातावरण में होता है, जिनमें नैतिक सामाजिक तथा चारित्रिक मूल्यों की प्रधानता रहती है। ऐसे समाज में काम, घृणा, द्वेष, शत्रुता, आक्रामकता जैसे व्यवहारपरक लक्षणों को महत्त्व नहीं दिया जाता है। जब ऐसी विशेषता वाले वातावरण में बालक का विकास होगा, तो निःसंदेह ही किशोरावस्था में व्यक्ति में इन वातावरणीय विशेषताओं के कारण उनके आवश्यकता, रुचि, अभिरुचि एवं जिज्ञासा आदि न उनमें केवल अर्न्तद्वन्द ही उत्पन्न करती है, वरन् उनमें असुरक्षा की भावना भी जागृत करती है क्योंकि व्यक्ति द्वारा अधिगत समाज के नैतिक, सामाजिक और आर्थिक मूल्य उसके व्यक्तिगत व्यवस्था में व्यवधान उत्पन्न करते हैं। व्यक्ति की व्यवस्था(systems) में परिवर्तन कष्टदायक होता है। इस व्यवस्था को सुदृढ़ बनाने के प्रयास में वह मनोग्रस्तता-बाध्यता के विकृति के लक्षणों को प्रदर्शित कर सकता है।

मनोग्रस्ति-बाध्यता विकृति के रोगी के व्यवहार का विश्लेषण करने पर इस तथ्य पर प्रकाश पड़ता है कि इस मनोविकृति व्यवहार के अनेक कारण है जिनका वर्णन अधोप्रस्तुत है:—

1. जैविक कारक *(Biological Factors)*

अनेक चिकित्सकीय अध्ययनों से यह परिणाम प्राप्त किया गया है कि Serotonin में अनियमितता के पाये जाने पर मनोग्रस्ति-बाध्यता विकृति के लक्षण उत्पन्न होते हैं। प्रदत्त यह

प्रदर्शित करते हैं कि Serotonin उत्पन्न करने वाली औषधियाँ तन्त्रिका-प्रेषण प्रणाली को प्रभावित करने वाली औषधियों की तुलना में अधिक प्रभावित करती है। परन्तु मनोग्रस्ति-बाध्यता विकृति का कारण Serotonin है या नहीं, यह चित्र स्पष्ट नहीं है। मस्तिष्क-कल्प अध्ययनों (brain imaging studies) से प्राप्त प्रदत्त यह प्रदर्शित करते हैं। रोगी के अग्र प्रखण्ड (frontal lobes), बेसल गैंगलिया (basal ganglia) तथा सिंगुलम (cingulum) की क्रियाशीलता में वृद्धि होने से मनोग्रस्तता-बाध्यता विकृति की उत्पत्ति में सहायक होते हैं। प्रकार्यात्मक मस्तिष्क-कल्प अध्ययनों से प्राप्त प्रदत्त संरचनात्मक मस्तिष्क कल्प अध्ययनों से प्राप्त प्रदत्त का समर्थन करते हैं। उपलब्ध आनुवांशिकी (genetics) प्रदत्त यह प्रदर्शित करते हैं कि मनोग्रस्ति-बाध्यता विकृति उत्पत्ति में आनुवांशिकी कारकों की महत्वपूर्ण भूमिका है। यद्यपि इस विकृति पर सांस्कृतिक एवं व्यवहारपरक कारक के महत्त्वपूर्ण प्रभाव को नहीं प्राप्त किया गया है। विद्युतीय-दैहिक (electrophysiological), निद्रा विद्युत मस्तिष्कीय आरेख (sleep electroencephalogram), तथा तन्त्रिका-अंतस्रावी (neuroendocrine) अध्ययनों से इस तथ्य पर प्रकाश पड़ता है कि अवसाद विकृति (depressive disorder) एवं मनोग्रस्ति-बाध्यता में अनेक उभयनिष्ठताएँ पायी जाती है।

McKeon & *Murray* (1987) के अनुसार OCD के रोगियों में चिन्ता विकृति अधिक पाई जाती है। Lenane et. al. (1990) ने यह परिणाम प्राप्त किया है कि रोगी के 30% सम्बन्धी भी मनोग्रस्ति-बाध्यता विकृति से ग्रस्त थे। इसी प्रकार कुछ अध्ययनों में यह परिणाम भी प्राप्त किया गया है कि Encephalities होने पर, मस्तिष्क में चोट लगने पर, मस्तिष्क में ट्यूमर होने पर भी मनोग्रस्ति-बाध्यता विकृति के लक्षण पाये जाते हैं।

कुछ अनुसंधानकर्ता उदाहरणार्थ जैव चिकित्सकीय शोधकर्ता (biomedical researchers) यह प्रमाण प्रस्तुत करते हैं किOCD एक मस्तिष्कीय रोग(brain disease) है क्योंकि मस्तिष्कीय आघात (brain trauma), दुर्बल पेशीय समन्वय (poor motor coordination), अनैच्छिक झटके (involuntary jerks), निम्न दृष्टि पेशीय निष्पादन (visual motor performance) आदि के कारण OCD पाया जाता है (*Hollander* et. al. 1992; *Rapoport* 1990)। तथा Cortical-Striatal-Thalamic क्षेत्र की अतिसक्रियता(overactivity-*Robinson et.* al. 1995; *Baxter* et. al. 1999) से OCD के लक्षण उत्पन्न होते हैं और व्यक्ति का व्यवहार विकृतिजन्य हो जाता है।

2. मनोविश्लेषणात्मक कारक *(Psychoanalytic Factors)*

मनोविश्लेषणावाद के समर्थकों का यह विश्वास है कि मूलप्रवृत्यात्मक शक्तियों के कारण मनोग्रस्तता-बाध्यता पाई जाती है। यह मूल प्रवृत्तियाँ आक्रामक होती है। इनके अनुसार जब व्यक्ति के अचेतन में पाये जाने वाले चिन्तन चेतना में आने का प्रयास करते हैं, तो व्यक्ति सुरक्षात्मक उपायों के ढूँढ़ने के प्रयास में OCD का शिकार हो जाता है। व्यक्ति में उत्पन्न लक्षण इड (Id) तथा सुरक्षात्मक मनोरचनाओं के परस्पर संघर्ष का परिणाम होता है। इस संघर्ष में कभी इड और कभी सुरक्षात्मक मनोरचनाएँ प्रबल होती है। इस प्रकार यह कहा जा सकता है कि संघर्ष उत्पन्न करने वाली चिन्ता व्यक्ति में OCD को उत्पन्न करने में सहायक होती है। उदाहरणार्थ—यदि व्यक्ति में किसी को जान से मार देने का विचार उत्पन्न होता है तो इसका अर्थ यह होगा कि उसमें इड की शक्तियाँ अधिक प्रबल है, जो लक्षण अधिकांशतः उत्पन्न होते हैं, वे किसी एक सुरक्षात्मक मनोरचना की आंशिक सफलता को व्यक्त करते हैं। इसलिए व्यक्ति मलमूत्र विसर्जन की अपनी इच्छा का प्रतिरोध कर सकता है और इस प्रकार की स्वच्छता के लिए विवश या बाध्य हो सकता है।

3. व्यवहारपरक कारक (*Behavioural Factors*)

व्यवहारवादी सिद्धान्तवेत्ता *Meyer & Chesser* (1970) तथा *Hogson & Rachman* (1972) का मत है कि OCD एक अधिगमित व्यवहार है जिसका पुनर्बलन उनके परिणामों के द्वारा होता है। इन परिणामों में एक परिणाम भय में कमी का होना है। जैसे—बार-बार हाथ धोने की बाध्यता एक नैमित्तक पलायनवादी अनुक्रिया है जो कीटाणुओं अथवा गन्दगी के संदूषण की मनोग्रस्तता को कम करता है। इस प्रकार रात में सोने से पहले सारे बर्तनों को उलट कर रख देना या उन्हें ढक देना भी इसका उदाहरण हो सकता है। *Shakespear* के प्रसिद्ध नाटक Macbeth में भी Lady Macbeth King Duncan की हत्या के बाद बार-बार हाथ धोने की बाध्यता विकसित हो जाती है क्योंकि उसमें इस मनोग्रस्ति का विकास हो गया था कि हत्या के कारण उसका हाथ दूषित हो गया था (cleaning compulsion)। जाँच बाध्यता (checking compulsion) भी इसका एक उपयुक्त उदाहरण है जिसमें रोगी बार-बार ताले को खींच कर यह देखता है कि खुला तो नहीं रह गया है। *Rachman & Hogson* (1980) का मत है कि स्वच्छता-बाध्यता की तुलना में जाँच-बाध्यता के रोगी अपनी चिन्ता कम करने में अधिक सफल नहीं होते हैं।

मनोग्रस्ता-बाध्यता विकृति के कारणों के सन्दर्भ में मनोवैज्ञानिकों में मतैक्य नहीं है क्योंकि OCD के उत्पन्न होने का केवल एक कारण नहीं है, वरन् अनेक कारण है जिनका वर्णन अधोप्रस्तुत है:—

(i) **विचारों और क्रियाओं को स्थानापन्न करना** (*Substitutive thought and activities*)—इस रोग में असुखद और खतरनाक विचार और क्रियाएँ असुरक्षित विचारों में प्रतिस्थापित हो जाते हैं। जैसे—अंधेरे में जा रहे व्यक्ति के मन में यह विचार आये कि "मैं डर नहीं रहा हूँ"। इस प्रकार वह अपने भय को कम करता है, तथा असुखद और खतरनाक विचारों को सुरक्षित मनोग्रस्तता विचारों से प्रतिस्थापित करता है। इसी प्रकार एक नये अनुसंधान कार्य में लगकर या किसी बड़े उपन्यास को लिखकर बाध्यात्मक क्रियाओं को प्रतिस्थापित करता है। उसके यह कार्य पूर्ण नहीं होते किन्तु उन कार्यों में अपने को व्यस्त रखकर असुखद समस्याओं तथा विकारों को कम करता है।

(ii) **दमित काम सम्बन्धी आवेगों का प्रबल तनाव** (*Intense tension of sexual impulses*)—मनोग्रस्तता से ग्रस्त रोगी अपने अचेतन में दमित काम सम्बन्धी आवेगों के भयावह तनाव से अत्यधिक पीड़ित रहता है। दोषपूर्ण दमन के कारण दमित आवेग अभिव्यक्ति के लिए निरन्तर प्रयत्नशील रहते हैं जिससे व्यक्ति में प्रबल तनाव बना रहता है। यह क्रियाएँ अचेतन रूप से सम्पन्न होती है। अतः रोगी अपने चिन्ता के वास्तविक स्रोत को नहीं जान पाता और उसमें अत्यधिक शंकाएँ उत्पन्न होती रहती है। ऐसे तनाव से मुक्ति पाने के लिए एक विशेष निरर्थक क्रिया बार-बार करते देखा जाता है।

(iii) **अपराध भावना और दण्ड का भय** (*Guilt and fear of punishment*)—मनोग्रस्तता-बाध्यता के लक्षण उत्पन्न होने में रोगी में अपराध भावना तथा आत्म अवमूल्यन भी एक कारण है। इन भावनाओं की उत्पत्ति घृणित और अनैतिक इच्छाओं के कारण उत्पन्न होती है। सफाई पसंद होने के कारण एक व्यक्ति अनेक बार हाथ धोता था तथा अनेक बार स्नान करता था।

मनोविश्लेषण से यह ज्ञात हुआ कि वह किसी आवांछित कार्य को करता था जिसको उसके माता-पिता ने घृणित बताया था। इस आदत के कारण उसे बार-बार दण्डित भी किया जाता था, इसलिए उसमें OCD के लक्षण उत्पन्न हो गये थे।

(iv) कर्मकाण्डी व्यवहार तथा रूढ़िपालन *(Ritualisitc behaviour and support of convention)*—OCD से ग्रस्त रोगी कर्मकाण्डों, क्रियाओं तथा रूढ़िगत व्यवहारों को सम्पादित करके जीवन में आने वाली अचानक दुर्घटनाओं, विपत्तियों तथा कष्टों के बचाव के लिए प्रयास करता है। इन कार्यों की पुनरावृत्ति से व्यक्ति का विश्वास इन कार्यों में उत्पन्न हो जाता है।

(v) व्यवस्था तथा व्यवहार की निश्चयात्मकता की कठोरता *(Rigidity of order and predictability of behaviour)*—इसे रोगी संसार की अनिश्चित एवं भयावह परिस्थितियों से घबड़ा कर उनके प्रति एक प्रकार की व्यवस्था तथा व्यवहार की निश्चयात्मकता स्थापित करने का अत्यधिक प्रयास करते देखा जाता है। वह कट्टर नियम पालक बनकर अपनी दिनचर्या को सीमित तथा सुनिश्चित कर देना चाहता है। ऐसा करके वह अपने अहं की सुरक्षा करता है।

(vi) अन्तर्मुखी व्यक्तित्व *(Introvert personality)*—अन्तर्मुखी व्यक्ति अधिक भावुक तथा संवेदनशील होते हैं। इनमें असुरक्षा की भावना पायी जाती है। ऐसे व्यक्ति प्रत्येक कार्य को बहुत बारीकी तथा नियमित ढंग से करते हैं। परिवार में ऐसे व्यक्ति कठोर शासक बनकर रहते हैं। किसी विशेष क्रिया के प्रति अत्यधिक जागरूकता आगे चलकर OCD का रूप ले लेती है।

4. मनो-सामाजिक कारक *(Psycho-Social Factors)*

Kaplan & Sadock (1997) ने OCD के उत्पत्ति के लिए अनेक मनोसामाजिक कारकों को उत्तरदायी ठहराया है जिनमें व्यक्तित्व कारकों (personality factors), तथा मनोगतिक कारकों (psycho-dynamic factors) को अत्यधिक प्रमुखता दी है। बहुत से OCD के ऐसे रोगी होते हैं जिनमें पूर्वग्रस्त (premorbid) मनोग्रस्तता के लक्षण नहीं पाये जाते हैं तथा ऐसे लक्षण OCD के विकास के लिए न तो आवश्यक होते हैं और न पर्याप्त ही। मनोगतिक कारकों में अलगाव (isolation), विनाश (undoing), प्रतिक्रिया निर्माण (reaction formation), द्वैधवृत्ति (ambivalance) ऐन्द्रजालिक चिन्तन (magical thinking) आदि को लिया जा सकता है।

मनोग्रस्त-बाध्यता का उपचार *(Treatment of Obsesive-Compulsive Disorder)*

OCD के उपचार के लिये अनेक चिकित्सकीय प्रविधियों (therapeutic techniques) का प्रयोग किया जाता हैः—

(1) औषधि-उपचार *(Pharmacotherapy)*—OCD के उपचार में अनेक अध्ययनों में औषधि-उपचार की प्रभावोत्पादकता को प्राप्त किया गया है। ऐसी विकृतियों में अवसादरोधी (antidepressants) और चिन्ताहारक (anxiolytic) औषधियों का प्रयोग करके अक्सर 30% से 40% कूटभेषज अनुक्रिया (placebo response) प्राप्त किया गया है। अवसादपरक तथा मानसिक विकृतियों के उपचार के लिए जिन सामान्य औषधियों का प्रयोग किया जाता है, उनका प्रयोग उपयुक्त मात्रा में उपचार हेतु किया जा सकता है। यद्यपि अवसादरोधी (anti-depressant) औषधियों के प्रयोग के सन्दर्भ में विवाद है क्योंकि इन औषधियों के बन्द कर देने पर OCD के लक्षणों के प्रकट होने की सम्भावना पुनः बढ़ जाती है। *Kaplan & Sadock* (1997) का मत है OCD के उपचार का प्रारम्भ Serotonin-Specific Reuptake Inhibitor

(SSRI) अथवा Clomipramine (anafranil) से करना चाहिए। यदि Serotonin-Specific औषधि प्रभावशील न हो, तो अन्य औषधियों का प्रयोग करना चाहिए। प्रत्येक SSRI उदाहरणार्थ Fluoxetine, Fluvoxamine, Paroxetine तथा Sertraline का प्रयोग करके OCD का उपचार किया जा सकता है। इनकी उच्च मात्रा अधिक प्रभावशाली होती है। यद्यपि SSRI से निद्रा क्षुब्धता (sleep disturbance), वमन (nausea), दस्त, सिरदर्द चिन्ता, बेचैनी (restlessness) आदि अनेक प्रकार के कुलक्षणों के पाये जाने की सम्भावना पायी जाती है। Clomipramine को सर्वप्रथम Food and Drug Association (FDA) ने OCD के उपचार के लिये अनुमोदित (approve) किया। इसके उपयोग से आमाशय एवं आंत सम्बन्धी (gastrointestinal), ऊर्ध्वस्थितज अल्प तनाव (orthosatatic hypotension), शमन (sedation), एसीटाइलकोलीनरोधी प्रभाव (anticholinegric effects) यथा मुख सूखना, कब्ज आदि को कुप्रभाव के रूप में प्राप्त किया जा सकता है। यद्यपि कुछ चिकित्सक उपर्युक्त दोनों औषधियों के असफल होने पर इनके साथ Lithium के उपयोग की राय देते हैं। OCD के उपचार के लिए इन औषधियों के अतिरिक्त Venlafaxine, Phenelzine, Buspirone, L-tryptophan एवं Clonazepam का भी प्रयोग किया जा सकता है (*Foa & Kozak* 1993)।

(2) व्यवहार चिकित्सा *(Behaviour Therapy)*—OCD के उपचार में व्यवहार चिकित्सा का भी काफी योगदान रहा है। व्यवहार चिकित्सा के लिए सामान्यतया तीन प्रविधियों—माडलिंग (modelling), फ्लडिंग (flooding) एवं अनुक्रिया निवारण (response prevention) का प्रयोग किया जाता है। इन विधियों का प्रयोग *Rachman, Hodgson & Marks,* 1971; *Hodgson, Rachman & Marks,* 1972; *Rachman, Marks & Hodgson,* 1973; *Roper, Rachman & Marks,* 1975; *Marks & Rachman,* 1978; *Saltzman & Thaler,* 1981 ने अपने अध्ययनों में किया है। इन अनुसंधानकर्ताओं ने अपने अध्ययन में इन तीनों विधियों का संयुक्त उपयोग करके बार-बार हाथ धोने के OCD के उपचार में सफलता प्राप्त की है (Modelling), चिकित्सक जब हाथ धोने के OCD को दूर करने के लिए खूब रगड़ कर हाथ धोने का निर्देश देता है (Flooding), तथा जब रोगी बिना हाथ धोये कुछ घंटों तक अपने हाथ को उसी प्रकार रखता है (Response prevention)। इन कार्यों की पुनरावृत्ति करने OCD का उपचार किया जा सकता है।

(3) मनोविश्लेषणात्मक चिकित्सा *(Psychoanalytic Therapy)*—इस पद्धति का उपयोग करने से रोग के लक्षणों को स्थायी रूप से दूर किया जा सकता है। किन्तु यह पद्धति उसी समय सफल होगी, जब चिकित्सक को रोगी का पूर्ण सहयोग प्राप्त हो। इस विधि में चिकित्सक रोगी के दमित मानसिक संघर्ष के बारे में ज्ञान प्राप्त करने का प्रयास करता है। यद्यपि यह विधि अधिक प्रभावशाली नहीं सिद्ध हुई है (*Laughlin* 1976)।

(4) टोपेक्टोमी *(Topectomy)*—जब अन्य चिकित्सा पद्धतियों द्वारा रोगी को लाभ नहीं पहुँचता है, तब इस विधि के द्वारा चिकित्सा की जाती है। इस चिकित्सा पद्धति में ऑपरेशन द्वारा (cerebral cortex) के कुछ भागों को ऑपरेशन द्वारा निकाल दिया जाता है जिससे रोगी की चिन्तन शक्ति को क्षति पहुँचती है और वह रोगमुक्त हो जाता है।

❑

अध्याय 4

कायप्रारूप विकृतियाँ

(SOMATOFORM DISORDERS)

DSM-IV के अनुसार कायिक विकृतियों का विभेदन उन शारीरिक लक्षणों के आधार पर किया जाता है जिनमें कुछ चिकित्सकीय दशाएँ पाई जाती है। परन्तु इन लक्षणों की सम्पूर्ण व्याख्या इन चिकित्सकीय दशाओं अथवा अन्य मानसिक विकृतियों द्वारा सम्भव नहीं है। यह लक्षण रोगी में इतने तीव्र होते हैं कि रोगी में महत्त्वपूर्ण व्यथा (distress) पाई जाती है अथवा रोगी की सामाजिक, व्यवसायिक, अथवा अन्य प्रकार्यों में विकृति उत्पन्न हो जाती है। इसमें रोगी शारीरिक लक्षणों का अनुभव बार-बार करता है। यद्यपि परीक्षण करने पर कोई सार्थक निष्कर्ष नहीं प्राप्त होता है। चिकित्सक भी इन लक्षणों का कोई शारीरिक आधार नहीं खोज पाते हैं। परन्तु रोगी बार-बार चिकित्सक से अपनी चिकित्सकीय जाँच-पड़ताल के लिए बार-बार आग्रह करता रहता है। यदि रोगी में कोई व्यथा या चिन्ता पायी जाती है, तो वह उसका स्पष्टीकरण नहीं कर पाता है। इस प्रकार यह कहा जा सकता है कि कायिक विकृति में व्यक्ति उन शारीरिक लक्षणों को अनुभव करता है जिनका कोई कायिक (somatic) आधार नहीं होता है। परन्तु वह उन लक्षणों को गम्भीर और वास्तविक समझता है। जब यह लक्षण व्यक्ति के जीवन की दुखद परिस्थितियों, कठिनाइयों अथवा अन्तर्द्वन्द्वों से सम्बन्धित होते हैं उसमें अवसाद तथा चिन्ता के लक्षण पाये जाते हैं, तथा रोगी इनका कारण मनोवैज्ञानिक नहीं, वरन शारीरिक समझता है, तो यह स्थिति रोगी और चिकित्सक दोनों के लिये ही निराशाजनक होती है क्योंकि रोगी अपने रोग के शारीरिक कारणों की जाँच चाहता है जबकि चिकित्सक ऐसे लक्षणों को शारीरिक नहीं मानता है।

DSM-IV (1995) के अनुसार, *''कायिक विकृति को अनेक उन शारीरिक लक्षणों के द्वारा विशेषीकृत किया जा सकता है जिनकी उपयुक्त व्याख्या शारीरिक अथवा प्रयोगशालायी परीक्षणों के आधार पर सम्भव नहीं है।''* (*"Somatization disorder is characterized by many somatic symptoms that can not be explained adequatley on the basis of physical and laboratory examinations."*) —Kaplan & Sadock, 1997

International Statistical Classification of Diseases and Related Health Problems (ICD-10) में कायिक विकृतियों का वर्णन ''शारीरिक लक्षणों की बार-बार अनुभूति तथा चिकित्सकीय परीक्षण के लिए बार-बार अनुरोध'' (Repeated presentation of physical symptoms, together with persistent requests for medical investigation) के रूप में किया गया है जिसमें चिकित्सक रोगी को बार-बार इस बात का आश्वासन देता है कि उसके लक्षणों का कोई दैहिक आधार (physical basis) नहीं है और यदि कोई शारीरिक विकृति पायी भी जाती है, तो वह रोगी के लक्षण (symptom) अथवा व्यथा (distress) के लिए उत्तरदायी नहीं है। यद्यपि यह लक्षण कभी-कभी असुखद

(unpleasant) आन्तरिक अथवा बाह्य अनुभवों से जुड़े होते हैं तथा रोगी इन लक्षणों की मनोवैज्ञानिक जाँच के लिए मना कर देता है।

यदि व्यक्ति में निम्नलिखित पाँच कसौटियों के अनुसार लक्षण पाये जाते हैं, तो वह व्यक्ति निश्चित रूप से कायप्रारूप विकृति का रोगी माना जायेगाः—

(i) रोगी में शारीरिक परिवर्तन (जैसे बहरापन या पक्षाघात)
(ii) ऐसे लक्षण जिनकी दैहिक या स्नायविक व्याख्या सम्भव न हो (जैसे बहरापन या पक्षाघात होने पर भी किसी प्रकार के स्नायविक क्षति (neurological disorder) का प्रमाण उपलब्ध न हो।
(iii) इस बात के धनात्मक प्रमाण (positive evidence) उपलब्ध हो कि रोगी के दैहिक कारण मनोवैज्ञानिक लक्षणों से सम्बन्धित हो।
(iv) रोगी में दैहिक क्षति (physical loss) के प्रति उदासीनता हो।
(v) रोगी की चिन्ता पर उसका स्वैच्छिक नियन्त्रण सम्भव न हो।

DSM-IV के अनुसार कायप्रारूप विकृतियों के सात प्रकार हैंः—

(1) कायिक विकृति (Somatization disorder)
(2) अविभेदीकृति कायप्रारूप विकृति (Undifferentiated somatoform disorder)
(3) रूपान्तरण विकृति (Conversion disorder)
(4) दर्द विकृति (Pain disorder)
(5) रोग भ्रम (Hypochondriasis)
(6) शरीर दुष्क्रिया आकृति विकृति (Body dysmorphic disorder)
(7) अन्यत्र न वर्णित कायप्रारूप विकृति (Somatoform disorder not otherwise specified).

(1) कायिक विकृति
(Somatization Disorder)

इस विकृति का प्रारम्भ 30 वर्ष की अवस्था प्राप्त करने के पहले ही हो जाता है और निरन्तर कई सालों तक बना रहता है। इस विकृति में— *''दर्द, जठरांत्रीय, लैंगिक एवं कूट तांत्रिकापरक लक्षणों की संयुक्ति'' (a combination of pain, gastrointestinal, sexual, and, pseudoneurological symptoms) पायी जाती है।* इस विकृति का स्वरूप स्थाई होता है तथा रोगी की व्यथा, उसके सामाजिक तथा व्यवसायिक प्रकार्यता की विकृति से साहचर्यित होता है तथा अत्यधिक चिकित्सकीय सहायतापरक व्यवहार की प्रत्याशा करता है।

प्राचीन मिस्र (Egypt) काल से ही इस विकृति को मान्यता प्रदान की जा रही है जिसका प्रारम्भिक नाम अपतन्त्रक/वातोन्माद/उन्माद (hysteria) था। इसका वर्णन एक ऐसी दशा के रूप में किया गया था जिससे महिलाएँ प्रभावित होती थी, परन्तु यह सत्य नहीं था। शब्द hysteria की उत्पत्ति ग्रीक शब्द hystera से हुई है जिसका तात्पर्य गर्भाशय (uterus) से है। 17वीं शताब्दी में *Thomas Sydenham* ने इन मनोवैज्ञानिक कारकों को मान्यता प्रदान की जिसे उन्होंने पूर्ववर्ती दुख (antecedent sorrows) की संज्ञा दी। 1859 में *Paul Briquet,* जो एक फ्रांसीसी चिकित्सक थे, ने इस विकृति के बहुत लक्षणों का वर्णन किया। इन नैदानिक लक्षणों के वर्णन के कारण कुछ समय तक इसे Briquet's Syndrome के नाम से पुकारा गया। 1980 में इसे कायकीकरण विकृति (Somatization disorder) की संज्ञा DSM-III में दी गई।

नैदानिक लक्षण (*Diagnositc Features*)

कायिक विकृति में महत्त्वपूर्ण नैदानिक कायिक शिकायतों (somatic complaints) की बहुल पुनरावृत्ति होती है। उस कायिक शिकायत को नैदानिक रूप से महत्त्वपूर्ण माना जाता है जिसके लिए चिकित्सकीय उपचार की आवश्यकता हो अथवा सामाजिक, व्यवसायिक या अन्य महत्त्वपूर्ण प्रकार्यों में विकृत उत्पन्न होती हो। इसके निम्नलिखित नैदानिक लक्षण हैः—

(i) 30 वर्ष की आयु के पूर्व कायिक शिकायतों (somatic complaints) का प्रारम्भ हो जाता है, जो अनेक वर्षों तक बना रहता है।

(ii) इसमें चार प्रकार के दर्द के लक्षण अवश्य पाये जा सकते है। जैसे सिर, पेट, पीठ, छाती, पेशाब के समय, मासिक धर्म के समय, लैंगिक क्रिया के समय दर्द, जोड़ों के दर्द।

(iii) इसमें आमाशय एवं आंत सम्बन्धी (gastrointestinal) कम-से-कम दो लक्षण अवश्य पाये जायेंगे। जैसे, मिचली, वमन, दस्त, पेट फूलना आदि।

(iv) इसमें कम-से-कम एक लैंगिक लक्षण (sexual symptom) अवश्य पाया जायेगा। जैसे लैंगिक तटस्थता (sexual indifference), अनियमित मासिक स्राव, मासिक स्राव में अत्यधिक रक्तस्राव, स्खलन समस्याएँ (ejaculatory problems) आदि।

(v) कम-से-कम एक कूटस्नायविक लक्षण (pseudoneurological symptom) अवश्य पाया जायगा। जैसे—बहरापन (deafness), अंधापन (blindness), क्षीण समन्वय (impaired coordination), पक्षाघात (paralysis) स्वरहानि (aphonia), पेशाब रोकने में कठिनाई (urinary retention), विभ्रम (hallucination), स्पर्श अथवा दर्द संवेदना का अभाव, द्विदृष्टि (double vision), झटका (seizures), स्मृति लोप (amnesia), चेतना का अभाव (loss of consciousness), गले में दर्द या निगलते समय कठिनाई।

(vi) असामान्य संवदेनाएँ जैसे—खुजली, जलन, झुनझुनी, सुन्नता तथा मुँहासें, छाले आदि अधिक पायी जाती हैं।

(vii) लक्षणों की प्रकृति और उनसे सम्बन्धित व्यवहार के कारण सामाजिक तथा पारिवारिक क्रिया-कलापों की क्षति।

चूँकि इस विकृति में बहुल शिकायत संलक्षण (muliple complaint syndrome) एवं बहुल मनोदैहिक विकार (multiple psychosomatic disorders) पाये जाते हैं, अतः इस विकृति को शारीरिक विकार (physical disorder), भावनात्मक (अवसादात्मक) एवं चिन्ता विकार (affective (depressive) and anxiety disorder) तथा रोगभ्रमी विकार (hypochondriacal disorder) में वर्गीकृत किया जा सकता है। शारीरिक विकार से रोगग्रस्त रोगियों में सामान्य व्यक्तियों की भाँति ही रोग के लक्षण देखे जा सकते हैं। भावनात्मक विकार में अवसाद तथा चिन्ता की भिन्न-भिन्न मात्राएँ देखी जा सकती है। जबकि रोगभ्रमी विकार से ग्रस्त रोगी अपने अन्दर पाये जाने वाले रोगों की पुष्टि के लिए जाँच पड़ताल तथा उपचार चाहता है। यही नहीं, वह अपने रोग के प्रति इतना चिन्तित होता है कि चिकित्सक से बार-बार सम्पर्क करके आश्वासन प्राप्त करना चाहता है।

कारण विज्ञान (*Etiology*)

सामान्य जनसंख्या में इस रोग के पाये जाने की प्रसम्भाव्यता 1% या 2% ही पाई जाती है परन्तु आधुनिक अनुसंधानों ने 5% जनसंख्या में इसके प्रकट होने की सम्भावना व्यक्त की

है। महिलाओं और पुरुषों में इस रोग के पाये जाने का अनुपात 5:1 है। उन रोगियों में कायिक विकृति एवं सामाजिक प्रतिष्ठा में निषेधात्मक सहसम्बन्ध पाया जाता है जो कम शिक्षित होते हैं तथा जिनका आर्थिक स्तर निम्न होता है।

इस विकृति के पाये जाने वाले कारणों में मनोसामाजिक (psychosocial) और जैविक (biological) कारक प्रमुख है। *मनोसामाजिक कारक* से उत्पन्न लक्षणों में उत्तरदायित्व का परिहार (अपने व्यवसाय के प्रति अरुचि), संवेगों की अभिव्यक्ति (पत्नी पर क्रोध), विश्वास का प्रतीकीकरण (गाठों में दर्द) आदि को लिया जा सकता है। इसी प्रकार *जैविक कारकों* से उत्पन्न लक्षणों के आधार के रूप में तंत्रिका मनोवैज्ञानिक कारकों (neuropsychological factors) को लिया जा सकता है। ऐसे कारकों के रूप में अवधान एवं संज्ञानात्मक दुर्बलता (attention and cognitive impairments) को लिया जा सकता है जिससे प्रत्यक्षीकरण एवं कायिक-सांवेदिक उद्दीपनों (somato-sensory inputs) के मूल्यांकन में अशुद्धि पायी जाती है। इन दुर्बलताओं/अशुद्धियों में अत्यधिक विकर्षण (excessive distraction), पुनरावृत्ति होने वाले उद्दीपकों के प्रति अभ्यसन करने में अयोग्यता संज्ञानात्मक संरचनाओं का समूहीकरण आदि को सम्मिलित किया जा सकता है। इसके अतिरिक्त अग्रखण्ड (frontal lobe) तथा अप्रभावी गोलार्द्ध (nondominant hemisphere) के चयापचय (metabolism) में ह्रास के कारण पाया जाता है। जैविक कारकों से सम्बन्धित अनुसंधान यह प्रदर्शित करते हैं कि कुछ परिवारों में इस विकृति का संचरण (transmission) होता है जो अधिकतर महिलाओं में पाया जाता है। पुरुषों में यह मादक पदार्थों के उपयोग अथवा असामाजिक कार्यों के करने के रूप में होता है। मूल तंत्रिका विज्ञान (basic neuroscience) की एक नवीन शाखा Cytokines के क्षेत्र में किये गये अनुसंधान कार्यों से इस तथ्य पर प्रकाश पड़ता है कि Cytokines एक प्रकार के सन्देश वाहक अणु (messanger molucule) होते हैं जो स्वयं (अन्तर्निहित) तथा तन्त्रिका तंत्र को सम्प्रेषित (communicate) होते है। जब इस Cytokine system में अनियमितता पायी जाती है, तो इस विकृति के लक्षण दृष्टिगोचर होते हैं।

(2) अविभेदीकृत कायरूप विकृति
(Undifferentiated Somatoform Disorder)

इस कायरूप विकृति के अनेक नैदानिक लक्षण हैः—

(i) एक या एक से अधिक शारीरिक शिकायतें पायी जाती है।

(ii) यह विकृति छह महीने या इसके अधिक समय तक के लिए पायी जा सकती है।

(iii) इस रोग से ग्रस्त रोगी दीर्घकालिक थकान (chronic fatigue), भूख में कमी (loss of appetite), जठरान्त्र (gastrointestinal) अथवा जननांग-मूत्रीय (genito-urinary) आदि लक्षणों का अनुभव अक्सर करते है। इन लक्षणों की व्याख्या किसी ज्ञात चिकित्सकीय दशाओं द्वारा सम्भव नहीं है।

(vi) इन लक्षणों से रोगी में महत्वपूर्ण रूप से नैदानिक व्यथा (distress) के लक्षण अथवा सामाजिक, व्यवसायिक एवं अन्य महत्वपूर्ण क्षेत्रों के प्रकार्यता में दुर्बलता (impairment) पायी जाती है।

(v) ऐसी विकृति का निदान तब तक सम्भव नहीं है जब तक कि अन्य मानसिक विकृतियों से भली-भाँति विभेदीकृत न किया जाये।

(vi) इन लक्षणों की स्वैच्छिक अभिव्यक्ति नहीं होती है।

इस विकृति से सम्बन्धित शारीरिक शिकायतों में अधिक निम्न सामाजिक-आर्थिक स्तरों की महिलाओं में अधिक पायी जाती है परन्तु यह लक्षण किसी अवस्था लिंग विशेष अथवा सामाजिक सांस्कृतिक विशेष में नहीं पाये जाते हैं (DSM-IV) ।

(3) रूपान्तर विकृति
(Conversion Disorder)

DSM-IV के अनुसार, *''रूपान्तर विकृति को एक ऐसी विकृति के रूप में विशेषीकृत किया जा सकता है जिसमें एक या एक से अधिक तन्त्रिकापरक लक्षण (उदाहरणार्थ पक्षाघात, अंधापन एवं अपसवेंदना) पाये जाते हैं जिनकी व्याख्या किसी ज्ञात तंत्रिकापरक अथवा चिकित्सकीय विकृति के रूप में नहीं की जा सकती है।'' (Conversion disorder is a disorder characterized by the presence of one or neurological symptoms (eg. paralysis, blindness or paresthesias) that can not be explained by a known neurological or medical disorder.)*

जिस सलक्षण (syndrome) को आज हम परिवर्तन विकृति की संज्ञा देते हैं, उसे मूलतः कायिक विकृति (somatization disorder) से संयुक्त (combine) किया गया था और उसे उन्माद (hysteria), रूपान्तर प्रतिक्रिया (conversion reaction) अथवा वियोजनात्मक प्रतिक्रिया (dissociative reaction) कहा गया। *Briquet* एवं *Jean-Martin Charcot* ने रूपान्तर विकृति के विकास में अपना महत्वपूर्ण योगदान प्रदान किया और इसके लक्षणों पर आनुवंशिकता के प्रभाव को प्राप्त किया। शब्द 'रूपान्तर' (conversion) का प्रयोग सर्वप्रथम फ्रायड *(Freud)* ने किया और यह उपकल्पित किया कि रूपान्तर विकृति से अचेतन अन्तर्द्वन्द्वों (unconscious conflicts) पर प्रकाश पड़ता है।

नैदानिक लक्षण *(Diagnostic Features)*

रूपान्तर विकृति के अनेक नैदानिक लक्षण है जिनका क्रमानुसार वर्णन अधोप्रस्तुत है:—

(i) ऐसे लक्षणों (symptoms) अथवा अभावों (deficits) की उपस्थिति जिनसे गतिक (motor) अथवा सावेंदिक (sensory) क्रियाएँ प्रभावित होती हो तथा जिनके लिए तांत्रिकापरक (neurological) अथवा चिकित्सकीय (medical) सहायता की आवश्यकता हो । *(One or more symptoms or deficits affecting voluntary motor or sensory function that suggest a neurological or other general medical condition.)*

(ii) लक्षण अथवा अभाव मनोवैज्ञानिक कारकों से साहचर्यित (associated) होते हैं। यह निर्णय निरीक्षणों पर आधारित होते हैं जिनसे यह ज्ञात होता है कि लक्षणों/अभावों का सूत्रपात (initiation) अथवा उत्तेजन (exacerbation) अन्तर्द्वन्द्वों के द्वारा होता है अथवा बलाघातों द्वारा।*(Psychological factors are judged to be associated with the symptom or deficit because the initiation or exacerbation of the symptom or deficit is preceded by conflicts or other stressors.)*

(iii) लक्षण स्वैच्छिक रूप से उत्पन्न (produce) अथवा कल्पित (feigned) नहीं होते हैं। *(The symptoms of deficit is not intentionally produced or feigned.)*

(iv) यदि लक्षणों/अभावों का तांत्रिकापरक (neurological) अथवा चिकित्सकीय (medical) व्याख्या पूर्ण रूप से प्रस्तुत नहीं की गई है, तो रूपान्तर विकृति का निदान कठिन है। (*The symptom or deficit can not, after appropriate investigation, be fully explanied by a general medical condition or by the direct effects of a substance or as a culturally sanctioned behaviour or experience.)*

(v) समस्या को नैदानिक रूप से महत्वपूर्ण होना चाहिए जिसमें महत्वपूर्ण व्यथा (marked distress), सामाजिक, व्यवसायिक तथा अन्य प्रकार्यों में दुबर्लता, अथवा जिसके लिए चिकित्सकीय मूल्यांकन की आवश्यकता हो। *(The symptom or deficit causes clinically significant distress or impairment in social, occupational or other important areas of functioning or warrants medical evaluation.)*

(vi) रूपान्तर विकृति का निदान तब तक सम्भव नहीं है जब तक कि लक्षण पीड़ा अथवा लैगिंक दुष्प्रकार्यता (sexual dysfunction) तक ही सीमित है अथवा किसी अन्य मानसिक विकृति/कायिक विकृति के लक्षण उपलब्ध नहीं है। *(The symptom or deficit is not limited to pain or sexual dysfunction, does not occur exclusively during the course of somatization disorder, and is not better accounted for by another mental disorder.)*

चूँकि रूपान्तर लक्षण ऐच्छिक पेशीय (voluntary motor) अथवा संावेदिक प्रकार्यता (sensory functioning)से सम्बधित है, इसीलिए इसे कूट-तांत्रिकापरक(pseudo neurological) कहा जाता है। इस विकृति के पेशीय लक्षणों/अभावों(motor symptoms/deficits)में समन्वय क्षीणता (impaired coordination),पक्षाघात (paralysis), स्थानिक क्षीणता(localized weakness),स्वर हानि(aphonia),निगलने में कठिनाई(difficulty in swallowing),गले में ढ़ेला (डला) अनुभव करना (sensation of a lump in the throat), मूत्रीय अवरोधन (urinary) आदि को सम्मिलित किया जा सकता है। सांवेदिक लक्षणों/अभावों (sensory symptoms/deficits) में स्पर्श अथवा पीड़ा संवेदना का अभाव (loss of touch or pain sensation), द्विदृष्टि (double vision), अंधापन (blindness), बहरापन (deafness), विभ्रम (hallucination), झटके (seizures), (convulsious), को सम्मिलित किया जाता है। व्यक्ति चिकित्सकीय दृष्टिकोण से जितना ही अधिक निष्कपट/सहज(naive)होगा, लक्षणों को प्रस्तुत करने में उतना ही अधिक अविश्वास्य (implausible) होगा। व्यक्ति के अधिक सुविज्ञ (sophisticated) होने पर अधिक अति सूक्ष्म (subtle) लक्षणों/अभावों का वर्णन कर सकेगा जो तांत्रिकीय(neurological)अथवा अन्य चिकित्सकीय दशाओं को उत्तेजित करते है।

कारण-विज्ञान *(Etiology)*

रूपान्तर विकृति का निदान पूर्ण चिकित्सकीय जाँच-पड़ताल करने के बाद ही कारण विज्ञान की खोज करना चाहिए और यह देखना चाहिए कि इस विकृति का कारण तांत्रिकीय (neurological) है या सामान्य चिकित्सकीय दशाओं के कारण है। सामान्य चिकित्सकीय दशाओं के कारण उत्पन्न रूपान्तर विकृति का प्रमाण प्रकट होने में वर्षों लग जाते है तथा निदान के प्रति दृष्टिकोण आजमाइशी (tentative) होता है। प्रारम्भिक काल में लोग इस विकृति के लक्षण 1/4 या 1/2 व्यक्तियों में पाते थे परन्तु आधुनिक अनुसंधानों से अब गलत निदान (misdiagnosis) के प्रमाण कम उपलब्ध होते हैं जिसका कारण इस विकृति के प्रति अनुसंधानकर्ताओं की जागरूकता एवं निदान के प्रति ज्ञान में वृद्धि है।

रूपान्तर लक्षण शरीर रचनात्मक (anatomical) मार्ग (pathway) तथा शारीरिक क्रियातन्त्र (physiological mechanism) के अनुरूप नहीं होते वरन् दशाओं के बारे में व्यक्ति के सम्प्रत्ययीकरण का अनुसरण करते है। पक्षाघात में रोगी किसी क्रिया को करने में असमर्थ होता है या पूरे शरीर में गति नहीं कर सकता है। रु पान्तर लक्षणों में अक्सर असंगति पायी जाती है क्योंकि अभ्यास अथवा चिकित्सा के द्वारा इसे दूर किया जा सकता है। निगलने में कठिनाई होने पर उसे तरल रूप में निगला जा सकता है। इसी प्रकार रूपान्तर झटके कभी कम हो सकते हैं और कभी अधिक।

तांत्रिका-विज्ञानीय दशाओं (neurological conditions) के एक विस्तृत प्रकार का गलत निदान (misdiagnosis) किया जाता है ओर उसे रूपान्तर विकृति की संज्ञा दी जाती है जिनमें बहुल दृढता काठिन्य (multiple sclerosis—धमनियों,ऊतकों की कठिनता), पेशीय दुर्बलता (myosthenia gravis), एवं अज्ञात (idiopathic) अथवा पदार्थों से उत्पन्न विकृत पेशीय तान (substance induced dystonias) प्रमुख है। यद्यपि तंत्रिकापरक दशाओं की उपस्थिति रूपान्तर विकृति के निदान को अवरोधित नहीं करती है।

DSM-IV के अनुसार शब्द रूपान्तर (conversion) की व्युत्पत्ति इस उपकल्पना से हुई है कि व्यक्ति के कायिक लक्षण (somatic symptom) एक अचेतन मनोवैज्ञानिक अन्तर्द्वन्द्व (unconscious psychological conflict) के प्रतीकात्मक समाधान (symbolic resolution) का प्रतिनिधित्व करते हैं जिससे चिन्ता में ह्रास पाया जाता है परन्तु रोगी को अन्तर्द्वन्द्व के प्रति जागरूक बनाये रखता है (प्राथमिक वृद्धि primary gain)। रोगी रूपान्तर लक्षणों से गौण वृद्धि (secondary gain) की भी व्युत्पत्ति कर सकता है जिसका तात्पर्य यह है कि बाह्य लाभों (external benefits) की प्राप्ति हो गई है अथवा अनिष्टकर कर्त्तव्यों अथवा उत्तरदायित्वों (noxious duties or responsibilities) को टाल (evade) दिया गया है।

Kaplan & Sadock (2003) ने इसके कारण-विज्ञान (etiology) का उल्लेख करते हुए दो महत्त्वपूर्ण कारकों का उल्लेख किया है—मनोविश्लेश्षणात्मक कारक (Psychoanalytic factor) एवं जैविक कारक (Biological factor)। मनोविश्लेषणात्मक सिद्धान्त के अनुसार रूपान्तर विकृति की उत्पत्ति का कारण अचेतन अंतर्मनोद्वन्द्व (unconscious intrapsychic conflict) का दमन (repression) एवं चिन्ता का शारीरिक लक्षणों में रूपान्तर (conversion of anxiety in to a physical symptom) है। यह अन्तर्द्वन्द्व मूलप्रवृत्यात्मक आवेग (instinctual impulse यथा आक्रामकता एवं लैगिंकता) एवं इसकी अभिव्यक्ति के प्रति निषेध (prohibitions) के बीच पाया जाता है। यह लक्षण वर्जित इच्छाओं एवं आवश्यकताओं की आंशिक अभिव्यक्ति चाहते हैं परन्तु रोगी उन्हें छिपा लेता है। इस लिए रोगी अस्वीकार योग्य अपने आवेगों (unacceptable impulses) का सामना करने की स्थिति का परिहार करता है। इसका तात्पर्य यह है कि रूपान्तर विकृति लक्षण का एक प्रतीकात्मक सम्बन्ध अचेतन अन्तर्द्वन्द्व से पाया जाता है। रूपान्तर विकृति लक्षण रोगी को यह सम्प्रेषित (communicate) करने योग्य बनाते हैं कि उन्हें विशेष महत्त्व (consideration) और उपचार (treatment) की आवश्यकता है। जब कि कुछ अनुसंधानकर्ता रूपान्तर विकृति के विकास में जैविक एवं तांत्रिका मनोवैज्ञानिक कारकों को आलिप्त (implicate) करते हैं। प्रारम्भिक मस्तिष्क-कल्प अध्ययनों (brain imaging studies) में यह परिणाम प्राप्त किया गया है कि प्रभावी गोलार्द्ध (hemisphere) के अल्प चयापचय (hypometabolism) तथा गोलार्द्ध सम्प्रेषण की दुर्बलता (impaired hemispheric communication) के कारण रूपान्तर विकृति पाया जाता है। इन लक्षणों का कारण अत्यधिक वल्कुटीय उत्तेजना (excessive cortical arousal) का प्रभाव भी हो सकता है जो प्रमस्तिष्कीय वल्कुट (cerebral cortex) और मस्तिष्क-स्तम्भ जालीय रचना (brain stem reticular formation) के बीच निषेधात्मक प्रतिपूर्ति के परिपथ (negative feed back loop) में वृद्धि करता है। अधोमुख प्रक्षेपी (corticofugal) उत्पादन के उन्नत स्तर (elevated level) रोगी के शारीरिक संवेदना के प्रति जागरूकता (awareness) को अवरोधित करता है जो रूपान्तर विकृति के कुछ रोगियों में निरीक्षित सांवेदिक अभावों (observed sensory deficits) की व्याख्या करता है। तांत्रिक मनोवैज्ञानिक परीक्षण (neurological tests) कभी-कभी रोगी में वाचिक सम्प्रेषण, (verbal communication), स्मृति, सतर्कता, भावात्मक अनुपयुक्तता/संगति (affective incongruity) एवं अवधान (attenition) में सूक्ष्म प्रमस्तिष्कीय क्षीणता (subtle cereberal impairment) को प्रदर्शित करते हैं।

(4) दर्द विकृति
(Pain Disorder)

DSM- IV में दर्द विकृति की परिभाषा उस दर्द के रूप में की गई है जो चिकित्सकीय अवधान (clinical attention) का प्रमुख केन्द्र (predominant focus) होता है। इस विकृति में मनोवैज्ञानिक कारकों की महत्त्वपूर्ण भूमिका है। अधिकतर दशाओं में इसका प्राथमिक लक्षण दर्द (pain) है जिसका कारण मुख्य रूप से अमनश्चिकित्सकीय, (non-psychiatric), चिकित्सकीय (medical) अथवा तांत्रिका-विज्ञानीय नहीं होता है। दर्द के लक्षण सावेंगिक निराशा (emotional disorders) एवं प्रकार्यात्मक क्षीणता (functional impairment) से साहचर्यित होते हैं। इस विकृति को कायिक दर्द विकृति (somatoform pain disorder), मनोजनित दर्द विकृति (psychogenic pain disorder), अंतर्हेतुक दर्द विकृति (idiopathic pain disorder) एवं अप्ररूपी दर्द विकृति (atypical pain disorder) भी कहते हैं।

चिकित्सकीय व्यवसाय (medical practice) में दर्द की शिकायत अक्सर देखी गई है एवं ऐसे असाध्य (intractable) दर्द संलक्षण सामान्य रूप से पाये जाते हैं। अक्सर 70% व्यक्तियों के पीठ के निम्न भाग में दर्द के कारण असमर्थता पायी जाती है। ऐसे व्यक्तियों को चिकित्सकीय सहायता की आवश्यकता पड़ती है। कायिक कार्य (Blue collar) से सम्बन्धित व्यक्तियों में यह विकृति अधिक पायी जाती है क्योंकि व्यवसाय से सम्बन्धित दुर्घटना के घटित होने की सम्भावना अधिक पायी जाती है। दर्द विकृति के रोगियों में अवसाद विकृति, चिन्ता विकृति, पदार्थों का दुरुपयोग (substance abuse) आदि बातें सामान्य रूप से पायी जाती हैं।

नैदानिक लक्षण *(Diagnostic Features)*

इसके निम्नलिखित नैदानिक लक्षण है:—

(i) दर्द विकृति में चिकित्सकीय अवधान पर प्रमुख केन्द्रण होता है। जब इसकी तीव्रता अधिक हो जाती है, तो नैदानिक अवधान की आवश्यकता होती है।

(ii) पीड़ा से महत्वपूर्ण व्यथा (distress) ही नहीं पायी जाती है वरन् सामाजिक, व्यवसायिक, अथवा प्रकार्यता (functioning) के अन्य महत्वपूर्ण क्षेत्रों में क्षीणता (impairment) पाया जाता है।

(iii) दर्द के प्रारम्भ (onset), तीव्रता (severity), उत्तेजना (exacerbation) अथवा अनुरक्षण (maintenance) में मनोवैज्ञानिक कारकों की प्रमुख भूमिका होती है,

(iv) यह विकृति स्वैच्छिक रूप से नहीं उत्पन्न होती है।

(v) दर्द विकृति का उस समय निदान नहीं किया जा सकता है यदि दर्द का कारण मनोदशा (mood), चिन्ता (anxiety) अथवा मनोविक्षिप्त विकृति (psychotic disorder) है अथवा दर्द विकृति के लक्षण और Dyspareunia में समानता पायी जाती है Dyspareunia में लैगिंक संसर्ग काल में दर्द होता है।

दर्द विकृति के उप-प्रकार (*Sub-Types of Pain Disorder*)

(1) मनोवैज्ञानिक कारकों से साहचर्यित दर्द विकृति (pain disorder associated with psychological factors)

(2) मनोवैज्ञानिक कारकों एवं सामान्य चिकित्सकीय दशाओं से सम्बन्धित दर्द विकार (pain disorder associated with both psychological factors and general medical condition)

(3) सामान्य चिकित्सकीय दशाओं से सम्बन्धित दर्द विकृति (pain disorder associated with a general medical condition)।

कारण विज्ञान (*Etiology*)

दर्द विकृति के पाये जाने के प्रमुख चार कारक है—मनोगत्यात्मक कारक (Psycho-dynamic factor), व्यवहारपरक कारक (Behavioural factor), अन्तर्वैयक्तिक कारक (Interpersonal factor) एवं जैविक कारक (Biological factor)।

(i) मनोगत्यात्मक कारक (*Psychodynamic Factor*)—वे रोगी जो बिना किसी ज्ञात उपयुक्त शारीरिक कारण के ही शारीरिक पीड़ा अनुभव करते हैं, वे शरीर के द्वारा अन्तर्मना अन्तर्द्वन्द्व (intrapsychic conflict) की प्रतीकात्मक अभिव्यक्ति (symbolic expression) करते हैं। जैसे—Alexithymia (शब्दान्धता) से ग्रस्त रोगी अपनी आन्तरिक भावनाओं को शब्दों में उच्चारण नहीं कर सकता है वरन् अपने शारीरिक अंगों द्वारा अपनी भावनाओं की अभिव्यक्ति करता है। कुछ रोगी अचेतन रूप से सांवेगिक पीड़ा जैसे (कमजोरी) अनुभव करते हैं ऐसे रोगी अपनी समस्याओं का विस्थापन (displacement) अपने शरीर पर कर देते हैं और वे यह अनुभव करते है कि ऐसा करके वे निर्भरता आवश्यकताओं (dependence needs) की पूर्ति करा सकते है। शारीरिक क्षुब्धताओं (bodily disturbances) के प्रतीकात्मक अर्थ का सम्बन्ध प्रत्यक्षीकृत पाप (perceived sin) का प्रायश्चित (atonement), अपराध के विस्तारपूर्वक प्रस्तुतीकरण (expiation of guilt) अथवा दमित आक्रामकता (suppressed aggression) से सम्बन्धित होता है। बहुत से रोगियों में असाध्य (intractable) एवं अप्रतिक्रियाशील (unresponsive) दर्द पाया जाता है क्योंकि उनका यह विश्वास होता है कि वे रोगी होने योग्य (deserve) है।

प्रेम प्राप्त करने, गलत कार्य करने (wrong doing) के दण्ड, अपराध का विस्तारपूर्वक वर्णन करने की विधि तथा बुराई के प्रति अर्जित भाव के प्रायश्चित के रूप में पीड़ा कार्य करती है। दर्द विकृति के संदर्भ में रोगी द्वारा विकसित मनोरचनाएँ विस्थापन (displacement), प्रतिस्थापन (substitution), तादात्मीकरण (identification) तथा दमन (repression) हो सकती है।

(ii) व्यवहारपरक कारक (*Behavioural Factor*)—पीड़ा व्यवहार को उस समय

पुनर्बलन प्राप्त होता है जब उसे पुरस्कृत किया जाता है। परन्तु उपेक्षा होने पर या दण्डित होने ऐसे व्यवहार के पुनरावर्तन में अवरोध पाया जाता है। जैसे औसत पीड़ा के लक्षण उस समय तीव्र हो जाते हैं जब दूसरे व्यक्तियों द्वारा अवधानपरक (attentive) तथा उत्कंठित (solicitous) होता है।

(iii) **अन्तरवैयक्तिक कारक** *(Interpersonal Factor)*—अन्तर्वैयक्तिक सम्बन्धों द्वारा लाभ उठाने की प्रत्याशा में असाध्य पीड़ा को एक साधन के रूप में प्रहस्तलित किया जाता है जिससे परिवार के सदस्यों की निष्ठा एवं समर्पण (devotion) को प्राप्त कर सके तथा नाजुक वैवाहिक जीवन को स्थिर बना सके। पीड़ा रोगियों में यह एक महत्त्वपूर्ण कारक के रूप में कार्य करता है।

(iv) **जैविक कारक** *(Biological Factors)*—अभिवाही पीड़ा तन्तु (afferent pain fibers) की उत्तेजना को प्रमस्तिष्कीय वल्कुट (cerebral cortex) अवरोधित करते हैं। अवरोही अवरोधक परिपथ (descending inhibitory pathways) में Serotonin मुख्य तांत्रिकाप्रेषक (neurotransmitter) के रूप में कार्य करता है। इसी प्रकार केन्द्रिय तांत्रिका तंत्र में पीड़ा के अनुकूलन/नियमन (modulation of pain) का कार्य Endomorphine करता है। Endomorphine की कमी से प्रस्तुत सांवेदिक उद्दीपकों के वृद्धि से सम्बन्धित है। कुछ रोगियों में अन्य मानसिक विकृतियों की तुलना में पीड़ा विकृति के पाये जाने की सम्भावना अधिक पायी जाती है क्योंकि उनमें सांवेदिक (sensory) और आंगिक (limbic), संरचनात्मक अथवा रसायनिक विकृतियाँ पाई जाती है जिससे उन्हें पीड़ा की अनुभूति होती है।

(5) रोगभ्रम
(Hypochondriasis)

शब्द hypochondriasis की व्युत्पत्ति एक प्राचीन चिकित्सकीय शब्द hypochondrium से हुई है (जिसका तात्पर्य "below the ribs" -पसलियों के नीचे से है) जो अनेक रोगियों में सामान्य उदरीय विकृतियों (common abdominal disorder) की ओर संकेत करता है। रोगभ्रम में रोगी शारीरिक लक्षणों (physical symptoms) अथवा संवेदनाओं (sensations) का अयथार्थ (unrealistic) अथवा अशुद्ध (inaccurate) विश्लेषण करता है जबकि इसका कोई चिकित्सकीय कारण ज्ञात नहीं होता है। इस विकृति से रोगग्रस्त रोगी अपने स्वास्थ्य के बारे में आवश्यकता से अधिक सोचता है और उसमें यह धारणा बनी रहती है कि वह किसी रोग से ग्रस्त हो गया है। परिणामस्वरूप वह समायोजन करने में असमर्थ रहता है। जनसंख्या में इन रोगियों का प्रतिशत 4% से 6% होता है। पुरुष एवं महिलाएँ दोनों समान रूप से इस रोग से प्रभावित होते हैं। यद्यपि इस रोग का प्रभाव किसी भी अवस्था में पाया जा सकता है परन्तु सामान्यतया 20 से 30 वर्ष के अवस्था के बीच इसे अधिक देखा जाता है।

नैदानिक लक्षण *(Diagnostic Features)*

रोगभ्रम के निम्नलिखित नैदानिक लक्षण हैः—

(i) इस विकृति में रोगी किसी गम्भीर रोग से रोगग्रस्त होने के विचार या भय में तल्लीन रहता है तथा एक या एक से अधिक शारीरिक लक्षणों के आधार पर गम्भीर रोग के बारे विश्लेषण करता है।

(ii) चिकित्सकीय आश्वासन प्राप्त हो जाने पर भी रोग के बारे में अनावश्यक भय या विचार पाया जाता है।

(iii) रोगी में विश्वास भ्रमपरक तीव्रता (delusional intensity) के रूप में नहीं होता

है क्योंकि रोगी इस बात को स्वीकार करता है कि अनुभव किये गये रोग का वर्णन वह बढ़ा- चढ़ा कर रहा है या कभी वह यह भी कह सकता है कि वह रोगमुक्त है।

(iv) शारीरिक लक्षणों में तल्लीनता से रोगी में नैदानिक रूप से महत्त्वपूर्ण व्यथा (distress) पायी जाने लगती है तथा रोगी के सामाजिक, व्यवसायिक एवं दूसरे क्षेत्रों की प्रकार्यता में दुर्बलता पाई जाती है।

(v) यह कम-से-कम 6 महीने तक अवश्य पाया जाता है।

(vi) रोगभ्रम में तल्लीनता रोगी के शारीरिक प्रकार्यता (हृदय की धड़कन, स्वेदन, अथवा क्रमाकुंचन (Peristalsis) से सम्बन्धित हो सकती है। Peristalsis में लहर के समान गति होती है जिसमें खोखलें नलिकाकार अंगों विशेष कर भोजन प्रणाली में अन्दर के पदार्थ आगे की ओर खिसक जाते हैं।

(vii) इसमें सामान्य (छोटी) शारीरिक असामान्यताएँ पायी जाती है।

(viii) इसमें अस्पष्ट शारीरिक संवेदना (हृदय की थकान, नसों में पीड़ा) पायी जाती है।

(ix) शारीरिक परीक्षणों, नैदानिक परीक्षणों तथा चिकित्सकीय आश्वासन के बार-बार प्राप्त करने पर भी रोगी के अशान्ति में ह्रास लाने में हम सफल नहीं होते हैं।

कारण विज्ञान (*Etiology*)

DSM-IV में प्रस्तुत रोगभ्रम के नैदानिक लक्षण सर्वप्रथम तथ्य की ओर यह संकेत करते है कि इस रोग से ग्रस्त रोगी शारीरिक लक्षणों की गलत व्याख्या (misinterpretation) करता है। इस संदर्भ में प्राप्त प्रदत्तों के आधार पर यह कहा जा सकता है कि रोगभ्रम से ग्रस्त रोगी अपने शारीरिक संवेदनाओं का सम्वर्धन (augmentation) तथा विस्तारण (amplification) करता है तथा उनमें निम्न शारीरिक असुविधा (physical discomfort) के प्रति भी सहनशीलता का अभाव पाया जाता है। ऐसे रोगी शारीरिक संवेदना पर अपना ध्यान केन्द्रित करते हैं, उनकी गलत व्याख्या करते हैं तथा गलत संज्ञान के कारण उनके प्रति सावधान रहते हैं।

रोगभ्रम के कारण-विज्ञान से सम्बन्धित द्वितीय सिद्धान्त इस तथ्य की ओर संकेत करता है कि इसके कारण की व्याख्या सामाजिक अधिगम प्रारूप (social learning model) के आधार पर की जा सकती है क्योंकि ऐसे रोगी अपने रोगों का वर्णन करते समय ऐसी भूमिका का निर्वाह करते हैं जिससे चिकित्सक को यह विश्वास हो जाये कि वह अविजय (insurmountable) तथा असमाधान योग्य (insolvable) रोग से ग्रस्त है। परिणामस्वरूप वह कर्त्तव्यों एवं चुनौतियों के प्रति पलायन की प्रवृत्ति विकसित कर लेता है।

रोगभ्रम के सम्बन्ध में तीसरा सिद्धान्त यह प्रस्तावित करता है कि यह विकार दूसरे मानसिक विकारों से भिन्न होता है। यद्यपि अवसाद विकृति और चिन्ता विकृति के लक्षण रोगभ्रम से ग्रसित 80% रोगियों में पाया जाता है।

रोगभ्रम को कारण-विज्ञान से सम्बन्धित चौथा सिद्धान्त मनोगत्यात्मक विचारधारा (psychodynamic school of thought) से सम्बन्धित है। इस सिद्धान्त के अनुसार अन्य व्यक्तियों के प्रति आक्रामक एवं शत्रुतापूर्ण इच्छाएँ दमन (repression) एवं विस्थापन (displacement) के द्वारा शारीरिक शिकायतों (physical complaints) के रूप में स्थानान्तरित (transfer) हो जाती है। रोगभ्रम के प्रति रोगियों में क्रोध, उनमें निराशा, अस्वीकरण आदि को उत्पन्न करता है तथा बाद में रोगी सहायता की प्रत्याशा में तथा सम्बन्धित अन्य व्यक्तियों को अप्रभावी समझ कर उनको अस्वीकृत कर देता है। रोगभ्रम के बारे में लोगों का यह दृष्टिकोण भी है कि इस रोग की उत्पत्ति अपराध के प्रति सुरक्षा (defense against guilt),

जन्मजात दुष्टता का भाव (sense of innate badness), निम्न आत्म आदर की अभिव्यक्ति (expression of low selfesteem) तथा अत्यधिक स्वकेन्द्रितता के चिह्न (sign of excessive self concenn) के कारण भी होती है।

(6) शरीर दुष्क्रिया आकृति विकृति (Body Dysmorphic Disorder)

लगभग 100 वर्ष पूर्व इस विकृति को मान्यता *Emil Kraeplin* ने दी और इसका नाम Dysmorphophobia रखा। उन्होंने इसे एक बाध्यता मनस्ताप(compulsive neurosis) माना। *Pierre Janet* ने इसे obsession de la honte ducorps (obsession with shame of the body) की संज्ञा दी। *Freud* ने Wolf-man के वर्णन में उन दशाओं का उल्लेख किया है जो अपने नाक के प्रति अधिक चिन्तित रहता था। यद्यपि शरीर दुष्क्रिया आकृति भीति (Dysmorphophobia) को 1980 में DSM-III के प्रकाशन तक मान्यता प्राप्त थी तथा शरीर दुष्क्रिया आकृति भीति को एक विशिष्ट प्रकार का कायिक विकृति माना जाता रहा। DSM-IV में इसे शरीर दुष्क्रिया आकृति विकृति (Body Dysmorphic Disorder) की संज्ञा दी गई क्योंकि DSM के सम्पादक इस विकृति को Dysmorphophobia कहना अनुपयुक्त समझते थे।

इस विकृति की दशाओं के सन्दर्भ में बहुत कम अनुसंधान कार्य सम्भव हो पाया है क्योंकि इसके रोगी रोगग्रस्त होने पर किसी मनोचिकित्सक के पास न जाकर प्लास्टिक सर्जन, त्वचा विशेषज्ञ (dermatologist) अथवा अंतरंग डाक्टर (internist) के पास जाया करते हैं। इस विकृति का प्रभाव 15 तथा 20 वर्ष के बीच महिलाओं में अधिक पाया जाता है। यह विकृति विवाहित महिलाओं की तुलना में अविवाहित महिलाओं में अधिक देखी जाती है। अन्य विकृतियों के साथ भी इस विकृति के घटित होने की सम्भावना पायी जाती है। उदाहरणार्थ एक अध्ययन में विषाद चिन्ता विकृति तथा मनोविक्षिप्त विकृति के साथ इस विकृति के पाये जाने की प्रतिशत क्रमशः 90%, 70% और 30% प्राप्त हुई।

नैदानिक लक्षण (*Diagnostic Features*)

DSM-IV के अनुसार दुष्क्रिया आकृति विकृति के निम्न नैदानिक लक्षण है:—

(i) अपने रूप-रंग (appearance) के दोष में तल्लीनता पायी जाती है।

(ii) यह दोष या तो कल्पित होता है अथवा थोड़ी शारीरिक असामान्यता (anomaly) पायी जाती है,जिसके प्रति रोगी अत्यधिक चिन्तित रहता है।

(iii) इस तल्लीनता से व्यक्ति में महत्त्वपूर्ण व्यथा (distress) पायी जाती है, अथवा उसके सामाजिक, व्यवसायिक अथवा प्रकार्यता के अन्य महत्त्वपूर्ण क्षेत्रों में दुर्बलता पायी जाती है।

(iv) इस तल्लीनता को किसी अन्य मनोविकृत का कारण नहीं माना जा सकता है।

इस प्रकार यह कहा जा सकता है कि इस विकृति का रोगी अपनी मुखाकृति में किसी दोष की कल्पना करता है और उससे आशंकित होता है। जैसे रोगी को यह लगे कि नाक कुछ छोटी हो गई है, होंठ कुछ मोटे हो गये हैं, ऊपर के होंठ ऊपर की ओर तथा नीचे के होंठ नीचे की ओर उलट रहे हैं। इस प्रकार वह अपने चेहरे में किसी-न-किसी प्रकार की कमी (दोष) जैसे बाल का पतलापन, मुहांसे, खीले, झुर्रिया (wrinkles) दाग (scar), संवहन चिह्न (vascular markings),चेहरे का पीला अथवा लाल होना, सूजन, मुखाकृति असममितता (facial asymmetry), चेहरे पर अत्यधिक बाल का अनुभव करना है। यद्यपि यह शिकायतें अक्सर विशिष्ट होती है (नाक का टेढापन) परन्तु कभी-कभी अस्पष्ट भी होती है (होंठ का

नीचे लटकना, आँखों का असमान होना)। अपनी विकृति से घबराहट होने के कारण व्यक्ति अपने दोषों का वर्णन नहीं करते हैं। इनकी यह तल्लीनता अत्यधिक पीड़ा- दायी, यन्त्रणादायक (tormenting) अथवा विध्वंसक (devastating) होती है। अपने इन दोषों को वे नियत्रिंत कर नहीं पाते हैं और अपने दोषों के बारे में घंटों चिन्तन करते रहते हैं।

कारण विज्ञान *(Etiology)*

इस विकृति का कारण अज्ञात है। परन्तु अवसाद विकृति, परिवार में किसी व्यक्ति में मनोदशा विकृति (mood disorder) एवं मनोग्रस्तता बाध्यता विकृति के पाए जाने पर यह विकृति सहविकृति (comorbidity) के रूप में पाई जा सकती है। कुछ अध्ययनों में यह परिणाम भी प्राप्त किया गया है कि जिन परिवारों एवं संस्कृतियों में सौन्दर्य के प्रति रूढ़िग्रस्त सम्प्रत्यय (stereotyped concepts of beauty) पाया जाता है, उन परिवारों और संस्कृतियों में भी इस विकृति के पाए जाने की सम्भावना पायी जाती है। मनोगत्यात्मक प्रारूप (psychodynamic model) के अनुसार शरीर दुष्क्रिया आकृति विकृति के प्रति लैगिंक (sexual) अथवा सांवेगिक अन्तर्द्वन्द्व (emotional conflict) को असम्बन्धित शारीरिक अंगों (nonrelated body parts) के विस्थापन (displacement) के रूप में देखी जा सकती है। इस तरह के साहचर्य दमन (repression), विच्छेदन (dissociation), विरूपण (distortion) प्रतीकीकरण (symbolization) एवं प्रक्षेपण (projection) के द्वारा घटित होते हैं।

एक अध्ययन में (*Phillip, McElroy, Keck, Pope & Hudson*, 1993) में अधिकतर शरीर दुष्क्रिया आकृति विकृतियाँ मुखाकृति दोषों (facial flaws) से सम्बन्धित होती है। इस अध्ययन से प्राप्त परिणाम यह प्रदर्शित करते हैं कि इस विकृति से ग्रस्त रोगी अपने बालों की स्टाइल (63%), नाक (50%) त्वचा (50%) आखें (27%), चेहरा (20%), होंठ (17%), ठुड्डी (chin-17%), कमर (17%), दाँत (17%), गर्दन (3%), कंधों (3%), में कुछ कल्पित दोष के उत्पन्न हो जाने से आशंकित रहते हैं।

(7) अन्यत्र न वर्णित काय प्रारूप विकृति
(Somatoform Disorder not otherwise Specified)

इस वर्ग में उन कायिक लक्षणों वाली विकृतियों (somatoform symptoms) को सम्मिलित किया जा सकता है जिनको कायिक विकृति की किसी विशिष्ट प्रकार की नैदानिक कसौटी में सम्मिलित नहीं किया जा सकता है। उदाहरणार्थ-मिथ्यागर्भावस्था (pseudocyesis) का विश्वास जो किसी एक शारीरिक लक्षण के द्वारा उत्पन्न हो जाते हैं। उन विकृतियों को भी इस वर्ग के अन्तर्गत रखा जा सकता है जिसमें अमनोविक्षिप्तपरक रोगभ्रमात्मक लक्षण (nonpsychotic hypochondriacal symptoms) के लक्षण 6 महीने से कम अवधि तक पाये जाते हैं। थकान या शारीरिक क्षीणता (body weakness) आदि से सम्बन्धित अस्पष्ट शारीरिक शिकायतों (unexplained physical complaints) की विकृति को सम्मिलित किया जा सकता है जो 6 महीने से कम अवधि के लिए पाया जाता है तथा इसका कारण कोई अन्य मानसिक विकृति नहीं होता है।

❑

अध्याय 5

मनोविच्छेदी विकृतियाँ
(DISSOCIATIVE DISORDERS)

DSM–IV में मनोविच्छेदी विकृति की परिभाषा वातावरण के प्रति चेतना (consciousness), स्मृति (memory) तादात्म्य/अभिज्ञान (identity) अथवा प्रत्यक्षीकरण के विघटित दशा (disrupted state) के रूप में की गई है जो व्यक्ति इस विकृति से रोगग्रस्त होते हैं, उनमें वातावरण के प्रति चेतना का अभाव पाया जाता है, वे अपनी पहचान भूल जाते हैं, उन्हें अपने बारे में भ्रम होने लगता है (confused), अथवा उनमें अपनी अनेक पहचान की बात पाई जाती है। व्यक्ति के अपूर्व व्यक्तित्व में विचारों, भावनाओं एवं क्रियाओं की विधिवत संगठित प्रणाली पाई जाती है जिससे व्यक्ति वातावरण के प्रति विशिष्ट व्यवहार करके विशिष्ट अनुकूलन करता है, जबकि विच्छेदी विकृति से ग्रस्त रोगी में इन विशेषताओं के प्रति असामान्यता पायी जाती है।

सामान्य से विकृतिजन्य रोगियों में इस विकृति से सम्बन्धित लक्षणों की भिन्न-भिन्न मात्राएँ पायी जाती है। मनोविच्छेदी गोचर के सामान्य प्रसार (normal range) का अध्ययन अनेक परिप्रेक्ष्यों (perspectives) में किया गया है। अनुसंधानकर्ताओं और नैदानिक मनोवैज्ञानिकों का मत है कि इस विकृति का सम्बन्ध सम्मोहन से पाया जाता है। सामान्य व्यक्तियों में सम्मोहन के सन्दर्भ में वैभिन्नयता पाई जाती है। सामान्य व्यक्तियों को सम्मोहित (hypnotize) करना आसान है परन्तु मनोच्छेदी विकृति से ग्रस्त व्यक्तियों को सम्मोहित सरल नहीं है।

मनोविच्छेदन (dissociation) की उत्पत्ति संत्रास (trauma) के प्रति उत्पन्न स्व-सुरक्षा (self-defense) से होती है। मनोविच्छेदन मनोरचनाओं का प्रकार्य (function) अपनी प्रकृति में द्वैत (dual) होता है। एक ओर यह मनोरचनाएँ व्यक्ति को उत्पन्न उस संत्रास से मुक्ति दिलाने का प्रयास करती है तथा दूसरी ओर रोगी की कार्य-प्रणाली में विलम्ब कराती है।

मनोविच्छेदी विकृति में रोगी में पाँच प्रकार की अनुभूतियाँ—स्मृतिलोप (amensia), व्यक्तिलोप (depersonalization), यथार्थलोप (derealization), पहचान संभ्राति (identity confusion), तथा पहचान परिवर्तन (identity alteration) अधिक पाई जाती है। स्मृति लोप में व्यक्ति में पूर्ण अथवा आंशिक विस्मरण पाया जाता है। व्यक्तित्व लोप में रोगी अपने को अपने से ही अलग समझता है। यथार्थलोप की अनुभूति में व्यक्ति भौतिक जगत को ही अवास्तविक समझता है और उसके प्रति उसका विश्वास समाप्त हो जाता है। पहचान संभ्रांति में रोगी को अपने बारे में ही भ्रम होने लगता है कि वह कौन है? क्या है? क्यों है? आदि इसी प्रकार पहचान बदलाव में रोगी कभी-कभी अपने अन्दर आश्चर्य उत्पन्न करने वाले कौशलों का अनुभव करता है।

DSM-IV के अनुसार मनोविच्छेदी विकृतियाँ पाँच प्रकार की होती है:—

(1) मनोविच्छेदी स्मृतिलोप (Dissociative amnesia)

(2) मनोविच्छेदी आत्मविस्मृति (Dissociative fuge)

(3) मनोविच्छेदी पहचान विकृति (Dissociative identity disorder)
(4) व्यक्तित्व लोप विकृति (Depersonalization disorder)
(5) अन्यत्र न वर्णित मनोविच्छेदी विकृति (Dissociative disorder not otherwise specified)

ICD–10 में मनोविच्छेदी विकृतियों के निम्न प्रकार बताये गये हैं:—

(1) मनोविच्छेदी स्मृतिलोप (Dissociative amnesia)
(2) मनोविच्छेदी आत्मविस्मृति (Dissociative fuge)
(3) मनोविच्छेदी भावशून्यता (Dissociative stupor)
(4) भाव-समाधि एवं आवेश विकृति (Trance and possession disorder)
(5) मनोविच्छेदी प्रेरक विकृति (Dissociative motor disorder)
(6) मनोविच्छेदी आक्षेप (ऐंठन) (Dissociative convulsions)
(7) मनोविच्छेदी संज्ञाहीनता एवं सांवेदिक क्षति (Dissociative anesthesia and sensory loss)
(8) मिश्रित मनोविच्छेदी विकृतियाँ (Mixed dissociative disorders)
(9) अन्य मनोविच्छेदी विकृतियाँ (Other dissociative disorders)

अब हम **DSM-IV** में वर्णित मनोविच्छेदी विकृति के पाँच प्रकारों का वर्णन करेंगे:—

(1) मनोविच्छेदी स्मृतिलोप (Dissociative Amnesia)

इस विकृति को पहले मनोजनित स्मृतिलोप (psychogenic amnesia) कहा गया। स्मृतिलोप के लक्षण सामान्यतया मनोविच्छेदी विकृति के अनेक प्रकारों यथा मनोविच्छेदी स्मृतिलोप, मनोविच्छेदी आत्मविस्मृति तथा मनोविच्छेदी पहचान विकृति में भी पाये जाते हैं। मनोविच्छेदी स्मृति लोप का उपयुक्त निदान उस समय किया जा सकता है जब मनोविच्छेदी गोचर केवल स्मृतिलोप तक ही सीमित रहता है। मनोविच्छेदी स्मृतिलोप के निम्नलिखित नैदानिक लक्षण हैं:—

नैदानिक लक्षण *(Diagnostic Features)*

मनोविच्छेदी स्मृति लोप (Dissociative Amnesia) निम्नलिखित नैदानिक लक्षण हैं:—

(i) इसमें रोगी महत्त्वपूर्ण वैयक्तिक सूचनाओं, जो सामान्यतया संत्रासपूर्ण (traumatic) अथवा बलाघातपूर्ण होते हैं, जो इतने विस्तृत होते हैं कि उनमें सामान्य विस्मरण पाया जाता है, का पुनस्मरण करने में अयोग्य होता है।

(ii) इस विकृति में उत्क्रमणशील स्मृति दुर्बलता (reversible memory impairment) पाया जाता है जिसमें व्यक्ति अपने व्यक्तिगत अनुभवों की पुनर्प्राप्ति (retrieve) करने में असमर्थ रहता है।

(iii) इन लक्षणों से व्यक्ति में नैदानिक व्यथा (distress) अथवा सामाजिक, व्यवसायिक तथा प्रकार्यता के अन्य महत्त्वपूर्ण क्षेत्रों में दुर्बलता उत्पन्न करते हैं।

कारण विज्ञान *(Etiology)*

एक दशक पूर्व से ही मनोवैज्ञानिकों ने स्मृति संग्रहण (memory storage) एवं पुनर्प्राप्ति (retrieval) के तन्त्रिका संरचना (neuroanatomical), तन्त्रिका दैहिक (neuro-physiological), एवं तन्त्रिका रसायनिक (neurochemical) प्रक्रियाओं को समझने का अत्यधिक

प्रयास किया है। अल्पकालिक एवं दीर्घकालिक स्मृति में विभेदन, हिप्पोकैम्पस(hippocampus) की केन्द्रिय भूमिका, एवं तन्त्रिका प्रेषक प्रणालियों (neurotransmitter systems) की भूमिका इस सन्दर्भ में महत्त्वपूर्ण है। सूचना की स्पष्टता (complexity of information) एवं स्मृतियों की पुनर्प्राप्ति (retrieval of memories) के द्वारा मनोविच्छेदी स्मृतिलोप को अंतप्रज्ञात्मक (intutively) रूप से समझा जा सकता है। मनोविच्छेदी स्मृतिलोप के अधिकतर रोगी बलाघात एवं सत्रांसपूर्ण घटनाओं के कष्टप्रद स्मृतियों का पुनःस्मरण/पुनर्प्राप्ति नहीं कर पाते हैं। इस प्रकार यह कहा जा सकता है कि स्मृति के सांवेगिक विषय-वस्तु (emotional content) स्पष्ट रूप से मनोविच्छेदी स्मृतिलोप के कारण (cause) एवं रोग-दैहिकी (pathophysiology) से सम्बन्धित है। दशा-निर्भर अधिगम सिद्धान्त (thoery of state dependent learning) की व्याख्या मनोविच्छेदी विलोप के सन्दर्भ में उपयुक्त है क्योंकि अधिगम अकसर दशा-निर्भर(state-dependent) होता है अर्थात् अधिगम उस सन्दर्भ(context) पर निर्भर करता है जिसमें अधिगम किया जाता है। सूचनाओं का अधिगम अथवा अनुभव किसी विशिष्ट व्यवहार अथवा किसी औषधि, अथवा किसी तन्त्रिका रसायनिक दशा(neurochemical stage) अथवा शारीरिक दशा के कारण सुविधाजनक हो सकता है। अतः दशा-निर्भर अधिगम सिद्धान्त मनोविच्छेदी स्मृतिलोप से सम्बन्धित है क्योंकि व्यक्ति की सांवेगिक दशा और त्रासदपूर्ण अनुभव उसके स्मृतिलोप के लिए उत्तरदायी है। मनोविश्लेपणात्मक दृष्टिकोण के अनुसार मनोविच्छेदी स्मृतिलोप को प्राथमिक स्तर पर मनोरचनाओं को उत्तरदायी माना जा सकता है जिनसे व्यक्ति अपने सांवेगिक अन्तर्द्वन्दों अथवा बाह्य बलाघात के प्रति प्रकट किया जा सकता है।

(2) मनोविच्छेदी आत्मविस्मृति
(Dissociative Fuge)

मनोविच्छेदी आत्मविस्मृति के रोगी में सामान्यतया स्मृतिलोप (amnesia) के लक्षण तो पाये जाते ही है परन्तु वह मनोविच्छेदी स्मृतिलोप से भिन्न होते हैं। इसीलिए इस मनोजनित आत्मस्मृति (psychogenetic fuge) भी कहते हैं। जिन रोगियों में मनोविच्छेदी आत्मविस्मृति पाया जाता है, वे अपने घर या निवास स्थान को अचानक छोड़कर दूर चला जाता है और वहाँ नये नाम और नये काम से अपने जिन्दगी की शुरूआत करता है। महीनों और सालों के बीत जाने के बाद रोगी अपने को अचानक नये स्थान में पाकर आश्चर्य करता है। उसे अपना पुराना जीवन याद आ जाता है और वह अपने नये जीवन को बिल्कुल भूल जाता है। उसे यह भी याद नहीं रहता है, कि वह इस नये स्थान पर कैसे आया?

यह विस्मृति अचानक तथा अप्रत्याशित ढंग से घटित होती है। इसमें व्यक्ति अपनी वैयक्तिक पहचान (personal identity) भूल जाता है। यह विस्मरण दीर्घकालिक भी होता है, और अल्पकालिक भी। यह विकृति न तो शारीरिक प्रभावों के कारण पायी जाती है और न मादक पदार्थों के प्रयोग के कारण और न ही किसी शारीरिक चिकित्सकीय दशाओं के कारण। इस विकृति के कारण व्यक्ति में नैदानिक रूप से महत्त्वपूर्ण व्यथा (clinically significant distress) पायी जाती है।

विस्मृति की दशा में रोगी में किसी अन्य प्रकार की विकृति नहीं पायी जाती है। विस्मृति का प्रारम्भ तीव्र मात्रा में घटित हुए मानसिक आघात के कारण होता है। यह प्रायः उन व्यक्तियों में अधिक पाई जाती है, जो अपरिपक्व, आत्मकेन्द्रित एवं सुझाव ग्रहणशील होते हैं। जिन व्यक्तियों में दुखद परिस्थितियों का समाधान करने की क्षमता नहीं पायी जाती है, उनमें मनोविच्छेदी विस्मृति के पाये जाने की सम्भावना अधिक पायी जाती है (DSM-IV)। इसमें व्यक्ति सामान्य दिखाई पड़ता है और जटिल-से-जटिल कार्यों का सम्पादन ठीक से कर लेता

है। यह विस्मृति जनसंख्या में लगभग 0.2% लोगों में पाया जाता है (*Kaplan & Sadock,* 1977)। यह विकृति बहुत कम घटित होती है परन्तु यह सामान्यतया युद्ध, प्राकृतिक आपदा एवं वैयक्तिक संकट से उत्पन्न आन्तरिक अन्तर्द्वन्द के कारण घटित होती है।

इस विकृति के पाये जाने का मुख्य कारण मनोवैज्ञानिक ही होता है परन्तु अत्यधिक अलकोहल प्रयोग के कारण भी आत्मविस्मृति पायी जाती है। इसका सबसे महत्त्वपूर्ण कारण सांवेगिक रूप से दुखद परिस्थिति से व्यक्ति का पलायन है। जिन व्यक्तियों में मनोदशा विकृति (mood disorder) तथा अन्य व्यक्तित्व विकृतियाँ(personality disorders) यथा सीमावर्ती(border-line), अचानक उत्पन्न होने वाला(histrionic), अभिविदलित(schizoid) व्यक्तित्व विकृति पायी जाती है, उनमें मनोविच्छेदी आत्मविस्मृति के पाये जाने की सम्भावना अधिक पायी जाती है। विभिन्न प्रकार के बलाघातकों(stressors) एवं वैयक्तिक कारकों के कारण भी आत्मविस्मृति विकसित हो सकती है। जिन व्यक्तियों में यह विकृति पाई जाती है, उनके इस विकृति के कारण स्वरूप मनोसामाजिक(psychosocial factors) कारकों को भी लिया जा सकता है जो वैवाहिक, आर्थिक, व्यवसायिक अथवा युद्ध बलाघातकों से सम्बन्धित होते हैं। मनोविच्छेदी आत्मविस्मृति से सम्बन्धित लक्षणों में कुछ लक्षण अवसाद, आत्महत्या प्रयास, आंगिक विकृतियों एवं मादक पदार्थों के उपयोग से उत्पन्न विकृतियों से सम्बन्धित हो सकते हैं।

(3) मनोविच्छेदी पहचान विकृति
(Dissoiative Identity Disorder or D.I.D.)

इस विकृति को पहले बहुल व्यक्तित्व विकृति (multiple personality disorder) भी कहा जाता था। DSM-IV में इसे मनोविच्छेदी पहचान विकृति (D.I.D.) की संज्ञा दी गई है। 1800 ई० तक मनोविच्छेदी पहचान विकृति के रोगियों को विभिन्न अधिपत्य की दशाओं (states of possession) से ग्रस्त माना जाता था। 1800 के प्रारम्भ में *Benjamin Rush* ने अपने नैदानिक रिपोर्ट में मनोविच्छेदी पहचान विकृति के गोचर का वर्णन किया। बाद में *Jean-Martin Characot* एवं *Pierre Janet* दोनों ने इस विकृति का वर्णन किया। इसी प्रकार *Sigmund Freud* एवं *Eugen Bleuler* ने भी इस विकृति के लक्षणों का वर्णन किया है। Freud ने इन लक्षणों का कारण मनोगतिक क्रियाविधि (psychodynamic mechanism) तथा Bleuler ने मनोविदलता के समरूप लक्षणों को माना है।

इस विकृति के जानपदिक-रोगविज्ञान (epidemiology) के सन्दर्भ में कुछ अनुसंधानकर्ताओं का मत है कि यह विकृति बहुत कम लोगों में पायी जाती है जबकि दूसरे अनुसंधानकर्ताओं का विचार है कि यह विकृत अधिक लोगों में पायी जाती है। अन्तर यही है कि यह लोग इससे अनभिज्ञ नहीं होते। पूर्ण नियंत्रित अध्ययन यह प्रदर्शित करते हैं कि जनसंख्या में 0.5% से 2% व्यक्तियों में इस विकृति के लक्षण पाये जाते हैं। यह विकृति पुरुषों की तुलना में 90%-100% महिलाओं में पायी जाती है। उत्तर किशोरावस्था (late adolescence) एवं कम प्रौढ़-जीवन (yong adult life अर्थात् मध्यमान आयु 30 वर्ष) में यह विकृति सामान्यतया पायी जाती है। इस विकृति के लक्षण रोगी में 5 से 10 वर्ष तक पाये जा सकते हैं। मनोविच्छेदी पहचान विकृति अन्य मानसिक विकृतियों उदाहरणार्थ चिन्ता विकृति, मनोदशा विकृति, कायिक विकृति, लैंगिक दुष्प्रकार्यता (sexual dysfunction), औषधि सम्बन्धित विकृति, भोजन विकृति, निद्रा विकृति एवं पश्चघातज बलाघात विकृति के साथ भी घटित होता है। DID के विकास का इतिहास विवादास्पद है। 19वीं शताब्दी में इसका उल्लेख सर्वप्रथम हुआ है। 1890 से 1920 तक इस रोग के कुल 77 केसेज प्राप्त हुए (*Sucliffe & Jones* 1962)। 1970 तक इस रोग के बहुत

कम रोगी थे क्योंकि इस दशक में कुल 14 रोगी ही प्राप्त हुए (*Bliss,* 1980)। 1980 के दशक में इस रोग से ग्रस्त 100 रोगी पाये गये (*Putnam* et. al. 1980)। *Bradshaw* (2000) का मत है कि आजकल बच्चों के प्रति दुर्व्यवहार करने के कारण तथा विशेषकर छात्राओं के प्रति कामुक दुर्व्यवहार (sexual abuse) के कारण ही DID पाया जाता है।

नैदानिक लक्षण (*Diagnostic Features*)

मनोविच्छेदी पहचान विकृति की निम्नलिखित नैदानिक लक्षण हैं:—

(i) इसमें दो या दो से अधिक भिन्न पहचान/तादात्मय अथवा व्यक्तित्व दशाएँ पायी जाती हैं।

(ii) इसमें निरन्तर रूप से व्यवहार नियन्त्रण पाया जाता है।

(iii) इसमें महत्त्वपूर्ण वैयक्तिक सूचनाओं के पुनःस्मरण में असमर्थता पायी जाती है।

(iv) यह क्षुब्धता न तो किसी पदार्थ के कारण किसी प्रत्यक्ष शारीरिक प्रभाव के रूप में होती है और न सामान्य चिकित्सकीय दशाओं के कारण।

(v) इसमें रोगी में पहचान (identity) के विभिन्न पक्षों को संगठित करने की असफलता पायी जाती है।

(vi) प्रत्येक व्यक्तित्व दशा (personality states) का अनुभव इस प्रकार किया जाता है कि जैसे उसका अपना व्यक्तिगत इतिहास (personal history), स्वप्रतिमा (self image), तादात्मय (identity) एवं अलग नाम हो।

(vii) इसमें व्यक्ति के वैयक्तिक इतिहास (personal history)) में अक्सर रिक्ति (gap) पाया जाता है।

(viii) आक्रामक तादात्मय (aggressive identity) के कारण व्यक्ति की क्रियाओं में अवरोध पाया जाता है अथवा दूसरे व्यक्तियों को असुविधा होती है।

कारण विज्ञान (*Etiology*)

मनोविच्छेदी पहचान विकृति का कारण अज्ञात है। यद्यपि रोगियों के इतिहास (history) का अवलोकन करने से इस तथ्य पर प्रकाश पड़ता है कि निरपवाद से रोगियों में इस विकृति के पाये जाने का कारण बाल्यावस्था में अनुभव की गई मानसिक आघातपूर्ण घटनाएँ (traumatic events) है। सामान्य रूप से यह कहा जा सकता है कि इस विकृति के प्रमुख कारणों के रूप में चार कारकों को लिया जा सकता है—मानसिक आघातपूर्ण घटना (traumatic life event), इस विकृति के विकसित होने की प्रवृत्ति (a tendency for the disorder to develop), सूत्रित वातावरणीय कारक(formulative environmental factors), तथा बाह्य समर्थन को अनुपस्थिति (the absence of external support)। मानसिक आघातपूर्ण घटनाओं में सामान्यतया बाल्यावस्था में शारीरिक अथवा कामुक दुर्व्यवहार (sexual abuse) जो सामान्यतया व्याभिचारपरक होता है) अथवा किसी घनिष्ठ मित्र अथवा सम्बन्धी की मृत्यु अथवा मानसिक आघातक परिस्थितियों अथवा मृत्यु होते देखने से उत्पन्न होता है। इस प्रवृत्ति के विकसित होने का आधार जैविक(biological) भी हो सकता है और मनोवैज्ञानिक भी। इस रोग का कारण अपस्मार (epilepsy) भी हो सकता है। इसी प्रकार EEG की अत्यधिक सक्रियता से भी यह विकृति पायी जा सकती है। इसी प्रकार सूत्रीय वातावरणीय कारकों(बलाघात से बचने के उपाय) तथा बाह्य समर्थन की उपस्थिति(माता-पिता, सम्बन्धी, भाई-बहन, अध्यापक के समर्थन का अभाव) के कारण DID पाया जाता है।

(4) व्यक्तित्व लोप विकृति (Depersonalization Disorder)

DSM-IV के अनुसार व्यक्तित्व लोप एक ऐसी विकृति है जिसमें व्यक्ति के स्व (self) प्रत्यक्षीकरण में निरन्तर परिवर्तन उस सीमा तक पाया जाता है जिस सीमा तक व्यक्ति के यथार्थता (reality) में अस्थाई ह्रास (temporarily loss) पाया जाता है। (*Depersonalization disorder is a persistent or recurrent alternation in the perception of the self to the extent that a person's sense of his or her own reality is temporarily lost*—***Kaplan & Sadock***, 1997)। व्यक्तित्व लोप (depersonalization) और अयथार्थीकरण (derealization) में अंतर पाया जाता है, ऐसा मत नैदानिक मनोवैज्ञानिकों का है। व्यक्तित्व लोप में व्यक्ति यह अनुभव करता है कि उसका शरीर (body) अथवा वैयक्तिक स्व अवास्तविक (unrealistic) तथा आश्चर्यजनक (strange) है जबकि अयथार्थीकरण में व्यक्ति बाह्य वातावरण में पाये जाने वाले वस्तुओं का प्रत्यक्षीकरण आश्चर्यजनक और अवास्तविक के रूप में करता है।

यह विकृति आवश्यक रूप से रोगात्मक (pathological) नहीं है। व्यक्ति ऐसे पृथक्करण (isolated) सम्बन्धी अनुभवों को अपने जीवन में कभी-कभी करता है। सम्पूर्ण जनसंख्या के 70% व्यक्तियों में क्षणिक व्यक्तित्वलोप (transient depersonalization) पाया जाता है। इस विकृति के सन्दर्भ में कोई सार्थक यौनभेद नहीं प्राप्त किया गया है। स्व-जागरूकता (selfawareness) की क्षमता के विकसित हो जाने पर बच्चों में व्यक्तित्वलोप पाया जाता है जबकि वयस्क नये और कौतूहलपूर्ण स्थानों पर भ्रमण करते समय व्यक्तित्वलोप का अनुभव करते हैं। 40 वर्ष की आयु के बाद इस रोग के पाये जाने की सम्भावना कम रहती है।

नैदानिक लक्षण (*Diagnostic Features*)

DSM-IV के अनुसार इस विकृति के निम्नलिखित लक्षण हैं—

(i) इसमें व्यक्ति में अपने स्व (self) के प्रति पृथक्करण (detachment) अथवा विरक्ति (estrangement) का भाव अनुभव करता है।

(ii) इसमें व्यक्ति अपने को एक स्वचालित यन्त्र (automation) के रूप में अनुभव कर सकता है या वह अपने को स्वप्नों के संसार का निवासी समझता है। वह यह अनुभव कर सकता है कि वह अपने शरीर के अन्दर घटित होने वाली शारीरिक और मानसिक क्रियाओं का प्रत्यक्षीकरण कर रहा है। इसमें व्यक्ति सांवेदिक संज्ञाहरण (sensory anesthesia) अनुभव करता है, उसके भावात्मक अनुक्रियाओं में ह्रास पाया जाता है, तथा वह अपनी ही क्रियाओं पर नियन्त्रण करने में असमर्थ होता है।

(iii) यह एक सामान्य अनुभव (common experience) है। यह विकृति उस समय ही निदान योग्य हो सकती है जब वह अत्यधिक तीव्र होगी अथवा प्रकार्यता (functioning) में क्षीणता (impairment) पायी जायेगी।

(iv) इस विकृति का निदान उस समय अलग से सम्भव नहीं है जब यह अन्य विकृतियों जैसे मनोविदलता (schizophrenia), आतंक विकृति (panic disorder) तीव्र बलाघात विकृति (Acute Distress Disorder) अथवा अन्य मनोविच्छेदी विकृतियों के साथ घटित होता है।

(v) यह क्षुब्धता किसी पदार्थ के प्रत्यक्ष शारीरिक प्रभाव अथवा सामान्य चिकित्सकीय दशाओं के कारण नहीं उत्पन्न होता है।

कारण-विज्ञान (*Etiology*)

व्यक्तित्वलोप का कारण मनोवैज्ञानिक भी हो सकता है और तन्त्रिकापरक (neurological) भी। व्यक्तित्वलोप के कुछ क्रमबद्ध कारण(systematic cause) भी है जो अन्तःस्रावी (endocrine), थायरायड (thyroid) अथवा पैनक्रियाज (pancreas) के असन्तुलन के कारण उत्पन्न होता है। व्यक्तित्व लोप का अनुभव अस्पमार (epilepsy), मस्तिष्क गाँठ (brain tumor), सांवेदिक वंचन(sensory deprivation) एवं सांवेगिक आघात(emotional trauma) के कारण उत्पन्न होते हैं। इसके अतिरिक्त स्नायुशल्य क्रिया (neurosurgery) के समय प्रान्तास्था (cortex) के शंखपालि(temporal lobes) पर विद्युतीय उत्तेजना(electrical stimulation) देने के कारण भी यह विकृति उत्पन्न हो सकती है। अलकोहल,Barbiturates, Benzodiazepines, Scopolamine, β—adrenergic antagonists, Marijuana, किसी भी प्रकार केPhencyclidine (PCP) आदि के उपयोग से भी यह विकृति उत्पन्न हो सकती है। चिन्ता और अवसाद भी उस समय पूर्ववृत्तात्मक (predisposing) कारक के रूप में हो सकते हैं जब इनके कारण व्यक्ति तीव्र बलाघात अनुभव करता है।

(5) अन्यत्र न वर्णित मनोविच्छेदी विकृति
(Dissociative Disorder not Otherwise Specified)

इस वर्ग में इन विकृतियों को सम्मिलित किया जाता है जिनका प्रमुख लक्षण मनोविच्छेदी विकृति के लक्षण के समान होता है अर्थात् उसके चेतना, स्मृति, पहचान अथवा वातावरण के प्रत्यक्षीकरण के प्रत्यक्षीकरण में विघटन पाया जाता है, तथा यह लक्षण मनोविच्छेदी विकृति के विशिष्ट प्रकार के नैदानिक लक्षण के समान होते हैं। उदाहरणार्थ—

(i) मनोविच्छेदी पहचान विकृति के समान चिकित्सकीय प्रस्तुतीकरण (clinical presentation) जो इस विकृति के लक्षण के पूर्णतया समान नहीं होते हैं। उदाहरणार्थ—दो या दो से अधिक विभिन्न व्यक्तित्व का अभाव अथवा महत्वपूर्ण वैयक्तिक सूचनाओं का स्मृति लोप का न पाया जाना।

(ii) वयस्कों में व्यक्तित्वलोप के साथ अयथार्थता का न पाया जाना।

(iii) विच्छेद की स्थिति का उस व्यक्ति में पाया जाना जिसे दीर्घ समय तक तीव्र अवपीड़क अनुनयन (coercive persuation) का अनुभव हुआ हो।

(iv) विच्छेदी आत्मविस्मृति विकृति (dissociative trance disorder)—इसमें रोगी के चेतना में एकल (single) अथवा घटनापरक (episodic) क्षुब्धता पाई जाती है जो किसी क्षेत्र विशेष अथवा संस्कृति विशेष में पायी जाती है।

❑

अध्याय 6

मनोविक्षिप्ति
(PSYCHOSES)

मनोविक्षिप्ति एक प्रकार की असामान्यता है जिसका स्वरूप तीव्र एवं गम्भीर होता है। इस रोग से पीड़ित व्यक्ति के व्यक्तित्व का विघटन हो जाता है, यथार्थ से उसका सम्बन्ध टूट जाता है, उसका व्यवहार अशोभनीय एवं विचित्र प्रतीत होता है, उसमें आत्मसंयम एवं सामाजिक सन्तुलन का अभाव पाया जाता है, उसे अपने कार्य की अच्छाई-बुराई का ज्ञान नहीं रहता है, इनके व्यवहार में विभ्रम (hallucination) और व्यामोह (delusion) की अधिकता पाई जाती है तथा ऐसे रोगी चिकित्सक की बात को मानने के लिए तैयार नहीं होते हैं और आत्महत्या के लिए तत्पर रहते हैं। ऐसे रोगियों के इदम (Id), अहम (Ego) तथा परा अहम् (Super Ego) का सन्तुलन बिगड़ जाता है (*Brown,* 1940)। बोलचाल की भाषा में ऐसे रोगियों को पागल (insane) की संज्ञा दी जाती है। कानून (law) इन व्यक्तियों (रोगियों) को उनके द्वारा किये गये कार्य के लिए उत्तरदायी नहीं मानता है। चूँकि ऐसे रोगी बाह्य जगत की वास्तविकता से सम्बन्ध नहीं जोड़ पाते हैं। इसलिए अपने कार्यों के मूल्यांकन की क्षमता का अभाव तो इनमें पाया ही जाने लगता है, साथ-ही-साथ अपने कार्य की औचित्यता-अनौचित्यता का ज्ञान भी इन्हें नहीं रहता है। यह समाज के अन्य सदस्यों से उपयुक्त सम्बन्ध नहीं स्थापित कर पाते हैं। इसलिए इस विकृति का स्वरूप मनस्ताप (neurosis) की तुलना में अधिक गम्भीर होता है (American Psychiatric Association)।

मनोविक्षिप्ति के रोगियों के बारे में सामान्यतया यह बात कही जा सकती है कि केवल एक तिहाई रोगी ही अपने उपचार के लिए चिकित्सालय जाते हैं, शेष रोगी की देखभाल उनके परिवार के सदस्य ही करते हैं। ऐसे रोगियों की औसत आयु लगभग 44 वर्ष है। यह रोग स्त्रियों की अपेक्षा पुरुषों में अधिक पाया जाता है तथा इसका अनुपात 3 तथा 4 का होता है। परन्तु, कुछ रोग पुरुषों की अपेक्षा स्त्रियों में अधिक पाये जाते हैं—जैसे—उत्साह-विषाद मनोविक्षिप्ति (manic depressive psychoses)। यह विकृति अविवाहित, विधुर एवं तलाक देकर एकाकी जीवन बिताने वाले, नगर में रहने वाले, तथा निम्न सामाजिक आर्थिक स्तर के लोगों में अधिक पाई जाती है (*Jaco,* 1960)। *Rennie* (1957) ने अपने अध्ययन में निम्न सामाजिक आर्थिक स्तर के व्यक्तियों में 28%, औसत में 18% तथा उच्च में 9% मनोविक्षिप्तता पायी है। *Blachly* et. al. (1963) ने व्यवसाय एवं मनोविक्षिप्ति के घटनाक्रम (incidence) के सम्बन्धों का अध्ययन करके यह परिणाम प्राप्त किया है कि वकीलों तथा डाक्टरों में आत्महत्या का घटनाक्रम (incidence) अधिक प्राप्त हुआ है।

मनोविक्षिप्तिता को परिभाषित करते हुए ब्राउन (*Brown,* 1940) ने अपना मत प्रकट किया है कि, *मनोविक्षिप्तिता के रोगी का अहं और पराअहम् अत्यन्त निर्बल हो जाता है। ऐसे रोगियों का इदम, अहम और पराअहम का समन्वय छिन्न-भिन्न हो जाता है।'*

कोलमैन (*Coleman,* 1976) के अनुसार, *"मनोविक्षिप्ति गम्भीर व्यक्तित्व विकार है*

जिसमें रोगी का सम्बन्ध वास्तविकता से टूट जाता है तथा जिसका चरित्र-चित्रण व्यामोह और विभ्रमों से होता है। सामान्यतया इनको अस्पताल ले जाना पड़ता है।'' (Psychosis : severe personality disorder involving loss of contact with reality and usually characterized by delusions and hallucinations. Hospitalization is originally required".)

मनस्ताप (neurosis) और मनोविक्षिप्ति (psychosis) में अन्तर करते हुए यह कहा जा सकता है कि मनस्ताप की तुलना में मनोविक्षिप्ति से ग्रस्त रोगी में अधिक क्षति (loss) पाया जाता है, वह वास्तविकता से अपना सम्बन्ध तोड़ लेता है तथा वह अपने काम के बारे में तथा अपने लोगों के बारे में कम जानता है जबकि मनस्ताप से रोगग्रस्त व्यक्तियों के लक्षण अधिक तीव्र नहीं होते हैं तथा अधिकतर रोगी सामान्य चिकित्सा से ठीक हो जाते हैं। *इस प्रकार यह कहा जा सकता है कि सामान्य तथा असामान्य व्यवहार में अन्तर प्रकार (kind) का नहीं, वरन मात्रा (degree) का है (Brown, 1960)।* मनस्ताप और मनोविक्षिप्ति विकृतियों में अनेक अन्तर है:—

मनस्ताप (*Neurosis*)	**मनोविक्षिप्ति** (*Psychosis*)
सामान्य व्यवहार	
1. कम असामान्यता	अत्यधिक असामान्यता
2. कम व्यक्तित्व विघटन	अत्यधिक विघटन
3. यथार्थ से सम्बन्ध बना रहना	यथार्थ से सम्बन्ध बिल्कुल टूट जाना
4. यथार्थ परखने की योग्यता कम	यथार्थ परखने की योग्यता बिल्कुल नहीं
5. सामान्य चिन्तन	चिन्तन प्रवाह अवरुद्ध
6. उत्तरदायित्व के प्रति जागरूकता	उत्तरदायित्व के प्रति अक्षमता
लक्षणों का स्वरूप	
1. संवेगात्मक अभिव्यक्ति अनुपयुक्त	संवेगात्मक अभिव्यक्ति विकृत
2. असामान्यता के सामान्य लक्षण	असामान्यता के गम्भीर लक्षण
3. लक्षणों का स्वरूप अस्थायी	लक्षणों का स्वरूप स्थायी
4. व्यामोह एवं विभ्रम का अभाव	व्यामोह एवं विभ्रम की मात्रा अत्यधिक
सामाजिक पक्ष	
1. सामान्य सामाजिक सम्बन्ध	कोई सामाजिक सम्बन्ध नहीं
2. बातचीत में तार्किकता, उपयुक्तता एवं स्पष्टता	इनका पूर्णरूपेण अभाव
3. व्यवहार सामाजिक मानकों के अनुकूल व्यवहार में विचित्रता।	व्यवहार सामाजिक मानकों के प्रतिकूल
4. रोगी का व्यवहार न स्वयं के लिए और न समाज के लिए घातक	रोगी आत्महत्या कर सकता है अथवा दूसरे की हत्या कर सकता है
5. इनका व्यवहार स्वयं एवं समाज के लिए लाभदायक	इनका व्यवहार स्वयं एवं समाज के लिए हानिकारक
6. कम प्रतिगमन (regression)	अधिक प्रतिगमन

स्वव्यवस्थापन	
1. अपनी देखभाल करने में सक्षम	अपनी देखभाल करने में असमर्थ
2. जीविकोपार्जन में सक्षम	जीवन निर्वाह के लिए दूसरों पर निर्भर
3. आत्महत्या की सम्भावना बहुत कम	आत्महत्या की सम्भावना अत्यधिक
अन्तर्दृष्टि	
1. अपनी त्रुटियों का अनुभव (ज्ञान)	अपनी त्रुटियों के प्रति अज्ञानता
2. उपयुक्त स्वमूल्यांकन करने की क्षमता	स्वमूल्यांकन करने में असमर्थता
3. सामान्य व्यक्तियों की भाँति जीवन-यापन	काल्पनिक जगत में विचरण
वातावरण के प्रति उन्मुखता	
1. वातावरण के प्रति उन्मुखता	वातावरण में शून्यता
2. समय एवं स्थान का ज्ञान	ऐसे ज्ञान का अभाव
3. जटिल परिस्थितियों में वातावरण के प्रति कम उन्मुखता	विकृत परिस्थितियों के प्रति उन्मुखता
उपचार	
1. इन्हें मानसिक अस्पतालों में भर्ती कराने की आवश्यकता नहीं होती है।	मानसिक अस्पतालों में भर्ती कराना आवश्यक।
2. साधारण चिकित्सा से रोग को नियन्त्रित किया जा सकता है।	चिकित्सकीय सहायता की पूरी-पूरी आवश्यकता होती है।
3. मानसिक अस्वस्थता का ज्ञान, चिकित्सकीय सहायता की आवश्यकता का अनुभव	वातावरण के प्रति अज्ञानता, मानसिक अस्वस्थता के प्रति अज्ञानता।
रोग फलानुमान	
1. स्वस्थ होने की सम्भावना 90%	पूर्णरूपेण स्वस्थता प्राप्त करने की सम्भावना कम
2. मृत्यु की सम्भावना कम	मृत्यु की सम्भावना अधिक

मनोविक्षिप्ति का वर्गीकरण
(Classification of Psychoses)

Coleman (1972) का मत है कि, *''मनोविक्षिप्ति के लक्षणों का जन्म या तो मनोवैज्ञानिक बलाघातपूर्ण स्थिति या आंगिक मस्तिष्क व्याधि या इन दोनों ही स्थितियों के कारण होता है।''* (*Psychotic symptoms may originate from. either psychological stresses or organic brain pathology or from the interaction of both.*)

सामान्यतया मनोविक्षिप्ति को इस प्रकार वर्गीकृत किया जाता है:—

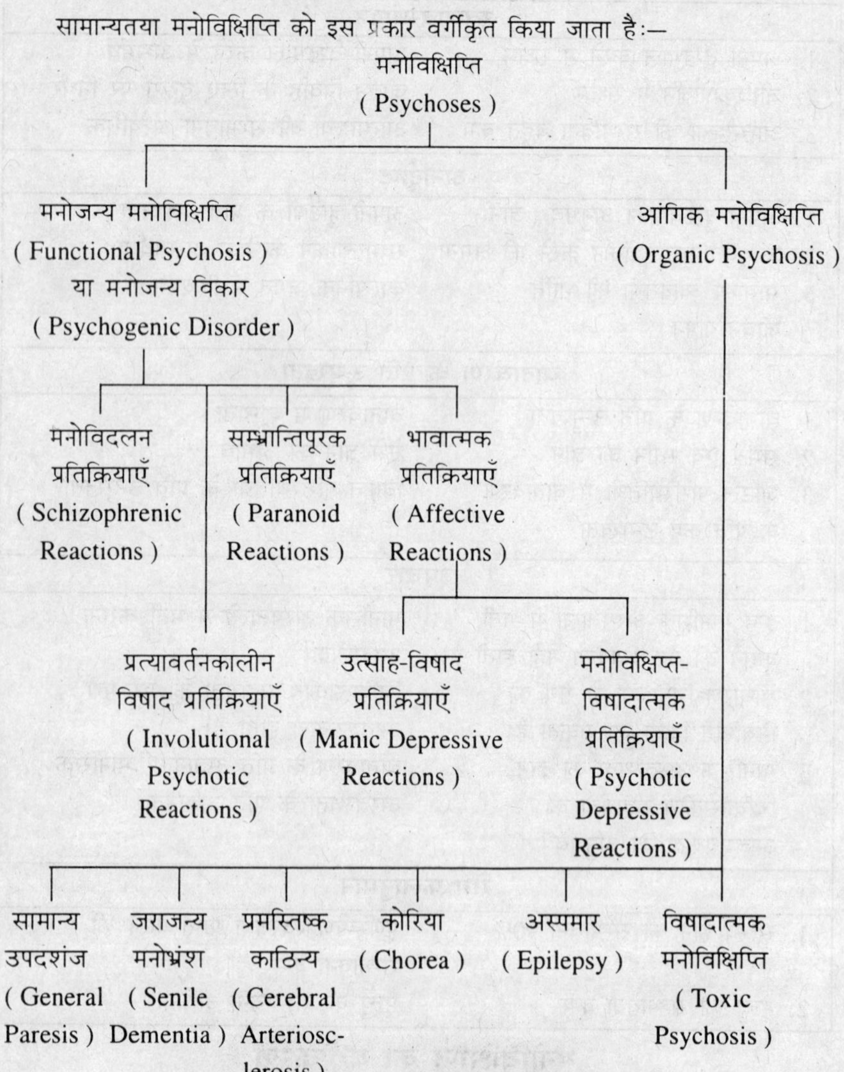

मनोविक्षिप्ति के सामान्य लक्षण
(General Symptoms of Psychoses)

यह सामान्य रूप से कहा जा सकता है कि मनोविक्षिप्ति के समस्त प्रकारों के अपने कोई न-कोई विशिष्ट लक्षण होते हैं। फिर इस विकृति के कुछ लक्षण ऐसे भी होते हैं जो मनोविक्षिप्ति के समस्त प्रकारों में पाये जाते हैं। इसके दो प्रमुख सामान्य लक्षण हैं—व्यामोह (delusion) एवं विभ्रम (hallucination)। इनके अग्रांकित विभिन्न लक्षण हैं:—

व्यामोह (झूठा विश्वास)	विभ्रम (मिथ्या ज्ञान, श्रवण विभ्रम)
1. महानता का व्यामोह (Delusion of grandeur)	1. मिथ्या ज्ञान
2. दण्डात्मक व्यामोह (Delusion of persecution) (दूसरों के द्वारा धोखा या षडयन्त्र की आशंका)	2. सभी ज्ञानेन्द्रियों के सन्दर्भ विभ्रम, परन्तु श्रवण विभ्रम अधिक
3. सन्दर्भ व्यामोह (Delusion of reference) (दूसरे व्यक्तियां के द्वारा अपने बारे में बात किये जाने की आशंका)	
4. प्रभाव व्यामोह (Delusion of influence) (शत्रुओं के द्वारा प्रभावित होने की आशंका)	
5. रोगभ्रम व्यामोह (Hypochondrical delusion) (अनेक प्रकार की बीमारियों से पीड़ित होने का भ्रम	
6. पाप एवं अपराध व्यामोह (Delusion of sin and guilt) (व्यक्ति द्वारा किये गये पापों और अपराधों को अक्षम्य समझना)	
7. मिथ्यात्मक व्यामोह (Nihlistic delusion) (संसार को मिथ्या समझना)	

मनोविक्षिप्तता के सामान्य कारण विज्ञान
(General Etiology of Psychoses)

मनोविक्षिप्तता के अनेक कारण है। ***Coleman*** (1972) के अनुसार मनोविक्षिप्तता के सामान्य कारण-विज्ञान को दो वर्गों में वर्गीकृत किया जा सकता है—सहसम्बन्धात्मक अध्ययन (Correlational studies) एवं अन्तः क्रियात्मक अध्ययन (Interactional studies)।

(1) सहसम्बन्धात्मक अध्ययन (*Correlational Studies*)

सहसम्बन्धात्मक अध्ययनों के आधार पर अनेक कारकों के प्रभाव का संकेत प्राप्त होता है। यथाः—

(i) आयु (*Age*)—मनोविक्षिप्तिता के मानसिक रोगियों की आयु का मध्यमान 44 वर्ष प्राप्त हुआ है। यह रोग सामान्यतया प्रौढ़ावस्था में देखा गया है। जैसे प्रारम्भिक प्रौढ़ावस्था में मनोविदलता (schizophrenia), मध्य प्रौढावस्था में मनोविक्षिप्ति अवसादी प्रतिक्रिया (psychotic depressive reaction), वृद्धावस्था में विक्षिप्ति (senile psychoses) पायी जाती है।

(ii) यौन (*Sex*)—यह रोग पुरुषों में अधिक और स्त्रियों में कम पाया जाता है। इस रोग के घटित होने का अनुपात 4:3 का होता है। पुरुषों की तुलना में स्त्रियों में

उत्साह-विषाद विक्षिप्ति (manic depressive psychosis), अपविकासात्मक मनोविक्षिप्ति प्रतिक्रिया (involutional reaction) तथा जराकालीन (senile psychosis) अधिक पाया जाता है।

(iii) बुद्धि एवं शिक्षा *(Intelligence and Education)*—*Jaco* (1960), *Feinhandler* (1961) के अनुसार मनोविक्षिप्ति विकृति तथा बुद्धि एवं शिक्षा में कोई सार्थक सह- सम्बन्ध नहीं प्राप्त किया गया है।

(vi) वैवाहिक स्तर *(Marital Status)*—Jaco (1960) का मत है कि अविवाहित तथा विधुर लोगों की अपेक्षा विवाहित लोगों में यह विकृति कम पाई जाती है।

(v) नगरीय जीवन *(Urban Life)*—*Jaco* (1960) के अनुसार ग्रामीण व्यक्तियों की तुलना में नगरीय व्यक्तियों में व्यस्त जीवन प्रतिस्पर्धा आदि के कारण इस विकृति के दो गुना अधिक पाये जाने की सम्भावना पाई जाती है।

(vi) व्यवसाय *(Occupation)*—*Jaco* (1960) के अनुसार उच्च सामाजिक आर्थिक स्तर के व्यवसाय से सम्बन्धित व्यक्तियों में उत्साह-विषाद विक्षिप्ति (manic depressive psychoses) अधिक पाई जाती है।

(vii) संस्कृति *(Culture)*—*Dreger & Miller* (1960) के अनुसार अमेरिका में काले लोगों की अपेक्षा श्वेत लोगों में यह विकृति अधिक पाई जाती है।

(2) अन्तः क्रियात्मक अध्ययन *(Interactional Studies)*

इस वर्ग के अन्तर्गत मुख्यतः तीन प्रकार के अध्ययन को सम्मिलित किया गया है:—

(i) जैविक कारक *(Biological Factors)*—इस दिशा में किये गये अनुसंधान कार्य इस तथ्य पर प्रकाश डालते हैं कि मनोविक्षिप्ति विकृति का कारण वंशानुक्रम है क्योंकि जिन माता-पिता में यह विकृति पाई जाती है उनके बच्चे में भी इस विकृति के पाये जाने की सम्भावना पाई जा सकती है। अध्ययन के परिणाम यह भी संकेत करते हैं कि यह मनोविक्षिप्ति केवल जैविक कारकों के परिणामस्वरूप ही नहीं पायी जाती है, वरन् यह जैविक कारकों के अन्तःक्रिया के परिणामस्वरूप भी उत्पन्न होती है।

(ii) मनोवैज्ञानिक कारक *(Psychological Factors)*—*Coleman* (1976) के अनुसार मनोविक्षिप्ति के लिए दो कारकों को उत्तरदायी माना जा सकता है (i) विकृत पारिवारिक प्रतिमान, प्रारम्भिक जीवन में प्राप्त मानसिक आघात, दोषपूर्ण परिस्थितियाँ तथा अनुपयुक्त समायोजन आदि के कारण मनोविक्षिप्ति पाई जाती है। (ii) दबाव, कुण्ठा, अन्तर्द्वन्द्व आदि के कारण उत्पन्न प्रतिबल भी मनोविक्षिप्ति विकृति के लिये उत्तरदायी है।

(iii) सामाजिक कारक *(Social Factors)*—मनोविक्षिप्ति मनोविकृति के लिए सामाजिक कारक भी उत्तरदायी है परन्तु, इन कारकों का अध्ययन करना कोई सरल कार्य नहीं है। मनोविक्षिप्ति विकृति पर सामाजिक-सांस्कृतिक दशाओं के प्रभाव को प्राप्त किया गया है। इसलिए यूरोप और अमेरिका जैसे विकसित देशों की तुलना में पिछड़े देशों में यह विकृति अपेक्षाकृत कम पाई जाती है। विकसित देशों में मानसिक रोगियों की संख्या सबसे अधिक उससे कम विकासशील देशों में तथा सबसे कम पिछड़े देशों में पाई जाती है। *Paramanick* (1962) ने अपने अध्ययन में अमेरिका के 100,000 (एक लाख) व्यक्तियों में 880 तथा अफ्रीका के 1,00,000 व्यक्तियों में केवल 37 व्यक्तियों को ही मनोविक्षिप्ति विकृति से पीड़ित पाया है।

मनोविदलता
(Schizophrenia)

मनोविदलता की गणना एक अत्यन्त गम्भीर मानसिक रोग के रूप में की जाती है। इस रोग में व्यक्ति के तीनों पक्ष—ज्ञानात्मक, भावात्मक एवं क्रियात्मक सभी क्षतिग्रस्त एवं अस्त-व्यस्त हो जाते हैं। वैसे मनोविक्षिप्ति के अनेक प्रकार है परन्तु उनमें मनोविदलता इतना गम्भीर है कि इसके समस्त पक्षों के बारे में अभी पूर्ण रूप से ज्ञान नहीं प्राप्त किया जा सका है। परिणामस्वरूप इस विकृति के सन्दर्भ में निरन्तर अनुसंधान कार्य हो रहे हैं फिर भी मनोविदलता के कुछ पक्ष अभी भी विवादग्रस्त है।

यह सत्य है कि मनोविदलता एक गम्भीर मानसिक विकृति है जिसे पहले लोग पागलपन (madness) मानते थे (*Cutting,* 1985)। *Hippocrates* (460-370BC) एक यूनानी चिकित्सक थे जो मनोविदलता का कारण शरीर-द्रवों (body humors) का असन्तुलन मानते थे। *Galen* (130-200AD) भी एक रोमन चिकित्सक थे जिन्होंने मनोविदलता के लिए 'Dementia' शब्द का प्रयोग किया।

मनोविकृति के ऐतिहासिक पृष्ठभूमि के अवलोकन से इस तथ्य पर प्रकाश पड़ता है कि मनोविदलता के वर्तमान स्वरूप का क्रमिक विकास हुआ है तथा मनोविदलता की चिकित्सकीय समस्याओं की मात्रा ने मनोचिकित्सा एवं तांत्रिका विज्ञान (neurology) से सम्बन्धित अनुसंधानकर्ताओं के ध्यान को निरन्तर आकर्षित किया है। इनमें से *Emil Kraeplin* (1856-1926) तथा *Eugen Bleuler* (1857-1939) का नाम प्रमुखता से लिया जाता है। परन्तु इनके पहले *Benedict Morel* (1809-1873) जो एक फ्रांसीसी मनोचिकित्सक थे, ने सर्वप्रथम शब्द 'de'mence pre'core' का प्रयोग किया जिसका तात्पर्य किशोरावस्था के प्रारम्भ में पाये जाने वाले 'मानसिक ह्रास' विकृति से लिया जाता है। *Ludwig Kahlbaum* (1828-1899) ने कैटाटोनिया (Catatonia)[1] के लक्षणों का वर्णन किया है। *Ewold Hacker* (1843-1909) ने हेबेफ्रेनिया (Hebephrenia)[2] के साथ रोगी के विचित्र व्यवहार (bizzare behaviour) का वर्णन किया है। *Emil Kraeplin* ने Morel के 'de'mence precore' का अनुवाद किया और उसे 'dementia precox' की संज्ञा दी जिसका तात्पर्य विशिष्ट संज्ञानात्मक प्रक्रियाओं (dementia) तथा विकृति के शीघ्र प्रारम्भ (precox) से लिया गया। इस विकृति के लक्षणों के रूप में उन्होंने दीर्घकालिक ह्रास विभ्रम (hallucination) तथा भ्रान्ति (delusion) के लक्षणों के रूप में वर्णन किया गया।

Eugen Bleuler ने Dementia precox के स्थानापन्न के रूप में Schizophrenia शब्द का प्रयोग किया। इन्होंने दो यूनानी शब्दों 'Schizein' तथा 'Phren' शब्दों को मिलाकर Schizophrenia शब्द का निर्माण किया। Schizen का तात्पर्य विभक्त होने से है तथा Phren का तात्पर्य मन (mind) से है। इस प्रकार Schizophrenia का तात्पर्य 'मन के

---

1. *कैटाटोनिक प्रकार का मनोविदलता नामक रोग जिसमें रोगी की एक स्थिति में रहने की प्रवृत्ति होती है और वह हिलने-डुलने बातचीत करने के योग्य नहीं होता।*
2. *मनोविदलता का ऐसा प्रकार जिसमें व्यक्ति मूर्खतापूर्ण कार्य करता है, वह निरर्थक कार्य (senseless action) करता है, उसे विभ्रम और भ्रान्ति होता है। रोगी एकदम से उत्तेजित हो जाता है और थोड़ी ही देर में सुस्त हो जाता है और रोने लगता है। वह बिना किसी कारण हँसता है अत्यधिक बोलता है, तथा वह बेसिरपैर की बातें करता है।*

विखण्डन' से है। इनके अनुसार चिन्तन प्रक्रिया तथा संवेग में विखण्डन पाया जाता है। इसके प्रमुख लक्षण के रूप में विचारों (thoughts), संवेगों (emotion) और व्यवहारों में विकृति के रूप में वर्णित किया है। इन्होंने मनोविदलता के आधारभूत/प्राथमिक लक्षणों के रूप में 'The Four As' का वर्णन किया है जिसमें साहचर्य (association) भाव (affect), स्वैरचिन्तन (autism) एवं द्वैधवृत्ति (ambivalance) को सम्मिलित किया जा सकता है। इन्होंने गौण लक्षणों के रूप में केवल विभ्रम (hallucination) और भ्रान्ति को ही सम्मिलित किया है। इनके अतिरिक्त *Adolf Meyer, Harry Stack Sullivan, Ernst Kretschmer, Gabriel Langfeldt, Kurt Schneider,* एवं *Karl Jaspers* ने मनोविदलता की प्रकृति एवं लक्षण के सम्बन्ध में महत्त्वपूर्ण अनुसंधान कार्य किया है। *Meyer* को Psychobiology का संस्थापक माना जाता है जो जीवन बलाघातों (life stresses) के कारण उत्पन्न संलक्षणों को मनोविलदता की संज्ञा देते हैं। *Sullivan* ने Interpersonal Psychoanalytical School का प्रतिपादन किया जो मनोविदलता का कारण सामाजिक एकाकीपन (social isolation) मानते हैं। *Kretschmer* का मत है कि लम्बकाय (aesthenic), सुगठित (atheletic) अथवा कुगठित (dysplastic) प्रकार के व्यक्तियों में गोलकाय (pyknic) प्रकार के व्यक्तियों की तुलना में मनोविदलता अधिक पाई जाती है। *Langfeldt* ने रोगियों को दो वर्गों—वास्तविक मनोविदलता (true schizophrenia) एवं मनोविदलता-प्रकार मनोविक्षिप्ति (schizophrenia-like psychosis) में वर्गीकृत किया है। इन्होंने वास्तविक मनोविदलता को कई नामों से पुकारा है, यथा Nuclear schizophrenia, Process schizophrenia, Nonremitting schizophrenial *Schneider* ने मनोविदलता के प्रथम श्रेणी के लक्षणों (first-rank symptoms) तथा द्वितीय श्रेणी के लक्षणों (second-rank symptoms) का वर्णन किया है। मनोचिकित्सक एवं दार्शनिक *Karl Jaspers* ने अस्तित्वात्मक मनोविश्लेषण (existential psychoanalysis) के विकास में महत्त्वपूर्ण भूमिका अदा की। इनका मत था कि मनोविकृति (psychopathology) का कोई स्थिर नियम (fixed principle) अथवा मूलभूत नियम (basic principle) नहीं होता। मनोविदलता के सन्दर्भ में इनका सिद्धान्त अनेक पारम्परिक सम्प्रत्ययों यथा प्रयोज्य (subject) एवं वस्तु (object), कारण (cause) एवं प्रभाव (effect) एवं यथार्थता (reality) एवं कल्पना (fantasy) से पूर्णतया स्वतन्त्र है।

मनोविदलता समान रूप से पुरुषों और महिलाओं में पाया जाता है। परन्तु विकृति के प्रारम्भ एवं रोग अवधि (course of illness) में अवश्य अन्तर पाया जाता है। महिलाओं की तुलना में पुरुषों में यह रोग शीघ्रता से प्रारम्भ हो जाता है। आधे पुरुष रोगियों में 25 वर्ष की आयु के पहले ही चिकित्कीय सहायता की आवश्यकता पड़ जाती है जबकि एक तिहाई महिला रोगियों को ही चिकित्सकीय सहायता की आवश्यकता होती है। इस विकृति के प्रारम्भ होने का पराकाष्ठा काल (peak period) पुरुषों में 15 से 25 वर्ष तथा महिलाओं में 25 से 35 वर्ष होता है। 10 वर्ष के पहले तथा 50 वर्ष के बाद इस विकृति को घटित होते बहुत कम देखा गया है। मनोविदलता के सन्दर्भ में यह महत्त्वपूर्ण परिणाम प्राप्त किया गया कि जिन व्यक्तियों का जन्म शीत ऋतु (winter) अथवा बसन्त के प्रारम्भ (early spring) में होता है। उनमें उन व्यक्तियों की अपेक्षा बहुत बिलम्ब से मनोविदलता के लक्षण उत्पन्न होते हैं, जिनका जन्म बसन्त के अन्त अथवा ग्रीष्म ऋतु में होता है।

उत्तरी गोलार्द्ध (northern hemisphere–संयुक्त राष्ट्र अमेरिका) में जनवरी से अप्रैल तथा दक्षिणी गोलार्द्ध (southern hemisphere) में जुलाई से सितम्बर माह के बीच जन्में लोगों में मनोविदलता के पाये जाने की सम्भावना अधिक पाई जाती है। मनोविदलता सम्पूर्ण

जगत में समान रूप से वितरित नहीं है वरन् भौगोलिक वितरण (geographical distribution) पर भी आधारित है। उदाहरणार्थ संयुक्त राष्ट्र के अन्य भागों की अपेक्षा उत्तरी और दक्षिणी भाग के निवासियों में यह विकृति अपेक्षाकृत अधिक पाई जाती है। सामान्य माता-पिता की अपेक्षा मनोविदली माता-पिता के बच्चों में मनोविदलता के पाये जाने की सम्भाव्यता अधिक पाई जाती है। सामान्य जनसंख्या में अन्य रोगों की तुलना में मनोविदलता विकृति का मृत्यु-दर अपेक्षाकृत अधिक है। मनोविदलता के रोगियों में मृत्यु के प्रमुख कारण के रूप में आत्महत्या को प्राप्त किया गया है। मनोविदलता से ग्रस्त लगभग 50% रोगी अपने जीवन में कम-से-कम एक बार आत्महत्या का प्रयास करते है। आत्महत्या का प्रयास महिला और पुरुष रोगी समान मात्रा में करते हैं परन्तु जिन रोगियों की आयु कम (young age) होती है, जिनमें अवसादपरक लक्षण अधिक पाये जाते हैं, तथा पूर्व रुग्णता प्रकार्यता (premorbid functioning) अधिक पाई जाती है, उनमें आत्महत्या सम्बन्धी प्रयासों के पाये जाने की सम्भावना अधिक होती है क्योंकि वे अपनी रुग्णता को एक महत्त्वपूर्ण कारक के रूप में मानते हैं। मनोविदलता के सन्दर्भ में अनुसंधानों के सर्वेक्षण से इस तथ्य पर भी प्रकाश पड़ता है कि मनोविदलता से रोगग्रस्त 50% रोगी सिगरेट पीते थे। कुछ अध्ययनों में यह परिणाम प्राप्त किया गया है कि सिगरेट पीना प्रतिमनोविक्षिप्त औषधियों (antipsychotic drugs) के उच्च खुराक के सेवन से सम्बन्धित है क्योंकि सम्भवतया सिगरेट पीना इन औषधियों के चयपचय (metabolism rate) में वृद्धि करता है। जबकि कुछ अध्ययन यह प्रदर्शित करते हैं कि सिगरेट पीना पार्किन्सन सम्बन्धी प्रतिमनोविक्षिप्त औषधियों के ह्रास से सम्बन्धित है क्योंकि सम्भवतया Domapine neurous की सक्रियता निकोटीन पर निर्भर करती है। प्राप्त परिणाम यह प्रदर्शित करते हैं कि निकोटीन के कारण विधेयात्मक लक्षणों में ह्रास पाया जाता है। मनोविदलता के 30% से 50% रोगी अलकोहल निर्भरता के कारण रोगग्रस्त पाये गये। इसी प्रकार भाँग (cannabis) तथा कोकीन के उपयोग के कारण मनोविदलता के पाये जाने की सम्भावना क्रमशः 15% से 25% तथा 5% से 10% प्राप्त की गई है। इसी प्रकार ग्रामीण वातावरण की तुलना में नगरीय वातावरण में सामाजिक बलाघातों के पाये जाने के मनोविदलता के पाये जाने की सम्भावना पाई जाती है। कुछ अनुसंधानकर्ताओं ने औद्योगीकरण, अप्रवासन (immigration), संस्कृति, आवास अभाव (homelessness), खराब आर्थिक स्थिति आदि कारकों को भी मनोविदलता विकृति के लिए उत्तरदायी माना है।

कैमरान *(Cameron,* 1969) ने मनोविदलता परिभाषित करते हुए कहा है कि, *''मनोविदलता सम्बन्धी प्रतिक्रियाएँ एक प्रकार के प्रतिगमनात्मक प्रयास है जिससे व्यक्ति मानव एवं चिन्ता की स्थिति में पलायन करता है। यह पलायन वह वास्तविक अन्तर्वैयक्तिक वस्तु सम्बन्धों के स्थान पर व्यामोह एवं विभ्रमों के निर्माण के द्वारा होता है।'' (Schizophrenia reactions are regressive attempts to escape tension and anxiety of abondoning realistic interpersonal object relations and constructing delusions and hallucinations).*

कोलमैन *(Coleman,* 1976) के अनुसार, *''मनोविदलता एक वर्णनात्मक पद है जिसमें मनोविक्षिप्तता सम्बन्धी कई विकारों का बोध होता है। इसके अन्तर्गत वास्तविकता को खूब तोड़-मरोड़ कर प्रस्तुत किया जाता है। व्यक्ति का प्रत्यक्षीकरण, विचार और संवेग अपूर्ण और विघटित रूप में होते हैं।'' (Schizophrenia is the descriptive term for a group of psychotic disorders characterized by gross distortng of reality, withdrawl from social interaction and the disorganization and fragmentation of perception, thought and emotion.)*

Davison & Neale (1996) के अनुसार, *''मनोविदलता मनोविक्षिप्ति विकृतियों का एक समूह है जिसमें चिन्तन, संवेग तथा व्यवहार में अत्यधिक क्षुब्धता पाई जाती है। विकृत चिन्तन जिसमें विचार तार्किक रूप से सम्बद्ध नहीं होते हैं, प्रत्यक्षीकरण और अवधान दोषपूर्ण होता है, पेशीय क्रियाओं में अनोखी क्षुब्धता पाई जाती है, तथा, उसमें अनुपयुक्त भाव पाया जाता है।''* *(Schizophrenia is a group of psychotic disorder characterized by major disturbances in thought, emotion and behaviour disordered thinking in which ideas are not logically related, faulty perception and attention, bizarre disturbances in motor activity and flat or inappropriate affect.)*

नैदानिक लक्षण *(Diagnostic Features)*

DSM-IV में मनोविदलता के वर्णित नैदानिक लक्षणों को तीन वर्गों में वर्गीकृत किया जा सकता है—विधेयात्मक लक्षण (Positive symptoms), निषेधात्मक लक्षण (Negative symptoms) एवं मनोपेशीय लक्षण (psychomotor symptoms)

1. विधेयात्मक लक्षण *(Positive Symptoms)*

विधेयात्मक लक्षणों का तात्पर्य सामान्य कार्यों में रोगी द्वारा मनोवैज्ञानिक अतिरेक (psychological excess) की अभिव्यक्ति होती है। इस वर्ग के अन्तर्गत प्रमुख रूप से व्यामोह (delusion), विघटित चिन्तन एवं सम्भाषण (disorganized thinking and speech), विभ्रम (hallucination) के लक्षणों को सम्मिलित किया जा सकता है:—

(i) व्यामोह *(Delusion)*—व्यामोह व्यक्ति का ऐसा झूठा विश्वास है जिसे वह प्रत्येक स्थिति में सत्य मानता है। रोगी के मस्तिष्क में यह झूठा विश्वास इस गहराई तक जम जाता है कि अनेकों पूर्ण तर्क दिये जाने पर भी वह इन अविश्वासों को असत्य नहीं समझता है। *Page* ने एक ऐसी मनोविदली महिला रोगी का वर्णन किया है जो चिथड़ों से बने बण्डल को अपना बच्चा समझती थी तथा वार्ड के चिकित्सकों को बच्चे का बाप। मनोविदलता के रोगी में दण्डात्मक (prosecutory), महानता (grandeur), तथा अतिस्वास्थ्य चिन्ता (hypochondrial) के व्यामोह अधिक पाये जाते हैं। मनोविदलता के रोगी के व्यामोह अतार्किक एवं विचित्र होते हैं। मनोविदलता के कुछ रोगी ऐसे भी होते हैं जिनमें एक से अधिक व्यामोह पाये जाते हैं। दण्डात्मक व्यामोह में रोगी को यह विश्वास हो जाता है कि समाज के लोगों ने उसे अलग कर दिया है, लोग उसे डारा-धमका रहे हैं उस पर आक्रमण करने वाले हैं या लोग योजनाबद्ध तरीके से तंग कर रहे हैं।

(ii) विभ्रम *(Hallicuniation)*—मनोविदलता के रोगियों में किसी-न-किसी प्रकार का विभ्रम अवश्य पाया जाता है। विभ्रम एक दोषपूर्ण प्रत्यक्षीकरण है जिसमें वातावरण में उद्दीपक के न होने पर भी संवेदनात्मक अनुभव होता है। ऐसे रोगियों में श्रवणपरक (auditory) विभ्रम अधिक पाये जाते हैं। ऐसे रोगियों को अकसर अपने मित्रों, सम्बन्धियों एवं ईश्वर की ध्वनियाँ सुनाई पड़ती है। परन्तु यह श्रवण विभ्रम अप्रिय होता है। दृष्टि सम्बन्धी विभ्रमों में विचित्र दृश्य देखना, ईश्वर का दर्शन करना आदि को उदाहरणस्वरूप लिया जा सकता है। इसी प्रकार रोगी में स्वाद (taste), गन्ध (olfactory) एवं स्पर्श (tactual) सम्बन्धी विभ्रम भी पाये जाते हैं। स्पर्श विभ्रम में रोगी जलन, विद्युत आघात का संवदेन, झुनझुनी तथा कीड़ा रेंगने की संवेदना दैहिक (somatic) विभ्रम में शरीर के अन्दर परिवर्तन, स्वाद

विभ्रम में भोजन अथवा पानी से विचित्र स्वाद का अनुभव, तथा घ्राण विभ्रम में रोगी किसी ऐसी गन्ध की अनुभूति करता है जो अन्य व्यक्तियों को नहीं होती है।

परन्तु अन्य विभ्रमों की तुलना में श्रवण विभ्रम के पाये जाने की सम्भावना अधिक होती है (American Psychiatric Association, 1994; *Mueser* et. al. 1990)। मनोविदलता के रोगी में श्रवण विभ्रम उस समय अधिक पाया जाता है जब वह अपने को दयाहीन, सुस्त एवं सांवेदिक एकाकीपन (sensory isolation) अधिक अनुभव करता है (*Heilburn*, 1983)।

(iii) **विघटित चिन्तन एवं सम्भाषण** (*Disorganized Thinking and Speech*)—इस रोग में चिन्तन एवं सम्भाषण में विघटन पाया जाता है। विघटित सम्भाषण से तात्पर्य रोगी के विचारों के साहचर्य में अस्त-व्यस्तता तथा विचारों में तीव्रता से परिवर्तन पाया जाता है जिससे रोगी की बातों का कोई अर्थ निकालने में कठिनाई होती है। ऐसे रोगी अनुपयुक्त प्रश्न पूछते हैं तथा अनुपयुक्त उत्तर देते हैं। इनका सम्भाषण अस्पष्ट, आवर्ती, आवश्यकता से अधिक मूर्त अथवा अमूर्त होता है। इसलिए इनकी बात समझ में नहीं आती है। (*Rutter*, 1985)। ऐसे रोगी नये-नये शब्दों का निर्माण करते हैं जिसका अर्थ वही समझता है, तथा उसका कोई तार्किक आधार नहीं होता है।

(iv) **अनुपयुक्त भाव** (*Inappropriate Affect*)—मनोविदलता के रोगियों में अपने भावों पर नियन्त्रण नहीं होता है। वे परिस्थिति के अनुरूप अपने संवेगों को नहीं प्रकट करते हैं। उसमें संवेगात्मक परिस्थितियों के प्रति उदासीनता पाई जाती है। वह अकारण ही किसी संवेग की अभिव्यक्ति कर सकता है।

2. निषेधात्मक लक्षण (*Negative Symptoms*)

इन लक्षणों को 'अभाव मनोविदलता' (deficit schizophrenia) भी कहते हैं। इनमें निम्नलिखित लक्षणों को सम्मिलित किया जा सकता है:—

(i) **वाणी अभाव** (*Poverty of Speech*)—ऐसे रोगियों में वाणी से सम्बन्धित अनेक प्रकार की कमियाँ पाई जाती है। उदाहरणार्थ—ऐसे रोगी किसी प्रश्न का उत्तर देने के पहले थोड़ी देर शान्त रहता है, कम-से-कम शब्दों में उत्तर देता है, किसी प्रश्न का उत्तर नहीं भी देता है, धीरे-धीरे बोलता है, बोलते-बोलते रुक जाता है तथा उसके कथनों से कोई अर्थ नहीं निकल पाता है।

(ii) **कुण्ठित एवं नीरस भाव** (*Blunted and Flat Affect*)—ऐसे रोगियों में कुण्ठित (notshart) एवं नीरस भाव संवेग पाये जाते हैं। सामान्य व्यक्तियों की भाँति इनमें क्रोध, प्रसन्नता, दुख के भाव अपेक्षाकृत कम पाये जाते हैं। ऐसे रोगियों की आवाज मन्द होती है, किसी से आँख मिलाकर बात नहीं करते हैं, वाणी नीरस होती है तथा चेहरे पर सुस्त भाव बना रहता है।

(iii) **संकल्प शक्ति की क्षुब्धता** (*Disturbance in Volition*)—चूँकि ऐसे रोगियों में भाव शून्यता पाई जाती है, सामान्य कार्यों में अभिरुचि का अभाव पाया जाता है ऊर्जा-ह्रास अनुभव करते हैं, तथा लोगों से कम सम्पर्क रखते हैं, इसलिए किसी कार्य को पूरा करने में अक्षम समझते हैं, और संकल्पशक्ति (इच्छाशक्ति) का अभाव पाया जाता है।

(iv) **वातावरण के प्रति क्षुब्धता** (*Disturbed Relationship with External World*)—ऐसे रोगी अपने आप को वातावरण से अलग समझते हैं, वे उससे

अपना कोई सामाजिक सम्बन्ध नहीं चाहते हैं, अन्य लोगों से दूर रहते हैं, दूसरों से बात नहीं करना चाहते हैं, उनके विचार विकृत एवं अतार्किक होते हैं, तथा इन्हें प्रतिदिन की सामाजिक समस्याओं और तथ्यों का ज्ञान बहुत कम होता है (*Faloon* et. al; *Bellack et*. al. 1989; *Cutting & Murphy*, 1988; 1990)।

3. मनोपेशीय लक्षण (*Psychomotor Symptoms*)

मनोविदलता के रोगियों में मनोपेशीय लक्षण भी पाये जाते हैं। उदाहरणार्थ—ऐसे रोगी के व्यवहार, हाव-भाव गति एवं दिशा में सामान्यता नहीं पाई जाती है। इन सब लक्षणों में अपूर्वता पाई जाती है। यह लक्षण आवर्ती (repetetive) और उद्देश्यपूर्ण (purposive) प्रतीत होते हैं। इन रोगियों में यह लक्षण अपने चरम रूप (extreme form) में होते हैं जिसे कैटेटोनिया की संज्ञा दी जाती है। ऐसे रोगी घंटों तक सीधी मुद्रा इस तरह बनाये रखते हैं कि उसमें किसी प्रकार का परिवर्तन पसंद नहीं होता है। ऐसे रोगी घण्टों एक पैर पर खड़े रहते हैं और घंटों एक हाथ ऊपर उठाये रहते हैं।

DSM-IV के अनुसार मनोविदलता की पहचान के लिए निम्न लक्षणों का सारांश स्वरूप प्रयोग किया जाता है:—

(i) व्यक्ति में मनोविदलता के लक्षण 6 महीने या इससे अधिक अवधि के लिए अवश्य पाये जाये। इस अवधि में एक महीने की अवधि सक्रिय अवस्था (active phase) की हो जिसमें व्यामोह, विभ्रम, विघटित वाणी, कैटेटोनिक लक्षण अथवा निषेधात्मक लक्षण अवश्य पाये जाये। शेष अवधि के लक्षण प्राकलाक्षणिक अवधि (prodromal phase) तथा अवशिष्ट अवधि (residual phase) कहे जाते हैं।

(ii) सामान्य क्रियाकलाप, सामाजिक सम्बन्ध तथा आत्म देखरेख (self-care) के सन्दर्भ में व्यक्ति के निष्पादन में ह्रास पाया जाये।

(iii) रोगी अवसाद (depression) या उन्माद (manic) का अनुभव करता है, चाहे यह लक्षण प्रारम्भ में पाये जाएँगे या बाद में या थोड़े समय के लिए होगा।

(iv) रोगी में यह लक्षण द्रव उपयोग (substance use) तथा चिकित्सकीय अवस्था (medical condition) जैसे मस्तिष्कीय गांठ, मस्तिष्कीय आघात अथवा विटामिन$_{12}$ की कमी के कारण न उत्पन्न हुआ हो।

(v) मनोविलदता के लक्षण रोगी के सामाजिक और व्यवसायिक दुष्प्रकार्यता (dys-function) के रूप में देखे जा सकते हैं।

(vi) रोगी में संज्ञानात्मक एवं संवेगात्मक दुष्प्रकार्यता पाई जाती है जिनमें उसके प्रत्यक्षीकरण—(विभ्रम—hallucination), अनुमानात्मक चिन्तन (inferential thinking—व्यामोह delusion), भाषा एवं सम्प्रेषण (language and communication—असंगठित वाणी-disorganized speech), व्यवहारपरक प्रबोधन (behavioural monitoring—सम्पूर्ण विघटन-catatonic behaviour), भाव प्रवाह, वाणी एवं विचारों की उत्पादकता—calogia), सुखात्मकता क्षमता (hedonic capacity), संकल्प-शक्ति/इच्छा शक्ति (volition), अन्तर्नोद एवं अवधान को सम्मिलित किया जा सकता है।

उपर्युक्त नैदानिक लक्षणों के आधार पर मनोविदली को सामान्य व्यक्तियों से अलग किया जा सकता है।

मनोविदलता के रोगियों के लिए दो प्रयोगशालायी परीक्षण C. T. Scan Head तथा

MRI Scan Head भी किये जा सकते हैं जिनमें यह देखा जा सकता है कि मस्तिष्क गुहाओं (ventricular system of the brain) में सूजन है या नहीं, तथा मस्तिष्क कोशिकाओं (brain cells) का क्षय हुआ है या नहीं। यथार्थ मनोविदलता के निदान में इन परीक्षणों का कोई विशेष महत्त्व नहीं है।

मनोविदलता का उपचार (Treatment of Schizophrenia)

मनोविदलता के उपचार के लिए अनेक विधियों उदाहरणार्थ—न्यूरोसर्जरी (Neuro surgery), इलेक्ट्रोकन्वलसिव थिरैपी (Electroconverlusive therapy), औषधि (drugs), पुनरूत्थान (Rehabilitation) एवं मनोसामाजिक उपचार (psychosocial treatment) का प्रयोग किया जा सकता है।

औषधीय उपचार के लिए Roualfia Serpentina, Chloropromazine (Magatic, Nansilax), Fluphenazine (Anatensol Prolimate), Thiorridazine (Ridazine, Mellaril, Saliril), Trifluoperazic (Trinicalm plus, Trimicalm fort, Neocalm, Neocalm plus), Pimozide, Haloperidol (Combidiol, Hexidol, Senorum, Trinorm), Haloperidol decanote, Trifluperidol, Prochlorperazine, Triflu promazine, Fluperthixol, Flupenithixol decanate, Loxapine, Clozapine, Risperidone, Olanzapine, Risperidone आदि का प्रयोग चिकित्सक के निर्देशानुसार किया जा सकता है।

मनोविदलता के उप-प्रकार (Sub-types of Schizophrenia)

सर्वप्रथम *Kraeplin* (1896) ने मनोविदलता का वर्गीकरण तीन उपवर्गों—हेबीफ्रेनिक (Hebephrenic), कैटेटोनिक (Catatonic) तथा सम्भ्रांति (Paranoia) में किया। परन्तु इनका यह वर्गीकरण व्यापक था। इसलिए *DSM-IV* के विशेषज्ञों ने इसे पाँच वर्गों में वर्गीकृत किया है:—

(1) सम्भ्रांति मनोविदलता (*Paranoid Schizophrenia*)

यह रोग 25 से 35 वर्ष के वर्ग में सबसे अधिक पाया जाता है। यह रोग महिलाओं की अपेक्षा पुरुषों में अधिक पाया जाता है। सम्भ्रान्ति मनोविदलता में प्रमुख लक्षणों के व्यामोहों (delusions) अथवा श्रवणपरक विभ्रमों (auditory hallucinations) को लिया जा सकता है। ऐसे रोगियों में दण्डात्मक व्यामोह (delusion of persecution), बड़प्पन का व्यामोह (delusion of grandeur), ईर्ष्या का व्यामोह (delusion of jealousy) तथा सन्दर्भ व्यामोह (delusion of reference) पाया जाता है (American Psychiatric Association 1994)। ऐसे मनोविदलता प्रकार में असंगठित (disorganized) एवं कैटाटोनिक प्रकार के लक्षण नहीं पाये जाते हैं। ऐसे रोगी में चिन्ता क्रोध, एकाकीपन एवं अतार्किकता के लक्षण पाये जाते हैं। दण्डात्मक व्यामोह के कारण आत्महत्या की प्रवृत्ति पाई जा सकती है। ऐसे रोगी सामान्यतया तन्त्रिका मनोवैज्ञानिक (neuropsychological) अथवा अन्य संज्ञानात्मक परीक्षणों (cognitive testing) में कम क्षीणता (impairment) प्रदर्शित करते हैं।

(2) विघटित मनोविदलता (*Disorganized Schizophrenia*)

Kraeplin द्वारा वर्गीकृत हेबिफ्रेनिक मनोविदलता (habephrenic schizophrenia) को DSM-IV में विघटित मनोविदलता की संज्ञा दी गई है। इसके प्रमुख लक्षणों के रूप में विघटित वाणी (disorganized speech), विघटित व्यवहार तथा अनपयुक्त भाव (inappropriate affect) को लिया जा सकता है। विघटित वाणी के साथ मूर्खतापूर्ण व्यवहार तथा अकारण हंसी भी पाई जाती है। व्यवहारपरक विघटन के कारण रोगी में लक्ष्योन्मुखता का अभाव पाया जाता है जिससे वह अपने दैनिक जीवन की क्रियाओं को सम्पादित करने में अपने को अक्षम पाते हैं। ऐसे रोगियों में कैटाटोनिक प्रकार के मनोविदलता के लक्षण नहीं पाये जाते हैं।

अनेक प्रकार के तन्त्रिका-मनोवैज्ञानिक एवं संज्ञानात्मक परीक्षणों पर इनके क्षीण निष्पादन को देखा जा सकता है। मनोविदलता का यह उप-प्रकार क्षीण पूर्व रोगग्रस्त व्यक्तित्व (poor premorbid personality) में भी देखा जाता है।

(3) कैटाटोनिक मनोविदलता (*Catatonic Schizophrenia*)

इस रोग का वर्णन सर्वप्रथम जर्मनी के एक चिकित्सक *Karl Kahlbaum* ने 1868 में किया और उन्होंने इस रोग को 'तनाव पागलपन' (tension insanity) कहा। इसका कारण उन्होंने आंगिक विकृति (organic disorder) माना जिसमें मस्तिष्क में सूजन (swelling) का पाया जाना है। परन्तु आधुनिक विशेषज्ञों ने इस विकृति का कारण आंगिक नहीं माना है वरन् वे मनोपेशीय क्रियाओं (psychomotor activities) की क्षुब्धता को इसका कारण मानते हैं। इस विकृति में पेशीय (motor) लक्षण बौद्धिक (intellectual) तथा सांवेगिक लक्षणों से अधिक स्पष्ट होते हैं। इसके प्रमुख लक्षण के रूप में मनोगतिय क्षुब्धता (psychomotor distrubance) है जिसमें गत्यात्मक निश्चलता (motoric immobility), अत्यधिक क्रियाशीलता (excessive motor activity) अत्यधिक निषेधात्मकता (extreme negativism), मूकता (mutism), स्वैच्छिक क्रियाओं में अपूर्वता, इकोलेलिया (echolalia—अन्य व्यक्तियों द्वारा किसी व्यक्ति के लिए बोले गये शब्दों को उसके द्वारा स्वयं ही तोते की भाँति दुहराना) अथवा इकोप्रेक्सिया (echopraxia–दूसरों के कामों की नकल करना) के लक्षण पाये जाते हैं गत्यात्मक निश्चलता की अभिव्यक्ति निस्पन्दवात (catalepsy–रोगी की ओर से जवाब कम मिलने की अवस्था जो मनोवैज्ञानिक रोग में उत्पन्न होती है, जिसमें रोगी अचेतअवस्था में लेटा रहता है, वह चाहता है कि उसे न छेड़ा जाये, और वह उसी स्थिति में लेटा रहना चाहता है) अथवा जड़िमा (stupor–सुन्नता जिसमें अनुभूतियों का दमन हो जाता है) के रूप में होती है। अत्यधिक क्रियाशीलता स्पष्ट रूप से उद्देश्यहीन होती है। इकोलेलिया रोगात्मक (pathological) होता है। इसी प्रकार इकोप्रेक्सिया में व्यक्ति दूसरे व्यक्ति की गलतियों की बार-बार पुनरावृत्ति करने का प्रयास करता है। इस रोग के सन्दर्भ में सरल शब्दों में इस प्रकार कहा जा सकता है कि इस रोग में रोगी बिल्कुल निष्क्रिय सा रहता है, वह कभी-कभी बहुत उत्तेजित हो जाता है और हिंसात्मक कार्य कर बैठता है। यह रोग 20 से 25 वर्ष के लोगों में पाया जाता जाता है। यह रोग स्त्री तथा पुरुष दोनों को समान रूप से प्रभावित करता है। इसका प्रारम्भ तीव्रता से भी हो सकता है और मंद गति से भी। इसके तीन प्रकार हैं—अचेतनग्रस्त कैटाटोनिया (Stuporks Catatonia), उत्तेजनायुक्त कैटाटोनिया (Excitement Catatonia) एवं उत्तेजना एवं उत्तेजना के बीच कैटाटोनिया का एक-एक कर आना (Catatonia alternating between excitement and stupor)। अचेतनग्रस्त कैटाटोनिया में रोगी मौ

धारण कर लेता है, शरीर में अकड़न आ जाती है, रोगी अपनी एक विशिष्ट स्थिति (posture) बना लेता है, प्राप्त निर्देशों के विपरीत व्यवहार करता है, शब्दानुकरण करता है, तथा निष्क्रियता पाई जाती है। जबकि उत्तेजनायुक्त कैटाटोनिया में रोगी में काफी उत्तेजनशीलता पाई जाती है, मनो-क्रियात्मक (psychomotor) क्रियाएँ बढ़ जाती हैं तथा रोगी में घबड़ाहट पाई जाती है तीसरे प्रकार के कैटाटोनिया में उपयुक्त दोनों प्रकार के लक्षण क्रमशः आते रहते हैं।

(4) अविभेदीकृत मनोविदलता (*Undifferentiated Schizophrenia*)

इस वर्ग के अन्तर्गत आने वाले रोगी की पहचान तो सरलता से हो जाती है, परन्तु उन्हें किसी स्पष्ट वर्ग में रखने में कठिनाई होती है। यह लक्षण अचानक उत्पन्न होते हैं लेकिन वे शीघ्र ही दूर हो जाते हैं, तो उसे प्रखर मिश्रित मनोविदलता (acute undifferentiated schizophrenia) कहते हैं। लेकिन जब इन लक्षणों की शुरूआत धीरे-धीरे होती है तो उसके लक्षण मिश्रित मनोविदलता (chronic undifferentiated schizophrenia) कहते हैं। इन रोगियों को तीव्र मिथ्या विश्वास होता है। इनमें मिथ्या-बोध भी पाया जाता है।

(5) अवशिष्ट मनोविदलता (*Residual Schizophrenia*)

इस संवर्ग में मनोविदलता के उन रोगियों को रखा जाता है जो मनोविदलता के लक्षणों पर खरे नहीं उतरते हैं। ऐसे रोगियों में मनोविदलता के लक्षण तीव्र अवश्य नहीं होते हैं परन्तु वे रोगी में अवशिष्ट रूप में बने रहते हैं। परिणामस्वरूप रोगी के व्यवहार में अनुपयुक्त, सामाजिक प्रत्याहार, विचित्र व्यवहार तथा अतार्किक चिन्तन के लक्षण पाये जाते हैं। रोगी में सामाजिक एकाकीपन (social isolation), विचित्र व्यवहार, व्यक्तिगत देखरेख दोषपूर्ण, सांवेगिक अभिव्यक्ति में अनुपयुक्त, विचित्र चिन्तन, असाधारण अनुभूतियों तथा भावशून्यता पाई जाती है। इनमें आवेश और भावनाएँ काफी धीमी पड़ जाती हैं। व्यक्ति सही भाषा नहीं बोल पाता है। बोलते समय उसकी भाषा खराब हो जाती है। उसकी सोच निरर्थक रहती है। वह किसी कार्य का प्रारम्भ नहीं कर पाता है, न तो वह विचारों का आदान-प्रदान करने में सक्षम होता है और न वह इशारों की भाषा समझ सकता है। यह अपने को समाज से अलग कर लेते हैं। इनमें अवसाद, उन्माद के लक्षण देखने को नहीं मिलते।

ICD-10 में मनोविदलता का वर्गीकरण 9 वर्गों में किया गया है जिनका वर्णन अधोलिखित है:—

(1) सरल मनोविदलता (*Simple Schizophrenia*)

मनोविदलता का यह रूप किशोरावस्था में प्रारम्भ होकर धीरे-धीरे विकसित होता है। वातावरण के प्रति रोगी में रुचि का अभाव पाया जाता है। इनमें उदासीनता लापरवाही और एकान्तप्रियता के लक्षण स्पष्ट रूप से दिखाई पड़ते हैं। सगे-सम्बन्धियों में इनकी रुचि समाप्त हो जाती है। यही नहीं विपरीत यौन के प्रति आकर्षण का अभाव भी इनमें पाया जाता है। रोगी दिवास्वप्न का शिकार हो जाता है। ऐसे रोगियों की मानसिक क्रियाओं में कोई स्पष्ट विघटन नहीं पाया जाता है। इसीलिए मनोविदलता के इस प्रारूप से पीड़ित व्यक्तियों का उपचार स्वस्थ पारिवारिक वातावरण में किया जा सकता है। यदि प्रारम्भिक अवस्था में ही रोगी की समुचित चिकित्सा की जाये, तो उनके स्वस्थ सम्भावना काफी पाई जाती है।

(2) हेबेफ्रेनिक मनोविदलता (*Hebephrenic Schizophrenia*)

मनोविदलता के इस रूप का प्रारम्भ बाल्यावस्था में ही हो जाता है जिसमें व्यक्तित्व

विघटन बहुत तीव्र गति से होता है तथा रोगी का सम्बन्ध उसके वास्तविक जीवन से टूट जाता है। ऐसे रोगी विभ्रम एवं व्यामोह के शिकार हो जाते हैं। इनमें श्रवण विभ्रम अपेक्षाकृत अधिक पाया जाता है। ऐसे रोगी भला-बुरा कहने तथा गाली देने की आवाजें सुनते हैं, रोगी में पाये जाने व्यामाहों के अनेक प्रकार हो सकते है जैसे—धार्मिक, यौन सम्बन्धी, दण्डात्मक, स्वास्थ्य-चिन्ता आदि। रोगी में यह विश्वास पाया जाता है कि वह शत्रुओं से घिरा हुआ है और लोग उसकी हत्या करना चाहते हैं। ऐसे रोगी का व्यवहार एक छोटे बालक के समान होता है जिससे प्रतिगमन (regression) प्रदर्शित होता है। वे अपने काल्पनिक साथियों के साथ घंटों बातें करते है। इनके खाने-पीने का ढंग बच्चों के समान होता है। इनके चिन्तन में क्रमबद्धता का अभाव पाया जाता है।

(3) तान प्रतिष्ठमय मनोविदलता (*Catatonic Schizophrenia*)

मनोविदलता के इस प्रारूप का प्रारम्भ अपेक्षाकृत अचानक एवं नाटकीय ढंग से होता है। व्यामोह तथा विभ्रम के अतिरिक्त इस रोग में मूड का उतार-चढ़ाव अकसर देखने को मिलता है। इस रोग के लक्षण कम-से-कम 2 दो सप्ताह तक के लिए अवश्य पाये जाते हैं जिनमें निम्न लक्षणों में से एक या दो की प्रमुखता पाई जाती है:—

(i) **जड़िया या मूर्छित अवस्था** (*Stupor Stage*)—इसमें रोगी की चैतन्यता समाप्त हो जाती है और वह एक ही मुद्रा में घंटों खड़ा रहता है। उसकी शारीरिक अथवा मानसिक क्रियाएँ मंद हो जाती है। वह किसी से बात नहीं करता है (mutism), वह खाना बन्द कर देता है और वह स्वंय वस्त्रों को धारण नहीं कर पाता है। उद्दीपकों के प्रति वह कोई अनुक्रिया नहीं करता है। यदि रोगी के शरीर में पिन चुभोया जाये, तो भी वह कोई अनुक्रिया नहीं करता है। वह मल-मूत्र लार-थूक पर ध्यान नहीं दे पाता है।

(ii) **उत्तेजित अवस्था** (*Excited Stage*)—मनोविदलता के कुछ रोगी ऐसे भी होते हैं, जो एकाएक मूर्च्छित अवस्था से उत्तेजना की अवस्था में पहुँच जाते हैं जिससे उनके क्रियाशीलता में वृद्धि हो जाती है, वह कमरे में जल्दी-जल्दी चक्कर लगाते हैं, दूसरों के समक्ष मैथुन करने का प्रयास करते हैं, कभी-कभी आक्रामक एवं विध्वंसक भी हो जाते हैं, घरेलू सामानों, कपड़ों पर्दों, फर्नीचर आदि की तोड़-फोड़ कर सकते हैं, पास के व्यक्ति पर आक्रमण भी कर सकते है, तथा आत्म हत्या का प्रयास भी करते हैं। यह उत्तेजित अवस्था जितनी तीव्रता से प्रारम्भ होती है, उतनी ही तीव्रता से उसका उपचार-सरलता और शीघ्रता से किया जा सकता है।

(4) व्यामोह मनोविदालता (*Paranoid schizophrenia*)

मनोविदलता के अन्य प्रकारों की अपेक्षा यह प्रकार अधिक प्रचलित है। इस प्रकार के रोगियों में दण्डात्मक व्यामोह पाया जाता है। ऐसे रोगी अपने सगे सम्बन्धियों को ही अपना शत्रु समझने लगते हैं। इनमें संवेगों की दुर्बलता तथा उदासीनता के लक्षण उत्पन्न हो जाते हैं। ऐसे रोगी शक्की और झक्की होते हैं। उन्हें ऐसा आभास होता है, कि उनके शत्रु उन्हें विष देकर मार डालना चाहते हैं। उसे यह विश्वास रहता है कि वह कोई अभिनेता, धनवान, विद्वान अथवा महान नेता है। ऐसे रोगियों में विभ्रम की आवृत्ति अधिक पाई जाती है। इन विभ्रमों में श्रवण, दृष्टि तथा त्वचा सम्बन्धी विभ्रम अधिक पाए जाते हैं। ऐसे रोगी अपने शत्रुओं की आवाजें सुनते हैं तथा अनेक प्रकार के दृश्यों का प्रत्यक्षीकरण करते हैं। ऐसे व्यक्ति अपने को भूत-प्रेत से घिरा हुआ अनुभव करते हैं। इस रोग की प्रतिक्रिया दीर्घकालीन (chronic) नहीं

होती है, परन्तु तीव्र अवश्य होती है। रोग का उपचार कुछ सप्ताह या कुछ महीनों में हो जाता है। यह रोग 24 से 50 वर्ष की आयु में अधिक घटित होते है।

(5) अविभेदित मनोविदलता (*Undifferentiated Schizophrenia*)

इस प्रकार के रोगी में मनोविदलता के अन्य प्रकारों के लक्षण नहीं पाये जाते हैं। ऐसे रोगियों के लक्षण इतने अपर्याप्त होते हैं, कि उन्हें किसी वर्ग में वर्गीकृत करना कठिन होता है। दूसरे अतिरिक्त इस सन्दर्भ में यह इंगित करना अपर्याप्त न होगा कि ऐसे रोगी में जो लक्षण पाये जाते हैं, वह मनोविदलता के अनेक प्रकारों से मिलते है।

(6) पश्च-मनोविदली अवसाद (*Post-schizophrenic Depression*)

मनोविदलता की सामान्य नैदानिक लक्षण का वर्णन करते हुये कहा जा सकता है कि ऐसे रोगियों में—(i) किसी भी ज्ञानेन्द्रिय से सम्बन्धित विभ्रम पाये जाते है जो कम से कम 1 महीने की अवस्था के लिए अवश्य पाये जाते हैं। इसके साथ-साथ रोगी में व्यामोह के लक्षण भी पाये जाते हैं। (ii) ऐसे रोगियों के विचारों तथा चिन्तन में विघटन पाया जाता है जिससे विचारों में असंगति तथा वाणी में अप्रसांगिकता पाई जाती है। (iii) कैटाटोनिक व्यवहार पाया जाता है जैसे उत्तेजना, निषेधात्मकता, मूकता, जड़ीयता। (iv) निषेधात्मक लक्षण जैसे महत्त्वपूर्ण दुख, कम बोलना सांवेगिक प्रतिक्रिया की अनुपयुक्तता पाई जाती है। पश्चमनोविदली अवसाद में उपयुक्त चारों लक्षणों में से दो लक्षण अवश्य पाये जाते हैं।

(7) अवशिष्ट मनोविदलता (*Residual Schizophrenia*)

इस रोग से ग्रस्त रोगी उपचार के बाद किसी सीमा तक रोग मुक्त अवश्य हो जाते और अस्पताल से छुट्टी मिल जाती है, परन्तु मनोविदलता के कुछ-न-कुछ लक्षण अवश्य विद्यमान रहते हैं, जो उसके संवेग और चिन्तन प्रक्रिया से सम्बन्धित होते हैं जिनके कारण रोगी परिवार तथा समाज से समायोजन नहीं स्थापित कर पाता। मनोविदलता के इस प्रारूप के लिए सीमान्त छद्म—मनोस्नायु विकृत मनोविदलता (Borderline pseudo-neurotic schizophrenia) शब्द का भी प्रयोग किया जाता है।

(8) अन्य मनोविदलता (*Other Schizophrenia*)

(9) अवर्णित मनोविदलता (*Schizophernia Unspecified*)

कारण विज्ञान (*Etiology*)

मनोविदलता पर किये गये अनेक अध्ययन एवं अनुसंधान के बावजूद इसके उत्पन्न के कारण स्पष्ट नहीं है क्योंकि मनोविदलता की उत्पत्ति का कोई एक मात्र कारण नहीं है। वरन् इसके नैदानिक वर्ग (diagnostic category) में विकृतियों का समूह पाया जाता है जिनके कारण परस्पर एक-दूसरे के विरोधी है परन्तु उनके व्यवहारपरक लक्षणों में किसी सीमा तक समानता पाई जाती है। मनोविदलता के रोगी में भिन्नतापरक नैदानिक लक्षण(clinical presentations), उपचार अनुक्रियाएँ (treatment responses), तथा रूग्णता अवधियाँ (course of illness) पाई जाती हैं। अतः इस सम्बन्ध में वैज्ञानिक अनुसंधानों के आधार पर प्राप्त परिणामों के आधार पर यह कहा जा सकता है कि इस विशेष एवं व्यापक रोग के कारणों की व्याख्या किसी एक सैद्धान्तिक आधार पर करना उचित नहीं है। अतः इस सम्बन्ध में जिन वैज्ञानिक खोजों एवं सैद्धान्तिक दृष्टिकोणों का विशेष महत्त्व है, उन्हें ध्यान में रखते हुए

मनोविदलता के कारणों को निम्न मुख्य वर्गों में रखा जाता है:—

(1) जैविक कारक (Biological Factors)

(2) मनो:सामाजिक कारक (Psychosocial Factors)

(3) आनुवांशिक कारक (Genetic Factors)

परन्तु हम यहाँ विभिन्न प्रारूपों के सन्दर्भ में मनोविदलता के कारणों का वर्णन प्रस्तुत करेंगे:—

बलाघात-रोगोन्मुख प्रारूप (*Stress-Diathesis Model*)

जैविक, मनोसामाजिक तथा वातावरणीय कारकों के सन्दर्भ में यह प्रारूप प्रस्तावित करता है कि व्यक्ति में विभिन्न प्रकार की रोगोन्मुखता पाई जाती है। इसलिए व्यक्ति में बलाघात से प्रभावित होने के कारण मनोविदलता के लक्षण विकसित होते हैं। अधिकतर सामान्य बलाघात-रोगोन्मुख प्रारूपों में रोगोन्मुखता अथवा बलाघात जैविक अथवा वातावरणीय अथवा दोनों ही होते हैं। वातावरणीय घटकों के पाये जाने का कारण जैविक भी हो सकता है और मनोवैज्ञानिक भी। रोगोन्मुखता का जैविक आधार पश्चजनित (epigenetic) प्रभावों से प्रभावित होता है उदाहरणार्थ—पदार्थ उपयोग (subtance abuse), मनोसामाजिक बलाघात (psychosocial stress) एवं मानसिक आघात (trauma)।

(1) जैविक कारक (*Biological Factors*)

जैविक कारकों का मुख्य सम्बन्ध आनुवांशिकता, शरीर रचना, तथा तंत्रिका शरीर क्रिया विज्ञान (neurophysiology) से है। यद्यपि मनोविदलता का कारण अज्ञात है। विगत दशकों में अनुसंधानकर्ताओं ने मनोविदलता के कारणों के रूप में मस्तिष्क के कुछ विशेष क्षेत्रों जैसे उपवल्कुटीय तंत्र (limbic system), ललाट प्रान्तस्था (frontal cortex) एवं बेसल गैंगलिया (basal ganglia) के रोग के शारीरिक भूमिका (pathophysiological role) पर विशेष ध्यान दिया है। यह तीनों क्षेत्र एक-दूसरे से अन्तर सम्बन्धित है। परिणामस्वरूप एक क्षेत्र में दुष्क्रिया के पाये जाने पर दूसरे क्षेत्र में प्राथमिक विकृतिजन्य प्रक्रिया उत्पन्न हो जाती है। मरणोत्तर मस्तिष्क ऊतकों (post = mortem brain tissues) के तंत्रिका रोग विज्ञानीय (neuropathological) परीक्षण से यह संकेत प्राप्त होता है कि अधिकतर मनोविदली रोगियों के उपवल्कुटीय तंत्र (limbic system) में **प्राथमिक रोगात्मक प्रक्रियाएँ (primary pathological** processes) पाई जाती हैं।

क्रियात्मक अनुसंधान के दो क्षेत्रों—मस्तिष्क में प्रकट होने वाला तंत्रिका रोग विज्ञानीय क्षति (neuropathological lesion) तथा वातावरणीय एवं सामाजिक बलाघातों की क्षति (lesion) से अन्तर्क्रिया मनोविदलता के सन्दर्भ में महत्त्वपूर्ण है। मस्तिष्क असामान्यता (brain abnormality) का विकास की अवधि में प्रकोष्ठिक तंत्रिकाबंध कोष (radial glial cells) के साथ तन्त्रिका कोशिकाओं (neurons) के असामान्य प्रवजन (abnormal migration) अथवा विकास के बाद तन्त्रिका कोशिकाओं (neurons) के विकृति (degeneration) के कारण होता है। वास्तविकता यह है कि एकांड-युग्म/यमज (monozygotic twins) में 50% असंगत गति (discordance rate) पायी जाती है जो वातावरण एवं मनोविदलता के विकास की अन्तर्क्रिया के बोध पर प्रकाश डालता है। ठीक इसके विपरीत, जीन अभिव्यक्ति (gene expressing) को नियमित (regulating) करने वाले कारकों के बारे में ज्ञान प्राप्त करना आवश्यक है। यद्यपि एकांड एमज (monozygotic twins) में एक ही प्रकार की जननिक सूचनाएँ (genetic informations) पाई जाती है, लेकिन जब उनके जीवन में भिन्नतापरक जीवन नियमन पाया जाता है, तो एक एकांड यमज (monozygotic twin) में मनोविदलता के लक्षण पाये जाने की सम्भावना पाई जाती है।

मनोविदलता के क्षेत्र में किये गये अनुसंधानों से इस तथ्य पर प्रकाश पड़ता है कि डोपामाइन (dopamine) नामक प्रेषक (transmitter) का उपयोग करने वाले तन्त्रिका कोशिका (neuron) शीघ्रता से उत्तेजित हो जाते हैं और आवश्यकता से अधिक संचरण (transmission) करते हैं। इसे Dopamine Hypothesis की संज्ञा दी जाती है। यह उपकल्पना यह प्रस्तावित करती है कि मनोविदलता के पाये जाने के कारण डोपामाइन की अधिकता है। डोपामाइन प्रेषक (dompamine transmitter) की सक्रियता मनोविक्षिप्ति प्रतिरोधी औषधियां (antipsychotic drugs) का प्रयोग करके कम किया जा सकता है। इसके डोपामाइन स्राव की मात्रा को कम करने के लिए Phenothiazines नामक औषधि का भी उपयोग किया जा सकता है क्योंकि इसके सेवन से डोपामाइन संग्राहक को प्रतिबन्धित और अवरुद्ध हो जाते हैं। Phenothiazines की भाँति D-2 recptors भी डोपामाइन संग्राहकों को प्रतिबंधित और अवरुद्ध करते हैं। इन औषधियों की भाँति Clozopine भी एक असाधारण मनोविक्षिप्ति विरोधी औषधि (atypical antipsychotic drug) माना जाता है जो मस्तिष्क के आधे D-1 receptors तथा आधे D-2 receptors के कार्यों को प्रतिबन्धित एवं अवरुद्ध करते है। D-1 receptors और D-2 receptors के सन्दर्भ में यह स्पष्ट करना अत्यधिक तार्किक एवं प्रासंगिक होगा कि मनोविदलता के लक्षण D-2 receptors के द्वारा अधिक उत्पन्न होते हैं (*Gerlach & Hansen,* 1992)। Phenothiazines के द्वारा D-2 receptors प्रतिबन्धित और अवरोधित होते हैं, D-1 receptors नहीं (*Farade* et. al 1992)। इस प्रकार यह कहा जा सकता है कि डोपामाइन उपकल्पना को Clozapine नामक औषधि चुनौती देता है। डोपामाइन उपकल्पना को Clozapine इस आधार की चुनौती देता है कि यह औषधि Sersotonin नाम तन्त्रिका प्रेषक (neurotransmitter) के स्राव को भी प्रतिबन्धित और अवरुद्ध करता है। *Meltzer* (1992) ने परिणाम प्राप्त किया है कि Serotonin के अत्यधिक स्राव से मनोविदलता के लक्षण उत्पन्न होते हैं। इसी प्रकार *Crow* (1982) का परिणाम भी डोपामाइन उपकल्पना के विरुद्ध प्रमाण प्रस्तुत करता है क्योंकि इन्होंने अपने अध्ययन में डोपामाइन की अधिकता से केवल Type-I schizophrenia के लक्षणों को ही प्राप्त किया है। इसी प्रकार *Ragin* et. al. (1999) ने Type-II schizophrenia का कारण मस्तिष्कीय संरचना की असामान्यता को माना है। *Kaplan & Sadock* (1997) का मत है कि डोपामाइन उपकल्पना में निरन्तर परिमार्जन हुआ है। इस उपकल्पना के अनुसार Dopamine type-1 (D_1) receptor निषेधात्मक लक्षणों के सन्दर्भ में सक्रिय भूमिका अदा करते हैं। आधुनिक अनुसंधान यह संकेत करते है कि Dopamine type-5 receptor (D_5) D_1 से तथा D_3 और D_4 से सम्बन्धित है। अनेक अध्ययनों से यह परिणाम प्राप्त किया गया है कि दीर्घ अवधि तक मनोविच्छेदी प्रतिरोधक औषधियों (antipsychotic drugs) का उपयोग भी लोकस सेरुलेयस (locus cereuleus) में नॉन एडरेनजिक न्यूरान्स (non-adrengic neurons) की क्रियाशीलता को कम करता है तथा α_1-adrengic एवं α_2-adrengic संग्राहकों की क्रियाशीलता को बढ़ाता है परन्तु डोपामाइनेरजिक (dopaminergic) एवं नॉनएडरेनजिक (noradrengeric) क्रियाशीलता का सम्बन्ध बहुत अधिक स्पष्ट नहीं है। कुछ अनसंधानकर्ता Norepinephrine तथा γ-aminobutric acid (GABA) की सक्रियता/निष्क्रियता को मनोविदली लक्षणों के लिए उत्तरदायी मानते हैं।

द्वितीय महत्वपूर्ण कारक के रूप में तन्त्रिका रोग विज्ञानीय आधार (neuropathological basis) को मनोविदली लक्षणों के कारण स्वरूप लिया जा सकता है। 19वीं शताब्दी से पूर्व तन्त्रिका-विज्ञानी मनोविदलता के कारण के रूप में तन्त्रिका विज्ञानीय आधारों की खोज नहीं कर

सके थे। इसलिए उन्होंने मनोविदलता को प्रकार्यात्मक मनोविदलता (functional psychoses) शीर्षक के अन्तर्गत रखा था। परन्तु विगत 20 वर्षों में अनुसंधानकर्त्ताओं ने महत्त्वपूर्ण तन्त्रिका विज्ञानीय आधारों को मनोविदलता के लक्षणों को कारण के रूप में स्वीकार किया जो उपवल्कुटीय तन्त्र (limbic system) और बेसल गैंगलिया (basal ganglia) में पाए जाते हैं। यद्यपि प्रमस्तिष्कीय वल्कुट(cerebral cortex), थैलेमस(thalamus) एवं ब्रेनस्टेम(brain stem) में पाये जाने वाले तन्त्रिका विज्ञानीय अथवा तन्त्रिका रसायनिक असामान्यताओं के सन्दर्भ में अनेक विवाद हैं। तन्त्रिका विज्ञानीय आधारों के सन्दर्भ में अनेक परिणाम प्राप्त हुए हैं। उदाहरणार्थ—मनोविदली मस्तिष्क (schizophrenic brains) में मस्तिष्क आयतन (brain volume) में क्षति (loss) पाये जाने के कारण न्यूरोपिल (neuropil), अक्षतन्तु (axons), द्रुमाश्म(dendrites) एवं सन्धि-स्थल(synapses) के घनत्व(density) में ह्रास पाया जाता है। एक वर्ष की आयु में संधि-घनत्व (synaptic density) की मात्रा सबसे अधिक होती है लेकिन प्राक् किशोरावस्था में प्रौढ़ मूल्यों में ह्रास पाया जाता है। इसीलिए किशोरावस्था में मनोविदली लक्षण अधिक पाये जाते हैं। चूँकि संवेगों के नियन्त्रण में लिम्बिक प्रणाली (limbic system) की महत्त्वपूर्ण भूमिका है, इसलिए मनोविदलता के रोग-शारीरिक आधारों (pathophysiological basis) के लिए इसे भी उत्तरदायी माना जाता है। अनुसंधानों से इस तथ्य पर प्रकाश पड़ता है कि मनोविदलता के लक्षणों के लिए मस्तिष्क का यह क्षेत्र तन्त्रिका विज्ञानीय दृष्टिकोण से अत्यधिक महत्त्वपूर्ण है। इस सन्दर्भ में किये गये अध्ययन इस तथ्य की ओर संकेत करते हैं कि एमिग्डाला (amygdala), हिप्पोकैम्पस (hippocampus), एवं पैराहिप्पोकैम्पल जायरस(hippo-campul gyrus) के आकार में अपेक्षाकृत ह्रास उन व्यक्तियों में पाया गया जो मनोविदलता से पीड़ित थे। मनोविदली व्यक्तियों के MRI से इस तथ्य की पुष्टि होती है। मनोविदली के लिए बेसल गैंगलिया (basal ganglia) को भी विषम गतियाँ (odd movements) तथा मनोविक्षिप्तिता के अन्य लक्षणों के साहचर्यित होने के कारण उत्तरदायी माना जा सकता है। मस्तिष्कीय विद्युत आरेखीय अध्ययन (electroencephalographic studies) से संकेत प्राप्त होता है, कि मनोविदलता के रोगियों में उनके अल्फा (alpha) क्रिया (activity) में ह्रास तथा थीटा (theta) और डेल्टा (delta) क्रिया में वृद्धि पाई जाती है। उनके अभिलेख (records) असामान्य होते हैं, अप्रसांगिक ध्वनियों का निस्यन्दन (filter) नहीं कर सकते हैं तथा पृष्ठभूमिय ध्वनियों के प्रति अधिक संवेदनशील होते हैं। ध्वनि-आधिक्य (flooding of sound) के कारण वे एकाग्रता (concentration) में कठिनाई अनुभव करते हैं तथा श्रवण विभ्रम (auditory hallucination) के लिए एक महत्त्वपूर्ण कारक के रूप में हो सकता है। इसी प्रकार नेत्र गति दुष्प्रकार्यता (eye movement dysfunction) भी मनोविदलता के लिये एक महत्वपूर्ण शीलगुण चिह्नक (trait marker) के रूप में माना जा सकता है। मनोविदलता के 50 % से 80% रोगियों में असामान्य नेत्र गति के लक्षण को प्राप्त किया गया है। ऐसे रोगियों के नेत्रप्लुति गति (saccadic eye movements) के अनावरोधक (disinhibition) तथा मृदु दृष्टिपरक अनुसरण (smooth visual pursuit) में विकृति पाई जाती है। मनोतन्त्रिकापरक प्रतिरक्षण विज्ञान (psychoneouroimmunology) के क्षेत्र में किये गये अनुसंधान यह प्रमाण प्रस्तुत करते हैं कि मनोविदलता के रोगियों में अनेक प्रतिरक्षापरक असामान्यताएँ (immunological abnormalities) पाई जाती है। इन असामान्यताओं में T-cell interleukin-2 production में ह्रास, peripheral lymphocytes की अनुक्रियाशीलता में ह्रास, तन्त्रिका कोशिकाओं(neurons) के प्रति असामान्य सेल्युलर(abnormal cellular), त्रिर्दोष विषयक क्रियाशीलता (humoral reactivity), एवं मस्तिष्कोन्मुख रोगप्रतिकारक

(brain directed antibodies) की उपस्थिति आदि को सम्मिलित किया जा सकता है। मनोतन्त्रिकापरक अंतस्रावी विज्ञान (psychoneuro-endocrinology) के सन्दर्भ में किये गये अनुसंधान यह संकेत प्रदान करते हैं कि सामान्य एवं मनोविदलियों में तन्त्रिका अन्त:स्रावी अन्तर (neuroendocrine differences) पाये जाते हैं। उदाहरणार्थ—Dexamethasone–suppression tests यह प्रतिवेदित करते हैं कि मनोविदलता के रोगियों में अनेक प्रकार की असामान्यताएँ पाई जाती हैं जिनके बारे में भविष्यवाणी की जा सकती है क्योंकि lutciniging harmone-follicle stimulating harmone (LH/FSH) सान्द्रता (concentration) में ह्रास पाया जाता है तथा Prolaction का अनुपयुक्त स्राव (blunted release), Gonadotropin-releasing haromne (Gn RH) अथवा Thyrotropin-releasing harmone (TRH) में विकास पाया जाता है।

मनोविदलता के कारण-विज्ञान के रूप में असामान्य मस्तिष्कीय संरचना (abnormal brain structure) को भी एक कारक के रूप में माना जा सकता है। सर्वप्रथम *Kraeplin* ने असामान्य मस्तिष्कीय संरचना को मनोविदलता के एक कारण के रूप में माना। बाद में *Buchsbaum & Havier* (1987) ने तथा *Strange* (1992) में Type-2 shizophrenia के लक्षणों को असामान्य मस्तिष्कीय संरचना के कारण प्राप्त किया। *Cannon & Macro* (1994) तथा *APA* (1994) के शोधों के आधार पर यह निष्कर्ष प्राप्त किया जा सकता है कि निलयों (ventricles) के आकार में अपेक्षाकृत वृद्धि होने से मनोविदली लक्षण उत्पन्न होते हैं तथा ऐसे रोगियों के बाईं ओर का निलय (ventricle) दायीं ओर के निलय (ventricle) से अधिक बड़ा होता है। *Raine* (1982), *Suddath* (1992) ने अपने अध्ययन में ललाट-पालि (frontal lobe), प्रमस्तिष्क (cerebrum) तथा कपाल (cranium) को सामान्य आकार से छोटा होने के कारण मनोविदलता के लक्षणों को प्राप्त किया है। इसके अतिरिक्त इन्होंने यह परिणाम भी प्राप्त किया है कि मस्तिष्क में खून की आपूर्ति कम होने से भी मनोविदली लक्षण उत्पन्न हो जाते हैं। *Weinberger* (1983) ने भी अपने अध्ययन में मनोविदलता के रोगियों के ललाट-पालि (frontal lobe) में कम रक्त प्रवाह प्राप्त किया। *Green* et. al (1984) का मत है कि मस्तिष्क के वाणी क्षेत्र (speech area अर्थात् broca area) में अत्यधिक रक्त आपूर्ति के कारण मनोविदलता के रोगियों में श्रव्य विभ्रम (auditory hallucination) प्राप्त किया हैं।

(2) जननिक कारक (*Genetic Factors*)

इस क्षेत्र में किये गये अनुसंधान कार्यों से इस तथ्य पर प्रकाश पड़ता है कि मनोविदलता के पाये जाने का एक महत्त्वपूर्ण कारक जननिक घटक भी हैं जो हमें आनुवंशिकता से प्राप्त होते हैं। 1930 में किये गये अध्ययन यह संकेत करते हैं कि परिवार के किसी सदस्य में मनोविदलता के लक्षण के पाये जाने पर अन्य किसी सदस्य में भी इस रोग के लक्षण के पाये जाने की सम्भावना पाई जाती है। इस प्रकार यह कहा जा सकता है कि सम्बन्धों की निकटता (closenes of relationship) भी मनोविदली लक्षणों के विकास में सहायक है।

Gottesman (1991) तथा *Holtzman & Mathysee* (1990) का मत है कि मनोविदलता रोग का एक जैविक झुकाव (biological predisposition) जन्म से पाया जाता है अर्थात् वे ऐसी पूर्ववृत्ति को अपने माता-पिता से लेकर ही जन्म लेते हैं।

Kendler et. al. (1994) APA (1994), *Gottesman* (1991) ने अपने अध्ययन के आधार पर यह निष्कर्ष प्राप्त किया है कि मनोविदलता के लक्षण उन व्यक्तियों में पाये जाने की सम्भावना अधिक पाई जाती है, जिनके सम्बन्धियों में यह रोग पाया जाता है। वैसे सामान्यतया सम्पूर्ण जनसंख्या में मनोविदलता के रोगियों का 1% ही पाया जाता है। परन्तु

प्रथम क्रम सम्बन्धियों (first order relatives जैसे माता-पिता, भाई, बहन) के मनोविदली होने पर यह % बढ़कर 10% हो जाता है। इसी प्रकार द्वितीय क्रम सम्बन्धियों (second order relatives जैसे चचेरे-मौसेरे भाई-बहन, चाचा-चाचा, भतीजा-भतीजी) के मनोविदली होने पर यह प्रतिशत बढ़कर 30% हो जाता है।

Gottesman (1991), *Gottesman & Shields* (1982) *APA* (1994) द्वारा किये गये अध्ययनों से यह निष्कर्ष प्राप्त होता है कि एकांड यमज (identical twins) में आनुवंशिकता 100% उभयनिष्ठ (common) होता है तथा भात्रीय जुड़वाँ (faternal twins) में यह आनुवांशिकता केवल50% उभयनिष्ठ(common) होती है। इसलिए एकांड यमज (identical twins) में भात्रीय जुड़वा की अपेक्षा मनोविदलता के पाये जाने की सम्भावना अधिक पाई जाती है। एकांड यमज (identical twins) में किसी एक में मनोविदलता के लक्षण विकसित होने पर दूसरे में भी इन लक्षणों के विकसित होने की सम्भावना 40% से 60% पाई जाती है जबकि भात्रायी जुड़वाँ में यह प्रतिशत घटकर 17% पहुँच जाता है। इस सन्दर्भ में *Genain Sisters* का उदाहरण प्रस्तुत करना अनुपयुक्त होगा। इन चारों बहनों का जन्म एक साथ हुआ था। ऐसे बच्चों के जन्म होने की सम्भावना 16 अंरब में केवल एक की होती है। इन चारों बहनों में मनोविदलता के लक्षण 20 वर्ष की आयु में ही देखे गये।

Kety et. al. (1978) ने Copenhagen में किये दत्तक-ग्रहण (adoption) अध्ययन बाल्यावस्था में ही 5,500 गोद लिए गए वयस्कों में से 33 में मनोविदलता के लक्षण प्राप्त किया गया। 33 वयस्कों के एक सामान्य समूह में नियन्त्रित समूह के रूप में लिया गया। इन 66 दत्तकों के 365 जैविक सम्बन्धियों (माता-पिता, भाई-बहन) का मनोचिकित्सकीय निदान (psychiatric diagnosis) कराया और 37 सम्बन्धियों में मनोविदलता के स्पष्ट अथवा अस्पष्ट लक्षणों को प्राप्त किया। परन्तु इन 37 जैविक सम्बन्धियों में अधिकतर मनोवदिली वयस्कों के जैविक सम्बन्धी (biological relatives) थे जिसके आधार पर यह निष्कर्ष प्राप्त किया जा सकता है कि मनोविदलता के पाये जाने का एक कारण जननिक आधार भी है।

कुछ मनोरोग विज्ञानियों ने मनोविदलता के जननिक कारणों के बारे में ज्ञान प्राप्त करने के लिए गुणसूत्रीय मानचित्रण (chromosal mapping) को आधारस्वरूप प्रयोग किया और इसके लिए एक विशेष प्रविधि Restriction Fragment-length Polymorphism–RFLP का प्रयोग किया जिसमें रक्त प्रतिदर्श (blood sample) से अलग किये गये DNA को अनेक भागों में बाँटकर उसकी तुलना रक्त प्रतिदर्श से की जाती है। इस सन्दर्भ में *Gurling* et. al (1989) *Basset* (1994) ने अपने अध्ययन में RFLP का प्रयोग करके यह परिणाम प्राप्त किया कि मनोविदलता के रोगियों के गुणसूत्रों के एक क्षेत्र विशेष में असामान्य जीन्स के समूह पाये जाते हैं जबकि सामान्य व्यक्तियों में ऐसे जीन्स का अभाव पाया जाता है। प्राप्त परिणाम भी मनोविदलता के जननिक आधार की पुष्टि करता है।

(3) मनोसामाजिक कारक (*Psychosocial Factors*)

नैदानिक मनोवैज्ञानिक मनोविदलता का कारण मनोसामाजिक कारकों को मानते हैं। ऐतिहासिक पृष्ठभूमि का सिंहावलोकन करने पर यह विदित होता है कि अनेक सिद्धान्तवादियों ने मनोविदलता के लक्षणों के विकास के लिए अनेक मनोसामाजिक कारकों को उत्तरदायी माना है। समकालीन नैदानिक मनोवैज्ञानिक पूर्व अध्ययनों के निरीक्षणों एवं उपकल्पनाओं पर आधारित प्रासंगिक सिद्धान्तों एवं मार्ग निर्देशकों (guidelines) का प्रयोग करके लाभान्वित हो सकते हैं।

1. वैयक्तिक रोगियों के सन्दर्भ में सिद्धान्त
(Theories About Individual Patients)

मनोविदलता के कारणों के सम्बन्ध में चाहे जो भी विवाद हो, परन्तु यह सत्य है कि रोगी विशेष पर इस विकृति का प्रभाव अवश्य पड़ता है तथा प्रत्येक रोगी के मनोवैज्ञानिक स्वभाव (psychological makeup) में वैभिन्नयता पाई जाती है। यद्यपि मनोविदलता के रोगजनन (pathogenesis) के सन्दर्भ में अनेक मनोगत्यात्मक सिद्धान्त प्राचीन प्रतीत होते हैं, परन्तु नैदानिक निरीक्षणों के आधार पर नैदानिक मनोवैज्ञानिक रोगी के अन्तर्मना (psyche) पर रोग के पड़ने वाले प्रभाव के कारण के बारे में ज्ञान प्राप्त कर सकते हैं।

(i) मनोविश्लेषणात्मक सिद्धान्त (*Psychoanalytic Theory*)

मनोविदलता के सन्दर्भ में *Sigmund Freud* ने अपने मनोविश्लेषणात्मक सिद्धान्तों (psychoanalytic theories) में यह प्रस्तावित किया है कि मनोविदलता विकासात्मक स्थिरीकरण (developmental fixation) का परिणाम है जो मनस्ताप के विकास के अपने पराकाष्ठा पर पहुँचने के पूर्व ही घटित हो जाते हैं। *फ्रायड* का विश्वास था कि अहम-दोष (ego-defect) के कारण मनोविदलता के लक्षण उत्पन्न होते हैं। मनोविदलता में अहम विघटन (ego disintegration) व्यक्ति में अन्तरार्मना अन्तर्द्वन्द्व (intrapsychic conflict) उत्पन्न करता है जिससे मनोविक्षिप्तता के लक्षणों के विकसित होने की सम्भावना अधिक पाई जाती है। *Harry Stack Sullivan* भी मनोविदली व्यक्तियों के मनोविश्लेषण में अनुसंधानरत थे। इनका मत था कि मनोविदलता के रोगियों में इस रोग के लक्षणों के पाये जाने का कारण वे प्रारम्भिक अन्तर्वैयक्तिक कठिनाइयाँ (early interpersonal dfficulties) है जो उन घटनाओं से सम्बन्धित थी जिन्हें वह दोषपूर्ण (faulty) समझता है। अहम-दोष (ego-defect) यथार्थ की व्याख्या और आन्तरिक अन्तर्नोदों (inner drives -यौन एवं आक्रामकता) के नियन्त्रण को प्रभावित करता है जिससे शिशु एवं माँ के पारस्परिक सम्बन्धों में विघटन पाया जाता है। मनोविश्लेषणात्मक सिद्धान्त यह भी प्रस्तावित करता है कि मनोविदलता के अनेक लक्षणों के प्रतीकात्मक अर्थ (symbolic meaning) होते हैं।

(ii) मनोगत्यात्मक सिद्धान्त (*Psychodynamic Theories*)

जननिक अध्ययन यह प्रस्तावित करते हैं कि मनोविदलता एक रोग है जिसमें जैविक आधार (biological substrate) पाया जाता है। एकांड-यमज (monozygotic twins) के अध्ययन यह प्रदर्शित करते हैं कि वातावरणीय एवं मनोवैज्ञानिक कारकों की महत्त्वपूर्ण भूमिका मनोविदलता के लक्षणों के विकास में पाई जाती है क्योंकि अनेक जुड़वाँ रोग के प्रति असंगत(discordant) होते हैं। फ्रायड *(Freud)* ने मनोविदलता के सन्दर्भ में यह मत प्रकट किया है कि वातावरण के व्यक्तियों के प्रति कुण्ठा (frustration) और अन्तर्द्वन्द (conflict) को दबा देने के लिए की गई दमन अनुक्रिया (regression response) ही मनोविदलता है। इनका मत है कि मनोविदलता की उत्पत्ति दो स्तरों—प्रथम प्राक्-अहम(pre-ego) अवस्था में प्रतिगमन, द्वितीय अहम नियन्त्रण(ego-control) को पुर्नस्थापित करने के लिए पुनः प्रयास(restitutive efforts to re-establish ego control) पर होती है। इनके अनुसार मनोविदलता के उत्पन्न होने का कारण व्यक्ति को आत्म-सन्तुष्टि प्रदान करने वाले आवेगों एवं इच्छाओं तथा यथार्थ जगत की प्रत्याशा के मध्य होने वाला संघर्ष है। जब यथार्थ जगत का दृष्टिकोण दृढ़ एवं कठोर होता है तो बाल्यावस्था में ही उसके अहम्(ego) निर्माण के पूर्व ही उसमें प्रतिगमन(regression)

पाया जाने लगता है और उसमें प्राथमिक आत्मोह/आत्मासक्ति (primary narcisim) पायी जाने लगती है, ऐसे प्रतिगमन के कारण व्यक्ति अपने अहम नियन्त्रण (ego-control) एवं यथार्थ जगत के प्रति सम्बन्ध पुर्नस्थापित करने का प्रयास करते है। इस प्रयास के कारण ही उनमें मनोविदलता के लक्षण उत्पन्न हो जाते हैं (*Blatt & Wild*, 1976; *Fenichel*, 1945)। इस प्रकार फ्रायड के दृष्टिकोण के सन्दर्भ में यह सारांश प्राप्त किया जा सकता है कि इदम *(Id) और अहम(ego) में संघर्ष के परिणामस्वरूप मनस्ताप(neurosis) तथा अहम(ego) और यथार्थ जगत(real world) में संघर्ष के परिणामस्वरूप मनोविक्षिप्ति(psychosis) पाया जाता है।*

मनोगत्यात्मक दृष्टिकोण के अनुसार माता-पिता का दृष्टिकोण तथा उनकी भूमिका मनोविदली व्यक्तियों के मनोवैज्ञानिक एवं तन्त्रिका-दैहिक (neuro-physiological) कठिनाइयों को प्रभावित करती है और अन्य व्यक्तियों से घनिष्ठ सम्बन्ध स्थापित करने की प्रक्रिया में अवरोध उत्पन्न करती है।

(iii) अधिगम सिद्धान्त *(Learning Theories)*

अधिगम सिद्धान्तवादियों के अनुसार जो बच्चे अतार्किक प्रतिक्रियाएँ (irrational reactions) तथा अपने ऐसे माता-पिता के चिन्तन प्रक्रिया का अनुकरण कर लेते हैं जो स्वयं अपने महत्त्वपूर्ण संवेगात्मक समस्याओं से ग्रसित होते हैं। परिणामस्वरूप वे समाज के अन्य सदस्यों के साथ दोषपूर्ण एवं दुर्बल अन्तर्वैयक्तिक सम्बन्धों को विकसित करते हैं जो उनके मनोविदली लक्षणों के विकसित होने में महत्त्वपूर्ण योगदान प्रदान करते हैं।

2. परिवार के सन्दर्भ में सिद्धान्त (Theories About the Family)

Kaplan & Saddock (1997) का मत है कि इस सन्दर्भ में अति-नियन्त्रित प्रामाणिक एवं प्रायोगिक साक्ष्यों का अभाव है कि मनोविदलता के विकास में विशिष्ट परिवार प्रतिरूप (specific family pattern) की महत्त्वपूर्ण भूमिका है। इनका मत है कि नैदानिक मनोवैज्ञानिकों को हमेशा यह बात ध्यान में रखनी चाहिए कि मनोविदली बच्चों के माता-पिता मनोविदलता के लक्षणों को पारिवारिक दुष्प्रकार्यता (family dysfunction) से सहसम्बन्धित करने पर अपना क्रोध प्रकट करते हैं। इसीलिए अमनश्चिकित्सकीय रोगियों की भाँति ही दोषपूर्ण परिवार के मनोविदलता के रोगी भी उपचार हेतु चले आते हैं। परन्तु नैदानिक मनोवैज्ञानिक को पारिवारिक दुष्प्रकार्यता सम्बन्धी कारकों की उपेक्षा नहीं करनी चाहिये क्योंकि परिवार के दोषपूर्ण लक्षण व्यक्ति में सांवेगिक बलाघात (emotional stress) को विकसित करने में सहायक होते हैं जिनसे मनोविदलता के रोगी को अभिनिवेश (cope) करना होता है।

इस सन्दर्भ में *Gregory Batson* (1978) ने एक द्वय-बंध सम्प्रत्यय (double bind concept) को प्रस्तावित किया है जिसके अनुसार यदि परिवार में बच्चे अपने व्यवहार अभिवृत्तियों और संवेगों के बारे में माता-पिता से अन्तर्द्वन्दपरक संदेश प्राप्त करते हैं, तो बच्चों में असमाधान योग्य परिस्थितियों के प्रति मनोविक्षिप्तिपरक लक्षण विकसित हो जाते हैं क्योंकि उनमें द्वय-बंध (double bind) विकसित हो जाता है और वह अपने को द्वय-बंध परिस्थिति (double bind situation) में पाता है।

Beteson (1978) के अनुसार किसी भी सूचना में दो प्रकार के संचार-प्राथमिकी संचार (primary communication) एवं मेटा संचार (meta communication) पाये जाते हैं।

प्राथमिक संचार में सूचना का अर्थगत पक्ष तथा *मेटा संचार* में सूचना से सम्बन्धित हाव-भाव, शैली, सन्दर्भ को सम्मिलित किया जा सकता है। सामान्यतया यह दोनों संचार प्रणालियाँ एक दूसरे की अनुरूप होती है परन्तु, कभी-कभी इनमें असंगति भी पाई जा सकती है जैसे किसी विवाह समारोह में जाकर कोई व्यक्ति कन्या के पिता से यह कहे कि ''आपके द्वारा किया गया दुर्व्यवहार अभी तक मुझे याद है परन्तु इस समारोह में आकर मुझे अपार प्रसन्नता हुई है।'' यहाँ असंगत संचार से द्वय-बंध संचार की उत्पत्ति हुई है। इस प्रकार की परिस्थिति का सामना करने से बच्चे एक विशेष प्रकार की जीवन शैली विकसित कर लेता है। इनमें से कुछ शैलियाँ मनोविदलता के लक्षणों के विकास में सहायक होती है। उदाहरणार्थ—जब व्यक्ति प्राथमिक संचार की उपेक्षा करता है और मेटा संचार के प्रति अनुक्रिया करता है। ऐसे व्यक्ति दूसरे व्यक्ति पर हमेशा सन्देह करते हैं तथा उसकी आवाज की शैली एवं हाव-भाव में छिपे संकेतों पर अधिक ध्यान देता है परिणामस्वरूप उसमें व्यामोही मनोविदलता (paranoid schizophrenia) के लक्षण विकसित हो जाते हैं। इसी प्रकार जब व्यक्ति प्राथमिक संचार का ही अक्षरशः अनुसरण करता है और उसकी व्याख्या करता है। ऐसे व्यक्ति जब किस संचार में निहित अर्थों की व्याख्या करने में असमर्थ होते हैं, तो उनमें विघटित मनोविदलता (disorganized schizophrenia) के लक्षण विकसित हो जाते हैं। उपर्युक्त दोनों शैलियों की भाँति एक तीसरे प्रकार की भी व्यक्ति की जीवन शैली पाई जा सकती है जिसमें व्यक्ति असंगत सूचनाओं (incongruent messages) की बराबर उपेक्षा करता है। परिणामस्वरूप वह धीरे-धीरे बाह्य वातावरण से अपना सम्पर्क तोड़ लेता है और वह समाज में एकाकी जीवन व्यतीत करने लगता है और वह खोया-खोया रहता है। व्यक्ति में पाये जाने वाले यह लक्षण कैटाटोनिक मनोविदलता (catatonic schizophrenia) की ओर संकेत करते हैं। इस प्रकार यह कहा जा सकता है कि द्वय-बंध संचार के कारण उपर्युक्त तीनों प्रकार की मनोविदलता के लक्षण उत्पन्न हो सकते हैं।

Theodore Lidz (1973) का मत है कि परिवार में पाये जाने वाली दो असामान्यताएँ भी मनोविदलता के लक्षणों के विकास में सहायक है। *प्रथम,* माता-पिता में महत्त्वपूर्ण विच्छेद (schims) पाये जाने पर माता-पिता विपरीत यौन के बच्चे के प्रति अधिक निकटता अनुभव करने लगते हैं। *द्वितीय,* बच्चे एवं एक माता-पिता में विषम सम्बन्ध (skewed relationship) से माता-पिता के बीच शक्ति संघर्ष पाया जाता है जिसमें माता-पिता में से किसी एक को प्रभुत्व प्राप्त होता है।

Fromm-Reichman (1948) ने पारिवारिक कारणों के सन्दर्भ में मनोविदली माँ (Schizophrenic mother) जैसे सम्प्रत्यय को प्रतिपादित किया और यह कहा कि जो माताएँ बाह्य रूप से अपने बच्चों के प्रति जैसी दिखाई पड़ती है, वे वास्तव में ऐसी प्रतीत नहीं होती है और उनका उपयोग वे अपनी आवश्यकताओं की पूर्ति के लिए करती है तथा उनके प्रति असुरक्षित (nonprotective), तिरस्कारपूर्ण व्यवहार करती है, इसलिए उनमें मनोविदलता के लक्षण विकसित हो जाते हैं। परन्तु *Waring & Reiks* (1965) ने इस परिणाम का समर्थन नहीं किया है।

Lyman Wynne का मत है कि कुछ परिवारों में कूट पारस्परिक (pseudomutual) अथवा कूट आक्रामक (pseudohostile) वाचिक सम्प्रेषण (verbal communication) से बच्चों की सांवेगिक अभिव्यक्ति (emotional expression) का दमन कर दिया जाता है। ऐसे परिवारों में अपूर्व वाचिक सम्प्रेषण का विकास होता है। परिणामस्वरूप बच्चा अन्य/बाह्य सामाजिक परिस्थितियों में अन्य व्यक्तियों से सम्बन्ध स्थापित करने में समस्या अनुभव करता

है और उनसे बोधगम्य अन्तर्क्रिया (comprehensible interaction) करने में असमर्थ रहता है।

मनोविदलता के लक्षणों के विकास में सहायक अन्य कारकों की भाँति पारिवारिक स्तर (family status) को भी अनुसंधानकर्ताओं ने एक महत्त्वपूर्ण कारक के रूप में प्राप्त किया है। *Leff & Vaughan* (1976), *Tsuang* et. al. (1974) ने तनाव पूर्ण पारिवारिक परिस्थिति (माता-पिता की सांवेगिक अपरिपक्वता *Miklowitz* (1994), *Follon & Liberman* (1983) ने पारिवारिक संघर्ष तथा *Vaughan* et. al. (1992), *Mavreas* et. al. (1992) ने नकारात्मक पारिवारिक अनुभूतियों (negative family experiences) को मनोविदलता के लक्षणों के विकास के लिए उत्तरदायी माना है।

3. सामाजिक सिद्धान्त
(*Social Theories*)

मनोविदलता के कारण के सन्दर्भ में कुछ सिद्धान्त यह प्रस्तावित करते हैं कि औद्योगिकीकरण एवं नगरीयकरण (urbanization) भी मनोविदलता के लक्षणों के विकास के लिये उत्तरदायी है क्योंकि इनसे व्यक्ति में बलाघात उत्पन्न होता है जो व्यक्ति में मनोविदलता के लक्षणों के विकास में सहायक है।

4. अस्तित्ववादी सिद्धान्त
(Existential Theory)

Laing (1967) ने मनोविदलता की अस्तित्ववादी व्याख्या में इसे एक धनात्मक (positive) अथवा रचनात्मक (constructive) प्रक्रिया के रूप में स्वीकार किया है जिसमें व्यक्ति अपने सामाजिक और पारिवारिक वातावरण से उत्पन्न उलझनों तथा दुखद परिस्थितियों में अपने को सामान्य बनाये रखने का प्रयास करता है। *Laing* का मत है कि अपने जीवन को अर्थ प्रदान करने के लिए सभी व्यक्ति अपने यथार्थ स्व (trueself) के सम्पर्क में बने रहने का प्रयास करते हैं। परन्तु वर्तमान परिस्थितियों में ऐसा करना एक कठिन प्रयास होगा क्योंकि समाज के अन्य सदस्यों से अन्तर्क्रिया के कारण वह अयथार्थ स्व (unrealistic self) को विकसित कर लेता है जिससे वह अन्य लोगों की प्रत्याशाओं एवं मानकों के अनुरूप हो सके। विरोधी प्रत्याशाओं, माँगों और मानकों के कारण उनमें उलझन (confusion) उत्पन्न होती है। ऐसी स्थिति में बच्चा न अपने यथार्थ 'स्व' को विकसित कर पाता है और न अयथार्थ 'स्व' को ही विकसित कर पाता है ताकि वह अन्य लोगों के प्रत्याशाओं और माँगों को पूरा कर सके। परिणाम यह होता है कि वे निराशा का अनुभव करते हैं, आंतरिक खोज करते हैं, और उन पर अधिक ध्यान देने लगते हैं।

Laing का मत है कि ऐसे लोग अपनी उलझनों को आसानी से सुलझा सकते हैं यदि उन्हें अकेले छोड़ दिया जाये। परन्तु ऐसा नहीं होता है क्योंकि समाज एवं चिकित्सक उसे मनोविदलता का रोगी मान लेते हैं। जबकि अन्य अनुसंधानकर्ता इसे धनात्मक अथवा रचनात्मक प्रक्रिया नहीं मानते हैं।

5. संज्ञानात्मक सिद्धान्त
(Cognitive Theory)

इस सिद्धान्त के अनुसार व्यक्ति में कुछ जैविक समस्याएँ (biological problems) उत्पन्न होती है जिससे वह अपूर्व सांवेदिक अनुभूतियों (unique sensory experiences) को अनुभव करता है और उनकी व्याख्या करता है। व्यक्ति द्वारा किये गये ऐसे प्रयास में वह मनोविदलता के लक्षणों को विकसित कर लेता है। यह अपूर्व सांवेदिक अनुभूतियाँ ध्वनि, दृष्टि आदि से सम्बन्धित हो सकती है। वह इन अपूर्व अनुभूतियों की व्याख्या में अपने परिचितों एवं सम्बन्धियों से सहायता की आकांक्षा करता है। उसे यह विश्वास हो जाता है, कि लोग सच्चाई को छिपा रहे हैं तथा उसे दण्डित करने का प्रयास कर रहे हैं। इस प्रकार व्यक्ति में दण्डात्मक व्यामोह (delusion of persecution) विकसित हो जाता है जो मनोविदलता का एक प्रमुख लक्षण है (*Garety* 1991; *Maher* 1974)। *Zimbardo* (1976) का मत है कि ऐसे व्यक्ति 'पागलपन का एक युक्तिसंगत मार्ग' (Rational path to-madness) अपना लेते हैं।

6. सामाजिक-सांस्कृतिक सिद्धान्त
(Socio-Cultural Theories)

Modrow (1992); *Murphy* (1968); *Rosenhan* (1973); *Scheff* (1966) आदि जैसे सामाजिक-सांस्कृतिक सिद्धान्तवादियों ने अपना मत प्रकट किया है कि जब किसी व्यक्ति को समाज अथवा चिकित्सक द्वारा मनोविदली घोषित कर दिया जाता है तो उसमें मनोविदलता के अनेक लक्षण अपने आप विकसित हो जाते हैं। जब व्यक्ति अपने आप को मनोविदली वर्गीकृत मान लेता है तो उसमें आत्मपूरक भविष्यवाणी (self-fulfilling prophecy) विकसित हो जाती है जो मनोबिदलता के अतिरिक्त लक्षणों के विकास में सहायक होती है।

Murphy (1976) ने एस्किमो और नाइजेरिया के दो भिन्न समाजों का अध्ययन किया और दोनों ही समाजों में क्रमशः Nuthkavihak एवं Were बीमारियाँ पाई जाती थीं जिनके लक्षण मनोविदलता के लक्षण के ही समान थे। *Sartorious et. al.* (1992) ने यह परिणाम प्राप्त किया कि विकसित देशों (अमेरिका, ब्रिटेन) की तुलना में विकासशील देशों (भारत, लंका) के मनोविदलियों के लक्षणों में अधिक शीघ्रता से सुधार प्राप्त किया गया। यद्यपि इन्होंने सभी देशों के संस्कृतियों में मनोविदली लक्षणों के व्यक्तियों को प्राप्त किया। *Faris & Dunham* (1939), *Saugstad* (1989) ने अमेरिका के उन शहरों में मनोविदलता के रोगियों को अधिक प्राप्त किया है जहाँ निम्न-सामाजिक-आर्थिक स्तर के लोग अधिक रहते हैं। (*Aro, Aro & Keskimaki* 1995; *Chakarborty* 1980)।

❑

अध्याय 7

स्थिर-व्यामोही विकृति
(PARANOID DISORDER)

स्थिर-व्यामोही विकृति के ऐतिहासिक पृष्ठभूमि के अवलोकन से इस तथ्य पर प्रकाश पड़ता है कि *Hippocrates* ने सर्वप्रथम इस विकृति की चर्चा की और इसका अर्थ पागलपन (madness) से लिया। 18वीं शताब्दी में मनश्चिकित्सकों और नैदानिक मनोवैज्ञानिकों ने इस विकृति का एक विशिष्ट अर्थ बताया जिसमें व्यामोह के लक्षण प्रधान थे। व्यामोही का तात्पर्य गलत विश्वास (false belief) से है। स्थिर-व्यामोह का तात्पर्य एक ऐसे मानसिक रोग से लिया जाता है जिसमें रोगी एक जटिल व्यामोह प्रणाली (complex delusional system) का विकास अपने अन्दर कर लेता है जिससे उसका व्यवहार असामान्य और कुसमायोजित हो जाता है। ऐसे रोगियों में स्थिर-व्यामोह के अतिरिक्त और विकृतियाँ नहीं पाई जाती हैं क्योंकि न तो उसमें किसी प्रकार का विभ्रम (hallucination) पाया जाता है और न उसमें भाषा, क्रिया-कलाप, अथवा भ्रान्ति (disorientation) सम्बन्धी किसी प्रकार के लक्षण ही पाये जाते हैं।

व्यामोही विकृति (delusional disorder) के लिए पहले शब्द स्थिर व्यामोह (paranoia) का प्रयोग किया जाता था जिसकी व्युत्पत्ति एक ग्रीक शब्द से हुई जिसका तात्पर्य पास (beside) और मन/मानस (mind) था। इस प्रकार, ऐतिहासिक दृष्टिकोण से स्थिर-व्यामोह का तात्पर्य विभिन्न मानसिक अवस्थाओं (variety of mental states) के वर्णन के लिए किया जाता था जिसमें मनोभ्रंश (dementia) और उन्माद (delirium) के लक्षणों को भी सम्मिलित किया गया। वर्तमान समय में स्थिर व्यामोह का तात्पर्य अत्यधिक संदिग्धता (extreme suspiciousness) से लिया जाता है जो परिस्थितियों के यथार्थपरक मूल्यांकन पर निर्भर नहीं करता है। 1818 में *Johann Christian Heinroth* ने बौद्धिक विकृतियों के लिए प्रयुक्त शब्द Verr ü cktheit के वर्णन में मनश्चिकित्सकीय शब्द स्थिर व्यामोह (paranoia) का प्रयोग किया। 1818 में फ्रांसीसी चिकित्सक *Jean Etienne Dominique Esquirol* ने व्यामोह के वर्णन के लिए Manomania शब्द का प्रयोग किया। 1863 में *Karl Ludwig Kahlbaum* ने शब्द Paranoia का प्रयोग किया जिसका वर्णन उन्होंने असामान्य (uncommon) परन्तु सुस्पष्ट (distinct) के रूप में किया। इन्होंने इस विकृति का वर्णन आंशिक पागलपन (partial insanity) के रूप में किया जो बौद्धिक क्षमता को ही प्रभावित करता है। मानसिक प्रकार्यता (mental functioning) के अन्य क्षेत्रों को नहीं। इनका मत था कि स्थिर व्यामोह के रोगी में व्यामोह तंत्र (delusional-system) की विशेषता पाई जाती है जो विकृति की अवधि में स्थिर (static) रूप से पाई जाती है। *Emil Kraepelin* (1896) ने भी एक ऐसी दशा को वर्णित किया है जिसे स्थिर-व्यामोह (paranoia) कहा गया है जिसमें विभ्रम (hallucination) और व्यक्तित्व विघटन (personality deterioration) की अनुपस्थिति में स्थिर व्यामोह तंत्र के लक्षण पाये जाते हैं। *Kraepelin* ने इसे एक दुर्लभ विकृति (rare disorder) के रूप में

माना है। इन्होंने दो अन्य प्रकार के स्थिर-व्यामोह विकृतियों पैराफ्रेनिया (Paraphrenia) तथा मनोभ्रंश स्थिर-व्यामोह (dementia paranoides) का वर्णन किया है। Paraphrenia में विभ्रम (hallucination) पाया जाता है परन्तु मनोभ्रंश स्थिर व्यामोह (dementia paranoides) में सम्भ्रांति/स्थिर-व्यामोह (paranoia) के भाँति ही लक्षण पाये जाते है। *Eugen Bleuler* ने शब्द Schizophrenia का प्रयोग किया। इन्होंने Schizophrenia और Paranoia में अंतर स्पष्ट किया। *Sigmund Freud* ने स्थिर-व्यामोह के लक्षणों के विकास को प्रस्तुत किया जो इस प्रत्यय के विकास में मील का पत्थर माना जाता है। *Freud* ने, *Daniel Paul Schreber,* जो एक प्रसिद्ध न्यायाधीश थे, के जीवन इतिहास को एक उदाहरण के रूप में लेकर यह सिद्ध किया है कि दमित समलैंगिक आवेगों (repressed homosexual impulses) के कारण स्थिर-व्यामोही विकृति का विकास होता है। फ्रायड ने स्थिर-व्यामोह के प्रकारों का वर्णन नहीं किया है, परन्तु मनेविदलता के वर्णन के लिए पैराफ्रेनिया (Paraphrenia) शब्द के प्रयोग का सुझाव दिया।

DSM-IV में इस विकृति को व्यामोही विकृति (delusional disorder) कहा गया है। DSM-III R(1987) में स्थिर-व्यामोह (paranoia) में दो तरह की मनोविक्षिप्तियों (psychoses) को सम्मिलित किया गया था—स्थिर व्यामोह (paranoia) एवं स्थिर-व्यामोही अवस्था (paranoid state)। स्थिर-व्यामोह में रोगी दण्ड-व्यामोह (delusion of persecution) तथा श्रेष्ठता-व्यामोह (delusion of grandeur) विकसित कर लेता है जो अक्रमबद्ध एवं अतार्किक होता है। जबकि स्थिर-व्यामोही अवस्थता में रोगी में पाये जाने व्यामोह क्षणिक होते हैं तथा वे भी अक्रमबद्ध और अतार्किक होते हैं DSM-IV में इन दोनों मनोविक्षिप्तियों को एक ही शीर्षक व्यामोही विकृति (delusional disorder) के अन्तर्गत रखा गया है।

Kaplan & Sadock (1997) के अनुसार, *''व्यामोही विकृति की परिभाषा एक ऐसी मनश्चिकित्सकीय विकृति के रूप में की जा सकती है जिसमें व्यामोह ही एक प्रबल लक्षण के रूप में पाया जाता है।'' (Delusional disorder is defined as a psychiatric disorder in which predominant symptoms are delusions.)*

स्थिर-व्यामोही विकृति के जानपादिक रोगविज्ञान (epidemiology) के मूल्यांकन से यह संकेत प्राप्त होता है कि इस विकृति के सन्दर्भ में बहुत अधिक सूचनाएँ नहीं प्राप्त हुई है क्योंकि इसके रोगी पारिवारिक सदस्यों के दबाव के कारण ही मनश्चिकित्सकीय सहायता लेते है। संयुक्त राष्ट्र अमेरिका में यह विकृति .025% से .03% व्यक्तियों में पाई जाती है। मनोविदलता की तुलना में यह रोग जनसंख्या में कम पाया जाता है। प्रतिवर्ष 1,00,000 व्यक्तियों में 1 से 3 रोगी इस विकृति के पाये जाते है। यह रोग प्रायः 40 वर्ष के आसपास उत्पन्न होता है परन्तु इसके प्रारम्भ होने का प्रसार 18 से 90 वर्ष है (*Kaplan& Sadock* 1997)। इसके रोगी अधिकतर विवाहित और नौकरी में होते है परन्तु इसका साहचर्य तात्कालिक अप्रवास और निम्न सामाजिक आर्थिक स्तर से भी पाया जाता है।

Butazine, Acocella & Alloy (1993) के अनुसार, *''व्यामोही विकृति में व्यामोही तंत्र में मौलिक असामानताएँ पायी जाती है। वास्तव में कुछ दशाओं में, व्यामोही तंत्र की एक ही विशेषता असामान्यता होती है तथा दूसरे अन्य पक्षों में वह पूर्णतः सामान्य प्रतीत होती है।''(In the delusion disorder, delusional system is the fundamental abnormality Indeed in some cases, the delusional system is the only abnormality: in all other respects the person appears quite normal.)*

नैदानिक लक्षण (*Diagnostic Features*)

स्थिर-व्यामोही विकृति (Paranoid Disorder) के निम्नलिखित' नैदानिक लक्षण हैं:—

(i) इस विकृति का सर्वप्रमुख लक्षण यही है कि इसमें एक या एक से अधिक सामान्य (nonbizarre) व्यामोह के लक्षण पाये जाते है जिनकी अवधि कम-से-कम एक माह अवश्य होती है।

(ii) मनोविदलता के अन्य लक्षणों के अभाव में भी स्थिर-व्यामोही विकृति के पाये जाने की सम्भावना रहती है परन्तु उनका निदान सम्भव नहीं हो पाता है।

(iii) यदि श्रवण अथवा दृष्टिपरक विभ्रम पाया जाता है परन्तु वह प्रभावी नहीं है, तो त्वचीय अथवा गंधपरक विभ्रम उपस्थित एवं प्रभावी हो सकते हैं, यदि वे व्यामोहपरक विषय वस्तु से सम्बन्धित है।

(iv) इसमें मनोसामाजिक प्रकार्यता अधिक दुर्बल नहीं होते हैं तथा व्यवहार न तो अनोखा प्रतीत होता है और न अनुपयुक्त ही।

(v) यदि व्यामोह के साथ ही मनोदशा सम्बन्धी घटनाएँ (mood episodes) घटित होती है तो मनोदशा घटनाओं की अवधि स्थिर व्यामोह विकृति की कुल अवधि की तुलना में अधिक कम होती है।

(vi) यह व्यामोह विकृति किसी पदार्थ (कोकीन) अथवा चिकित्सकीय दशा (Alzheimers disease, systemic lupus erythematosus) प्रत्यक्ष शारीरिक प्रभावों के कारण नहीं उत्पन्न होती है।

स्थिर-व्यामोही विकृति के लक्षणों के वर्णन के लिए DSM-IV में दो लक्षणों का वर्णन किया गया है—**प्रथम** लक्षणों के अनुसार, व्यामोहों की उपस्थिति कम-से-कम 1 माह (कम-से-कम तीन माह—ICD-10) की अवधि के लिए अवश्य होनी चाहिए तथा इसके व्यामोह सामान्य (अनोखे नहीं) होते है, जिससे एक नैदानिक मनोवैज्ञानिक मनोविदलता के रोगियों में पाये जाने वाले अनोखे व्यामोह के आधार पर उन्हें पृथक कर सकता है। **द्वितीय** लक्षण के अनुसार, स्थिर व्यामोही विकृति के रोगियों में मनोविदलता के लक्षणों का अभाव (सिवाय त्वचीय अथवा गंध विभ्रम) पाया जाता है।

स्थिर-व्यामोही विकृति के प्रकार
(Types of Paranoid Disorder)

स्थिर-व्यामोही विकृति के निम्नलिखित प्रकार है:—

(1) कामोन्मादी प्रकार (*Erotomanic Type*)

ऐसे स्थिर व्यामोह में रोगी को यह विश्वास हो जाता है कि कुछ प्रसिद्ध व्यक्ति उसे प्यार करते हैं और उसके साथ लैंगिक सम्बन्ध (sexual liason) स्थापित करना चाहते है। यह व्यक्ति फिल्म अभिनेता या अपने क्षेत्र में श्रेष्ठ होते है। इसे Erotomania, Psychose passionelle एवं de Clearmbault syndrome भी कहते हैं। इसके प्रमुख लक्षण कुछ दशाओं में व्यामोहपरक विकृति (delusional disorder) के लक्षणों के समान होते है परन्तु इसे मनोविदलता (schizophrenia), मनोदशा विकृति (mood disorder) तथा अन्य आंगिक विकृतियों (organic disorders) में घटित होते देखा गया है। DSM-III में कामोन्माद (Erotomania) का वर्णन नहीं मिलता है। वरन् इसके लिये असामान्य मनोविक्षिप्ति (atypical psychoses) शब्द का प्रयोग किया गया है। DSM-IIIR एवं DSM-IV में इस शब्द को पुर्नस्थापित किया गया है। यह लक्षण अचानक उत्पन्न होते हैं तथा प्रभावित व्यक्ति के जीवन के केन्द्र बिन्दु बन जाते हैं। इन लक्षणों के कारण व्यक्ति अन्य व्यक्तियों के लिए परेशानी का कारण बन जाते हैं। पुरुषों में इस लक्षण के पाये जाने पर उनके व्यामोहपरक लक्ष्यों एवं कानून के मध्य अन्तर्द्वन्द्व पाया जाता है अथवा काल्पनिक भय से बचने के लिए अनुपयुक्त प्रयास कर सकते है। ऐसी विकृति से ग्रस्त रोगी एकाकी जीवन व्यतीत करना पसंद करते हैं। ऐसे रोगी यह विश्वास भी विकसित कर लेते है कि किसी अपरिचित व्यक्ति से उसे रोमांस हो गया है। रोगी ऐसे अपरिचित व्यक्ति से पत्र-व्यवहार, दूरभाष, आदि के द्वारा सम्पर्क बनाये रखता है। वह ऐसे व्यामोह को प्रायः प्रकट नहीं होने देता है। यह रोग अधिकतर महिलाओं में पाया जाता है।

(2) आडम्बर प्रकार (*Grandiose Type*)

व्यामोही विकृति के इस आडम्बर प्रकार को Megalomania कहते हैं। इस विकृति का सबसे महत्त्वपूर्ण लक्षण यह है कि ऐसे रोगी यह विश्वास कर लेते हैं कि उसमें असाधारण योग्यता अथवा सूझ पाई जाती है अथवा उसने कोई महत्त्वपूर्ण अनुसंधान कर लिया है जिसे दूसरे लोग नहीं जानते है। ऐसे रोगी यह व्यामोह विकसित कर लेते हैं कि वे एक धार्मिक गुरु हो गये है।

(3) ईर्ष्यालु प्रकार (*Jealous Type*)

व्यामोही विकृति के इस प्रकार को वैवाहिक व्यामोह (Conjugal Paranoia) एवं Othello Syndrome कहते हैं क्योंकि इस व्यामोह का सम्बन्ध दम्पति की निष्ठा (fidelity of the spouse) से है। इस व्यामोह से महिलाओं की अपेक्षा पुरुष अधिक प्रभावित होते हैं। ऐसे रोगियों को यह विश्वास हो जाता है कि उसका वैवाहिक साथी विश्वासी एवं निष्ठावान नहीं है। ऐसे लक्षणों का प्रारम्भ अचानक होता है जिसका समाधान या तो उनके अलग होने से होता है अथवा उनमें से किसी एक की मृत्यु हो जाने से होता है। ईर्ष्यालु व्यामोह प्रकार के रोगी अपने दम्पति के प्रति वाचिक या शारीरिक दुर्व्यवहार कर सकते हैं, यहाँ तक कि हत्या भी कर सकते हैं। *Richard Freiherr Von Kraff-Ebing* (1891) ने मद्यपान और ईर्ष्या व्यामोह में अकसर साहचर्य प्राप्त किया है। ऐसे रोग से ग्रस्ति रोगी अस्तव्यस्त वस्त्रों और चादर पर दाग ढूँढ कर अपने व्यामोह को तर्कसंगत बनाने का प्रयास करते हैं। निरपवाद रूप से यह कहा जा सकता है कि ऐसे रोगी अपने दम्पतियों अथवा प्रेमियों के प्रति काल्पनिक अनिष्ठा (imagined infidelity) के कारण असाधारण निर्णय ले सकते हैं। परिणामस्वरूप वे अपने वैवाहिक साथी को घर से निकलने के लिए प्रतिबन्ध लगा सकते हैं।

(4) दण्डात्मक प्रकार (*Persecutory Type*)

यह एक अति सामान्य प्रकार की व्यामोह विकृति है। इस विकृति में रोगी को ऐसा व्यामोह हो जाता है जिसका विषय-वस्तु एक ही प्रकार का होता है तथा वे एक-दूसरे से सम्बन्धित होते हैं जैसे दूसरे लोग उसके खिलाफ साजिश कर रहे हैं, उसे धोखा दे रहे हैं, उसकी जासूसी कर रहे हैं, उसका पीछा कर रहे हैं, उसे जहर दे देंगे अथवा चाकू मार देंगें। यह सब लक्षण उसे स्थिर व्यामोह विकृति के लक्षणों का केन्द्र बिन्दु बना देते हैं। ऐसे व्यक्ति इन लक्षणों से मुक्ति पाने के लिए अदालतों अथवा सरकारी संस्थाओं से बार-बार सहायता की याचना करते हैं।

(5) दैहिक प्रकार (*Somatic Type*)

व्यामोह विकृति के दैहिक प्रकार को एक रोगसूचक स्वाकायचिन्तापरक मनोविक्षिप्ति (Monosymptomatic hypochondrical psychosis) कहते हैं। स्वाकाय चिन्ता रोग (hypochondriasis) तथा दैहिक प्रकार के व्यामोह विकृति में मुख्य अन्तर रोगी के इस विश्वास पर निर्भर करता है कि उसमें काल्पनिक रोग के प्रति व्यामोह विकृति की मात्रा कितनी पाई जाती है। ऐसे रोगी को जीवाणु (bacteria), वायरस (virus), परजीवी (parasites) आदि से उत्पन्न संक्रमण (infections) के प्रति व्यामोहपरक वेदना बनी रहती है, त्वचा पर अथवा त्वचा के भीतर कीड़ों (insects) का उत्पीड़न अनुभव करते हैं, दुष्आकृतित्मकता (dysmorphobia) पाई जाती है, त्वचा तथा मुँह की गंध के बारे में विशेष व्यामोह पाया जाता है, तथा अपने वृहत आंत की अप्रकार्यता का व्यामोह उत्पन्न होता है। यह विकृति पुरुषों तथा महिलाओं दोनों में समान रूप से पाई जाती है परन्तु इस विकृति को हम दुलर्भता से ही प्राप्त कर सकते हैं। पदार्थ दुरुपयोग (substance abuse) अथवा मस्तिष्क आघात (brain injury) इस विकृति के उत्पत्ति के कारण हो सकते है। इन लक्षणों की उत्पति के कारण व्यक्ति में उत्पन्न कुण्ठा उसे आत्महत्या के लिए प्रेरित कर सकती है।

(6) मिश्रित प्रकार (*Mixed Type*)

इस वर्ग में उन रोगियां को रखा जाता है जिनमें किसी एक विशेष प्रकार के नैदानिक लक्षण की प्रधानता नहीं रहती है।

(7) अविशिष्ट प्रकार (*Unspecified Type*)

ऐसे वर्ग में किसी रोगी को तब तक रखा जाता है जब तक उसमें पाये जाने वाले लक्षणों के आधार पर उसे किसी विशिष्ट प्रकार का रोगी (व्यामोही) न मान लिया जाये।

कारण विज्ञान (*Etilogy*)

अन्य अनेक प्रमुख मनश्चिकित्सकीय विकृतियों की भाँति स्थिर व्यामोह विकृति का भी कारण अज्ञात है। परन्तु इसके लक्षण मनोविदलता और मनोदशा विकृति से पूर्णतया भिन्न है। यह विकृति अत्यधिक दुर्लभ है। परिवार सम्बन्धी अध्ययनों से यह संकेत प्राप्त होता है कि व्यामोह विकृति में वृद्धि कुछ अन्य व्यक्तित्व शीलगुणों (संशय, ईर्ष्या, गोपनीयता आदि) में वृद्धि के साथ अवश्य पाई जाती है। अनुसंधानों के सर्वेक्षण से इस तथ्य पर प्रकाश पड़ता है कि स्थिर व्यामोह विकृत का कारण पूर्णरूप से न तो शारीरिक क्षुब्धता है और न जननिक ही। परन्तु जैविक, मनोगत्यात्मक एवं मनोसामाजिक कारकों की कुछ भूमिका अवश्य है जिनका वर्णन अधोलिखित है:—

(1) जैविक कारक (*Biological Factors*)—अनेक अमनश्चिकित्सकीय दशाओं एवं पदार्थो से उत्पन्न लक्षणों, जिनमें जैविक कारक प्रमुख है, स्थिर व्यामोह विकृति के कारण के रूप में माने जा सकते हैं। जैसे यह आवश्यक नहीं है कि मस्तिष्क ट्यूमर के रोगी में यह विकृति पाई ही जाये। स्थिर व्यामोह विकृति के लिए कुछ तंत्रिकापरक दशायें (neurological conditions) उत्तरदायी है जो लिम्बिक सिस्टम (limbic system) और वेसलगैगलिया (basal ganglia) को प्रभावित करती है। जिन रोगियों में तांत्रिकापरक रोगों के कारण स्थिर-व्यामोह विकृति पाई जाती है तथा जो बौद्धिक दुर्बलता (intellectual impairment) नहीं प्रदर्शित करते हैं, उनमें स्थिर व्यामोह विकृति के रोगियों की भाँति ही लक्षण पाये जाते हैं। परन्तु वे रोगी जिनमें तांत्रिकापरक रोग पाया जाता है तथा जिनमें बौद्धिक दुर्बलता भी पाई

जाती है, उनमें व्यामोही विकृति के रोगियों की तुलना में सरल व्यामोह के ही लक्षण पाये जाते है। इस प्रकार यह कहा जा सकता है कि व्यामोह *विकृति में रोगियों के लिम्बिक सिस्टम (limbic system) और बेसल गैंगलिया (basal ganglia) की प्रमुख भूमिका है।* केन्द्रिय स्नायुमण्डल (CNS), वाह्य स्नायु मण्डल एवं वातावरण में असामान्य अनुभवों (abnormal experience) के प्रति व्यामोह विकृति एक सामान्य अनुक्रिया के रूप में प्रकट हो सकता है। इस प्रकार यह कहा जा सकता है कि यदि रोगी ऐसे त्रुटिपूर्ण सांवेगिक अनुभवों को अनुभव कर रहा है कि उसका अनुसरण किया जा रहा है, तो उन्हें इस बात का पूर्ण विश्वास भी हो जाता है। ऐसे रोगी में विभ्रम-प्रकार के व्यामोह पाये जाते हैं जिनकी व्याख्या की आवश्यकता है। परन्तु व्यामोह विकृति में ऐसे विभ्रमकारी अनुभवों को सिद्ध नहीं किया जा सका है।

(2) गत्यात्मक कारक *(Psychodynamic Factors)*—व्यामोह विकृति के बारे में अनेक चिकित्सकों ने यह नैदानिक धारणा बना रखी है कि इस विकृति से ग्रस्त रोगी सामाजिक नहीं, वरन् एकाकी जीवन व्यतीत करते हैं तथा उनके उपलब्धि का स्तर निम्न होता है। व्यामोह लक्षणों के कारण एवं विकास के सन्दर्भ में विशिष्ट मनोगत्यात्मक सिद्धान्तों में व्यक्ति के अतिसंवदेनशीलता एवं विशिष्ट अहं मनोरचनाओं को कारण स्वरूप अभिग्रहित किया गया है। इन मनोरचनाओं में प्रतिक्रिया निर्माण (reaction formation), प्रक्षेपण (projection) एवं अस्वीकरण (denial) का प्रमुख स्थान है।

फ्रायड *(Freud)* का मत था कि व्यामोह किसी विकृति का लक्षण होने की तुलना में चंगा होने की प्रक्रिया (healing process) का एक अंग है। 1896 में उन्होंने व्यामोह (paranoia) में प्रक्षेपण को प्रमुख मनोरचना के रूप में वर्णित किया है। प्राचीन मनोगत्यात्मक सिद्धान्त के अनुसार पुरुषों एवं महिलाओं दोनों में ही व्यामोह निर्माण (delusion formation) की प्रक्रिया समान रूप से घटित होती है। *फ्रायड* का मत है कि व्यामोही रोगियों में चेतन स्तर पर समलैंगिकता अस्वीकार्य है, इसलिए पुरुष रोगी इस भावना *'I love him'* को प्रकट करने के प्रति अपनी अस्वीकृति दिखाते हैं और प्रतिक्रिया-निर्माण के द्वारा वाक्य के स्वरूप को इस प्रकार परिवर्तित कर देते हैं—*"I do not love him. I hate him"* । रोगी तुरन्त इन भावनाओं को प्रक्षेपण में इस प्रकार रूपान्तरित कर देता है, *"It is not I who hate him, it is he who hates me."* जब रोगी में व्यामोह की चरम अवस्था पाई जाती है, तो उसकी भावनाएँ भिन्न एवं विस्तृत रूप इस प्रकार लेती है *"I am persecuted by him."*। *फ्रायड* का मत था कि रोगी में पाई जाने वाली अचेतन स्तर की समलैंगिकता ईर्ष्या व्यामोह का कारण बनती है। परिणामस्वरूप उनके स्वाग्राहिता व्यवहार में इस प्रकार का अंतर पाया जाता है—*"I do not love him; she (e.g. wife) loves me."* परन्तु नैदानिक प्रमाण फ्रायड का समर्थन नहीं करते हैं।

Norman Cameron (1959) ने उन सात परिस्थितियों का वर्णन किया है जो व्यामोह-विकृति के विकास में सहायक है:—

(i) परिपीड़न उपचार प्राप्ति के प्रति प्रत्याशा में वृद्धि
(ii) अविश्वास एवं संशय उत्पन्न करने वाली परिस्थितियाँ
(iii) सामाजिक एकाकीपन
(iv) ईर्ष्या उत्पन्न करने वाली परिस्थितियाँ
(v) आत्मसम्मान के स्तर को निम्न करनेवाली परिस्थितियाँ
(vi) व्यक्ति को अपने दोष दूसरे में देखने के लिए उत्तेजित करने वाली परिस्थितियाँ

(vii) सम्भाव्य अर्थों एवं अभिप्रेरणाओं पर चिन्तन-विभव (potential for rumination) में वृद्धि करने वाली परिस्थितियाँ।

जब इन दशाओं की किसी भी संयुक्ति के कारण व्यक्ति की कुण्ठा में उस सीमा से अधिक वृद्धि पाई जाती है जिसे वह सहन कर सकता है, तो वे विनिवर्तित (withdrawn) एवं चिन्तित अनुभव करते हैं, वे अनुभव करते हैं कि कहीं कुछ गलत है, समस्या की व्याख्या पूछते हैं तथा व्यामोह तन्त्र (delusional system) को निश्चित रूप प्रदान करते हैं।

इन मनोगत्यात्मक कारकों के अतिरिक्त कुछ और भी कारकों को स्थिर-व्यामोह विकृति के लिए उत्तरदायी ठहराया जा सकता है उदाहरणार्थ—सम्बन्धों में विश्वास के अभाव का अनुभव (experience of lack of trust in relationship) जिससे परिवार में निरन्तर आक्रामकतापूर्ण वातावरण बना रहता है। ऐसे रोगी प्रतिक्रिया निर्माण, अस्वीकरण एवं प्रक्षेपण जैसी मनोरचनाओं का प्रयोग करते हैं। वे आक्रामकता, निर्भरता आवश्यकता, प्रेम भावना के प्रति सुरक्षा के रूप में प्रतिक्रिया निर्माण मनोरचना का प्रयोग करते हैं। वे पीड़ादायी यथार्थ (painful reality) के प्रति अस्वीकरण (denial) मनोरचना का प्रयोग करते हैं। क्रोधित, आक्रामक एवं उत्तरदायित्व निर्वहन की अयोग्यता से उत्पन्न क्रोध के पाये जाने पर वे अपने क्रोध को अन्य व्यक्तियों पर प्रकट करते हैं तथा अस्वीकार योग्य आवेगों से अपनी सुरक्षा के लिए प्रक्षेपण कर प्रयोग करते हैं।

अति संवेदनशीलता (hypersensitivity) तथा हीनता की भावना प्रतिक्रिया निर्माण एवं प्रक्षेपण के द्वारा श्रेष्ठता एवं आडम्बर के व्यामोह को बढ़ावा देती है। काम विषयक (erotic) विचारों का व्यामोह अस्वीकरण की भावना के लिए स्थानापन्न के रूप कार्य करता है। कुछ नैदानिक मनोवैज्ञानिकों का मत है कि जिन बच्चों से त्रुटिहीन निष्पादन की प्रत्याशा की जाती है और जब वे ऐसा करने में असमर्थ रहते हैं, और अनुपयुक्त रूप से दण्डित किये जाते हैं तो वे अपने आहत आत्म सम्मान में वृद्धि करने के लिये स्वैरकल्पना/भ्रान्ति (fantasy) को विकसित कर लेते हैं जो उनमें विकसित व्यामोह का कारण बन जाता है।

दैहिक व्यामोहों की व्याख्या मनोगत्यात्मक रूप से इस प्रकार की जा सकती है कि इस व्यामोह के पाये जाने का कारण बालसुलभ आत्मासक्तिपरक अवस्था की ओर प्रतिगमन (regression to the infantile narcissistic state) है जिसमें रोगी समाज के अन्य सदस्यों से अपने सांवेगिक सम्बन्धों का प्रत्याहार (withdrawal) कर लेता है और अपने दैहिक स्व (physical self) पर स्थिरीकरण (fixation) कर लेता है। काम विषयक व्यामोह में प्रेम का सम्प्रत्ययीकरण प्रक्षेपित आत्मासक्तिपरक प्रेम (projected narcisstic love) का उपयोग निम्न आत्म-आदर एवं तीव्र आत्मासक्तिपरक आघात (severe narcisstic injury) के प्रति सुरक्षा के रूप में करता है। आडम्बर का व्यामोह (delusion of grandeur) बाल्यावस्था के सर्वशक्तिमान भावों (omnipotent feelings of childhood) के प्रति प्रतिगमन हो सकता है जिसमें अखण्ड (undenied) और अह्रासमान (undiminished) शक्तियों की प्रधानता (predominate) रहती है।

(3) मनो-सामाजिक कारक *(Psychosocial Factors)*—स्थिर-व्यामोह के कारण विज्ञान का अवलोकन करने पर यह विदित होता है कि व्यामोह के अन्य कारकों की तुलना में मनोसामाजिक कारक की भूमिका का कम महत्त्व नहीं है।

जब व्यक्ति अपने सामाजिक, व्यवसायिक और वैवाहिक जीवन में निरन्तर असफलता अनुभव करता है जो उसके अयथार्थ लक्ष्यों, अन्तर्क्रिया की अक्षमता आदि के कारण उत्पन्न

होती है जिससे व्यक्ति में हीनता की भावना जन्म लेती है और वह अपने को तिरस्कृत समझने लगता है। परिणामस्वरूप अपनी हीनता की भावना को छिपाने के लिए वह आडम्बर व्यामोह (delusion of grandeur) को विकसित कर लेता है।

Bohnert & Smith (1970) *Schwartz* (1963) ने दोषपूर्ण अधिगम एवं विकास (faulty learning and development) को स्थिर-व्यामोह के लिए उत्तरदायी माना है। इनका मत है कि जो बच्चे बाल्यावस्था में एकान्तप्रिय, संदेही, जिद्दी तथा दण्ड मिलने पर प्रतिरोध करने वाले होते हैं, वे अन्य बच्चों के साथ सौहार्द्रपूर्ण सम्बन्ध नहीं स्थापित कर पाते हैं। परिणामस्वरूप वे आत्मआलोचना (self criticism) के शिकार हो जाते हैं और व्यामोह विकसित कर लेते हैं। इसी प्रकार पारिवारिक पृष्ठभूमि से भी दोषपूर्ण अधिगम होने के कारण भी व्यामोह विकसित हो जाता है जो परिवार के अत्यधिक दोषपूर्ण/दमनपूर्ण/सत्तावादी रवैये के कारण होता है।

फ्रायड (*Freud*) ने समलैंगिकता को स्थिर-व्यामोह का कारण माना है। इनका मत था कि व्यक्ति जब तीव्र समलैंगिक इच्छाओं का दमन करता है तो उसमें मानसिक संघर्ष (mental conflict) पाया जाता है और जब वह अपने को संघर्ष से दूर नहीं कर पाता है तो वह अपने किसी प्रिय व्यक्ति के प्रति ईर्ष्या का व्यामोह विकसित कर लेता है।

कैमरन (*Cameron,* 1959) का मत है कि स्थिर-व्यामोह विकृति के रोगी असफलताओं के बार-बार अनुभव करने के कारण रक्षात्मक उपायों (defensive means) का सहारा लेते हैं और अपनी सुरक्षात्मक संरचना का क्षेत्र इतना विस्तृत कर लेता है कि वह एक 'नकली समुदाय' (pseudo community) विकसित कर लेता है जिसमें वह अपने जैसे वास्तविक और काल्पनिक व्यक्तियों से घिरा पाता है। इस प्रकार धीरे-धीरे उसका व्यामोह धीरे-धीरे प्रबल होता जाता है।

स्थिर-व्यामोह विकृति के रोगी का व्यक्तित्व एक विशिष्ट प्रकार का होता है जिसमें सन्देह ईर्ष्या, महत्त्वाकांक्षा एवं अतिसंवेदनशीलता आदि पाई जाती है जिससे उनमें एक नहीं, वरन् कई प्रकार के व्यामोह विकसित हो जाते हैं।

❑

अध्याय 8

मनोदशा विकृतियाँ
(MOOD DISORDERS)

लगभग विगत 2500 वर्षों से मनोदशा विकृति का वर्णन एक अति सामान्य विकृति के रूप में मानव जाति के लिये किया जाता रहा है परन्तु विगत कुछ वर्षों से ही इसे जन स्वास्थ्य के दृष्टिकोण से प्रमुखता प्राप्त हुई है। WHO ने विश्व में व्याप्त विकृतियों को अवसाद का चतुर्थ स्थान प्रदान किया है। महिलायें अपने जीवन में 20% तथा पुरुष 12% अवसादपरक विकृतियों से कभी-न-कभी आक्रान्त होते हैं। प्रभावशाली उपचारों के उपलब्ध होते हुए भी मनोदशा विकृति के कारण अनेक व्यक्ति अशक्त (disable) होते हुए देखे गये हैं तथा आत्महत्या की घटनायें किशोरों और प्रौढ़ों दोनों के सन्दर्भ में प्राप्त की गई है। यद्यपि अवसादपरक विकृतियाँ पुरुषों की तुलना में महिलाओं में अधिक पाई जाती है परन्तु महिलाओं की तुलना में पुरुष अधिक आत्महत्या करते हैं।

मनोदशा विकृति के सन्दर्भ में दो ब्रिटिश सम्प्रदायों (schools) ने अपने प्रभावशाली विचारों को प्रस्तुत किया है। **प्रथम,** Maudsley School, *Aubrey Lewis* और उनके अनुयाइयों ने इस सम्प्रदाय का प्रतिपादन किया जिसे एक सांतत्यक प्रारूप (continuum model) माना जाता है क्योंकि इसका सम्बन्ध चिन्ता विकृति (anxiety disorder) से लेकर मनोविक्षिप्ति अवसाद (psychotic depression) तक है। **द्वितीय,** Newcastle School, के प्रतिपादक *Martin Roth* थे। इन्होंने मनोदशा विकृति की दशाओं के मध्य विद्यमान अन्तरों का स्पष्ट वर्णन किया। यद्यपि यह दोनों उपागम चिकित्सकीय एवं मौलिक अनुसंधानों के दृष्टिकोण से महत्त्वपूर्ण है।

Sadock* & *Sadock (1993) ने अपनी पुस्तक *'Comprehensive Text Book of Psychiatry'* में मनोदशा विकृति को परिभाषित करते हुए लिखा है कि, *''मनोदशा विकृति में मनोचिकित्सकीय विकृतियों के एक वृहद् समूह को सम्मिलित किया जा सकता है जिसमें रोगविज्ञानिय मनोदशा सम्बन्धित प्ररोही एवं मनोगतिक अशान्ति तथा सम्बन्धित लक्षण विद्यमान रहते हैं।'' (Mood disorders encompass a larger group of psychiatric disorders in which pathological moods and rated vegetative and psychomotor disturbances dominate the clinical picture.)*

Kaplan* & *Sadock (1997) के अनुसार, *''मनोदशा की परिभाषा एक व्यापक और सतत् संवेग के रूप में की जाती है जो संसार के बारे में व्यक्ति के प्रत्यक्षीकरण को विभिन्न रंग प्रदान करते है।'' (Mood is defined as a pervasive and sustained emotion that colours the person's perception of the world.)*। रोगी में पायी जाने वाली मनोदशा में तीव्रता, अवधि, गहराई एवं उच्चावच (flultuations) को सम्मिलित किया जा सकता है। मनोदशा के वर्णन के लिये अनेक सामान्य विशेषणों यथा उदास (depressed), निराश (despairing), चिड़चिड़ा (irritable), चिन्तित (anxious), क्रोधी (angry), उन्मुक्त-

हृदय (expansive), सुख-बोध (euphoric), निरर्थक (empty), दोष (guilty), चकित (awed), तुच्छ (futile), स्व-तिरस्कारक (self-contemptuous), भयतीत (frightened), व्याकुल (perplexed) का प्रयोग किया जाता है।

व्यक्ति में पाई जाने वाली मनोदशा के कई प्रकार हो सकते है। उदाहरणार्थ—

(1) उदास मनोदशा (Dysphoric mood)–एक असुखद मनोदशा।

(2) इयुथायमिक मनोदशा (Euthymic mood)—मनोदशा का सामान्य प्रसार।

(3) उन्मुक्त हृदय मनोदशा (Expansive mood)—बिना प्रतिबन्ध के भावनाओं की अभिव्यक्ति।

(4) चिड़चिड़ी मनोदशा (Irritable mood)–अधिक आसानी से खिन्न होना तथा क्रोध को उत्तेजित करना।

(5) अस्थिर मनोदशा (Labile mood)—सुखबोध एवं विषाद में अनिश्चयता।

(6) उत्थित मनोदशा (Elevated mood)—विश्वास एवं प्रसन्नता का भाव।

(7) सुख-बोध मनोदशा (Euphoria)—श्रेष्ठता की भावना की तीव्र प्रसन्नता।

(8) हर्षोन्माद (Ecstasy)—हर्षोन्माद की तीव्र भावना।

(9) अवसाद (Depression)—दुख के मनोविकृतिपरक भाव।

(10) एन्हीडोनिया (Anhedonia)—ऐसे कार्यों में खुशी न होना जिनसे सामान्यतया खुशी होती है।

(11) शोक (Grief)—वास्तविक हानि होने पर उपयुक्त दुख।

(12) एलेक्सीथीमिया (Alexithymia)—संवेग अथवा मनोदशा के प्रति अज्ञानता अथवा वर्णन करने में कठिनता अथवा अयोग्यता।

(13) आत्महत्यापरक विचार (Suicidal ideation)—अपने जीवन को समाप्त करने का विचार।

(14) उल्लास (Elation)—प्रसन्नता, विजय, तीव्र स्व-सन्तुष्टि का भाव, आशावादी।

इस प्रकार यह कहा जा सकता है कि व्यक्ति की मनोदशा सामान्य, उत्थित (elevated) अथवा अवसादपरक हो सकती है। लेकिन जब व्यक्ति में *मनोदशा विकृति* पाई जाती है, तो वह अपने संवेगों पर नियंत्रण नहीं कर पाता है और निराशा अनुभव करता है। जिन रोगियों में उत्थित मनोदशा (elevated mood-mania) पाया जाता है, उनमें हृदय उन्मुक्तता, विचारों की उड़ान (flight of ideas), निद्रा-ह्रास, उच्च आत्म आदर एवं आडम्बर-भाव पाया जाता है। ठीक इसके विपरीत *अवसाद मनोदशा* (depression) के रोगियों में ऊर्जा ह्रास, रुचि ह्रास, अपराध भाव, ध्यान केन्द्रण में कठिनाई, भूख में कमी, मृत्यु अथवा आत्महत्या के विचार पाये जाते हैं। इसी प्रकार *मनोदशा विकृति* के अन्य लक्षणों के रूप में क्रियाशीलता स्तर (activity level), संज्ञानात्मक योग्यता, भाषण योग्यता, आदि में परिवर्तन पाया जाता है। इन परिवर्तनों के परिणामस्वरूप अन्तर्वैयक्तिक, सामाजिक और व्यवसायपरक प्रकार्यता में दुर्बलता पाई जाती है।

प्राचीन काल से ही लोगों ने अवसादपरक घटनाओं का अवलोकन किया है। प्राचीन अभिलेखों में मनोदशा विकृति का वर्णन मिलता है। The Old Testment Story of King Saul में अवसादपरक लक्षण का वर्णन मिलता है। ई० पू० 400 के पहले ने मानसिक क्षुब्धताओं के वर्णन के लिए *Hippocrates* ने Mania और Melancholia जैसे शब्दों का

प्रयोग किया। 30 A.D. के लगभग रोमन चिकित्सक *Aulus Cornelus Celsus* ने अपनी पुस्तक *'De re medicina'* में Melancholia का वर्णन किया और उसकी उत्पत्ति का कारण काला पित्त माना क्योंकि ग्रीक शब्द menan (black) + cholia (bile) का अर्थ यही है। इस शब्द का प्रयोग *Arateus* (120-180), तथा *Galen* (129-199) तथा छठी शताब्दी में *Alexander of Tralles* ने किया । बारहवीं शताब्दी में *Jewish physician* एवं *Philospher Moses Maimonides* ने Melancholia को एक विकृति के रूप में स्वीकार किया। 1686 में *Bonet* ने इस मानसिक रोग को Maniaco-melancholius, 1854 में *Jules Falret* ने *Folie Circularie,* 1854 में ही फ्रांसीसी मनश्चिकित्सक *Jules G.F. Baillarger* ने Folie a double forme तथा 1882 में जर्मन मनश्चिकित्सक *Karl Kahlbaum* ने Cyclothymia नाम दिया। 1899 में *Emil Kraeplin* ने भी फ्रांसीसी और जर्मनी के मनश्चिकित्सकों के ज्ञान के आधार पर और इसे Involutional melancholia की संज्ञा दी।

चूँकि मनोदशा विकृति के कई प्रकार है, इसलिए जनसंख्या में ऐसे रोगियों के पाये जाने के प्रतिशत में भी वैभिन्नयता पाई जाती है। उदाहरणार्थ 10% से 25% महिलाओं तथा 5% से 12% पुरुषों में Major Depressive Disorder (MDD), लगभग 6% में Dysthymic Disorder, .4%-1.6% में Bipolar Disorder-I, लगभग .5% में Bipolar Disorder-II तथा .4% से 1% में Cyclothymic Disorder के पाये जाने की सम्भावना पाई जाती है।

मनोदशा विकृति का वर्गीकरण **DSM-II** में निम्न प्रकार से किया गया है:—

1. मनोदशा प्रसंग *(Mood Episodes)*

(i) प्रमुख अवसादपरक प्रसंग (Major depressive episodes)
(ii) उन्माद प्रसंग (Manic episodes)
(iii) मिश्रित प्रसंग (Mixed episodes)
(iv) अव-उन्माद प्रसंग (Hypomanic episodes)

2. अवसादपरक विकृतियाँ *(Depressive Disorders)*

(i) प्रमुख अवसादपरक विकृति (Major depressive disorder —MDD)
(ii) डायस्थिमिक विकृति (Dysthymic disorder)
(iii) अन्यत्र न वर्णित अवसाद विकृति (Depressive disorder not otherwise specified)

3. द्विध्रुवीय विकृतियाँ *(Bipolar Disorders)*

(i) द्विध्रुवीय I विकृति (Bipolar I disorder)
(ii) द्विध्रुवीय II विकृति (Bipolar II disorder)
(iii) साइक्लोथिमिक विकृति (Cyclothymic disorder)
(iv) अन्यत्र वर्णित द्विध्रुवीय विकृतियाँ (Bipolar disorder not otherwise specified)

चिकित्सकीय एवं जैविक अनुसंधानकर्ताओं ने मनोदशा विकृति का अध्ययन किया है और DSM-IV में वर्णित चिकित्सकीय भिन्नताओं को स्वीकार किया है। इन्होंने मनोदशा विकृति के दो महत्वपूर्ण प्रकारों—प्रमुख मनोदशा विकृति (Major Mood Disorder-MDD) एवं द्विध्रुवीय प्रथम विकृति (Bipolar I Disorder) का वर्णन किया है। Major Mood Disorder और Bipolar I Disorder को अक्सर भावात्मक विकृति (Affective

Disorder) कहा जाता है। परन्तु इन दोनों विकृतियों के आलोचनात्मक रोग विज्ञान (critical pathology) में मनोदशा (mood) एक है जो व्यक्ति में पाई जाने वाली एक सतत् सांवेगिक दशा (sustained emotional state) है, न कि भाव (affect) है जो वर्तमान सांवेगिक विषय-वस्तु (present emotional content) की बाह्य अभिव्यक्ति (external expression) है जो रोगी अवसाद प्रसंग (depressive episodes) से ही पीड़ित होते है, उनमें MDD के पाये जाने की सम्भावना पाई जाती है तथा जिसे *एक ध्रुवीय अवसाद* (Unipolar depression) कहा जाता है। इसी प्रकार जो रोगी उन्माद (manic) तथा अवसादपरक (depressive) प्रसंगों अथवा केवल उन्माद प्रसंग से ही पीड़ित होते है, वे *द्विध्रुवीय प्रथम विकृति* (Bipolar I Disorder) की श्रेणी में आते हैं।

एक ध्रुवीय उन्माद (unipolar mania) अथवा शुद्ध उन्माद (puremania) जैसे शब्दों का प्रयोग द्विध्रुवीय प्रथम विकृति (Bipolar I Disorder) के लिए किया जाता है (यद्यपि इन पदों का प्रयोग DSM-IV में नहीं किया गया है) जिनमें अवसादपरक प्रसंग (depressive episodes) का अभाव पाया जाता है। अब हम अवसादपरक विकृति (Depressive Disorder) एवं द्विध्रुवीय विकृति (Bipolar Disorder) का वर्णन अलग-अलग खण्डों में करेंगे।

अवसादपरक विकृतियाँ (Depressive Disorder)

प्रमुख अवसादपरक विकृति (Major Depressive Disorder—MDD)

DSM-IV के अनुसार, *''प्रमुख अवसादपरक विकृति की परिभाषा उन्माद (manic), मिश्रित (mixed) अथवा अवउन्माद प्रसंग के इतिहास के अभाव में एक या एक से अधिक प्रमुख अवसादपरक प्रसंगों के रूप में की जाती है।'' (A major depressive disorder is defined as one or more depressive episodes without a history of manic, mixed or hypomanic episodes)*।

नैदानिक लक्षण ***(Diagnostic Features)***

(i) यह एक चिकित्सकीय अवधि है जिसमें प्रमुख अवसादपरक का प्रसंग (major depressive episode) के एक से अधिक लक्षण पाये जाते है; उदाहरणार्थ—यह अवधि कम- से-कम दो सप्ताह तक पाई जा सकती है, ऐसे रोगी या तो अवसादित (depressed) होते हैं अथवा अधिकतर कार्यों में इनको रूचि का अभाव (loss of interest) अथवा प्रसन्नता का अभाव (loss of pleasure) पाया जाता है, ऐसे रोगियों में उन्माद, मिश्रित अथवा अवउन्माद प्रसंग का इतिहास नहीं पाया जाता है, ऐसे रोगी में भूख (appetite) एवं भार (weight) में परिवर्तन निद्रा एवं क्रियाशीलता (activity) में परिवर्तन एवं वृद्धि दोनों का पाया जाना, ह्रास ऊर्जा का अभाव, अपराध भावना (feeling of guilt) चिन्तन एवं निर्णय में कठिनाई, तथा मृत्यु अथवा हत्या के विचार बराबर मन में आते है।

(ii) पदार्थों (substances) तथा सामान्य चिकित्सकीय दशाओं से उत्पन्न विकृतियों को इनमें सम्मिलित नहीं किया जा सकता है।

(iii) निषेधात्मक आत्म-प्रत्यय (negative self conceprt) का विकास।

(iv) अयोग्यता का भाव।

(v) इसका स्वरूप मौसमी (seasonal) भी हो सकता है।

(vi) इसका स्वरूप कैटाटोनिक (catatonic) भी हो सकता है जिससे उसमें पेशीय गति हीनता या पेशीय अति गतिशीलता पाई जा सकती है।

(vii) इसका स्वरूप प्रसवोत्तर (postpartum) भी हो सकता है क्योंकि ऐसे बच्चों में जन्म के चार सप्ताह बाद ही विषाद की अनुभूति होने लगती है।

(viii) इसके स्वरूप में विषण्णता (melancholia) भी पाई जा सकती है परिणामस्वरूप रोगी सुखद घटनाओं से प्रभावित नहीं होता है, प्रातःकाल अधिक विषाद अनुभव करता है, उसके पेशियों में अधिक क्षुब्धता (disturbance) पाई जाती है, उसकी आँख प्रातःकाल खुल जाती है, भूख में कमी पाई जाती है, तथा वह अत्यधिक दोष भाव (feeling of guilt) अनुभव करता है।

कारण विज्ञान *(Etiology)*

नैदानिक मनोवैज्ञानिकों तथा मनश्चिकित्सकों ने प्रमुख अवसादपरक विकृति (MDD) के लिए कई कारकों को महत्वपूर्ण बताया हैः—

(1) जैविक कारक *(Biological Factors)*—इस विचारधारा के समर्थक MDD की उत्पति का कारण शारीरिक विकृति को मानते हैं जो या तो जीन्स से सम्बन्धित होती है या शारीरिक दुष्प्रकार्यता से। *Schuyler* (1974) ने विषाद के चार जैविक आधारों—प्रसव के बाद या मासिक स्राव के पूर्व उत्पन्न विषाद, संस्कृति विशेष, यौन-विशेष अथवा प्रजाति विशेष में पाया जाने वाला विषाद, दैहिक चिकित्सा में Tricylic antidepressant, Serotonin Reputake Inhibitors, Electro Conulsive Shock तथा MAO Inhibitors के उपयोग से उत्पन्न विषाद, तथा कुछ औषधियों के पार्श्व प्रभाव (side effects) से उत्पन्न विषाद का वर्णन किया है।

विषाद उत्पन्न होने में सहायक जैविक कारक में तीन कारकों—आनुवांशिक कारक (genetic factors), तंत्रिका रसायन कारक (neurochemical factor) तथा तांत्रिका संरचनात्मक कारक (neuroanatomical) को सम्मिलित किया जा सकता है। **प्रथम** *आनुवांशिक कारक* एक ध्रुवीय विकृति (unipolar disorder) के लिए उतरदायी होते हैं। एक ध्रुवीय विषाद से प्रभावित व्यक्ति को Proband कहा जाता है। *Harrington et. al.* (1993) *Nurnberger& Gershon* (1992) ने पारिवारिक वंश वृक्ष (family pedigree) का अध्ययन करके निकट सम्बन्धियों में लगभग 20%, *Nurnberger & Gershon*(1992) *Bertelson, Harvald & Hange* (1997) ने एकांड यमज (identical twins) में 43% तथा भात्रीय यमज (fraternal twins) में 20% एक ध्रुवीय विषाद को प्राप्त किया है। **द्वितीय,** मस्तिष्क में पाया जाने वाला एक रसायन तंत्रिका प्रेषक (neurotransmitter), जो एक न्यूरान से दूसरे न्यूरान के संधि स्थल (synapse) पर सूचनाओं के संचरण (transmission) का कार्य करता है, की प्रमुख भूमिका है। इन तांत्रिकाप्रेषकों में दो महत्वपूर्ण रसायन-Norepinephrine (NE) तथा Serotonin की महत्त्वपूर्ण भूमिका विषाद उत्पन्न करने में है। उदाहरणार्थ NE की कमी से अभिप्रेरणा का स्तर निम्न हो जाता है परिणामस्वरूप विषाद पाया जाता है। चूँकि NE Catecholamine समूह का एक रसायन है, इसलिये NE के ह्रास से उत्पन्न विषाद की उपकल्पना को Catecholamine Hypothesis कहते हैं। अनुसंधानकर्ताओं ने Reserpine (रक्तचाप कम करने की एक औषधि) के प्रयोग से Norepinephrine की मात्रा में कमी प्राप्त की है जिससे विषाद की मात्रा अधिक प्राप्त की गई। इसी प्रकार Monoamine oxide (MAO) Inhibitors के उपयोग से

NE की मात्रा बढ़ जाती है और विषाद की मात्रा में कमी प्राप्त होती है। MAO Inhibitors की भाँति Tricyclics भी एक दूसरे समूह का विषाद विरोधी औषधि (antidepressant drug) है जो मस्तिष्क में NE की आपूर्ति को बढ़ा देता है। अमेरिका में जहाँ NE पर विशेष बल दिया जा रहा था वहीं ब्रिटेन में अनुसंधानकर्ताओं ने Serotonin पर कार्य किया और यह परिणाम प्राप्त किया कि Reserpine केवल NE की मात्रा को ही नहीं कम करता है वरन् Serotonin की मात्रा में भी कमी लाता है। इसी प्रकार जैसे MAO तथा Tricyclics NE की मात्रा को बढ़ाते हैं, उसी प्रकार Serotonin की मात्रा को भी बढ़ाते हैं (*Amsterdom, Brunswik & Mendels,* 1980)। चूंकि Serotonin Indoleamine समूह का रसायन है और Serotonin की कमी से अवसाद पाया जाता है, इसलिए इसे Indoleamine Hypothesis भी कहते है।

तीसरे, *तंत्रिका-संरचनात्मक कारक* (neuroanatomical factors) से सम्बन्धित अध्ययन इस तथ्य पर प्रकाश डालते है कि Scanning की कई विधियों Computer Tomography-CT, Magnetive Resonance Imaging-MRI, Positron Emission Tomography-PET, Transcranial Magnetic Stimulation-TMS, एवं Single Photon Emission Computed Tomography-SPECT से सम्बन्धित अध्ययनों से विदित होता है कि मस्तिष्क के कुछ भागों जैसे अग्रखण्ड (frontal lobe) अथवा/तथा मस्तिष्क (cerebrum) के कुछ भागों में रक्त प्रवाह में परिवर्तन से विषाद पाया जाता है। *Sackiem & Greenberg* (1982) के अनुसार आघात (stroke) के कारण दायें गोलार्द्ध की तुलना में बायें गोलार्द्ध में मस्तिष्क क्षति होने पर विषाद पाया जाता है। *Bench* et.al.(1993, 1995) के अनुसार बायें अग्रखण्ड (left frontal lobe) में रक्त प्रवाह कम होने से विषाद पाया जाता है। इस सन्दर्भ में किये गये हारमोनल अध्ययन (Harmonal studies) इस तथ्य पर प्रकाश डालते हैं कि विषाद उत्पन्न करने वाले कारकों में एक कारक के रूप में अन्तःस्रावी ग्रन्थियों (endocrine glands) को लिया जा सकता है जिनका संचालन hypothalamus से होता है। Hypothalamus को 'मस्तिष्क का मस्तिष्क' (brain of the brain) कहा जाता है। DSM-IV के अनुसार एक विशेष प्रकार के हारमोन, जिसे Melatonin कहते हैं (इसे Dracula harmone भी कहते हैं), के अधिक स्राव के कारण विषाद पाया जाता है (*Lam* et. al., 1995)। इस हारमोन का स्राव Pinel gland से उस समय होता है, जब हमारे वातावरण में अंधेरा होता है। जाड़े के दिनों में (दिन छोटा) तथा रात बड़ी होने पर Melatonin का स्राव अधिक होता है, इसलिए व्यक्ति की सक्रियता कम हो जाती है और विषाद की मात्रा बढ़ जाती है। ऐसे लक्षण को Seasonal Affective Disorder-SAD कहते हैं (*Gupta,*1988; *Dilsaver,*1990)। इसी प्रकार Cortex से Cortisol नामक हारमोन की अधिकता से विषादी प्रवृत्ति उत्पन्न होने की सम्भावना अधिक पाई जाती है।

(2) मनोगत्यात्मक कारक *(Psychodynamic Factors)—Sigmund Freud* और *Karl Abraham* के मतानुसार विषाद किसी हानि (loss) के प्रति एक प्रतिक्रिया (reaction) है। हानि के कारण व्यक्ति में उत्पन्न अचेतन प्रतिक्रियाएँ विषाद का कारण बनती है। हानि का कारण व्यक्ति के आवश्यकताओं की असंतुष्टि, किसी प्रिय वस्तु की क्षति, किसी प्रिय व्यक्ति की मृत्यु अथवा पृथक्करण आदि हो सकते हैं। कुछ लोगों के अचेतन में यह प्रक्रिया सरल रूप में होती है और कुछ लोगों में जटिल रूप में इन प्रक्रियाओं के स्वरूप के जटिल एवं गम्भीर होने पर व्यक्ति में निषेधात्मक मनोदशा (negative moods) जैसे आत्मदोष, प्रत्याहार आदि पाई जाती है जो व्यक्ति में अवसाद का कारण बनती है। *Freud* का मत है कि वास्तविक क्षति न होने पर भी केवल काल्पनिक क्षति या सांकेतिक क्षति ही व्यक्ति में

अवसाद उत्पत्ति का कारण बन सकती है (*Cohen* et.al.1954, *Bibring,* 1953)। *Jacobson* (1971) का मत है कि आत्म-आदर का अभाव भी अवसाद उत्पन्न करने में सहायक है। जो बच्चे 6 साल के पहले ही अपनी माँ से अलग हो जाते हैं उनमें भी अवसादपरक प्रतिक्रियाएँ पाई जाती है (*Spitz,* 1946)। *Bowlby* (1980) ने इसे Anaclitic depression कहा जाता है। अवसाद के संदर्भ में किये गये अनेक मनोगत्यात्मक अध्ययनों के सर्वेक्षण से इस सारांश को प्राप्त किया जा सकता है कि बाल्यावस्था में महत्वपूर्ण क्षति (*Burbach & Boruin,* 1986), तथा बाल्यावस्था में माता-पिता की मृत्यु (*Barnes & Prosen,* 1985; *Crook & Elliot,* 1980) के कारण अवसादग्रस्त लक्षण उत्पन्न होते हैं।

(3) व्यवहारपरक कारक *(Behavioural Factors)*—अवसादपरक लक्षणों की व्याख्या व्यवहारवादियों ने कुछ अलग प्रकार से की है। *Lewinson* (1984) ने अपने Lewinson Behavioural Model के अनुसार यह इंगित करने का प्रयास किया है कि विधेयात्मक व्यवहार पर मिलने वाले पुनर्बलनों की मात्रा में धीरे-धीरे कमी आने के कारण व्यक्ति की सक्रियता में भी धीरे-धीरे ह्रास पाया जाता है और वह अवसादपरक लक्षणों को विकसित कर लेता है। यह प्रारूप यह भी प्रस्तावित करता है कि व्यक्ति दण्डात्मक अनुभूतियों के कारण भी अवसाद अनुभव करता है

Liabet & Lewinson (1973) ; *Lewinson & Sheffer* (1971) ने पुनर्बलन की संख्या और अवसाद की मात्रा में निषेधात्मक सहसम्बन्ध प्राप्त किया है। पुनर्बलन की संख्या एवं मात्रा में वृद्धि करने से रोगियों ने सामाजिक अन्तर्क्रिया शैक्षिक एवं व्यवसायिक अभिरुचि में प्रगति प्रदर्शित की। *Lewinson* (1984), *Peterson* (1993) का मत है कि धनात्मक सामाजिक पुनर्बलन मनोदशा विकृति में ह्रास लाते हैं।

(4) संज्ञानात्मक कारक *(Cognitive Factors)*—अवसाद की व्याख्या के लिए संज्ञानात्मक दृष्टिकोण अधिक प्रचलित है। संज्ञानात्मक दृष्टिकोणों में दो दृष्टिकोण—बेक (*Beck*) का दृष्टिकोण तथा सेलिगमैन (*Seligman*) का दृष्टिकोण अत्यधिक महत्वपूर्ण है। *Beck* (1967-1973) ने एक ध्रुवीय विषाद का कारण निषेधात्मक चिन्तन (negative thinking) माना है। इस अवसाद का कारण मानसिक संघर्ष या विधेयात्मक पुनर्बलन का अभाव नहीं मानते हैं। *Beck* (1967, 1973) ने अनेक संज्ञानात्मक कारकों को अवसाद के लिए उत्तरदायी माना है। उदाहरणार्थ—अपानुकूली मनोवृत्ति (Maladaptive attitude), संज्ञानात्मक त्रिक (Cognitive triad), त्रुटिपूर्ण चिन्तन (Errorful thinking) एवं स्वतः चिन्तन (Automatic thought)। *Beck* का मत है कि अपानुकूली अभिवृत्ति के कारण बच्चें अपने वातावरण के प्रति निषेधात्मक अभिवृत्ति विकसित कर लेते हैं और एक ऐसी Schema को कसौटी के रूप में विकसित कर लेते हैं जिसके आधार पर अपनी अनुभूतियों का मूल्यांकन करते हैं। व्यक्ति में पाई जाने वाली अपानुकूली अभिवृत्ति ही उसके विषादपरक लक्षणों के लिए उत्तरदायी है। संज्ञानात्मक त्रिक (cognitive triad) की व्याख्या के संदर्भ में *Beck* (1967,1993) का मत है कि अपने बारे में,परिस्थिति के बारे में तथा भविष्य के बारे में उत्पन्न निषेधात्मक अभिवृत्ति ही संज्ञानात्मक त्रिक है। जब व्यक्ति अपने बारे में निषेधात्मक ढंग से सोचता है, अपने से सम्बन्धित तथ्यों की कुव्याख्या करता है, परिस्थिति के निषेधात्मक पक्षों पर अधिक ध्यान देता है, तथा भविष्य के बारे में निराशावादी प्रत्याशाएँ विकसित कर लेता है। इसलिये चिंतित रहता है,कुण्ठित रहता है और अपने को असफल समझता है। *Beck* के अनुसार त्रुटिपूर्ण चिन्तन भी व्यक्ति में अवसादपरक लक्षणों को विकसित करने में सहायक है। त्रुटिपूर्ण चिन्तन में स्वैच्छिक अनुमान (arbitrary inference), चयनात्मक अमूर्तीकरण

(selective abstraction), अतिसामान्यीकरण (overgeneralization), विस्तारण (magnification), न्यूनीकरण (minimization) तथा वैयक्तिकरण (personalization)। व्यक्ति इन सब के संदर्भ में नकारात्मक दृष्टिकोण ही अपनाता है। *Beck* ने स्वतः चिन्तन (automatic thoughts) के बारे में अपना मत इस प्रकार प्रकट किया है कि अवसादी व्यक्ति में धारा प्रवाह दुखद चिन्तन पाया जाता है जिसमें वह निराशाजनक पहलुओं को ही अपने चिन्तन का केन्द्र बिन्दु बनाता है। अवसादी व्यक्तियों में यह चिन्तन एक सहज क्रिया की भाँति घटित होता रहता है।

Seligman (1974) ने अपने अर्जित विवशता/आशाहीनता (learned helplessness/ hopelessness) दृष्टिकोण के अनुसार यह स्पष्ट करने का प्रयास किया है कि प्राणी में विवशता का भाव उस समय अर्जित होता है, जब वह कष्टदायक परिस्थिति से मुक्ति पाने में अपने को असहाय समझता है। वह अपनी असहाय अवस्था के लिए स्वयं को उत्तरदायी मानता है तथा वह प्राप्त होने पुनर्बलनों पर अपना कोई नियन्त्रण नहीं समझता है। वह अपने को विवश समझता है तथा आत्म निन्दा करता है जिससे उसमें अवसादपरक लक्षण पाये जाते हैं। *Abramson, Seligman & Teasdele* (1979) ने *Seligman* (1974) के दृष्टिकोण की आलोचना करता हुए यह प्रश्न किया कि अवसादी व्यक्ति प्रत्येक घटना के लिए क्या अपने आप को दोषी मानते हैं? और इस प्रश्न का उत्तर देने के लिए गुणावरोपण प्रारूप (Attributional model) का प्रतिपादन किया। इस प्रारूप के अनुसार किसी परिस्थिति विशेष में व्यक्ति असफल होने पर अपनी असफलता को किसी-न-किसी कारक पर आरोपित कर देता है यह आरोपण तीन प्रकार—आन्तरिक-वाह्य (internal-external), सम्पूर्ण-विशिष्ट (global -specific), तथा, स्थिर-अस्थिर (stable-unstable) का होता है। *आन्तरिक-वाह्य आरोपण* यह संकेत करता है कि असफलता का कारण कौन है व्यक्ति स्वंय अथवा वातावरण। *सम्पूर्ण-विशिष्ट आरोपण* से इस बात पर प्रकाश पड़ता है कि असफलता का कारण सम्पूर्ण परिस्थिति है या विशिष्ट परिस्थिति। जबकि *स्थिर-अस्थिर* आरोपण यह स्पष्ट करता है कि असफलता का कारक अस्थाई है या स्थाई। जब वह असफलता का कारण आन्तरिक, सम्पूर्ण तथा स्थाई मानेगा तो निश्चित रूप से उसमें अवसादपरक लक्षण उत्पन्न ही होंगे। *Seligman* के सिद्धान्त का परिमार्जित रूप *Abramson, Metalasky & Allow* (1989) का दृष्टिकोण है जो निराशाजनक सिद्धान्त (hopellessness theory) को प्रस्तावित करता है। इस सिद्धान्त के अनुसार व्यक्ति में पाई जाने वाली निराशाजनक अवस्था के कारण इस सिद्धान्त को इस नाम से जाना जाता है। इस दृष्टिकोण के अनुसार व्यक्ति की मानसिक अवस्था (जिसे diathesis कहते है) से जीवन की निषेधात्मक घटनाएँ एवं अनुभूतियाँ अन्तर्क्रिया करके उसमें एक निराशाजनक अवस्था (hopelessness stage) को उत्पन्न करती है जिसमें वह गम्भीर निषेधात्मक परिणामों के बारे में प्रत्याशा करता है और अवसादपरक लक्षणों को विकसित कर लेता है।

अवसादरोधी औषधियों का उपयोग *(Uses of Anti Depressanl Drugs)*

अवसाद, निद्रालुता, तंत्रिका जनित पीड़ा (neurogenic pain), क्षुधा-अभाव (anorexia nervosa), अति-क्षुधा (bulimia nervosa), एण्डोजिनस डिप्रेशन (endo-genous depression), अनिद्रा सम्बन्धी अवसाद, जीर्ण मदिरा जनित अवसाद, चिंताजनित अवसाद, मनोविकार सम्बन्धी अवसाद, मनोग्रस्तता से जुड़ी विक्षिप्तता आदि विकृतियों के पाये जाने पर अवसादरोधी औषधियों का प्रयोग किया जाता है, यह औषधियाँ अपना कार्य मस्तिष्क के न्यूरोट्रांसमीटर्स की मात्रा सामान्य करके की जाती है क्योंकि अवसाद में इनकी मात्रा में कमी पाई

जाती है। अवसादरोधी औषधियाँ तीन प्रकार की होती हैं:—

(1) Tricyclic Antidepressants—Amitriptyline, Imipramine, Clomipremine

(2) Moamine Oxidase Inhibitors—Selegiline

(3) 5—HT Reputate Inhibitors—Sertraline, Fluoxetine

इन औषधियों के दुष्प्रभाव (side effects) के रूप में पसीना आना, अति संवेदिता, कब्ज, मुँह सूखना, तीव्र हृदय गति, दृष्टि धूमिलता, भूख अधिक लगना, वजन बढ़ना, त्वचा पर चकते, मतिभ्रम (confusion), चक्कर आना, मुँह का स्वाद खराब होना, थकान, कम्पन, मितली, वमन, क्लोज्ड, एंगिल ग्लोकोमा (closed angle glaucoma), मूत्रावरोध आदि लक्षणों को देखा जा सकता है।

यूनिवर्सिटी आव मियामी में हुए अनुसंधानों से इस तथ्य पर प्रकाश पड़ता है कि शरीर में विटामिन बी-6 के कमी से अवसाद को दूर किया जा सकता है। विटामिन बी-6 के बढ़िया स्रोत डूना मछली, जिगर, गुर्दा, मुर्गा, दूध से बनी चीजें, केला, खड़ा अनाज, अंकुरित, आलू, सूखी बीन्स आदि हैं।

डिस्थायमिक विकृति
(Dysthymic Disorder)

Dysthymia एक ग्रीक शब्द है जिसका तात्पर्य दोषपूर्ण दशा अथवा रुग्ण मनोदशा (diseased mood) से लिया जाता है। डिस्थायमिक विकृति (थायमस ग्रन्थि के दोषपूर्ण कार्य करने से उत्पन्न कोई रोग, मानसिक अवसाद) तथा साइक्लोथायमिक विकृति (cyclothymic disorder) को कभी-कभी अनाधिकारिक बोल-चाल (unofficial parlance) में उपप्रभावी विकृति (subaffective disorder) के रूप में भी जाना जाता है। यह शब्द यह प्रस्तावित करता है कि यह दोनों विकृतियाँ प्रमुख अवसाद विकृति एवं प्रथम एक ध्रुवीय विकृति के मृदुल रूप (mild form) में होती है। यह विकृति जनसंख्या के 3% से 5% लोगों में पाई जाती है। मनोचिकित्सकीय अस्पतालों में ऐसे रोगी पाये जा सकते हैं। एक अध्ययन से यह निष्कर्ष प्राप्त किया गया है कि 8% नवयुवकों तथा 5% नवयुवतियों में यह विकृति पाई जाती है। यह विकृति किसी भी आयु के पुरूषों की तुलना में 64 वर्ष से कम आयु की महिलाओं में, अविवाहित युवकों में, निम्न आय वर्ग के लोगों में सामान्यतया प्राप्त की जा सकती है। यह विकृति कुछ अन्य मानसिक विकृतियों यथा अवसाद विकृति, चिन्ता विकृति, आतंक विकृति, मादक पदार्थों का उपयोग, सीमावर्ती व्यक्तित्त्व विकृति के साथ घटित होता है। ऐसे रोगी मनोचिकित्सकीय औषधियों का उपयोग करते हैं जिनमें सामान्यतया Lithium, Carbamazepine आदि का प्रयोग किया जाता है।

नैदानिक लक्षण (*Diagnostic Features*)

डिस्थायमिक विकृति (Dysthymic Disorder) के निम्नलिखित प्रमुख नैदानिक लक्षण हैं:—

(i) यह एक दीर्घ कालिक अवसाद दशा है जो दो वर्ष से कम अवधि के लिए नहीं घटित होती है।

(ii) इस विकृति के रोगी दुखी मनोदशा (sad mood) का वर्णन करते है। बच्चों में इसका स्वरूप अवसादपरक नहीं होता है वरन् उनमें चिड़चिड़ाहट पाई जाती है। अवसाद दशा में रोगी को सामान्यतया कम भूख लगती है (poor appetite) अथवा वह आवश्यकता से अधिक भोजन करता है, अनिद्रा (insomnia) अथवा

अतिनिद्रा (hypersomnia), निम्न ऊर्जा अथवा थकान, निम्न आत्मआदर, निम्न ध्यान केंन्द्रण, तथा निर्णय लेने में कठिनता (difficulty in making decisions) के लक्षण पाये जाते हैं। यही नहीं, ऐसे व्यक्ति निराशा का भी अनुभव करते हैं।

(iii) ऐसे व्यक्तियों में रुचि का निम्न स्तर (low interest) तथा आत्मआलोचना (low criticism) के भाव पाये जाते हैं। यह अपने को नीरस (uninteresting) तथा अक्षम समझते है। यह लक्षण व्यक्ति के दिन प्रतिदिन के अनुभव बन जाते हैं।

(iv) क्षुब्धता (disturbance) की 2 वर्ष की अवधि (बच्चों के लिये 1 वर्ष) उपर्युक्त में से कोई लक्षण-मुक्त अवधि 2 महीने से अधिक नहीं होती है।

(v) इस विकृति का निदान उस समय सम्भव नहीं है यदि व्यक्ति कभी उन्माद (manic episode), मिश्रित प्रसंग (mixed episode) अथवा अवअवसाद प्रसंग (hypomanic episode) से ग्रस्त रहा है।

(vi) यदि मनोविक्षिप्ति विकृति (psychotic disorder) जैसे मनोविदलता (schizophrenia) अथवा व्यामोह विकृति (delusional disorder) के समय अवसादपरक लक्षण पाये जाते हैं, तो उस समय भी इस रोग का निदान सम्भव नहीं है।

(vii) अलकोहल तथा उच्च तनाव प्रतिरोधी औषधियों के उपयोग के कारण भी यह रोग निदान योग्य नहीं है।

(viii) इस विकृति में व्यक्ति में सार्थक नैदानिक व्यथा पाई जाती है अथवा उसके सामाजिक, शैक्षिक अथवा व्यवसायपरक प्रकार्यों में क्षीणता पाई जाती है।

कारण विज्ञान (*Etiology*)

इस विकृति के पाये जाने के अनेक कारक हैं:—

(1) जैविक कारक (*Biological Factors*)—इस विकृति से सम्बन्धित जैविक माप यह प्रदर्शित करते हैं कि डिस्थायमिक विकृति एवं प्रमुख अवसाद विकृति (MDD) के लक्षणों में समानता पाई जाती है। परन्तु दोनों विकृतियों में अन्तर्निहित रोग-शरीर विज्ञान (pathophysiology) के जैविक आधारों (biological bases) में भिन्नता पाई जाती है। निद्रा अध्ययन (sleep studies) इस तथ्य पर प्रकाश डालते हैं कि तीव्र नेत्र गति (rapid eye movement-REM), अव्यक्तताकाल (latency) में ह्रास एवं वृद्धि सम्बन्धी लक्षण प्रमुख अवसाद विकृति (MDD) में भी पाये जाते हैं और डिस्थायमिक विकृति में भी। कुछ अनुसंधानकर्ताओं ने यह परिणाम प्राप्त किया है कि निद्रा सम्बन्धी यह असामान्यताएँ डिस्थायमिक विकृति के रोगियों में अवसाद प्रतिरोधी औषधियों (antidepressant drugs) के प्रति अनुक्रिया के रूप में पाई जाती है। इसी प्रकार तंत्रिका-अंत:स्रावी (neuroendocrine) अध्ययन यह प्रदर्शित करते हैं कि प्रमुख अवसाद विकृति और डिस्थायमिक विकृति में अधिवृक्क (adrenal) आधार तथा थायरायड आधार (thyroid axis) की जाँच Dexamethasone- Suppression Test (DST) एवं Thyrotropin-releasing harmone (TRH) Stimulation Test के द्वारा की जाती है। यद्यपि इनसे प्राप्त परिणामों में संगति नहीं पाई जाती है। अधिकतर अध्ययन यह प्रदर्शित करते हैं कि डिस्थायमिक विकृति के रोगी के द्वारा DST पर प्रमुख अवसाद विकृति (MDD) की तुलना में कम असामान्यता सम्बन्धी परिणाम के पाये जाने की सम्भावना कम पाई जाती है। TRH-Stimulation Test से सम्बन्धित अध्ययन यह संकेत करते हैं कि दीर्घकालिक रोग ग्रस्तता थायरायड आधार में असामान्यता के कारण पाया जाता है।

(2) मनोसामाजिक कारक *(Psychosocial Factors)*—डिस्थायमिक विकृति के विकास के मनोगत्यात्मक सिद्धान्तों से इस तथ्य पर प्रकाश पड़ता है कि व्यक्तित्व एवं अहं विकास के कारण यह विकृति पाई जाती है जो किशोर एवं पूर्व प्रौढ़ावस्था में समायोजन में कठिनाई उत्पन्न करती है। इसमें व्यक्ति प्रतिक्रिया निर्माण मनोरचना का प्रयोग करता है। निम्न आत्मआदर, अन्तर्मुखता तथा अप्रसन्नता (Anhedonia—ऐसे कार्यों में खुशी न होना जिसमें सामान्यतया खुशी होती है) आदि के कारण इस विकृति के लक्षण उत्पन्न हो सकते हैं।

द्विध्रुवीय विकृति
(Bipolar Disorder)

इसे उन्माद-विषाद विकृति (Manic Depressive Disorder) भी कहते हैं। सामान्यतया यह देखा गया है कि मनोदशा विकृति के रोगियों में 80% से 95% रोगी केवल अवसाद ग्रस्त ही होते हैं जिन्हें एक ध्रुवीय विकृति (unipolar disorder) कहते हैं। केवल 5% से 20% ऐसे रोगी होते है जिनमें अवसाद भी पाया जाता है और उन्माद (mania) भी। ऐसे रोगियों में पाई जाने वाली विकृति को द्विध्रुवीय विकृति कहते हैं। द्विध्रुवीय विकृतियाँ मुख्यःतया तीन प्रकार—द्विध्रुवीय प्रथम विकृति (Bipolar I Disorder), द्विध्रुवीय द्वितीय विकृति (Bipolar II Disorder) तथा साइक्लोथिमिक विकृति (Cyclothymic Disorder) की होती है जिनका वर्णन अधोप्रस्तुत हैः—

(1) द्विध्रुवीय प्रथम विकृति *(Bipolar I Disorder)*

इस विकृति में रोगी में एक या एक से अधिक उन्मादी अवस्था तथा एक या एक से अधिक अवसादी अवस्था पाई जाती है। बहुत कम ऐसे रोगी होते हैं जो एक या एक से अधिक उन्मादी घटना का अनुभव करते हों परन्तु उन्हें अवसादी घटना का अनुभव न हुआ हो। अधिकतर रोगी ऐसे ही पाये जाते हैं जो उन्माद और अवसाद दोनों प्रकार के लक्षणों को अनुभव करते हैं (*Goodwin & Jamison,* 1987)। कुछ रोगी ऐसे भी होते हैं जो एक ही दिन उन्माद और अवसाद दोनों प्रकार के लक्षणों का अनुभव करते हैं। उन्माद से पीड़ित व्यक्ति की मानसिक स्थिति में उसकी मनोदशा बढ़ी-चढ़ी होती है, उसके विचारों की उड़ान ऊँची होती है, तथा मनोपेशीय क्रियाएँ (psychomotor activities) अधिक होती है।

नैदानिक लक्षण *(Diagnostic Features)*

(i) इसमें एक या एक से अधिक उन्माद प्रसंग (manic episodes) पाये जाते हैं।

(ii) ऐसे रोगियों में एक या एक से अधिक प्रमुख अवसाद प्रसंग(यथा अवसादी मनोदशा, प्रत्येक कार्य में रुचि एवं प्रसन्नता का अभाव, चिड़चिड़ी मनोदशा, भूख, भार, निद्रा, तथा मनोगतिक क्रियाशीलता मे परिवर्तन, ऊर्जा ह्रास, दोषभावना, चिन्तन एवं निर्णय लेने में कठिनाई, आत्महत्या अथवा मृत्यु के विचार) पाये जाते हैं।

(iii) इसमें उन विकृतियों को सम्मिलित नहीं किया जा सकता है जिनकी उत्पत्ति पदार्थों के उपयोग, अथवा सामान्य चिकित्सकीय दशा के कारण उत्पन्न हुई हो।

द्विध्रुवीय प्रथम विकृति से ग्रस्त रोगियों में 10% से 15% रोगी आत्महत्या कर लेते हैं। उन्माद प्रसंग के तीव्र होने पर ऐसे रोगी बच्चों के प्रति दुर्व्यव्यवहार करते हैं तथा अन्य व्यक्तियों के प्रति हिंसापूर्ण (violent) व्यवहार करते हैं। ऐसे बच्चे स्कूल से भागते हैं, कक्षाओं में फेल होते हैं, व्यवसाय में असफल होते हैं, तथा समाजविरोधी कार्य में लिप्त हो जाते हैं। अन्य साहचर्यित मानसिक विकृतियों (associated mental disorder) में

क्षुधा-अभाव (Anorexia nervosa), क्षुधातिशयता (Bulimia nervosa), अवधान-क्षति (attention-deficit), अति-सक्रियता विकृति (hyperactivity disorder), आंतक विकृति (panic disorder), सामाजिक भीति (social phobia), पदार्थ-सम्बन्धी विकृतियाँ (substance-related disorder) को लिया जा सकता है।

द्विध्रुवीय प्रथम विकृति जनसंख्या में 0.4% से 1.6% लोगों में पाई जाती है। जिन किशोरों में आवर्ती प्रमुख अवसाद प्रसंग (MDE) पाये जाते है, उनमें 10% से 15% किशोरों में द्विध्रुवीय प्रथम विकृति के विकसित होने की सम्भावना पाई जाती है। यह विकृति पुरुषों तथा महिलाओं में समान रूप से पाई जाती है।

(2) द्विध्रुवीय द्वितीय विकृति *(Bipolar II Disorder)*

नैदानिक लक्षण *(Diagnostic Features)*—इस विकृति के निम्नलिखित नैदानिक लक्षण है :—

(i) इसमें प्रमुख अवसाद प्रसंग के एक या एक से अधिक लक्षण पाये जाते हैं।

(ii) इसमें Hypomanic episode का कम-से-कम एक लक्षण अवश्य पाया जाता है। हाइपोमैनिक प्रसंग के लक्षणों के रूप में यह कहा जा सकता है कि यह विकृति कम से कम 4 दिनों के लिए पाई जाती है, इसके प्रमुख लक्षणों के रूप में उच्च आत्म आदर, बाह्य आडम्बर, अनिद्रा, विचारों की उड़ान, व्यवधान, लक्ष्योन्मुख क्रियाओं के प्रति सन्निहतता में वृद्धि, अथवा सुखानुभूतिपरक कार्यों में अत्यधिक क्रियाशीलता आदि को लिया जा सकता है।

(iii) रोगी चिड़चिड़ापन अनुभव करता है।

(iv) व्यक्ति के सामाजिक, व्यवसायिक एवं प्रकार्य क्षेत्रों (areas of functioning) में दुर्बलता पाई जाती है। यदि ऐसा नहीं होता है, तो रोगी को चिकित्सकीय आवश्यकता के लिए अस्पताल में भर्ती होने की आवश्यकता नहीं होती है।

(v) ऐसे रोगी में अल्पोन्मादी प्रसंग (hypomanic episode) तथा प्रमुख अवसाद प्रसंग (major depressive episode) बार-बार घटित होते रहते हैं।

(vi) पहले की तुलना में अधिक बातूनीपन पाया जाता है।

द्विध्रुवीय प्रथम विकृति की तुलना में द्विध्रुवीय द्वितीय विकृति अपेक्षाकृत अधिक स्पष्ट है परन्तु इन दोनों विकृतियों में प्रमुख अन्तर यह है कि द्विध्रुवीय प्रथम विकृति में उन्मादी व्यवहार की गम्भीरता अधिक और द्विध्रुवीय द्वितीय विकृति में कम होती है। यह विकृति सामान्यतया 15-44 वर्ष बीच ही पाई जाती है तथा इसके प्रारम्भ होने के सम्बन्ध में यह कहा जा सकता है कि पहली घटना उन्मादी प्रसंग की अवधि दो से तीन महीनों की हो सकती है परन्तु, अवसाद अवधि इससे लम्बी हो सकती है। यद्यपि यह दोनों प्रसंग कम गम्भीर एवं कम समय के लिए होते हैं (*Keller,* 1987)। अगर किसी रोगी में यह क्षुब्धता 4 से अधिक बार घटित होती है, तो यह विकृति चाहे दो ध्रुवीय हो या एक ध्रुवीय, इसे द्रुत चक्र (rapid cycling) कहा जाता है। जब यह विकृति किसी मौसम विशेष में प्रारम्भ होती है, तो उसे सामाजिक भावात्मक विकृति (Social Affective Disorder) अथवा मौसमी भावात्मक विकृति (Seasonal Affective Disorder- SAD) कहते हैं। *Kessler* (1994) का मत है कि द्विध्रुवीय द्वितीय विकृति की तुलना में द्विध्रुवीय प्रथम विकृति सामान्यतया अधिक पाई जाती है। यह विकृति पुरुष तथा महिलाओं दोनों में ही पायी जाती है परन्तु महिलाओं में पाये जाने की सम्भावना अधिक पाई जाती है। जनसंख्या में .5% में द्विध्रुवीय द्वितीय विकृति पाई जाती

है। प्रथम स्तर के जैविक सम्बन्धियों में इस विकृति के पाये जाने पर व्यक्तियों में भी इस विकृति के पाये जाने की सम्भावना पाई जाती है।

कारण विज्ञान (*Etiology*)

द्विध्रुवीय विकृति के लिए कई कारकों को उत्तरदायी ठहराया गया है जिनमें तंत्रिका प्रेषक (neurotransmitter), सोडियम आयन क्रिया (sodium ion activity), जननिक कारक (genetic factors) एवं बलाघात (stress) को लिया जा सकता है।

Post et.al. (1980), *Telner* et. al. (1986) के अनुसार उन्माद-विषाद प्रसंगों की अनुभूति तंत्रिकाप्रेषकों द्वारा प्रभावित होती है। जैसे-जैसे Norepinephrine की मात्रा में वृद्धि होती है, उन्मादी अनुभूतियों में वैसे-वैसे वृद्धि पाई जाती है लेकिन NE की मात्रा में जैसे-जैसे ह्रास पाया जाता है, वैसे-वैसे अवसाद की मात्रा बढ़ती जाती है। *Bunney & Garland* (1984) का मत है कि Lithium नामक औषधि भी Norepinephrine की मात्रा को कम करके उन्मादपरक लक्षणों को कम करते हैं।

Price (1990) *Bunney & Garland* (1984) ने यह परिणाम प्राप्त किया है कि Serotonin की आपूर्ति कम होने से ही उन्माद की अवस्था पाई जाती है जबकि कुछ अध्ययन यह प्रदर्शित करते हैं कि Serotonin की मात्रा अधिक होने से उन्माद की मात्रा अधिक हो जाती है जैसे कि Norepinephrine के संदर्भ में प्राप्त किया गया है।

इन विरोधी परिणामों के परिणामस्वरूप ही Prange et.al. (1974) ने मनोदशा विकृति के सम्बन्ध में एक सिद्धान्त का प्रतिपादन किया जिसे अनुमतिबोधक सिद्धान्त (Permissive theory) की संज्ञा दी जाती है। यह सिद्धान्त यह प्रस्तावित करता है कि मनोदशा विकृति का प्रारम्भ Serotonin के निम्न स्तर के साथ ही यदि Norepinephrine का स्तर भी निम्न हो तो रोगी में अवसाद के लक्षण पाये जाते हैं। यह परिणाम एक ध्रुवीय अवसाद (unipolar depression) के तांत्रिकाप्रेषक सिद्धान्त (Neurotransmitter theory) की पुष्टि करता है। ठीक इसके विपरीत, यदि Serotonin का स्तर निम्न है और बाद में Norepinephrine का स्तर उच्च हो जाता है, तो रोगी में उन्माद (mania) के लक्षण पाये जायेंगे। इस प्रकार यह कहा जा सकता है कि Serotonin और Norepinephrine की अन्तर्क्रिया द्विध्रुवीय विकृति (bipolar disorder) को जन्म देती है परन्तु, इस संदर्भ में अनुसंधानकर्ताओं में मतैक्य नहीं है। परन्तु यह बात अवश्य ही स्पष्ट है कि इन दोनों तंत्रिका प्रेषकों की असामान्यता रोगी की अवसादपरक असामान्यता का परिचायक है।

द्वितीय कारक सोडियम आयन क्रिया के सन्दर्भ में *Meltzer* (1991) ने यह परिणाम प्राप्त किया है कि सम्पूर्ण मस्तिष्क के तंत्रिका झिल्लियों में सोडियम आयन्स के अनुपयुक्त एवं दोषपूर्ण संचार के कारण उन्माद भी पाया जाता है और अवसाद भी। इस सन्दर्भ में अनुसंधानकर्ताओं के दो मत है। कुछ अनुसंधानकर्ताओं का मत है कि मस्तिष्क की तंत्रिका झिल्लियों में सोडियम आयन का संचार उपयुक्त ढंग से होना आवश्यक है। जब इन आयनों का संचार ढंग से होता है तो किसी तंत्रिका (neuron) में न तो आवश्यकता से अधिक उत्तेजना (stimulation) दिखाएगा और न आवश्यकता से अधिक प्रतिरोध (resistance)। जबकि कुछ अनुसंधानकर्ताओं की धारणा उसके विपरीत है। इनका मत है कि सोडियम आयन का संचरण जब ठीक ढंग से नहीं होता है तो न्यूरोन या तो बहुत आसानी से उत्तेजित होंगे या बहुत कठिनता से। जब न्यूरान बहुत आसानी से उत्तेजित होंगे, तो रोगी में उन्माद के लक्षण पाये जाएँगे। इसी प्रकार जब न्यूरान कठिनता से उत्तेजित होंगे , तो रोगी में अवसाद के लक्षण

पाये जायेंगे। इस प्रकार कहा जा सकता है कि तांत्रिका की झिल्लियों (membrane) में सोडियम आयन के दोषपूर्ण संचरण से व्यक्ति के मनोदशा में परिवर्त्तन नहीं पाया जाता है।

Kato et.al. (1991) तथा *Meltzer* (1991) के अध्ययन यह परिणाम प्रदर्शित करते हैं कि जब मस्तिष्क के तांत्रिकाओं के झिल्ली के प्रोटीन प्रकार्यों (protein functions) में सामान्यता (normality) पाई जाती है, तो झिल्ली के आगे पीछे सोडियम आयन का संचरण अधिक अच्छी तरह होता है और मनोदशा में विकृति के कोई लक्षण नहीं पाये जाते हैं। इसी प्रकार कुछ अध्ययन यह भी प्रदर्शित करते हैं कि तांत्रिकाओं के झिल्ली के दोषपूर्ण होने पर सोडियम आयन का संचरण ठीक से नहीं हो पाता है।

द्विध्रुवीय विकृति के कारण के रूप में जननिक कारक (genetic factor) को लिया जा सकता है जो इस तथ्य की ओर संकेत करता है कि द्विध्रुवीय विकृति का कारण आनुवांशिकता है क्योंकि *Nurnberger & Gershon* (1992), American Psychiatric Association (1994) के अध्ययनों के आधार पर यह निष्कर्ष प्राप्त किया जा सकता है कि नजदीकी सम्बन्धियों में द्विध्रुवीय विकृति के पाये जाने पर 4% से 25% तक इस रोग के पाये जाने की सम्भावना पाई जाती है। *Fischer* (1980) *Bertelsen* et.al. (1974) ने अपने अध्ययन में समरूप यमज (identical twins) में द्विध्रुवीय के पाये जाने की सम्भावना 70% तथा (fraternal twins) में 25% प्रांप्त की।

द्विध्रुवीय विकृति के लिए उत्तरदायी चतुर्थ कारक बलाघात (stress) है। व्यक्ति के जीवन में पाया जाने वाला तनाव और बलाघात उनमें उन्माद के लक्षणों को उत्पन्न कर देता है और वे द्विध्रुवीय विकृति के शिकार हो जाते हैं (*Ambelas,* 1980)। कुछ अध्ययनों में यह परिणाम भी प्राप्त किया गया है कि जिन द्विध्रुवीय रोगियों के उपचार के लिए लिथियम (Lithium) का प्रयोग किया गया था, उन रोगियों के उन्माद में उस समय वृद्धि प्राप्त की गई जब आंधी तूफान से हुए तबाही के कारण उनमें तनाव पाया गया (Anonson & Shuklas1987)। *Molz* (1993) ने यह परिणाम प्राप्त किया है कि अवसादी या उन्मादी व्यक्तियों कें साथ रहने पर दूसरे व्यक्ति में 40% इन रोगों के पाये जाने की सम्भावना पाई जाती है।

साइक्लोथिमिक विकृति (Cyclothymic Disorder)

लक्षण के दृष्टिकोण से साइक्लोथायमिक विकृति द्विध्रुवीय द्वितीय विकृति (Bipolar II disorder) का मृदुल रूप (mild form) है जिसमें अवउन्माद (hypomania) तथा मृदुल अवसाद (mild depression) के लक्षण पाये जाते है। DSM-IV में साइक्लोथायमिक विकृति की परिभाषा, ''चिरकालिक अस्थिर क्षुब्धता'' (chronic, fluctuating disturbance) के रूप में की गई है जिसमें अवउन्माद तथा अवसाद की अवस्थाएँ पाई जाती हैं। यह द्विध्रुवीय विकृति से भिन्न है क्योंकि इसमें प्रमुख अवसाद (MD) तथा अवउन्माद प्रसंग के लक्षण पाए जाते हैं। इस विकृति का यह एक प्रमुख लक्षण है कि यह विकृति कम-से-कम दो वर्षों के लिए अवश्य पाया जाता है। इस विकृति में अवसाद और अवउन्माद के लक्षण अवश्य पाए जाते हैं, परन्तु वह उतने गम्भीर नहीं होते हैं जितने कि अवसाद और उन्माद के नैदानिक लक्षण DSM-IV में वर्णित किए गये हैं।

Emil Kraeplin एवं *Kurt Schneider* ने अपने निरीक्षणों के आधार पर यह निष्कर्ष प्राप्त किया है कि 1/3 से 2/3 मनोदशा विकृति के रोगियों में व्यक्तित्व विकृति पाई जाती है।

Kraepelin ने चार प्रकार के व्यक्तित्व विकृतियों—अवसादपरक (depressive), उन्मादी (manic), चिड़चिड़ा (irritable) एवं सायक्लोथायमिक (cyclothymic) का वर्णन किया है। मनश्चिकित्सा के रोगियों में 3% से 10% रोगी इस रोग से पीड़ित होते हैं। परन्तु सामान्य जनसंख्या में इनका प्रतिशत केवल 1% होता है। डायस्थियामिक विकृति की भाँति यह विकृति भी सीमावर्ती व्यक्तित्व विकृति (borderline personality disorder) के साथ घटित होती है। इस विकृति के महिलाओं और पुरुषों में पाए जाने का अनुपात 3 : 2 का होता है। यह विकृति 50% से 75% उन लोगों में पाई जाती है जिनकी आयु का प्रसार 15 से 25 वर्ष होता है।

नैदानिक लक्षण (*Diagnostic Features*)

इस विकृति के निम्नलिखित नैदानिक लक्षण हैं:—

(i) यह एक चिरकालिक अस्थाई मनोदशा क्षुब्धता है जिसमें भिन्न-भिन्न अवधियों के लिए अवउन्मादी एवं अवसादी लक्षण (hypomanic symptoms) पाये जाते हैं।

(ii) अवउन्मादी लक्षणों की संख्या अति तीव्र एवं व्यापक होती है।

(iii) कम-से-कम दो सालों तक अनेक अवधियों में अवउन्मादी लक्षण तथा अवसादी लक्षण पाये जाते हैं।

(iv) दो साल की अवधि में दो महीनों से कम के लिए कोई लक्षण नहीं पाया जाता है।

(v) किसी प्रमुख अवसादपरक प्रसंग (major depressive episode) का अनुभव हुआ हो।

(vi) क्षुब्धता के प्रथम दो वर्षों में प्रमुख अवसाद प्रसंग, उन्माद प्रसंग अथवा मिश्रित प्रसंग के लक्षण नहीं पाये जाते हैं।

(vii) यह लक्षण पदार्थों के दैहिक प्रभावों अथवा सामान्य चिकित्सकीय दशाओं के कारण नहीं उत्पन्न होते हैं।

(viii) इस विकृति के लक्षण नैदानिक रूप से रोगी में महत्त्वपूर्ण व्यथा (distress) उत्पन्न करते हैं और उसके सामाजिक, व्यवसायिक तथा प्रकार्यता के अन्य महत्वपूर्ण क्षेत्रों को दुर्बल बनाते हैं।

कारण विज्ञान (*Etiology*)

साइक्लोथायमिक विकृति के पाये जाने के दो प्रमुख कारक—जैविक और मनोसामाजिक है। इस विकृति से सम्बन्धित जैविक अध्ययन इस तथ्य पर प्रकाश डालते हैं कि मनोदशा विकृति जननिक होती है क्योंकि इस विकृति से ग्रस्त 30% रोगियों के परिवार में द्विध्रुवीय प्रथम विकृति (bipolar I disorder) के धनात्मक पारिवारिक इतिहास (positive family historties) को प्राप्त किया गया है। परिवारों के पारिवारिक अध्ययन (pedigrees of family) यह संकेत करते हैं कि द्विध्रुवीय प्रथम विकृति के लक्षणों वाले परिवारों में साइक्लोथायमिक विकृति के लक्षण पाये जाते हैं।

इस विकृति के सन्दर्भ में जहाँ तक मनोसामाजिक कारकों का प्रश्न है, मनोगत्यात्मक अध्ययन इस कारक पर प्रकाश डालते हैं कि साइक्लोथायमिक विकृति का कारण शैशवावस्था के विकास के समय आघातों (traumas) का पाया जाना है। फ्रायड (*Freud*) ने यह अभिकल्पित किया है कि साइक्लोथायमिक दशा कठोर (harsh) एवं दण्डात्मक (putnitive) पराअहम् (super ego) पर विजय प्राप्त करने का अहम् (ego) का एक प्रयास है। अवउन्माद की मनोगत्यात्मक व्याख्या आत्म-आलोचना के अभाव एवं अवरोधों की अनुपस्थिति के रूप में की जा सकती है जब अवसादी व्यक्ति कठोर परा अहम् (harsh super ego) के

बोझ से अपने को दूर करता है। अवउन्माद में अस्वीकरण (denial) मनोरचना का प्रयोग होता है जिसके द्वारा रोगी बाह्य समस्याओं एवं अवसाद के आन्तरिक भावों के परिहार का प्रयास करता है। साइक्लोथायमिक विकृति के रोगी को अवउन्माद के लक्षणों द्वारा विशेषीकृत किया जाता है।

मनोविश्लेषणात्मक अनुसंधान यह प्रदर्शित करते हैं कि ऐसे रोगी स्वयं में निहित अवसादपरक विषय-वस्तुओं (themes) से बचाव (defend) करते हैं। अवउन्माद की उत्तेजना अकसर महत्त्वपूर्ण अन्तर्वैयक्तिक हानियों से प्राप्त होती है। अव-उन्माद का सम्बन्ध अचेतन स्वैर कल्पना (fantasy) से हो जाता है और वह खोई वस्तु को पुनः प्राप्त करने का प्रयास करता है।

❑

अध्याय 9

संज्ञानात्मक विकृतियाँ
(COGNITIVE DISORDERS)

DSM-III R में प्रलाप (Delirium), मनोभ्रंश (Dementia), स्मृतिलोप विकृति (Amnestic Disorder) तथा अन्य संज्ञानात्मक विकृतियों (Cognitive Disorders) को आंगिक मानसिक संलक्षणों एवं विकृतियाँ (Organic Mental Syndromes and Disorders) खण्ड के अन्तर्गत रखा गया था। लेकिन पद 'आंगिक मानसिक विकृति' (Organic Mental Disorder) का प्रयोग DSM-IV में नहीं किया गया, क्योंकि आंगिक मानसिक विकृतियों का आधार मस्तिष्क में उत्पन्न कुछ जैविक परिवर्तन होते हैं तथा आंगिक (nonorganic) मानसिक विकृतियों का कोई जैविक आधार नहीं होता है। DSM-IV के विशेषज्ञों का यह विश्वास था कि आंगिक एवं प्रकार्यात्मक (functional) विकृतियों में 100 वर्ष पुराना अन्तर अत्यन्त पुराना है। अतः इसे पारिभाषिक शब्दावली (nomenclature) से निकाल देना चाहिए। चिकित्सकीय, तंत्रिकापरक एवं मनश्चिकित्सकीय पत्रिकाओं एवं पाठ्यपुस्तकों में प्रमुख मनश्चिकित्सकीय विकृतियों के आंगिक आधारों से सम्बन्धित प्रचुर प्रदत्त उपलब्ध है। पक्षपातहीन निर्णय स्वरूप यह कहा जा सकता है कि प्रत्येक मनश्चिकित्सकीय विकृति में आंगिक (जैविक) घटक पाये जाते है। प्रदत्तों का पुनर्मूल्यांकन इस तथ्य की ओर संकेत करता है कि प्रकार्यात्मक विकृति का सम्प्रत्यय भ्रामक् है। इसलिए प्रकार्यात्मक और आंगिक दोनों ही सम्प्रत्ययों का प्रयोग DSM-IV में नहीं किया गया है। DSM-IV में 'आंगिक मानसिक विकृतियों' को *'संज्ञानात्मक विकृतियों'* की संज्ञा दी गई। संज्ञानात्मक विकृति का तात्पर्य मानसिक विकृतियों के ऐसे समूह से है जिसमें मुख्य रूप से निम्नलिखित तीन विशेषताएँ पायी जाती हैः—

(i) ऐसी विकृतियाँ मस्तिष्क में होने वाले जैविक परिवर्तनों के कारण उत्पन्न होती है।

(ii) ऐसी विकृतियों के पाये जाने पर व्यक्ति का संज्ञान (cognition) दोषपूर्ण हो जाता है

(iii) यह विकृति किसी भी उम्र में पायी जा सकती है परन्तु वृद्धों में इसके पाये जाने की सम्भावना अधिक पायी जाती है।

संज्ञानात्मक विकृति का तात्पर्य संज्ञान (स्मृति, भाषा, अवधान) में पायी जाने वाली दुर्बलता/क्षीणता (impairment) है।

इसमें निम्नलिखित विकृतियों को सम्मिलित किया गयाः—

(i) प्रलाप, मनोभ्रंश एवं अन्य संज्ञानात्मक विकृति (Delirium, Dementia and other cognitive disorder)

(ii) सामान्य चिकित्सकीय दशाओं के कारण उत्पन्न मानसिक विकृतियाँ (Mental disorders due to general medical condition)

(iii) द्रव सम्बन्धित विकृतियाँ (Substance related disorders)

DSM-IV में संज्ञानात्मक विकृतियों का वर्गीकरण निम्न प्रकार से प्रस्तुत किया गया है:—

(1) प्रलाप *(Delirium)*

(क) सामान्य चिकित्सकीय दशाओं के कारण उत्पन्न प्रलाप (Delirium due to general medical condition.

(ख) द्रव-उत्पन्न प्रलाप (Substance induced delirium)

(ग) बहुल कारणों से उत्पन्न प्रलाप (Delerium due to multiple etiologies)

(घ) अन्यत्र न वर्णित प्रलाप (Delirium not otherwise specified)

(2) मनोभ्रंश *(Dementia)*

(क) अल्झीमर प्रकार का मनोभ्रंश (Dementia of the Alzeimer's type)

(ख) संवहनी मनोभ्रंश (Vascular dementia)

(ग) अन्य मानसिक चिकित्सकीय दशाओं के कारण मनोभ्रंश (Dementia due to other general medical conditions)

(i) एच॰आई॰वी॰ के कारण मनोभ्रंश (Dementia due to H.I.V. disease)

(ii) मस्तिष्क आधात के कारण मनोभ्रंश (Dementia due to head trauma)

(iii) पार्किन्सन्स रोग के कारण मनोभ्रंश (Dementia due to Parkinson's disease)

(iv) हन्टिगटन रोग के कारण मनोभ्रंश (Dementia due to Huntington's disease)

(v) पिक्स रोग के कारण मनोभ्रंश (Dementia due to Pick's disease)

(vi) क्रेउजफेल्ट जेकब रोग के कारण मनोभ्रंश (Dementia due to Cretzfeldt Jacob disease)

(vii) अन्य सामान्य चिकित्सकीय दशाओं के कारण मनोभ्रंश (Dementia due to other general medical conditions)

(घ) द्रव उत्पन्न स्थायी मनोभ्रंश (Substance induced persisting dementia)

(ङ) बहुल कारणों से उत्पन्न मनोभ्रंश (Dementia due multiple etilogies)

(च) अन्यत्र न वर्णित मनोभ्रंश (Dementia not otherwise specified)

(3) स्मृतिलोप विकृति *(Amnestic Disorders)*

(क) सामान्य चिकित्सकीय दशाओं के कारण उत्पन्न स्मृतिलोप विकृति (Amnestic disorders due to general medical conditions)

(ख) द्रव उत्पन्न स्थायी स्मृतिलोप विकृति (Substence induced persisting amnestic disorder)

(ग) अन्यत्र न वर्णित स्मृतिलोप विकृति (Amnestic disorder not otherwise specified)

(घ) अन्यत्र न वर्णित संज्ञानात्मक विकृतियाँ (Cognitive disorders not otherwise specified)

संज्ञानात्मक विकृति के सामान्य नैदानिक लक्षण *(General Diagnostic Features of Cognitive Disorders)*

इसके निम्नलिखित नैदानिक लक्षण है:—

(i) इस विकृति से ग्रस्त होने पर रोगी को कुछ मिनटों पहले घटी घटनाओं की स्मृति नहीं रहती है।

(ii) ऐसे रोगी बोल-चाल की भाषा तो आसानी से समझ सकते हैं, परन्तु लिखित भाषा को समझने की क्षमता कम पायी जाती है।

(iii) ऐसे रोगी पहले से परिचित वस्तुओं और व्यक्तियों की ठीक से पहचान नहीं कर पाते हैं।

(iv) ऐसे रोगियों को साधारण क्रम का ज्ञान नहीं होता है। यह वस्तुओं को साधारण क्रम (simple sequence) में व्यवस्थित करने में असमर्थ होते हैं।

(v) ऐसे रोगियों की चेतना इतनी धुंधली होती है कि वह अपने वातावरण में होने वाले परिवर्तनों के बारे में ज्ञान नहीं प्राप्त कर पाते हैं।

(vi) ऐसे रोगियों में सम्भ्राति (confusion) भी गंभीर मात्रा में पायी जाती है और स्थिति भ्रान्ति (disorientation) भी। इसीलिए इनमें व्यामोही विश्वास (delusional beliefs) पाया जाने लगता है।

(vii) ऐसे रोगियों का व्यवहार अनुपयुक्त (inappropriate) होता है।

(viii) ऐसे रोगी स्थानीय व्यवस्थाओं (spatial arrangements) को सही ढंग से नहीं समझ पाते हैं।

(ix) ऐसे रोगी पेशीय व्यवहारों को समन्वित करने में कठिनाई अनुभव करते हैं।

मनोभ्रंश (Dementia)

DSM-IV में मनोभ्रंश की परिभाषा *बहुल संज्ञानात्मक दोषों के रूप में की गई है जिसमें चेतना में क्षीणता आये बिना स्मृति में दुर्बलता पायी जाती है।(Dementia is characterized by multiple cognitive defects that include impairment in memory)*। मनोभ्रंश में प्रभावित होने वाली संज्ञानात्मक प्रक्रियाओं में सामान्य बुद्धि (general intelligence), अधिगम एवं स्मृति, भाषा, समस्या समाधान, उन्मुखता (orientation), प्रत्यक्षीकरण, अवधान एवं एकाग्रता, (attention and concentration), निर्णय (judgement) एवं सामाजिक योग्यताओं (social abilities) को सम्मिलित किया जा सकता है। मनोभ्रंश में व्यक्ति का व्यक्तित्व भी प्रभावित होता है।

Bergman et.al. (1971), *Gurland & Corose* (1982), *LaRue, Dessonvilbe & Jarvik* (1985), *Jarvik, Ruth & Matsuyama* (1980) के मतानुसार मनोभ्रंशता को सामान्यतया लोग सठियाना (senility) कहते हैं। इसमें धीरे-धीरे बौद्धिक योग्यताओं का इतना ह्रास पाया जाता है कि व्यक्ति की सामाजिक और व्यवसायिक क्रियाएँ अवरुद्ध हो जाती हैं। इस विकृति में स्मृति का ह्रास ही नहीं पाया जाता है वरन् अमूर्त चिन्तन, निर्णय, भाषा एवं अभिव्यक्ति आदि क्षेत्रों में व्यक्ति की योग्यता अवरुद्ध हो जाती है। इसका प्रमुख लक्षण स्मरण की असफलता है। इसमें रोगी अपने कार्यों को अपूर्ण ही छोड़ देते हैं, क्योंकि किसी अवरोध के उपस्थित होने पर वे उस कार्य को करना ही भूल जाते हैं। चाय के प्याले में चाय गिराते समय रोगी को यह याद ही नहीं रहता है कि प्याला भर गया है। इस रोग में माता-पिता केवल यही नहीं भूल जाते हैं कि उनके लड़के लड़कियों का नाम क्या है? वरन उन्हें यह भी याद नहीं रहता है कि उनके बच्चे भी हैं। इनका मानसिक स्वास्थ्य बहुत खराब तथा चेहरा बेढंगा हो जाता है। इन्हें यह भी याद नहीं रहता है कि पहले कब स्नान किया था। इन रोगियों को मुहावरों का अर्थ नहीं याद रहता है तथा इनकी व्याख्या करने में असमर्थ रहते

हैं, वह दो शब्दों में अन्तर करने में असमर्थ होते हैं, इनके निर्णय दोषपूर्ण होते हैं, योजनाएँ बनाने तथा परिस्थितियों को समझने में असमर्थ होते हैं, ये अपने प्रतिमान को खो देते है तथा आवेगों पर इनका नियन्त्रण समाप्त हो जाता है। इनमें उदासीनता एवं भावशून्यता पायी जाती है। इनके सामाजिक सम्बन्ध बहुत संकीर्ण हो जाते हैं तथा व्यक्ति में अपने वातावरण के प्रति भुलक्कड़पन पाया जाता है।

यह रोग सामान्यतया वृद्ध लोगों में पाया जाता है। 65 वर्ष से ऊपर के 5% लोगों में तीव्र मनोभ्रंश, तथा 15% लोगों में मृदुल मनोभ्रंश पाया जाता है। इसी प्रकार 80 वर्ष से ऊपर 20% व्यक्तियों में तीव्र मनोभ्रंश प्राप्त किया गया है। 50% से 60% व्यक्तियों में सामान्य मनोभ्रंश ही पाया जाता है जिसे Alzheimer प्रकार का मनोभ्रंश कहा जाता है। 1997 में American Psychiatric Association द्वारा प्रकाशित *'Pratice Guidelines For The Treatment of Patients With Alzheimer's Disease And The Dementia Of Late Life'* में यह बताया गया है कि यह विकृति सामान्यतया 60s, 70s, 80s, अथवा इसके बाद घटित होती है। लेकिन यदि इस रोग का प्रारम्भ 40s या 50s में होता है तो उसे प्रारंभिक मनोभ्रंश की संज्ञा दी जाती है। परन्तु 40s या 50s में इस विकृति के लक्षणों के पाये जाने की सम्भावना कम पायी जाती है। जैसे-जैसे आयु में वृद्धि होती है, Alzheimer disease के घटित होने की सम्भावना में वृद्धि पायी जाती है। इस विकृति के सन्दर्भ में यह अनुमानित किया गया है कि 65 से 69 वर्ष की आयु के बीच इस विकृति के घटित होने की सम्भावना .5%, 70 से 74 वर्ष के बीच 1%, 75 से 79 वर्ष के बीच 2%, 80 से 84 वर्ष के बीच 3% तथा 85 तथा इससे आगे के वर्षों में 8% पायी जाती है।

मनोभ्रंश का दूसरा प्रकार संवहनी मनोभ्रंश (Vascular dementia) है जो मस्तिष्क संवहनी रोगों (cerebrovascular disease) से अकस्मात प्रकट होता है। अधिक तनाव के कारण भी इस रोग के घटित होने की सम्भावना पायी जाती है। मनोभ्रंश के समस्त रोगियों में 15% से 30% में संवहनी मनोभ्रंश (vascular dementia) के पाये जाने की सम्भावना पायी जाती है। महिलाओं की तुलना में पुरुषों में यह विकृति 60 से 70 वर्ष की आयु के बीच सामान्य रूप से पायी जाती है। 10% से 15% रोगी ऐसे भी होते हैं जिनमें दोनों प्रकार—अल्झीमर प्रकार (Alzheimer's type) तथा संवहनी मनोभ्रंश (Vascular dementia) पाया जाता है। मनोभ्रंश के पाये जाने के मुख्य कारकों के रूप में मस्तिष्क आघात (head trauma), अलकोहल से सम्बन्धित मनोभ्रंश तथा अनेक गति-विकृति सम्बन्धी मनोभ्रंश उदाहरणार्थ Huntington's disease तथा Parkinson's disease को लिया जा सकता है क्योंकि मनोभ्रंश स्पष्ट रूप से एक सामान्य संलक्षण है जिसके अनेक कारण हो सकते हैं।

Kaplan & Sadock (1997) ने अपनी पुस्तक *'Synopsis of Psychiatry'* में उन अनेक विकृतियों का वर्णन किया है जो मनोभ्रंश की उत्पत्ति के लिए उत्तरदायी मानी जाती है। उदाहरणार्थ—

(i) Alzheimer's disease.

(ii) Vascular dementia varities. (संवहनी मनोभ्रंश विभिन्नताएँ)

(a) Multiple infracts इसे multi-infracts dementia भी कहते हैं।

(b) Lac unae.

(c) Binswanger's disease.

(d) Cortical micro-infarction.

(iii) Drugs and Toxins (औषधि एवं मादक पदार्थ)

(iv) Intracranial masses : tumors, subdural masses, brain abscesses.
(v) Anoxia (उत्तकों को ऑक्सीजन की आपूर्ति न होना)
(vi) Trauma: head injury, dementia pugiliscia (आघात)
(vii) Normal pressure hydrocephalus (सामान्य दबाव जलशीर्षता)
(viii) Neuro degenerative disorders (तन्त्रिका ह्रास विकृति)
  (a) Parkinson's disease.
  (b) Huttington's disease.
  (c) Progressive supranuclear palsy (मस्तिष्क के किसी केन्द्र पर उत्तरोतर आघात)
  (d) Pick's disease
  (e) Amyotrophic lateral sclerosis (पेशीशोषी पार्श्विक शोथ)
  (f) Spinocerebellar degeneration (सुष्मना एवं प्रमस्तिष्क ह्रास)
  (g) Olivopontocerebellar degeneration (मस्तिष्क के वर्तुलिका केन्द्रक पोन्स तथा पान्स से सम्बन्धित ह्रास)
  (h) Metachromatic leukodystrophy
  (i) Hallervorden-Spatz disease
  (j) Wilson's disease
(ix) Infections (संक्रमण)
  (a) Creutzfeldt-Jacob disease
  (b) Aids
  (c) Viral encephalitis (विषाणुज मस्तिष्क शोथ)
  (d) Progressive multifocal leukodystropathy
  (e) Behcet's syndrome
  (f) Neurosyphlis (केन्द्रीय तंत्रिका तंत्र का सिफलिस रोग)
  (g) Chromic bacterial meningitis (एक प्रकार का जीवाणु जन्य मस्तिष्क शोथ)
  (h) Other fungal meningetides (अन्य फफूंदीपरक मस्तिष्क शोथ)
(x) Nutritional disorders (पोषण सम्बन्धी विकृति)
  (a) Wernicke-Korsakoff syndromes
  (b) Vitamin12 deficiency
  (c) Folate deficiency
  (d) Pellagra (निकोटिन एसिड (विटामिन B_7) की कमी से होने वाला रोग जिसमें त्वक शोथ हो जाता है, दस्त आने लगते हैं तथा मनोभ्रंश हो जाता है। यह रोग विशेषकर उन लोगों में होता है जो केवल मक्का खाकर जीवित रहते हैं।)
  (e) Marchiafava-Bignami disease
  (f) Zinc deficiency (जस्ता अभाव)
(xi) Metabolic disorders (चयापचयी विकृति)
  (a) Metachromatic Leukodystrophy (मस्तिष्क श्वेत द्रव्य में एक प्रकार का काठिन्य)

(b) Adrenal Leukodystrophy (एड्रीनल कारटेक्स के श्वेत द्रव्य में एक प्रकार का काठिन्य)
(c) Dialysis dementia
(d) Hypothyroidisim and hyperthyroidism (अव एवं अति अवटुक्रियता)
(e) Renal insufficiency severe (गुर्दे से सम्बन्धित रोग)
(f) Cushing's syndrome (कुशिंग संलक्षण)
(g) Hepatic insufficiency (हेप्टिक अपर्याप्तता)
(h) Parathyroid disease (परावटु विकृति)

(xii) Chronic inflammatory disorders (चिरकालिक प्रदाहक विकृति)
(a) Lupus and other collagen-vascular disorders
(b) Multiple sclerosis (बहुल शोथ)
(c) Whipple's disease

संज्ञानात्मक मनोविकृतियों के अनेक प्रकारों में मनोभ्रंश ऐसी विकृति है, जिसे सामान्य बोलचाल की भाषा में 'सठियाना' (senile) कहते हैं जो सामान्यतया बौद्धिक क्षमता के क्रमिक ह्रास की ओर संकेत करता है जिससे उसकी सामाजिक एवं व्यवसायिक प्रकार्यता में दुर्बलता पायी जाती है। ***Neitzel, Speltz, McCauley*** & ***Bernstein*** (1998)) का मत है कि, *''मनोभ्रंश अनेक संज्ञानात्मक प्रकार्यों की सम्पूर्ण क्षति की ओर संकेत करता है जिसमें स्मृति, चिन्तन, तर्कना एवं एकाग्रता को सम्मिलित किया जा सकता है। इसका स्वरूप इतना तीव्र होता है कि यह व्यक्ति के व्यवसाय एवं पारिवारिक कार्य में अवरोध उत्पन्न करता है।''* *(Dementia refers to an overall loss of several cognitive functions including memory, thinking, reasoning and concentration, that is so severe that it interferes with person's daily functioning both at work and home.)*

इस मनोविकृति की गणना किसी ऐसी विशिष्ट विकृति के रूप में नहीं की जा सकती है जिसकी अपनी वैयक्तिक विशेषताएँ हो वरना इसकी गणना ऐसी विकृति के रूप में की जाती है जो केन्द्रिय तन्त्रिका तंत्र से प्रभावित होने वाली अनेक विकृतियों का प्रतिफल होता है।

नैदानिक लक्षण *(Diagnostic Features)*

इसके निम्नलिखित नैदानिक लक्षण हैः—

(i) मनोभ्रंश का सबसे महत्वपूर्ण लक्षण यह है कि इसमें अनेक बहुल संज्ञानात्मक अभाव (multiple cognitive deficits) पाये जाते हैं जिसमें स्मृति क्षीणता (memory impairments) के अतिरिक्त वाणी-अक्षमता (aphasia), गति-अक्षमता (apraxia), ध्वनि,स्वाद, वस्तुओं को छूकर, सूँघकर पहचानने की असमर्थता (agnosia), कार्यगत प्रकार्यता (executive functioning) में से कम-से-कम कोई एक संज्ञानात्मक दुर्बलता अवश्य पायी जाती है।

(ii) संज्ञानात्मक विकृतियाँ इतनी तीव्र होती हैं कि वे व्यवसायिक एवं सामाजिक प्रकार्यता में दुर्बलता का कारण बन जाती है और प्रकार्यता के पूर्व उच्च स्तर में ह्रास उत्पन्न करती हैं।

(iii) उन्माद की दशा में मनोभ्रंश के पाये जाने पर निदान कठिन हो जाता है।

(iv) मनोभ्रंश का सम्बन्ध सामान्य चिकित्सकीय दशाओं से होता है।

(v) मनोभ्रंश में स्मृति-लोप पाया जाता है।

(vi) मनोभ्रंश से ग्रस्त व्यक्ति में नई सामग्री को सीखने के प्रति अयोग्यता पायी जाती है तथा वे पहले सीखी गयी सामग्री को भी भूल जाते हैं। मनोभ्रंश के अधिकतर रोगियों में दोनों प्रकार के स्मृति लोप पाये जाते हैं। वे महत्त्वपूर्ण बटुआ और चाबी गायब कर देते हैं, चूल्हे पर भोजन तैयार करना भूल जाते हैं, तथा अपरिचित पड़ोसियों के बीच अपनी पहचान भूल जाते हैं। मनोभ्रंश के उच्च अवस्था (advanced stage) में स्मृति लोप इतना तीव्र होता है कि व्यक्ति (रोगी) अपना व्यवसाय, शिक्षा, जन्मदिन, परिवार के सदस्यों और यहाँ तक कि अपना नाम भी भूल जाता है, अर्थात् Aphasia पाया जाता है।

(vii) मनोभ्रंश की प्रारंभिक अवस्था में यह देखा गया है कि रोगी कई बार उपयुक्त शब्दों का उपयोग नहीं कर पाता है। इसलिए अस्पष्ट ध्वनि तथा अनुपयुक्त शब्दों के कारण उसकी भाषा दोषपूर्ण हो जाती है।

(viii) मनोभ्रंश की तीव्रता के कारण रोगी इकोलेलिया (echolalia) के लक्षणों को प्रदर्शित करता है जिसमें वह दूसरे लोगों के द्वारा बोले गये शब्दों को दुहराता है अथवा उसमें Palilalia पाया जाता है जिसमें वह किसी ध्वनि या शब्द को बार-बार दुहराता है।

(ix) ऐसे रोगियों में Apraxia के लक्षण पाये जाते हैं जिसमें वह किसी गतिपरक क्रियाओं (motor activities) को सम्पादित करने में असमर्थ होता है, उसके सांवेदिक प्रकार्य (Sensory functions) उपयुक्त नहीं होते हैं, तथा वह आवश्यक कार्यों को सम्पादित नहीं कर पाता है। यहाँ तक कि वह न तो भोजन तैयार कर सकता है और अपने कपड़े पहन सकता है।

(x) ऐसे रोगी में Agnosia के लक्षण पाये जाते हैं जिससे वह सांवेदिक प्रकार्यों (sensory functions) के उपयुक्त होते हुए भी वह वस्तुओं को पहचानने में असमर्थ रहता है।

(xi) मनोभ्रंश की सामान्य अभिव्यक्ति के रूप में प्रकार्यता में क्षुब्धता को लिया जा सकता है।

(xii) रोगी में स्मृति क्षीणता के साथ-साथ Aphasia, Aproxia, Agnosia आदि में तीव्रता पाये जाने के कारण उनके सामाजिक एवं व्यवसायिक प्रकार्यता उदाहरणार्थ स्कूल जाने, कार्य करने, बाजार से सामान खरीदने, कपड़ा पहनने, स्नान करने, पैसे का हिसाब-किताब करने तथा दैनिक कार्यों के निष्पादन में असमर्थता पायी जाती है।

कारण विज्ञान *(Etiology)*

मनोभ्रंशता के कारण के रूप में पहले विद्वानों की धारणा धमनी काठिन्य मानी जाती रही है। परन्तु आधुनिक वैज्ञानिक इसे मनोभ्रंशता के प्राथमिक कारण के रूप में नहीं मानते हैं वरन् 25% रोग का कारण हृदय एवं रक्त संचलन तन्त्र (circulatory system) मानते हैं (*Terry & Wisniewaki*, 1977)। इस प्रकार यह कहा जा सकता है कि 25% धमनियों के कड़ी होने पर मनोभ्रंशता नहीं पायी जाती है। लोगों का विश्वास है कि सामान्यतया 50% रोग DAT—Dimentia of the Alzheimer Type के कारण पाया जाता है जिसमें प्राथमिक तंत्रिका कोशिका सम्बन्धी अपविकास (neuronal degeneration) घटित होता है। इस अपविकास क्रिया में क्षीणता (atrophy) तथा प्रान्तस्था कोष (cortical cells) का ह्रास है। तंत्रिका कोशिकाओं में असामान्य प्रोटीन तन्तुओं (filaments) के संचय (*Davison & Neale* 1986), अपविकास के कारण हिप्पोकैम्पस की पृथकता (*Hyman* et. al., 1984), कार्टेक्स तथा हिप्पोकैम्पस में तंत्रकीय प्रेषक (neurotransmitter) की क्षीणता (*Cooyle, Brice &*

Delong, 1983) तथा प्रोटीन संश्लेषण के कारण तंत्रिका ह्रास आदि कारक भी इस रोग के कारण माने जाते हैं। इन कारणों के अतिरिक्त मस्तिष्क ज्वर (encephalitis), तंत्रिकाशोध (meningitis) आदि के द्वारा भी इस रोग की उत्पत्ति होती है।

DSM-IV में मनोभ्रंश के पाँच प्रमुख कारण बताये गये हैं जिनसे मनोभ्रंश के प्रकार पर भी प्रकाश पड़ता है—अल्झीमर प्रकार का मनोभ्रंश (Dementia of the Alzheimer's type), संवहनी मनोभ्रंश (Vascular Dementia), अन्य चिकित्सकीय अवस्थाओं के कारण उत्पन्न मनोभ्रंश (Dementia due to other medical conditions), पदार्थों से उत्पन्न मनोभ्रंश (Substance induced dementia), तथा बहुल कारणों से उत्पन्न मनोभ्रंश (Dementia due to multiple causes)।

मनोभ्रंश के निम्नलिखित सामान्य कारण हैं:—

(i) अल्झीमर रोग के कारण मनोभ्रंश पाया जाता है।

(ii) संवहनी रोग के प्रमुख लक्षण के रूप में आघात (stroke) के कारण मस्तिष्क में रक्त तथा ऑक्सीजन की आपूर्ति में कमी आ जाती है जिससे उनमें मनोभ्रंश पाया जाता है।

(iii) संदूषण (infection), औषधि प्रतिक्रिया (drug reaction), चयापचयी क्षुब्धता (metabolic disturbances), ट्यूमर, विटामिन की कमी, मस्तिष्क आघात आदि से मनोभ्रंश पाये जाते हैं।

उपर्युक्त तीनों कारणों में प्रथम दो कारणों से उत्पन्न मनोभ्रंश को प्राथमिक मनोभ्रंश (Primary dementia) कहते हैं। प्राथमिक मनोभ्रंश के पाये जाने का मुख्य कारण मस्तिष्कीय क्षीणता (brain impairment) है। तीसरे कारण से उत्पन्न मनोभ्रंश को गौण मनोभ्रंश (Secondary dementia) कहते हैं।

अल्झीमर प्रकार के मनोभ्रंश
(Dementia of Alzheimer's Type or D.A.T.)

Alois Alzheimer ने 1907 में सर्वप्रथम कुछ दशाओं का वर्णन किया जिसे उनके नाम से जोड़ दिया गया। मनोविकृति का यह प्रकार इतना महत्वपूर्ण है कि मनोभ्रंश के आधे से अधिक (65%) रोगी इस रोग से पीड़ित होते हैं। इस रोग में मस्तिष्कीय ऊतकों में ह्रास पाया जाता है तथा इनके ह्रास की गति इतनी तीव्र होती है कि इस विकृति के लक्षण के उत्पन्न होने के 10-12 वर्ष बाद ही रोगी की मृत्यु हो जाती है। पुरुषों की अपेक्षा महिलाओं में यह रोग तीन गुना अधिक पाया जाता है। इसमें रोगी ध्यान एकाग्र करने में कठिनाई अनुभव करता है, वह भुलक्कड़ तथा चिड़चिड़ा हो जाता है तथा उसके जीवन निर्वाह प्रक्रिया में बाधा पायी जाती है। महिलाएँ अपनी असफलता के लिए दूसरों को दोषी ठहराती है, तथा उन्हें दूसरों से उत्पीड़ित किये जाने का भ्रम रहता है। इनमें स्मृति ह्रास पाया जाता है परिणामस्वरूप रोगी में आत्मविस्मृति (disorientation) और अशान्ति पायी जाती है।

व्यक्ति निरीक्षण के परिणामस्वरूप मस्तिष्क में प्राथमिक शारीरिक परिवर्तन दिखाई पड़ते हैं जो प्रमस्तिष्कीय वल्कुट (cereberal cortex) के सामान्य अपक्षय की ओर संकेत करता है अर्थात् मस्तिष्क के वल्कुट के ऊतक धीरे-धीरे नष्ट होने लगते हैं और मस्तिष्क के प्रमस्तिष्कीय भाग का आकार कम होने लगता है। इन ऊतकों के नष्ट होने के कारण तन्त्रिका तन्त्र का कार्य और मानसिक प्रक्रिया असामान्य हो जाती है क्योंकि तंत्रिका कोशिकाओं का

ह्रास हो जाता है, विदरों (fissures) में फैलाव पाया जाता है, पीठ (ridges) संकरी और चिपटी हो जाती है, वृद्धावस्था फलक (plaques) वल्कुट में बिखर जाता है, मोममय पदार्थ प्रोटीन संश्लेषण बिगड़ जाने के कारण एकत्रित हो जाता है, उलझे असामान्य प्रोटीन तन्तु (filament) एवं उलझे तंत्रकीय तन्तु (filament) एवं उलझे तंत्रकीय तन्तु के तंत्रितन्तुक (neurofibrillary) तंत्रिका कोशिकाओं के कोशों में संचित हो जाते हैं।

रोग का प्रारम्भ धीरे-धीरे होता है और स्थिर गति से कई वर्षों तक बढ़ता रहता है। यह अवधि कम-से-कम 2-3 वर्षों की हो सकती है। रोग की प्रारम्भिक अवस्था के आधार पर इस विकृति को दो वर्गों में वर्गीकृत किया जा सकता है—जराजन्य (Senile) और पूर्व-जराजन्य मनोभ्रंशता (presenile dementia)। *पूर्व जराजन्य मनोभ्रंशता* का प्रारम्भ 65 वर्ष की आयु के पहले ही हो जाता है और रोगी की मानसिक स्थिति में तीव्र गति से ह्रास पाया जाने लगता है। इसमें मस्तिष्क की उच्च मानसिक क्रियाएँ यथा बौद्धिक योग्यता प्रभावित होती है और तन्त्रिकातन्त्र में दोष उत्पन्न हो जाते हैं। जबकि जराजन्य मनोभ्रंशता का प्रारम्भ सामान्यतया 65 वर्ष के बाद ही पाया जाता है। लगभग 70 वर्ष की आयु तक इसके लक्षणों में धीमी गति से विकास पाया जाता है तथा इसके प्रमुख लक्षण के रूप स्मृतिदोष को देखा जाता है।

नैदानिक लक्षण *(Diagnostic Features)*

अल्झीमर प्रकार के मनोभ्रंश (Dementia of Alzheimer's) इसके निम्नलिखित नैदानिक लक्षण हैं:—

1. इस विकृति में अनेक संज्ञानात्मक दोषों (cognitive deficits) की अभिव्यक्ति होती है।

(क) रोगी में स्मृति क्षीणता (memory impairment) पाया जाता है जिससे वह न तो नई सूचनाओं का अधिगम कर सकता है और न पहले अधिगम की गई सामग्री का पुनःस्मरण कर सकता है।

(ख) निम्न विकृतियों में से एक या एक से अधिक विकृतियाँ पायी जा सकती है—

(i) वाचाघात (Aphasia)—भाषा क्षुब्धता पायी जाती है।

(ii) गति अक्षमता (Apraxia)—गतिपरक प्रकार्यों के उपयुक्त होने पर भी गतिपरक/ पेशीय कार्यों को करने की अयोग्यता पायी जाती है।

(iii) असम्बोधिता (Agnosia)—सांवेदिक प्रकार्यों के उपयुक्त होने पर भी वस्तुओं अथवा व्यक्तियों को पहचानने की अयोग्यता पायी जाती है।

(iv) योजना बनाने(planning),संगठन(organization),अनुक्रमण(sequencing), अमूर्तीकरण (abstracting) की योग्यता में ह्रास पाया जाता है।

2. क और ख लक्षणों के पाये जाने पर रोगी की सामाजिक और व्यवसायिक प्रकार्यता में क्षीणता पायी जाती है और प्रकार्यता के पूर्वस्तर में ह्रास पाया जाता है।

3. इस विकृति का प्रारम्भ धीरे-धीरे होता है जिससे रोगी में संज्ञानात्मक ह्रास पाया जाता है।

4. क और ख में वर्णित संज्ञानात्मक अभाव (cognitive deficits) निम्न वर्णित किसी कारण से नहीं पाये जाते हैं—

(i) केन्द्रीय तंत्रिका तंत्र की वे दशाएँ जो स्मृति एवं संज्ञान निरन्तर ह्रास उत्पन्न करती है उदाहरणार्थ—हृदय संवहनी रोग (Cardiovascular disease), पार्किन्सन्स रोग

(Parkinson's disease), हन्टिगटन रोग (Huntigton's disease), सबड्यूरल हेमाटोमा (subdural hematoma), नार्मल-प्रेशर हाइड्रोसेफैलस (normal-pressure hydrocephalus) एवं मस्तिष्क गाँठ (brain tumor)।

(ii) वे क्रमबद्ध दशाएँ जो मनोभ्रंश के कारण के रूप में जानी जाती है उदाहरणार्थ— हाइपोथायरोडिज्म (hypothyroidism), विटामिन बी$_{12}$ (Vitamin B_{12}) एवं फोलिक एसिड अभाव (folic acid deficiency), नियासिन अभाव (niacin deficiency), हाइपरकैलसमिया (hypercalcemia), न्यूरोसिफलिस (neurosyphilis), एच॰ आई॰ वी॰ संक्रमण (HIV infection)।

(iii) द्रव-उत्पन्न दशाएँ (Substance-induced conditions)

(iv) उन्माद (delirium) की अवधि में यह दोष नहीं पाया जाता है।

(v) प्रमुख विषाद विकृति (Major Depressive Disorder) मनोविदलता आदि के पाये जाने पर इस क्षुब्धता के बारे में ज्ञान प्राप्त करना कठिन हो जाता है।

कारण विज्ञान *(Etiology)*

यद्यपि अल्झीमर प्रकार के मनोभ्रंश का कारण अज्ञात है। परन्तु वर्तमान अनुसंधान इस तथ्य पर प्रकाश डालते हैं कि इस विकृति का प्रमुख कारण पारिवारिक इतिहास 40% इस रोग के लिए उत्तरदायी है। इस प्रकार इस विकृति के लिए जननिक कारक भी उत्तरदायी है। जननिक कारकों के समर्थन में जुड़वाँ बच्चों पर किये गये अध्ययन यह संकेत करते हैं कि एक भ्रूणीय यमज (monozygotic twins) तथा द्विभ्रूणीय यमज (dizygotic twins) में इस विकृति के पाये जाने का अनुपात 43 : 8 पाया जाता है। अनेक महत्त्वपूर्ण अध्ययनों में यह परिणाम प्राप्त किया गया है कि परिवारों में आटोसोमल प्रभावी जीनों (autosomal dominant genes) के संचरण (transmission) से यह विकृति पायी जाती है। यद्यपि ऐसे संचरण दुर्लभ होते हैं। *Kaplan & Sadock* (1997) के अनुसार इस विकृति के पाये जाने का महत्वपूर्ण कारण Amyloid Protein का जमा होना है। इसी प्रकार gene E_4 के कारण भी यह विकृति पायी जाती है। इस जीन की एक प्रतिकृति (copy) के होने से इस विकृति के पाये जाने की सम्भावना 3 गुना तथा दो प्रतिकृति के पाये जाने पर यह संभावना बढ़कर 8 गुना अधिक हो जाती है। जब कि E_4 के न होने पर इस विकृति की सम्भावना कम हो जाती है।

गुणसूत्र (chromosomes) के सन्दर्भ में प्राप्त परिणाम यह प्रदर्शित करते हैं कि गुणसूत्र 1, 14, 19 तथा 21 के जीनों (genes) में जब असामान्यता पायी जाती है, तो कुछ ऐसे प्रोटीन की उत्पत्ति होती है जो व्यक्ति की संज्ञानात्मक योग्यता में ह्रास उत्पन्न करते हैं और व्यक्ति में इस विकृति के लक्षण पाये जाते हैं।

अल्झीमर रोग से ग्रसित व्यक्ति के मस्तिष्क का तंत्रिका-संरचनात्मक निरीक्षण (neuroanatomcial observation) से यह संकेत प्राप्त होता है कि विसृत क्षीणता के साथ Cortical Sulci के चपटा होने पर तथा प्रमस्तिष्कीय निलयों (cerebral ventricles) के बड़ा हो जाने पर इस विकृति के लक्षण पाये जाते हैं। प्राचीन एवं विशिष्ट व्याधिज्ञापक सूक्ष्मदर्शनी (pathognomonic microspic) यह परिणाम प्रदर्शित करते हैं कि जराजन्य-चकत्ता (senile plaques), तन्त्रिकातन्तुक-गुत्थियों (neurofibrillary tangles), तंत्रिकापरक क्षति (neuronal loss)—विशेष रूप से प्रमस्तिष्क (cortex) एवं हिप्पोकैम्पस (hippo-campus) में, अन्तर्ग्रथनी क्षति (synaptic loss) एवं तंत्रिकाओं का कणिकीय संवहनी उपविकास (granulovascular degeneration) के कारण यह लक्षण उत्पन्न होते हैं। तंत्रिका-प्रेषकों (neurotransmitters)

से सम्बन्धित अध्ययन यह प्रदर्शित करते हैं कि Norepinephrine एवं Acetylcholine के कम क्रियाशीलता (hypoactive) के कारण इस विकृति के लक्षण पाये जाते हैं। इस परिणाम की संगति में कुछ अध्ययन यह प्रदर्शित करते हैं कि Cholinergic Neurons का विशिष्ट अपविकास (degeneration) भी इस विकृति का कारण बनते हैं। इस सन्दर्भ में अतिरिक्त प्रदत्त यह प्रदर्शित करते हैं कि Scopolamine एवं Atropine से संज्ञानात्मक क्षमता में ह्रास पाया जाता है, जबकि Physostigmine तथा Arecloine की वृद्धि से संज्ञानात्मक योग्यता में वृद्धि पायी जाती है। इसी प्रकार Somatostatin तथा Corticotropin में ह्रास, झिल्ली फासफोलिपिड चयापचय (membrane phospholipid metabolism) के नियमन (regulation) में असामान्यता, अलम्यूनियम विषाक्तता (almunium toxicity), न्यूरान्स एवं गिलियल कोशों (neurons and glial cells) में उत्पन्न टाऊ-प्रोटीन (tau-protein) के कारण मस्तिष्क कोशों (brain cells) का हनन, मस्तिष्कीय आघात, हृदय-रोग, आदि के कारण इस विकृति के लक्षण उत्पन्न होते हैं। इस विकृति को दूर करने के लिए Tacrine, Deprenyl, Nimodipine, Propentofylline आदि औषधियों का प्रयोग किया जा सकता है।

पिक रोग
(Pick's Disease)

एक दूसरे पूर्व जरावस्था विकृति का वर्णन सर्वप्रथम एक प्रौढ़ चिकित्सक *Arnold Pick* (1892) ने किया। इस विकार में केन्द्रीय स्नायुमण्डल का अपविकास (degeneration) पाया जाता है जिससे ललाट (frontal) एवं शंखास्थि (temporal) में क्षीणता पायी जाती है। जैसे-जैसे रोग में वृद्धि पायी जाती है, मस्तिष्कीय ह्रास में अधिक व्यापकता पायी जाती है। सामान्यतया मस्तिष्क का भार 1300 ग्राम होता है लेकिन इस रोग के कारण इसका भार 400 ग्राम से भी कम हो जाता है। 40 से 50 वर्ष के बीच की अवस्था में अल्झीमर्स और पिक रोग के लक्षणों में समानता पायी जाती है। रोगी स्मृति एवं अमूर्त चिन्तन में कठिनाई अनुभव करने लगता है, उसमें सम्भ्रम (confusion) पाया जाता है, ध्यान एकाग्रता में कठिनाई पायी जाती है, तथा क्षणिक वाणी अवरोध पाया जाता है। पिक रोग का प्रभाव कुंठित (blunt) होता है तथा रोगी के भावशून्य (apathetic) होने की सम्भावना अधिक पायी जाती है। इस रोग के उत्पन्न होने के उपरांत रोगी की आयु 4 से 7 वर्ष ही रहती है।

नैदानिक लक्षण *(Diagnostic Features)*

इस विकृति के निम्नलिखित नैदानिक लक्षण है:—

(i) यह एक अपविकासात्मक रोग (degenerative disease) है जो ललाट (frontal) एवं शंखास्थि (temporal lobes) को प्रभावित करती है।

(ii) इस विकृति की प्रारम्भिक अवस्था में व्यक्तित्व में परिवर्तन पाये जाते हैं।

(iii) रोगी के सामाजिक कौशलों में ह्रास पाया जाता है।

(iv) रोगी के संवेग कुंठित (emotionally blunt) हो जाते हैं।

(v) रोगी में व्यवहार अवरोध (behaviour inhibition) पाया जाता है।

(vi) रोगी में महत्त्वपूर्ण भाषा असामान्यतायें पायी जाती हैं।

(vii) रोग के पश्चात-अवधि (later course) में स्मृति में कठिनाई, पेशीय क्रियाओं को सम्पादित करने की अयोग्यता (apraxia) तथा मनोभ्रंश के अन्य लक्षण पाये जाते हैं।

(viii) रोगी में अपरिष्कृत सहज क्रियाएँ (primitive reflexes) उदाहरणार्थ थूथनी (snout), चूसना (suck) एवं पकड़ना (grasp) आदि देखे जा सकते हैं।

(ix) रोगी में उदासीनता (apathy) अथवा अत्यधिक उत्तेजना (extreme agitation) देखा जा सकता है।

(x) यह विकृति सामान्यतया 50 से 60 वर्ष के बीच प्रकट होती है। यद्यपि यह वृद्धों में भी देखी जा सकती है।

कारण विज्ञान (*Etiology*)

इस विकृति के पाये जाने का कारण अग्रशंख क्षेत्र (frontotemporal regions) में क्षीणता (atrophy) की प्रबलता (preponderence) के कारण पाया जाता है। इन क्षेत्रों में तंत्रिकापरक क्षति (neuronal loss), तंत्रिकाबंध वृद्धि (gliosis) पायी जाती है। इसके अतिरिक्त न्यूरोनल पिक बॉडीज (neuronal Pick's bodies) को उपस्थिति के कारण भी इस विकृति के पाये जाने की सम्भावना पायी जाती है। यद्यपि इस विकृति का कारण अज्ञात है। यह विकृति महिलाओं की तुलना में पुरुषों में अधिक पायी जाती है। प्रथम स्तर सम्बन्धियों में भी इस विकृति के पाये जाने की सम्भावना पायी जाती है। इस विकृति और मनोभ्रंश के अल्झीमर प्रकार (DAT) में विभेदन करना एक कठिन कार्य है। यद्यपि इस विकृति की प्रारम्भिक अवस्था में रोगी के व्यक्तित्व एवं व्यवहारपरक परिवर्तनों के आधार पर अनुमान लगाया जा सकता है। मनोभ्रंश के अल्झीमर प्रकार (DAT) की तुलना में पिक विकृति में Kluiiver-Bucy syndrome उदाहरणार्थ अति कामुकता (hypersexuality), शान्तिप्रियता (placidity), एवं अति-मुखर्ती (hyperorality) सामान्यतया पाये जाते हैं।

पार्किन्सन रोग
(Parkinson's Disease)

1817 में *James Parkinson* ने अपने अध्ययनों के आधार पर यह निष्कर्ष निकाला कि 50-70 वर्ष के बीच प्राणी में अधोविकास (degeneration) पाया जाता है। यह जीवन की उत्तरावस्था होती है। *Freedman* (1980) के अनुसार जनसंख्या में 1000 व्यक्तियों में से एक व्यक्ति में इस रोग के पाये जाने की सम्भावना होती है।

नैदानिक लक्षण (*Diagnostic Features*)

DSM-IV के अनुसार इसके निम्नलिखित नैदानिक लक्षण हैः—

(i) इस विकृति में मंद तंत्रिकापरक दशा (slow progressive neurological disorder) पायी जाती है।

(ii) इस विकृति में कम्पन (tremor), दृढ़ता (rigidity), असामान्य रूप से धीमी गति (bradykinesia), एवं मुद्रा अस्थिरता (postural instability) पायी जाती है।

(iii) मनोभ्रंश के साथ इस विकृति के पाये जाने पर संज्ञानात्मक एवं पेशीय (motoric) कार्यों में मंदता पायी जाती है।

(iv) रोगी में व्यवस्थापक दुष्प्रकार्यता (executive dysfunction) पायी जाती है।

(v) रोगी की स्मृति पुनर्प्राप्ति (memory retrieval) में दुर्बलता पायी जाती है।

पार्किन्सन रोग के प्राथमिक लक्षणों में निरन्तर माँसपेशीय कंपकंपी प्रति सेकेण्ड चार से

आठ बार पायी जाती है जो शरीर के धड़, हाथ, गर्दन एवं चेहरे को उत्तेजित करती है, कंपकंपी एक हाथ या एक भुजा से प्रारम्भ होती है जो पैरों तक फैल जाती है। इसके बाद नियमबद्ध तरीके से जबड़ा, चेंहरा और धड़ तक पहुँच जाती है और वे माँसपेशियाँ जो विश्रामरत होती है, उनमें भी ऐंठन प्रारम्भ हो जाती है। एक हाथ से ऐंठन प्रारम्भ होकर रोगी की दोनों भुजाओं में यहाँ तक कि पैरों तक फैल जाती है लेकिन यह स्थिति सामान्य शरीर के एक भाग में ही केन्द्रित रहती है। पेशीय तंत्रों में कठोरता और ऐंठने पायी जाती है जिससे चलते समय रोगी को ऐसा लगता है कि वह आगे की ओर गिर पड़ेगा। परिणामस्वरूप गिरने से अपने को बचाने के लिए रोगी तेजी से चलने लगता है ताकि वह शारीरिक संतुलन को बनाये रख सके। इन लक्षणों के अतिरिक्त रोगी में अवसाद और उदासीनता के लक्षण भी प्राप्त होते हैं। सामान्यतया यह रोग 50 से 90 वर्ष आयु के पुरुषों में दिखाई देता है परन्तु कभी-कभी महिलाओं और बच्चों में भी पाया गया है। इन रोगियों के व्यवहार में विचित्रता और बेढंगापन भी पाया जाता है इसलिए समाज के सदस्यों के साथ सामाजिक सम्पर्क नहीं बना पाते हैं। इन रोगियों की लिखावट छोटी हो जाती है तथा रोगी में हस्त चालित कौशलों का अभाव पाया जाता है। इन्हें बोलने, चबाने और निगलने में अधिक कठिनाई का सामना करना पड़ता है। बाद में रोगी का चेहरा मुखौटे की भाँति, जिसमें अभिव्यक्तिहीनता पायी जाती है, हो जाता है। रोगी का सिर हिलता रहता है तथा उंगलियाँ गोल करने की गति पायी जाती है। पार्किन्सन रोग पाये जाने वाले रोगियों में 90% रोगियों में अवसाद पाया जाता है तथा 30% रोगियों में बौद्धिक ह्रास पाया जाता है (*Dejong & Sugar*, 1971)। पार्किन्सन रोग के अनेक कारण है। यह रोग धमनियों के मोटा तथा कठोर होने (Atherosclerosis) के कारण उत्पन्न होता है। मस्तिष्क ज्वर (encephalitis) के पश्चात प्रभाव के रूप में भी यह रोग उत्पन्न होता है। मूलभूत मस्तिष्कीय रोगविज्ञान Substantia Nigra में गहन रंजित (pigmented) स्नायुकोश के विलोप की ओर संकेत करता है। Substantia Nigra की तंत्रिका कोशिकाओं का इस विकृति के कारण ह्रास पाया जाता है जो Dopamine को छोड़ती (release) करती है। इन कोशों की संख्या में ह्रास के कारण Substantia Nigra का रंग गायब नहीं होता वरन् Carpus Straitum में कम Dopamine निकलता है जिसके प्रति तंत्रिका कोशिकाओं के Axons सामान्यतया प्रसारित हो जाते हैं। Dopamine नामक तंत्रिका प्रेषक (neurotransmitter) के कम स्राव के कारण रोगी की शारीरिक गतियाँ मंद हो जाती हैं, शरीर में कम्पन पाया जाने लगता है, चलने-फिरने में नियन्त्रण कम हो जाता है तथा शारीरिक गति को भी नियंत्रित करने में असमर्थता पायी जाती है। पार्किन्सन रोग से ग्रस्त सभी रोगियों में मनोभ्रंश नहीं विकसित होता है, परन्तु कुछ रोगियों में निश्चित रूप से विकसित होता है। इनमें Subcortical dementia के लक्षण दिखाई पड़ते हैं।

हन्टिगटन कोरिया
(Huntington's Chorea)

इस रोग का उल्लेख सर्वप्रथम अमेरिकन तंत्रिकाविज्ञानी *George Huntigton* ने 1972 में किया। इनके पिता और पितामह, दोनों ही चिकित्सक थे, उनके परिवारों की कई पीढ़ियों ने इस रोग का निरीक्षण किया और अनेक नैदानिक लक्षणों को प्राप्त किया। इस रोग का लक्षण 30 साल के आसपास प्रारम्भ होता है तथा इसके बाद तीव्र ह्रास पाया जाता है। प्रारम्भिक व्यवहारपरक चिह्नों के रूप में बेढंगापन, सामाजिक परम्परा के प्रति अवज्ञा एवं अनादर, हिंसक प्रस्फोटन (violent outbursts), अवसाद, चिड़चिड़ाहट, निकृष्ट स्मृति, सुखाभास,

निकृष्ट निर्णय, भ्रमित, आत्म-हत्या सम्बन्धी विचार एवं प्रयास और सविभ्रम के लक्षण पाये जाते हैं। इस विकृति के प्रमुख लक्षण के रूप में मनोभ्रंश को लिया जा सकता है जो इस विकृति के अत्यन्त महत्त्वपूर्ण एवं प्रत्यक्ष रोग शारीरिक परिणाम (pathophysiological consequence) माना जाता है। यह विकृति संज्ञान, संवेग एवं गति की आनुवांशिक प्रगामी अपविकासात्मक रोग (inherited progressive degenerative disease) है। यह पुरुषों और महिलाओं दोनों को समान रूप से प्रभावित करती है। इस विकृति के पाये जाने की सम्भावना 30वें वर्ष के अन्त से लेकर 40वें वर्ष के अन्त तक पायी जाती है। परन्तु इसका प्रारम्भ कभी-कभी 4 वर्ष अथवा 85 वर्ष की आयु में भी प्राप्त किया गया है। इस विकृति के कारण व्यक्ति के व्यवहार और व्यक्तित्व में घातक परिवर्तन (insidious change) पाया जाता है जिसमें अवसाद, चिड़चिड़ाहट, चिन्ता आदि को सम्मिलित किया जा सकता है। कुछ लोगों की गतियों (movements) में असामान्यताएँ पायी जाती है जो चुलबुलाहट में वृद्धि (increased fidgeting) के समान होती हैं, तथा इसमें वृद्धि पाये जाने पर सामान्यीकृत कोरियोएथिटोसिस (generalized choreoathetosis) का रूप ले लेती है। इस विकृति में सामान्यतया स्मृति पुनर्प्राप्ति, व्यवस्थापक दुष्प्रकार्यता (executive functioning), एवं निर्णय (judgment) में कठिनाई अनुभव होती है। कभी-कभी इनमें असंगठित वाणी (disorganized speech) एवं मनोविक्षिप्तिपरक लक्षण (psychotic features) भी पाये जाते हैं। Post-emission tomography (PET) यह प्रदर्शित करते हैं कि इस रोग की प्रारम्भिक अवस्था में रेखित पिंड से सम्बन्धित अल्प चयापचय (striatal hypometabolism) पाया जाता है। परन्तु इस विकृति की अंतिम अवस्था में विशेष प्रकार के Box car ventricles को striatum के उदासीनता (atrophy) के कारण संरचनात्मक मस्तिष्क कल्पना (structural brain imagining) को देखा जा सकता है। इस विकृति से ग्रस्त व्यक्तियों के 50% बच्चों में भी इस रोग के पाये जाने की सम्भावना पायी जाती है। इस उद्देश्य के लिए एक जननिक (genetic) परीक्षण विकसित किया गया है। परन्तु इस परीक्षण का प्रशासन विशेषज्ञों द्वारा ही सम्भव है।

इस विकृति के साथ कोरिया शब्द को इसलिए जोड़ा गया है क्योंकि कोरिया में रोगी की विकृतिमय गतियाँ अनैच्छिक होती है, अनियमित दौरे (spasmodic twitching) पड़ते हैं तथा शारीरिक अंगों जैसे सिर और धड़ में झटके महसूस होते हैं, तंत्रिकाविज्ञानीय गड़बड़ियों के चिह्न तब तक नहीं दिखलाई पड़ते हैं जबतक व्यवहार में ठीक से ह्रास नहीं पाया जाता है। मुखाकृति, होंठ एवं जिह्वा में चटक अथवा अश्लील वाणी का प्रयोग अकसर होता है। इस विकृति के कारण आत्महत्या की दर में वृद्धि पायी जाती है। इस रोग में मृत्यु अपरिहार्य है परन्तु इस रोग की उत्पत्ति के बाद 10 से 20 वर्ष में रोगी मृत्यु को प्राप्त करता है। एक लाख व्यक्तियों में 5 व्यक्तियों में इस रोग की संभावना पायी जाती है। (*Boll, Heaton & Reaton,* 197)। यह विकृति आनुवांशिकता द्वारा निर्धारित होती है जो केवल एक प्रभावी जीन के कारण उत्पन्न होती है मरणोपरान्त हंटिंगटन कोरिया पाये जाने वाले रोगी के मस्तिष्क की परीक्षा में उसमें क्षीणता तथा क्षति चिह्न प्राप्त किया गया है। प्रमुख रोग विज्ञानीय परिवर्तनों के रूप में Candate nucleus में तंत्रिका कोशिकाओं में ह्रास प्राप्त किया गया है जो Basal Ganglia में से एक है। प्रमस्तिष्कीय वल्कुट में भी क्षीणता पायी जाती है, यह क्षीणता विशेष रूप से ललाट क्षेत्रों में अधिक पायी जाती है। Candate nucleus में Dopamine का उच्च स्तर विकृतिपूर्ण गतियों के लिए उत्तरदायी है।

अपस्मार
(Epilepsy)

अपस्मार एक अति सामान्य चिरकालिक (chronic) तंत्रिकापरक रोग है जो सामान्य जनसंख्या में पाया जाता है परन्तु जनसंख्या में केवल 1% लोग ही प्रभावित होते हैं। मनश्चिकित्सकों के लिए उनका मुख्य सम्बन्ध अपस्मारग्रस्त रोगियों का निदान करना होता है। अपस्मार के रोगी के निदान के लिए मनोसामाजिक शाखा-विस्तार (psychosocial ramification) आवश्यक है तथा प्रति अपस्मार औषधियों (antiepileptic drugs) का प्रयोग करके मनोवैज्ञानिक एवं संज्ञानात्मक प्रभावों का अध्ययन किया जा सकता है। अपस्मार लक्षणयुक्त व्यक्तियों में अस्वस्थता की अवधि में 30% से 50% व्यक्तियों में मनश्चिकित्सकीय कठिनाइयाँ (psychiatric difficulties) पायी जाती है। अपस्मार के अत्यन्त सामान्य लक्षण के रूप में व्यक्तित्व में परिवर्तन, मनोविक्षिप्तिता, अवसाद एवं हिंसा (violence) आदि को लिया जा सकता है।

अपस्मार के बारे में और कुछ जानने के पूर्व शरीर पर मस्तिष्क के नियन्त्रण प्रणाली के बारे में ज्ञान प्राप्त कर लेना अनावश्यक न होगा। शरीर की समस्त कार्यप्रणाली का नियन्त्रण मस्तिष्क द्वारा ही होता है। हम जो भी क्रियाएँ करते हैं उसके लिए संकेत मस्तिष्क में ही पैदा होते हैं तथा हम अपनी ज्ञानेन्द्रियों द्वारा बाह्य जगत के बारे में सूचनाएँ प्राप्त करते हैं। परिणामस्वरूप हमारे प्रमस्तिष्कीय वल्कुट (cerebral cortex) का अग्र भाग-क्रिया क्षेत्र (motor area), शरीर में होने वाली विभिन्न प्रकार की क्रियाओं को नियंत्रित करता है। यह तंत्रिका तन्तुओं द्वारा शरीर के विभिन्न भागों से संकेत प्राप्त करता है तथा उनका आकलन एवं विवेचना करता है। मस्तिष्क में शरीर के विभिन्न भागों के लिए अलग-अलग निश्चित क्षेत्र होते हैं। एक बात और ध्यान देने योग्य है कि हमारे मस्तिष्क का बायाँ भाग शरीर के दाएँ भाग को नियंत्रित करता है तथा दायाँ भाग शरीर के बाएँ भाग को नियन्त्रित करता है। यदि हमारे मस्तिष्क के बाएँ भाग में कोई गड़बड़ी/रोग होता है तो शरीर का दायाँ भाग प्रभावित होता है। सामान्यतया हमारे मस्तिष्क में लगातार संकेत प्राप्त होते रहते हैं। यदि किसी कारणवश मस्तिष्क के *Motor Cortex Area* में असामान्य विद्युत संकेत उत्पन्न होने लगें तो रोगी के समस्त शरीर में असामान्य हरकतें होने लगेंगी, जिसे ''दौरा'' कहते हैं। यदि यही असामान्यता मस्तिष्क के *Sensory Cortex Area* में होने लगे तो रोगी में असामान्य अनुभूतियाँ पायी जाने लगेंगी जैसे झुनझुनाहट। इसे भी ''दौरा'' *(Seizure)* कहते हैं। जब विद्युत संकेतों की असामान्यता पूरे मस्तिष्क में न होकर किसी क्षेत्र विशेष में ही होती है, तो असामान्य क्रियाएँ शरीर के किसी एक अंग में ही होती है। इसे *Partial Seizure* कहते हैं। लेकिन जब इसके साथ-साथ मरीज अपना होश भी गवाँ बैठे, तो उसे *Partial Complex Seizure* भी कहते हैं। जब कोई और बीमारी न हो, और ऐसे दौरे दो या दो से अधिक बार आये, तो उसे अपस्मार/मिर्गी *(Epilepsy)* कहते हैं।

किसी भी व्यक्ति में ऐसे प्रथम दौरे के पाये जाने की सम्भावना .3% होती है। एक दौरा पड़ने के बाद दूसरा दौरा पड़ने की सम्भावना 40% होती है। दो दौरे पड़ने के बाद तीसरा दौरा पड़ने की संभावना 80% हो जाती है।

अपस्मार को मस्तिष्क के कार्य में बारम्बार दौरे के रूप में प्रकट होने वाले विकार के रूप में परिभाषित किया जा सकता है जिसमें कुछ ही समय के लिए बेहोशी आ जाती है और साथ ही आक्षेप (झटके) आने लगते हैं या झटके नहीं भी आते हैं जिनके अधिकतर मामलों में

कारण का पता नहीं रहता है। (*A recurrent paroxysmal disorder of the brain function characterized by the attacks of unconsciousness of short duration with or without convulsions, without known causes in the majority of cases.*)

मानविकी पारिभाषिक शब्दकोष (Encyclopaedia of Huminities—1998) में अपस्मार (मिर्गी) को परिभाषित करते हुए यह बताया गया है कि शब्द का अर्थ है, "To lay hold off" (वास्तविकता से सम्बन्ध विच्छेद)। यह एक झटके (आक्षेप) से सम्बन्धित आक्षेपग्रस्त विकृति (convulsive disorder) है। यह चिरकालिक है। इसमें साँस रुकना, मुँह में फेन आना, अचेतनता, रोना आदि लक्षण मिलते हैं। इसका आक्रमण अधिकतर रात्रि में होता है। रोगी प्रकृति से आवेगशील, स्वकेन्द्रित, चिड़चिड़े तथा विषादमय होते हैं।

सामान्यतया अपस्मार और अपतन्त्रक (Hysteriea) का रोग एक ही समझा जाता है इनमें मूलभेद यह है कि अपस्मार के रोगी की मस्तिष्क-तरंग (Brain waves) का नक्शा साधारणतया Hysteria के रोगी से भिन्न होता है। विद्युत मस्तिष्कीय आरेख (electroencephalograph—ECG) से इसका अनुमान सहज ही लग जाता है। दोनों में शारीरिक अंतर है, मानसिक नहीं। अपस्मार (मिर्गी) और दौरा (Seizure) में भी कुछ सीमा तक अंतर पाया जाता है। दौरा (Seizure) अपस्मार का एक लक्षण है। दौरा का कारण अन्य विकृतियाँ भी हो सकती है। किसी दौरे को मिर्गी उसी समय कहा जा सकता है जब रोगी को कम से कम दो दौरे पड़ चुके हों तथा दौरों के लिए कोई अन्य कारण व्यक्ति में न पाया जाये।

Kaplan & Sadock (1997) के अनुसार अपस्मार एक क्षणिक दौरे के रूप में परिभाषित किया जा सकता है जिसमें प्रमस्तिष्कीय (cereberal) प्रकार्यों में तंत्रिका कोशिकाओं के स्वतः एवं अत्यधिक स्राव के कारण रोगात्मक-शारीरिक क्षुब्धताएँ पायी जाती है। ऐसे झटकों को उस समय अपस्मार या मिर्गी की संज्ञा दी जाती है, जब यह लक्षण चिरकालिक और आवर्ती होते हैं। दौरों (seizures) में आये झटकों के कारण बलाघात पाया जा सकता है। दौरों की अवधि में आये झटकों (आक्षेप) तथा उनके विस्तार का निर्धारण मस्तिष्क की क्रियाओं के आधार पर किया जाता है।

अपस्मार के दौरे दो प्रकार के होते हैं—आंशिक (partial) एवं सामान्यीकृत (generalized)। मस्तिष्क क्षेत्र के विशेष भाग में (localized brain region) में अपस्मार-प्रारूप क्रियाओं (epileptiform activity) के कारण आंशिक अपस्मार पाया जाता है, जबकि सामान्यीकृत दौरों (generalized seizures) का सम्बन्ध सम्पूर्ण मस्तिष्क से होता है। सामान्यीकृत टोनिक-क्लोनिक दौरों (generalized tonic-clonic seizures) में चेतना का अभाव, अवयवों (limbs) की गतियाँ, जिह्वा-काटना (tongue biting) एवं असंयम (incontinence) पाया जाता है। अन्य दौरों की तुलना में इसका निदान सरल है।

आंशिक और सामान्यीकृत दौरों का वर्गीकरण **International Classification of Epileptic Seizures** (1970) में इस प्रकार किया गया है। आंशिक दौरों (partial seizures) का वर्गीकरण दो वर्गों में किया जा सकता है:—

(i) प्रारम्भिक लक्षणयुक्त आंशिक दौरे जिनमें चेतना में क्षीणता नहीं पायी जाती है। (Partial seizures with elementary symptoms-generally without impairment of consciousness)

(ii) जटिल लक्षणयुक्त आंशिक दौरे जिनमें चेतना में क्षीणता पायी जाती है: शंखास्थि खण्ड एवं मनोपेशीय दौरे (Partial seizures with complex symptoms-generally with impairment of consciousness : Temporal lobe or psychomotor seizures.)इसमें चेतना, संज्ञानात्मक, भावात्मक, मनोसांवेदिक आदि में दुर्बलता पायी जाती है।

जबकि सामान्यीकृत दौरों के वर्गीकरण में बेहोशी लघु (Absenses—petitmal), पेशी-अवमोटर्नी (Myoclonus), अपस्मार ऐंठन (Infantile spasms), क्लोनिक दौरे[1] (clonic seizures), टोनिक दौरे[2] (Tonic seizures), गुरू अपस्मार (Tonic-clonic seizures-grandmal), एटोनिक दौरे[3] (Atonic seizures) में वर्गीकृत किया जा सकता है।

परन्तु **चिकित्साशास्त्र** के दृष्टिकोण से अपस्मार (Epilepsy) के निम्नलिखित प्रकार हैः—

(i) **करसिब अपस्मार** (*Cursive Epilepsy*)—इसमें रोगी भागता है।

(ii) **विकारस्थानी अपस्मार** (*Focal Epilepsy*)—एक स्थान पर अथवा शरीर के विशेष ओर झटके आते हैं।

(iii) **सामान्यीकृत अपस्मार** (*Generalized Epilepsy*)—इसमें सम्पूर्ण शरीर में झटके आते हैं, वे प्रारम्भ में ही सार्वदैहिक हो सकते हैं अथवा स्थानीय रूप से प्रारम्भ होने के बाद सार्वदैहिक हो जाते हैं।

(iv) **प्रमुख अपस्मार** (*Major Epilepsy-Grandmal*)—**गुरु/अग्र अपस्मार** (*Epilepsy*)—यह रोग एक पूर्वभास के पश्चात होता है और जिसमें अचानक ही बेहोशी पायी जाती है और शीघ्र ही सम्पूर्ण शरीर में झटके आने लगते हैं।

(v) **अज्ञात-हेतुक अपस्मार** (*Idiopathic Epilepsy*)—इसका कारण ज्ञात नहीं होता।

(vi) **जैक्सोनियन अपस्मार** (*Jacksonian Epilepsy*)—इसमें शरीर के किसी एक ओर की पेशियों के किसी वर्ग में आक्षेप या झटके आने शुरू हो जाते हैं जो बाद में पूरे शरीर में फैल जाते हैं।

(vii) **पेशी अवमोटनी अपस्मार** (*Myoclonic Epilepsy*)—यह एक धीरे-धीरे बढ़ने वाला आनुवांशिक अपस्मार है जिसका प्रारम्भ बाल्यावस्था में होता है जिसमें कुछ पेशियों विशेषकर भुजाओं के पेशियों में झटकों के बीच अवमोटनीय (बारम्बार संकुचित होना एवं शिथिल होना) संकुचन उत्पन्न होते हैं। सुबह अथवा रात में सोते समय यह दौरे आते हैं।

(viii) **नोक्चुरनल अपस्मार** (*Nocturnal Epilepsy*)—यह केवल नींद के समय घटित होता है जिसके लक्षण Grandmal Epilepsy के समान होते हैं।

(ix) **लघु अपस्मार** (*Petitmal or Minor Epilepsy*)—यह अपस्मार विशेष रूप से बच्चों में पाया जाता है जिसमें आक्षेप नहीं आते अर्थात् शरीर में झटके नहीं लगते हैं बल्कि कुछ समय के लिए अचानक बेचैनी आ जाती है।

(x) **फोटोजेनिक अपस्मार** (*Photogenic Epilepsy*)—आँख में बार-बार रोशनी की चमक पड़ने से मिर्गी के दौरे पड़ते हैं।

(xi) **पोस्ट-ट्रामेटिक अपस्मार** (*Post-traumatic Epilepsy*) —सिर में चोट लग जाने के कारण बार-बार आक्षेप पाया जाता है।

---

1. *अवमोटन सम्बन्धी दौरे : पेशियों का बारी-बारी से संकुचित एवं शिथिल होना*
2. *अपस्मार आक्षेप में सारा शरीर कठोर हो जाता है।*
3. *सामान्य तनाव के दौरे*

(xii) रिफ्लेक्स अपस्मार *(Reflex Epilepsy)*—संवेदी उद्दीपनों की अनुक्रिया स्वरूप उत्पन्न होने वाले अपस्मार के आक्षेप को इसके अन्तर्गत रखा जाता है।

(xiii) सांवेदिक अपस्मार *(Sensory Epilepsy)*—इस अपस्मार में दृष्टि, गन्ध अथवा स्वाद विभ्रम पाया जाता है।

(xiv) टेम्पोरल लोब अपस्मार *(Temporal Lobe Epilepsy)*—मस्तिष्क के शंख-पाली के रोग के कारण यह अपस्मार पाया जाता है जिसमें रोगी अपने होश में नहीं रहता है तथा उसका व्यवहार बदल जाता है और वह असामाजिक कार्य करने लगता है।

(xv) टोनिक अपस्मार *(Tonic Epilepsy)*—इस प्रकार के अपस्मार में सारा शरीर कठोर हो जाता है।

मस्तिष्क संरचना *(structure of the brain)* के अनुसार मिर्गी के निम्न वर्ग हैं:—

(a) Cortical Epilepsy.

(b) Frontal Epilepsy.

(c) Temporal Epilepsy.

(d) Occipital Epilepsy.

(e) Parietal Epilepsy.

(f) Generalized Epilepsy.

(g) Multifocial Epilepsy.

नैदानिक लक्षण *(Diagnostic Features)*

Kaplan & Sadock (1997) के अनुसार इसके निम्नलिखित लक्षण हैं:—

(i) नैदानिक लक्षण *(Diagnostic Features)*

(क) रोगी में सामान्यतया नोक्चुरनल दौरा (nocturnal seizure) पाया जाता है।

(ख) ऐसे रोगी अधिकतर रुढ़िग्रस्त पूर्वाभास (stereotyped aura) से ग्रस्त रहते हैं। रोग प्रारम्भ होने के पूर्व यह पूर्वाभास पाया जाता है।

(ग) ऐसे रोगियों में आक्षेप के दौरान श्यावतापरक त्वचा[1] (cyanotic skin) परिवर्तन पाये जाते हैं।

(घ) ऐसे रोगियों में असंयम (incontinence) सामान्य रूप से देखा जा सकता है।

(ङ) ऐसे रोगियों में दौरे के पश्चात संभ्रान्ति (Postictal confusion) पाया जाता है।

(च) ऐसे रोगियों में टोनिक (Tonic) अथवा क्लोनिक (Clonic) अथवा दोनों पेशीय गतियाँ पायी जाती है।

(छ) इन पर सुझाव का कोई प्रभाव नहीं पड़ता है।

(ii) विद्युतीय मस्तिष्कीय आलेख सम्बन्धी लक्षण *(EEG Features)*

(क) नुकीले मोड़[2] (spike) एवं तरंग रूप (wave forms) पाये जाते हैं।

---

1. *रक्त में ऑक्सीजन की कमी तथा कार्बन डाइऑक्साइड की अधिकता से त्वचा का नीला पड़ जाना।*
2. *इन्सेफेलोग्राम के ऊपर का नुकीला मोड़।*

(ख) दौरे के पश्चात मंदता (Postictal slowing) पायी जाती है।
(ग) दौरों के मध्य असामान्यताओं (Interictal abnormalities) में परिवर्तन पाया जाता है।

(iii) सामान्य लक्षण (*General Symptoms*)

(क) अचानक मूर्छित हो जाना।
(ख) जमीन पर रोगी का गिर पड़ना।
(ग) रोगी के चेहरे का एक ओर मुड़ना।
(घ) रोगी के शरीर में दौरा पड़ना, दाँत भींचना।
(ङ) मुँह से झाग निकलना।
(च) कुछ क्षण के लिए जड़ता की स्थिति में पहुँच जाना।
(छ) मुँह से आह-ओह अथवा गो-गो की ध्वनि निकालना।
(ज) सिर में असहनीय दर्द होना।
(झ) महिलाओं में मासिक धर्म के दौरान मासिक बन्द होना।

(iv) व्यक्तित्व क्षुब्धताएँ (*Personality Disturbances*)

अपस्मार ग्रस्त रोगी के व्यक्तित्व क्षुब्धताओं के सामान्य लक्षण के रूप में धार्मिकता, संवेगों का उच्चतम मात्रा में अनुभव, (इसे सामान्यतया व्यक्तित्व का चिपचिपापन—viscosity of personality भी कहा जाता है), तथा यौन व्यवहार (sexual behaviour) में परिवर्तन पाया जाता है।

(v) मनोविक्षिप्तिपरक लक्षण (*Psychotic Symptoms*)

ऐसे रोगियों में मनोविदलता-प्रकार के लक्षण उत्पन्न हो सकते हैं। अपस्मार के लगभग 10% से 30% रोगियों जो जटिल आंशिक अपस्मार (complex partial epilepsy) से ग्रस्त होते हैं, में मनोविक्षिप्ति के लक्षण पाये जाते हैं। यद्यपि इन लक्षणों में परिवर्तन पाया जाता है। मनोविक्षिप्ति-अपस्मार (Psychotic-epilepsy) के रोगियों में सामान्यतया विचार विकृति (thought disorder) पाया जाता है।

कारण विज्ञान (*Etiology*)

अपस्मार के निम्नलिखित सम्भावित कारण हो सकते हैं—

(क) पर्याप्त नींद का अभाव।
(ख) मस्तिष्क में संक्रमण।
(ग) रात में देर से सोना।
(घ) मस्तिष्क कैंसर।
(ङ) अत्यधिक तेज बुखार।
(च) मस्तिष्क में होने वाला जन्मजात दोष।
(छ) अलग-अलग समय पर सोना।
(ज) जन्म के समय या गिरने से लगने वाली चोट।

उपचार (*Treatment*)

मिर्गीरोधी औषधियों (antiecpileptic drugs) के द्वारा मिर्गी का पूर्ण उपचार किया जा

सकता है। इन औषधियों में *Barbitureates*—Phenobarbitonic, Mephobarbitone, Hydantoins, Phenytion, Benzodiazepins, Diazepam, Clobazam, Deoxybarbitrates, Primidene, Aliphatic Carboxylic acid, Sodium valproate, Iminostiebene-Carbanazepine.

New Epileptic Drugs—Gabapention, Vigabatrin, Lamotrizine, Topiramate, तथा अन्य औषधियों में Acetazeolamide, Trimethadione, Phenacemide, Phenobarbitone, Phenytion, Diazepam, Clorazepam, Clobazan, Sodium Valprote, Carbamiageprime, Primidone, Ethosuximide, आदि का प्रयोग चिकित्सक की देखरेख में किया जा सकता है।

प्रमस्तिष्कीय धमनी-काठिन्य (Cerebroarteriosclerosis)

इस मनोविकृतता के लक्षण मनोभ्रंश के लक्षण के समान ही होते हैं। परन्तु शारीरिक और व्यवहारिक लक्षणों में कुछ अन्तर अवश्य है। धमनी काठिन्य मस्तिष्क विकार में मस्तिष्क की धमनियाँ कठोर हो जाती है क्योंकि इन धमनियों में जराजन्य-चकता (senile plaque) रक्त वाहिनियों के अन्दर की परतों में अनेक स्थानों पर एकत्रित हो जाता है। यह परतें वसायुक्त एवं कैलशियम युक्त बड़े-बड़े धब्बों के रूप में होती है। इस संचय से धमनी मार्ग अवरुद्ध हो जाता है। परिणामस्वरूप रक्त संचालन या तो मन्द हो जाता है या पूर्णतः बन्द हो जाता है। कभी-कभी यह रक्त नलिकाएँ टूट भी जाती है। परिणामस्वरूप मस्तिष्क में ही रक्त स्राव होने लगता है। जब बड़ी रक्त वाहिनी टूटती है, तो मस्तिष्क को अपेक्षाकृत अधिक क्षति होती है। छोटी रक्तवाहिनी के अवरुद्ध होने से मस्तिष्क को भोजन नहीं प्राप्त होता है तथा मस्तिष्क के तन्तुओं के क्षतिग्रस्त होने से मस्तिष्क का यह भाग कोमल हो जाता है। 10% ऐसे रोगियों के मस्तिष्क में कोमल क्षेत्र पाये जाते हैं। जब छोटी रक्त वाहिनियों का मार्ग अवरुद्ध हो जाता है या टूट जाता है तो अनेक प्रकार के शारीरिक और मानसिक लक्षण उत्पन्न हो जाते हैं जिन्हें लघु आघात (small stroke) कहते हैं। जब बड़ी धमनी टूटती है, तो उससे वृहद आघात होता है, और व्यक्ति संज्ञा-शून्यता (coma) में चला जाता है। समयानुसार उपचार न होने से ऐसे रोगी मृत्यु को प्राप्त होते हैं। यदि उपचार हो भी जाये, तो भी उससे मस्तिष्क सम्बन्धी रोगों से पीड़ित होने की सम्भावना अधिक पायी जाती है।

रक्त संचालन अवरुद्ध या बन्द होने के तीन प्रमुख कारण हैः—

(क) जमाव के संचित होने से (deposits)।

(ख) चर्बी एवं कैलशियम संचय से रक्त का थक्का बनने से (Cereberal Thrombosisis)।

(ग) चर्बी एवं कैलशियम के टुकड़े टूट-टूट कर धमनी के संकरे मार्ग में एकत्रित होने से (Cereberal Embolism)।

प्रमस्तिष्कीय धमनी-काठिन्य मस्तिष्क विकार अनेक कारकों पर निर्भर करता हैः—

(i) मस्तिष्क क्षति की प्रकृति।

(ii) मस्तिष्क क्षति की मात्रा।

(iii) रोगी का विकारपूर्ण व्यक्तित्व।

(iv) रोगी की जीवन परिस्थितियाँ।

अनुसंधानों से यह प्राप्त किया गया है कि इस विकृति में मस्तिष्क विकार पाये जाते हैं। ऐसे रोगियों को अपनी शारीरिक और मानसिक स्थिति के बारे में ज्ञान होता है, इसलिए उनकी चिन्ता बढ़ जाना स्वाभाविक है। अधिकतर रोगियों में इससे सम्बन्धित लक्षण अचानक ही उत्पन्न होते हैं। परिणामस्वरूप रोगी में सम्भ्रम (confusion) पाया जाता है जो प्रमस्तिष्कीय वाहिका दुर्घटना (CVA) के कारण होती है। ऐसी अवस्था में रोगी की मृत्यु भी हो सकती है। जब प्रमस्तिष्कीय वाहिका दुर्घटना ग्रस्त होती है तो रोगी को ऐंठनयुक्त दौरे पड़ते हैं, शरीर के किसी ओर पक्षाघात हो जाता है, चेतना धुंधली हो जाती है, यहाँ तक कि समय, व्यक्ति तथा स्थान की पहचान समाप्त हो जाती है और व्यक्ति सम्भ्रम (confusion) अवस्था में ही मृत्यु को प्राप्त हो जाता है। सम्भ्रम अवस्था लघुकालीन भी हो सकती है और दीर्घ कालीन भी। यह अवस्था कई दिन, सप्ताह अथवा महीनों तक पायी जा सकती है जिसमें शारीरिक और मानसिक दोनों प्रकार के प्रकार्यों का ह्रास होता है। पुनर्वासी उपायों (Rehabilitative Methods) द्वारा इन शारीरिक अक्षमताओं को किसी सीमा तक कम किया जा सकता है परन्तु कभी-कभी मानसिक क्षमताओं में भी ह्रास पाया जाने लगता है तथा साथ-साथ संवेगात्मक अस्थिरता, चिड़चिड़ाहट आदि प्रकार के मनस्तापीय लक्षण उत्पन्न होने लगते हैं। यद्यपि इन लक्षणों में ह्रास और वृद्धि दोनों पाया जा सकता है परन्तु अधिक समय तक इन लक्षणों के पाये जाने पर व्यक्तित्व विघटन प्रारम्भ हो जाता है। इससे रोगी को पक्षाघात भी हो सकता है और उसकी मृत्यु 3 से 5 वर्ष में तथा निमोनिया, हृदय परिहार या तीव्र प्रमस्तिष्कीय वाहिका दुर्घटना का शिकार हो सकता है।

❑

अध्याय 10

औषधि-निर्भरता

(DRUG - DEPENDENCE)

आज के समाज में मादक द्रव्यों तथा मादक-औषधियों का प्रचलन बहुत अधिक होने लगा है। मादक द्रव्यों तथा अल्कोहल का प्रयोग तो प्राचीन काल से होता आ रहा है परन्तु वर्तमान समय में मादक-औषधियों का प्रयोग भी अधिक मात्रा में किया जाने लगा है। प्राचीन ग्रन्थों में सोमरस तथा अफीम के उपयोग के द्वारा रोग निवारण की बात की गयी है। मध्यकालीन युग से ही तम्बाकू का प्रयोग भारतवर्ष में किया जाता रहा है। आज का नवयुवक एवं वयस्क मादक पदार्थों (ब्राउन शुगर, हेरोइन, चरस, स्मैक) का ही नहीं वरन् मादक औषधियों (मार्फिन, फोर्टविन एम्फैटामिन, पैथाडिन) आदि का प्रयोग कर रहा है। इन सब के तैयार करने का केवल एक आधार अफीम ही है जिससे उनमें आचरण सम्बन्धी विकृतियाँ उत्पन्न होती है। समाज में ऐसे व्यक्तियों की संख्या कम नहीं है। इन मादक द्रव्यों एवं औषधियों का प्रयोग व्यक्ति अपने तनाव को कम करने के लिए उपयोग करता है। मनोविश्लेषणवादियों का मत है कि परिवार द्वारा निर्धारित पैतृक एवं सामाजिक मानकों तथा प्रतिबन्धों के अनुरूप न होने पर मादक पदार्थों और औषधियों का वे प्रयोग करने लगते हैं जिससे उनमें इनके उपयोग के कारण अनेक मनोविकृतियाँ उत्पन्न हो जाती है। यही कारण है कि मनोविकृति मनोविज्ञान में यह क्षेत्र एक आकर्षण का विषय बन गया है।

Webester's New Collegiate Dictionary (1974) में Addict शब्द की दो परस्पर विरोधी परिभाषाएँ प्रस्तुत की गयी है जो इस तथ्य पर प्रकाश डालती है कि किसी वस्तु के प्रति स्वयं को आदतन अथवा बाध्यता के कारण समर्पित कर देना 'अथवा' व्यक्ति का किसी मादक द्रव्य पर दैहिक रूप से आश्रित हो जाना, के रूप में व्यसन को परिभाषित किया जा सकता है। इस सम्बन्ध में अनुसंधानकर्ताओं ने अनेक प्रश्न उठाए हैं। उदाहरणार्थ— 'क्या व्यसन एक अधिगम की गयी आदत है', 'यह शरीर पर निर्भर करती है अथवा यह एक रोग है', 'क्या वातावरण के प्रति की गयी अनुक्रिया, अधिगम, संज्ञान पर आधारित है', 'व्यक्ति द्वारा प्रयोग किये गये मादक पदार्थों/औषधियों का दैहिक तथा मनोवैज्ञानिक प्रभाव क्या पड़ता है' 'व्यसन का कारण कौन है, व्यक्ति स्वयं हो, अथवा मादक पदार्थ/औषधि', 'क्या हमारे मस्तिष्क में मादक केन्द्र है', 'यदि मादक ग्राहक केन्द्र' है तो क्या विभिन्न प्रकार के मादक पदार्थों के लिए अलग-अलग मादक केन्द्र पाये जाते हैं। इस प्रकार के अनेक प्रश्न उठाये गये हैं।

प्रश्न यह है कि मादक द्रव्य (Drug) का तात्पर्य किससे लिया जाता है। मादक द्रव्य का तात्पर्य उस पदार्थ से लिया जाता है जिसके उपयोग से व्यक्ति में शारीरिक और मानसिक परिवर्तन होते हैं। यह परिवर्तन व्यक्ति को क्षणिक स्फूर्ति और शक्ति भी प्रदान करते हैं अथवा सुखद निद्रा का अनुभव करते हैं। परन्तु यह अनुभव क्षणिक और भ्रामक होते हैं। प्रारम्भ में व्यक्ति इनका उपयोग स्वेच्छा से करता है परन्तु बाद में वह इन पर निर्भर हो जाता है और

इनके उपयोग के प्रति उसमें बाध्यता पायी जाती है जिसे आश्रिता/निर्भरता (dependence) की संज्ञा दी जा सकती है। यह निर्भरता/आश्रिता दो प्रकार की होती है—मनोवैज्ञानिक आश्रिता (psychological dependence) एवं शारीरिक आश्रिता (physical dependence)। *मनोवैज्ञानिक आश्रिता* उस समय तक ही व्यक्ति में पायी जाती है जबतक वह मादक द्रव्य के न मिलने पर वह मनोवैज्ञानिक रूप से अशान्त रहता है तथा इसका स्वरूप हल्का एवं क्षणिक होता है। जबकि *शारीरिक आश्रिता* में यही लक्षण तीव्र और गहरे (intense and deep) हो जाते हैं। किसी भी प्रकार का मादक द्रव्य (drug) लेने वाले व्यक्ति को जब समय पर द्रव्य विशेष उपलब्ध नहीं होती है, तो उनमें शारीरिक एवं मानसिक विकृति के अनेक लक्षण उत्पन्न हो जाते हैं। मनोवैज्ञानिक आश्रिता में व्यक्ति द्रव्य/औषधि लेने के लिए लालायित रहता है और उसके उपयोग के लिए मानसिक रूप से तैयार रहता है, तथा उसे प्राप्त करने के लिए मानसिक योजनाएँ भी तैयार करता रहता है। ऐसे व्यक्ति अपना अधिक समय औषधि प्राप्त करने में ही खर्च कर देते हैं। लेकिन जब व्यक्ति इन द्रव्यों/औषधियों का उपयोग बार-बार करने लगता है, सहनशीलता अधिक विकसित हो जाती है, उसमें प्रत्याहार संलक्षण (withdrawl syndrome) पाये जाने लगते हैं, तथा एक विशेष प्रकार का व्यक्तित्व प्रतिरूप (personality pattern) विकसित कर लेता है। द्रव्य/औषधि निर्भरता (drug dependence) को व्यसन (addiction) भी कहा जाता था परन्तु आधुनिक अनुसंधानकर्ता इस शब्द के उपयोग को अनुपयुक्त बताते हैं। सहनशीलता को एक दैहिक प्रक्रिया की संज्ञा दी गयी है जिसमें व्यक्ति किसी औषधि का वांछित प्रभाव प्राप्त करने के लिए औषधि की मात्रा को बढ़ा देता है जिससे औषधि के कारण उत्पन्न हुए कुलक्षणों की सहनशक्ति विकसित हो जाये। जबकि प्रत्याहार (withdrawl) का तात्पर्य उन दुखद (unpleasant) मनोवैज्ञानिक एवं दैहिक प्रभावों के बचने से है जो औषधियों के प्रयोग से उनमें उत्पन्न हुई थी।

World Health Organization (1969) के अनुसार, *''औषधि (drug) एवं औषधि आश्रिता (drug dependence) को इस प्रकार परिभाषित किया जा सकता है, औषधि वह कोई भी पदार्थ है जो जीवित प्राणी के अन्दर ग्रहण किये जाने पर उसके एक अथवा अधिक प्रकार्यों में अन्तर ला सकें।'' (Drug is any substance that when taken into living organism may modify one or more of its functions.)*

इसी प्रकार **W.H.O.** (1969) ने औषधि आश्रिता की परिभाषा इस प्रकार प्रस्तुत की है, *''शब्द'' औषधि आश्रिता का तात्पर्य कभी मानसिक और कभी शारीरिक दशा से लिया जाता है जिसकी उत्पत्ति प्राणी और औषधि की प्रतिक्रिया के परिणामस्वरूप उत्पन्न होती है। इसमें औषधि के मानसिक प्रभावों को अनुभव करने तथा कभी-कभी इनकी अनुपस्थिति से उत्पन्न बेचैनी को दूर करने के लिए निरन्तर अथवा समय-समय पर औषधि को ग्रहण करने की बाध्यता का व्यवहार तथा अन्य प्रतिक्रियाएँ निहित होती है।'' (The term 'drug dependence' is used to refer the psychic and sometimes, physical conditions too, resulting from the interaction of a living organisim and a drug characterized by behaviours and other responses that always include a compulsion to take the drugs on a continous or periodic basis in order to experience its psychic effects and sometimes to avoid the discomfort of its absence.)*

Mohan (1980) ने अपना मत इस प्रकार प्रकट किया है, *''चिकित्सकीय पदों में औषधि एक पदार्थ है जो जीवित प्राणी के अन्दर ग्रहण किये जाने पर इसके एक या एक से अधिक प्रकार्यों में परिवर्तन ला सकती है। औषधि का दुरुपयोग उस समय होता है जब कोई*

औषधि चिकित्सकीय निर्णय के विरुद्ध ली जाती है।'' (A drug in medical terms is a substance which when taken in a living organism can modify one or more of its functions. And a drug is abused when its is taken against medical judgement.)

इस परिभाषा के आधार पर बिना किसी संकोच के यह कहा जा सकता है कि शराब से लेकर हेरोइन, एल॰ एस॰ डी॰ तक सभी 'औषधि' की श्रेणी के अन्तर्गत ही आते हैं' तथा इन औषधियों पर निर्भरता को 'औषधि निर्भरता' (drug dependence) कहते हैं। भारतीय परिस्थितियों में प्रयोग होने वाली अनेक प्रकार की औषधियों जैसे अल्कोहल, सिगरेट, हेरोइन, गांजा, भांग आदि को सम्मिलित किया जा सकता है जिनका वर्णन निम्नवत है—

अल्कोहल निर्भरता/आश्रिता (Alcohol Dependence)

DSM-IV में अल्कोहल का वर्णन अकसर प्रयोग किये जाने वाले मस्तिष्क अवसादक (the most frequently used brain depressant) के रूप में किया गया है जो रुग्णता (morbidity) तथा नश्वरता (mortality) का कारण माना जा सकता है।

DSM-IV के अनुसार द्रव्य सम्बन्धी विकृतियों (substance-related disorders) में औषधि दुरुपयोग (drug abuse-alcoholism) तथा जीवविष (toxin) उपयोग को सम्मिलित किया जा सकता है। शब्द 'द्रव्य' (substance) औषधि एवं जीव-विष (toxin) दुरुपयोग की ओर संकेत करता है। इन पदार्थों (subtances) का वर्गीकरण 11 वर्गों—अल्कोहल (alcohol), एम्फीटाइमइन (amphetamine) अथवा सिम्पैथोमिमेटिक्स (sympathomemetics), कैफीन (caffine), कैनाबिस (cannabis), कोकीन (cocaine), विभ्रमोत्पादक (hallucinegens), (inhalants), निकोटीन (nicotine), अफीम (Opiods), फेन्सीक्लीन (phencycline—PCP) अथवा समान रूप से क्रियाशील (आरिलसाइक्लोहेक्सीलेमाइन्स—Arylcyclohexylamines) एवं शामक (seda-tives), निद्रा-जनक (hypnotics) अथवा एन्गिजयोलाइटिक्स (Anxiolytics)[1] में किया गया है। चिकित्सक द्वारा लिखे गये नुस्खे (prescription) अथवा चिकित्सा की दुकानों से खरीदी गयी औषधियों के दुरुपयोग तथा चिकित्सन (medication) से भी द्रव्य-सम्बन्धी विकृतियों के लक्षण पाये जाते हैं।

संज्ञाहरणता (anesthetics), वेदनाहर (analgesics), एन्टीकोलिनेरजिक एजेन्ट (anticholinergic agents), अनैच्छिक पेशीय संकुचन एवं शिथिलन प्रतिबेधक (anti convulsants), एन्टीहिस्टामाइन्स (antihistamines)[2], अति तनाव प्रतिबेधक (antihyper-tensive), हृदसंवहनी औषधियाँ (cardiovascular medications), एण्टी माइक्रोबियल औषधियाँ (antimicrobial medications)[3], एण्टी पार्किन्सोनियन औषधियाँ (antiparkinsonian medications), कीमोथिरैप्यूटिक एजेन्टस (chemotherapeutic agents)[4] आरटीकोस्टेरायड्स (articosteriods), आमाशयान्त्र औषधियाँ (gastro-intestinal medications), माँसपेशीय शिथिलक, (muscle relaxants), अस्टीरायडल सूजन प्रतिबेधक औषधियाँ (nonsteroidal

1. चिन्ता को दूर करने वाला अथवा कम करने वाला जिसे मनोवैज्ञानिक चिकित्सा द्वारा दिया जा सकता है।
2. Histamine—शरीर के सभी ऊतकों में पाया जाने वाला एक पदार्थ जो एलर्जिक प्रतिक्रिया अथवा चोटों में या जल जाने पर क्षत ऊतकों से मुक्त होकर रक्त कोशिकाओं को विस्फारित (dilatation) कर देता है।
3. Microbial—रोगोत्पादक जीवाणुओं से सम्बन्धित
4. Chemotherapy—किसी रोग की किसी रासायनिक साधन द्वारा चिकित्सा जो रोग उत्पन्न करने वाले जीवाणुओं के लिए विषैला होता है।

anti-inflammatory medications), आदि के कारण भी द्रव्य-सम्बन्धी विकृतियाँ पायी जाती है। इसी प्रकार अनेक रासायनिक द्रव्यों (chemical substances) यथा शीशा, अल्यूमिनियम, Strychnine युक्त चूहा मारने की दवाएँ, Acetylcholinesterase युक्त कीटाणुनाशक (pesticides), Carbon Monoxide, Carbon Dioxide, के द्वारा भी द्रव्य सम्बन्धी विकृतियाँ पायी जाती है।

DSM-IV में *द्रव्य सम्बन्धी विकृतियों* का वर्गीकरण निम्न प्रकार से किया है:—

(i) द्रव उपयोग विकृतियाँ *(Substance use Disorders)*

(क) द्रव निर्भरता (Substance dependence)

(ख) द्रव दुरुपयोग (Substance abuse)

(ii) द्रव उत्पन्न विकृतियाँ *(Substance Induced Disorders)*

(क) द्रव उन्मादन (Substance intoxication)

(ख) द्रव प्रत्याहार (Substance withdrawl)

(ग) द्रव उत्पन्न मानसिक विकृतियाँ (Substance induced mental disorders)

(iii) अल्कोहल सम्बन्धित विकृतियाँ *(Alcohol Related Disorders)*

(क) अल्कोहल उपयोग विकृतियाँ (Alcohol use disorders)

(ख) अल्कोहल दुरुपयोग (Alcohol abuse)

(ग) अल्कोहल उत्पन्न विकृतियाँ (Alcohol induced disorders)

(घ) अल्कोहल प्रत्याहार (Alcohol withdrawl)

(ङ) अल्कोहल उत्पन्न अन्य विकृतियाँ (Other alcohol induced disorders)

(iv) एम्फेटामाइन्स *(Amphetamine)*

(क) एम्फेटामाइन उपयोग विकृति (Amphetamine use disorders)

(ख) एम्फेटामाइन उत्पन्न विकृति (Amphetamine-induce disorders)

(ग) एम्फेटामाइन प्रत्याहार (Amphetamine withdrawl)

(v) कैफेइन सम्बन्धी विकृतियाँ *(Caffine-Related Disorders)*

(क) कैफेइन उत्पन्न विकृतियाँ (Caffine induced disorders)

(vi) केन्नाबिस सम्बन्धी विकृतियाँ *(Cannabis Related Disorders)*

(क) केन्नाबिस उपयोग विकृतियाँ (Cannabis use disorders)

(ख) केन्नाबिस दुरुपयोग (Cannabis abuse)

(ग) केन्नाबिस-उत्पन्न विकृतियाँ (Cannabis-induced disorders)

(vii) कोकीन-सम्बन्धी विकृतियाँ *(Cocaine Related Disorders)*

(क) कोकीन उपयोग विकृतियाँ (Cocaine use disorders)

(ख) कोकीन दुरुपयोग (Cocaine abuse)

(ग) कोकीन-उत्पन्न विकृतियाँ (Cocaine-induced disorders)

(घ) कोकीन प्रत्याहार (Cocaine withdrawl)

(viii) विभ्रमोत्पादक उपयोग विकृतियाँ *(Hallucinogen use Disorders)*

(क) विभ्रमोत्पादक निर्भरता (Hallucinogen dependence)
(ख) विभ्रमोत्पादक दुरुपयोग (Hallucinogen abuse)
(ग) विभ्रमोत्पादक उत्पन्न विकृतियाँ (Hallucinogen-induced disorders)

(ix) अंत-श्वसन सम्बन्धी विकृतियाँ *(Inhalant-Related Disorders)*

(क) अंत-श्वसन उपयोग विकृतियाँ (Inhalant use disorders)
(ख) अंत-श्वसन-उत्पन्न विकृतियाँ (Inhalant-induced disorders)

(x) निकोटीन उपयोग विकृतियाँ *(Nicotine use Disorders)*

(क) निकोटीन निर्भरता (Nicotine dependence)
(ख) निकोटीन उत्पन्न विकृतियाँ (Nicotine induced disorders)

(xi) स्वापक उपयोग विकृतियाँ *(Opioid use Disorders)*

(क) स्वापक दुरुपयोग (Opioid abuse)
(ख) स्वापक उत्पन्न विकृतियाँ (Opioid-induced disorders)
(ग) स्वापक प्रत्याहार (Opioid withdrawl)

(xii) फेनसाईक्लीडीन सम्बन्धी विकृतियाँ *(Phencyclidine Related Disorders)*

(क) फेनसाईक्लीडीन निर्भरता (Phencyclidine dependence)
(ख) फेनसाईक्लीडीन-उत्पन्न विकृतियाँ (Phencyclidine-induced disorders)

(xiii) शामक निद्राजनक, अथवा चिन्ता विरोधी विकृतियाँ *(Sedative, Hypnotic or Anxiolytic Disorders)*

(क) शामक, निद्राजनक अथवा चिन्ताविरोधी उपयोग विकृतियाँ (Sedative, Hypnotic or Anxiolytic use disorders)
(ख) शामक, निद्राजनक अथवा चिन्ताविरोधी उत्पन्न विकृतियाँ (Sedative, Hypnotic or Anxiolytic-induced disorders)
(ग) शामक, निद्राजनक अथवा चिन्ताविरोधी प्रत्याहार (Sedative, Hypnotic or Anxiolytic Withdrawls)

(xiv) बहुद्रव सम्बन्धी निर्भरता *(Polysubstance-related dependence)*

(xv) अन्य द्रव्य सम्बन्धी विकृतियाँ *(Other substance related Disorders)*

अलकोहल सम्बन्धी विकृतियाँ
(Alcohol Related Disoder)

अल्कोहल से सम्बन्धित विकृतियों से लगभग हम सभी अवगत हैं परन्तु समाज के अधिकतर लोग अल्कोहल के दुष्प्रभावों की अवहेलना करके मद्यपान करते हैं। *Kaplan & Sadock* (1997) के अनुसार संयुक्त राष्ट्र अमेरिका में कम-से-कम 85% लोगों ने अपने जीवन में अल्कोहल का प्रयोग एक बार अवश्य किया है तथा 51% वयस्क अल्कोहल का नियमित प्रयोग करते हैं। हृदय रोग एवं कैंसर के बाद तीसरे नम्बर पर अल्कोहल के उपयोग से उत्पन्न विकृतियाँ ही आती है जो अस्वास्थ्यप्रद होती है। 10% महिलाओं तथा 20% पुरुषों में अल्कोहल से उत्पन्न विकृतियों के लक्षण पाये जाते हैं। 3% से 5% महिलाओं तथा 10%

पुरुषों में अल्कोहल निर्भरता के नैदानिक लक्षण पाये जाते हैं। अल्कोहल दुरुपयोग के कारण लगभग 2 लाख व्यक्ति प्रतिवर्ष मृत्यु को प्राप्त होते हैं। यह मृत्यु दर अल्कोहल से सम्बन्धित बीमारियों जैसे कैंसर, आत्महत्या, हृदय रोग एवं यकृतीय रोग (hepatic disease) के कारण पाया जाता है।

W.H.O. (1969) के अनुसार, *''अत्यधिक मात्रा में मद्यपान करने वाले व्यक्ति शराबी कहलाते हैं जिनकी निर्भरता अल्कोहल पर इतनी बढ़ जाती है कि वे मानसिक क्षुब्धता प्रदर्शित करते हैं अथवा उनके शारीरिक मानसिक स्वास्थ्य, अन्तर्वैयक्तिक सम्बन्ध तथा सहज सामाजिक-आर्थिक प्रकार्यता में अवरोध उत्पन्न होता है अथवा वे ऐसी विशेषताओं के चिह्न प्रदर्शित करते हैं।'' (Alcohlic are excessive drinkers whose dependence on alcohol has attained such a degree that they show noticeable mental disturbance or an interference with their normal and bodily health, their interpersonal relations and their smooth social and economic functioning, or who show the prodromal (beginning) signs of such developments.)*

Carson & Butcher (1992) के अनुसार, *''मद्यपानता अल्कोहल पर व्यक्ति की निर्भरता उस सीमा की ओर संकेत करता है जो उसके जीवन समायोजन में गम्भीर अवरोध उत्पन्न करता है।'' (Alcoholism refers to the dependence on alcohol to the extent that it seriously interferes with life adjustment.)*

Sarason (1972) के अनुसार, *''मद्यपानता की आधुनिक परिभाषा एक ऐसी चिरकालिक अवस्था के रूप में की जा सकती है जिसमें व्यक्ति शारीरिक अथवा मनोवैज्ञानिक कारणों से उन्माद उत्पन्न होने की अवस्था प्राप्त करने तक अक्सर अल्कोहल उपयोग से अपने को नहीं रोक पाता है। परिणामस्वरूप उनका स्वास्थ्य खराब हो जाता है तथा उनके सामाजिक और व्यवसायिक सम्बन्धों में ह्रास पाया जाता है।'' (Alcoholism is currently defined as a chronic condition in which the individual is unable for, physical and or psychological reasons, to retrain from frequent consumption of alcohol in quantities sufficient to produce intoxication and ultimately, ill health and social and vocational deterioration.)*

नैदानिक लक्षण *(Diagnostic Features)*

मद्य व्यसन के निम्नलिखित नैदानिक लक्षण है:—

(i) ''पहले व्यक्ति शराब को पीता है, फिर शराब को ही पीता है, और अन्त में शराब आदमी को ही पी जाती है (जापानी कहावत)।

(ii) अल्कोहल प्रयोग के कारण व्यक्ति के उच्च मस्तिष्कीय केन्द्र (higher mental centers) के अधिक प्रभावित होने के कारण चिन्तन एवं निर्णय लेने की क्षमता समाप्त हो जाती है।

(iii) आत्म-नियन्त्रण समाप्त हो जाता है।

(iv) पेशीय समन्वय (motar coordination) में ह्रास पाया जाता है।

(v) अलकोहल उपयोग के बाद अयथार्थ जगत में विचरण प्रारम्भ होता है।

(vi) अल्कोहल उपयोग के बाद कुछ समय के लिए व्यक्ति में आत्म-आदर अधिक पाया जाने लगता है।

(vii) रक्त में अल्कोहल की मात्रा 0.1% होने पर उसे मदहोश (intoxicated) समझा जाता है। रक्त में इसकी मात्रा .03% होने पर चिन्तन-भावनाओं में हल्का-फुल्का

परिवर्तन, .06% होने पर मानसिक सुख एवं जोश तथा 0.37% होने पर अधिक बातूनीपन पाया जाता है। इसी प्रकार रक्त में इसकी मात्रा .12% होने पर चाल-ढाल बेढंगी तथा .15% होने पर सकल उन्मादन ((gross intoxication) पाया जाता है। लेकिन जब यही मात्रा .50% हो जाती है, तो तन्त्रकीय सन्तुलन बिगड़ जाता है।

(viii) लैंगिक उत्तेजना पायी जाती है परन्तु लैंगिक निष्पादन में कमी पायी जाती है।

(ix) ऐसे रोगियों में स्मृति ह्रास (Black out) पाया जाता है जिसमें वह तार्किक वार्तालाप करता है, लेकिन अगले दिन उसे याद नहीं रहता है।

(x) ऐसे रोगियों में कम्पन (tremors) पाये जाते हैं (*Polich et. al.*, 1981)।

(xi) इसके उपयोग से ठंड तथा दर्द की संवेदना मन्द हो जाती है।

मद्यपान के प्रकार *(Types of Alcoholism)*

मद्यपान के चार प्रकार हैः—

(1) दुखपूर्ण मद्यपान *(Misery drinking)*—दुःख अथवा असफलता।

(2) औद्योगिक मद्यपान *(Industrial drinking)*—कार्य अथवा भोजन के समय श्रमिकों द्वारा किया गया मद्यपान, कठोर परिश्रम के बाद में थकान मिटाने के लिए किया गया मद्यपान।

(3) आपातकालीन मद्यपान *(Emergency drinking)*—नर्वस तथा संवेदनशील व्यक्तियों द्वारा किया गया मद्यपान। मंच पर जाने के पूर्व किया गया मद्यपान।

(4) सामाजिक मद्यपान *(Social drinking)*—सामाजिक समारोहों में दूसरों के साथ किया गया मद्यपान।

Cloninger (1987) के अनुसार मद्यपानता के दो प्रकार हैंः—

(1) प्रथम प्रकार की मद्यपानता (Type I Alcoholism)

(2) द्वितीय प्रकार की मद्यपानता (Type II Alcoholism)

जो मद्यपानता जीवन की प्रारम्भिक अवस्था में न प्रारम्भ होकर बाद की अवस्था में प्रारम्भ होती है, जिसमें मनोवैज्ञानिक निर्भरता अधिक पायी जाती है, अत्यधिक चिन्ता के लक्षण तथा स्वास्थ्य सम्बन्धी समस्याएँ अधिक पायी जाती है, *प्रथम प्रकार की मद्यपानता* कही जाती है। *द्वितीय प्रकार की मद्यपानता* के अन्तर्गत वह लक्षण आते हैं जिसका प्रारम्भ किंशोरावस्था में ही प्रारम्भ हो जाता है जिसमें समाजविरोधी कार्यों की प्रमुखता पायी जाती है। इसमें चिन्ता का अभाव पाया जाता है तथा यह अधिकांशतः पुरुषों में ही पाया जाता है।

परन्तु **DSM-IV** में मद्यपानता के दो प्रकार बताये गये हैंः—

(1) मद्यपान दुरुपयोग प्रकार (Alcohol abuse type)

(2) मद्यपान निर्भरता प्रकार (Alcohol dependency type)

प्रथम प्रकार मद्यपान दुरुपयोग प्रकार (Alcohol abuse type) में व्यक्ति इतना अधिक मद्यपान करता है, कि उसके कार्य-निष्पादन में निकृष्टता पायी जाती है तथा वह पारिवारिक उत्तरदायित्व का निर्वाह ठीक से नहीं कर पाता है। वह कठिन और खतरनाक परिस्थितियों में मद्यपान करता है। जबकि *मद्यपान निर्भरता प्रकार* (Alcohol dependency type) में मद्यपान दुरुपयोग प्रकार के समस्त लक्षण तो पाये ही जाते हैं, साथ-ही-साथ व्यक्ति में सहनशीलता (tolerance), प्रत्याहार (withdrawl) अथवा मद्यपान करने की बाध्यता व्यवहार (compulsive behaviour) पाया जाता है।

मद्यपान की अवस्थाएँ (*Phases of Alcoholism*)

Jellinek (1954) के अनुसार मद्यपान (Alcoholism) की चार अवस्थाएँ हैं:—

(1) मद्यपान के पूर्व की अवस्था (*Pre-Alcoholic Phase*)—यह अवस्था दो महीने से लेकर दो साल तक चलती है। यह मद्यपान सामाजिक परिस्थिति अथवा किसी सामाजिक कारण से पाया जाता है। वह इससे अपने तनाव को कम करना चाहता हैं।

(2) मद्यपान प्रारम्भ की अवस्था (*Prodromal Phase*)—ऐसे व्यक्ति अधिक मात्रा में मद्यपान करते हैं, परिणामस्वरूप उनमें Black out भी पाया जा सकता है। ऐसे व्यक्तियों में अपराध भाव पाया जाता है। ऐसे व्यक्ति चोरी से शराब पीते हैं, भविष्य में शराब मिले या न मिले, इसलिए अधिक पी लेते हैं, अधिक पीने की लालसा में शीघ्रता से गटागट निगलते हैं, अपराध बोध होता है, तथा किसी अन्य व्यक्ति से किये गये मद्यपान के जिक्र से बचने का प्रयास करते हैं।

(3) निर्णायक अवस्था (*Crucial Phase*)—यह अवस्था सबसे अधिक हानिकारक होती है। ऐसे व्यक्ति बिना किसी रोक टोक के शराब पीते हैं जिससे उनका व्यवसाय तथा पारिवारिक सम्बन्ध कुप्रभावित होता है। भोजन की उपेक्षा करने से उनका स्वास्थ्य गिरने लगता है। ऐसे व्यक्तियों को मद्यपान के लिए रोकना कठिन होता है। ऐसे व्यक्ति यदि कुछ समय के लिए मद्यपान बन्द भी कर देते हैं, तो पुनः अधिक प्रबलता से मद्यपान इस दलील के आधार पर प्रारम्भ कर देते हैं कि ऐसा करने से उन्हें सुख प्राप्त होता है। ऐसे व्यक्ति अपने को लोगों से अलग-थलग कर लेते हैं। तनाव और बलाघात में वृद्धि होने से उनके शराब पीने की मात्रा और बढ़ जाती है। ऐसे व्यक्ति भविष्य के लिए शराब इकट्ठा करने लगते हैं। अल्प भोजन और शराब के मिश्रित प्रभाव से लैंगिक अन्तर्नोद (Sexual drive) में ह्रास पाया जाता है, इसलिए उनमें जीवन साथी के प्रति घृणा और विद्वेष की भावना विकसित हो जाती है जिसे मद्यजन्य ईर्ष्या संलक्षण (alcoholic jealousy syndrome) कहते हैं।

(4) दीर्घकालिक अवस्था (*Chronic Phase*)—इस अवस्था में व्यक्ति का जीवन केवल मद्यपान पर ही जीवित रहता है। व्यक्ति, स्त्री और शराब में ऐसा मनोवैज्ञानिक सम्बन्ध स्थापित हो जाता है कि मद्यपान बन्द कर देने से उसमें प्रत्याहार (withdrawal) की प्रवृत्ति का विकास पाया जाता है। परिणामस्वरूप वह अल्कोहलयुक्त औषधियों का प्रयोग प्रारम्भ कर देता है। वह न तो स्वयं पर ध्यान देता हैं, न अपने घर पर, न अपने व्यवसाय पर और न ही अपनी सामाजिक प्रतिष्ठा पर। लम्बे समय तक मद्यपान से अनेक बीमारियाँ उत्पन्न हो जाती है उदाहरणार्थ—यकृत सम्बन्धी बीमारी, पेट का अल्सर, हृदय गति का रुकना, अत्यधिक तनाव, आन्तरिक रक्त स्राव आदि।

कारण विज्ञान (*Etiology*)

मद्यपान (Alcoholism) के निम्नलिखित तीन कारक हैः—

(1) जैविक कारक (*Biological Factors*)—मद्यपान पर आनुवांशिक कारकों का अध्ययन करने के अनेक अनुसंधान हुए हैं जो मद्यपान प्रवृत्ति पर आनुवांशिक कारकों के प्रभाव की पुष्टि करते हैं। *Irwin* (1968) ने यह परिणाम प्राप्त किया है कि 50% से अधिक मद्यव्यसनी व्यक्तियों के माता पिता भी मद्यव्यसनी थे। *Winokur & Others* (1970) ने अपने अध्ययन में मद्यपान के 259 रोगियों में 40% ऐसे रोगियों को प्राप्त किया जिनके माता-पिता भी मद्यव्यसनी थे। *Cotton* (1979) तथा *Goldman* (1998) ने अपने अध्ययन के आधार पर यह निष्कर्ष प्राप्त किया है कि सामान्य माता-पिता के बच्चों में मद्यव्यसनी माता-पिता के

बच्चों की तुलना में मद्यव्यसनता पाए जाने की सम्भावना 3 से 4 गुना अधिक पायी जाती है। *Kendler* et. al. (1994) ने एकांडी यमजों (monozygotic twings) में भात्रीय यमज (faternal twins) की तुलना में मद्यपानता का सुसंगतता दर (concordance rate) अपेक्षाकृत अधिक प्राप्त किया। *Goodwin* et. al. (1973) ने यह निष्कर्ष प्राप्त किया है, कि मद्यव्यसनी माता-पिता के बच्चों को जब दूसरे के घर में रख कर पालन-पोषण किया गया, तो 30 वर्ष की आयु प्राप्त करने पर इन बच्चों में 18% बच्चों ने मद्यपानता की ओर अपना झुकाव प्रदर्शित किया जब नियंत्रित समूह में ऐसी उन्मुखता केवल 5% प्राप्त हुई। *Bohman & Sigvadrsson* (1999) ने अपने अध्ययन में मद्यपान करने वाली माताओं की पुत्रियों में मद्यपान न करने वाली माताओं के पुत्रियों की तुलना में चार गुना अधिक मद्यपानता प्राप्त की। *Cadoret* (1996) ने अपने अध्ययन में सामान्य माता पिता के बच्चों की तुलना में मद्यव्यसनी माता-पिता के बच्चों में मद्यपानता की प्रवृत्ति दो गुनी अधिक प्राप्त की। *इन अध्ययनों के सर्वेक्षण के आधार पर सारांशस्वरूप यह अवश्य कहा जा सकता है कि मद्यपानता पर आनुवांशिक कारकों का सार्थक प्रभाव पड़ता है।* परन्तु कुछ अनुसंधानकर्ताओं का मत है कि इस कारक का चित्र बहुत अधिक स्पष्ट नहीं है। हम विश्वास के साथ यह नहीं कह सकते हैं कि मद्यपानता का कारक जाननिक है अथवा वातावरणीय।

(2) मनोसामाजिक कारक *(Psychosocial Factors)*—मद्यव्यसनी व्यक्ति केवल शारीरिक रूप से ही नहीं वरन् मनोवैज्ञानिक रूप से मद्यव्यसन पर निर्भर रहने लगता है। इस प्रकार यह कहा जा सकता है कि व्यक्ति (मद्यव्यसनी) में केवल दैहिक निर्भरता ही नहीं पायी जाती है उसमें मनोवैज्ञानिक निर्भरता भी पायी जाती है। अनुसंधानकर्ताओं ने इसके लिए अनेक मनोसामाजिक कारकों का उल्लेख किया है जिनका वर्णन निम्नलिखित है:—

(i) व्यक्तित्व कारक *(Personality Factors)*—समाज में कुछ व्यक्ति ऐसे पाये जाते हैं जिनके व्यक्तित्व की अपनी विशेषता होती है जो उन्हें विशेष प्रकार के व्यवहार के लिए अभिप्रेरित एवं उत्प्रेरित करते हैं। इसीलिए व्यक्ति का विशेष व्यक्तित्व ही तनाव की स्थिति में समायोजन बनाये रखने के लिए, विशेष प्रकार की आनन्दानुभूति के लिए अथवा सामाजिक समारोहों में सब का साथ देने के लिए मदिरापान कर लेते हैं और आगे चलकर ऐसे कारणों से मद्यव्यसनी हो जाते हैं, ऐसे व्यक्ति किसी सुरक्षात्मक प्रक्रिया का उपयोग न कर पाने के कारण मद्यपान करने लगते हैं। इसे अल्कोहलिक व्यक्तित्व (Alcoholic personality) कहते हैं तथा जब व्यक्ति अपने ऊपर अल्कोहल उपयोग के सन्दर्भ में नियन्त्रण नहीं रख पाता है, तो उसे मनोवैज्ञानिक कोमलता (Psychological vulnerability) की संज्ञा दी जाती है।

इस सन्दर्भ में अनेक अनुसंधान हुए हैं जो रोचक परिणाम प्रदर्शित करते हैं। *Winokur & others* (1970), *Pratt* (1972), *Mc Clelland & Others* (1972) ने अपने अध्ययन में यह परिणाम प्राप्त किया है कि कुछ युवक अपने पौरुष को सिद्ध करने तथा अपनी क्षमता एवं उपयुक्तता का सिद्ध अनुभव करने के लिए मद्यपान करते हैं। *Wilsnack* (1973a, 1973b) ने अपने अध्ययन के आधार पर यह निष्कर्ष प्राप्त किया है कि अल्कोहल का उपयोग करने वाली महिलाएँ परम्परागत महिला भूमिका (Traditional women role) पर अत्यधिक महत्त्व एवं बल देती है परन्तु वे स्वयं अपनी भूमिका-उपयुक्तता के सन्दर्भ में निर्बल होती है। *Morey, Skinner & Blashfield* (1984) ने यह परिणाम प्राप्त किया है कि जिन व्यक्तियों के मद्यव्यसनी होने की सम्भावना अधिक पायी जाती है उनमें आक्रामकता और आवेगशीलता के लक्षण अधिक पाये जाते हैं।

उन व्यक्तियों की तुलना में अधिक पाये जाते हैं जिनमें मद्यव्यसनी होने की सम्भावना

कम पायी जाती है। *Cadoret* et.al. (1996) *Darake & Valliant* (1988) का मत है कि असामाजिक व्यक्तित्व एवं अवसाद दो ऐसे चिकित्सकीय संलक्षण (clinical syndrome) है जो अत्यधिक मद्यपान करने वाले व्यक्तियों में पाये जाते हैं तथा वे कुसमायोजित होते हैं। *Grand* et. al. (1985) तथा *Alterman* (1988) ने यह परिणाम प्राप्त किया है कि 75% से 80% समाजविरोधी व्यक्तित्व के लोगों में मद्यव्यसन पाया जाता है।

सारांश स्वरूप यह कहा जा सकता है कि पूर्व-मद्यव्यसनी व्यक्ति की व्यक्तित्व विशेषताओं के रूप में संवेगात्मक अपरिपक्वता, अन्य व्यक्तियों से अत्यधिक प्रत्याशा, प्रशंसा का इच्छुक, कुण्ठा के प्रति कम सहनशील, भूमिका निर्वाह में अनुपयुक्त एवं अक्षमता, अनुपयुक्तता की भावना, प्रतिबल के प्रति निम्न सहनशीलता, एकाकीपन, अवसाद तथा मनोरचनाओं का प्रयोग (अस्वीकृति, युक्तिकरण प्रक्षेपण) आदि को लिया जा सकता है।

(ii) प्रतिबल, तनाव में कमी तथा प्रबलन (*Stress, Tension Reduction and Reinforcement*)—कुछ अनुसंधान यह प्रदर्शित करते हैं कि कुछ विशिष्ट व्यक्तित्व के लोग अपने जीवन में हमेशा असन्तुष्ट ही अनुभव करते हैं और किसी भी प्रकार के प्रतिबल अथवा तनाव का सामना करने में अपने को असमर्थ पाते हैं *Schaefer* (1971)। चिन्ता के प्रति मद्यपान को एक अनुबन्धित क्रिया (conditioned response) मानते हैं क्योंकि ऐसे व्यक्ति चिन्ता, तनाव, अवसाद तथा जीवन के प्रतिबलों के कारण असुखद अनुभव करते हैं परिणामस्वरूप मद्यपान प्रारम्भ कर देते हैं क्योंकि मद्यपानता से उनके तनावों में कमी आती है जो एक प्रकार से प्रबलन का कार्य करती है। ऐसे मद्यपानता से वह अपने तनाव को कम करता है और समाज में उपयुक्त समायोजन का प्रयास करता है। *Levenson* et.al. (1980) तथा *Mullaney* (1999) का मत है कि मद्यपान से व्यक्ति के तात्कालिक तनाव में कमी आती हैं और वह थोड़ी देर के लिए राहत महसूस करने लगता है। *Cox & Clingler* (1988) द्वारा प्रतिपादित अभिप्रेरणात्मक प्रारूप (motivational model) मद्यव्यसन के लिए व्यक्ति स्वयं को ही उत्तरदायी मानता है क्योंकि व्यक्ति चेतना अथवा अचेतन स्तर पर ऐसा निर्णय लेने के लिए अभिप्रेरित होता है जिससे वह परिवर्तित मनोदशा को प्राप्त कर सके।

(3) सामाजिक-सांस्कृतिक कारक (*Socio-cultural Factors*)—मद्यव्यसन के क्षेत्र में किये गये अध्ययनों से यह संकेत प्राप्त होता है कि मद्यव्यसन पर सामाजिक और सांस्कृतिक कारकों का महत्त्वपूर्ण प्रभाव पड़ता है। *Bales* (1946), *Horton* (1943), *Sulkunen* (1976) के अनुसंधानों से इस तथ्य पर प्रकाश पड़ता है कि सामाजिक संस्कृतियों में सुरक्षा की भावना कम होने पर (*Horton*, 1943), सामाजिक परिवर्तन (social change) तथा सामाजिक विघटन (social disintegration) के होने पर (*McCord, McCord & Gudeman*, 1960), सांस्कृतिक मनोवृत्ति को समर्थन मिलने पर (*Sulkunen*, 1976) तथा सांस्कृतिक पृष्ठभूमि में परिवर्तन होने पर (*McCord, McCord & Gudeman*, 1960) मद्यव्यसन सम्बन्धी व्यवहार पर प्रभाव पड़ता है।

निकोटीन सम्बन्धी विकृतियाँ
(Nicotine Related Disorder)

भारत में अल्कोहल की तुलना में तम्बाकू का ही अधिक प्रयोग किया जाता है। इसका प्रयोग बीड़ी, सिगरेट, खैनी (chewing tobacco), सिगार, सुंघनी आदि के रूप में होता है। तम्बाकू में निकोटीन पाया जाता है जो विष तुल्य अल्कोलायड (alkoloid) माना जाता है। निकोटीन का प्रयोग केवल बीड़ी, सिगरेट के तम्बाकू में ही नहीं पाया जाता है वरन्

(nicotine gum) तथा (nicotine patch) में भी इसका उपयोग होता है जिसमें त्वचा के माध्यम से निकोटीन शरीर में पहुँचता है तथा शरीर में उत्तेजना (stimulation) लाता है। निकोटीन से सम्बन्धित दो प्रकार की विकृतियाँ—निकोटीन निर्भरता (nicotine dependence) तथा निकोटीन प्रत्याहार (nicotine withdrawl) पायी जाती है।

तम्बाकू के निरन्तर प्रयोग से व्यक्ति में निकोटीन निर्भरता (nicotine dependence) पायी जाती है। निकोटीन निर्भर व्यक्ति तम्बाकू प्रयोग के लिए बाध्यता अनुभव करता है, धूम्रपान के प्रति अधिक सन्निहितता (involvement) प्रदर्शित करता है, धूम्रपान सम्बन्धित सामग्री प्राप्त करने के लिए प्रत्येक सम्भव प्रयास करता है, तथा कुछ दिनों तक धूम्रपान छोड़ कर पुनः धूम्रपान करने की इच्छा प्रदर्शित करता है। धूम्रपान से व्यक्ति में अनेक चिकित्सकीय दशाएँ पायी जा सकती है जो व्यक्ति में स्वास्थ्य सम्बन्धी समस्याओं का कारण बनता है।

जब व्यक्ति कुछ समय तक धूम्रपान करके धूम्रपान का प्रयोग छोड़ देता है तो निकोटीन न प्राप्त करने के कारण व्यक्ति में एक विशेष प्रकार का संलक्षण (syndrome) पाया जाता है जिसे निकोटीन प्रत्याहार (nicotine withdrawl) कहते हैं। DSM - IV में निकोटीन प्रत्याहार के अनेक नैदानिक लक्षण बताये गये हैं जिसके आधार पर यह बताया जा सकता है कि व्यक्ति में निकोटीन प्रत्याहार पाया जाता है या नहीं? जब व्यक्ति निकोटीन का सेवन या तो बन्द कर देता है या कम कर देता है तो उसमें इन लक्षणों—अवसादी मनोदशा, निद्राह्रास, कुण्ठा, चिड़चिड़ापन अथवा क्रोध, चिन्ता, ध्यान, एकाग्रता में कठिनाई, बेचैनी, हृदय गति में ह्रास, अधिक भूख, वजन में बढ़ोत्तरी में से कोई चार लक्षण अवश्य पाये जाते हैं। इन लक्षणों के कारण व्यक्ति अपने सामाजिक, व्यवसायिक तथा अन्य क्षेत्रों में अपने उत्तरदायित्व का निर्वाह ठीक से नहीं कर पाता है। इन मानसिक लक्षणों का प्रत्यक्ष अथवा अप्रत्यक्ष सम्बन्ध किसी मानसिक रोग से नहीं होता है।

उत्तेजक सम्बन्धी विकृतियाँ
(Stimulant Related Disorder)

उत्तेजक औषधियाँ केन्द्रीय स्नायु मण्डल की सक्रियता/क्रियाशीलता को बढ़ा देती है तथा व्यक्ति में उत्तेजना पायी जाती है। उत्तेजक औषधियों के ठीक विपरीत शामक (sedatives) औषधियाँ होती है जो रोगी को शान्त करती है अथवा उसे सुला देती है। कोकीन (Cocaine) तथा एम्फीटामाइन्स (Amphetamines) को प्रमुख उत्तेजक औषधियों के रूप में माना जाता है। यद्यपि निकोटीन और कैफीन (caffine) से भी व्यक्ति को उत्तेजना प्राप्त होती है, परन्तु कोकीन और एम्फीटामाइन्स की तुलना में कम उत्तेजक होती है।

कोकीन एक प्रकार के पौधे से प्राप्त किया जाता है। इसका प्रयोग सूँघकर भी किया जाता है और खाकर भी तथा इन्जेक्शन के रूप में भी। इसे ठोस रूप में परिवर्तित करके उपयोग किया जाता है जिसे क्रेक कोकीन (crack cocaine) कहते हैं जो अधिक शक्तिशाली होती है। इसके उपयोग से व्यक्ति 4 से 6 घन्टों तक सुखद स्थिति में रहता है। इस स्थिति में व्यक्ति आनन्द के अतिरिक्त शक्ति, श्रेष्ठता एवं सन्तुष्टि अनुभव करता है। परन्तु इस अवधि के बाद व्यक्ति में बेचैनी, चक्कर तथा सिरदर्द के लक्षण पाये जाते हैं। कोकीन व्यक्ति को पीड़ा से मुक्ति दिलाता है, कार्टेक्स को उत्तेजित करता है, तथा इससे अनिद्रा एवं उत्तेजना की स्थिति उत्पन्न होती है और काम प्रक्रिया उद्दीप्त होती है। यह केवल स्मृति और तर्कना शक्ति को नियन्त्रित करने वाले प्रमस्तिष्कीय वल्कुट (cerebral cortex) को ही नहीं प्रभावित करता है, वरन् भूख, तापक्रम, नींद, संवेग (भय, क्रोध) को नियन्त्रित करने वाले हाइपोथेलैमस तथा

पेशीय क्रियाओं को नियन्त्रित करने वाले लघु मस्तिष्क (cerebellum) को भी प्रभावित करता है। अधिक मात्रा में कोकीन के सेवन से केन्द्रीय तन्त्रिका तन्त्र के कई भाग उत्तेजित होते हैं जिससे दो प्रकार के तंत्रिका प्रेषक (neurotransmitter)–नारइपेनीफ्रीन (NE) तथा डोपामाइन अधिक उत्पन्न होता है जिससे मस्तिष्क में अधिक उत्तेजना पायी जाती है।

Klever & Gawin (1987) परिणामस्वरूप शरीर में माँसपेशियों का समन्वय क्षीण हो जाता है, निर्णय क्षमता में ह्रास पाया जाता है, तथा उनकी मनोदशा में आक्रामकता, बाधित व्यवहार (compulsive behaviour) आदि लक्षण पाये जाते हैं (*Rosse* et.al., 1993, *Yadofsky, Silver* & *Hales,* 1993)। कोकीन सेवन से उत्पन्न लक्षण को कोकीन उन्मादन (cocaine intoxication) की संज्ञा दी जाती है तथा इससे उत्पन्न विकृति को कोकीन-उत्पन्न विकृति (Cocaine-Induced Disorder) कहते हैं।

DSM-IV में कोकीन उन्मादन के निम्नलिखित नैदानिक लक्षण बताये गये हैं:—

(i) व्यक्ति ने कोकीन का उपयोग निकट भूत (recently) में किया हो।

(ii) कोकीन सेवन के बाद व्यक्ति में कुसमायोजन के महत्त्वपूर्ण लक्षण दिखाई पड़ते हैं। यह एक प्रकार के मनोवैज्ञानिक परिवर्तन होते हैं जो सुखानुभव (euphoria), अन्तर्वैयक्तिक संवेदनशीलता (interpersonal senstivity) में परिवर्तन, चिन्ता, तनाव, निर्णय क्षीणता (impaired judgment) के रूप में देखे जा सकते हैं।

(iii) कोकीन के सेवन के बाद अनेक इन लक्षणों यथा हृदय गति में वृद्धि (tachycardia), आँख की पुतली का फैलना, रक्तचाप का उच्च या निम्न होना, पसीना आना अथवा ठंड लगना, वमन होना या जी मितलाना, भार में कमी, मनोपेशीय मंदता अथवा तीव्रता, माँसपेशियों का कमजोर होना, श्वसन गति का मंद होना, छाती में दर्द होना, संभ्रान्ति (confusion) का पाया जाना, पेशीयों में कम्पन का पाया जाना, बेहोशी आना, में से दो या दो से अधिक लक्षण पाये जा सकते हैं।

(iv) उपर्युक्त लक्षणों की उत्पत्ति किसी मानसिक रोग अथवा चिकित्सकीय अवस्था से न हुई हो।

कोकीन पर मनोवैज्ञानिक निर्भरता के कारण व्यक्ति का व्यवहार इसकी प्राप्ति के इर्द-गिर्द केन्द्रित हो जाता है जिसके परिणामस्वरूप व्यक्ति सामाजिक अनुमोदन तथा आत्म सम्मान से वंचित रह जाता है।

एम्फीटामाइन्स एक प्रकार की उत्तेजक औषधि (stimulating drug) है। इसे प्रयोगशाला में तैयार किया जाता है। यह एक प्रकार की आश्चर्यजनक गोलियाँ (Wonder pills) होती है जो व्यक्ति में सतर्कता ओर सजगता को बनाये रखती है और कुछ थोड़े समय के लिए व्यक्ति आवश्यकता से अधिक कार्य करता है। द्वितीय विश्वयुद्ध के समय इन गोलियों का प्रयोग सैनिकों की थकान मिटाने के लिए किया गया। इन गोलियों का प्रयोग उन सामान्य व्यक्तियों द्वारा भी किया जाने लगा जो रात्रि की पारी में काम करते थे। इसी प्रकार परीक्षा देने वाले विद्यार्थियों, खिलाड़ियों तथा लम्बी दूरी तक चलने वाले ट्रक ड्राइवरों के द्वारा भी इन गोलियों का प्रयोग होने लगा। चूँकि इन गोलियों के उपयोग से भूख समाप्त हो जाती है, इसलिए वे लोग भी इन गोलियों का उपयोग करने लगे जो अपना वजन कम करना चाहते थे (*Goldstien,* 1994)। एम्फीटामाइन्स केन्द्रीय तंत्रिका तंत्र की तंत्रिका कोशिकाओं (neurons) में विशेष प्रकार के रसायनों (neurotransmitters)–डोपामाइन एवं नारइपेनीफ्राइन के प्रवाह को बढ़ा देता है जिससे थोड़े समय के लिए व्यक्ति की सतर्कता में वृद्धि अवश्य आ जाती

है परन्तु थोड़ी देर बाद इसमें कमी पायी जाती है तथा व्यक्ति में अवसाद के लक्षण भी दिखाई देते हैं।

एम्फीटामाइन्स का अधिक सेवन करने से व्यक्ति की भूख में कमी आती है, जिससे वजन कम होता है, थकान दूर होती है, लम्बे समय तक सतर्कता बनाये रखती है तथा अवसाद को दूर करती है। इसका उपयोग निद्रा रोग से ग्रस्त (norcolepsy) व्यक्तियों के लिए किया जाता है।

चूँकि एम्फीटामाइन्स केन्द्रीय तन्त्रिका तन्त्र के साथ-साथ हृदय-वाहिका तन्त्र (cardio) को भी प्रभावित करता है, इसलिए इसके उपयोग से व्यक्ति का रक्तचाप बढ़ जाता है, पुतलियाँ फैल जाती है, उत्तेजना बढ़ जाती है, पसीना अधिक होता है, भय लगता है, भूख समाप्त हो जाती है, वार्तालाप की गति तीव्र हो जाती है, भ्रम तथा अनिद्रा के लक्षण पाये जाते हैं, ऐसे व्यक्तियों में लापरवाही, असतर्कता तथा उदासी बढ़ जाती है, वह कुपोषित हो जाता है, चिन्तन व्यामोह के प्रबल हो जाने मनोविक्षिप्ति के लक्षण उत्पन्न हो जाते हैं जो सम्भ्राताभ मनोविदलता (paranoid schizophrenia) के समान होते हैं। इसलिए इसे एम्फीटामाइन्स मनोविक्षिप्ति (Amphetamines Psychoses) की संज्ञा दी जाती है।

एम्फीटामाइन्स का प्रयोग करने वाले व्यक्ति खतरनाक (dangerous) एवं आत्म-ध्वंसात्मक (self-destructive) होते हैं। ऐसे व्यक्ति हत्या, आत्महत्या तथा अन्य हिंसात्मक क्रियाएँ कर सकते हैं। इस व्यसन से ग्रसित 25% व्यक्तियों में आत्महत्या की सम्भावना अधिक पायी जाती है (*Nelson,* 1969)।

एम्फीटामाइन्स कई प्रकार के होते हैं—एम्फीटामाइन अर्थात् बेनजेड्राइन (Benzedrine), डेक्स्ट्रोएम्फीटामाइन अर्थात् डेक्सेड्राइन (Dexedrine) तथा मेथएम्फीटामाइन अर्थात् मेथेड्राइन (Methedrine)। 1930 में प्रसिद्ध रसायनशास्त्री Gordon Alles ने दमा के उपचार के लिए इस औषधि का प्रयोग किया। मेथेड्राइन की तुलना में डेक्सेड्राइन केन्द्रीय स्नायु मण्डल में अधिक उत्तेजना नहीं लाता है। इसीलिए यह मेथेड्राइन की तुलना में खतरनाक होता है।

कैफेइन
(Caffeine)

यद्यपि DSM-IV में कैफेइन निर्भरता (Caffeine dependence) जैसे श्रेणी का उल्लेख अलग से नहीं किया गया है परन्तु DSM-IV के परिशिष्ट (Appendix) में इसे एक श्रेणी के रूप में उद्धृत किया गया है और यह प्रस्तावित किया गया है कि इस सन्दर्भ में अनुसंधान की आवश्यकता है।

कैफेइन एक ऐसी उत्तेजक औषधि (stimulant drug) है जिसका लगभग 75% उपयोग कॉफी, चाय, कोला (cola), *चाकलेट* आदि के रूप में किया जाता है। उपयोग किये गये कैफेइन का 99% भाग शरीर द्वारा अवशोषित (absorb) कर लिया जाता है तथा इसका उच्चतम प्रभाव 30 मिनट से 60 मिनट तक होता है (*Chou,* 1994)। यह केन्द्रीय तन्त्रिका तंत्र के अनेक तंत्रिका प्रेषकों (neurotransmitters)–डोपामाइन, सिरोटोनिन तथा नारइपेनीफ्रीन को प्रभावित करता है जिससे व्यक्ति में उत्तेजना, सतर्कता तथा सामान्य पेशीय क्रियाओं में वृद्धि पायी जाती है। इसके उपयोग से शरीर में जैविक परिवर्तन (biological changes) होते हैं जो व्यक्ति के जटिल पेशीय क्रियाओं में अवरोध उत्पन्न करते हैं। इसके उपयोग से निद्रा की अवधि (duration) एवं गुणवत्ता (quality) दोनों ही प्रभावित होती है (***Benowitz***

1990)। कैफेइन की भिन्नतापरक मात्रा (10 ग्राम = 100 प्याला कॉफी) व्यक्ति पर भिन्नतापरक प्रभाव डालती है)।

कैफेइन की कम मात्रा लेने से हृदय-गति (heart-rate), तथा श्वसन-गति में वृद्धि पायी जाती है तथा आमाशय में उत्पन्न होने वाला आमाशय अम्ल (gastric acid) बढ़ जाता है। जब कैफेइन के उपयोग की मात्रा अधिक (250 मि० ग्रा०) से अधिक हो जाती है, तो व्यक्ति में कैफेइन उन्माद (Caffeine intoxication) पाया जाता है। परिणामस्वरूप व्यक्ति में उत्तेजना (Stimulation), नींद की कमी, पेट में गड़बड़ी, बेचैनी, अत्यधिक पेशाब, हृदय गति में वृद्धि, फड़कन (twitching), घबड़ाहट (nervousness), मनोपेशीय उत्तेजन (psychomotor agitation) आदि लक्षण पाये जाते हैं (APA, 1994)। जो व्यक्ति प्रतिदिन 150 मि० ग्रा० कैफेइन लेता हो तथा उपर्युक्त लक्षणों में पाँच लक्षण पाये जाते हों, तो वह व्यक्ति कैफेइन उन्मादी माना जायेगा (*Sarasan* & *Sarason*, 1996)। कैफेइन का उन्माद केवल यहीं तक सीमित नहीं है, वरन् यह व्यक्ति में दुश्चिन्ता विकृति (Anxiety disorder) अथवा निद्रा विकृति (sleep disorder) के लक्षण उत्पन्न कर देता है। (APA 1994)। जब व्यक्ति 10 ग्राम कैफेइन प्रयोग कर लेता है, तो उसमें श्वसन ह्रास (respiratory failure), रक्त संचालन ह्रास (circulatory failure), तथा ग्रैण्ड माल दौरा (Grand mal seizeurs) आदि पाया जाता है, जो व्यक्ति सामान्य मात्रा में प्रतिदिन कैफेइन का उपयोग करते हैं, इसका उपयोग बन्द कर देने पर उनमें प्रत्याहार लक्षण (withdrawl symptoms) स्पष्ट रूप से देखने को मिलते हैं। *Silverman* et. al. (1992) ने अपने अध्ययन में 62 वयस्क प्रयोज्यों को प्रथम दो दिन कैफेइन का उपयोग कराया। यह उपयोग कॉफी पिलाकर भी किया गया तथा उन्हें ऐसे भोजन को खाने के लिए दिया गया जिसमें कैफेइन की बहुलता थी। इसके बाद दो दिनों तक उन्हें कैफेइन से परहेज कराया गया और उन्हें कूट-भेषज गोलियाँ (Placebo Pills) को खाने के लिए दिया गया जिसे वह कैफेइन की गोलियाँ समझते थे। अंतिम दो दिनों में प्रयोज्यों को कैफीनयुक्त भोजन तो नहीं दिया गया परन्तु उन्हें कैफेइन की गोलियाँ (caffeine pills) दी गयी। इन्होंने अपने अध्ययन में यह परिणाम प्राप्त किया कि कैफेइन के दो अवधियों की तुलना में खाली अवधि (Placebo period) में 52% प्रयोज्यों में कष्टदायी सिरदर्द, 11% प्रयोज्यों में अवसाद, 8% प्रयोज्यों में चिन्ता, 8% प्रयोज्यों में थकान तथा 13% प्रयोज्यों ने अनाधिकृत औषधियों का उपयोग किया। प्राप्त परिणाम खाली अवधि में प्रत्याहार लक्षण को प्रदर्शित करते हैं।

स्वापक सम्बद्ध विकृति
(Opioid Related Disorder)

इस वर्ग के अन्तर्गत अफीम (Opium) तथा अफीम से व्युत्पन्न (derived) औषधियों यथा हेरोइन (Heroin), मार्फीन (Morphine) कोडीन (Codine), हाइड्रोमॉर्फोन (Hydromorphone), मेथाडोन (Methadone), आक्सीकोडोन (Oxycodone) मेपेरिडीन (Meperidine) तथा फेन्टानिल (Fentanyl) आदि औषधियों को सम्मिलित किया जा सकता है। इन स्वापक औषधियों को नारकोटिक्स (Narcotics) की संज्ञा दी जाती है। यह औषधियाँ सामान्यतया चिकित्सकीय उद्देश्यों—पीड़ा, अतिसार, खांसी को कम करने के लिए किया जाता है। यद्यपि अफीम का उपयोग पाँच हजार वर्षों से किया जाता रहा है, जिसमें 18 नाइट्रोजन युक्त पदार्थों का मिश्रण पाया जाता है, परन्तु विगत दशकों में इसके व्युत्पन्नों का दुरुपयोग मादक पदार्थों के रूप में किया जा रहा है। अफीम में पाये जाने वाले

नाइट्रोजन युक्त पदार्थों को एल्कालॉयडस (alkaloids) कहा जाता है। अधिक मात्रा में उपस्थित (10% से 15%) एल्कालॉयडस कड़वे स्वाद वाला पाउडर होता है और एक शक्तिशाली पीड़ा निवारक होता है। पीड़ा से राहत दिलाने वाली इस औषधि को यूनानी निद्रा देवता Morpheus के नाम पर Morphine रखा गया। इसका उपयोग अतिसार तथा पेचिश रोग में किया जाता है। इस औषधि का उपयोग अमेरिका में युद्ध में घायल तथा पेचिश से ग्रस्त सिपाहियों के लिए किया गया। परिणामस्वरूप उनमें इस औषधि के प्रति व्यसन पाया गया।

जब मार्फीन का संशाधन ऐसेटिक एनहाइड्राइड (acetic anhydride) नामक रसायन से किया जाता है तो इसके परिवर्तित रूप को हेरोइन (heroin) कहते हैं। यह पीड़ा निवारण की एक शक्तिशाली औषधि है। इसका अन्वेषण *Heinrich Dreser* ने किया। व्यसनी व्यक्तियों के लिए यह एक अत्यन्त लोकप्रिय औषधि है जिसका उपयोग वे सूँघकर, खाकर, धूम्रपान कर तथा मेनलाइनिंग द्वारा किया जाता है। द्रव रूप में त्वचा के नीचे इन्जेक्शन लगाने की प्रक्रिया को Skin Popping तथा रक्त नलिकाओं में पहुँचाने को Mainlining कहते हैं। इसका परिणाम बहुत निराशाजनक होता है। इसलिए औषधि के रूप में इसका प्रयोग नहीं किया जाता है। इसका उपयोग करके इसके तात्कालिक प्रभाव को प्राप्त किया जा सकता है। इसके उपयोग के तत्काल बाद लगभग एक मिनट के लिए आनन्द अनुभूति की एक लहर आती है जिसकी तुलना औषधि व्यसनी कामोत्ताप (sexual orgasm) से करते हैं। इसके बाद व्यसनी व्यक्ति में कई घंटों के लिए असंयत स्थिति पायी जाती है, वह निश्चेष्ट रहता है, उसमें भूख तथा काम सम्बन्धी शारीरिक आवश्यकताओं का ह्रास हो जाता है और शिथिलता सुख की अनुभूति तथा दिवास्वप्न आदि आनन्दायक प्रभाव उस पर बना रहता है। यह प्रभाव 4 से 6 घन्टों तक बना रहता है। इसके बाद व्यक्ति ऐसी कष्टदायक स्थिति का अनुभव करता है जिसके लिए उसे पुनः इस औषधि का उपयोग करना अनिवार्य हो जाता है। *Jaffe* (1996) के अनुसार हेरोइन का प्रारम्भिक प्रभाव सुखाभास (euphoria) का होता है जो कुछ मिनटों तक ही व्यक्ति में पाया जाता है। इसके प्रयोग से व्यक्ति की पीड़ा, चिन्ता, विद्वेष तथा आक्रामकता में ह्रास पाया जाता है।

लगभग 30 दिनों तक अफीम तथा अफीम से व्युत्पन्न औषधियों का सेवन करने से व्यक्ति को इसकी आदत पड़ जाती है और औषधि का उपयोग ऐसे व्यक्तियों की मानसिक आवश्यकता ही नहीं, वरन् शारीरिक आवश्यकता भी बन जाती है। इसका उपयोग न करने से वह अपने को अस्वस्थ अनुभव करता है तथा औषधि प्राप्त करने के प्रति उसका व्यवहार उन्मुख एवं केन्द्रित रहता है। औषधि प्राप्त करने के लिए वह अवांछित व्यवहार करता है।

स्वापक के कुप्रभाव के रूप में व्यक्ति में अनेक प्रकार के लक्षण यथा मितली, वमन, आँख की पुतली में संकुचन, कब्ज, श्वसन मंदता (respiratory depression), अवसाद, समाजविरोधी व्यवहार तथा चिन्ता विकृति के लक्षण पाये जाते हैं। इसके अधिक मात्रा में सेवन करने से व्यक्ति की मृत्यु भी हो सकती है अथवा AIDS जैसे गम्भीर रोग भी पाये जा सकते हैं। स्वापक उपयोग के अनेक प्रतिरूप (patterns) देखे गये हैं। उदाहरणार्थ—कुछ लोग मनोरंजनार्थ तो कुछ लोग पीड़ा निवारक औषधियों के रूप में करते हैं। प्रतिरूप चाहे जो हो, इनके उपयोग से व्यक्ति में स्वापाक निर्भरता (opioid dependence) विकसित हो जाती है जिससे उसमें स्वापाक उन्मादन (opioid intoxication) की स्थिति पायी जाती है और व्यक्ति का व्यवहार अनानुकूलित (maladapted) हो जाता है।

DSM-IV में स्वापाक उन्मादन (opioid intoxication) के निम्नलिखित नैदानिक लक्षण बताये गये हैं:—

(i) व्यक्ति ने इसका उपयोग हाल (recently) ही प्रारम्भ किया हो।

(ii) इसके उपयोग के तुरन्त बाद सुखाभास (euphoria) तत्पश्चात उदासीनता, अवसाद, दुर्बल निर्णय, क्षीण, सामाजिक अथवा व्यवसायिक प्रकार्यता के लक्षण पाया जाता हो।

(iii) आँख की पुतली में संकुचन (contraction) हो तथा ऊंघना, बेहोशी, अस्पष्ट वाणी (slurred speech), ध्यान में क्षति, स्मृति ह्रास में से एक या इससे अधिक लक्षण पाये जाते हो।

(iv) व्यक्ति में पाये जाने वाले यह लक्षण सामान्य चिकित्सकीय अवस्था अथवा किसी विशेष मानसिक विकृति के कारण न उत्पन्न हुए हो।

स्वापक का उपयोग बन्द कर देने से व्यक्ति में स्वापक प्रत्याहार (opioid withdrawl) पाया जाता है। **DSM-IV** में स्वापक प्रत्याहार का निम्नलिखित लक्षण बताया गया है:—

(i) व्यक्ति ने अधिक समय (कई सप्ताहों) तक स्वापक का उपयोग या तो बन्द कर दिया हो या कम कर दिया हो या स्वापक प्रतिरोधी औषधियों (opioid antagonist) को लेना प्रारम्भ कर दिया हो।

(ii) मितली, वमन, उदास मनोदशा, माँसपेशियों में दर्द, पुतली में संकुचन, पसीना, अतिसार, बुखार, अनिद्रा, ऊंघना, आँसुओं का बनना तथा बाहर निकलना(lacrimation) लक्षणों में से तीन या इससे अधिक लक्षणों का विकास हुआ हो।

(iii) (ii) में वर्णित लक्षणों से सामाजिक, व्यवसायिक तथा प्रकार्यता के अन्य क्षेत्रों में क्षति हुई हो।

(iv) यह लक्षण सामान्य चिकित्सकीय अवस्था तथा किसी अन्य मानसिक विकृति से सम्बन्धित न हो।

अफीम तथा अफीम से बनी औषधियों का उपयोग सरकार द्वारा वर्जित है परन्तु इसके व्यसनी अवैधानिक रूप से इसे प्राप्त करने का प्रयास करते रहते हैं।

विभ्रमोत्पादक-सम्बद्ध विकृति
(Hallucinogens-Related Disorder)

विभ्रमोत्पादक औषधियों को Psychedelics भी कहा जाता है जो केन्द्रीय तन्त्रिका तंत्र को प्रभावित करके व्यक्ति के आन्तरिक और बाह्य वातावरण के प्रत्यक्षीकरण में पर्याप्त परिवर्तन लाता है। इन औषधियों के उपयोग से व्यक्ति में ऐसा सांवेदिक प्रतिस्थापन पाया जाता है जो विशेष रूप से व्यक्ति के रंग प्रत्यक्षीकरण एवं श्रवण क्षमता को परिवर्तित कर देता है। परिणामस्वरूप व्यक्ति का स्व-प्रत्यक्षीकरण परिवर्तित हो जाता है और उसे दृष्टि, श्रवण तथा स्पर्श सम्बन्धी नवीन अनुभव होने लगते हैं जिनका स्वरूप विभ्रमात्मक होता है।

विभ्रमोत्पादक औषधियाँ मुख्यतया दो प्रकार—मौलिक (original) एवं स्वाभाविक (natural) तथा सांश्लेषिक (synthetic) होती हैं। स्वाभाविक औषधियों में Mescaline, Psilocybin, Dimethyltrymptamine—DMT, को सम्मिलित किया जा सकता है। इसी प्रकार Disthyltrymtamine—DTP, Lysergic Acid Diethylaminde—LSD, Methylene-dioxymethamphetamine—MDMA को सांश्लेषिक औषधियों में सम्मिलित किया जा

सकता है। इन विभ्रमोत्पादक औषधियों में अंन्य औषधियों की तुलना में LSD का उपयोग अधिक किया जाता है।

LSD एक तीव्र विभ्रमोत्पादक औषधि है। इसका आविष्कार 1938 में हुआ। यह एक रंगहीन, गंधहीन तथा स्वादहीन औषधि है। 50 माइक्रोग्राम (एक कण से भी कम) की मात्रा का उपयोग करने पर भी व्यक्ति में नशा उत्पन्न हो सकता है तथा दो घन्टे में ही व्यक्ति में एक ऐसी विशेष अवस्था उत्पन्न हो सकती है जिसे विभ्रमोत्पादक-उन्मादन (Hallucinogen intoxication) कहते हैं। LSD के उपयोग से उत्पन्न विभ्रमोत्पादक स्थितियों को Model Psychoses कहते हैं जिसे मनोविदलता से सम्बन्धित माना जाता है। DSM-IV में ऐसे उन्मादन को विभ्रमोत्पादक उत्पन्न विकृति (Hallucinogen induced disorder) वर्ग में रखा गया है।

LSD के लेने के बाद लगभग 8 घन्टों तक व्यक्ति के सांवेदिक—प्रत्यक्षीकरण तथा संवेगात्मक अनुभवों में परिवर्तन, व्यक्तित्व लोप तथा अलगाव की भावना पायी जाती है। दूसरे से चौथे घन्टे के बीच शारीरिक और मनोवैज्ञानिक प्रभाव अपने चरम सीमा पर पहुँच जाता है। शारीरिक परिवर्तनों के रूप में हृदय गति, रक्तचाप, तथा श्वसनगति में वृद्धि को लिया जा सकता है। जबकि मनोवैज्ञानिक परिवर्तनों के रूप में मानसिक अभिव्यक्ति में वृद्धि होने से वस्तुओं का साफ, तीव्र और तीक्ष्ण दिखाई देना कभी न प्रत्यक्षित वस्तुओं के चिन्तन में खो जाना, मानवता से तादात्मीकरण स्थापित करना, सम्पूर्ण मानव जाति के प्रति सहानुभूति की भावना अनुभव करना आदि लक्षणों को प्राप्त किया जा सकता है।

LSD का प्रभाव हमेशा सुखद ही नहीं होता है। यह बहुत अधिक पीड़ादायक और कष्टदायक भी हो सकता है। परिणामस्वरूप व्यक्ति को वस्तुएँ विकृति रूप में दिखाई पड़ सकती हैं, भ्रामक ध्वनियाँ सुनाई पड़ सकती हैं तथा रंग और विचार भयंकर प्रतीत हो सकते हैं। मनोविकृति व्यक्तित्व के व्यक्तियों द्वारा LSD का उपयोग करने पर इन लक्षणों का स्वरूप और विकृत हो जाता है। असमायोजित व्यक्तियों द्वारा इनका उपयोग करने से उनमें विचित्र एवं भयंकर व्यवहार दिखाई पड़ते हैं। ऐसे व्यक्ति नशे की हालत में स्वयं को जला देते हैं, बहुत ऊँची जगह से कूद जाते हैं तथा प्राणघातक औषधियों का प्रयोग कर लेते हैं। LSD का प्रयोग करने से व्यक्ति शारीरिक रूप से इस पर निर्भर नहीं रहता परन्तु अधिक समय तक इसका प्रयोग करने से व्यक्ति में मनोवैज्ञानिक निर्भरता (Psychological dependence) अवश्य पायी जाती है।

LSD के उपयोग से व्यक्ति में Synesthesia के लक्षण पाये जा सकते हैं जिसमें व्यक्ति को किसी विशेष प्रकार का प्रत्यक्षीकरण उससे सम्बन्धित ज्ञानेन्द्रिय से न होकर किसी अन्य ज्ञानेन्द्रिय द्वारा होता है। उदाहरणार्थ—तीव्र ध्वनि को देखना, किसी रंग विशेष को सुनना। इसके उपयोग से व्यक्ति में सुखाभास (euphoria) से अवसाद (depression) तक की स्थिति पायी जा सकती है।

DSM-IV में विभ्रमोत्पादक उन्मादन के निम्न नैदानिक लक्षण बताये गये हैं:—

(i) व्यक्ति ने विभ्रमात्मक औषधि का उपयोग हाल ही (recently) में किया हो।

(ii) विभ्रमात्मक औषधि के उपयोग के तुरन्त बाद व्यक्ति में सार्थक व्यवहारपरक तथा मनोवैज्ञानिक परिवर्तन उत्पन्न हुए हो। इनमें स्पष्ट चिन्ता, स्पष्ट अवसाद, सन्दर्भात्मक विचार (idea of reference), मस्तिष्क खो देने का भय, व्यामोही विचार, निम्नस्तरीय निर्णय, निम्न-स्तरीय सामाजिक एवं व्यवसायिक व्यवहार को सम्मिलित किया जा सकता है।

(iii) पूर्ण जागरूकता एवं सतर्कता की अवस्था की उत्पत्ति जो विभ्रमोत्पादक औषधि के लेने के तुरन्त बाद उत्पन्न हुई हो उदाहरणार्थ—प्रत्यक्षीकरण, अवैयक्तकीकरण (depersonalization), अयथार्थीकरण (derealization), भ्रम, विभ्रम, सिनेस्थेसिया आदि लक्षण विकसित हुए हों।

(iv) विभ्रमोत्पादक औषधि के उपयोग के बाद इन लक्षणों यथा- पुतलियों का फैलना (pupillary dialation), हृदय की धड़कन में वृद्धि (tachycardia), पसीना (sweating), अति-स्पन्दन (palpitation), अस्पष्ट दृष्टि (blurred vision), शरीर में कम्पन (tremors), असमन्वय (incoordination) में दो या दो से अधिक लक्षण पाये जाते हो।

(v) उपर्युक्त लक्षण किसी सामान्य चिकित्सकीय अवस्था अथवा किसी अन्य मानसिक विकृति के कारण न उत्पन्न हुए हों।

Jacobs (1984, 1987, 1993) का मत है कि LSD के उपयोग से Serotonin उत्पन्न करने वाली तंत्रिका कोशिका (neurons) के कार्य में बाधा पायी जाती है। कुछ अध्ययन यह प्रदर्शित करते हैं कि LSD का उपयोग करने वाले व्यक्तियों में स्वयं को घायल करने, आत्महत्या करने अथवा दूसरों की हत्या करने के लक्षण पाये जाते हैं। Bowers (1977) का मत है कि कुछ व्यक्तियों में विभ्रमोत्पादक उत्पन्न मनोविक्षिप्त विकृति (hallucinogen-induced psychotic disorder) पाया जाता है जिसमें व्यक्ति में यथार्थ के प्रति सम्भ्रान्ति (confusion) पायी जाती है तथा अपने प्रत्यक्षीकरण में पायी जाने वाली क्षुब्धता (perceptual disturbances) की उपयुक्तता को सिद्ध करने के लिए अपूर्व कल्पनाओं को विकसित कर लेता है। इसी प्रकार कुछ व्यक्तियों में विभ्रमोत्पादक उत्पन्न चिन्ता विकृति (hallucinogen-induced anxiety disorder) के लक्षण विकसित हो जाते हैं जिससे व्यक्ति तनाव-डर और बेचैनी अनुभव करता है। ऐसे व्यक्तियों को यह भय हो जाता है कि उनका मस्तिष्क खो गया है और उनमें एक सनकी व्यक्ति के लक्षण उत्पन्न हो गये हैं। अन्य विकृतियों की भाँति कुछ व्यक्तियों में विभ्रमोत्पादक सतत् प्रत्यक्षण विकृति (hallucinogen persisting perception disorder) पायी जाती है जिसे Flash back की संज्ञा भी दी जाती है। इसमें व्यक्ति में LSD के उपयोग का प्रभाव कई महीनों बाद भी व्यक्ति के सांवेदिक एवं सांवेगिक परिवर्तन के रूप में स्वतः घटित होते हैं। ऐसे Flash back का अनुभव पाँच वर्ष बाद भी कुछ अध्ययनों में प्राप्त किया गया है।

विभ्रमोत्पादक औषधियों में LSD के अतिरिक्त दो और औषधियों फेनसाइक्लीडिन (phencyclidine—PCP) तथा मेथलीनडाइऑक्स-मेथएमफिटामाइन (methylenedioxy-methamphatamine—MDMA) का उपयोग भी व्यक्ति के द्वारा कभी-कभी किया जाता है। PCP एक उजले महीन पाउडर अथवा टैबलेट अथवा कैपसूल के रूप में उपलब्ध है। इसका उपयोग धूम्रपान करके, सूंघकर तथा नशे की सुई लगा कर किया जाता है। 1950 में इसका उपयोग संवेदनहरण (anesthetic) के रूप में किया गया था। परन्तु बाद में लोगों ने इसका उपयोग विभ्रम (hallucination) एवं स्थिति भ्रान्ति (disorientation) की अनुभूति के लिए किया। इसके उपयोग के थोड़ी देर बाद व्यक्ति जोश, झुनझुनी तथा शरीर के बाह्य अंगों में सुन्नपन (numbness) अनुभव करने लगता है। ऐसे व्यक्तियों में व्यक्तित्व लोप (depersonalization) अवश्य पाया जाता है। जब इसका उपयोग कम मात्रा में किया जाता है तो व्यक्ति में पीड़ा के प्रति असंवेदनशीलता पायी जाती है। लेकिन इसके अधिक मात्रा का उपयोग व्यक्ति में उन्मादन (intoxication) का विकास पाया जाता है, व्यक्ति बेहोश हो

जाता है, मनोविदलता के समान लक्षणों का विकास हो जाता है, जो कुछ समय तक बना रहता है। यह समय कई सप्ताह या महीनों का हो सकता है।

MDMA को Ecstasy भी कहते हैं जिसके उपयोग से 'हर्षोन्माद' पाया जाता है। इसका सम्बन्ध Amphetamine से है फिर भी इसे विभ्रमोत्पादक औषधियों की श्रेणी के अन्तर्गत रखा जाता है इसके उपयोग से व्यक्ति की प्रात्यक्षिक जागरूकता (perceptual awareness) में वृद्धि पायी जाती है, तथा व्यक्ति अधिक उत्साहपूर्ण अनुभव करता है। इसका प्रभाव केन्द्रीय सिरोटोनिन न्यूरान्स (central serotonin neurons) पर पाया जाता है (*Green, Cross & Goodwin,* 1995)।

केन्नाबिस-सम्बद्ध विकृति (Cannabis-Related Disorder)

DSM-IV में केन्नाबिस-सम्बद्ध विकृति को एक अलग श्रेणी में रखा गया है। केन्नाबिस (भाँग) पौधे से केन्नाबिनोआयडस (cannabinoids) को प्राप्त किया जाता है। इस पौधे को Hemp plant अथवा Cannabis Sativa भी कहते हैं। गर्म जलवायु में उपजने वाले इस पौधे से Delta-9 tetrahydrocannabinal-delta-9-THC (or tetrahydrocannibal—THC) प्राप्त किया जाता है जो इस पौधे के फूल और पत्तियों के राल (resin) से प्राप्त किया जाता है। हेम्प के विभिन्न प्रकारों से उत्पन्न औषधियों को एक संयुक्त नाम केन्नाबिस दिया गया है। इस समूह में अनेक प्रकार की औषधियाँ पायी जाती है जिनमें Hashish और Marijuana प्रमुख है। इनमें हशीश सबसे शक्तिशाली तथा मैरिजुआना सबसे कमजोर औषधि है। इन दोनों औषधियों के बीच की औषधि को गाँजा कहते हैं। चूँकि केन्नाबिस में अनेक प्रकार के सक्रिय तत्त्व पाये जाते हैं परन्तु इनमें THC अत्यधिक महत्वपूर्ण और प्रभावशाली है। मैरिजुआना और हशीश की तुलना करने पर हशीश में THC की मात्रा अधिक पायी जाती है। केन्नाबिस का उपयोग व्यक्ति धूम्रपान के द्वारा करते हैं। केन्नाबिस के निम्न मात्रा में उपयोग से व्यक्ति को प्रसन्नता की अनुभूति होती है, वह अधिक बातूनी हो जाता है, तथा उसमें शिथिलीकरण (relaxation) का भाव पाया जाता है। परन्तु इस औषधि के उपयोग का निषेधात्मक पक्ष यह संकेत करता है कि इसके उपयोग से व्यक्ति में चिन्ता, शक, तथा चिड़चिड़ाहट के लक्षण पाये जाते हैं। इनके लिए समय के व्यतीत होने की गति मंद होती है, इन्हें विचित्र ध्वनियाँ सुनाई तथा विचित्र दृश्य दिखाई पड़ते हैं, आकार एवं दूरी के सन्दर्भ में उनके निर्णय दोषपूर्ण होते हैं, इन्हें भूख कम लगती है, मुँह सूखता है, मितली आती है, तथा हृदय गति तीव्रता के लक्षण पाये जाते हैं। व्यक्ति में पाये जाने वाले इन लक्षणों को केन्नाबिस उन्मादन (cannabis intoxication) कहते हैं (*Wilson & McGurie,* 1998)। केन्नाबिस के अधिक उपयोग से व्यक्ति में केन्नाबिस-उत्पन्न मनोविक्षिप्त विकृति (cannabis-induced psychotic disorders) पायी जाती है। इसके अधिक उपयोग से व्यक्ति में संभ्रान्ति (confusion) पाया जाता है, दृष्टि विकृति हो जाती है, आवेगशीलता पायी जाती है, शारीरिक प्रतिमा में परिवर्तन पाया जाता है, उसमें यह व्यामोह उत्पन्न हो जाता है कि उसका मस्तिष्क समाप्त हो जायेगा तथा दूसरे लोग उसे हानि पहुँचाने का प्रयास कर रहे हैं। यद्यपि केन्नाबिस का प्रभाव सामान्यतया 3 से 6 घन्टों तक ही पाया जाता है परन्तु व्यक्ति की मनोदशा में होने वाला परिवर्तन अधिक समय तक विद्यमान रहता है (*Chait, Fishman & Schuster,* 1995)।

मैरिजुआना हेम्प नामक तम्बाकू की पत्तियों से प्राप्त किया जाता है। सामान्यतया इसे सिगरेट अथवा पाइप की सहायता से पिया जाता है। इसे भोजन के साथ भी पकाया जाता है।

भारत में मैरिजुआना को गाँजा कहते हैं। इसके उपयोग से व्यक्ति ऊँचाई पर उड़ने का अनुभव करने लगता है, आनन्ददायक शिथिलता का अनुभव करने लगता है, सांवेदिक क्षमता बढ़ जाती है, प्रत्यक्षीकरण में तीव्रता पायी जाती है, रंग अधिक चमकीला दिखाई पड़ता है, संसार अधिक अर्थपूर्ण प्रतीत होने लगता है, छोटी-छोटी घटनाओं को व्यक्ति अधिक गम्भीरता से लेता है, तथा अल्पकालिक स्मृति में ह्रास पाया जाता है। धूम्रपान द्वारा इसे ग्रहण करने पर कुछ सेकंड या मिनट में ही इसका प्रभाव दिखाई पड़ने लगता है, और यह प्रभाव दो-तीन घन्टे तक बना रहता है।

मैरिजुआना का प्रभाव सदैव आनन्ददायक ही नहीं होता है वरन् कष्ट कर भी होता है। संवेगात्मक स्थिति यथा दुख, क्रोध, भय, शंका आदि की स्थिति में इसके उपयोग से इन लक्षणों में और वृद्धि पाई जाती है और व्यक्ति के प्रत्यक्षीकरण मे विकृति, चिन्ता, भ्रम, अवसाद आदि के लक्षण पाये जाते हैं। यद्यपि इसके उपयोग से व्यक्ति की श्वसन गति, रक्तचाप, पुतलियों के आकार पर कोई प्रभाव नहीं पड़ता है, परन्तु इसका दुरुपयोग व्यक्ति को निष्क्रिय अवश्य कर देता है तथा यह प्राणघातक भी हो सकता है। परन्तु इसका उपयोग हृदय गति को तेज कर देता है और प्रतिक्रिया काल को बढ़ा देता है। इसके उपयोग से व्यक्ति में शारीरिक निर्भरता तो नहीं पायी जाती है परन्तु मानसिक निर्भरता अवश्य विकसित हो जाती है।

मैरिजुआना का उपयोग बन्द कर देने पर व्यक्ति में प्रत्याहार लक्षण (withdrawl symptoms) उत्पन्न हो सकते हैं जो फ्लू (Flu) के समान होते हैं, मोटर-ड्राइविंग पर प्रभाव पड़ता है (*Peterson,* 1984), संज्ञानात्मक कार्यों में बाधा उत्पन्न होती है, एकाग्रता में कठिनाई होती है, स्मृति में अवरोध पाया जाता है (*Hooker & Jones,* 1987), फेफड़ों के रोग उत्पन्न हो सकते हैं, मैरिजुआना के Tar एवं Benzopyrene के पाये जाने के कारण कैंसर की सम्भावना पायी जा सकती है, जनन क्षमता (reproduction capacity) कुप्रभावित होती है क्योंकि शुक्राणु की संख्या तथा शुक्राणु की क्रिया में कमी आ जाती है, तथा महिलाओं में अण्डोत्सर्ग (ovulation) अनियमित हो जाता है (*Ray & Kasir* 1993) तथा व्यक्ति में पाया जाने वाला प्रतिरक्षक तंत्र (immune system) पर दमनकारी प्रभाव पड़ता है (*Hallister* 1986) परन्तु मैरिजुआना के उपयोग से व्यक्ति में आने वाली मिचली, भूख की कमी (*Salam, Zinberg & Frei,* 1975), अनिद्रा, AIDS से उत्पन्न कष्ट तथा ग्लुकोमा (Glaucoma) में नेत्रगोलक से निकलने वाले तरल पदार्थ की अधिकता (*Klein,* 1992) आदि विकृतियों में उपयोगी सिद्ध हो सकता है।

शामक-निद्राजनक या चिन्ता-विरोधी सम्बद्ध विकृति (Sedative-Hypnotic or Anxiolytic Related Disorder)

शामक औषधियों का उपयोग रोगी के शरीर को शान्त करने के लिए अथवा निद्रावस्था में लाने के लिए चिकित्सक तथा शरीर विज्ञानी करते हैं। यह औषधियाँ केन्द्रीय तंत्रिका तंत्र की क्रिया को मंद कर देती है। कम मात्रा में इन औषधियों का सेवन शामक/प्रशान्तक होता है जबकि अधिक मात्रा में उपयोग निद्रा लाता है। इन औषधियों को दो वर्गों में बाँटा जा सकता है—चिन्ता-विरोधी औषधि (Anxiolytic drug) एवं बारबिचुरेटस (Barbiturates)। इन औषधियों में बारबिचुरेटस प्रमुख है।

चिन्ता विरोधी औषधियों को लघु-प्रशान्तक (minor tranquilizer) भी कहा जाता है जो व्यक्ति में निद्रालुता (drowsiness) लाये बिना ही चिन्ता से मुक्ति दिला देता है। इन

औषधियों में Benzodiazepines, Alprazolam, Diazepam, Zolpidem, Chlordiazepoxide, Oxazepam, Buspirone, Lorazepam, Chlorpromazine, Haloperidol, Trifluoperazine, Fluphenazine, Thioproperazine, Thioridezine, आदि सामान्य है। इन औषधियों का मनोवैज्ञानिक एवं शारीरिक प्रभाव हल्का होता है तथा इसका चिकित्सकीय उपयोग चिकित्सक के परामर्श से किया जा सकता है। इसकी कम मात्रा के उपयोग से व्यक्ति सुख-भाव तथा सामान्य उत्तेजना अनुभव करता है परन्तु अधिक मात्रा में लेने से यह निद्रा लाता है। अल्कोहल के साथ मिलाकर इसका उपयोग करने यह प्राणघातक हो सकता है।

बारबिचुरेट्स के उपयोग के तुरन्त बाद व्यक्ति को आराम की अनुभूति होती है, तनाव समाप्त हो जाता है, शारीरिक एवं मानसिक शिथिलता आती है, तथा नींद आने लगती है। इन अनुभवों की तीव्रता व्यक्ति द्वारा उपयोग की गई इस औषधि की मात्रा पर निर्भर करती है। अधिक उपयोग से व्यक्ति में मनोवैज्ञानिक तथा शारीरिक निर्भरता पायी जाती है। यह निर्भरता युवकों में कम पाई जाती है। मध्यम आयु तथा वृद्धों में इस निर्भरता के विकसित होने की सम्भावना अधिक पायी जाती है। इस औषधि के कुप्रभाव (side effects) के रूप में धीमी आवाज, सुस्ती, शिथिलता, क्षीण स्मृति, चिड़चिड़ापन, असमन्वय, भ्रम, अवसाद के लक्षण उत्पन्न हो जाते हैं। अधिक मात्रा में उपयोग से मस्तिष्क क्षति पायी जा सकती है, तथा यह प्राणघातक भी हो सकता है। यह औषधि लघु प्रशान्तक औषधियों की तुलना में कम सुरक्षित है। इसका उपयोग गोली के रूप में किया जाता है अंतःशिरा इन्जेक्शन (intravenous injection) के रूप में भी। यह बाजार में Natcardine के नाम से उपलब्ध है।

❑

अध्याय 11

मनोविकृत व्यक्तित्व
(PSYCHOPATHIC PERSONALITY)

मनोविकारों का वर्गीकरण सामान्यतया दो प्रमुख वर्गों—मनस्ताप (neuroses) और मनोविक्षिप्ति (psychoses) में सामान्यजन द्वारा किया जाता है परन्तु इनके अतिरिक्त कुछ विकार व्यक्तित्व एवं आचरण तथा समाज सम्बन्धी भी होते हैं जो इन वर्गीकरणों के अन्तर्गत नही आते हैं क्योंकि न तो इनमें मनस्ताप के लक्षण पाए जाते है और न मनोविक्षिप्ति के ही। परन्तु इनका नैतिक आचरण एवं सामाजिक समायोजन उपयुक्त नहीं होता है। इन्हीं आचरणगत विकारों (conduct disorders) का एक प्रकार मनोविकृत व्यक्तित्व है।

यद्यपि मनोचिकित्सा के विकास की ऐतिहासिक पृष्ठभूमि का अवलोकन करने से इस तथ्य पर प्रकाश पड़ता है कि प्रारम्भिक काल में समाज विरोधी व्यवहार को मनोविकृति का उदाहरण नहीं माना जाता था वरन् ऐसे व्यवहार करने वाले व्यक्तियों को नैतिक अपराधी (moral insane) कहा जाता था। *Kach* (1891) ने ऐसे व्यक्तियों के लिए मनोविकृति व्यक्तित्व 'शब्द का प्रयोग किया। इन्हीं की भाँति *Kraeplein* (1915) ने भी 'मनोविकृत व्यक्तित्व' पद को स्वीकार किया और इसे सामान्यता तथा मानसिक विकृति के बीच रखा। *Alexander* (1930) ने मनोविकृत व्यक्तित्व के स्थान पर 'मनस्तापी चरित्र' (Neurotic character) शब्द का प्रयोग किया। इसी प्रकार *Patridge* (1935) ने इस शब्द के स्थान पर 'समाज विकृत व्यक्तित्व' (Sociopathic personality) शब्द का प्रयोग किया, और यह स्पष्ट किया कि इस विकृति का कारण मनोवैज्ञानिक नहीं, वरन् सामाजिक है। समाज विरोधी व्यक्तित्व के वर्णन के लिए मनोविकृत तथा समाज विकृत दोनों ही पदों का प्रयोग किया जाता है। यद्यपि आधुनिक अनुसंधानकर्ता समाजविकृति (sociopathy) शब्द के प्रयोग को ही वरीयता देते है। इस प्रकार यह कहा जा सकता है कि ऐसे व्यक्तित्व विकार को मनोवैज्ञानिकों ने अनेक नाम यथा—समाज-विकृत व्यक्तित्व (sociopathic personality), मनोविकृत व्यक्तित्व (psychopathic personality), शारीरिक गठन सम्बन्धी मनोविकृत व्यक्तित्व (constitutional psychopathic personality), नैतिक मूढ़ता (moral imbecility), दिया है।

Coleman (1964) का मत है कि, *''आधुनिक समय में समाज-विरोधी तथा मनोविकृत व्यक्तित्व पदों का प्रयोग पर्यायवाची के रूप में किया जाता है। जो व्यक्तित्व विशेषताओं और व्यवहार प्रतिरूपों की ओर संकेत करते हैं जो अन्तर्वैयक्तिक सम्बन्धों में गम्भीर कठिनाइयाँ उत्पन्न करते हैं तथा व्यक्ति को प्रायः बार-बार सामाजिक अन्तर्द्वन्द्व की स्थिति में लाते हैं।''* (*In current usage, the terms antisocial and psychopathic personality are used interchangeably to refer the personality characteristics and behaviour patterns that lead to serious difficulties in interpersonal relationships and individually bring the individual in to repeated conflict with society.*)

Carson & Butcher (1992) के अनुसार, *''समाज विरोधी व्यक्तित्व एक ऐसी व्यक्तित्व*

विकृति है जिसमें प्रमुख विशेषताओं के रूप में नीतिविषयक तथा नैतिक विकास में ह्रास तथा व्यवहार के अनुमोदित प्रारूप का अनुसरण करने के लिए व्यक्ति में स्पष्ट अक्षमता पाई जाती है। ऐसे व्यक्ति मूलतः असामाजीकृत होते हैं तथा अन्य व्यक्तियों, समूहों एवं सामाजिक मूल्यों के प्रति महत्वपूर्ण निष्ठा प्रदर्शित करने में असमर्थ होते हैं।'' (Antisocial personality is a personality disorder in which the outstanding characteristics are a marked lack of ethical or moral development and an apparent inability of the individual to follow approved models of behaviour. Basically these individuals are unsocialized and seemingly incapable of significant loyalty to other persons groups or social values.)

American Psychiatric Association (1994) के अनुसार, *''समाजविरोधी व्यवहार को आवेगी तथा उन उत्तरदायित्वहीन क्रियाओं के रूप में परिभाषित किया जा सकता है, जो प्रत्यक्ष अथवा अप्रत्यक्ष सामाजिक परिणामों पर ध्यान दिए बिना तात्कालिक एवं आत्मसक्ति पूर्ण इच्छाओं की संतुष्टि करती हैं।'' (Antisocial behaviour is characterized by impulsive, irresponsible actions satisfying only immdiate and narcisstic interests without conern for obvious or implicit social consequences).*

Landis & Bolles (1967) के अनुसार, *''मनोविकृति व्यक्तित्व वह संवर्ग है जिसमें पाए जाने वाले व्यक्तियों का व्यवहार सामाजिक रूप से क्षुब्धतापूर्ण एवं विध्वंसात्मक होता है परन्तु वे मनोस्नायुविकृत मनोविक्षिप्ति अथवा मानसिक दोषी नहीं होते है।'' (Psychopathic personality is a category of those, whose behaviour is socially disturbing and destructive but who are not psychoneurotic, psychotic or mentally retarded.)*

इन परिभाषाओं के आधार पर निष्कर्ष स्वरूप यह कहा जा सकता है कि *मनोविकृति/ समाजविरोधी व्यक्तियों में अत्यधिक सुखवाद, आवेग, निर्द्वन्द्व तथा निसंकोच ढ़ंग से समाज विरोधी इच्छाओं की पूर्ति, इच्छापूर्ति के मार्ग में अवरोधों के प्रति निर्भय, सामाजिक, नैतिक तथा विधिक (legal) मानदण्डों की उपेक्षा आदि लक्षण पाए जाते हैं परन्तु ऐसे व्यक्ति न तो किसी मानसिक विकृति (मनस्ताप अथवा मनोविक्षिप्ति) के शिकार होते हैं और न उनमें बौद्धिक योग्यता का अभाव पाया जाता है।*

सामान्य जनसंख्या में इस विकृति से पीड़ित व्यक्तियों के बारे में अनुमान करना कठिन है क्योंकि ऐसे व्यक्ति बाह्य रूप से एक अच्छे नागरिक होते हैं परन्तु गैरजिम्मेवार एवं कुटिलतापूर्ण व्यवहारों में लिप्त रहते हैं। सामान्य जनसंख्या में इनके प्रतिशत के सन्दर्भ में स्पष्ट रूप से कह पाना सम्भव नहीं है। परन्तु प्राप्त प्रदत्तों के आधार पर यह कहा जा सकता है कि मानसिक चिकित्सालयों में भर्ती होने वाले ऐसे रोगियों का प्रतिशत 1% है। यह व्यवहार महिलाओं की अपेक्षा पुरुषों में तथा प्रौढ़ों की अपेक्षा किशोरों में अधिक देखा जाता है।

नैदानिक लक्षण *(Diagnostic Features)*

DSM-IV में मनोविकृत/समाजविरोधी विकृति के निम्नलिखित नैदानिक लक्षण बताए गए हैं:—

(क) 15 वर्ष की आयु से ही दूसरों के अधिकारों के प्रति असम्मान तथा उल्लंघन (violation) पाया जाता है, तथा इन निम्न लक्षणों में से 3 या 3 से अधिक लक्षण पाए जाते है—

(i) विधिक व्यवहार (lawful behaviours) के सन्दर्भ में सामाजिक मानकों के अनुरूप व्यवहार प्रकट करने की असफलता तथा असामाजिक कार्यों की पुनरावृत्ति।

(ii) कपटपूर्णता—बार-बार झूठ बोलना, व्यक्तिगत लाभ अथवा खुशी के लिए धोखा-धड़ी करना।

(iii) आवेगपूर्णता अथवा भविष्य के लिए योजना बनाने में असमर्थता।

(iv) चिड़चिड़ाहट एवं आक्रामकता का शारीरिक संघर्ष अथवा अपमान के द्वारा पुनरावृत्ति।

(v) अन्य व्यक्तियों तथा अपनी सुरक्षा के प्रति लापरवाही से असम्मान प्रदर्शित करना।

(vi) सतत् उत्तरदायित्वहीनता संगत कार्य व्यवहार बनाये रखने में बार-बार असफलता अथवा आर्थिक आभारों के प्रति सम्मान अनुभव करने की असमर्थता।

(vii) अपने त्रुटियों एवं अपराधों के लिए पाश्चाताप के अनुभव का अभाव।

(ख) व्यक्ति की आयु कम-से-कम 18 वर्ष होनी चाहिए।

(ग) 15 वर्ष के पूर्व उसमें चारित्रिक विकार (conduct disorder) के प्रमाण प्राप्त किये जा चुके हों।

कुछ अन्य अनुसंधानकर्ताओं (*Cleckkley,* 1954, *Thorne,* 1959, *Heatonward,* 1963, *Coleman,* 1964, *Rosen, Fox & Greggory,* 1965) ने मनोविकृति व्यक्तित्व की निम्नलिखित विशेषताएँ बतायी है:—

(i) सतही आकर्षण एवं बुद्धिमत्ता (*Superficial Charm and Intelligence*)—ऐसे व्यक्ति बाह्य रूप से आकर्षक प्रतीत होते है। अपनी बातचीत से वह सतर्क तथा स्पष्ट चिन्तन वाले प्रतीत होते हैं। अपने आकर्षक व्यवहार, वाकपटुता तथा खुशमिजाजी से दूसरों का शोषण करते हैं।

(ii) नियन्त्रण का अभाव (*Lack of control*)—ऐसे व्यक्ति सांवेगिक, अस्थिर आत्मकेन्द्रित, आवेगी, उत्तरदायित्वविहीन व्यवहार के द्वारा नियन्त्रण के अभाव को प्रदर्शित करते हैं। इनका ध्यान दूरगामी लक्ष्यों पर नहीं, वरन् तात्कालिक लाभो में होता है। इनमें धैर्य का अभाव होता है, इनकी रुचियाँ तथा कार्यक्षेत्र बार-बार परिवर्तित होते रहते हैं। चूँकि इस विकृति के व्यक्तियों में नियन्त्रण का अभाव पाया जाता है, इसलिए ऐसे व्यक्तियों का लैंगिक विचलनशीलता, अपराधोन्मुखता, मद्यपानता तथा औषधि निर्भरता पायी जाती है।

(iii) अंतकरण का अपर्याप्त विकास (*Inadequate conscience development*)—अंतकरण का अपर्याप्त विकास होने के कारण ऐसे व्यक्ति सामाजिक नैतिक मूल्यों की अवहेलना करते है।

(iv) चिन्ता एवं दोषभाव का अभाव (*Lack of anxiety and guilt feeling*)—ऐसे व्यक्तियों में चिन्ता, लज्जा, दोषभाव आदि का बिल्कुल अभाव पाया जाता है। ऐसे व्यक्ति बाह्य रूप से सद्भाव बनाये रखने का प्रयास करते हैं तथा अपने व्यवहार को उचित ठहराने का प्रयास करते है। अपने व्यवहार के कारण यह भोले-भाले प्रतीत होते हैं तथा संदेह की सुई से बचे रहने में इन्हें सहायता मिलती है।

(v) असामाजिक पुरस्कार अथवा दण्ड से लाभ उठाने में असमर्थता (*Inability to profit from social rewards or punishments*)—सामाजिक पुरस्कारों के द्वारा सामान्य व्यक्ति के दण्ड का उपयोग करके व्यक्ति के व्यवहार में सुधार लाया जा सकता है। परन्तु मनोविकृत व्यक्तित्व के न तो वे अपने व्यवहार के प्रति गंभीर होते हैं और न समाजविरोधी व्यवहार करने के बाद सांवेगिक प्रतिक्रियाएँ (दुःख, शर्म, पश्चाताप) प्रदर्शित करते हैं।

(vi) **उत्तरदायित्वहीन एवं आवेगशील व्यवहार** (*Irresponsible and Impulsive behaviour*)—ऐसे व्यक्ति न तो स्वयं के प्रति उत्तरदायित्व पूर्ण व्यवहार करते हैं और न समाज के प्रति ही। ऐसे व्यक्ति न तो स्वंय के प्रति और न समाज के प्रति अपने उत्तरदायित्वों के प्रति गम्भीर होते हैं। ऐसे व्यक्ति आवेगशीलता के पाए जाने के कारण सामाजिक नियमों को तोड़ने में बिल्कुल नहीं हिचकते हैं। ऐसे व्यक्ति अपने नौकरियों को आसानी से छोड़ देते हैं तथा मदिरापान करने लगते हैं (*Lewis et. al.*, 1983., *Lewis, Robbins & Ricec*, 1985)।

(vii) **अनुपयुक्त सामाजिक समायोजन** (*Inadequate social adjustment*)—मनोविकृत व्यक्तित्व के व्यक्तियों के असामाजिक व्यक्तित्व एवं स्वार्थपूर्ण व्यवहार के कारण उनका सामाजिक सम्बन्ध दोषपूर्ण तथा सामाजिक समायोजन अनुपयुक्त हो जाता है। चूँकि ऐसे व्यक्ति अहंवादी (egoist) होने के कारण आत्मकेन्द्रित (self centered) होते है। ऐसे व्यक्ति असहानुभूतिपूर्ण, आभारहीन, आसांवेदिक तथा प्रेमहीन होते हैं। इसलिए यह दिखाने के लिए किसी के मित्र हो सकते हैं परन्तु इनके जीवन में मित्रता, निकटता, निष्ठा, ईमानदारी का कोई स्थान नहीं होता।

(viii) **अपने असामाजिक व्यवहार के लिए दूसरों को दोषी ठहराना** (*To blame others for own socially disapproved behaviour*)—ऐसे व्यक्ति दूसरों की कमियों और कमजोरियों को जानकर तथा उनका सहारा लेकर अपनी कमियों, तथा कमजोरियों के लिए दूसरों को दोषी ठहरा देते हैं। वे दूसरों का विश्वास प्राप्त करके समय मिलते ही अपनी गलतियों का उनपर दोषारोपण कर देते हैं।

(ix) **प्राधिकार व्यक्तियों का बहिष्कार** (*Rejection of authority figures*)—ऐसे व्यक्ति माता-पिता, कानून, पुलिस, अधिकारी वर्ग, सेना आदि के प्रति शत्रुतापूर्ण प्रवृत्ति विकसित कर लेते हैं।

(x) **गत अनुभव से लाभ न उठाने की क्षमता** (*Inability to profit by past experiences*)—ऐसे व्यक्ति अपने असामाजिक कार्यों के लिए दण्ड प्राप्त करने के बाद भी अपने अनुभव का लाभ नहीं उठा पाते है और अपने व्यवहार में परिवर्तन नहीं ला पाते हैं।

(xi) **निम्न कुण्ठा सहनशीलता** (*Low frustration tolerance*)—चूँकि ऐसे व्यक्ति कुण्ठा के प्रति कम सहनशील होते हैं, इसलिए इनमें अवसाद तथा शत्रुतापूर्ण लक्षण पाए जाते हैं जो व्यक्ति को स्वयं अथवा दूसरों को नुकसान पहुँचाने में सहायता करते है।

(xii) **प्रारम्भिक अवस्था में उदय** (*Early onset*)—मनोविकृति व्यक्तित्व वाले व्यक्तियों में पाए जाने वाले असामाजिक व्यवहार अधिगमजन्य अनुक्रिया स्वरूप (learned reaction pattern) होते हैं जो जीवन के प्रारम्भिक काल में ही सीख लिए जाते हैं और प्रयास करने के बाद भी इन प्रवृत्तियों से वे बाद में छुटकारा पाने में असमर्थ रहते है।

(xiii) **अच्छा अन्तर्वैयक्तिक सम्बन्ध बनाये रखने की अक्षमता** (*Inability to maintain good interpersonal relationship*)—ऐसे व्यक्तित्च के व्यक्ति उत्तरदायित्वहीन, आत्म केन्द्रित, असहानुभूतिपूर्ण, कठोर तथा कृतघ्न होते हैं, इसलिए अन्य व्यक्तियों से अच्छा अन्तर्वैयक्तिक सम्बन्धं अधिक समय तक बनाये रखनें में **अस्मर्थ होते है।** हालांकि मित्रता स्थापित करने के लिए लालायित रहते हैं।

(xiv) आत्महत्या का वास्तविक प्रयास नहीं *(No genuine suicide attempt)* —ऐसे व्यक्ति अपने व्यक्तिगत स्वार्थ की पूर्ति के लिए दूसरों के व्यवहार को प्रहस्तलित करने के लिए आत्महत्या का नाटक ही करते हैं, वास्तविक प्रयास नहीं करते हैं।

(xv) मनस्ताप एवं मनोविक्षिप्ति लक्षणों का अभाव *(Lack of neurotic and psychotic symptoms)*—ऐसे व्यक्तियों में न तो मनस्ताप के लक्षण पाए जाते हैं और न मनोविक्षिप्ति के। परन्तु बाह्य रूप से यह मनस्तापी अथवा मनोविक्षिप्ति प्रतीत होते हैं।

(xvi) जीवन लक्ष्यों एवं आदर्शों का अभाव *(Lack of ideals and goals of life)*—ऐसे व्यक्ति अपने जीवन में तात्कालिक लाभ चाहते हैं, इसलिए न तो इनके जीवन के निश्चित लक्ष्य होते हैं और न निश्चित आदर्श होते हैं, यही नहीं इनके भविष्य की कोई निश्चित योजना होती है।

(xvii) निर्णय एवं अन्तर्दृष्टि का अभाव *(Lack of judgment and insight)*—चूँकि ऐसे व्यक्तियों में बुद्धिमत्तापूर्ण ढ़ंग से कार्य कारने की योग्यता का अभाव पाया जाता है इसलिए न तो किसी समस्या का समाधान करने के लिए अन्तर्दृष्टि विकसित कर पाते हैं और न तर्क संगत निर्णय ले पाते हैं।

कारण विज्ञान *(Etiology)*

मनोविकृत/समाजविरोधी व्यक्तित्व के सन्दर्भ में किये गए अनुसंधान इस तथ्य पर प्रकाश डालते हैं कि मनोविकृति व्यक्तित्व के पाए जाने के तीन प्रमुख कारण है जिनका वर्णन अधोप्रस्तुत है:—

(1) जैविक कारक *(Biological Factors)*—कुछ अनुसंधानकर्ताओं ने मनोविकृत व्यक्तित्व की व्याख्या जैविक कारकों के रूप में की है और उन्होंने इस विकृति के लिए जैविक कारकों को उत्तरदायी ठहराया है। मनोविकृत व्यक्तित्व के सन्दर्भ में किये गए अनुसंधानों के परिणामस्वरूप उत्तरदायी कारकों का संक्षिप्त विवरण प्रस्तुत है।

Hutchings & Mednick (1974) एवं *Schulsinger* (1972) ने अपने अध्ययनों में यह परिणाम प्राप्त किया है कि अपराधी माता-पिता के बच्चों में सामान्य माता-पिता के बच्चों की तुलना में अपराध-प्रवृत्ति की मात्रा अधिक प्राप्त की गई। इसी प्रकार इन्होने जुड़वाँ बच्चों के अध्ययन में भी यह परिणाम प्राप्त किया है कि मनोविकृति व्यक्तित्व के विकसित होने में आनुवांशिक कारकों की प्रमुख भूमिका है।

MacMillan & Kofed (1984) ने अपने अध्ययन में समाजविरोधी व्यक्तियों में समाज विरोधी व्यवहार करने की जन्मजात प्रवृत्ति को प्राप्त किया है जो उन्हें जीन्स के द्वारा प्राप्त होता है।

Witkin (1968) ने अपने अध्ययन में प्राप्त परिणामों में आधार पर इस तथ्य पर बल दिया है कि मनोविकृति व्यक्तित्व के लोगों में एक अतिरिक्त Y क्रोमोजोम पाया जाता है। इनके अध्ययन यह प्रदर्शित करते है कि अध्ययन के लिए चुने गए XY पुरुषों में 9.3% तथा XXY पुरुषों में 41.7% व्यक्ति अपराधी थे।

Lykken (1957) तथा *Eysenck* (1960) का मत है कि मनोविकृति व्यक्तित्व में सांवेगिक उत्तेजना (em ousal) के कम पाए जाने के कारण वे तनावपूर्ण स्थितियों

में कम चिंतित होते हैं क्योंकि उनमें सामान्य विवेक (normal conscience) का अभाव पाया जाता है। ऐसी परिस्थिति में वे समाज विरोधी कार्य कर सकते हैं।

Gorenstein (1987) ने अपने अध्ययन में यह परिणाम प्राप्त किया है कि मस्तिष्क के अग्रपालि (frontal lobe) के दोषपूर्ण होने के कारण मनोविकृत व्यक्तित्व का विकास पाया जाता है।

Zuckerman (1972) का मत है कि जिन व्यक्तियों में नवीन उत्तेजनाओं के प्रति अधिक जिज्ञासा पायी जाती है तथा जो व्यक्ति नये-नये कार्यों को करके आनन्द की अनुभूति प्राप्त करना चाहते हैं, उनमें मनोविकृत व्यक्तित्व के विकसित होने की सम्भावना अधिक पायी जाती है। ऐसे व्यक्तियों में आवेगशीलता अधिक पायी जाती है।

Kurland et.al. (1979) ने अपने अध्ययन के आधार पर यह निष्कर्ष प्राप्त किया है कि सामान्य व्यक्तियों की तुलना में मनोविकृत व्यक्तित्व के व्यक्तियों की ECG यह संकेत करती है कि मनोविकृत व्यक्तित्व की व्यक्तियों के मस्तिष्क तरंगों में अत्यधिक असामान्यता पायी जाती है। यह असामान्यताएँ दो प्रकार की होती है, या तो मस्तिष्क तरंगें मंद होती है (जो नैतिक समझ (moral understanding) की अपरिपक्वता की ओर संकेत करती है) या तो उनमें धनात्मक स्पाइकिंग (spiking)[1] पायी जाती है। सामान्य व्यक्तियों में धनात्मक स्पाइकिंग की मात्रा 1% या 2% होती है जबकि मनोविकृत व्यक्तित्व में यह मात्रा 40% से 45% पायी जाती है।

(2) पारिवारिक कारक *(Family Factors)*—कुछ अनुसंधानकर्ताओं ने अपने अध्ययन में मनोविकृत व्यक्तित्व के लिए कुछ पारिवारिक कारकों को उत्तरदायी ठहराया है। इन कारकों का संक्षिप्त विवरण अधोप्रस्तुत है:—

McCord & McCord (1964) ने अपने अध्ययन के आधार पर यह परिणाम प्राप्त किया है कि बच्चों के प्रति माता-पिता का तिरस्कार तथा अनुरागहीनता उनमें मनोविकृति व्यक्तित्व के विकास में सक्रिय योगदान प्रदान करती है। *Buss* (1966) का मत है कि बच्चों के प्रति माता-पिता का तटस्थ दृष्टिकोण तथा बच्चों को प्राप्त होने वाले पुरस्कार तथा दण्ड में पायी जाने वाली असंगतता के कारण बच्चे समाजविरोधी कार्यों में लिप्त हो जाते हैं।

Green (1964) ने अपने अध्ययन के आधार पर यह निष्कर्ष प्राप्त किया है कि माता-पिता में से किसी एक की मृत्यु, विवाह-विच्छेद अथवा सम्बन्ध विच्छेद के कारण 60% बच्चों में उपयुक्त सांवेगिक विकास नहीं हो पाता है परिणामस्वरूप उनका उपयुक्त सांवेगिक विकास नहीं हो पाता है और उनमें समाज-विरोधी कार्यों के प्रति उन्मुखता पायी जाती है।

Heaver (1943) तथा Greenacre (1945) का मत है कि दोषपूर्ण पारिवारिक अन्तर्क्रियाओं (faulty family interactions) के कारण भी समाज-विरोधी व्यक्तित्व विकसित हो जाता है। जो माता पिता अपने बच्चों को उपयुक्त प्रेम नहीं देते हैं, तथा अपनी सफलता बनाये रखने के लिए अपने बच्चों से दूरी बनाये रखते हैं, उनमें समाज विरोधी व्यक्तित्व पाया जाता है।

इन कारकों के अतिरिक्त कुछ और कारकों को भी समाजविरोधी व्यक्तित्व के लिए उत्तरदायी माना जा सकता है। उदाहरणार्थ—मनोविकृत संगी-साथियों तथा सम्बन्धियों का प्रभाव, समाज एवं समुदाय से दोषपूर्ण अधिगम, परिवार का असंवेदनशील वातावरण, माता-पिता और परिवार के अन्य सदस्यों के साथ उपयुक्त अन्तर्क्रिया का अभाव, सांवेगिक एवं सामाजिक सुरक्षा का अभाव आवश्यकता पूर्ति में असुविधा, सांवेगिक आघात, आदि।

1. विद्युत-मस्तिष्कीय आरेख पर एक नुकीला मोड़

(3) मनोवैज्ञानिक कारक *(Psychological Factors)*—जीवन के प्रारम्भिक काल में बच्चे अभावों एवं वचनों के कारण मनोविकृत तर्कना को विकसित कर लेते हैं, तथा कुसंगतियों में पड़ने के कारण समाज विरोधी व्यवहार को सहज ही अपना लेते हैं और सामाजिक प्रतिमानों की परवाह नहीं करते हैं। ऐसे व्यक्तियों में सांवेगिक उदोलन (emotional arousal) का अभाव पाया जाता है, उनका समाजीकरण दोषपूर्ण होता है (*Eysenck,* 1960), दण्ड से कुछ सीखने की क्षमता का अभाव पाया जाता है (*Hare,* 1970), चिन्ता स्तर निम्न होता है (*Lykken,* 1957, *Schachter & Latane,* 1964; *Chesno & Kilmann,* 1975), इनका व्यक्तित्व बहिर्मुखी होता है तथा ऐसे व्यक्ति उत्तेजना एवं रोमांच को अधिक महत्व देते हैं (*Frenz,* 1971), विवशता तथा अवसाद के तीव्र भाव पाये जाते हैं, (*Smith, Melges & Bowbly,* 1996) तथा समाज की पूँजीवादी व्यवस्था (Smith, 1988) के कारण व्यक्ति में समाज विरोधी प्रवृत्तियों का विकास पाया जाता है।

❑

अध्याय 12

मनोदैहिक विकृतियाँ
(PSYCHOSOMATIC DISORDERS)

मन तथा शरीर का सम्बन्ध एक लम्बे समय से विवाद का विषय रहा है। इस सम्बन्ध के सन्दर्भ में दार्शनिकों एवं आर्युवैज्ञानिकों में मतैक्य नहीं रहा है। *Hippocrates* (460-297 BC) ने मनुष्य को एक जैविक इकाई (organismic unit) के रूप में माना और उन्होंने द्वैतवाद (dualism—मन और शरीर का अलग-अलग अस्तित्व) का विरोध किया। *Plato* (427-347 BC) ने *Hippocrates* (460-397 BC) के अद्वैतवाद (Monism) को स्वीकार नहीं किया और मन तथा शरीर के अलग-अलग अस्तित्व को स्वीकार किया। इन्होंने मानसिक रोगों का कारण मानसिक द्वन्द्व को माना जो विवेकपूर्ण आत्मा तथा विवेकशून्य मन के बीच पाया जाता है। इस द्वन्द्व के तीव्र होने से ही मानसिक रोग उत्पन्न होते हैं। यद्यपि *Aristotle* (384-322 BC) *Plato* के शिष्य थे परन्तु उन्होंने *Hippocrates* के मत का ही समर्थन किया और उन्होंने एक ही सत्ता के दो पक्ष के रूप में मन तथा शरीर को माना। इनके अनुसार *'मन सम्पूर्ण शरीर की प्रक्रिया है (The mind is a function of the whole organism)। Descarte* (1596-1650 BC) पुनर्जागरण (renaissance) के जनक तथा शरीर क्रियात्मक मनोविज्ञान (physiological psychology) के पिता माने जाते हैं। इन्होंने द्वैतवाद को स्वीकार किया। इनके अनुसार शरीर की रचना विस्तृत तत्त्वों (extended substances) से तथा मन की रचना अविस्तृत तत्त्वों (unextended substainces) से होती है। इसी प्रकार शरीर का संचालन यान्त्रिक नियमों के द्वारा होता है जबकि मन का संचालन स्वतन्त्र होता है। इन्हीं की भाँति *Leibnitz* (1686-1716) ने भी द्वैतवाद के अभिग्रह को स्वीकार किया। इन्होंने मन तथा शरीर को दो अलग-अलग घड़ियों के रूप में माना है जो एक जैसा ही समय बताती है। मन तथा शरीर में समानता पायी जाती है। यह दोनों समानान्तर चलती है।

दार्शनिकों के दृष्टिकोणों में पाए जाने वाली भिन्नताओं की यदि हम उपेक्षा कर दें, तो भी हम सहज ही यह कह सकते हैं कि शरीर क्रियात्मक प्रकार्यों का प्रभाव संवेगों पर पड़ता है क्योंकि भयभीत होने पर नाड़ी गति, क्रोधित होने पर रक्तचाप बढ़ जाता है तथा दुखी होने पर अश्रुधारा बहने लगती है। इस प्रकार हम यह कह सकते हैं कि मनोवैज्ञानिक पक्ष तथा शरीर क्रियात्मक पक्ष में सम्बन्ध पाया जाता है। इस प्रकार सारांशस्वरूप हम यह कह सकते हैं कि कि मानव शरीर एक जैविक इकाई (organismic unit) है। इस प्रकार यह निष्कर्ष प्राप्त किया जा सकता है कि शारीरिक और मानसिक दोनों प्रकार के रोगियों की चिकित्सा के लिए सम्पूर्णवादी (holistic) दृष्टिकोण अपनाना चाहिए क्योंकि मन (psyche) और शरीर (body) दोनों ही एक सिक्के के दो पहलू हैं (Both are two sides of the same coin) तथा इन दोनों के बीच अन्तनिर्भर सम्बन्ध (interdependent relationship) पाया जाता है। व्यक्ति तभी स्वस्थ होता है जब उसका मन और शरीर दोनों स्वस्थ हों। किसी एक के अस्वस्थ रहने पर व्यक्ति में अस्वस्थता पायी जाती है।

चिकित्सा विज्ञान के क्षेत्र में किए गए अनुसंधानों के सर्वेक्षण से इस तथ्य पर प्रकाश पड़ता है कि चिकित्साविज्ञानी दो तिहाई रोगों को विभिन्न प्रकार का ज्वर माना है तथा शेष एक तिहाई रोग हिस्टीरिया से उत्पन्न होने वाले आवेग होते हैं। इनका मत है कि पाँव के अंगूठे पर यदि एक घण्टे तक ध्यान को केन्द्रित किया जाये, तो गठिया का दौरा उत्पन्न हो सकता है। इसी भय के कारण मूत्र विसर्जन अथवा वीर्य विसर्जन पाया जा सकता है। इन्होंने संवेग के कारण हृदशूल (angina) का होना बताया है। संवेगों के कारण माइग्रेन (आधा शीशी का दर्द) तथा दमा के दौरे भी पड़ते हैं।

जैसे-जैसे चिकित्सा विज्ञान में उन्नति हुई, चिकित्सकों ने शारीरिक रोगों के कारण के रूप में मानसिक कारणों को अधिक महत्व दिया। परिणामस्वरूप मनश्चिकित्सा (psychiatry) ने चिकित्सा विज्ञान (medical science) के क्षेत्र में अपना एक विशिष्ट स्थान बना लिया। परिणाम यह हुआ कि चिकित्सकों ने इस बात पर बल देना प्रारम्भ किया कि 'किस प्रकार के रोगी को रोग है' न कि 'किस प्रकार का रोग रोगी को है।'

हृदय (heart) एवं संवेगों (emotions) के बीच के सम्बन्धों का वर्णन हजारों वर्ष पूर्व धार्मिक ग्रन्थों में ही नहीं, वरन् चिकित्सा ग्रन्थों में भी मिलता है। अंग्रेजी भाषा के अनेक शब्द उदाहरणार्थ Heart break, Heartache, Heavy hearted आदि तीव्र सांवेगिक दशाओं (strong emotional states) का वर्णन करते हैं जो हृदय वाहिका एवं प्रतिकूल सांवेगिक दशाओं के प्रतिकूल स्थिति सम्बन्धों (adverse emotional states) के मध्य सम्बन्धों की ओर संकेत करते हैं। भाषाविदों (linguists) का मत है कि 'Angina', 'Anger', 'Anxiety' एवं 'Anguish' आदि शब्दों की व्युत्पत्ति ग्रीक शब्द से हुई है जिसका तात्पर्य 'कस कर दबाना' (to press tightly) अथवा दमन (straingle) से लिया जाता है। प्रारम्भिक इन्डो-यूरोपियन साहित्य में 'सीने में कस कर दबाव' के लिए एकल शब्द 'ang' का प्रयोग किया गया। पाश्चात्य समाज के विकसित होने पर इसके पर्यायवाची के रूप में अन्य शब्दों का प्रयोग किया गया। 300 वर्ष पूर्व *William Harvey* ने मस्तिष्क एवं हृदय के सम्बन्धों का वर्णन किया है और यह कहा है कि मस्तिष्क का प्रत्येक भाव पीड़ा अथवा सुख आशा अथवा भय से सम्बन्धित है जो व्यक्ति में पाए जाने वाले उपद्रव (agitation) का कारण होता है जिसका प्रभाव हृदय तक फैल जाता है।

आधुनिक चिकित्सा विज्ञान में अनेक मनोदैहिक चिकित्सकों ने बलाघातपूर्ण घटनाओं (विशेष रूप से व्यक्तित्व शीलगुण) हृद-धमनी रोग (coronary artery disease) एवं अति तनाव (hypertension) के विकास में सम्बन्धों का वर्णन किया है। आधुनिक चिकित्सक मनो-पोषण औषधियों (psychotropic medications) एवं हृदीय-प्रभावों (cardiac effects) के तन्त्रिका-मनश्चिकित्सकीय प्रभावों (neuropsychiatric effects) पर विशेष बल दिया है। विगत वर्षों में आधुनिक अनुसन्धानकर्ताओं ने हृदीय रोगों (cardiac disease) के विकास एवं उत्तेजना (exacerbation) पर बलाघात (stress) चिन्ता एवं अवसादपरक विकृतियों के प्रभावों का उल्लेख किया है। अनुसन्धानकर्ताओं का ध्यान मनोचिकित्सकीय विकृतियों हृदीय —प्रणाली सीने में दर्द, हृद-क्षिपता (cardiac systems— chest pain, tachycardia) एवं हृदीय रोग (cardiac disease) में अन्तर्क्रिया की ओर अधिक आकर्षित हुआ है। मनश्चिकित्सकीय रोगों का स्वास्थ्य सम्बन्धी व्यवहारों पर अप्रत्यक्ष प्रभाव पड़ता है जो हृदय रोग की रोग-दैहिकी (pathophysiology of heart disease) को प्रत्यक्ष रूप से प्रभावित करते हैं जिनका कारण धूम्रपान, उच्च-तैलीय भोजन, अल्कोहल उपयोग आदि को माना जा सकता है। मनोचिकित्सकीय रोगों/अस्वस्थताओं के कारण मनोदैहिक विकृतियों में वृद्धि (anginal pain), तथा रुग्णता

की रोग दैहिकी (patho-physiology of illness) का उत्तेजन (exacerbation) प्रभावित होता है, परिणामस्वरूप बलाघातपूर्ण जीवन घटनाओं (stressful life events) तथा चिन्ता अथवा अवसाद के तीव्र लक्षणों के कारण व्यक्ति मृत्यु को भी प्राप्त हो सकता है। चिन्ता (anxiety) एवं अवसाद विकृतियों (depressive disorders) का सम्बन्ध सीने में दर्द (chest pain) एवं हृदक्षिप्रता (tachycardia) से अकसर पाया जाता है यद्यपि उनमें हृदीय रोग (cardiac disease) के प्रमाण नहीं प्राप्त होते हैं। *Kaplan & Sadock* (2000) ने अपनी पुस्तक *Comprehensive Textbook of Psychiatry* में अनेक मनोवैज्ञानिक कारकों/निर्धारकों का उल्लेख किया है जो हृदय वाहिका विकृतियों के उत्तरदायी माने जा सकते हैं, उदाहरणार्थ चिन्ता तथा अवसाद की उच्च मात्रा, उच्च मनस्तापियता, अत्यधिक रोगभ्रमात्मक व्यवहार (hypochondrical behaviour), आतंक विकृति (panic disorder), दुर्भीति विकृति (phobic disorder भीड़, वाहन, रेस्तरां में खाने का भय), हृदय गति एवं रक्तचाप में वृद्धि, मानसिक बलाघात, रोगी की प्रात्याक्षिक एवं संज्ञानात्मक शैली, निम्न दैहिक एवं सांवेगिक बोध (awareness), 'ए' शीलगुण (A-traits), क्षिद्र/मार्ग संकीर्णता (stenosis) की मात्रा, पदार्थों का उपयोग, निद्रा वंचन, जीवन की त्रासदपूर्ण घटनाएँ (trammatic life events), बाल्यावस्था के आघात में वृद्धि (increase in childhood trauma–माता-पिता की अस्वस्थता, अलगाव) आय एवं शिक्षा का निम्न स्तर आदि।

उच्च रक्तचाप के सामाजिक कारकों के रूप में समाज की संरचना (structure of society) तथा वातावरण का संयोजन (composition of environment), अधिक भीड़ (over crowding), अकसर मुकाबला (frequent confrontation), निरन्तर धमकी पाना, कार्य वातावरण (work environment), आदि को लिया जा सकता है। मनोदैहिक चिकित्सा के क्षेत्र में *Cannon* (1920) का महत्वपूर्ण योगदान माना जाता है जिन्होंने संवेगों और शरीर क्रियात्मक तन्त्रों के मध्य स्पष्ट सम्बन्धों को स्वीकार किया। इनके अनुसार संवेग और स्वायत्त तन्त्रिका तन्त्र (ANS) में महत्वपूर्ण सम्बन्ध पाया जाता है क्योंकि इसका महत्वपूर्ण भाग अनुकम्पी तन्त्रिका तन्त्र (sympathetic nervous system) इन शरीर क्रियात्मक तन्त्रों को नियन्त्रित करता है। *कैनन (Cannon)* के अनुसार स्वायत्त तन्त्रिका तन्त्र का यह भाग आपात स्थिति में शरीर में होने वाले द्वन्द्वों का सामना करने के लिए एक ऐसी व्यूह रचना करता है जिससे उनका सामना कर सके और शरीर को कुप्रभावित होने से बचा सके। परिणामस्वरूप तन्त्रिकाओं में रक्त प्रवाह बढ़ जाता है, माँसपेशियों को उपर्युक्त मात्रा में रक्त की आपूर्ति होने लगती है तथा रक्त-परिसंचरण तीव्र होने के लिए हृदय की गति तीव्र हो जाती है, इस प्रकार कैनन *(Cannon)* ने संवेग तथा शारीरिक परिवर्तनों के महत्व पर प्रकाश डाला। मनोदैहिक विकृतियों के कारण स्वरूप जहाँ संवेगों को उत्तरदायी ठहराया जाता है वहाँ शरीर रचना सम्बन्धी दुर्बलता (constitutional weakness), आनुवांशिकता (heredity), अतीत की दुर्घटनाएँ, परिवार के अन्य सदस्यों का रोगग्रस्त होना, सांवेगिक बलाघात आदि कारकों की भी मनोदैहिक विकृतियों के उत्पत्ति में महत्वपूर्ण भूमिका है।

जब व्यक्ति में मनोदैहिक विकृतियाँ पायी जाती है तो व्यक्ति का मन और शरीर दोनों ही अस्वस्थ होता है। जब व्यक्ति में दीर्घकालिक संवेगात्मक अवस्थाएँ (chronic states of emotions) पायी जाती है, तो वे स्वचालित स्नायु मण्डल के माध्यम से शरीर के विभिन्न भागों में परावर्तन (reverberate) करके उसे प्रभावित करती है, परिणामस्वरूप व्यक्ति में असन्तुलन की स्थिति पायी जाती है और उसकी कार्यशीलता में विकृति पायी जाती है। इन शारीरिक असन्तुलनों से व्यक्ति का समस्थिति (homoeostatis) असन्तुलित हो जाता है।

इस प्रकार यह कहा जा सकता है कि मनोदैहिक विकृतियों का तात्पर्य उन शारीरिक विकृतियों से लिया जा सकता है जिनके स्पष्ट लक्षण शारीरिक विकार से सम्बन्धित होते हैं परन्तु इनके कारण शारीरिक नहीं वरन् मानसिक मनोवैज्ञानिक होते हैं। इस प्रकार मनोवैज्ञानिक कारण से उत्पन्न शारीरिक अस्वस्थता की दशा को मनोदैहिक-विकृति (psychosomatic disorder) कहते हैं। American Psychological Association ने इसे मनःदैहिक विकृति (psychophysiologic disorder) तथा अन्य मनोचिकित्सकों ने इसे Cartico Visceral के नाम से पुकारा है। परन्तु इसे मनोदैहिक विकृतियाँ (psychosomatic disorder) कहना अधिक उपयुक्त होगा।

शब्द Psychosomatic दो शब्दों Psycho तथा Somatic से मिलकर बना है जिसमें Psycho का तात्पर्य 'मन' अथवा 'मानसिक' से है। जबकि Somatic शब्द की उत्पत्ति Soma से हुई है जिसका तात्पर्य 'स्वतः संचालित स्नायुमण्डल द्वारा नियंत्रित एवं संचालित होने वाले अवयव' से है जिसमें मनोदैहिक विकृतियों में विभिन्न संवेग शारीरिक विकृतियों के रूप में परिवर्तित हो जाते हैं। इस प्रकार मनोदैहिक विकृतियों का तात्पर्य उन शारीरिक विकृतियों से लिया जा सकता है जिनकी उत्पत्ति मनोवैज्ञानिक कारणों से होती है। सरल शब्दों में मनोदैहिक विकृतियों की व्याख्या इस प्रकार की जा सकती है कि जब व्यक्ति में पाए जाने वाले विभिन्न संवेगात्मक तनाव (emotional tension) शारीरिक रोगों में परिवर्तित होकर अन्तरावयवों (visceral organs) एवं स्वचालित स्नायुमण्डल द्वारा संचालित और नियन्त्रित होने वाले अवयवों की कार्यशीलता को परिवर्तित कर देते हैं, तो शरीर में पायी जाने वाली इस अवस्था को मनोदैहिक विकृति की स्थिति (state of psychosomatic disorder) कहते हैं। इसके अतिरिक्त मानसिक संघर्ष के कारण उत्पन्न शारीरिक रोग भी मनोदैहिक विकृति के अन्तर्गत आते हैं। इस रोग को मनोदैहिक विकृति का नाम इसीलिए दिया गया है क्योंकि इस रोग के अन्तर्गत वही विकृतियाँ आती है जो स्वायत तन्त्रिका तन्त्र (ANS) द्वारा नियन्त्रित उनके प्रमुख अंगों यथा हृदय, गुर्दा, आंत, त्वचा क्रियाएँ (skin activities) में उत्पन्न विकृतियों के कारण उत्पन्न होती है। इन शारीरिक अंगों में विकृतियों के उत्पन्न होने से व्यक्ति में मानसिक संघर्ष पाया जाता है।

Kisker (1964) का मत है कि, *''जब आन्तरिक सांवेगिक कठिनाइयों की अभिव्यक्ति उन शारीरिक तन्त्रों द्वारा की जाती है जो स्वायत्त तन्त्रिका तन्त्र द्वारा नियन्त्रित अथवा उत्तेजित होती है, तो इस परिणामी परिस्थिति को मनोदैहिक विकृति की संज्ञा दी जाती है।'' (When the underlying emotional difficulties are expressed through body systems innervated by the autonomic nervous system, the resulting condition is called a psychophysiologic disorder.)*

Sarason (1972) के अनुसार, *''मनोशारीरिक अथवा मनोदैहिक प्रतिक्रियाओं का वर्णन मनस्ताप की समान अवस्था के रूप में किया जा सकता है जिसमें किसी एक लक्ष्य अंग या अंग-तन्त्र में शारीरिक क्षति पायी जाती है।'' (Pschophysiological or psychosomatic reactions might be described as a neurotic like conditions in which there is a physical damage to one target bodily or organ system.)*

इन परिभाषाओं के आधार पर सारांश स्वरूप यह कहा जा सकता है कि *मनोदैहिक विकृतियों में शारीरिक रोग के स्पष्ट लक्षण दिखाई पड़ते हैं, इस विकृत में शारीरिक लक्षण अवश्य होते हैं, परन्तु उसका कारण मनोवैज्ञानिक होता है जो सांवेगिक संघर्ष (emotional conflict), चिन्ता, मानसिक तनाव आदि के रूप में होते हैं तथा इनका स्वरूप गम्भीर और*

चिरकालिक होता है। यह लक्षण मनोस्नायुविकृत (psychoneurosis) में पाए जाने वाले लक्षण के समान ही होते हैं तथा इनका स्वरूप गम्भीर और चिरकालिक नहीं होता है) इसमें स्वायत्त तन्त्रिका तन्त्र से नियन्त्रित होने वाले अंगों में ही विकृतियाँ पायी जाती हैं, तथा व्यक्ति को अपनी सांवेगिक स्थिति के बारे में चेतन स्तर पर ज्ञान नहीं होता है।

ऐतिहासिक पृष्ठभूमि
(Historical Background)

मनोदैहिक औषधियों का इतिहास उतना ही पुराना है जितना कि मानव जाति का इतिहास पुराना है। मनो (Psyche) + दैहिक (Soma) अन्तर्क्रिया का संक्षिप्त ऐतिहासिक विवरण इस प्रकार प्रस्तुत किया जा सकता है।

आदिकालीन समाज (Primitive Society 10,000 B.C.) में मनोदैहिक विकृतियों के प्रति लोगों का यह दृष्टिकोण था कि इन रोगों की उत्पत्ति निराकार शक्तियों (spiritual powers) के कारण होती है तथा इन पर निराकार स्रोतों (spiritual means) के द्वारा ही विजय प्राप्त की जा सकती है। इनका मत था कि बुरी आत्माएँ मानव शरीर में प्रवेश का जाती है और सम्पूर्ण प्राणी को प्रभावित करती है। इनसे मुक्ति प्राप्त करने के लिए झाड़-फूँक (exorcism), कपाल-छेदन (trepanation) आदि का प्रयोग किया जा सकता है। बेबीलोनियन (Babylonian) एवं असीरियन (Assyrian) सभ्यता (2500-500 BC) में औषधियों पर धर्म का प्रभाव पड़ा तथा उपचार के लिए संसूचन (suggestion) को एक प्रमुख उपकरण के रूप में माना गया। ग्रीक सभ्यता (400 BC) में मानव शरीर (human body) और मस्तिष्क तथा समस्त चीजों पर बल देने को कहा गया। ***Socrates*** का मत है कि, *"जिस प्रकार बिना सिर के आँखों का इलाज करना उचित नहीं है, उसी प्रकार बिना शरीर के सिर का इलाज नहीं किया जा सकता है, इसलिए आत्मा पर ध्यान दिये बिना मानव शरीर का इलाज नहीं किया जा सकता है।" ("As it is not proper to cure the eyes without the head, nor the head without the body, so neither is it proper to cure the body without the soul.")*।

इसीलिए *Hippocrates* ने यह कहा कि मानव शरीर की चिकित्सा के लिए सम्पूर्ण चीजों के बारे में ज्ञान प्राप्त करना आवश्यक है *(In order to cure human body it is necessary to have a knowledge of the whole things.)* उत्तर ग्रीक (Late Greek) एवं प्रारम्भिक रोमन सभ्यता (100 BC-AD 400) में Gallen के त्रिदोषज सिद्धान्त (humoral theory) के महत्त्व को स्वीकार किया गया। त्रिदोषज सिद्धान्त यह प्रस्तावित करता है कि शरीर के द्रवों में क्षुब्धता (disturbance) पाये जाने के कारण ही मनोदैहिक विकृतियाँ उत्पन्न होती हैं तथा औषधियाँ रोग के प्रति पूर्णतावादी उपागम (holistic approach) का प्रयोग करती है। मध्य युग (middle ages) (500-1450) में औषधियों पर रहस्यवाद (mysticism) एवं धर्म (religion) का प्रभाव पड़ा। पाप/अपराध घटित होने का कारण मानसिक (mental) एवं दैहिक (somatic) अस्वस्थता है। पुनर्जागरण (Renaissance 1500-1700) काल में लोगों के ध्यान को प्राकृतिक विज्ञानों (natural sciences) ने आकर्षित किया। प्राकृतिक विज्ञानों में लोगों की रुचि के जागृत होने के परिणामस्वरूप ही औषधियों के अनुप्रयोग (application) में, प्राकृतिक विज्ञानों का सहारा लिया गया तथा शरीर रचनात्मक (anatomy) के ज्ञान में वृद्धि हुई। इसी काल में दैहिक (soma) पर 'मनस' (Psychic) प्रभावों को अस्वीकृत किया गया तथा ऐसी धारणाओं को अवैज्ञानिक बताया गया। इस काल में यह मत प्रकट किया गया कि 'मन' (mind) का अध्ययन धर्म एवं दर्शन से निर्वासित (relegated) है। 19वीं शताब्दी

(1800-1900) में विकृतियों के उपचार के लिए प्रयोगशाला पर आधारित Pasture एवं Virchow औषधियों को विकसित किया गया।

इस काल के लोगों का यह मत था कि *रोग का मूल रोग कोशों में पाया जाता है(Disease has its origin in disease of the cell : Virchow)*। इस काल में मनोदैहिक उपागम की उपेक्षा की गयी तथा इस बात पर बल दिया गया कि कोशों में संरचनात्मक परिवर्तन (structural cell change) के कारण ही रोगों की उत्पत्ति होती है। इलाज रोग का किया जाता है, रोगी का नहीं *(The disease is treated, not the patient.)*। बीसवीं शताब्दी (1900-2000) में फ्रायड के मनोविश्लेषणात्मक प्रतिपादनों (psychoanalytic formulations) ने मानसिक (psychic)नियतिवाद(determinism)में दैहिक रूपान्तरण प्रतिक्रियाएँ(somatic conversion reactions) की भूमिका पर बल दिया। प्रारम्भिक सम्प्रत्यय प्रमुख उन्मादपरक रूपान्तरण (hysterical conversions) तक ही सीमित थे। बाद में *Alexander* ने मनोदैहिक विकृतियों से रूपान्तरण प्रतिक्रियाओं(conversion reactions)को विभेदीकृत किया तथा रोग शृंखलाओं में मनोवैज्ञानिक कारकों की भूमिका का अध्ययन किया।

प्रश्न यह है कि आत्मा/मन (psyche) एवं दैहिक (soma) में अन्तर्क्रिया कब और कैसे होती है? लगभग 150 वर्ष पहले मनश्चिकित्सा एवं औषधि के क्षेत्र में कार्यरत अनुसंधानकर्ताओं ने इस बात पर सहमति प्रकट की कि कुछ विकृतियों में सांवेगिक (emotional)और दैहिक(somatic)क्रियाएँ अतिच्छादित (overlap) करती है। इन विकृतियों को सर्वप्रथम *Johan Christian Heinroth* ने 1818 में मनोदैहिक (psychosomatic) की संज्ञा दी। बाद में इस शब्द को जर्मन मनश्चिकित्सावादी *Maximillan Jocobi* ने लोकप्रिय बनाया। परिणामस्वरूप अनेक विकृतियों को मनोदैहिक विकृतियों के अन्तर्गत सम्मिलित किया गया जिसे निम्न तालिका में प्रस्तुत किया गया है:—

कुछ मनोदैहिक विकृतियाँ
(Some Psychosomatic Disorders)

क्रम संख्या	रोग	लक्षण
1.	मुँहासा (Acne)	त्वचा की स्नेह ग्रन्थियों (sebaceous glands) एवं रोम कूपों के सूजन की बीमारी।
2.	प्रत्यूर्जता प्रतिक्रियाएँ (Allergicreactions)	किसी एलर्जेन (allergen) द्वारा उत्पन्न प्रतिक्रियाएँ।
3.	हृत-शूल (Angina Pectoris)	इसमें कोरोनरी धमनी के सिकुड़ने से हृदय को पर्याप्त रक्त आपूर्ति न होने के कारण स्टर्नम हड्डी के नीचे तेज दर्द।
4.	हृत-मनस्ताप शोफ (Angenio neurotic edma)	किसी चीज से एलर्जी होने के कारण त्वचा, अत्वक ऊतकों अथवा श्लेषिमक कलाओं (membrane) में सूजन होना।
5.	अतालता (Arrhythyima)	दिल की धड़कन का अनियन्त्रित होना।

6.	दमे से पीड़ित (Asthamatic wheezing)	श्वसनियों अथवा श्वास नलिकाओं में ऐंठन आ जाने से सांस लेने में कठिनाई तथा घरघराहट।
7.	श्वसनिका दमा (Bronchial Asthama)	एलर्जी, मानसिक दबाव तथा शारीरिक थकान के कारण उत्पन्न दमा, इसमें सांस लेने में लगने वाला समय साँस निकालने में लगने वाले समय की तुलना में घटकर 1/3 हो जाता है।
8.	कार्डियोस्पाज्म (Cardiospasm)	आमाशय के कार्डियक भाग में ऐंठन आ जाने से कार्डियक मुख संकुचित हो जाता है।
9.	जीर्ण पीड़ा संलक्षण (Chronic pain syndromes)	जीर्ण पीड़ा संलक्षण पाये जाने लगते हैं।
10.	हृत-रक्तवाहिनी रोग (Coronary Heart Disease)	हृदय की सीधे रक्त पूर्ति करने वाली रक्त वाहिनीयों सम्बन्धी रोग।
11.	मधुमेह (Diabetes mellitus)	इन्सुलिन के पर्याप्त मात्रा में न उत्पन्न होने से अथवा उसका उपयुक्त उपयोग न होने से उत्पन्न कार्बोहाइड्रेट-चयापचय रोग जिससे रक्त में शर्करा की मात्रा अधिक हो जाती है, बहुमूत्रता, अतिप्यास तथा अतिक्षुधा पाई जाती है।
12.	ग्रहणी-सम्बन्धी घाव (Duodenal ulcer)	ग्रहणी या ड्योडिनम का घाव।
13.	अपरिहार्य अत्यधिक अति तनाव (Essential Hypertension)	उच्च रक्तचाप जिसका कोई कारण स्पष्ट नहीं होता।
14.	आमाशयिक-घाव (Gastric ulcer)	आमाशय में स्थित जख्म।
15.	सिरदर्द (Headache)	जीर्ण अथवा तीव्र सिरदर्द, जो पूरे सिर में, माथे में शंख प्रदेश में पश्चकाल क्षेत्र में सिर के एक भाग में अथवा सिर के ऊपरी भाग में हो सकता है।
16.	परिसर्प (Herps)	त्वचा का एक शोथज रोज जिसमें त्वचा पर गुच्छों के रूप में छोटे-छोटे दाने बन जाते हैं।
17.	अतिइन्सुलिनता (Hyperinsulinism)	रक्त में अधिक मात्रा में इन्सुलिन का पाया जाना।
18.	अवटुसक्रियता (Hyperthyroidism)	थायराइड ग्रन्थि की अत्यधिक बढ़ी हुई क्रियाशीलता जिसमें नेत्रोत्सोधी गलगण्ड (exopthalamic goiter) हो जाता है जिसमें नेत्रगोलक बाहर निकल आता है तथा थायरायड ग्रन्थि बढ़ जाती है।

19.	अल्पग्लूकोजरक्तता (Hypoglycemia)	रक्त में ग्लूकोज की कमी होना।
20.	रोगक्षम (Immune disease)	शारीरिक द्रवों से उत्पन्न एण्टीबाडियो अथवा कोशकीय रोग क्षमता के उत्पन्न होने या दोनों के कारण किसी रोग से सुरिक्षत अथवा प्रतिरोधी होने वाला।
21.	क्षोभ्य अन्धान्त्र (Irritable colon)	उद्दीपनों के प्रति असामान्य रूप से कोलन (बड़ी आंत का अन्धात्र) का अत्यधिक रूप से संवेदनशीलता।
22.	अर्धकपाली (Migrane)	दिन में सिर के एक ओर होने वाला दर्द जो सूर्य के निकलने पर शुरू हो जाता है, दोपहर को सबसे अधिक होता है तथा सूरज छिपने पर बन्द हो जाता है।
23.	श्लेष्मिक वृहदान्त्र शोथ (Mucous colitis)	वृहदान्त्र (कोलन) का श्लेष्मा का स्राव।
24.	मतली (Nausea)	जी मचलाना जिसके बाद उल्टी होती है।
25.	तंत्रिकात्वक शोध (Neurodermatitis)	भावात्मक क्षुब्धता के कारण उत्पन्न होने वाला त्वचा का शोध जिसमें खुजली होती है।
26.	स्थूलता (Obesity)	मोटापा।
27.	कष्टदायक रजोधर्म (Painful mensturation)	कष्टदायक रजोधर्म।
28.	जठरनिर्गमाकर्ष (Pylorospasm)	पाइलोरस का ऐंठ जाना।
29.	क्षेत्रीय आन्त्र सूजन (Regionalenteritis)	क्षेत्रीय आँतों की विशेषकर छोटी आँत का सूजन।
30.	गठियारूप सन्धिशोध (Rheumatoidarthritis)	जोड़ों की सूजन जिसमें जकड़न पाई जाती है, दर्द होता है तथा उपास्थियों (cartilages) में अति वृद्धि (hypertrophy) पाई जाती है, जिससे जोड़ों में पंगु बनने वाली विरूपता (deformity) उत्पन्न हो जाती है।
31.	त्रिकूश्रोणिफलकीय वेदना (Sacroiliac pain)	सेक्रेम एवं इलियम से सम्बन्धित वेदना।

32.	त्वचा सम्बन्धी रोग : अपरस (Skin diseases such as psorriasis)	त्वंचा सम्बन्धी रोग : सोरियासिस—एक जीर्ण त्वचा रोग जिसमें बारीक-बारीक शुष्क चाँदी के समान शल्कों से ढँकी हुई थोड़ी उठी हुई चमकीली लाल पिटिकाएँ अथवा चकते बन जाते हैं।
33.	सस्तांभी वृहदान्त्र शोध (Spastic colitis)	वृहदान्त्र शोध के कारण उत्पन्न पीड़ा।
34.	हृदक्षिप्रता (Tachyacardia)	हृद-क्षिप्रता से सम्बन्धित अथवा पीड़ित।
35.	तनाव सिरदर्द (Tension headache)	तनाव के कारण उत्पन्न सिरदर्द।
36.	तपेदिक (Tuberculosis)	बेसीलस माइको बैक्टीरियम ट्यूबरक्लोसिस द्वारा उत्पन्न रोग जो अधिकतर फेफड़ों को प्रभावित करता है परन्तु शरीर के अन्य भाग जैसे जठर आन्त्र नली, हड्डियाँ, जोड़, तन्त्रिका तन्त्र तथा त्वचा आदि भी प्रभावित होते हैं।
37.	व्रणीय वृहदान्त्र शोथ (Ulcerative colitis)	वृहदान्त्र शोथ में उत्पन्न जख्म।
38.	शीतपित्त (Urticaria)	भोजन, औषधि, संक्रमण अथवा मानसिक दबाव के कारण होने वाली त्वचा की एक वाहकीय प्रतिक्रिया जिसमें कुछ देर के लिए स्फोट (wheals) प्रकट होते हैं जिनमें खुजली होती है।
39.	वमन (Vomiting)	आमाशय के पदार्थों का मुँह से होकर जबरदस्ती बाहर निकलना।
40.	अधिमांस/मस्सा (Warts)	बाह्य त्वचा एवं अंकुरकों की एक स्थानीय अतिवृद्धि जो किसी विषाणु (virus) द्वारा उत्पन्न होती है अथवा यह एक सुदम अर्बुद (benign tumor) हो सकती है।

मनोदैहिक विकृतियों के प्रकार (Types of Psychosomatic Disorders)

DSM-IV के चतुर्थ संस्करण के मनोदैहिक विकृति के लिए शब्द Psychosomatic का प्रयोग न करके Psychological Factors Affecting Medical Condition सूक्ति (phrase) का प्रयोग किया गया है।

American Psychiatric Association (1952) ने मनोदैहिक विकृतियों को 10 वर्गों में वर्गीकृत किया है:—

(1) हृदयवाहिका विकृतियाँ (Cardiovascular Disorders)

(2) आमाशयान्त्र विकृतियाँ (Gastrointestinal Disorders)
(3) श्वसन विकृतियाँ (Respiratory Disorders)
(4) त्वचा सम्बन्धी विकृतियाँ (Skin Disorder)
(5) जनन-मूत्र विकृतियाँ (Genitourinary Disorders)
(6) अन्त:स्रावी विकृतियाँ (Endocrine Disorders)
(7) माँसपेशीय एवं कंकाल सम्बन्धी विकृतियाँ (Musculoskeltal Disorders)
(8) 'हेमिक' एवं 'लिम्फेटिक' विकृतियाँ (Hemic and Lymphatic Disorders)
(9) विशिष्ट प्रकार की ज्ञानेन्द्रियों से सम्बन्धित विकृतियाँ (Psychosomatic Disorders of special senses)
(10) अन्य प्रकार की मनोदैहिक विकृतियाँ (Psychosomatic Disorders of other types)।

अब हम इन विकृतियों पर प्रकाश डालेंगे जो निम्नवत हैं:—

(1) हृदयवाहिका विकृतियाँ *(Cardiovascular Disorders)*—इसके अन्तर्गत हृदय गति में वृद्धि (tachcardia), रक्तचाप में वृद्धि (high blood pressure), सिरदर्द, आधे सिर का दर्द (migrane), हृदय पीड़ा (angina pectoris), रक्त धमनी में विकृति (coronary diseases) आदि विकृतियाँ आती है।

(2) आमाशयान्त्र विकृतियाँ *(Gastrointestinal Disorders)*—इस प्रकार के मनोदैहिक रोग के अन्तर्गत आंतों के घाव (peptic ulcer), जठरशोथ (colities), एसिड की अधिकता (hyperacidity), हृदय जलन (heartburn), पेचिश (dysentry), एनोरेक्सिया नरवोसा (anorexia nervosa) आदि को सम्मिलित किया जा सकता है।

(3) श्वसन विकृतियाँ *(Respiratory Disorders)*—इस वर्ग के अन्तर्गत ऐंठन, सामान्य सर्दी (common cold), श्वसनी दमा (bronchial asthama), क्षय रोग (tuberclosis), उच्च श्वसन संलक्षण (hyperventilation syndrome) आदि आते हैं।

(4) त्वचा सम्बन्धी विकृतियाँ *(Skin Disorders)*—इसके अन्तर्गत दाद, खाज, एक्जिमा, मुंहासे आदि आते हैं।

(5) जननमूत्र विकृतियाँ *(Genitourinary Disorders)*—इस समूह के अन्तर्गत मासिक धर्म से सम्बन्धित विकार नपुसंकता, गर्भपात, पीड़ायुक्त मूत्र क्रिया (painful urination) आदि विकृतियों को सम्मिलित किया जा सकता है।

(6) अन्त:स्रावी विकृतियाँ *(Endocirne Disorders)*—इसके अन्तर्गत अन्त:स्रावी ग्रन्थियों से सम्बन्धित विकार आते हैं।

(7) माँसपेशीय एवं कंकाल सम्बन्धी विकृतियाँ *(Musculoskeltal Disorders)*—इस प्रकार के समूह में पीठ दर्द, मांसपेशीय ऐंठन तथा गठिया आदि रोग आते हैं।

(8) 'हेमिक' एवं 'लिम्फेटिक' विकृतियाँ *(Hemic and Lymphatic Disorders)*—इसमें रुधिर सम्बन्धी विक्षोभ तथा लसीका सम्बन्धी विकृतियाँ आती हैं।

(9) विशिष्ट प्रकार की ज्ञानेन्द्रियों से सम्बन्धित विकृतियाँ *(Psychosomatic Disorders of Special Sense)*—इसके अन्तर्गत विशेष ज्ञानेन्द्रियों से सम्बन्धित विकार आते हैं।

(10) अन्य प्रकार की मनोदैहिक विकृतियाँ *(Psychosomatic Disorders of other Types)*—इसके अन्तर्गत थकान के साथ शक्ति ह्रास, पेशीय, पीड़ा, चिन्ता, प्रतिक्रिया आदि विकार आते हैं।

हृदय-वाहिका विकृतियाँ
(Cardio-Vascular Disorders)

मनोदैहिक विकृतियों में इस विकृति को बहुत ही सामान्य विकृति के रूप में माना ज़ाता है। इसके उत्पत्ति का प्रमुख कारण व्यक्ति में पाया जाने वाला सांवेगिक बलाघात (emotional stress) है। व्यक्ति में पाए जाने वाले संवेगात्मक दबावों/बलाघातों (stresses) का सबसे अधिक प्रभाव हृदय पर पड़ता है। सांवेगिक बलाघातों के प्रति हृदय में अधिक संवेदनशीलता पायी जाती है। सांवेगिक बलाघात के कारण व्यक्ति के हृदय की धड़कन तेज हो जाती है, रक्तचाप बढ़ जाता है, नाड़ी की गति तीव्र हो जाती है, संवेग से उत्पन्न तनाव के बलाघात के कारण अन्तरावयवों को रक्त वाहिनियों में संकुचन होता है। परिणामस्वरूप शरीर के धड़, हाथ, पैर आदि के रक्त प्रवाह में रक्त संचालन अवरुद्ध हो जाता है।

परिणामस्वरूप व्यक्ति के शरीर में आपातकालीन अवस्था (emergency state of the body) पायी जाती है। इस आपातकालीन अवस्था से निपटने के लिए इन माँसपेशियों में रक्त पहुँचाने वाली रक्त नलिकाओं में अधिक मात्रा में रक्त संचार होने लगता है। इसके लिए हृदय को अधिक परिश्रम करना पड़ता है। परिणामस्वरूप हृदय की गति बढ़ जाती है और हृदय की गति में अधिक उतार-चढ़ाव होने लगता है तथा धमनियों की दीवालों में तनाव (tension of arterial walls) पाया जाता है और व्यक्ति में हृदय रोग के प्रति चिन्ता पायी जाती है। जब रोगी में सांवेगिक बलाघात (emotional stress) समाप्त हो जाता है तो शरीर सामान्य स्थिति को प्राप्त कर लेता है। लेकिन जब यही सांवेगिक बलाघात रोगी में बार-बार घटित होते हैं तो उसमें हृदय-वाहिका विकृति पायी जाती है तथा रोगी के Electrocardiogram–ECG में अनियमितता पायी जाती है।

हृदयवाहिका विकृतियों में निम्न चार विकृतियाँ अधिक देखी जाती हैं :—

(1) रक्तचाप में वृद्धि (High Blood Pressure/Hypertension)
(2) हृदय गति में वृद्धि (Tachycardia)
(3) हृदय रक्त धमनी में विकृति (Coronary Disease)
(4) छाती में दर्द (Anginal Syndrome)

(1) रक्तचाप में वृद्धि (*High Blood Pressure/Hypertension*)

इसे 'आवश्यक उच्च तनाव' (Essential Hypertension) भी कहते हैं। इसे अति सामान्य विकृति की संज्ञा दी जाती है। इसे 'आवश्यक उच्च तनाव' इसलिए कहते हैं क्योंकि बिना किसी स्पष्ट आंगिक कारण के ही यह विकृति पायी जाती है। परन्तु कुछ रोगियों में इसके स्पष्ट शारीरिक लक्षण भी पाए जाते हैं जैसे गुर्दे का खराब होना, हृदय की बड़ी धमनी का संकुचित होना। जब व्यक्ति में संवेगात्मक तनाव के कारण चिन्ता, भय, ईर्ष्या, घृणा, निराशा इत्यादि प्रकार के भाव पाए जाते हैं तो रोगी के रक्तचाप में वृद्धि पायी जाती है जो हृदय पर प्रतिकूल प्रभाव के कारण पाया जाता है। ऐसे रोगी बाह्य रूप से शान्त एवं विनम्र प्रतीत होते हैं, परन्तु इनमें इतना सांवेगिक तनाव पाया जाता है कि इनमें अनेक मनोदैहिक विकृतियाँ उत्पन्न हो जाती हैं।

सांवेगिक तनावों की उत्पत्ति के सन्दर्भ में मनोचिकित्सकों और नैदानिक मनोवैज्ञानिकों ने अनेक कारणों को प्रस्तावित किया है जिनमें व्यक्ति के व्यक्तित्व में क्रोध (anger) एवं रोष (rage) का निहित होना (*Innes* 1969), माँ के साथ घनिष्ठ सम्बन्ध का होना, दूसरों पर

निर्भर रहने की आदत, आत्मविश्वास की कमी एवं असुरक्षा की भावना के कारण क्षतिपूर्ति स्वरूप आदर्शपूर्ण व्यवहार (perfectionist behaviour) प्रदर्शित करने की आदत, जीवन की कठिनाइयों से बचने के लिए औषधि के उपयोग की आदत, अधिक भोजन करने की आदतं, अधिक नमक खाने की आदत, मधुमेह, शरीर का मोटापा, आदि को लिया जा सकता है।

W.H.O. के अनुसार वयस्क व्यक्ति का रक्तचाप 160/95^{mm} Hg या इससे ऊपर होने पर उच्च रक्तचाप माना जाता है। बच्चों का सामान्य रक्तचाप 100/60^{mm}Hg तथा वयस्कों का सामान्य रक्तचाप 120/90^{mm}Hg होना चाहिए! जब रक्तचाप इससे अधिक होता है तो उसे उच्च रक्तचाप माना जाता है। नैदानिक मनोवैज्ञानिक एक स्वस्थ व्यक्ति में सिस्टोलिक प्रेशर (systolic pressure) 100-150 तथा डायस्टोलिक प्रेशर (diastolic pressure) 60 से 90 mmHg (मिलीमीटर मरक्यूरी) मानते हैं। The Joint National Committee on Detection, Evaluation and Treatment of High Blood Pressure (JNC, 1990) एवं American Heart Association ने रक्तचाप स्तर के सन्दर्भ में निम्न संस्तुति प्रदान की है—

Systolic	Disatolic	Explanation
Less than 120 mm Hg	Less than mm 80 Hg	Optimnal BP
Less than 130 mm Hg	85 mm Hg	Normal BP
130–139 mm Hg	85-89 mm Hg	High Normal BP
140–159 mm Hg	90-99 mm Hg	Mild Hypertension (Stage I)
160-179 mm Hg	100-109 mm Hg	Moderate Hypertension (Stage II)
180 or higher mm Hg	110 or Higher m Hg	Higher Hypertension (Stage III)

सामान्य जनसंख्या में 5% से 10% व्यक्ति उच्च रक्तचाप से ग्रसित है। आजकल यह रोग एक सामान्य रोग हो गया है और 30 वर्ष से अधिक लोगों में 10 व्यक्ति में एक व्यक्ति इस रोग का शिकार होता है। 90% व्यक्तियों में इस रोग का निदान ही नहीं हो पाता है क्योंकि वर्षों तक इनके लक्षण स्पष्ट रूप से नहीं दिखाई पड़ते हैं। रक्तचाप के उच्च होने पर सिर में दर्द, चक्कर, बेहोशी, नकसीर फूटना, आँखों में धुंधलापन, छाती में दर्द, साँस लेने में कठिनाई, हृदय के धड़कन में वृद्धि, कानों में सांय-सांय की ध्वनि, आदि लक्षण देखे जा सकते हैं। रक्तचाप अधिक होने पर कनपटी की नसों तथा कैरोटेड धमनी (caroted artery) से इसका संकेत प्राप्त किया जा सकता है। इसके अतिरिक्त बायाँ निलय (left ventricle) बढ़ जाता है, तथा हृदय के लब-डब ध्वनि में परिवर्तन पाया जाता है। लम्बे समय तक इन लक्षणों के पाए जाने पर व्यक्ति में धमनी काठिन्य (arteviosclerosis) विकृति पायी जाती है जिसमें हृदय की धमनियाँ मोटी हो जाती है, उनकी प्राकृतिक लचक समाप्त हो जाती है, मार्ग संकीर्ण हो जाता है, तथा रक्त प्रवाह में कठिनता होती है।

सिस्टोलिक रक्तचाप 140-159 तथा डायस्टोलिक 90-99 होने पर परहेज के द्वारा ही रक्तचाप को सामान्य किया जा सकता है, यह रक्तचाप की प्रथम अवस्था है। द्वितीय अवस्था होने पर 6 महीने तक परहेज करना होगा परन्तु तृतीय अवस्था(C-stage) के पाए जाने पर औषधियों का प्रयोग हो सकता है अन्यथा रोगी के गुर्दों से पेशाब में प्रोटीन की वृद्धि, मस्तिष्क में रक्तचाप(cerebral haemorrhage), *मस्तिष्क में स्थानीय अरक्तता*(cerebral ischaemia),

अक्षपटल की छोटी धमनियों का मोटा होना, हृदशूल (angina pectoris), *हृदय गति का रुकना पाया जा सकता है।*

रक्तचाप की जाँच के लिए रक्त परीक्षण (Blood Urea, Serum Creatinine, Serum Potasium, Serum Protiens, Serum Lipids, Blood Sugar), छाती का एक्स-रे, E.C.G, पेशाब (प्रोटीन, रक्त, शर्करा), I.V.P (Intravenous Polography) आदि किया जा सकता है। I.V.P. के द्वारा गुर्दों के रोगों का पता लगाया जाता है।

इस विकृति से बचने के लिए रोगी को वजन कम करना चाहिए, सोडियम (नमक) से परहेज, तैलीय पदार्थों से परहेज, नियमित व्यायाम, धूम्रपान तथा शराब से परहेज तथा कैलशियम का पर्याप्त मात्रा में सेवन करना चाहिए। रोगी के चिन्तित रहने पर Calampose, Calmod, Elcion-CR, Placidox, Alprazolam, Alprax, Alzolam, Libzam, Lasix, Ditiade; डायस्टोलिक प्रेशर 105-140 होने पर Arkamin, Adelphane, Inderal, डायस्टोलिक प्रेशर 140 से अधिक होने पर Neperesol, Properanolol, Metroprolol, Atenolol, Methyldopa, Labetaol, Prozosin, Nifedipine, Reserpine, Ramprill, आदि औषधियों का उपयोग किया जा सकता है। आयुर्वेदिक औषधियों के रूप में सर्पगन्धा, तरबूज के बीच की गिरी, कच्चा लहसुन आदि का प्रयोग किया जा सकता है।

उच्च रक्तचाप के उपचार के लिए विभिन्न वर्गों के औषधियों का प्रयोग किया जा सकता है:—

Class of Medications	Generic Name Example
ACE Inhibitors	Captprill, Fosinopril sodium, Moexipril, Ramipril
Alpha Blockers	Doxzosin mesylate, Prozosin Hydrochloride, Terazosin hydrochloride
Angiotension II receptor blocker	Candesartan, Irbesartan, Losartan potassium, Valsartan.
Beta Blockers	Acebutlol, Atenolol, Betaxolol, Bisoprolol, Fumarate, Metoprolol tartrate, Metoprolol succinate, Nadolol, Penbutolol, Pindolol, Propranolol hydrochloride, Temolol maleate.
Calcium Channel blockers	Amlodipine besylate, Dilitazem hydrochloride, Felodipine, Isradirpine, Nciardipine, Nifedipine, Nisoldipine, Verapamil hydrochloride.
Central Agonists	Alpha methyldopa, Clonidine hydrochloride, Guanabenz acetate Guanfacine sydrochloride.
Diureties	Chlorthalidone, Furosemide, Hydro-chlorothiazide, Indafamide, Metolazone.

(2) हृदयगति में वृद्धि (*Tachycardia*)

इस मनोदैहिक विकृति से ग्रस्त रोगी की हृदय गति (हृदय की धड़कन) में अनियमितता (उतार-चढ़ाव) पाया जाता है जो आन्तरिक संघर्षों का परिणाम होता है। जब व्यक्ति में तीव्र

हृदय गति एवं अनियमित हृदय सामंजस्य पाया जाता है, तो वह कमजोरी अनुभव करता है, सांस लेने में कठिनाई होती है, तथा स्थिति के गम्भीर होने पर रोगी बेहोश भी हो सकता है। इन लक्षणों के उत्पन्न होने में संवेगात्मक अवस्थाओं जैसे—क्रोध, भय आदि की प्रमुख भूमिका है। इन संवेगात्मक अवस्थाओं के कारण हृदय गति में वृद्धि पायी जाती है। ऐसी अवस्था में रोगी के नाड़ी की गति 72 (सामान्य) स्पन्दन से बढ़कर 150 स्पन्दन या इससे भी अधिक हो जाती है। यह विकृति व्यक्ति में कभी भी पायी जाती जा सकती है। परन्तु यह विकृति सामान्यतया उन व्यक्तियों में अधिक पायी जाती है जिनमें प्रतियोगिता की भावना अधिक होती है तथा वे अपनी असफलता के प्रति अधिक भयभीत होते हैं (*Kisker*, 1964)।

हृदीय रोगों चिकित्सक की सलाह औषधियों का प्रयोग करना चाहिए—

Class of Medications	**Generic Names**
Nitrates	Sublingual nitroglycerin, Nitropatch, Isordial, Sorbitrate, Ismo, Imdur, यह औषधियाँ हृदशूल (angina) में दी जाती है जो वाहिका-विस्फार (vaso-dialation) करती है।
Ace Inhibitors	Capoten Vasotec, Monopril, Destril, Primivil, Altace, Accupril, यह औषधियाँ वाहिका-विस्फारक (vasodialators) होती है तथा तनाव दूर करने में सहायक होती है।
Beta Blockers	Inderal, Lopressor, Toprol, Corgard, Sectral, यह औषधियाँ Beta-division andregenic blockers के रूप में कार्य करती है और हृदय-गति, रक्तचाप तथा हृदय आकुंचन को कम करती है तथा हृदशूल में आराम पहुँचाती है।
Calcium Channel Blockers	Cardizem, Dilacor, Procardia, Norvasc, Isoptin, यह औषधि केन्द्रीय और बाह्य विस्फारक है जो तनाव रोकने (antihypertensive) तथा हृदय में रक्त आपूर्ति की रोक (anti-ischemimies) में उपयोगी है। हृदय पीड़ा, अति तनाव, अनियमित हृदय-गति में उपयोगी है।
Digoxin	Lanoxin, Digitoxin हृदय-आकुंचन को कम करके हृदय गति को नियमित करता है।
Diuratics	Lasix, Dyazide, Esidrix इसका उपयोग पेशाब की मात्रा में वृद्धि के लिए किया जाता है जिससे शरीर तथा हृदवहनी के प्रणाली के तरह को कम करता है।
Anticoagulants	Aspirin, Coumadin, Ticlid, Persantine, Plavix, Lovenax, Ecotrin, Heparin यह रक्त को पतला करता है तथा रक्त के चिपचिपाहट (blood's viscosity) को कम करता है।

Antilipidemics	Lipitor, Zocor, Mevacor, Popid, Lescol, Niacin यह रक्त के LDL खराब कोलेस्ट्राल को कम करता है तथा HDL—अच्छे कोलेस्ट्रॉल को बढ़ाता है।
Antiarrhythmics	Quindine, Betapace, Amniodarone, Norpace, Rythmol यह अलिन्द (atrial) तथा निलय सम्बन्धी हृदय की धड़कन (ventricular arrhythmias) को रोकने में सहायक है।

(3) रक्त धमनी में विकृति (*Coronary Disease*)

यह एक गम्भीर विकृति है जिसमें धमनियों में रक्त जम जाता है। धमनियों में रक्त का थक्का जमने के कारण हृदय को अभीष्ट मात्रा में खून की आपूर्ति नहीं हो पाती है जिससे हृदय के ऊतकों (tissues) का क्षय हो जाता है और व्यक्ति को दिल का दौरा पड़ता है। संवेगात्मक तनाव (emotional stress) के कारण रक्त में थक्का बनता है या रक्त जम जाता है जिससे छाती में दर्द के लक्षण पाए जा सकते हैं। इसका आधार सामान्यतया शारीरिक ही होता है परन्तु कभी-कभी मनोवैज्ञानिक कारणों से भी इस रोग के लक्षण पाए जा सकते हैं। Type-A behaviour के व्यक्तियों में इस रोग के पाए जाने की सम्भावना अधिक पायी जाती है। ऐसे रोगियों की महत्वाकांक्षा उच्च होती है, प्रतियोगिता भावना तीव्र पायी जाती है, तथा व्यग्रता अधिक पायी जाती है इसलिए इनमें सांवेगिक तनाव और चिन्ता अधिक पायी जाती है जिससे हृदय की माँसपेशियाँ अधिक उत्तेजित हो जाती है और रक्त प्रवाह अवरोधित हो जाता है और रक्त जमने की क्रिया प्रारम्भ हो जाती है (*Friedman & Risenman,* 1959; *Kroger,* 1990, *Jones,* 1982)। *Jones* (1982) ने अपने अध्ययन के आधार पर यह परिणाम प्राप्त किया है कि शान्त प्रकृति; शंकालु प्रकृति; व्यग्र उत्तेजित एवं डरे हुए व्यक्तियों में शरीर से निकले हुए रक्त के जमने में क्रमशः 8 से 12 मिनट, 4 से 5 मिनट तथा 1 से 3 मिनट का समय लगता है।

(iv) छाती में दर्द (*Anginal Syndrome*)

इस विकृति में छाती में अचानक एवं तीव्र एवं जानलेवा दर्द उत्पन्न होता है। यद्यपि यह दर्द आंगिक भी होता है और मनोदैहिक भी जिसका प्रमुख कारण सांवेगिक अन्तर्द्वन्द्व (emotional conflicts) होता है (*Kisker,* 1964)।

आमाशयान्त्र विकृति
(Gastro-Intestinal Disorder)

सांवेगिक तनावों, चिन्ता तथा अचेतन संघर्ष (unconscious conflicts) का भी प्रभाव हमारे पाचन-संस्थान (digestive systems) पर पड़ता है और इनके निष्कासन का एक माध्यम माना जाता है। पाचन क्षेत्र प्रकार्यों की संवेदनशीलता यथा स्राव (secretion) एवं गतिशीलता (motility) पर सांवेगिक क्षुब्धताओं अथवा वातावरणीय बलाघातों (environmental stressors) का प्रभाव चिकित्सकीय निरीक्षणों में प्राप्त किया गया है।

19वीं शताब्दी में आमाशयान्त्र प्रकार्यों के सन्दर्भ में क्रमबद्ध निरीक्षणों को प्रस्तुत किया गया। *William Beaumont* ने अपने सुरक्षा कर्मी के आमाशय का निरीक्षण किया जिसके पेट में गोली लग गई थीं और यह परिणाम प्राप्त किया कि भोजन देखते समय, स्वाद लेते समय

तथा सूँघते समय एवं सांवेगिक उत्तेजना (emotional arousal) के समय सुरक्षा कर्मी के चेहरे, स्राव एवं गति के समय परिवर्तन तथा स्थायी रूप से जठरीय श्लेषमा (gastric mucosa) को प्राप्त किया। इसी प्रकार *Walter Cannon* (1928) ने यह प्रदर्शित किया कि भय तथा क्रोध की दशा में बिल्ली की पाचन क्रिया बन्द हो जाती थी। इसी प्रकार *Todd* (1930) ने संवेगात्मक रूप से उत्तेजित व्यक्तियों में अत्यधिक संवेग के कारण कब्ज को प्राप्त किया। 20वीं शताब्दी के मध्य में *Stewart Wolf, Harold Wolff, Sidney Margolin* एवं *George Engel* ने अपने प्रयोज्यों में मनोवैज्ञानिक विकास की अवस्था में सांवेगिक एवं व्यवहारपरक (भय, चिन्ता एवं अवसादी मनोदशा) अवस्था के कारण जठरीय स्राव (gastric secretion), एवं गतिशीलता (motility) में ह्रास एवं श्लेष्मा में पीलापन (mucosal pallor) प्राप्त किया। क्रोध के समय प्रयोज्यों में जठरीय स्राव (gastric secretion) गतिशील क्रियाओं (motor activity) एवं श्लेष्मा में वृद्धि प्राप्त की गई। *Engel* ने अपने दीर्घकालीन अध्ययन में यह परिणाम प्राप्त किया है कि आमाशयान्त्र दैहिकी (gastrointestinal physiology) शैशवास्था से प्रौढ़ावस्था तक सांवेगिक तनावों एवं संघर्षों से प्रभावित होती रहती है तथा आमाशयान्त्र क्षेत्र मनोवैज्ञानिक घटनाओं से प्रभावित होने के कारण निगलने में कठिनाई (dysphagia) एवं अहृदय सम्बन्धी छाती में पीड़ा (noncardiac chest pain) के लक्षण पाए जाते हैं। *White* (1939) ने अपने अध्ययन में सांवेगिक तनावों के कारण व्यक्तियों में ऐंठन का दर्द होकर दस्त होता है जिससे श्लेष्मा निकलता है, श्लेष्मिक वृहदान्त्र शोथ (mucous colitis) का रोग प्राप्त किया है जिसे संवदेनशील आंत संलक्षण (irritable bowl syndrome) कहा जाता है। बाद में *Thomas Allay* एवं उनके सहयोगियों ने प्रायोगिक विधि से उत्पन्न पीड़ा (experimentally induced pain) अथवा मनोवैज्ञानिक अवसाद के परिणामस्वरूप महत्वपूर्ण अन्तर्रोध सम्बन्धी ऐंठन जिसमें पेशी में कठोरता होती है फिर शिथिलता आ जाती है (Occlusive clonic spasm) एवं श्लेष्मा (mucosa) की महत्वपूर्ण अतिरिक्तता (pronounced engorgement) प्राप्त किया गया। साथ-ही-साथ अन्य लक्षण उदाहरणार्थ हृदयगति में वृद्धि (tachycardia), चेहरे का पीलापन (facial pallor), स्वेदन (sweating), गहन श्वसन (deep respiration) एवं अति तनाव (hypertension) को भी प्राप्त किया गया।

सम्बन्धित साहित्य यह प्रदर्शित करते हैं कि आमाशयान्त्र और सांवेगिक तनावों और संघर्षों के बीच घनिष्ठ सम्बन्ध पाया जाता है क्योंकि मस्तिष्क (brain) एवं अंतरागों (viscera) के मध्य स्वचालित स्नायुतन्तुओं (autonomic nerve fibres) के द्वारा ही संचार व्यवस्था (communication system) स्थापित होती है। यह स्वाचालित स्नायु तन्तु आमाशय से सम्बन्धित होते हैं। मानसिक तनावों से यह स्नायु तन्तु प्रभावित होते हैं। इन स्नायु तन्तुओं के माध्यम से आमाशय एवं आँत के तन्तु प्रभावित होते हैं। परिणामस्वरूप आमाशय एवं आंत की क्रियाशीलता प्रभावित होती है। जब व्यक्ति में दीर्घकालीन तनावपूर्ण स्थिति पायी जाती है तो उसके पाचन संस्थान में गड़बड़ी पायी जाती है और व्यक्ति धीरे-धीरे आमाशयान्त्र विकृति का शिकार हो जाता है। आमाशयान्त्र विकृति में अनेक प्रकार की विकृतियाँ आती हैं जिनमें आँत का घाव (ulcer), शोथ (colitis), आंव (mucus) पेचिश (dysentry), कब्ज (constipation), अति क्षुधा (bulimia nervosa), क्षुधा ह्रास (anorexia nervosa) आदि को लिया जा सकता है।

आँत का घाव
(Peptic Ulcer)

शब्द 'ulcer' का तात्पर्य है 'घाव या छाला'। *जब हमारे आमाशय या आँत में घाव हो जाता है, तो उस घाव को अल्सर कहते हैं। इस रोग को आमाशय का घाव (Gastric Ulcer) अथवा पक्वाशय का घाव (Duodenal Ulcer) कहते हैं।* परन्तु आधुनिक चिकित्सा-विज्ञान में इसे आँत का घाव (Peptic Ulcer) अथवा जठरीय पक्वाशय का घाव (Gastroduodenal Ulcer) अथवा पक्वाशय का घाव (Duodenal Ulcer) नाम दिया गया है। यह ऐसा रोग है जो जीवन भर साथ नहीं छोड़ता है। इस रोग में छोटी आँत के ऊपरी हिस्से अथवा आमाशय में एक खुले मुँह का घाव हो जाता है। यह रोग अधिकतर उन लोगों को होता है जो लम्बे समय तक अर्जीण (dyspepsia) के शिकार रहते हैं। इस रोग का मुख्य लक्षण यह है कि भोजन करने के एक-आध घण्टे बाद ही पेट में दर्द होता है, मिचली आती है और वमन होता है। जब रोगी की अवस्था गम्भीर होती है तो रोगी के घाव से स्राव भी होने लगता है और वमन करते समय रक्त बाहर निकलता है। रोगी के पेट में निरन्तर जलन होती रहती है और उसे ऐसा प्रतीत होता है जैसे पेट में आग लगी हो। यह पीड़ा पेट के ऊपरी हिस्से में होती है और रोगी यह अनुभव करता है कि पीड़ा उसके कलेजे में हो रही है। इसकी पीड़ा इतनी तीव्र होती है कि रोगी अपना पेट पकड़ लेता है। आगे या पीछे की ओर झुकने से वह आराम अनुभव करता है। तात्कालिक उपचार के रूप में केवल दूध पीने से ही आराम मिलता है। ***Kaplan & Sadock*** (1997) के अनुसार, *"आँत के घाव एक आमाशय अथवा ग्रहणी/लहवान्त्राग के श्लेष्मा झिल्ली की सीमित व्रणोत्पत्ति कहते हैं। यह व्रणोत्पत्ति पेशी-परत श्लेष्मिक झिल्ली को प्रभावित करता है और उन क्षेत्रों में घटित होता है जहाँ जठरीय अम्ल और पेप्सीना पाए जाते हैं।" (**Peptic ulcer is a circumscribed ulceration of the mucous membrane of the stomach or the duodenum. The ulceration penetrates to the muscularis mucosae and occurs in areas exposed to gastric acid and pepsin.**)*।

Coleman (1974) मानसिक एवं सांवेगिक तनाव को आँत के घाव का प्रमुख कारण मानते हैं। इनका मत है कि आंत का घाव इस बात पर नहीं निर्भर करता है कि आप क्या खा रहे हैं, वरन् इस पर निर्भर करता है कि मस्तिष्क को कौन-सी चिन्ताएँ खाये जा रही है। *Kaplan & Sadock* (1997) के अनुसार जो व्यक्ति निर्भरता आवश्यकताओं (dependence needs) से वंचित रहते हैं, कुढ़ते हैं, क्रोध का दमन करते हैं, न तो शत्रुता (hostility) की अभिव्यक्ति करते हैं और न सक्रियता से निर्भर सुरक्षा (dependence security) की आकांक्षा करते हैं, अपने को स्व-पर्याप्त (self-sufficient) समझते हैं, निर्भरता इच्छाओं (dependent desires) की पूर्ति करते हैं, पोषण (nurture) एवं तृप्ति (fed) के लिए प्रबल प्रतिगामी (regressive) इच्छा रखते हैं, प्रतिशोधी भावना (revengeful feelings) का दमन करते हैं और उन्हें अपने अचेतन में स्थान देते हैं (*Millon & Millon,* 1975), तलाक अथवा पति/पत्नी में से किसी का अभाव अनुभव करते हैं, जो विशिष्ट व्यक्तित्व एवं अन्तर्द्वन्द्व से सम्बन्धित होते हैं, जो किसी अन्तर्द्वन्द्व से उत्पन्न अविशिष्ट सामान्यीकृत चिन्ता से ग्रसित होते हैं, अचेतन अन्तर्द्वन्द्व (unconscious conflict) से प्रभावित होते हैं, 'अ' व्यक्तित्व प्रकार के होते हैं, अचेतन निर्भर अन्तर्द्वन्द्व (unconscious dependence conflict) से प्रभावित होते हैं, (*Alaxander; Mirsky & Weiner*) दीर्घ काल से तीव्र निर्भर आवश्यकताओं (dependence needs) के प्रति कुण्ठित होते हैं, तथा अधिक मात्रा में कैफेइन, निकोटीन

तथा अल्कोहल का प्रयोग करते हैं। यह रोग पुरुषों की अपेक्षा महिलाओं को कम होता है, क्योंकि उनकी मानसिक समस्याएँ कम होती है तथा उनमें सामान्यतया कोई व्यसन नहीं पाया जाता है। आँत के घाव का मुख्य कारण रोगी में पायी जाने वाली सतत सांवेगिक तनाव (persistent emotional stress) की स्थिति है (*Brady,* 1958; *Hoger & Peterson,* 1958)। सतत् सांवेगिक तनाव के पाए जाने के कारण व्यक्ति की वेगस नाड़ी (vagus nerve) प्रभावित होती है। वेगस नाड़ी ही आमाशय रस (gastric juice) तथा आमाशय के आकुंचन की गति (peristaltic motions) को नियन्त्रित करती है। जब सतत् सांवेगिक तनाव पाया जाता है, तब वेगस नाड़ी पर नियन्त्रण का अभाव पाया जाता है। परिणामस्वरूप आमाशय रस का स्राव अधिक होने लगता है जो धीरे-धीरे आमाशय की दीवारों को गलाने लगता है। परिणामस्वरूप व्यक्ति आँत के घाव (peptic ulcer) का रोगी हो जाता है।

आँत का घाव पाए जाने के कारण के रूप में अनेक कारकों को उत्तरदायी प्राप्त किया गया है। उदाहरणार्थ—सर्दी-जुकाम, दमा, संधिवात तथा आमवात के इलाज के लिए गर्म दवाओं का सेवन, धूम्रपान, अल्कोहल, कॉफी, कोका-कोला का अत्यधिक प्रयोग लम्बे समय तक अम्ल-पित्त (acidity) का रोग, खट्टी, खमीरयुक्त, तली, तीखी तथा गर्म मसाले का अधिक उपयोग, कोलतार से बने पदार्थों का सेवन, अत्यधिक माँस का उपयोग, तम्बाकू और चूने को निगलना आदि।

ऐसे रोगियों को कैलशियम युक्त खाद्य पदार्थ यथा दूध, फल, शाक-सब्जी का अधिक प्रयोग करना चाहिए तथा ऐसिड बनाने वाले खाद्य पदार्थों अरहर एवं उड़द की दाल, संतरा, अंगूर, नींबू, अचार, खट्टी चटनी, यथा दही आदि का प्रयोग नहीं करना चाहिए। मूँग की दाल का प्रयोग श्रेयस्कर है क्योंकि यह एसिड को कम करता है।

आंत का घाव होने पर Histamine type 2 receptors में Cimetidine, Famotidine, Niztidine, Ranitidine Proton-pump inhibitors में Lansoprazole, Omeprazole, Antacids में Magnesium hydroxide—Aluminum hydroxide—Simethicone तथा अन्य औषधियों के रूप में Sucralfate, Misoprostal का प्रयोग किया जा सकता है।

श्वसन विकृतियाँ
(Respiratory Disorders)

इस कहावत से जनसामान्य परिचित है कि 'जबतक साँस है तबतक आस है'। अर्थात् जब तक हम साँस लेते हैं, तब तक हम ऑक्सीजन प्राप्त करते हैं और तब तक ही हम जीवित रह सकते हैं। साँस लेते समय हम नाक से ऑक्सीजन लेते हैं जो श्वास नली से होता हुआ बायें और दायें फेफड़े में चला जाता है। जहाँ श्वास नली दो शाखाओं में बँटती है उसे Bronchi कहते हैं। Bronchi की एक शाखा बायें फेफड़े और एक शाखा दायें फेफड़े में चली जाती है। फिर यह दोनों शाखाएँ आगे चलकर बारीक नलिकाओं का रूप ले लेती है, जिन्हें श्वसन नलिकाएँ (bronchioles) कहते हैं। जो नलिकाएँ सबसे छोटी होती हैं, उनकी मोटाई केवल आधा मिलीमीटर होती है, जो छोटे-छोटे वायुकोषों (airsacs) तक जाती है, जिन्हें Alveoli कहते हैं। ऑक्सीजन का संचार इन्हीं वायुकोषों के माध्यम से होता है तथा प्रत्येक कोशिका को आक्सीजन का संचार रक्त के माध्यम से होता है।

श्वसन तन्त्र में जब किसी प्रकार का विकार पाया जाता है तब श्वसन तन्त्र के रोगों की उत्पत्ति होती है। इन विकृतियों में श्वसनी दमा (bronchial asthama), सामान्य सर्दी (common cold), अतिश्वसन संलक्षण (hyperventilation syndrome), यक्ष्मा (tuberculosis), श्वसनी ऐंठन (bronchial spasms), हे-फीवर (Hay fever), आदि। इन श्वसन विकृतियों में श्वसनी दमा अधिक सामान्य और एक प्रमुख रोग है।

श्वसनी दमा (*Bronchial Asthama*)

शब्द 'Asthama' एक ग्रीक शब्द है जिसका तात्पर्य 'सांस लेने में कठिनाई' (difficult breathing) से है। दमा का विद्वत्तापूर्ण अध्ययन इस तथ्य पर प्रकाश डालता है कि पहले इस विकृति के प्राचीनतम संलक्षणों का ही वर्णन किया गया था परन्तु 19वीं शताब्दी में इस विकृति का विभेदन अन्य विकृतियों यथा साँस फूलना (dyspnea), दमा में साँस लेते समय सीटी बजना (wheezing), कफ (cough) एवं बलगम (expectorations) से किया गया। दमा (asthama) के सम्प्रत्यय को *Francois Magendie* (1783-1855) ने 1839 में प्रस्तुत किया और इसे प्रतिरक्षित रूप से मध्यस्थ रोग (immunologically mediated disease एण्टीबाडियों के एण्टीजनों के विरुद्ध कार्य करने से होने वाले रोग जैसे एलर्जी, या अति सुग्राहिता से होता है) माना। बाद में इस गोचर को Anaphylaxis की संज्ञा दी गई जिसमें ana का तात्पर्य से दूर (away from) तथा phylaxis का तात्पर्य सुरक्षा (protection) से लिया जाता है जो Prophylaxis का विपरीतार्थक है क्योंकि Prophylaxis का तात्पर्य proj तथा toward से लिया जाता है। 1905 में *Von Pirquet* ने शब्द allergy का उपयोग इस विकृति के लिए किया जिसका तात्पर्य, 'अनुक्रिया में परिवर्तन अनुपस्थिति नहीं वरन् परिवर्तन', (an alteration of the response, a change rather than an absence) से लिया जाता है। शब्द 'allergic' को पर्यायवाची के रूप में शब्द 'atopic' का प्रयोग किया जाता है जिसका तात्पर्य 'out of place' से लिया जाता है। 1929 में *Dale* और उनके सहयोगियों ने यह प्रस्तावित किया है कि एलर्जी प्रतिक्रिया (allergy reaction) का मध्यस्थ (mediator) Histamine है। एलर्जी प्रतिक्रियाओं के रूप में एलर्जी नासिका शोथ (allergic rhinitis), दमा (asthama) एवं त्वचाशोथ (dermatitis) को लिया जा सकता है जिनका आधार या तो आनुवांशिक (hereditary) होता है अथवा मौसमी (seasonal)। *Kazuhiro Ishizaka* & *Teruko Ishizaka* (1967) ने एक-दूसरे संवेदनशील पदार्थ—Immunoglobulin E (IgE) को इस विकृत का कारण माना।

दमा एक सामान्य विकृति है और अमेरिका में इसके उपचार के लिए प्रतिवर्ष 6 बिलियन डालर 1990 में खर्च हुआ था जो राष्ट्रीय स्वास्थ्य व्यय का 1% था। विद्यालयी बच्चों की अनुपस्थिति का यह एक प्रमुख कारण है। कुछ जनसंख्या विशेष में विकृति के पाए जाने की सम्भावना अधिक पायी जाती है। इस विकृति का प्रारम्भ बाल्यावस्था में (50% केसेज में 10 वर्ष के पहले ही) ही हो जाता है। लड़कों में (teen years) के पहले ही इस रोग का प्रारम्भ हो जाता है परन्तु लड़कियों में यह बाद में प्रारम्भ होता है। इस विकृति के स्पष्ट अभिव्यक्ति के सन्दर्भ में मनोवैज्ञानिकों के परिणामों में समानता नहीं पायी जाती है क्योंकि *Flensborg* (1945), *Ryssing* (1957) तथा *Dees* (1957) ने 14वें वर्ष में, *Rackemann* (1952) ने 13वें वर्ष में, *Barr* (1964) ने 15 वर्ष में तथा *Ogilvie* (1960) ने 16वें वर्ष में इस रोग के प्रारम्भ को प्राप्त किया है।

The American Thoracic Society ने इस विकृति को *''एक ऐसी विकृति के रूप में परिभाषित किया है जिसमें विभिन्न उद्दीपकों के प्रति अनुक्रियाशीलता में वृद्धि पायी जाती है जिसकी अभिव्यक्ति वायुमार्गों की संकीर्णता के रूप में होती है जो रोग की तीव्रता, अथवा स्वाभाविकता अथवा किसी औषधि के परिणामस्वरूप होती है।''* (*A disease characterized* *by an increased responsiveness to various stimuli and manifested by wide spread narrowing of the airways that changes in severity either spontaneously or as a result of therapy.)*। यह परिभाषा इस तथ्य पर बल देती है कि इस रुग्णता के अनेक लक्षण उदाहरणार्थ श्वसनी संकीर्णन (bronchial constriction), श्वसनी वृक्ष की अतिसक्रियता (the hyper-activity of bronchial trees) तथा रोग का प्रसंग वश कम होना या अधिक होना पाया जाता है। दमा में श्वसनी अतिसक्रियता (bronchial hyperactivity) के घटित होने के अनेक कारण है जिनमें एलर्जी (प्रर्त्यूजना-allergies), संक्रमण (infections), व्यायाम (exercise), ठंडी हवा (cold air), अविशिष्ट शोभक (nonspecific iritants) एवं मनोवैज्ञानिक कारकों (pschchological factors) को प्रमुखता से लिया जाता है।

इस रोग का दौरा कष्ट श्वास (dyspnoea) तथा सीटी की आवाज (wheezing) के साथ होता है जो ब्रांकियल मार्गों (bronchial airways) के सिकुड़ने के कारण होता है। यह सिकुड़न श्वासनली की माँसपेशियों में पाया जाता है तथा श्लेष्मा झिल्ली में सूजन हो जाती है अथवा बलगम के एकत्रित होने से भी यह विकृति पायी जाती है। यह रोग फेफड़ों से सम्बन्धित है, इस रोग में रोगी को साँस लेने में कठिनाई होती है। इसका दौरा आने पर रोगी को खाँसी आनी प्रारम्भ हो जाती है और जब खांसने से कफ निकल जाता है, तो रोगी आराम अनुभव करता है। रोगी साँस लेने में इतनी रुकावट अनुभव करता है कि उसे लगता है कि उसका दम घुट रहा है। वह किसी भी अवस्था में आराम नहीं अनुभव करता है, न तो लेटने में और न बैठने में। वह आराम प्राप्त करने के लिए पलथी मार कर बैठता है, गोद में तकिया रखकर दोनों कुहनियाँ टिकाकर आगे की ओर झुककर साँस लेने का प्रयास करता है। इस रोग में साँस में तकलीफ, खांसी, जुकाम, कफ निकलना, साँस में सीटी-सी बजना, नाक बन्द हो जाना या नाक बहना, सायनस में सूजन, नाक में माँस बढ़ना, नाक के बीच की हड्डी का टेढ़ा होना, तनाव, थकावट, कमजोरी, अत्यधिक पसीना, निर्जलीकरण, सीने में भारीपन, वजन गिरना, गले में चुभन, जलन, सरसराहट आदि को प्रमुख लक्षण के रूप में माना जा सकता है। दमे का दौरा पड़ने पर रोगी छाती पर भारीपन महसूस करता है, पेट फूल जाता है, कब्ज पाया जाता है, सिर भारी रहता है और वमन करता है। रोग जाड़े या गर्मी के मौसम के प्रारम्भ पर पाया जाता है लेकिन कुछ रोगी पूरे साल इससे ग्रसित रहते हैं।

इस रोग के उत्पन्न होने के अनेक कारण है। उदाहरणार्थ देर से हजम होने वाली तैलीय एवं गरिष्ठ वस्तुओं का सेवन, मौसम के अनुकूलता के विपरीत वस्तुओं का सेवन, कब्ज एवं पेट में गैस बनना, पसीना सूखे बिना ठंडे पानी से स्नान, कभी गरम और कभी ठंडी वस्तुओं का उपयोग, खाँसी-बुखार में ठंडी वस्तु का सेवन, फेफड़े की नलियों में अकड़न अथवा सूजन, वात, पित्त और कफ में असन्तुलन, रूई अथवा ऊन के अंशों का श्वास नली में प्रवेश, इत्र, परफ्यूम अथवा पेंट की गन्ध, घरों में पाए जाने वाली धूल तथा कीट-पतंगें, विशिष्ट व्यवसायिक वातावरण, शरीर के सम्पर्क में आने वाले डाई, क्रीम, साबुन, दूध, मछली आदि को सुरक्षित रखने वाले प्रेजरवेटिव्स (सल्फर डाइआक्साइड), सिगरेट, बीड़ी, का धुआँ आदि।

इस रोग के उत्पन्न होने में इन कारकों के अतिरिक्त मनोवैज्ञानिक निर्धारकों की भी महत्वपूर्ण भूमिका है। भावनात्मक तनाव (emotional stress) चिन्ता तथा मानसिक असन्तुलन के कारण भी श्वसनी दमा के लक्षणों के पाए जाने की सम्भावना पायी जाती है। जिन बच्चों में चिड़चिड़ापन, आक्रामकता और आत्मविश्वास का अभाव पाया जाता है (*Neuhaus* 1958), मातृत्व निर्भरता (maternal dependence) पाया जाता है तथा जिनमें माँ से अलग

होने का भय होता है तथा इस निर्भरता के प्रति उसमें क्षुब्धता पायी जाती है, (*Knappe* et.al 1957), क्रोध एवं चिन्ता का दमन पाया जाता है (मनोविश्लेषणवाद), दूसरों से सहायता प्राप्त करने की शिशुपरक इच्छा (infantile appeal मनोविश्लेषणवाद) होती है, कंजूस व्यक्तियों को जब आर्थिक कठिनाई का सामना करना होता है (मनोविश्लेषणवाद) तथा संवेगात्मक मनोदशा (emotional mental state), जीवन से हताशा (feeling of despair, *Knappe,* 1969), अवसादपरक लक्षण सांवेगिक क्षुब्धता, किसी हानि (loss) के प्रति सांवेगिक प्रतिक्रिया का इतिहास, पारिवारिक दुष्प्रकार्यता (family dysfunction), निम्न आत्म आदर (*Kaplan & Sadock,* 2000 : *Comprehensive Text book of Psychiatry*) पृथक होने की चिन्ता का अनुभव, मातृत्व अनुराग का निरन्तर अभाव, भय एवं अपराध की भावना, प्रिय व्यवितयों के प्रति प्रतिकूल आवेग (hostile impulse), अस्वस्थ (sickly), सनकी (cranky), निर्भर (dependent), सहायता एवं सुरक्षा के लिए दमित इच्छा (*Millon & Millon,* 1975), के कारण श्वसनी दमा के लक्षणों के विकसित होने की सम्भावना पायी जाती है।

इस रोग का निदान रोग के लक्षणों, एलर्जी के इतिहास, परिवार में दमे के पूर्व इतिहास, तथा प्रयोगशालायी परीक्षणों के द्वारा किया जाता है। प्रयोगशालायी परीक्षणों में TLC, DLC, ESR, PEV, PEFR आदि प्रमुख हैं। औषघि के रूप में सामान्यतया Bronchodialaters और Corticosteroids के विभिन्न प्रकारों का प्रयोग किया जाता है:—

(1) Bronchodilators

(a) Sympathomimetics : Adrenaline, Ephedrine, Isoprenaline, Orciprenaline, Salbutamol, Terbutaline,

(b) Methylxanthines : Theophyline Aminophyllina, Choline theophyllinate Hydroxyethyl theophylline, Theophylline ethanolate of piperazine,

(c) Anticholinergics : Atropine methonitrate, Iprotropium bromide.

(2) Corticosteroids

(a) Systematic : Hydrocortisone, Prednisolone,

(b) Inhalational : Beclomethasone dipropionate.

(3) Miscellaneous—Antihistamines : Mepyramine and Congeners.

त्वचा-सम्बन्धी विकृतियाँ
(Skin Disorders)

सम्पूर्ण शरीर पर त्वचा पायी जाती है जिससे हमें विभिन्न प्रकार की उत्तेजनाओं की संवेदना होती है जैसे ताप संवेदना, पीड़ा संवेदना, शीत संवेदना, दबाव संवेदना आदि। हमारी त्वचा को इन संवेदनाओं का अनुभव तो होता ही है साथ-ही-साथ हमारी त्वचा गीले, सूखे, चिकने और खुरदरे होने का भी अनुभव करती है परन्तु यह संवेदनाएँ ऊपर वर्णित संवेदनाओं के अन्तर्गत ही आती है। जहाँ हमारी त्वचा इन संवेदनाओं का अनुभव करती है वहीं यह हमारी संवेगात्मक अनुभूतियों का वास्तविक चित्र भी प्रस्तुत करती है क्योंकि इसका प्रत्यक्ष सम्बन्ध मस्तिष्क से रहता है। इसलिए मस्तिष्क में पाए जाने वाले सांवेगिक उपद्रवों की स्पष्ट छाप त्वचा पर देखी जा सकती है। प्रायः हम यह देखते हैं कि जब व्यक्ति सांवेगिक अवस्था—क्रोध, भय, प्रसन्नता, दुख में होता है, तो सांवेगिक दशा के अनुसार त्वचा में

परिवर्तन पाया जाता है। उदाहरणस्वरूप हम यह कह सकते हैं कि क्रोध की दशा में व्यक्ति का चेहरा लाल हो जाता है, भय की दशा में या तो चेहरा पीला पड़ जाता है या रोंगटें खड़े हो जाते हैं, या त्वचा ठंडी हो जाती है, इसी प्रकार तनाव की स्थिति में व्यक्ति की त्वचा में खुजली होने लगती है। लम्बे समय तक संवेगात्मक तनावों एवं बलाघातों के पाए जाने पर व्यक्ति की त्वचा में अनेक प्रतिक्रियाएँ होती हैं, जो दाद, खुजली, खाज, पित्ती जैसे त्वचीय विकारों के रूप में दिखाई पड़ती है, त्वचा की ऊपरी सतह पर बहुत छोटी-छोटी रक्त नलिकाएँ होती हैं जो स्वचालित स्नायुमण्डल द्वारा नियंत्रित होती हैं, इसलिए संवेगों की तात्कालिक अभिव्यक्ति त्वचा के माध्यम से हो जाती है।

हम अपने दैनिक जीवन में व्यक्तित्व शीलगुणों एवं त्वचीय परिवर्तनों के प्रत्यक्ष प्रमाण को देख सकते हैं क्योंकि हम भावुक और अतिसंवेदनशील व्यक्ति को पतली त्वचा वाला व्यक्तित्व' (Thin skinned personality) एवं निर्लज्ज तथा उत्तेजनाओं के प्रति असंवेदनशील व्यक्ति को मोटी त्वचा वाला व्यक्तित्व (Thick skinned personality) कहते हैं। इसीलिए त्वचा को शरीर की भाषा (language of the body) की संज्ञा दी गई है जिसके द्वारा व्यक्ति की दमित इच्छाओं की अभिव्यक्ति प्रतीक के रूप में होती है। कुछ त्वचा सम्बन्धी रोग अपराध भावना, क्रोध, रोष, आदि के कारण पाए जाते हैं।

Cameron (1986) का मत है कि त्वचा रोग से पीड़ित 75% व्यक्तियों में संवेगात्मक तनावों की स्पष्ट एवं सक्रिय भूमिका होती है। इसके अतिरिक्त इन विकारों के पाए जाने की सम्भावना एलर्जी के कारण भी होती है। जिन व्यक्तियों में किसी विशिष्ट उत्तेजना के प्रति एलर्जी पायी जाती है, उनकी त्वचा पर पाए जाने वाले ऊतकों पर अधिक कुप्रभाव पड़ता है परिणामस्वरूप वे क्षतिग्रस्त हो जाते हैं।

चूँकि त्वचा सांवेगिक अभिव्यक्तियों का एक माध्यम है, इसलिए व्यक्ति के विधेयात्मक एवं निषेधात्मक संवेग व्यक्ति की त्वचा पर भिन्नतापरक प्रभाव डालते हैं। व्यक्ति में पाए जाने वाले क्रोध, घृणा, ईर्ष्या, दुख आदि प्रकार के संवेग तथा इनसे सम्बन्धित क्षुब्धताएँ व्यक्ति में असामान्य त्वचीय संवेदनाएँ उत्पन्न करती है जिससे उसमें मनोदैहिक त्वचा विकृति पायी जाती है जिसका अनुभव व्यक्ति विशेष द्वारा तो होता ही है, अन्य व्यक्तियों द्वारा ही अधिक प्रत्यक्षीकृत किया जाता है। त्वचा सम्बन्धी अनेक विकृतियाँ है, जिनका वर्णन अधोप्रस्तुत है:—

(i) सामान्यीकृत खुजली (*Generalized Pruritus*)

त्वचा के अभिवाही तन्तुओं (afferent fibers) में खुजली (itch), झुनझुनाहट (tickle), पीड़ा (pain) आदि अनुभूतियाँ पायी जाती है जिनका विभेदन केवल विद्युतीय आवेगों की आवृत्तियों (frequencies of electrical impulses) के द्वारा किया जा सकता है। खुजली त्वचा शोध (itching dermatoses) में खुजली/खाज/कण्डु/खारिश (scabies), जुओं से हुए रोग (pediculosis), कीटों (मक्खी, मच्छर, जुयें, किलनी, मकड़ी, बिच्छू तथा मधुमक्खी (bites of insects) द्वारा काटना, शीत पित्ती (urticaria), विस्थापित त्वकशोध (atopic dermatitis), सम्पर्क त्वकशोध (contact dermatitis), एवं पसीना रुक जाने से जलस्फोटों का बनना (miliaria) को सम्मिलित किया जा सकता है। आन्तरिक विकृतियों यथा मधुमेह (diabetes), वृक्क शोध (nephritis), यकृत की बीमारियाँ, गठिया, थायरायड ग्रन्थि की विकृतियाँ, भोजन सम्बन्धी एलर्जी, Hodgkin's रोग, श्वेतरक्त कैंसर (leukemia) एवं कैंसर आदि के कारण भी खुजली (itching) पायी जाती है। गर्भावस्था एवं पागलपन की अवस्था में भी यह विकृति पायी जाती है।

शब्द सामान्यीकृत मनोजनित खुजली (generalized psychogenic pruritus) विकृति इस तथ्य की ओर संकेत करती है कि ऐसी खुजली के पाए जाने का कोई आंगिक कारण (organic cause) नहीं होता है तथा मनश्चिकित्सकीय परीक्षण करने पर इसके लक्षण अधिक समय तक नहीं पाए जाते हैं परन्तु इनके घटित होने के कारणों के रूप में सांवेगिक अन्तर्द्वन्दों की प्रमुख भूमिका होती है। वे संवेग, जो व्यक्ति में अधिक सरलता से सामान्यीकृत मनोजनित खुजली के लक्षण को उत्पन्न करते हैं, दमित क्रोध (repressed anger) तथा दमित चिन्ता (repressed anxiety) के रूप में होते हैं। जब व्यक्ति चेतन अथवा अचेतन रूप से क्रोध एवं चिन्ता का अनुभव करता है, तो वह अकसर बलपूर्वक खुजलाते (violently scratch) करते हैं। अत्यधिक अनुराग की आवश्यकता अनुभव करने वाले रोगियों में यह लक्षण सामान्य रूप से पाए जाते हैं। इस आवश्यकता से उत्पन्न कुण्ठा व्यक्ति को आक्रामक बनाती है परन्तु वह अवरोधित रहती है। ऐसी कुंठित आवश्यकता के कारण स्थानापन्न संतोष (substitute gratification) के लिए त्वचा को रगड़ने (rubbing of the skin) का व्यवहार करने लगता है। तत्पश्चात यही व्यवहार खुजलाहट में परिवर्तित हो जाता है।

(2) स्थानिक खुजली *(Localized Puritus)*

इसे Neurodermatosis भी कहते हैं। इस वर्ग में स्थानिक खाज, खुजली, उकदत आदि आते हैं। अत्यधिक खुजली के कारण त्वचा में सूजन पायी जाती है, तथा विषैला द्रव निकलने लगता है। इस रोग के दीर्घकालिक होने पर त्वचा मोटी हो जाती है। मनोविश्लेषणवादी ऐसी विकृतियों का कारण आत्मनिर्दिष्ट विरोध मानते हैं। इस सिद्धान्त के अनुसार व्यक्ति अपने को आत्मनिर्दिष्ट कष्ट देता है, तथा किसी यथार्थ अथवा काल्पनिक कार्यों से उत्पन्न अपराध भावना से मुक्ति पाने के लिए स्वयं को दण्डित करता है।

इस वर्ग के अन्तर्गत उन विकृतियों को भी लिया जा सकता है जिनमें त्वचा में शोथ पायी जाने लगती है। यह शोथ केवल अनामिका, अंगूठा अथवा होठों में पायी जाती है जिनका मनोवैज्ञानिक कारण अनुसंधानकर्ताओं ने प्राप्त किया है। उदाहरणार्थ, अँगूठे का त्वचा शोथ उन व्यक्तियों में पाया जाता है, जो अपरिपक्व होते हैं तथा जीवन की समस्याओं के समाधान में हमेशा लगे रहते हैं। ऐसे लोग सांवेगिक तनावों के कारण मुखावस्था (oral stage) में लौट जाने की तीव्र लालसा रखते हैं। परन्तु न तो माँ उन्हें दुग्ध पान करा सकती है और न बोतल के द्वारा उन्हें दूध पिला सकती है, परिणामस्वरूप वे अँगूठा चूसने लगते हैं और अँगूठे की त्वचा में शोथ पाया जाता है जिसे अँगूठा त्वचाशोथ (Thumb dermatosis) कहते हैं।

इसी प्रकार कुछ लोगों की अनामिका (ring figure) में अँगूठी के नीचे त्वचाशोथ प्राप्त किया गया जिसका कारण पूर्ण रूप से मनोवैज्ञानिक था क्योंकि शादी पसंद न होने पर इस विकृति के लक्षण देखे गए। जब वही अँगूठी दूसरी ऊँगली में पहनायी गयी, तो त्वचाशोथ के कोई लक्षण नहीं प्राप्त किए गए। इसे अनामिका त्वचाशोथ (Ringfinger dermatosis) कहते हैं।

होठों में त्वचा शोथ (lips dermatosis) के लक्षण उन युवतियों में पाये जाते हैं जो सामाजिक बन्धन एवं नैतिक समस्याओं के कारण किसी युवक के प्यार एवं चुम्बन प्राप्त करने की लालसा को पूरी नहीं कर पाती है। परिणामस्वरूप उनमें कुण्ठा और सांवेगिक अन्तर्द्वन्द पाया जाता है और होठों में त्वचा सम्बन्धी शोथ पाया जाता है (Brown, 1977)।

अनुसंधानों से इस तथ्य पर प्रकाश पड़ता है कि शीतपित्त जो गोलाकार एवं तापयुक्त होता है, शरीर के विभिन्न भागों में फैल जाता है। इन चकत्तों की उत्पत्ति अचानक होती है,

तथा इनमें बहुत तेज खुजली होती है। यह चकत्ते एक के बाद दूसरे उत्पन्न होते हैं तथा कुछ समय तक बने रहते हैं, इनका कारण सांवेगिक होता है।

अनुसंधानकर्ताओं ने यह परिणाम प्राप्त किया है कि यदि कुंठा के कारण व्यक्ति रो लेता है, तो उसमें शीतपित्त के लक्षण नहीं उत्पन्न होते हैं।

इसी प्रकार त्वचा सम्बन्धी कुछ अन्य त्वचीय विकृतियाँ भी मनोवैज्ञानिक कारणों पर निर्भर करती हैं। उदाहरणार्थ हीनता की भावना तथा निम्न आत्म-आदर के कारण उत्पन्न तनाव से एक्जीमा (Eczema), सांवेगिक उपद्रव से एक्ने बलगरिज (acne vulgaris—इसे बर्रे भी कहते हैं जिससे त्वचा विकृत हो जाती है), माता-पिता के प्रति उत्पन्न विद्रोह (rebellion) की भावना परन्तु चेतन स्तर पर कर्त्तव्यपरायण एवं आज्ञाकारी बने रहने की चेष्टा के परिणामस्वरूप चेहरे की त्वचा में उत्पन्न शांत विकृति (silence disfiguring skin erruptions), क्रोध, आक्रोश तथा तनाव के कारण हथेली, पैर के तलुओं तथा कारवों में अत्यधिक पसीना आने लगना, दीर्घकालीन सांवेगिक बलाघात एवं चिन्ता से अत्यन्त शान्त अत्यधिक स्वेदन से त्वचा में होने वाला परिवर्तन, अस्थायी पित्तिकाएँ (rashes), फफोले (blisters) एवं संक्रमण (infections) *Kaplan & Sadock*, 1997)।

सिरदर्द/शिर:शूल
(Headache)

सिरदर्द मानव वेदनाओं (human afflictions) का एक अति सामान्य प्रकार है। यह एक ऐसी दशा है जिसमें व्यक्ति को चिकित्सकीय सलाह (medical advice) लेनी पड़ सकती है। 10% लोगों ने यह बताया है कि सिरदर्द के कारण उनके दैनिक कार्यों में बाधा उत्पन्न होती है। व्यवसायिक एवं सामाजिक क्षमताओं पर इसका आश्चर्यजनक प्रभाव पड़ता है। यद्यपि इस क्षेत्र में पर्याप्त अनुसंधान कार्य हुए हैं परन्तु सिरदर्द संलक्षण में निदानशास्त्र (etiology) को अच्छी तरह नहीं ज्ञात किया जा सका है क्योंकि सिरदर्द का सम्बन्ध सामान्यतया मनोचिकित्सकीय संलक्षणों से है। इसीलिये सिरदर्द होने पर मनोचिकित्सकों की सलाह ली जाती है।

सिरदर्द के सन्दर्भ में सामान्य बुद्धि के आधार पर निसंदेह यह कहा जा सकता है कि सिरदर्द के सभी रोगियों का अपना एक इतिहास होता है, उनके सिरदर्द की अवधि (duration) आवृत्ति (frequency), गुण (character), स्थान (location) एवं तीव्रता (intensity) में अन्तर पाया जाता है तथा प्रत्येक चिकित्सकों का इसका निर्धारण आवश्यक होता है।

सिर में दर्द, भारीपन या अन्य किसी प्रकार की अरुचिकर संवेदना को शिर:शूल कहते हैं। इसका स्वरूप तीव्र भी हो सकता है और दीर्घकालिक भी। यह सिर के पूरे भाग में भी हो सकता है और किसी एक भाग में भी। यह अपने आप में एक रोग भी हो सकता है और किसी रोग का लक्षण भी। यह सिर दर्द कई प्रकार का हो सकता है जिसकी अनुभूति व्यक्ति को अलग-अलग प्रकार से हो सकती है। सिरदर्द लगातार भी हो सकता है और रुक-रुक कर भी। इस रोग में व्यक्ति को नींद नहीं आती है, बेचैन रहता है, उल्टियाँ हो सकती है, जी घबड़ाता है, तथा सिर में जकड़न अनुभव होती है आदि।

सिरदर्द एक अति सामान्य स्नायविक लक्षणों वाला रोग है तथा सभी व्यक्तियों में इस तरह के लक्षण के पाए जाने की सम्भावना पायी जाती है। प्रतिवर्ष सम्पूर्ण जनसंख्या के लगभग 80% व्यक्ति एक बार अवश्य सिरदर्द अनुभव करते हैं तथा 10% से 20% लोग चिकित्सकीय सहायता प्राप्त करते हैं।

The International Headeache Society (1988) ने सिरदर्द के प्रमुख प्रकारों का वर्णन करने तथा सिरदर्द संलक्षण के निदानपरक पारिभाषिक शब्दावली (diagnostive nomenclature) के अन्तर्राष्ट्रीय प्रमाणीकरण (international standardization) को सुविधाजनक बनाने की एक विशिष्ट संक्रियात्मक कसौटी (specific operational criteria) को प्रस्तुत किया है। यह वर्गीकरण उन इतिहासपरक सूचनाओं (information obtained from history), शारीरिक एवं तन्त्रिकाविज्ञानीय (neurological) परीक्षणों एवं उपयुक्त प्रयोगशालायी परीक्षणों (laboratory examinations) पर आधारित है। इस वर्गीकरण में मनोदैहिक (psychosomatric) अथवा मनोजनित (psychogenic) सिरदर्द जैसे वर्गीकरण को सम्मिलित नहीं किया गया है क्योंकि इस सन्दर्भ में कोई वैध प्रमाण प्रस्तुत नहीं है कि मानसिक अस्वस्थता (mental illness) अथवा जीवन-बलाघात (life stress) सिरदर्द के कारण है। अक्सर सिरदर्द संलक्षण के आधार पर Miagraine Tension Type Headache एवं Cluster Headache को सिरदर्द के प्राथमिक प्रकार के रूप में माना जा सकता है। सिरदर्द के अन्य उप-प्रकारों को गौण सिरदर्द के अंतर्गत रखा जाता है जिसके कारण नवीन भी हो सकते हैं और पुराने भी।

IHS (1988) द्वारा प्रस्तुत वर्गीकरण अधो प्रस्तुत है:—

(1) Miagraine

(2) Tension Type headache

(3) Cluster headache and chronic paroxysmal hemicrania

(4) Miscellaneous headaches unassociated with structural lesion

(5) Headache associated with head-trauma

(6) Headache associated with vascular disorder

(7) Headache associated with nonvascular intracranial disorder

(8) Headache associated substances or withdrawal

(9) Headache associated with noncephalic infection

(10) Headache associated with metabolic disorder.

(11) Headache or facial pain associated with disorder of cranium, neck, eyes, ears, nose, sinuses, teeth, mouth or other facial or cranial structures

(12) Headache associated with cranial neuralgias, nerve trunk pain and differentation pain.

(13) Headache not classifiable.

आमतौर से सिरदर्द दो प्रकार का होता है—खून की वाहिकाओं द्वारा होने वाला सिरदर्द तथा माँसपेशियों में सिकुड़न होने से होने वाला सिरदर्द। खून की वाहिकाओं में होने वाले सिरदर्द को अधकपारी (Migrane) कहते हैं।

सिरदर्द के अनेक कारण है उदाहरणार्थ—रक्तदोष, नेत्ररोग, अम्लपित्त रोग, मस्तिष्क रोग, मस्तिष्क में रक्त पहुँचाने वाली रक्त वाहिनियों के रोग, उच्च रक्तचाप, शुद्ध हवा का अभाव, पेट का विकार, विभिन्न प्रकार के बुखार, मादक पदार्थों का उपयोग, आँख, कान, नाक तथा गर्दन की बीमारी, अधिक ऊँचाई वाले स्थान पर यात्रा, एलर्जी, प्रमस्तिष्कीय धमनी काठिन्य, मानसिक कार्य,श्वासनली में शोध आदि। सिरदर्द के यह कारण दैहिक कारक है।

परन्तु कुछ और कारक ऐसे भी हैं जो सिरदर्द के लिए उत्तरदायी है। इन कारकों को सिरदर्द के मनोवैज्ञानिक निर्धारकों के रूप में माना जा सकता है। सिरदर्द के मनोवैज्ञानिक निर्धारकों के रूप में मानसिक रोग, हिस्टीरिया मानसिक थकावट, यात्रा से उत्पन्न मानसिक तनाव, आदि को सामान्य रूप से सम्मिलित किया जा सकता है। *Kaplan & Sadock* (1997) के अनुसार सिरदर्द के कुछ अन्य मानसिक कारक है। उदाहरणार्थ—सांवेगिक बलाघात (emotional stress), चिन्ता, अवसाद, रोगभ्रम (hypochondriacal), व्यामोह (delusion), अचेतन मनोवैज्ञानिक अन्तर्द्वन्द (unconscious psychological conflict)। इन मानसिक कारकों के कारण भी सिरदर्द पाया जाता है।

सिरदर्द के सन्दर्भ में चिकित्सकों की यह सामान्य राय है कि सिरदर्द की उपेक्षा नहीं करनी चाहिए। सिरदर्द जब भी हो, कारण जो भी हो, चिकित्सक की सलाह अवश्य लेनी चाहिए। सिरदर्द के कारण के बारे में पता लगाने के लिए खून तथा पेशाब की जाँच, एक्स-रे, सी॰ टी॰ स्कैन आदि परीक्षणों का उपयोग किया जा सकता है।

औषधि स्वरूप तेज सिरदर्द में Carbutyl, Dexovan तथा हल्के सिरदर्द में Ibugesic, Analgin, Dorfex, Trigran, Diclofenec, Combiflam, Afidin, Pyrigesic, Dardona, Survina आदि में से किसी का प्रयोग किया जा सकता है।

अधकपारी
(Migrane)

अधकपारी सिरदर्द खून की वाहिकाओं (vascular) में होने वाले सिरदर्द को कहते हैं। अधकपारी सिरदर्द एक आवेगी (paraxysmal) विकृति है जो बार-बार घटित होता है जो दृष्टिपरक अथवा आमाशयांत्र क्षुब्धताओं से सम्बन्धित भी हो सकता है और नहीं भी। इनका कारण मुख्य रूप से कपालीय रक्त प्रवाह (cranial circulation) में प्रकार्यात्मक क्षुब्धता (functional distrubance) है।

अधकपारी में सिर के दाहिने भाग या बायें भाग में सिरदर्द होता है। इसका प्रारम्भ सूर्य के निकलते ही प्रारम्भ हो जाता है और जैसे-जैसे सूर्य का प्रभाव बढ़ता जाता है, सिर की पीड़ा भी बढ़ती जाती है। इसी प्रकार जब सूर्य का प्रभाव धीरे-धीरे कम होने लगता है तो इसकी वेदना भी कम होती जाती है और सूर्य के अस्त होने पर यह दर्द भी समाप्त हो जाता है। इसे आधा शीशी का सिरदर्द, सूर्यावर्च तथा हेमीक्रेनिया (Hemicrania) भी कहते हैं।

अधकपारी के अनेक लक्षण हैं उदाहरणार्थ, रोगी अंधेरे में रहना चाहता है, सिर में टपकने की पीड़ा होती है, 87% केसेज में मितली तथा 54% केसेज में वमन होता है, सिरदर्द सामान्यतया 4 घन्टे से 72 घन्टे तक रहता है, दर्द निवारक औषधियों से मुक्ति नहीं मिलती है, तीव्र प्रकाश और कोलाहल से इन लक्षणों में वृद्धि पायी जाती है, यह दर्द अन्तराल पर होता है और यह समयान्तराल महीनों का भी हो सकता है और वर्षों का भी, जैसे-जैसे आयु बढ़ती जाती है, रोग धीरे-धीरें समाप्त होता जाता है आदि।

अधकपारी से ग्रसित 2/3 रोगी समान पारिवारिक ऐतिहासिक विकृतियों के कारण रोगी होते हैं। मनोग्रसित व्यक्तित्व के व्यक्तियों के अति नियन्त्रित (overly controlled) तथा पूर्णतावादी (perfectionist) होने के कारण वे अपने क्रोध का दमन करते हैं, वे व्यक्ति जो अपने अत्यधिक स्व-मांगों (self-demands) की पूर्ति में अपने को असमर्थ पाते हैं। अधिक बुद्धिमान तथा आर्थिक रूप से सफल प्रतियोगियों के प्रति तीव्र अप्रसन्नता (विद्वेष/कुढ़न),

एवं जलन अनुभव करते हैं, अतिसावधान (meticulous), नियमनिष्ठ (scrupulous) पूर्णतावादी (perfectionist), महत्त्वाकांक्षी व्यक्तित्व वाले होते हैं तथा पूर्णता न प्राप्त करने पर स्वयं को दण्डित करते हैं। इन सब मानसिक कारणों से अधकपारी के लक्षणों के विकास होने की सम्भावना पायी जाती है।

माइग्रेन का दौरा होने पर उपचार के लिए Migranil, Cafergot, Inderal, Nomigrain, Vasograin, Bellergal, Migril, Sibelium, Flunarizine आदि औषधियों का प्रयोग किया जा सकता है।

माइग्रेन रोग के निरोध के लिये निम्न औषधियों का प्रयोग किया जा सकता है:—

माइग्रेन के रोग निरोधक उपचार
(Prophylactic Treatment of Migraine)

Drug	Daily Dosage (mg.)
B-BLOCKERS	
Atenolol	50-150
Metoprolol	100-200
Propranolol	40-240
CALCIUM-CHANNEL INHIBITORS	
Flunarizine	5-10
Verapamil	240-320
SEROTIN ANTAGONISTIS	
Methysergide	4-8
Pizotyline	1-6
ANTI DEPRESSANTS	
Amitriptyline	10-150
Doxepin	10-150
Phenelzine	15-60
ANTIEPILEPTICS	
Sodium Valporate	500-1500
NSAIDS	
Naproxen	550

तनाव सिरदर्द/माँसपेशीय आकुंचन
(Tension Headache/Muscle Contraction)

सिर एवं गर्दन की माँसपेशियों के दीर्घकालीन संकुचन से सदैव सांवेगिक बलाघात का सम्बन्ध रहा है जो कई घन्टों तक रक्त नलिकाओं (blood vessels) को संकुचित (constrict) करता है जिसका परिणाम (ischemia) के रूप में होता है। मन्द पीड़ा कभी-कभी कसी हुई पट्टी (tightening band) का अनुभव कराती है तथा अकसर अपपश्चकपालीय खण्ड (suboccipitally) से प्रारंभ होती है और पूरे शरीर में फैल जाती है। सिर की खाल (scalp)

छूने में कोमल (tender) प्रतीत होता है तथा अधकपारी के ठीक विपरीत, सिरदर्द सामान्यतया द्विपार्श्विक (bilateral) होता है तथा इसका सम्बन्ध मिचली तथा वमन से नहीं होता है। इस रोग का प्रारम्भ कार्य दिन (work day) की समाप्ति पर होता है अथवा सांयकाल होते ही होता है। सम्भवतया जब व्यक्ति बलाघातपूर्ण व्यवसाय (stressful job) से मुक्ति पाते हैं, तो वे विश्राम करना चाहते हैं, एवं दैहिक संवेदनाओं (somatic sensations) को अनुभव करते हैं। लेकिन जब पारिवारिक अथवा वैयक्तिक दबाव (family or personal pressures) या तो व्यवसाय सम्बन्धी बलाघात के समान होते हैं या उससे अधिक होते हैं, तो सायंकाल अथवा सप्ताहान्त, अथवा छुट्टियों में सिरदर्द बद-से-बदतर हो जाता है।

तनाव सिरदर्द सामान्यतया चिन्ता एवं अवसाद से सहसम्बन्धित होते हैं तथा सांवेगिक तनाव/बलाघात अनुभव करने की अवधि में 80% व्यक्तियों में इस विकृति के लक्षण पाए जाते हैं। तनावग्रस्त (tense), अति संवेदनशील/उत्तेजनशील (highly-string), प्रतियोगी, तथा 'अ'-प्रकार के व्यक्तित्व वाले व्यक्तियों में विशेष रूप से इस विकृति के प्रति उन्मुखता पायी जाती है। इस रोग की प्रारम्भिक अवस्था में चिंता प्रतिरोधी, औषधियों का उपयोग, माँसपेशीय शिथिलीकरण (muscle relaxant), मालिश अथवा गर्दन और सिर की सिकाई करके उपचार किया जाता है। इसके अतिरिक्त अवसाद के लक्षण पाए जाने पर अवसाद प्रतिरोधी (antidepressant) औषधियों का भी प्रयोग किया जा सकता है। इस विकृति से ग्रस्त रोगियों के उपचार के लिए सामान्यतया मनोचिकित्सा (psychotherapy) का प्रयोग किया जाता है। दीर्घकालीन प्रबन्धन उपागम (long term management approach) के अन्तर्गत रोगी को तनाव का परिहार (avoid) करने के लिए अथवा उससे अभिनिवेश (cope) करने के लिए प्रशिक्षण दिया जाता है। ललाट (frontal) एवं शंखास्थि (temporal) माँसपेशियों को Electromyogram Feedback (EMG Feedback) के द्वारा ऐसे रोगियों को सहायता दी जा सकती है। अभ्यास के द्वारा शिथिलीकरण (relaxation), चिन्तन (meditation), अथवा दबावपूर्ण जीवनशैली में परिवर्तन करके कुछ रोगियों के तनाव सिरदर्द को दूर करने में सफलता प्राप्त की जा सकती है।

प्रत्यूर्जना विकृति
(Allergic Disorder)

एलर्जी किसी पदार्थ (एलर्जेन) के प्रति उत्पन्न होने वाली एक अतिसुग्राही (hypersenstive) प्रतिक्रिया है जिसमें सामान्यतया कोई प्रतिक्रिया नहीं होती। यह क्षत कोशिकाओं (damaged cells) से हिस्टामीन (histamine) अथवा हिस्टामीन की भाँति पदार्थों के मुक्त होने से होती है। एलर्जी के कारण पित्ती उछलना, स्तब्धता, दमा, एलर्जीजनक नाशाशोथ अथवा प्रतिश्याय (जुकाम—allergic rhinitis or corzya) और एक्जिमा या छाजन आदि अवस्थाएँ उत्पन्न हो जाती है।

एलर्जी पाए जाने के अनेक कारण हो सकते हैं उदाहरणार्थ—साँस के साथ खिंच कर आने- जाने वाले पदार्थ उदाहरणार्थ—धूल, परागकण, महीन रोयें, बाल, धुआँ, सुगन्ध दुर्गन्ध आदि। खाद्य पदार्थ उदाहरणार्थ—दूध, अण्डा, आलू आदि। औषधियाँ उदाहरणार्थ—प्रतिजीवी औषधियाँ जैसे—पेन्सलीन, सीरम आदि। संक्रामक कारक उदाहणार्थ—जीवाणु, विषाणु, कवक एवं परजीवी आदि। सम्पर्क में आने वाले कारक उदाहरणार्थ—रसायन, कीड़े अथवा जन्तु द्वारा काटना। पेड़-पौधों एवं धातु का स्पर्श आदि। भौतिक कारक उदाहरणार्थ—गर्मी, ठंड, प्रकाश विकिरण दबाव आदि।

एलर्जी उत्पन्न करने वाले इन उपर्युक्त कारकों के अतिरिक्त कुछ अन्य मनोवैज्ञानिक कारक (psychological factors) भी हैं जिन्हें एलर्जिक विकृतियों के लिए उत्तरदायी मानता है। उदाहरणार्थ—मनोसामाजिक प्रक्रियाओं (psychosocial processes) से साहचर्यित (associated) तात्कालिक अतिसंवेदनशीलता (immediate hypersensitivity) के कारण श्वसनी दमा (bronchial asthama) का पाया जाना एक प्रमुख उदाहरण के रूप में लिया जा सकता है। जीवन अनुभवों (life experiences) के प्रति सांवेगिक प्रतिक्रियाएँ, व्यक्तित्व प्रतिरूप (personality pattern) एवं अनुबन्धन आदि दमा प्रारम्भ करने वाले कारणों के रूप में माना जा सकता है।

गठियारूप सन्धिशोथ
(Rheumatoid Arthristis)

सन्धियों में होने वाले दीर्घकालीन शोथ को सन्धिशोथ (arthritis) कहते हैं। इसके लगभग 100 से अधिक प्रकार हैं जिनमें गठिया रूप सन्धिशोथ अधिक पाया जाता है। यह रोग किसी भी आयु के पुरुष एवं महिला को हो सकता है। आम तौर से इस रोग की शुरूआत 30-40 साल की उम्र में ही हो जाती है। पुरुषों की तुलना में महिलाओं में यह रोग तीन गुना अधिक पाया जाता है। इस रोग में हाथ पैर के छोटे जोड़ों में दर्द होता है। सामान्यतया इसका प्रारम्भ अँगुली के जोड़ों से होता है। सर्दी के मौसम में इस रोग से अधिक कष्ट होता है। विशेष रूप से सुबह जागने पर हाथ तथा पैरों में काफी जकड़न होती है लेकिन धीरे-धीरे यह अकड़न और दर्द समाप्त हो जाता है।

सन्धिवात (rheumatism) और गठिया (gout) यह दोनों अलग-अलग प्रकार की बीमारियाँ हैं। गठियारूप सन्धिशोथ एक दीर्घकालीन पेशीकंकाली (musculoskeltal) पीड़ाजनित रोग है जिसका कारण अभी तक ठीक से ज्ञात नहीं हो पाया है लेकिन, विशेषज्ञों का यह मत है कि शरीर के स्व-सुरक्षा तन्त्र में गड़बड़ी होने के कारण यह विकृति पायी जाती है। जोड़ों में चोट लगने पर कार्टिलेज या लिगामेन्ट टूट सकते हैं या घिस सकते हैं जिससे जोड़ों में पीड़ा होती है। कभी-कभी कार्टिलेज के छोटे-छोटे टुकड़े जोड़ों से अलग होकर इकट्ठे हो जाते हैं। यदि इन टुकड़ों में से एक भी टुकड़ा जोड़ों में फँस जाये तो व्यक्ति अपने घुटने नहीं मोड़ सकता है और उसे असह्य पीड़ा होने लगती है।

इस विकृति का उपर्युक्त कारण शारीरिक क्षति से सम्बन्धित है। परन्तु इस विकृति के पाए जाने के लिए कुछ और कारक भी उत्तरदायी है। उदाहरणार्थ—आनुवांशिकता, एलर्जी, रोगक्षमता (immunological) एवं मनोवैज्ञानिक। मनोवैज्ञानिक बलाघात भी रोगी में इस रोग को प्रारम्भ कर सकता है। इसी प्रकार अन्य स्वतः क्षमता वाले रोग (autoimmune diseases) रोगक्षमता दमन (immune suppression) को उत्पन्न कर सकती है। सन्धिशोथ (arthritis) से ग्रस्त व्यक्ति नियन्त्रित (restrained) एवं सीमित (confined) अनुभव कर सकता है क्योंकि ऐसे व्यक्तियों के इतिहास में शारीरिक क्रिया जैसे नृत्य सम्बन्धी बातें अवश्य पायी जाती हैं, तथा उनमें अपनी माँसपेशीय प्रकार्य अवरोध (muscle function inhibition) के प्रति दमित क्रोधोन्माद (repressed rage) पाया जाता है जिससे उनकी कठोरता (stiffness) और सुस्थिरता (immobility) बदतर (aggravate) हो जाती है।

ऐसे रोगियों के उपचार के लिए मनोचकित्सा, विश्राम, व्यायाम का प्रयोग करना चाहिए। विश्राम एवं व्यायाम संरचित (structured) होना चाहिए तथा रोगी को इसे करने के लिए प्रोत्साहित करना चाहिए जिससे वह बिस्तर पर न पड़ा रहकर अपने दैनिक कार्यों को सुगमता

से कर सके लेकिन, साथ-साथ औषधियों का भी प्रयोग करना चाहिए जिससे जोड़ों की सूजन समाप्त हो जाये।

मधुमेह (Diabetes Mellitus)

इन्सुलीन के पर्याप्त मात्रा में उत्पन्न न होने अथवा उसका ठीक प्रकार से उपयोग न होने से उत्पन्न कार्बोहाइड्रेट-चयापचय रोग जिसके ग्लूकोजरक्तता (सामान्य से अधिक शुगर का होना) शर्करामेह (मूत्र में शुगर का पाया जाना), बहुमूत्रता, अत्यधिक प्यास तथा अत्यधिक भूख के लक्षण पाए जाते हैं। आम बोलचाल की भाषा में इसे शकर की बीमारी कहते हैं।

मधुमेह होने का तात्पर्य यह है कि रक्त में ग्लूकोज की मात्रा इतनी बढ़ गई है कि किडनी उसे रोक पाने में समर्थ नहीं है। परिणामस्वरूप शुगर पेशाब में चली जाती है जिससे आन्तरिक अवयवों को क्षति पहुँचती है। मधुमेह के कारण जिन आन्तरिक अंगों को क्षति पहुँचती है, उनमें 70% मामलों में रक्त वाहिनियाँ संकरी हो जाती है। यह संकरापन हृदय-वाहिनियों में भी हो सकता है और मस्तिष्क वाहनियों में भी। 30% मामलों में गुर्दे, 10% मामलों में कैंसर, 6% मामलों में संक्रमण, 1% मामलों में कीटोएसिडोसिस (ketoacidosis—इसमें रोगी बेहोश हो जाता है) तथा 3% मामलों में मधुमेह के कारण अन्य विकृतियाँ उत्पन्न हो सकती हैं।

मधुमेह के प्रमुख लक्षणों के रूप में बार-बार पेशाब जाना, अत्यधिक प्यास लगना, पिंडलियों में लगातार दर्द रहना, कमजोरी, थकान, घाव का शीघ्र न भरना, वजन का कम होना, आँखों से धुंधला दिखाई देना, रक्त तथा पेशाब में ग्लूकोज की मात्रा का अधिक होना, प्रजनन अंगों में खुजली आदि को लिया जा सकता है।

मधुमेह के पाए जाने के अनेक कारण हैं। उदाहरणार्थ—भोजन में चर्बी, कार्बोहाइड्रेट की अधिकता, शारीरिक व्यायाम की कमी, मानसिक तनाव, आनुवांशिकता, अत्यधिक मोटापा, अग्नाशय में फाइब्रोसिस का बढ़ना, संक्रमण, वायरल संक्रमण, शरीर में हार्मोन्स में परिवर्तन, दीर्घकालिक मद्यपान, अग्नाशय कैंसर, मूत्रवर्धक औषधियों तथा गर्भ निरोधक औषधियों का प्रयोग, इन्सुलीन की गड़बड़ी, अत्यधिक मीठा खाने जैसे आदि कारणों से मधुमेह के पाए जाने की सम्भावना पायी जाती है। मधुमेह के पाए जाने में इन कारणों की भूमिका तो है ही, परन्तु कुछ अन्य कारक भी है जिनकी भूमिका से इनकार नहीं किया जा सकता। उदाहरणार्थ—आनुवांशिकता (heredity) एवं पारिवारिक इतिहास (family history) के कारण भी मधुमेह के उत्पन्न होने की सम्भावना पायी जाती है। परन्तु कभी-कभी इस रोग का प्रारम्भ उस समय अचानक हो जाता है जब व्यक्ति में सांवेगिक बलाघात पाया जाता है तो वह चयापचयी सन्तुलन (metabolic balance) को अवरोधित करता है, परिणामस्वरूप यह विकृति व्यक्ति में पायी जाती है। जिन मनोवैज्ञानिक कारणों के द्वारा व्यक्ति की कुण्ठा उद्दीप्त होती है, एकाकीपन (lonliness) एवं उदासी (dejection) पायी जाती है, उनमें मधुमेह के पाए जाने की सम्भावना अधिक पायी जाती है। मधुमेह से पीड़ित व्यक्तियों को मधुमेह पर नियन्त्रण रखने के लिए भोजन पर नियन्त्रण करना चाहिए। जब व्यक्ति अवसाद अनुभव करता है अथवा उदासी अनुभव करता है, तो वे आत्म विध्वंसात्मक (self-destructive) रूप से अत्यधिक भोजन तो ग्रहण करता ही है, अत्यधिक मात्रा में अल्कोहल का भी उपयोग करता है।

मधुमेह के उपचार के लिए मनोचिकित्सा का उपचार करना चाहिए। चिकित्सकों को चाहिए कि रोगी को इस बात के लिए प्रोत्साहित करें कि वे सामान्य जीवन बिताएँ।

❑

अध्याय 13

मानसिक मन्दन
(MENTAL RETARDATION)

मनुष्य की भौतिक उपलब्धियों में भिन्नताएँ विचारणीय हैं। तीव्र बुद्धि के न्यूटन ने जहाँ अपने आविष्कारों से अमरत्व प्राप्त किया वहीं कुछ मंद व्यक्ति भी हमें ऐसे मिल जाएँगे जो अपने प्राथमिक आवश्यकताओं की पूर्ति भी नहीं कर सकते। विभिन्न क्षेत्रों में मानव की उपलब्धियों के आधार पर हम उनकी योग्यताओं का आकलन करते हैं। इन योग्यताओं के बारे में जन सामान्य की धारणा यह है कि व्यक्तियों की यह विलक्षण तथा जन्मजात विशेषताएँ हैं जो उनकी उपलब्धियों को प्रभावित करती हैं। व्यक्तिगत भिन्नताओं के संस्थापक *Sir Francis Galton* मानव सृजनन विज्ञान (Eugenics) में अधिक इच्छुक थे। उनका विश्वास था कि अधिकतर मानव भिन्नताएँ जन्मजात होती हैं तथा इन भिन्नताओं के लिए उत्तरदायी विशेषताएँ एक पीढ़ी से दूसरी पीढ़ी में शारीरिक वंशानुक्रम के रूप में स्थानान्तरित हो जाती है। गाल्टन ने इस तथ्य पर बल दिया कि कोई भी दो व्यक्ति एक-दूसरे के समान नहीं है। किसी में बौद्धिक योग्यता की मात्रा कम पायी जाती है, तो किसी में अधिक। बौद्धिक योग्यता मानसिक योग्यता के आधार पर जब व्यक्तियों का श्रेणीकरण किया जाता है तो निम्न स्तर प्राप्त करने वाले व्यक्तियों को ही मानसिक मंदता के वर्ग में रखा जाता है।

मानसिक मंदता एक प्रकार का मानसिक रोग है जो निम्न बौद्धिक योग्यता की ओर संकेत करता है। मानसिक मंदता एक प्रकार की मानसिक रुग्णता है। यह एक ऐसी मानसिक दशा है जिसमें बौद्धिक क्षमता एक सीमित मात्रा में पायी जाती है। मनोवैज्ञानिक साहित्य के अवलोकन से यह विदित होता है कि मानसिक मंदता (mental retardation) के लिए मानसिक अप-सामान्यता (mental sub-normality), क्षीणमनस्कता (amentia), मंदबुद्धिता (oligophrenia), जड़ता (idiocy), मस्तिष्क निर्बलता (weakness of mind), अल्प-मानसिकता (hyphrenia) आदि शब्दों को पर्यायवाची के रूप में प्रयोग किया जाता है। यद्यपि American Assocation of Mental Deficiency ने *Mental Retardation*, American Psychological Association ने *Sub-Normal Mental State* तथा World Health Organization ने *Mental Subnormality* शब्दों के प्रयोग की संस्तुति की है।

मानसिक इतिहास का इतिहास नया नहीं है, वरन् मानव इतिहास जैसा ही पुराना है। मानसिक रोग सभी काल में पाए जाते रहे हैं परन्तु उनके प्रति लोगों का दृष्टिकोण पहले अमानवीय रहा है। अब लोगों के दृष्टिकोण में परिवर्तन आ गया है और लोगों ने मानसिक मंद व्यक्तियों के प्रति सहानुभूतिपूर्ण रवैया अपनाया है। 1799 में सर्वप्रथम *Jean Itrad* ने मानसिक मंदन का अध्ययन प्रारम्भ किया। इंगलैण्ड में 1840 में तथा अमेरिका में 1947 में मानसिक रूप से मंद बालकों के लिए विद्यालयों की स्थापना की गयी। डारविन के विकासवाद के सिद्धान्त (Theory of Evolutionism)से प्रभावित होकर उनके रिश्ते के भाई *Sir Francis Galton* ने आनुवंशिकता के प्रमाण का अध्ययन किया। यही नहीं *Wundt* ने 1879 में अपनी प्रयोगशाला में उपकरण के माध्यम से बुद्धि का मापन किया। उनके प्रयासों से प्रभावित होकर *Galton, Pearson, Cattell,*

Binet, Thorndike, Terman आदि मनोवैज्ञानिकों ने बुद्धि के क्षेत्र में अपना महत्त्वपूर्ण योगदान दिया। *Alfred Binet* (1908) ने सर्वप्रथम मानसिक आयु (mental age) सम्प्रत्यय का प्रयोग किया और यह मत प्रकट किया कि वास्तविक आयु में वृद्धि के साथ-साथ मानसिक आयु में भी वृद्धि होती है। बुद्धि-लब्धि का सम्प्रत्ययीकरण *Terman* और उनके सहयोगियों द्वारा हुआ। *Stern* (1911) ने मानसिक लब्धि (Mental Quotient—M.Q.) सम्प्रत्यय को प्रस्तुत किया। मनोवैज्ञानिकों ने बुद्धि लब्धि के आधार पर व्यक्ति का वर्गीकरण इस प्रकार किया है:—

बुद्धि लब्धि	श्रेणी	व्यक्तियों का प्रतिशत
70 से नीचे	मानसिक मंद (Mentally Retarded)	3
70 से 79	सीमस्पर्शी (Borderline)	6
80 से 89	निम्न औसत (Low Average)	15
90 से 109	सामान्य बुद्धि (Average)	46
110 से 119	उच्च औसत (High Average)	18
120 से 139	प्रखर बुद्धि (Superior)	11
140 से ऊपर	प्रतिभाशाली (Genine)	1

मानसिक मंद को तीन वर्गों में विभक्त किया गया है—

बुद्धि लब्धि	श्रेणी
50 से 70	क्षीण बुद्धि (Morone)
20 से 79	दुर्बल बुद्धि (Imbeciles)
20 से नीचे	जड़ बुद्धि (Idiots)

परन्तु मानसिक मंदन के लिए अब उपर्युक्त वर्गीकरण का प्रयोग नहीं किया जाता है। मानसिक मंदन को अब इन चार वर्गों में वर्गीकृत किया जाता है—

बुद्धि लब्धि	मानसिक आयु	श्रेणी
53-69	8-12 वर्ष	मानसिक मंद (Mild Mental Retardation)
36-52	6-8 वर्ष	साधारण मानसिक मंद (Moderate Mental Retardation)
20-35	3-6 वर्ष	तीव्र मानसिक मंद (Severe Mental Retardation)
20 से नीचे	3 वर्ष से कम	अत्यधिक मानसिक मंद (Profound Mental Retardation)

मानसिक मंदन का अर्थ
(Meaning of Mental Retardation)

मानसिक मंदन का तात्पर्य मानसिक दुर्बलता से है। ऐसे व्यक्ति अपने जीवन में दूसरों पर निर्भर होते हैं, बिना दूसरों के मार्गदर्शन के अपने कार्यों को करने में असमर्थ होते हैं, ऐसे व्यक्तियों में सूझ-बूझ योग्यता, समस्या-समाधान की योग्यता, अभियोजन की योग्यता तथा प्रत्यक्षीकरण की योग्यता में ह्रास पाया जाता है, ऐसे व्यक्तियों में सही और गलत में निर्णय करने की योग्यता का अभाव पाया जाता है तथा अपने उत्तरदायित्वों का अनुभव नहीं करता है।

Page (1958) के अनुसार, *''मानसिक मंदन का तात्पर्य मानसिक विकास की निम्न अवस्था है जो जन्म से ही विद्यमान रहती है या जीवन की प्रारम्भिक अवस्था में उत्पन्न होती है। इसकी प्रमुख विशेषता सीमित बुद्धि एवं सामाजिक अपर्याप्तता है।'' (Mental defeciency is a condition of subnormal development, present at birth or early childhood and characterized mainly by limited intelligence and social inadequacy.)*

Eysenck (1972) के अनुसार, *''मानसिक मंदन की परिभाषा मानसिक क्षमताओं के अपूर्ण एवं अपर्याप्त सामान्य विकास के रूप में की जा सकती है।'' (Mental retardation is defined as incomplete or insufficient general development of the mental capacities.)*

American Psychiatric Association (1968) के अनुसार, *''मानसिक मंदन का तात्पर्य अवसामान्य बौद्धिक प्रकार्य से है जिसकी उत्पत्ति विकासावस्था में होती है जो अधिगम एवं सामाजिक समायोजन अथवा परिपक्वता अथवा दोनों में बाधक होती है।'' (Subnormal general intellectual functioning which originates during the developmental period and is associated impairment of either learning and social adjustment or maturation or both.)*

American Association on Mental Deficiency (AAMD, 1973) के अनुसार, *''मानसिक मंदन का तात्पर्य औसत से नीचे बौद्धिक प्रकार्य है जिसके कारण अनुकूल व्यवहार में कमी पायी जाती है तथा इसका प्रदर्शन विकासात्मक अवधि में होता है।'' (Mental retardation refers to significantly sub-average intellectual functioning existing concurrently with deficits in adaptive behaviour and manifested during developmental period.*—Grossman et. al., 1973)

Strange (1967) के अनुसार, *''मानसिक मंदता का तात्पर्य स्वतंत्र वयस्क जीवन व्यतीत करने के लिए कम-से-कम मात्रा में अपेक्षित सामान्य बुद्धि एवं निर्णय की क्षमता का अभाव है।'' (Mental retardation refers to a lack of even the minimum general intelligence and judgement required for independent adult living.)*

Tredgold (1983) के अनुसार, *''मानसिक मंदता सीमित क्षमता की अवस्था रुका हुआ मस्तिष्कीय विकास है जिसके परिणामस्वरूप प्रभावित व्यक्ति परिपक्व होने पर भी अपने वातावरण के साथ अभियोजित होने अथवा 'अपने समुदाय की माँगों की पूर्ति करने में समर्थ नहीं हो पाता तथा वह बिना किसी बाह्य सहारे अथवा देख-रेख के अपना स्वतंत्र अस्तित्व बनाये रखने में भी असमर्थ होता है।' (We may define accordingly amentia as a state of restricted potentiality for, or arrested cerebral development in consequence of which the person affected is incapable at maturity of a so adapting to his environment or to the requirements of the community as to maintain existence independently of supervision or external support.)*

Coleman (1974) के अनुसार, *''मानसिक मंदता-पागलपन की भाँति एक कानूनी पद है। इसका तात्पर्य स्वयं की रक्षा करने तथा सामाजिक अपेक्षाओं और प्रत्याशाओं के अनुरूप होने में बौद्धिक योग्यता की कमी होने से है।'' (Mental retardation like insanity is essentially a legal term. It refers to lack of intellectual ability sufficient take care of one self and to meet social demands and expectations.)*

ICD-10 के अनुसार, *''मानसिक मंदता मस्तिष्क का अवरुद्ध अथवा अपूर्ण विकास है जिसमें विकासात्मक कौशलों में क्षीणता पायी जाती है जो बुद्धि के समस्त स्तरों को प्रभावित करती है।''* (*Mental reatrdation is a condition of arrested or incomplete development of the mind characterized by impaired developmental skills that contribute to the overall level of intelligence.*)

DSM-IV (1994) के अनुसार, *''मानसिक मंदता की परिभाषा अनुकूली व्यवहार के अभाव के साथ-साथ सार्थक रूप से उप-औसत सामान्य बौद्धिक प्रकार्यता के रूप में की जा सकती है तथा इसका प्रारम्भ 18 वर्ष की अवस्था के पूर्व से ही हो जाता है।''* (*Mental retardation is defined as significantly sub-average general intellectual functioning accompanied by significant limitations is adaptive functioning with an onset before the age of 18.*)

DSM-IV में प्रस्तुत की गयी परिभाषा का समर्थन करते हुए *Davison & Neale* (1996) ने अपना मत इस प्रकार प्रकट किया है कि, *''डी०एस०एम०-IV में मानसिक मंदता को अनुकूली व्यवहार में अभाव के साथ सार्थक रूप से सम्बन्धित उप-औसत बौद्धिक प्रकार्यता के रूप में परिभाषित किया जा सकता है जिसका प्रारंभ 18 वर्ष के पहले ही हो जाता है।''* (*In DSM-IV mental retardation is defined as significantly subaverage intellectual functioning along with deficits in adaptive behaviour and occuring prior to age of 18.*)

इन परिभाषाओं के अवलोकन से यह विदित होता है इन परिभाषाओं में American Assocation on Mental Deficiencey (AAMD) तथा DSM-IV द्वारा प्रस्तुत परिभाषाएँ सर्वाधिक स्वीकृत परिभाषाएँ हैं। इन परिभाषाओं में प्रयुक्त किए गये शब्द 'अवसामान्य बौद्धिक प्रकार्य' का तात्पर्य 70 से नीचे बुद्धि का प्राप्त होना है।

नैदानिक लक्षण (*Diagnostic Features*)

DSM-IV में मानसिक मंदता के निम्नलिखित नैदानिक लक्षण बताये गये हैं:—

(i) सार्थक रूप से उप-औसत बौद्धिक प्रकार्यकता (intellectual functioning) पायी जाती है।

(ii) सम्प्रेषण (communication), स्व-देखभाल (self care), स्व-निर्देशन, प्रकार्यात्मक शैक्षिक कौशल, कार्य, विश्राम, स्वास्थ्य एवं सुरक्षा के सन्दर्भ में से किन्हीं दो अनुकूली प्रकार्यताओं (adaptive functioning) का अभाव पाया जाता है।

(iii) इसका प्राम्भ 18 वर्ष के पहले ही हो जाता है।

(iv) मानसिक मंदता की तीव्रता की मात्रा का निर्धारण बुद्धि लब्धि के इन स्तरों के अनुसार किया जाता है—

बुद्धि लब्धि प्रसार	वर्गीकरण
50-55 से 70	साधारण मानसिक दुर्बलता (Mild Mental Retardation)
35-40 से 50-55	औसत मानसिक दुर्बलता (Moderate Mental Retardation)
20-25 से 35-40	गंभीर मानसिक दुर्बलता (Severe Mental Retardation)
20 या 25 से कम	अति गम्भीर मानसिक दुर्बलता (Profound Mental Retardation)

मानसिक मंदन के लक्षण (*Symptoms of Mental Retardation*)

मानसिक मंदन के निम्नलिखित लक्षण है:—

(i) **न्यून बौद्धिक क्षमता**—ऐसे व्यक्तियों के मस्तिष्क का विकास अपूर्ण रहता है तथा बुद्धि के विकास की गति मंद पड़ जाती है जिससे मानसिक मंदन पाया जाता है।

(ii) **न्यून शारीरिक विकास**—यदि सामान्य बालक की तुलना मानसिक मंद बालकों में की जाये, तो मानसिक बालकों का कद अपेक्षाकृत छोटा, पैर छोटा, होंठ भद्दे तथा सिर बड़ा होता है। इनकी संज्ञानात्मक तथा क्रियात्मक योग्यताएँ देर से विकसित होती है। यही नहीं, भाषा सम्बन्धी त्रुटियाँ भी इनमें पायी जाती है।

(iii) **जीवन की समस्याओं के समाधान में असफलता**—मंद बालकों में अपने दैनिक जीवन की समस्याओं को समझने और उनके समाधान की योग्यता नहीं पायी जाती है। ऐसे बालकों में व्यवहार कुशलता का अभाव पाया जाता है।

(iv) **अनुपयुक्त समायोजन**—मानसिक मंद व्यक्तियों में मानसिक एवं शारीरिक न्यूनता पायी जाती है जो सामान्य व्यक्तियों के व्यवहार से पूर्णतः भिन्न होती है। इनमें व्यवहार-कुशलता तथा सामाजिक परिस्थितियों को समझने की योग्यता का अभाव पाया जाता है।

(v) **सामाजिक गुणों की अनुपयुक्तता**—मानसिक मंद व्यक्तियों में कल्पनाशीलता, तर्कशीलता, व्यवहारकुशलता, आत्म-संयम, आत्म-विश्वास, आत्मरक्षा जैसे सद्‌गुणों का अभाव पाया जाता है। परिणामस्वरूप वे सामाजिक और असामाजिक कार्यों में अन्तर नहीं कर पाते हैं जिससे उनके व्यवहारों से समाजविरोधी कार्यों की अभिव्यक्ति होती है।

(vi) **असामान्य मस्तिष्क संरचना**—मानसिक मंद व्यक्तियों में जलशीर्षता (hydrocephaly) तथा लघुशीर्षता (microcephaly) पायी जाती है, जिसमें उसकी मस्तिष्क संरचना का उपयुक्त विकास नहीं हो पाता है और उनमें मानसिक मंदन पाया जाता है।

(vii) **जीविकोपार्जन में असमर्थता**—चूँकि मानसिक मंद व्यक्तियों को अपनी दैनिक जीवनचर्या के लिए ही नहीं, वरन् व्यक्तिगत स्वच्छता के लिए भी दूसरों पर निर्भर रहना पड़ता है, इसलिए ऐसे व्यक्तियों में निर्भरता बहुत अधिक पायी जाती है। ऐसे व्यक्ति अपने लिए जीविकोपार्जन नहीं कर सकते हैं।

(viii) **अल्प जीवन काल**—मानसिक मंद बालक दीर्घायु नहीं होते। कम बालक ही किशोरावस्था प्राप्त कर पाते हैं। मानसिक मंदन जितना ही तीव्र होगा, जीवन काल के कम होने की सम्भावना उतनी ही अधिक होगी।

(ix) **शैक्षिक अयोग्यता**—चूँकि मानसिक मंद बालकों का शैक्षिक स्तर औसत से नीचे होता है इसलिए उन्हें औपचारिक या औपचारिक प्रशिक्षण के द्वारा उन्हें शिक्षित नहीं किया जा सकता।

(x) **असामान्य शारीरिक अंग**—सामान्य और मानसिक मंद बालकों की तुलना करने पर शारीरिक अंगों में असामान्यता स्पष्ट रूप से दृष्टिगोचर होती है। सामान्य व्यक्तियों की तुलना में मानसिक मंद बालकों के शरीर अपेक्षाकृत असामान्य होते हैं।

(xi) **प्रेरणा एवं संवेग की अनुपयुक्त अभिव्यक्ति**—मानसिक मंद बालकों में अपनी प्राथमिक आवश्यकताओं यथा भूख, प्यास के प्रति कोई चिन्ता नहीं पायी जाती है।

यही नहीं, इनमें कई प्रकार के संवेग यथा प्रेम, घृणा, दुःख, प्रसन्नता आदि की अभिव्यक्ति भी प्रदर्शित नहीं होती है। इनका जीवन आवेगहीन, उद्देश्यहीन, आवश्यकताहीन, प्रेरणाहीन एवं संवेगहीन होता है।

(xii) **शारीरिक विकार की अधिकता**—मानसिक मंद बालकों में अनेक प्रकार के शारीरिक विकार पाये जाते हैं जैसे चयापचयी (metabolic) सम्बन्धी विकार, मस्तिष्क के ऊतकों एवं कोशिकाओं के अपक्षय आदि। इन्हीं विकारों के कारण मानसिक मंदन पाया जाता है। इन विकारों की मात्रा जितनी ही अधिक होगी, मानसिक मंदन भी उतना ही अधिक होगा।

(xiii) **संज्ञानात्मक अयोग्यता**—मानसिक मंद बालकों में निम्न बौद्धिक क्षमता के कारण न्म्नि संज्ञानात्मक योग्यता पायी जाती है। जैसे—इनमें स्मृति, अवधान, विभेदीकरण, सामान्यीकरण एवं चिन्तन सम्बन्धी अयोग्यताएँ पायी जाती हैं।

(xiv) **अपूर्ण व्यक्तित्व**—मानसिक मंद बालकों में उदासीनता पायी जाती है। यह विनम्र और अन्तर्मुखी होते हैं।

मानसिक मंदता के स्तर/प्रकार
(Levels or Types of Mental Retardation)

Binet (1908) ने सर्वप्रथम मानसिक आयु सम्प्रत्यय का प्रयोग किया और वास्तविक आयु में वृद्धि के साथ-साथ मानसिक आयु में भी वृद्धि के अभिग्रह को समर्थित किया परन्तु बुद्धि लब्धि का सम्प्रत्ययीकरण *टरमन* और उनके *सहयोगियों* द्वारा हुआ। मनोवैज्ञानिकों ने जहाँ व्यक्तियों के वर्गीकरण के लिए बुद्धि-लब्धि को एक कसौटी के रूप में प्रयोग किया वहीं कुछ मनोवैज्ञानिकों ने नैदानिक आधार, अनुकूली व्यवहार आदि को कसौटी के रूप में प्रयोग किया जिनका वर्णन अधोप्रस्तुत है—

1. बुद्धि की कसौटी के आधार पर वर्गीकरण
(Classification Based on the Basis of Criterion of Intelligence)

प्रारंभ में मनोवैज्ञानिकों और नैदानिक मनोवैज्ञानिकों ने बुद्धि लब्धि के आधार पर मानसिक मंदता को तीन प्रमुख वर्गों—मूर्ख (moron), मूढ़ (imbecile) तथा जड़ (idiot) में वर्गीकृत किया है। मूर्ख की बुद्धि लब्धि 50 से 70 तथा मानसिक आयु 8 वर्ष या उससे अधिक, मूढ़ की बुद्धि लब्धि 20 से 49 तथा मानसिक आयु 3 से 7 वर्ष तथा जड़ की बुद्धि लब्धि 20 से नीचे तथा मानसिक आयु तीन वर्ष से कम होती है।

परन्तु आधुनिक मनोवैज्ञानिक, मनोचिकित्सक एवं नैदानिक मनोवैज्ञानिक उपर्युक्त वर्गीकरण को अब नहीं स्वीकार करते हैं। अब American Association on Mental Deficiency—AAMD (1973) एवं American Psychiatric Association के संयुक्त प्रयासों के परिणामस्वरूप प्राप्त मानसिक मंदन का वर्गीकरण अब अधिक प्रचलित एवं लोकप्रिय है। इस वर्गीकरण के अनुसार मानसिक मंदन के चार प्रकार हैं:—

(i) अल्प मानसिक मंदन *(Mild Mental Retardation)*—इनकी बुद्धि लब्धि का प्रसार 50-55 से 70 के बीच माना जाता है। इनकी मानसिक आयु 8-12 वर्ष होती है। इनकी प्रमुख विशेषता यह है कि यह अपने किए गये कार्यों के परिणाम के बारे में नहीं जानते हैं, इनके देख-रेख की आवश्यकता होती है, अथवा वे ऐसे कार्यों को कर सकते हैं जो इनके लिए हानिकारक हो सकते हैं, इनमें कल्पना की क्षमता तथा स्वतंत्र निर्णय की योग्यता का अभाव

पाया जाता है, इनमें मस्तिष्कीय क्षति से सम्बन्धित लक्षण दृष्टिगोचर नहीं होते हैं परन्तु जीवन को सुचारु रूप से चलाने के लिए दूसरों से सहायता तथा निर्देशन की आवश्यकता होती है। यदि अल्प मानसिक मंद बालकों के लिए बाल्यावस्था में ही विशेष प्रकार के शैक्षिक कार्यक्रमों द्वारा प्रशिक्षित कर दिया जाये तो यह अपने दैनिक जीवन में कुशल समायोजन स्थापित कर सकते हैं तथा व्यवसायिक कौशलों का उचित प्रशिक्षण देकर उन्हें आत्मनिर्भर बनाया जा सकता है।

(ii) मध्यवर्ती मानसिक मंदन *(Moderate Mental Retardation)*—इनकी बुद्धि लब्धि 35–40 से 50–55 के बीच होती है तथा इनकी मानसिक आयु 6 से 8 वर्ष होती है। इनका जीवन स्तर निम्न श्रेणी का होता है, यह थोड़ा पढ़-लिख सकते हैं और कुछ बोलना भी जानते हैं। इनमें सीखने की योग्यता बहुत कम पायी जाती है, इनकी शारीरिक बनावट भी बेडौल होती है तथा शारीरिक विकृति के लक्षण देखे जाते हैं। ऐसे मंद बालकों में क्रोध तथा आक्रामकता के लक्षण सरलता से देखे जा सकते हैं। इनमें गत्यात्मक क्रियाओं के करने की क्षमता कम पायी जाती है। समयानुसार प्रशिक्षित करके इन्हें अपनी देख-रेख योग्य बनाया जा सकता है। ऐसे बालक प्रायः रिक्तता (खालीपन) की शिकायत करते हैं।

(iii) तीव्र मानसिक मंदन *(Severe Mental Retardation)*—इनकी बुद्धि लब्धि का प्रसार 20–25 से 35–40 तक माना जाता है तथा इनकी मानसिक आयु का प्रसार 3–6 वर्ष होता है। इनमें बोलने तथा कार्य करने की क्षमता बहुत ही कम पायी जाती है। इनमें ज्ञानवाही (sensory) तथा गतिवाही (motor) क्रियाओं से सम्बन्धित दोष तथा दृष्टि एवं श्रवण सम्बन्धी दोष पाए जाते हैं। ऐसे व्यक्तियों को अपने भोजन तथा सफाई का ध्यान एवं ज्ञान नहीं रहता है परन्तु उचित प्रशिक्षण के कारण व्यक्तिगत सफाई करना तो सीख जाते हैं परन्तु उन्हें हमेशा दूसरों की देखरेख की आवश्यकता होती है। इन्हें कुछ मोटे कार्यों के लिए प्रशिक्षित भी किया जा सकता है।

(iii) गम्भीर मानसिक मंदन *(Profound Mental Retardation)*—इस वर्ग के व्यक्तियों की बुद्धि लब्धि का प्रसार 20 अथवा 25 से कम होता है तथा इनकी मानसिक आयु 3 वर्ष से कम होती है। ऐसे व्यक्तियों के लिए कुछ भी सीख पाना कठिन होता है। यह अपने अत्यन्त साधारण कार्यों को भी नहीं कर पाते हैं। इनमें स्वयं भोजन करने, कपड़ा पहनने तथा खतरों से सुरक्षा करने की योग्यता नहीं पायी जाती है। ऐसे व्यक्ति छोटी-मोटी बातें दूसरों को कठिनाई से समझा पाते हैं। इनकी शारीरिक संरचना भद्दी होती है तथा इनमें गूँगापन और बहरापन भी पाया जा सकता है। इनकी मस्तिष्कीय क्षति का स्वरूप भी प्रायः विकृत ही होता है। इनका स्वास्थ्य प्रायः खराब ही रहता है तथा देखने में दुबले दिखाई पड़ते हैं। इनका पैर पतला और छोटा होता है तथा इनका पेट अपेक्षाकृत बड़ा होता है। ऐसे व्यक्ति दूसरों के बीच चुप रहना अधिक पसंद करते हैं। इन्हें मिर्गी के दौरे अकसर पड़ते हैं। इनके शरीर में प्रतिरोधक क्षमता कम पायी जाती है, इसलिए रोगों से अधिक प्रभावित होते हैं और अपेक्षाकृत शीघ्र मृत्यु प्राप्त करते हैं।

2. मानसिक दुर्बलता का नैदानिक वर्गीकरण
(Clinical Classification of Mental Retardation)

शारीरिक कारणों के आधार पर मानसिक मन्दन का किया गया वर्गीकरण ही नैदानिक वर्गीकरण कहलाता है। उपचार की दृष्टि से मानसिक मन्दन को निम्नलिखित श्रेणियों में बाँटा

जा सकता है:—

(i) मंगोलिता (*Mangolism*)—क्लीफोर्ड डाउन (*Clifford Down*, 1886) ने सर्वप्रथम मानसिक मन्दन के इस प्रकार का पता लगाया था। इसीलिए मंगोलिज्म को ही कुछ लोग 'डाउन्स सिंड्रोम' (Down's Syndrome) भी कहते हैं। चूँकि इन लोगों के अधिकांश शारीरिक लक्षण मंगोल देश के निवासियों से मिलते-जुलते हैं इसीलिए इस श्रेणी में आनेवाले व्यक्तियों को मंगोलायड (Mangoloid) कहते हैं। इनकी बुद्धि-लब्धि का प्रसार 20 से 25 तक पाया जाता है। इनकी मानसिक आयु 6-7 वर्ष मानी जाती है।

इनकी खोपड़ी गोल तथा पीठ चपटी होती है इनके आँखें धँसी तथा बादाम की तरह होती है इनके होंठ पतले सूखे और धारीदार होते हैं तथा जीभ मोटी होती है इनके हाथ छोटे तथा पैर माँसल होते हैं। इनके कान छोटे और चपटे होते है। इनका शरीर और दाँत छोटा होता है। इनके बाल रूखे और बिखरे हुए होते हैं। इनकी आवाज में रूखापन और भारीपन होता है।

मंगोल व्यक्तियों की गतिवाही और ज्ञानवाही क्षमताओं में कोई विशेष प्रकार का विकार नहीं पाया जाता है, परन्तु इतना अवश्य है कि इन योग्यताओं के विकास की प्रक्रिया मंद होती है यह जटिल कार्यों को नहीं कर सकते हैं, केवल साधारण कार्यों को ही कर सकते हैं। भाषा सम्बन्धी योग्यता का अभाव इनमें पाया जाता है। इनमें वाक्य रचना का योग्यता नहीं पायी जाती है। कुछ मनोवैज्ञानिक इनकी औसत आयु दस वर्ष तथा कुछ पंद्रह वर्ष मानते हैं। इनका स्वभाव हँसमुख होता है तथा दूसरों से मित्रतापूर्ण व्यवहार करते हैं।

ऐसे बच्चों में रट कर सीखने की क्षमता तथा दृष्टि पेशीय क्षमता अधिक विकसित होती है (*Pueschel*, 1987), सामाजिकता तथा मानसिक स्वास्थ्य अन्य मानसिक दुर्बल बच्चों की तुलना में अपेक्षाकृत श्रेष्ठ होती है। *Brugge* et. al (1994) के अनुसार ऐसे बच्चों में उम्र से पहले शरीर पर झुर्रियाँ पड़ने लगती हैं, स्मृति का स्तर निम्न हो जाता है तथा उनमें सम्भ्रान्ति (confusion) पाया जाता है। ऐसे बच्चों के मस्तिष्कीय कोशों में ह्रास, ग्रंथीय असंतुलन (glandular imbalance), क्रोमोजोम्स के 21वें जोड़े में एक अतिरिक्त क्रोमोजोम्स का पाया जाना तथा जननिक त्रुटि (genetic factor) के कारण डाउन्स संलक्षण पाया जाता है जिसके संतोषजनक उपचार के लिए अनुसंधानकर्ताओं को अभी सफलता नहीं प्राप्त हो सकी है।

पारम्परिक रूप से यह माना जाता रहा है मंगोलिज्म का कारण आनुवंशिकता है परन्तु प्राप्त परिणाम यह प्रदर्शित करते हैं कि एक ही परिवार में एक से अधिक मंगोल नहीं पाये जाते हैं। कुछ मनोवैज्ञानिक मंगोलिज्म का मुख्य कारण पिट्युटरी ग्रन्थि का असंतुलित स्राव मानते है। *Benda, Benda & Farrell* (1959) में यह परिणाम प्राप्त किया गया है कि मंगोल में क्रोमोसोम्स की संख्या 46 नहीं वरन् 47 होती है जबकि दूसरे अध्ययन (*Penrose*, 1963) में मंगोलिज्म का कारण माता-पिता की आयु की अधिकता माना है। मंगोलिज्म के इन कारणों के अतिरिक्त माता-पिता के गुणसूत्र-सम्बन्धी दोष, गर्भवती माता में ग्रन्थि सम्बन्धी न्यूनता, गर्भवती माता में पोषण सम्बन्धी न्यनूता सम्बन्धी कारक भी मंगोलिज्म के लिए उत्तरदायी है।

मनोवैज्ञानिकों एवं मनोचिकित्सकों ने इस सम्बन्ध में यह सुझाव दिया है कि गर्भवती माताओं के लिए समुचित पोषण की व्यवस्था होनी चाहिए ताकि हारमोन सम्बन्धी असंतुलन न पाया जाए, इसके अतिरिक्त यदि किसी बच्चे में मंगोलिज्म के लक्षण दिखाई पड़े, तो उसके

भोजन में फिनाईलेलाईन (Phenylaline) की मात्रा कम कर देनी चाहिए, जिन दम्पतियों में परीक्षण के उपरान्त अपने गुणसूत्र सम्बन्धी असामान्यता पायी जाए, उन्हें संतति प्रजनन कर करके संतति निरोध करना चाहिए।

(ii) जड़ मानवता *(Cretinism)*—इसे Hypothyroidism भी कहते हैं। जिन व्यक्तियों में जड़ मानवता पायी जाती है, उनका कद छोटा, मोटी त्वचा, नाक चपटी, मोटे होंठ, मोटी पलकें तथा शरीर पर अधिक घने बाल होते हैं। इनका कद बौना होता है। इनकी पीठ तथा पैर झुके होते हैं। इनका पेट आगे निकला रहता है। यह लक्षण जन्म के समय से ही विद्यमान रहते हैं। लेकिन 6-7 महीने बाद ही इनके चिह्न अधिक स्पष्ट होते हैं। इनकी विकास प्रक्रिया रुक जाती है। इनमें बुद्धि, संवेग, भाषा तथा क्रियात्मक विकास विलम्ब से होता है। परिपक्वता प्राप्त करने पर भी यह अपने दोनों पैरों से ठीक से नहीं चल सकते हैं। पाँच वर्ष की आयु तक इनके उठने, बैठने तथा चलने की योग्यता ठीक से विकसित नहीं हो पाती है। 7-8 वर्ष की आयु प्राप्त करने पर इनमें बोलने की योग्यता विकसित हो पाती है। इनकी बुद्धि-लब्धि लगभग 25 होती है। इनके मस्तिष्क का विकास अपूर्ण रहता है इनमें लगभग 80% मूढ़ होते हैं (*Penrose,* 1963)।

जड़मानवता के पाये जाने का मुख्य कारण गलग्रन्थि (thyroid gland) से कम स्राव का होना है। गलग्रन्थि से होने वाले रस स्राव में थायरॉक्सिन (Thyroxin) कम पाया जाता है (*Penrose,* 1963) । थायरॉक्सिन की मात्रा कम होने से जड़ मानवता पायी जाती है। इसका कारण गलग्रन्थि का अविकसित या क्षतिग्रस्त होना बताया जाता है। आयोडिन (Iodine) युक्त भोजन देने तथा थायरॉक्सिन का इन्जेक्शन देने से कुछ शारीरिक लक्षणों को दूर किया जा सकता है परन्तु मानसिक लक्षणों में कोई प्रगति नहीं दिखाई पड़ती है। (*George Murray,* 1891) लक्षणों के प्रकट हो जाने के बाद इन्जेक्शन देने पर भी कोई लाभ नहीं होता है।

(iii) लघुशीर्षता *(Microcephaly)*—ऐसे मानसिक मंद बालकों का सिर छोटा होता है। सामान्य बच्चों की अपेक्षा इनके सिर का आकार ही छोटा नहीं होता है, वरन् कुछ भाग अविकसित रहता है। इनकी बुद्धि लब्धि 25 से भी कम ही रहती है। ऐसे बालक कम ही मिलते हैं तथा इनकी चिकित्सा भी सामान्यता सम्भव नहीं है। सामान्य व्यक्ति के सिर की परिधि 22 इंच होती है जबकि लघुशीर्ष बालक के सिर की परिधि 17 इंच के लगभग होती है। इनके सिर की आकृति शुण्डाकार (conical) होती है। गर्भावस्था के चौथे या पाँचवें महीने से ही बच्चों का मानसिक विकास रुक जाता है (*Greenfile,* 1975)। इनके कान तथा भौंह के ऊपर का विकास ठीक नहीं होता है। इसलिए देखने में इनका सिर विचित्र दिखाई पड़ता है। ठोढ़ी तथा माथा भीतर की ओर दबा होता है। लघुशीर्ष रोगी मानसिक मंदन के मध्यम वर्ग, तीव्र और अति तीव्र वर्ग में आते हैं। यह बालक चंचल तथा फुर्तीले होते हैं परन्तु अशान्त दिखाई पड़ते हैं। लेकिन इनमें भी भाषा का विकास कम ही पाया जाता है। सामान्यतया इनकी आयु अधिक नहीं होती है, परन्तु कुछ व्यक्ति दीर्घजीवी भी होते हैं।

लघुशीर्षता के पाये जाने के कारणों में आनुवंशिकता एक प्रमुख कारण है जिसके सन्दर्भ में कहा जाता है कि अप्रभावी जीन के कारण यह रोग पाया जाता है। लघुशीर्षता के एक प्रमुख कारक आनुवंशिकता के अतिरिक्त अन्य कारक भी इसके लिए उत्तरदायी है यथा रेडियो

सक्रिय सन्दूषण (Radio Active Contamination), गर्भवती माता में अन्तर्गर्भाणिनी संक्रमण (Intra-uterinal infection), श्रेणीय किरणन (Pelvic irradiation), परमाणु विस्फोट (*Millar,* 1970) गर्भावस्था में मेन्जाइटिस आदि।

कुछ मानसिक मंद रोगियों में वृहद शीर्ष दुर्बलता (macrocephly) पाया जाता है इनके सिर का आकार बड़ा होता है, इनके सिर का जो भाग अविकसित होता है तथा जो भाग नहीं रहता है, वहाँ ग्लियल (Gillial) अर्थात् अवलम्ब रूपी तन्तु विकसित हो जाते हैं। इन तन्तुओं के अत्यधिक विकसित होने के कारण मस्तिष्कीय रोगों का विकास अवरुद्ध हो जाता है, ऐसे रोगी दुर्लभ हैं।

(iv) जलशीर्षता *(Hydrocephalus)*—इनका सिर अपेक्षाकृत बड़ा होता है तथा इसकी परिधि 30" से कम नहीं होती है। इनके सिर का आकार अपेक्षाकृत बड़ा होने का कारण यह है कि इनके कपाल (cranium) में आवश्यकता से अधिक मस्तिष्क सौषुम्बिक द्रव (Carebro spinal fluid) एकत्रित हो जाता है जिसके कारण मस्तिष्क का आकार बड़ा हो जाता है। बाल्यावस्था या उसके पहले ही यह रोग प्रारम्भ हो जाता है। इनकी बुद्धि लब्धि 20-25 के बीच होती है। यह जड़ (idiot) या मूढ़ (Imbecile) होते हैं। ऐसे रोगियों को कभी-कभी दौरे भी पड़ते हैं। जलशीर्षता के उपर्युक्त कारण के अतिरिक्त सूजन पैदा करने वाले अनेक मस्तिष्कीय रोग तथा मस्तिष्क शोथ (encephalitis) तथा गर्दन तोड़बुखार (meningitis) भी हो सकते हैं। इन रोगों के कारण भी मस्तिष्क के कुछ क्षेत्रों में तरल पदार्थ भर जाता है क्योंकि प्रमस्तिष्क में कुछ मार्ग अवरुद्ध हो जाते हैं।

जलशीर्षता का उपचार शल्य क्रिया के द्वारा सम्भव है। इसके अतिरिक्त यदि उपयुक्त समय पर उस रोग के लक्षणों की पहचान हो जाये, तो जलशीर्षता को रोका जा सकता है परन्तु पहचान कठिन है। उपर्युक्त उपचार न होने से बालकों में मानसिक क्षति पायी जाती है। यहाँ तक कि उनकी मृत्यु भी हो जाती है। इन कारणों के अतिरिक्त मानसिक आघात, ट्यूमर तथा सिफलिस को भी जलशीर्षता के कारणों के रूप में माना जा सकता है।

(v) फेनिलकेटोन्यूरिया *(Phenylketoneuria—PKU)*—यह दुर्लभ चयापचयी रोग है, अमेरिका में बीस हजार शिशुओं में से केवल एक में इस रोग के लक्षण पाये जाने की सम्भावना है। यह रोग जन्म के 6 से 12 महीनों के बीच ही पाया जा सकता है। इनकी बुद्धि लब्धि का प्रसार 25 से 50 तक पाया जाता है।

इस मानसिक मन्दन का पहला लक्षण मानसिक दुर्बलता ही है। अन्य लक्षणों में शैशवकालीन एक्जीमा, ऐंठन, एक विचित्र प्रकार की गन्ध का अनुभव, वमन, दौरे पड़ना आदि लक्षणों को लिया जा सकता है। इनकी त्वचा तथा आँखों का रंग पीला पड़ जाता है तथा गत्यात्मक समन्वय (motor coordination) में शिथिलता पायी जाती है।

इस मानसिक मंदन का मुख्य कारक एक विशेष प्रकार के एन्जाइम का अभाव है। यह एन्जाइम फेनिलेल्लाइन (Phenylalalin) नामक एमीनो एसिड को विभाजित करता है जो प्रोटीनयुक्त भोजन में पाया जाता है। इस इन्जाइम की कमी से शरीर में फेनिलेल्लाइन नामक एमिनो एसिड की मात्रा बढ़ने से बच्चे की चयापचयी (metabolic) स्थिति खराब हो जाती है, जिसका कुप्रभाव मस्तिष्क के विकास पर पड़ता है। प्रोटीन वाले भोजन में पाये जाने वाले एमीनो एसिड के विभाजन न होने पर ही इस रोग की उत्पत्ति होती है। अनुसंधानकर्ताओं ने

इस रोग के उत्पन्न होने का एक कारण अप्रभावी जीन (recessive gene) को भी माना है और यह बताया है कि 70 में केवल 1 माता-पिता में इस प्रकार के जीन पाए जाते हैं।

इस मानसिक मंदन के उपचार के लिए अनेक अनुसंधान हुए हैं जिनके द्वारा इसका निदान किया जा सकता है। बच्चों के भोजन में फेनिलेल्लाइन की मात्रा कम करके इस रोग पर नियंत्रण प्राप्त किया जा सकता है परन्तु कुछ अनुसंधानकर्ताओं का मत है कि संयमित आहार होने पर भी इस रोग का नियंत्रण नहीं किया जा सकता है। इस रोग के प्रारम्भ होने पर इसके लक्षणों को पहचान कर उपचार करके इसे दूर किया जा सकता है। यदि छठे महीने से ही इस रोग का उपचार प्रारम्भ कर दिया जाए तो मानसिक क्षमता के ह्रास को रोका जा सकता है। फिर भी इनकी बुद्धि सामान्य बालकों की बुद्धि से कम रहती है।

मानसिक मंदन का उपर्युक्त नैदानिक वर्गीकरण को प्राथमिक माना जाता है। मानसिक मंदन के कुछ और नैदानिक वर्गीकरण हैं जिन्हें गौण-वर्ग के अन्तर्गत रखा जाता है। इन वर्गीकरणों का संक्षिप्त वर्णन अधोलिखित है:—

(i) टे-शेक रोग *(Tay-Sachs Disease)*—यह मानसिक मंदन भी शैशवावस्था में ही पाया जाता है। इस रोग का प्रमुख लक्षण बच्चों के रेटिना में लाल रंग के धब्बों का पाया जाना है। इन बच्चों के बहरे, गूंगे और अन्धे होने की सम्भावना अधिक पायी जाती है। इसके अतिरिक्त उसमें पक्षाघात के रोग भी पाये जा सकते हैं। इनकी आयु अधिकतम चार वर्ष तक होती है (*Berg*, 1974)। उन्नीसवीं शताब्दी के अन्त में इस मानसिक दुर्बलता का *Warren Tay & Bernard Sachs* ने पता लगाया। इस रोग का कारण चयापचयी विकार ही है जो अप्रभावीजीन (recessive genes) के कारण उत्पन्न होता है।

(ii) क्लाइनफेलस्टर-संलक्षण *(Klinefelster's Syndrome)*—यह रोग उस समय पाया जाता है जब पुरुषों में XY क्रोमोसोम्स के स्थान पर XXY क्रोमोसोम्स पाये जाएँ। इस प्रकार एक X क्रोमोसोम की अधिकता पायी जाती है अर्थात् सेक्स क्रोमोसोम में विचलनशीलता पायी जाती है। यह अण्डकोशों के अनुपयुक्त विकास के कारण होता है।

(iii) जड़विज्ञ *(Idiot Savant)*—ऐसे बालक में जड़ बुद्धि होती है परन्तु गणना कार्यों में इनकी बौद्धिक योग्यता तीव्र होती है। भूत, भविष्य की तारीख के दिनों को सही-सही बता देना। यह क्षमता अभ्यास के कारण ही विकसित हो सकती है।

(iv) बिलरूबिन मस्तिष्क विकृति *(Billirubin Encephalophathy)*—रक्त में लाल कणिकाओं के अभाव में शरीर में एक विषैली रसायनिक स्थिति उत्पन्न हो जाती है तो इस मानसिक मन्दन का कारण बनती है। यह स्थिति उस समय उत्पन्न होती है जब माता और भ्रूण के रक्त समूहों में विसंगति पायी जाती है।

(v) टरनर संलक्षण *(Turner's Syndrome)*—इस मानसिक दुर्बलता का प्रभाव अत्यन्त अल्प होता है परन्तु यह केवल स्त्रियों में ही उत्पन्न होती है। इस दुर्बलता के कारण स्थान प्रत्यक्षीकरण तथा स्थान विभेदन की क्षमता कम होती है। इस संलक्षण का एक कारण 46 के स्थान पर 45 क्रोमोसोम्स का होना बताया जाता है तो दूसरे कारण के रूप में स्त्रियों में दो XX क्रोमोसोम्स के स्थान पर एक ही X क्रोमोसोम्स का होना माना जाता है।

(vi) रूबेला जन्मजात संलक्षण *(Rubella's Congenital Syndrome)*—जिन बालकों में यह मानसिक मन्दन पाया जाता है उनमें बहरापन, हृदय तथा अक्षयपटलीय विकार, मोतियाबिन्द आदि लक्षण दिखाई पड़ते हैं।

(vii) **नीमन-पिक्स रोग** (*Nieman-Pick's Disease*)—यह मानसिक मंदन शैशवावस्था में ही दिखाई पड़ता है, इसमें बच्चे का भार कम होता जाता है, उसमें खुश्की रहती है तथा उसे पक्षाघात भी हो सकता है। यह रोग भी चयापचयी विकास से ही उत्पन्न होता है।

3. बुद्धि लब्धि के आधार पर मानसिक दुर्बलता का वर्गीकरण (*Classification Based on I.Q.*)

(i) **क्षीण बुद्धि** (*Morone*)—इनकी बुद्धि लब्धि का प्रसार 50 से 70 होता है तथा इनकी मानसिक आयु 7 से 11 वर्ष के बीच होती है। इनमें सुझाव ग्रहणशीलता अधिक पायी जाती है। यह व्यक्ति असामाजिक कार्यों की ओर सरलता से उन्मुख हो जाते हैं। प्रशिक्षण के परिणास्वरूप वह पढ़ना-लिखना सीख सकते हैं या आत्मनिर्भर हो सकते हैं। 75% रोगी इस श्रेणी के अन्तर्गत आते हैं। इनमें अन्तर्दृष्टि तथा मौलिकता का अभाव पाया जाता है।

(ii) **मूढ़** (*Imbecile*)—इनकी बुद्धि-लब्धि का प्रसार 20 से 49 तक होता है तथा मानसिक आयु 6 से 8 वर्ष के बीच होती है। जनसंख्या में इनका प्रतिशत 1 से 2 होता है। यह अपने कार्यों को कर सकते हैं। परन्तु अपनी रोजी-रोटी नहीं कमा सकते हैं। फिर भी इनकी देखभाल की आवश्यकता रहती है। यह साधारण पढ़-लिख सकते हैं तथा आसान नामों को पुकार सकते हैं।

(iii) **जड़** (*Idiot*)—इनकी बुद्धि-लब्धि 20 से नीचे होती है। इनमें शारीरिक दोष भी पाये जाते हैं। यह अपने दैनिक कार्यों यथा भोजन करना व्यक्तिगत सफाई को भी ठीक से नहीं कर सकते हैं। बाह्य संकट से यह अपनी रक्षा नहीं कर सकते हैं। ये व्यक्ति आग, पानी, तेल के खतरों को नहीं समझते हैं और आसानी से दुर्घटनाग्रस्त हो जाते हैं। भाषा विकास इनका नहीं होता है। यह वाक्य बनाने में असमर्थ होते हैं।

4. अनुकूली व्यवहार के आधार पर वर्गीकरण (*Classification Based on Adjustive Behaviours*)

(i) **अप्रशिक्षणीय** (*Untrainable*)—5% मानसिक रोगी इस वर्ग में आते हैं। यह दूसरों पर पूर्णरूप से आश्रित होते हैं।

(ii) **प्रशिक्षणीय** (*Trainable*)—इस समूह में 20% रोगी आते हैं। प्रशिक्षण के द्वारा स्वावलम्बी बनाया जा सकता है।

(iii) **शिक्षणीय** (*Educable*)—इस वर्ग में 75% रोगी आते हैं। उचित प्रशिक्षण के द्वारा यह सामाजिक एवं आर्थिक समायोजन स्थापित कर सकते हैं।

5. ट्रेडगोल्ड का मानसिक मन्दन प्रकार (*Tredgold's Classification of Mental Retardation*)

ट्रेडगोल्ड (Tredgold) के अनुसार मानसिक मंदन दो प्रकार का होता है:—

(i) **प्राथमिक मानसिक मंदन** (*Primary Mental Retardation*)—ट्रेडगोल्ड का मत है कि लगभग 80% मानसिक मन्द शिशु इसी वर्ग में आते हैं। इन मन्दन का कारण आनुवंशिकता है। बीजकोशों (sperm cells) में किसी प्रकार के दोष के कारण ऐसे मानसिक मंद शिशुओं का जन्म होता है ऐसे शिशुओं का मानसिक विकास अवरुद्ध हो जाता है जिससे उनमें सामाजिक असंतुलन पाया जाता है।

(ii) गौण मानसिक मन्दन (*Secondary Mental Retardation*)—इस वर्ग में जनसंख्या के केवल 20% लोग ही आते हैं। मानसिक मन्दन का यह प्रकार मस्तिष्कीय आघात के कारण पाया जाता है। इनमें मानसिक मन्दन का पाया जाना इस बात पर निर्भर करता है कि मस्तिष्क का कितना भाग क्षतिग्रस्त हुआ है तथा यह मस्तिष्क आघात कब हुआ है, जन्म से पहले, जन्म के समय या जन्म के उपरान्त। यद्यपि ट्रेडगोल्ड के इस वर्गीकरण की आलोचना अनेक अनुसंधानकर्ताओं ने की है। इनका मत है कि दोनों प्रकार के मानसिक मंदन के लक्षणों में अत्यधिक समानता पायी जाती है।

6. लेविस का मानसिक मन्दन प्रकार

(*Lewis's Classification of Mental Retardation*)

लेविस (*Lewis*) ने भी मानसिक मन्दन को दो वर्गों में वर्गीकृत किया है:—

(i) उपसांस्कृतिक मानसिक मन्दन (*Sub-cultural Mental Retardation*)—मानसिक मंदन का यह प्रकार आनुवंशिक होता है। इनमें शारीरिक दोष नहीं पाया जाता है। ऐसे मानसिक मंद व्यक्ति सामान्य व्यक्तियों से अधिक भिन्न नहीं होते हैं। यह सामान्य सीमा में ही आते हैं।

(ii) विकारात्मक मानसिक मन्दन (*Pathological Mental Retardation*)—यह उप-सांस्कृतिक मानसिक मंद व्यक्तियों की भाँति नहीं होते हैं। इनमें शारीरिक दोष स्पष्ट होते हैं।

मानसिक मन्दन के कारण
(Causes of Mental Retardation)

मानसिक मन्दन के अनेक प्रकार हैं जो जैविक एवं मनोसामाजिक कारकों से प्रमुखतया संबंधित है। इन कारकों का वर्णन निम्नलिखित है:—

1. वंशानुक्रम (*Heredity*)—अनेक अनुसंधानकर्ताओं (*Goddard, Kallikak*) ने अपने अध्ययन के आधार पर यह परिणाम प्राप्त किया है कि जिन बच्चों के माता-पिता में मानसिक मन्दन पाया जाता है उनके बच्चों में भी मानसिक मन्दन पाया जाता है। एक अध्ययन (*Rosanoff, Judd*) में यह परिणाम प्राप्त किया गया कि 91% समान जुड़वाँ बच्चों में तथा 53 प्रतिशत असमान जुड़वाँ बच्चों में मानसिक मंदन प्राप्त किया गया है।

2. दोषपूर्ण गुणसूत्र (*Defective Chromosomes*)—गुण सूत्रों की संख्या अधिक या कम होने पर भी मानसिक मन्दन के लक्षण पाये जाते हैं। 46 के स्थान पर 45 (*Turner*) या 46 के स्थान पर 47 (*Robinson* 1961, *Lejenune,* 1970) गुण सूत्रों के पाये जाने पर मानसिक मन्दन पाया जाता है।

3. संक्रमण रोग (*Infectious Diseases*)—संक्रमण रोगों यथा सिफलिस इन्सेफ्लाइटिस आदि के कारण भी मानसिक मन्दन पाया जाता है। गर्भावस्था में हुए संक्रामक रोग यथा चेचक, टाईफाइड भी बच्चों के मस्तिष्क विकास को अवरुद्ध करते हैं।

4. विषैले पदार्थ (*Toxic Agents*)—गर्भवती माता के द्वारा प्रयोग की औषधियों में पाये जाने वाले विषैले पदार्थ भी मानसिक विकास को अवरुद्ध करते हैं। जैसे कार्बन मोनोऑक्साइड, लेड गर्भस्थ शिशु के विकास को अवरुद्ध करते हैं। गर्भावस्था में टिटेनस या टाइफाइड अवरोधी इन्जेक्शन देने पर भी मस्तिष्क विकास प्रभावित हो सकता है।

5. जन्म आघात (*Birth Trauma*)—जन्म के पहले या जन्म के समय या जन्म के उपरान्त मस्तिष्क में आघात लगने से मानसिक विकास की क्रिया रुक जाती है। इनके लक्षण स्वरूप ऐंठन, दुग्धपान सम्बन्धी कठिनाइयाँ या श्वास सम्बन्धी कठिनाइयाँ दिखाई पड़ती हैं। इन आधारों का कारण गर्भस्थ शिशु की असामान्य अवस्था उल्टा जन्म या शल्य क्रिया हो सकती है।

6. थायराइड ग्रन्थियाँ (*Thyroid Glands*)—थायराइड ग्रन्थि में कम स्राव होने के कारण मानसिक मन्दन पाया जाता है। कम स्राव के कारण शरीर में रसायन सम्बन्धी दोष पाया जाता है।

7. पारिवारिक पृष्ठभूमि (*Family Background*)—श्रेष्ठ एवं निम्न प्रकार की पारिवारिक पृष्ठभूमि का भी प्रभाव मानसिक क्रियाओं के विकास पर पड़ता है (*Tredgold*)। लेविस (*Lewis*) ने अपने अध्ययन में यह परिणाम प्राप्त किया है कि श्रेष्ठ परिवार में 12% मूर्ख, 30% मूढ़ तथा 33% जड़ व्यक्ति प्राप्त हुए। इसी प्रकार निम्न परिवार में 62% मूर्ख, 35% मूढ़ तथा 27% जड़ प्राप्त हुए।

8. एक्स-किरण प्रभाव (*X-Rays Effect*)—गर्भस्थ शिशु पर एक्स-रे की किरणों का कुप्रभाव पड़ता है। परिणामस्वरूप मानसिक मन्दन पाया जाता है क्योंकि मानसिक विकास की क्रिया अवरुद्ध हो जाती है।

9. हार्मोनल असंतुलन (*Harmonal Imbalance*)—हार्मोनल असंतुलन के कारण भी मानसिक मन्दन पाया जाता है। थायरायड एवं पिट्यूटरी ग्रन्थि में असामान्य स्राव के कारण क्रेटीनिज्म पाया जाता है (*Fisher*, 1958)।

10. दोषपूर्ण आहार (*Malnutrition*)—गर्भावस्था में माता को तथा जन्म के उपरान्त शिशु को उपयुक्त आहार न मिलने से मानसिक मन्दन पाया जा सकता है क्योंकि उपयुक्त आहार के अभाव में न केवल शारीरिक विकास ही अवरुद्ध होता है वरन् मानसिक विकास भी अवरुद्ध हो जाता है।

11. कपालीय दोष (*Cranial Defects*)—कपाल रचना भी मानसिक मन्दन का एक कारण है। इसीलिए लघुशीर्षता (Microcephaly) तथा दीर्घशीर्षता (Macrocephaly) के कारण मानसिक मंदन प्राप्त किया गया है। लघुशीर्षता में सिर का आकार छोटा तथा वृहतशीर्षता में सिर का आकार बड़ा होता है।

12. सांस्कृतिक कारक (*Cultural Factors*)—सांस्कृतिक आधार पर व्यक्तियों को वर्गीकृत करने के लिए भौगोलिक वातावरण, आर्थिक प्रणाली, राजनैतिक संगठन, शिक्षा, धर्म आदि आधारों को लिया जा सकता है। इस सम्बन्ध में यह परिणाम प्राप्त किया गया है कि ग्रामीण बालकों की तुलना में नगरीय वातावरण अभिव्यंजक (expressive) होता है जबकि ग्रामीण वातावरण विषादजन्य (oppressive)। ग्रामीण वातावरण कम दिशासूचक (directive) होता है तथा व्यक्ति को अपने विचारों, भावनाओं को आदान-प्रदान का कम अवसर प्राप्त होता है जबकि नगरीय वातावरण चिन्तन के लिए अधिक अवसर प्रदान करता है।

13. वंचन (*Deprivation*)—ब्रूनर (*Bruner,* 1971) का मत है कि बालकों का निकटस्थ (immediate) वातावरण उनके मानसिक विकास को प्रभावित करता है। इनका मत है कि बालक की मूल्य उन्मुखता (value orientation) उसके अपूर्णता के प्रजनन को हतोत्साहित करती है। सामूहिक मूल्य उन्मुखता व्यक्तिगत रूप से परिवेश का सामना करने की इस अयोग्यता का प्रतिफल है। इस प्रकार प्रतिकूल परिस्थिति के बालक (disadvantaged child) को वैयक्तिक कार्य क्षेत्र (individual line) विकसित करने के लिए हतोत्साहित किया जाता है। रीजमैन (*Reisman,* 1982) ने यह परिणाम प्राप्त किया है कि प्रतिकूल परिस्थिति के बालक अनुकूल घरों से आये बच्चों की अपेक्षा अपने विचारों एवं भावनाओं के प्रति अधिक आदर चाहता है लेकिन उसे इस प्रकार का अवसर नहीं प्राप्त होता है। इसलिए मानसिक विकास अपेक्षाकृत कम होता है।

14. अन्य कारक *(Other Factors)*—मानसिक मन्दन के उपरोक्त कारकों के अतिरिक्त कुछ अन्य कारक भी हैं जो न्यूनाधिक मात्रा में मानसिक विकास को प्रभावित करते हैं। यथा—निवास स्थान, कुंठा, मनोवैज्ञानिक दबाव (psychological stress), माता-पिता की अकाल मृत्यु, तलाक, माता-पिता के कटु सम्बन्ध, बड़ा परिवार आदि।

मानसिक मन्दन का उपचार एवं निरोध
(Treatment and Prevention of Mental Retardation)

मानसिक क्षेत्र में अनेक अनुसंधान हुए हैं और अनेक अनुसंधानकर्ता अभी भी अपने अनुसंधान में कार्यरत हैं। परन्तु मानसिक मन्दन से सम्बन्धित अनुसंधान कार्यों के सर्वेक्षण से इस कटु तथ्य पर प्रकाश पड़ता है। मानसिक मंदन के उपचार के सम्बन्ध में अनुसंधानकर्ताओं को अभी कोई विशेष सफलता नहीं प्राप्त हुई है। फिर भी अनुसंधानकर्ताओं ने मानसिक मन्दन के उपचार एवं निरोध के लिए कुछ सुझाव दिए हैं जिनका वर्णन अधोलिखित हैः—

1. **बन्ध्याकरण** *(Sterlization)*—मानसिक रूप से मंद माता-पिता को गर्भ निरोध (birth control) या बन्ध्याकरण विधियों का प्रयोग करना चाहिए ताकि मानसिक मंद माता-पिता मंद बुद्धि के सन्तानों का प्रजनन न कर सकें।
2. **प्रशिक्षण** *(Training)*—मानसिक मंद बालकों को अपने व्यक्तिगत कार्यों को सुचारु रूप से करने के लिए जीविका निर्वाह के लिए तथा उपर्युक्त सामाजिक समायोजन के लिए विस्तृत एवं गहन प्रशिक्षण की व्यवस्था करनी चाहिए। यह प्रशिक्षण परिवार में भी दिया जा सकता है तथा मानसिक रूप से मंद विद्यार्थियों के लिए स्थापित प्रशिक्षण संस्थानों के द्वारा भी प्रशिक्षित किया जा सकता है।
3. **नैमित्तिक अनुबन्धन का प्रयोग** *(Use of Instrumental Conditioning)*—मंद बुद्धि के बच्चों को नैमित्तिक अनुबन्ध विधि के द्वारा प्रशिक्षित करना चाहिए क्योंकि अनुबन्ध की यह प्रक्रिया बच्चों को परिणाम ज्ञात कराती है। बच्चा अपने अनुक्रिया के परिणाम से अवगत होता है जो उसके मनोबल को उच्च बनाने में सहायक होता है।
4. **व्यावसायिक प्रशिक्षण** *(Occupational Training)*—मानसिक मंद बालकों को व्यवसायिक प्रशिक्षण देना चाहिए जिससे वह अपने जीवन की आवश्यकताएँ पूरी कर सकें तथा अपना जीवन निर्वाह कर सकें। इस उद्देश्य की पूर्ति के लिए उन्हें बढ़ईगीरी, लुहारगिरी तथा छोटी-मोटी मशीनों को चलाने के लिए प्रशिक्षित किया जा सकता है। इन्हें खेती और रसोईघर के कार्य के लिए भी प्रशिक्षित किया जा सकता है।
5. **गर्भपात** *(Abortion)*—मानसिक रोग से ग्रस्त गर्भवती माताओं का गर्भपात करा देना चाहिए अन्यथा मानसिक मन्द शिशु के प्रजनन की सम्भावना पायी जाएगी। गर्भपात की सम्भावना न होने पर परिवार के सदस्यों तथा चिकित्सक के सहयोग से इस बात का प्रयास करना चाहिए कि गर्भवती माता विद्यमान मानसिक रोग प्रभाव से मुक्त हो जाये, लेकिन इसके लिए विषैली औषधियों का प्रयोग न किया जाये।

6. **सुरक्षित कार्यशालाओं का उपयोग** (*Use of Protected Workshops*)— सरकार को मंद बुद्धि के बालकों के लिए ऐसी सुरक्षित कार्यशालाओं की व्यवस्था करनी चाहिए जहाँ उन्हें उचित प्रशिक्षण उनकी मानसिक योग्यता के अनुसार मिल सके तथा उन्हें उचित पारिश्रमिक मिल सके। यह कार्यशालाएँ विशेष रूप से मानसिक मंद बालकों के लिए ही होनी चाहिए।
7. **चिकित्सकीय सहायता** (*Medical Help*)—मानसिक मन्दन के अनेक कारणों में सिफलिस तथा संक्रामक रोगों के प्रभाव को भी देखा गया है। चिकित्सकों के सहयोग से इन दोषों के प्रभाव को दूर किया जा सकता है जिससे उनके मानसिक मंद बच्चे न पैदा हों साथ-ही-साथ इस प्रयास के लिए उन दम्पत्तियों को यह सुझाव दिया जा सकता है कि रोगमुक्त होने तक वह संतति निरोध करें और अपने जीवन में संयम बरतें।
8. **पृथक्कीकरण** (*Segragation*)—मंद बुद्धि बालकों का पालन-पोषण सामान्य बुद्धि के बालकों के साथ न करके अलग ही करना चाहिए जिससे प्रशिक्षक उन पर सामान्य बालकों की तुलना में अधिक तथा विशेष ध्यान दे सकें तथा सामान्य बालकों के साथ रहने के कारण उनमें हीनता की भावना न विकसित हो और उनका स्वाभाविक समायोजन हो। इस उद्देश्य की पूर्ति के लिए सरकार तथा स्वयंसेवी सामाजिक संस्थाओं द्वारा ऐसे प्रशिक्षण केन्द्रों की स्थापना की जानी चाहिए जहाँ मंद बुद्धि के बालकों को ऐसा प्रशिक्षण दिया जा सके।
9. **हारमोन सम्बन्धी उपचार** (*Harmonal Treatment*)—बौनापन तथा फेनिल-केटोन्यूरिया नामक मन्दन ग्रन्थियों के असन्तुलित रसस्राव के कारण उत्पन्न होता है। इन ग्रन्थियों को सुचारु रूप से क्रियाशील करने के लिए सुई लगाई जा सकती है तथा उन व्यक्तियों को सन्तति निरोध का सुझाव दिया जा सकता है जिनके ग्रन्थियों में असंतुलित रसस्राव होता है।
10. **माता-पिता का उपयुक्त ध्यान** (*Appropriate Attention of Parents*)— सामान्यतया यह देखा जाता है कि माता-पिता अपने सामान्य या कुशाग्र बुद्धि के बालकों के प्रति अधिक ध्यान देते हैं तथा लोगों के सामने उनकी प्रशंसा करते हैं जबकि मंद बुद्धि बालकों के प्रति उनका व्यवहार उपेक्षनीय रहता है। परिणामस्वरूप उनमें हीनता की भावना का विकास होता है, उनका समायोजन अवरुद्ध हो जाता है तथा वे कुंठित हो जाते हैं जिससे उनका उपयुक्त मानसिक विकास नहीं हो पाता है। अतः माता-पिता को चाहिए कि जहाँ वे अपने सामान्य बालकों पर अधिक ध्यान देते हैं वहीं मंद बुद्धि के बालकों के प्रति उपेक्षापूर्ण तथा पक्षपातपूर्ण दृष्टिकोण न अपनाएँ बल्कि उनके देख-रेख के लिए समुचित व्यवस्था करें।
11. **उपयुक्त पोषाहार** (*Adequate Nutrition*)—गर्भावस्था में माता के लिए उपयुक्त पोषाहार न मिलने के कारण उनका जन्म निर्धारित एवं अपेक्षित समय से पहले ही हो जाता है। परिणामस्वरूप उनमें मानसिक मंदन पाया जाता है। पूर्ण समय पर जन्म लिए बच्चों में अपेक्षित समय से पहले ही जन्म लिए बच्चों की तुलना में मानसिक योग्यता अधिक पायी जाती है (*Freedman*, 1962)। इसलिए गर्भवती महिलाओं के लिए उपयुक्त पोषाहार की व्यवस्था करनी चाहिए ताकि अपेक्षित समय से पूर्व बच्चों का जन्म न हो और उनमें मानसिक मन्दन न पाया जाये।

12. **पुनर्वास कार्यक्रम** *(Rehabilitation Programmes)*—मानसिक मंद बालकों के लिए पुनर्वास की व्यवस्था करनी चाहिए। सरकार को चाहिए कि उनके लिए केवल प्रशिक्षण की ही व्यवस्था न करें, वरन् प्रशिक्षण के पश्चात उन्हें सेवा करने का अवसर भी प्रदान करें।

13. **कुशल प्रसवविज्ञानी की सेवाएँ** *(Services of Expert Obstrician)*—जन्म आघात के कारण भी मानसिक मंदता पायी जाती है। इसलिए संरक्षकों को चाहिए कि प्रजनन के समय कुशल प्रसवविज्ञानियों की सेवाएँ लें ताकि शिशु के सिर को किसी प्रकार का आघात न पहुँचे और मानसिक मन्दन न पाया जाये।

14. **अनुसंधान कार्यक्रम** *(Research Programmes)*—मानसिक मंदन के क्षेत्र में निरन्तर ऐसे अनुसंधान कार्यक्रमों को चलाना चाहिए जिससे मानसिक मंदन के निरोध तथा उपचार के कारणों की नई विधियों के बारे में ज्ञान प्राप्त हो सके।

15. **अन्य कारक** *(Other Factors)*—मानसिक मंदन के उपचार के लिए विशेष प्रकार के आहार, विशेष संरक्षण तथा व्यवसायिक चिकित्सा की विधियों का प्रयोग करना चाहिए जिनसे मानसिक मंदन की मात्रा पर नियंत्रण किया जा सके। यदि मानसिक मंदन का उपयुक्त निरोध एवं उपचार किया जाये तो इस रोग पर नियंत्रण प्राप्त किया जा सकता है।

❑

अध्याय 14

अवधान-अभाव/अतिसक्रियता विकृति
(ATTENTION DEFICIT/HYPERACTIVITY DISORDER—ADHD)

अवधान अभाव/अति सक्रियता विकृति एक अति सामान्य मनोचिकित्सकीय विकृति है जो स्कूल आयु के बच्चों (school going children) में पाई जाती है। ऐसे बच्चों में अपनी आयु की तुलना में विकासात्मक रूप से अनुपयुक्त अतिसक्रियता (developmentally inappropriate overactivity) पाई जाती है। इस विकृति के उपचार की आवश्यकता होती है अन्यथा उनमें किशोरापराध तथा औषधि दुरूपयोग की सम्भावना पाई जाती है। यह एक पारिवारिक विकृति है जिसका सम्बन्ध केन्द्रीय स्नायु संस्थान (CNS) की संरचना में भिन्नता, चयापचय (metabolism) एवं संसाधन (processing) से है। इस विकृति के लक्षण 7 वर्ष की आयु में दिखाई पड़ते हैं तथा इसके लक्षण कम से कम 6 महीने तक अवश्य ही विद्यमान रहते हैं (DSM-IV)। लगभग एक शताब्दी पूर्व इस विकृति को एक बाल मनोचिकित्सकीय विकृति (child psychiatric disorder) के रूप में मान्यता प्राप्त हुई।

यह एक सामान्य विकृति है जो लड़कियों की अपेक्षा लड़कों में अधिक पाई जाती है। यह अनुपात 3 : 1 अथवा अधिक-से-अधिक 5 : 1 तक हो सकता है। प्रथम जन्म क्रम के लड़कों में इस विकृति को सामान्य रूप से प्राप्त किया जा सकता है। इस विकृति के कारण बच्चे घर अथवा विद्यालय में विघटन (disruption) अनुभव करते हैं। इस विकृति की प्रमुख विशेषता के रूप में विकासात्मक रूप से अनुपयुक्त दुर्बल अवधान विस्तार (developmentally inappropriate poor attention span), आयु-अनुपयुक्त अतिसक्रियता के लक्षण (age inappropriate features of hyperactivity). एवं, आवेगशीलता (impulsivity) अथवा दोनों को माना जा सकता है। इस नैदानिक लक्षण के लिये यह आवश्यक है कि यह विकृति कम-से-कम 6 माह की अवधि के लिये अवश्य पाई जाये, शैक्षिक एवं सामाजिक प्रकार्यता (academic and social functioning) में क्षति (impairment) उत्पन्न करे, तथा इसके लक्षण 7 वर्ष की आयु के पहले ही प्राप्त किये गये हो। ADHD से ग्रस्त विकृति बच्चों के भाई-बहनों में भी इन लक्षणों के विकसित होने की सम्भावना अधिक पाई जाती है, परिणामस्वरूप उनमें विघटित व्यवहार विकृति (disrupted behaviour disorder), चिन्ता विकृति (anxiety disorder), अवसादपरक विकृति (depressive disorder) के पाये जाने की सम्भावना अधिक पाई जाती है।

यही नहीं ADHD के सहोदरों में शैक्षिक उपलब्धि परीक्षण प्राप्तांकों में भी दुर्बलता पाई जाती है तथा वे विद्यालय में असफलता प्रदर्शित करते हैं। ADHD के रोगियों में अतिगतिकता (hyperkinesis), समाजजन्यविकृति (sociophathy), अल्कोहल उपयोग विकृति तथा परिवर्तन विकृति (conversion disorder) के पाये जाने की सम्भावना अधिक पायी जाती है। इस विकृति का प्रारम्भ सामान्यतया 3 वर्ष की आयु से ही प्रारम्भ हो जाता है

परन्तु निदान तब तक सम्भव नहीं हो पाता है जबकि बच्चा प्रारम्भिक स्कूल (elementary school) नहीं पहुँच जाता है जहाँ औपचारिक अधिगम परिस्थिति पाई जाती है तथा जिसमें संरचित व्यवहार प्रतिरूप (structured behavioural pattern) की आवश्यकता होती है।

नैदानिक लक्षण *(Diagnostic Features)*

ADHD के निम्नलिखित नैदानिक लक्षण हैंः—

(i) यह अवधानहीनता (inattention) अथवा अतिसक्रियता-आवेगशीलता का एक स्थाई प्रतिरूप (persistent pattern) है जो सामान्य बच्चों की तुलना में इस विकृति से ग्रसित बच्चों में अकसर एवं तीव्र रूप से घटित होता है।

(ii) कुछ अतिसक्रिय आवेग अथवा अवधानहीनता (असावधानी) के लक्षण 7 वर्ष के पूर्व ही पाये जाते हैं तथा बच्चों में क्षति के कारक होते हैं और वर्षों तक बने रहते हैं।

(iii) इन लक्षणों से कम-से-कम दो क्षेत्रों—घर अथवा स्कूल अथवा कार्य में क्षति पाई जाती है।

(iv) सामाजिक, शैक्षिक एवं व्यवहारपरक प्रकार्यता के उपयुक्त विकास में अवरोध के स्पष्ट लक्षण दिखाई पड़ते हैं।

(v) यह क्षुब्धता विशेष रूप से व्यापक विकासात्मक विकृति (pervasive developmental disorder) मनोविदलता (schizophrenia) अथवा अन्य मनोविक्षिप्ति विकृतियों (other psychotic disorders), की अवधि में विशिष्ट रूप से घटित नहीं होती है तथा अन्य मानसिक विकृतियों (mental disorders) उदाहरणार्थ मनोदशा विकृति, चिन्ता विकृति, वियोजनात्मक विकृति (dissociative disorder) व्यक्तित्व विकृति के पाये जाने पर इस विकृति का निदान कठिन हो जाता है।

इस विकृति के परिणामस्वरूप व्यवसायिक एवं सामाजिक परिस्थितियों में व्यक्ति की स्पष्ट असावधानी (अवधानहीनता) देखी जा सकती है। ऐसे व्यक्ति विद्यालयी कार्यों एवं अन्य कार्यों में लापरवाही के कारण त्रुटियाँ करते हैं। इनका कार्य हमेशा अस्त-व्यस्त (messy) होता है तथा वे लापरवाही से बिना कुछ सोचे-समझे त्रुटिपूर्ण व्यवहार करते हैं। ऐसे व्यक्तियों में किसी कार्य या खेल कार्य के प्रति संघृत अवधान (sustained attention) का अभाव पाया जाता है और यह स्थिति तब तक बनी रहती है जबतक वह कार्य/खेल चलता रहता है। वे ऐसा व्यवहार प्रकट करते हैं कि उनका ध्यान कहीं और था अथवा उन्होंने सुना ही नहीं अथवा जो उनसे कहा गया उसको उन्होंने सुना नहीं। वे एक अपूर्ण कार्य से दूसरे कार्य पर अपने अवधान को अकसर परिवर्तित कर देते हैं। ऐसे व्यक्ति जिस कार्य को प्रारम्भ करते हैं, उसको पूरा किये बिना दूसरे कार्य को करने लगते हैं। निवेदन करने पर अथवा निर्देश प्राप्त करने पर भी वे अपने स्कूल कार्य को पूरा करने में सफल नहीं होते हैं। ऐसे व्यक्ति कार्यों एवं क्रियाओं को संगठित करने में असफल होते हैं। जिन कार्यों में संधृत मानसिक आयासों (sustained mental efforts) की आवश्यकता होती है, उन कार्यों के प्रति ऐसे व्यक्तियों में असुखद भाव एवं महत्वपूर्ण विमुखता पाई जाती है। परिणामस्वरूप, ऐसे व्यक्ति विशेष रूप से उन कार्यों को नापसन्द करते हैं और उनका परिहार करते हैं जिन कार्यों संधृत स्व-अनुप्रयोग (sustained self-application) अथवा मानसिक आयास (mental effort) अथवा संगठनात्मक आवश्यकता (organizational demands) अथवा अधिक एकाग्रता की

आवश्यकता होती है। इस परिहार का मुख्य कारण व्यक्ति में विरोधी अभिवृत्ति (oppositional attitude) का पाया जाना नहीं है, वरन् ध्यान एकाग्रता में व्यक्ति द्वारा अनुभव की जाने वाली कठिनाई है। ऐसे व्यक्तियों की कार्य आदतों (work habits) में भी संगठन का अभाव पाया जाता है तथा कार्य के लिए आवश्यक सामग्रियाँ या तो बिखरी हुई होती हैं या गायब हो जाती हैं या क्षतिग्रस्त हो जाती हैं। ऐसे व्यक्तियों में अप्रासांगिक सामग्रियों (irrelevant materials) के लिए ध्यान विकर्षण पाया जाता है तथा सम्पन्न कर रहे कार्यों में उन घटनाओं से ध्यान विकर्षण अनुभव करते हैं जिससे दूसरे व्यक्ति प्रभावित नहीं होते हैं (जैसे कार के हार्न की आवाज अथवा पीछे बैठे व्यक्तियों के वार्तालाप की ध्वनि)। वे अपने दैनिक कार्यों को भूल जाते हैं जैसे वे यह भूल सकते हैं, कि किसी से मिलना है, या अपना दिन का भोजन साथ लाना भूल जाते हैं। सामाजिक परिस्थितियों में वे लापरवाही से लोगों से वार्तालाप करते हैं, और व्यक्ति से किये जाने वाले वार्तालाप को परिवर्तित कर देते है, दूसरों की बातों पर ध्यान नहीं देते हैं, तथा कार्यों के खेलों अथवा नियमों का पालन नहीं करते हैं।

अतिक्रियाशीलता (hyperactivity) की अभिव्यक्ति चुलबुलापन (fidgetiness) तथा अपने सीट पर छटपटाहट (squirming) के रूप में होती है तथा जब कुर्सी पर बैठने की उनसे प्रत्याशा की जाती है, तो वे ऐसा नहीं कर पाते हैं, अनुपयुक्त रूप से परिस्थिति में दौड़ भाग करते हैं, विश्राम काल में शान्ति से अपना समय नहीं व्यतीत कर पाते हैं, अक्सर 'जाने की मुद्रा' में होते हैं और ऐसा प्रतीत होता है कि उनका संचालन कोई और कर रहा है, तथा अत्यधिक वार्तालाप करते हैं। व्यक्ति की आयु और विकासात्मक स्तर (developmental level) के अनुसार अतिसक्रियता में परिवर्तन पाया जाता है। इसलिए बच्चों में इस रोग का निदान करते समय अत्यधिक सावधानी बरतनी चाहिए। सामान्य बालकों की तुलना में इस विकृति से ग्रस्त बालकों में अधिक व्यवहारपरक भिन्नताएँ पायी जाती है उदाहरणार्थ—ऐसे बच्चे फर्नीचर पर अधिक चढ़ते और कूदते हैं, पूरे घर में दौड़ते हैं, बैठे हुए लोगों के क्रिया-कलापों में भाग नहीं लेते हैं, तथा आगे-पीछे वस्तुओं को फेंकते हैं। ऐसे बच्चे एक स्थान पर नहीं बैठ सकते हैं, अकसर अपनी जगह से उठते रहते हैं, छटपटाहट अनुभव करते हैं तथा किनारा पकड़कर लटकते हैं। चुलबुलाहट से वस्तुओं को उठाते हैं, हाथों को पकड़ लेते हैं तथा पंजों अथवा पैरों को अत्यधिक मात्रा में हिलाते हैं। खाने की मेज से टेलीविजन देखते समय अथवा पढ़ते समय अकसर उठते रहते हैं, अत्यधिक बातचीत करते हैं तथा शान्त वातावरण में अत्यधिक कोलाहल करते हैं। किशोरों और प्रौढ़ों में अतिसक्रियता के लक्षण 'बेचैनी के भाव' (feeling of restlessness) का रूप ले लेते हैं, तथा अत्यन्त शान्त स्थानबद्ध (sedentary) कार्यों में कठिनाई से भाग ले पाते हैं।

आवेगशीलता (impulsivity) की अभिव्यक्ति अधीरता (impatience), अनुक्रिया देर से प्रकट करने में कठिनाई (difficulty in delaying responses), प्रश्न पूरा होने से पहले ही उत्तर देना (blurting out response before question have been completed) के रूप में होती है। ऐसे व्यक्तियों को अपनी पारी की प्रतीक्षा में कठिनाई होती है तथा सामाजिक, शैक्षिक अथवा व्यवसायिक क्षेत्रों में इन व्यवधानों के कारण कठिनाई अनुभव करते हैं। ऐसे व्यक्ति अनावश्यक टिप्पणियाँ करते हैं, दूसरों के कार्यों में अनावश्यक बाधा पहुँचाते हैं, दूसरों के कार्यों में अनावश्यक रूप से दखल देते हैं, दूसरों से वस्तुओं की छीना-झपटी

(grab) करते हैं, तथा उन चीजों को छूते हैं जिसे उन्हें नहीं छूना चाहिए। आवेगशीलता के कारण इनमें दुर्घटना के प्रति उन्मुखता (accident proneness) पाई जाती है।

व्यवहारपरक अभिव्यक्तियों (behavioural manifestations) को सामान्यतया जटिल सन्दर्भों उदाहरणार्थ घर, स्कूल, व्यवसाय एवं सामाजिक परिस्थिति में देखा जा सकता है। ऐसे व्यक्तियों में सभी परिस्थितियों में न तो एक ही प्रकार की दुष्प्रकार्यता पाई जाती है और न एक ही प्रकार की परिस्थिति में हमेशा दुष्प्रकार्यता पाई जाती है। उन परिस्थितियों में लक्षणों के बद-से-बदतर होने की सम्भावना पाई जाती है जिनमें संधृत अवधान अथवा मानसिक आयासों की आवश्यकता होती है। इस विकृति के लक्षण उस समय बहुत कम पाये जाते हैं जब व्यक्ति के ऊपर अत्यधिक नियन्त्रण होता है, वह नवीन परिस्थितियों में होता है, रोचक कार्यों में अत्यधिक व्यस्त होता है, तथा वह किसी से आमने-सामने की स्थिति में होता है अथवा जब व्यक्ति अपने व्यवहार पर उपयुक्त पुरस्कार प्राप्त करता है।

कारण विज्ञान (*Etiology*)

ADHD का कारण अज्ञात है। ADHD से ग्रस्त बच्चों की केन्द्रीय तन्त्रिका तन्त्र (CNS) में भारी संरचनात्मक क्षति (gross structural damage) के प्रमाण नहीं दिखाई पड़ते हैं। ठीक इसके विपरीत, जिन बच्चों में तन्त्रिकापरक विकृति (neurological disorder) पायी जाती है, उनमें ADHD नहीं पाया जाता है। इस विकृति के विशिष्ट तन्त्रिका दैहिक (neuro-physiological) अथवा तन्त्रिका-रसायनिक (neurochemical) आधार के अभाव में भी ऐसी अनेक विकृतियों के बारे में पूर्वकथन किया जा सकता है, जो ADHD से साहचर्यित एवं सम्बन्धित है जैसे—अधिगम विकृति (learning disorders)। ADHD के लिए उत्तरदायी कारकों के रूप में गर्भावस्था में विषाक्त पदार्थों का उपयोग (prenatal toxic exposures), पूर्व-परिपक्वता (prematurity), एवं गर्भावस्था में शिशु की तन्त्रिका तन्त्र को क्षति (prenatal mechanical insult to the fetal nervous system) को लिया जा सकता है।

इसके अतिरिक्त भोजन योगज (food additives), रंगों का प्रयोग (colorings), परिरक्षक (preservatives) एवं शर्करा (sugar) को भी अतिसक्रिय व्यवहार के लिए उत्तरदायी ठहराया जा सकता है। परन्तु इसके सन्दर्भ में कोई वैज्ञानिक प्रमाण उपलब्ध नहीं है (*Kaplan & Sadock,* 2000)।

(1) जैविक कारक (*Genetic Factors*)—ADHD के लिए उत्तरदायी जैविक आधार के प्रमाण स्वरूप यह कहा जा सकता है कि एकांड युग्मनज (monozygotic) की तुलना में द्वि-पृथक-युग्मनज (dizygotic) युग्मों में ADHD के पाए जाने की सम्भावना कम पाई जाती है। अतिसक्रिय बच्चों के सहोदरों में सामान्य जनसंख्या की तुलना में इस विकृति के पाए जाने की सम्भावना दो गुनी अधिक पाई जाती है। यदि एक सहोदर में अतिसक्रियता की विकृति पाई जाती है तो दूसरे में अवधान अभाव पाया जा सकता है।

(2) विकासात्मक कारक (*Developmental Factors*)—*Kaplan & Sadock* (2000) के अनुसार सितम्बर मास में जन्में बच्चों में ADHD के पाये जाने की सम्भावना अधिक पाई जाती है। ऐसे बच्चों में सहरुग्णता के रूप में अधिगम विकृति पाई भी जा सकती है और नहीं भी। जिसका मुख्य कारण गर्भावस्था में बच्चे पर शरद ऋतु के कारण उत्पन्न संक्रमण (infection) है। इसके अतिरिक्त केन्द्रीय स्नायुमण्डल के क्षतिग्रस्त होने पर भी इस विकृति के पाये जाने की सम्भावना रहती है। यह मस्तिष्कीय क्षति प्रतिकूल परिसंचरण

(circulatory), विषाक्त (toxic), चयापचयी (metabolic), यान्त्रिक (mechanical) कारणों से पाया जा सकता है।

(3) स्नायु-रसायनिक कारक *(Neuro-Chemical Factors)*—पशु अध्ययनों से प्राप्त परिणाम इस तथ्य पर प्रकाश डालते हैं कि ADHD लक्षणों के लिये अनेक तन्त्रिका प्रेषक (neurotransmitters) उत्तरदायी है। अवधान केन्द्रण में Locus ceruleus जिसमें मुख्य रूप से Noradrenergic neurons पाए जाते हैं, की महत्पूर्ण भूमिका है। अएड्रीनालीन प्रणाली (noradrenegic system) में केन्द्रीय प्रणाली (central system) और अनुकम्पीतन्त्र से सम्बन्धित बाह्य प्रणाली (sympathetic peripheral system) पाया जाता है। ADHD के पाये जाने में बाह्य अएड्रीनालीन प्रणाली (peirpheral noradrengergic system) की महत्वपूर्ण भूमिका है। इसके अतिरिक्त dopamine और norepinephrine के कारण भी adrenergic और dopaminergic प्रणाली में दुष्प्रकार्यता पाई जाती है। अतिसक्रियता के उपचार के लिए clonidine का उपयोग कराया जा सकता है जो नारइपेनीफ्राइन प्रतिरोधी है। इसके अतिरिक्त इस उद्देश्य की पूर्ति के लिए tricyclic drugs तथा monoamine oxide inhibitors (MAOIS) का प्रयोग किया जा सकता है।

(4) स्नायुदैहिक कारक *(Neurophysiological Factros)*—अनुसंधानों से यह विदित होता है कि 3रे से 10वें महीने, 2रे से 4थे वर्ष, 6वें से 8वें वर्ष, 10वें से 12वें वर्ष, एवं 14वें से 16वें वर्ष के मध्य मानव मस्तिष्क के विकास में प्रमुख स्फुरण (spurtor) पाया जाता है। कुछ बच्चों के मस्तष्कीय विकास के इस अनुक्रम में परिपक्वता सम्बन्धी विलम्ब (maturational delay) पाया जाता है, परिणामस्वरूप ADHD के लक्षण प्रकट होते हैं। इस उद्देश्य की पूर्ति के लिये EEG-Electro Encephalogram, CT Scan–computed tomographic scan, PET-positron emission tomography परीक्षणों का प्रयोग किया जा सकता है।

(5) मनोसामाजिक कारक *(Psychosocial Factors)*—संस्थाओं में कुछ बच्चे अतिसक्रिय होते हैं परन्तु उनमें अवधान विस्तार दुर्बल पाया जाता है। जिन बच्चों में दीर्घकाललिक सांवेगिक वंचन पाया जाता है। वंचित कारकों से वे बचने का प्रयास करते हैं, मनश्चिकित्सकीय घटनाओं का अनुभव करते हैं, पारिवारिक विघटन पाया जाता है, एवं अन्य चिन्ता सम्बन्धी कारक पाए जाते हैं, जो ADHD के लक्षणों की उत्पत्ति में सहायक होते हैं।

❑

अध्याय 15

पठन-विकृति

(DYSLEXIA/READING DISORDER/LEARNING DISORDER)

पठन-विकृति एक सामान्य विकृति है जो 5% विद्यालयी बच्चों में पायी जाती है। इस विकृति में किसी आयु विशेष में उस आयु के अनुकूल स्तर से नीचे पठन उपलब्धि, बौद्धिक योग्यता एवं शिक्षा का स्तर पाया जाता है। पठन विकृति की परिभाषा शब्दों के प्रत्यभिज्ञा योग्यता में क्षीणता मन्द एवं अशुद्ध पठन एवं क्षीण समझ (बोध) के रूप में की जा सकती है। (*Reading disorder is characterized by an impaired ability to recognize words, slow and inaccurate reading and poor comprehension.—**Kaplan** & **Sadock**,* 1997) जिन बच्चों में ADHD पाया जाता है, उनमें इस विकृति के पाये जाने की सम्भावना अधिक पायी जाती है। पठन विकृति के लिए अनेक शब्दों यथा Dyslexia, Reading backward, Learning disability, Alexia, Developmental word blindness का प्रयोग किया जाता है। परन्तु पठन अयोग्यता संलक्षण के वर्णन के लिए अन्य पदों की तुलना में Dyslexia शब्द का प्रयोग अपेक्षाकृत अधिक किया जाता है जिसमें वाणी एवं भाषा ह्रास (speech and language development) दोनों को सम्मिलित किया जा सकता है। चूँकि पठन-विकृति शैक्षिक कौशलों से सम्बन्धित अनेक विकृतियों से सम्बन्धित है, इसलिए Dyslexia शब्द के स्थान पर अब अधिगम विकृति (learning disorder) शब्द का प्रयोग किया जाता है। यह विकृति लड़कियों की तुलना में 60% से 80% लड़कों में अधिक पाई जाती है।

DSM-IV के अनुसार नैतिक पतन (demoralization), निम्न आत्मआदर एवं सामाजिक कौशलों में ह्रास का सम्बन्ध अधिगम विकृति से पाया जाता है। 40% बच्चे इसी विकृति के कारण स्कूल छोड़ते हैं। इस विकृति के कारण वयस्कों को अपने व्यवसाय में तथा सामाजिक समायोजन स्थापित करने में कठिनाई होती है। अधिगम विकृति अन्य विकासात्मक विकृतियों, प्रमुख अवसादपरक विकृतियों (major depressive disorders–MDD) एवं डायस्थेमिक विकृतियों (dysthymic disorder) से सम्बन्धित हो सकते हैं।

जिन व्यक्तियों में अधिगम विकृति पायी जाती है उनमें असामान्य संज्ञानात्मक संशाधन (abnormal cognitive processing) उदाहरणार्थ—दृष्टिपरक प्रत्यक्षीकरण (visual perception), वाणी (speech), अवधान एवं स्मृति में ह्रास पाये जाते हैं। जननिक प्रवृत्ति (genetic predisposition), प्रसवकालीन आघात (perinatal injury-Perinatal–गर्भावस्था के 28वें सप्ताह के प्रसव के पश्चात चार सप्ताह तक के काल से सम्बन्धित प्रसवकालीन), स्नायविक (neurological) एवं अन्य चिकित्सकीय दशाएँ (medical conditions) अधिगम विकृति के विकास में सहायक है परन्तु, कुछ व्यक्ति ऐसे भी होते हैं जिनमें अधिगम विकृति सम्बन्धी कोई इतिहास नहीं पाया जाता है।

नैदानिक लक्षण (*Diagnostic Features*)

पठन-विकृति के निम्नलिखित नैदानिक लक्षण है:—

(i) वास्तविक आयु पर प्रत्याक्षित पठन उपलब्धि, बौद्धिक योग्यता तथा आयु-उपयुक्त शिक्षा के स्तर का निम्न होना पठन-विकृति है।

(ii) पठन में क्षुब्धता का शैक्षिक उपलब्धि में अवरोध अथवा दैनिक चर्या में पठन कौशल में अवरोध पाया जाता है।

(iii) यदि सांवेदिक अभाव पाया जाता है, तो पठन कठिनता में वृद्धि पायी जाती है।

(iv) यदि स्नायविक अथवा सामान्य चिकित्सकीय दशा, अथवा सांवेदिक अभाव पाया जाता है, तो इसे DSM-IV के तृतीय आयाम के अन्तर्गत रखा जाता है, जिसे Dyslexia की संज्ञा दी जाती है। इसमें मौखिक (oral) एवं शान्त (silent) पठन में मंदता एवं बोध (comprehension) में त्रुटि पायी जाती है।

(v) इस विकृति का निदान किन्डरगार्टेन की समाप्ति के पहले नहीं किया जा सकता है। क्योंकि जबतक औपचारिक शिक्षा नहीं प्रारम्भ होती है, तबतक निदान सम्भव नहीं है।

(vi) यह विकृति प्रथम क्रम सम्बन्धियों में पाये जाने के कारण पायी जा सकती है।

कारण विज्ञान (*Etiology*)

पठन-विकृति के पाये जाने का कोई एक कारण नहीं है, क्योंकि अनेक अधिगम विकृतियाँ एवं भाषा-सम्बन्धी कठिनाइयाँ इससे साहचर्यित है, इसलिए इस विकृति के बहुत कारक है।

संज्ञानात्मक स्नायुविज्ञान (cognitive neuroscience) एवं स्नायुमनोविज्ञान (neuropsychology) के क्षेत्र में सम्पन्न हुये आधुनिक अनुसंधानों से इस तथ्य पर प्रकाश पड़ता है कि कूट संकेतन प्रक्रियाओं (encoding process) एवं कार्यरत स्मृति (working memory) में, अवधान एवं दीर्घकालिक स्मृति की तुलना में, बच्चों में पठन स्मृति सम्बन्धी क्षीणता पायी जाती है। एक अध्ययन में यह परिणाम प्राप्त किया गया है कि मई, जून और जुलाई महीनों में यदि गर्भस्थ शिशु की माँ किसी संक्रमण (infections) रोग से ग्रसित (उदाहरणार्थ इन्फ्लुएंजा) होने पर पठन-विकृति पायी जा सकती है।

सामान्य जनसंख्या की तुलना में उन परिवारों में इस विकृति के पाये जाने की सम्भावना अधिक पायी जाती है जिन परिवारों में इस विकृति से ग्रस्त व्यक्ति पाये जाते हैं। इसका तात्पर्य यह है कि इस विकृति के उत्तरदायी जननिक कारक (genetic factors) है। जन्म के समय भार के अत्यधिक कम होने पर तथा अपरिपक्व बच्चों के जन्म पर पठन-विकृति एवं अधिगम-विकृति के पाये जाने की सम्भावना सामान्य जन्म और परिपक्व शिशु की तुलना में अधिक पायी जाती है।

1930 में किये गये अनुसंधानों में पठन-विकृति के सन्दर्भ में प्रमस्तिष्कीय गोलार्द्ध प्रकार्य (cerebral hemispheric function model) को प्रस्तावित किया गया है जो इस तथ्य पर बल देता है कि पठन-विकृति तथा वामहस्तता (left handedness) एवं वाम अक्षता (left eyedness) में धनात्मक सहसम्बन्ध पाया जाता है। परन्तु कुछ अध्ययन इस परिणाम का समर्थन नहीं करते हैं (*Kaplan & Sadock*, 2000)। इस अध्ययनों में CT Scan, MRI आदि परीक्षणों के आधार पर यह निष्कर्ष प्राप्त किया गया है कि पठन-विकृति के पाये जाने का कारण शंखास्थि (temporal) अथवा पार्श्विक खण्ड (parietal lobe) में असामान्य विषमता (abnormal asymmetry) का पाया जाना है।

कुछ अनुसंधानकर्ता पठन विकृति का कारण सूक्ष्म दृष्टिपरक अथवा शाब्दिक (श्रवणपरक) अभावों को मानते हैं। अनुसंधान इस सन्दर्भ में दृष्टिपरक अभावों (visual deficits) की तुलना में वाचिक अभावों (verbal deficits) के पक्ष में प्रबल प्रमाण प्रस्तुत करते हैं। इस प्रकार पठन-विकृति मौखिक भाषा विकृति (oral language disorder) का एक अंग माना जाता है। पठन कार्य के लिए एक से अधिक परिपक्व मस्तिष्क की आवश्यकता होती है जिसमें विभिन्न ज्ञानेन्द्रियों से प्राप्त सूचनाओं की संशाधन प्रणाली (processing system) तथा संगठन प्रणाली (organizing system) को अखण्ड/अक्षत (intact) होना चाहिए। इसके अतिरिक्त पठन कार्य में व्यक्ति को तनाव एंव अन्तर्द्वन्द्व मुक्त होकर अपनी ऊर्जा के प्रयोग की स्वतन्त्रता होनी चाहिए तथा सामाजिक-सांस्कृतिक मूल्य प्रणाली (socio-cultural value system) के दृष्टिकोण से इसे एक अत्यावश्यक (vital) कौशल समझना चाहिये।

जिन बच्चों में प्रमस्तिष्कीय, पक्षाधात (cerebral palsy) पायी जाती है, उनमें सामान्य बौद्धिक स्तर के पाये जाने पर भी पठन-विकृति के पाये जाने की सम्भावना अधिक पायी जाती है। मिर्गीग्रस्त बच्चों (epileptic children) में पठन विकृति के पाये जाने की सम्भावना अपेक्षाकृत कुछ अधिक पायी जाती है। गर्भावस्था में जटिलताओं के पाये जाने पर जन्म के पूर्व (prenatal) एवं प्रसवकालीन (perinatal) कठिनाइयों के होने पर तथा जन्म के सगय कम भार के पाये जाने पर पठन-विकृति के पाये जाने की सम्भावना पायी जाती है। जन्म के पश्चात जिन बच्चों में वामपश्चकपाल खण्ड (left occipital lobe) में मस्तिष्कीय क्षति (brain lesions) पाये जाते हैं, उनमें दायें दृष्टिपरक क्षेत्र में रगान्धता (right visual field blindness) पाया जाता है।

पठन विकृति के पाये जाने का एक कारण विकासात्मक विलम्ब (developmental delay) अथवा परिपक्वता विलम्ब (maturational lag) की अभिव्यक्ति है। जिन बच्चों में ध्यान एकाग्र करने की क्षमता का अभाव पाया जाता है तथा जिनका अवधान विस्तार छोटा होता है, उनमें पठन-विकृति पायी जाती है। कुछ अध्ययन कुपोषण एवं पठन-विकृति में सम्बन्धों पर प्रकाश डालते हैं। जिन बच्चों को प्रारम्भिक बाल्यावस्था में एक लम्बे समय तक कुपोषण का शिकार होना पड़ता है, वे विभिन्न संज्ञानात्मक कौशलों में निम्न निष्पादन स्तर को प्रदर्शित करते हैं।

कुछ अनुसंधानकर्ता पठन विकृति का सम्बन्ध मनश्चिकित्सकीय विकृतियों से मानते हैं। इनके अनुसार पूर्व-उपलब्ध (prexisting) मनश्चिकित्सकीय विकृतियों के कारण अथवा सांवेगिक एवं व्यवहार विकृतियों के कारण पठन विकृति पायी जाती है परन्तु हमेशा पठन विकृति एवं सह-उपलब्ध (coexisting) मनश्चिकित्सकीय विकृतियों में कारणात्मक सम्बन्धों को सुनिश्चित करना एक कठिन कार्य है।

❑

अध्याय 16

वाणी-विकृति
(SPEECH DISORDER)

वाणी (speech) का तात्पर्य मत/धारणा (ideas), दृष्टिकोण (thought) तथा भावों (feelings) से लिया जाता है जिनकी अभिव्यक्ति भाषा के माध्यम से होती है। वाणी में शब्दों तथा भाषा का प्रयोग करके सम्प्रेषण (communication) किया जाता है। परन्तु सभी व्यक्तियों में वाणी-सामान्यता नहीं पाई जाती है। कुछ व्यक्तियों में वाणी असामान्यता भी पाई जाती है, जिसे वाणी विकृति कहते हैं।

वाणी में पाई जाने वाली क्षुब्धता (disturbances) को वाणी विकृति कहते हैं। वाणी में पाई जाने वाली यह क्षुब्धताएँ कई प्रकार की होती हैः—

(i) वाणी दाब *(Pressure of Speech)*—जब व्यक्ति की वाणी में इतनी गति पाई जाये कि वाणी की मात्रा भी अधिक हो और उसे अवरोधित (interrupt) न किया जा सके।

(ii) धारा प्रवाहता *(Volubility)*—इसे Logorrhea तथा Logomania भी कहते हैं। जिसका तात्पर्य है, 'बहुत बात करना' (overtalkativeness)। ऐसे व्यक्ति शब्दाडम्बरपूर्ण (copious), सुसंगत (coherent) तथा तार्किक वाणी/भाषण (logical speech) का प्रयोग करते हैं।

(iii) वाणी अयोग्यता *(Poverty of Speech)*—इस क्षुब्धता में वाणी प्रयोग में प्रतिबन्ध पाया जाता है। इस क्षुब्धता के पाये जाने वाले व्यक्तियों में एकाक्षरीय उत्तर (monosyllabic response) की प्रवृत्ति अर्थात् अल्पभाषिता पाई जाती है।

(iv) अनैच्छिक वाणी *(Non-spontaneous speech)*—व्यक्ति अपनी वाचिक अनुक्रियाएँ तभी प्रकट करता है जब उससे कहा जाता है अथवा प्रत्यक्ष रूप से पूछा जाता है अर्थात् स्व-सूत्रपात (self-initiation) नहीं पाया जाता है।

(v) विषय-वस्तु सम्बन्धी वाणी अयोग्यता *(Poverty of Content of Speech)*—ऐसे वाणी जो मात्रा में पर्याप्त अवश्य होती है परन्तु वह कम सूचनापरक होती है क्योंकि ऐसे वाणी में अस्पष्टता (vagueness) रिक्तता (emptiness) अथवा रूढ़िगत वाक्यांश (stereotyped phrases) पाये जाते हैं।

(vi) कुमाधुर्यता *(Dysprosody)*—इसमें सामान्य वाणी स्वरमाधुर्य (melody) का अभाव पाया जाता है (ज़िसे छन्द शास्त्र/पिंगल prosody) कहते हैं।

(vii) दुरुच्चारण *(Dysarthria)*—इसमें उच्चारण में कठिनता पाई जाती है परन्तु यह दोष शब्द सम्बन्धी (उपयुक्त शब्द का ढूँढ़ना) अथवा व्याकरण सम्बन्धी नहीं होता है।

(viii) अत्यधिक प्रबल अथवा कोमल वाणी *(Excessively Loud or Soft Speech)*—इसमें सामान्य वाणी प्रबलता (normal speech volume) में नियमन का अभाव

(loss of modulation) पाया जाता है, इसके विभिन्न प्रकार के रोगविकृतीय दशाएँ (pathological conditions) पर प्रकाश पड़ता है जिनका प्रसार मनोविक्षिप्ति (psychosis) से अवसाद (depression) तक होता है।

(ix) हकलाहट *(Stuttering)*—इसमें हकलाहट के कारण वाणी प्रवाह में महत्वपूर्ण दुर्बलता पाई जाती है।

(x) अस्त-व्यस्तता *(Cluttering)*—इसमें वाणी अनियमित (erratic) एवं लयबद्धहीन (dysrhythmic) होती है जिसमें तेज (rapid) एवं ऐंठनदार (jerky) स्फुरण (spurts) पाये जाते हैं।

चूँकि मानव सम्प्रेषण (human communication) में शाब्दिक (verbal) एवं लिखित भाषा का प्रयोग होता है, इसलिए भाषा विकृति में तन्त्रकीय शरीर रचनात्मक आधार (neuroanatomical basis) की महत्वपूर्ण भूमिका होती है। Aphasia (भाषा विकृति) का सरलता से निदान दैनिक वार्तालाप के आधार पर किया जा सकता है। भाषा के द्वारा प्रकार्यों (functions) के गोलार्द्धपरक स्थानीकरण (hemispheric localization) पर प्रकाश पड़ता है कुछ लोगों में भाषा के लिए गोलार्द्ध के प्रकार्यों (hemisphere) पर अधिक प्रभावी होता है। जनसंख्या में 90% दक्षिण-हस्तिक (right handed) होते हैं तथा 99% व्यक्तियों में भाषा के लिए वाम गोलार्द्ध (left hemisphere) प्रभावी होता है। केवल 10% व्यक्ति वाम हस्तिक (left-handers) होते हैं तथा जनसंख्या में 67% व्यक्तियों में भाषा के लिए वाम गोलार्द्ध (left hemisphere) प्रभावी होता है शेष 33% व्यक्तियों में मिश्रित अथवा दक्षिण गोलार्द्ध (right hemisphere) भाषा प्रभाविता के लिए उत्तरदायी होता है।

❑

अध्याय 17

आत्महत्या
(SUICIDE)

आत्महत्या एक प्रमुख जन स्वास्थ्य समस्या है। लगभग 9% लोगों की मृत्यु आत्महत्या के कारण ही होती है। पूरे संसार में प्रतिदिन 1000 व्यक्तियों की मृत्यु आत्महत्या के कारण होती है। संयुक्त राष्ट्र में मृत्यु के कारणों में आत्महत्या को आठवाँ कारण बताया गया है तथा वहाँ प्रतिदिन 75 व्यक्ति आत्महत्या करते हैं अर्थात् प्रत्येक 20 मिनट पर एक व्यक्ति आत्महत्या करता है। आत्महत्या एक बहुनिर्धारित कार्य (multidetermined act) है क्योंकि आत्महत्या के कारणों में मनोचिकित्सकीय विकृतियों (psychiatric disorders), सामाजिक, मनोवैज्ञानिक, जैविक एवं आनुवंशिक कारकों तथा शारीरिक विकृतियों को सम्मिलित किया जा सकता है।

रोमन काल से ही प्रत्येक समाज में आत्महत्या की घटनाएँ घटित होती रही है परन्तु आत्महत्या के सन्दर्भ में लोगों के दृष्टिकोण एवं अभिवृत्ति में अनरूपता का अभाव पाया जाता रहता है। स्टोइक *(Stoic)* दार्शनिक आत्महत्या को एक स्वतन्त्र व्यक्ति की अन्तिम क्रिया (free person's last act) के रूप में मानते हैं। इसी प्रकार Roman Catholic Church के लोग इसे एक प्रकार का पाप मानते हैं। 19वीं शताब्दी के अन्त में Emile Durkheim ने यह प्रस्तावित किया कि आत्महत्या नैतिक कार्य की अपेक्षा एक अधिक सामाजिक कार्य है (Suicide is more a social than a moral deed)।

पाश्चात्य संस्कृति एवं समाज से सम्बन्धित अनेक अनुसंधानकर्ताओं का यह विचार है कि आत्महत्या मनोवैज्ञानिक, जैविक एवं सामाजिक कारकों से सम्बन्धित एक जटिल विमा है। कठिन परिस्थिति से पलायन की इच्छा, अथवा किसी व्यक्ति अथवा संस्था को कष्ट पहुँचाने की इच्छा के परिणाम के रूप में व्यक्ति आत्महत्या कर सकता है। कुछ अनुसंधानकर्ताओं का यह विश्वास है कि आत्महत्या का जननिक कारक (genetic factor) इसके लिए उत्तरदायी है जो व्यक्ति में अवसाद उत्पन्न कराता है और उसे आत्महत्या के लिए प्रेरित करता है।

परन्तु सामान्य रूप से आत्महत्या का कारण अवसाद माना जाता है जो व्यक्ति में यह भावना उत्पन्न करता है कि जीवन इतना असहनीय है कि अत्यधिक पीड़ा, अन्तिम रुग्णता (terminal illeness), आर्थिक हानियों तथा इसी प्रकार की अन्य परिस्थितियों से बचने का एक उपाय आत्महत्या ही है। आत्मघाती व्यक्ति (suicidal person) में आशाहीनता (hopelessnss) एवं विवशता (helplessness) पायी जाती है, वह जीवन और न समाप्त होने वाले बलाघातों (unending stress) में उभवभावी अन्तर्द्वन्द्वों (amibivalent conflicts) को अनुभव करता है, तथा परिस्थितियों में परिवर्तन अथवा उन्नति की कोई सम्भावना उसे नहीं दिखाई पड़ती है। व्यक्ति में पायी जाने वाली ऐसी भावनाएँ एवं अभिवृत्तियाँ उसमें निराशा का संकेत (distress signal) उत्पन्न करती है। परिणामस्वरूप,

इसका अगला कदम व्यक्ति का ऐच्छिक स्व-मृत्यु (आत्महत्या) प्राप्त करना (intentional selfinflicted death) होता है।

Edwin Shneidman ने आत्महत्या को परिभाषित करते हुए कहा है कि *''आत्महत्या स्व-प्रेरित अस्तित्व-विनाश की एक चेतन क्रिया है जिसे जरूरतमंद व्यक्ति में बहुविमात्मक अस्वस्थता के रूप में जाना जा सकता है जो किसी समस्या की परिभाषा के रूप में इसे उत्तम समाधान मानते हैं।'' (Suicide is the conscious act of self-induced annihilation, best understood as a multidimensional malaise in a needful individual who defines an issue for which the act is perceived as the best solution.)* इस प्रकार यह कहा जा सकता है कि आत्महत्या यादृच्छिक अथवा अकारण घटित होती है वरन् इसका कारण किसी समस्या अथवा अपरिहार्य रूप से तंगी अथवा तीव्र अस्वस्थता को माना जा सकता है।

Kaplan & Sadock (2000) के अनुसार संयुक्त राष्ट्र अमेरिका में प्रतिवर्ष 30,000 व्यक्ति आत्महत्या के कारण मृत्यु को प्राप्त करते हैं। यह संख्या सफल आत्महत्या की है। जबकि इस संख्या से 8 से 10 गुना व्यक्ति आत्महत्या का प्रयास करते हैं। इसी प्रकार अल्कोहल उपयोग, द्रव उपयोग, मधुमेह, मोटापा, एवं अतितनाव के कारण मृत्यु प्राप्त करने वाले व्यक्तियों की संख्या 75 प्रतिदिन है अर्थात् प्रत्येक 20 मिनट पर एक व्यक्ति की मृत्यु हो जाती है। आत्महत्या के कारण मृत्यु प्राप्त करने वाले व्यक्तियों की संख्या प्रति एक लाख में 12 है। मृत्यु के कारणों में आत्महत्या को 9वाँ कारण माना जाता है। अन्य आठ कारणों में हृदय रोग (heart disease), कैंसर, मस्तिष्क की रक्तवाहनियों से सम्बन्धित रोग (cerebrovascular disease), दीर्घकालिक अवरोधी फेफड़े से सम्बन्धित रोग (chronic obstructive pulnomary disease) दुर्घटना, निमोनिया एवं इन्फ्लुएंजा (pneumonia and influenza), मधुमेह (diabetes mellitus) एवं मानव रोगक्षम में ह्रास-सम्बन्धी-विषाणु (human immunodefciency virus—HIV) को लिया जा सकता है।

आत्महत्या से सम्बन्धित कारक
(Factors Related to Suicide)

आत्महत्या (suicide) के लिए उत्तरदायी अनेक कारक है जिनका वर्णन निम्नवत है:—

(i) यौन भेद *(Sex Difference)*—महिलाओं की तुलना में पुरुष 3 गुना अधिक आत्महत्या करते हैं। आत्महत्या का यह दर किसी आयु विशेष में ही नहीं पाया जाता है, वरन् सभी आयु के पुरुष महिलाओं की तुलना में तीन गुना अधिक आत्महत्या करते हैं। परन्तु पुरुषों की तुलना में महिलाएँ चार गुना अधिक आत्महत्या का प्रयास करती है।

(ii) विधियाँ *(Methods)*—पुरुषों में सफल आत्महत्या के लिए प्रयोग की गई प्रमुख विधियों के रूप में अग्नि-शस्त्र (firearms), किसी चीज से लटक जाना (hanging) ऊँचे स्थान से कूदना (jumping) को लिया जा सकता है। जबकि महिलाएँ मनोसक्रिय पदार्थों (psychoactive substances) की अत्यधिक ग्वुराक अथवा विष का प्रयोग सामान्यतया करती है परन्तु, वे पहले अग्निशस्त्रों को प्रयोग करने का प्रयास करती है।

(iii) आयु *(Age)*—आयु वृद्धि के साथ-साथ आत्महत्या की दर में भी वृद्धि पायी जाती है। पुरुषों में 45 वर्ष तथा महिलाओं में 55 वर्ष की आयु के बाद आत्महत्या की सम्भावनाएँ अधिक पायी जाती है। एक लाख व्यक्तियों में वे 40 पुरुष सफल आत्महत्या करते है जो 65 वर्ष या इससे अधिक आयु के होते हैं। नवयुवकों की तुलना में अधिक आयु (older people) के व्यक्ति आत्महत्या का प्रयास अपेक्षाकृत कम करते हैं परन्तु आत्महत्या का उनका प्रयास सफल होता है। यद्यपि ऐसे व्यक्ति जनसंख्या में केवल 10% होते हैं। अधिक आयु के 25% व्यक्ति आत्महत्या करते हैं जबकि नवयुवकों के लिए यह प्रतिशत 75% है। नवयुवकों में आत्महत्या के प्रतिशत में वृद्धि पायी जा रही है जिनके आयु का प्रसार 15 से 24 वर्ष होता है। नवयुवकों की तुलना में नवयुवतियों में यह गति अपेक्षाकृत कम है। 15 से 24 वर्ष के लोगों में दुर्घटना तथा मानव हत्या (homicide) के बाद आत्महत्या ही मृत्यु का तीसरा कारण माना जाता है।

(iv) प्रजाति *(Race)*—प्रत्येक 3 आत्महत्यों में से 2 आत्महत्या श्वेत पुरुषों द्वारा की जाती है परन्तु अब अश्वेतों में भी आत्महत्या की प्रवृत्ति में कुछ वृद्धि हुई है। प्राप्त प्रदत्त यह प्रदर्शित करते हैं कि प्रत्येक 1,00,000 व्यक्तियों में 19.6 श्वेत पुरुष, 12.5 अश्वेत पुरुष, 4.8 श्वेत महिलाएँ तथा 2.4 अश्वेत महिलाएँ आत्महत्या करती हैं।

(v) धर्म *(Religion)*—ऐतिहासिक रूप से यह परिणाम प्राप्त किया गया है कि Protestants और Jews की तुलना में Roman Catholic जनसंख्या में आत्महत्या का दर कम प्राप्त किया गया है।

(vi) वैवाहिक स्थिति *(Marital Status)*—वैवाहिक स्थिति आत्महत्या की दर में ह्रास उत्पन्न करती है। प्रत्येक 1,00,000 व्यक्तियों में 11 विवाहित व्यक्ति, 22 अविवाहित व्यक्ति, 24 विधवाएँ, 40 तलाकशुदा महिलाएँ तथा 69 तलाकशुदा पुरुष आत्महत्या करते हैं जो व्यक्ति सामाजिक रूप से पृथक एवं एकाकी होते हैं, उनमें आत्महत्या की प्रवृत्ति अधिक पायी जाती है। इसके अतिरिक्त पारिवारिक इतिहास भी आत्महत्या का एक कारण हो सकता है। कुछ लोग जिस दिन जन्म लेते हैं, आत्महत्या के लिए अपने सालगिरह के दिन को ही चुनते हैं।

(vii) व्यवसाय *(Occupation)*—व्यक्ति का सामाजिक स्तर जितना ही उच्च होगा, आत्महत्या की सम्भावना उतनी ही बढ़ेगी। परन्तु सामाजिक स्तर के गिरने से भी आत्महत्या की सम्भावना बढ़ जाती है। सामान्य रूप से यह परिणाम प्राप्त किया गया है कि व्यक्ति का व्यवसाय उसे आत्महत्या से सुरक्षा प्रदान करता है। विभिन्न व्यवसायों से सम्बन्धित व्यक्तियों द्वारा की गई आत्महत्या सम्बन्धी सर्वेक्षण से यह संकेत प्राप्त होता है कि अन्य व्यवसायों से सम्बद्ध व्यक्तियों की तुलना में चिकित्सकों में आत्महत्या की प्रवृत्ति अधिक पायी जाती है। परन्तु आधुनिक अनुसंधान इस तथ्य का समर्थन नहीं करते हैं (*Kaplan & Sadock*, 2000)। यूनाइटेड किंगडम तथा स्कैनडिनिवया से प्राप्त प्रदत्त यह प्रदर्शित करते हैं कि सामान्य जनसंख्या में पाये जाने वाले व्यक्तियों की तुलना 2 से 3 गुना अधिक चिकित्सक आत्महत्या करते हैं। अध्ययनों से यह संकेत भी प्राप्त होता है कि सामान्य महिलाओं की तुलना में महिला चिकित्सकों में भी आत्महत्या की प्रवृत्ति अधिक पायी जाती है। प्रति 1,00,000 महिलाओं में 41 महिला चिकित्सकों द्वारा आत्महत्या की जाती है। प्राप्त अध्ययनों से इस तथ्य पर प्रकाश पड़ता है कि वही चिकित्सक आत्महत्या का प्रयास करते हैं जिनमें मानसिक विकृतियाँ पायी जाती है। इन विकृतियों में अवसाद तथा पदार्थ निर्भरता (substance dependence) अति प्रमुख है। द्रव के अधिक उपयोग के कारण ही महिला और पुरुष दोनों ही यौनों के चिकित्सक सामान्य व्यक्तियों की तुलना में अधिक आत्महत्या करते हैं। इसके अतिरिक्त वे व्यक्तिगत (personal) व्यवसायिक एवं पारिवारिक कठिनाइयों के कारण भी आत्महत्या करते हैं। पुरुष चिकित्सकों में मनोदशा विकृति के कारण आत्महत्या की घटनाएँ पायी जाती है। चिकित्सक संवर्ग में मनोचिकित्सकों में सबसे अधिक उसके बाद नेत्ररोग विशेषज्ञ (Ophthalmologist)

तथा संवेदनाहरण विशेषज्ञ (Anesthesiologists) में आत्महत्या की घटनाएँ पायी जाती है। इसके अतिरिक्त जनसंख्या में अनेक विशेषज्ञ यथा संगीतज्ञ, दन्तचिकित्सक, विधि अधिकारी एवं बीमा प्रतिनिधि अपेक्षाकृत अधिक आत्महत्या करते हैं। बेरोजगार व्यक्ति भी अधिक आत्महत्याएँ करते हैं।

(viii) जलवायु *(Climate)*—मौसम एवं आत्महत्या में कोई सार्थक सम्बन्ध नहीं प्राप्त किया गया है। सामान्यतया लोगों का यह विश्वास है कि बंसत (Spring) तथा शरद (Fall) में दिसम्बर तथा अवकाश के दिनों की तुलना आत्महत्या की घटनाएँ अधिक घटित होती है।

(ix) शारीरिक स्वास्थ्य *(Physical Health)*—शारीरिक स्वास्थ्य एवं आत्महत्या में सार्थक सम्बन्ध पाया जाता है। आत्महत्या संकेत तथा चिकित्सकीय देखभाल में सार्थक सह-सम्बन्ध पाया जाता है। 32% ऐसे लोग होते हैं जो आत्महत्या के 6 महीने पूर्व से ही चिकित्सकीय देखरेख में होते हैं। पोस्टमार्टम सम्बन्धी अध्ययन यह प्रदर्शित करते हैं कि शारीरिक रूप से अस्वस्थ 25% से 75% व्यक्ति ही आत्महत्या का प्रयास करते हैं तथा 11% से 51% व्यक्ति आत्महत्या करते हैं। प्रत्येक अवस्था में यह प्रतिशत आयु में वृद्धि के साथ बढ़ता जाता है। कैंसर से पीड़ित 50% व्यक्ति रोग का निदान होने पर आत्महत्या करते हैं। स्तन तथा मूत्र सम्बन्धी कैंसर होने पर 70% महिलाएँ आत्महत्या करती हैं। केन्द्रीय तंत्रिका तंत्र से सम्बन्धित सात रोग—अपस्मार (epilepsy), बहलऊतक काठिन्य (multiple sclerosis), मस्तिष्क आघात (head injury), हृदय-रक्तवाहिनी विकृति (cardiovascular disease), हटिंगटन रोग (Huntington's disease), मनोभ्रंश (dementia), एवं एडस (Aids) भी आत्महत्या के कारण बन सकते हैं। यह सभी रोग मनोदशा विकृति से सम्बन्धित है। मिर्गी (अपस्मार) से ग्रसित व्यक्ति आत्महत्या करने के लिए बारबिचुरेट्स (Barbiturates) एवं अन्य औषधियों का प्रयोग करते है।

अंतस्रावी दशाओं से सम्बन्धित रोग जैसे Cushing's disease, Klinefelter's syndrome एवं पोफीरीनता (porphyria—पोरफाइरिन चयापचय में गड़बड़ी होना जिसमें पारफाइरिन अथवा उसके पूर्वगामी अधिक बनते और उत्सर्जित होते हैं) भी आत्महत्या के लिए उत्तरदायी महत्वपूर्ण कारकों के रूप में माने जा सकते हैं। मनोदशा विकृतियाँ भी आत्महत्या का कारण बन सकती हैं। आमाशयांत्र विकृतियों में दो प्रमुख विकृतियाँ—आँत का घाव (peptic ulcer) एवं यकृत कठोरता (cirrhosis) दोनों ही आत्महत्या के कारण होते हैं, यह दोनों विकृतियाँ अल्कोहल निर्भरता के कारण पायी जाती है।

इन कारकों में अतिरिक्त गतिशीलता का अभाव (loss of mobility), महिलाओं में कुरूपता (disfigurement), दीर्घकालिक एवं असाध्य पीड़ा (intractable pain) भी आत्महत्या के कारण होते हैं। कुछ दशाओं में निश्चित औषधियों के उपयोग के कारण भी व्यक्ति आत्महत्या के लिए उन्मुख होते हैं। इन औषधियों में Reserpine, Antihypertensive, एवं कैंसर प्रतिरोधी औषधियों को लिया जा सकता है।

(x) मानसिक स्वास्थ्य *(Mental Health)*—आत्महत्या के लिए उत्तरदायी अनेक सार्थक मनश्चिकित्सकीय कारकों में द्रव दुरुपयोग (substance abuse), अवसादपरक विकृतियाँ (depressive disorders), मनोविदलता एवं अन्य मानसिक विकृतियों को सम्मिलित किया जा सकता है। आत्महत्या करने वालों में या आत्महत्या का प्रयास करने वालों में लगभग 95% व्यक्ति मानसिक विकृतियों से पीड़ित होते हैं। अवसादपरक विकृतियों के कारण 80% मनोविदलता के कारण 10% मनोभ्रंश (dementia) अथवा प्रलाप (delirium) के कारण

5% तथा अलकोहल निर्भरता के कारण 25% व्यक्ति आत्महत्या करते हैं। प्रलापपरक अवसाद (delusional depression) के कारण आत्महत्या के घटित होने की सम्भावना अपेक्षाकृत अधिक पायी जाती है। आवेगी व्यवहार तथा हिंसक व्यवहार करने वाले व्यक्तियों में 25% व्यक्ति आत्महत्याएँ करते हैं। रोगी की किसी भी प्रकार की मनश्चिकित्सकीय विकृति आत्महत्या की सम्भावना में वृद्धि कर सकती है।

30 वर्ष से कम आयु के व्यक्ति द्रव दुरुपयोग एवं समाजविरोधी व्यक्तित्व के कारण तथा 30 वर्ष से अधिक आयु के व्यक्ति मनोदशा विकृतियों एवं संज्ञानात्मक विकृतियों के कारण आत्महत्या करते हैं। 30 वर्ष से कम आयु के व्यक्ति अलगाव (separation), अस्वीकृति (rejection), बेरोजगारी एवं विधिक कठिनाइयों के कारण भी आत्महत्या करते हैं।

(xi) मनोचिकित्सकीय रोगी *(Psychiatric Patients)*—मनोचिकित्सकीय रोगियों में अमनश्चिकित्सकीय रोगियों की तुलना में आत्महत्या की सम्भावना 3 से 12 गुना अधिक पायी जाती है। परन्तु आत्महत्या की इस संभावना में आयु, यौनभेद, निदान (diagnosis) तथा अंतरंग रोगी (in-patient) अथवा बाहरी रोगी (out-patient) के स्थित जैसे कारकों के कारण वैभिन्नयता पायी जाती है। अंतरंग रोगी (inpatient) महिला एवं पुरुष मनोरोगियों में आत्महत्या की सम्भावना 5 से 10 गुना अधिक तथा उन बाहरी रोगी (out-patient) महिला एवं पुरुष रोगियों, जिन्हें मनोचिकित्सकीय उपचार के लिए किसी अस्पताल में भर्ती नहीं किया गया है, उनमें आत्महत्या की सम्भावना 3 से 4 गुना अधिक पायी जाती है। आत्महत्या के लिए उत्तरदायी अनेक मनोविकृतियों में मनोदशा विकृति को एक प्रमुख कारण के रूप में माना जाता है।

सामान्य जनसंख्या में आत्महत्या करने वाले व्यक्ति या तो मध्य आयु (middle age) के होते हैं अथवा इससे अधिक आयु (older age) के होते हैं जिसकी प्रमुख दीर्घकालिक मानसिक विकृतियों के रूप में मनोविदलता तथा प्रमुख अवसादपरक विकृतियों (MDD) को लिया जा सकता है। मनोचिकित्सकीय रोगियों का थोड़ा परन्तु सार्थक प्रतिशत आत्महत्या करता है जो अंतरंग रोगी (in-patients) होते हैं। यह अपनी आत्महत्या अस्पताल के वार्ड में नहीं वरन् अस्पताल लान अथवा खुली जमीन पर करते है। मनश्चिकित्सकीय प्रवेश लेने के प्रथम सप्ताह में आत्महत्या की सम्भावना अधिक पायी जाती है परन्तु 3 से 5 सप्ताह के महिला और पुरुष दोनों रोगियों में ही आत्महत्या की सम्भावना कम हो जाती है। परन्तु मनश्चिकित्सकीय बाहरी रोगियों (psychiatric out patients) में अस्पताल में मुक्त होने के बाद (discharge) आत्महत्या की सम्भावना बढ़ जाती है। आंतक विकृति (panic disorder), विषादपरक विकृति मनोविदलता, द्रव दुरुपयोग (substance abuse) एवं आपातकालीन कक्ष (emergenc room) में अधिक बार जाने वाले रोगी अधिक आत्महत्या करते हैं।

(xii) पूर्व आत्मघाती व्यवहार *(Previous Suicidal Behaviour)*—जो व्यक्ति आत्महत्या का असफल प्रयास कर चुके होते हैं, उनमें पाया जाने वाला यह संकेत सफल आत्महत्या की सम्भावना में वृद्धि करता है। 40% वे अवसादित रोगी आत्महत्या करते हैं जो ऐसी घटना के पूर्व आत्महत्या का प्रयास कर चुके होते हैं। ऐसे रोगी आत्महत्या के एक प्रयास के 3 महीने बाद ही दूसरा प्रयास करते हैं। अवसाद के कारण व्यक्ति आत्महत्या का प्रयास ही नहीं करता आत्महत्या भी करता है। 'मरने की इच्छा' तथा 'आत्महत्या के लिए प्रयास' एवं 'आत्महत्या' में घटनात्मक सहसम्बन्ध पाया जाता है।

कारण विज्ञान (*Etiology*)

आत्महत्या (suicide) के कारणों के रूप में सामाजिक, मनोवैज्ञानिक एवं दैहिक कारकों को लिया जा सकता है—

(1) सामाजिक कारक (*Sociological Factors*)—19वीं शताब्दी के अन्त में फ्रांसीसी समाजशास्त्री *Emile Durkheim* ने आत्महत्या पर सामाजिक एवं सांस्कृतिक प्रभावों के अध्ययन के लिए अपना प्रभावपूर्ण एवं महत्वपूर्ण योगदान प्रदान किया। सांख्यकीय प्रतिरूपों का वर्णन करने के लिए दुर्खीम ने आत्महत्या को तीन सामाजिक वर्गों (social categories) में वर्गीकृत किया—अहमवादी (egoistic), परार्थवादी (altruistic) एवं अप्रतिमानता (anomic)। अहमवादी (egoistic) आत्महत्या वे व्यक्ति करते हैं जो किसी सामाजिक समूह में प्रबलता से एकीकृत (integrated) नहीं होते हैं। पारिवारिक एकीकरण (integration) यह व्याख्या प्रस्तुत करता है कि विवाहित व्यक्ति अधिक आत्महत्या क्यों करते हैं तथा बच्चों वाले माता-पिता ऐसे कार्यों/घटनाओं से सुरक्षित क्यों रहते हैं। चूँकि ग्रामीण वातावरण में नगरीय वातावरण की तुलना में अधिक सामाजिक एकीकरण (social integration) पाया जाता है इसलिए उनमें आत्महत्या की सम्भावना कम पायी जाती है। *परार्थवादी* (altruistic) आत्महत्या वे व्यक्ति करते हैं जो समूह में अत्यधिक एकीकरण (integration) अनुभव करते हैं तथा उनके एकीकरण की अपवृद्धि (outgrowth) आत्महत्या का कारण बन जाता है। *अप्रतिमानता आत्महत्या (anomic suicide)* वे व्यक्ति करते है जिनका समाज में एकीकरण क्षुब्ध होता है। इसलिए वे व्यवहार के पारम्परिक मानकों का अनुसरण नहीं कर पाते हैं। दुर्खीम के सिद्धान्त में अप्रतिमानता (anomic) का तात्पर्य सामाजिक अस्थिरता से लिया है।

(2) मनोवैज्ञानिक कारक (*Psychological Factors*)—आत्महत्या के सन्दर्भ में अनेक मनोवैज्ञानिक सिद्धान्तों का प्रतिपादन किया गया है जो आत्महत्या के लिए उत्तरदायी अनेक मनोवैज्ञानिक कारकों पर प्रकाश डालते है:—

(i) फ्रायड का सिद्धान्त (*Freud's Theory*)—आत्महत्या के कारणों के उल्लेख में *फ्रायड* ने अपने महत्वपूर्ण मनोवैज्ञानिक सूझ का प्रदर्शन किया और आत्महत्या के प्रयास अथवा आत्महत्या के कारण के रूप में अवसाद को माना। इन्होनें अपने शोधपत्र *"Mourning and Melancholia"* में अपने इस विश्वास का वर्णन किया है कि आत्महत्या आक्रामकता का प्रतिनिधित्व करता है जो स्वांतनिर्वेशित (introjected), द्वैधवृत्ति भावाभिनिवेश प्रेम (ambivalently catheted love objects) के प्रति आंतरिक झुकाव (inward turn) पाया जाता है। *फ्रायड (Freud)* का विश्वास है कि वही व्यक्ति आत्महत्या करते हैं जिनमें किसी की हत्या करने की दमित इच्छा (repressed desire) पायी जाती है।

(ii) मेनिंगर का सिद्धान्त (*Menniger's Theory*)—फ्रायड (*Freud*) के विचारों पर आधारित एवं प्रभावित *Karl Menninger* ने अपनी रचना *Man Against Himself* में यह विचार प्रस्तुत किया कि आत्महत्या विपरीत मानवहत्या (inverted homicide) है क्योंकि रोगी में दूसरे व्यक्ति के प्रति क्रोध पाया जाता है। यह मूर्धन्य हत्या (retroflexed murder) या तो आंतरिक झुकाव (inward turn) हो जाता है अथवा दण्ड के लिए सफाई (excuse for punishment) के रूप में होता है। इन्होंने स्व-निर्देशित (self directed) मृत्यु मूल-प्रवृत्तियों (death instnicts) का भी वर्णन किया है, जिसे *फ्रायड (Freud)* ने Thanatos कहा है जिसमें इसके

अतिरिक्त तीन और घटक–किसी को मारने की इच्छा, किसी के द्वारा मारे जाने की इच्छा तथा मृत्यु प्राप्त करने की इच्छा सम्मिलित है।

(iii) आधुनिक सिद्धान्त *(Recent Theories)*—आत्महत्या के क्षेत्र अनुसंधानरत समकालीन अनुसंधानकर्ताओं का यह विश्वास नहीं है कि कोई विशिष्ट मनोगत्यात्मक (psychodynamic) अथवा व्यक्तित्व संरचना (personality structure) आत्महत्या से साहचर्यित (associated) है वरन् वे यह मानते हैं कि आत्महत्या करने वाले व्यक्तियों कल्पनाओं (fantasies) के मनोगतिकी (psychodynamics) से बहुत कुछ सीखा जा सकता है क्योंकि वह यह कल्पना कर लेते हैं कि क्या घटित होगा तथा इस घटना का परिणाम क्या होगा। ऐसी घटनाओं का कारण बदले (revenge), शक्ति (power), नियन्त्रण (control), अथवा दण्ड (punishment) की इच्छा प्रायश्चित (atonement), बलिदान (sacrifice) अथवा पुनर्प्रतिष्ठापन (restitution), पलायन अथवा निद्रा, उद्धार (rescue), पुनर्जन्म (rebirth), मृतक से पुनर्मिलन (reunion), अथवा नवीन जीवन (new life) होता है, इसके अतिरिक्त आत्महत्या के अन्य मनोवैज्ञानिक कारणों में प्रिय वस्तु/व्यक्ति की क्षति/मृत्यु, आत्मा आसक्तिपरक आघात (narcissistic injury), क्रोध (rage) अथवा अपराध (guilt) की अतिभावना, तथा आत्महत्या के प्रति तादात्मीकरण आदि को लिया जा सकता है। अवसादी व्यक्ति अवसाद से मुक्त होने पर भी आत्महत्या कर सकते हैं। व्यक्ति में दीर्घकालीन अवसाद के पाये जाने पर अवसाद की सम्भावना बढ़ जाती है जो व्यक्ति असहनीय अवसाद तथा आशाहीनता से ग्रसित होते हैं, वे आत्महत्या करते है।

(3) दैहिक कारक *(Physiological Factors)*—दैहिक कारकों में आनुवांशिकी (heredity) एवं तंत्रिका रसायन (Neurotransmitter) को प्रमुख कारकों के रूप में लिया जा सकता है—

(i) आनुवांशिकी *(Genetics)*—अनुसंधानकर्ताओं ने यह परिणाम प्राप्त किया है कि आतमहत्या का एक प्रमुख कारक आनुवांशिकी है क्योंकि आत्महत्या परिवारों में फैलती है (Suicide runs in families)। किसी परिवार में जब व्यक्ति आत्महत्या का प्रयास करते हैं तो इसका धनात्मक प्रभाव परिवार के अन्य व्यक्यिों पर पड़ता है। मनश्चिकित्सकीय रोगियों के प्रथम-क्रम-सम्बन्धियों (first-degree relatives) में सामान्य व्यक्तियों के सम्बन्धियों की तुलना में आत्महत्या की सम्भावना आठ गुना अधिक पायी जाती है। जब परिवार में किसी व्यक्ति द्वारा आत्महत्या कर ली जाती है, तो किशोरों के लिए असहनीय पीड़ा से बचने के लिए व्यक्ति द्वारा की गई आत्महत्या भूमिका प्रारूप (role model) बन जाती है और व्यक्ति आत्महत्या कर लेता है।

एक अध्ययन में 51 एकभ्रूणीय यमज (monozygotic twins) में सबने आत्महत्या की परन्तु, द्विभ्रूणीय यमज (dizygotic twins) में से किसी ने आत्महत्या नहीं की। एक अन्य अध्ययन में 4 परिवारों में ही 26 लोगों ने आत्महत्या की क्योंकि इन परिवारों के सदस्य प्रमुख अवसाद विकृति (MDD), एकध्रुवीय विकृति (Bipolar disorder I) एवं अन्य मनोदशा विकृतियों से ग्रस्त थे। आवेगशीलता (impulsivity) को एक जननिक कारक के रूप में माना जा सकता है जो सिरोटोनिन प्रणाली की असामान्यता से साहचर्यित है और यही आत्महत्या का एक कारण बन जाता है।

(ii) तंत्रिका रसायन (*Neurotransmitter*)—अवसादी रोगियों में सिरोटोनिन अभाव (serotonin deficiency), जो चयापचय (metabolisum) में 5- hydroxyindo leacetic acid-5HIAA के ह्रास के रूप में प्राप्त किया जाता है जो व्यक्ति हिंसक विधियों यथा बन्दूक से आत्महत्या अथवा ऊँचे स्थान से कूद कर आत्महत्या करते हैं, उनमें उन अवसादी व्यक्तियों की तुलना में Cerebrospinal fluid (CSF) 5-HIAA स्तर से निम्न पाया जाता है जिनमें आत्महत्या की प्रवृत्ति कम पायी जाती है अथवा जो आत्महत्या के लिए हिंसक प्रवृत्तियाँ कम अपनाते हैं।

अनेक पशु एवं मानव अध्ययन यह प्रदर्शित करते हैं कि केन्द्रीय सिरोटोनिन प्रणाली (central serotonin system) में अभाव एवं क्षीण आवेग नियन्त्रण (poor impulse control) में साहचर्य पाया जाता है। कुछ अनुसंधानकर्ताओं का यह भी मत है कि आवेगपूर्ण व्यवहार (impulsive) ही आत्महत्या का कारण है। इसके अतिरिक्त CSF5-HIAA स्तर तथा आक्रामकता प्राप्तांकों में ऋणात्मक सहसम्बन्ध, मूत्रीय मुक्त कार्टीसाल (urinary free cortisol) के अधिक उत्पादन, Dexamethasone के प्रयोग के बाद प्लाविका कार्टिसाल (plasma cortisol) का दमन (suppression), 5-hydroxytryptophan के अनुप्रेरण (infusion) के प्रति अतिरंजित प्लाविका कार्टिसाल अनुक्रिया (exaggerated plasma cortisol response), Thyrotropin-releasing harmone-(TRH) के प्रति अनुक्रिया स्वरूप कुंठित प्लाविका थायरायड उत्तेजक हारमोन (plasma thyroid stimulating harmone-TSH), त्वचा कान्डक्टेन्स असामान्यताएँ (skin conductance abnormalities), मूत्रीय कैकेकाल अनुपात (urinary catechol ratio), बिम्बाणु सिरोटोनिन उदग्रहण (platelet serotonin uptake) में ह्रास, अनुमापित इमीप्रेमाइन (titrated imipramine) आदि को आत्महत्या के कारण के रूप में लिया जा सकता है। इसी प्रकार असमान मस्तिष्कीय विद्युत आरेख (EEG) भी आत्महत्या की सम्भावनाओं को प्रदर्शित करते हैं।

❑

अध्याय 18

निद्रा-विकृतियाँ
(SLEEP DISORDERS)

निद्रा मस्तिष्क की एक प्रक्रिया है जिसमें उपयुक्त प्रकार्यता (proper functioning) की आवश्यकता होती है। सामान्य जन एवं चिकित्सक समुदायों के द्वारा निद्रा विकृति की गम्भीरता पर बहुत कम ध्यान दिया गया है। यद्यपि व्यक्तियों को निद्रा विकृति से कष्ट का अनुभव होता है तथा वे अकसर उदास रहते हैं। अनेक प्रकार की निद्रा विकृतियाँ प्रत्यक्ष अथवा अप्रत्यक्ष रूप से जीवन के लिए भयावह होती है।

निद्रा शरीर एवं मस्तिष्क के लिए एक विश्राम अवधि है जिसमें मस्तिष्क एवं शरीर विश्राम अवधि में होते हैं, उनकी क्रियाएँ कम हो जाती हैं, व्यक्ति की चेतना घट जाती है तथा ऐच्छिक कार्यों का समाधान नहीं होता है। *निद्रा एक नियमित (regular), पुनरावर्ती (recurrent) एवं सरलता से उत्क्रमणशील (reversible) अवस्था है जिसकी विशेषता सापेक्ष शान्ति (quiescence) के रूप में की जा सकती है।* एक चिकित्सक का एक महत्वपूर्ण उत्तरदायित्व है कि वह रोगी के लिए ऐसी औषधियों के उपयोग की सलाह दे जिससे वह उपयुक्त निद्रा ले सके और वह अनिद्रा का शिकार न हो अन्यथा अन्य प्रकार की मानसिक विकृतियाँ उत्पन्न हो सकती है। निद्रा क्षुब्धता (sleep disturbances) मानसिक विकृति का प्रमुख कारण है। निद्रा क्षुब्धता का कुछ विकृतियों से महत्वपूर्ण सम्बन्ध है। निद्रा Brain Stem के ऊपरी भाग तथा Dien Cephalons Reticular Actaviting System द्वारा नियंत्रित होती है। यह दोनों तंत्रकीय तंत्र ही Sleep-Wake Cycle को नियंत्रित करते हैं।

जागृतावस्था में विद्युतीय मस्तिष्क आरेख (EEG) प्रति सेकंड 8 से 12 चक्र प्रति अल्फा तरंग (alpha wave) होती है लेकिन जब व्यक्ति निद्रित अवस्था में होता है तो अल्फा क्रिया गायब होनी प्रारम्भ हो जाती है। *निद्रा की प्रथम अवस्था* में यह क्रिया प्रति सेकेण्ड 3 से 7 चक्र प्रति सेकेण्ड हो जाती है। कुछ सेकेण्ड या कुछ मिनट बाद *निद्रा की द्वितीय अवस्था* आती है जिसमें निद्रा लमछड़ (sleep spindles) और k-complexes पाई जाती है। इसके बाद डेल्टा तरंगें (Delta waves) पाई जाती हैं जिनकी गति .5 से 2.5 चक्र प्रति सेकेण्ड होती है (तृतीय अवस्था)। *तृतीय अवस्था* में इसके चिह्नों के 50% पाये जाने की सम्भावना होती है। *चतुर्थ अवस्था* में 50% से अधिक डेल्टा तरंगें पाई जाती हैं।

निद्रा में दो दैहिक अवस्थाएँ (physiological states) पाई जाती है—अद्रुत नेत्र गति निद्रा (Nonrapid eye movement—NREM Sleep) एवं द्रुत नेत्र गति निद्रा (Rapid eye movement— REM Sleep)। अद्रुत नेत्र गति निद्रा में प्रथम अवस्था से चतुर्थ अवस्था तक का समावेश रहता है तथा जागृतावस्था की तुलना में अनेक दैहिक क्रियाओं में ह्रास पाया जाता है। परन्तु द्रुत नेत्र गति निद्रा की विशेषताएँ अद्रुत नेत्र गति निद्रा की तुलना में पूर्णतः भिन्न होती है क्योंकि इस निद्रा में जागृतावस्था के समान मस्तिष्कीय क्रिया (brain activity)

तथा दैहिक क्रिया (physiological activity) का स्तर उच्च हो जाता है। निद्रा के प्रारम्भ होने के 90 मिनट बाद NREM प्रथम REM प्रसंग को उत्पन्न करता है। सामान्य प्रौढ़ों में द्रुत नेत्र गति निद्रा अव्यक्तता काल (REM—latency) 90 मिनट का पाया गया है। परन्तु अवसाद विकृति एवं निद्रा रोग (narcolepsy) के कारण इस अव्यक्तता काल में ह्रास पाया जाता है। विद्युतीय मस्तिष्कीय अभिलेखों (EEG-records) से यह संकेत प्राप्त होता है कि इन आरेखों द्वारा सम्बद्ध (conjugate) नेत्र गतियों का अभिलेख होता है जिसके द्वारा निद्रा स्थिति (sleep state) के बारे में ज्ञान प्राप्त होता है।

सामान्य व्यक्तियों में अ-द्रुत नेत्र गति निद्रा (NREM) जागृतावस्था की तुलना में अपेक्षाकृत अधिक शांतमय होती है तथा नाड़ी गति प्रति मिनट 5 से 10 स्पन्दन (beat) कम होती है। इसी प्रकार श्वास लेने की गति तथा रक्तचाप भी कम हो जाता है। जागृतावस्था की तुलना में द्रुत नेत्र गति निद्रा में शारीरिक पेशी-समूह (body musculature) की शक्ति कम हो जाती है। अ-द्रुत नेत्र गति निद्रा (NREM) के गहनतम भाग (deepest portion) अर्थात् निद्रा की तृतीय एवं चतुर्थ अवस्था सामान्यतया (unusual arousal) जैसी विशेषताओं से सम्बन्धित होती है। जब व्यक्ति निद्रा प्रारम्भ होने के 1/2 घन्टे अथवा 1 घन्टे पहले जगा दिया जाता है तो निद्रा तरंगों की गति मंद हो जाती है, तथा वे तरंगें आत्मभ्रमित (disoriented) हो जाती है तथा उनकी चिन्तन प्रक्रिया असंगठित हो जाती है। द्रुत नेत्र गति निद्रा के समय पोलोग्राफी मापों (polygraphic measures) अनियमित प्रतिरूप प्रदर्शित करते हैं जो कभी-कभी जागृतावस्था के प्रतिरूप के समान होते हैं। इन लक्षणों के कारण इसे विरोधाभासी निद्रा (paradoxical sleep) की संज्ञा दी जाती है। द्रुत-नेत्रगति निद्रा (REM) की अवधि में अद्रुतगति निद्रा (NREM) तथा निद्रावस्था की तुलना में जागृतावस्था में नाड़ी गति, श्वसन गति एवं रक्तचाप अपेक्षाकृत सभी मनुष्यों में अधिक उच्च होती है। इस सन्दर्भ में सबसे महत्वपूर्ण बात यह है कि यह परिवर्तन मिनट-प्रति-मिनट परिवर्तित होता रहता है। द्रुत-नेत्र-गति निद्रा (REM) के समय मस्तिष्क ऑक्सीजन उपयोग (brain oxygen use) की मात्रा बढ़ जाती है तथा कार्बन डाइऑक्साइड (CO_2) के स्तर में हुई वृद्धि के प्रति वातायन-अनुक्रिया (venitilatory response) मंद (depressed) हो जाती है। परिणामस्वरूप, कार्बन डाइऑक्साइड के प्रति आंशिक दबाव (pCO_2) के अनुसार ज्वारीय परिमाण (tidal volume) में वृद्धि नहीं पाई जाती है। यही नहीं, द्रुत-नेत्र-गति निद्रा (REM) के समय ऊष्मा-नियमन (thermoregulation) भी परिवर्तित हो जाता है। ठीक इसके विपरीत जागृतावस्था अथवा अद्रुत-नेत्र-गति निद्रा (NREM) में तापक्रम नियमन (temperature regulation) की होमियोथरमिक दशाएँ (homeothermic condition—ऐसे पदार्थ से जो रोग उत्पन्न करने वाले कारक के समान होता है, उस रोग की रोकथाम की दशा) पाई जाती है, तथा, पायकिलोथर्मिक दशा (poikilothermic condition—जिसमें वातावरणीय तापमानों में परिवर्तन के कारण प्राणी के शारीरिक तापमानों में भी परिवर्तन पाया जाता है) पाई जाती है। पायकिलोथर्मिया (Poikilothermia) में शरीर का तापमान वातावरण के तापमान के अनुसार परिवर्तित हो जाता है। इसमें सरीसृप (reptiles—रेंगनेवाला, याजी व्यक्ति) पाये जाते हैं। परिणामस्वरूप, परिवेशीय तापमान (ambient temperature) से उत्पन्न होने वाली कंपकपी (shivering) अथवा स्वेदन (sweating) के प्रति अनुक्रिया प्रकट करने में असफलता पाई जाती है। लगभग सभी पुरुषों में द्रुत *नेत्रगति* (REM) निद्रा में आंशिक अथवा पूर्ण पेन्टाइल उत्थापन (pentile erection) पाया जाता है जिसका नपुंसकता के कारणों में महत्त्वपूर्ण नैदानिक महत्त्व है। इसके अतिरिक्त द्रुत नेत्रगति निद्रा (REM) में लगभग पूर्ण रूप से

कंकाली मांसपेशियाँ (skeltal muscles) का लकवा (paralysis) पाया जाता है, स्वप्नपूर्ण निद्रा होती है, इस अवधि में जागने पर 60% से 90% व्यक्ति यह बताते हैं कि वे स्वप्न देख रहे थे, तथा इस अवधि के स्वप्न विशिष्ट (typical) और अति यथार्थ (surreal) होते हैं। अद्रुत नेत्रगति (NREM) निद्रा की अवधि में भी स्वप्न आते हैं परन्तु वह विशिष्ट रूप से सुबोध (typically lucid) तथा उद्देश्यपूर्ण (purposeful) होते हैं।

निद्रा की चक्रीय प्रकृति (cyclical nature) नियमित एवं विश्वसनीय है। परन्तु जीवन काल में निद्रा प्रतिरूप (sleep pattern) में परिवर्तन पाया जाता है। नवजात अवस्था (neonatal period) में सम्पूर्ण निद्रा का लगभग 50% द्रुत नेत्रगति (REM) निद्रा के रूप में होता है। एक नवजात शिशु लगभग प्रतिदिन 16 घन्टे सोता है परन्तु चार महीने की आयु के बाद प्रतिरूप में परिवर्तन पाया जाता है, इसलिए द्रुत नेत्रगति निद्रा 40% तक कम हो जाती है। नवप्रौढ़ावस्था (young adulthood) में निद्रावस्था का वितरण इस प्रकार किया जा सकता है—

अद्रुत नेत्रगति (NREM) निद्रा (75%)	
प्रथम अवस्था (stage I)	5%
द्वितीय अवस्था (Stage II)	45%
तृतीय अवस्था (Stage III)	12%
चतुर्थ अवस्था (Stage IV)	13%
द्रुतनेत्र गति (REM) निद्रा	25%

NREM Sleep को चार अवस्थाओं में बाँटा गया है जिनका परीक्षण Electroencephalogram (EEG), Electroculogram (EOG) तथा Electromyogram (EMG) के द्वारा किया जाता है। निद्रावस्था के समय NREM तथा REM की अवस्थाओं की पुनरावृत्ति होती रहती है। निद्रावस्था का प्रारम्भ NREM Sleep से होता है जिसे धीमी तरंग (slow wave) भी कहते हैं क्योंकि इस अवस्था में व्यक्ति के मस्तिष्क की EEG रिकॉर्ड करने पर 2-3 चक्र (cycle) प्रति सेकेंड प्राप्त होती है।

NREM की प्रथम अवस्था को हल्की नींद कहते हैं जिसमें व्यक्ति उद्दीपकों की औसत मात्रा पर जम जाता है। EEG के द्वारा रिकार्ड करने पर अल्फा तरंगों को प्राप्त किया जा सकता है परन्तु बीच-बीच में इन तरंगों में रिक्त स्थान देखने को मिलते हैं जिनको डेल्टा और थीटा तरंगों द्वारा भरा जाता है। *NREM की द्वितीय अवस्था* को वास्तविक निद्रा कहते हैं जिसमें औसत तीव्रता के उद्दीपकों से व्यक्ति जागता नहीं है। इस अवस्था में की गई EEG रिकार्डिंग से अल्फा तरंगें नहीं, वरन् अनियमित तरंगें प्राप्त होती हैं। इस अवस्था में व्यक्ति शिथिल होता है। *तृतीय* एवं *चतुर्थ* अवस्था में व्यक्ति गहन निद्रा में चला जाता है जिसमें तीव्र उद्दीपक पर ही व्यक्ति जगता है। इस अवस्था में डेल्टा तथा थीटा तरंगें प्राप्त होती है। प्रथम प्रकार की निद्रा प्रारम्भ होने के 45-90 मिनट बाद यह अवस्था प्रारम्भ होती है। इसे Paradoxical sleep भी कहते हैं। यह अवस्था लगभग 10 मिनट की होती है। इस अवस्था में व्यक्ति स्वप्न बहुत अधिक देखता है। बन्द पलकों के पीछे आँखें गति करती रहती हैं। इस अवस्था में मस्तिष्क सक्रिय रहता है परन्तु शरीर सोया रहता है। ऐसी अवस्था में मस्तिष्क को ऑक्सीजन की आवश्यकता अधिक होती है। इस अवस्था में चेहरे तथा हाथ पैर की मांसपेशियों में स्फुरण (spurt) प्राप्त किया जा सकता है।

निद्रा-नियमन
(Sleep-Regulation)

अनेक अनुसंधानकर्ताओं का यह विश्वास है कि निद्रा नियन्त्रण का कोई एक केन्द्र नहीं है वरन् इसके नियन्त्रण के लिए अन्तर्सम्बन्धित प्रणालियाँ (interconnecting system) अथवा केन्द्र (centers) पाये जाते हैं जो मुख्यतया मस्तिष्क-स्तम्भों (brainstems) में स्थित होते हैं एवं पारस्परिक रूप से एक दूसरे को सक्रिय (activate) अथवा अवरोधित (inhibit) करते हैं। अनेक अध्ययन निद्रा नियमन में सिरोटोनिन की भूमिका को मानते हैं। सिरोटोनिन संश्लेषण (serotonin synthesis) की रोकथाम अथवा मस्तिष्क-स्तम्भों (brain stems) के डारसल रैफे न्यूक्लियस (dorsal raphe nucleus) का विनाश, जिसमें सिरोटोनेरजिक सेल बॉडीज (serotonergic cell bodies) पाये जाते हैं, महत्वपूर्ण अवधि तक निद्राहीनता/अनिद्रा का कारण बनता है। सिरोटोनेरजिक न्यूरान्स (Serotonergic neurons) के द्वारा सिरोटोनिन का संश्लेषण अथवा मोचन (release) इस तंत्रिका प्रेषक जैसे l-tryptophan के एमिनोएसिड परकर्सस (aminoacid precursors) द्वारा प्रभावित होता है। अधिक मात्रा (1 से 15 ग्राम) में L-tryptophan का उपयोग निद्रा अव्यक्तता (sleep latency) में ह्रास तथा रात्रिक जागरण (nocturnal awakening) उत्पन्न करता है। ठीक इसके विपरीत, इसका अभाव द्रुत नेत्र गति निद्रा में कम समय व्यतीत होने से साहचर्यित है (Kaplan & Sadock, 1997)। लोकस सेरुलयस (Locus ceruleus) में स्थित न्यूरान्स सेल बॉडीज (neurons cell bodies) में पाये जाने वाले नारइपेनीफ्राइन भी निद्रा प्रतिरूप के निर्धारण में महत्त्वपूर्ण भूमिका अदा करते हैं। औषधियों के उपयोग के कारण द्रुत-नेत्र-गति (REM) निद्रा में इन नानएडरेनेरजिक न्यूरान्स (nonadrenergic neurons) में उत्तेजना (firing) के कारण महत्त्वपूर्ण ह्रास पाया जाता है। निद्रा पर मस्तिष्क एसीटीलैकोलाइन (brain acetylcholine) का उत्पादन, केन्द्रीय कोलिनेरजिक क्रिया (central cholinergic activity) में क्षुब्धता, अवसाद, एरीकोलाइन (arecoline) का उपयोग, अवसाद प्रतिरोधक औषधियों (antidepressant drugs, resperpine) का उपयोग, अल्झीमर प्रकार का मनोभ्रंश (dementia) क्षुब्धता, बेसल फोरब्रेन (basal forebrain) में कोलिनेरजिक न्यूरानों (cholinergic neurons) का अभाव, तीव्र प्रकाश के कारण पीनियल ग्लैण्ड (pineal gland) से मेलाटोनिन (Melatonin) स्राव में अवरोध, हाइपोथेलैमस के सुपरेकियसमैटिक न्यूक्लियस (suprachiasmatic nucleus) का सिरकेडियन पेसमेकर (circadian pacemaker) के प्रति शरीर रचनात्मक (antomical) भूमिका, डोपामाइन में वृद्धि आदि कारकों का प्रभाव पड़ता है।

निद्रा वंचन
(Sleep Deprivation)

दीर्घकालिक निद्रा वंचन से कभी-कभी अहम-विघटन (ego disorganization), विभ्रम (hallucination), एवं भ्रांति (delusion) पाया जाता है। इसके अतिरिक्त निद्रा वंचन से चिड़चिड़ाहट (irritability), अकर्मयता (lathargy) दुर्बल रूप-रंग (debilitated appearance), त्वचा क्षति (skin lesions), अधिक मात्रा में भोजन करना, वजन में कमी, ऊर्जा व्यय में वृद्धि, शरीर के तापमान में कमी, आदि लक्षण ही नहीं पाये जा सकते हैं वरन् निद्रा वंचन से मृत्यु भी हो सकती है। इसके अतिरिक्त निद्रा वंचन से न्यूरोइन्डोक्राइन (neuroendocrine) परिवर्तन भी प्राप्त किये जा सकते हैं जो प्लाज्मा 'नारइपेनीफ्राइन (plasma norepinephrine) में वृद्धि तथा प्लाज्मा थायरॉक्सीन (plasma thyroxine) में ह्रास के रूप में होता है।

निद्रा-आवश्यकताएँ
(Sleep Requirements)

सभी व्यक्तियों की निद्रा आवश्यकताएँ समान नहीं होती है। कुछ व्यक्ति अधिक समय तक सोते हैं (long sleepers) और कुछ कम समय तक (short sleepers)। अधिक समय तक सोने वाले व्यक्ति 9 घन्टे या इससे अधिक समय तक सोते हैं जबकि कम समय तक सोने वाले 6 घन्टे से कम समय में ही अपनी निद्रा पूरी कर लेते हैं। जो लोग अधिक देर तक सोते हैं, उनमें द्रुत नेत्र गति (REM) अधिक पाई जाती है जिसे आर॰ ई॰ एम॰ घनत्व (REM density) कहते हैं। जबकि इन लक्षणों का अभाव कम देर तक सोने वाले लोगों में पाया जाता है। कम देर तक सोने वाले लोग सामान्यतया सक्षम (efficient), महत्वाकांक्षी (ambitious), सामाजिक दक्ष (socially adept) एवं संतुष्ट (content) होते हैं जबकि देर तक सोने वाले लोग किसी सीमा तक अवसादी, चिन्तित एवं सामाजिक रूप से पृथक (socially withdrawn) होते हैं। सामान्यतया अधिक निद्रा की आवश्यकता शारीरिक श्रम, व्यायाम, अस्वस्थता, गर्भावस्था, सामान्य मानसिक बलाघात एवं मानसिक अतिसक्रियता में वृद्धि के कारण होती है। प्रबल मनोवैज्ञानिक उद्दीपक जैसे कठिन अधिगम परिस्थितियाँ एवं बलाघात, रसायन एवं औषधियों का उपयोग मस्तिष्कीय कैटेकोलेमाइन्स (catecholamines) में ह्रास उत्पन्न करता है।

दु:स्वप्न
(Nightmare)

लोग अपने स्वप्न की उपेक्षा कर सकते हैं परन्तु दु:स्वप्न की नहीं, क्योंकि दु:स्वप्न दु:खद अनुभूति वाले और ऐसे प्रभाव वाले होते हैं जिनकी छाया आने वाले दिनों पर बरकरार रहती है। Hamlet अपनी पत्नी से बात करने में इसलिए डरता था कि सम्भव है उसका उसे स्वप्न आ जाए। *अनिद्रा का एक सामान्य कारण दु:स्वप्न होता* है जिस प्रकार युद्ध के सदमे से सिपाही और सामान्य नागरिक भयभीत हो जाते हैं और इसलिए नहीं सो पाते हैं क्योंकि उन्हें डर रहता है कि सोते ही उन्हें भयानक स्वप्नों से सामना करना पड़ सकता है। यदि किसी व्यक्ति को रात में ऐसे स्वप्नों का अनुभव होता है कि उसे हवा में उछाला जा रहा है या दफनाया जा रहा हे तो ऐसी रातें उसके लिए बहुत सहज और सामान्य नहीं हो सकती। बच्चों के रात्रिकालीन भय कुछ इसी प्रकार के होते हैं जिसमें उन्हें रात्रिकालीन सपने रात में तो भयभीत करते ही हैं, उसका प्रभाव आगे भी पड़ता दिखाई देता है। उसकी आशंका तथा सोच-विचार जैसी प्रक्रिया पूरे दिन भर बनी रहती है। एक बच्चा जो दिन में एक कुत्ते से डर गया है, वह रात में किसी राक्षस का दु:स्वप्न देख सकता है और अगले दिन वह भयभीत और सहमा हुआ रहेगा। एक बच्चा जो स्वप्न में अपनी माँ को डरावनी चुड़ैल (terrifying witch) के रूप में देखता है, वह दिन में उसके प्रेमपूर्ण व्यवहार के प्रति भी आशंकित और भयभीत रहेगा। जिस तरह से "Little Red Riding Hood", की कहानी में अच्छी नेक दिल माँ बरबाद करने वाले भेड़िये के रूप में परिवर्तित हो जाती है।

अकसर यह दु:स्वप्न मात्र ऐसे लक्षणों के स्वरूप होते हैं जिसके नाते बच्चों को ''बाल निर्देशन चिकित्सालय'' (Child Guidance Clinic) में लाना पड़ जाता है। इस प्रकार के

लक्षण जब किसी प्रौढ़ व्यक्ति में आते हैं तो उसे भी सहायता की आवश्यकता पड़ जाती है। एक महिला जो सिटी कार्यालय में शनिवार की दोपहर को अपमानित हुई थी और पीतल के बर्तन से उसके सिर पर प्रहार किया था। इस महिला ने सोचा कि उस व्यक्ति को उसने मार डाला और उसे फर्श पर पड़ा छोड़कर वह भाग निकली। सोमवार के दिन उसने फोन किया और पता लगाया कि उसकी तबीयत बहुत ठीक नहीं थी अर्थात् वह मरा नहीं था और इसी के साथ उसे (महिला को) दुःस्वप्न आने आरम्भ हो गए और दुःस्वप्न में हत्या करने के जो परिणाम हो सकते हैं, उसे महिला स्वप्न में देखने लगी और यह दुःस्वप्न निरन्तर उसके लिए जिन्दगी के पीड़ा के सबब बन गए।

सामान्य स्वप्न से दुःस्वप्न को अलग कर इसे परिभाषित करना कुछ कठिन कार्य है। इस प्रत्यय (term) का उद्‌भव ही कुछ अस्पष्ट है। क्या प्रत्येक प्रकार के आतंकित करने वाले स्वप्न, हमें भय की स्थिति से उसी प्रकार जगा देते हैं जैसे छोटे बच्चे दुःस्वप्न में अनुभव करते हैं अथवा बमों और धमाकों से आतंकित सिपाही युद्ध के स्वप्न देखकर भयभीत हो जाता है। ऐसे दुःस्वप्नों के अनुभव के समय अनेक प्रकार के शारीरिक लक्षण परिलक्षित होते हैं। इन लक्षणों में पसीना निकलना, हृदय की धड़कन बढ़ना, घुटन महसूस करना या अन्य तरह के दूसरे शारीरिक लक्षणों की अनुभूति हो सकती है।

दुःस्वप्न के स्वरूप के सीमित अर्थों में यह कहा जा सकता है कि कोई राक्षस जानवर या अर्द्धमानव जो सोते समय हमें स्वप्न में दिखाई पड़ता है वह भय का भाव उत्पन्न कर सकता है क्योंकि उसमें दुःस्वप्न सम्बन्धी लक्षण पाये जाते हैं। कभी-कभी कोई चुड़ैल (vampire) स्वप्न में जीवित लोगों के खून चूसते दिखाई पड़ सकती है अथवा एक भेड़िया या कोई व्यक्ति जानवर बन गया है अथवा रात की डायन (night hag) या घोड़ी (mare) के रूप में दिखाई देती है। *दुःस्वप्न शब्द मूल रूप से इन्हीं दैत्यों के आकार वाले जीवों को संदर्भित करता है और जब यह स्वप्न में उपस्थित होता है तो उन्हें दुःस्वप्न के रूप में जाना जाता है।*

लोगों का मत है कि दुःस्वप्न शब्द की उत्पत्ति घोड़ी (teutonic) शब्द Mara से हुई है जो शब्द Mare से नितान्त भिन्न है और इसका सम्बन्ध (Anglosexon) 'Mare' से है लेकिन बाद में इन सभी शब्दों को समानार्थी माना गया और *Ernest Jones* (1949) के अनुसार—स्वप्न में आने वाले पशु मनुष्यों का प्रतिनिधित्व करते हैं और मनुष्य माता-पिता होता है इसलिए दुःस्वप्न सामान्यतः शैशवकालीन कामुकता (infantile sexuality) की ओर संकेत करते हैं। दुःस्वप्न एक प्रकार का विकार है, गहन मानसिक अन्तर्द्वन्द्वों की एक अभिव्यक्ति है जिसके केन्द्र में किसी भी प्रकार की दमित कामुक इच्छाओं की पूर्ति होती है।

The Matady known as Nightmare is always an expression of intense mental conflict centring about some form of "repressed" sexual desire—Jones (1949)। इनका मत है कि यह निष्कर्ष सम्भवतः भय उत्पन्न करने वाले समस्त प्रकार के स्वप्नों के सम्बन्ध में उपयुक्त है किन्तु इन्हें दुःस्वप्न (Nightmare) की संज्ञा दे देने पर इस अन्य सपनों से इसलिए अलग किया जा सकता है क्योंकि इसमें अचेतन कामुक इच्छाओं का सर्वाधिक दमन निहित रहता है। इनका मत है कि किसी दुःस्वप्न का दौरा पड़ने का तात्पर्य किसी ''दमित कामुक इच्छा'' से उत्पन्न मानसिक अन्तर्द्वन्द्व के उत्पन्न होने से है। ऐसे सपनों को किसी भी सुदूर के उन उत्तेजकों द्वारा उद्दीप्त किया जा सकता है जो शरीर की दमित इच्छाओं को जगाने में समर्थ होते हैं। इनके अनुसार दुःश्चिन्ता स्वप्नों (anxiety dream) के प्रत्येक मामले में गुप्त विषय-वस्तु (latent content) प्रत्येक दशा में दमित कामुक इच्छा की

प्रतिपूर्ति अव्यक्त का प्रतिनिधित्व करती है जबकि दुःस्वप्न में इसका सम्बन्ध सदैव कोई कामुक क्रिया से होता है और जिसमें विकृत कामुक इच्छाएँ (ferberse sexual desire) दुःस्वप्नों के माध्यम से अपना अभिव्यक्ति पाती है।

Ernest Jones (1949) के अनुसार इस विकार के तीन प्रमुख कारक हैं:—

(अ) भय उत्पन्न करने वाली परिस्थिति से वेदना की अनुभूति (Agonizing dread)

(ब) सीने पर दबाव या भार की अनुभूति जिससे श्वास में बाधा उत्पन्न हो (A sense of oppression or weight at the chest which alarmingly interferes with respiration.) तथा

(स) असहाय होने जैसी पक्षाघात की अनुभूति और इससे जुड़े हुए अन्य लक्षण जैसे—हृदय की धड़कन बढ़ना आदि। (Conviction of helpless paralysis, together with other subsidiary stymptoms such as palpitation.)।

लेकिन यह समस्त लक्षण एक प्रकार के गम्भीर भय के लक्षण हैं। कोई भी गम्भीर भयोत्पादक स्थिति हमारे श्वसन तन्त्र को प्रभावित करती है तथा पसीना निकलना, हृदय की धड़कन में वृद्धि, पक्षाघात की अनुभूति आदि लक्षण भय की दशा में प्रकट होते हैं। यह भय बम से सम्भावित भी हो सकता है अथवा घुटन का हो सकता है अथवा आक्रमकता का भय हो सकता है। इन सबके प्रति प्राणी ऐसे प्रतिक्रिया करता है जैसे बाह्य रूप में निश्चित रूप से खतरा हो। इसलिए दुःस्वप्न के जो तीन प्रमुख लक्षण *Jones* (1949) ने बताए हैं उन्हें हम कामजनित भय से अलग अन्य प्रकार के भयों से उत्पन्न मानते हैं। प्रायः अधिकांश मामलों में भय का कारण काम (sex) से सम्बन्धित होता है। जैसे—एक नवयुवती अपने स्वप्न में इस बात के लिय भयभीत प्रतीत होती है कि चोर कहीं घर में न घुस जाये। कुछ दुःस्वप्न लाक्षणिक रूप से संकेत देते हैं कि वे कामजनिक हैं जैसे घोड़े की सवारी करना।

इसके अतिरिक्त इस संदर्भ में हम इस बात से सहमत नहीं हो सकते हैं कि भय सदैव कामुकता (sex) से ही सम्बन्धित होता है, यद्यपि सामान्यता यह स्वीकार किया जाता है और न ही हम *Jones* के इस कथन से सहमत हो सकते हैं कि "भय की तीव्रता" से जनित अन्तर्द्वन्द्व कामुकता के अतिरिक्त अन्यत्र प्रभाव नहीं डालता क्योंकि किसी तीव्रता से उत्पन्न अन्तर्द्वन्द्व जैसे धड़कन की शारीरिक संवेदना का बढ़ जाना, श्वसन में दबाव महसूस करना आदि किसी वस्तुनिष्ठ (objective) भय के कारण भी हो सकते हैं। उदाहरणार्थ शैशवावस्था में जब बच्चे का जन्म कष्टप्रद रहा हो अथवा निश्चेतक औषधि का गलत उपयोग (anaestheti bodly discrimination) किया गया हो तो बच्चा लम्बे समय तक साँस लेने में अवरोध अनुभव कर सकता है। इसका कारण माँ द्वारा बच्चे को बार-बार जोर से सीने से दबाया जाना ही नहीं माना जा सकता है। वास्वत में यह अनुभव ऐसे होते हैं जो बाद में दुःस्वप्न के समय उत्पन्न होते हैं। यह स्नायुविकृति (neurotic disorder) जैसे बन्द स्थान से भय (claustrophobia) में भी देखा जा सकता है। किन्हीं-किन्हीं मनोदैहिक अवस्थाओं (psychosomatic condition) में भी अतिशय उत्संवेदन (पसीना निकलना abnormal sweating) और दिल की धड़कन बनने के (abnormal palpitation) लक्षण मिलते हैं। उदाहरणार्थ जब प्रौढ़ जीवन में एक सैनिक जिसे धमाके से उड़ाया गया हो प्रत्येक रात अत्यधिक भयोत्पादक दुःस्वप्न देखता है और देखते समय उसमें अधिक लक्षण पाये जाते हैं। जैसे—पसीना निकलना, दिल की धड़कन में वृद्धि होना, श्वसन में अवरोध होना आदि वह उस समय भय के परिणामस्वरूप अनुभव करता है। इस प्रकार का भय कामुकता से सम्बन्धित नहीं होता है वरन् यह एक प्रकार का वास्तविक अनुभव है जिसे वह खतरनाक स्थिति में

अनुभव करता है। कुछ अन्य मनोवैज्ञानिक इन भय की अनुभूतियों का स्रोत सामूहिक अचेतन (collective unconscious) में करने वाले आदिम शक्तियों (primary forces) को मानते हैं जो इतनी सशक्त होती है कि बरबादी उत्पन्न करने वाले राक्षस (destonicfic ogres) का स्वरूप धारण कर दुःस्वप्न में आते हैं।

इस प्रकार से हम गम्भीर भय उत्पन्न करने वाले दुःस्वप्नों की व्याख्या के आधार स्वरूप कामुकता के साथ-साथ अन्य लोगों द्वारा बताये गये कारणों से न तो पूरी तरह सहमत होते हैं और न ही उन्हें अस्वीकार किया जा सकता है।

इस प्रकार यह प्रस्तावित किया जा सकता है कि चिन्ता स्वप्न (anxiety dream) और दुःस्वप्न (nightmare) में अन्तर मात्रा (degree) का है प्रकार (kind) का नहीं। ***Hadfield*** (1954) ने अपनी पुस्तक *'Dreams and Nightmare'* में अपना मत इस प्रकार प्रकट किया है कि, ''हम दुःस्वप्न के प्रत्यय का प्रयोग उन चिन्ता स्वप्नों (anxiety dreams) के लिए करते हैं जिनकी तीव्रता इतनी अधिक होती है कि वह व्यक्तित्व पर पूरी तरह आच्छादित कर लेते हैं और शारीरिक संवेदनाओं की अति विस्तारित अनुभूति जैसे तीव्र धड़कन, अति स्वेदन (पसीना निकलना) घुटन आदि को जन्म देते हैं जो कि नैसर्गिक रूप से अति तीव्र भय के सहगामी कारक होते हैं और यह भय व अन्य प्रकार के संवेग जैसे—क्रोध आदि मिलकर मूर्त और व्यक्तिकरण दोनों मिलकर एक जीवित जीवधारी के रूप में हो जाता है। जैसे—चुड़ैल, केकड़े, राक्षस, डायन हमारे अन्दर इतना आतंक भर देते हैं कि हम नींद में भय से जाग जाते हैं।'' *"We shall use the term nightmare specifically of these anxiety dreams of such intensity that they completely overwhelm the personality; that they give rise to exaggerated bodily sensations of palpitation, sweating and suffocation, which are indeed the natural accompaniments of intense fear and further, that these fears and other emotions like rage are objectified and personalized into living creatures such as vampires or crabs or monsters or witches and full us with such horror that we wake up in dread."*

—Hadfield (1954)

इसके अतिरिक्त एक अन्य विभेदन सामान्य स्वप्न (ordinary complete dream), चिन्ता स्वप्न (anxiety dream) और दुःस्वप्न (nightmare) में यह प्रस्तुत किया जा सकता है कि चिन्ता, स्वप्न और दुःस्वप्न दोनों ही गैर समाधान की हुई समस्याओं (unsolved problems) से उत्पन्न होते हैं। सामान्य स्वप्न किसी प्रकार का समाधान प्रस्तुत करते हैं जिससे की निद्रा में निरन्तरता पायी जाती है जबकि दुःस्वप्न में अन्तर्द्वन्द्व (conflict) का स्वरूप इतना गम्भीर होता है कि वह समस्या और उससे जुड़े हुए भयकारी कारण (terrifying causes) दोनों इस रूप में उपस्थित होते हैं कि उनका कोई समाधान प्राप्त करना असम्भव होता है। परिणामस्वरूप सांवेगिक तनाव की मात्रा इतनी तीव्र हो जाती है कि भय और तनाव के कारण हमारी निद्रा विघ्नित हो जाती है, जबकि हम दिन की समस्याओं से मुक्ति प्राप्त करने के लिए निद्रित होना चाहते हैं परन्तु, दुःस्वप्नों के कारण हमारी निद्रा विघ्नित हो जाती है और हमें भय और आतंक का अनुभव केवल निद्रित अवस्था में ही नहीं होता है वरन् निद्रा से जागरण के पश्चात भी उसका प्रभाव प्राप्त किया जा सकता है। यह समस्या अथवा भय व्यक्ति के जीवन के लिए कष्टदायक हो सकते हैं क्योंकि वह उसका समाधान खोजने का प्रयास करता है जबकि सामान्य स्वप्न समस्या से सम्बन्धित किसी समाधान की ओर कुछ संकेत देते हैं। सामान्य स्वप्न एवं दुःस्वप्न में दूसरा प्रमुख एक महत्त्वपूर्ण अन्तर यह है कि जैसे-जैसे समस्या के समाधान के निकट स्वप्न पहुँचता है उसका स्वरूप परिलक्षित होता जाता है जबकि

दुःस्वप्न का प्रवेश और स्वरूप वर्षों तक वही बना रहता है। बाल्यावस्था के दुःस्वप्नों की पुनरावृत्ति युवावस्था में भी उसी प्रकार हो सकती है।

दुःस्वप्न के प्रकार
(Types of Nightmare)

दुःस्वप्न की विस्तृत अवधारणा को ध्यान में रखकर हम इसको तीन वर्गों में वर्गीकृत कर सकते हैं:—

(1) वे दुःस्वप्न जो वस्तुनिष्ठ अनुभव के आधार पर बाल्यकाल या प्रौढ़ जीवन में उद्भुत होते हैं। (*Those derived from objective experiences whether in childhood or adult life.*)

(2) वह दुःस्वप्न जो हमारे अपने आवेगों के भय से उत्पन्न होते हैं, वह कामुक अथवा स्वतः भय के आधार वाले होते हैं और इन्हें भयावह आकृतियों राक्षस आदि के स्वरूप धारण करने वाले देखते हैं। (*Those derived from fear of our own impulses, whether sexual or aggressive or from fear itself, any of which can be objectified as terrifying monsters.*)

(3) ऐसे दुःस्वप्न जो हमारी अव्यवस्थित जैविक अनुभूति और संवेगों को संकेत रूप में कोई स्वरूप धारण कर लेते हैं। (*Objectification of disordered organic feelings and emotions*) यह भाव और संवेग केकड़ा (Crabs), मकड़ी (Spiders) और उड़ने वाली चुड़ैल (Vampires) आदि का स्वरूप ग्रहण करते हैं। (*Those which are the objectification of disordered organic feelings and emotions, which are personalized as crabs, spiders, vampires, and the rese.*)।

वस्तुनिष्ठ अनुभवों के परिणामस्वरूप उत्पन्न होने वाले दुःस्वप्न
(Nightmare Resulting from Objective Experiences)

प्रथम जब बाल्यावस्था में एक बच्चे द्वारा अपने बिस्तर के पैर की ओर एक काली छाया को बराबर देखते रहना जैसे दुःस्वप्न का अनुभव किया जाता है तो यह भूतकालीन खतरों के अनुभवों का स्वप्न में पुर्नउत्पादन (reproduction) होता है जिसे दुःस्वप्न की संज्ञा दी जा सकती है। ऐसे दुःस्वप्न युवावस्था में भी भयोत्पादक परिस्थितियों के कारण अनुभव किये जाते हैं, दुःस्वप्नों के आने का कारण स्वप्न दृष्टा का पर्याप्त प्रतिक्रिया से वंचित होना भी है। युद्ध के दुःस्वप्नों में स्वप्न दृष्टा अपने को विस्फोट में उड़ाया हुआ या कब्र में दफनाया हुआ पाता है। यह युद्धकालीन वास्तविक भय की अनुभूति की पुनरावृत्ति है। यह अनुभव इतना भयावह होता है कि वास्तविक परिस्थितियों में घटित हो रही युद्ध सम्बन्धी वास्तविक घटना उतनी नहीं भयावह हाती है जितनी की दुःस्वप्नों में होती है इसलिए उनके भय सम्बन्धी संवेग स्वतः दमित हो जाते हैं परन्तु मस्तिष्क बिना प्रभावित हुए नहीं रहता है, इसलिए निद्रा में जब मस्तिष्क की अवरोधी शक्तियाँ दूर हो जाती हैं तो वह दमित संवेग बार-बार स्वप्न में आते हैं और व्यक्ति निद्रावस्था में अनेक प्रकार के दुःस्वप्नों यथा गिरने का, संगीन से मारने का, कोई भयानक चेहरा देखने का, कोई बड़ा खाली मकान देखने का या जोर से आने वाली आवाज सुनने का अथवा घूरने वाली आँखें या बिस्तर के पैताने खड़ी कोई काली छाया अनुभव के रूप में उपस्थित होता है। उदाहरणार्थ युद्ध के सदमे से ग्रस्त एक रोगी को बार-

बार संगीन दिखलायी पड़ता था जिसके विश्लेषण में यह प्राप्त किया गया कि उसमें अधिकारी की जाँघ में संगीन घुसेड़ कर उसे आहत किया गया था। भय उत्पन्न करने वाले अनुभव रात्रिकालीन निद्रा में दुःस्वप्न का स्वरूप धारण कर उपस्थित होते हैं और यही भयकारी अनुभूतियाँ (terrifying experience) का स्वरूप ग्रहण करके चेतन अवस्था में मनोरोग के रूप में उपस्थित हो सकती हैं और निद्रा में भयावह दुःस्वप्नों का अनुभव कर सकती हैं। ऐसे स्वप्नों की प्रकृति को समझने अथवा पहचानने का लाभ हमें यह होता है कि हम मनोरोग के वास्तविक कारण का सुराग लगाने में सफलता प्राप्त कर लेते हैं और रोगी में उत्पन्न भय से छुटकारा दिलाने में महत्त्वपूर्ण घटक उठा सकते हैं। ऐसे प्रयासों में प्रोत्साहन की महत्त्वपूर्ण भूमिका है जो रोगी को ऐसे अनुभव की प्रतिपूर्ति कराकर दुःस्वप्न से मुक्ति दिला देती है। साथ-ही-साथ रोगी स्नायु लक्षणों से भी मुक्ति प्राप्त कर लेता है। उपचार की इस विधि को *Freud* ने भावशान्ति 'विरेचन' (catharsis) की संज्ञा दी है।

युद्ध आघात से पीड़ित एक सैनिक को तीव्र सिर दर्द हुआ करता था। एक दिन उसने अपने ऊपर एक सारस पक्षी को उड़ते देखा सोचा कि ''यदि यह पक्षी मेरे सिर पर गिर पड़े तो...'' और उस रात उसने एक भयानक दुःस्वप्न में अपने को बम विस्फोट में जमीन में दफन होते हुए देखा था उस घटना मात्र से उसे जो अनुभव युद्ध क्षेत्र में हुआ था उसका अचानक उसे पुनःस्मरण हुआ और सारी घटना स्वतः निर्बाध रूप से उसके अनुभव में आने लगी और धीरे-धीरे उसे अपने सिरदर्द से मुक्ति मिल गयी। दुःस्वप्न दमित अनुभव को चेतन स्तर पर लाने में समर्थ नहीं होते हैं तो इस प्रक्रिया को स्वप्न-विश्लेषण द्वारा पूरा किया जाना चाहिए। इस तरह के पुनरूत्पादक स्वप्न (reproductive dream) अपने साथ अनेक समस्याएँ उत्पन्न करते हैं जिनका स्वरूप गम्भीर होता है और उसका संदर्भ उस वास्तविक घटना से होता है जो घटित हो चुकी होती है लेकिन वह मस्तिष्क में इसलिए बनी रहती है क्योंकि वास्तविक घटना के समय विद्यमान समस्या का निराकरण नहीं हो सका था और दमन के कारण उनका विस्मरण हो गया था। क्योंकि उनका समाधान नहीं हो सका था। इस प्रकार के दुःस्वप्नों का सम्बन्ध आरम्भिक बाल्यकाल से रहता है क्योंकि जब बच्चा उस समय जीवन की सामान्य घटनाओं से ताल-मेल बना पाने में अपने को असमर्थ पाता है तो वह भयावक अनुभव अर्थात् दुःस्वप्नों से कैसे बिना भयभीत हुए रह सकेगा। माता-पिता की ओर से जब संरक्षण और सुरक्षा का अभाव पाया जाता है तो बच्चा भयग्रस्त हो जाता है और वही भय निद्रावस्था में दुःस्वप्न का स्वरूप ग्रहण कर लेता है। चूंकि मौलिक अनुभवों का दमन (repressed), विच्छेदन (dissocination) तथा विस्मरण (forgetting) पाया जाता है इसलिए ऐसी परिस्थितियों से समायोजन करने का कोई तरीका बच्चे के पास उपलब्ध नहीं होता है। इस प्रकार स्वप्न एक ऐसा प्रयास होता है जिसमें मस्तिष्क में मूल भयावह अनुभव पुनः आते हैं ताकि बच्चा उसके साथ प्रतिक्रिया कर सके परन्तु जब ऐसा सम्भव नहीं हो पाता है तो वह भय पुनरावृत्यात्मक दुःस्वप्न (repetitive nightmare) में भय को उपस्थित करता है।

दुःस्वप्न सम्बन्धी अनुभव बच्चों के मस्तिष्क पर स्पष्ट रूप से प्रभाव उत्पन्न करते हैं और घटना के प्रत्येक विवरण उसके दृश्यं स्मृति पर स्पष्ट रूप से अंकित हो जाते हैं। यद्यपि बच्चे इन विवरणों का अर्थ उस समय नहीं समझ पाते हैं। इसलिए यह उनके लिए एक समस्या आतंक या भय के रूप में अनुभव की जाती है। परिणामस्वरूप बच्चा उसे सहन नहीं कर पाता है इसलिए वह सम्पूर्ण भयावह अनुभव को दमित करके भूल जाता है परिणामस्वरूप बच्चे द्वारा अर्जित समस्त भयानक अनुभव उसके दुःस्वप्न में पुनः आने लगे और उसमें मनोस्नायुविकृति के लक्षण दिखाई पड़ने लगे। मनोस्नायुविकृति को लक्षणों से मुक्ति पाने का

एक सरल उपाय यही है कि उन दुःस्वप्नों की एक हल्की-फुल्की धारणा अवश्य प्रस्तुत की जाये जो उसकी शंकाओं एवं जिज्ञासाओं का समाधान कर उसे सन्तुष्ट कर सके ताकि उसमें एक सम्पूर्ण व्यक्तित्व का विकास हो सके।

अपने आवेगों के भयों के परिणामस्वरूप उत्पन्न होने वाले दुःस्वप्न
(Nightmare Resulting from Fear of Our Own Impulses)

दुःस्वप्न के लिए उत्तरदायी अनेक कारकों में प्रार्थी के आवेगों की भी प्रमुख भूमिका है। व्यक्ति में उत्पन्न आवेग अनुभव किये गये उसके दुःस्वप्न के कारण बन सकते हैं। उदाहरणार्थ शेर की दहाड़ सुनकर बच्चे में भय उत्पन्न हो सकता है जो उसे दुःस्वप्न का अनुभव करा सकता है परन्तु यह परिस्थिति उस समय उत्पन्न होती है जब वह माता-पिता की सुरक्षा की अनुभूति करता है। ऐसी परिस्थिति में ऐसे दुःस्वप्नों के अनुभव करने की प्रवृत्ति उसमें बार-बार पायी जाती है। उदाहरणस्वरूप ''अन्धेरी जगह में कुछ शेर खड़े हैं वह मेरे ऊपर गुर्रा रहे हैं और यह दिखाने के लिए कि मैं उनकी परवाह नहीं करता हूँ मैं कहता था ''बकवास! तुम नकली हो'' और एक छड़ी से उन्हें कोंच देता था इतने में वह शेर दौड़ाते थे और जब मैं खुले मैदान में भाग रहा होता था तो आतंकित हो जाता था। इस दुःस्वप्न के विश्लेषण से इस तथ्य पर प्रकाश पड़ता है कि यह शेर वस्तुतः उस बच्चे के माता-पिता हैं जो देखने में दयालु हैं लेकिन उसे नीचा दिखाना चाहते हैं। उसके माता-पिता उसे दबाना चाहते हैं। वह स्वप्न में छड़ी से अपने माता-पिता को उसी प्रकार जिस प्रकार वह अपनी बहन को कोंचता था। ऐसा करने के पीछे उसकी कामुक इच्छा थी जो जंगली जानवर की तरह और माता-पिता के गुस्से की तरह खतरनाक थी। यह स्वप्न ''इच्छापूर्ति के साधन'' (wish fulfilment) के रूप में नहीं था। यह स्वप्न कामुकता से सम्बन्धित खतरे के लिए चुनौती जैसा था।'' इस तरह के दुःस्वप्न में लक्ष्य के साथ-साथ नैतिक महत्त्व भी जुड़ा है जिसमें कार्य-कारण सम्बन्ध पाया जाता है क्योंकि माता-पिता की सुरक्षा के कारण वह रात में जिन हिंसक जानवरों की आवाज सुनता था, उससे वह बेपरवाह था लेकिन एक गलत काम करके माता-पिता से मिलने वाली सुरक्षा की अनुभूति को उसने खो दिया इसलिये वह निद्रावस्था में इन जंगली जानवरों की मर्जी के अधीन हो गया। शेरों का ''संक्षिप्तिकरण'' (condensation) के रूप का एक सुन्दर उदाहरण है। शेर का प्रतीकीकरण उसके माता-पिता के लिए है और उसके कामुक इच्छा का प्रतिनिधित्व करते हैं जिसका संक्षिप्तीकरण स्वप्न में शेर के रूप में हुआ है। इस प्रकार बच्चा समाधान न होने वाली समस्याओं के बीच उलझ जाता है क्योंकि जहाँ एक ओर वह अपनी इच्छा की पूर्ति चाहता है, वहीं दूसरी ओर वह परिणाम से भयभीत रहता है। अपनी इच्छा के कारण जहाँ एक ओर वह अपनी वर्जित इच्छाओं का त्याग नहीं कर पाता है तथा दूसरी ओर साथ-ही-साथ वह अपनी सुरक्षा के लिए अपने माता-पिता से भी कोई प्रत्याशा नहीं कर सकता है। उसमें विद्यमान इस भय का कारण उसका अपराध-बोध है। जब बच्चा अपनी वर्जित इच्छाओं को त्यागने में अपने को असमर्थ पाता है क्योंकि इच्छा-त्याग आनन्द-समाप्ति की ओर संकेत करता है जबकि वह उस इच्छा का त्याग नहीं करना चाहता है। भय का नैतिक स्वरूप होने पर वह अऩे माता-पिता (जो शेर हैं) के आश्वासन पर भी भयमुक्त नहीं हो सकेगा क्योंकि वह इस तथ्य को जानता है कि उसके माता-पिता को उसके अपराध-बोध का ज्ञान नहीं है तथ्य का बोध होने पर माता-पिता का सुरक्षात्मक दृष्टिकोण परिवर्तित हो जायेगा और उसमें स्वजनित भय समाप्त नहीं हो सकेगा। बाद में वह भय का कारण भूल भी सकता

है लेकिन उसमें तनाव की मनोदशा अपरोध-बोध के कारण बनी रहेगी और उसे दुःस्वप्न आते रहेंगे।

बच्चों के अधिकांश दुःस्वप्न की प्रकृति का सम्बन्ध नैतिकता से सम्बन्धित होता है। यही कारण है कि ऐसे दुःस्वप्नों का अनुभव तीन वर्ष की आयु से ही प्रारम्भ हो जाता है। चूँकि इसी अवस्था में बच्चे में ''अपराध बोध'' तथा ''सही चेतन'' का प्रथम विकास प्रारम्भ होता है, इसलिए प्रौढ़-जीवन में दुर्भीति (phobia) और मनोबाध्यता (obsessions) के कारण इन दुःस्वप्नों की पुनरावृत्ति होती है। हम लोग घुटन, अलगाव अथवा जड़ता से इसलिए नहीं भयभीत होते हैं कि जीवन के प्रारम्भिक काल में हमें इनका अनुभव हुआ रहता है वरन् इसलिए भयभीत होते हैं क्योंकि स्व-वांछित अथवा वर्जित कामुक इच्छाओं/आवेगों के प्रति हमें अपराध-बोध का अनुभव करना सिखाया जाता है और वह हमें बहुत कुछ याद नहीं रहता है। ऐसे आत्मनिष्ठ भय के बारे में हम यह कल्पना संजोये रहते हैं कि वर्जित इच्छाओं के कारण हमें दण्ड एवं भयावह परिणाम मिल सकते हैं। बन्द स्थान से भयभीत होने वाला रोगी बन्द हो जाने के भय से भयभीत रहता है उसमें भय का विकास इसलिए नहीं होता है कि जीवन के आरम्भिक दिनों में नर्स के हाथों से घुटन की अनुभूति हुई थी वरन् बाल्यावस्था में उसने स्वयं वर्जित इच्छाओं की कल्पना की थी परिणामस्वरूप दण्ड स्वरूप उसे दुःस्वप्न की अनुभूति होती है इसलिए वह स्वःग्राहिता (assertiveness) का दमन करता है लेकिन जब कभी उसमें दृढ़ स्वःग्राहिता के भाव जागृत होते हैं तो उसमें पर्याप्त मात्रा में भय भी उत्पन्न होते हैं जिनकी अभिव्यक्ति दुःस्वप्नों के रूप में होती है। ऐसे दुःस्वप्नों की उत्पत्ति के परिणामस्वरूप ऐसे दुःस्वप्नों का अनुभव होता है। ऐसी परिस्थिति में बच्चों के स्वस्थ एवं आरोग्यपूर्ण विकास के लिए यह नितान्त आवश्यक है कि वे अपने बच्चों पर न तो अत्यधिक नैतिकता का मानदण्ड थोपे और न निर्दोष चीजों के साथ गम्भीर चेतावनी/सावधानी को जोड़े अन्यथा बच्चे मनोस्नायुविकृति का शिकार हो जायेंगे और उन्हें जीवन पर्यन्त कष्टानुभूति होती रहेगी।

ऐसे दुःस्वप्न या तो अत्यन्त भयावह वास्तविक अनुभवों की पुनरावृत्ति होते हैं अथवा हमारे अपने आवेगों के साथ विशेष कर काम, क्रोध और भय के साथ भी जुड़ जाते हैं तो इनमें से कोई भी कारण दुःस्वप्न के लिए उत्तरदायी बन जाता है। यह कारण वास्तविक अथवा कल्पित भय के परिणामों से युक्त होता है जो किसी-न-किसी प्रकार सही और वास्तविक भय से अवश्य जुड़ा रहता है। यह कभी खतरनाक (dengerous) एवं दमित आवेग (repressed impulses), प्रक्षेपण (projective), वास्तविकीकरण (objectifications) या व्यक्तिकरण (personalization) का रूप धारण कर किसी खतरनाक राक्षस, चुड़ैल, डायन के रूप में आ सकते हैं। इस प्रकार यह कहा जा सकता है कि प्रथम दुःस्वप्न आरम्भिक जीवन के कष्टानुभूति वाले वास्तविक अनुभव की पुनरावृत्ति होते हैं। द्वितीय वर्जित इच्छाएँ विशिष्ट रूप से काम इच्छा, क्रोध एवं भय के आवेग तथा उनके साथ जुड़ी हुई अपराध-बोध की भावना एवं नैतिक दण्ड का भय नैतिक अन्तर्द्वन्द्व का कारण बनता है जिसकी परिणति दुःस्वप्न के रूप में होती है।

लैंगिक कामुक संवेग (*Sexual Emotions*)

दुःस्वप्नों में कामुक संवेगों के वस्तुनिष्ठीकरण एवं वैयक्तिकीकरण कम महत्त्वपूर्ण भूमिका नहीं है। दुःस्वप्नों में पीछा किया जाना किशोरी लड़कियों में आम स्वप्न होता है। ऐसे स्वप्नों

की व्याख्या में यह निहित है कि जबरन विवाह करके उससे कामुक इच्छाओं की तृप्ति कोई व्यक्ति कर सकता है परन्तु यह व्याख्या बिल्कुल सरल एवं साधारण है। परन्तु इन दुःस्वप्नों की गहन व्याख्या से यह संकेत प्राप्त होता है कि लड़कियाँ संवेगों से अभिभूत होने के कारण अनेक प्रकार के प्रकरणों का अनुभव वे स्वप्न में करती हैं। उदाहरणार्थ—क्रोध या भय से अभिभूत होने पर उनमें आत्मपीड़न (masochistic) से सम्बन्धित कामुक भाव प्रतिबिम्बित होता है। भय से उसी प्रकार कामुक रोमांचकता पायी जाती है। जिस प्रकार मेलों में हम बड़े-बड़े झूलों पर डरते हुए रोमांचक आनन्द की अनुभूति करते हैं। इस प्रकार वर्जित इच्छाओं के संदर्भ में दण्ड का भय कामुक संवेगों की उत्पत्ति का साधन बन जाता है परिणामस्वरूप समस्या का रूप अपेक्षाकृत अधिक जटिल हो जाता है।

जिन व्यक्तियों को भयानक राक्षसों की आकृतियों के दुःस्वप्नों का अनुभव बराबर होता रहता है, वे व्यक्ति के अन्दर उठने वाले तीव्र कामुक उन्माद के प्रतिफल हो सकते हैं क्योंकि ऐसे उन्माद का प्रभाव सम्पूर्ण व्यक्ति पर पड़ता है। जब बच्चे में प्रौढ़ों की भाँति अपने आवेगों पर नियन्त्रण करने में असमर्थता पायी जाती है तो उनके विनाश का प्रारम्भ हो जाता है और इसके साथ सहगामी लक्षण के रूप में दिल के धड़कन में वृद्धि शीघ्रता से कार्य करने के प्रयास में लकवा आदि की अनुभूति होती है और हम दुःस्वप्नों में जड़वत से हो जाते हैं। एक छोटे बच्चे को उन्माद के परिणामस्वरूप उसके अन्दर यह भय आया कि ''अब मैं मार डाला जाऊँगा, अपहरण हो जाएगा, लोग कहीं दूर लेकर चले जाएँगे।'' यह विचार उसके अन्दर इसलिए आता रहा क्योंकि रात्रि में एक बहुत बड़े आदमी ने उसके पीछे दौड़ कर उसे भयभीत किया।

इस प्रकार सरल शब्दों में यह कहा जा सकता है कि दुःस्वप्न में आने वाले राक्षस मूलतः हमारे अपने आवेग और शारीरिक अनुभूतियाँ हैं परन्तु यह भाव प्रक्षेपित होकर इनकर मूर्त जगत में जीवों के रूप में वस्तुकरण अथवा मानवकीकरण नहीं हो पाता है।

कायिक अनुभूतियों के कारण वस्तु का आकार ग्रहण करने वाले दुःस्वप्न (Nightmares which are Objectifications of Our Organic Sensations)

दुःस्वप्न हमारे आंगिक अनुभूतियों के वस्तु रूप धारण हैं। वास्तविकता यह है कि ऐसे दुःस्वप्न बड़े रूचिकर होते हैं जो स्वप्न में केकड़ा, मकड़ी और चुड़ैल का रूप धारण कर आते हैं। *Jung* ने इन्हें आद्यरूप माना है। हम अपने धर्मग्रन्थों में इन्हें इनका व्यापक वर्णन प्राप्त करते हैं। दुःस्वप्नों के विश्लेषण से इस पर प्रकाश पड़ता है कि ऐसे जीवों के संदर्भ में अनुभव किया गया दुःस्वप्न शारीरिक अनुभूतियों के प्रक्षेपण मात्र होते हैं। व्यक्ति में अनुभव किया जाने वाला मिश्रण परिवर्तन के भय और काम जैसे संवेग के अस्त-व्यस्त कर देने वाले प्रभाव से हमारी माँस-मज्जा (viscera) और सहानुभूतिशील अनुक्रियातन्त्र (sympathetic newous system) व्यापक रूप से प्रभावित होती है। इन संवेगों का प्रस्तुतीकरण राक्षस या हिंसक जानवर के रूप में हो सकता है अथवा वे अंतड़ियों (viscera) में उपद्रव ही नहीं करते हैं वरन् हृदय की धड़कन स्वेदन और पेट की पेशियों में अनेक प्रकार के उत्पन्न परिवर्तन करते हैं। इन सब चीजों को वस्तुनिष्ठीकरण (objectification), वैयक्तीकीकरण (personalization) करके केकड़ा, मकड़ी व उड़ने वाली चुड़ैल व दूसरे इस तरह के अन्य जीव प्रक्षेपित होकर दुःस्वप्न में आते हैं।

इस प्रकार के तमाम दुःस्वप्न कामुक संवेगों से जुड़े हुए होते हैं। जब भी कभी काम का अपरिपक्व उद्दीपन होता है तो बच्चे के उदर के माँस-मज्जा अंतड़ियाँ (viscera) में बहुत तीव्र प्रतिक्रिया उत्पन्न होती है। शिशु कामुकता भी ऐसे दुःस्वपनों के लिए उत्तरदायी है। वास्तव में यह तमाम दुःस्वप्न प्राणी की शारीरिक संवेदनाओं की अनुभूति का प्रक्षेपण मात्र है। ऐसे दुःस्वप्न हमारी आंगिक अनुभूति को केकड़े तथा मकड़ी के रूप में प्रतिबिम्बित करता है और जो कामुक संवेग होते हैं वे पहले आनन्ददायक होते हैं फिर घृणा से उत्पन्न होते हैं तत्पश्चात मितली आती है। यह संवेग केकड़ा तथा मकड़ी के रूप में प्रक्षेपित होते हैं। ध्यान देने योग्य बात यह है कि मकड़ी तथा केकड़े के दुःस्वप्न हमारी कामुक भावनाओं से सम्बन्धित है लेकिन यह सीधे तौर पर यौन (sex) के प्रतीक नहीं हैं जैसे कि साँप (snakes) होता है बल्कि ये शारीरिक अनुभूति के वस्तुरूप प्रतिनिधि होते हैं। जैसा कि उदर से (viscera) आँत में क्रोधोन्माद के परिणामस्वरूप अनुभूति उत्पन्न होती है।

जब इन आद्यरूप दुःस्वप्नों के उद्‌गम की हम व्याख्या करते है तो हम स्वप्न देखने वाले व्यक्ति के आरम्भिक जीवन के अनुभवों में इसका उद्‌गम पाते हैं। इस प्रकार इन दुःस्वप्नों के विश्लेषण के उपरान्त हम इस निष्कर्ष पर पहुँचते हैं कि यह व्यक्तिगत होते हैं, जातिगत नहीं तथा अपनी कल्पना के इन जीवों के लिए हमें *Jung* के जातीय रहस्यमय अचेतन में जाने की जरूरत नहीं है। यह जीव हमारे ही अपने अनुभवों के वैयक्तिकृत (personalized) रूप है जो अचेतन की सामग्री बन जाते हैं, लेकिन यदि हम इन अनुभवों और आकृतियों को व्यक्ति के अपने अनुभवों से उद्‌भूत मान लेते हैं और इनका आद्यरूप अचेतन का प्रतिनिधि नहीं मानते हैं तो भी हमें यह व्याख्या करने की जरूरत है कि यह दुःस्वप्न और किवदंतिया इतनी व्यापक रूप से लोगों के बीच क्यों फैली है? इसका कारण यह है कि संवेगों को उत्पन्न करने वाली जो दैहिक प्रक्रियाएँ घटित हैं, वह सभी व्यक्तियों में एक जैसी ही होती है। इसलिए एक ही प्रकार की मानसिक प्रस्तुति प्रत्येक व्यक्ति में होती है।

जब पेट में भोजन की कमी होती है तो पेट में संकुचन तथा फैलाव पाया जाता है और इस खिंचाव से भूख की उत्पत्ति होती है। इसी प्रकार कामोन्माद की अनुभूति, विशेष करके बच्चों में, उसकी आँत (viscera) में तीव्र परिवर्तन उपस्थित करती है और पेट की माँसपेशियों में पकड़कर दबाने वाली अनुभूति होती है जिसका वर्णन वह नहीं कर सकता है इसलिए उसको वह केकड़े का रूप दे देता है।

हमारे लिए यह विश्वास कर पाना कठिन है कि केकड़े व मकड़े आद्यरूप का प्रतीक हैं जो कि सपने में आते हैं। सबसे महत्त्वपूर्ण वह शारीरिक अंग है जो इस तरह के अनुभूति को उत्पन्न करने में समर्थ होते हैं वह संवेदनाएँ इस रूप में अनुभूत की जाती हैं कि बाह्य वस्तुओं के समान जिनसे कि वह अनुभूति मिलती-जुलती है उस रूप में उसे वर्णित करते हैं।

मनस्ताप (neuroses) की उत्पत्ति पर दुःस्वप्नों का बड़ा व्यावहारिक प्रभाव पड़ता है। कभी-कभी हमें दुःस्वप्नों में चीजें अति विस्तारित (elaborated) रूप में दिखलायी पड़ती हैं उसका कारण यह है कि अतीत में अनुभव किये गये शक्तिशाली संवेग नवीन अनुभवों के साथ जुड़ जाते हैं। इसका कारण यह है कि व्यक्ति में पाया जाने वाला अवरोधी तन्त्र संवेग के साथ जुड़ जाता है। इसका कारण यह है कि व्यक्ति में पाया जाने वाला अवरोधी तन्त्र संवेग को दमित कर देता है। दुःस्वप्नों में वे बहुत व्यापक और भयावह रूप में प्रकट होते हैं। इस प्रकार यह कहा जा सकता है कि विस्तारण प्रभाव का हमारे जीवन पर अवसादी प्रभाव पड़ता है। अनियंत्रित उन्माद भी दुःस्वप्न में विशाल राक्षस या गलाघोंटू जीव की तरह से दिखलायी पड़ सकता है।

यह दुःस्वप्न हमारे शारीरिक संवेदनाओं की अनुभूति के प्रदोपण के रूप में प्रकट होते हैं। इस संदर्भ में हमें यह एक बहुत रोचक तथ्य का ज्ञान प्राप्त होता है। मनुष्य के अन्दर एक ऐसा तन्त्र है जो अपने अति-विस्तारित आवेशों या आवेगों को दमित कर देता है। यह एक महत्त्वपूर्ण तथ्य है। चाहे इसको मनोव्याधिकीय रूप से देखा जाए या आचार संहिता (ethic) रूप में। नैतिकशास्त्र के दृष्टिकोण से यह महत्त्वपूर्ण है। मनोव्याधिकीय रूप से यह महत्त्वपूर्ण है कि हमारे क्रोध, काम और भय के अत्यधिक दमन के परिणामस्वरूप ही दुःस्वप्न उत्पन्न होते हैं जो हमें मनोस्नायु विकृति की ओर ले जाते हैं।

दुःस्वप्न व्यवहार
(Nightmare Behaviour)

दुःस्वप्न के संदर्भ में *Cason* (1935) ने एक सर्वेक्षण प्रस्तुत किया जिसमें उन्होंने यह प्रदर्शित किया है कि दुःस्वप्न का होना सामान्य एवं व्याधिकीय दोनों ही जनसंख्या के व्यक्तियों के लिए सामान्य घटना है। दुःस्वप्न के संदर्भ में किये गये अनुसंधान प्राप्त निष्कर्ष (*Feldman & Hersen,* 1967; *Hersen*. 1971a) की पुष्टि करते हैं। (*Feldman & Hersen,* 1967) ने अपने अध्ययन में कॉलेज छात्रों की जनसंख्या से 1317 प्रयोज्यों से एक संक्षिप्त प्रश्नावली के आधार पर यह परिणाम पाया कि 86 प्रतिशत छात्रों ने कम-से-कम एक दुःस्वप्न की जरूरत अनुभव की है। इस अध्ययन में दुःस्वप्न की कार्यकारी परिभाषा (working definition) को प्रस्तुत किया गया जिससे यह प्रदर्शित किया गया कि *दुःस्वप्न वह भय उत्पन्न करने वाले स्वप्न होते हैं जो स्वप्नदृष्टा को जगा देते हैं।*

दुःस्वप्नों के अनुभवों की स्पष्ट सर्वव्यापकता के बावजूद विगत वर्षों में दुःस्वप्नों से पीड़ित रोगियों की शारीरिक तथा व्यक्तित्व विशेषताओं का मूल्यांकन किया गया। (*Broughton,* 1968; *Feldman & Hersen,* 1967; *Fisher, Byrne, Edwards & Kahn,* 1969, *Hersen,* 1971a) तथा दुःस्वप्नों की उत्पत्ति और प्रक्रिया के सम्बन्ध में विरोधी अवधारणाएँ (assempting) प्रस्तुत की गयी (*Fenichel,* 1945; *Hadfield,* 1954; *Jones,* 1949; *de vertevil,* 1962)। परन्तु अधिकतर अवधारणाओं का स्वरूप सैद्धान्तिक था उन्हें तथा उनका वैधकीकरण (validation) अधिक तर्कसंगत तथा व्यवस्थित ढंग से नहीं किया गया था। इसलिए प्रायोगिक मूल्यांकन के लिए वह बहुत उपयुक्त नहीं थी। (*Bellamy,* 1915; *Jones,* 1949; *Pearson,* 1949; *Stern,* 1951; *de vertevil,* 1962) आधुनिक शोधपत्रों में प्रस्तुत वस्तुनिष्ठ आख्याओं की ही आलोचनात्मक समीक्षा प्रस्तुत की गयी। दुःस्वप्न से सम्बन्धित ऐसे सर्वेक्षण, निरीक्षण तथा अध्ययन जो दुःस्वप्न की वस्तुनिष्ठ आख्या प्रस्तुत करते हैं, उन्हीं के संज्ञान में लिया गया है। दुःस्वप्नों के शारीरिक कारणों में चयापचयी असंतुलन (homestatic imbalance) को भी सम्मिलित किया गया है। उनके उपचार में प्रयुक्त व्यवहार चिकित्सा प्रणाली case history को सम्मिलित किया गया है। दुःस्वप्न से सम्बन्धित विकसित जो मनोवैज्ञानिक सिद्धान्त है उक्त सर्वेक्षण में सम्मिलित किया गया है।

स्वयं-संसूचित दुःस्वप्नों की आवृत्ति
(Self-Reported Nightmare Frequency)

Cason (1935) ने एक व्यापक सर्वेक्षण किया और उसे एक मोनोग्राफ के रूप में प्रकाशित किया जिसमें उन्होंने दुःस्वप्नों के अनेक पक्षों का अध्ययन किया। इन्होंने इस सर्वेक्षण में अतीत में अनुभ्व किये गये दुःस्वप्नों का अध्ययन किया। उनके अध्ययन का मुख्य विषय

ऐसे लोगों के दुःस्वप्नों का अध्ययन करना था जिन्होंने सर्वेक्षण के ठीक एक माह दुःस्वपनों का अनुभव किया था। *Cason* (1935) ने अपने सर्वेक्षण में 32 प्रतिशत सामान्य बच्चों में, 19 प्रतिशत कॉलेज विद्यार्थियों में, 18 प्रतिशत अन्धे विद्यार्थियों में, 13 प्रतिशत मानसिक रूप से पिछड़े विद्यार्थियों में तथा 7 प्रतिशत मनोरोग ग्रस्त रोगियों में दुःस्वप्न अनुभव की आवृत्ति प्राप्त की। *Blanchard* (1926) ने 18 वर्ष से कम आयु के 300 बच्चों का ''बाल निर्देशन केन्द्र'' में उपचार किया। उनके अनुसार 13 प्रतिशत बच्चों को ऐसे स्वप्न आए जिन्हें भयावह स्वप्न कहा जा सकता था।

Feldman & Hersen (1967) ने यह प्रदर्शित किया कि कॉलेज में अध्ययन करने वाले 29 प्रतिशत विद्यार्थी माह में एक बार दुःस्वपन का अनुभव करते हैं। जबकि *Hersen* (1971a) ने अपने मनोरोगग्रस्त प्रयोज्यों के प्रतिदर्श में 32 प्रतिशत व्यक्तियों को प्रतिमास एक दुःस्वप्न देखने वाला पाया। *Cason* (1935) का मत है कि अन्धे एवं सामान्य प्रौढ़ व्यक्तियों में जब दुःस्वप्न आते हैं तो दुःस्वपन न देखने वाले अन्धे तथा सामान्य प्रौढ़ व्यक्तियों की तुलना में निद्रामग्न होने में उन्हें अधिक समय लगता है। *Cason* (1935) ने अपने अध्ययन के आधार पर यह परिणाम भी प्राप्त किया कि करवट लेटने से दुःस्वप्न की आवृत्ति ज्यादा होती है। आशा के अनुसार मनोरोगियों ने भी अपने सोने की स्थिति को ऐसे दुःस्वप्नों के लिए महत्त्वपूर्ण कारक के रूप में प्राप्त किया। इन्होंने अपने अध्ययन में दुःस्वप्न देखने वाले व्यक्तियों के समूह का साक्षात्कार लिया जिसमें 60 प्रतिशत से 90 प्रतिशत प्रयोज्यों ने दुःस्वपन के कारण निद्राविघ्न प्राप्त किया। *Cason* (1935) ने अपने अध्ययन में उत्तरदाताओं से दुःस्वप्नों के प्रभाव के बारे में जानकारी प्राप्त करने का प्रयास किया तो उत्तरदाताओं ने जागरण पर ''कोई खास प्रभाव नहीं'' से लेकर ''बहुत भयभीत हुआ'' तत्पश्चात् ''जागता ही रहा'', ''घबड़ाहट व उत्तेजित महसूस हुआ'', ''अपने को बहुत थका हुआ पाया'', तथा ''दुःस्वप्नों की वास्तविकता के विषय में अनिश्चित रहा'' आदि उत्तर प्राप्त किया।

जहाँ तक दुःस्वप्नों के पुनः घटित होने का सम्बन्ध है। *Cason* (1935) के अध्ययन में 31 प्रतिशत से 55 प्रतिशत प्रयोज्यों ने यह सुनिश्चित किया कि वे इस तरह दुःस्वप्न कम-से-कम एक बार अवश्य देख चुके हैं। *Feldman & Hersen* (1968) ने अपने अध्ययन के आधार पर दुःस्वप्नों का आवृत्ति दर निम्न प्रकार प्राप्त किया:—

(1) 'शायद ही कभी दुःस्वप्न देखा हो' समूह के दुःस्वप्नों की आवृत्ति दर 3 प्रतिशत रही। (साल में एक बार)

(2) 'कभी-कभी दुःस्वप्न' देखने वाले समूह की आवृत्ति 37 प्रतिशत रही। (माह में एक बार)

(3) 'अकसर' दुःस्वप्न देखने वाले समूह की आवृत्ति 84 प्रतिशत रही। (सप्ताह में एक बार)

जहाँ तक भिन्न-भिन्न जनसंख्या के इकाइयों के दुःस्वप्न देखने के दर के तुलनात्मक अध्ययन का प्रश्न है, *Feldman & Hersen* (1968) ने यह परिणाम प्राप्त किया कि महाविद्यालयों में अध्ययन करने वाले प्रयोज्यों में से 86 प्रतिशत प्रयोज्यों ने विगत एक वर्ष में कम-से-कम एक बार दुःस्वप्न का अनुभव किया था।

इसी अध्ययन के परिष्कृत पुनरावृत्तित्यात्मक अध्ययन में *Hersen* (1971) ने यह परिणाम प्राप्त किया कि चिकित्सालय में भर्ती मनोरोगी जनसंख्या समूह के 57 प्रतिशत लोगों

ने यह संसूचित किया कि उन्होंने पिछले एक वर्ष में एक दुःस्वप्न अवश्य देखा है। *Hersen* (1971) के अध्ययन में भर्ती हुए मनोरोगियों में दुःस्वप्नों का कारण उन्हें दी जाने वाली दवा (psychotropic drug) के शमनकारी प्रभाव है। *Zung* (1970) ने यह परिणाम प्राप्त किया कि द्रुत नेत्र गति (rapid eye movement—REM) की निद्रा की अवस्था में (psychotropic drug) के कारण दुःस्वप्नों की आवृत्ति कम रही। *Broughton* (1968) ने ''निद्राभ्रमण'', पेशाब का निकल जाना और ''रात्रिकालीन भय'' आदि को दुःस्वप्नों से जुड़े हुए निद्रा के बाधक तत्त्वों के रूप में स्वीकार किया है जो द्रुत नेत्र गति निद्रा के विपरीत धीमी नेत्र गति (slow-wave-sleep—SWS) के दौरान ऐसे निद्रा अवरोधक अधिक घटित होते हैं।

दुःस्वप्नों के अनुभवों की अनुभूति की सर्वव्यापकता के बावजूद सामान्य और रूग्ण दोनों प्रकार की जनसंख्या के लोगों में अकसर आने वाले दुःस्वप्नों की आवृत्ति छोटी है। *Feldman & Hersen* (1967) ने पूर्व-स्नातक छात्रों का चयन प्रतिदर्श के रूप में किया और उनके संदर्भ में यह परिणाम प्राप्त किया कि केवल 5 प्रतिशत लोगों ने यह स्वीकार किया कि प्रति सप्ताह एक दुःस्वप्न का वह अनुभव करते हैं। *Hersen* (1971a) ने पुनः इसी प्रकार का अनुसंधान मनोरोगी जनसंख्या का चयन करके किया और यह परिणाम प्राप्त किया कि 7 प्रतिशत ऐसे रोगी थे जो अक्सर दुःस्वप्न देखते थे। *Feldman & Hersen* (1967) एवं *Hersen* (1971a) दोनों ही प्रकार के प्रयोज्यों से प्राप्त आख्याओं में महिला प्रयोज्यों ने पुरुषों की तुलना में अधिक दुःस्वप्न देखने की बात स्वीकार की। यह निष्कर्ष यद्यपि बहुत आश्चर्यजनक नहीं है। यह आख्या प्रदर्शित करती है कि महिला प्रयोज्य अपेक्षाकृत ज्यादा भयग्रस्त होती हैं। [*Geer,* 1965; *Hersen,* (1971a)] इसके अतिरिक्त सामाजिक वांछनीयता कारक को भी पुरुष प्रयोज्या में प्रभावकारी प्राप्त किया गया है। पुरुष को अपनी पुरुषत्व की छवि को सुरक्षित रखने के लिए हो सकता है कि, अपने दुःस्वप्न के अनुभव को स्वीकार करने में कठिनाई होती है। *इस प्रकार निष्कर्ष स्वरूप यह कहा जा सकता है दुःस्वप्न के आवृत्ति दर को प्रायोगिक निद्रा प्रयोगशाला में भी प्राप्त किया गया है* Hartmann (1970)।

दुःस्वप्नों की विषय-वस्तु
(Nightmare Themes)

यह तथ्य ऐतिहासिक महत्व का है कि दुःस्वप्नों से ग्रस्त लोगों की सूचनाओं में स्वप्न की विषय-वस्तु काफी कुछ परिवर्तित हो गई है। *Jones* (1949) तथा *Gastaut & Broughton* (1965) ने दुःस्वप्नों के विवरण में यह वर्णित किया है कि दुःस्वप्न में व्यक्ति चुड़ैल (Witches), राक्षस (demons), प्रेत (devils) तथा अन्य खौफनाक चीजों को दुःस्वप्न की विषय-वस्तु के रूप में देखता था। उदाहरणार्थ 18वीं शताब्दी का प्रसिद्ध ऐंग्लो स्विस चित्रकार फ्यूजली Fuseli, अपने *"The Nightmare"* चित्र के लिए अत्यन्त ख्यातिप्राप्त कर चुका है, ने ''एक छोटी दुष्टतापूर्ण निगाह वाली आकृति सोने वाले व्यक्ति के सीने पर खड़ी है'' (a short, squat, sinister-looking figure reposes on the sleeper's chest) का चित्रण किया था। (*Schneck,* 1969) 20 वीं शताब्दी में दुःस्वप्नों जिन विषय-वस्तुओं को प्रमुखता प्राप्त हुई है, उनमें अन्तःद्वन्द्वों को समाप्त करने वाले प्रयासों का मुद्दा अधिक सम्मिलित होता है। (*Cason,* 1935; *Hadfield,* 1954) इसके अतिरिक्त दुःख कर वातावरण (unpleasant surroundings) (*Gastaut & Broughton,* 1965), मृत्यु (death), आघात (injury), सामाजिक अपमान (social embarassment) (*Feldman & Hyman,* 1968) आदि दुःस्वप्नों के विस्तारण रूप में प्राप्त होता है।

Jones (1949) के अनुसार दुःस्वप्न देखने वाले व्यक्तियों के लिए दुःस्वप्न एक प्रकार की तनावपूर्ण अनुभूति और कष्टयुक्त भय है जिसमें वह असहाय पक्षाघात से ग्रस्त अनुभव करता है और साथ-ही-साथ सीने पर भार तथा दबाव की अनुभूति करता है। इस प्रकार निःसन्देह रूप से यह कहा जा सकता है कि व्यक्तिनिष्ठ अनुभूतियों (subjective feelings) में योगदान देने वाली तथा भय उत्पन्न करने वाली विषयवस्तु सामान्य रूप से अधिकांश दुःस्वप्नों में पायी जाती है। *Cason,* (1935) ने अपने अध्ययन में स्वप्न की विषयवस्तु की बारम्बारता के आधार पर एक सूची निर्मित की जिसमें पशु, मृत्यु, हत्या, खदेड़ा जाना, घर व परिवार इधर-उधर के लोग, गिरना और दुर्घटना आदि क्रमशः प्राप्त किया गया था। *Feldman & Hyman* (1968) ने अपने अध्ययन के लिये चयनित 45 महिलाओं और 21 पुरुषों द्वारा संसूचित दुःस्वप्नों की विषयवस्तु का विश्लेषण किया तथा उनकी तुलना सामान्य प्रयोज्यों के द्वारा अकसर अनुभव आने वाले दुःस्वप्नों के विषयवस्तु से किया और यह परिणाम प्राप्त किया कि सामान्य प्रयोज्यों के स्वप्न में एक तिहाई से भी कम दुर्घटना वाली विषयवस्तु को प्राप्त किया गया। विपत्तिमूलक विषयवस्तु को स्वप्न में देखने वाले प्रयोज्यों के अनर्थमूलक विषयवस्तु का सामान्य स्वप्न में तुलना में देखने वाले स्वप्नदृष्टा न खतरों के प्रबंधन में अधिक सक्षमता का प्रदर्शित किया। दुःस्वप्न देखने वाले व्यक्तियों ने स्वप्न में जिन खतरों को अनुभव किया वह मृत्यु, शारीरिक चोट, सामाजिक अपमान आदि से सम्बन्धित थे। इस विश्लेषण में कुछ लिंग-भेद भी प्राप्त किया गया है लेकिन वह सांख्यकीय दृष्टिकोण से किसी सम्मानजनक स्तर पर सार्थक नहीं प्राप्त हुआ। इस संदर्भ में निःसंदेह यह कहा जा सकता है कि स्वप्न की विषयवस्तु के विश्लेषण से हमारे ज्ञान में वृद्धि होती है परन्तु दुःस्वप्नों द्वारा संसूचित विषयवस्तु में एक कमी अनुभव की गई जो अवधान की विषयवस्तु है क्योंकि स्वप्न का पुर्नविचार करने पर यह देखा गया है कि स्वप्नदृष्टा स्वप्नों के संसूचन में समयान्तराल के कारण बहुत कुछ जोड़ना-घटाना आदि प्रक्रियाओं का प्रयोग करता है। यह शंका प्रकट की जा सकती है कि स्वप्नदृष्टा ने जो कुछ स्वप्न में देखा वही संसूचित किया यह संदेहपूर्ण है। हम इस बात को निश्चितता से नहीं कह सकते हैं कि व्यक्ति के प्रतिवेदन संसूचन में पुनर्विचार विकृति नहीं पायी जाती है। *Fisher et al.,* (1970), *Hartmann* (1970) ने अपने अध्ययन में यह प्रस्तावित किया है कि स्वप्नदृष्टा को दुःस्वप्न के तत्काल बाद उसका साक्षात्कार लेने पर दुःस्वप्न की विषयवस्तु अपेक्षाकृत कम प्रदूषित अवश्य प्राप्त की गई परन्तु यह विश्लेषण भी ''पुनर्विचार विकृति'' के प्रदूषित प्रभाव से पूर्णतः मुक्त नहीं प्राप्त हुआ। इनका मत है कि परीक्षक द्वारा सुझाव दिए जाने पर दुःस्वप्न की विषयवस्तु प्रदूषित हो जाती है। इस प्रकार से दुःस्वप्नों की विषयवस्तु में पुर्नविचार का प्रदूषण स्वप्नदृष्टा द्वारा और सुझाव व संकेत का प्रदूषण प्रयोगकर्त्ता द्वारा सम्मिलित हो जाने की आशंका बनी रहती है।

दुःस्वप्नदृष्ट के व्यक्तित्व सहसम्बद्ध (*Personality Correlates of Nightmare Sufferers*)

दुःस्वप्नदृष्टा के व्यक्तित्व सम्बन्धी के भाग अध्ययन ही इस अनुसंधान के दृष्टिकोण से महत्त्वपूर्ण है जिनमें दुःस्वप्न से ग्रस्त व्यक्तियों के व्यक्तित्व घटकों का अध्ययन किया गया है (*Feldman & Hersen*, 1967; *Hersen* 1971a *Lester* 1968, 1969)। परन्तु इन अध्ययनों में प्राप्त परिणाम परस्पर विरोधी रहे हैं। *Feldman & Hersen* (1967) ने अपने अध्ययन में 10 पदीय मृत्यु मापनीय (10 item death scale) एवं दुःस्वप्न की पुनरावृत्ति के बीच धनात्मक सहसम्बन्ध प्राप्त किया है और यह भी सुझाव दिया गया कि दुःस्वप्न अनुभूति एवं मृत्यु के प्रति दृष्टिकोण दोनों की ही उत्पत्ति आरम्भिक स्थूल अनुभवों से हुई है। इनका

मत है कि बहुत अधिक दुःस्वप्न देखने वाले व्यक्तियों के ऐसे घनिष्ठ मित्रों एवं सम्बन्धियों की मृत्यु का अधिक अनुभव रहा है जो उनकी 10 वर्ष की आयु के पहले ही मृत्यु को प्राप्त कर चुके थे। इन्हीं अनुभवों के परिणामस्वरूप व्यक्ति दुःस्वप्न का शिकार होता है *Hersen* (1971a) ने दुःस्वप्न की आवृत्ति और मृत्यु के प्रति चेतन स्तर पर उद्वग्निता (चिन्ता) के बीच धनात्मक सम्बन्ध प्राप्त किया। *Lester* (1968) ने *Feldman & Hersen* (1967) के भौलिक अध्ययनों की पुष्टि हेतु पुनः अध्ययन किया जिसमें उन्होंने *Collett & Lester* (1969) के Death scale को प्रशासित किया परन्तु परिणामों के आधार पर उन्होंने *Feldman & Hersen* (1967) के परिणामों की पुष्टि नहीं की। यद्यपि *Lester* (1968) ने इस सम्भावना को स्वीकार किया है कि उनका परिणाम त्रुटिपूर्ण हो गया हो क्योंकि उन्होंने प्रयुक्त की गई *Death Scale* का प्रयोग न करके अन्य मापनी का प्रयोग किया था, यह प्रश्नावली केवल महिलाओं के ऊपर ही प्रशासित की गई थी तथा *Lester* (1968) ने उच्चस्तरीय आवृत्ति दुःस्वप्न के संदर्भ में उन प्रयोज्यों का चयन किया था जो एक महीने में एक दुःस्वप्न देखते थे जबकि *Feldman & Hersen* (1967) ने उच्चस्तरीय दुःस्वप्न के लिए उन प्रयोज्यों को चुना था जो सप्ताह में एक बार दुःस्वप्न देखते थे। इस प्रकार यह स्पष्ट है कि दोनों अध्ययनों को सीधे तौर पर तुलनात्मक दृष्टि के लिए उपयुक्त नहीं माना जा सकता है।

Hersen (1971) ने भर्ती मनोरोगियों के व्यक्तित्व की विशेषताओं और दुःस्वप्न की आवृत्तियों के बीच सहसम्बन्धों का अध्ययन किया और यह परिणाम प्राप्त किया कि अकसर दुःस्वप्नों से पीड़ित व्यक्ति में उच्चस्तरीय चिन्ता, निम्न स्तरीय अहम् शक्ति और अधिक बाधित निद्रा के लक्षण प्राप्त किये गये। इसके अतिरिक्त भय प्रश्नावली (feal inventory) के सम्पूर्ण प्राप्तांक तथा दुःस्वप्न आवृत्ति के बीच निम्नस्तरीय सहसम्बन्ध प्राप्त किया गया। इन परिणामों के आधार पर सामान्य रूप से यह निष्कर्ष प्राप्त किया जा सकता है कि प्रायः दुःस्वप्न देखने वाले व्यक्ति (भर्ती मनोरोगी प्रतिदर्श) में उच्च स्तरीय व्याधिकीय लक्षण उपलब्ध थे लेकिन इस निष्कर्ष का सामान्यीकरण दूसरे प्रकार की जनसंख्या पर लागू किया जाना उपयुक्त नहीं है।

जहाँ तक दुःस्वप्नों की आवृत्ति और अभिव्यक्ति चिन्ता-स्तर (Manifest anixety level) जो *Hersen* (1971) के अध्ययन में प्राप्त हुआ था, के संदर्भ में *Jones* (1949) ने पहले ही इस बात पर बल दिया था कि उनके सैद्धान्तिक परिकल्पना में भी चिन्ता का तत्त्व विद्यमान था। जहाँ तक निद्रा व्यवधान और दुःस्वप्न की आवृत्ति के बीच सम्बन्ध की बात है, *Hersen* (1971) द्वारा भी इसे स्वीकार किया गया था। उनके अनुसार दुःस्वप्न ग्रस्त व्यक्तियों में असम्बद्ध निद्रा व्यवधान जैसे—निद्रा भ्रमण (somnambulism), मूत्र-परित्याग (Enuresis) और अव्यवस्थित दैहिक मनोदशा (disturbed physiological states), बेचैनी भरी निद्रा (restless sleep) व स्वप्न के बारे में भय (general fearfulness about sleep) आदि प्रकार के लक्षण पाये जाते हैं। इस अध्ययन की परिपुष्टि *Broughton* (1965) के अध्ययन द्वारा भी की गयी।

दुःस्वप्नों का मनोदैहिक स्वरूप (*Psychophysiology of Nightmares*)

निद्रा और स्वप्न के विषय में पर्याप्त प्रदत्त एकत्र किए गए। *Aserinsky, Aserinsky & Kleitman* (1953) एवं *Dement & Kleitman* (1957) ने अपने अध्ययन में निद्रा एवं स्वप्न के समय द्रुत नेत्र गति (REM—Rapid Eye Movement) के सम्बन्ध में अत्यन्त

प्रभावशाली प्रयास किया। विगत वर्षों में दैहिक-शास्त्रियों ने दुःस्वप्न उत्पन्न करने के लिए उत्तरदायी शारीरिक कारकों का अध्ययन किया गया है। (*Broughton,* 1968, 1970; *Fisher, Byrne, Dewards & Kahn,* 1969; *Fisher et. al.,* 1968; *Gastatut & Broughton* 1963, 1965; *Hartmann,* 1970)।

Broughton (1968, 1970) एवं *Gastaut & Broughton* (1965) ने अपने अध्ययन में प्राप्त परिणाम के आधार पर यह प्रदर्शित किया है कि प्रौढ़ों में दुःस्वप्न धीमी निद्रा तरंग (Slow-Wave Sleep—SWS) की चतुर्थ अवस्था (stage 4) या प्रथम व द्वितीय निद्रा चक्र में दुःस्वप्न के आक्रमण की सम्भावना अधिक पायी जाती है। Fisher (1970) ने दुःस्वप्न की प्रतिक्रिया (Nightmare reaction) के आत्मनिष्ठ सहगामियों (subjeftive concomitations) का उल्लेख करते हुए बताया है कि दुःस्वप्न *"Sudden cataclysmic breakthrough of panic with intense vocalization or bloodcurdling screams"* होते हैं। *Broughton* (1968) द्वारा किए गए मनोदैहिक अध्ययनों के आधार पर यह निष्कर्ष प्राप्त किया गया कि प्रौढ़ों को दुःस्वप्न के समय हृदय धड़कन की गति में अत्यन्त तीव्रता पायी जाती है जो दुःस्वप्न को बढ़ाती है। यह निद्रा उत्पन्न होने के स्तर से लेकर पूरी अर्थात् रात्रि पर्यन्त तक चलती रहती है। दुःस्वप्न दृष्टा व्यक्ति अपनी धीमी निद्रा तरंग (SWS) के दौरान Tachycardia के लक्षण प्रस्तुत करता है।

Fisher (1968, 1969, 1970) ने *Broughton's* (1968, 1970) द्वारा प्राप्त निष्कर्षों की पुष्टि की और साथ-ही-साथ कुछ विरोधाभाषी तथ्यों को भी प्रस्तुत किया। *Fisher et. al.,* (1968) ने 21 निद्रा-अधीन प्रायोगिक प्रयोज्यों पर अध्ययन किया और सूचित किया कि उनमें से चार लोगों ने सम्पूर्ण रूप से कुल 34 दुःस्वप्न को देखा था। *Broughton* (1968) के अध्ययन में बहुद्देशीय निश्चित सूचकांक यंत्र (polygraphic readings confirmed) के द्वारा यह पुष्टि की गयी कि सामान्य द्रुत नेत्र गति (NREM—Normal Rapid Eye Movement) दुःस्वप्नों की उत्पत्ति चतुर्थ अवस्था धीमी निद्रा तरंग (SWS—Slow Wave Sleep) से होती है। यद्यपि इन्होंने अपने अध्ययन में यह परिणाम प्राप्त किया कि 73 प्रतिशत दुःस्वप्न सामान्य द्रुत नेत्र गति (NREM) की अवधि में ही उत्पन्न होते हैं जिसमें स्वतः स्खलन (autonomic discharge) होता है एवं चीख निकलती (screams) है सामान्य द्रुत नेत्र गति निद्रा को बाधायुक्त निद्रा के रूप में चित्रित किया जाता है। सामान्य द्रुत नेत्र गति (NREM—Normal Rapid Eye Movement) दुःस्वप्न घटना से पूर्व हृदय व श्वसन की गति सामान्य सीमा में होती है। जहाँ तक द्रुत नेत्र गति (REM) की अवस्था में दुःस्वप्न या चिन्ता स्वप्न की बात है, यह प्राप्त किया गया है कि इनकी आवृत्ति सामान्य द्रुत नेत्र गति (NREM) दुःस्वप्न की तुलना में बहुत कम होती है। इस प्रकार से कुछ *Gastaut & Broughton* (1965, 1968, 1970) ने अपने अध्ययन में प्राप्त किया था, उसके ठीक विपरीत यह परिणाम प्राप्त किया गया कि द्रुत नेत्र गति अवस्था में दुःस्वप्न उत्पन्न होते हैं (*Fisher,* 1968, 1969, 1970; *Hartmann,* 1970; *Jouvet,* 1962; *Oswald, 1968*)।

एक अन्य अध्ययन (*Fisher,* 1969) में 37 दुःस्वप्न देखने वाले प्रयोज्यों को 150 रातों तक निरीक्षण के अधीन रखा गया और यह परिणाम प्राप्त किया गया कि सामान्य द्रुत नेत्र गति (NREM) के दुःस्वप्नों की प्रबलता और उनके शारीरिक कारक सीधे तौर पर चतुर्थ अवस्था (stage 4) की अवस्था से सम्बन्धित है। इसके विपरीत द्रुत नेत्र गति दुःस्वप्न चिन्ता स्वप्न श्वसन किया में अप्रत्याशी वृद्धि अथवा बड़बड़ाना जैसी क्रिया से सम्बद्ध नहीं थी। द्रुत नेत्र गति (REM) निद्रा के 22 स्वयं जागने वाले प्रयोज्यों की तुलना करने पर 11 प्रयोज्यों में तीव्र

नेत्र गति से नहीं जागने वाले (Non-Wakenings—REM) प्रयोज्यों तथा 18 जागने वाले (Awakenings) प्रयोज्यों में ह्रदय तथा श्वसन दर में कोई अन्तर नहीं प्राप्त किया गया। *Fisher et. al,* 1969, *Broughton,* 1968 के इस सुझाव को कि ''दुःस्वप्न देखने वाले प्रयोज्य उद्दीप्त शारीरिक प्रतिक्रिया समूची निद्रा के दौरान करते हैं'' की पुष्टि नहीं हो सकी। इसके अतिरिक्त चतुर्थ अवस्था (stage-4) के दुःस्वप्न और द्रुत नेत्र गति (REM) दुःस्वप्न के अतिरिक्त *Fisher* (1970) ने यह परिणाम भी प्राप्त किया कि द्वितीय अवस्था निद्रा (stage 2 sleep) में दुःस्वप्न घटित होते हैं। द्वितीय अवस्था (stage 2) के दुःस्वप्न में मध्यम स्तरीय चिन्ता होती है जबकि हृदय श्वसन प्रतिक्रिया द्रुत नेत्र गति (REM) दुःस्वप्नों की तुलना में बड़ी होती है।

Hartmann (1970) ने दुःस्वप्न का वर्गीकरण करते हुए बताया कि यह दुःस्वप्न निश्चेतन (incubus) प्रकार के होते हैं। यह धीमी निद्रा तरंग (SWS—Slow Wave Sleep) की अवस्था में निद्रा के प्रारम्भिक चरण में उत्पन्न होते हैं अथवा दूसरे प्रकार के दुःस्वप्न भयोत्पादक द्रुत नेत्र गति (REM) प्रकार स्वाप्नित निद्रा (dreaming sleep 'D' state nightmare) कहते हैं जो कि रात्रि के बाद वाले प्रहर में घटित होते हैं। *Hartman* ने 500 रात्रि के निपरीक्षण के उपरान्त यह परिणाम प्राप्त किया कि सामान्य प्रौढ़ प्रयोज्य जिन्हें किसी औषधि का सेवन नहीं कराया गया था उनमें निश्चेतन प्रकार (incubus type) दुःस्वप्न का स्वरूप नहीं प्राप्त किया गया। केवल एक स्वप्निल निद्रा (dreaming sleep) का दुःस्वप्न नवयुवती द्वारा देखा गया जो अपनी मासिक अवस्था (menstural period) की प्रतीक्षा में थी। अन्य अध्ययनों में प्रयोज्यों को स्वपनित निद्रा आरम्भ होने से पहले 5 या 10 मिनट के लिए जगा दिया जाता था और इस तरह से 400 व्यक्तियों में किसी प्रकार के दुःस्वप्न आने की सूचना नहीं प्राप्त हुई।

ऐसे अध्ययन जिनमें व्याधिकीय दशाओं और औषधि उपचार के प्रभाव का मूल्यांकन किया गया उसमें *Hartman* 1970 ने 500 निद्रा निरीक्षणों में यह परिणाम प्राप्त किया कि पहचान योग्य दुःस्वप्न निरन्तर जागृत रहने की अवस्था में पाए गए जिसमें एक प्रकार का दुःस्वप्न निश्चेतन आक्रमण प्रकार (incubus attack type) का प्राप्त किया गया और शेष 10 दुःस्वप्न द्रुत नेत्र गति (REM type) के थे। प्रस्तुत अध्ययन ने यह प्रदर्शित किया कि द्रुत नेत्र गति (REM) दुःस्वप्न जब स्वपनित निद्रा की अवस्था (D-period) के लम्बे अन्तराल के बाद जहाँ स्वपनित निद्रा का दबाव अधिकतम हो जाता है वहाँ इस प्रकार के दुःस्वप्न पाये जाते हैं।

चयापचयी असंतुलन का प्रभाव (*Effects of Homeostatic Imbalances*)

नैदानिक आख्याओं में उपलब्ध विशेष रूप से उल्लेखनीय विवरणों से इस तथ्य पर प्रकाश पड़ता है कि अनेक प्रकार की चयापचयी व्यवस्था के कारण ही दुःस्वप्नों की उत्पत्ति में वृद्धि होती है। उदाहरणार्थ—*Grob, Harvey, Longworthy & Liliental* (1947) ने यह परिणाम प्रस्तुत किया है कि Potent anticholinesterase comound di-isopropyl flurophosphate के नियमित रूप से पेशीय इंजेक्शन देने पर तंत्रिका तंत्र (Nervous system) में तमाम प्रकार के लक्षण उत्पन्न हुए जिनमें दुःस्वप्न, सिरदर्द, कम्पन, अनिद्रा आदि प्रमुख है। यद्यपि यह लक्षण बाद में Neostigmine, Atropine & Barbituric आदि दे दिए जाने के उपरान्त समाप्त नहीं हुए लेकिन उनकी तीव्रता प्रभावकारी ढंग से कम प्राप्त हुई।

Gross & Goodenough (1968) अत्यधिक शराब-सेवन से ग्रस्त मनोविकृति

(Psychosis) व्यक्तियों के निद्रा-व्यवधान के अध्ययन में यह परिणाम प्राप्त किया कि शारीरिक व्यसन के शुरूआत से विभ्रम की स्थिति तक (physiological addiction to on set of hallucinations,) Prodomal काल में निद्रा की मात्रा में कमी आती है और यह दुःस्वप्नों की आवृत्ति बढ़ जाने के कारण होता है। *Greenberg & Pearlamn* (1967) ने अपने अध्ययन के आधार पर यह परिणाम प्राप्त किया कि रोगी मदिरापान बन्द कर देने पर भयावह दुःस्वप्न का अनुभव करता है।

Hartmann (1970) ने यह परिणाम प्राप्त किया कि बीमारी के बाद पुनः स्वस्थ (recovery) होने की अवस्था में भी दुःस्वप्नों की आवृत्ति बढ़ जाती है। यह तथ्य दुःस्वप्न एवं निद्रा मंथन (D-deprivation) के बीच सम्बन्ध को इंगित करता है। *Hartmann* (1970) ने भी यह परिणाम प्राप्त किया कि menstrual period में महिलाएँ निद्रा अवस्था (D-period) में दुःस्वप्न अनुभव के परिणामस्वरूप इस संदर्भ में प्राप्त नैदानिक जागरण की स्थिति पायी जाती है जो प्रदत्त रूचिकर हैं। निद्रा-दबाव के कारण भी दुःस्वप्न उत्पन्न होते हैं परन्तु इस सम्बन्ध में प्राप्त निष्कर्ष न तो इन्द्रियानुभवित प्रदत्त (empirical data) पर आधारित है और न तर्क पर।

मनोजनित सिद्धान्त
(Psychogenic Theories)

Cason (1935) का मत है कि, ''दुःस्वप्न महत्त्वपूर्ण प्रकार के स्वप्न हैं क्योंकि यह बहुत आक्रामक मनोवैज्ञानिक क्रिया है जो निद्रा के दौरान घटित होती है तथा अन्य किसी दूसरे प्रकार के स्वप्न की तुलना में व्यक्ति को अत्यधिक प्रभावित करती है।'' (*"The most important type of dream because it is the most violent psychological activity commonly occurring in sleep, and it has a greater influence on the individual than any other type of dream."* फिर भी इस संदर्भ में *Freud* द्वारा प्रतिपादित स्वप्न का सिद्धान्त भी कम महत्त्वपूर्ण नहीं है। *Freud* (1920) ने यह प्रस्तावित किया है कि *''स्वप्न, निद्रा व्यवधान करने वाले उद्दीपकों को दूर करने वाले होते हैं और ये विभ्रमपूर्ण संतुष्टि प्रदान करते हैं।'' ("Dreams are the removal of sleep-disturbing stimuli by way of hallucinated satisfaction.")* यह स्पष्ट है कि दुःस्वप्न वाले अन्य स्वप्न की तुलना में थोड़ा भिन्न प्रकृति के होते हैं और इनकी क्रियाशीलता पूर्व-कल्पित अवधारणा कि ''स्वप्न निद्रा के रक्षक होते हैं'' से हट कर होती है। प्रत्यक्ष रूप से *Feldman & Hersen* (1967) ने यह मत प्रकट किया है कि स्वप्न प्रक्रिया में असमानता पाये जाने पर दुःस्वप्न घटित होते हैं। *Freud* के अनुसार स्वप्न इच्छापूर्ति (wish fulfillment) के साधन हैं। विगत वर्षों में *Breger* (1967) ने स्वप्नों का परीक्षण द्रुत नेत्र गति (REM) शोध संदर्भ में किया और यह परिणाम प्राप्त किया कि प्राथमिक प्रक्रियाएँ (primary process) और सांवेगिक प्रतिपूर्ति (emotional feedback systems) प्रणाली स्मृति व्यवस्था के विश्लेषण (memory system analysis) को प्रभावित करती है।

अपवार स्वरूप *Fenichel* (1945), *Jones* (1949) जैसे मनोवैज्ञानिकों ने *Freud* द्वारा प्रभावित स्वप्न सिद्धान्त के खिलाफ दुःस्वप्नों द्वारा उत्पन्न की गई चुनौती के विषय में कुछ नहीं कहा। इसी प्रकार *Cason* (1935) ने भी ''स्वप्न इच्छा पूर्ति सिद्धान्त'' (wish fulfillment) में मनोविश्लेषकों द्वारा दुःस्वप्नों की चयनात्मक प्रवृत्ति की उपेक्षा की।

Jones (1949) ने दुःस्वप्नों के संदर्भ में यह तर्क प्रस्तुत करते हुए कहा है कि यह एक विशेष प्रकार के आक्रोश (argued) या चिन्ता के दौरे (anxiety attack) होते हैं जिनमें सर्वदा आन्तरिक मानसिक अन्तर्द्वन्द्व की अभिव्यक्ति होती है और उनका सम्बन्ध किसी-न-किसी प्रकार के दमित कामुक इच्छा (repressed sexual desire) से सम्बन्धित होता है। *Fenichel* (1945) ने यह प्रस्तावित किया कि दुःस्वप्नों की उत्पत्ति कोर्टियर कैथेटिक प्रविधि (Courter cathectic mechanisms) की असफलता के फलस्वरूप होती है। इस प्रकार से वह अवदमित सामग्री को उत्पन्न होने से रोक नहीं पाता है। दुःस्वप्न सामान्यीकृत मनोव्याधिकीय लक्षण (generalized psychopathology) के रूप में देखे जा सकते हैं अथवा इन्हें मनोस्नायुविकृति (Neurosis) का संकेत माना जा सकता है। यद्यपि इस अवधारणा के सीधे विरोध में दुःस्वप्न देखने वाले प्रयोज्य व्यवहार चिकित्सा पद्धति (behaviour therapy procedures) द्वारा बड़ी सफलतापूर्वक उपचारित किए गए। ऐसे प्रयोज्य अन्य प्रकार की दूसरे मनोस्नायुविक प्रवृत्तियों से भी अपेक्षाकृत मुक्त हो गए (*Geer & Silverman,* 1967; *Silverman & Geer,* 1968)।

दुःस्वप्नों की क्रमबद्ध निश्चेतन चिकित्सा
(Systematic Desensitization Treatment of Nightmare)

दुःस्वप्न को दूर करने के लिए मनोविश्लेषण साहित्य में किसी विशेष उपचार पद्धति का उल्लेख बहुत ही कम किया गया है। परन्तु आधुनिक काल में *Wolpe* (1958) ने क्रमिक निश्चेतन चिकित्सा पद्धति का उपयोग व्याधिकीय दुःस्वप्नगत व्यवहार (pathological nightmare behaviour) को उपचारित करने का व्यापक प्रयास किया है। *(Cautela,* 1968; *Geer & Silverman,* 1967; *Silverman & Geer) Geer & Silverman,* 1967 ने अपने अध्ययन में 22 वर्षीय विवाहित पुरुष छात्र जो पिछले 15 वर्षों से लगातार दुःस्वप्न से ग्रस्त रहा करता था (3 से 5 बार सप्ताह में), को किसी प्रकार का मनोचिकित्सकीय उपचार नहीं प्रदान किया गया था तथा M.M.P.I. पर प्राप्त सभी प्राप्तांक 70 से नीचे था।

पहले 5 उपचार सत्रों (session) में प्रयोज्य को गहन पेशीय विश्रान्ति शिथिलीकरण की क्रिया सिखलायी गयी और इसके बाद उसे कल्पना में निर्देश दिए गए। यहीं से परम्परागत क्रमिक निश्चेतन प्रक्रिया प्रारम्भ होती है। परन्तु दो सत्रों के उपरान्त भी जब कल्पना में स्वप्न क्रम को प्रस्तुत किया जाता था तो वह बहुत अधिक चिन्ता की अभिव्यक्ति करता था। तो एक आत्मनिर्देश के संकेत के रूप में ''यह तो केवल सपना है'' वह कल्पना प्रत्यक्षीकरण के बीच जोड़ा गया ताकि वह शिथिल रह सके। इस संयुक्ति (combination) से प्रयोज्य अपनी चिन्ता को प्रभावहीन (counteract) करने में सफल रहा और कुल 13 सत्रों में दुःस्वप्न की पुनरावृत्ति पूरी तरह समाप्त हो गयी। तत्पश्चात् 6 महीने तक अनुवर्ती देख-रेख में किसी प्रकार के लक्षणों का पुनः प्रादुर्भाव नहीं देखा गया।

विभिन्न प्रकार के जिन अध्ययनों का उल्लेख किया गया है, उनकी विश्वसनीयता तथा वैधता संदेह के घेरे में है,.जो भी निष्कर्ष प्राप्त किये गये हैं उनका आधार छोटा-सा प्रतिदर्श है, तमाम ऐसे नैदानिक अध्ययन हैं जिनमें उपयुक्त नियंत्रण का अभाव है तथा अधिकांश अध्ययनों की पुनरावृत्यात्मक (replication) अध्ययनों की आवश्यकता है जिसमें भिन्न-भिन्न प्रकार की जनसंख्या प्रतिदर्श के साथ-साथ भिन्न-भिन्न आयु स्तर को सम्मिलित कर अध्ययन किया जाना अपेक्षित है। जैसा सर्वेक्षण कार्य *Cason* (1925), *Feldman & Hersen* (1967), *Hersen* (1971a) ने किया है, उनसे दुःस्वप्न-ग्रस्त व्यक्तियों के बारे में सूचनाओं

में वृद्धि अवश्य हो जाती है परन्तु उनके साथ अनेक कठिनाइयाँ भी जुड़ी हैं। विशेष रूप से दु:स्वप्नों से सम्बन्धित उनके अनुभव जो आत्मप्रतिवेदन (self reports) तथा आत्म-विवरण (self descriptions) के संदर्भ में बहुत विश्वसनीय नहीं है क्योंकि दु:स्वप्न-दृष्टा स्वयं सूचनाओं को प्रतिवेदित (reports) करता है परन्तु *Hartmann* (1970) ने प्रयोगशाला में बहुत कम दु:स्वप्नों के प्रकरण को प्राप्त किया। *Zung* (1970) ने अपने निरीक्षण के आधार पर यह सुझाव दिया है कि रात्रिकालीन दु:स्वप्न सम्बन्धी सूचना एवं उसके अनुभव का सहसम्बन्ध प्रयोगशाला में देखे जाने वाले दु:स्वप्नों की आवृत्ति की दर से बहुत कम होता है।

आत्म परिसूची प्रविधि (self inventory technique) द्वारा प्राप्त प्रदत्त महत्त्वपूर्ण व्यक्तियों के स्वतन्त्र प्रतिवेदन (independent reports) के संदर्भ में मूल्यांकित किए जाने चाहिए। साथ-ही-साथ प्रयोगशालाओं में निद्रा के संदर्भ में अंकित दैहिक गतिविधियों को भी दु:स्वप्नों के सापेक्ष में देखा जाना चाहिए। जहाँ तक दु:स्वप्नों की विषय-वस्तु (Theme) की बात है, वह बहुत रोचक है लेकिन वे सभी वर्णन के प्राथमिक स्तर पर है। इस संदर्भ में ऐसे प्रयास की आवश्यकता है जिससे दु:स्वप्नों से ग्रस्त सूचनाओं एवं विषय-वस्तुओं को श्रेणीबद्ध किया जा सकता है कि उनका तुलनात्मक अध्ययन सम्भव हो सके।

दु:स्वप्नों के संदर्भ में उन अध्ययनों ने अनुसंधानकर्त्ताओं तथा पाठकों के ध्यान को आकर्षित किया है जिसमें दु:स्वप्न के मनोदैहिक सहगामियों (psychophysiological concomitans of nightmares) का मूल्यांकन किया गया है। (*Broughton,* 1968, 1970; *Fisher et. al.,* 1968, 1969, 1970; *Gastaut & Broughton,* 1963, 1965; *Hartmann* 1970; *Jouvet* 1962; *Oswald, 1968*)। परन्तु दुर्भाग्य की बात यह है कि यह सभी अध्ययन सहसम्बन्धात्मक है और इनमें नियन्त्रण का अभाव तो पाया ही जा सकता है, प्रयोज्यों की संख्या भी बहुत अपर्याप्त तथा प्रयोज्य जनसंख्या बहुत ही सीमित रही है। ऐसी स्थिति में तुलनात्मक और दीर्घकीलन अध्ययन की आवश्यकता है ताकि उपलब्ध निष्कर्षों की विश्वसनीयता तथा वैधता निर्धारित की जा सके एवं दु:स्वप्न के पीछे निहित मनोदैहिक आयामों (psychophysiological dimensions) का विकासात्मक पक्ष निर्धारित किया जा सके।

यद्यपि दु:स्वप्नों ने लोगों के विशेषकर लेखकों, दार्शनिकों, नाटककारों, चिकित्सकों और वैज्ञानिकों के चिन्तनशील ध्यान को प्राचीन काल से ही आकर्षित किया है फिर भी दु:स्वप्नों की प्रवृत्ति, कारण और इनकी प्रगति अवधि के बारे में ज्ञान अति न्यूनतम है। इस क्षेत्र में सम्पन्न किये गये अधिकांश अध्ययन (Armchair psychology) के परिणाम कहे जाते हैं।

दु:स्वप्न दृष्टा की विशेषताएँ
(Characteristics of the Frequent Nightmare Sufferers)

स्वप्न एवं व्यवहार के मध्य सम्बन्धों के संदर्भ में मनोविज्ञान के क्षेत्र में लोगों की विशेष रुचि देखी गयी है। फिर भी अत्यधिक उत्तेजना वाले स्वप्नों जैसे कि (दु:स्वप्नों) के संदर्भ में व्यवस्थित अध्ययन अपेक्षाकृत बहुत कम उपलब्ध है। विगत वर्षों तक दु:स्वप्न उत्पत्ति के सिद्धान्त सम्पूर्ण स्वप्न सिद्धान्त के केन्द्र पर ही अवलम्बित था। इस प्रकार अनेक संदर्भ में दु:स्वप्नों की उपेक्षा की जाती रही क्योंकि सैद्धान्तिक रूप से स्वप्न सिद्धान्त (Dreams Theory) के विकास में इससे समस्याएँ उत्पन्न होती हैं। *Hartman* (1984) का मत है कि प्रयोगशालाओं में किए गए निद्रा अध्ययन (sleep laboratory studies) से दु:स्वप्नों के

प्रत्यय की कठिनाई में कम अवश्य लायी है। (*Fischer, Byrne & Edwards,* 1968) किन्तु अध्ययन-प्रक्रिया सम्बन्धित समस्या से (methodological) जैसे आत्म-संसूचन का पुनः आत्मनिरीक्षण द्वारा अनुभव को बतलाने की प्रक्रिया के संदर्भ में जो भी शोध इस क्षेत्र में हुए हैं, उनकी व्याख्या में कठिनाइयों (interpretative difficulties) का अनुभव किया जाता रहा है। दुःस्वप्न के क्षेत्र में व्यवस्थित अध्ययनों (systematic reports) की कमी है। विशेष कर ऐसे अध्ययनों का अभाव उस प्रौढ़ जनसंख्या के संदर्भ में ही होता है जो दुःस्वप्न के अधिक शिकार हैं। प्रौढ़ जनसंख्या का चयन करके बहुत कम अध्ययन हुए हैं क्योंकि दुःस्वप्न के विषय में यह धारणा बन गयी है कि बाल्यकालीन विकास के व्यतिक्रम (childhood development disorder) के कारण दुःस्वप्न आते हैं। *Foulkes* (1985) अथवा यह दुःस्वप्न मनोरोग के द्वितीयक लक्षण (secondary symptom) होते हैं। (*Hefez, Metz & Lavie,* 1987) नियमित रूप से इस बात का आकलन किया गया कि 5 प्रतिशत से 10 प्रतिशत स्वस्थ प्रौढ़ एक या इससे अधिक दुःस्वप्नों का अनुभव प्रतिमाह करते रहते हैं (*Belicki* & Belicki, 1982; *Feldman & Hersen,* 1967)।

विगत वर्षों में प्रायः आने वाले दुःस्वप्नों का सम्बन्ध व्यक्तित्व शीलगुणों से जोड़कर देखा गया है। विशेष रूप से व्याधिकीय लक्षण (psychopathological symptoms) के रूप में इनका अध्ययन किया गया है। (*Hartmann,* 1984; *A. Kales et. al.,* 1980) द्वारा इस सिद्धान्त को दो स्रोतों से सार्थक प्रमाण मिले हैं। प्रथम दुःस्वप्न को अनेक मनोचिकित्सकीय व्यतिक्रमों (psychiatric disorders) से जोड़ा गया है। उदाहरणार्थ, मनोविदलता (schizophrenia) एवं अल्कोहल प्रत्याहार (alcohol withdrawal) *Hartmann,* 1984; *Stone* 1979; *Vander Kolk & Goldberg,* 1983 पूर्व मनोविशिप्त रोगी (prepsychotic patients) अकसर दुःस्वप्न का अनुभव करते हैं। उदाहरणार्थ स्वप्न में शरीर का टुकड़े-टुकड़े हो जाना अथवा अपनी मौत देखना आदि को लिया जा सकता है। मनोविदलता के रोगियों (schizoprenics) में अविक्षिप्त अवस्था (psychotic non period) में दुःस्वप्न देखने की प्रवृत्ति पायी गयी। यद्यपि मनोविक्षिप्ति (Psychotic) प्रसंग के दौरान रोगी अपने दुःस्वप्नों का पुनः स्मरण नहीं कर सकता है। इसलिए यह निश्चित नहीं है कि वह दौरे के समय वह दुःस्वप्न देखता है या नहीं। पार्किन्सनस-शरीर काँपना (Parkinsonian) के रोगी ने जब एल-डोपा (L-dopa) औषधि का प्रयोग किया तो उनमें दुःस्वप्न उत्पन्न होने की बहुतायत प्रवृत्ति को प्राप्त किया और इसके आधार पर यह परिकल्पना निर्मित की गयी कि दुःस्वप्न और मनोविदलता जैव रासायनिक रूप (biochemically) से आपस में सम्बन्धित हैं। (*Hartmann, Skoff, Russ & Oldfield,* 1978) द्वितीय स्वस्थ प्रौढ़ों (nonclinical adults) में यह प्राप्त किया गया है कि जिन्होंने बचपन से प्रायः दुःस्वप्न देखने की बात स्वीकार की, उनमें मनोव्याधिकीय लक्षण (pathological symptoms) देखे गए। (*Hartmann,* 1984; *A. Kales* et. al., 1980)। *Hartmann* (1984) ने यह परिणाम प्राप्त किया कि जनसंख्या में ऐसे व्यक्ति, जो जीवन भर प्रति सप्ताह एक या इससे अधिक दुःस्वप्न देखते रहे हैं, उनमें प्रथम या द्वितीयक-स्तर के मनोविदलने लक्षणों को प्राप्त किया गया है। उन्होंने यह परिणाम भी प्राप्त किया है कि दुःस्वप्न-दृष्टाओं के समूह M.M.P.I. (Psychopathic Deviate and Paranoia Scale) की परीक्षा पर मनोविदलन सम्बन्धी प्राप्तांक बहुत अधिक प्राप्त हुआ। उन्होंने यह निष्कर्ष प्राप्त किया कि *दुःस्वप्न देखने वाला समूह वंशानुक्रमिक रूप से मनोविदलता के प्रति संवेदनशील रहा है।*

यद्यपि दुःस्वप्न देखने वाले व्यक्तियों के समूह में नैदानिक महत्त्व के लक्षणों को लगातार

अध्ययनों के दौरान प्राप्त किया गया है लेकिन भिन्न-भिन्न शोधकर्त्ताओं ने लक्षणों का भिन्न-भिन्न स्वरूप बताया है। उदाहरण के लिए *Van der Kolk, Blitz, Burr Shere & Hartmann* (1984) ने यह परिणाम प्राप्त किया है M.M.P.I. के सभी मापनियों पर दुःस्वप्न देखने वाले व्यक्तियों के नैदानिक रूप से महत्त्वपूर्ण लक्षण अधिक उभरकर आए हैं। मुख्य रूप से उन लोगों की तुलना में जो नियंत्रित समूह था या जिस समूह के लोग कम दुःस्वप्न देखते थे।

प्रायः दुःस्वप्न देखने वालों का सम्बन्ध स्वस्थ जनसंख्या के उस समूह में भी पाया गया जिसके अन्दर मनोस्नायुविकृति (Nerurotic) लक्षण जैसे अपराध-बोध (guilt) व दुःश्चिन्ता (anxiety) से ग्रस्त होने वाले थे। दुःस्वप्नों की आवृत्ति का सहसम्बन्ध चिन्ता विकृति (anxiety disorder), अपराध बोध विकृति (guilt-dysphoria), अपराध-बोध असफलता (guilt-fear of failure) भय आदि संदर्भों में भी देखा गया। (*Starker,* 1974; *Starker & Hasenfeld,* 1976) तथापि कम-से-कम एक अध्ययन में यह सुझाव दिया गया है कि अकसर दुःस्वप्न देखने वाला समूह सम्मोहनीयता नियंत्रित समूह के प्रयोज्यों की तुलना में, जो कम दुःस्वप्न देखते है, उच्चस्तरीय (hypnotizability) स्वीकार करने की प्रवृत्ति, कल्पनाओं में हृदय-प्रत्यक्षीकरण और दिवास्वप्न में डूब जाने की अधिक प्रवृत्ति पायी गयी (*Belicki & Belicki,* 1986)। इन परिणामों की व्याख्या बहुत कठिन है फिर भी एक दूसरा अध्ययन है जिसमें दिवा-कल्पना (fantasy) और व्यवहार के बीच बहुत कम सहसम्बन्ध प्राप्त किया गया है। (*Rabinowitz,* 1975; *Starkers,* 1974, 1984 & *Starkers Hasen Field,* 1976) कार्यकारी सामाजिक निष्पादन के बजाय अपने प्रयोज्यों का मापन मनोस्नायु विकृति मूलक दिवास्वप्न प्रणाली *(Neurotic Daydream Patterns)* पर किया। दुःस्वप्न देखने वाले प्रयोज्यों के दिवास्वप्न की प्रणाली में दिन के समय दुःस्वप्नों के विषयवस्तु से आक्रान्त प्राप्त किया गया। इस प्रकार से स्वप्न और दुःस्वप्न के बीच प्रत्ययों की समानता यह इंगित करती है कि ये दोनों मापन एक ही निर्मित (construct) का मूल्यांकन करते हैं। दिवाकालीन मनोस्नायु विकृति (day time neurotism) के प्रत्यय स्वप्न प्रभाव से अनापेक्षित मिले। इसलिए सामाजिक प्रकार्य से जुडी हुई मनोस्नायु-विकृति का पृथक से मापन करने की अनावश्यकता महसूस की गयी।

दुःस्वप्न देखने वाले गैर नैदानिक समूह (nonclinical group) के व्यक्तित्व विशेषताओं के संदर्भ में किये गये अध्ययन के परिणामस्वरूप अनेक प्रकार की विधि सम्बन्धित (methodological) और व्याख्या सम्बन्धित (interpretative) समस्याएँ सामने आयीं। जो कुछ परिणाम दुःस्वप्नों की आवृत्ति के संदर्भ में संसूचित किया गया, उसकी शुद्धता के लिए अधिक मात्रा में नियंत्रण की आवश्यकता महसूस की गयी ताकि प्रयोज्य की दुःखद अनुभूति दुःस्वप्न की आवृत्ति को अतिरंजित (exaggeration) न बना सके। दुःस्वप्नों के बाद संसूचित (report) की गयी आवृत्ति अपर्याप्त रही क्योंकि ऐसे व्यक्ति जिनमें उच्चस्तरीय मनोव्याधिकीय लक्षण विद्यमान थे। वे दुःस्वप्नों की संख्या को अतिरंजित (exaggeration) कर सकते थे। अध्ययनों में दुःस्वप्न की आवृत्ति और व्यक्तित्व के बीच कोई सम्बन्ध उजागर करने के बजाय मनोव्याधिकीय लक्षणों (psychopathological symptoms) को ही प्रकट किया गया। इसके अतिरिक्त प्रयोज्यों की संख्या बहुत कम रही और सहसम्बन्धात्मक प्रदत्तों से कारित करने वाले निष्कर्ष (causal inferences) ही प्राप्त किए गए। मनोस्नायु विकृति के लक्षणों की उपस्थिति के सम्बन्ध में जो व्यक्तिक्रम प्राप्त किया गया, वह यह निर्देशित करता है कि कसौटी वैधता (criterion validity) के आधार पर व्यक्तित्व गुणों का मूल्यांकन अधिक उपयुक्त होगा।

इस अध्ययन का प्राथमिक लक्ष्य जीवनपर्यन्त दुःस्वप्न और व्यक्तित्व गुणों के बीच कारकों का मूल्यांकन करना था जिसमें अतिरंजित दुःस्वप्न आवृत्ति को नियंत्रित करना लक्षित था। पूर्व के शोधों के आधार पर यह अनुमानित था कि जीवनपर्यन्त दुःस्वप्न देखने वाले व्यक्ति M.M.P.I. Schizophrenic Psychopathic Deviate and Paranoia के पर अधिक अंक अर्जित करेंगे, तब उनकी तुलनात्मक कम दुःस्वप्न आवृत्ति वाले समूहों से की जाएगी। इसके अतिरिक्त दुःस्वप्न देखने वाले व्यक्ति के विषय में यह भी अनुमानित किया गया था कि स्वतन्त्र रूप से मनोस्नायु विकृति (Neuroticism) और मनोविकृति (psychoticism) मापन करने वाले परीक्षणों पर बहुत ऊँचे अंक अर्जित करेंगे। Eysenck Personality Questionnaire (EPQ) के मनोस्नायु विकृति और मनोविकृति मापनी पर इस प्रकार के परिणाम की अपेक्षा थी। M.M.P.I. के 3 मापनियों पर और (E.P.Q.) के दो मापनियों पर यह अनुमानित था कि दुःस्वप्न देखने वाले समूह और नियंत्रित समूह के बीच सर्वोत्तम अन्तर प्रकट हो सकेगा।

दुःस्वप्न के क्षेत्र में पूर्णकृत कार्यों की शोध समीक्षा
(Review of Researches in the Area of Nightmare)

मनोचिकित्सा और उससे भिन्न अन्य चिकित्सा शास्त्रों के सम्बन्ध में दुःस्वप्नों का घटित होना मनोविज्ञान में अध्ययन का एक प्रमुख विषय रहा है। सामान्यतः यह देखा गया है कि दुःस्वप्न के भयावह स्वप्नों के साथ व्यक्ति में पायी जाने वाली गहरी चिन्ता एवं आन्तरिक घबराहट की भावना कहीं-न-कहीं अवश्य जुड़ी होती है जिनसे व्यक्ति की निद्रा तो भंग होती ही है साथ-ही-साथ दुःस्वप्नों के संदर्भ में दुःस्वप्न में हुए चिन्तन मनन से व्यक्ति में पायी जाने वाली पीड़ा का कारण होती है मनोचिकित्सकों ने इस संदर्भ में अनेक अनुसंधान कार्य किये हैं ताकि निदानात्मक कदम उठाया जा सके। दुःस्वप्नों के अनुसंधान का ऐतिहासिक सिंहावलोकन करने पर इस तथ्य पर प्रकाश पड़ता है कि इस संदर्भ में अभी और शोध कार्यों की आवश्यकता है। यहाँ हम दुःस्वप्न से सम्बन्धित प्रासंगिक अनुसंधानों का संक्षिप्त सर्वेक्षण प्रस्तुत कर रहे हैं। *Kramer, Arand & Jacobs,* (1978) ने 12 महाविद्यालीय छात्रों एवं 30 छात्राओं का प्रतिदर्श चयन किया और उनके दुःस्वप्न विषय-वस्तु का विश्लेषण किया तथा दुःस्वप्न आवृत्ति एवं चिन्ता तथा आक्रामकता में निषेधात्मक सहसम्बन्ध प्राप्त किया।

Celluci & Lawrence (1978) ने अपने अध्ययन में 29 ऐसे विद्यार्थियों का चयन प्रयोज्य के रूप में किया जिन्होंने प्रति सप्ताह 2 बार दुःस्वप्नों का अनुभव किया था। इन्होंने अपने अध्ययन में चिन्ता एवं दुःस्वपनों के मध्य सम्बन्धों का अध्ययन किया और उन्होंने चिन्ता की मात्रा दुःस्वप्नों के मध्य धनात्मक सहसम्बन्ध प्राप्त किया।

Tsuji (1978) ने अपने अध्ययन में यह परिणाम प्राप्त किया कि विकलांगता की तीव्रता अधिक होने पर बच्चों में व्यवहारपरक समस्याएँ पायी जाती हैं, परन्तु उपयुक्त देखभाल तथा उत्साह के द्वारा उनकी इन समस्याओं का निदान किया जा सकता है। नैदानिक मनोवैज्ञानिकों को उपचार करते समय परानुभूतिक शिक्षण प्रविधियों का प्रयोग करना चाहिए तथा तीव्र विकलांग बच्चों के लिए औषधिपरक निदान (pharmacological treatment) करना चाहिए।

Kales et. al., (1980) ने अपने अध्ययन में 19 से 77 वर्षीय 27 महिलाओं एवं 3 पुरुषों का चयन प्रतिदर्श के रूप में किया जो सामयिक (current) दुःस्वप्न से पीड़ित थे। इन्होंने उत्तरदाताओं का संरचित साक्षात्कार किया उन पर (Minnesota Multiphasic

Personality Inventory—MMPI) को प्रशासित किया तथा एक वृहद् निद्रा प्रश्नावली को भी प्रशासित किया और इन्होंने दुःस्वप्न के विकास एवं स्थायित्व पर अनेक मनोवैज्ञानिक कारकों यथा प्रमुख जीवन घटनाओं मानसिक बलाघात मनोविकृति का उच्च स्तर सामान्य अतिविश्वसनीयता (general disturstfulness) विरक्ति (alienation) सांवेगिक विमुखता (emotional estrangement) यौन समायोजन का मनोविदलीय प्रतिरूप (schizoid pattern of adjustment) को प्रमुख कारकों के रूप में प्रस्तुत किया।

Brink & Batlock (1982) ने एडलर के सिद्धान्त के आधार पर यह परिकल्पित किया कि पश्चात जन्मक्रम के बच्चों की तुलना प्रथम जन्मक्रम के बच्चों में दुःस्वप्न की मात्रा कम पायी जाती है। उन्होंने अपने अध्ययन में 76 स्नातकों का चयन किया कि प्रथम जन्मक्रम के उत्तरदाताओं में 32 प्रतिशत, मध्य जन्मक्रम के उत्तरदाताओं में 57 प्रतिशत तथा पश्चात जन्मक्रम के उत्तरदाताओं में 85 प्रतिशत दुःस्वप्न आवृत्ति को प्राप्त किया गया।

Alferd, Zegiob & Bristow (1982) ने अपने अध्ययन में यह परिणाम प्राप्त किया कि उत्तरदाता में असामान्य एवं कुसमायोजित व्यवहार के पूर्व इतिहास के नहीं पाए जाने पर भी दुःस्वप्न की प्रवृत्ति प्राप्त की गयी परन्तु ऐसे उत्तरदाता गम्भीर दुर्घटना के शिकार हो चुके थे। इसका तात्पर्य यह है कि दुःस्वप्न आवृत्ति के लिए किसी सीमा तक गम्भीर दुर्घटनाएँ उत्तरदायी मानी जा सकती है।

Ragozen & Florea, Ciocoiv, (1983) ने 6 से 28 वर्षीय 36 रात्रि आतंक (night terrors) से पीड़ित रोगियों, 8 से 31 वर्षीय 41 सामान्य (नियन्त्रित) तथा 7 से 33 वर्षीय 31 अपस्मार (epilepsy) लक्षण वाले रोगियों को प्रतिदर्श के रूप में चयन किया और रात्रि आतंक समूह के रोगियों में अन्य समूहों की तुलना में तीव्र उन्मुक्त प्रतिक्रियाएँ (intense orienting reaction) प्राप्त किया।

Alam & Srivastava (1983) ने अपने अध्ययन में 17 से 21 वर्षीय स्नातकों का चयन प्रयोज्य के रूप में किया और उन पर समायोजन प्रश्नावली की अन्तर्मुखता, बर्हिमुखता तथा निद्रा प्रश्नावली को प्रशासित करके व्यक्तित्व प्रकार समायोजन तथा दुःस्वप्न की आवृत्ति के मध्य सम्बन्धों का अध्ययन किया और यह परिणाम प्राप्त किया कि व्यक्तित्व तथा निकृष्ट समायोजन वाले उत्तरदाताओं में दुःस्वप्न की आवृत्ति अधिक प्राप्त की गयी तथा व्यक्तित्व प्रकार एवं समायोजन का अन्तर्क्रिया प्रभाव किसी सार्थकता स्तर पर सांख्यिकी दृष्टिकोण से सार्थक नहीं प्राप्त हुआ।

Starker (1984) ने अपने अध्ययन में स्नातक स्तर के 46 छात्रों एवं 57 छात्राओं पर Imaginal Processes Inventory को प्रशासित किया और परिणाम में यह प्राप्त किया कि अपराध-भाव (Guilt), असफलता का भय (Fear of failure) एवं क्षीण अवधानपरक नियंत्रण (Poor attentional control) के कारण दुःस्वप्न आवृत्ति अपेक्षाकृत अधिक पायी जाती है।

Barbas Mathews Farrari (1984) ने अपने अध्ययन में Gilles de la tourette's syndrome (TS) के 57 रोगियों, दौरा (scizure disorders) के 58 रोगियों तथा अधिगम अयोग्यता के 53 रोगियों का चयन प्रतिदर्श के रूप में किया। इन रोगियों की आयु का प्रसार 5 से 21 वर्ष था। इन्होंने अपने अध्ययन के आधार पर यह परिणाम प्राप्त किया कि प्रथम प्रकार के रोगियों में निद्रा-भ्रमण एवं दुःस्वप्न की मात्रा अपेक्षाकृत अधिक प्राप्त हुई।

Vander, Kolk, Bessel et. al., (1984) ने अपने अध्ययन में 15 उन सेवानिवृत्ति

सैनिकों का साक्षात्कार किया जिन्हें संघर्षपूर्ण एवं चिरकालिक त्रासदपूर्ण दुःस्वप्नों का अनुभव प्राप्त था। इन्होंने अपने अध्ययन में प्रयोज्य के रूप में 10 ऐसे उत्तरदाताओं को लिया जिन्होंने इस प्रकार के अनुभव को नहीं प्राप्त किया था। इन्होंने उत्तरदाताओं पर MMPI (Minnesota Multiphasic Personality Inventory) the Cornell Medical Index and Rorschach test को प्रशासित किया और यह परिणाम प्राप्त किया कि त्रासदपूर्ण दुःस्वप्नों का अनुभव करने वाले उत्तरदाता उन उत्तरदाताओं से भिन्न थे जिन्होंने ऐसे दुःस्वप्नों का अनुभव नहीं किया था। त्रासदपूर्ण दुःस्वप्नों का अनुभव करने वाले उत्तरदाताओं में युयुत्सापूर्ण (combat) अनुभव प्रारम्भिक निद्रा चक्र (sleep cycle) में प्राप्त किया गया। वास्तविक घटनाओं की प्रतिकृति (replica) से अधिक प्रभावित किया गया तथा सामान्यतः सम्पूर्ण शरीर में गतिशीलता प्राप्त की गयी। इन्होंने प्राप्त परिणामों के आधार पर ये प्रस्तावित किया कि त्रासदपूर्ण दुःस्वप्नों के कारण व्यक्ति में निद्रा के विभिन्न स्तर पाए जाते हैं। इनके उत्तरदाताओं ने रोर्शा परीक्षण में विचार निवृत्ति (thought disorder) को प्रदर्शित किया। यही नहीं इनके उत्तरदाता अपने त्रासदपूर्ण अनुभव को संगठित कर उनकी अभिव्यक्ति करने में असमर्थ थे।

Cernovsky (1985) ने अपने अध्ययन में चिरकालिक एल्कोहल का प्रयोग करने वाले उत्तरदाताओं में दुःस्वप्न की आवृत्ति का अध्ययन करने के लिए उन पर (Minnesota Multiphasic Personality Inventory MMPI) को प्रशासित किया और यह परिणाम प्राप्त किया कि 25.6 प्रतिशत प्रयोज्यों ने अकसर दिवास्वप्नों का अनुभव किया था। इन उत्तरदाताओं तथा नियंत्रित उत्तरदाताओं ने मनोविदलता (schizophrenia) स्थिर भ्रम (paranoia) मनोदौर्बल्य (psychasthenia) मापनी पर प्राप्त प्राप्तांकों में भिन्नता प्रदर्शित की।

Bishay (1985) ने अपने अध्ययन में 17 से 55 वर्षीय दुःस्वप्न अनुभव करने वाले उत्तरदाताओं का चयन किया और दुःस्वप्न के कारण विज्ञान का विश्लेषण करके यह निष्कर्ष प्राप्त किया कि चिन्ता (anxiety) दुर्भीति (phobia), अवसाद (depression) एवं मनोग्रस्त बाध्यता आदि के कारण दुःस्वप्न घटित होता है।

Vela-Bueno et. al, (1985) ने अपने अध्ययन में रात्रि आतंक एवं दुःस्वप्न की व्यापकता का अध्ययन करने के लिए 6 से 12 वर्षीय 487 बच्चों का अध्ययन किया और यह परिणाम प्राप्त किया कि लड़कियों की तुलना में लड़कों में दुःस्वप्न की आवृत्ति अधिक घटित होती है।

Scif (1985) ने अपने अध्ययन में 28 वर्षीय पुरुष प्रयोज्यों के दुःस्वप्नों का विश्लेषण किया और यह परिणाम प्राप्त किया कि रोगी में दुःस्वप्न इतिहास पाए जाने के कारण उनके सामाजिक सम्बन्ध दुर्बल हो जाते हैं।

Belicki & Belicki (1986) ने अपने अध्ययन में 841 स्नातकों का प्रयोग प्रतिदर्श के रूप में किया और उन पर Harvard Group Scale of Hypnotic Susceptibility—Form A को प्रशासित किया और इस मापनी के द्वारा विगत वर्षों के अनुभव किए गए दुःस्वप्नों की आवृत्ति के बारे में ज्ञान प्राप्त किया और यह परिणाम प्राप्त किया कि जिन उत्तरदाताओं में दुःस्वप्न की मात्रा अधिक प्राप्त की गयी उन्होंने सम्मोहनीयता (hypnotizability) पर उच्च अंक प्राप्त किया।

Cooper, Hartmann (1986) ने 20 से 35 वर्षीय 12 दुःस्वप्न पीड़ितों, 12 सामान्य स्वप्न दृष्टाओं एवं 12 सुस्पष्ट स्वप्नदृष्टाओं पर Thematic Apperception Test (TAT) एवं रोर्शा (Rorschach) इंक ब्लाट टेस्ट को प्रशासित किया और यह परिणाम प्राप्त किया

कि अन्य दोनों समूहों की तुलना में दुःस्वप्न दृष्टाओं में विद्वेष (hastility) की मात्रा अपेक्षाकृत कम प्राप्त हुई। ठीक इसके विपरीत सामान्य स्वप्नदृष्टाओं में विद्वेष की मात्रा का स्तर अत्यधिक उच्च प्राप्त हुआ।

Harsch (1986) ने अपने अध्ययन में 38 से 54 वर्षीय दुःस्वप्न से पीड़ित 2 रोगियों को 4 से 8 मिलीग्राम प्रतिदिन (cyproheptacline) नामक रसायन का प्रयोग करके दुःस्वप्नों में कमी प्राप्त की। इन्होंने दुःस्वप्न ह्रास पर मनोचकित्सा (psychotherapy) अवसाध प्रतिरोधी एवं benzodiazepines का दुःस्वप्न ह्रास पर कोई प्रभाव नहीं प्राप्त किया।

Cemsovsky (1986) ने अपने अध्ययन में 78 महिलाओं का चयन प्रतिदर्श के रूप में किया जो एल्कोहल एवं मादक औषधियों का सेवन करती थीं इनकी मध्यमान आयु 35.1 वर्ष थी। इन्होंने अपने उत्तरदाताओं पर MMPI को प्रशासित किया और यह परिणाम प्राप्त किया कि अत्यधिक दुःस्वप्न अनुभव करने वाली महिलाओं में मनोविदलता (schizophrenia), मनोदौर्बल्य (psychasthenia), स्थिर भ्रम (paranoia), चिन्ता (anxiety), अवसाद (depression) एवं सामाजिक अन्तर्मुखता (social introvesion) के लक्षण प्राप्त किए गए। ठीक इसके विपरीत जिन महिलाओं ने अपेक्षाकृत कम दुःस्वप्न अनुभव किया था उन्होंने (ego strength scale) पर अपेक्षाकृत अधिक अंक प्राप्त किया।

Belicki & Belicki (1986) ने अपने अध्ययन में दुःस्वप्नों की आवृत्ति (nightmare frequency) की सम्मोहित होने की योग्यता (hypnotic ability), दृश्य-प्रतिमा की स्पष्टता (vividness of visual imegery), कल्पना में खो जाने की प्रवृत्ति के साथ सम्बन्धों का और उनसे जुड़े हुए अनुभवों (tendency to absorb in fantacy like experiences) का परीक्षण किया गया। प्रतिदर्श के रूप में 841 विश्वविद्यालयी छात्रों का चयन किया जिन्हानें सम्मोहन योग्यता के सामूहिक परीक्षण में भाग लिया। तत्पश्चात उन्होंने उसके पूर्व के वर्षों में कितने दुःस्वप्न के अनुभव किए हैं इसका अनुमान कराया गया। इसके अतिरिक्त 406 प्रयोज्यों ने *Mark* (1974), *Vividness* of Visual Imagery Questionnaire तथा *Rotenberg & Bowers* के Absorption scale पर परीक्षण किया। इन प्रयोज्यों में 76 प्रतिशत लोगों ने पूर्व के वर्ष में कम-से-कम एक दुःस्वप्न देखने का उल्लेख किया। 83 प्रतिशत प्रयोज्यों ने एक या इससे अधिक दुःस्वप्न प्रतिमाह देखने की बात कही। ऐसे प्रयोज्य जो प्रतिमाह दुःस्वप्न देखते रहे थे उनकी सम्मोहनशीलता, दृश्य प्रतिमा की कल्पना और विलीनता पर उच्च अंक प्राप्त किया।

McCann & Stewin (1987) ने जन्मक्रम और दुःस्वप्नों का अध्ययन करने के लिए 106 स्नातकों को प्रयोज्य के रूप में लिया और परिणाम में यह प्राप्त किया कि प्रथम जन्मक्रम के उत्तरदाता की तुलना में पश्चात जन्मक्रम के उत्तरदाताओं में दुःस्वप्न आवृत्ति की मात्रा अपेक्षाकृत अधिक पायी गयी।

Kaulk (1987) ने 10 वर्षीय बालकों को प्रतिदर्श के रूप में चयन किया और प्राप्त परिणाम के विंश्लेषण के आधार पर यह निष्कर्ष प्राप्त किया कि मातृत्व आत्मआसक्ति (Maternal narcissism) के कारण उत्पन्न अन्तर्द्वन्द्वों एवं सांवेगिक विरक्ति (emotional estarngment) के कारण दुःस्वप्न घटित होते हैं।

Halliday (1987) ने अपने अध्ययन के आधार पर यह परिणाम प्राप्त किया कि दुःस्वप्न के लिए उत्तरदायी मनोविकृतियाँ हैं। जिनमें चिन्ता तनाव व्यक्तित्व विकास आदि अधिक महत्त्वपूर्ण हैं।

Dunn & Barrett (1987) ने अपने अध्ययन में 36 ऐसे स्नातकों को प्रयोज्य के रूप में प्रयोग किया जिन्हें दुःस्वप्नों की आवृत्ति (nightmare frequency) का अनुभव अधिक हुआ था। तुलना के लिए 43 नियंत्रित प्रयोज्यों का प्रयोग किया। इन्होंने अपने उत्तरदाताओं पर दुःस्वप्नों, असुखद स्वप्नों एवं आत्मनिष्ठ भावनाओं से प्रभावित स्वप्नों से सम्बन्धित अनुसूचियों एवं एक प्रश्नावली को उत्तरदाताओं पर प्रशासित किया और यह परिणाम प्राप्त किया कि जिन प्रयोज्यों ने अधिक मात्रा में दुःस्वप्नों का अनुभव किया था उनमें निद्रा बाधाओं (sleep disturbances) तथा प्रमुख जीवन बलाघातों (life stress) की अपेक्षा नियंत्रित प्रयोज्यों की तुलना में दुःस्वप्न अधिक प्राप्त किया। यद्यपि प्रायोगिक समूह के उत्तरदाताओं की सामान्य चिन्ता (general anxiety) सांवेगिकता (emotionality) की मात्रा अधिक नहीं प्राप्त की गयी। इन उत्तरदाताओं ने अपने आत्मनिष्ठ प्रतिवेदन में इस बात का संकेत किया कि बलाघात की अवधि में ही उन्होंने दुःस्वप्नों का अनुभव किया। बलाघात विद्यालय एवं व्यवसाय कठिनाइयाँ (school and job pressures), सम्बन्धों में अन्तर्द्वन्द्व (conflicts in relationship), शारीरिक रूग्णता (physical illness), परिक्लान्त (exhaustion) और डरावनी फिल्मों (frightening films) के कारण उत्पन्न हुई थी।

Erman (1987) ने अपने अध्ययन में दुःस्वप्न के कारण विज्ञान, मनोविकृति विज्ञान एवं उपचार पद्धति के संदर्भ में अध्ययन किया और प्राप्त परिणाम के आधार पर यह प्रस्तावित किया कि जब व्यक्ति में व्यथा की मात्रा अधिक पायी जाती है अथवा परिस्थितियाँ उत्तेजक (anxiety-provoking) होती है तो दुःस्वप्न आवृत्ति अपेक्षाकृत अधिक पाया जाता है।

Garfield (1987) ने अपने अध्ययन में 13 से 20 वर्षीय 97 उन छात्राओं का चयन किया जिनके प्रति पुरुषों ने लैंगिक दुर्व्यवहार (sexual absused) किया था। इन्होंने इन उत्तरदाताओं के दुःस्वप्न की विषय-वस्तु का विश्लेषण किया और यह परिणाम प्राप्त किया कि दुर्व्यवहार के कारण उनके दुःस्वप्नों में सांवेगिक अस्त-व्यस्तताओं यथा मृत्यु सम्बन्धित दुर्घटनाओं की प्रधानता अधिक थी।

McCann & Stewin (1987) ने जन्मक्रम और दुःस्वप्नों का अध्ययन करने के लिए 106 स्नातकों को प्रयोज्य के रूप में लिया और परिणाम में यह प्राप्त किया कि प्रथम जन्मक्रम के उत्तरदाता की तुलना में पश्चात जन्मक्रम के उत्तरदाताओं में दुःस्वप्न आवृत्ति की मात्रा अपेक्षाकृत अधिक पायी गयी।

Kaulk (1987) ने 10 वर्षीय बालकों को प्रतिदर्श के रूप में चयन किया और प्राप्त परिणाम के विश्लेषण के आधार पर यह निष्कर्ष प्राप्त किया कि मातृत्व आत्मआसक्ति (maternal narcissism) के कारण उत्पन्न अर्न्तद्वन्द्वों एवं सांवेगिक विरक्ति (emotional estarngement) के कारण दुःस्वप्न घटित होते हैं।

Halliday (1987) ने अपने अध्ययन के आधार पर यह परिणाम प्राप्त किया कि दुःस्वप्न के लिए उत्तरदायी मनोविकृतियाँ हैं। जिनमें चिन्ता तनाव व्यक्तित्व विकास आदि अधिक महत्त्वपूर्ण हैं।

Krell (1988) ने अपने अध्ययन में महिला एवं पुरुष दोनों यौन के प्रयोज्यों को प्रतिदर्श के रूप में चयनित किया। अपने परिणाम में यह प्राप्त किया कि दीर्घकालिक मनोवैज्ञानिक दुःखभोग (chronic psychological suffering) तथा बाल्यावस्था के उत्पीड़न के कारण दुःस्वप्न की आवृत्ति पायी जाती है।

Cernovsky (1988) ने चेकोस्लोवाकिया के 38 शरणार्थियों में पलायन दुःस्वप्न

(escape nightmare) ने पश्च् पलायन बलाघातपूर्ण घटनाओं (postescape stressful events) के मध्य सम्बन्धों का अध्ययन किया और यह परिणाम में रूग्णता की घटनाओं, व्यवसाय की कठिनाइयों, दीर्घकालीन आर्थिक समस्याओं तथा बलाघातपूर्ण घटनाओं को दुःस्वप्न के लिए उत्तरदायी प्राप्त किया।

Levin (1989) ने अपने अध्ययन में महिला एवं पुरुष प्रयोज्यों में दुःस्वप्न आवृत्ति (frequency of nightmare) एवं अहम् शक्ति तथा मृत्यु दुश्चिन्ता के मध्य विद्यमान सम्बन्धों का इन्द्रियानुभविक अध्ययन किया। इस उद्देश्य की पूर्ति के लिए उन्होंने उच्च कुशाग्र दुःस्वप्न आवृत्ति तथा निम्न दुःस्वप्न आवृत्ति के 20-20 प्रयोज्यों का चयन किया जिसमें 10 पुरुष तथा महिला प्रयोज्य थे। इन्होंने प्रयोज्यों पर Barron Ego Strength Scale तथा Death Anxiety Scale को प्रस्तुत किया और Barron Ego Strength Scale पर पुरुषों तथा महिलाओं के दुःस्वप्न आवृत्ति में सार्थक अन्तर प्राप्त किया परन्तु मृत्यु दुःचिन्ता के कारण कोई सार्थक प्रभाव नहीं प्राप्त किया गया। महिलाओं के दुःस्वप्न की आवृत्ति अधिक प्राप्त की गयी। उनमें दुःस्वप्न की आवृत्ति अधिक प्राप्त की गयी। उनमें दुःस्वप्न की आवृत्ति भी अधिक देखी गयी। इस अध्ययन में दुःस्वप्न अहम् शक्ति, मृत्यु दुश्चिन्ता एवं यौन भेद के मध्य दुःस्वप्न आवृत्ति को एक मध्यस्थताकर्त्ता कारक (mediating factor) को प्रयोज्य में प्राप्त किया।

Wood, Bootzin, Susan et. al., (1989) ने अपने अध्ययन में 92 ऐसे महाविद्यालय के विद्यार्थियों का चयन किया जिन्हें भूचाल के कारण त्रासदीपूर्ण घटनाओं का अनुभव हुआ था। इन्होंने अपने अध्ययन में 97 उत्तरदाताओं के नियंत्रित समूह का अध्ययन किया और यह परिणाम प्राप्त किया कि त्रासदीपूर्ण घटनाओं के महत्त्वपूर्ण दीर्घकालिक अनुभवों के कारण छात्रों में दुःस्वप्न आवृत्ति की मात्रा अधिक प्राप्त हुई।

Levin (1989) ने अपने अध्ययन में उत्तरदाताओं पर Ego Strength Scale तथा Death Anxiety Scale को प्रशासित करके अहम् शक्ति, मृत्यु दुश्चिन्ता एवं दुःस्वप्न के मध्य सम्बन्धों का अध्ययन किया और यह परिणाम प्राप्त किया कि दुःस्वप्न आवृत्ति तथा अहम्शक्ति एवं मत्यु दुश्चिन्ता में अन्तःसम्बन्ध पाया जाता है।

Wood & Bootzin (1990) ने अपने अध्ययन में दुःस्वप्न की व्यापकता (prevalence of nightmares) और दुश्चिन्ता (anxiety) के मध्य सम्बन्धों का अध्ययन करने के लिए स्नातकों को प्रयोग के रूप में चयनित किया एवं दुःस्वप्न एवं चिन्ता को असहसम्बन्धित (unconrrelated) प्राप्त किया।

Lansky (1990) ने अपने अध्ययन में प्राप्त परिणामों के आधार पर इस तथ्य पर प्रकाश डाला है कि शारीरिक एवं लैंगिक दुर्व्यवहार के कारण व्यक्ति में पश्च् त्रासदपूर्ण दुःस्वप्न की आवृत्ति अधिक पायी जाती है।

Abby & Silvan (1990) ने अपने अध्ययन में वियतनाम के पुरुष प्रयोज्यों को प्रतिदर्श के रूप में चयनित किया और उनकी पुनरावृत्ति परक त्रासदपूर्ण स्वप्नों (repetitive traumatic) का विश्लेषण करके यह परिणाम प्राप्त किया कि उत्तरदाताओं के चयन में युद्ध अनुभव के पाए जाने के कारण दुःस्वप्न की मात्रा अधिक पायी जाती है।

Lansky & Bley (1990) ने अपने अध्ययन के आधार पर प्राप्त परिणाम में यह प्रस्तावित किया कि सीमावर्ती रोगियों में दुःस्वप्न का महत्त्वपूर्ण प्रभाव पड़ता है जिसका प्रमुख कारण कौटुम्बिक त्रासदी (familial trauma) है जो उनके सम्पूर्ण मनोवैज्ञानिक जीवन को प्रभावित करता है। यह कुप्रभाव विशेष रूप से सम्बद्धता व्यवहार पर देखा जा सकता है।

Stephon (1991) ने अपने अध्ययन में यह परिणाम प्राप्त किया कि दुःस्वप्न के कारण रोगी में भय एवं मनोवैज्ञानिक व्यथा ही नहीं पायी जाती है वरन् उन्हें अपने अधिगम में भी कठिनाई होती है।

Kramer (1991) ने अपने अध्ययन के आधार पर स्वप्न में मनोवैज्ञानिक अनुभवों के महत्त्व का वर्णन करते हुए इस तथ्य पर प्रकाश डाला है कि दुःस्वप्न उस समय घटित होता है जब स्वप्नदृष्टा की संगठनात्मक क्षमता (integrative capacity) अधिक हो जाती है ना कि स्वप्न की विषय-वस्तु अधिक हो जाती है। सांवेगिक दशा में परिवर्तन के कारण तथा उस दशा में स्वप्नदृष्टा के अतिप्रतिक्रियाशील (hyper responsiveness) के कारण दुःस्वप्न घटित होता है।

Hearne (1991) ने अपने अध्ययन में 13 से 76 वर्षीय 39 दुःस्वप्न पीड़ित उत्तरदाताओं का चयन किया और यह परिणाम प्राप्त किया कि रात्रि के प्रारम्भिक काल में दुःस्वप्नों के घटित होने की सम्भावना अधिक पायी जाती है। इन्होंने प्राप्त प्रदत्त के आधार पर यह निष्कर्ष प्राप्त किया कि दुःस्वप्नों का कारण दैहिक आधार है।

Levin, Galin & Zywiake (1991) ने अपने अध्ययन में दुःस्वप्नों का सृजनशीलता के मध्य सम्बन्धों का अध्ययन करके यह देखने का प्रयास किया कि क्या दुःस्वप्न की मात्रा अधिक होने पर संघर्षशीलता का स्तर उच्च हो जाता है। इन्होंने अपने अध्ययन में उत्तरदाताओं पर Unusual Uses Brick Test, Remote Associaties Test, Hartmann Boundary Questionnaire (1989) को प्रशासित किया। इन्होंने उत्तरदाताओं के रूप में 40 दुःस्वप्न से पीड़ित उत्तरदाताओं को प्रायोगिक प्रतिदर्श के रूप में लिया। इन्होंने अपने अध्ययन के आधार पर यह परिणाम प्राप्त किया कि दुःस्वप्न एवं संघर्षशीलता के अति-विरोधी समूहों में महत्त्वपूर्ण सम्बन्ध प्राप्त किया।

Bonato, Moffitt, Hoffmann, Cuddy et. al., (1991) ने अपने अध्ययन में 43 विश्वविद्यालीय विद्यार्थियों को प्रतिदर्श के रूप में लिया और घर पर देखे गए सामान्य स्वप्न एवं दुःस्वप्न का पुनः स्मरण करने के लिए निर्देश दिया। प्राप्त विषय-वस्तु की नवीनताओं पर बल दिया परन्तु इस संदर्भ में कोई परिणाम इस प्रकार का नहीं प्राप्त किया कि बदतर दुःस्वप्नों में अधिक नवीनताएँ थीं। इससे यह संकेत प्राप्त होता है कि यह कोई आवश्यक नहीं है कि दुःस्वप्न में अनोखेपन की प्रधानता ही पायी जाये।

Lansky (1991) ने अपने अध्ययन में पश्च् त्रासदपूर्ण चिन्ता स्वप्नों (posttraumatic anxiety dreams) के आकांक्षापूर्ण प्रकार्यों के संदर्भ में एक सिद्धान्त का प्रतिपादन किया और *Freud* के पश्च् त्रासदपूर्ण दुःस्वप्नों के घटना क्रिया-विज्ञान (phenomenology) के संदर्भ में अभिग्रह को नैदानिक दृष्टिकोण से चुनौती देते हुए इस बात पर बल दिया कि लज्जा एवं वियोजन (shame and dissociation) को पश्च् त्रासदपूर्ण प्रतिक्रियाओं एवं दुःस्वप्नों की भूमिका में स्वीकार किया। इन्होंने अपने अध्ययन में 41 एवं 42 वर्षीय उत्तरदाताओं का प्रयोग करके यह परिणाम प्राप्त किया लज्जा एवं वियोजन के विघटन के कारण व्यक्तियों में पश्च् त्रासदपूर्ण इतिहास के कारण दुःस्वप्नों की पुनरावृत्ति पायी जाती है।

Hudson, Manoach, Sabo, Sternbach, Stephen et. al., (1991) ने अपने अध्ययन में पश्च् त्रासदपूर्ण बलाघात विकृति (posttraumatic stress disorder) P-T-S-D से पीड़ित एक 36 वर्षीय महिला का अध्ययन किया जिसने पुनरावर्षीय (recerrent) दुःस्वप्नों का अनुभव किया था, साथ-ही-साथ उसे निद्रा अंगघात (sleep paralysis) तथा विभ्रम (hypnopomic hallucination) का अनुभव भी प्राप्त था। इन्होंने अपने अध्ययन के आधार पर यह निष्कर्ष प्राप्त किया कि त्रासदपूर्ण विषय-वस्तु (traumatic content) के कारण उन्हें P-T-S-D और REM Pathology की आवश्यकता थी।

Penning, Salganik & Chayat (1992) ने अपने अध्ययन में आपातकालीन इकाई (emergency unit) के 78 वर्षीय रोगी के आत्महत्या प्रयास के कारणों का अध्ययन करने के लिए प्रयास किया और मनोविकृतिजन्य कारकों को इसके लिए उत्तरदायी पाया।

Kallner Neidhardt & Pathak (1992) ने 28 दीर्घकालिक दु:स्वप्न से पीड़ित स्वयं-सेवकों को प्रयोज्य के रूप में चयनित किया और यह परिणाम प्राप्त किया कि अवसाद (depression), चिन्ता (anxiety) एवं विद्वेष (hostility) के कारण दु:स्वप्न आवृत्ति की मात्रा में वृद्धि पायी जाती है।

Brequier & Asthon (1992) ने अपने अध्ययन में 30 ऐसे व्यस्कों का चयन प्रयोज्य के रूप में किया जिन्होंने आजीवन दु:स्वप्नों का अनुभव किया था। तुलनात्मक के लिए इन्होंने 30 सामान्य प्रयोज्यों के नियंत्रित समूह को लिया। इन्होंने उत्तरदाताओं पर (Minnesota Multiphasic Personality Inventory—MMPI) तथा आइजेंक Eysenck Personality Questionnaire (EPQ) को प्रशासित किया और यह परिणाम प्राप्त किया जिन उत्तरदाताओं में मनोविकृतिपरक (psychotic) तथा मनस्तापपरक (symptomatology) लक्षण विज्ञान पाए जाते हैं। उनमें दु:स्वप्न आवृत्ति की मात्रा अपेक्षाकृत अधिक पायी जाती है।

Cuddy & Marion (1992) ने अपने अध्ययन में 539 विश्वविद्यालीय छात्राओं का प्रयोग प्रतिदर्श के रूप में किया। उन पर Nightmare Sleep History Questionnaire, Beck Depression Inventory (BDI) को प्रशासित किया और यह परिणाम प्राप्त किया कि जिन उत्तरदाताओं में लैंगिक दुर्व्यवहार (sexual abused) के 124 प्रयोज्य तथा शारीरिक दुर्व्यवहार का (71 प्रयोज्य) अनुभव किया था। उन्होंने दुर्व्यवहार ना अनुभव करने वाले (344 प्रयोज्य) उत्तरदाताओं की तुलना में उच्च मात्रा में रात्रि-आतंक का अनुभव किया था। ऐसे उत्तरदाताओं की तुलना विघ्नित हो जाने पर पुनः निद्रित होने में कठिनाई होती थी।

Belicki (1992) ने अपने अध्ययन में यह परिकल्पित किया कि मनोविकृति विज्ञान दु:स्वप्न आघात (nightmare distress) से सम्बन्धित है ना कि दु:स्वप्न आवृत्ति (nightmare frequency) से तथा संज्ञानात्मक शैली और दु:स्वप्न आवृत्ति में सम्बन्ध पाया जाता है। इन्होंने अपने अध्ययन में 85 प्रयोज्यों (58 महिला तथा 27 पुरुष) के प्रतिदर्श का प्रयोग किया और उन पर अनेक मापनियों यथा Sleep & Dream Inventory SCL-90-revised, Fear Survey Schedule-II, Beck Depression Inventory and appreviated version of the Harved group Scale के Hynotic Susceptibility, Vividness of visual imagery, an absorption scale, a Social Desirability Scale and the Boundaries Questionnaire Scale को प्रशासित किया। इस अध्ययन में प्राप्त परिणाम इस उपकल्पना का पूर्ण समर्थन करते हैं कि मनोविकृति विज्ञान दु:स्वप्न बलाघात से पूर्णतः सम्बन्धित है परन्तु दु:स्वप्न आवृत्ति से नहीं। प्राप्त परिणाम इस तथ्य पर प्रकाश डालता है कि संज्ञानात्मक शैली एवं दु:स्वप्न आवृत्ति में सम्बन्ध पाया जाता है।

Lansky & Bley (1992) ने अपने अध्ययन में एक मनोचिकित्सीय अस्पताल से 27 से 44 वर्षीय 63 दु:स्वप्न से पीड़ित व्यक्तियों का चयन प्रतिदर्श के रूप में किया जिनमें 10 प्रतिशत प्रयोज्यों ने ऐसे दिवास्वप्नों को भविष्यसूचक (prophatic) माना तथा अचेतन आक्रमकता (unconscious aggression), अचेतन दोषभाव (unconscious guilt), आत्म आसक्तिपरक आघात उत्क्रमणशीलता (reversal of narcissistic) अथवा मादक पदार्थों अथवा एल्कोहल के प्रत्याहार के कारण उत्पन्न संघर्ष को उत्तरदायी कारक के रूप में स्वीकार किया। 10 प्रयोज्यों ने बाल्यावस्था के दुर्व्यवहार (childhood abuse) को दु:स्वप्नों के लिए उत्तरदायी माना।

Wood & Bootzin (1993) ने अपने अध्ययन में 20 से 85 वर्षीय 48 ऐसे रोगियों का चयन किया जो Obstructive airways disease (OAD) से पीड़ित थे इनमें से 21 अस्थमा तथा 27 बिना अस्थमा रोग के सम्मिलित किये गये। इन्होंने अपने अध्ययन में यह परिणाम प्राप्त किया कि अस्थमा से पीड़ित OAD के प्रयोज्य प्रतिदिन 3 बार दुःस्वप्न का अनुभव करते थे। इस प्रकार इन्होंने यह निष्कर्ष प्राप्त किया सामान्य प्रयोज्यों की तुलना में अस्थमा से पीड़ित रोगियों में दुःस्वप्न आवृत्ति की मात्रा अपेक्षाकृत अधिक पायी जाती है क्योंकि उनमें मनोवैज्ञानिक व्यथा (psychological distress) एवं चिन्ता (anxiety) की मात्रा अधिक पायी जाती है परन्तु जैसे-जैसे आयु में वृद्धि होती है वैसे-वैसे दुःस्वप्नों की मात्रा में वृद्धि होती है।

Arvanitakis, Jodoin & Lester (1993) ने 22, 48 एवं 26 वर्षीय 3 महिलाओं एवं 32 वर्षीय एक पुरुष के दुःस्वप्न का विश्लेषण किया जिसके प्रति बाल्यावस्था में लैंगिक दुर्व्यवहार (sexual abused) किया गया था और यह परिणाम प्राप्त किया कि बाल्यावस्था में अनुभव किये गये लैंगिक आघात का अनुभव किए गए स्वप्न पर अत्यधिक एवं व्यापक कुप्रभाव जिन व्यक्तियों ने शरीर संगठन (body integrity) एवं प्रकार के संदर्भ में गम्भीर प्रहार का अनुभव किया था। उनमें शरीर प्रतिनिधान body representation) के प्रति अत्यधिक विघटन प्राप्त किया गया।

Solomon & Bonsack (1993) ने अपने अध्ययन में 75 वर्षीय स्वप्नों उत्तरदाताओं के स्वप्नों का विश्लेषण करके यह परिणाम प्राप्त किया कि valproic acid (VPA) का प्रयोग करने पर नवीन एवं तीव्र दुःस्वप्नों का अनुभव होता है।

Bearden Carrie (1994) ने अपने अध्ययन में अकसर दुःस्वप्न अनुभव करने वाले उत्तरदाताओं के व्यक्तित्व सहसम्बन्ध (personality correlates) का अध्ययन किया और यह परिणाम प्राप्त किया पश्च् त्रासद बलाघात विकृति (posttraumatic stress disorder—P S D) के रोगियों में दुःस्वप्न आवृत्ति की मात्रा अधिक पायी जाती है।

Levin & Masling (1995) ने अपने अध्ययन में 60 महिला प्रयोज्यों पर रोर्शा परीक्षण के वाचिक दृश्य-प्रतिमा का मूल्यांकन किया। इसमें से 30 महिलाएँ ऐसी थीं जो प्रति सप्ताह कम-से-कम एक दुःस्वप्न देखती थी और 30 ऐसी थी जो विगत वर्ष में कम-से-कम एक से अधिक दुःस्वप्न देखती थी। समूह मध्यमान में वाचिक प्रतिक्रिया का कोई सार्थक अन्तर नहीं प्राप्त किया गया। दुःस्वप्न देखने वाले प्रयोज्यों के रोर्शा परीक्षण पर प्राप्त प्राप्तांक तमाम व्यक्तित्व मापनों से सम्बन्धित थे।

Krakow, Barry, Tandberg & Scriggings (1995) ने अपने अध्ययन में 598 प्रयोज्यों का चयन प्रतिदर्श के रूप में किया और यह परिणाम प्राप्त किया दुःस्वप्न की मात्रा अधिक होने पर निद्रा में विघ्न अधिक पाया जाता है।

Levin Ross & Masling (1995) ने 60 स्नातकों का चयन किया और रोर्शा इंक ब्लॉट टेस्ट को प्रशासित किया। चयन किए गए इन उत्तरदाताओं में 30 महिलाएँ ऐसी थी जिन्होंने प्रति सप्ताह एक बार दुःस्वप्न का अनुभव अवश्य किया था। इन्होंने अपने महिला उत्तरदाताओं पर Rorschach Orality test, state & Trait anxiety test, Beck depression inventory को प्रशासित किया और यह परिणाम प्राप्त किया कि दुःस्वप्न देखने वाली महिलाओं में चिन्ता एवं अवसाद की मात्रा अपेक्षाकृत अधिक प्राप्त हुई।

Krakow, Tandbery & Scriggtings (1995) ने अपने अध्ययन में उत्तरदाताओं के 3 समूहों का चयन किया जिसमें से प्रथम समूह 77 नियंत्रित प्रयोज्यों का था। उसने दुःस्वप्न का

अनुभव कभी नहीं किया था। द्वितीय समूह में 36 प्रयोज्य तीक्ष्य दुःस्वप्न से पीड़ित थे। तृतीय समूह में 128 चिरकालिक दुःस्वप्न से पीड़ित रोगियों को सम्मिलित किया गया था। इन्होंने उत्तरदाताओं के विभिन्न प्रकार के निद्रा शिकायतों (sleep complaints) के विषय में सूचना प्राप्त की। इन्होंने प्राप्त अध्ययन के आधार पर यह निष्कर्ष प्राप्त किया कि तीक्ष्ण एवं दीर्घकालिक दुःस्वप्न समूहों में कुछ निद्रा विकृतियाँ तथा निद्रित होने का भय, निद्रा के बाद जागने का भय, निद्रा में विघ्न पड़ जाने पर पुनः निद्रित होने का भय बेचैनी आदि को सामान्य रूप से प्राप्त किया। सभी प्रयोज्यों के 91 प्रतिशत ने कम-से-कम एक निद्रा शिकायत को अवश्य बताया।

Gupta, Austin, Cali & Bhatara (1998) ने अपने अध्ययन में 9 वर्षीय (attention deficit hyperactivity disorder—ADHD), (Oppositional defiant disorder-ODD) एवं पश्च् त्रासद बलाघात विकृति (Posstraumatic stress disorder—PTSD) के रोगियों का चयन किया और यह परिणाम प्राप्त किया कि diphenhydramine तथा Trazodone के प्रयोग से दुःस्वप्न में ह्रास पाया गया।

Agargun, Cilli, Kara, Tarhan et. al., (1998) ने अपने अध्ययन में 18 से 65 वर्षीय 29 ऐसे अवसादग्रस्त रोगियों का चयन किया जो अकसर दुःस्वप्न देखते थे। इसी प्रकार से एक और समूह का चयन 34 अवसादग्रस्त रोगियों का किया जो स्वप्न अवश्य देखते थे परन्तु उन्होंने कभी दुःस्वप्न को नहीं देखा था। इन्होंने अपने उत्तरदाताओं पर Schedule for Affective Disorders and Schizophrenia (SADS) Suicide Sub Scale को प्रशासित किया और यह परिणाम प्राप्त किया कि जिन महिलाओं में दुःस्वप्न आवृत्ति की मात्रा अधिक पायी जाती थी उन्होंने SADS Suicide subscale पर अधिक अंक प्राप्त किए। इसका तात्पर्य यह है कि अन्य उत्तरदाताओं की तुलना में उनमें आत्महत्या परक प्रवृत्ति अधिक पायी जाती है। प्रस्तुत अध्ययन इस तथ्य पर प्रकाश डालता है कि जिन रोगियों में प्रमुख अवसाद विकृति (major depression) पाया जाता है, उनमें आत्महत्यापरक प्रवृत्ति पायी जाती है।

निद्रा-विकृतियाँ
(Sleep Disorders)

निद्रा शरीर एवं मस्तिष्क के लिये एक विश्राम काल है जिसमें मस्तिष्क तथा शरीर के क्रियात्मक कार्य बहुत कम होते हैं, व्यक्ति की चेतना घट जाती है, और ऐच्छिक पेशियों के कार्य सक्रिय अथवा निष्क्रिय हो जाने के कारण शरीर के ऐच्छिक कार्य सम्पादित नहीं किये जा सकते हैं।

जब निद्रा के सामान्य लक्षण नहीं पाये जाते हैं, तो उसे निद्रा विकृति कहते हैं। निद्रा विकृति में अनेक प्रकार के परिवर्तन पाये जाते हैं—जैसे निद्रा न आना (sleeplessness), अत्यधिक निद्रा (hypersomnia), सोते समय टाँगों में तीव्र पीड़ा (severe leg pain during sleep), सोते समय डर जाना (sleep fright), सोते समय व्यवहार में परिवर्तन आना (behavioural change during sleep), सोते समय दाँत कट-कटाना (grinding of teeth during sleep), सोते समय पेशाब हो जाना (nocturnal enuresis), निद्रा के समय श्वसन क्रिया का मंद होना या अवरोधित होना (sleep related respirator disorder) आदि।

सामान्यतया निद्रा ब्रेन स्टेम के ऊपर भाग (upper part of the brain stem) तथा डाइन सिफेलॉन में स्थित रेटिकुलर एक्टीवेटिंग तंत्र (Dien cephalons reticular activitiy system) द्वारा नियंत्रित होती है। दोनों तन्त्रकीय जैवकीय तंत्र निद्रा तथा जागृतावस्था में आने के चक्र

(sleep-wake cycle) को नियंत्रित करता है। सामान्यतया वयस्क रात्रिके समय 6 से 8 घंटे प्रतिदिन सोता है। दिन के समय जागृतावस्था में रहता है। एक सामान्य व्यक्ति 6-8 घंटे प्रतिदिन सोता है।

जनसंख्या के लगभग एक तिहाई लोग अपने जीवन में निद्रा क्षुब्धताओं का अनुभव करते हैं तथा आधे लोग चिकित्सकीय सहायता भी नहीं लेते हैं, निद्रा विकृतियों में अनिद्रा (insomnia) को सामान्य रूप से प्राप्त किया जा सकता है। परन्तु इसके अतिरिक्त कुछ अन्य निद्रा विकृतियाँ भी पाई जाती है। निद्रा विकृतियों के विभिन्न प्रकारों का वर्णन अधोप्रस्तुत है:—

(i) अनिद्रा (*Insomnia*)

निद्रा प्रारम्भ (initiation) तथा निद्रा अनुरक्षण (mainte-nance) में अवरोध को अनिद्रा कहते हैं। यह विकृति अस्थायी भी हो सकती है और स्थायी भी। अनिद्रा के पाये जाने के अनेक कारण हो सकते हैं।

सुप्तावस्था प्राप्त करने (falling asleep) में कठिनाई चिकित्सकीय दशाओं (medical condition) तथा मनश्चिकित्सकीय (psychiatric) अथवा वातावरणीय (environmental) दशाओं के कारण पाई जाती है। चिकित्सकीय दशाओं के रूप में किसी पीड़ादायी (painful) अथवा असुखद (uncomfortable) दशाओं, केन्द्रीय तंत्रिका तंत्र क्षति (CNS lesions), आदि को लिया जा सकता है। इसी प्रकार अनिद्रा के लिए उत्तरदायी मनश्चिकित्सकीय दशाओं के रूप में चिन्ता, तनाव चिन्ता (Tension Anxiety), मांसपेशीय पीड़ा, वातावरणीय परिवर्तनों आदि को लिया जा सकता है। परन्तु सुप्तावस्था बनाये रखने (remaining asleep) में कठिनाई होने के चिकित्सकीय कारणों के रूप में भोजन सम्बन्धी कारकों, पदार्थ अन्तर्क्रिया, अन्तःस्रावी (endocrine) अथवा चयपचयी (metabolic) रोग, संक्रमण, पीड़ादायी अथवा असुखद दशाएँ, मस्तिष्क-स्तम्भ (brain stem) में क्षति, हाइपोथेलैमस में क्षति, आयु वृद्धि (Aging), पदार्थ प्रत्याहार (substance withdrawal), निद्रा अश्वसन संलक्षण (sleep apnea syndrome) आदि तथा मनश्चिकित्सकीय कारकों के रूप में अवसाद, वातावरणीय परिवर्तन, मनोविदलता, पश्च आघात-बलाघात विकृति (post-tarumatic stress disorders) आदि को लिया जा सकता है।

अनिद्रा की एक संक्षिप्त अवधि का साहचर्य अकसर चिन्ता अथवा चिन्ता अनुभवों के परिणाम (sequela of anxious) अथवा चिन्तोत्पादक अनुभवों जैसे परीक्षा तथा नौकरी के लिए साक्षात्कार से हो सकता है। कुछ व्यक्तियों में क्षणिक अनिद्रा (transient insomnia) का कारण शोक (grief), हानि, अथवा जीवन में कोई परिवर्तन अथवा बलाघात हो सकता है। विशिष्ट अवसाद के कारण भी अनिद्रा पाई जा सकती है। परन्तु इनके लिए किसी विशिष्ट चिकित्सा की आवश्यकता नहीं होती है। परन्तु जब अनिद्रा के लिए सम्मोहक उपचार (hypnotic treatment) को प्रस्तावित किया जाये, तो चिकित्सक और रोगी दोनों को यह बात स्पष्ट होनी चाहिए कि उपचार की अवधि अल्पकालीन होनी चाहिए। स्थायी अनिद्रा (persistent insomnia) में दशाओं का समूह पाया जाता है जिसमें सुप्तावस्था बने रहने की तुलना में सुप्तावस्था प्राप्त करने में कठिनाई होती है। अनिद्रा में सामान्यतया दो समस्याएँ उत्पन्न होती है जो अकसर गुंथी (intertwined) हुई होती है—मनोदैहिक कारणों से उत्पन्न चिन्ता एवं तनाव, तथा, अनुबन्धित साहचर्यपरक अनुक्रिया (conditioned associative response)। ऐसे रोगियों की कोई स्पष्ट शिकायत नहीं होती है, वे अपनी चिन्ताओं को दैहिक माध्यमों (physiological channels) के द्वारा दूर कर लेते हैं, तथा वे उन भावनाओं और विचारों से आशंकित रहते हैं जो अनिद्रा का कारण बन सकते हैं।

(ii) अतिनिद्रा (*Hypersomnia*)

अतिनिद्रा का तात्पर्य अत्यधिक मात्रा में निद्रा (excessive amount of sleep), दिन में अत्यधिक निद्रा (excessive day time sleepiness अर्थात् Somnolence = निद्रा लेने की इच्छा, तन्द्रा या सुस्ती) अथवा दोनों से लिया जा सकता है। तन्द्रा (somnolence) शब्द का तात्पर्य प्रायः उन व्यक्तियों के लिए ही प्रयोग किया जाता है जिनमें जागृतावस्था में भी निद्रालुता (sleepiness) के स्पष्ट लक्षणों की अभिव्यक्ति पाई जाये, जिनमें निद्रा के दौरे पड़ते हो, तथा जो जागृतावस्था में अनिच्छानुसार रह ही न सकते हो। परन्तु इस शब्द का प्रयोग उन व्यक्तियों के लिए नहीं किया जा सकता है जो शारीरिक परिश्रम के कारण अत्यधिक थके हुए हो या निढ़ाल/ मुरदादिल हो। परन्तु यह अन्तर हमेशा अत्यधिक स्पष्ट नहीं होता है। अनिद्रा के लक्षण सामान्यतया अधिक व्यक्तियों में देखे जा सकते हैं परन्तु अतिनिद्रा के लक्षण अपेक्षाकृत कम व्यक्तियों में दिखाई पड़ते हैं। परन्तु इसका तात्पर्य कतई यह नहीं है कि अनिद्रा के रोगी दुर्लभता से प्राप्त होते हैं। यदि अतिनिद्रा के कारणों में पदार्थ-सम्बन्धी दशाओं (substance-related conditions) को सम्मिलित कर लिया जाये, तो व्यक्ति में अतिनिद्रा को एक सामान्य लक्षण के रूप में प्राप्त किया जा सकता है। तन्द्रालुता/ निद्रारोग (बार-बार सुस्ती छा जाने एवं सो जाने का एक जीर्ण रोग) से भी अतिनिद्रा पाई जाती है।

अतिनिद्रा के अनेक सामान्य कारण है। अतिनिद्रा के चिकित्सकीय कारणों (medical causes) में क्लीन-लेविन संलक्षण (Kleine-levine syndrome), मासिक धर्म सम्बन्धी तन्द्रा (menstural somnolence), चयापचयी (metabolic) अर्थात् विषालु (toxic) दशाएँ, मस्तिष्कशोध की दशाएँ (encephalitic conditions), अल्कोहल एवं अवसादी औषधियों का उपयोग, उत्तेजक औषधियों का प्रत्याहार (withdrawal from stimulus) आदि प्रमुख है। इसी प्रकार अतिनिद्रा के मनश्चिकित्सकीय (psychiatric) अथवा वातावरणीय (environmental) कारणों के रूप में अवसाद तथा परिहार प्रतिक्रियाओं (avoidance reactions) को लिया जा सकता है।

दिन के समय अत्यधिक निद्रालुता (excessive daytime sleepiness) के मुख्यतया चिकित्सकीय कारणों (medical causes) के रूप में निद्रालुता (narcolepsy) एवं निद्रालुता-सम्बन्धी संलक्षण, निद्रा-अश्वसन (कुछ समय के लिए साँस रुक जाना sleep apneas), अल्पसंवातन संलक्षण (फुफ्फुसीय वायुकोशों में प्रवेश करने वाली वायु की मात्रा का कम हो जाना (Hypoventilation syndrome), अवटु सक्रियता (थायरायड ग्रन्थि की अत्यधिक बढ़ी हुई क्रियाशीलता जिससे नेत्रोत्सेधी गलगण्ड (exophthalmic goiter) हो जाता है जिसमें नेत्रगोलक (eye ball) बाहर निकल आता है तथा थायरायड ग्रन्थि बढ़ जाती है—Hypert-hyroidism) एवं अन्य चयापचयी (metabolic) तथा विषैली दशाएँ (toxic conditions) अल्कोहल एवं अन्य अवसाद प्रतिरोधी औषधियों का उपयोग, उत्तेजक औषधियों का प्रत्याहार, निद्रा वंचन अथवा अपर्याप्त निद्रा, तथा अनिद्रा उत्पन्न करने वाले अन्य कारकों को लिया जा सकता है जबकि मनश्चिकित्सकीय अथवा वातावरणीय कारकों के रूप में केवल अवसाद, परिहार प्रतिक्रियाओं तथा सिरकेडियन रिदम निद्रा विकृति (circadian rhythm sleep disorder) को लिया जा सकता है।

क्षणिक (transient) अथवा परिस्थितिजन्य (situational) अतिनिद्रा सामान्य-निद्रा-जागरण प्रतिरूप में एक विघटन (disruption) है। ऐसे व्यक्तियों को जागृतावस्था में रहने में अत्यधिक कठिनाई होती है क्योंकि इन्हें बिस्तर पर पड़े रहने की आदत होती है तथा बार-बार दिन में भी बिस्तर पर जाने की उत्कट अभिलाषा होती है। जीवन में होने वाले परिवर्तनों,

अन्तर्द्वन्दों, हानियों के फलस्वरूप भी इन लक्षणों को प्राप्त किया जा सकता है। ऐसे लक्षणों वाले व्यक्तियों में निश्चित समय पर निद्रा के आवेगों अथवा अपरिहार योग्य निद्रा (unavoidable sleep) का अनुभव बहुत कम किया जाता है वरन् ऐसे व्यक्तियों में थकान का अनुभव अधिक किया जाता है तथा प्रातःकालीन जागने में उन्हें कठिनाई का सामना करना पड़ता है।

निद्रा-विकृति का वर्गीकरण
(Classification of Sleep Disorders)

ICD - 10 में निद्रा विकृति के विषय-वस्तु में केवल आंगिक (nonorganic) प्रकार को ही सम्मिलित किया गया है। इन विकृतियों को प्रमुखतः दो वर्गों—Dyssomnias और Parasomnias में वर्गीकृत किया गया है। *प्रथम प्रकार की निद्राविकृति* एक प्रकार की मनोजनित दशा है जिसमें सांवेगिक कारणों के फलस्वरूप निद्रा के मात्रा, गुण एवं अवधि में प्रबल क्षुब्धताएँ पाई जाती है। जबकि *Parasomnias* में निद्रा-अवधि में असामान्य प्रसंग (abnormal episodes) घटित होते हैं।

निद्रा विकृतियों का अत्यधिक विस्तृत वर्गीकरण American Sleep Disorder Association के International Classification of Sleep Disorders : Diagnostic and Coding Manual (ICSD) में प्रस्तुत किया गया है जिसमें निद्रा विकृतियों को चार प्रमुख वर्गों में वर्गीकृत किया गया हैः—

(1) डिससोमनियाज (Dyssomnias)
(2) पैरासोमानियाज (Parasomnias)
(3) चिकित्सकीय-मनश्चिकित्सकीय विकृतियों से सम्बन्धित निद्रा विकृतियाँ (sleep disorders associated with medical-psychiatric disorders)
(4) प्रस्तावित निद्रा विकृतियाँ *(Proposed sleep disorders)*—

इन विकृतियों का वर्गीकरण अधोप्रस्तुत हैः—

1. डिससोमनियाज *(Dyssomnias)*

(क) आन्तरिक निद्राविकृति *(Intrinsic Sleep Disorders)*

(i) मनोदैहिक अनिद्रा (Psychophysicological Insomnia)
(ii) निद्रा दशा अप्रत्यक्षीकरण (Sleep state misperception)
(iii) मूलरोगात्मक अनिद्रा (Idiopathic Insomnia)
(iv) निद्रारोग (Narcolepsy)
(v) आवर्ती अतिनिद्रा (Recurrent hypersomnia)
(vi) मूल रोगात्मक अति निद्रा (Idiopathic hypersomnia)
(vii) पश्च आघात अतिनिद्रा (Posttraumatic hypersomnia)
(viii) अवरोधक निद्रा अश्वसन संलक्षण (Obstructive sleep apnea syndrome)
(ix) केन्द्रीय निद्रा अश्वसन संलक्षण (Central sleep apnea syndrome)
(x) केन्द्रीय वत्स्र्य अल्प वातायन संलक्षण (Central alveolar hypoventilation syndrome)

(xi) नियतकालिक अवयव गति विकृति (Periodic limb movement disorder)
(xii) अशान्त पैर संलक्षण (Restless legs syndrome)
(xiii) आन्तरिक निद्रा विकृति (Intrinsic sleep disorder (NOS))

(ख) बाह्य निद्रा विकृति *(Extrinsic Sleep Disorder)*

(i) अनुपयुक्त निद्रा स्वास्थ्य (Inadequate sleep hygine)
(ii) वातावरणीय निद्रा (Environmental sleep)
(iii) ऊँचाई अनिद्रा (Altitude Insomnia)
(iv) समायोजन निद्राविकृति (Adjustment sleep disorder)
(v) अपर्याप्त निद्रा संलक्षण (Insufficient sleep syndrome)
(vi) सीमा-निर्धारण निद्रा विकृति (Limit-setting sleep disorder)
(vii) निद्रा-प्रारम्भ साहचर्य विकृति (Sleep-onset association disorder)
(viii) भोजन एलर्जी अनिद्रा (Food allergy insomnia)
(ix) रात्रिक भोजन (पेय) संलक्षण (Nocturnal eating (drinking) syndrome)
(x) निद्राजनक निर्भर विकृति (Hypnotic dependent sleep disorder)
(xi) उत्तेजक-निर्भर निद्राविकृति (Stimulant-dependent sleep disorder)
(xii) अल्कोहल-निर्भर निद्रा विकृति (Alcohol dependent sleep disorder)
(xiii) टॉक्सिन उत्पन्न निद्रा विकृति (Toxin induced sleep disorder)
(xiv) बाह्य निद्रा विकृति (Extrinsic sleep disorder NOS)

(ग) सिरकेडियन आवर्तन निद्रा *(Circadian Rhythm Sleep Disorder)*

(i) काल क्षेत्र परिवर्तन निद्रा विकृति (Time zone change sleep disorder)
(ii) पारीकार्य निद्रा विकृति (Shift work sleep disorder)
(iii) अनियमित निद्रा-जागरण प्रतिरूप (Irregular sleep wake pattern)
(iv) बिलम्बित निद्रा भाग संलक्षण (Delayed sleep phase syndrome)
(v) अग्रवर्ती निद्रा भाग संलक्षण (Advanced sleep phase syndrome)
(vi) अ-24 घन्टे निद्रा-जागरण विकृति (Non-24 hour sleep wake disorder)
(vii) सिरकेडियन निद्रा विकृति (Circadian sleep disorder NOS)

2. पैरासोमनियाज *(Parasomnias)*

(क) जागरण विकृति *(Arousal Disorders)*

(i) अस्त-व्यस्त जागरण (Confusional arousal)
(ii) निद्रा भ्रमण (Sleep walking)
(iii) निद्रा आतंक (Sleep terrors)

(ख) निद्रा जागरण संक्रमण विकृति *(Sleep-Wake Transition Disorders)*

(i) आवर्तन गति विकृति (Rhythmic movement disorder).
(ii) निद्रा प्रारम्भन (Sleep starts)
(iii) निद्रा-वार्ता (Sleep talking)
(iv) रात्रिक पैर कम्पन (Nocturnal leg cramps)

(ग) आर॰ ई॰ एम॰ निद्रा से सामान्यतया साहचर्यित पैरासोमनियाज
(Parasomnias Usually Associated with REM Sleep)

(i) दुःस्वप्न (Nightmares)
(ii) निद्रा लकवा (Sleep paralysis)
(iii) दुर्बल निद्रा सम्बन्धी पेन्टाइल इरेक्शन (Impaired-sleep-related pentile erections)
(iv) निद्रा सम्बन्धी पीड़ादायी इरेक्शन (Sleep related painful erections)
(v) आर॰ ई॰ एम॰ निद्रा सम्बन्धी सायनस अवरुद्धता (REM-sleep related sinus arrest)
(vi) आर॰ ई॰ एम॰ निद्रा व्यवहार विकृति (REM-sleep behaviour disorder)

(घ) अन्य पैरासोमनियाज *(Other Parasomnias)*

(i) निद्रा ब्रुक्सइज्म (Sleep bruxism)
(ii) निद्रा असंयत मूत्रता (sleep enuresis)
(iii) निद्रा सम्बन्धी असामान्य निगरण संलक्षण (Sleep-related abnormal swallowing syndrome)
(iv) रात्रिक पैराक्सिमल डिस्टोनिया (Nocturnal paraoxysmal dystonia)
(v) अचानक अव्याख्यापरक रात्रिक मृत्यु संलक्षण (Sudden unexplained nocturnal death syndrome)
(vi) प्राथमिक खर्राटा (Primary snoring)
(vii) शिशु निद्रा अश्वसन (Infant sleep apnea)
(viii) सहज केन्द्रीय अल्प्र वातावयन संलक्षण (Congenital central hypoventilation syndrome)
(ix) अचानक शिशु मृत्यु संलक्षण (Sudden infant death syndrome)
(x) सौम्य नवजात निद्रा मिक्लोनस (Benign neonatal sleep myoclonus)
(xi) अन्य पैरासोमनियाज (Other parasomnia NOS)

3. औषधि-मनश्चिकित्सकी से सम्बन्धित निद्रा विकृतियाँ *(Sleep Disorder Associated with Medical Psychiatric Disorders)*

(क) मानसिक रोगों से सम्बन्धित *(Associated with Mental Disorders)*

(i) मनोविक्षिप्ति (Psychoses)
(ii) मनोदशा विकृति (Mood disorders)
(iii) चिन्ता विकृति (Anxiety disorders)
(iv) आतंक विकृति (Panic disorders)
(v) अल्कोहल उपयोग (Alcoholism)

(ख) तंत्रिका विज्ञान से सम्बन्धित *(Associated with Neurological Disorders)*

(i) प्रमस्तिष्कीय ह्रास विकृति (Cerebral degenerative disorders.)
(ii) मनोभ्रंश (Dementia)

(iii) पार्किन्सोनिजम (Parkinsonism)
(iv) घातक कौटुम्बिक अनिद्रा (Fatal familial insomnia)
(v) निद्रा सम्बन्ध अपस्मार (Sleep related epilepsy)
(vi) निद्रा के अपस्मारपरक विद्युतीय स्थिति (Electrical status epilepticus of sleep)
(vii) निद्रा सम्बन्धी सिरदर्द (Sleep related headaches)

(ग) अन्य चिकित्सकीय विकृतियों से साहचर्यित *(Associated with other Medical Disorders)*

(i) निद्रा अस्वस्थता (sleeping sickness)
(ii) रात्रिक-हृदीय-हृदपेशी में अपर्याप्त रक्त आपूर्ति (Nocturnal cardiac ischemia)
(iii) दीर्घकालिक फुस्फुसीय अवरोधक रोग (Chronic obstructive pulnomary disease)
(iv) निद्रा सम्बन्धी अस्थमा (Sleep related asthama)
(v) निद्रा सम्बन्धी आमाशय एवं माँस नली सम्बन्धी विकृति (Sleep related gastroesophageal reflux)
(vi) पेप्टिक अल्सर रोग (Peptic ulcer disease)
(vii) श्वेत तन्तुमय संयोजी ऊतक शोध (Fibrositis syndrome)

4. प्रस्तावित निद्रा विकृति *(Proposed Sleep Disorders)*

(i) अल्प निद्रा लेने वाला (Short sleepers)
(ii) दीर्घ निद्रा लेने वाला (Long sleepers)
(iii) अव-जागरण संलक्षण (Sub-wakefulness syndrome)
(iv) आंशिक मिक्लोनस (Fragmentary myclonus)
(v) निद्रा अति स्वेदन (Sleep hyperhidrosis)
(vi) रजोधर्म विषयक निद्रा विकृति (Menstural-associated sleep disorder)
(vii) गर्भ साहचर्यित निद्रा विकृति (Pregnancy associated sleep disorder)
(viii) आतंककारी हिपनैगोजिक विभ्रम (Terryfying hypnagogic hallucinations)
(ix) निद्रा सम्बन्धी न्यूरोजेनिक श्वासक्षिप्रता (Sleep related neurogenic tachypnea)
(x) निद्रा सम्बन्धी स्वर यन्त्र की पेशियों में ऐंठन (Sleep related laryngospasm.)
(xi) निद्रा श्वासरोधन संलक्षण (Sleep choking syndrome)

जबकि DSM-IV में निद्रा विकृति का वर्गीकरण नैदानिक कसौटी (diagnostic criteria) एवं अनुमानित कारण विज्ञान (presumed etiology) के आधार पर किया गया है। DSM-IV के अनुसार निद्रा विकृतियों के तीन प्रमुख प्रकार है—

(i) प्राथमिक निद्रा विकृतियाँ (Primary sleep disorder)
(ii) अन्य मानसिक विकृतियों से सम्बन्धित निद्रा विकृति (Sleep disorder related to another mental disorder)
(iii) सामान्य चिकित्सकीय दशाओं तथा पदार्थों के उपयोग के कारण उत्पन्न अन्य निद्रा विकृतियाँ (Other mental disorders due to a general medical condition or substance induced).

(i) प्राथमिक निद्रा विकृतियाँ (*Primary Sleep Disorders*)

DSM - IV में प्राथमिक निद्रा विकृतियों को उन विकृतियों के रूप में नहीं स्वीकार किया गया है जिनका कारण कोई अन्य मानसिक विकृति, शारीरिक दशा, अथवा पदार्थ उपयोग नहीं होता, वरन् इसका कारण असामान्य निद्रा-जागरण क्रियाविधि तथा अकसर अनुबन्धन के कारण होता है (*Primary sleep disorders as those not caused by any other mental disorder, a physical condition or a substance, but, rather caused by abnormal sleep-wake mechanism and often conditioning.*)। प्राथमिक निद्रा विकृतियों के दो प्रमुख प्रकार-डिससोमनियास (Dyssominas) एवं पैरासोमनियास (Parasomnias) है। डिससोमनियास (Dyssominas) में निद्रा विकृतियों का विषमजातीय (heterogeneous) समूह पाया जाता है जिसमें प्राथमिक अनिद्रा (primary insomnia), प्राथमिक अतिनिद्रा (primary hypersomnia), निद्रारोग (narcolepsy), श्वसन सम्बन्धी निद्रा विकृति (breathing related sleep disorder), सिरकेडियन सामंजस्य निद्रा विकृति (Circadian rhythm sleep disorder), निद्रा-जागरण अनुक्रम विकृति (sleep-wake-schedule disorder) एवं अन्य न वर्णित डिससोमनियास को सम्मिलित किया जा सकता है जबकि *पैरासोमनियास (Parasominas)* निद्राविकृति में दुःस्वप्न विकृति (nightmare disorder), स्वप्न चिन्ता विकृति (dream anxiety disorder), निद्रा आतंक विकृति (sleep terror disorder), निद्रा-भ्रमण विकृति (sleep walking disorder) एवं अन्यत्र न वर्णित पैरासोमनियास को सम्मिलित किया जा सकता है।

डिससोमनियास
(Dyssomnias)

(1) प्राथमिक अनिद्रा (*Primary Insomnia*)

नैदानिक लक्षण (*Diagnostic Features*)

इसके निम्नलिखित नैदानिक लक्षण हैः—

(i) निद्रा प्रारम्भ करने अथवा निद्रित अवस्था बनाये रखने (maintaining sleep) अथवा निद्रा पुनर्स्थापन (sleep restoration) में कम-से-कम एक माह तक कठिनाई होने की शिकायत का पाया जाना।

(ii) परिणामस्वरूप महत्त्वपूर्ण निराशा (distress) अथवा सामाजिक, व्यवसायिक कार्यों अथवा अन्य प्रकार्यात्मक क्षेत्रों में दुर्बलता (impairment) का पाया जाना।

(iii) किसी अन्य निद्रा विकृति के पाये जाने पर यह विकृति नहीं पाई जाती है।

(iv) किसी अन्य मानसिक विकृति के पाये जाने पर यह विकृति नहीं पाई जाती है।

(v) यह विकृति किंसी पदार्थ के प्रत्यक्ष शारीरिक प्रभावों (physiological effects) अथवा सामान्य चिकित्सकीय दशाओं के कारण नहीं पाई जाती है।

प्राथमिक अनिद्रा के रोगी सामान्यतया निद्रावस्था प्राप्त करने तथा निद्रावस्था में अंतरायी अनिद्रा (intermittent wakefulness) की शिकायत प्रायः करते हैं। परन्तु ऐसे रोगी बहुत कम पुनःस्थापन निद्रा (nonrestorative sleep) की शिकायत करते हैं। प्राथमिक अनिद्रा का सम्बन्ध अकसर रात्रि के समय दैहिक एवं मनोवैज्ञानिक उत्तेजना (arousal) के साथ-साथ निद्रा के प्रति निषेधात्मक अनुबन्धन (negative conditioning) के साथ पाया जाता है। जब

व्यक्ति में अधिक कुण्ठा (frustration) एवं निराशा (distress) पाई जाती है, तो व्यक्ति अनिद्रा का शिकार हो जाता है। वह कुण्ठा एवं अनुबंधित उत्तेजना (conditioned arousal) के कारण पूरी रात बिस्तर पर पड़े-पड़े अनिद्रा की दशा में व्यतीत कर देता है जबकि कुछ व्यक्ति पढ़ते समय, टेलीविजन देखते समय तथा कार ड्राइव करते समय ही सुप्तावस्था (asleep) में आ जाते हैं। कुछ व्यक्ति ऐसे भी होते हैं जो उत्तेजना-वृद्धि (increased arousal) तथा निषेधात्मक अनुबन्धन के पाये जाने पर अपने शयन कक्ष (bed room) की तुलना बाहर (अन्यत्र) अच्छी नींद सो लेते हैं। चिरकालिक अनिद्रा (chronic insomnia) के पाये जाने पर व्यक्ति की भावनाओं में ह्रास यथा मनोदशा एवं अभिप्रेरणा में अवनति (deterioration in mood and motivation), अवधान, ऊर्जा एवं एकाग्रता में ह्रास तथा थकान एवं अस्वस्थता में वृद्धि पाई जाती है।

प्राथमिक अनिद्रा के पाये जाने के अनेक कारण हैं उदाहरणार्थ—सामान्य स्वास्थ्य के प्रति अत्यधिक चिन्ता, दिन में संवेदनशीलता में अत्यधिक वृद्धि, एकाग्रता में कमी, दिन में चिड़चिड़ाहट में वृद्धि, अन्तर्वैयक्तिक, सामाजिक एवं व्यवसायिक समस्याओं की उपस्थिति, अवधानहीनता; मानसिक विकृतियाँ—मनोदशा विकृति एवं चिन्ता विकृति, मरियल (haggard) शरीर; मनोदैहिक समस्याएँ—तनाव, सिरदर्द, माँसपेशियों के तनाव में वृद्धि, जठरीय परेशानी (gastric distress) आदि। प्रदत्तों का सर्वेक्षण इस तथ्य पर प्रकाश डालता है कि आयु में वृद्धि के साथ-साथ अनिद्रा रोग में वृद्धि पाई जाती है। नव प्रौढ़ (young adults) सुप्तावस्था प्राप्त करने में कठिनाई अनुभव करते हैं। जबकि मध्यवय (middle life) एवं वृद्ध (elderly) व्यक्ति सुप्तावस्था बनाये रखने तथा सवेरे जागने में कठिनाई अनुभव करते हैं। ठीक इसके विपरीत, वृद्ध महिलाओं में अत्यधिक अनिद्रा के पाये जाने पर भी उनमें वृद्ध पुरुषों की तुलना में अधिक निद्रा निरन्तरता पाई जाती है।

ऐसे रोगियों के उपचार के लिए उनका शयन कक्ष परिवर्तित कर देना चाहिए, उनको तनाव रहित रहने का प्रयास करना चाहिए, विश्राम के द्वारा माँसपेशीय तनावों को कम करना चाहिए तथा अनुभावातीत ध्यान (transcendental meditation) करना चाहिए। कभी-कभी जैव प्रतिपूर्ति (biofeedback) से भी प्राथमिक अनिद्रा को दूर किया जा सकता है। यौन संतुष्टि भी महिलाओं की अपेक्षा पुरुषों को निद्रा प्राप्त करने में सहायक होती है। ऐसे रोगियों के उपचार के लिए चिकित्सक को चाहिए कि वह रोगी की आयु एवं शारीरिक दशा को ध्यान में रखते हुए Benzodiazepines, Zolpidem, Chloralhydrate, Flurazepam, Quazepam, Zolpidem, Triazolam आदि औषधियों का प्रयोग कर सकते हैं।

निद्रा स्वास्थ्य *(Sleep hygine)* के लिए निम्न सोपानों का अनुसरण करना चाहिएः—

(i) एक ही समय पर जागना चाहिए।

(ii) निद्रा क्षुब्धता पाये जाने के पूर्व का बिस्तर पर रहने के समय को सीमित करना चाहिए।

(iii) केन्द्रीय तंत्रिका तन्त्र को उत्तेजित करने वाले पदार्थों एवं औषधियों यथा कैफेइन, निकोटिन, अल्कोहल, उत्तेजक औषधियों का प्रयोग नहीं करना चाहिए।

(iv) दिन की झपकियों (naps) से बचना चाहिए।

(v) श्रेणीकृत योजनाओं (graded programs) का प्रयोग करके शारीरिक स्वस्थता (physical fitness) प्राप्त करना चाहिए। यह शारीरिक व्यायाम प्रातःकाल करना चाहिए।

(vi) सायंकालीन उत्तेजनाओं से बचने का प्रयास करना चाहिए। रेडियो टेलीविजन आदि के द्वारा शिथिलीकरण (relaxation) प्राप्त करना चाहिए।

(vii) बिस्तर पर जाने से पूर्व 20 मिनट तक गर्म पानी से नहाना चाहिए।

(viii) नियत समय पर सोना चाहिए, बिस्तर पर जाने से पहले अधिक भोजन नहीं करना चाहिए।

(ix) शिथिलीकरण प्रक्रिया के लिए अभ्यास करना चाहिए।

(x) सुखदायी निद्रा बनाये रखने का प्रयास करना चाहिए।

(2) प्राथमिक अतिनिद्रा *(Primary Hypersomnia)*

प्राथमिक अतिनिद्रा का निदान अत्यधिक निद्रालुता (somnolence) के रूप में उस समय किया जाता है जब यह कम-से-कम एक माह तक अवश्य पाया जाये तथा इसके पाये जाने का कोई और चिकित्सकीय कारण न हो। अल्प निद्रालु (short sleepers) की भाँति दीर्घ निद्रालुओं (long sleepers) के निद्रा में विभिन्नताएँ पाई जाती हैं। यद्यपि इनकी निद्रा दीर्घकालिक होती है परन्तु संरचना (architecture) एवं दैहिकी (physiology) में सामान्य होती है। इनकी निद्रा-क्षमता (sleep efficiency) एवं निद्रा-जागरण अनुक्रम (sleep-wake schedule) सामान्य होता है। इसमें व्यक्ति निद्रा की गुणवत्ता (quality of sleep), दिन में निद्रालुता (day-time sleepiness), अथवा जागृतावस्था की मनोदशा के सम्बन्ध में कोई कठिनाई नहीं पाई जाती है। दीर्घकालीन निद्रा प्रतिरूप (long sleep pattern) पूरे जीवन काल में पाया जाता है तथा यह एक प्रकार का कौटुम्बिक प्रभाव (familial incidence) माना जाता है।

कुछ लोग दीर्घ निद्रालु होते हैं परन्तु सामान्य व्यक्तियों की तुलना में इनमें तन्द्रालुता के कोई वस्तुनिष्ठ लक्षण नहीं पाये जाते हैं। चिकित्सकों ने अतिनिद्रा के स्पष्ट लक्षणों को ज्ञात करने का प्रयास किया है।

नैदानिक लक्षण *(Diagnostic Features)*

DSM-IV के अनुसार अतिनिद्रा के निम्नलिखित नैदानिक लक्षण है:—

(i) इस विकृति का सर्वप्रमुख लक्षण यह है कि अतिनिद्रा के रोगी में कम-से-कम एक महीने तक अत्यधिक निद्रालुता (excessive sleepiness) के लक्षण दीर्घकालिक निद्रा प्रसंग (sleep episode) अथवा दिन के समय निद्रा प्रसंग पाया जाय और यह लक्षण करीब-करीब रोज ही पाया जाय।

(ii) अत्यधिक निद्रालुता के कारण चिकित्सकीय रूप से महत्त्वपूर्ण व्यथा (distress) अथवा सामाजिक व्यवसायिक एवं प्रकार्यता के अन्य महत्त्वपूर्ण क्षेत्रों में दुर्बलता (impairment) पायी जाय।

(iii) अतिनिद्रा के लक्षण अन्य निद्रा विकृतियों यथा निद्रा रोग (narcolepsy), श्वसन-सम्बन्धी निद्रा विकृति (breathing related sleep disorder) सिरकेडियन सामंजस्य निद्रा विकृति (circadian rhythm sleep disorder.) अथवा पैरासोमनिया (parasomnia) के पाये जाने पर नहीं पाये जाते हैं तथा इन लक्षणों का कारण अनुपयुक्त निद्रा नहीं होती है।

(iv) यह क्षुब्धता किसी अन्य मानसिक विकृति के पाये जाने पर विशिष्ट रूप से घटित नहीं होती।

(v) रोगी में पायी जाने वाली यह क्षुब्धता पदार्थों (substances) के दुरुपयोग के प्रत्यक्ष दैहिक प्रभाव के कारण नहीं पायी जाती है।

(vi) यह क्षुब्धता औषधियों के प्रभाव के कारण अथवा सामान्य चिकित्सकीय दशाओं (general medical conditions) के कारण नहीं पायी जाती है।

प्राथमिक अतिनिद्रा के रोगी में प्रमुख निद्रा प्रसंग (major sleep episode) की अवधि 8 से 12 घन्टे तक की होती है तथा सवेरे जागने में इन्हें कठिनाई होती है। रात्रिक निद्रा (nocturnal sleep) की गुणवत्ता सामान्य निद्रा की ही भाँति होती है। सामान्य जागृतावस्था के समय अत्यधिक निद्रालुता ऐच्छिक झपकी (naps) अथवा निद्रा के असावधान प्रसंग (inadvertent episodes) के रूप में पाये जाते हैं। ऐसे रोगियों के लक्षणों के वस्तुनिष्ठ मापन से इस तथ्य पर प्रकाश पड़ता है कि ऐसे रोगियों में दैहिक निद्रालुता (physiological sleepiness) पाया जाता है। दिन में झपकी अपेक्षाकृत दीर्घकालिक होती है जो एक घन्टे या इससे अधिक की हो सकती है जिससे रोगी न तो तरो-ताजा अनुभव करता है और न ही सतर्कता अनुभव करता है।

अतिनिद्रा से व्यक्ति में महत्त्वपूर्ण व्यथा (distress) कार्य एवं सामाजिक सम्बन्धों में दुष्प्रकार्यता पाई जाती है। दिन में अनैच्छिक निद्रा प्रसंग उलझनपूर्ण (embarassing) ही नहीं वरन् खतरनाक (dangerous) भी हो सकता है। प्राथमिक अतिनिद्रा निरन्तर (continuous) होती है लेकिन अस्वास्थ्यकर (nonrestorative) नहीं। ऐसे व्यक्ति सुप्तावस्था में शीघ्र ही आ जाते हैं और अच्छी नींद लेते हैं परन्तु सवेरे उठने में इन्हें कठिनाई होती है, अकसर भ्रमित (confused), युद्धप्रिय (combative) अथवा गतिविभ्रमी (ataxic) होते हैं। निद्रा-जागरण संक्रमण (sleep-wake transition) की सतर्कता की दीर्घकालिक दुर्बलता को निद्रा मद्यासक्ति (Sleep drunkenness) की संज्ञा दी जाती है। जैसे-जैसे व्यक्ति की आयु बढ़ती है, ऐच्छिक झपकी (voluntary napping) की मात्रा बढ़ती जाती है। जनसंख्या में 5% से 10% व्यक्तियों में प्राथमिक अतिनिद्रा पाई ज़ाती है। आवर्ती (recurrent) प्राथमिक अतिनिद्रा के प्रकार को क्लीन लेविन संलक्षण (Kleine—Levin Syndrome) की संज्ञा दी जाती है। यह विकृति 15 से 30 वर्ष के बीच विशिष्ट रूप से पाई जाती है जो सप्ताह से महीनों तक बनी रह सकती है।

अतिनिद्रा के उपचार के लिए उत्तेजक औषधियों (stimulant drugs) यथा Amphetamines प्रातः अथवा सायंकाल में देना चाहिए। ऐसे रोगियों के लिए अप्रशान्तक अवसाद प्रतिरोधी औषधियों (nonsedating antidepressant drugs) जैसे Serotonin-Specific-reputake-inhibitors का उपयोग भी लाभदायक है।

निद्रा रोग
(Narcolepsy)

आवेशिक निद्रा, तन्द्रालुता, निद्रा रोग (narcolepsy) में Paradoxical sleep—REM Sleep का नियन्त्रण विकारग्रस्त हो जाता है और व्यक्ति इच्छानुसार जागृतावस्था में अपने को बनाये रखने में असमर्थ रहता है। इस विकास के प्रमुख लक्षण इस प्रकार हैं—दिन में अधिक निद्रा आना, जागने पर कुछ समय तक हाथ-पैर फैला पाने की असमर्थता, सोने के लिए जाने पर या सोकर उठने पर विभ्रम (Hallucination), रात्रि में निद्रा न आना, तैरते समय नींद के झटके आना, निद्रा का शीघ्र ही खुल ज़ाना आदि। प्रत्येक 4000 व्यक्ति में एक व्यक्ति इस रोग से ग्रस्त होता है। 15-30 वर्ष की आयु के लोग इस रोग से अधिक प्रभावित होते हैं।

निद्रारोग में दिन के समय अत्यधिक निद्रालुता तथा द्रुत नेत्र गति निद्रा (REM sleep) की असामान्य अभिव्यक्ति को लिया जा सकता है जो कम-से-कम 3 महीनों तक रोज निरन्तर रूप से घटित हो। द्रुत नेत्र गति (REM) निद्रा में निद्रा-अनिद्रा की अवस्था (hypnagogic) एवं दृष्टि-प्रतिबिम्बिता विभ्रम (hypnopompic hallucinations) कैटाप्लेक्सी (Cataplexy —एक अचानक होने वाला मनोवेगी आघात जिसमें चेतना लुप्त नहीं होती, वरन् माँसपेशियों में कमजोरी आ जाती है जिससे रोगी फर्श पर गिर पड़ता है। इसे Cataplexia भी कहते हैं) एवं निद्रा पेक्षाघात (sleep paralysis) को सम्मिलित किया जा सकता है। निद्रा प्रारंभ (sleep onset) के प्रारम्भ होने के 10 मिनट के अन्दर द्रुत-नेत्र-गति निद्रा का पाया जाना निद्रा रोग की ओर संकेत करता है। यह विकृति खतरनाक है क्योंकि इससे कार दुर्घटनाओं (automobile) एवं औद्योगिक दुर्घटनाओं (industrial accidents) की संख्या में वृद्धि पाई जाती है।

निद्रारोग कोई दुर्लभ विकृति नहीं है। यह .02% से .16% प्रौढ़ों में पाई जाती है तथा यह एक कौटुम्बिक विकृति (familial disorder) है। निद्रारोग न तो अपस्मार (epilepsy) का कोई प्रकार है, और न इसके उत्पत्ति का कारण मनोजनित क्षुब्धताएँ (Psychogenic disturbances) है। निद्रा क्रियाविधि (sleep mechanism) की यह एक असामान्यता है जिसमें द्रुत-नेत्र-गति (REM) अवरोधक क्रियाविधि है। निद्रा रोग किसी भी आयु में पाया जा सकता है। परन्तु यह रोग सामान्यतया किशोरावस्था अथवा नव-प्रौढ़ावस्था में पाया जाता है। यह रोग 30 वर्ष की अवस्था प्राप्त करने के पूर्व ही पाया जाता है। इस विकृति में या तो धीरे-धीरे विकास पाया जाता है अथवा इसमें पठार (Plateau) पाया जाता है जो पूरे जीवन भर बना रहता है।

नैदानिक लक्षण *(Diagnostic Features)*

निद्रा रोग (Narcolepsy) के अनेक नैदानिक लक्षण हैः—

(i) इसके प्रमुख लक्षणों के रूप में स्फूर्तिदायक निद्रा के पुनरावृत्तिपरक अप्रतिरोध्य दौरे (repeated irresistable attacks of refreshing sleep), कैटाप्लेक्सी (cataplexy), एवं निद्रा एवं जागरण के संक्रमण अवधि के मध्य द्रुत नेत्रगति (REM) निद्रा के तत्त्वों के आवर्ती हस्तक्षेप (recurrent intrusion) को लिया जा सकता है।

(ii) व्यक्ति की निद्रालुता में एक निद्रा दौरे (sleep attack) के बाद विशिष्ट ह्रास पाया जाता है तथा व्यक्ति की यह निद्रालुता कई घन्टों बाद वापस लौटती है।

(iii) इस विकृति के लक्षणों की अभिव्यक्ति व्यक्ति में रोज पाई जाती है और यह लक्षण कम-से-कम तीन महीने तक अवश्य पाये जाते हैं।

(iv) इस विकृति के लक्षण जिन व्यक्तियों में पाये जाते हैं, उनमें कैटाप्लेक्सी (cataplexy) अथवा निद्रा एवं जागरण अवधि में संक्रमण में द्रुत नेत्र गति (REM) के तत्त्वों का आवर्ती हस्तक्षेप (recurrent intrusion) अथवा दोनों पाया जाता है जिसकी अभिव्यक्ति ऐच्छिक माँसपेशियों के पक्षाघात (paralysis of voluntary muscles) अथवा निद्रासमान विभ्रम (dreamlike hallucinations) के रूप में होती है।

(v) यह लक्षण पदार्थों अथवा औषधियों के प्रत्यक्ष दैहिक प्रभाव अथवा सामान्य चिकित्सकीय दशाओं के कारण नहीं उत्पन्न होते हैं।

(vi) ऐसे व्यक्तियों में निम्न उत्तेजना (low stimulation) तथा निम्न क्रिया परिस्थितियाँ (low activity situations) पाई जाती है।

(vii) ऐसे व्यक्ति पढ़ते समय अथवा टेलीविजन देखते समय निद्रालुता प्राप्त कर लेते हैं।

(viii) यह निद्रा प्रसंग (sleep episode) सामान्यतया 10-20 मिनट का होता है और अवरोधित न होने पर इसकी अवधि एक घन्टे तक पहुँच सकती है।

निद्रा रोग में व्यक्ति स्वप्न देखता है। व्यक्ति इन निद्रा दौरों का सामना भिन्न-भिन्न प्रकार से करता है। कुछ व्यक्ति अपने निद्रा को व्यवस्थित करने के लिए ऐच्छिक रूप से झपकियाँ ले लेते हैं। ऐसे व्यक्ति सामाजिक क्रिया-कलापों में भाग लेने में हिचकिचाहट अनुभव करते हैं क्योंकि उन्हें इस बात का भय बना रहता है कि कहीं वे तन्द्रालुता से प्रभावित न हो जाएँ अथवा उनमें कैटाप्लेक्सी (cataplexy) के लक्षण न उत्पन्न हो जाएँ। वे कैटाप्लेक्सी के लक्षणों को दूर करने के प्रयास में अपने संवेगों को नियन्त्रित करने का प्रयास करते हैं, परिणामस्वरूप, उनके सामाजिक सम्बन्ध अवरोधित होते हैं। निद्रारोग दिन की प्रकार्यता (day time functioning) को अवरोधित कर देती है क्योंकि व्यक्ति पुनरावृत्तिपरक (repetetive) तथा अनियन्त्रण योग्य निद्रा के दौरों से वह प्रभावित रहता है। ऐसे व्यक्ति निद्रालुता का परिहार नहीं कर सकते हैं। निद्रारोग के प्रमुख लक्षणों के रूप में निद्रा-अनिद्रा की अवस्था (hyponagogic) अथवा दृष्टि प्रतिबिम्बित (hynopompic) विभ्रमों को लिया जा सकता है। ऐसे रोगी अस्थायी रूप से भयभीत रहते हैं परन्तु दो-तीन मिनटों बाद ही वे सामान्य अवस्था में लौट आते हैं। ऐसे रोगियों का एक असामान्य लक्षण (uncommon symptom) और भी है और वह है, निद्रा पक्षाघात (sleep paralysis) जो प्रायः प्रातःकाल जगने पर घटित होता है। ऐसी अवस्था में रोगी स्पष्ट रूप से जागृत एवं चेतनावस्था में होता है परन्तु अपनी माँसपेशियों में गति नहीं कर सकता है। यदि यह लक्षण कुछ सेकेण्ड तक बना रहता है, तो यह व्यक्ति के लिए अत्यन्त असुखदकारी होता है।

निद्रा रोगियों के लिसोम्नोग्राफिक रिकार्डिंग (lysomnographic recording) से इस तथ्य पर प्रकाश पड़ता है कि ऐसे रोगियों में HLA - DR2 90% से 100% पाया जाता है परन्तु सामान्य व्यक्तियों में यह 10% से 35% पाया जाता है। ऐसे रोग के उपचार के लिए चिकित्सक को चाहिए कि वह अधिक लाभदायक औषधियों यथा Amphetamines एवं Methylphenidate का उपयोग करना चाहिए। इसी प्रकार Modafinil तथा Protriptyline का उपयोग भी इस रोग के उपचार के लिए किया जा सकता है। Modafinil के दुष्प्रभाव कम होते हैं। इसके अतिरिक्त तद्रांलुता के रोगियों को अवसादरोधी औषधियों (anti depressants) उदाहरणार्थ Clomipramine Imipramine, Protriptline का प्रयोग किया जा सकता है। पौष्टिक आहार से भी इस रोग से मुक्ति मिल सकती है?

श्वसन-सम्बन्धी निद्रा विकृति
(Breathing–Related Sleep Disorder)

श्वसन सम्बन्धी निद्रा विकृति की परिभाषा उस निद्रा विघटन के रूप में की जा सकती है जिससे व्यक्ति में अत्यधिक तन्द्रालुता (excessive sleepiness) अथवा अनिद्रा (insomnia) के रूप में की जा सकती है। श्वसन क्षुब्धता निद्रा अवधि में पाई जाती है जिसमें अश्वसन (apneas), अल्प अश्वसन (hypopneas), तथा ऑक्सीजन असंतृप्ति (oxygen desaturation) को सम्मिलित किया जा सकता है। यह क्षुब्धताएँ निश्चित रूप से व्यक्ति में अतिनिद्रा का कारण बनती है।

नैदानिक लक्षण *(Diagnostic Features)*

DSM-IV के अनुसार श्वसन-सम्बन्धी निद्रा विकृति (Breathing-related sleep disorder) के निम्नलिखित नैदानिक लक्षण है:—

(i) इसमें निद्रा विघटन (sleep disruption) पाया जाता है जिससे व्यक्ति में या तो अत्यधिक निद्रालुता अथवा अनिद्रा पाई जाती है।

(ii) व्यक्ति में पाये जाने वाले यह लक्षण निद्रा अवधि में वायुसंचार (ventilation) में असामान्यता के कारण पाये जाते हैं जिससे व्यक्ति में निद्रा अश्वसन (sleep apnea—निद्रा में कुछ समय के लिए सांस रुक जाना) अथवा केन्द्रीय वायुकोष्ठ अल्प वायु संचार (central alveolar hypoventilation) पाया जाता है।

(iii) इस निद्रा विकृति का कारण न तो कोई मानसिक विकृति ही होती है और न किसी पदार्थ (substance) के उपयोग के कारण प्रत्यक्ष प्रभाव के रूप में होता है और न ही किसी सामान्य चिकित्सकीय दशा के कारण ही इस रोग की उत्पत्ति होती है।

श्वसन प्रणाली की दो विकृतियाँ—अवरोध निद्रा (obstructive sleep), संलक्षण निद्रा अश्वसन (sleep apnea syndrome) एवं केन्द्रीय वायुकोष्ठ अल्पवायु-संचार (central alveolar hypoventilation) अतिनिद्रा को उत्पन्न करते हैं। यद्यपि यह दोनों कारक अनिद्रा को भी उत्पन्न कर सकते हैं परन्तु अतिनिद्रा के लिए इन्हें अपेक्षाकृत अधिक उत्तरदायी माना जा सकता है।

(i) अवरोधक निद्रा अश्वसन संलक्षण *(Obstructive Sleep Apnea Syndrome)*

अनेक व्यक्तियों यथा वृद्धों एवं मोटे व्यक्तियों में निद्रा अवधि में बिना किसी नैदानिक लक्षणों के ही अश्वसन अवधि पाई जाती है। ऐसे व्यक्ति जागृतावस्था की तुलना में निद्रावस्था में अपेक्षाकृत अधिक अश्वसन कठिनाइयाँ अनुभव करते हैं। ऐसे व्यक्ति जोरदार खर्राटे भरते हैं, सुबह उठने पर इन्हें सिरदर्द होता है, गले में अवरोध अनुभव करते हैं, जागने पर ताजगी अनुभव नहीं करते हैं, छाती में खिचाव (tighlness in chest) अनुभव करते हैं, जागने पर मुँह सूखा रहता है, छाती में जलन (heart burn) होती है, रक्तचाप बढ़ा हुआ होता है, स्थिति अवसादपरक होती है, तथा भार औसत से अधिक होता है। निद्रा अश्वसन नाक अथवा मुँह से वायु प्रवाह(airflow)के विराम(cessation)की ओर संकेत करता है। अश्वसन की अवधि 10 सेकेण्ड या इससे अधिक की हो सकती है। निद्रा अश्वसन के उस रोगी को चिकित्सकीय सहायता की आवश्यकता होती है जिन्हें प्रति घन्टे 5 अश्वसन प्रसंग (apneic episodes) अथवा पूरी रात में 30 अश्वसन प्रसंगों का अनुभव होता हो। अवरोधक निद्रा अश्वसन में इन प्रसंगों की संख्या 300 तक बढ़ सकती है। ऐसे व्यक्तियों में सामान्य निद्रा नहीं पाई जाती है। ऐसे व्यक्ति बिस्तर में पड़े रहते हैं और पूरी रात निद्रित रहने की बात करते हैं।

निद्रा अश्वसन एक खतरनाक दशा है जो अनेकों मृत्यों के अज्ञात कारणों के रूप में हो सकती है। यही नहीं अनेकों शिशु और बच्चे अपने पालने में ही इस विकृति के कारण मृत्यु के शिकार हो जाते हैं। निद्रा अश्वसन प्रौढ़ों और वृद्धों में अनेकों फुफ्फुसीय (pulmonary)और हृद-संवहनी मृत्यु (cardiovascular deaths) के लिए उत्तरदायी होते हैं।

समय से इस रोग का उपचार न होने से पक्षाघात (paralysis), हृदयगति अनियमितता (cardiac arrhythmias), उच्च रक्तचाप (high blood pressure), हार्ट अटैक (heart attack), नामर्दी (impotency) आदि पाया जा सकता है।

(ii) केन्द्रीय वायुकोष्ठ अल्पवायु संचार (*Central Alveolar Hypoventilation*)

केन्द्रीय वायुकोष्ठ अल्पवायु संचार उन दशाओं की ओर संकेत करता है जो दुर्बल वायुसंचार के कारण उत्पन्न होते हैं। दुर्बल वायुसंचार प्रणाली के कारण व्यक्ति में निद्रा अश्वसन के लक्षणों के न पाये जाने पर भी व्यक्ति श्वसन सम्बन्धी असामान्यता का अनुभव करता है। वायुसंचार सम्बन्धी दुष्प्रकार्यता के कारण व्यक्ति मृत्यु को भी प्राप्त कर सकता है।

सिरकेडियन सामंजस्य निद्रा विकृति
(Circadian Rhythm Sleep Disorder)

इस विकृति में वांछित एवं वास्तविक निद्रा अवधियों के मध्य अनुपयुक्त बंधन (misalignment) के विस्तृत प्रसार की ओर संकेत करता है। ***DSM-IV*** में सिरकेडियन सामंजस्य निद्रा विकृति के चार प्रकार बताये गये हैं—विलम्बित निद्रा अवस्था प्रकार (Delayed sleep phase type), धारा बिलम्ब प्रकार (Jet lag type), कार्य स्थानान्तरण प्रकार (Shift work type) एवं अवशिष्ट (Unspecified type)। विलम्बित निद्रा अवस्था प्रकार (delayed sleep phase) में निद्रा एवं जागरण का चक्र समाज की मांगों के अनुसार विलम्बित होता है। ऐसे लक्षण वाले व्यक्तियों को Night Owls की संज्ञा दी जाती है क्योंकि उनमें अवस्था-अग्रवर्ती-निद्रा-जागरण-अवधियों (Phase-advance-sleep-wake hours) से सम्बन्धित योग्यता में असामान्य रूप से ह्रास पाया जाता है। परिणामस्वरूप ऐसे व्यक्तियों में देर से सोने की आदत पाई जाती है और यह अपने निद्रा अवधि का प्रारम्भ पहले प्रारम्भ नहीं कर सकते हैं। *धारा विलम्ब प्रकार* में निद्रा-जागरण चक्र सामान्य होता है तथा सिरकेडियन प्रणाली में निद्रा एवं जागरण प्रतिरूप तथा नवीन निद्रा-जागरण प्रणाली में अन्तर्द्वन्द पाये जाने के कारण क्षुब्धता पाई जाती है। *कार्य स्थानान्तरण प्रकार* में भी निद्रा-जागरण चक्र सामान्य होता है। परन्तु *सिरकेडियन प्रणाली* के निद्रा-जागरण चक्र तथा वांछित निद्रा-जागरण प्रणाली के मध्य पाये जाने वाले अन्तर्द्वन्द के कारण क्षुब्धता पाई जाती है। *अविशिष्ट प्रकार* (unspecified type) की निद्रा विकृति उस समय पाई जाती है जब व्यक्ति में सिरकेडियन प्रकार की दूसरी निद्रा विकृति भी पाई जाती है।

पैरासोमनियास
(Parasomnias)

पैरासोमनियास को उन व्यवहारपरक अथवा दैहिक विकृतियों के रूप में विशेषीकृत किया जा सकता है जो निद्रा, विशिष्ट निद्रा अवस्थाओं (specific sleep stages), अथवा निद्रा-जागरण संक्रमणों (sleep-wake transitions) से साहचर्यित होते हैं। डिससोमनियास की भाँति पैरासोमनियास में निद्रा-जागरण की अवधियाँ सन्निहित नहीं होती है। पैरासोमनियास निद्रा-जागरण अवधि में अनुपयुक्त समयों पर दैहिक प्रणाली के सक्रियकरण (activation of physiological system) की ओर संकेत करता है जिसमें निद्रा अवधि अथवा निद्रा-जागरण संक्रमणों के समय स्वायत्त तंत्रिका तंत्र (ANS), क्रियात्मक प्रणाली (motor system), एवं संज्ञानात्मक प्रक्रियाओं (cognitive processes) के सक्रियकरण को सम्मिलित किया जा सकता है। निद्रा अवधि में विभिन्न प्रकार के पैरासोमनियास घटित होते है जबकि विशिष्ट पैरासोमनियास विशिष्ट निद्रा अवस्थाओं में ही घटित होते है। पैरासोमनियास के लक्षण पाये जाने वाले व्यक्तियों' में निद्रा की अवधि में असामान्य व्यवहार की शिकायतें पाई जाती है।

पैरासोमनियास में दुःस्वप्न विकृति (Nightmare Disorder), निद्रा-आतंक विकृति (Sleep Terror Disorder) निद्रा-भ्रमण विकृति (Sleep Walking Disorder) आदि को सम्मिलित किया जा सकता है। जिनका वर्णन निम्नवत हैः—

(1) दुःस्वप्न विकृति *(Nightmare Disorder)*

पहले इसे स्वप्न चिन्ता विकृति (Dream Anxiety Disorder) की संज्ञा दी जाती थी। दुःस्वप्न दीर्घकालिक होते हैं तथा जागने पर भयभीत रहते हैं। अन्य स्वप्नों की भाँति दुःस्वप्न भी अक्सर द्रुत नेत्र गति (REM) निद्रा अवधि में ही घटित होते हैं तथा विशेष रूप से उस द्रुतनेत्र गति निद्रा की अवधि में घटित होते हैं जो देर रात में घटित होते हैं। कुछ व्यक्ति अपने पूरे जीवन में दुःस्वप्न देखते रहते हैं जबकि कुछ व्यक्ति बलाघात अनुभव करते समय अथवा अस्वस्थता की अवधि में दुःस्वप्न देखते हैं। प्रौढ़ जनसंख्या के लगभग 50% व्यक्ति कभी-कभी दुःस्वप्न देखते हैं। इस विकृति के लिए सामान्यतया कोई उपचार नहीं किया जाता है। द्रुत नेत्रगति निद्रा का दमन करने वाली औषधियों जैसे Tricyclic drugs एवं Benzodiazepines का प्रयोग दुःस्वप्न की आवृत्तियों को कम करने के लिए किया जा सकता है। सामान्य विश्वास के विपरीत यह कहा जा सकता है कि दुःस्वप्न के परिणामस्वरूप जागने पर व्यक्ति को कोई हानि नहीं होती है।

नैदानिक लक्षण *(Diagnostic Features)*

दुःस्वप्न विकृति (Mightmare disorder) के निम्नलिखित नैदानिक लक्षण हैंः—

(i) इस विकृति में व्यक्ति भयभीत करने वाले स्वप्नों को बार-बार देखता है जिससे वह निद्रा से जाग जाता है।

(ii) जागने पर व्यक्ति पूर्ण रूप से सावधान एवं सतर्क अनुभव करता है।

(iii) भयभीत करने वाले दुःस्वप्नों अथवा निद्रा बाधाओं/अवरोधों के कारण जागने से व्यक्ति में महत्त्वपूर्ण व्यथा (distress) पायी जाती है अथवा उनके सामाजिक तथा व्यवसायिक क्षेत्रों में दुष्प्रकार्यता पाई जाती है।

(iv) इस विकृति का निदान उस समय सम्भव नहीं हो पाता है जब किसी अन्य मानसिक विकृति के कारण व्यक्ति पीड़ित रहता है अथवा व्यक्ति किसी द्रव्य के कारण प्रभावित होता है अथवा व्यक्ति में कोई चिकित्सकीय दशा पाई जाती है।

दुःस्वप्न विशिष्ट रूप से दीर्घकालिक एवं विस्तृत (elaborate) स्वप्न अनुक्रम के रूप में घटित होता है जिससे उनकी चिन्ता में वृद्धि पाई जाती है तथा व्यक्ति भयभीत अनुभव करता है। स्वप्न का विषय-वस्तु (content) अकसर व्यक्ति के महत्त्वपूर्ण दैहिक खतरों (physical dangers—यथा लक्ष्य, आघात, क्षति) पर केन्द्रित होता है। कुछ दशाओं में प्रत्यक्षित खतरा (perceived danger) अत्यधिक जटिल होता है जो व्यक्तिगत असफलताओं (personal failure) अथवा उलझनों (embarrassment) से सम्बन्धित होते हैं। संत्रासपूर्ण (traumatic) अनुभवों के परिणामस्वरूप घटित हुए दुःस्वप्नों में मौलिक खतरों (original dangers) एवं भयावह परिस्थितियों की पुनरावृत्ति पाई जा सकती है। जागने पर इस विकृति के व्यक्ति स्वप्न अनुक्रम (sequence) एवं विषय-वस्तु (content) का विस्तृत वर्णन करते हैं। ऐसे व्यक्ति एक ही रात में देखे गये अनेक दुःस्वप्नों का वर्णन कर सकते हैं। दुःस्वप्न प्रायः उसी समय देखे जाते हैं जब व्यक्ति की निद्रा में द्रुत नेत्र गति (REM) पाया जाता है।

दुःस्वप्न विकृति के कारण व्यक्ति में स्वेदन (sweating), हृदक्षिप्रता (tachycardia),

श्वासक्षिप्रता (tachypnea) आदि लक्षण जागने पर पाये जाते हैं। दुःस्वप्न विकृति के लक्षणों के रूप में अवसाद, चिन्ता, आदि लक्षणों को सम्मिलित नहीं किया जा सकता।

मनोसामाजिक बलाघातों के पाये जाने पर बच्चों में भी दुःस्वप्न विकृति पाई जा सकती है। दुःस्वप्न विकृति के कारण जागने पर हृदय गति और श्वसन गति में वृद्धि पाई जाती है। दुःस्वप्नों पर सांस्कृतिक कारकों का प्रभाव पड़ता है क्योंकि कुछ संस्कृतियों में दुःस्वप्न का कारण आध्यात्मिक (spiritual) अथवा अलौकिक गोचर (supernatural phenomenon) माना जाता है जबकि कुछ संस्कृतियाँ इसे मानसिक अथवा शारीरिक क्षुब्धताओं के कारण उत्पन्न हुआ मानते हैं। दुःस्वप्न विकृतियाँ अकसर बाल्यावस्था में घटित होती है। 10% से 50% बच्चों में 3-5 वर्ष की आयु से ही पर्याप्त मात्रा में दुःस्वप्न विकृति के लक्षण पाये जाने लगते हैं। जबकि प्रौढ़ व्यक्तियों की जनसंख्या में लगभग 50% व्यक्तियों में कभी-कभी दुःस्वप्न आते हैं।

(2) निद्रा-आतंक विकृति *(Sleep Terror Disorder)*

निद्रा-आतंक विकृति रात्रि की प्रथम तिहाई काल में अद्रुत नेत्र-गति निद्रा (NREM) अवधि में एक उत्तेजना (arousal) है जो निद्रा की तृतीय एवं चतुर्थ अवस्था में पायी जाती है। ऐसे रोगी भयभीत होकर अपने बिस्तर पर उठ बैठते हैं, तथा अत्यधिक आतंक की भावना से कभी-कभी जाग जाते हैं। ऐसे रोगी निद्रोविमुख होकर जागते हैं और अकसर उस प्रसंग को भूल कर निद्रालु हो जाते हैं। निद्रा आतंक विकृति आगे चलकर निद्रा भ्रमण (sleep walking) में परिवर्तित हो जाती है। इस प्रकार यह कहा जा सकता है कि इन दोनों विकृतियों में घनिष्ठ सम्बन्ध पाया जाता है। रात्रिकालीन आतंक सामान्यतया बच्चों में ही अधिक पाया जाता है। 1% से 6% बच्चों में यह विकृति पाई जाती है।

नैदानिक लक्षण *(Diagnostic Features)*

DSM-IV के अनुसार निद्रा आतंक विकृति (Sleep terror disorder) के निम्नलिखित नैदानिक लक्षण हैः—

(i) इस विकृति में निद्रा आतंक की पुनरावृत्ति बार-बार होती है।

(ii) इस विकृति में रोगी भयभीत होकर चीख-चिल्लाकर जाग जाता है।

(iii) निद्रा आतंक विकृति का प्रारम्भ प्रमुख निद्रा प्रसंग (major sleep episode) अवधि के प्रथम तिहाई भाग में ही घटित होता है और 1-10 मिनट तक बना रहता है।

(iv) ऐसे प्रसंगों में स्वचालित उत्तेजना (autonomic arousal) एवं व्यवहारपरक तीव्र भय की अभिव्यक्ति पाई जाती है।

(v) ऐसे प्रसंगों की अवधि में व्यक्ति सुख अनुभव नहीं करता है।

(vi) यदि व्यक्ति निद्रा आतंक की अवधि के पश्चात जाग जाता है, तो किसी स्वप्न का पुनःस्मरण नहीं कर पाता है अथवा वे आंशिक पुनःस्मरण ही कर पाते हैं।

(vii) प्रातःकाल जागने पर व्यक्ति में उस घटना के प्रति स्मृति-लोप (Amnesia) पाया जाता है।

(viii) निद्रा आतंक विकृति के कारण व्यक्ति में नैदानिक रूप से महत्त्वपूर्ण व्यथा पाई जाती है अथवा उनके सामाजिक, व्यवसायिक अथवा प्रकार्यता के अन्य क्षेत्रों दुर्बलता पाई जाती है।

(ix) निद्रा आतंक विकृति का निदान उस समय सम्भव नहीं हो पाता है जब व्यक्ति किसी पदार्थ (substance) अथवा औषधि से प्रभावित होता है अथवा उसमें कोई सामान्य चिकित्सकीय दशा पाई जाती है।

ऐसे रोगी निद्रा आतंक विकृति के कारण अचानक चीख कर अथवा चिल्लाकर उठ बैठते है, भय के चिह्न प्रकट करते हैं तथा तीव्र चिन्ता के चिह्न स्पष्ट रूप से दिखाई पड़ते हैं जिससे उनमें हृदक्षिप्रता (tachycardia), तेज श्वसन (rapid breathing), त्वचा का रंग उड़ जाना (flushing of the skin), स्वेदन (sweating), पुतलियों का फैलना, (dialation of pupils), माँसपेशियों में तनाव आदि लक्षण पाये जाते हैं। ऐसे रोगी दूसरों के द्वारा जगाये जाने पर अनुक्रिया नहीं प्रकट करते हैं। लेकिन यदि उसे जगा ही दिया जाता है तो वह भ्रमित (confused) हो जाता है और कुछ मिनटों के लिए स्थिति-भ्रम (disoriented) हो जाता है, तथा कहानी की भाँति स्वप्न अनुक्रमों को पुनःस्मरण (recount) करता है। सामान्यतया व्यक्ति पूर्ण रूप से जागृतावस्था में नहीं होता है इसलिए पुनः निद्रा की गोद में चला जाता है। अगले प्रातःकाल जगने पर निद्राप्रसंग के बारे में स्मृतिलोप (amnesia) पाया जाता है। कुछ व्यक्ति ऐसे प्रसंगों का पुनःस्मरण कर सकते हैं, परन्तु उनका विस्तृत विवरण देने में वे असमर्थ रहते हैं।

निद्रा आतंक विकृति के साथ ठहाका लगाना, (yelling), चीखना (screaming), चिल्लाना (crying) अथवा असम्बद्ध उच्चारण (incoherent vocalization) आदि लक्षण साहचर्यित रहते हैं। ऐसे रोगी झूलने (swinging), कोचने (punching), भागने (fleeing) अथवा बिस्तर से उठने (rising from the bed) के प्रति सक्रियता से अपना प्रतिरोध प्रकट करते हैं। इन व्यवहारों के द्वारा उनके स्व-रक्षा (self-protection) अथवा (flight from threat) का संकेत प्राप्त होता है जिसका परिणाम शारीरिक क्षति के रूप में होता है। अल्कोहल अथवा शामक (sedative) के उपयोग, निद्रा वंचन, निद्रा-जागरण अनुक्रम विघटन (sleep wake schedule disruption), थकान एवं शारीरिक अथवा सांवेगिक बलाघात के कारण इस विकृति के पाये जाने की सम्भावना अधिक होती है। DSM-IV के Axis-I disorders में वृद्धि पाये जाने पर निद्रा आतंक विकृति के आवृत्ति में वृद्धि पाई जाती है। यह विकृति उस समय विशेष रूप से अधिक पाई जाती है जब व्यक्ति में पश्च-आघात बलाघात विकृति (Posttraumatic Stress Disorder) एवं सामान्यीकृत चिन्ता विकृति (Generalized Anxiety Disorder) पाया जाता है। इस प्रकार जिन व्यक्तियों में व्यक्तित्व विकृतियाँ जैसे निर्भर (dependent), मनोविदली (schizoid), एवं सीमावर्ती व्यक्तित्व विकृतियाँ (Borderline Personality Disorders) पाई जाती है उनमें भी इस विकृति के पाये जाने की सम्भावना अधिक पाई जाती है। यह विकृति सामान्य जनसंख्या में 1% से 6% बच्चों में तथा 1% से कम प्रौढ़ों में पाई जाती है।

(3) निद्रा-भ्रमण विकृति *(Sleep Walking Disorder)*

निद्राभ्रमण (sleep walking) के लिए, अंग्रेजी भाषा के एक और पर्यायवाची 'Somnambulism' का प्रयोग किया जाता है जिसमें जटिल व्यवहार (complex behaviour) पाये जाते हैं जो निद्रा के गहन (तृतीय अथवा चतुर्थ अवस्था) NREM निद्रा में अकसर घटित होते हैं। यह विकृति न तो हमेशा पाई जाती है, न व्यक्ति में पूर्ण चेतनता (full consciousness) पाई जाती है और न बिस्तर छोड़ने के बाद इस घटना की याद उन्हें रहती है।

यह एक प्रकार का जटिल व्यवहार है जिसका प्रारम्भ धीमी तरंग वाली निद्रा (slow wave sleep) के दौरान होता है। यह रोग 10 से 12 वर्ष की अवस्था के बीच पाया जाता है।

यह विकार पीढ़ी दर पीढ़ी देखा जा सकता है। यह लड़कियों की अपेक्षा लड़कों में अधिक पाया जाता है। इसके उपचार के लिए औषधि के रूप में Diazepam अथवा Loragepam का उपयोग किया जा सकता है।

नैदानिक लक्षण (*Diagnostic Features*)

निद्रा-भ्रमण विकृति (sleep walking disorder) के निम्नलिखित प्रमुख नैदानिक लक्षण हैं:—

(i) इस विकृति में निद्रावधि में जटिल गत्यात्मक (motor) व्यवहार पाया जाता है जिसमें व्यक्ति अपने बिस्तर से उठता है और इधर-उधर भ्रमण करता है।

(ii) निद्रा भ्रमण प्रसंग रात्रि के प्रथम तिहाई भाग में घटित होता है।

(iii) इस प्रसंग के समय व्यक्ति की सतर्कता (alertness) और अनुक्रियाशीलता (responsiveness) में ह्रास पाया जाता है।

(iv) इस प्रसंग के समय व्यक्ति में रिक्ति-टकटकी (blank stare), दूसरों से वार्तालाप के प्रति सापेक्ष अनुक्रियाशीलता, एवं दूसरे के जगाने के प्रयासों के प्रति अनुक्रियाशीलता में ह्रास पाया जाता है।

(v) यदि व्यक्ति को इस प्रसंगावधि में जगा दिया जाता है अथवा वह सवेरे जागता है, तो उसे निद्रा भ्रमण घटना की सीमित स्मृति ही पाई जाती है।

(vi) इस प्रसंग के बाद कुछ समय के लिए व्यक्ति में संभ्रम (confusion), तथा उन्मुखता (orientation) में कठिनाई पाई जाती है।

(vii) निद्रा भ्रमण के कारण व्यक्ति में नैदानिक रूप से महत्वपूर्ण व्यथा (distress) पायी जाती है अथवा उसके सामाजिक, व्यवसायिक एवं प्रकार्यता के महत्वपूर्ण क्षेत्रों में दुर्बलता पाई जाती है।

(viii) निद्रा भ्रमण विकृति का निदान उस समय नहीं करना चाहिए, जब व्यक्ति का व्यवहार किसी पदार्थ के कारण उत्पन्न शारीरिक परिवर्तन से हुआ हो, अथवा व्यवहार का कारण कोई सामान्य चिकित्सकीय दशा हो।

निद्रा भ्रमण प्रसंग में कई प्रकार के व्यवहारिक परिवर्तन पाये जाते हैं। प्रसंग के मृदुल (mild) होने पर जिसे संभ्रमपरक जागरण (confusional arousal) कहा जाता है, व्यक्ति अपने बिस्तर पर उठ बैठता है, चारों ओर देखता है तथा कम्बल अथवा चादर को उठा लेता है। इसके अतिविशिष्ट स्वरूप के होने पर व्यक्ति अपने बिस्तर से उठकर कमरे (closets) में भ्रमण करता है, कमरे से बाहर चला जाता है, सीढ़ियों पर चढ़ता उतरता है, और यहाँ तक कि मकान से बाहर चला जाता है। ऐसे व्यक्ति निद्रा अवस्था में बाथरूम में जा सकते हैं, भोजन कर सकते हैं और वार्तालाप भी कर सकते हैं किसी स्पष्ट भय (apparent threat) से बचाव के लिए वह दौड़ लगा सकते हैं तथा उन्मत्त (frantic) प्रयास कर सकते हैं। इस प्रसंगावधि में किये गये व्यवहार (routine) एवं निम्न जटिलता वाले होते हैं। कुछ व्यक्ति निद्रा में ही घर के ताले खोल लेते हैं ओर मशीनों को भी चला सकते हैं। यह प्रसंग कुछ मिनट से लेकर आधे घन्टे तक पाया जा सकता है। ऐसे रोगी निद्रा भ्रमण के पश्चात पुनः अपने बिस्तर पर लौट कर पुनः सोने लगते हैं और प्रातःकाल तक सोते रहते हैं। ऐसी प्रसंगावधि में व्यक्ति दूसरों से बातचीत करता है, दूसरों की बात का उत्तर देता है परन्तु उसका उच्चारण (articulation) दुर्बल (poor) होता है तथा उनका वास्तविक वार्तालाप

(true dialogue) दुर्लभ होता है। दूसरों के निवेदन पर वह निद्रावधि में कर रहे कार्य को रोक भी देते हैं और बिस्तर पर पुनः वापस लौट जाते हैं।

आन्तरिक उद्दीपकों (यथा फूला हुआ मूत्राशय distended bladder) एवं बाह्य उद्दीपकों (यथा—कोलाहल) के द्वारा निद्रा भ्रमण विकृति विकसित हो सकती है। इसके अतिरिक्त इस विकृति के विकास में मनोसामाजिक बलाघात, अल्कोहल एवं शामक (sedatives) का उपयोग भी सहायक कारक के रूप में लिए जा सकते हैं। यह विकृति बच्चों में पाई जाने वाली किसी मानसिक विकृति से सम्बन्धित नहीं है परन्तु, प्रौढ़ों में व्यक्तित्व विकृतियों, मनोदशा विकृतियों अथवा चिन्ता विकृतियों से साहचर्यित है। बुखार अथवा निद्रा वंचन से इस विकृति के पाये जाने की सम्भावना बढ़ जाती है। 10% से 30% बच्चों में निद्राभ्रमण का प्रसंग एक बार अवश्य घटित होता है। बच्चा जब चलने योग्य हो जाता है, तो यह विकृति किसी भी समय पाई जा सकती है। परन्तु सामान्यतया यह 4 से 8 वर्ष की आयु में घटित होती है। प्रौढ़ों में इस प्रसंग के पाये जाने की सम्भावना नहीं के बराबर है। इस प्रसंग पर कौटुम्बिक कारकों का 80% प्रभाव पड़ता है।

क्षुधा-अभाव को 20 वर्ष पूर्व *G.F.M. Russell* (1970) ने प्रस्तावित किया जो DSM-IV कसौटी में निहित है। इनकी कसौटी में मुख्यतः 3 बातें विशिष्ट हैं:—

(i) यह एक ऐसा व्यवहार है जिसमें भार-ह्रास की प्रमुखता पाई जाती है (behaviour that is designed to producer marked weight loss)।

(ii) मोटा होने का अस्वस्थ भय (a morbid fear of becoming fat), एवं

(iii) अंतस्रावी विकृति का प्रमाण (evidence or an endocrine disorder)।

उपचार (*Treatment*)

निद्रा से सम्बन्धित विभिन्न विकृतियों के उपचार हेतु अनेक औषधियों का वर्णन निम्न तालिका में प्रस्तुत किया जा रहा है:—

निद्रा विकास के प्रकार	औषधियाँ
Narcolepsy	Methylphenidate, Pemalene (दुष्प्रभाव के कारण कम प्रयोग), Modafinl. Colomipramine, Imipramine, Protriptline.
Somnambulism	Diazepam, Lorazepam.
Sleep fear/Sleep Terror Power Nocturnus	Diazepam.
Insomnia	Amphitamine, Alprazolam, Diazepam, Temazepam, Lorazepam, Triptophen

❑

अध्याय 19

भोजन-विकृतियाँ
(EATING DISORDERS)

भोजन विकृतियाँ भोजन व्यवहार में पाई जाने वाली तीव्र क्षुब्धताओं की ओर संकेत करती हैं *(The eating disorders are characterized by severe disturbances in eating behaviour-DSM-IV)*। भोजन विकृति के दो प्रमुख प्रकार है—क्षुधा-अभाव (Anorexia Nervosa) एवं क्षुधातिशयता (Bulimia Nervosa)। *क्षुधा-अभाव* में मानसिक परेशानियों के कारण भूख नहीं (loss of appetite caused by mental disturbances) लगती है जब कि *क्षुधातिशयता* में व्यक्ति अत्यधिक क्षुधा (excessive hunger) से ग्रसित होता है। इन दोनों प्रकार की भोजन-विकृतियों का वर्णन अधोप्रस्तुत है:—

क्षुधा-अभाव
(Anorexia-Nervosa)

Sadock & Sadock (1993) ने अपनी पुस्तक *'Comprehensive Text Book of Psychiatry'* में क्षुधा-अभाव को परिभाषित करते हुए कहा है कि, ''क्षुधा-अभाव को उस ज्ञानकृत एवं उद्देश्यपूर्ण व्यवहार के रूप में विशेषीकृत किया जा सकता है जो भार-ह्रास, शरीर भार एवं भोजन के प्रति चिन्तित, विशिष्ट भोजन प्रणाली, भार-वृद्धि के प्रति अति चिन्ता, शरीर-प्रतिभा से सम्बद्ध चिन्ता, अनार्तव से सम्बन्धित होते हैं।'' *(Anorexia nervosa is characterized by willful and purposeful behaviour directed towards losing weight, wight loss, preoccupation with body-weight and food, peculiar patterns of handling food, intense fear of gaining weight, disturbance by body image and amenorrhea.)*।

***DSM-IV** में क्षुधा-अभाव को एक ऐसी विकृति के रूप में परिभाषित किया गया है जिसमें व्यक्ति अपना सामान्य भार बनाये रखने में इच्छुक नहीं होता है भार बढ़ने से भयभीत रहता है, तथा अपने शरीर एवं उसके रूप की गलत व्याख्या करता है'' (Anorexia nervosa is characterized as a disorder in which people refuse to maintain a minimally normal weight, intensly fear gaining weight, and significantly misinterpret their body and shape)*।

DSM-IV के अनुसार शब्द Anorexia (lack of appetite- क्षुधा का अभाव) भ्रामक है क्योंकि विकृति के प्रारम्भ की प्राथमिक अवस्था में क्षुधा का अभाव नहीं पाया जाता है। इसके अतिरिक्त यह भी बिना किसी संदेह के कहा जा सकता है कि क्षुधा-अभाव दुर्लभ (rare) है। इस प्रकार क्षुधा-अभाव (Anorexia nervosa) को शरीर प्रतिमा (body image) के प्रति महत्वपूर्ण क्षुब्धता (profound disturbance) के रूप में विशेषीकृत किया जा सकता है तथा व्यक्ति में दुबलेपन (thinness) के प्रति कठोर अनुसरण (relentless pursuits) इस सीमा तक पाये जाते हैं कि व्यक्ति भुखमरी (starvation) की सीमा तक पहुँच जाता है। क्षुधा-अभाव विकृति पुरुषों की अपेक्षा महिलाओं में अधिक पाई जाती है। विशेष रूप से यह विकृति

किशोरावस्था में पाई जाती है अर्थात् यह विकृति उस समय पाई जाती है जब किशोरीपन (girlhood)और नारीत्व (womanhood) में संक्रमण (transition)पाया जाता है। विवशता (helplesness)से सम्बन्धित मनोवैज्ञानिक समस्याएँ(psychological issues)तथा स्वायत्तता (autonomy)स्थापित करने में होने वाली कठिनाई का महत्वपूर्ण योगदान इस विकृति के लक्षणों के उत्पन्न होने में सहायक माना जाता है। बीसवें वर्ष के प्रारम्भ में 5% महिलाओं में यह विकृति पाई जाती है। किशोरावस्था की लड़कियों में इस विकृति के पाये जाने की संभावना .5% से 1% पाई जाती है। पुरुषों की तुलना में महिलाओं में यह विकृति 10 से 20 गुना अधिक पाई जाती है। 5% महिलाओं में यह विकृति पायी अवश्य जाती है परन्तु नैदानिक लक्षण अधिक सार्थक नहीं होते हैं। उच्च वर्गीय महिलाओं में इस विकृति के पाये जाने की सम्भावना अधिक पाई जाती है, परन्तु इस सन्दर्भ में कोई प्रामाणिक प्रदत्त उपलब्ध नहीं है। अधिक विकसित देशों (developed countries) में कार्यरत महिलाओं में तथा मॉडलिंग एवं नृत्य करने वाली महिलाओं में इस विकृति के लक्षण अवश्य पाये जाते हैं।

नैदानिक लक्षण (*Diagnostic Features*)

DSM-IV में क्षुधा-अभाव (Anorexia Nervosa) के निम्नलिखित नैदानिक लक्षण बताये गये हैं:—

(i) व्यक्ति अपनी आयु और ऊँचाई के उपयुक्त शरीर भार से अपने शरीर भार (body) को कम बनाये रखने का प्रयास करता है। जब बाल्यावस्था अथवा प्रारम्भिक किशोरावस्था में क्षुधा-अभाव विकृति के लक्षण उत्पन्न हो जाते हैं, तो व्यक्ति में ऊँचाई बढ़ने के साथ उसके भार में वृद्धि नहीं पाई जाती है, वरन् शरीर भार में ह्रास पाया जाता है। ऐसे व्यक्ति Body Mass Index (BMI) से अपने भार को कम बनाये रखने का प्रयास करते हैं। ऐसे व्यक्ति भोजन की मात्रा तो कम कर ही देते हैं, साथ-ही-साथ निम्न कैलोरी युक्त तथा प्रतिबन्धित भोजन के प्रति ही अपनी वरीयता प्रकट करते है। ऐसे व्यक्ति अपना भार कम करने के लिए अन्य विधियों यथा विरेचन (purging) स्वंय वमन का प्रयास करना, मृदु विरेचक(laxatives)अथवा मूत्रवर्धक (diureties) का दुरूपयोग तथा अत्यधिक व्यायाम का प्रयोग करते हैं।

(ii) जिन व्यक्तियों में यह विकृति पाई जाती है, वे शरीर का भार बढ़ने अथवा मोटे होने से बराबर भयभीत रहते हैं।

(iii) ऐसे रोगियों में शरीर भार (body weight) एवं शरीर रूप (body shape) का अनुभव एवं महत्व विकृत (distort) हो जाता है। कुछ व्यक्ति व्यापक-अतिभार (globally over weight) अनुभव करते हैं, तो कुछ अपने को क्षीणकाय (thin), परन्तु उदर (abdomen), नितम्ब (buttocks) एवं जाँघों (thighs) को अत्यधिक मोटा अनुभव करते है। ऐसे व्यक्ति अपने शरीर आकार (body size) अथवा शरीर-भार (body weight) के अनुमान के लिए विभिन्न प्रविधियों का प्रयोग करते हैं, अपने भार का मापन बार-बार करते हैं, अपने शरीर के विभिन्न भागों के बार-बार मापन के प्रति मनोग्रस्तता (obsession) पाया जाता है तथा शरीर के अंग विशेष के मोटाई को देखने के लिए बार-बार दर्पण का प्रयोग करता है।

(iv) पश्च रजोदर्शन (post menarcheal—मासिक धर्म शुरू होने का समय जो प्रायः 11 से 18 वर्ष होता है) वाली महिलाओं में अनार्तव (amenorrhea—मासिक धर्म अथवा स्राव का अभाव अथवा रूक जाना जिसका कारण प्रतिबन्धित आहार, स्तब्धता, भय, अपस्मार आदि हो सकता है) जैसी दैहिक दुष्प्रकार्यता के कारण क्षुधा-अभाव पाया जाता है। भारहीनता के प्रमुख कारण क्षुधा-अभाव पाया जाता है।

कालपूर्व यौवनाप्रारम्भ (prepubertal) महिलाओं में इस अस्वस्थता के कारण मासिक धर्म विलम्ब से प्रारम्भ होता है। इस विकृति के पाये जाने पर परिवार के सदस्यों को चाहिए कि वे रोगी को चिकित्सक के पास ले जाएँ।

क्षुधा-अभाव के प्रकार (*Types of Anorexia Nervosa*)

क्षुधा-अभाव विकृति के मुख्यतः दो प्रकार है:—

(i) प्रतिबन्धित प्रकार (*Restrictive Type*)—क्षुधा-अभाव के इस प्रकार के अन्तर्गत व्यक्ति डायटिंग, व्रत अथवा अत्याधिक व्यायाम के द्वारा अपने भार को कम करने का प्रयास करता है। ऐसे व्यक्ति न तो विरेचक (जुलाब) का प्रयोग करते हैं और न असतत् भोजन (binge eating) नियमित रूप से करते हैं।

(ii) विरेचक प्रकार (*Binge-eating/Purging Type*)—क्षुधा-अभाव के इस प्रकार में व्यक्ति या तो असतत् भोजन (Binge-eating[1]) अथवा विरेचन (जुलाब लेना) अथवा दोनों में व्यस्त रहता है। बहुत से व्यक्ति असतत् भोजन भी करते हैं और साथ-साथ एनीमा अथवा मृदु विरेचक का प्रयोग करते है। परन्तु इस प्रकार के अन्तर्गत वे व्यक्ति भी आते हैं, जो असतत् भोजन तो नहीं करते हैं परन्तु विरेचक का प्रयोग अवश्य करते हैं।

कारण विज्ञान (*Etiology*)

क्षुधा-अभाव के कारण के रूप में तीन कारकों—जैविक कारक (Biological factors), सामाजिक कारक (Social factors)एवं मनोवैज्ञानिक कारक (Psychological factors) को लिया जा सकता है जिनका वर्णन निम्नवत है:—

(1)जैविक कारक(*Biological Factors*)—क्षुधा-अभाव के सन्दर्भ में कुछ अध्ययन यह प्रमाण प्रस्तुत करते है कि इस विकृति के पाये जाने की सम्भावना एकभ्रूणीय युग्म (monozygotic twins)में द्विभ्रूणीय युग्म(dizogotic twins)की तुलना में अधिक पाई जाती है। इस विकृति से पीड़ित रोगी की बहनों में भी इस विकृति के लक्षणों के पाये जाने की सम्भावना पाई जाती है परन्तु यह सम्बन्ध जननिक कारकों से कम सामाजिक कारकों से प्रभावित अधिक प्रतीत होता है। इस सन्दर्भ में तंत्रिका-रसायन सम्बन्धी परिणाम यह प्रदर्शित करते हैं कि नारइपेनीफ्राइन के उत्पादन तथा क्रियाशीलता में ह्रास पाये जाने के कारण पदार्थों की विकृति पाई जाती है। अफीम के समान पदार्थों का उपयोग करने पर व्यक्ति की भूख कम हो जाती है जो व्यक्ति अफीम प्रतिरोधी पदार्थों का उपयोग करते हैं, उनके भार में आश्चर्यजनक वृद्धि पाई जाती है। भूखा रहने से(starvation)से व्यक्ति में अनेक जैव रसायनिक(biochemical) परिवर्तन होते हैं जिनमें से कुछ परिवर्तन अवसाद की अवस्था में भी पाये जाते हैं। जैसे अति कार्टीसोलेमिया(hypercortisolemia)का पाया जाना तथा डेक्सामेथासोन(dexamethasone) का दमन न होना। इसके अतिरिक्त थायरायड प्रकार्य (thyroid function) का भी दमन पाया जाता है। इन असामान्यताओं को पुनर्भरण-पोषण(realimentation)के द्वारा दूर किया जा सकता

---

1. Binge eating disorder—BED एक अत्यन्त सामान्य विकृति है जिसका वर्णन सर्वप्रथम मनोचिकित्सक एवं अनुसंधानकर्त्ता *Albert Stunkard* (1959) ने किया और इसे Night Eating Syndrome—NES की संज्ञा दी। इसका रोगी एक समय में सामान्य व्यक्ति की तुलना में उसी समय में अधिक मात्रा में भोजन करता है; अधिक शीघ्रता से भोजन करता है, दुखी, बोर या अवसाद के समय कुछ-न-कुछ खाता है, भूख न रहने पर भी आवश्यकता से अधिक भोजन करता है, तथा अकसर खाता है, परिणामस्वरूप वह अवसाद तथा अपराध बोध से ग्रस्त होता है। यह विकृति पुरुषों (2%) की तुलना में महिलाओं (3.5%) में अधिक पाई जाती है। यह विकृति दोनों प्रकार के भोजन विकृतियों में पाई जाती है।

है। भूखे रहने से महिलाओं में अनार्तव (amenorrhea) पाया जाता है जिसमें हारमोन (Luteinizing, Gonadotropin) का स्तर निम्न हो जाता है।

(2) सामाजिक कारक *(Social Factors)*—क्षुधा-अभाव के रोगियों में इस लक्षण के पाये जाने का कारण यह है कि हमारे समाज में दुबलेपन और व्यायाम पर अधिक बल दिया जाता है। क्षुधा-अभाव विकृति के लिए कोई अन्य पारिवारिक कारक उत्तरदायी नहीं है, परन्तु निःसंदेह यह परिणाम प्राप्त किया गया है कि इन रोगियों का अपने माता-पिता से घनिष्ठ परन्तु कठिनाई पूर्ण सम्बन्ध होता है। एक सर्वेक्षण से इस तथ्य पर प्रकाश पड़ता है कि जिस परिवार के बच्चों में क्षुधा-अभाव विकृति पाई जाती है, उनमें विशेष रूप से असतत् भोजन (binge eating) पाई जाती है अथवा वे विरेचन (purging) करते हैं। ऐसे व्यक्तियों में उच्च स्तरीय विद्वेष (hostility), अन्ध व्यवस्था (chaos) एवं पार्थक्य (isolation) तथा निम्न स्तरीय पोषणता (nurturance) एवं परानुभूति (empathy) पाया जाता है।

(3) मनोवैज्ञानिक एवं मनोगत्यात्मक कारक *(Psychological and psycho-dynamic factors)*—क्षुधा-अभाव किशोरों के सामाजिक प्रकार्यता के क्षेत्र में स्वतंत्र व्यवहार करने की प्रतिक्रिया के रूप में प्रकट होता है। इस विकृति के रोगियों में तल्लीनताओं (preoccupations) को स्थानापन्न (substitute) करने की बात पाई जाती है जिसका स्वरूप मनोग्रस्तता से सम्बन्धित होता है। ऐसे रोगियों में विशिष्ट रूप से स्वायतत्ता (autonomy) एवं आत्मत्व व्यक्तित्व (selfhood) के भाव (sense) का अभाव पाया जाता है। कुछ लोगों का यह अनुभव होता है कि उनके माता-पिता उनके स्वास्थ्य पर अधिक ध्यान देते हैं, इसलिए वे कम भोजन करना (self starvation) प्रारम्भ कर देते हैं जिससे वह विशिष्ट एवं अपूर्व व्यक्ति बन सकें। ऐसे व्यक्ति अतिअसाधारण स्व-अनुशासन सम्बन्धी व्यवहारों के द्वारा स्वायत्तता (autonomy) एवं आत्मत्व (selfhood) विकसित करते हैं।

मनोविश्लेषणवादी नैदानिक मनोवैज्ञानिकों का मत है कि जब अपरिपक्व रोगियों को उनकी माँ से अलग कर दिया जाता है, तो वे अपने को मनोवैज्ञानिक रूप से अलग नहीं कर पाते हैं और इस विकृति के लक्षण विकसित हो जाते है।

साहचर्यित लक्षण एवं विकृतियाँ
(Associated Features and Disorders)

जब व्यक्ति के भार में गम्भीर रूप से कमी पाई जाती है तो निश्चित रूप से यह कहा जा सकता है कि व्यक्ति में क्षुधा-अभाव विकृति पाई जाती है तथा साथ-साथ कुछ अवसादी लक्षण जैसे अवसादी मनोदशा (depressive moods), सामाजिक प्रत्याहार (social with-drawal), चिड़चिड़ाहट, अनिद्रा, कामेच्छा का अभाव आदि भी पाये जाते हैं। ऐसे व्यक्तियों में प्रमुख अवसाद विकृत (MDD) के लक्षण पाये जाते हैं। ऐसे रोगियों में इन लक्षणों के पाये जाने का कारण क्षुधा-अभाव है। ऐसे रोगियों में मनोग्रस्तता-बाध्यता के लक्षण भी प्रमुख रूप से पाये जा सकते हैं। इस विकृति के कारण व्यक्ति अन्य लोगों के साथ खाने में हिचकता है, अप्रभावोत्पादकता की भावना पाई जाती है, अपने वातावरण पर भरसक नियन्त्रण स्थापित करने का प्रयास करता है, चिन्तन में लोचकता का अभाव पाया जाता है, सामाजिक प्रवाहता सीमित हो जाती है, तथा सांवेगिक अभिव्यक्तियों को नियंत्रित रखता है। इसके अतिरिक्त ऐसे रोगियों में आवेग नियन्त्रण (impulse control) सम्बन्धी विकृतियाँ पाई जाती है।

जब क्षुघा-अभाव से पीड़ित व्यक्ति अल्पाहार लेते हैं, विरेचक तथा मूत्रवर्धक औषधियों एवं एनीमा का प्रयोग करते हैं, तो उनमें अनेक क्षुब्धताएँ पाई जाती है। परिणामस्वरूप, उनमें श्वेत-कोशिकाल्पता (leukopenia), सौम्य रक्ताल्पता (mild anemia), शुष्कता (dehydration), तथा कोलेस्ट्राल की अधिकता (hypercholesterolemia) सामान्य रूप से प्राप्त किया जाता है। कभी-कभी हाइपोमैगनेसेमिया (hypomagnesemia), हाइपोजिनसेमिया (hypozincemia) एवं हाइपोफास्फोटेमिया (hypophsphatemia), भी पाया जाता है परन्तु बिम्बाणु अल्पता (thrombocytopenia) दुर्लभता से पाया जाता है। वमन करने के प्रयास के कारण व्यक्ति में सेरम बाईकारबोनेट (serum bicarbonate) में उन्नयन (elevation) पाया जाता है। इसी प्रकार विरेचक के अत्यधिक उपयोग के कारण चयापचयी अम्लरक्तता (metabolic acidosis) पाया जाता है।

ऐसे रोगियों में अनेक शारीरिक लक्षण जैसे कब्ज, पेट में दर्द, निम्न सहनशीलता, आलस, अत्यधिक ऊर्जा पाये जाते हैं। इसके अतिरिक्त इनमें महत्वपूर्ण अल्प तनाव (hypotension), हाइपोथरमिया (hypothermia[1]) तथा त्वचा में रूखापन (dryness of skin) पाया जाता है। क्षुधा-अभाव के अधिकतर रोगियों में मन्द ह्रदय-स्पन्दन (bradycardia) पाया जाता है।

क्षुधा-अभाव विकृति औद्योगीकृत समाजों (industrialized societies) की महिलाओं में व्यापक रूप से पाई जाती है क्योंकि वे यह चाहती है कि दुबला-पतला होने के कारण समाज में उन्हें आकर्षक समझा जाये। इस प्रकार यह कहा जा सकता है कि इस विकृति की अभिव्यक्ति पर संस्कृति का प्रभाव पड़ता है। यह विकृति 90% महिलाओं में पाई जाती है। क्षुधा-अभाव मध्यमान आयु = 17 वर्ष में प्रारम्भ होती है। परन्तु कुछ अध्ययन यह प्रदर्शित करते हैं कि 14 से 18 वर्ष की लड़कियों में यह विकृति अपनी पराकाष्ठा पर होती है। परन्तु 40 वर्ष की महिलाओं में यह विकृति बहुत कम पाई जाती है। यह विकृति बलाघात पूर्ण जीवन घटनाओं (stressful life events) जैसे कॉलेज के लिए घर छोड़ना के कारण प्रारम्भ होती है। प्रथम-क्रम-जैविक सम्बन्धियों (first-degree-biological-relatives) में यह विकृति पाये जाने की सम्भावना अधिक पाई जाती है।

क्षुधातिशयता
(Bulimia Nervosa)

क्षुधातिशयता को ***Sadock & Sadock*** (1993) ने अपनी पुस्तक *'Comprehensive Text book of Psychiatry'* में इस प्रकार परिभाषित किया है, ''क्षुधातिशयता का तात्पर्य सतत् भोजन से है जिसका समान परिस्थिति एवं समान दशाओं में अधिकतर व्यक्तियों की तुलना में अधिक भोजन ग्रहण करने से है जिसमें व्यक्ति को नियंत्रण खोने का प्रबल ज्ञान रहता है।'' ***(Bulimia is merely a term that means beings eating which is defined as eating more food than most people in similar circumstances and in a similar period of time, accompanied by a strong sense of losing control.)***

DSM-IV में क्षुधातिशयता की परिभाषा *''असतत् भोजन (binge eating) के साथ-साथ भारवृद्धि रोकने के अनुपयुक्त पूरक विधियों के रूप में किया जा सकता है।''* ***(The essential features of bulimia nervosa are binge eating and inappropriate compensatory methods to prevent weight gain.)***। इस विकृति में व्यक्ति में नियन्त्रण का अभाव पाया जाता है। सामाजिक हस्तक्षेप (social interruptions) अथवा दैहिक असुविधा (physical discomfort) जैसे उदरीय पीड़ा अथवा वमन असतत् भोजन को

1. Hypothermia—ठंड लगने से तेज बुखार को कम करने के लिए रक्तदाब कम करने अथवा शल्य क्रिया के दौरान ऑक्सीजन की आवश्यकता को कम करने में उत्पन्न शरीर का सामान्य से नीचा तापमान, अल्पताप।

समाप्त (terminate) कर देता है। परिणामस्वरूप, उनमें अपराध-भावना (feeling of guilt), अवसाद (depression) अथवा स्व-विरक्ति (self disgust) पायी जाती है। क्षुधातिशयता के रोगी आवर्ती पूरक व्यवहार (recurrent compensatory behaviour)। उदाहरणार्थ—स्व-वमन, विरेचक अथवा मूत्रवर्धक औषधियों का बार-बार प्रयोग, अथवा अत्यधिक व्यायाम के द्वारा अपने भार को बढ़ने से रोकने का प्रयास करते हैं। क्षुधा-अभाव विकृति के रोगियों के ठीक विपरीत क्षुधातिशयता के रोगी सामान्य भार बनाये रखने का प्रयास करते हैं।

क्षुधा-अभाव की तुलना में क्षुधातिशयता अधिक व्यापकता से पाई जाती है। 1% से 3% नवयुवतियों में यह विकृति पाई जाती है। क्षुधा-अभाव की भाँति क्षुधातिशयता भी पुरुषों की तुलना में महिलाओं में अधिक पाई जाती है। इस विकृति के लक्षण प्रौढ़ावस्था के प्रारम्भ में पाये जाते हैं। 40% महाविद्यालयी महिलाओं (college women) में कभी-कभी असतत् भोजन एवं विरेचन सम्बन्धी व्यवहार पाये जाते हैं।

नैदानिक लक्षण (*Diagnostic Features*)

क्षुधातिशयता (Blumia Nervosa) के निम्नलिखित नैदानिक लक्षण है:—

(i) सतत् भोजन के आवर्ती प्रसंग (recurrent episodes) पाये जाते हैं। असतत भोजन के आवर्ती प्रसंग की निम्नलिखित विशेषताएँ है:—

(क) सतत् कालावधि में किये गये भोजन की यह मात्रा निश्चित रूप से समान कालावधि एवं समान परिस्थिति की तुलना में अधिक होती है।

(ख) इस प्रसंग की अवधि में भोजन क्रिया पर नियन्त्रण का अभाव उदाहरणार्थ—ऐसी भावना जिससे व्यक्ति भोजन करने की क्रिया को नहीं रोक पाता है और न यह नियंत्रित कर पाता है कि उसे क्या और कितना खाना चाहिए।

(ii) ऐसे व्यक्तियों में आवर्ती अनुपयुक्त पूरक व्यवहार (recurrent in appropriate compensatory behaviour) यथा स्व-प्रेरित वमन, विरेचक अथवा मूत्रवर्धक औषधियों अथवा एनीमा अथवा अन्य औषधियों का प्रयोग करके, व्रत रख कर अथवा अत्यधिक व्यायाम करके भार को नियंत्रित रखने का प्रयास पाया जाता है।

(iii) असतत् भोजन (binge eating) एवं अनुपयुक्त पूरक व्यवहार दोनों तीन महीने तक व्यक्ति में कम-से-कम दो बार अवश्य घटित होता है।

(iv) स्व-मूल्यांकन शरीर रूप एवं शरीर भार से अनुचित रूप से प्रभावित होता है।

(v) यह क्षुब्धता क्षुधा-अभाव प्रसंग के पाये जाने पर बिल्कुल नहीं घटित होता है।

कारण विज्ञान (*Etiology*)

क्षुधातिशयता (Bulima Nervosa) के अनेक कारण है:—

(1) जैविक कारक (*Biological Factors*)—कुछ अनुसंधानकर्त्ताओं ने सतत् भोजन एवं विरेचन के चक्र को विभिन्न तंत्रिका-प्रेषकों (neurotransmitters) से साहचर्यित करने का प्रयास किया है क्योंकि अवसाद प्रतिरोधक (antidepressant) औषधियों के उपयोग से क्षुधातिशयता के लक्षणों में वृद्धि पाई जाती है। जो रोगी वमन करने का प्रयास करते हैं, उनमें प्लाजामाइन्डोमार्फिन (plasmaendomorphin) का स्तर बढ़ जाता है।

(2) सामाजिक कारक (*Social Factors*)—क्षुधातिशयता के रोगी क्षुधा-अभाव के रोगियों की भाँति उच्च उपलब्धि को प्राप्त करना चाहते हैं तथा सामाजिक दबावों के प्रति अनुक्रिया स्वरूप छरहरे बने रहने का प्रयास करते हैं। क्षुधा-अभाव के रोगियों की भाँति

क्षुधातिशयता के अनेक रोगी अवसादी होते हैं परन्तु क्षुधातिशयता के रोगी के परिवार में क्षुधाभाव के रोगी की तुलना में अधिक अन्तर्द्वन्द्व पाया जाता है। क्षुधातिशयता के रोगी यह अनुभव करते हैं कि उनके माता-पिता का व्यवहार उनके प्रति उपेक्षापूर्ण (neglecting) एवं अस्वीकृति (rejection) का है।

(3) मनोवैज्ञानिक कारक *(Psychological Factors)*—क्षुधाअभाव के रोगियों की भाँति क्षुधातिशयता के रोगी भी किशोरावस्था की माँगों के प्रति अधिक कठिनाई अनुभव करते है परन्तु क्षुधा-अभाव के रोगियों की तुलना में क्षुधातिशयता के रोगी बर्हिगामी (outgoing), क्रोधित (angry) एवं आवेगी (impulsive) होते हैं। क्षुधातिशयता के रोगियों में इन लक्षणों के अतिरिक्त अल्कोहल निर्भरता, उठाईगीरी (shoplifting), एवं सांवेगिक उत्तरदायित्व (emotional liability) के लक्षण भी पाये जाते हैं। यह रोगी सामान्य रूप से अपने अनियंत्रित भोजन को अनुभव करते हैं जो उस व्यक्ति के अहम (ego-dystonic) के विरुद्ध होता है। इसलिए दूसरों से सहायता की आकांक्षा करते हैं। क्षुधातिशयता के रोगियों में अहम् एवं पराअहम् के नियन्त्रण का अभाव पाया जाता है तथा पदार्थ निर्भरता (substance dependence) के प्रति अपने आवेगों को नियंत्रित नहीं कर पाते हैं।

क्षुधातिशयता के उपप्रकार *(Sub-types of Bulimia Nervosa)*

क्षुधातिशयता (Blumia Nervosa) के निम्न उपप्रकार है:—

(1) विरेचन प्रकार *(Purging type)*—क्षुधातिशयता का यह प्रकार उस प्रस्तुतीकरण की ओर संकेत करता है जिसमें व्यक्ति नियंत्रित स्वप्रेरित वमन (self-induced vomiting) अथवा विरेचक (laxatives), मूत्रवर्धक (diuretics) अथवा एनीमा का प्रयोग करते हैं।

(2) अविरेचन प्रकार *(Nonpurging type)*—क्षुधातिशयता का यह प्रकार उस प्रस्तुतीकरण की ओर संकेत करता है जिसमें व्यक्ति अन्य प्रकार के अनुपयुक्तपूरक व्यवहारों (inappropriate compensatory behaviours) जैसे—व्रत (fasting), अथवा अत्यधिक व्यायाम का प्रयोग करता है परन्तु नियमित रूप स्वप्रेरित वमन अथवा विरेचक, मूत्रवर्धक अथवा एनीमा का प्रयोग नहीं करता है।

क्षुधातिशयता से सम्बन्धित लक्षण एवं विकृतियाँ *(Features and Disorders Associated with Bulimia Nervosa)*

क्षुधातिशयता के रोगियों का भार सामान्य प्रसार (normal range) में पाया जाता है। यद्यपि कुछ व्यक्तियों में न्यूनाभार (underweight) अथवा अतिभार (overweight) पाया जाता है। यह विकृति औसत रूप से मोटे अथवा रोग के कारण मोटे व्यक्तियों में सामान्य रूप से नहीं पाई जाती है। क्षुधातिशयता के रोगी सामान्य रूप से रोग के प्रारम्भ में अतिभार (overweight) होते हैं। ऐसे रोगी निम्न कैलोरीयुक्त भोजन को प्राथमिकता देते हैं।

ऐसे व्यक्तियों में अवसाद के लक्षण विकसित हो जाते हैं (आत्म-सम्मान का स्तर निम्न हो जाता है) अथवा मनोदशा विकृतियाँ (विशेष रूप से डायस्थिमिक विकृति एवं प्रमुख अवसाद विकृति-MDD) पाई जाती है। ऐसे लोगों में चिन्ता लक्षण (यथा सामाजिक परिस्थितियों के प्रति भय) में वृद्धि अथवा चिन्ता विकृति पाई जाती है।

अक्सर विरेचन से व्यक्ति में अल्पपोटेशियमरक्तता (hypokalemia), अल्पसोडियम-रक्तता (hyponatremia) एवं अल्पक्लोराइडरक्ता (hypochelormia) पाया जाता है जिससे विभिन्न प्रकार के द्रव (fluids) एवं विद्युत-अपघटय (elcetrolyte) असामान्यताएँ पाई जाती है। वमन के कारण आमाशय अम्ल (stomach acid) का अभाव पाया जाता है जिससे व्यक्ति में चयापचयी क्षारमयता (metabolic alkalosis) उत्पन्न हो जाता हैं जिसमें सेरम बाईकारबोनेट

ऊँचाई-भार तालिका (25 से 50 वर्ष आयु के लिए भार)

ऊँचाई (फिट और इंच)	पुरुष (भार पौण्ड में)			ऊँचाई (फिट और इंच)	महिलाएँ (भार पौण्ड में)		
	कम	औसत	अधिक		कम	औसत	अधिक
5'2"	128-134	131-141	138-150	4'10"	102-111	109-121	118-131
5'3"	130-136	133-143	140-153	4'11"	103-113	111-123	120-134
5'4"	132-138	135-145	142-156	5'-00"	194-115	113-126	122-137
5'5"	134-140	137-148	144-160	5'1"	106-118	115-129	125-140
5'6"	136-142	139-151	146-164	5'2"	108-121	118-132	128-143
5'7"	138-145	142-154	149-168	5'3"	111-124	121-135	131-147
5'8"	140-148	145-157	152-172	5.4"	114-127	124-138	134-151
5'9"	142-151	148-160	155-176	5'5"	117-130	127-141	137-155
5'10"	144-154	151-163	158-180	5'6"	120-133	130-144	140-159
5'11"	146-157	154-168	161-184	5'7"	123-136	133-147	143-163
6'0"	149-160	157-170	164-188	5'8"	126-139	136-150	146-167
6'1"	152-164	160-174	168-192	5'9"	129-142	139-153	149-170
6'2"	155-168	164-178	172-197	5'10"	132-145	142-156	152-173
6.3"	158-172	167-182	176-202	5'11"	135-148	145-149	155-176
6'4"	162-176	171-181	181-207	6'00"	138-151	148-162	158-179
इस भार में वस्त्र का भार 5 पौंड और 1" ऐड़ी वाले जूते की ऊँचाई सम्मिलित है।				इस भार में 3 पौण्ड कपड़े का भार तथा 1" जूते की ऊँचाई सम्मिलित है।			

Printed from 1979 Build Study, Society of Actuaries and Association of Life Insurance Medical Directors of America, 1980.

(serum bicarbonate) उन्नयन (elevated) हो जाता है। इसी प्रकार विरेचक के बार-बार प्रयोग करने से चयापचयी अम्लरक्तता (metabolic acidosis) पाया जाता है। आवर्ती वमन से दाँत के इनामेल (enamel) की क्षति पाई जाती है, दाँतों में कोटारिका (cavity) बढ़ने की सम्भावना अधिक पाई जाती है, तथा पैरोटिड ग्रन्थि महत्वपूर्ण रूप से बढ़ जाती है। इस विकृति से पीड़ित महिलाओं में मासिक स्राव सम्बन्धी क्षुब्धता पाई जाती है, चाहे यह क्षुब्धताएँ भार उच्चावच (weight fluctuation) से सम्बन्धित हो अथवा सांवेगिक बलाघात से।

यह विकृति औद्योगीकृत देशों (industrialized countries) जैसे संयुक्त राष्ट्र, कनाडा, यूरोप, आस्ट्रेलिया, जापान, न्यूजीलैंड और दक्षिण अफ्रीका में अधिक पाई जाती है। यह विकृति पुरुषों की तुलना में 90% महिलाओं में अधिक पाई जाती है। जबकि कुछ प्रदत्त यह प्रमाण प्रस्तुत करते है कि क्षुधातिशयता पुरुषों में महिलाओं की तुलना में पूर्वरूग्णता स्थूलता (premorbid obesity) अपेक्षाकृत अधिक पाई जाती है। 1% से 3% किशोरावस्था की लड़कियों तथा नवप्रौढ़ महिलाओं में यह विकृति पाई जाती है। यह विकृति उत्तर किशोरावस्था अथवा प्रौढ़ावस्था के प्रारम्भ में पाई जाती है। यह विकृति दीर्घकालिक (chronic) भी हो सकती है और अतरावयवी (intermittent) भी। इस विकृति के उपचार के लिए मनोचिकित्सा तथा औषधि-चिकित्सा (pharmacotherapy) का प्रयोग किया जा सकता है।

स्थूलता
(Obesity)

स्थूलता की समस्या रहस्यमय भी है और व्यापक भी। इसका सर्वप्रथम एवं सर्वप्रमुख कारण ग्रहण की गयी ऊर्जा का शरीर द्वारा कम व्यय है। प्रश्न यह है कि स्थूलता घटित क्यों होती है? सामाजिक दृष्टिकोण के आधार पर यह कहा जा सकता है कि स्थूल व्यक्ति अपनी समस्याओं के लिए स्वयं ही उत्तरदायी होते हैं तथा व्यक्ति का अतिभार उनके व्यक्तित्व सम्बन्धी समस्याओं की विषमताओं को प्रदर्शित करता है। अतिभार के व्यक्ति अकसर लांछित (balanced) अनुभव करते हैं, दूसरों की झिड़क (scold) सुननी पड़ती है तथा अन्य व्यक्तियों की आलोचना के शिकार होते हैं।

स्थूलता व्यक्ति में अतिरिक्त वसा की ओर संकेत करती है। स्वस्थ महिलाओं में उनके भार की लगभग 25% तथा पुरुष में 18% शारीरिक वसा पाई जाती है। शरीर-वसा (body fat) का अत्यधिक परिशुद्ध अनुमान खर्चीला है। अतिभार किसी सन्दर्भित मानक (reference norm) से अधिक उत्थित भार (elavated weight) की ओर संकेत करता है। अधिकतर दशाओं में भार वृद्धि (increasing weight) स्थूलता की ओर संकेत करता है, परन्तु सभी दशाओं में नहीं। ऊँचाई के अनुसार भार-वृद्धि को स्थूलता नहीं कहते हैं।

स्थूलता व्यक्ति में पाई जाने वाली ऐसी दशा है जिसमें व्यक्ति के शरीर में अत्यधिक वसा संचित हो जाती है (Obesity is a condition characterized by excessive accumulation of fat in the body—Kaplan& Sadock, 1997)। पारम्परिक रूप से व्यक्ति को उस समय स्थूल कहा जाता है जब उसका भार ऊँचाई-भार तालिका (Height-weight table) से 20% अधिक होता है।

स्थूलता के मापन के लिए एक और माप का प्रयोग किया जाता है जिसे Body Mass Index (BMI) कहते है। इसे ज्ञात करने के लिए निम्नसूत्र का उपयोग किया जाता है:—

$$\text{BMI} = \frac{\text{Body weight in kg}}{(\text{Height in m}^2)}$$

सामान्य रूप से BMI का प्रसार 20 से 25 के बीच पाया जाता है। इस उद्देश्य के पूर्ति के लिए निम्न तालिका का सहारा ले सकते हैं:—

आयु के सन्दर्भ में वांछनीय BMI

आयु (वर्षों में)	बी० एम० आई० (kg/m^2)
19-24	19-24
25-34	20-25
35-44	21-26
45-54	22-27
55-65	23-28
>-65	24-29

BMI के स्तर में वृद्धि के परिणामस्वरूप चिकित्सकीय दशाओं में वृद्धि वाले रोगियों का प्रतिशत

रोग	20-25 kg	25-30 kg	30-35 kg	35-40 kg
मधुमेह (Diabetes)	3.7	7.4	12.2	15.3
तनाव में वृद्धि (Hypertension)	17.7	29.4	36.7	39.4
कोलेस्ट्रूल में वृद्धि (Elavated Cholestrol)	12.6	18.6	19.5	14.0
हृद धमनी रोग (Coronary heart disease)	9.9	14.8	16.8	16.9
अवसाद (Depression)	12.8	13.5	16.4	22.4
पेशीय-कंकालीय पीड़ा (Musculosketltal pain)	21.2	24.1	28.3	30.6

Kaplan* & *Sadock (1997) के अनुसार उच्च सामाजिक स्तर की महिलाओं में निम्न सामाजिक आर्थिक स्तर की महिलाओं की तुलना में आठ गुना अधिक स्थूलता पाई जाती है। इसी प्रकार का असार्थक सम्बन्ध पुरुषों में भी पाया जाता है। 20 से 50 वर्ष की आयु में स्थूलता में तीन गुना वृद्धि पायी जाती है। 50 वर्ष की आयु के बाद पुरुषों के भार में स्थिरता पाई जाती है परन्तु 60 वर्ष की आयु के बाद भार में ह्रास पाया जाता है जबकि महिलाओं के भार में 60 वर्ष की अवस्था तक भार वृद्धि पाई जाती है। इसके बाद उनके भार में ह्रास पाया जाता है। श्वेत लोगों की तुलना में अश्वेत पुरुषों और महिलाओं दोनों में ही स्थूलता अपेक्षाकृत अधिक पाई जाती है। लड़कों की तुलना में लड़कियाँ स्थूलता से अधिक प्रभावित होती है तथा सामान्य भार के बच्चों की तुलना में स्थूल बच्चों के स्थूल प्रौढ़ बनने की संभावना अधिक पाई जाती है।

लोगों में स्थूलता पाये जाने का प्रमुख कारण यही है कि वे अधिक कैलोरीयुक्त भोजन तो करते हैं लेकिन शारीरिक श्रम कम करते हैं, इसलिए कैलोरी कम खर्च होती है इसलिए ऊर्जा का अन्तर्ग्रहण (intake) अपने अपव्यय (dissipation) की वृद्धि कर देता है। यदि

शरीर की वसा को कम करना है, तो निम्न कैलोरीयुक्त भोजन लेना होगा अथवा कैलोरी को खर्च करना होगा।

जब व्यक्ति की क्षुधा संतुष्टि हो जाती है, तो उसमें परितृप्ति (satiety) का भाव पाया जाता है। लोग भोजन के समाप्त होने तक खाते रहते है क्योंकि वे भरपूर पौष्टिकता चाहते हैं तथा उसे खत्म करना चाहते हैं। यदि व्यक्ति के समक्ष अगले भोजन के पूर्व पुनः उसके मनचाहे पौष्टिक खाद्य पदार्थ को प्रस्तुत कर दिया जाता है, तो उनमें पुनः क्षुधा जागृत हो जाती है और वे उसे पुनः खत्म करने का प्रयास करते हैं। यह तर्कसंगत प्रतीत होता है कि भोजन के अवशोषित (absorbed) हो जाने पर चयापचयी संकेत (metabolic signal) उत्पन्न होते हैं जो रक्त के माध्यम से मस्तिष्क तक पहुँचते हैं जहाँ पर यह संकेत हाइपोथेलैमस के संग्राहक कोषों (receptor cells) को सक्रिय करता है और व्यक्ति परितृप्ता (satiety) का अनुभव करता है। व्यक्ति में भूख इसलिए पाई जाती है कि व्यक्ति में इस चयापचयी संकेत की शक्ति क्षीण हो जाती है। इसके अतिरिक्त महत्वपूर्ण पोषकों के समाप्त हो जाने पर भी भूख पाई जाती है। भोजन प्रारम्भ करने के तुरन्त बाद तथा भोजन के सम्पूर्ण कैलोरी के अवशेषित होने के पहले व्यक्ति में भूख पाई जाती है। इस प्रकार यह कहा जा सकता है कि परितृप्ता एक (regulatory mechanism) है जो भोजन अन्तर्ग्रहण (food intake) को नियंत्रित करता है। क्षुधा (appetite) की परिभाषा भोजन की इच्छा (desire for food) के रूप में की जाती है। एक भूखा व्यक्ति भोजन उपलब्ध होने पर संतुष्टि प्राप्त होने तक भोजन करता रहता है। परन्तु क्षुधा के पाये जाने पर व्यक्ति परितृप्त होने पर भी भोजन करता रहता है अर्थात् अधिक भोजन (overeat) करता है। मनोवैज्ञानिक कारकों यथा विचार एवं भाव का भी प्रभाव क्षुधा पर पड़ता है। व्यक्ति में असामान्य क्षुधा (abnormal appetite) के पाये जाने पर भोजन अन्तर्ग्रहण (food intake) में भी असामान्यता पाई जाती है। परितृप्ति में घ्राण प्रणाली (olfactory system) की भी महत्वपूर्ण भूमिका है क्योंकि भोजन की सुगंध से नाक के घ्राण बल्ब (olfactory bulb) क्रियाशील होते है।

स्थूलता में जननिक कारकों (genetic factors) की महत्वपूर्ण भूमिका है क्योंकि 80% स्थूल व्यक्तियों के पारिवारिक इतिहास में स्थूलता पाई जाती है। स्थूलता पाये जाने वाले परिवारों में व्यक्ति स्थूल व्यक्तियों से तादात्मीकरण (identification) स्थापित करता है तथा चिन्ता से अभिनिवेश (coping) करने के लिए मौखिक (oral) विधियों का प्रयोग करता है जिस पर भी अध्ययन यह प्रदर्शित करते हैं कि समरूप यमज (identical twins) स्थूल हो सकते हैं जिससे आनुवांशिकता के प्रभाव की पुष्टि होती है। स्थूलता पर जननिक कारकों की भाँति विकासात्मक कारकों (developmental factors) की भी महत्वपूर्ण भूमिका है। जीवन के प्रारम्भिक दिनों में वसामय ऊतक (adipose tissue) कोशों (cell) की संख्या और कोशों के आकार (cell size) में वृद्धि पाये जाने पर विकसित होते हैं। जब एक बार वसामय ऊतक दृढ़ (establish) हो जाते है, तो उनके परिवर्तित होने की सम्भावना कम पाई जाती है। बाल्यावस्था में पाई जाने वाली स्थूलता का कारण वसामय ऊतकों की संख्या और आकार में वृद्धि का पाया जाना है। ठीक इसके विपरित प्रौढ़ावस्था में पाई जाने वाली स्थूलता का कारण वसामय ऊतकों के केवल आकार में वृद्धि का पाया जाना है। दोनों ही अवस्थाओं में भार-ह्रास (weight reduction) कोशों के आकार में ह्रास के परिणामस्वरूप ही पाया जाता है। तरूणावस्था (juvenile on set) के प्रारम्भ में वसामय ऊतकों की संख्या और आकार में अधिक वृद्धि के कारण उत्पन्न स्थूलता मधुमेह का कारण बन सकती है जिससे भार-ह्रास पाया जाता है।

व्यक्तियों में वसा का वितरण असमान होता है तथा शरीर के विभिन्न भागों में पाये जाने वाली वसा की विशेषताएँ भी भिन्न-भिन्न ही होती है। कमर (waist), बगल (flanks) एवं उदर (abdomen) के चारों ओर पाये जाने वाले वसा कोश (fat cells) तथा कथित तोंद (potebelly), जाँघ (thighs) एवं नितम्ब (buttocks) पर पाये जाने वाले वसा कोश की तुलना में चयापचयी रूप से (metabolically) अधिक सक्रिय होते हैं। प्रथम प्रकार का प्रतिरूप (pattern) पुरुषों में अधिक सामान्य है तथा द्वितीय प्रकार के प्रतिरूप (pattern) की तुलना में हृद-संवहनी रोग (cardiovascular diseases) से अधिक सह-सम्बन्धित है। जब महिलाओं की जांघ (thighs) एवं नितम्बों (buttocks) में अधिक वसा होती है, तो उन औषधियों के प्रयोग के प्रति उनमें मनोग्रस्तता पाई जाती है जिन्हें वे विज्ञापनों में देखती है। जबकि वसामय उदर वाले व्यक्ति मशीनों का उपयोग करके अपने कमरबन्द (girth) को कम करने का प्रयास करते हैं। इन व्यायामों से उदर की मांसपेशियों पर प्रभाव अवश्य पड़ता है परन्तु वसा ह्रास अप्रभावित रहती है। लेप्टिन (leptin) नामक हारमोन की रचना वसा कोशों (fat cells) से होती है जो वसा तापस्थायी (fat thermostat) के रूप में कार्य करता है। जब लेप्टिन का रक्त स्तर निम्न हो जाता है, तो अधिक वसा व्यय (consume) होता है। परन्तु इसके स्तर के उच्च होने पर कम वसा व्यय (consume) होता है।

अधिक धनाढ्य (affluent) समाज में शारीरिक क्रियाशीलता के कम पाये जाने के कारण स्थूलता पाई जाती है जो एक जन स्वास्थ्य समस्या के रूप में हमारे समाज में व्याप्त है। शारीरिक अक्रियाशीलता के कारण ऊर्जा व्यय प्रतिबन्धित हो जाता है और भोजन की मात्रा बढ़ जाती है। यद्यपि ऊर्जा व्यय के अनुसार भोजन की मात्रा में भी वृद्धि पाई जानी चाहिए क्योंकि भिन्न-भिन्न कार्यों के लिए भिन्न-भिन्न मात्रा में ऊर्जा की आवश्यकता होती है परन्तु उस मात्रा में भोजन ग्रहण करने की मात्रा में ह्रास एक निश्चित सीमा के बाद नहीं पाया जाता है।

स्थूलता के अन्य कारकों के रूप में मस्तिष्क क्षति कारकों (brain damage factors) एवं नैदानिक कारकों (clinical factors) को लिया जा सकता है। मस्तिष्क-क्षति कारक के रूप में स्थूलता के लिए वेन्ट्रोमीडियल हाइपेथेलैमस (ventromedial hypothalamus) के विनाश (destruction) की महत्वपूर्ण भूमिका है क्योंकि इसका प्रमाण पशु अध्ययनों में तो प्राप्त किया है किन्तु मानव प्रयोज्यों में यह दुर्लभ है। परन्तु इस बात के प्रमाण अवश्य उपलब्ध है कि पार्श्विक (lateral) एवं वेन्ट्रोमीडियल (ventromedial) हाइपोथेलैमिक के क्षेत्र में केन्द्रीय तन्त्रिका तंत्र ऊर्जा आवश्यकता के अनुसार किसी विशेष बिन्दु पर भोजन अन्तर्ग्रहण (food intake) को समायोजित करता है। यह निर्धारित बिन्दु (set point) व्यक्ति के ऊँचाई और भार के अनुसार एक व्यक्ति से दूसरे व्यक्ति में भिन्न-भिन्न पाया जाता है। स्थूलता से अनेक नैदानिक विकृतियाँ (clinical disorders) सम्बन्धित है। उदाहरणार्थ, स्थूलता के कारण अनेक विकृतियाँ पाई जा सकती हैं। स्थूलता के कारण शारीरिक स्वास्थ्य पर अनेक कुप्रभाव पड़ते हैं तथा इसके कारण अनेक प्रकार के रोग उत्पन्न हो जाते हैं। इस सन्दर्भ में अनुसंधान यह प्रमाण प्रस्तुत करते हैं कि व्यक्ति के भार में जितनी ही अधिक वृद्धि होगी, मृत्यु का खतरा उतना ही अधिक होगा। भार कम कर लेने से मृत्यु का खतरा उस समय कम हो जाता है, जब व्यक्ति अपनी ऊँचाई के अनुसार भार के स्वीकार योग्य स्तर को प्राप्त कर लेता है। अत्यधिक स्थूलता के पाये जाने पर वांछितभार प्राप्त करना ही जीवन सुरक्षा की सम्भावना में वृद्धि करता है। अत्यधिक भार के कारण निद्रा में हृद-श्वसन असफलता (cardio-respiratory failure) पाया जाता है। जब तरुणावस्था में स्थूलता का प्रारम्भ हो

जाता है, तो स्थूलता में अत्यधिक वृद्धि पाई जाती है तथा इस पर उपचार का कोई प्रभाव नहीं पड़ता है। प्रौढ़ावस्था के स्थूलता से अनेक सांवेगिक क्षुब्धताएँ साहचर्यित हो जाती है। यथा—

(1) हृदय *(Heart)*

(क) अपरिपक्व-हृदधमनी हृदरोग (Premature coronary heart disease)

(ख) वाम निलय ऊतक ह्रास (Left ventricular hyprotrophy)

(ग) हृत्शूल (Angina pectoris)

(घ) अचानक मृत्यु (Sudden death)

(ङ) रक्त-संकुलन हृत्असफलता (Congestive heart failure)

(2) संवहनी-प्रणाली *(Vascular System)*

(क) अति तनाव (Hypertension)

(ख) मस्तिष्कीय-संवहनी विकृति (Cerebro vascular disorder)

(ग) शिरा-अवरोध (Venous stasis)

(3) श्वसन-प्रणाली *(Respiratory System)*

(क) अवरोधक निद्रा अश्वसन (Obstructive sleep apnea)

(ख) पिकविकियन संलक्षण (Pickwickian syndrome)

(ग) गौण बहुलोहित कोशिकारक्तक्तर्ता (Secondary polycythemia)

(घ) दाएँ निलय ऊतक ह्रास (Right ventricular hypertrophy)

(4) यकृत-पित्तज प्रणाली *(Hepatobillary System)*

(क) कोलालिथिऐसिस एवं कोलीसिस्टाइटिस (Cholelithiasis and cholecystitis)

(ख) यकृत-वसीय ह्रास (Hepatic steatosis)

(5) हारमोन सम्बन्धी चयापचयी प्रकार्य *(Harmonal and Metabolic Functions)*

(क) मधुमेह (Diabetes mellitus)

(ख) गठिया (Gout)

(ग) लाइपिड सान्द्रता में वृद्धि (Hyperlipaidemias)

(6) वृक्क (गुर्दा) *(Kidney)*

(क) प्रोटीनमेह एवं अपवृक्कता (Proteinuria and nephrosis)

(ख) वृक्कीय शिरा धनास्रता (Renal vein thrombosis)

(7) जोड़, मांसपेशिया एवं संयोजी ऊतक

(Joints, Museles and Connective Tissues)

(क) घुटने का अस्थि सन्धिशोध (Osteoarthritis of knees)

(ख) ऐड़ी के हड्डी-खांग (Bone spurs of the heel)

(ग) महिलाओं में मेरूदण्ड का अस्थिसंधिशोध (Osteoarthritis of spine in women)

(घ) पूर्वविद्यमान मुद्रा त्रुटि में वृद्धि (Aggravation of preexisting prostural faults)

(8) अर्बुद-निर्माण *(Neoplasia)*

(क) महिलाओं में अनतर्गर्भाशयकला, स्तन, सरविक्स, अण्डाशय, पित्ताशय एवं पित्त सम्बन्धी मार्ग में कैंसर की सम्भावना में वृद्धि (Increased risk of cancer of endometrium, breast, cervix, ovary, gallbladder and biliary passages in women.)

(ख) पुरुषों के कोलन, रेक्टम एवं प्रोस्टेट में कैंसर की संभावना (Increased risk of cancer of colon, rectum and prostate-in men.)

स्थूलता पर मनोवैज्ञानिक कारकों का भी प्रभाव पड़ता है। परन्तु मनोवैज्ञानिक कारक स्थूलता को कितना प्रभावित करता है, इसकी व्याख्या नहीं की गयी है। भोजन-नियमन क्रियाविधि(food-regulating mechanisim) वातावरणीय प्रभावों (environmental in-fluences) के प्रति ही नहीं अधिक संवेदनशील होता है वरन् सांस्कृतिक, पारिवारिक एवं मनोगत्यात्मक (psycho-dynamic) कारकों का भी अत्यधिक प्रभाव पड़ता है। यह सभी कारक स्थूलता के विकास में सहायक है। यद्यपि अनेक अनुसंधानकर्ताओं ने विशिष्ट पारिवारिक इतिहासों (family histories), अवक्षेपी कारकों (precipitating factors), व्यक्तित्व संरचनाओं (personality structures)एवं अचेतन अन्तर्द्वन्द्व(unconscious conflict)आदि को स्थूलता का उत्तरदायी माना है। जिन व्यक्तियों में स्थूलता पाई जाती है, उनमें अनेक प्रकार की मनोचिकित्सकीय विकृतियाँ पाई जाती हैं तथा उनकी पृष्ठभूमि में क्षुब्धता पाई जाती है।

इस प्रकार स्थूल व्यक्ति को 'सांवेगिक रूप से क्षुब्ध' व्यक्ति (emotionally disturbed person) के रूप में पारिभाषित एवं विशेषीकृत किया जा सकता है क्योंकि वातावरण में अति-भक्षण क्रियाविधि (overeating mechanism) की उपलब्धता के कारण वे अत्यधिक भोजन (hyperphagia) को एक साधन के रूप में प्रयोग करना सीख जाते हैं जिसके द्वारा वे अपनी मनोवैज्ञानिक समस्याओं का अभिनिवेश (coping) करते है।

अनेक स्थूल व्यक्तियों का यह मानना है कि सांवेगिक रूप से अस्त-व्यस्त (emotionally upset) होने के तुरन्त बाद वे अधिक मात्रा में भोजन करते हैं। परन्तु यही अनुभव अनेक दुबले-पतले (non-obese) व्यक्ति भी करते हैं। ऐसी स्थिति में ऐसे अल्पकालिक आकस्मिकताओं (contingencies) के द्वारा स्थूलता की विशिष्टताओं (specificity) को सुनिश्चित करना कठिन होता है। अनुसंधानों से इस तथ्य पर प्रकाश पड़ता है कि सांवेगिक कारकों एवं स्थूलता में सम्बन्ध पाया जाता है। इसीलिए जब स्थूल व्यक्ति किसी प्रेम प्रसंग में पड़ते हैं, तो उनके भार में कमी पाई जाती है। ठीक इसके विपरीत जब ऐसे व्यक्ति प्रेम में असफल होते हैं, तो उनके भार में वृद्धि पाई जाती है।

अनेक स्थूल व्यक्तियों के भोजन ग्रहण करने का प्रतिरूप (eating pattern) परितृप्ता का अभाव एक महत्वपूर्ण समस्या के रूप में प्राप्त किया गया है। स्थूल व्यक्ति भोजन संकेतों (food cues) तथा भोजन के स्वादों के प्रति इतने अत्यधिक संवेदनशील होते हैं कि उपलब्ध भोजन को ग्रहण करने की क्रिया को रोकने में असमर्थ रहते हैं। स्थूल व्यक्ति वातावरण में उपलब्ध भोजन के प्रति अधिक संवेदनशील होते हैं।

कुछ व्यक्ति जीवन की बलाघातपूर्ण घटनाओं के कारण रात में अधिक मात्रा में भोजन करते हैं। जब व्यक्ति में इस तरह के लक्षण एक बार उत्पन्न हो जाते हैं, तो वे तब तक नहीं समाप्त होते हैं जब तक कि बलाघातपूर्ण परिस्थितियाँ समाप्त नहीं हो जाती है। व्यक्ति में पाये जाने वाले ऐसे लक्षणों को रात्रि-भोजन संलक्षण (night-eating syndrome) की संज्ञा दी जाती है। कुछ लोग बलाघात के कारण असतत्-भोजन (bing eating) करने लगते हैं।

कुछ स्थूल व्यक्ति ऐसा अनुभव करते हैं कि उनके शारीरिक अंगों में विरूपता (grotesque) एवं वीभत्सता (loathsomeness) पाई जाती है तथा दूसरे व्यक्ति उसके बारे में शत्रुतापूर्ण (hostile) तथा तिरस्कारपूर्ण (contempt) दृष्टिकोण रखते हैं। ऐसी भावना उत्पन्न होने पर व्यक्ति में स्व-संज्ञान (self consciousness) पाया जाता है तथा उसकी सामाजिक प्रकार्यता (social functioning) दुर्बल हो जाती है। परन्तु जिन स्थूल व्यक्तियों में सांवेगिक परिपक्वता पाई जाती है, उनमें शरीर-प्रतिमा (body-image) से सम्बन्धित किसी प्रकार की क्षुब्धता नहीं पाई जाती है। परन्तु ऐसे व्यक्तियों की संख्या कम ही पाई जाती है।

स्थूलता के उपचार के लिए सामान्य रूप से आहार-नियन्त्रण (diet-control) क्रियाविधि का प्रयोग करना चाहिए। ऐसे व्यक्तियों को कैलोरीयुक्त भोजन का परिहार करना चाहिए। निम्न कैलोरीयुक्त आहार (low-calorie diet) अथवा संतुलित भोजन (balanced diet) ही लेना चाहिए। ऐसी दीर्घकालिक योजनाओं पर अमल करके मनोवांछित मात्रा में भार को कम किया जा सकता है। सम्पूर्ण अपरिमार्जित उपवासों (total unmodified fasts) के द्वारा लघुकालीन भार ह्रास (weight loss) प्राप्त किया जा सकता है परन्तु इससे व्यक्ति में अनेक प्रकार की रुग्णताएँ यथा खड़े रहने अथवा एक-सी स्थिति में रक्तचाप का कम हो जाना (orthostatic hypotension), सोडियम मूत्राधिकता (sodium diuresis) एवं दुर्बल नाइट्रोजन संतुलन (impaired nitrogen balance) पाया जाता है।

कीटोनजनक आहार (ketogenic-कीटोनकणों को बनाने वाला अथवा कीटोन कणों में बदलने की क्षमता वाला) अत्यधिक प्रोटीन एवं अत्यधिक वसा युक्त आहार होते हैं जिनका प्रयोग भार कम करने के लिए किया जाता है। चूँकि यह आहार अत्यधिक कोलेस्ट्रालयुक्त होते हैं जो कीटोनमयता (ketosis—शरीर में कीटोन कणों का जमा हो जाना) को उत्पन्न करते हैं जिससे व्यक्ति में मतली (nausea), अल्पतनाव (hypotension) एवं अकर्मयता (lethargy) पाया जाता है। कुछ व्यक्ति भार कम करने के लिए नये अथवा अनोखे भोजन करते हैं। ऐसे भोजनों का प्रभाव चाहे जो हो, पर स्थूल व्यक्तियों के लिए ऐसे भोजन उबाऊ होते हैं। लेकिन जैसे ही भोजन नियन्त्रण क्रियाविधि समाप्त होती है, व्यक्ति में अति-भोजन (overeating) का लालच फिर जागृत हो जाता है।

भार कम करने की सबसे उत्तम विधि संतुलित भोजन है जो 1100-1200 कैलोरी से अधिक नहीं होना चाहिए। ऐसे भोजन का दीर्घकालिक उपयोग करने से भार को कम किया जा सकता है परन्तु ऐसा भोजन विटामिनों यथा लोहा (iron), फोलिक ऐसिड (folic acid), जस्ता (zinc), तथा विटामिन बी$_6$ से युक्त होना चाहिए। यद्यपि उपयुक्त मात्रा में व्यायाम अथवा शारीरिक क्रियाशीलता के द्वारा भी भार में कमी लाई जा सकती है। स्थूल व्यक्ति को ऐसे शारीरिक कार्य करना चाहिए जिनमें कैलोरी खर्च न हो। किसी शारीरिक कार्य को करते समय सामान्य व्यक्ति की तुलना में स्थूल व्यक्ति अधिक कैलोरी खर्च करते हैं। यदि स्थूल व्यक्ति शारीरिक कार्य और संतुलित भोजन दोनों का ही प्रयोग करें तो निश्चित रूप से वह अपने भार को कम कर सकता है।

भार कम करने के लिए अनेक औषधियों का उपयोग किया जा सकता है, जो चिकित्सकीय दृष्टिकोण से अधिक प्रभावशाली प्राप्त हुई है। स्थूलता के उपचार के लिए कुछ औषधियों का सामान्य (generic—किसी ऐसी औषधि के नाम को प्रदर्शित करने वाला जो व्यवसायिक चिह्न (trade mark) द्वारा सुरक्षित (protected) नहीं होती) नाम इस प्रकार है—Amphetamine,

Dextroamphetamine, Methamphetamine, Benzphetamine, Phendimetrazine, Phentermine, Hydrochloride, Resin, Diethylpropion, Hydrochloride, Mazindol, Dexfenfluramine, Fenfluramine, Phenylpropanolamine, Orlistat।

यह औषधियाँ प्रभावशाली है क्योंकि इससे भूख (appetite) कम होती है परन्तु कई सप्ताह तक औषधि के उपयोग के उपरान्त ही औषधि के प्रति सहनशीलता विकसित हो पाती है। प्रारम्भिक रूप से औषधि का प्रयोग 4 सप्ताह तक करना चाहिए। यदि भार में कमी आती है, तो औषधि का उपयोग करना चाहिए और यह देखना चाहिए कि औषधि के प्रति सहनशीलता विकसित हो रही है या नहीं। औषधि के प्रभावशाली प्राप्त होने पर वांछित भार-ह्रास तक औषधि का उपयोग करना चाहिए। भार में कमी लाने के लिए शल्यक्रिया (surgery) का भी प्रयोग किया जा सकता है। इस उद्देश्य की पूर्ति के लिए Gastric bypass प्रक्रिया का प्रयोग किया जा सकता है जिसमें आमाशय के आकार को छोटा कर दिया जाता है जिसमें आमाशय छिद्र (stomach stoma) के आकार को कम कर दिया जाता है जिसमें भोजन-मार्ग (passage of food) कम हो जाता है।

चूँकि स्थूल व्यक्तियों की मनोवैज्ञानिक समस्याएँ अनेक होती है, इसलिए ऐसे व्यक्तियों के उपचार के लिए सुझोन्मुख (insight oriented) मनोगत्यात्मक उपचार (psycho-dynamic therapy) का प्रयोग करना चाहिए। ताकि व्यक्ति के बलाघात को कम किया जा सके और वह भोजन की अधिक मात्रा न ग्रहण कर सकें। मनोचिकित्सा में व्यवहार परिमार्जन (behaviour modification) प्रविधि का उपयोग अधिक लाभदायक है। स्थूल व्यक्ति को यह सलाह देनी चाहिये कि टेलीविजन देखते समय, चिन्ता अथवा अवसाद की दशा में ग्रहण किये जाने भोजन की मात्रा पर अवश्य ही ध्यान रखें, भोजन के नये प्रतिरूपों (patterns) जैसे धीरे-धीरे खाना, अच्छी तरह चबा कर भोजन निगलना, पढ़ते समय न खाना, बिना बैठे भोजन न करना, तथा भार कम करने के लिए नैमित्तक अनुबन्धन की विधियों जैसे प्रशंसा करना, पुरस्कार देना का प्रयोग करना चाहिए। इसके अतिरिक्त समूह चिकित्सा (group therapy) के द्वारा भार कम करने के लिए स्थूल व्यक्ति को अभिप्रेरित किया जा सकता है।

❑

अध्याय 20

बलाघात एवं बलाघात विकृति
(STRES AND STRESS DISORDER)

बलाघात-स्वरूप
(Stress Nature)

जीवन एक निर्वाध सीधी रेखा के समान नहीं है। जन्म से ही व्यक्ति को जीवन में अनेक झंझावातों, चिन्ताओं, आशंकाओं, असन्तोषों, तनावों, आघातों एवं दुर्घटनाओं का सामना करना पड़ता है। इस प्रकार उसके जीवन में अनेकानेक प्रकार की असुखद एवं कष्टदायी परिस्थितियों के कारण, उसकी साम्यावस्था में असन्तुलन उत्पन्न हो जाता है। परिणामस्वरूप उसकी मानसिक स्वास्थ्य-समायोजन क्रियाविधि (mental health adjustment mechanism) कुप्रभावित हो जाती है। ऐसे मानसिक स्वास्थ्य क्रियाविधि में बाधा उत्पन्न करने वाले कारकों को बलाघातक/प्रतिबलक (stressor) की संज्ञा दी जाती है। बलाघात के पाये जाने का मुख्य कारण विज्ञान एवं तकनीकी की उन्नति ही नहीं वरन् नगरीकरण एवं औद्योगिकीकरण भी है जिससे सभी व्यक्ति तनाव एवं दाब अनुभव करते हैं।

आज का मानव जीवन और उसका सामाजिक परिवेश दोषपूर्ण होने के कारण अत्यधिक जटिल बन गया है। परिणामस्वरूप, ऐसे वातावरण में व्यक्ति का व्यवहार दूसरे व्यक्ति के लिए निवेश (input) बन जाता है। समाज में जिन व्यक्तियों के सम्पर्क में आकर हम सामाजिक अन्तर्क्रियाएँ करते हैं और जिनके साथ अपना अधिकांश समय व्यतीत करते हैं, वे ही प्रत्यक्ष अथवा अप्रत्यक्ष रूप से एक-दूसरे के व्यवहार को जागृत तथा प्रभावित करते हैं। परिणामस्वरूप दूसरे व्यक्तियों की सत्ता ही नहीं, वरन् उनका मानसिक स्तर और भावात्मक पक्ष हमारे व्यवहार की सहजता और दिशा को नियन्त्रित करता है। हमारे व्यवसाय, अध्ययन, सामाजिक स्तर, भौतिक उपलब्धि, पर्यावरण आदि से सम्बन्धित अनेक जटिल समस्याएँ हैं जो व्यक्ति में तनाव और बलाघात उत्पन्न करने के लिए उत्तरदायी है। इन बलाघातों के कारण ही व्यक्ति में एक विशेष मानसिक दशा पायी जाती है जिससे व्यक्ति निरन्तर एक अपरिसंवेगात्मक खिंचाव से पीड़ित रहता है तथा वह उससे यथाशीघ्र मुक्ति प्राप्त करने का प्रयास करता है। जब वह अपने आपको व्यावहारिक रूप में ऐसा कर पाने में असमर्थ पाता है तो वह किसी भावी संकट से निरन्तर आशंकित ही नहीं रहता है वरन् भयभीत भी रहता है। जब बलाघात के स्वरूप में अपेक्षाकृत तीव्रता पायी जाती है, तो व्यक्ति के व्यवहार पर ही नहीं, वरन् उसकी कार्य-क्षमता पर भी प्रतिकूल प्रभाव पड़ता है। बलाघात जैविक और मनोवैज्ञानिक दोनों कारणों से उत्पन्न होता है। जब व्यक्ति किसी विशेष दायित्व के अत्यधिक भार से दब जाता है अथवा किसी अन्तर्वैयक्तिक संघर्ष में फँस जाता है तो उसमें उत्पन्न बलाघात का स्वरूप मनोवैज्ञानिक होता है। इसी प्रकार जैविक बलाघात की उत्पत्ति उन परिस्थितियों में अधिक होती है, जब वह अत्यधिक थका हुआ होता है, उसकी दीर्घकालीन अस्वस्थता पायी जाती है, अथवा गहरे नशे का शिकार होता है (*Norman, Talent,* 1978)।

बलाघात का घनिष्ठ सम्बन्ध अन्तर्द्वन्द्व, कुण्ठा तथा अभाव से है। जब व्यक्ति किन्हीं दो धनात्मक (++) अथवा दो ऋणात्मक (− −) अथवा धनात्मक-ऋणात्मक (+ −) समान आकर्षण-विकर्षण के लक्ष्यों के मध्य उनके चयन की दिशा को निर्धारित नहीं कर पाता है, तो इस असमर्थता के कारण वह दाब अनुभव करता है और उसमें द्वन्द्व की स्थिति पायी जाती है। द्वन्द्वात्मक स्थिति की मात्रा जितनी ही अधिक होगी, दाब भी उतना ही अधिक होगा। दाब की अधिकता व्यक्ति के शारीरिक और मानसिक दोनों ही पक्षों को प्रभावित करती है।

यदि हम अपने सामाजिक, वैयक्तिक और वातावरणीय परिवेश का अवलोकन करें तो हमें अन्तर्द्वन्द्व और कुण्ठा बहुतायत से विद्यमान होगी। यही नहीं, व्यक्ति की अपनी व्यवहार प्रणाली, उसकी रुचियाँ, उसका लगाव भी बलाघात से सम्बन्धित स्थितियों को उत्पन्न करता है। उदाहरणार्थ—यदि व्यक्ति कोलाहलमय वातावरण में कार्य नहीं कर पाता है, तो ऐसी परिस्थिति में समायोजन स्थापित करना और अपने कार्य निष्पादन में प्रगति लाना एक कठिन समस्या उत्पन्न कर देती है। हम अपने दैनिक जीवन में अनेक ऐसे उदाहरणों का अवलोकन करते हैं जिनमें विद्यमान सामाजिक और पर्यावरणीय कारणों से अन्तःसायिकी (inter-psychic) प्रभावित होती है और उसकी व्यवहार क्षमता पर प्रतिकूल प्रभाव पड़ता है। व्यक्ति अपने सामाजिक परिस्थिति में विद्यमान कारणों से निराशा अनुभव करता है। उसमें सामाजिक परिवेश के प्रति आक्रोश एवं कुण्ठा उत्पन्न होती जो बलाघात के कारण होती है। यह सत्य है कि मनुष्य एक सामाजिक प्राणी है तथा मनुष्य के सामाजिक जीवन की प्रतिबद्धता व्यक्ति को सन्दर्भ और सापेक्षपरक बनाती है। सामाजिक और व्यवसायिक जीवन परिवेश को बदलना सरल कार्य नहीं है। व्यक्ति में इनके प्रति अनियन्त्रित आवेग एवं आक्रोश का भाव पाया जाता है जिससे उसका सन्तुलन प्रभावित होता है। जब वह व्यक्ति अपनी सामाजिक और व्यवसायिक परिस्थितियों के सन्दर्भ में बदलाव लाना चाहता है, तो इसका तात्पर्य यह है कि वह एक सुगम मार्ग को अपनाना चाहता है जिससे उसका सन्तुलन, समायोजन और विकास सभी कुछ सहज हो सके।

जब व्यक्ति सामाजिक और व्यवसायिक परिस्थितियों में अपने व्यवहार में सन्तुलन एवं समायोजन उत्पन्न कर लेता है तो उसमें बलाघात का अभाव पाया जाता है। ऐसे बदलाव के प्रति व्यक्ति की स्थापित व्यवहार प्रणाली और आदतों में ऐसा बदलाव न लाने की स्थिति में व्यक्ति की अन्तःसायिकी और उसकी अच्छी व्यवहार प्रणाली ही उसके लिए बलाघात का कारण बन जाती है। इस प्रकार यह कहा जा सकता है कि व्यक्ति का सामाजिक परिवेश और समाज के सदस्यों के प्रति उसकी अन्तःक्रियाएँ और उसका प्राकृतिक पर्यावरण और व्यवहार प्रणाली और तीनों की पारस्परिक अन्तःक्रियाओं से तनाव उत्पन्न होता है तथा उन कारकों का प्रभावी नियमन भी उन परिस्थितियों में पाया जाता है। आज व्यक्ति के कार्य परिस्थितियों में इतनी जटिलता एवं संवेदनशीलता उत्पन्न हो गयी है कि व्यक्ति अपनी आकांक्षाओं, आदतों, रुचियों, मूल्यों आदि के सन्दर्भ में समूह तथा पर्यावरण में सन्तुलन स्थापित करने में कठिनाई अनुभव करता है जिससे उसमें बलाघात तथा तनाव पाया जाता है।

जब बलाघात का स्वरूप क्षणिक अथवा कम दोषपूर्ण होता है, तो व्यक्ति के समायोजन पर किसी प्रकार का कुप्रभाव नहीं पड़ता है, लेकिन जब बलाघात का संग्रहण अचेतन स्तर पर हो जाता है, तो इसका स्वरूप दीर्घकालीन तथा अधिक दाबयुक्त हो जाता है। परिणामस्वरूप व्यक्ति में समायोजन की अनेक विकृतियाँ पायी जाती हैं। ऐसे बलाघात की प्रत्याशा एक सामान्य कर्मचारी में ही नहीं की जाती है। वरन् उत्पादन की गुणवत्ता से प्रत्यक्ष/अप्रत्यक्ष रूप से जुड़े संगठन, संस्थान, प्रतिष्ठान, प्रबन्धतन्त्र के सभी व्यक्तियों में पायी जाती है।

बलाघातक परिस्थितियों के प्रत्यक्षीकरण में वैयक्तिक भिन्नता पायी जाती है जो अनेक कारकों यथा अनुभव, वातावरणीय परिस्थितियाँ, सामाजिक सांस्कृतिक एवं धार्मिक पृष्ठभूमिक, अभिप्रेरणात्मक प्रतिरूप, सामाजिक मानक एवं प्रत्याशाएँ, व्यक्तित्व, स्वास्थ्य, आयु, यौन, बौद्धिक स्तर एवं अन्य परिवर्त्यों का प्रभाव पड़ता है।

मनोवैज्ञानिक बलाघात *(Psychological Stress)*

कई दृष्टिकोणों से मनोवैज्ञानिक बलाघात का प्रत्यय शारीरिक बलाघात के प्रत्यय के समान ही है *(Selye)*। व्यवहारिक रूप से दोनों प्रकार के बलाघात अतिमूल्यांकन एवं न्यूनांकन उत्पन्न करते हैं। इसीलिए आधुनिक नगरीय जीवन में जब हमारे संग्राहकों पर अनेक प्रकार की उत्तेजनाओं की बौछार होती है तथा जब हम अपने वातावरण से उपयुक्त अनुकूलन नहीं स्थापित कर पाते हैं, तो बलाघात उत्पन्न होता है। निश्चित रूप से यह नहीं कहा जा सकता है कि यह उद्दीपक समस्त व्यक्तियों में शारीरिक बलाघात प्रतिक्रियाएँ, अवसाद की भावना तथा सुरक्षात्मक व्यवहार ही उत्पन्न करेंगे तथा उनके निष्पादन में ह्रासात्मक परिवर्तन होगा क्योंकि उद्दीपकों का प्रभाव व्यक्ति द्वारा परिस्थिति के मूल्यांकन तथा उसके द्वारा प्रयोग की गई अभिनिवेश क्रियाविधि (coping machanism) पर निर्भर करता है। जहाँ पॉप संगीत (pop music) एक किशोर (teenager) में तीव्र प्रसन्नता उत्पन्न करता है, वहीं यह संगीत माता-पिता में तीव्र कष्ट (distress) उत्पन्न करता है इसका मुख्य कारण किशोर (teenager) एवं माता-पिता के मूल्यांकन में पायी जाने वाली भिन्नताएँ हैं।

यह सत्य है कि मनोवैज्ञानिक बलाघात के साथ-साथ ही शारीरिक बलाघात पाये जाते हैं लेकिन यह कोई आवश्यक नहीं है कि शारीरिक बलाघात के पाये जाने पर मनोवैज्ञानिक बलाघात भी प्राणी में अवश्य ही पाया जाये मनोवैज्ञानिक बलाघात के अभाव में भी शारीरिक बलाघात पाया जाता है। जब व्यक्ति में उच्च सुखद सांवेगिक अवस्था पायी जाती है तथा जब उसमें किसी भी प्रकार क़ी निराशा नहीं पायी जाती है तो उसमें निश्चित रूप से शारीरिक बलाघात प्रतिक्रियाएँ पायी जायेगी।

Levi (1968) ने अपने 10 वर्षों के अनुसंधान के परिणामस्वरूप यह निष्कर्ष प्राप्त किया है कि अनेक प्रकार के मनोसामाजिक उद्दीपक व्यक्ति के शरीर में अधिवृक्क (adrenaline-adrenal medulla) से तथा नारएडेरनलाइन (noradrenaline) से सहानुभूतिक स्नायुतंत्र (sympathetic nervous system) को उत्पन्न करते हैं। कुछ व्यक्तियों तथा कुछ परिस्थितियों में यह प्रतिक्रियाएँ अत्यधिक प्रमुख रूप से प्रकट होती है और ऐसे स्तर पर पहुँच जाती है कि उनकी विकृतिजनक सार्थकता (pathogenetic significant) बढ़ जाती है। इसी प्रकार *Levi* का यह भी कथन है कि यदि बलाघात को अधिक समय तक व्यक्ति के सम्पर्क में लाया जाये तो मानव प्राणी के कार्टिकास्टेराइड (अधिवृक्क प्रान्तरथा—Adrenal Cortx से) तथा प्रोटीन बाउन्ड आयोडीन (यह थायराइड ग्लैण्ड से थायराक्सिन में बढ़े हुए निर्मुक्त (release) की ओर संकेत देता है) में ह्रास पाया जाता है। यह हारमोन अन्य हारमोनों के साथ विभिन्न अंगों तथा विभिन्न आंगिक प्रणाली के प्रभावों को बल प्रदान करते हैं। परिणामस्वरूप व्यक्ति के अनेक शारीरिक प्रकार्य प्रभावित होते हैं। इन प्रभावों को प्लास्मा लिपिट (Plasma lipit), सीरम आयरन (serum iron) रक्त का स्कंदित होना (coagulabity of the blood) तथा मायोकार्डियल ऑक्सीजन क्षय (myocardial oxygen consumption) के रूप में प्राप्त किया जा सकता है। इन प्रकार्यों में किसी में बलाघात के कारण वृद्धि तो किसी में ह्रास पाया जाता है। मनोसामाजिक रूप से शारीरिक प्रकार्यों में उत्पन्न कुछ परिवर्तन सेरीबेरल प्रान्तस्था

(cereberal cortex) में उपयुक्तता उत्पन्न करते हैं। कुछ व्यक्तियों तथा कुछ परिस्थितियों में ऐसे सामान्य संकेतों को व्यक्ति के द्वारा रोग का लक्षण समझ लिया जाता है। यदि मनोसामाजिक उत्तेजना अधिक सुस्पष्ट (pronounced), प्रवर्द्धित (prolonged) है अथवा इसकी बार-बार पुनरावृत्ति होती है तो व्यक्ति में अति (hyper), अल्प (hypo) अथवा एक या एक से अधिक अंगों या अंग प्रणालियों में अकार्यता (disfunction) पाया जाता है। ऐसी प्रतिक्रियाओं के उदाहरणस्वरूप हृद्-क्षिप्रता (tachyacardia) एवं स्पन्दन (palpitation), मूर्च्छा (syncope) अथवा वाहिका प्रेरक (vasomotor) या पेशीय स्रोत (muscular origin), अतिसंवातन (hyper ventilation), उदरपाद आन्त्रशोथ (gastro-intestinal), क्रमाकुंचन (peristalsis) आदि उत्पन्न होते हैं। इन प्रक्रियाओं के पाये जाने पर असुखद सांवेगिक प्रतिक्रियाओं यथा चिन्ता, अवसाद, आशंका (apprehension) आदि के पाये जाने की सम्भावना आवश्यक रूप से नहीं होती है। यह प्रतिक्रियाएँ एवं रोग मुख्यतया मनोवैज्ञानिक उद्दीपकों द्वारा प्रभावित होते हैं तथा इस सबकी प्रमुख विशेषता दुष्कार्य (disturb function) के रूप में बतायी जाती है। व्यक्तियों के मनोदैहिक रोग (psycho somatic diseases) हेतु विज्ञान (aetiology) एवं रोग जनन (pathogenesis) में मनोसामाजिक उद्दीपकों की भूमिका है जिनसे व्यक्ति में अनेक प्रकार के परिवर्तन जैसे पेप्टिक अल्सर (peptic ulcer), ब्रोंकियल अस्थमा (bronchiel Asthma), मूलभूत अतितनाव (essential hypertension), थायसोटोक्सिकोसिस (thysotoxicosis) आदि उत्पन्न होते हैं या नहीं स्पष्ट रूप से नहीं कहा जा सकता है जिसका आंशिक कारण यह बताया जा सकता है कि इन विकृतियों के रोग हेतुविज्ञान (aetiology) और रोगजनन (pathogenesis) के बारे में उपयुक्त ज्ञान नहीं है। इस प्रकार यह कहा जा सकता है कि मनोसामाजिक उद्दीपक तथा मनोदैहिक विरूपता (psychosomatic disorder) के विकास के सम्बन्ध में प्रस्तुत किया गया चित्र सन्देहास्पद है।

भौतिक विज्ञानों में बलाघात *(Stress in Physical Sciences)*

18वीं तथा19वीं शताब्दी में बलाघात(stress) का तात्पर्य बल(force), तनाव (strain) अथवा प्रबल आयास (strong effort) से लिया गया है जो व्यक्तियों अथवा भौतिक वस्तुओं अथवा व्यक्ति शारीरिक तथा मानसिक शक्तियों पर प्रयास होता है। इसका तात्पर्य है कि ऐसी परिस्थिति में भौतिक वस्तु या व्यक्ति इन शक्तियों (forces) के विरूपित (distorting) प्रभावों के प्रति प्रतिरोध उत्पन्नन करता है तथा मौलिक दशा को बनाये रखने का प्रयास करता है (*Hinckle,* 1973) । बलाघात के इस अर्थ ने ही भौतिकी एवं अभियांत्रिकी के क्षेत्र में कार्य कर रहे अनुसंधानकर्त्ताओं ने प्रत्यय बलाघात के सम्प्रत्ययीकरण के लिए प्रोत्साहन प्राप्त किया।

प्राकृतिक विज्ञानों में बलाघात *(Stress in Natural Sciences)*

1812 के पहले *Corvisart* (1812) के निरीक्षणानुसार, लोगों की यह अवधारणा थी कि समस्त हृदय रोग व्यक्ति के अंगों एवं मनोभावों (passions) के कारण ही उत्पन्न होते हैं। *Swan* (1823) ने बलाघात व्रण (stress ulcer) का वर्णन किया। *Cannon* (1928) ने अपने मनो-अन्तःस्रावी (psychoendocrine) प्रयोगों में संवेगों के अर्न्तसम्बन्धों का वर्णन करते समय वृहत सांवेगिक बलाघात (great emotional stress) तथा बलाघात काल (time of stress) जैसे वाक्यांशों (phrases) का प्रयोग किया। *Cannon* ने शब्द बलाघात का प्रयोग खतरे की स्थिति में प्राणी द्वारा समस्थिति (homeostasis) बनाये रखने के प्रयास में पलायन अथवा विरोध प्रतिक्रिया (fight or fight reaction) के प्रयोगशालायी प्रयोगों में अर्धवैज्ञानिक अभिदिशा (quasi scientific sense) में किया है। इन्होंने शारीरिक संदर्भ में

बलाघात का एक अभियांतित्रकीय सम्प्रत्यय (engineering concept) के रूप में प्रयोग किया है (*Mason,* 1975)।

1950 के आसपास *Wolff* ने अपने प्रयोगों द्वारा प्राप्त परिणाम के आधार पर यह संकेत प्रदान किया है कि भौतिकी की भाँति बलाघात उत्पन्नन करने वाली दशाओं तथा प्राणी में उत्पन्न दशाओं में रेखीय सम्बन्ध (linear relationship) नहीं पाया जाता है वरन् उनमें विद्यमान सम्बन्धों की प्रकृति अर्न्तक्रियात्मक (interactional) होती है (*Wolff,* 1950, 1953)।

बलाघात के क्षेत्र में *Hans Selye* ने 1930 में प्रयोगशालायी प्रयोगों का प्रारम्भ किया। *Selye,* 1940 ने बलाघात को विभिन्न हानिकारक कारकों द्वारा उत्पन्न संलक्षण (a syndrome produced by diverse nocuous agents) के रूप में वर्णित किया है जिसे बाद में सामान्य अनुकूलन संलक्षण (General Adaptation Syndrome) अथवा जैविकीय बलाघात संलक्षण की संज्ञा दी गई। *Selye* ने मानसिक तनाव (mental tension) का वर्णन स्नायुविक बलाघात (nervous stress) के रूप में किया है।

अनेक चिकित्सकीय उपागमों से ध्यान हटा कर यदि बलाघात के बारे में पशुओं पर किये गये प्रयोगों द्वारा मानव व्यवहार पर पड़ने वाले प्रभावों का अध्ययन किया जाये तो नि:सन्देह इस दृढ़ आधार पर यह कहा जा सकता है कि व्यक्ति पूर्ववृत्ति (predisposition), आरम्भिक (inception), अनुरक्षण (maintenance) में व्यक्ति के सामाजिक एवं मनोवैज्ञानिक कारकों की भूमिका है।

Selye (1952) द्वारा सामान्य अनुकूलन संलक्षण (General Adaptation Syndrome) का प्रस्तुतीकरण संकट सूचना (alarm), प्रतिरोध (resistance) एवं परिक्लान्ति (exhaustion) के अवस्थाओं की ओर संकेत करता है जो अनेक वातावरणीय उद्दीपकों के प्रति व्यक्ति के शारीरिक अनुक्रिया (physiological) के रूप में होता है। इस अवधारणा ने ही पशु एवं मानव प्रयोगों का प्रयोज्य के रूप में लेकर बलाघात अध्ययनों को प्रेरणा (impetus) प्रदान किया।

सामाजिक विज्ञानों में बलाघात (*Stress in Social Sciences*)

सामाजिक विज्ञानों में बलाघात के प्रयोगों की ओर *Cofer & Appley* (1964) ने लोगों का ध्यान आकर्षित करते हुए यह कहा है कि उन समाज मनोवैज्ञानिकों ने बलाघात शब्द का प्रयोग किया है जो कुण्ठा (frustration), अर्न्तद्वन्द्व (conflict) तथा चिन्ता (anxiety) के अध्ययन में रुचि रखते थे। इस शब्द का प्रयोग या तो उत्तेजन अवस्था (arousal condition), दशा परिवर्त्य (state variables) एवं अनुक्रिया तादात्मय (response identification) को संकेत करने के लिए किया जाता है (*Fronoko & Levi,* 1956; *Appley,* 1961) अथवा चिन्ता, अर्न्तद्वन्द्व, अहं आवेष्टन (ego involvement), कुण्ठा, सर्तजन (threat), सांवेगिकता (emotionality) जैसे प्रत्ययों को विस्थापित (displacement) तथा स्थानापन्न (substitute) करने के लिए किया जाता है (*Cofer & Appley,* 1964) । इन्होंने दो विस्तृत प्रतिरूपों क्रमबद्ध बलाघात (systematic stress) एवं मनोवैज्ञानिक प्रतिरूपों (psychological concepts) का तादात्मीकरण किया है। शरीरशास्त्र (physiology) एवं मनोजैविकीय (psychobiology) में क्रमबद्ध बलाघात का अर्थ *Selye* के दृष्टिकोण के अनुसार ही प्रस्तुत किया गया है जबकि मनोवैज्ञानिक बलाघात (psychological stress) में बलाघात की परिभाषा किसी परिस्थिति में

प्राणी की उस दशा के रूप में की गई है जब वह अपने कल्याण (well being) को खतरे में समझता है (*Coffer & Appley,* 1964)।

बलाघात-सम्प्रत्ययीकरण (Stress-Conceptualization)

शब्द 'बलाघात' अंग्रेजी शब्द 'Stress' का हिन्दी रूपान्तर है। शब्द Stress का एक लम्बा इतिहास है जिसकी उत्पत्ति सम्भवतः लैटिन शब्द Stringere से हुई है जिसका अर्थ 'कर कर तानना' (P. O. Strictus) से है।

सन् 1303 में *Robert Mannyng* ने अपनी कृति *'Handlying Synne'* में इस शब्द का सर्वप्रथम प्रयोग किया है। चौदहवीं शताब्दी के बाद अंग्रेजी साहित्य में शब्द Stress का प्रयोग विभिन्न रूपों यथा Stress, Stresses, Stresee, Strassse तथा Distress में किया गया है। जिनका अर्थ सामान्यतया दुःख, व्यथा, तनाव आदि से है। अठारहवीं एवं उन्नीसवीं शताब्दी में बलाघात के समान 'शक्ति, दाब, तनाव' (Force, Pressure, Strain) शब्दों का प्रयोग किया गया। सामान्यता Stress और Strain शब्दों का प्रयोग अवैज्ञानिक ढंग से पर्यायवाची के रूप में किया जाता रहा है यद्यपि शरीर विज्ञान में सर्वप्रथम इस सम्प्रत्यय का परिचय कराया, परन्तु इस क्षेत्र में यह शब्द अधिक लोकप्रिय नहीं हुआ वरन् सामाजिक विज्ञानों में अधिक फला फूला। विगत 20 वर्षों से संगठनों के सन्दर्भ में शब्द बलाघात का प्रयोग किया किया जाने लगा है *(Agarwala, Melhan and Singh,* 1979)।

जनसामान्य एवं मनोवैज्ञानिक द्वारा बलाघात के अनेक अर्थ लगाये जाते हैं। अनेक सम्प्रदायों के मनोवैज्ञानिकों ने बलाघात के सन्दर्भ में अनेक दृष्टिकोणों यथा उद्दीपकोन्मुख उपागम (stimulus oriented approach), अनुक्रियोन्मुख उपागम (response oriented approach) तथा मनोगतिक उपागम (psychodynamic approac'ı) का वर्णन किया है।

उद्दीपकोन्मुख उपागम (stimulus oriented approach) के अनुसार बलाघात को एक बाह्य शक्ति के रूप में माना गया जा व्यक्ति को आशंकित करता है। *Selye* का मत है कि जिस बाह्य घटना अथवा आन्तरिक अन्तर्नोद के कारण प्राणिगत साम्यावस्था में असन्तुलन आने की आशंका हो, बलाघात है। अनुक्रियोन्मुख उपागम (response oriented approach) को व्यक्ति द्वारा बलाघात की परिस्थितियों के प्रत्यक्षण एवं आरोपण क्रियाओं को प्रदान किए गये मूल्य तथा घटनाओं की परिस्थितियों के प्रत्यक्षण के रूप में समझा जा सकता है। बलाघात संज्ञान (stress cognition) को पूर्व सम्प्रत्यात्मक (preconceptual) माना जाता है। यह अभिप्रेरणात्मक कम, विशेषणपरक (adjectival) अधिक होता है। यह उपागम बलाघात के प्रति प्रकट की गई प्रतिक्रिया के स्वरूप तथा बलाघात की परिस्थितियों में व्यक्तियों के कार्य करने की प्रक्रिया का वर्णन है। बलाघात के प्रति जीवनोन्मुख-उपागम (biological oriented approach) भी अनुक्रियोन्मुख उपागम है। बलाघात का मनोगतिक उपागम (psychodynamic approach) उन बाह्य अथवा आन्तरिक घटनाओं को बलाघात का कारण मानता है जिससे व्यक्ति के जीवन को आशंका रहती है तथा उसका व्यक्तित्व विघटित हो जाता है। बलाघात से अहं-शक्ति (ego-strength) और अहं-समर्थन (ego-support) का क्षय पाया जाता है। अन्तर्वैयक्तिक (बाह्य) अथवा अन्तःसायकी आवेग एवं अहम के बीच कारकों से चिन्ता उत्पन्न होती है और बलाघात पाया जाता है। समाजोन्मुख मनोवैज्ञानिकों (socially oriented psychologists) का विश्वास है कि अन्तःसाइकी आवश्यकताएँ (interpsychic need) के कारण बलाघात के प्रति सहनशीलता में वैयक्तिक भिन्नताएँ पायी जाती हैं।

इस प्रकार यह कहा जा सकता है कि बलाघात का अभिप्राय सामान्यतया उन शक्तियों से लगाया जाता है जिनकी उपस्थिति से व्यक्ति के समायोजन को आघात पहुँचता है तथा उसके व्यवहार की सहजता कुप्रभावित होती है। बलाघात एक ऐसा दाब है जो व्यक्ति के तात्कालिक वातावरण (immediate environment) को प्रभावित करता है (*Rice* et. al., 1987)। बलाघात शब्द का सर्वप्रथम प्रयोग *Hans selye* (1936) ने किया। यह शब्द जीव विज्ञानों से लिया गया लेकिन जीव विज्ञानों ने प्राकृतिक विज्ञानों से इस शब्द को लिया था। चिकिसत्सकीय प्रशिक्षण प्राप्त कर रहे *Hans Selye* ने बलाघात का अर्थ किंचित अस्वस्थ होने की दशा (The state of being just sick) से लिया है। ***Selye*** (1952) ने इस शब्द का प्रयोग करते हुए अपना मत इस प्रकार प्रकट किया, *''विद्यालय, कार्यालय, घर और जीवन से सम्बन्धित कठिनाइयाँ जब जटिल हो जाती हैं तब व्यक्ति इन कठिनाइयों का हल ढूँढ़ने में असमर्थ हो जाता है। परिणामस्वरूप उसमें संवेगात्मक तनाव संचित होने लगता है, यही बलाघात है।''* इन्होंने इसको अधिक स्पष्ट करते हुए यह लिखा है कि बलाघात ऊपर से तीव्र न भी दिखायी पड़े, तो भी धीरे-धीरे *संचित होकर इतना जटिल हो सकता है कि व्यक्ति में विभिन्न मानसिक रोग उत्पन्न हो सकते हैं। लेकिन इसका तात्पर्य यह नहीं है कि बलाघात का प्रभाव हमेशा निषेधात्मक ही होता है।* इसीलिए *Selye* ने व्यथा-बलाघात का निषेधात्मक पक्ष (Distress—negative aspect of stress) के ठीक विपरीत एक और सम्प्रत्यय-सुख-बलाघात का धनात्मक पक्ष (Eustress—the joy of stress) को प्रतिपादित किया है। Eustress का तात्पर्य 'बलाघात का सुख' (the joy of stress) से है जो बलाघात के कारण उत्पन्न धनात्मक पक्ष की ओर संकेत करता है। इससे व्यक्ति की मानसिक जागरूकता (mental awareness) तथा मानसिक तत्परता (mental awareness) में ही वृद्धि नहीं पायी जाती है वरन् संज्ञानपरक (cognitive) एवं व्यवहारपरक (behavioural) निष्पादनों में भी श्रेष्ठता परिलक्षित होती है। यह व्यक्ति में वैयक्तिक एवं व्यवसायिक वृद्धि उत्पन्न करता है। *Selye* ने बलाघात को एक बाह्य अन्तर्नोद (external drive) के रूप में स्वीकार किया है जो प्राणिगत साम्यावास्था (Organismic equalibrium homeostasis) को असन्तुलित करता है। अनिष्ट कर मूल्यों वाले उद्दीपकों के परिणामस्वरूप ही बलाघात उत्पन्न होते हैं।

'The Concise Oxford Dictionary' में बलाघात का अर्थ तीव्र, पीड़ा, दबाव, कष्ट, मनोव्यथा सन्त्रास आदि के रूप में प्रकट किया गया है। *सतत् तनाव तथा थकान के कारण पड़ने वाला दाब बलाघात कहलाता है।* यद्यपि यह साम्यार्थ बलाघात की विस्तृत वैज्ञानिक परिभाषा के साँचे में खरा नहीं उतरता है। वैज्ञानिक परिभाषा के रूप में, *बलाघात को व्यक्ति में उत्पन्न उस शक्ति के रूप में परिभाषित किया जाता है जो किसी तनाव, थकान, चिन्ता, कष्ट, मनोवेग या कार्यभार के कारण उत्पन्न प्रभावों के प्रति अभिनिवेश (coping) करते हुए उत्पन्न होता है।*

शब्द 'बलाघात' का प्रयोग सत्रहवीं शताब्दी में बहुलता से हुआ, जिसका तात्पर्य 'वेदना', 'विपत्ति', 'कष्ट', 'तंगहाली' आदि से लिया गया। अठारहवीं तथा उन्नीसवीं शताब्दी में इस सम्प्रत्यय का प्रचलन 'बल', 'दाब', 'तनाव' या 'सशक्त प्रयास' के अर्थ में किया गया (*Hinkle,* 1973) बलाघात का प्रयोग किसी बाह्य दाब के विपरीत उत्पन्न प्रतिरोधक बल के सन्दर्भ में किया गया, जिससे विकृति अथवा तनाव उत्पन्न होता है। पहले इसका प्रयोग अभियन्त्रिकी तथा भौतिकशास्त्र में किया जाता था किन्तु बाद में इसका प्रयोग समाजशास्त्र द्वारा भी किया जाने लगा। यद्यपि सत्रहवीं शताब्दी में इस शब्द का प्रयोग *Robert Boyle* ने गैसों के गुणों पर अनुसंधान करते समय तथा कमानी के प्रत्यास्थता पर अनुसंधान करते समय *Hook* ने प्रयोग किया।

भौतिकशास्त्र में इस शब्द का प्रयोग *Baron Cauchy* (Love-1944) ने इस आन्तरिक बल के सन्दर्भ में किया, जो किसी वस्तु पर बाह्य दबाव पड़ने के परिणामस्वरूप उस सतह पर तनाव या विकृति उत्पन्न करता है।

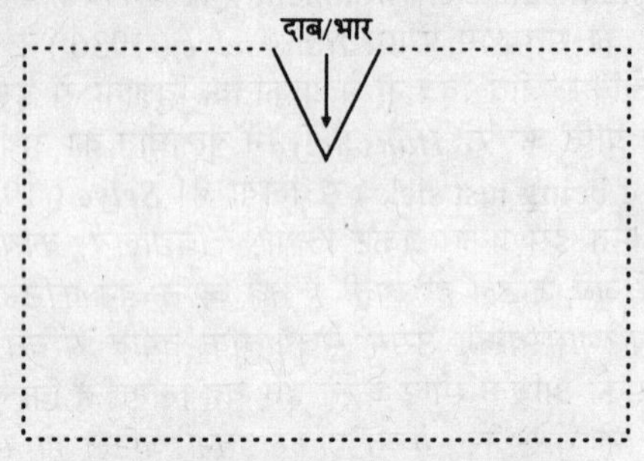

चित्र : दाब एवं बलाघात का सम्बन्ध

लेकिन *Walter Connon* (1935) में बलाघात का प्रयोग तनाव या विकृति के सन्दर्भ में न करके किसी वस्तु के प्रति साम्यावस्था/मूलावस्था में बने रहने की प्रवृत्ति के प्रति किसी बाह्य दबाव के प्रतिरोध के रूप में वर्णन किया है।

Cannon (1935) ने चिकित्साशास्त्र तथा मनोविज्ञान में बलाघात शब्द का प्रयोग किया (*Mason,* 1975) फिर भी *Hans Selye* (1936) ने इस शब्द का प्रयोग माँग/आवश्यकता (demand) तथा प्रतिक्रिया (reaction) के सन्दर्भ में किया लेकिन इन्होंने माँग का प्रयोग भौतिकता (भौतिकशास्त्र) के प्रसंग में किया, न कि मनोवैज्ञानिक या सामाजिक प्रसंग में (*Beehr & Bhagat,* 1978) । *Selye* ने यह परिणाम प्राप्त किया शरीर में माँग (demand) के परिणामस्वरूप होने वाली क्षति के सन्दर्भ में प्रत्युत्तरित प्रेरणा के कारण समतुल्य संलक्षण (syndrome) परिलक्षित होता है। इनके अनुसार शरीर पर बाह्य अथवा आन्तरिक प्रभाव पड़ता है जिससे उनमें बलाघात उत्पन्न होता है। इसे उन्होंने सार्वभौमिक-अनुकूलन-संलक्षण (General Adaptation Syndrome—GAS) की संज्ञा दी। इस व्यापक प्रारूप के द्वारा बलाघात की विमात्मक व्याख्या सम्भव है (*Pestonjee,* 1992)। इस प्रारूप में स्पष्ट रूप से तीन प्रमुख अवस्थाएँ-संकट-प्रतिक्रियावस्था (alarm-reaction stage), प्रतिरोधावस्था (stage of resistance) तथा समापनावस्था (state of exhaustion) पायी जाती है। ***प्रथम अवस्था,*** आघात अवस्था (shock phase) है। इसमें शरीर की प्रतिरोध क्षमता क्षीण हो जाती है तथा प्रतिरक्षा प्रणाली सक्रिय हो जाती है। इसमें स्वचालित उत्तेजनशीलता (autonomous excitability), एड्रीनल ग्रन्थियों में स्राव (adrenal discharge), हृदयगति में वृद्धि, माँसपेशियों के तनाव में वृद्धि, रक्तचाप में वृद्धि, आदि लक्षण पाये जाते हैं। इस अवस्था में (i) अधिवृक्क प्रान्तास्था (adrenal cortex) बड़ा हो जाता है तथा उसकी क्रियाशीलता में भी वृद्धि हो जाती है (ii) बाल्य-ग्रन्थियाँ (thymus), प्लीहा (spleen), लसीका-गाँठ (lymphnode) एवं लसीका सम्बन्धी संरचनाओं में संकुचन पाया जाता है (iii) आमाशय तथा ऊपरी आँतों में फोड़ा (ulcer) हो जाता है। **द्वितीय अवस्था** में प्रथम अवस्था का समापन हो जाता है और अधिक देर तक सहनशक्ति हेतु प्रतिरोधक क्षमता विकसित हो जाती है। साम्यावस्था बनाए रखने के लिए यह प्रक्रिया घटित होती है जिससे प्रतिरक्षा प्रणाली सक्रिय हो जाती है और व्यक्ति की प्रतिरक्षा क्षमता में वृद्धि हो जाती है। परिणामस्वरूप अभियोजना में भी वृद्धि पाई जाती है। इस अवस्था में अत्यधिक अनुकूलन घटित होता है। प्रथमावस्था के

शारीरिक चिह्न इस अवस्था में नहीं दृष्टिगोचर होते हैं। ***बलाघात की तीसरी अवस्था,*** द्वितीय अवस्था के समाप्त होने के कारण उत्पन्न होती है। इस अवस्था में बलाघात के प्रति समायोजन करने की शरीर की क्षमता समाप्त हो जाती है और उससे सम्बन्धित ऊर्जा में ह्रास पाया जाता है। इसीलिए इसे समापनावस्था की संज्ञा दी गई है। अधोलिखित चित्रण के द्वारा इसे निम्न प्रकार से प्रस्तुत किया गया है:—

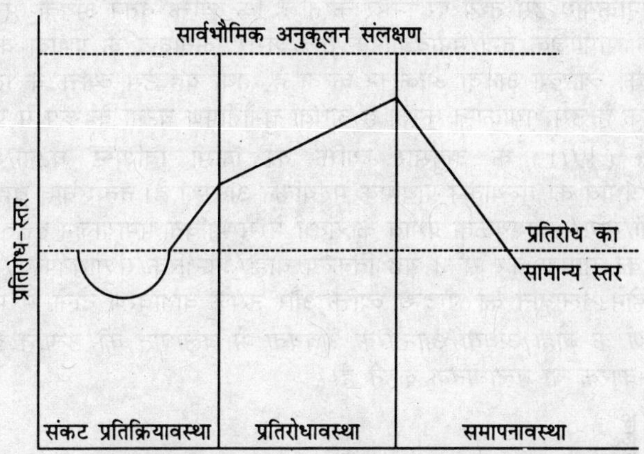

चित्र : बलाघात से प्रभावन (duration of exposure) का चित्रण

व्यक्ति में पाये जाने वाले बलाघात की विभिन्न अवस्थाओं से होकर गुजरने वाले सम्भावित पथों का चित्रण इस प्रकार किया जा सकता है:—

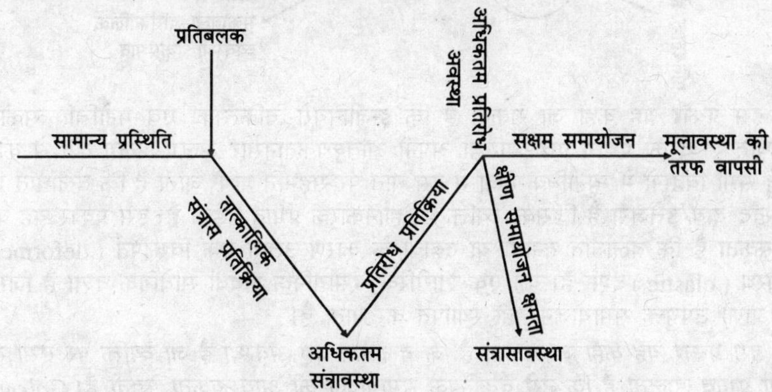

चित्र : बलाघात के सम्भावित पथ

यद्यपि *Selye* के कार्य को अत्यधिक महत्त्व प्रदान किया गया है फिर भी इनका कार्य प्रयोगशालायी दशा में उद्दीपन-प्रेरणा सम्बन्धों तक ही सीमित रहा है। *Wolf* (1968) ने बलाघात को जीवन का एक सहज लक्षण माना है। उनके अनुसार यह एक गतिक अवस्था है तथा बाह्य एवं आन्तरिक प्रभावों के प्रत्युत्तर में अनुयोजन हेतु सदैव उपस्थित रहते हैं तथा प्रत्येक प्राणी अपने जीवन में सदैव बलाघात की अवस्था में रहता है। *Hans Selye* का कार्य भौतिक बलाघातों के रूप में वर्णित किया गया था किन्तु बाद में मनोवैज्ञानिक मार्गों एवं

आवश्यकताओं के रूप में प्रयोग करके इस अवधारणा का विस्तार किया गया। *Richard Lazarus* (1966, 1971) ने अपने आधुनिक अनुसन्धान के आधार पर बलाघात की एक महत्त्वपूर्ण समस्या के रूप में स्वीकार किया और उसे उन समस्याओं से पृथक माना जो शरीर-क्रियातन्त्र अथवा सामाजिक तन्त्र अथवा मनोवैज्ञानिक तन्त्र से सम्बन्धित होती है। इनका मत है कि यह अनुक्रियाएँ इस तथ्य पर निर्भर करती है कि व्यक्ति चेतन अथवा अचेतन स्तर पर इस प्रकार के सामाजिक तन्त्र/मनोवैज्ञानिक तन्त्र/शरीर क्रियातन्त्र के प्रभावों के प्रति सचेष्ट होता है, उसकी व्याख्या अथवा आकलन करता है, तथा यह उस व्यक्ति के लिए किस हद तक हानिकारक है उसे भयाक्रान्त करता है अथवा चुनौतीपूर्ण घटना के रूप में प्रकट होता है।

Lazarus (1971) के अनुसार व्यक्ति का किसी विशिष्ट घटना/अवस्था/माँग/आवश्यकता/प्रभाव का मूल्यांकन प्राथमिक मूल्यांकन अवस्था है। तत्पश्चात् वह इस विशिष्ट घटना/अवस्था/माँग/आवश्यकता प्रभाव के संदर्भ में सम्भावित समायोजन ढूँढ़ता है ताकि इन परिस्थितियों का सामना कर सके। यह विकल्प बाह्य/आन्तरिक/संशाधनपरक/प्रेरणात्मक हो सकते हैं। इन्होंने बलाघात का सम्बन्ध व्यक्ति और उसके वातावरण दोनों से माना है।

वातावरण के बाह्य अथवा आन्तरिक अवयवों से बलाघात की उत्पत्ति होती है जिन्हें बलाघात-हेतु-कारक या बलाघातक कहते हैं।

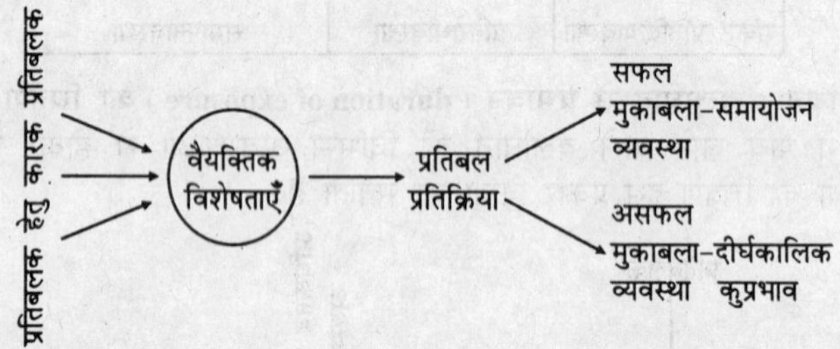

इस प्रकार यह कहा जा सकता है कि इन्जीनियरों-चिकित्सकों एवं मनोचिकित्सकों ने बलाघात शब्द का प्रयोग एवं व्याख्या अपनी आवश्यकतानुसार अलग-अलग ढंग से की है परन्तु सभी विद्वानों में न्यूनाधिक मात्रा में इस बात पर सहमति पायी जाती है कि बलाघात एक असुखद दाब/उत्तेजना है जिसका व्यक्ति पर हानिकारक प्रभाव पड़ता है। इस प्रकार यह कहा जा सकता है कि बलाघात तनावों या दबावों के कारण उत्पन्न एक विरूपित (deformed) प्रत्यास्थ (elastic) दशा है। यह एक शारीरिक, रसायनिक अथवा सांवेगिक दशा है जिसके प्रति प्राणी उपयुक्त समायोजन नहीं स्थापित कर पाता है।

इस प्रकार यह कहा जा सकता है कि बलाघात वह अवस्था है जो व्यक्ति पर ऐसा तथा इतना प्रभाव डालती है कि उसे वैकल्पिक समायोजन की आवश्यकता पड़ती है। *Goleman* (1976) ने बलाघात की परिस्थितियों का वर्णन करते हुए यह स्पष्ट किया है कि *वह परिस्थिति, जो व्यक्ति पर दबाव डालती है तथा जिसके कारण उसे परिस्थितियों के साथ समायोजन स्थापित करना पड़ता है, बलाघात की संज्ञा दी जाती है।* बलाघात का मनोवैज्ञानिक विवेचन इस तथ्य पर प्रकाश डालता है कि बलाघात में जटिल संज्ञानात्मक (cognitive) और शारीरिक (physiological) प्रक्रियाएँ सन्निहित होती हैं जो कभी-कभी कुण्ठा, उद्वेलन, संवेग, अन्तर्द्वन्द्वन और चिन्ता के समकक्ष प्रतीत होती है। जहाँ एक ओर बलाघात व्यक्ति के सन्तोष और समायोजन की प्रक्रिया को कुप्रभावित करता है, वहीं दूसरी ओर जिनके लिए वे कार्य करते हैं, उनके लिए भी यह बलाघात दुष्प्रभावात्मक सम्प्रेक्षण के स्रोत बन जाते हैं।

निष्कर्ष स्वरूप यह कहा जा सकता है कि बलाघात एक प्रकार का दाब है जो व्यक्ति में उत्पन्न असामान्यता का स्रोत माना जा सकता है। जीवन की असामान्य कठिनाइयों से व्यक्ति को शारीरिक अथवा मनोशारीरिक आघात पहुँचता है जिससे प्राणी में बलाघात पाया जाता है। सामान्यतया बलाघात उच्च ऊर्जाकृत मनोदैहिक-दशा (highly energised psycho-physiolocal state) की ओर संकेत करता है जब व्यक्ति को ऐसी परिस्थितियों का सामना करना पड़ता है, जो उसे आशंकित करती है अथवा असामान्य शारीरिक एवं मनोवैज्ञानिक प्रभावों (demand) को उत्पन्न करती है। यदि बलाघातों की न जाँच की जाये और न उसे व्यवस्थित किया जाये, तो मानव निष्पादन में समस्याएँ उत्पन्न हो जाती हैं और व्यक्ति का स्वास्थ्य कुप्रभावित होता है।

Pestonjee (1987) ने बलाघात विमा के प्रकृति एवं परिणामों को प्रस्तुत करते हुए जीवन के तीन महत्त्वपूर्ण क्षेत्रों में बलाघात की उत्पत्ति बताई है। यह क्षेत्र व्यवसाय तथा संगठन (jobs and the organisation) , सामाजिक क्षेत्र (social sector) एवं अन्तःसायकी क्षेत्र (interpsychic sector) है। व्यवसाय तथा संगठन क्षेत्र कार्य-वातावरण, कार्य-वातावरण-सहयोगी, क्षतिपूर्ति, नीतियाँ आदि की ओर संकेत करती है जबकि सामाजिक क्षेत्र का सम्बन्ध व्यक्ति के जीवन के सामाजिक/सांस्कृतिक सन्दर्भ से है। इसमें धर्म, जाति, भाषा, वेषभूषा आदि कारकों को सन्निहित किया जा सकता है। जबकि अन्तःसायकी क्षेत्र व्यक्ति के अंतरंग एवं वैयक्तिक तथा चित्तप्रकृति, मूल्य, योग्यता एवं स्वास्थ्य से सम्बन्धित है। इसमें से किसी कारक या इन कारकों के संयोग (combination) से बलाघात उत्पन्न होता है।

बलाघात के सन्दर्भ में प्राचीन भारतीय सम्प्रत्यय (Ancient Indian Concepts of Stress)

भारतीय संस्कृति तथा सभ्यता से सम्बद्ध अनेक कृतियाँ यथा चरकसंहिता, पातंजलि का योगसूत्र, भगवतगीता आदि का अवलोकन करने पर बलाघात का अर्थ आज के सन्दर्भ में नहीं मिलता है। यद्यपि प्राचीन विद्वानों ने बलाघात से सम्बद्ध अनेक शब्दों यथा दुःख (pain, misery or suffering), क्लेश (affliction), काम अथवा तृष्णा (desire), आत्म एवं अहंकार (self and ego), मानसिक मतिभ्रंश (mental aberations), प्रजनापराध (failure or lapse of consciousness) शब्दों का प्रयोग करते हैं। इस संदर्भ में यह तथ्य महत्त्वपूर्ण है कि भारतीय आयुर्वेदिक चिकित्साशास्त्र में आधुनिक बलाघात अध्ययनों से सम्बद्ध शरीर तथा मन के सम्बन्धों पर बल दिया गया है। *Palsane, Bhavsar, Goswami and Evans* (1986) ने इस सम्प्रत्यय का विस्तृत वर्णन किया है। उन्होंने भारतीय परम्परा में मानव गोचरों के पवित्रतावादी उपागम (holistic approach) पर बल दिया है। उन्होंने व्यवहार की व्याख्या व्यक्ति की जीवन शैली की सम्पूर्णता एवं सम्पूर्ण शरीर मन सम्बन्धों के रूप में की है। व्यक्ति की जीवन शैली तथा उसकी मानसिक एवं सामाजिक स्थिति का प्रभाव बलाघात पर पड़ता था। लोगों ने आत्मा-परमात्मा के महत्त्व को स्वीकार किया। वर्तमान समय में पाश्चात्य विद्वानों ने अपने दर्शन में जिन सम्प्रत्ययों यथा इच्छा, प्रेरणा, कुण्ठा, आक्रामकता, अहम-सन्निहिता (ego involvement) तथा शरीर-मन के पारस्परिक सम्बन्धों का अध्ययन किया है। यह सभी सम्प्रत्यय प्राचीन जीवन-दर्शन में पहले से ही मौजूद है। *Rao* (1983) ने अपना मत इस प्रकार प्रकट किया है कि सांख्य तथा योगसूत्र में 'क्लेश' तथा 'दुःख' जैसे शब्दों का प्रयोग किया है, जो बलाघात के बहुत निकट ही है। 'क्लेश' शब्द की उत्पत्ति 'खिस' (khis) से हुई जिसका तात्पर्य यातना या यन्त्रणा (torment) से है। 'क्लेश' कोई मानसिक प्रक्रिया नहीं

है, वरन् हमारी मानसिक प्रक्रियाओं पर एक प्रकार का अवरोध भार (hindering load) है जो व्यक्ति में उद्वेग उत्पन्न करता है तथा उसके सोचने-समझने, व्यवहार प्रकट करने तथा समायोजन स्थापित करने की प्रक्रिया में व्यवधान उत्पन्न करता है। *सांख्य-योग-प्रणाली* के अनुसार मौलिक असंज्ञान (fundamental noncognition) से व्यक्ति में उत्पन्न बलाघात अविद्या (avidya) है। अविक्ष से व्यक्ति में अस्मिता (self appraisal), राग (objective appraisal), द्वेष (threat appraisal) एवं अभिनिवेश उन्मुखता (coping orientation) का जन्म होता है। सत्यता परीक्षण के लिए इन तीनों मूल्यांकनों-अस्मिता, *सांख्य प्रणाली* के अनुसार दुःख भाव (बलाघात) व्यक्ति उस समय अनुभव करता है। जब वह अपने चारों ओर के संसार के प्रति प्रतिक्रिया करता है। सांख्य प्रणाली के अनुसार बलाघातों के 3 प्रकार—वैयक्तिक (personal), आध्यात्मिक, परिस्थितिजन्य (situational—अधिभौतिक) एवं वातावरणीय (environmental—अधिदैविक) है। वैयक्तिक बलाघात दैहिक एवं मनोवैज्ञानिक (मानसिक) दो प्रकार के होते हैं। दैहिक बलाघात तीन मौलिक शरीर क्रियात्मक संघटकों (fundamental physiologic constituents) यथा—वात, पित्त एवं कफ में असन्तुलन के कारण होता है जबकि मनोवैज्ञानिक बलाघातों की उत्पत्ति, कामुकता, लोभ, घृणा, लालच, भय, निराशा तथा ईर्ष्या के कारण होती है। परिस्थितिजन्य बलाघातों की उत्पत्ति अपूर्ण अन्तर्वैयक्तिक संचालन (unwholesome interperonal transactions) के कारण होती है जिसमें अन्तर्द्वन्द्व, प्रतिस्पर्द्धा, आक्रामकता आदि को सम्मिलित किया जा सकता है। जबकि वातावरणीय बलाघातों की उत्पत्ति प्राकृतिक विपदाओं, अतिशय तापमानों तथा तूफानों आदि के कारण उत्पन्न होते हैं। अभिनिवेश (coping) का सामना करने वाले व्यवहारों के घटित होने के क्रम को क्रमबद्ध रूप में प्रस्तुत करता है। यदि हम अस्मिता, रोग, द्वेष की अवधारणा पर पुनः दृष्टिपात करें तो हमें यह संकेत प्राप्त होता है कि जीवन परिस्थितियों में संज्ञानात्मक-संचालन-प्रक्रिया (transactional cognitive processes) की प्रासंगिकता तथा ऊर्जा गतिकी की भूमिका की वृद्धि के बारे में संकेत प्राप्त होता है। अस्मिता का अध्ययन इस तथ्य पर प्रकाश डालता है कि परिस्थिति पूरी तरह संज्ञानपरक है जबकि राग मूल्यांकन में हम यह पाते हैं साभिप्राय मुख्यतः संज्ञानपरक होते हैं तथा इसमें ऊर्जा गतिशीलता कम पायी जाती है। अभिनिवेश, मूलभूत क्लेश तथा अविद्या की तरह अविशिष्ट (nonspecific) है। क्लेश के द्वारा चार विभिन्न अवस्थाओं—प्रसतुप्तावस्था (Dormant), तनु (Tenous), अवरोधक (Intercepted) एवं उदार (Operative) में करता है। *प्रसुप्तावस्था (Dormant)* किसी मानसिक प्रक्रिया को सही अवस्था में रखना बलाघात का कारण हो सकता है। प्रारम्भ में वह प्रसुप्तावस्था में रहता है ठीक उसी प्रकार जिस प्रकार जमीन में दबा हुआ बीज प्रारम्भ में प्रसुप्तावस्था में रहता है लेकिन बाद में उपयुक्त दशाओं के कारण बहुत अंकुरित होता है। *तनुक्षीण (Tenous)* बलाघातों की ओर संकेत करता है। इनकी उपस्थिति अवश्य पायी जाती है लेकिन तीव्रता और महत्त्व के दृष्टिकोण से अप्रभावी होती है। तृतीय बलाघातक के रूप में *अवरोधक (Intercepted)* को लिया जा सकता है। **चतुर्थ विधि उद्धार** *(operative)* **बलाघात** की है जिसमें बलाघात प्रतिक्रिया का लक्षण स्पष्ट रूप से दिखायी पड़ता है। यह बलाघात उपयुक्त तीनों बलाघातों की दुर्बलताओं को पार कर जाते हैं।

उपर्युक्त प्रारूप का वर्णन सूत्र में किया गया है जिसमें संज्ञानपरक संरचना, भावपरक एवं संवेगात्मक-अवस्थाएँ तथा समायोजन प्रतिक्रियाएँ निहित हैं। यह 'क्रिया-योग' की अवधारणा को प्रस्तुत करता है जो बलाघातों की संख्या एवं तीव्रता में ह्रास लाता है तथा सम्बन्धित मानसिक ऊर्जा के संरक्षण द्वारा तनाव रहित मानसिक स्थिति को सुसाध्य करता है जिसे 'समाधि-भवन' कहते हैं।

इस प्रकार यह स्पष्ट होता है कि पाश्चात्य अनुसंधानकर्त्ताओं की भाँति भारतीय अनुसंधान में भी बलाघात की समस्या से निपटने का भरसक प्रयास किया और किसी सीमा तक अपने इस प्रयास में सफलता भी प्राप्त की है। भारतीय योग क्रियाएँ बलाघातों के सन्दर्भ में केवल संश्लेषणात्मक दृष्टिकोण ही नहीं प्रकट करती है वरन् उनके कारणों तक भी पहुँचने का प्रयास करती है।

परिभाषा *(Definition)*

शब्द Stress (बलाघात) को अंग्रेजी शब्द Distress (व्यथा) का संक्षिप्त रूप माना जा सकता है जिसका तात्पर्य अत्यधिक दाब की स्थिति से लिया जा सकता है। यह दाब खतरनाक अथवा संत्रासमय परिस्थिति में पाया जाता है। इंजीनियरों, दार्शनिकों, मनोवैज्ञानिकों, जीव वैज्ञानिकों, समाजशास्त्रियों एवं शरीरशास्त्रियों में शब्द 'बलाघात' का प्रयोग अपने उद्देश्य की पूर्ति के लिए अपने-अपने दृष्टिकोण से किया है। यद्यपि दैनिक जीवन में लोग 'बलाघात' शब्द का प्रयोग स्वछन्दता से करते हैं तथा किसी सीमा तक उनके ऐसे प्रयोग में परिशुद्धता पायी जाती है।

बलाघात की परिभाषा विभिन्न व्यक्तियों द्वारा विभिन्न प्रकार से की गई है। व्यापारियों के लिए व्यापार से कुण्ठा तथा सांवेगिक तनाव को बलाघात कहते हैं। एयर ट्रैफिक कन्ट्रोलर के लिये कोलाहल एवं संकेत में अन्तर करने के लिए अपने को सर्तक बनाये रखने में बलाघात उत्पन्न होता है। एक खिलाड़ी के लिए बलाघात उस समय पाया जाता है, जब वह थका हुआ होता है अथवा तनाव में होता है, अथवा माँसपेशियों पर दबाव पड़ता है। इसी प्रकार एक विद्यार्थी में बलाघात उस समय पाया जाता है जब उसमें ध्यान केन्द्रण की समस्या होती है, वह असफल होता है, परीक्षाओं में उसकी उपलब्धि का स्तर औसत से निम्न होता है अथवा शैक्षणिक अधिभार (academic overload) होता है। इसी प्रकार जब कोई विदेशी छात्र भारतीय विश्वविद्यालयों में पढ़ने के लिए आता है तो सांस्कृतिक विभिन्नता के कारण उसे आघात पहुँचता है तथा वह कुण्ठा का अनुभव करता है।

बलाघात सम्प्रत्यय की अनेक परिभाषायें अविशिष्ट (उभयनिष्ठ एवं सामान्यीकृत) है। उदाहरणार्थ *Selye* (1956) की परिभाषा में इस तथ्य पर बल दिया गया है कि *बलाघात शरीर की किसी आवश्यकता का अविशिष्ट परिणाम है। यह प्रभाव मानसिक अथवा शारीरिक हो सकता है।* ***Selye*** की परिभाषा वस्तुनिष्ठ शारीरिक प्रतिक्रियाओं (objective bodily reaction) पर आधारित है। यह शारीरिक रासायनिक परिवर्तनों पर आधारित है। जो शरीर की किसी अत्यधिक माँग के कारण उत्पन्न होती है (*Rice,* 1987)।

बलाघात से अनेक परिस्थितियाँ यथा सांवेगिक उत्तेजन (emotional arousal), क्रोध, अतिप्रसन्नता, निराशा, असुविधा, विवशता, अत्यधिक थकान, पीड़ा, ध्यान केन्द्रण, आयास (exertion), अवमानना (humiliation), रक्त की कमी, भूखमरी (starvation) अत्यधिक अप्रत्याशित सफलता एवं प्रत्याशित पुरस्कार प्राप्ति के संदर्भ में सफलता आदि उत्पन्न होती है। यहाँ यह इंगित करना अति आवश्यक है कि बलाघात पूर्ण समस्याओं के मूल स्रोत के रूप में किसी एक कारक को उत्तरदायी नहीं ठहराया जा सकता है। इस प्रकार यह कहा जा सकता है कि बलाघात प्रभाव अति निर्धारित (over-determined-*Selye,* 1936, 1956) है। चिकित्सकीय रूप से यह प्राप्त किया गया है कि विभिन्न रोगों से पीड़ित व्यक्ति व्यवहार प्रकट करने के लिए एक रूढ़िग्रस्त प्रतिरूप (stereotyped-pattern) अपना लेते हैं। इस प्रकार व्यक्ति में दैहिक जीव रासायनिक परिवर्तन (physiobiochemical alternation) पाया जाता

है जो शारीरिक अथवा मानसिक आवश्यकताओं के उत्पन्न होने पर प्राणी को समायोजन स्थापित करने में सहायता स्थापित करता है। वातावरणीय दशाओं से अभियोजन स्थापित करने के लिए उभयनिष्ठ सम्प्रेक्षण मार्ग (common communication routes) मध्यस्थता करते हैं और जिससे व्यक्ति अपने जीवन को सुचारू रूप से आगे बढ़ाने में सक्षम होता है।

बलाघात को ख्यातिनुरूप परिभाषित करना एवं परिचालित करना एक कठिन कार्य है लेकिन सामान्यतया यह स्वीकार किया गया है कि बलाघात एक विकर्षक अवस्था (aversive state) है जिसमें प्राणी का जीवन संकट में पड़ जाता है तथा उसकी आवश्यकताएँ या तो पीछे छूट जाती हैं या उनके पीछे छूटने की आशंका पायी जाती है। परिणामस्वरूप प्राणी अभिनिवेश (cope) करने में कठिनाई अनुभव करता है। (e.g., *Cohen*, 1992; *George,* 1989; *Lazarus & Folkman,* 1984; *Leventhal & Tamarken,* 1987; *Marmot & Madge,* 1987)।

बलाघात के अनेक सामान्य वैज्ञानिक अर्थ (general scientific meaning) है परन्तु सभी अर्थों से न्यूनाधिक मात्रा में हमें यह संकेत प्राप्त होता है कि सभी अर्थ असुखद दबावों (unpleasant pressure) अथवा असुखद उत्तेजना (uncomfortable arousal) जैसे आदि को अपना योगदान करता है। भौतिक विज्ञानों में यथा भौतिक शास्त्र, अभियंत्रण, रसायनशास्त्र में बलाघात का वर्णन उस दशा के रूप में किया गया है जो तनाव (strain) के कारण प्राणी के प्रत्यस्थ शरीर (elastic body) में घटित होता है अथवा किसी बाह्य शक्ति के द्वारा विरूपण (deformation) पाया जाता है जो पुलों (bridge), मशीनों और भवनों के लिए हानिकारक अथवा घातक होता है। इसी शक्ति के कारण ही पेड़-पौधे भी अकसर तोड़ दिये जाते हैं।

मनोचिकित्सकीय प्रारूप (psychomedical model) में बलाघात को एक शरीर रासायनिक (physio-chemical) अथवा सांवेगिक (emotional) कारक के रूप में लिया जाता है जो मानसिक आघात, तीव्र भय अथवा उतकीय उत्पीड़न (histamine infestation) के कारण उत्पन्न होता है जिससे व्यक्ति उपयुक्त अभियोजन स्थापित करने में असफल होता है। यह शारीरिक तनाव के लिए उत्तरदायी है जिससे व्यक्ति रोग ग्रस्तता मनस्ताप (neurosis), उदरपाद आन्त्र, व्रणोत्पत्ति (gastrointestinal ulceration) उद्वेष्ट (cramps) आदि उत्पन्न हो जाते हैं। बलाघात आतिशत कृत्रिम पर्यावरण दबाव (excessive constraining environmental pressure) के कारण उत्पन्न तनाव की अवस्था (state of strain) है जिसका स्रोत आन्तरिक अथवा बाह्य होता है।

बलाघात को तनाव (strain), दबाव (pressure), व्यग्रता (tension), अपरूपण (shear), अभिप्लवन (thrust) तथा ऐंठन (torsion) का पर्यायवाची माना जा सकता है जो एक शक्ति के रूप में है तथा शरीर पर प्रभाव डालता है। बलाघात (stress) और तनाव (strain) का प्रयोग सामान्यतया अन्तर्बदल (interchange) करके किया जाता है। तकनीकी रूप से तनाव से दबाव उत्पन्न होता है जो शरीर के आकार अथवा रूप को परिवर्तित करता है। इसका अर्थ तकलीफ (hardship), बेचैनी (disquiet), अशांति (trouble) अथवा संकट (danger) से भी लगाया जाता है। इसके अतिरिक्त शरीर के अभियोजनात्मक स्रोतों से उत्पन्न तीव्र आवश्यकता के कारण पाये जाने वाली क्षति (injury) निःशेषण (exhaustion) को भी तनाव (strain) की संज्ञा दी जाती है (*Hinekle,* 1973)।

Hans Selye (1936) ने शब्द बलाघात को प्राकृतिक विज्ञानों से लिया है और इसका वर्णन "A state of just being sick" के रूप में किया। अठारहवीं और उन्नीसवीं शताब्दी

(18th & 19th century) में बलाघात का प्रयोग भौतिक वस्तुओं पर प्रयास (exert) की जाने वाली शक्ति (force), दबाव (pressure) अथवा तनाव (strain) के रूप में किया गया जो अपनी मौलिक अवस्था को बनाये रखने के लिए प्रयास ही नहीं करता है वरन् प्रतिरोध भी करता है।

मनोवैज्ञानिकों का सम्बन्ध स्वास्थ्य एवं व्यवहारपरक परिवर्तनों से है जो मानसिक स्तर पर सामान्य से विचलन के रूप में होता है। मानसिक स्तर के रूप में व्यक्ति की चिन्ता, अवसाद, आत्मविश्वास, अर्न्तमुखता, बर्हिमुखता, प्रत्याहार (withdrawal) को लिया जा सकता है। नैदानिक मनोवैज्ञानिक मानसिक एवं भौतिक लक्षणों पर ही अपने ध्यान को केन्द्रित नहीं करते हैं वरन् व्यवहारपरक परिवर्तनों को भी अपने अवधान का केन्द्र बनाते हैं जो बलाघात के प्रभाव के रूप में होता है।

बलाघात का अनुभव व्यक्ति के अस्तित्व पर लगे प्रतिबन्ध के परिणामस्वरूप अनुभव किया जाता है जो अहम् के लिए भय की भावना को उत्पन्न करता है और उसके चिन्ता स्तर को बढ़ाता है। अर्न्तद्वन्द्व, कुण्ठा वंचन एवं उतावलापन (haste) भी अहम् के लिए प्रबल आशंका के रूप में है तथा बलाघात के प्रति प्रतिक्रियाओं के रूप में उत्पन्न बलाघातों में से आक्रामकता एक प्रमुख कारक है।

''बलाघात'' (stress) शब्द का प्रयोग किसी सामान्य ''तनाव'' या विकृति के संदर्भ में न होकर एक महत्त्वपूर्ण संदर्भ में किया गया है। *Walter Cannon* (1935) के अनुसार प्रत्येक वस्तु में अपनी साम्यावस्था/मूलावस्था में बने रहने के लिए संघर्ष की क्षमता होती है जिसके कारण वह किसी भी बाह्य ''दबाव'' का प्रतिरोध करता है। इसके काफी पूर्व *Claud Bernard* (1860) के अध्ययन से भी यह स्पष्ट हुआ कि किसी व्यक्ति के शरीर पर बाह्य परिवर्तनों के बावजूद उसके आन्तरिक तंत्र में परिवर्तन स्थिर रहता है। इसी विचारधारा को *Cannon* ने पश्चातवर्ती अध्ययनों के बाद साम्यावस्था का नाम दिया। इस प्रकार बलाघात (stress) शब्द का प्रयोग ''तनाव'' या ''विकृति'' के अर्थ में होता रहा।

चूँकि *Cannon* ने चिकित्साशास्त्र एवं मनोविज्ञान में बलाघात (stress) शब्द का प्रयोग 1914 (*C.F. Mason,* 1975) में किया। जबकि *Hans Selye* जो बलाघात-अनुसंधान के जनक के रूप में ख्यातिलब्ध है, ने सर्वप्रथम बलाघात शब्द का वैज्ञानिक प्रयोग किया। *Selye* ने ही जीव विज्ञान में सर्वप्रथम बलाघात (stress) शब्द का प्रयोग 1936 में किया। *Selye* (1956) ने बलाघात शब्द का प्रयोग माँग (demand) तथा प्रतिक्रिया (reaction) के सम्बन्ध में करके क्रान्ति ला दी। किन्तु *Selye* ने माँग (demand) का प्रयोग ''भौतिकता'' (भौतिकशास्त्र) के प्रसंग में किया, मनोवैज्ञानिक या सामाजिक प्रसंग में नहीं (*T. A. Beehr & R. S. Bhagat*)। *Selye* ने निष्कर्ष निकाला कि शरीर पर पड़ने वाले प्रभावों के फलस्वरूप होने वाली क्षति के संदर्भ में प्रत्युत्तरित प्रेरणा के कारण समतुल्य संलक्षण दृष्टिगोचर होते हैं। अर्थात् *Selye* के मतानुसार शरीर पर पड़ने वाले किसी बाह्य या आन्तरिक प्रभावों के कारण उत्पन्न बलाघात की प्रतिक्रिया सर्वव्यापी होती है जिसे *Selye* ने General Adaptation Syndrome (GAS) अर्थात् सार्वभौतिक अनुकूलन संलक्षण कहा। इसमें स्पष्टतः तीन प्रमुख अवस्थाएँ—संत्रासावस्था, प्रतिरोधावस्था तथा विध्वंसावस्था पायी जाती है। *प्रथम अवस्था* जिसे संत्रासावस्था के नाम से जाना गया, में शरीर की प्रतिरोधक क्षमता मन्द पड़ जाती है तभी प्रतिरक्षा प्रक्रिया प्रणाली सक्रिय हो जाती है। *द्वितीय अवस्था,* प्रतिरोधावस्था में प्रथम अवस्था संत्रासावस्था का प्रभाव समाप्त हो जाता है और अधिक देर तक सहन शक्ति हेतु प्रतिरोधक क्षमता का विकास किया जाता है। इस अवस्था में प्रतिरक्षा-प्रणाली के क्रियाशील हो जाने के

कारण प्रतिरक्षा क्षमता में वृद्धि हो जाती है जिसके फलस्वरूप अधिक समायोजन होता है। बलाघातकों की निरन्तरता की अवस्था में *तीसरी अन्तिम अवस्था* प्रारम्भ होती है जो प्रतिरोधावस्था के समाप्त हो जाने के कारण प्रारम्भ होती है। इस अन्तिम अवस्था में शरीर की बलाघातकों के प्रति समायोजन क्षमता समाप्त हो जाती है। परिणामतः इस अवस्था में व्यक्ति की प्रतिरोधक क्षमता पूर्णतः समाप्त हो जाती है और इस अन्तिम अवस्था को इसीलिए विध्वंसावस्था कहा गया है।

यद्यपि बलाघात के अनेक वैज्ञानिक अर्थों को प्रस्तुत किया गया है परन्तु सभी अर्थों में 'असुखद दाब' (unpleasant pressure)अथवा 'असुखद उत्तेजना' (unpleasant arousal) की उभयनिष्ठता प्राप्त की गई है। सामान्यजनों तथा मनोवैज्ञानिकों के भिन्नतापरक व्याख्या के कारण इसके वास्तविक स्वरूप को समझने की आवश्यकता कुछ निश्चित पूर्वाभिमुखीकृत उपागमों (orientational approaches) पर बल दिया है जिनमें उद्दीपकोन्मुख उपागम (stimulus orientation approach), अनुक्रियोन्मुख उपागम (response orientation approach)एवं मनोगतिकोन्मुख उपागम (psychodynamic orientation approach)प्रमुख है। वैज्ञानिक साहित्य में बलाघात की तीन सुव्यक्त एवं सुस्पष्ट परिभाषाएँ प्रस्तुत की गई हैं:—

(i) एक घटना या कोई वातावरणीय उद्दीपक—जो व्यक्ति में तनाव अथवा भय उत्पन्न करता हो। इस प्रकार बलाघात व्यक्ति के लिए बाह्य उद्दीपक के रूप में हो सकता है।

(ii) व्यक्ति के वातावरण में किसी घटना के प्रति उसकी आत्मनिष्ठ अनुक्रिया (subjective response)—इस दृष्टिकोण से बलाघात की परिभाषा तनाव की आन्तरिक मानसिक दशा के रूप में की जा सकती है। यह परिभाषा व्यक्ति में निहित मूल्यों, आशंकाओं, संवेगों, समायोजन प्रक्रियाओं से संबंधित हो सकती है। इन प्रक्रियाओं से व्यक्ति में धनात्मक विवृद्धि (positive growth) में प्रगति अथवा मानसिक खिंचाव (mental strain) की उत्पत्ति देखी जा सकती है जिससे व्यक्ति में अस्वस्थता उत्पन्न होती है।

(iii) अत्यधिक माँग (excessive demand) अथवा क्षतिकारक अन्तर्वेधन (damaging intrusion) के प्रति शरीर की शारीरिक प्रतिक्रिया—माँग (demand) के कारण शरीर में उच्च क्रियाशीलता के प्रति उद्दीपन पाया जाता है जिसका स्वरूप विधेयात्मक स्वस्थ विवृद्धि के रूप में भी हो सकता है और निषेधात्मक (हेतु विज्ञानपरक—etiological) विवृद्धि के रूप में भी।

Zegan (1980) ने बलाघात को उस उद्दीपक परिवर्त्य (stimulus variable) के रूप में परिभाषित किया है जो नवीन (novel), तीव्र (intense), शीघ्रता से परिवर्तित होने वाली (rapidly changing),अचानक(sudden)अथवा अप्रत्याशित(unexpected)परिस्थितियों की ओर संकेत करता है। इसमें उन परिस्थितियों को सम्मिलित किया जा सकता है जिनमें उत्तेजन अभाव (arousal deficit), उत्तेजन बाहुल्य (arousal excess) जो अत्यधिक तीव्र (highly intense)/अथवा चिरस्थाई उद्दीपक (presistent stimulus) के रूप में हो सकता है, थकान (fatigue),ऊब(boredom),असफलता(failure),कष्टदायी कारक(noxious agents), अलगाव(isolation),वियोग(bereavement)एवं तीव्र सामाजिक परिवर्तन(rapid social changes) पाया जाता है। इनके अतिरिक्त कुछ अन्य कारकों की गणना बलाघात के स्रोतों के रूप में की जा सकती है:—

(i) वैयक्तिक, शारीरिक, संज्ञानपरक अथवा भावात्मक प्रकार्यों की क्षति।

(ii) प्रत्याशित पुरस्कार अथवा लक्ष्य उपलब्धि के प्रति उत्पन्न कुण्ठा।

(iii) प्रतिपूर्ति क्रियाविधि (feedback mechanism) में परिवर्तन अथवा इसकी असफलता।

(iv) आवेग बाहुल्य (impulse flooding) एवं

(v) उपागम-परिहार अन्तर्द्वन्द्व (appropach-avoidance conflict) आदि को उद्दीपक परिवर्त्य परिस्थितियों के रूप में गणना की जा सकती है।

इस प्रकार कहा जा सकता है कि बलाघात व्यक्ति एवं उसके वातावरण के मध्य एक प्रकार का कार्य सम्पादन (transaction) है (Cox & McKay, 1981)। व्यक्ति के द्वारा अनुभव किया जाने वाला बलाघात व्यक्ति के व्यक्तिगत संशोधन (personal resources) और अभिनिवेश व्यपदेश (coping strategies) पर निर्भर करता है।

बलाघात की सकारात्मक भूमिका (Positive Role of Stress)

वर्तमान आधुनिक अनुसंधानकर्त्ताओं ने बलाघात का अध्ययन नये स्वरूप में करना एवं प्रस्तुत करना प्रारम्भ कर दिया है। अनेक विद्वानों का विचार है कि किसी संगठन/संस्था में सफल कार्य-निष्पादन एवं अधिक कार्य उत्पाद हेतु कर्मचारी (व्यक्ति) के लिए बलाघात कुछ सीमा तक आवश्यक है। अनेक विद्वानों *Pestonjee* (1987) और *Mathew* (1985) ने इस अवधारणा का समर्थन भी किया है। उपरोक्त मनीषियों ने इससे सहमत होकर यह तर्क दिया है कि सृजनशील प्रबन्धक (creative manager) के अन्दर एक विशेष प्रकार का बलाघात आवश्यक है। हालाँकि, इस तरफ कोई सार्थक एवं प्रभावशाली कार्य अभी तक नहीं किया जा सका है परन्तु *Pestonjee & Singh* (1987) का कार्य इसका अपवाद है जिन्होंने अपने अध्ययनों में यह परिणाम प्राप्त किया है कि निजी संस्थाओं में सार्वजनिक संस्थाओं की तुलना में बलाघात तथा कार्यदोष दोनों ही अधिक मात्रा में प्राप्त हुआ।

Mathew (1985) ने यह परिणाम प्राप्त किया है कि निजी संस्थाओं में समुचित (balance) बलाघात के कारण सृजनात्मक क्रियाशीलता में वृद्धि पायी जाती है। *Mathew* (1985) ने बताया कि एक सफल प्रबन्धक के लिए उचित व सार्थक बलाघात का होना भी आवश्यक है।

Pamperin (1983) ने यह निष्कर्ष प्राप्त किया कि सृजनशील प्रबन्धक, असृजनशील प्रबन्धक की तुलना में बलाघातकों के प्रति अधिक संवेदनशील होते हैं।

मानव सभ्यता के उद्भवकाल से ही मानव जाति प्रसन्नता, शान्ति तथा तनावरहित (बलाघातरहित) जीवन व्यतीत करने का प्रयास करता रहा है। इसी आशय से उसने अनेक नवीन आविष्कार किये और आज औद्योगिक, वैज्ञानिक, नगरीय और अब अन्तरिक्ष पर भी काफी सीमा तक उसका नियंत्रण स्थापित हो चुका है जिसके कारण अनेक दुष्प्रभाव यथा, अफसरशाही, स्वार्थपरायणता, अर्कमण्यता, व्यभिचार, भ्रष्टाचार, अर्थपरता, अतिशय, मानसिक द्वन्द्व आदि व्यक्तिगत एवं मनोसामाजिक समस्याएँ उत्पन्न हुई हैं और इस संदर्भ में यह कहना ठीक ही होगा कि आज शक्तिशाली मानव शक्तिहीनता का बोध कर रहा है और दीर्घायु जीवन व्यतीत करने वाला मानव अब अल्पायु जीवन व्यतीत करने पर विवश है और यह अल्प जीवन भी असमान्यताओं से परिपूर्ण है तथा मानव अन्ततः अतिशय मानसिक तनाव की जिन्दगी व्यतीत कर रहा है। वर्तमान में मनोशारीरिक 'तनाव' अर्थात् बलाघात के क्षेत्र में व्यापक अनुसंधान कार्य हुए हैं। अनुसंधानकर्त्ताओं ने अपना कार्य बलाघात के 'हेतु-

कारक', बलाघात-अभिव्यक्ति, तनाव-बलाघात सम्बन्ध के नियामक अनुभव किये जाने वाले बलाघात के प्रकार, विभिन्न प्रकार की समायोजन प्रक्रियाओं, बलाघात तकनीक आदि पर अपना ध्यान केन्द्रित किया है (*Khanna,* 1985; *Singh,* 1987)।

बलाघात का सम्बन्ध द्वन्द्व, कुण्ठा, चिन्ता, प्रतिरक्षा, भय, क्रोध आदि से होने के कारण इस क्षेत्र में काफी अनुसंधान कार्य किये गये हैं। इसीलिए बलाघात एक अन्तर्अनुशासनिक शोध (interdisiplinary research) का विषय बन गया है।

Consice Oxford Dictionary में बलाघात को पाँच विभिन्न प्रकारों से परिभाषित किया गया है जिनमें से तीन हमारे महत्त्व के हैं। *प्रथम परिभाषा* में बलाघात को एक बाध्यकारी या प्रेरक (दबाव मूलक) बल के रूप में परिभाषित किया गया है। *द्वितीय प्रकार* की परिभाषा में बलाघात को अतिरिक्त ऊर्जा के लिए प्रयास के रूप में माना गया है। *तीसरी परिभाषा* में बलाघात को किसी वस्तु पर लगने वाले बल के रूप में परिभाषित किया गया है। *The Penguine Medical Encylopeadia* में *Wingate* (1952) ने बलाघात की परिभाषा उस बल, जैसे शारीरिक आघात, प्रदर्शन (exposure), वंचन (deprivation) अथवा प्रभाव (effect) या कोई रोग जो शरीर की साम्यावस्था में व्यवधान डालता है, के रूप में परिभाषित किया है।

बलाघात के सैद्धान्तिक तथा प्रायोगिक दोनों पक्षों के संदर्भ में व्यापक अनुसंधान हुए हैं। सैद्धान्तिक अनुसंधानों के द्वारा जहाँ बलाघात के क्षेत्र में व्यापक ज्ञान वृद्धि हुई है वहीं प्रायोगिक अनुसंधानों ने व्यक्ति के जीवन में उत्पन्न बलाघात जनित समस्याओं के समाधान में अपना अपूर्व योगदान प्रदान किया है। फिर भी व्यापक अनुसंधानों के बावजूद भी यह निःसंदेह कहा जा सकता है कि बलाघात के सामाजिक एवं मनोवैज्ञानिक पक्षों पर किये गये अनुसंधान कार्य अभी भी अपनी शैशवावस्था में है तथा इस क्षेत्र में अभी और अनुसंधानों की आवश्यकता है।

बलाघात विवृद्धि (growth) एवं विकास (development) के लिए उत्तेजक (stimulant) भी हो सकता है, तथा विभिन्न प्रकार के शारीरिक एवं सांवेगिक विकृतियों के निदानशास्त्र (etiology) के प्रमुख कारक के रूप में भी हो सकता है। अतः बलाघात की प्रकृति एवं जटिल मनोवैज्ञानिक क्रियाविधि (complex psychological mechanism) बलाघातपूर्ण वातावरण में अनुकूलन के लिए मध्यस्थता (mediate) करती है जिसके गहन अध्ययन की आवश्यकता है।

बलाघात अनुसंधान के प्रारम्भिक दिनों में लोगों में यह भावना व्याप्त थी कि शरीर में भौतिक एवं रासायनिक प्रतिनिधि (agent) ही आकृतिक परिमार्जन (morphological modifications) उत्पन्न करते हैं जिसे बलाघातत्रयी (stresstriad) की संज्ञा दी जाती है परन्तु बाद के अनुसंधान से यह परिणाम प्राप्त हुआ है कि केवल भौतिक एवं रासायनिक कारक ही नहीं वरन् मनोवैज्ञानिक कारक भी विशिष्ट बलाघात अनुक्रिया (typical stress response) को उद्दीप्त करने में महत्त्वपूर्ण भूमिका निभाते हैं (*Selye,* 1976a)। कुछ अनुसंधानकर्त्ता बलाघात उत्पत्ति के लिए भौतिक एवं रासायनिक कारकों को उत्तरदायी नहीं मानते हैं। उनका मत है कि व्यक्ति में पाये जाने वाले मनोवैज्ञानिक घटक, जैसे सांवेगिक उत्तेजना ही बलाघातत्रयी (stresstraid) को उत्पन्न करता है (*Lazarus,* 1974; *Mason,* 1971)।

बलाघात की परिभाषा मनोवैज्ञानिकों ने अनेक प्रकार से की है जिसमें से कुछ का वर्णन अग्रांकित है।

बलाघात से सम्बन्धित अनुसंधान साहित्य के सर्वेक्षण से इस तथ्य पर प्रकाश पड़ता है कि बलाघात के संदर्भ में प्रस्तुत की गई परिभाषाओं में अतिव्याति (overlapping) पायी जाती है। बलाघात की ऐसी कोई परिभाषा समस्त दृष्टिकोणों से परिपूर्ण नहीं प्रस्तुत की गई है जो उनके वास्तविक स्वरूप पर प्रकाश डाल सके। वास्तविकता यह है कि बलाघात की परिभाषाएँ या तो अस्पस्ट एवं दुग्राह्य है अथवा भ्रामक एवं अपूर्ण है (*Tomtox,* 1975)। यही नहीं बलाघात की कुछ परिभाषाएँ ऐसी भी हैं जो एक-दूसरे की विरोधी हैं। अनुसंधान साहित्य का सर्वेक्षण इस तथ्य पर प्रकाश डालता है कि मनोविज्ञान, श्रम विज्ञान, मनोविकृत विज्ञान, मनश-चिकित्साशास्त्र, शरीरक्रिया विज्ञान, औषधि शास्त्र, समाजशास्त्र एवं मानवशास्त्र आदि सभी बलाघात का सम्भावित अध्ययन किया गया है, परन्तु सभी शाखाओं में इसका प्रयोग विभिन्न रूपों में किया गया है तथा उनका प्रयोग उनकी आवश्यकताओं को संतुष्ट करता है (*Tomtox,* 1975)।

Lazarus (1966, 1976) ने बलाघात की परिभाषा उन समस्त समस्याओं के रूप में की है जिसमें बलाघात प्रतिकियाएँ उत्पन्न करने वाले समस्त उद्दीपकों, उनकी प्रतिक्रियाओं तथा विभिन्न मध्यस्थताकारी प्रतिक्रियाओं को सम्मिलित किया जा सकता है। इस प्रकार यह कहा जा सकता है कि उन्होंने बलाघात की परिभाषा उद्दीपक, अनुक्रिया एवं मध्यस्थताकारी परिवर्त्यों के रूप में की है।

Lazarus & Launier (1978) ने बलाघात को उस उद्दीपक घटना के रूप में माना है जिससे वातावरणीय, बाह्य अथवा आन्तरिक कारक व्यक्ति के अनुकूलन स्रोतों, सामाजिक प्रणाली पर दबाव डालते हैं।

Coyne & Lazarus (1980) ने बलाघात के संदर्भ में प्रस्तुत अपनी परिभाषा में सन्तर्जन (threat) तथा बलाघात-चिन्ता प्रक्रिया की कार्य प्रणाली प्रकृति (transctional nature) की भूमिका पर बल देते हुए यह कहा कि बलाघात प्रतिक्रियाओं (stress reaction) के उत्पन्न होने में व्यक्ति के व्यक्तित्व की भूमिका है। इसकी परिभाषा हमें व्यक्ति और परिस्थिति के बीच होने वाली कार्य प्रणाली (transaction) के रूप में करनी चाहिए।

May (1977) ने बलाघात की परिभाषा चिन्ता के एक कारण के रूप में करते हुए कहा है कि चिन्ता के बारे में हम अनुमान इस तथ्य के आधार पर लगा सकते हैं कि वह किस प्रकार से बलाघात के प्रति प्रतिक्रिया कर रहा है, कैसे उसका विश्लेषण कर रहा है, वह बलाघात को किस प्रकार संचालित (handle) कर रहा है आदि से चिन्ता स्तर का अनुमान हो जाता है। चिन्ता की भाँति ही बलाघात की परिभाषा उद्दीपक, अनुक्रिया और व्यक्ति के मध्यस्थताकारी दशा के रूप में की जा सकती है (*Norman* et. al., 1982)।

Spielberger (1976, 1979) ने बलाघात की परिभाषा परिस्थिति के वस्तुनिष्ठ उद्दीपक तत्त्व (objective stimulus properties) के रूप में किया है। इनका मत है कि जब परिस्थितियाँ वस्तुनिष्ठ रूप से बलाघात पूर्ण होती है तो उनका प्रत्यक्षीकरण संतर्जक (threatening) के रूप में ही होगा। कोई बलाघातपूर्ण परिस्थिति तक तक संतर्जक के रूप में प्रत्यक्षीकृत नहीं होगी जब तक कि व्यक्ति उसमें निहित संकत की प्रत्यभिज्ञा (recognition) न कर ले।

Endler (1975, 1980) ने बलाघात की परिभाषा परिस्थितिजन्य परिवर्त्य के रूप में की है जिसका प्रत्यक्षीकरण भय के प्रति चिन्ता के बढ़े हुए स्तर के कारण व्यक्ति के प्रवणता (predisposition) से होता है।

Selye (1956, 1976) ने सामान्य अनुकूलन संलक्षण (General Adaptation Syndrome—GAS) में शारीरिक अनुक्रियाओं पर ध्यान केन्द्रित करते हुए बलाघात को किसी माँग के प्रति शरीर के किसी अविष्टि अनुक्रिया (non-specific response of the body to any demand) के रूप में परिभाषित किया है।

Zegan (1982) ने बलाघात की परिभाषा उस अनुक्रिया के रूप में की है जो सुरक्षा (security), बन्धक आसक्ति (bonding attachment), वैकल्पिक उत्तेजना (optional arousal) आदि क्रियाविधियों की प्राप्ति के संदर्भ में संर्तजक दशाओं के रूप में की है। इस प्रकार इनके अनुसार बलाघात एक प्राणीगत दशा है जिसमें कुछ निश्चित परिस्थितियों में शारीरिक प्रकार्यता में कुछ परिवर्तन हो सकता है जिससे उसमें तीव्र अथवा दीर्घकालिक रोगग्रस्तता पायी जा सकती है। लेकिन इसका तात्पर्य यह नहीं है कि बलाघात सम्प्रत्यय का एक ऐसे प्रत्यय के रूप में अशुद्ध अर्थ (misconstrue) लगाया जाये कि यह एक ऐसी शक्ति है जो व्यक्ति को उत्पीड़ित (victimize) करती है। बलाघात ऐसी कोई मानसिक एवं सामाजिक बुराई नहीं है जो व्यक्ति में निश्चित रूप से मानसिक अथवा शारीरिक रोग उत्पन्न करें। इसकी कल्पना किसी जीवाणु के रूप में नहीं की जा सकती है जो किसी व्यक्ति में किसी रोग उत्पन्न करने के कारण के रूप में हो सकता है। वरन् बलाघात को एक ऐसे कारक के रूप में माना जा सकता है जो प्राणी में बहुल प्रतिक्रियाओं को उत्पन्न करता है।

Bandura (1982) में बलाघात की परिभाषा विभवपूर्ण संतर्जक (potential threat) के प्रति उपयुक्त अनुक्रिया करने की अयोग्यता के प्रकार्य के रूप में की है। इनका मत है कि यह प्राणी में विभवतापूर्ण विकर्षक घटनाओं के प्रति अभिनिवेश (coping) करने की मुख्यतया प्रत्यक्षीकृत अपर्याप्तता है जिससे व्यक्ति में भय उत्पन्न होता है। इससे व्यक्ति के वास्तविक अथवा काल्पनिक नियंत्रण में ह्रास पाया जाता है, जो एक महत्त्वपूर्ण बलाघातक के रूप में होता है।

Hans Selye के अनुसार शारीरिक बलाघात का तात्पर्य प्रभावों (influences) के विस्तार प्रसार के प्रति समायोजन करने के लिए मानव प्राणी की सामान्य योजना से है। इस योजना का सामान्य उद्देश्य प्राणी की शारीरिक क्रियाशीलता अर्थात् माँसपेशीय कार्य के लिए तैयार करना है। जब व्यक्ति किसी प्रकार के संतर्जन का अनुभव करता है तो उसमें पायी जाने वाली सामान्य योजना प्राणी की तत्परता अवस्था (state of preparedness) को उच्च करने में सहायक होता है। परिणामस्वरूप व्यक्ति या तो समस्या का सामना (fight) करता है या समस्यात्मक परिस्थिति से पलायन (flight) कर जाता है।

बलाघात प्रतिक्रियाओं में माँसपेशीय क्रियाएँ आवश्यक रूप से सन्निहित रहती है। बलाघात के एक निश्चित मात्रा से अधिक होने पर आज के व्यक्ति में मानसिक तनाव पाया जाता है। व्यक्ति पर अनेक प्रकार के सामाजिक, मनोवैज्ञानिक और आर्थिक कारकों का प्रभाव पड़ता है जिससे उसमें माँसपेशीय क्रियाएँ आवश्यक रूप से अधिक घटित होती है। यह अनुमानित किया गया है कि व्यक्ति अपने अवकाशों का लगभग एक तिहाई भाग बलाघात अथवा बलाघातपूर्ण रोगों के कारण लेता है। बलाघात से उत्पन्न मानसिक व्याधियाँ केवल वर्तमान अवस्था में ही एक प्रमुख चिकित्सकीय एवं सामाजिक समस्या नहीं बन गई है वरन् भविष्य के लिए भी यह एक खतरे के संकेत के रूप में कार्य कर रही है। इन बलाघातपूर्ण प्रतिक्रियाओं का प्रमुख स्रोत आज के मानव का मानसिक एवं सामाजिक वातावरण है। इस कारण यह कहा जा सकता है कि *बलाघात अनेक मानवीय (human) एवं अमानवीय (inhuman) कारकों की अन्तर्क्रिया का उत्पाद है।*

अनेक बच्चों को अपने जन्म के पश्चात ही बलाघात का अनुभव व्यवहारिक रूप से करना पड़ता है। संसार के असंख्य बच्चे ऐसे हैं जो माता-पिता की अनचाही सन्तान के रूप में होते हैं। इसी प्रकार असंख्य माता-पिता भी ऐसे हैं जिनमें अपने बच्चों के उचित पालन-पोषण के उपयुक्त ज्ञान का अभाव पाया जाता है। इसी प्रकार माता-पिता के सम्बन्धों के खराब होने से अनेक समस्याएँ उत्पन्न होती है और उनमें अन्तर्द्वन्द्व पाया जाता है यही नहीं माता-पिता दोनों का किसी व्यवसाय में कार्यरत होना उनके परिवार में धन तो ला सकता है लेकिन खुशहाली (welfare) नहीं। इसी प्रकार कार्य नैत्यक (work routine), कार्य पाली (shift work), विवशता (helplessness), अवमानना (humiliation) आदि कारक ऐसे हो सकते हैं जो बच्चों में बलाघात या उससे सम्बन्धित रोगों के विकसित होने में सहायक होते हैं। इस सन्दर्भ में प्रमाण प्राप्त किये गये हैं कि कुछ वातावरणीय कारक भी व्यक्ति के कल्याण (well being) में ह्रास उत्पन्न करते हैं तथा मानसिक और मनोदैहिक (psychosomatic) रोगों के लिए खतरा उत्पन्न करते हैं।

Spielberger (1971) ने बलाघात की परिभाषा उस बाह्य बल (external force) के रूप में की है जो व्यक्ति को प्रभावित करता है, अर्थात् वातावरणीय उद्दीपक दशाओं के वह वस्तुनिष्ठ तत्त्व (objective component) जो कुछ मात्रा में वस्तुनिष्ठ खतरे की ओर संकेत प्रदान करते हैं।

Basowitz (1955) ने बलाघात की परिभाषा संक्रियात्मक रूप से की है और बलाघात के लिए "बलाघात चिन्ता" (stress anxiety) तथा "बलाघात परिस्थिति" (stress situations) जैसे प्रत्ययों का प्रयोग किया है।

बलाघात, उद्दीपकों के उस वर्ग (class of stimulus) की ओर संकेत करता है जिनके द्वारा चिन्ता उत्पन्न होने की सम्भावना पायी जाती है तथा व्यक्ति चेतन स्तर पर सूचना देने योग्य तीव्र भयों का अनुभव करता है।

Mechanic (1962) ने बलाघात की परिभाषा परिस्थिति विशेष में व्यक्ति की असुखद अनुक्रियाओं के रूप में की है। इनकी परिभाषा अनुक्रिया पर आश्रित (response based definition) है।

उद्दीपक की महत्ता ने बलाघातपूर्ण घटनाओं के अध्ययन के लिए अनुसंधानकर्त्ताओं को प्रेरित किया। परिणामस्वरूप इस दिशा में अनेक महत्त्वपूर्ण कार्य हुए। *Dohrenwend & Dohrenwend* (1961, 1974); *Holmes & Rahe* (1967) ने Selye के बलाघात शरीर-शास्त्र (stress physiology) का अनुवाद सामाजिक एवं मनोवैज्ञानिक शब्दावली में इस प्रकार किया:—

(1) पूर्ववर्ती बलाघात (Antecendent stressor)—यह बलाघात को उत्पन्न करता है।

(2) पूर्ववर्ती मध्यस्थताकारी कारक (Antecedent mediating)—यह बलाघात के प्रभाव में ह्रास अथवा वृद्धि उत्पन्न करता है।

(3) अनुकूलन संलक्षण (Adaptation syndrome)—यह बलाघात के मध्यस्थताकारी अवस्था की ओर संकेत करता है।

(4) परिणामी अनुकूलन (Consequent adaptation)—जब अनुकूलन संलक्षण में अन्तर्निहित क्रियाविधियों में विचलन पाया जाता है।

मनोदैहिक चिकित्सा (psychosomatic medicine) के क्षेत्र में *Mason* (1975) का अनुसंधान कार्य अन्तर्राष्ट्रीय स्तर पर प्रसिद्ध है। Teache & Selye (1978) ने बलाघात

प्रतिरूप के सम्बन्ध में कई बिन्दुओं पर प्रकाश डाला है जिनका वर्णन अधोप्रस्तुत हैः—

(i) जीवन की समस्त घटनाएँ न्यूनाधिक मात्रा में बलाघात उत्पन्न करती हैं।

(ii) बलाघात हानिकारक नहीं है परन्तु इसकी अधिकतम मात्रा असामान्य व्यवहार अथवा रोग का कारण अवश्य बन जाती है।

(iii) बलाघात किसी उद्दीपक के प्रति अनुक्रिया है तथा बलाघातक एक उद्दीपक है जिसके लिए अनुकूलन (adaptation) की आवश्यकता होती है।

(iv) किसी प्रतिनिधि (agent) के प्रति शारीरिक प्रतिक्रिया का अविशिष्ट पक्ष आवश्यक रूप से विशिष्ट पक्ष की भाँति अपना प्रभाव नहीं डालता है।

(v) विभिन्न प्राचलों (parameters) के द्वारा बलाघात को नियंत्रित करना चाहिए।

(vi) बलाघातकों को हटा देने से बलाघात में ह्रास पाया जाता है।

उद्दीपक परिवर्त्य के रूप में बलाघात
(Stress as a Stimulus Variable)

उद्दीपकोन्मुख उपागम के अनुसार बलाघात को एक बाह्य प्रतिनिधि (external agent), शक्ति (force) परिस्थिति अथवा दशा के रूप में माना गया है। बलाघात का मूल्यांकन एक संतर्जक (threatening) उद्दीपक परिवर्त्य के रूप में किया गया है। इस दृष्टिकोण के अनुसार बलाघात को पुल पर यातायात के कारण पड़ने वाले बल-वायु झोकों के कारण पेड़ों को झुकाने और उनकी जड़ से उखाड़ने वाली शक्ति के रूप में वर्णित किया गया है। इसी प्रकार समाज के प्राणियों/शिक्षकों को वातावरणीय शक्तियों/बलों उद्दीपकों परिवर्त्य के कारण अत्यधिक दाब का सामना करना पड़ता है (*Rice*, 1987)।

Zegan (1980) ने बलाघात को *एक उद्दीपक परिवर्त्य के रूप में परिभाषित किया है* यह उद्दीपक असामान्य/अप्रत्याशित एवं हठात् प्रकट होने वाली परिस्थितियों (demands) से उत्पन्न होते हैं। वातावरण की यह उद्दीपन विशेषताएँ प्राणी के सामान्य क्रियाकलापों में अवरोध उत्पन्न करती है तथा यह वातावरणीय बलाघात व्यक्ति साम्यावस्था/मूलावस्था को कुप्रभावित करते हैं। परिणामस्वरूप उनमें असंतुलन पाया जाता है। इस असन्तुलन से प्राणी का तंत्रिकातंत्र और अंतस्रावी तन्त्र कुप्रभावित होता है जिससे साम्यावस्था में असन्तुलन परिलक्षित होता है।

वातावरणीय उद्दीपकों (बाह्य परिवर्त्यों) में उन तमाम अवांछित अथवा अप्रत्याशित उद्दीपनों को सम्मिलित किया जा सकता है जिनका प्रत्यक्ष-अप्रत्यक्ष सम्बन्ध अनेक प्रकार के उद्दीपक परिवर्त्यों/बाह्य कारकों तथा अतिरिक्त थकान, असफलता, पार्थक्य, ऊबन, सामाजिक एवं सांस्कृतिक परिस्थितियों में तीव्र परिवर्तन, सहकर्मियों एवं पारिवारिक सदस्यों का असहयोगपूर्ण व्यवहार, पाली कार्य, अत्यन्तप्रिय सहकर्मी/प्रियजन/परिवारजन की मृत्यु, भय आदि से है। जब इन परिस्थितियों/घटनाओं/आवश्यकताओं का प्रभाव अनुकूलनतम दशाओं तथा इष्टतम (optimal) सहनशक्ति बहुत कम या बहुत अधिक होती है, तो बलाघात पाया जाता है। *बलाघात के हेतु कारक बलाघातक कहे जाते हैं। Sir Charles Symond* (1947) ने बलाघात के उद्दीपन परिवर्त्य सिद्धान्त का समर्थन किया है। उद्दीपक परिवर्त्य के रूप में बलाघात की प्रस्तुत की गई परिभाषाओं के सम्बन्ध में यह कमी बताई जाती है कि किसी विशेष जीवन-परिस्थितियों में या किसी व्यवसायिक प्रतिष्ठान में बलाघातपूर्ण कारकों की पहचान करने में कठिनाई होती है।

अनुक्रिया परिवर्त्य के रूप में बलाघात : आत्मगत संज्ञानपरक अनुक्रिया (Stress as a Response Variable : Subjective Cognitive Approach)

बलाघात की अनुक्रिया परिवर्त्य उपागम के अनुसार बलाघात वह कारक है जो प्रभावकारी संतर्जक (potentially threatening) अथवा खतरनाक परिस्थितियों (dangerous situations) के प्रत्यक्षीकरण (perception) एवं मूल्यांकन (appraisal), क्रियाओं एवं घटनाओं के मूल्य निर्धारण तथा दूसरों के व्यवहार के गुणावरोपण एवं घटनाओं के प्रति अन्तर्क्रिया की प्रक्रिया को प्रभावित करता है। इस दृष्टिकोण के अनुसार *उस वातावरणीय उद्दीपक परिस्थितियों के प्रति बलाघात एक संज्ञानपरक/संवेगपरक प्रतिक्रिया है जो व्यक्ति के द्वारा संकटपूर्ण घटना के रूप में मूल्यांकित की जाती है।* इस प्रकार यह एक संज्ञापरक निर्मित उपागम (cognitive construct approach) है, जो तनाव के प्रति मनोवैज्ञानिक प्रतिरोध (psychological resistance) प्रस्तुत करने की बात करता है। यह संज्ञानात्मक प्रक्रियाओं यथा समस्या समाधान, नियोजन (planning), निर्णायन (decision making), अन्तर्दर्शनात्मक विश्लेषण (introspective analysis) को प्रभावित करता है।

अनुसंधानों से इस तथ्य पर प्रकाश पड़ता है कि बलाघात से निपटने के लिए अनेक मनोवैज्ञानिक प्रविधियों यथा मनोरचनाओं (defense mechanism), युक्तिकरण (rationalization), बौद्धिकीकरण (intellectualization), अस्वीकृति (denial), कल्पनातरंग (fantasy) का प्रयोग व्यक्ति करता है। इससे संत्रासमय परिस्थितियों का सामना किया जा सकता है। बलाघात की स्थितियों में व्यक्ति प्रत्यक्षीकृत बलाघात (perceived stress) के संदर्भ में विभिन्न प्रकार के अनुमानपरक (inferential) कथनों का प्रयोग करता है यथा, 'यह मेरी शक्ति के बाहर है', अथवा 'मैं अब और अधिक नहीं बरदाश्त कर सकता।'

Hans Selye (1956) ने अपने प्रारम्भिक लेखों में सर्वप्रथम इस दृष्टिकोण का प्रयोग किया। इस सन्दर्भ में *Selye* ने अपना दृष्टिकोण इस प्रकार प्रकट किया है कि बलाघात किसी व्यक्ति में माँग के परिणामस्वरूप उत्पन्न अविशिष्ट (शरीर क्रियात्मक) अनुक्रिया प्रदर्शन है। इनके मतानुसार वातावरणीय प्रभावों तथा उससे उत्पन्न अनुक्रिया का शरीर क्रियातन्त्र से घनिष्ठतम रूप से सम्बन्धित होता है। अतः *इनके अनुसार बलाघात बलाघातकों के कारण उत्पन्न अनुक्रिया मात्र है।* इसीलिए *Frankenhaeuser* (1975) *ने इसे उद्दीपन हेतु आने वाली अनुक्रिया माना है।*

इस प्रकार यह कहा जा सकता है कि *बलाघात वातावरणीय उद्दीपन स्थितियों के प्रति एक संज्ञानात्मक/प्रेरणात्मक अनुक्रिया/प्रतिक्रिया है जो व्यक्ति के अहम(ego) के लिए संकट/ खतरा उत्पन्न करती है।* यही कारण है कि बलाघात के अवांछनीय प्रभावों के कारण व्यक्ति की प्रतिरक्षा प्रणाली पर कुप्रभाव पड़ता है। इस सन्दर्भ में *Selye* ने अपना मत इस प्रकार प्रकट किया है कि *अनुक्रिया संलक्षण(response syndrome) किसी व्यक्ति में प्रतिरक्षा हेतु प्रतिरक्षा प्रतिक्रिया तथा साम्यावस्था(equilibrium) की अखण्डता(wholeness) के संरक्षण के कारण उत्पन्न एक सार्वभौमिक प्रतिरूप (universal pattern) है।* इस प्रकार यह बात महत्त्वहीन है कि बलाघात का स्रोत क्या है? क्योंकि निश्चय से यह कहा जा सकता है कि अविशिष्ट प्रतिरक्षा अनुक्रिया/प्रतिक्रिया सभी व्यक्तियों में समान रूप से वितरित होती है।

चूँकि *Hans Selye* चिकित्साशास्त्र के एक प्रशिक्षणार्थी के रूप में कार्य कर रहे थे। इसलिए उनका अवलोकन मूलस्वरूप चिकित्साशास्त्र के रूप में ही था। इसीलिए उन्होंने बलाघात-अनुक्रिया की विशिष्टता पर विशेष बल दिया। उन्होंने इन संलक्षणों को अविशिष्ट

माना है। इन संलक्षणों के उदाहरणस्वरूप भूख नष्ट हो जाना, वजन कम होना, महत्त्वाकांक्षा का समाप्त होना, चेहरे का रूप रंग बदल जाना, शक्ति क्षीण होना आदि को लिया जा सकता है।

दैहिक अनुक्रिया परिवर्त्य के रूप में बलाघात : एक सार्वत्रिक प्रतिक्रिया (Stress as a Bodily Response Variable : A Global Response)

दैहिक अनुक्रियोन्मुख उपागम के अनुसार बलाघात माँगों के समायोजन के लिए शरीर की सार्वत्रिक प्रतिक्रिया है। यह प्रतिक्रिया संज्ञापनपरक एवं वातावरणीय संतर्जकों (threats) के प्रति प्रत्यक्षीकृत (perceived) दाब से उत्पन्न दैहिक अनुक्रियाओं की ओर संकेत करती है। यह दाब बाह्य वातावरणीय उद्दीपक परिस्थिति प्रभाव (external environemntal stimulus situation effect) का आन्तरिक प्रतिनिधान (internal representation) है जो प्रारम्भिक उद्दीपक निवेश (initial stimulus input) एवं अंतिम उत्पादन (final output) के बीच मध्यस्थताकारी परिवर्त्य (intervening variable) के रूप में कार्य करता है। अंतिम उत्पादन का स्वरूप शारीरिक और मनोवैज्ञानिक दोनों हो सकता है।

बलाघात का यह दृष्टिकोण बलाघात के प्रति शरीर के सार्वत्रिक (global) दैहिक प्रतिक्रिया पर बल देता है। ***Selye*** (1974) के अनुसार, *'बलाघात मात्र स्नायविक तनाव ही नहीं वरन् यह किसी माँग के प्रति शरीर की अविशिष्ट अनुक्रिया है।'* दैहिक-अनुक्रियाओं का वर्णन त्रिअवस्थीय क्रमबद्ध प्रक्रिया (three-stage-systematic process) के रूप में वर्णित किया जा सकता है—

(i) कारटिकोहिप्पोथैलेमंस मस्तिष्क कोषों की तंत्रिकीय प्रतिक्रियाएँ

(ii) पिटयूइटॅरि-एड्रीनल ऐक्सिस की ग्रन्थीय प्रतिक्रियाएँ

(iii) हारमोनल प्रतिक्रियाएँ (*Rice,* 1987)।

यह देखा गया है कि शरीरक्रिया प्रणाली की सामान्य क्रियाविधि में अप्रत्याशित एवं अवांछनीय वातावरणीय परिवर्तनों द्वारा अवरोध उत्पन्न होता है। परिणामस्वरूप समायोजन प्रणाली कुप्रभावित होती है। समायोजन प्रणाली के द्वारा व्यक्ति बाह्य एवं आन्तरिक प्रभावों (माँगों) के मध्य सन्तुलन स्थापित करने में सक्षम होता है। इस दृष्टिकोण के अनुसार बलाघात शरीर-क्रियात्मक अनुक्रिया है। इसके अन्तर्गत स्नायविक, ग्रन्थीय एवं अंतस्रावी अंतिक्रियाएं सन्निहित हैं। बाह्य एवं वातावरणीय माँगों के प्रति स्नायविक एवं अंतस्रावी प्रतिक्रियाओं के फलस्वरूप जैविक साम्यावस्था में उत्पन्न व्यवधान से व्यक्ति में मनोशारीरिक एवं व्यवहारपरक समस्याएं यथा थकान, सिरदर्द, जठन समस्याएँ, कमरदर्द, अनिद्रा, अपच, तनाव, चिड़चिड़ाहट, आक्रामकता, कालेस्ट्रॉल स्तर में वृद्धि, रक्तचाप में वृद्धि, हृदयाघात आदि उत्पन्न होती है।

मनोगतिकी परिवर्त्य के रूप में बलाघात (Stress as a Psychodynamic Variable)

बलाघात का मनोगतिकोन्मुख उपागम बलाघात को उन आन्तरिक/बाह्य घटनाओं के रूप में मानता है जिनसे प्राणी-संगठन (organismic integrity) को आशंका रहती है जिससे उसके व्यक्तित्व में विघटन पाया जाता है। इस दृष्टिकोण के अनुसार बलाघात से अहं-शक्ति (ego-strength) एवं अहं-समर्थन (ego-support) में क्षति पायी जाती है जिससे व्यक्ति

अहं मनोरचनाओं का उपयोग नहीं कर पाता है। अप्रत्याशित/अवांछित परिस्थितियाँ/माँग/घटनाएँ/प्रभाव/आवश्यकताएँ व्यक्ति के व्यक्तित्व को विसंगठित करती है। परिणामस्वरूप व्यक्ति में चिन्ता तथा तनाव पाया जाता है, उसके मनोभावों एवं क्रिया-कलापों में अप्रत्याशित परिवर्तन पाया जाता है तथा उसमें मादक पदार्थों के सेवन की प्रवृत्ति पाई जाने लगती है। परिणामस्वरूप व्यक्ति में आत्महत्या की प्रवृत्ति पायी जा सकती है। अवांछनीय/अप्रत्याशित परिवर्तनों के कारण व्यक्ति अवांछनीय व्यवहार करने लगता है तथा उसमें घातक रोग उत्पन्न हो जाते हैं, परिणामस्वरूप उसकी मृत्यु भी हो सकती है (*May,* 1977)।

व्यक्ति-वातावरण-उपयुक्तता परिवर्त्य के रूप में बलाघात
(Stress as a Person-Environment-Fit Variable)

व्यक्ति तथा उसके प्रासंगिक वातावरण के सम्बन्ध में बलाघात को परिभाषित किया जा सकता है जहाँ अनेक प्रकार की दशाएँ पायी जा सकती हैं।**प्रथम ,**जहाँ कार्य की माँग/आवश्कता/उत्तरदायित्व/समस्या व्यक्ति की योग्यता/कुशलता/दक्षता आदि से अधिक होती है, अथवा कार्य की माँग के अनुरूप व्यक्ति की कार्यकुशलता नहीं होती है अथवा व्यक्ति की दक्षता कार्य से अधिक होती है अथवा कार्य उत्तरदायित्व व्यक्ति की कार्यकुशलता के अनुरूप अपर्याप्त होता है। इन अनुपयुक्तताओं के फलस्वरूप ही बलाघात की उत्पत्ति होती है (*Ivanchevich & Mattenson,* 1984) । कोई भी कार्य वातावरण स्वयं में बलाघातपूर्ण नहीं होता है। *French, Rogers & Gobb*(1974)ने *Lewin*(1952)तथा *Murray*(1959)के प्रारूप पर आधारित व्यक्ति-वातावरण के मध्य उपयुक्तता से सम्बन्धित एक प्रारूप प्रस्तुत किया है जिसमें व्यक्ति और वातावरण के मध्य उपयुक्तता को समझने के लिए इसे दो वर्गों में विभक्त किया जा सकता है। प्रथम प्रकार की उपयुक्तता व्यक्ति की क्षमता। कुशलता एवं कार्य के माँग/उत्तरदायित्व के मध्य उपयुक्तता से सम्बन्धित है। जबकि द्वितीय प्रकार के उपयुक्त कार्य वातावरण द्वारा व्यक्ति की आवश्यकताओं के अनुरूप आवश्यक आवश्यकताओं को उपलब्ध कराने की मात्रा से सम्बन्धित है। इन दोनों के मध्य असांमजस्य पाये जाने के कारण व्यक्ति में अनेक प्रकार की स्वास्थ्य सम्बन्धी विकृतियाँ उत्पन्न होती हैं जो मानसिक, शारीरिक एवं शरीर क्रियात्मक समस्याओं का स्रोत बन जाती है।

व्यक्ति और उसके प्रासांगिक वातावरण के मध्य अनुपयुक्त पाये जाने के कारण व्यक्ति में व्यवहारपरक परिवर्तन पाये जाते हैं। व्यक्ति का व्यवहार व्यक्ति तथा वातावरण के मध्य उपयुक्त समायोजन पर आधारित है। जब व्यक्ति-वातावरण में उपयुक्त समायोजन अभाव पाया जाता है तो उसमें चिन्ता, क्रोध, चिड़चिड़ाहट, तनाव, उच्च रक्तचाप, आक्रामकता, ह्दयाघात आदि के लक्षण देखे जा सकते हैं जो व्यक्ति के लिए प्राणघातक भी हो सकते हैं।

बलाघात के प्रारूप
(Models of Stress)

बलाघात के संदर्भ में अनेक सैद्धान्तिक प्रारूप प्रस्तुत किये गये हैं। जिसमें यह प्रदर्शित किया गया है कि दीर्घकालीन बलाघात का प्रभाव किसी-न-किसी रोग के रूप में होता है। इन उपागमों में से कुछ का संक्षिप्त वर्णन अधोप्रस्तुत है:—

(1) Selye का बलाघात प्रारूप : अनुकूलन सिद्धान्त (*Selye's Model of Stress : Adaptation Theory)*—मान्ट्रियाल विश्वविद्यालय में *Selye* एवं उनके सहयोगियों ने

घटनाओं के कालिक अनुक्रम (temporal sequence of events) के कारणों को इस प्रकार प्रस्तुत करने का प्रयास करते हुए यह कहा है कि जब यह अनुक्रम उस समय घटित होता है जब किसी बलाघात के प्रति कोई शारीरिक प्रतिक्रिया घटित होती है (*Selye,* 1046, 1957)। *Selye* के मतानुसार *बलाघात प्रतिक्रिया आवश्यक रूप से एक सामान्य तथा संतर्जक (threat) के प्रति परन्तु अभियोजनशील अनुक्रिया के रूप में है।* बलाघात के अनावश्यक रूप से तीव्र तथा अधिक समय तक बने रहने पर इसका स्वरूप रोगात्मक (pathological) हो जाता है। इनका अनुकूलन सिद्धान्त बलाघात के प्रभाव पर विशेष रूप से बल देता है जिसकी संक्रिया (operation) श्लेष्मीय अधिवृक्क प्रान्तस्था धुरी (pituitary-adrenal cortical axis) के माध्यम से होती है। इस सिद्धान्त का मुख्य साराशं यह है कि यह सिद्धान्त बलाघात को एक त्रिपक्षीय प्रतिक्रिया (triphasic reaction) के रूप में मानता है जिसे अनुकूलन संलक्षण (adaptation syndrome) कहते हैं।

तीव्र एवं संघृत संतर्जक (sustained threat) के प्रति मानव प्राणी की अनुक्रियाओं तथा पशुओं से अनुकूलन संलक्षण (adaptation syndrome) को विशेषीकृत (characterize) करने के प्रयास में *Selye* ने यह कहा कि केन्द्रीय तन्त्रिका तन्त्र (central nervous system) तथा दैहिक परिवर्तनों (somatic changes) में समानता पायी जाती है। किसी भी प्रकार की विकृति में बलाघात की दीर्घकालिकता तथा बलाघात की अपरिहार्यता आदि महत्त्वपूर्ण तत्व मनोदैहिक मध्यस्थता (psychosomatic mediation) करते हैं (*Carson,* 1966)।

(2) वुल्फ का बलाघात प्रारूप *(Harold G. Wolff's Model of Stress)—Wolff* ने बलाघात की परिभाषा मनोसामाजिक उद्दीपकों के प्रतिशारीरिक अनुक्रियाओं (physiological responses to social psychological stimulus) के रूप में की है। उनका मत है कि बलाघात एक आन्तरिक अथवा प्रतिरोधक बल के रूप में माना है जो व्यक्ति को बाह्य शक्तियों के प्रति क्रियाशील बना पाता है। इस प्रकार, इनके दृष्टिकोण के अनुसार बलाघात बाह्य वातावरण तथा प्राणी के बीच होने वाली अन्तर्क्रिया से बलाघात पाया जाता है परन्तु व्यक्ति का पूर्व अनुभव इस सम्बन्ध में एक महत्त्वपूर्ण कारक है (*Wolff,* 1953)। बलाघातों एवं दबावों के प्रति अनुकूलन करने की क्षमता व्यक्ति की समस्थिति को निर्धारित करती है। जब व्यक्ति का मूल्य एवं लक्ष्य प्रभावित होता है, तो उसे संतर्जकों का सामना करना होता है। परिणामस्वरूप अनुपयुक्त अनुक्रियाएँ उत्पन्न होती हैं।

(3) बासोविट्ज, पर्स्की, कोचिन और ग्रिनकिस का बलाघात प्रारूप *(Basowitz's, Persky's, Korchin's and Grinkeis's Model of Stress)—Basowitz* और उनके सहयोगियों ने अपने प्रारूप के केन्द्र में चिन्ता को स्थित किया है और अपना मत प्रकट करते हुए यह कहा है कि कोई भी उद्दीपक नियमतः चिन्ता अनुक्रिया (anxiety response) को उद्दीप्त करता है क्योंकि व्यक्ति विशेषत उद्दीपक विशेष (संतर्जक) के प्रति अनुक्रिया विशेष को विकसित कर लेता है। *Basowitz* और उनके सहयोगियों ने ऐसी दशाओं के लिए शब्द बलाघात का प्रयोग किया है।

Basowitz एवं उनके सहयोगियों (1915) का मत है कि बलाघात मौलिक आवश्यकताओं की पूर्ति तथा विवृद्धि एवं विकास के प्रति समस्थिति प्रकार्यता (homeostatis functioning) के प्रति संतर्जक को बलाघात कहते हैं। इन्होंने बलाघात उद्दीपकों को ज़ीवन परिस्थितियों (life situations) तथा उसके आत्मनिष्ठ अर्थों (subjective meaning) के रूप में स्वीकार किया है। इनका मत है कि बलाघात अनेक उद्दीपकों के समाविष्ट (comprise) करने से घटित होता है जो व्यक्ति में चिन्ता उत्पन्न करने वाले कारकों

के रूप में होता है तथा व्यक्ति में भिन्नतापरक शारीरिक, मनोवैज्ञानिक एवं व्यवहारपरक परिस्थिति उत्पन्न करता है जिसके लिये व्यक्ति को अनेक प्रकार के उच्च समायोजन करने की आवश्यकता होती है।

(4) बलाघात का मनोदैहिक एवं मनोविश्लेषणात्मक प्रारूप *(Psychosomatic and Psychoanalytic Model of Stress)*—मनोसामाजिक एवं दैहिक परिवर्त्यों के सम्बन्धों के अध्ययन के लिए मनोविश्लेषणात्मक परिप्रेक्ष्य व अनेक मनोदैहिक प्रारूपों (psychosomatic models) को प्रस्तावित किया गया है (*Scott & Howard,* 1970)।

Alexender (1950) के मतानुसार विशेष मनोगत्यात्मक संरूपण (psychodynamic configuration) के सम्बन्ध में पहले से पाई जाने वाली शारीरिक-अतिसंवेदनशीलताओं (physical vulnerabilities) एवं निश्चित संवेगों के कारण ही व्यक्ति में अस्वस्थता (illness) पायी जाती है। उपयुक्त प्रतीकात्मक अभिव्यक्तियों (symbolic expressions) के अभाव में कुछ लक्षण सांवेगिक तनावों से सुरक्षा के रूप में प्रकट होते हैं जिससे कुछ आंगिक स्नायुरोग (organ neurosis) उत्पन्न करते हैं तथा व्यक्तित्व में स्थायी असन्तुलन का कारण बनते हैं (*Alexender,* 1950; *Mechanic,* 1962; *Kaplan & Kaplan,* 1972)। बलाघात की अभिव्यक्ति अनेक संबंधित प्रणालियों (systems), तनावों (tensions) से है जिनको एक ही स्तर पर संचालित (handle) नहीं किया जा सकता है (*Mechanic*, 1962; *Scott & Howard,* 1970)।

Hechanic (1962) का मत है कि प्रौढ़ावस्था में घटित होने वाले शारीरिक परिवर्तनों के लिए उत्तरदायी व्यक्तियों के प्रारम्भिक अनुभवों (early experiences) का इन्द्रियानुभविक प्रदर्शन कहना सम्भव नहीं है।

(5) डोरेनवेन्ड का बलाघात प्रारूप *(Dohrenwend's Model of Stress)*—*Dohrenwend & Dohrenwend* (1961) ने अपने बलाघात प्रारूप के लिये *Selye* के प्रारूप को आधार बनाया तथा उपयोग मनोवैज्ञानिक बलाघात के संदर्भ में किया। इनके अभिकल्प के 4 प्रमुख घटक (component) हैः—

(i) पूर्ववर्ती बलाघातक *(Antecedent stressor)*—यह बलाघात को उत्पन्न करने वाले प्रतिनिधि (agent) के रूप में गिना जाता है।

(ii) पूर्ववर्ती मध्यस्थतकारी कारक *(Antecedent mediating factors)*—यह परिस्थिति अनुसार बलाघात के प्रभावों में वृद्धि अथवा ह्रास की ओर संकेत करता है।

(iii) अनुकूलन संलक्षण *(Adaptation syndrome)*—यह शरीर के उत्पन्न होने वाले अनेक अविशिष्ट रासायनिक परिवर्तनों के ह्रास या वृद्धि की ओर संकेत करता है।

(iv) क्रमिक अनुकूलन *(Consecutive adaptation)*—अनुकूलन संलक्षण (adaptation syndrome) में निहित क्रियाविधि का विचलन उच्च रक्तचाप, हृदय एवं गुर्दा रोगों से सम्बन्धित अनेक अभियोजनशील अनुक्रियाओं से होती है (*Dohrenwend & Dohrenwend,* 1961, 1970)।

Dohrenwend (1970) द्वारा वर्णित किये गये प्रारूपों की प्रकृति मुख्यतया सामाजिक है क्योंकि इन्होंने आर्थिक संकट (economic distres) अथवा भग्न परिवारों (broken homes) आदि के कारण बलाघातों की उत्पत्ति मानी है। इनका मत है कि इन कारकों का स्वरूप वस्तुनिष्ठ होता है तथा यह व्यक्ति की सामान्य क्रियाओं में बाधा उत्पन्न करता है (*Dohrenwend,* 1970)।

इस अभिकल्प का दूसरा महत्त्वपूर्ण तत्त्व मध्यस्थताकारी कारक है जो यह निर्धारित करता है कि बलाघातक सुसमायोजित व्यवहार प्रकट करायेगा या नहीं। बलाघातक एवं मध्यस्थताकारी कारकों के उत्पाद (product) आन्तरिक एवं बाह्य परिसीमाओं के रूप में होते हैं। यह परिसीमाएँ एक प्रकार की मनोवैज्ञानिक शक्ति (psychological force) के रूप में होती है जो परिस्थितियों की माँग के अनुसार व्यक्ति के क्रियाकलापों को प्रत्यक्ष अथवा अप्रत्यक्ष रूप से प्रभावित करती है (*Dohrenwend,* 1961)।

(6) लेजारस के बलाघात का मनोवैज्ञानिक प्रारूप *(Lazarus's Model of Psychological Distress)—Richard Lazarus* (1966, 1967) ने अपनी अभिनिवेश प्रक्रिया तथा बलाघात प्रारूप के विकास में यह स्पष्ट किया है कि संज्ञानात्मक प्रक्रियाओं की भूमिका प्रमुख होती है जिसके दो प्रमुख घटक संतर्जक (threat) तथा मूल्यांकन (appraisal) होते हैं। संतर्जक के दो प्रमुख तत्व हैं:—

(i) यह प्रत्याशित होता है जिसमें भविष्य क्षति (future harm) सन्निहित होता है।

(ii) यह संज्ञानों पर निर्भर करता है। कुछ भविष्यपरक दशाओं के संकेतों के रूप में उद्दीपकों का मूल्यांकन संज्ञानपरक प्रक्रियाओं द्वारा होता है। यह मूल्यांकन/मूल निर्धारण दो प्रकार के पूर्ववर्ती दशाओं—उद्दीपक संरूपण (stimulus configuration) तथा व्यक्ति के प्रतिकूल कठिन स्रोतों (counterhard resources) पर निर्भर करता है।

(7) डेविड मेकेनिक का सामाजिक-मनोवैज्ञानिक प्रक्रिया प्रारूप *(David Mechanic's Model of Social Psychological Process)—David Mechanic* का मत है कि बलाघात व्यक्ति के द्वारा अनुभव की गयी वह कठिनाइयाँ हैं जिन्हें वह प्रत्यक्षीकृत चुनौतियों (perceived challanges) के परिणामस्वरूप अनुभव करता है। उन्होंने बलाघात की परिभाषा असुखद अनुक्रिया (discomforting response) के रूप में की है, क्योंकि वे ऐसा अनुभव करते हैं कि बलाघात परिस्थितियों के प्रत्यक्षीकरण तथा इस प्रत्यक्षीकरण को प्रभावित करने वाले कारकों पर निर्भर करता है (*Mechanic,* 1962)।

इन्होंने बलाघात की परिभाषा व्यक्ति की माँग तथा इन माँगों के प्रति विभवतापूर्ण अनुक्रियाओं में पायी जाने वाली विसंगतियों (discrepancy) के रूप में की है (*Mechanic,* 1968)।

यद्यपि भय, चिन्ता, अवसाद आदि जैव रासायनिक (biochemcial) एवं अन्तःस्रावी अवस्थाओं (endocrinological states) से सहसम्बन्धित नहीं है। इनका विश्वास है कि अनेक अनुसंधानों ने इन प्रभावी दशाओं का समर्थन किया है और बलाघात अनुक्रियाओं के लिए महत्त्वपूर्ण माना है। इन्होंने अपने अभिकल्प में बलाघात के मापन के लिए उन समस्त असुखद अनुक्रियाओं (भय, अवसाद, चिन्ता आदि) को सम्मिलित किया है (*Mechanic,* 1962)। *Mechanic* ने अनुकूलन की परिभाषा उस रूप में की है जिसके अनुसार व्यक्ति अपनी परिस्थिति में अनुक्रियाएँ करता है तथा उनके द्वारा व्यक्ति की भावनाओं को उत्तेजना प्राप्त होती है (*Mechanic,* 1962)।

(8) ग्राह्म का बलाघात विशिष्ट अभिवृत्ति प्रारूप *(Graham's Specific Attitude Model of Stress)—Grace & Graham* (1952) ने मनोदैहिक विकृतियों के कारणों की व्याख्या के लिए बलाघात के संदर्भ में एक-दूसरे मनोवैज्ञानिक सिद्धान्त का प्रतिपादन किया है। उनके अनुसार दीर्घकालिक संवेगात्मक दशाओं (chronic emotional states) की तुलना में **विशेष अभिवृत्तियाँ विशेष मनोदैहिक परिवर्तनों** (particular psycho physiological changes) से साहचर्यित होती है। इसीलिए विशेष मनोदैहिक विकृतियाँ उत्पन्न होती हैं (*Grace & Graham,* 1952)।

उदाहरणस्वरूप उच्च रक्तदाब (hypertension) वाला व्यक्ति अत्यधिक असुरक्षा एवं भय अनुभव करता है।

(9) बलाघात का अनुबन्धन प्रारूप *(Conditioning Models of Stress)*— मनोवैज्ञानिक विकृतियों की उत्पत्ति में प्राचीन एवं नैमित्तिक दोनों ही अनुबन्धनों की प्रमुख भूमिका है। व्यक्ति में पायी जाने वाली अस्वस्थता के प्रमुख कारण के रूप में नहीं वरन् इसे उत्तेजित करने में अनुबन्धन को एक महत्त्वपूर्ण एवं उत्तम कारक के रूप में माना गया है। प्राचीन अनुबन्धन के द्वारा तटस्थ उद्दीपक का युग्मन (pairing) जब पराग (Pollen) से कर दिया जाता है तो व्यक्ति में दमा (asthma) के लक्षण उत्पन्न हो सकते हैं। इस प्रकार हम उद्दीपकों के क्षेत्र में विस्तार करके दमा के लक्षणों को प्राप्त कर सकते हैं (*Bandura,* 1969)। पुरस्कार की व्यवस्था करके दमा के दौरों (asthmatic attack) के लक्षणों को प्राप्त किया जा सकता है। उदाहरणार्थ, एक बच्चा असुखद क्रियाकलापों में भाग न लेने के लिए दमा के लक्षणों की अभिव्यक्ति कर सकता है।

मनोदैहिक प्रतिक्रियाओं के अध्ययन के लिए अनुबन्धन प्रक्रिया का प्रयोग विशेष रूप से प्रासंगिक है। इसके दो प्रमुख कारण हैं—**प्रथम** अनुबन्धन प्रक्रिया का प्रयोग इसलिए एक अच्छे अनुसंधान उपकरण के रूप में किया जा सकता है क्योंकि यह प्रक्रिया केन्द्रीय तन्त्रिका तन्त्र द्वारा शारीरिक प्रणाली को नियंत्रित एवं नियमित करने वाली उन विधियों के लिए अधिक उपयुक्त है जो मनोदैहिक व्यक्तियों के लिए मध्यस्थता करती है। **द्वितीय** अनुबन्धन प्रक्रियाएँ इस बात के लिए आधार प्रदान करती है कि प्राणी के जीवन में किस प्रकार शारीरिक व्याधियों की रोगहेतुकी (aetiology) प्रवेश करती है।

बलाघात के स्रोत
(Sources of Stress)

1. बलाघात के भौतिक स्रोत *(Physical Sources of Stress)*—भारतीय विश्वविद्यालयों एवं महाविद्यालयों में अध्ययनरत छात्रों पर अनेक वातावरणीय कारकों का प्रभाव पड़ता है जिससे उनमें क्षति (injury), पीड़ा (pain), श्रान्ति (fatigue), अनिद्रारोग (insomnia), डर (fear), व्यग्रता (fever) आदि पाये जाते हैं। यह बलाघातक भौतिक वस्तुओं के लिए हानिकारक होते हैं। इन वातावरणीय बलाघातकों में रोगवाहक कीटाणुओं, निरन्तर तीव्र संवेदना, तीव्र ध्वनि, वायु प्रदूषण, अत्यधिक तापमान आदि को लिया जा सकता है। यह सभी बलाघातक वातावरण में विद्यमान उस मात्रा पर निर्भर करते हैं जिस मात्रा में वह शरीर पर दबाव डालता है। भौतिक बलाघात समस्त व्यक्तियों के संज्ञानात्मक मूल्यांकन प्रक्रियाओं (cognitive appraisal processes) को व्यक्तिक रूप से प्रभावित करते हैं। चूँकि सभी बलाघातकों का प्रभाव संज्ञानात्मक मूल्यांकन प्रक्रिया पर किसी-न-किसी प्रकार अवश्य पड़ता है इसलिए बलाघातकों के द्वारा उत्पन्न समस्याओं को एक सरल समस्या के रूप में नहीं समझा जा सकता है। बहुधा बलाघात अनुक्रियाएँ बिना चेतन संज्ञानात्मक मूल्यांकन को सम्मिलित किये ही घटित हो जाती हैं। उदाहरणार्थ—चिकित्सकीय शल्य क्रिया (clinical surgery) से तथा गहन ऐनेस्थिसिया (deep anesthesia) को देने से भी व्यक्ति में तीव्र बलाघात की उपस्थिति पायी जाती है।

यद्यपि बलाघात को संज्ञानात्मक प्रणाली (cognitive system) का प्रकार्य माना जाता है। भौतिक बलाघात का प्रारम्भ उस समय हो जाता है जब संज्ञानपरक घटना का सम्बन्ध बाह्य तथा आन्तरिक उद्दीपकों से हो जाता है। जो एड्रिनो कार्टिकोट्रोपिकिक सिस्टम (adreno-carticotrophichic system) ऊर्जा तथा बलाघात स्टेरायड (steroids) को प्राप्त करने के लिए प्रेरित (trigger) करता है। इस प्रकार अचेतन संज्ञानपरक बलाघात, शारीरिक तथा मनो-औषध विज्ञान (psycho-pharmalogic) बलाघातकों से पहले घटित होता (precede) है। इस तर्क को इस तथ्य से समर्थित किया गया है कि सभी अन्तःस्रावी ग्रन्थि कोशिका शक्तिहीन (enverted) होती है (*Guyfon*, 1991)। जब एक बार प्रणाली का क्रियान्वयन प्रारम्भ हो जाता है तो मस्तिष्क में होने वाला परिवर्तन संज्ञानात्मक प्रक्रियाओं का सुलभीकरण करने लगता है। परिणामस्वरूप कार्टिसेरायड्स (cortiseroids) स्राव में प्रतिपूर्ति मार्ग (feed back pathways) के द्वारा उनमें ह्रास या वृद्धि उत्पन्न करने की क्षमता पायी जा सकती है।

2. बलाघात का मनोसामाजिक स्रोत *(Psycho-social Sources of Stress)*— प्रत्यक्षीकरण एवं समाजीकरण में अन्तर्क्रिया के परिणामस्वरूप उद्दीपक परिस्थितियाँ मनोसामाजिक बलाघातकों के उद्भव एवं विकास में अपना सक्रिय योगदान प्रदान करती हैं। पूर्व अनुभवों के कारण ही हम सामाजिक घटनाओं का प्रत्यक्षीकरण संतर्जक (threatning) के रूप में करते हैं। मनोसामाजिक बलाघातकों से सम्बन्धित चार प्रमुख प्रक्रियाएँ हैं।

(1) अनुकूलन (Adaptation)

(2) कुण्ठा (Frustration)

(3) अतिभार (Overload)

(4) वंचन (Deprivation)

उन बलों (forces) का सामना करते समय समस्थिति को बनाये रखने के लिए शरीर में पायी जाने वाली प्रकृति को अनुकूलन कहते हैं जिसके द्वारा शरीर की प्राकृतिक साम्यावस्था में बाधा होती है।

Toffler (1970) ने अपनी पुस्तक *Future Shock* में यह बताया है कि यद्यपि परिवर्तन प्रकृति का नियम है तथा परिवर्तन आवश्यक भी है, जो सामाजिक व्यवहारों में अपरिहार्य रूप से अवश्य पाया जाता है, इसके अत्यधिक तीव्र, द्रुतगामी (rapid) होने पर इसका विध्वन्सकारी प्रभाव (devastating effect) पाया जाता है जब समाज के स्वरूपों से समाज की माँग अत्यधिक होती है, तो व्यक्ति उन माँगों के अनुकूल अपना समायोजन/अनुकूलन नहीं स्थापित कर पाता है। परिणामस्वरूप, सदस्यों में तीव्र संघर्ष (strive) दुराचरण (corruption) तथा अन्य सामाजिक बुराइयाँ पायी जाने लगती हैं। परिणामस्वरूप व्यक्ति की सगस्थिति में असंतुलन पाया जाने लगता है जिससे उसकी शारीरिक ही नहीं वरन् सामान्य मानसिक क्रियाएँ भी बाधित हो जाती हैं। अत्यधिक परिवर्तन रो समस्थिति साम्यावस्था में विघ्न उत्पन्न होता है जिसमें व्यक्ति को समस्थिति बनाये रखने के लिए अपने शरीर को अनुकूलन स्थापित करने के लिए बाध्य करना होता है।

विघ्नकारी घटनाएँ चाहे विधेयात्मक हो या निषेधात्मक, समस्थिति में बाधा उत्पन्न होने से निश्चित रूप से बलाघातों की उत्पत्ति होती है। विधेयात्मक एवं निषेधात्मक विघ्नकारी घटनाओं का तुलनात्मक अध्ययन करने पर यह प्रतीत होता है कि निषेधात्मक घटनाएँ अपेक्षाकृत अधिक विघ्नकारी होती है और उनका दीर्घकालीन प्रभाव पाया जाता है, वे

निषेधात्मक विचारों को उदीप्त करते हैं जो मस्तिष्क में बना रहते हैं, और व्यक्ति में भय आत्म सन्देश या अन्य प्रकार के कल्पनाओं जैसे गौण प्रभावों को उत्पन्न करता है जबकि घनात्मक घटनाएँ भी किसी सीमा तक बलाघातपूर्ण अवश्य होती हैं परन्तु वे व्यक्ति में ऐसे परिवर्तनों को उत्पन्न करती है जो उनके अनुकूलन के लिए आवश्यक हो तथा वे उनमें निषेधात्मक सांवेगिक दशाओं के उत्पत्ति का कारण नहीं बनती है, इसलिए इनसे कोई गौण निषेधात्मक प्रभाव नहीं उत्पन्न होता है। *इस प्रकार यह कहा जा सकता है कि विधेयात्मक घटनाएँ कम बलाघातपूर्ण होती है।*

किसी घटना विशेष का प्रभाव सभी व्यक्तियों पर समान रूप से नहीं पड़ता है, इसलिए उनमें बलाघात की मात्रा भी भिन्न-भिन्न पायी जाती है क्योंकि व्यक्ति घटना विशेष का प्रत्यक्षीकरण अपने पूर्व अनुभवों के आधार पर भिन्न-भिन्न प्रकार से करते हैं। इस प्रकार व्यक्ति का पूर्व अनुभव इस बात की ओर संकेत करता है कि वह घटना का प्रत्यक्षीकरण किस प्रकार करेगा तथा बलाघात दूर करने के लिये किन उपायों का प्रयोग करेगा। जिन व्यक्तियों में पूर्व अनुभवों का अभाव पाया जाता है वे न तो घटना का ठीक से प्रत्यक्षीकरण करते हैं न घटना के बारे में ठीक से प्रत्याशा करते हैं। परिणाम यह होता है कि अनुभवी व्यक्ति की तुलना में अनुभवहीन व्यक्ति अधिक बलाघात का अनुभव करते हैं। यह बात सभी व्यक्तियों के लिए सत्य है कि नवीनता के कारण व्यक्ति में बलाघात उत्पन्न होता है परन्तु नवीन परिस्थिति के बारे में उपयुक्त निर्णय व्यक्ति की बुद्धिमत्ता एवं परिपक्वता की ओर संकेत करता है। यह भी सत्य है कि कुछ घटनाएँ इतनी बलाघातपूर्ण होती है कि जितनी बार भी उनका प्रत्यक्षीकरण किया जाये, सर्वदा व्यक्ति बलाघात का ही अनुभव करता है परन्तु ऐसी घटनाओं की संख्या कम है तथा अनुभवों के द्वारा उन्हें कम बलाघातपूर्ण बनाया जा सकता है (*Rahe,* 1967; *Marx,* 1975; *Coddington,* 1972) ।

Selye (1976) का मत है कि समस्थिति बनाये रखने के लिए अनुकूलन स्थापित करने में व्यक्ति बलाघात का अनुभव करता है क्योंकि उसे अनुकूलन स्रोतों पर अधिक बल लगाना पड़ता है। जब अनुकूलन ऊर्जा की समाप्ति हो जाती है तो उनमें दुष्क्रिया (dysfunction) घटित होता है। जब अनुकूलन स्रोतों की समाप्ति पूर्ण रूप से हो जाती है तो उनमें परिश्रान्ति (exhaustion) पाया जाता है जो उनके अचानक मृत्यु के रूप में घटित हो सकता है भले ही उनका स्वास्थ्य पहले कितना ही अच्छा क्यों न रहा हो (*Engel,* 1977)।

Lazarus (1966) ने यह प्रस्तावित किया है कि बलाघात घटनाओं के प्रत्यक्षीकरण से सम्बन्धित संज्ञानपरक प्रक्रियाओं पर अधिक तथा जीवन घटनाओं पर कम निर्भर करता है। उनका मत है कि जीवन घटनाएँ व्यक्ति की रोगग्रस्तता के बारे में भविष्यवाणी करती हैं। कुछ व्यक्तियों के जीवन में ऐसी घटनाएँ आती हैं कि वे प्रायः अस्वस्थ हो जाते हैं परन्तु दूसरे व्यक्तियों में ऐसी प्रवृत्ति कम देखी जाती हैं। इस प्रकार यह कहा जा सकता है कि सन्तुलित परिवर्त्य (moderating variables), जिसे प्रतिबलाघातक (antistressors) कहा जाता है, पाये जाते हैं। जो व्यक्ति को जीवन में उच्चस्तरीय परिवर्तनों के घटित होने को सहन करने योग्य बनाते हैं तथा उनमें किसी प्रकार की अस्वस्थता नहीं उत्पन्न करते हैं। यह परिवर्त्य व्यक्ति कारक (person factors) है न कि वातावरण के पक्ष। इन प्रतिबलाघातों के रूप में नियंत्रण (*Bandura,* 1982), चुनौती (*Bobasa,* 1979), प्रतिबद्धता (*Kobasa,* 1979), कुण्ठा-भीड़-भाड़ (*Singer,* 1975; *Tanner,* 1976), विभेदन (*Kibico,* 1993), सामाजिक-आर्थिक कारक, नौकरशाही, अधिभार वंचन (*Lynch,* 1977) दबाव आदि को लिया जा सकता है।

(3) सामाजिक बलाघातक *(Social Stressors)*—सामाजिक बलाघातक सामाजिक

वातावरण में पायी जाने वाली वे परिस्थितियाँ हैं जो व्यक्ति में अतिउद्दीपन (hyper-stimulation) अथवा न्यून उद्दीपन (hypo-stimulation) के कारण उत्पन्न अर्न्तद्वन्द्व पूर्ण दशाओं की सुंतर्जक भावना उत्पन्न होती है। अति उद्दीपन अथवा न्यून उद्दीपन से व्यक्ति में अधिभार (overload) अथवा न्यूनभार (underload) उद्दीपक वंचन पाया जाता है। सामाजिक बलाघातकों में भीड़-भाड़ विभेदन एवं पूर्वाग्रह आदि को लिया जा सकता है।

शारीरिक जागरण का प्रत्यक्ष सम्बन्ध भीड़-भाड़ (उच्च जनसंख्या घनत्व) से है (*Aiello et. al.*, 1975, *D'Atri*, 1975)। इसी प्रकार भीड़-भाड़ का सम्बन्ध सामाजिक प्रत्याहार (social withdrawl) एवं विभिन्न भौतिक मनोवैज्ञानिक एवं सामाजिक चिकित्साशास्त्र से भी है (*Dean et. al.*, 1975; *Mecain*, 1976)। अत्यधिक जनसंख्या घनत्व के कारण ही भीड़-भाड़ पायी जाती है लेकिन इसका तात्पर्य यह नहीं है कि इससे बलाघात उत्पन्न ही होता है जो हमारे क्रियाकलापों में बाधा उत्पन्न करता है वरन् यह विभिन्न भौतिक-सामाजिक एवं मनोवैज्ञानिक कारकों की अर्न्तक्रिया है जो भीड़-भाड़मय वातावरण में बलाघात की उत्पत्ति का कारण बनता है। अत्यधिक जनसंख्या घनत्व के कारण व्यक्ति कष्ट अनुभव करता है क्योंकि समाज के अन्य व्यक्तियों का व्यवहार पूर्वकथन योग्य नहीं होता है तथा भौतिक उद्दीपन की तुलना में सामाजिक उद्दीपन अधिक महत्त्वपूर्ण होता है। इसके अतिरिक्त यह भी कहा जा सकता है कि सामाजिक तत्त्व भौतिक तत्त्वों की तुलना में अधिक प्रतिक्रियापरक होते हैं (*Raport*, 1975)।

(4) विभेदन एवं पूर्वाग्रह (*Discrimination and Prejudice*)—जाति, धर्म, राष्ट्रीयता, सामाजिक-आर्थिक स्तर, शारीरिक गुण एवं जीवन शैली आदि के आधार पर किया गया प्रतिकूल (unfavourable) व्यवहार ही विभेदन है जबकि पूर्वाग्रह एक प्रकार का मत है जो बिना उपयुक्त ज्ञान अथवा अनुभव के आधार पर पहले ही बना लिया जाता है। विभेदन एवं पूर्वाग्रह पीड़ित (victim) व्यक्ति पर कुप्रभाव डालते हैं जिससे वे अपने दैनिक जीवन में बाधित अनुभव करते हैं। इन सामाजिक बुराइयों के कारण छात्र का विकास मन्द हो जाता है तथा उनके शैक्षणिक एवं बौद्धिक कार्यों में ही बाधा नहीं पहुँचाती है वरन् उनके स्वस्थ व्यक्तित्व के विकास में भी अवरोध उत्पन्न होता है (*Kibico*, 1993)।

(5) वातावरणीय बलाघातक (*Environmental Stressor*)—वातावरणीय बलाघातकों में ध्वनि प्रदूषण (noise pollution) का महत्त्व सर्वाधिक है। यह व्यक्ति के निष्पादन पर निषेधात्मक प्रभाव डालता है क्योंकि यह अभीष्ट स्तर की तुलना में उत्तेजना स्तर (arousal level) को ही अधिक नहीं बढ़ा देता है वरन् यह आभासी संत्रास अनुक्रिया दर (false alram response rate) में भी वृद्धि करता है। इसके अतिरिक्त *Broadbent* (1978) का मत है कि ध्वनि से हमारे अवधान में संकीर्णता आती है तथा व्यक्ति वातावरण के सभी उद्दीपकों पर ध्यान केन्द्रित न करके कुछ महत्त्वपूर्ण उद्दीपकों पर भी ध्यान केन्द्रित करता है। *Polution* (1978) ने यह प्रस्तावित किया है कि ध्वनि में आच्छादन गुण (misking attributes) पाये जाते हैं। जब ध्वनि का प्रत्यक्षीकरण अनियंत्रण योग्य उद्दीपक के रूप में किया जाता है तो इससें व्यक्ति में विवशता की भावना का विकास होता है। अचानक उत्पन्न हुई ध्वनि व्यक्ति के लिए अधिक विमुखी और दुखद होती है क्योंकि इससे उसमें अपेक्षाकृत अधिक मात्रा में बलाघात उत्पन्न होता है तथा वातावरणीय आवश्यकताओं के प्रति अभिनिवेश करने की अपनी योग्यता के बारे में वह अधिक चिन्तित होता है। विवशता की यह भावना उसके व्यक्तित्व तथा व्यवहारपरक विशेषताओं को अत्यधिक मात्रा में प्रभावित करती है (*Glass & Singer*, 1972)। ध्वनि प्रदूषण के कारण व्यक्ति की सामाजिक अर्न्तक्रिया में ह्रास

पाया जाता है, उसकी परार्थपरक भावना कुप्रभावित होती है तथा उसकी आक्रामकता में वृद्धि पायी जाती है, ध्वनि प्रदूषण से व्यक्ति में बदतरीन (worst) का विकास होता है तथा उत्तमता (best) का दमन होता है।

(6) जीव-परिस्थितिकी बलाघातक *(Bioecological Stressors)*—व्यक्ति एवं वातावरण के अर्न्तक्रियात्मक प्रकार्यों के कारण जीव-परिस्थितिकी बलाघातक (Bioecological stressors) का जन्म होता है जो संज्ञानात्मक प्रक्रियाओं को न्यूनतम मात्रा में प्रभावित करते हैं। इन बलाघातकों के रूप में जीव-निरन्तरता (biorythm), पुष्टिकर अभ्यस्तता (nutritional habit) एवं जीव-पारिस्थितिकी प्रदूषण (ecological pollution) को लिया जा सकता है। स्वाभाविक आवर्ती जैविक गतिविधि स्तरीय उच्चावचन (natural cyclic bilogical activity level fluctuation) के रूप में जीव निरन्तरता को परिभाषित किया जा सकता है जिनका निर्धारण तंत्रिका तंत्र एवं हारमोनल (harmonal) प्रकार्यों के द्वारा होता है। यह जीव निरन्तरता मिनटों, घंटों, सप्ताहों, महीनों, वर्षों में पुर्नघटित हो सकती हैं। प्रत्येक जीव निरन्तर आवर्ती (biorythms cycle) एक साइन तरंग (sign wave) होता है जिसमें उच्चस्तर (zenith) तथा निम्न स्तर (nadir) पाये जाते हैं। यह जीव निरन्तरता तीन प्रकार सिरेडियन (cireadian), अल्ट्राडियन (ultradian) तथा इन्फ्लाडियन (infladian) के होते हैं जो समयान्तर के आधार पर अलग-अलग वर्गों में वर्गीकृत किये गये हैं।

तीक्ष्ण बलाघात विकृति (Acute Stress Disorder)

तीक्ष्ण बलाघात विकृति की नैदानिक कसौटी *(Diagnostic Criteria for Acute Stress Disorder)*

तीक्ष्ण बलाघात विकृति (acute stress disorder) की निम्नलिखित कसौटियाँ हैः—

(1) रोगी में दुश्चिन्तता, विघटन (dissociation) एवं अन्य लक्षणों का विकास पाया जाता है जो किसी अत्यधिक त्रासदपूर्ण बलाघातों (extreme traumatic stressors) के घटित होने पर 1 माह के अन्दर ही दिखाई पड़ता है।

(2) किसी त्रासदपूर्ण घटना का अनुभव करते समय अथवा घटना के घटित होने के उपरान्त विघटन के कम-से-कम 3 लक्षण अवश्य पाये जायँः—

(i) सुन्न (numbing), निर्लिप्तता (datachment) अथवा सांवेगिक अनुक्रियाशीलता (emotional responsiveness) की अनुपस्थिति की आत्मनिष्ठ अनुभूति (subjective sense)

(ii) अपने वातावरण के प्रति जागरूकता में ह्रास

(iii) अकार्यान्वयन (derealization)

(iv) अवैक्तिकीरण (depresonalization)

(v) विघटित स्मृति लोप (dissociative amnesia)

(3) मानसिक आघातक की परिस्थितियों के घटित होने के पश्चात उन्हीं अनुभूतियों को पुनः बार-बार अनुभव करना।

(4) अनुभव किये गये मानसिक आघात से सम्बन्धित स्मृतियों को जागृति करने वाले उद्दीपकों का परिहार करना।

(5) चिन्ता के महत्त्वपूर्ण लक्षणों अथवा उत्तेजना में वृद्धि का पाया जाना।

(6) बलाघात से सम्बन्धित लक्षणों के कारण अवसाद के नैदानिक रूप महत्त्वपूर्ण लक्षणों का पाया जाना, उनके द्वारा सामान्य प्रकार्यता (normal functioning) में बाधा उत्पन्न होना तथा व्यक्ति द्वारा किये जाने वाले आवश्यक कार्यों में दुर्बलता (impairment) का पाया जाना।

(7) यह अशान्ति दो वर्षों तक पाई जा सकती है परन्तु आघातपूर्ण घटना के घटित होने के बाद 4 सप्ताह से अधिक अवधि तक नहीं बनी रहती है।

(8) रोगी में उत्पन्न यह शारीरिक लक्षण औषधियों अथवा मादक पदार्थों के उपयोग के कारण अथवा चिकित्सकीय दशाओं के कारण नहीं उत्पन्न होते तथा पूर्वस्थापित (prexisting) मानसिक विकृतियों को केवल उत्तेजित नहीं करती है।

(9) ऐसे रोगियों के सांवेगिक अनुक्रियाशीलता (emotional responsiveness) में ह्रास पाया जाता है, पूर्व अनुभव की गई क्रियाओं में प्रसन्नता का अनुभव नहीं करते हैं, तथा दैनिक जीवन के कार्यों को सम्पादित करने में अपराध भावना का अनुभव करते हैं।

(10) ऐसे रोगी ध्यान केन्द्रण (concentration) में कठिनाई अनुभव करते हैं, अपने शरीर के प्रति लापरवाह होते हैं, संसार को अयथार्थ (unreal) अथवा स्वप्निल (dream like) समझते हैं तथा मानसिक आघातक घटनाओं के विशिष्ट विवरणों का स्मरण करने में कठिनाई अनुभव करते हैं।

(11) ऐसे रोगियों में उत्तर आघातीय बलाघात विकृति (Posttraumatic Stress Disorders) के कोई-न-कोई एक लक्षण अवश्य पाये जाते हैं:—

(i) आघातक घटनाओं का निरन्तर पुनः अनुभव करना।

(ii) आघातक घटना से सम्बन्धित स्थानों, व्यक्तियों एवं क्रियाओं का परिहार करना।

(iii) आघात से सम्बन्धित स्मरणशील (reminiscent) उद्दीपकों के प्रति अनुक्रियाओं में निम्न उत्तेजनशीलता (hyperarousal) का पाया जाना।

कारण विज्ञान (*Etiology*)

बलाघात-विकृति (stress disorder) के पाये जाने के निम्नलिखित कारण हैं:—

(i) निरन्तर आघातीय कष्टपूर्ण घटना का अचेतन में दमित (repress) होना।

(ii) अपने विश्वास के साथ आन्तरिक आघात को सम्बद्ध करना।

(iii) आघातक परिस्थितियों तथा व्यक्तियों के प्रति नकारात्मक अनुक्रिया प्रकट करने के लिए अनुकूलित हो जाना।

(iv) आघातक परिस्थितियों से व्यक्ति में नारएड्रीनजिक प्रणाली (noradrenergic system) के क्षतिग्रस्त होने से Norepinephrine के स्तर में वृद्धि का पाया जाना।

(v) रोगी में विद्यमान विकृतियाँ।

(vi) माता-पिता से प्रारम्भिक अलगाव।

(vii) सामाजिक सहयोग (social support) का अभाव।

(viii) सामाजिक एवं नैतिक नियन्त्रण की दृढ़ता।

बलाघात एवं इसकी दुष्क्रिया
(Stress and it's Dysfunctions)

विज्ञान एवं तकनीकी प्रगति तथा नगरीयकरण एवं औद्योगिककीरण के कारण क़ेवल जनसामान्य में ही नहीं वरन् छात्रों में भी बलाघात का प्रभाव प्राप्त किया गया है। इस सम्बन्ध में अनेक रिपोर्ट प्रकाशित हुई हैं जिनमें बलाघात उत्पन्न करने वाली अनेक विमाओं का वर्णन किया गया है। इस सत्य से इनकार नहीं किया जा सकता है कि बलाघातपूर्ण अनुभवों के कारण हुए क्षतियों की पूर्ति किसी अन्य प्रकार के स्रोतों के द्वारा हो सकती है (*Selye,* 1956)।

बलाघात के दूरगामी प्रभावों का सर्वेक्षण एवं निरीक्षण करके इस विमा में निहित हानियों का अवलोकन किया जा सकता है।

सामान्यतया यही माना जाता है कि बलाघात मानव जीवन के लिए सर्वदा हानिप्रद होते हैं परन्तु यह कभी-कभी सहायक भी सिद्ध हुए हैं (*Lazarus* et. al., 1952), *Waterhouse & Child* (1953), *Alport & Haber* (1960), *Walters* et. al. (1960) एवं *Lawson* (1965) ने बलाघात प्रभावों का वर्णन करते हुए यह कहा है कि इससे मानसिक एवं शारीरिक दशाओं में अयुग्मता (imparirment) पाया जाता है। इससे सांवेगिक एवं सामाजिक असन्तुलन होता है, यह निष्पादन में ह्रास उत्पन्न करता है तथा इसका निषेधात्मक प्रभाव मानसिक प्रकार्यताओं (mental functioning) एवं अनेक मानसिक योग्यताओं पर पड़ता है। *Sieber* et. al., (1970) का मत है कि ऐसी समस्याओं के समाधान में बलाघात के कारण निष्पादन में ह्रास पाया जाता है जिनमें स्मृति की आवश्यकता होती है। यही नहीं बलाघात के कारण पुर्नसंरचना के प्रति तत्परता (readiness to restructure) अथवा कम प्रयासों में ही समाधान प्राप्त करने की क्षमता में ही ह्रास नहीं पाया जाता है वरन् समस्या समाधान के प्रति प्राणी में रूढ़िग्रस्त व्यवहार भी पाये जाते हैं (*Brown,* 1953)। *Eastarbrook* (1959) के अनुसार बलाघात की दशाओं में हमारे प्रत्यक्षीकरण में संकीर्णता पायी जाती है। *Pandey* (1976) का मत है कि कुण्ठा के कारण काल प्रत्यक्षीकरण प्रभावित होता है। इसी प्रकार *Sechein* (1973) ने यह परिणाम प्राप्त किया है कि बलाघात दशाओं के अन्तर्गत व्यक्ति अपने मस्तिष्क की लोचकता में ह्रास अनुभव करता है। जहाँ तक सृजनात्मक योग्यता का सम्बन्ध है, व्यक्ति की इस योग्यता में उस समय ही विकास पाया जाता है जब वो उच्च स्तर की सामान्य चिन्ता का अनुभव नहीं कर रहा होता है (*Hinton,* 1968; *Arora,* 1976) ।

अवधान भी कुछ विशेष प्रकार के उद्दीपक संकेतों के कारण सीमित हो जाता है (*Wine,* 1971)। यह परिणाम भी प्राप्त किया गया है कि बलाघात से अधिगम में अयुग्मन (impairment) पाया जाता है (*Montague,* 1953)। यह क्रमिक वाचिक अधिगम को बाधित (hamper) करता है (*Deshpandey,* 1978)। यह निषेधात्मक स्थानान्तरण में वृद्धि लाता है (*Thakur,* 1970; *L'Abate,* 1956)। यह भ्रम उत्पन्न करता है (Lucas, 1952)।

बलाघात के यह सब प्रभाव व्यक्ति की संज्ञानात्मक प्रकार्यता को प्रभावित करते हैं परिणामस्वरूप उनके व्यक्तित्व का विकास अवरुद्ध हो जाता है।

Vinokur & Selzer (1975) ने यह परिणाम प्राप्त किया है कि संतर्जक (threatening) परिस्थितियों में रहने से व्यक्तित्व में परिवर्तन होता है और यह परिवर्तन फोबिया (phobia) अन्तर्वेधी स्मृतियों (intrusive memories), दु:स्वप्नों (nightmares) के रूप में प्राप्त किया गया है। द्वन्द्व (conflict) एवं संतर्जक (threat) दशाओं में कार्य करने से विभिन्न प्रकार की मनोवृति एवं मनोतंत्रिकीय व्याधियाँ उत्पन्न हो जाती हैं।

बलाघात की विमा सांवेगिक सन्तुलन को भी अवरोधित करती है। कुछ मनोवैज्ञानिकों का तो यहाँ तक कहना है कि व्यक्ति में पाये जाने वाले समस्त प्रकार के रोगों का सम्बन्ध सांवेगिक बलाघात (emotional stress) से होता है। यद्यपि यह बात शत-प्रतिशत सत्य नहीं मानी जा सकती है क्योंकि अनेक प्रायोगिक अध्ययन यह प्रदर्शित करते हैं कि बलाघात के कारण उच्च रक्तचाप (*Hokanson & Burgess,* 1974), पेप्टिक अल्सर (peptic ulcer—*Brady,* 1958), थायरायड ग्लैण्ड (Thyroid gland) एवं श्वसन प्रणाली में अवरोध (*Chatterji* et. al., 1970) स्टेरायड एवं जैवरासायनिक (steroid and biochemical) व्याधियाँ (*Bourne,* 1969) एवं अन्य प्रकार की शारीरिक अस्वस्थताएँ उत्पन्न होती हैं।

मस्तिष्क एवं शरीर पर बलाघात के निषेधात्मक प्रभावों के कारण व्यक्ति अपनी अभिरुचि एवं क्षमताओं के अनुसार निष्पादन की उत्कृष्टता को प्रदर्शित नहीं कर पाता है। *Atkinson & Litwin* (1960); *Cox* (1964); *Smith* (1964); *Singh* (1966); *Sinha* (1966); *Spielberger* (1962); *Spielberger & Smith* (1966) ने यह परिणाम प्राप्त किया है कि दुश्चिन्ता छात्रों के बौद्धिक निष्पादन में अवरोध उत्पन्न करती है। *Glass & Singer* (1972) का मत है कि बलाघात के कारण निष्पादन क्षमता एवं परिशुद्धता में ह्रास पाया जाता है।

बलाघात से उत्पन्न होने वाले यह सब प्रभाव समाज में व्यक्ति को सामान्य ढंग से कार्य करने की अनुमति नहीं प्रदान करते हैं। परिणामस्वरूप बलाघात के कारण व्यक्ति न तो उपयुक्त सामाजिक व्यवहार कर पाता है (*Baron & Bell,* 1976) और न ही उपयुक्त समायोजन स्थापित कर पाता (*Singh & Kang,* 1977)। इन सबके अतिरिक्त सरल शब्दों में यह कहा जा सकता है कि व्यक्ति जब बलाघात की दशाओं में अभिनिवेश करने का प्रयास करता है तो व्यक्ति में ऊर्जा ह्रास पाया जाता है।

उपचार उपागम
(Therapeutic Approach)

उपर्युक्त साहित्य का विश्लेषण इस तथ्य पर प्रकाश डालता है कि बलाघात के तीन प्रमुख स्रोत हैं। **प्रथम,** *बलाघात के मनोसामाजिक स्रोत (psychosocial sources of stress)* है जिसके अन्तर्गत जीवन की नकारात्मक घटनाएँ (negative life events), कार्य की नकारात्मक परिस्थितियाँ (negative working conditions), रोग प्रवणता (susceptibility to illness) तथा भविष्यगत चिन्ता (future anxiety) कारकों को सम्मिलित किया जा सकता है। इसी प्रकार **द्वितीय,** स्रोत के रूप में *बलाघात के व्यावसायिक एवं नियोजन सम्बन्धी स्रोत (vocational and organizational sources of stress)* को लिया जा सकता है जिसके व्यवसायगत असंतोष (job dissatisfaction), सहकर्मियों का असहयोग (Non-Cooperation of coworkers), व्यावसायिक कार्याधिकता (occupational overload), नियोजकों का पूर्वाग्रह एवं विभेदन (prejudice and discrimination of employers), आर्थिक स्थितियाँ (economic conditions) आदि कारक आते हैं। इसी प्रकार बलाघात का **तृतीय स्रोत** *अन्तःसाइकी एवं व्यवहारमूलक कारक (Interapsychic and behavioural sources of stress)* है जिसके अन्तर्गत व्यग्रतामूलक व्यवहार प्रणाली (anxious reactive behaviour pattern), प्रत्यक्षीकृत अक्षमतामूलक व्यवहार प्रणाली (perceived infficiency oriented behaviour pattern) तथा मनोस्नायुविकृति मूलक व्यवहार प्रणाली (neurotic behaviour pattern) को लिया जा सकता है।

व्यक्ति के जीवन में अनेक नकारात्मक परिस्थितियाँ आती हैं, जब उसे बलाघातक अनुभव

होते हैं जिससे उनका व्यक्तित्व कुप्रभावित होता है तथा मनोशारीरिक क्रियाओं में संतुलन बनाए रखना कठिन हो जाता है। व्यक्ति अपने-अपने जीवन में नकारात्मक परिस्थितियों जैसे घूसखोरी, बेईमानी, दायित्व अवहेलना, धोखाधड़ी, नाइंसाफी आदि के कारण अकेला अनुभव करता है और अपने कार्य पर दाब/दबाव अनुभव करता है। कुछ व्यक्ति अपने भविष्य के प्रति आवश्यकता से अधिक अप्रत्याशित रूप से चिन्तित रहते हैं जिसका कारण उनका भविष्य निर्वाह, पुत्र-पुत्रियों का समायोजन आदि से सम्बन्धित चिंता है जो उनके बलाघात में वृद्धि लाती है। सभी व्यक्तियों में स्वस्थ समायोजन नहीं पाया जाता है। जिन व्यक्तियों की रुचियों, योग्यताओं, क्षमताओं एवं व्यक्तित्व शीलगुण के अनुरूप उनका व्यवसाय नहीं होता है, वे अपने व्यवसाय में असंतोष अनुभव करते हैं जिससे उनमें व्यावसायिक बलाघात पाया जाता है। अनेक व्यक्ति अपने व्यवसाय में सहकर्मियों के असहयोग एवं व्यावसायिक कार्याधिकता के कारण भी तनाव एवं कुण्ठा अनुभव करते हैं जो एक शक्तिशाली बलाघात के रूप में उनके निष्पादन को कुप्रभावित करता है।

बलाघात के व्यक्तित्व एवं व्यवहार मूलक स्रोत उनके निष्पादन को अपेक्षाकृत अधिक कुप्रभावित करते हैं। बलाघात का एक आधारभूत तत्त्व चिन्ता है जो बलाघात के लिए लक्षण भी है और कारण भी। कुछ व्यक्तियों में ऐसी प्रवृत्ति पायी जाती है कि वे उद्दीपकों/स्थितियों की बड़ी व्यग्रता से प्रतीक्षा करते हैं। इस चिन्तामूलक प्रतिक्रिया से प्रतिपूर्ति (feedback) प्राप्त होता है। परिणामस्वरूप वह पुनः चिन्तामूलक प्रतिक्रिया करने के लिए व्यग्र रहते है। ऐसी परिस्थितियों का सामना लगभग सभी व्यक्ति करते हैं। कुछ व्यक्ति ऐसी उत्तेजनात्मक परिस्थितियों से बदलाव अनुभव करते हैं और सहज व्यवहार प्रकट करते हैं जबकि कुछ व्यक्ति इनसे दाब और बलाघात अनुभव करते हैं। जिन व्यक्तियों में व्यग्रतामूलक व्यवहार प्रणाली पायी जाती है, उनके प्रतिपूर्ति संरचना (feedback mechanism) में अत्यधिक संवेदनशीलता पायी जाती है। परिणामस्वरूप उनमें निरन्तर चिन्ता पायी जाती है। इस प्रकार उनका व्यक्तित्व अपने आप ही बलाघात का एक कारण बन जाता है। इसके अतिरिक्त बलाघात के अन्य कारक के रूप में व्यक्तियों में पायी जाने वाली अक्षम व्यवहार प्रणाली है जिनके कारण वह अपनी शक्तियों तथा योग्यताओं का न्यूनांकन (underestimation) करता है। परिणामस्वरूप उनमें आत्मविश्वास की कमी पायी जाती है। ऐसे व्यक्तियों के समक्ष जब कोई नवीन परिस्थिति उत्पन्न होती है, तो वे तनाव अनुभव करते हैं और इसके फलस्वरूप उनकी कार्य-क्षमता में ह्रास पाया जाता है। कुछ व्यक्तियों में मनोस्नायुविकृति मूलक व्यवहार प्रणाली पायी जाती है जो उनके बलाघातपूर्ण व्यवहार का कारण बन जाती है। इसका कारण यह है कि कुछ व्यक्तियों में समय के प्रति अत्यधिक प्रतिबद्धता पायी जाती है जिससे वह कम समय में अधिक-से-अधिक प्राप्त करना चाहते हैं, परिणामस्वरूप उनके व्यक्तित्व में आक्रामकता अपेक्षाकृत अधिक पायी जाती है, तथा कुछ अधिक अर्जित करने की तीव्र लालसा पायी जाती है। इनमें सब कुछ पा लेने की एक सनक होती है, उनकी महत्त्वकांक्षा का स्तर उच्च होता है, तथा वे वास्तविकता के धरातल से हटकर व्यवहार करते हैं। ऐसी व्यवहार प्रणाली को टाइप-ए-व्यवहार प्रणाली (Type-A Behaviour Pattern) कहते हैं। ऐसी व्यवहार प्रणाली को ही मनोस्नायुविकृतिमूलक व्यवहार प्रणाली की संज्ञा दी गई है। ऐसे व्यक्तित्व वाले व्यक्ति स्वतः में एक समस्या होते हैं।

उपर्युक्त तथ्यों के अवलोकन से इस तथ्य पर प्रकाश पड़ता हे कि बलाघात एवं व्यवहार प्रणाली पर बलाघात का प्रभाव तीनों स्तरों पर होता है। इसके प्रथम स्तर का सम्बन्ध सामाजिक,

व्यवसायगत तथा अन्तःसायकी से सम्बन्धित बलाघातकों से निपटने की क्षमता का ह्रास है। व्यक्ति की इस क्षमता में जैसे-जैसे ह्रास होता जाता है, व्यक्ति के समायोजन तथा आत्मसंतोष में ह्रास पाया जाने लगता है। परिणामस्वरूप उसे अपने निष्पादन में अतिरिक्त प्रयास लगाने की आवश्यकता होती है। उसे अपने कार्य सम्पादन में अनावश्यक थकान का अनुभव होता है। बलाघात के दूसरे स्तर के पाये जाने पर व्यक्ति में कार्य करने की स्वाभाविक इच्छा में कमी आ जाती है, अपने बारे में तमाम अनिश्चितताएँ एवं चिन्ताएँ बढ़ जाती हैं, झुंझलाहट के दौरे पड़ने लगते हैं, मानसिक एवं शारीरिक अस्वस्थता अनुभव करने लगते हैं, तथा व्यक्ति को पीड़ाहर (analgesic) एवं प्रशान्तक (sedative) औषधियों की आवश्यकता पड़ने लगती है। इसका तात्पर्य यह है कि व्यक्ति पर बलाघात की काली छाया पड़ चुकी है। बलाघात के तीसरे स्तर के प्रभावी होने पर व्यक्ति को ध्यान केन्द्रित करने में कठिनाई होने लगती है, उन्हें निर्णय लेने में कठिनाई होती है, भविष्य के प्रति उनमें भय एवं निरन्तर आशंका बनी रहती है, उनमें अपने में खो जाने की प्रवृत्ति पाई जाती है, व्यवहार में आक्रामकता बढ़ जाती है, उनका संयम शीघ्र ही टूटने लगता है, उन्हें लोगों के साथ कार्य करने में कठिनाई होती है, उन्हें सिरदर्द रहता है, उनमें अनिद्रा पायी जाती है तथा उनकी पाचनक्रिया में गम्भीर व्यवधान पाया जाता है, तथा उनकी मनोदशा में जल्दी-जल्दी परिवर्तन होता है।

बलाघात उत्पन्न करने वाले स्रोतों में कार्य दशाओं एवं प्राधिकार व्यक्तियों की व्यवहार प्रणालियों को लिया जा सकता है। अनुपयुक्त कार्यदशाओं से शिक्षकों को नैराश्यपूर्ण अनुभव होते हैं, जो दाब और तनाव अनुभव करते हैं जिनका निराकरण व्यवस्था एवं प्रशासन स्तर पर किया जाना चाहिए।

जहाँ तक अधिकारियों की अन्तःसायकी और व्यवहार प्रणाली का प्रश्न है, इसके सम्बन्ध में मनोवैज्ञानिक उपागमों का प्रयोग करना चाहिए। इस उद्देश्य की पूर्ति के लिए परिवर्तन एवं परिमार्जन की सम्भावनाएँ बनी रहनी चाहिए। जब व्यक्ति को यह ज्ञात हो जाये कि उसमें उपयुक्त मानसिक स्वास्थ्य एवं उपयुक्त समायोजन का अभाव पाया जाता है, जिससे उसके निष्पादन एवं संतुष्टि में गतिरोध पाया जा रहा है तो उसे अपनी इच्छा शक्ति से अपने व्यवहार प्रणाली में परिवर्तन एवं परिमार्जन करना चाहिए।

व्यक्ति के मानसिक जगत में अत्यन्त जटिलता पायी जाती है। इसके विभिन्न आयाम होते हैं। व्यक्ति के विचारों, संवेगों, इच्छाओं, अभिवृत्तियों, आकांक्षाओं आदि पर प्रत्यक्ष नियन्त्रण पाना एक कठिन कार्य है। अतः मानसिक क्रियाओं तक पहुँचने के लिए शारीरिक उपागम का प्रयोग ही उपयुक्त है क्योंकि शारीरिक विकारों के मानसिक आधार होते हैं तथा मानसिक विकारों के शारीरिक आधार होते हैं। इसके सन्दर्भ में यह भी इंगित करना अनुपयुक्त न होगा शारीरिक विकारों के शारीरिक कारण तथा मानसिक विकारों के मानसिक कारण भी होते हैं। अतः बलाघातों को निष्प्रभावी करने के लिए मनोशारीरिक उपागमों का प्रयोग करना चाहिए।

बलाघात में चिन्ता, निराशा, दाब आदि सभी कुछ पाये जाते हैं। अतः इनको निष्प्रभावी करने के लिए मनो-शारीरिक उपागमों का प्रयोग अधिक श्रेयस्कर होगा। इस परिप्रेक्ष्य में सदैव व्यायाम, मस्कुलर रिलैक्जेशन, योगाभ्यास, योगासन, ध्यान, प्रशान्तक औषधियों किमियोथिरैपी, विद्युत आघात आदि मनो-शारीरिक उपागमों का प्रयोग किया जाता रहा है। परन्तु चिकित्सकीय उपागमों यथा प्रशान्तक औषधियों, किमियोथिरैपी, विद्युत आघात आदि के दीर्घकालीन उपयोग की अनुमति नहीं दी जा सकती क्योंकि इनमें 'साइड-इफैक्टस' भी पाये जाते हैं। इस सन्दर्भ में मनो-शारीरिक उपागम को प्रस्तावित किया जा सकता है क्योंकि यह

'साइड-इफेक्टस' से मुक्त है। किन्तु इसमें अधिक समय लगता है, वांछित प्रभाव धीमी गति से प्राप्त किया जाता है तथा सर्वत्र उपलब्ध नहीं है, इसलिए इसका प्रयोग सीमित अंशों में ही होता है।

बलाघातों से मुक्ति पाने के लिए संश्लिष्ट मनोशारीरिक मिश्रान्त प्रविधि (psycho-somatic relaxation technique) का प्रयोग करना चाहिए। इनके सफल प्रयोग से चिन्ता, तनाव एवं अनेक मनोस्नायुविकारों को दूर किया जा सकता है। संश्लिष्ट मनोशारीरिक विश्रांति प्रविधि के अनेक सोपान यथा—शरीर अनुकूलन (warming-up-body), सूक्ष्म व्यायाम एवं शिथिलीकरण (हथेली एवं उँगलियों, कलाई, कोहनी के जोड़ो, कन्धों की पेशियों, कमर की माँसपेशियों, गर्दन की पेशियों, पैर की उँगलियों, पंजों, घुटनों के जोड़ों, कूल्हे की पेशियों, पेट की पेशियों, मेरूदण्ड तथा कटिभाग का शिथिलीकरण एवं आसन) आत्म निर्देश एवं गहन अनुभूति (autosuggtestion and deep realization) ध्यान केन्द्रियकरण एवं आत्मनियन्त्रण विकास, आहार-विहार नियमन एवं दृष्टिकोण निर्माण है। शिथिलीकरण आसन के लिए समय-सामर्थ्य के अनुसार अनेक आसनों यथा—सूर्य नमस्कार, पद्मासन, भुजंगासन, जानुशिरासन, पश्चिमोत्तान आसन, पर्वतासन, श्वासन आदि का प्रयोग किया जा सकता है।

Hans Selye ने बलाघात के क्षेत्र में अधिकतम अनुसंधानकार्य किया है। इनका मत है कि जीवन में बलाघात की कुछ मात्रा तो आवश्यक है, पर अधिकतम मात्रा नहीं। इन्होंने मानवजीवन की तुलना सितार के तारों से की है। इनका मत है कि जिस प्रकार वांछित ध्वनि की प्राप्ति के लिए सितार के तारों से ही है। इनका मत है कि जिस प्रकार वांछित ध्वनि की प्राप्ति के लिए सितार के तार को एक निश्चित सीमा तक ही खींचा जाता है। उसी प्रकार एक सीमित मात्रा में बलाघात के पाये जाने पर व्यक्ति का जीवन उत्साहपूर्ण होता है। जिस प्रकार सितार के तार को अधिक खींच देने से कोई ध्वनि नहीं निकलती है तथा उसके टूट जाने की सम्भावना बनी रहती है, उसी प्रकार बलाघात की मात्रा अधिक होने से व्यक्ति अपने जीवन से हतोत्साहित हो जाता है और यहाँ तक कि आत्महत्या भी कर लेता है। ***Selye*** ने बलाघात का परिहार करने के लिए निम्नलिखित सावधानियाँ बरतने का सुझाव दिया है:—

(1) उत्पन्न हुए तनाव को कम करना चाहिए।
(2) पैदा हुए तनाव को बाहर निकालना चाहिए।
(3) जल्दबाजी में काम न करें। गुस्से को ठंडा होने दें।
(4) आलोचना के सकारात्मक पहलू के बारे में सोचें।
(5) सीधे-सीधे आलोचना न करें। विनम्रता से बोलें।
(6) तनाव का उपयुक्त प्रबन्धन करना चाहिए।
(7) विभिन्नताओं का प्रत्यक्षीकरण करना चाहिए।
(8) आवश्यकता से अधिक काम का बोझ नहीं होना चाहिए।
(9) अपने संवेगों को अपने तक ही सीमित नहीं रखना चाहिए। National Assocation of Mental Health U.S.A. में यह प्रस्तावित किया है कि शारीरिक श्रम बलाघात में ह्रास उत्पन्न करते हैं। मानसिक तनावों तथा बलाघातों के परिहार के लिए योग क्रिया अपनानी चाहिए। आवश्यकता से अधिक समय का बोझ नहीं होना चाहिए।
(10) जहाँ तक सम्भव हो, अपनी समस्याओं को बढ़ाना नहीं चाहिए, वरन् कम करना चाहिए।
(11) आवश्यकता से अधिक सूचना का बोझ नहीं होना चाहिए।
(12) अप्रत्याशित के लिए हमें तैयार रहना चाहिए।

(13) रात्रि को सोते समय दिन की समस्याओं पर अधिक चिन्ता नहीं करनी चाहिए।
(14) विश्राम करने की कला का ज्ञान होना चाहिए। मस्तिष्क को शांति प्रदान करने के लिए औषधियों का प्रयोग नहीं करना चाहिए।
(15) आवश्यकता से अधिक जरूरतों का बोझ नहीं होना चाहिए।
(16) कोई भी व्यक्ति अपने आप में पूर्ण नहीं है, इस तथ्य को ध्यान में रखकर हमें दूसरों से स्वस्थ सम्बन्ध विकसित करने का प्रयास करना चाहिए। दूसरों के दोष ढूँढ़ने का प्रयास नहीं करना चाहिए। इससे सामाजिक तनावों में वृद्धि होती है।
(17) आवश्यकता से अधिक बीमारियों का बोझ नहीं होना चाहिए।
(18) व्यक्ति को अपने जीने की कला में इस दर्शन को आत्मसात कर लेना चाहिए— 'जो था, सो था, जो है, सो है, जो हो, सो हो।

प्रतिबल के प्रारूप
(Models of Stress)

प्रतिबल व्यक्ति के मानसिक दशा का अभिसूचक (index) है जिसकी उत्पत्ति वातावरण में होती है जो व्यक्ति के मानसिक स्वास्थ्य में अवरोध उत्पन्न करके उसे शारीरिक रोगी बनाती है। आधुनिक जगत में आर्थिक संकट के कारण उत्पन्न प्रतिबल व्यक्ति के स्वास्थ्य और जनकल्याण (wellbeing) को अवरोधित करता है। परिणामस्वरूप लोग अपने जीवन से ऊब कर आत्महत्या कर लेते हैं। इसमें कोई दो राय नहीं है कि मानव जीवन पर प्रतिबल का निषेधात्मक प्रभाव पड़ता है और यह निषेधात्मक प्रभाव मानव प्राणी के शारीरिक ही नहीं, वरन मानसिक जीवन को भी कुप्रभावित करता है। प्रतिबल आधुनिक जीवन का नहीं, वरन मानव प्राणी की जटिल समस्याओं का उत्पाद (product) है जिसका सम्बन्ध प्रियजन की मृत्यु, तलाक, सामाजिक एकाकीपन, (social isolation), विभेदन (discrimination), जीवन-चक्र संक्रमण (life-cycle transition), शैक्षिक समस्याओं (academic problems), विद्यालयों मे समायोजन समस्या, बेरोजगारी, आर्थिक कठिनाइयाँ, अनुपयुक्त स्वास्थ्य, वाद-विवाद, भूचाल, बाढ़, साम्प्रदायिक दंगों, निर्धनता, आदि से हो सकता है। ऐसे परिस्थितिजन्य कारणों के प्रति किसी व्यक्ति में असंक्रम्यता (immunity) नहीं पाई जाती है। प्रतिबल का अनुभव हम Adam और Eve के जमाने से करते आ रहे हैं। इसलिये प्रतिबल का अनुभव करना व्यक्ति के लिये अपरिहार्य है। स्नायुवैज्ञानिकों, समाजशास्त्रियों एवं मनोवैज्ञानिकों ने प्रतिबल के कारणों और समाधान के उपाय के सन्दर्भ में अध्यन किया है और इनके प्रबन्धन के लिये अनेक सामाजिक विधियों को प्रस्तावित किया है। मनोवैज्ञानिकों ने संज्ञानात्मक पर तथा समाजशास्त्रियों ने सामाजिक परिस्थितियों पर बल दिया है।

प्रतिबल के सन्दर्भ में सम्बन्धित साहित्य का अवलोकन करने पर यह विदित होता है कि अनुसंधानकर्ताओं ने प्रतिबल के अनेक प्रारूपों को विकसित किया है—

(1) कार्य-सम्पादनात्मक (Transactional Model)

इस प्रारूप को Richard Lazarus & Susan Folkman (1984) ने विकसित किया जो इस तथ्य पर बल देता है कि माँग (demand) एवं संशाधन (resource) असंतुलन होने पर पर प्रतिबल पाया जाता है अर्थात् जब व्यक्ति पर पड़ने वाला दबाव व्यक्ति के परिस्थिति का समाधान करने की योग्यता से अधिक हो जाता है (pressure exceeds one's perceived obility to cope)। इस प्रारुप का यह अभिग्रह है कि प्रतिबलक के प्रति प्रत्यक्ष अनुक्रिया के रूप में प्रतिबल नहीं उत्पन्न होता है वरन प्रतिबलक के प्रति निर्वहन की अयोग्यता अक्षमता के कारण होता है। इस प्रारुप के अनुसार प्रतिबल प्रबन्धन (stress mangement) के लिये सर्वप्रथम उन कारकों के बारे में ज्ञान प्राप्त करना चाहिये जो व्यक्ति में प्रतिबल उत्पन्न करने के लिये उत्तरदायी है। ऐसे कारकों के प्रभाव को कम करने का प्रयास करना चाहिये ताकि प्रतिबल के प्रभाव को कम किया जा सके। Lazarus & Folkman के अनुसार व्यक्ति के वाह्य-वातावरण (external environment) और व्यक्ति के बीच विनिमय (transaction) होता है लेकिन जब इन दोनों कारकों के बीच विनिमय (transaction) का अभाव पाया जाता है तब प्रतिबल की उत्पत्ति होती है। यह प्रारुप यह प्रस्तावित करता है कि प्रतिबल उत्पन्न होंने का कारण व्यक्ति का अपने संशाधनो का अनुपयुक्त मूल्यांकन (inappropriate appraisal) है। जब व्यक्ति अपने प्रतिबलकों का विधेयात्मक मूल्यांकन करता है तो व्यक्ति में भय नहीं वरन चुनौतीपूर्ण व्यवहार पाया जाता है। यदि प्रतिबलकों के प्रत्यक्षीकरण के स्वरूप को बदल दिया जाय, तो प्रतिबलकों के सामना करने के सामर्थ्य का विकास हो जाता है। इसलिये व्यक्ति के प्रतिबल में ह्रास लाने के लिये व्यक्ति को प्रतिबलकों के प्रत्यक्षीकरण करने के स्वरूप को बदल देना चाहिये।

(2) स्वास्थ्य अनुभूति/अर्जित स्वास्थ्य प्रारूप (Health realization/ Innate Health Model)

इस प्रारुप के अनुसार किसी निश्चित प्रतिबलक के कारण ही प्रतिबल नहीं पाया जाता है वरन प्रतिबल के पाये जाने का कारण परिस्थिति का सामना न करने की अक्षमता का अनुभव है। यह प्रारूप विचार-प्रक्रिया प्रकृति (nature of thought process) पर बल देता है जो महत्वपूर्ण वाह्य प्रतिबलक परिस्थितियों (potentially stressful external situation) के प्रति व्यक्ति के अनुक्रिया का निर्धारण करता है। इस प्रारूप के अनुसार प्रतिबल की उत्पत्ति व्यक्ति के स्व-मूल्यांकन (self-appraisal) एवं परिस्थिति मूल्यांकन (appraisal of circumstance) की अनुपयक्तता के कारण होता है जिसका कारण व्यक्ति के मस्तिष्क में असुरक्षा एवं निषेधात्मकता का पाया जाना है। मस्तिष्क में विमान 'असुरक्षा' एवं 'निषेधात्मकता' से छन कर ही व्यक्ति के 'स्व' एवं 'परिस्थिति' का मूल्यांकन होता है। जब व्यक्ति में कल्याण की भावना (feeling of well-being) पाया जाता है तो उसमें शान्त मस्तिष्क (quite mind), आन्तरिक विवेक (inner wisdom) और सहज-बुद्धि (common sense)

पाया जाता है (Mills 1995; Sedgemen 2005)। इस प्रारुप के अनुसार ऐसे व्यक्तियों को सहायता पहुँचाने के लिये हमें उसके विचार प्रक्रिया को समझना होगा जिसके द्वारा वह अपने आपको असुरक्षित समझता है तथा उस विचार-प्रक्रिया की पहचान करनी होगी जो विधेयात्मक विचारों के विकास में सहायक है। इन प्रक्रियाओं का प्रयोग करके प्रतिबल का प्रबन्धन किया जा सकता है।

(3) योग-ध्यान (Yoga Meditation)

आधुनिक युग में तीव्र प्रतिबल के कारण अनेक समस्याओं की उत्पत्ति होती है जिनका समाधान परामर्शन के द्वारा सम्भव है। योग-ध्यान प्रारुप (Yoga Meditation Model-YMM) एक ऐसी प्रविधि है जिसका उपयोग परामर्शन में किया जाता है। इस प्रारुप के द्वारा स्वायत्त तंत्रिका तन्त्र (antonomic nervous system-ANS) में स्थिरता आती है, चिन्ता, तनाव एवं अवसाद में ह्रास पाया जाता है तथा चिन्तन (thought) संवेग (emotion) में साम्यावस्था पाई जाती है/ लाई जा सकती है। इनके अतिरिक्त अनेकों प्रकार की अन्य शिथलीकरण relaxation) एवं ध्यान प्रविधिया है जिनमें Benson (1984) का शिथिलिकरण अनुक्रिया प्रारूप (Relaxation Response Model); Wolpe (1969) का प्रतिबलह्रास प्रारूप (Stress Reduction Model), Maharshi Mahesh Yogi (1959) ध्यानातीत प्रारूप (Transcendental Model), Swami Nigamanand (1905) का लय योग (Laya Yog) एवं Mukhopadhya & Renukadevi (2002) का चक्र ध्यान प्रारूप (Chakra Meditation Model) है जिनका प्रयोग सामान्य रूप से किया जाता है।

योग-ध्यान के द्वारा मनोदैहिकसंतुलन (psycho-physiological balance) स्थापित करने में सहायता मिलती है, सावेंगिक अशान्ति (emotional disturbance) जैसे प्रतिबल (stress), क्रोध (anger), कुण्ठा (frustration), चिन्ता (anxiety) एवं तनाव (tension) को कम तथा समाप्त किया जा सकता है तथा, व्यक्ति के सावेदिक (sensory), स्वायत्त (autonomic), अभिप्रेरणात्मक (अवयवी) तंत्रिका तन्त्र (motivational (limbic) system) पर योग-चिन्तन के द्वारा विशिष्ट प्रकार का नियन्त्रण स्थापित किया जा सकता है।

(4) जीव-प्रतिपूर्ति (Bio-feedback)

जीवप्रतिपूर्ति एक ऐसी प्रविधि है जिसमें इनेक्ट्रानिक उपकरणों के द्वारा व्यक्ति के जैविक प्रकार्यों (biologtical functioning) को श्रवणपरक अथवा दृष्टिपरक संकेतों (signals) के रूप में प्रस्तुत किया जाता है ताकि व्यक्ति को शारीरिक घटनाओं (physiological events) को परिमार्जित करने के लिये सिखलाया जा सके।

परिमार्जित (modify) की जाने वाली शारीरिक घटना प्राणी (system) की सामान्य/असामान्य क्रिया हो सकती है। इस संकेत (सूचना) की प्रतिपूर्ति व्यक्ति को प्रदान की जाती है जिससे व्यक्ति लक्षित दैहिक घटना (targeted physiological events) व्यवहार पर ऐच्छिक नियन्त्रण (voluntary control) स्थापित कर सके जैसे रक्तचाप नियन्त्रण, अधिगम प्रक्रिया, मस्तिष्कीय तरंगें। इसके अतिरिक्त उन सामान्य ऐच्छिक क्रियाओं को परिमार्जित करने के लिये भी जीव प्रतिपूर्ति प्रविधि का प्रयोग किया जाता है जिन पर व्यक्ति किसी आघात अथवा रोग के कारण ऐच्छिक नियन्त्रण खो देता है। प्रतिपूर्ति प्रदान करने के लिये कभी हम प्रतिपूर्ति संकेत (feedback signal) प्रदान करते हैं तो कभी हम उसके उत्तम निष्पादन के लिये पुनर्बलन स्वरूप रूपया या पुरस्कार देते हैं। अधिगम को अभिप्रेरित करने के लिये जीवप्रतिपूर्ति के रूप में परिणाम ज्ञान (knlowledge of Result–KR) का प्रयोग किया जाता है।

जीवप्रतिपूर्ति का क्षेत्र अत्यन्त विस्तृत है। असामान्य व्यवहारों केउपचार के लिये किसी औषधि का प्रयोग न करके जीव-प्रतिपूर्ति प्रविधियों का प्रयोग किया जाता है जिसका कोई कुप्रभाव नहीं होता है। इन प्रविधियों के द्वारा रोगी स्व-नियन्त्रण (self-regulation) कौशलों का उपयोग करना सीखता है जो लक्षण नियन्त्रण एवं उपचार में सहायक होत है। जीव प्रतिपूर्ति प्रयोगों के लिये अनेक उपकरणों—Electromyography (EMG) Biotrainer, Electrodermal Response (EDR), Alpha EEG Biofeedback Biotrainer, GSR Biofeed back Biotrainer, Respiration Biofeedback Biotrainer, Temperature Biofeed back Biotrainer, Pulse Biofeedback Trainer, ECG Biofeedback Biotrainer, Electrosleep Apparatus, एवं Multibehaviours therapy का प्रयोग किया जाता है।

जीवप्रतिपूर्ति प्रशिक्षण व्यवहारपरक उपचार का एक अंग है। इसमें संज्ञानात्मक हस्तक्षेप (cognitive intervention) को सम्मिलित किया जा सकता है ताकि निषेधात्मक चिन्तन के बारे में ज्ञान प्राप्त किया जा सके तथा जीवन की घटनाओं का अधिक उपयुक्त मूल्यांकन कराया जा सके।

5) मनोरंजन (Recreation)

मनोरंजन के द्वारा, भी तनाव एवं प्रतिबल में ह्रास लाया जा सकता है। मनोरंजन के लिये संगीत, पेंन्टिंग, मछली का शिकार, बागवानी, नृत्य आदि का प्रयोग किया जा सकता है और प्रतिबल में ह्रास लाने के लिये आधुनिक तकनीकों का प्रयोग न करके इन तकनीकों का प्रयोग किया जा सकता है। परामर्शदाता को मनोरंजन के ऐसे साधनों का प्रयोग करके परामर्शी को

आत्म-पर्याप्ति (self-sufficient), आत्म-निर्देशित (self-directed) और आत्म-निर्भर (self-dependent) बनाया जा सकता है।

(6) कर्मकाण्ड (Stress Management in Vedas)

योग, ध्यान (meditation) एवं अध्यात्मिकता (spirituality) के द्वारा प्रतिबल में ह्रास लाया जा सकता है। यह प्रसन्नता की बात है कि आधुनिक युग में प्राचीन तकनीकों के प्रति लोग अपनी वरीयता प्रकट करने लगे हैं। वेदों में मानसिक प्रतिबल के कारणों एवं उपचारों का वर्णन किया गया है। यजुर्वेद में वर्णित कर्मकाण्डों के द्वारा मस्तिष्क की शुद्धता को बढ़ाकर प्रतिबल की तीव्रता को कम किया जा सकता है क्योंकि 'शुद्ध मस्तिष्क' (pure mind) को 'प्रतिबल-मुक्त मस्तिष्क (stress-free mind) माना जा सकता है। विभिन्न अवस्थाओं विभिन्न प्रकार के कर्मों के द्वारा हम स्वस्थ मानसिक स्वास्थ्य का विकास कर सकते हैं। यजुर्वेद का उपासना काण्ड मानसिक स्थिरता और प्रतिबल नियन्त्रण की तकनीकों का वर्णन करता है।

(7) ईश्वर में विश्वास एवं नमाज़, पवित्र कुरान में प्रतिबल प्रबन्धन (Faith in God and Namaz : Stress Management in Holy Quran)

मानसिक शांति के प्रयास से प्रतिबल में ह्रास लाया जा सकता है। इस्लाम धर्म का प्रयोग करके प्रतिबल में ह्रास लाया जा सकता है। वैसे समस्त धर्मों में मानसिक शांति बनाये रखने के लिये उपाय को सुझाया गया है। सभी धर्म एक नेक इंसान बनने की प्रेरणा देते हैं और बुराइयों से दूर रह कर मानसिक शांति के लिये अभिप्रेरित करते हैं। सभी धर्मों के अनुसार ईश्वर (God) में हमें पूर्ण विश्वास होना चाहिये। इस्लाम धर्म के पवित्र ग्रन्थ Holy Quran के अनुसार—

"For Allah (God) hath power over all things".

5.3, A.165, A.21

"Every soul shall have a taste of death."

5.3, A.185

"No leaf can move without His orders."

5.2, A.117

ईश्वर में दृढ़ विश्वास, पूजा-पाठ एवं नमाज़ प्रतिबल एवं तनाव में कमी ला सकता है।

(8) अनुक्रिया-आधारित प्रारुप (Response-based Model)

यह प्रारूप इस तथ्य पर बल देता है कि प्रतिबल एक आश्रित परिवर्त्य है और वातावरण में पा

जाने वाले उद्दीपक स्वतंत्र परिवर्त्य है। इस प्रारूप के अनुसार प्रतिबलक घटक (stressor agents) वातावरण में पाये जाते हैं और उद्दीपक की भाँति ही प्राणी को प्रभावित करते हैं। प्राणी में वातावरण में पाये जाने वाले प्रतिबलक मनोवैज्ञानिक, शारीरिक एवं व्यवहारपरक प्रतिबलकों को उत्पन्न करते हैं। प्रतिबल के अनुक्रिया-आधारित प्रारुप का रेखाचित्रिय प्रस्तुतीकरण अधोप्रस्तुत है।

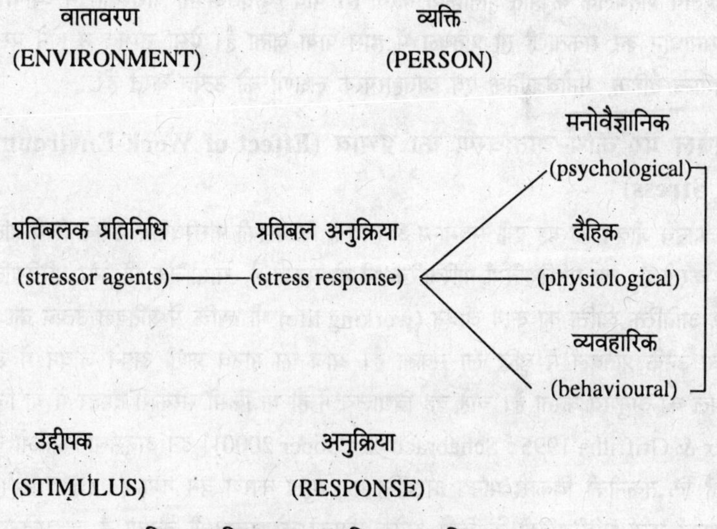

चित्र : प्रतिबल का अनुक्रिया-आधारित प्रारूप

(9) उद्दीपक-आधारित प्रारूप (Stimulus-Based Model)

यह प्रारूप प्रतिबल को स्वतंत्र परिवर्त्य के रूप में स्वीकार करता है। इस प्रारुप के अनुसार कुछ वाह्य शक्तियाँ प्राणी पर अवरोधक प्रभाव डालती हैं जिससे प्रतिबल उत्पन्न होता है। इसका रेखाचित्रीय प्रदर्शन अधोप्रस्तुत है।

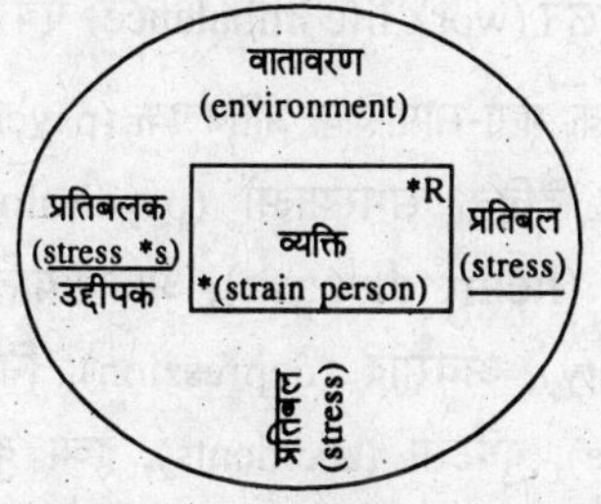

चित्र : प्रतिबल का उद्दीपक-आधारित प्रारूप

(9) अन्तर्क्रियात्मक प्रारूप (Interactive model)

इस प्रारूप में अनुक्रिया-आधारित तथा उद्दीपक-आधारित दोनों ही प्रारूपों को समावेशित किया गया है जिसमें 5 मुख्य क्रियायें पाई जाती है—संज्ञानात्नक मूल्यांकन (cognitive appraisal), अनुभव (experience), माँग (demand), अन्तर्वैयक्तिक प्रभाव (interpersonal influence) एवं प्रतिबल की दशा (state of stress)। प्रतिबल का स्रोत वातावरण में पाया है। व्यक्ति की मनोवैज्ञानिक विशेषतायें प्रतिबलक के प्रति प्रतिक्रिया करती है। यदि व्यक्ति अपनी परिस्थिति में व्याप्त समस्याओं का समाधान कर सकता है तो प्रतिबल में ह्रास पाया जाता है। ऐसा सम्भव न होने पर प्रतिबलक असामान्य दैहिक, मनोवैज्ञानिक एवं व्यवहारपरक लक्षणों को उत्पन्न करते हैं।

प्रतिबल पर कार्य-वातावरण का प्रभाव (Effect of Work-Environment on Stress)

मानव जीवन का यह एक सर्वमान्य अनुभव है कि उसकी परिस्थितियाँ उसके लिये प्रतिबलक का कार्य करती है। यह परिस्थितियाँ पारिवारिक भी हो सकती है, सामाजिक भी और परिस्थितिजन्य भी। इसके अतिरिक्त व्यक्ति का कार्य जीवन (working life) भी व्यक्ति में प्रतिबल उत्पन्न कर सकता है, अथवा उनके प्रतिबल में वृद्धि ला सकता है। आज का मानव प्राणी अपने जीवन में सामान्यतया प्रतिबल का अनुभव करता है। चाहे वह विद्यालय में हो या किसी सरकारी दफ्तर में या किसी उद्योग (Cox & Griffiths 1995 : Schabracu & Cooper 2000)। इन अनुसंधानकर्ताओं का यह भी मत है कि तकनीकी विकास मानव अशान्ति का प्रमुख कारण बन गया है। Griffths (1998) ने तनावपूर्ण कार्य परिस्थितियों के लिये अनेक कारकों को उत्तरदायी बताया है जो प्रतिबल वृद्धि में सहायक हैं जैसे कार्य पर नियन्त्रण का अभाव (lack of control at work), लघु अवकाश (short holidays), दीर्घकालीन कार्यावधि (long hours), अनुपयुक्त पुरस्कार (insufficient rewards), कार्य-असुरक्षा (job insecurity), प्रोन्नति की कम संभावनायें (poor promotion prospects), काल दबाव में वृद्धि (increased time pressure), समर्थन का अभाव (lack of support), निम्नस्तरीय प्रतिपूर्ति (poor feedback), एकाकी जीवन (isolation), भूमिका अन्तर्द्वन्द्व (role conflict), कार्य-जीवन असंतुलन (work life imbalance) एवं उत्पीड़न (harassment)।

यह सभी दबाव; प्रतिबलक मनो-सामाजिक प्रतिबलक (psychosocial stressors) माने जाते हैं तथा मनोवैज्ञानिक और दैहिक समस्याओं (psychological and physicological problems) जैसे हृदय रोग (heart disease), आमाशयान्त्र विकृति (gastro-intestinal problems), चिन्ता (anxiety), अवसाद (depression), निष्प्रभ (burnout), अनुपस्थिति (absence), थकान (fatigue), दुर्घटना (accidents), द्रव्य दुरुपयोग (substance abuse), मांसपेशीय-कंकालीय विकृति (muscloskeltal disorders), कार्य-परिवार अन्तर्द्वन्द्व (work-family conflict) आदि के लिये उत्तरदायी माने जाते हैं (Cox & Griffiths 1995; Gianakos 2002;

HSE 2007)। यह व्यवहारपरक परिणाम कर्मचारियों के उत्पादन, हड़ताल, मनोबल आदि पर गम्भीर प्रभाव डालते हैं।

प्रतिबल के आर्थिक एवं स्वास्थ्य मूल्य सम्बन्धी अवस्थायें (The economic and health costs of stress related illness)

यह एक निर्विवाद सत्य है कि प्रतिबलयुक्त वातावरण व्यक्ति व्यक्ति/कर्मचारी के आर्थिक और स्वास्थ्य सम्बन्धी कारकों को कुप्रभावित करता है। हृदय-वाहिका विकृतियों (cardio-vascular disorders) का प्रमुख कारण प्रतिबलयुक्त वातावरण को माना जाता है (Karasek 1979)। अल्कोहल दुरुपयोग (alcohol misuse) को भी कार्य-प्रतिबल से सम्बन्धित माना जाता है जो उत्पादन और कर्मचारी उपस्थिति को प्रभावित करता है। कार्य-प्रतिबल के सन्दर्भ में पूर्णकृत अनुसंधान साहित्य के सर्वेक्षण से यह विदित होता है कि कार्य प्रतिबल (work stress) चिन्ता और अवसाद से घनिष्ठतम् रूप से सम्बन्धित है (Wang & Patton 2001, Tehnant 2001)। Hodgson, Jones, Elkiot & Osman (1993) ने मांसपेशीय-कंकालीय विकृति, कार्य-प्रतिबल एवं अवसाद को तीन प्रमुख समस्याओं को संयुक्त राष्ट्र अमरीका के लोगों में प्राप्त किया गया है।

Cox & Griffiths (1995) का मत है कि वास्तविक रूप से प्रतिबल के 3 प्रकार हैं। प्रथम, **यन्त्र-शास्त्रीय उपागम** (engineering approach) माँग (demand) के स्तरके अनुसार प्रतिबल का प्रत्यक्षीकरण उद्दीपक अथवा वातावरण की विशेषता के रूप में किया जाता है। द्वितीय **दैहिक उपागम** (physiological approach) है जो व्यक्ति के प्रतिबलपरक परिस्थिति में होने पर उसमें घटित होने वाले शारीरिक (physiological) अथवा जैविक (biological) परिवर्तनों से सम्बन्धित है। तृतीय दृष्टिकोण Cox & Griffiths (1995) का **मनोवैज्ञानिक उपागम** (psychological approach) है जहाँ प्रतिबल को न तो केवल उद्दीपक परिवर्त्य का प्रकार्य माना जाता है और न अनुक्रिया परिवर्त्य का प्रकार्य। वरन इसे गत्यात्मक प्रक्रिया (dynamic process) की संज्ञा दी जाती है जो व्यक्ति में उस समय घटित होती है जब व्यक्ति वातावरण से अन्तर्क्रिया करता है (Cox, Griffiths & Rial-Gonzales 2000; Cox &Mckay 1981)।

Cox & Griffiths (1995) ने यंत्र-शास्त्रीय (engineering) और दैहिक उपागमों (physiological approaches) की तुलना में मनोवैज्ञानिक उपागम को अत्यन्त लोकप्रिय सम्प्रत्ययीकरण के रूप में स्वीकार किया है क्योंकि यंत्र-शास्त्रीय और दैहिक उपागम प्राणी को निष्क्रिय वाहन (passive vehicle) के रूप में स्वीकार करते हैं तथा यह दोनों उपागम प्राणी के निष्पादन और कल्याण (performance and wellbeing) पर संज्ञानात्मक (cognitive) अथवा परिस्थितिजन्य (situational) कारकों के प्रभाव को नहीं स्वीकार करते हैं।

कार्यस्थल प्रतिबल (workplace stress) के सन्दर्भ में अनेक प्रारुप उपलब्ध है जिनका उपयोग अनुसंधान निर्देशन एवं व्यवहार (practice) में सामान्यतया किया जाता है जो लोकप्रियता (popularity) एवं इन्द्रियानुभविक/अनुभवजन्य समर्थन में एक-दूसरे से भिन्न है। इन प्रारूपों में व्यक्ति-वातावरण फिट (Person-Environment Fit) अधिक उपयुक्त एवं लोकप्रिय माना जाता है।

कार्य-स्थल पर प्रतिबलएवं कल्याण के सिद्धान्त एवं प्रारूप : व्यक्ति-वातावरण फिट प्रारूप (Theories and.Models of Stress and Wellbeing at work-place : Person-Environment Fit)

Lewin (1951) ने यह प्रस्तावित किया है कि तनाव की उत्पत्ति व्यक्ति की अपनी विशेषताओं और कार्य-वातावरण (work-environment) में अन्तर्क्रिया के कारण होती है जिससे व्यक्ति का स्वास्थ्य प्रभावित होता है। इस सम्प्रत्यय को French (1973) ने विकसित किया है जिसे Person-Environment Fit Model कहा जाता है। इस प्रारूप के अनुसार व्यक्ति (Person) और उसके कार्य-वातावरण (working environment) का समेलन (matching) उसके स्वास्थ्य को प्रभावित करता है। स्वस्थ दशाओं (healthy conditions) के लिये यह आवश्यक है कि व्यक्ति की अभिवृति, कौशल, योग्यतायें एवं संशाधन उसके अनुकूल हो। इसके अभाव में समस्यायें उत्पन्न होती है और व्यक्ति अपने वातावरण में मिसफिट (misfit) हो जाता है। मिसफिट होने का कारण आत्मनिष्ठ भी हो सकता है और वस्तुनिष्ठ भी। व्यक्ति और वातावरण के फिट होने से जितना भी गैप होगा, व्यक्ति उतना ही प्रतिबल अनुभव करेगा।

Lazarus (1991) व्यक्ति-वातावरण फिट प्रारूप को चिन्तन का एक अग्रिम कदम मानते हैं लेकिन व्यक्ति और वातावरण में फिट का सम्प्रत्यय को गतिहीन (static) माना जाता है।

कार्य-विशेषता प्रारूप (The Job Characteristic Model)

Hackman & Oldham (1980) इस प्रारूप को विकसित किया जो कार्य-विशेषता जैसे कौशल (skill), कार्य-तादात्म्य (work-identity), कार्य-महत्व (work significance), स्वायत्तता (autonomy), प्रतिपूति (feedback) जैसे कारकों को महत्व देता है। यह विशेषतायें सार्थकता एवं उत्तरदायित्व के अनुभव एवं परिणाम के ज्ञान के मनोवैज्ञानिक अवस्था में वृद्धि लाती है1 कार्य विशेषता की पाई जाने वाली विधेयात्मक और निषेधात्मक विशेषतायें–उसके अभिप्रेरणा और कार्यतोष को प्रभावित करती है।

विटामिन प्रारूप (The Vitamin Model)

War (1987) का मत है कि कार्य (Job) की कुछ विशेषतायें व्यक्ति के मानसिक स्वास्थ्य के लिये उसी प्रकार लाभप्रद होती है जिस प्रकार विटामिन शारीरिक विकास के लिये एक आवश्यक पोषक की भाँति कार्य करता है। जिस प्रकार विटामिन की कोई खुराक एक निश्चित स्तर तक लाभ पहुँचाता है

वैसे ही कार्य-विशेषता की कुछ विशेषतायें भी व्यक्ति के कार्यतोष एवं मानसिक स्वास्थ्य में उन्नति लाती है और उनके प्रतिबल को कम करती है लेकिन एक निश्चित प्रकार एंवं स्तर से अधिक विशेषतायें व्यक्ति के प्रतिबल के लिये निष्प्रभावी होती है। विशेषताओं का प्रभाव बहुत अधिक या बहुत कम होने पर व्यक्ति पर नकारात्मक प्रभाव पड़ता है। व्यक्ति के प्रभावशाली कल्याण (effective well being) की अभिव्यक्ति 3 आयामों द्वारा होती है—संतुष्ट (content)—असंतुष्ट (discontent), चिन्तित (Anxious)—निश्चिन्त (Comfortable), एवं उदास (depressed)—प्रसन्न (pleased)।

मिशीगन प्रारूप (The Michigan Model)

यह प्रारुप French &Kahn (1962) के प्रारूप पर आधारित है जिसे Institute of Social Research Model (ISR Model), Social Environment Model, अथवा Role Stress Approach भी कहा जाता है। इस उपागम में व्यक्ति के प्रतिबलकों के आत्मनिष्ठ प्रत्यक्षीकरण पर बल दिया गया है जिनका परिमार्जन व्यक्तित्व कारकों,जनांकिकी परिवर्त्यों (demographic variables) तथा सामाजिक समर्थन (social support) के द्वारा होता है। इस प्रारूप को Caplan, Cobb, French, Harrison, Pinneau (1970) ने प्रतिपादित किया है जिसकी प्रमुख विशेषता यह है कि यह प्रारूप प्रतिबलक के **व्यक्ति** के आत्मनिष्ठ प्रत्यक्षीकरण (individual's own subjective perceptions of stressors) **वातावरणीय प्रतिबलकों** (environmental stressors) जैसे भूमिका अस्पष्टता (role ambiquity), अर्न्तद्वन्द्व (conflict), सहभागिता का अभाव (lack of participation), कार्य सुरक्षा (job security), कार्यभार (workload), चुनौतियों का अभाव (lack of challanges), तथा **व्यक्तित्व परिवर्त्यो** (personality variables) पर बल दिया गया है।

माँग-नियन्त्रण समर्थन प्रारूप (Demands-Control Support Model)

इस प्रारूप को Karasek (1979) ने विकसित किया जो कार्य-स्थल क सारे प्रारूपों में प्रभावशाली माना जाता है। Cox & Griffiths (1995) ने इसे Interaction Model कहा है क्योंकि इसमें वातावरण के प्रति होने वाली व्यक्ति की अन्तर्किया के संरचनात्मक लक्षणों पर बल दिया गया है। इस प्रारूप में कार्य माँग (job demand) कार्य नियन्त्रण (job control) जैसे दो मनो सामाजिक विशेषताओं पर केन्द्रण किया गया है। कार्य नियन्त्रण विशेषता को निर्णयन अक्षान्तर (decision latitude) भी कहा जाता है।

वस्तुनिष्ठ प्रश्न
(OBJECTIVE QUESTIONS)

1. ''यदि कोई व्यक्ति यह कल्पना करे कि हम पूर्ण सामान्य हो जायँ तो वह कोई मूर्ख ही होगा'' किसका कथन है—
   (a) बर्टर रसेल (b) डेविड सी
   (c) लम्ब्रोसो (d) ब्राउन
2. मनोविकृतजन्य व्यवहार के लिए आनुवंशिकता एक है—
   (a) चिकित्सकीय उपागम (b) तंत्रिका दैहिक उपागम
   (c) मनोसामाजिक उपागम (d) मानवतावादी उपागम
3. मनोविकृतजन्य व्यवहार के जैविक उपागम को उसके पूर्ण अर्थों में और क्या कह सकते हैं—
   (a) आनुवंशिकता उपागम (b) चिकित्सकीय उपागम
   (c) मानवतावादी उपागम (d) अन्तर्वैयक्तिक उपागम
4. कौन-सा मस्तिष्कीय भाग निद्रा एवं उत्तेजना के नियंत्रण के लिए उत्तरदायी है—
   (a) Medula (b) Pons
   (c) Recticullar formation (d) Cerebellum
5. संवेदी सूचनाओं के लिए रिले स्टेशन का काम करता है—
   (a) हाइपोथैलमस (b) एमिगडाला
   (c) हिप्पोकैम्पस (d) थैलमस
6. LTM के निर्माण में मुख्य भूमिका निर्वाहक है—
   (a) हाइपोथैलमस (b) एमिगडाला
   (c) हिप्पोकैम्पस (d) थैलमस
7. चार खण्ड एवं दो गोलार्द्ध होते हैं—
   (a) मस्तिष्क के (b) सेरिबेलम के
   (c) सेरिब्रल कार्टेक्स के (d) सेरिब्रम के
8. मस्तिष्क के तंत्रिकातंत्र में सूचनाओं का सम्प्रेषण किसके द्वारा होता है—
   (a) जैव रसायनों से (b) वातावरणीय प्रभाव से
   (c) ज्ञानेन्द्रियों से (d) स्वतः
9. गाबा कहाँ पाया जाता है—
   (a) मस्तिष्क में (b) मेरुरज्जु में
   (c) रेटिना में (d) पूरे CNS में
10. सम्पूर्ण निरीक्षण योग्य व्यवहार को कहते हैं—
    (a) जीनो टाइप (b) फीनो टाइप
    (c) एक्टो टाइप (d) मीसो टाइप
11. विकृतजन्य व्यवहार के मनोगतिक उपागम का प्रतिपादन किसने किया—
    (a) फ्रायड ने (b) एडलर ने
    (c) युंग ने (d) इनमें से कोई नहीं

12. फ्रायड एक थे—
(a) मनोवैज्ञानिक (b) स्नायुवैज्ञानिक व चिकित्सा
(c) शरीरशास्त्री (d) शल्य चिकित्सक
13. पाशुविक इच्छाओं का सम्बन्ध निम्न में से किससे है—
(a) इड (b) इगो
(c) सुपर इगो (d) इनमें से कोई नहीं
14. वैयक्तिक मनोविज्ञान की स्थापना किसने किया—
(a) एडलर (b) युंग
(c) फ्रायड (d) आलपोर्ट
15. Rational Emotive Therapy (RET) के प्रतिपादक थे—
(a) बेक (b) एलिस
(c) जोसेफ उल्पे (d) इनमें से कोई नहीं
16. फ्रायड से अलग विश्लेषण सम्प्रदाय (Analytical School) की स्थापना किसने किया—
(a) एडलर (b) युंग
(c) किसी ने भी नहीं (d) इनमें से कोई नहीं
17. न्यूरोपेप्टाइड्स का सम्बन्ध निम्न में से किससे होता है—
(a) CNS से (b) ANS से
(c) ग्रंथियों से (d) मांसपेशियों से
18. निम्न में से Posterior Pituitary या न्यूरो-हाइपोफाइसिस हारमोन कौन से हैं—
(a) वेसोप्रेसिन (b) आक्सीटोसिन
(c) उपरोक्त दोनों (d) इनमें से कोई नहीं
19. ACTH, Prolactin, LH तथा थरायरोट्रॉपिन निम्न में से क्या है—
(a) तंत्रिकीय रसायन (b) न्यूरोहाइपोफाइसिस हारमोन्स
(c) एडिनोहाइपोफाइसिस हारमोन्स (d) उपरोक्त सभी
20. ATP कहाँ पाया जाता है—
(a) ANS में (b) पूरे CNS में
(c) ग्रंथियों में (d) उपरोक्त सभी में
21. रोग वर्गीकरण की प्रक्रिया को कहते हैं—
(a) निदान (b) समूहीकरण
(c) मनोनिदान (d) इनमें से कोई नहीं
22. मनोविकृतजन्य व्यवहार का वर्गीकरण सर्वप्रथम किसने किया—
(a) जे॰ एल॰ ब्राउन (b) APA ने
(c) कैमरान ने (d) क्रैपलिन ने
23. 1952 में DSM-I, 1968 में DSM-II तथा 1980 में DSM-III का प्रकाशन किसने किया
(a) APA ने (b) WHO ने
(c) क्रैपलिन ने (d) इनमें से कोई नहीं
24. DSM-IIIR का प्रकाशन कब हुआ था?
(a) 1968 (b) 1980
(c) 1985 (d) 1987
25. DSM-IV का प्रकाशन कब हुआ—
(a) 1980 (b) 1987
(c) 1994 (d) 1995

26. कौन-सा वर्गीकरण सर्वाधिक प्रचलन में है—
(a) DSM-IV (b) ICD-10
(c) DSM-IIIR (d) क्रैपलिन का वर्गीकरण

27. किसके वर्गीकरण का उच्च सहसम्बन्ध DSM-IV के साथ है—
(a) ICD-10 (b) ICD-6
(c) DSM-III (d) DSM-IIIR

28. किस वर्गीकरण ने बहुआयामी प्रणाली में अनेक आयामों को सम्मिलित किया है—
(a) ICD-10 (b) DSM-III
(c) DSM-IIIR (d) DSM-IV

29. DSM-IV के अन्तर्गत मनोविकृतियों को कितने नैदानिक वर्गों में विभक्त किया गया है—
(a) 16 (b) 18
(c) 200 (d) 300

30. DSM-IV में लगभग कुल कितने मनोविकृतियों का वर्णन किया गया है—
(a) 100 (b) 200
(c) 300 (d) 400

31. 'DSM-IV आने वाले दशकों में नैदानिक बाइबिल के रूप में बना रहेगा' किसने कहा था—
(a) टेलर (b) सेलिगमैन एवं रोजेनहॉन
(c) विलियम कुलेन (d) कार्लटन एवं मर्न्सटन

32. DSM-IV TR का प्रकाशन कब हुआ—
(a) 1994 (b) 1995
(c) 1999 (d) 2000

33. ICD-10 का व्यवस्थापन कुल कितने वर्गों में किया गया है—
(a) 5 (b) 10
(c) 100 (d) 95

34. किस वर्गीकरण में कुछ रिक्त स्थानों की भी व्यवस्था की गई है—
(a) DSM-II (b) DSM-III
(c) DSM-IV (d) ICD-10

35. व्यक्ति जब अनचाही बातों को चेतना से धकेलकर दूसरी अवधान का केन्द्रण करता है, तो उसे क्या कहते हैं—
(a) अहं गतिक सुरक्षा प्रणाली (b) चयनात्मक अवधान
(c) अचेतन (d) प्रत्यक्षीकरण

36. ICD-8 का प्रकाशन 1968, ICD-9 का 1978 तथा ICD-10 का 1992 ई० में किसके द्वारा हुआ था—
(a) A.P.A. (b) AACP
(c) AAAP (d) W.H.O.

37. पुस्तक 'Synopsis of Psychiatry' किसने लिखा है—
(a) आलपोर्ट (b) फ्रायड
(c) ब्राउन (d) कैपलान एवं सैडाक

38. मनस्ताप का वर्गीकरण सर्वप्रथम किसने किया था—
(a) एमिल क्रैपलिन (b) ICD-10
(c) DSM-IV (d) APA

39. मनस्ताप के स्थान पर वर्ग 'मनस्तापी, बलाघात सम्बन्धित देहरूपी विकार' किसने कहा—
(a) DSM-IV (b) APA
(c) ICD-10 (d) कैपलान एवं सैडाक

40. बच्चों में पहले दिन स्कूल की चिंता कैसी चिंता है—
(a) विकृतिजन्य चिंता (b) सामान्य चिंता
(c) प्रारंभिक चिंता (d) पारिवारिक चिंता

41. चिंता किसी विशिष्ट वातावरणीय उद्दीपक के प्रति अनुबंधित प्रक्रिया है, किसका मत है—
(a) व्यवहारवादियों का (b) मनोविश्लेषकों का
(c) अस्तित्ववादियों का (d) प्रकार्यवादियों का

42. चिंता विकृति का कौन-सा प्रारूप एप्लीसिया कैलीफोर्निया पर आधारित व्याख्या करता है—
(a) तंत्रिका प्रेषक प्रारूप (b) संरचनात्मक अध्ययन प्रारूप
(c) आनुवंशिक अध्ययन प्रारूप (d) व्यवहारवादी प्रारूप

43. व्यक्ति मनोग्रस्त बाध्यता व्यवहार क्यों करता है—
(a) आनुवंशिकता के कारण (b) सम्बन्धित व्यथा को कम करने के लिए
(c) आदत के कारण (d) इनमें से कोई नहीं

44. ताले को बार-बार खींचना किस प्रकार की बाध्यता है—
(a) स्वच्छता बाध्यता (b) जाँच बाध्यता
(c) पेशीय बाध्यता (d) इनमें से कोई नहीं

45. किस विकृति को 'ब्रिकेट सिन्ड्रोम' के नाम से भी पुकारा गया—
(a) कायिक विकृति (b) रूपान्तर विकृति
(d) दर्द विकृति (d) शरीर दुष्क्रिया आकृति विकृति

46. शब्द 'रूपान्तर' का सर्वप्रथम प्रयोग किसने किया था—
(a) युंग (b) एडलर
(c) फ्रायड (d) इनमें से कोई नहीं

47. रोगी को यह लगे कि 'नाक कुछ छोटी हो गई है' किस प्रकार की विकृति है—
(a) कायिक विकृति (b) अविभेदीकृत कायप्रारूप विकृति
(c) शरीर दुष्क्रिया आकृति विकृति (d) इनमें से कोई नहीं

48. व्यक्ति में वातावरण के प्रति चेतना, स्मृति, अभिज्ञान व प्रत्यक्षीकरण की विघटित दशा होने पर कौन-सी विकृति होगी—
(a) मनोविच्छेदी विकृतियाँ (b) कायिक विकृति
(c) चिंता विकृति (d) इनमें से कोई नहीं

49. जिसमें व्यक्ति अपनी वैयक्तिक पहचान भूल जाता है वह कौन-सी विकृति है—
(a) मनोविच्छेदी स्मृति लोप विकृति (b) मनोविच्छेदी आत्म विस्मृति
(c) DID (d) व्यक्तित्व लोप विकृति

50. व्यक्ति में अपनी दो या दो से अधिक भिन्न पहचान की दशाएँ पायी जाने वाली विकृति है—
(a) मनोविच्छेदी पहचान विकृति (DID) (b) मनोविच्छेदी स्मृति लोप
(c) मनोविच्छेदी आत्म विस्मृति (d) इनमें से कोई नहीं

51. किस स्थिति में व्यक्ति यह अनुभव करता है कि उसका वैयक्तिक स्व-अवास्तविक एवं आश्चर्यजनक है—
(a) DID (b) व्यक्तित्व लोप
(c) अयथार्थीकरण (d) इनमें से कोई नहीं

52. किस स्थिति में व्यक्ति वाह्य जगत का अनुभव अवास्तविक एवं आश्चर्यजनक करता है—
(a) DID (b) व्यक्तित्व लोप
(c) अयथार्थीकरण (d) इनमें से कोई नहीं

53. रूपान्तर हिस्टीरिया एक है—
(a) मनस्तापीय रोग (b) मनोविक्षिप्त रोग
(c) दैहिक रोग (d) इनमें से कोई नहीं

54. मनोविच्छेदी विकृतियाँ किस प्रकार की विंकृतियाँ हैं—
(a) मनोविक्षिप्तता (b) मनोतंत्रिकातापी क्रिया
(c) दैहिक विकृति (d) पेशीय विकृति

55. विभ्रम एवं व्यामोह किस मानसिक रोग के लक्षण हैं—
(a) मनोविक्षिप्तता के (b) मनोतंत्रिकाताप के
(c) मनोकायिक विकृति के (d) हिस्टीरिया के

56. मनोविक्षिप्त विकृति का पुरुष महिला सम्भाव्यता क्या है—
(a) दोनों में बराबर (b) पुरुषों में अधिक
(c) महिलाओं में अधिक (d) कोई निश्चित नहीं

57. दूसरों के द्वारा धोखा या षड्यंत्र की आशंका किस प्रकार का मानसिक रोग है—
(a) दंडात्मक व्यामोह (b) महानता व्यामोह
(c) प्रभाव व्यामोह (d) संदर्भ व्यामोह

58. दूसरे व्यक्तियों द्वारा अपने बारे में बात किये जाने की आशंका किस प्रकार का मनोविक्षिप्त रोग है—
(a) दंडात्मक व्यामोह (b) महानता व्यामोह
(c) प्रभाव व्यामोह (d) संदर्भ व्यामोह

59. मनोविक्षिप्त रोगों के लक्षण सामान्यतया किस अवस्था में दृष्टिगोचर होते हैं—
(a) बाल्यावस्था में (b) बचपनावस्था में
(c) प्रौढ़ावस्था में (d) वृद्धावस्था में

60. मनोविक्षिप्तता के लक्षण ग्रामीण एवं शहरी व्यक्तियों में पाये जाने की सम्भाव्यता है—
(a) दोनों में बराबर (b) ग्रामीणों में अधिक
(c) नगरीय लोगों में अधिक (d) कोई निश्चित नहीं

61. किस मनोरोग में व्यक्ति के संज्ञानात्मक, भावात्मक एवं क्रियात्मक तीनों पक्ष अस्त-व्यस्त हो जाते है—
(a) मनोविदलता में (b) व्यामोह में
(c) मनोविच्छेदी विकृतियों में (d) मनोतंत्रिकीयों में

62. किसने मनोविदलता के लिए शारीरिक द्रवों को उत्तरदायी ठहराया—
(a) एमिल क्रैपलिन ने (b) ब्ल्यूलर ने
(b) हिप्पोक्रेट्स ने (d) गैलेन ने

63. मोरेल ने demence precore के पाये जाने की किस अवस्था को बताया—
(a) बचपनावस्था (b) बाल्यावस्था
(c) किशोरावस्था (d) प्रौढ़ावस्था

64. किसने Dementia proecox के स्थान पर Schizophrenia शब्द का प्रयोग किया—
(a) ब्ल्यूलर (b) एमिल क्रैपलिन
(c) मोरेल (d) इनमें से कोई नहीं

65. एक ही स्थिति में रहने वाला व्यक्ति किस प्रकार का होगा—
   (a) कैटाटोनिक (b) हेब्बेफ्रेनिक
   (c) सीजोफ्रेनिक (d) इनमें से कोई नहीं

66. मनोविदलता के लिए निम्न में से सही तथ्य क्या है—
   (a) पुरुष तथा महिलाओं में समान रूप से पाया जाता है
   (b) पुरुषों में अधिक पाया जाता है
   (c) यह एक मनोविच्छेदी विकृति है
   (d) यह व्यक्तित्व लोप विकृति है

67. मनोविदलक सम्भाव्यता का प्रसार अवधि क्या है—
   (a) 10-50 वर्ष (b) 25-30 वर्ष
   (c) 15-25 वर्ष (d) 50 वर्ष से ऊपर

68. संसार को मिथ्या समझना किस प्रकार का मानसिक रोग है—
   (a) विभ्रम (b) मिथ्यात्मक व्यामोह
   (c) महानता व्यामोह (d) मनोविच्छेदी पहचान विकृति

69. मनोविक्षिप्त विकृति में सभी ज्ञानेन्द्रियों से सम्बन्धित विभ्रमों में सर्वाधिक विभ्रम पाया जाता है, वह है—
   (a) दृश्य विभ्रम (b) स्वाद विभ्रम
   (c) स्पर्श विभ्रम (d) श्रवण विभ्रम

70. अनुपयुक्त तथा मूर्खतापूर्ण एवं अकारण हंसी किस प्रकार के व्यक्ति के मुख्य लक्षण हैं—
   (a) कैटाटोनिक (b) हेब्बेफ्रेनिक
   (c) सीजोफ्रेनिक (d) इनमें से कोई नहीं

71. मनोविदलित व्यक्ति में कैटाटोनिक लक्षण किस प्रकर की विकृति के प्रतिफल हैं—
   (a) मनोपेशीय (b) तंत्रिकीय
   (c) मांसपेशीय (d) ग्रंथीय (Glandular)

72. किस रोग को काल बाम (1868) ने सर्वप्रथम वर्णित करके 'तनाव पागलपन' की संज्ञा दी—
   (a) सम्भ्रांति मनोविदलता (b) कैटाटोनिक मनोविदलता
   (c) हेब्बेफ्रेनिक या विघटित मनोविदलता
   (d) इनमें से कोई नहीं

73. किसी बालक के माता-पिता, भाई-बहन आदि उसके किस क्रम के सम्बन्धी हैं—
   (a) प्रथम क्रम सम्बन्धी (b) द्वितीय क्रम सम्बन्धी
   (c) तृतीय क्रम सम्बन्धी (d) कोई निश्चित नहीं

74. किसी व्यक्ति के चाचा-चाची, मामा-मामी, मौसा-मौसी आदि उसके किस क्रम के सम्बन्धी हैं—
   (a) प्रथम क्रम सम्बन्धी (b) द्वितीय क्रम सम्बन्धी
   (c) तृतीय क्रम सम्बन्धी (d) कोई निश्चित नहीं

75. मानसिकता सम्बन्धी वैयक्तिक अध्ययन को निम्न में से क्या कह सकते हैं—
   (a) अन्तरामन अध्ययन (b) अन्तर्मन अध्ययन
   (c) वैयक्तिक अध्ययन (d) अन्तर्वैयक्तिक अध्ययनन

76. इदम् और अहं में संघर्ष के परिणामस्वरूप किस प्रकार की विकृतियाँ जन्म लेती हैं—
   (a) मनस्तापी विकृतियाँ (b) मनोविच्छेदी विकृतियाँ
   (c) मनोविक्षिप्तियाँ (d) उपरोक्त सभी

77. अहं और यथार्थ जगत में अन्तर्द्वन्द्व के परिणामस्वरूप किस प्रकार की विकृतियाँ जन्म लेती हैं—
   (a) मनोतंत्रिकापी विकृतियाँ (b) मनोविक्षिप्त विकृतियाँ
   (c) मनोविच्छेदी विकृतियाँ (d) अययार्थीकरण विकृति

78. द्रयबन्ध सम्प्रत्यय किसने प्रस्तावित किया—
(a) लिड्ज ने (b) ग्रेगरी बेटसन ने
(c) त्सुआंग ने (d) मावरेज ने

79. 'Double bind concept' क्या है—
(a) व्यक्ति में दो तरफ मानसिक केन्द्रण (b) दो व्यक्तियों का परिवार
(c) दो लक्ष्यों को प्राप्त करने की स्वतंत्रता (d) उपरोक्त में से कोई नहीं

80. प्राथमिक संचार का तात्पर्य क्या है—
(a) सूचना का अर्थगत पक्ष (b) किसी लक्ष्य के प्रति प्रथम संचार
(c) सूचना का भावात्मक पक्ष (d) सूचना का प्रात्यक्षिक पक्ष

81. मेटासंचार का तात्पर्य क्या है?
(a) सूचना का अर्थगत पक्ष (b) सूचना का संवेदनात्मक पक्ष
(c) सूचना का भावात्मक पक्ष (d) सूचना का मूर्तिकरण

82. द्रयबन्ध परिस्थिति निम्न में से कौन है?
(a) प्राथमिक एवं मेटासंचार एक दूसरे के संगत होते हैं।
(b) प्राथमिक एवं मेटासंचार एक दूसरे के असंगत होते हैं।
(c) प्राथमिक संचार का प्रभाव मेटा संचार से अधिक होता है।
(d) प्राथमिक संचार का प्रभाव मेटासंचार से कम होता है।

83. कूट आक्रामक वाचिक संचार का एक उदाहरण निम्न में से है—
(a) किसी बच्चे को वाह्य रूप से डाँटना पर आंतरिक मन से नहीं
(b) किसी बच्चो को सांकेतिक रूप से आक्रामक व्यवहारि सिखाना
(c) किसी से झूठी बातों में रूचि लेना
(d) उपरोक्त में से कोई नहीं

84. स्थिर व्यामोही विकृति के लिए Manomania शब्द का प्रयोग निम्न में से किसने किया—
(a) हीनराय ने (b) काहल बाम ने
(c) स्क्वीराल ने (d) क्रैपलिन ने

85. 'अत्यधिक संदिग्धता विकृति' को DSM-IV में क्या कहा गया है—
(a) Paranoid disorder (b) Paranoia
(c) Manomania (d) Rare disorder

86. एन्हीडोनिया प्रसंग क्या है—
(a) सामान्य मनोदशा की अवस्था के लक्षण
(b) ऐसे कार्यों के प्रति भी प्रसन्न न होना जिस पर सामान्यतया लोग प्रसन्न होते हैं
(c) अपने जीवन को समाप्त करने का विचार
(d) वास्तविक हानि होने पर उपयुक्त दुःख होना

87. एलेक्सीथीमिया प्रसंग क्या है—
(a) कोई भी वर्णन करने में कठिनाई या अयोग्यता
(b) आसानी से खिन्न होना तथा क्रोधित होना
(c) एक असुखद मनोदशा
(d) तीव्र स्व-संतुष्टि का भाव

88. प्रमुख अवसादपरक विकृति निम्न में से है—
(a) एक सामान्य अवधि (b) एक चिकित्सकीय अवधि
(c) चिकित्सकीय दशाजन्य विकृति (d) एक मनोतंत्रिकातापी दशा

89. सुखद घटनाओं से भी प्रभावित नहीं होने वाले व्यक्ति का स्वरूप निम्न में से कैसा है—
(a) कैटाटोनिक (b) मेलेन्कोलिक
(c) हेबेफ्रेनिक (b) एन्हीडोनिक

90. एक ध्रुवीय अवसाद से प्रभावित व्यक्ति को निम्न में से और क्या कहा जाता है—
(a) मेलेन्कोलिक (b) Proband
(c) एन्हीडोनिक (d) एलेक्सीथीमिक

91. नारएपिनेफ्रीन की कमी से किस प्रकार के लक्षण जन्म लेंगे—
(a) अभिप्रेरणास्तर निम्न होगा (b) अभिप्रेरणा स्तर उच्च होगा
(c) उन्माद के लक्षण विकसित होंगे (d) विषाद के लक्षणों का ह्रास होगा

92. NE किस समूह का रसायन है—
(a) हैलाइड समूह का (b) आक्साइड समूह का
(c) कैटेकोलेमाइन समूह का (d) इन्डोलेमाइन समूह का

93. NE के ह्रास से उत्पन्न विषाद की उपकल्पना को निम्न में क्या कहते हैं—
(a) हैलाइड हाइपोथेसिस (b) आक्साइड हाइपोथेसिस
(c) कैटेकोलेमाइन हाइपोथेसिस (d) इन्डोलेमाइन हाइपोथेसिस

94. Catecolemine hypothesis निम्न में से किसे सम्बन्धित है—
(a) NE (b) Serotonin
(c) Sodium Oin (d) इनमें से कोई नहीं

95. 'Reserpin' निम्न में से किस प्रकार की औषधि है—
(a) NE की मात्रा या रक्तचाप कम करने की औषधि
(b) NE की मात्रा या रक्तचाप बढ़ाने की औषधि
(c) अवसाद घटाने की औषधि
(d) उपरोक्त में से कोई नहीं

96. 'Tricyclis' निम्न में से किस प्रकार की औषधि है—
(a) NE की मात्रा घटाने की औषधि (b) NE की मात्रा बढ़ाने की औषधि
(c) एक उन्मादरोधी औषधि (d) उपरोक्त में से कोई नहीं

97. M.A.O. का कार्य निम्न में से है—
(a) NE की मात्रा बढ़ाना (b) Serotonin की मात्रा घटाना
(c) NE की मात्रा घटना (d) विषाद की मात्रा कम करना

98. Serotonin किस समूह का रसायन है—
(a) हैलाइड समूह (b) ऑक्साइड समूह
(c) कैटेकोलेमाइन समूह (d) इन्डोलेमाइन समूह

99. निम्न में से क्या सत्य है—
(a) NE तथा Serotonin का प्रभाव व्यक्ति में समान दिशा में होता है।
(b) NE तथा Serotonin का एक दूसरे से विपरीत सम्बन्ध है।
(c) Serotonin की मात्रा को Reserpin बढ़ाता है।
(d) M.A.O. उन्मादरोधी औषधि है।

100. Melatonin Hormone का स्राव किस ग्रंथि में होता है—
(a) एड्रीनल ग्रंथि में (b) थाइराइड ग्रंथि में
(c) पीनियल ग्रंथि में (d) पिट्यूटरी ग्रंथि में

101. किस हारमोन का स्राव रात या अंधेरे के समय होता है जो कि विषाद उत्पन्न करता है—

(a) मिलैटोनिन (b) सिरोटोनिन

(c) वृद्धि हारमोन (d) थायरॉक्सिन

102. संज्ञानात्मक त्रिक् क्या है—(बेक 1967 के अनुसार)

(a) अपने परिस्थिति तथा भविष्य के बारे में निषेधात्मक अभिवृत्ति

(b) किन्हीं तीन विशेषताओं के ज्ञान का अभाव

(c) किन्हीं तीन विशेषताओं का ज्ञान

(d) उपरोक्त में से कोई नहीं

103. द्विध्रुवीय-I विकृति तथा द्विध्रुवीय-II विकृति में प्रमुख अंतर क्या है—

(a) विकृति सम्बन्धी लक्षणों की संख्या का अंतर

(b) विकृति व्यवहार की गंभीरता की मात्रा का अंतर

(c) रोग अवधि की मात्रा का अंतर

(d) उपरोक्त में से कोई नहीं

104. लीथियम निम्न में से किस प्रकार की औषधि है—

(a) एक उन्माद औषधि (b) NE की मात्रा को बढ़ाती है

(c) NE की मात्रा को कम करती है (d) तंत्रिका प्रेषकों का उत्प्रेरक

105. 'अनुमतिबोधक सिद्धान्त' के अनुसार उन्मादी लक्षण निम्न में से किस स्थिति में पाये जायेंगे—

(a) Serotonin का स्तर निम्न तथा NE के उच्च होने पर

(b) Serotonin का स्तर उच्च तथा NE का निम्न

(c) उपरोक्त दोनों का स्तर उच्च होने पर

(d) उक्त दोनों का स्तर निम्न होने पर

106. अनुमति बोधक सिद्धान्त के अनुसार अवसादी लक्षण निम्न में से किस स्थिति में पाये जायेंगे—

(a) Serotonin का स्तर निम्न तथा NE का उच्च हो

(b) Serotonin का स्तर उच्च तथा NE का निम्न हो

(c) दोनों का स्तर निम्न होने पर

(d) उपरोक्त दोनों के उच्च होने पर

107. निम्न में से कौन विकृति बहुल संज्ञानात्मक विकृति है—

(a) द्विध्रुवीय विकृतियाँ (b) डिस्थायमिक विकृति

(c) मनोभ्रंश (d) उपरोक्त में से कोई नहीं

108. मनोभ्रंसता विकृति निम्न में से किसमें अधिक पायी जाती है—

(a) बच्चों में (b) किशोरों में

(c) प्रौढ़ों में (d) वृद्धों में

109. Echolalia प्रसंग क्या है—

(a) दूसरों की बोली को तोते की भाँति दुहराना

(b) किसी ध्वनि को बार-बार दुहराना

(c) क्षुधा अतिशयता

(d) पहचानने की असमर्थता

110. Palilalia प्रसंग क्या है—

(a) दूसरों की बोली को तोते की भाँति दुहराना

(b) किसी ध्वनि को बार-बार दुहराना

(c) क्षुधा अतिशयता

(d) पहचानने की असमर्थता

111. Agnosia से क्या तात्पर्य है—
   (a) दूसरों की बोली को तोते की भाँति दुहराना
   (b) किसी ध्वनि को बार-बार दुहराना
   (c) क्षुधा अतिशयता
   (d) पहचानने की असमर्थता

112. सामन्यतः मनुष्य के मस्तिष्क का भार कितना होता है—
   (a) 800 ग्राम्र
   (b) 1100 ग्राम
   (c) 1300 ग्राम
   (d) 1500 ग्राम

113. किस रोग में मस्तिष्कीय ह्रास में अधिक व्यापकता (वजन 400 ग्रा॰ से भी कम) पायी जाती है—
   (a) एल्झिमर रोग
   (b) पिक् रोग
   (c) पार्किन्सन रोग
   (d) उपरोक्त किसी में भी नहीं

114. Franto-temporal regions में क्षीणता किस रोग के लिए उत्तरदायी है—
   (a) एल्झिमर रोग
   (b) पिक् रोग
   (c) पार्किन्सन रोग
   (d) उपरोक्त में से कोई नहीं

115. किस रोग के प्रारम्भिक लक्षणों के रूप में निरंतर मांसपेशीय कंपकपी 4 से 8 बार प्रति सेकेंड पायी जाती है—
   (a) पिक् रोग
   (b) एल्झिमर रोग
   (c) पार्किन्सन रोग
   (d) अपस्मार

116. लिखावट छोटी तथा हस्तचालित कौशलों का अभाव रोगी में किस रोग का लक्षण है—
   (a) पिक् रोग
   (b) पार्किन्सन रोग
   (c) एल्झिमर रोग
   (d) अपस्मार

117. अपस्मार का एक दौरा पड़ने के बाद दूसरा दौरा पड़ने की सम्भाव्यता क्या होगी—
   (a) 3%
   (b) 4%
   (c) 40%
   (d) 80%

118. आंशिक अपस्मार का आधार निम्न में से क्या है—
   (a) सम्पूर्ण मस्तिष्क में अपस्मार प्रारूप क्रिया
   (b) मस्तिष्क क्षेत्र के विशेष भाग में अपस्मार प्रारूप क्रिया
   (c) व्यस्तता
   (d) खेलकूद

119. सामान्यीकृत अपस्मार का आधार निम्न में से क्या है—
   (a) सम्पूर्ण मस्तिष्क में अपस्मार प्रारूप क्रिया
   (b) मस्तिष्क क्षेत्र के विशेष भाग में अपस्मार प्रारूप क्रिया
   (c) व्यस्तता
   (d) खेलकूद

120. पेशीय अवमोटनी अपस्मार का लक्षण है—
   (a) शरीर में झटके आना
   (b) सारा शरीर कठोर हो जाना
   (c) पेशियों का बार-बार संकुचित होना या शिथिल होना
   (d) उपरोक्त में से कोई नहीं

121. आँख में रोशनी की चमक बार-बार पड़ने से उत्पन्न दौरा है—
   (a) फोटोजेनिक अपस्मार
   (b) जैक्सोनियन अपस्मार
   (c) टॉनिक अपस्मार
   (d) उपरोक्त कोई नहीं

122. टॉनिक अपस्मार का लक्षण है—
(a) सम्पूर्ण शरीर में झटके आना (b) सारा शरीर कठोर होना
(c) पेशियों का बार-बार संकुचित होना (d) उपरोक्त सभी

123. नापचुरनल दौरे किस समय घटित होते हैं—
(a) नींद के समय (b) थकान के समय
(c) प्रसन्नता के समय (d) मानसिक तनाव के समय

124. साइनोटिक स्किन परिवर्तन से क्या तात्पर्य है—
(a) रक्त में O_2 की कमी तथा CO_2 की अधिकता से त्वचा का नीला पड़ जाना
(b) त्वचा का अति कोमल हो जाना
(c) त्वचा का कठोर हो जाना
(d) त्वचा का पीला पड़ जाना

125. रक्त में एल्कोहल की कितनी मात्रा से व्यक्ति मदहोश हो जाता है—
(a) 1% (b) 0.1%
(c) 3% (d) 0.3%

126. रक्त में एल्कोहल की मात्रा 0.5% होने से व्यक्ति किस स्थिति में होगा—
(a) मदहोश (b) चिंतन भावनाओं में परिवर्तन
(c) जोश (d) तंत्रिकीय असंतुलन

127. एम्फेटामाइन, कोकीन, निकोटीन एवं कैफीन निम्न में से किस प्रकार की औषधियाँ हैं—
(a) उत्तेजक औषधियाँ (b) प्रशामक औषधियाँ
(c) उन्माद रोधी औषधि (d) विषादक औषधि

128. निम्न में सबसे अधिक उत्तेजक पदार्थ है—
(a) निकोटीन (b) कैफीन
(c) कोकीन (d) सभी बराबर

129. 'Crack Cocaine' क्या हैं—
(a) कोकीन का तरल रूप (b) कोकीन का ठोस रूप
(c) कोकीन प्रतिरोधक द्रव्य (d) कोकीन उत्प्रेरक द्रव्य

130. भूख, तापक्रम एवं संवेगों का नियंत्रण मस्तिष्क के किस भाग में होता है—
(a) थैलमस में (b) हाइपोथैलमस में
(c) लघु मस्तिष्क में (d) प्रमस्तिष्कीय बल्कुट में

131. कैफेइन निम्न में से किसमें पाया जाता है—
(a) एल्कोहल में (b) तंबाकू में
(c) काफी में (d) चाय में

132. निकोटीन निम्न में से किसमें पाया जाता है?
(a) भांग में (b) तंबाकू में
(c) काफी में (d) चाय में

133. पेशीय क्रियाओं का नियंत्रण कहाँ होता है?
(a) थैलमस में (b) हाइपोथैलमस में
(c) लघुमस्तिष्क में (d) प्रमस्तिष्कीय बल्कुट में

134. स्मृति और तर्कणा का नियंत्रक है—
(a) थैलमस (b) हाइपोथैलमस
(c) लघुमस्तिष्क (d) प्रमस्तिष्कीय बल्कुट

135. उपयोग किये गये कैफेइन की कितनी मात्रा शरीर द्वारा अवशोषित कर ली जाती है—
(a) 1% (b) 99%
(c) 25% (d) 50%

136. 100 प्याला काफी में कैफेइन की कितनी मात्रा हो सकती है—
(a) 1 ग्राम (b) 10 ग्राम
(c) 20 ग्राम (d) 30 ग्राम

137. अफीम तथा अफीम से व्युत्पन्न औषधियाँ किस वर्ग में आती हैं—
(a) कैन्नाविस सम्बद्ध (b) स्वपक सम्बद्ध
(c) प्रशामक वर्ग (d) उपरोक्त में से कोई नहीं

138. नार्कोटिक्स निम्न में से किसे कहा जाता है?
(a) अफीम से निर्मित औषधियों को
(b) कोकीन समूह की औषधियों को
(c) तम्बाकू से निर्मित औषधियों को
(d) हेम्प पौधे से निर्मित औषधियों को

139. हेरोइन का अन्वेषण किसने किया था?
(a) ग्रेगरी ने (b) फ्रेंज ने
(c) हेनरिच ड्रेसर ने (d) यूनानी निद्रा देवता मार्फेरा ने

140. Psychodelics निम्न में से किसे कहा जाता है—
(a) विभ्रमोत्पादक औषधियों को (b) स्वपक औषधियों को
(c) कैन्नाविष औषधियों को (d) प्रशामक औषधियों को

141. 'सांवेदिक प्रतिस्थापन' क्या है?
(a) एक प्रकार का भ्रम है (b) विभ्रम है
(c) विभिन्न स्थानों पर व्यक्ति में अनेक संवेदनाएँ
(d) उपरोक्त कोई नहीं

142. Mescaline, Psilocybine एवं DMT निम्न में से किस प्रकार की औषधियाँ हैं—
(a) प्रशामक औषधियाँ (b) उत्तेजक औषधियाँ
(c) साइकोडेलिक प्राकृतिक औषधि (d) साइकोडेलिक सांश्लेषिक औषधि

143. वस्तु का प्रत्यक्षीकरण सम्बन्धित ज्ञानेन्द्री से न होना को क्या कहा जाता है?
(a) एनेस्थेसिया (b) साइनेस्थेसिया
(c) भ्रम (d) विभ्रम

144. 'व्यक्तियों के प्रत्यक्षीकरण में निरंतर विकृति को निम्न में से क्या कहा जा सकता है?
(a) फ्लैश बैक (b) एनेस्थेसिया
(c) विभ्रम (d) उपरोक्त सभी

145. कैनाबिनॉयड किससे प्राप्त किया जाता है?
(a) अफीम से (b) भांग के पौधे से
(c) काफी से (d) चाय से

146. हेम्प से व्युत्पन्न औषधियों का संयुक्त नाम—
(a) कैन्नाविष (b) स्वपक
(c) अवसादक औषधि (d) उपरोक्त कोई नहीं

147. आंतरिक सांवेगिक कठिनाइयों के फलस्वरूप परिलक्षित शारीरिक विकृति को क्या कहते हैं?
(a) मनोविक्षिप्ति (b) मनस्ताप
(c) आंगिक मानसिक विकृति (d) मनोदैहिक विकृति

148. मनोदैहिक विकृतियों का संचालन निम्न में से किसके द्वारा होता है?
(a) C.N.S. द्वारा (b) A.N.S. द्वारा
(c) माँसपेशियों द्वारा (d) रक्त नलिकाओं द्वारा

149. आमाशय रस तथा आकुंचन का नियंत्रक तथा जो आमाशय से मस्तिष्क के सम्बन्धों को जोड़ता है, वह है—
(a) बेगस नाड़ी (b) CNS
(c) थैलमस (d) शिराएँ

150. Albeoli किसे कहा जाता है?
(a) सबसे बारीक छोटी श्वसन नलिकाओं को
(b) मुख्य श्वासनली को
(c) दोनों फेफड़ों में जाने वाली श्वांस नली को
(d) उपरोक्त में किसी को भी नहीं

151. Albeoli की मोटाई कितनी होती है?
(a) 0.5 mm (b) 1 mm
(c) 1.5 mm (d) 2 mm

152. श्वसनी दमा का मुख्य शारीरिक कारण है—
(a) श्वसनी वृक्ष का संकीर्णन (b) हृदय विकार
(c) विकृत फेफड़े (d) उपरोक्त सभी

153. तनाव की स्थिति में निम्न में से कौन-सा लक्षण उत्पन्न होता है—
(a) चेहरा लाल हो जाता है (b) चेहरा पीला पड़ जाता है
(c) त्वचा में खुजली होने लगती है (d) उपरोक्त सभी

154. भावुक एवं अतिसंवेदनशील व्यक्ति को निम्न में से क्या कहेंगे—
(a) Psychopathic personality (b) Thin skin personality
(c) Thick skin personality (d) A type personality

155. निर्लज्ज एवं असंवेदनशील व्यक्ति को निम्न में से क्या कहेंगे—
(a) Prosocial personality (b) Thin skin personality
(c) Thick skin personality (d) B. Type personality

156. अधकपारी का मुख्य शारीरिक कारण है?
(a) माँसपेशियों में सिकुड़न (b) अम्लक्ति रोग
(c) नेत्र रोग
(d) कपालीय रक्त प्रवाह में प्रकार्यात्मक क्षुब्धता

157. सूर्य के प्रकाश से प्रभावित होने वाली शारीरिक समस्या है—
(a) सिरशूल (b) अधकपारी
(c) तनाव सिरदर्द (d) उपरोक्त कोई नहीं

158. सर्वप्रथम (1908 ई॰) 'Mental age' शब्द का प्रयोग किसने किया था?
(a) एल्फ्रेड बिने ने (b) स्टर्न ने
(c) टरमन ने (d) स्पेंसर ने

159. सर्वप्रथम (1911 में) मानसिक लब्धि (M.Q.) शब्द का प्रयोग किसने किया था?
(a) एल्फ्रेड बिने ने (b) स्टर्न ने
(c) टरमन ने (d) स्पेंसर ने

160. मानसिक मंद व्यक्ति का अधिकंतम I.Q. कितना हो सकता है?
(a) 79 (b) 70
(c) 60 (d) 50

161. सामान्य जनसंख्या में कुल मानसिक मंद व्यक्तियों का प्रतिशत क्या है?
(a) 10% (b) 6% (c) 3% (d) 1%

162. मानसिक मंद व्यक्ति की अधिकतम मानसिक आयु क्या होगी?
(a) 14-16 वर्ष (b) 8-12 वर्ष (c) 6-8 वर्ष (d) 3-6 वर्ष

163. मानसिक मंदता को कहा जा सकता है—
(a) एक मानसिक रुग्णता (b) स्मृतिक्षीणता
(c) स्नायुक्षीणता (d) उपरोक्त कोई नहीं

164. AAMD ने मानसिक मंदन के लिए किस शब्द के प्रयोग की अनुमति दी—
(a) Mental retardation (b) Sub-normal mental state
(c) Mental sub-normality (d) उपरोक्त कोई नहीं

165. शारीरिक कारणों के आधार पर मानसिक मंदन का किया गया वर्गीकरण कहलाता है?
(a) नैदानिक वर्गीकरण (b) बुद्धि की कसौटी का वर्गीकरण
(c) बुद्धि लब्धि की कसौटी का वर्गीकरण (d) उपरोक्त सभी

166. मंगोलियता प्रकार के मानसिक मंदन का सर्वप्रथम पता किसने लगाया?
(a) क्लीफोर्ड डाउन (b) बेन्डा एवं बेन्डा
(c) पिनरोज (d) वैरन टे

167. मानसिक मंद व्यक्तियों का कौन-सा प्रकार मंगोल निवासियों से मिलता-जुलता है?
(a) जड़ मानवता (b) लघुशीर्षता (c) जलशीर्षता (d) डाउन्स सिन्ड्रोम

168. निम्न में से 'डाउन्स सिन्ड्रोम' किसे कहा जाता है?
(a) जड़ मानवता को (b) लघुशीर्षता को
(c) जलशीर्षता को (d) मंगोलिया को

169. मंगोलायड व्यक्ति को बुद्धि लब्धि का प्रसार है—
(a) 20 से नीचे (b) 20 से 25 तक
(c) 35 से 40 तक (d) 50 से 55 तक

170. सामान्य व्यक्ति के सिर की परिधि होती है—
(a) 12 इंच (b) 15 इंच (c) 17 इंच (d) 20 इंच

171. मानसिक मंदन का वह प्रकार है जिसमें बालकों का सिर अपेक्षाकृत छोटा होता है—
(a) मंगोलियता (b) जड़मानवता (c) लघुशीर्षता (d) जलशीर्षता

172. निम्नलिखित में से कोई एक चयापचयी रोग है—
(a) फेनिलकेटोन्यूरिया (b) जलशीर्षता
(c) लघुशीर्षता (d) जड़मानवता

173. टे-शेक रोग का पता किसने लगाया था—
(a) पिनरोज ने (b) वारेन टे एवं बिनार्ड शेक
(c) बेन्डा एवं बेन्डा (d) उपरोक्त कोई नहीं

174. टे-शेक रोग का एक लक्षण है—
(a) व्यक्ति के सिर का छोटा होना
(b) व्यक्ति के सिर का बड़ा होना
(c) बच्चे के रेटिना में लाल रंग के धब्बों का पाया जाता
(d) उपरोक्त में से कोई नहीं

175. टरनर संलक्षण पाया जाता है—
(a) केवल पुरुषों में (b) केवल स्त्रियों में
(c) केवल बच्चों में (d) उपरोक्त किसी में नहीं

176. अतिसक्रियता आवेगशीलता किस विकृति का स्थायी लक्षण है—
(a) अवधान अभाव का (b) मानसिक मंदता का
(c) मनस्ताप का (d) मनोदैहिक विकृति का

177. किस स्थिति में कार्य के लिए आवश्यक सामग्रियाँ या तो बिखरी होती हैं या तो गायब या क्षतिग्रस्त होती हैं—
(a) स्मृति लोप विकृति में (b) मनोविक्षिप्ति में
(c) ADHD में (d) संज्ञानात्मक विकृति में

178. किस प्रकार की असामान्यता के पाये जाने पर व्यक्ति अक्सर जाने की मुद्रा में होते हैं?
(a) ADHD में (b) व्यामोह की स्थिति में
(c) विभ्रम की स्थिति में (d) उपरोक्त किसी में नहीं

179. विद्यालयी बच्चों में पठन विकृति के पाये जाने की सम्भाव्यता पायी जाती है?
(a) 0% (b) 5% (c) 15% (d) 25%

180. व्यक्ति में एकाक्षरीय उत्तर (हाँ/न) की प्रवृत्ति पाये जाने पर कौन-सी वाणी विकृति है?
(a) वाणी अयोग्यता (b) अनैच्छिक वाणी
(c) विषय-वस्तु सम्बन्धी वाणी अयोग्यता (d) वाणी दाब

181. किस प्रकार की वाणी विकृति में व्यक्ति तभी बोलता है जब उसे कहा जाता है—
(a) वाणी अयोग्यता (b) अनैच्छिक वाणी
(c) वाणी दाब (d) उपरोक्त कोई नहीं

182. किसने यह प्रस्तावित किया कि आत्महत्या नैतिक कार्य की अपेक्षा एक अधिक सामाजिक कार्य है—
(a) स्टोइक ने (b) इमाइल दुर्खीम ने
(c) रोमन कैथोलिक चर्च के लोगों ने (d) किसी ने भी नहीं

183. किसके अनुसार आत्महत्या स्व-प्रेरित अस्तित्व विनाश की एक चेतन क्रिया है—
(a) एडविन स्नाइडमैन (b) इमाइल दुर्खीम
(c) फ्रायड (d) कैपलान एवं सैडाक

184. निद्रा निम्न में से एक नहीं है—
(a) नियमित अवस्था (b) अनियमित अवस्था
(c) पुनरावर्ती अवस्था (d) उत्क्रमणीय अवस्था

185. जागृतावस्था में EEG प्रति सेकेंड होती है—
(a) 8-12 चक्र/से॰ a-तरंग (b) 3-7 चक्र/से॰ a-तरंग
(c) .5-2.5 चक्र/से॰ (d) उपरोक्त में से कोई नहीं

186. जागृतावस्था के समय ही मस्तिष्कीय एवं दैहिक क्रिया का स्तर उच्च होता है—
(a) REM में (b) NREM में
(c) नींद की चतुर्थ अवस्था में (d) उपरोक्त किसी में नहीं

187. सामान्य प्रौढ़ों में REM—Latency कितना है?
(a) 60 मिनट (b) 90 मिनट (c) 120 मिनट (d) 135 मिनट

188. नव प्रौढ़ावस्था में REM सम्पूर्ण नींद का कितना भाग होता है—
(a) 25% (b) 50% (c) 75% (d) 80%

189. NREM की II अवस्था सम्पूर्ण निद्रा में कितनी होती है—
(a) 50% (b) 45% (c) 12% (d) 13%

190. REM-घनत्व निम्न में से किसमें अपेक्षाकृत अधिक पाया जाता है?
(a) अधिक देर तक सोने वालों में (b) कम सोने वालों में
(c) औसत सोने वालों में (d) उपरोक्त किसी में नहीं

191. सामान्यतया सक्षम, महत्त्वाकांक्षी, सामाजिक दक्ष एवं संतुष्ट व्यक्ति होते हैं—
(a) अधिक देर तक सोने वाले (b) कम देर तक सोने वाले
(c) औसत समय तक सोने वाले (d) उपरोक्त कोई नहीं

192. ICSD में निद्रा विकृतियों को कितने वर्गों में बाँटा गया है?
(a) दो (b) तीन (c) चार (d) पाँच

193. DSM-IV के अनुसार निद्रा विकृति के कितने प्रमुख प्रकार हैं—
(a) दो (b) तीन (c) चार (d) पाँच

194. निद्रा भ्रमण विकृति के जटिल व्यवहार घटित होते हैं—
(a) REM में (b) NREM में
(c) निद्रा की I अवस्था में (d) निद्रा की II अवस्था में

195. क्षुधा अभाव एवं क्षुधा अतिशयता विकृतियाँ निम्न किसमें अधिक पायी जाती हैं—
(a) पुरुषों में (b) स्त्रियों में
(c) शिशुओं में (d) सभी में बराबर

196. व्यक्ति को तब स्थूल कहा जाता है जब उसका भार मानक ऊँचाई-भार तालिका का से—
(a) 10% अधिक होता है (b) 20% अधिक होता है
(c) 25% अधिक होता है (d) 35% अधिक होता है

197. निम्न में से कौन-सा सूत्र सही है—

(a) $\text{BMI} = \dfrac{(\text{Height in m})^2}{\text{Body weight in kg.}}$

(b) $\text{BMI} = \dfrac{\text{Body in kg.}}{(\text{Height in m})^2}$

(c) $\text{BMI} = \dfrac{\text{Body weight in kg.}}{(\text{Height in m})}$

(d) BMI = Body weight in kg × Height in m

198. क्षुधा को परिभाषित किया जा सकता है—
(a) भोजन की इच्छा के रूप में (b) भोजन की दृष्टि के रूप में
(c) असंतुलित भोजन के रूप में (d) असतत् भोजन के रूप में

199. लोगों में स्थूलता (Obesity) पाये जाने का कारण है—
(a) अधिक कैलोरीयुक्त भोजन ग्रहण एवं शारीरिक श्रम अधिक
(b) अधिक कैलोरीयुक्त भोजन एवं शारीरिक श्रम कम
(c) कम कैलोरीयुक्त भोजन एवं श्रम कम
(d) उपरोक्त कोई कारण नहीं

200. व्यक्ति में भूख की स्थिति में निम्न में से क्या होता है—
(a) चयापचयी संकेत की शक्ति क्षीण रहती है
(b) चयापचयी संकेत की शक्ति प्रबल रहती है
(c) चयापचयी संकेत की शक्ति सामान्य रहती है
(d) उपरोक्त कोई नहीं

201. मनोविकृत व्यक्तित्व एक प्रकार का है—
(a) मनस्ताप (b) मनोविक्षिप्ति
(c) उपरोक्त दोनों के मध्य का (d) उपरोक्त कोई नहीं

202. गोरेनस्टीन के अध्ययन के अनुसार मस्तिष्क का कौन-सा भाग मनोविकृत व्यक्तित्व से सम्बन्धित है—
(a) Frontal lobe (b) Temporal Lobe
(c) Thalamus (d) Hypothalamus

वस्तुनिष्ठ प्रश्नों के उत्तर

1. (b)	2. (a)	3. (b)	4. (b)	5. (d)	6. (c)
7. (c)	8. (a)	9. (d)	10. (b)	11. (a)	12. (b)
13. (a)	14. (a)	15. (b)	16. (b)	17. (c)	18. (b)
19. (c)	20. (b)	21. (a)	22. (d)	23. (a)	24. (d)
25. (b)	26. (a)	27. (a)	28. (d)	29. (b)	30. (c)
31. (b)	32. (d)	33. (b)	34. (d)	35. (a)	36. (d)
37. (d)	38. (a)	39. (c)	40. (b)	41. (a)	42. (a)
43. (b)	44. (b)	45. (a)	46. (c)	47. (c)	48. (a)
49. (b)	50. (a)	51. (b)	52. (c)	53. (c)	54. (b)
55. (a)	56. (b)	57. (a)	58. (d)	59. (c)	60. (c)
61. (a)	62. (c)	63. (c)	64. (a)	65. (a)	66. (a)
67. (a)	68. (b)	69. (d)	70. (b)	71. (a)	72. (b)
73. (a)	74. (b)	75. (a)	76. (a)	77. (b)	78. (b)
79. (a)	80. (a)	81. (c)	82. (b)	83. (a)	84. (c)
85. (a)	86. (b)	87. (a)	88. (b)	89. (b)	90. (b)
91. (a)	92. (c)	93. (c)	94. (a)	95. (a)	96. (b)
97. (a)	98. (d)	99. (a)	100. (c)	101. (a)	102. (a)
103. (b)	104. (c)	105. (a)	106. (c)	107. (c)	108. (d)
109. (a)	110. (b)	111. (d)	112. (c)	113. (b)	114. (b)
115. (a)	116. (b)	117. (c)	118. (b)	119. (a)	120. (c)
121. (a)	122. (b)	123. (a)	124. (a)	125. (b)	126. (c)
127. (a)	128. (c)	129. (b)	130. (b)	131. (c)	132. (b)
133. (c)	134. (d)	135. (b)	136. (b)	137. (b)	138. (a)
139. (c)	140. (a)	141. (a)	142. (c)	143. (b)	144. (a)
145. (b)	146. (a)	147. (d)	148. (b)	149. (a)	150. (a)
151. (a)	152. (a)	153. (c)	154. (b)	155. (c)	156. (d)
157. (b)	158. (a)	159. (b)	160. (b)	161. (c)	162. (b)
163. (a)	164. (a)	165. (a)	166. (a)	167. (d)	168. (d)
169. (b)	170. (c)	171. (c)	172. (a)	173. (b)	174. (c)
175. (b)	176. (a)	177. (c)	178. (a)	179. (b)	180. (a)
181. (b)	182. (b)	183. (a)	184. (b)	185. (a)	186. (a)
187. (b)	188. (a)	189. (b)	190. (a)	191. (b)	192. (c)
193. (b)	194. (b)	195. (b)	196. (b)	197. (b)	198. (a)
199. (b)	200. (a)	201. (c)	202. (a)		

❑

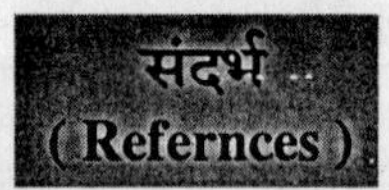

Chauhan, J.S. (2001) *: Clinical Diagnosis and Treatments.* Sumit Prakashan.

Cameron, N.(1963) : *Personality Development and Psychopathology,* Bostom, Houghton, Miffin

Cohen, L. M.;.Mc Chargue, D. E., & Collins, Jr. F. L. (2003) : *The Health Psychology* Handbook; Sage Publication.

Diagnostic and Statistical Manual of Mental Disorders, Fourth Edition, (1994) : American Psychiatric Association, Washington D.C.

Kumar, A et.al. (1990) : *Abnormal Psychology,* Vinod Pustak Mandir, Agra.

Kaplan, H.I. & Sadock B.J. (2003) : *Synopsis of Psychiatry,* Williams & Wilkins, Baltimore, Maryland.

Lal, J.N. & Srivastava, A (2002) : *Abnormal Psychology,* Neelkamal Prakashan, Gorakhpur.

Lemma, A. (2003) : *Introduction To Psychopathology,* Sage Publication Ltd.

Makhija, G. K. & Makhija, M.(1994) : *Abnormal Psychology,* Lakshmi Narain Agrwal, Agra.

Moss, D., McGardy, A. Davies, T. C. & Wickramasekra, I. (2003) : *Handbook of Mind-Body Medicine for Primary Care.* Sage Publications.

Rastogi, G. D. (1991) : *Psychopathology and Treatment,* Wiley Eastern Limited, New Delhi.

Singh, Arun Kumar (2009) : *आधुनिक असामान्य मनोविज्ञान,* Motilall Banarsidass, Patna.

Sadock, B. J. & Sadock, U. A. (2000) Kaplan & Sadock's : *Comprehensive Text Book of Psychiatry, Vol. I & vol. II,* Lippincott Williams and Williams.

Tripathi, R.B. (1988) : *Psychopathology,* Bharat Bharti Prakashan, Jaunpur

Suleman, Md. : *असामान्य मनोविज्ञान : विषय और व्याख्या,* Motilal Banarasidass, Patna

❑